ROSALIND MILES

LA VENGEANCE AUX DEUX VISAGES

Traduit de l'anglais
par Jacqueline Huet

Éditions J'ai lu

Titres originaux (2 volumes) :

VOLUME 1 - RETURN TO EDEN
VOLUME 2 - BITTER LEGACY

1

Quand l'aube rougeoya au-dessus d'Éden, le vieillard assoupi faisait son dernier rêve. Dans le lit de chêne monumental de ses ancêtres, il triomphait en songe, car, après avoir lutté toute la nuit, il poussa un grognement de satisfaction et, souriant en lui-même, pressa la main qui tenait la sienne comme pour sceller un marché. Ainsi Max Harper, qui avait livré sa vie durant un millier de combats victorieux contre les éléments naturels, les hommes et les machines, mettait-il fin de la même manière à une existence extraordinairement remplie. Sa respiration affaiblie reprit un rythme régulier. Il devint paisible et serein, les traits empreints d'une douceur qu'on ne lui avait jamais vue de son vivant.

Pour la jeune fille qui se tenait à son chevet, le cauchemar commençait à peine. Les heures suaves et parfumées de la nuit s'étiraient interminablement, laissant dans leur sillage un flot montant d'angoisse. La panique, tel un raz de marée, l'engloutit :

– Ne t'en va pas, priait-elle, ne me laisse pas, je t'en supplie, ne t'en va pas…

Incapable de se contenir, elle avait cru ne jamais plus pouvoir s'arrêter de pleurer, mais l'épuisement des longues heures de veille avait eu raison de ses larmes, et tout son être était désormais réduit à un nœud douloureux qui lui serrait le cœur. En proie à la fièvre, elle cherchait le soulagement dans les paroles qu'elle murmurait tout bas, confiant à la forme immobile, étendue sur le lit, son désarroi, sa tendresse impuissante et son désespoir :

– Que vais-je devenir sans toi...

» Sans toi je ne suis plus rien. Tu étais tout pour moi. C'était ton sourire que je guettais, ta main que je cherchais, pas celle de Katie. Ta froideur, ton indifférence me faisaient peur. Ton visage m'était plus familier que le mien. Pourtant je n'ai jamais su qui tu étais vraiment – ne meurs pas avant de m'en avoir donné la possibilité, j'ai tellement besoin de toi...

Le médecin consulta sa montre et adressa un signe de tête à l'infirmière qui s'éclipsa discrètement pour aller donner le signal du dernier rite. De partout, à travers les vastes étendues du nord de l'Australie, en voiture, en Land Rover, en hélicoptère ou en avion privé, les amis, les connaissances et les associés du magnat agonisant affluèrent vers Éden. Ils se réunirent dans la bibliothèque aux lambris sombres de la vaste demeure en pierre, en proie à l'agitation qui saisit les hommes à l'approche de la mort, sous le portrait de celui dont l'existence les avait réunis et dont la mort les unissait une fois encore. Ils étaient tendus mais pas inquiets. Max Harper avait assuré l'avenir comme il avait toujours maîtrisé le passé.

Dehors, dans la chaleur grandissante, sèche et poussiéreuse de la matinée, un groupe d'aborigènes venus des quatre coins du domaine montait patiemment la garde. Yowi, l'esprit qui annonce la mort prochaine, avait soupiré à l'oreille d'un membre de la tribu, un homme assez sage pour comprendre le sens de tels soupirs, et ils étaient venus rendre hommage au dernier songe d'un vieillard. Dans la chaleur statique du jour, ils contemplaient sans ciller la magnifique demeure, les avions, les deux hélicoptères et le nombre inaccoutumé d'automobiles rangées devant la maison, recouvertes d'une épaisse couche de poussière.

Le silence feutrait le paysage. Le soleil dardait ses rayons implacables. Même les deux plus jeunes membres du groupe, Chris et Sam, demeuraient immobiles. Ils attendaient simplement, avec fatalisme, car ils savaient ce qui se passait à l'intérieur de la maison et leurs âmes étaient prêtes à accepter l'inévitable. Eux qui, à leur âge, communiaient avec tous les êtres vivants, ils sentaient que Max Harper glissait doucement de la vie sur la terre vers les régions infinies de l'espace où, au-delà de la mort, il renaîtrait, dans la demeure du Grand Tout.

Dans la pénombre de la chambre aux rideaux tirés, seule la respiration affaiblie du vieillard troublait le silence oppressant. Soudain, il poussa un profond soupir qui s'acheva dans un râle d'agonie à l'instant où la vie le quitta. Le médecin s'élança pour libérer la main brusquement alourdie de l'étreinte de sa fille. Avec un détachement professionnel il prit le pouls, sentit qu'il ne battait plus et reposa le bras sur le lit. Ses yeux rencontrèrent ceux de la jeune fille et, à la question affolée qu'il y lut, il répondit par un signe de tête, un seul hochement bref.

Comme dans un rêve elle fit un pas en avant et sans bruit tomba à genoux près du lit. Saisissant la main inanimée, elle y déposa un baiser puis, la portant jusqu'à son visage, la frotta doucement contre sa joue, la gardant là quelques instants. Au contact de la main familière, rugueuse et musclée, des larmes douloureuses jaillirent à nouveau de ses yeux et roulèrent lentement sur ses joues, mais elle se maîtrisa et son expression demeura calme. Elle ne se laisserait pas aller à pleurer.

Au bout de quelques instants, elle se releva, essuya ses larmes d'un revers de main et, après un dernier long regard sur l'homme étendu là, elle gagna la porte. D'une démarche raide, elle s'engagea dans le corridor. Par les fenêtres, elle remarqua vaguement le petit groupe affligé. Accroupie dans la poussière, une femme sanglotait en hurlant, se frappant la tête de ses poings. D'une voix gutturale aux accents liquides, elle entonna une psalmodie que les autres reprirent.

– *Ninnana combea, innara inguna karkania...*

– Ô Grand Esprit, Ô Grand Tout, les chênes soupirent et se lamentent, les gommiers versent des larmes de sang, car l'obscurité a englouti l'une de tes créatures...

Apaisée par la litanie, elle parvint à dominer ses sentiments et pénétra dans la bibliothèque. Son apparition fut le signal qu'attendaient les visiteurs. Les conversations s'interrompirent et tous les visages se tournèrent vers elle. Chacun de ceux qui étaient présents dans la pièce possédait une personnalité qui aurait permis de le distinguer parmi la foule, mais Bill McMaster, le directeur de la Harper Mining Company et de ses succursales, n'en était pas moins le membre le plus éminent. Il se détacha de l'assemblée pour aller au-devant de la silhouette juvénile qui se tenait sur le seuil, ses traits taillés à la serpe plissés par la compassion. Il lui saisit le bras, le passa sous le sien pour la mener doucement vers les autres en lui chuchotant des paroles de réconfort qu'elle ne comprenait pas.

Par la porte de service, Katie, la gouvernante, entra avec un plateau d'argent sur lequel étaient disposées des coupes de champagne. Son entrain coutumier était émoussé : elle ne parvint pas à regarder celle qu'elle connaissait depuis sa plus tendre enfance et se contenta de distribuer les verres en silence. La jeune fille prit une profonde inspiration et, avec un calme apparent, leva son verre et dit :

– À Max Harper, mon père. Qu'il repose en paix.

Tandis qu'ils buvaient, Bill McMaster s'avança parmi eux et leva son verre à l'adresse de l'immense portrait de Max qui dominait l'assemblée.

– À Max Harper ! commença-t-il. Un sacré patron, et un sacré bonhomme, un type comme il n'en existe pas un sur un million ! C'est tout simple, s'il ignorait quelque chose à propos de la mine, c'est que c'était une chose inutile. Nous tous lui devons tout. Et aujourd'hui encore. Et ce que nous faisions pour lui, nous le ferons désormais pour vous, mademoiselle. Vous pouvez compter sur nous. Tant qu'il y aura un Harper à la tête de la société, tout ira bien, croyez-moi. Levez donc encore une fois vos verres, mes amis – à Stéphanie Harper, cette fois. Qu'elle se montre la digne fille de son père et que la Harper Mining Company soit toujours florissante et prospère sous sa gouverne.

– À Stéphanie Harper !

– Vive Stéphanie !

– À Steph !

Les toasts fusaient à la ronde. L'esprit embrumé, le cœur meurtri, Stéphanie entendit à peine les paroles prononcées mais le message se propagea à travers sa conscience comme les rides sur l'eau d'un étang. Le roi est mort, vive la reine ! Ici ? Ici, à Éden, où régna mon père ? Elle rejeta la tête en arrière, terrifiée, et, dans ce geste, découvrit devant elle le portrait aux couleurs vives de son père. Ses yeux croisèrent son regard d'aigle et elle se sentit perdue.

– Non ! (Le cri jaillit malgré elle, stupéfiant l'assemblée.) Je ne peux pas ! Je ne peux pas !

Secouée de tremblements incontrôlés, elle repoussa les mains secourables, recula et, pivotant sur elle-même, s'élança hors de la maison. Aveuglée, comme possédée, elle courut en direction des écuries. Les aborigènes la regardèrent sans broncher s'enfuir au grand galop le long de l'allée, franchir les grilles d'Éden et disparaître dans le sanctuaire de la brousse qui s'étendait au-delà, à l'infini. Là seulement, elle pouvait être elle-même. Là seulement, elle pouvait exprimer sa douleur au grand jour. Le puissant étalon s'élançait fougueusement, le martèlement de ses sabots s'accordant au rythme endiablé de son cœur. La cavalière et sa monture étaient au bord de l'épuisement quand elle finit par s'arrêter au milieu de l'immensité pour hurler ses reproches au vaste ciel indifférent.

Le paysage brûlé par le soleil s'étendait à perte de vue et à l'horizon se profilait la minuscule silhouette de l'étalon noir luisant de sueur, les yeux fous, et de sa cavalière échevelée, couverte de poussière, debout sur les étriers de son cheval cabré pour hurler et sangloter librement.

– Papa, oh ! papa, comment peux-tu... j'ai tellement besoin de toi, comment peux-tu me faire ça, à moi, comment peux-tu m'abandonner toute seule...

– Stéphanie ? Où es-tu, Steph ?

Stéphanie sursauta, revenant brusquement à la réalité. Elle entendit un pas léger dans l'escalier et, un instant plus tard, Jilly pénétra dans la chambre à coucher.

– Où étais-tu, Steph ? Tu semblais à des kilomètres.

– Oui, précisément, à des kilomètres. Je pensais à Éden.

– Éden ? ((Jilly jeta un coup d'œil circulaire autour de la pièce luxueuse et contrefit, taquine, le ton d'un majordome anglais :) Vous êtes ici dans la maison des Harper à Sydney, madame, pas à la campagne, dans la demeure familiale.

– Quel bonheur de te voir, Jilly.

Et, soudain au bord des larmes, Stéphanie jeta ses bras autour de son amie.

Jilly fut la première à se dégager de leur étreinte et, tenant Stéphanie à bout de bras, elle la regarda avec attention :

– Un peu de gaieté ne te ferait pas de mal, on dirait, fit-elle gentiment. Qu'est-ce qui se passe, ma chérie ?

– Oh, rien. (Stéphanie rougit, mal à l'aise.) J'étais en train de penser à...

Jilly suivit son regard jusqu'à la photo agrandie de Max dans son cadre d'argent ciselé sur la table de nuit. Elle rit, tendrement moqueuse.

– Stéphanie Harper, vous me faites honte ! Vous n'allez pas me dire que vous pensez à votre père le jour de votre mariage !

– Je pense à lui tous les jours, répliqua simplement la jeune femme.

C'était vrai. La présence de Max, l'emprise qu'il exerçait sur sa vie semblaient presque aussi importantes aujourd'hui que dix-sept ans auparavant, à sa mort.

– Il a toujours dirigé ta vie. Il m'arrive de penser qu'il ne t'a pas laissé suffisamment d'espace pour grandir par toi-même. Tu possèdes bien plus de choses en toi que tu n'as jamais eu l'occasion d'en exprimer – beaucoup plus, tu peux me croire. Mais tout cela va peut-être changer désormais !

Et, avec un sourire espiègle, Jilly leva sa coupe de champagne.

Elle fut récompensée par le sourire qui éclaira le visage de Stéphanie. J'aime mieux ça, songea-t-elle. Si seulement tu savais comme tu peux être jolie quand tu souris, tu sourirais tout le temps, comme le chat du Cheshire. Mais elle se serait bien gardée de faire une remarque sur son apparence ou sa conduite à la timide Stéphanie. Elle connaissait un sujet en revanche qui ne manquerait pas de la ravir.

– Si tu me parlais un peu de l'heureux homme, commença-t-elle. Il ressemble à Max ? C'est là le secret de son charme irrésistible ? Il doit bien avoir quelque chose de spécial pour t'avoir séduite aussi vite ?

Stéphanie rayonnait.

– Oh oui, Jilly, si tu savais ! Il est absolument merveilleux. Il ressemble peut-être un peu à papa – il est fort comme lui, et il sait ce qu'il veut. Mais cela ne l'empêche pas d'être adorable et attentionné. Je suis follement heureuse avec lui...

Jilly observait son amie : Stéphanie disait la vérité, cela ne faisait aucun doute. Elle débordait d'amour et de bonheur. Son visage, d'ordinaire si anxieux, à l'expression si effacée qu'un observateur peu attentif l'aurait jugé plutôt ingrat, était complètement transfiguré. Ses yeux brillaient, sa bouche souvent triste, aux lèvres pincées, s'ouvrait en souriant, découvrant des lèvres pleines et des dents étincelantes. Ce que tu pourrais être belle ! songea Jilly, profondément troublée.

À cet instant, elle ressentit au fond d'elle-même une pointe de jalousie, une souffrance vague et obscure qu'elle se hâta de maîtriser, se contraignant à sourire.

– Mais si tu ne te décides pas à t'habiller, il

t'attendra encore dans huit jours ! Viens, je vais t'aider.

Et, prenant son amie par le bras, elle la mena jusqu'à sa coiffeuse et la fit asseoir devant son miroir.

Stéphanie rougit, mais de plaisir cette fois. Elle saisit la main de Jilly et la pressa affectueusement. Depuis qu'elles étaient toutes petites, Jilly avait toujours été adorable avec elle. Quelle chance d'avoir une amie aussi fidèle !

– Jilly ! s'écria-t-elle, je ne t'ai même pas dit bonjour comme il faut. Comment vas-tu ? Tu as fait bon voyage ?

– Nous aurons tout le temps de parler de ça quand on en aura fini avec toi, dit Jilly avec animation.

Elle se dirigea vers le lit pour y prendre la veste qu'elle y avait remarquée – style Chanel, en soie bleu foncé, dans une nuance jacinthe assortie aux yeux de Stéphanie et qui mettait certainement sa silhouette en valeur. Elle regagna la coiffeuse pour aider Stéphanie à la passer.

– Et maintenant, raconte-moi, Steph.

Stéphanie eut un rire joyeux.

– Qu'est-ce que tu veux savoir ?

– Tout ! lança théâtralement Jilly. Je veux tout savoir ! J'ai failli m'évanouir quand j'ai reçu ton télégramme. Je pars en vacances trois semaines et à peine ai-je le dos tourné que te voilà amoureuse et sur le point de te remarier !

– Six semaines, précisa Stéphanie. Je le connais depuis six semaines.

– Bon, d'accord, mais quand même, reconnais que ça s'est fait très vite. Dis-moi, Steph, tu es sûre de ne pas faire une bêtise ?

Stéphanie éclata de rire.

– Jamais je n'ai été aussi sûre de quelque chose dans ma vie.

– Comment l'as-tu rencontré ?
– Sur un court de tennis, évidemment.
– Où rencontre-t-on un champion de tennis ? À question idiote...
– C'était une compétition organisée pour recueillir des fonds, poursuivit Stéphanie, toujours enthousiaste. J'étais là parce que la Harper Mining était l'un des commanditaires. À la fin, il m'a demandé si je voulais être sa partenaire, comme ça, pour rire. Et tu ne vas pas me croire, il m'a laissée gagner ! C'est fantastique, tu ne trouves pas ?
– Ça s'appelle le destin ou je ne m'y connais pas, dit Jilly, s'efforçant de ne pas se montrer trop caustique. Pourquoi ne partez-vous pas simplement vous cacher dans les bois, tous les deux ? Vous n'avez pas besoin d'un grand mariage. Vous n'avez besoin ni de moi ni de personne.

Stéphanie, l'air peiné, leva les yeux du miroir devant lequel elle était occupée à appliquer sur son visage un fond de teint neutre.
– Oh, Jilly, comment peux-tu dire ça ? J'avais besoin de toi aujourd'hui, de toi plus que de quiconque. Pour la première fois de ma vie, il m'arrive quelque chose de bien et il faut absolument que ça soit parfait. Comment aurais-je pu me passer de toi ? J'ai vraiment besoin que tu m'aides, je t'assure.
– Des hardes de chevaux sauvages n'auraient pu m'empêcher de passer, la rassura Jilly. Encore moins la grève-surprise des compagnies aériennes, mais je m'ennuyais à New York, de toute manière. C'est la mauvaise saison, là-bas. Je n'y suis allée que pour accompagner Phillip. J'aurais mieux fait de m'abstenir.
– Phillip était-il contrarié d'avoir dû rentrer plus tôt que prévu ? demanda Stéphanie tout en posant délicatement une ombre de fard bleu sur ses paupières.

L'expression de Jilly se fit plus dure et vaguement méprisante.

– Tu sais bien que Phillip ne s'abaisse jamais à discuter. De toute façon, il avait fini ce qu'il avait à faire. On allait partir passer la dernière semaine à Acapulco pour tâcher de s'amuser un peu avec les grands de ce monde, mais entre ça et le mariage de l'année, comme on l'a annoncé dans les journaux, le choix n'était pas difficile !

Stéphanie eut un sourire crispé et chercha de nouveau à être rassurée :

– Oui, j'ai lu les journaux. Je sais ce qu'ils insinuent. (Elle marqua un temps d'arrêt et, levant la main gauche, récita en comptant sur ses doigts la liste des accusations qu'elle avait retenues :) Que Greg se marie avec moi pour mon argent – ça, il faut dire qu'on s'y attendait, c'est tellement rebattu –, qu'il est beaucoup plus jeune que moi, que sa carrière au tennis est terminée et qu'il a trouvé avec moi une retraite assurée; qu'il a une réputation de coureur de jupon...

– Ça c'est vrai, dit Jilly d'un ton tranquille.

– Mais ça m'est complètement égal ! s'écria Stéphanie. Je m'étonne moi-même, Jilly. Moi qui ai toujours pris garde au qu'en-dira-t-on, cette fois, je suis tellement amoureuse que l'on peut raconter ce qu'on voudra, cela m'est totalement indifférent. (Elle se tourna vers le miroir et, appliquant ses fards avec un regain d'énergie, poursuivit d'un ton passionné :) Je n'arrive toujours pas à croire que ça m'arrive à moi, Jilly. Il m'aime, il m'aime vraiment. Il y a des choses sur lesquelles un homme ne peut pas mentir. (Elle s'interrompit pour tamponner son rouge à lèvres, d'un rose discret, à l'aide d'un mouchoir en papier.) Et de quel droit le jugerais-je ? Du haut de mes deux divorces consécutifs ? Non, je ne suis pas en position de le critiquer. J'ai eu du mal à me remettre de mes deux précédents mariages, tu es bien placée pour le savoir. Mais qu'importe, je ne suis plus une enfant, avec la quarantaine qui pointe à l'horizon – combien de temps nous reste-t-il ?

Dans le miroir, Stéphanie remarqua le sursaut de Jilly qui gagna la table de chevet pour remplir sa coupe de champagne.

– Je ne voulais pas parler de toi, Jilly, s'empressa-t-elle d'ajouter, et puis tu as Phillip. Et tu as toujours été tellement plus séduisante que moi, plus sûre de toi, plus mince... (Elle hésita et, d'un geste inconscient, se mit à lisser sa veste comme pour aplatir sa poitrine, qu'elle avait toujours jugée trop forte. Puis, rassemblant son courage, elle se lança :) En tout cas, tu as toujours été jolie et tu le seras toujours. Moi, en revanche, je ne crois pas être de ces femmes dont l'apparence physique s'améliore avec l'âge. Quelles que soient les raisons qu'il a de m'épouser, je lui sais simplement gré d'en avoir envie, c'est tout.

L'anxiété voilait les yeux de Stéphanie, et sa bouche était redevenue la mince ligne chagrine que Jilly connaissait si bien. Celle-ci alla entourer d'un bras affectueux les épaules affaissées de son amie.

– Eh bien ! dit-elle gentiment, où est donc passé le célèbre esprit combatif des Harper ? Tu as eu largement ton compte de malheurs et d'ennuis : il était grand temps que la vie te sourie, voilà tout.

Le visage de Stéphanie rayonna comme le soleil après l'averse.

– Tu te souviens, quand nous rêvions d'épouser le prince charmant, autrefois ? Le mien a mis du temps à venir, mais il est là. Et ça valait la peine de l'attendre. (Elle se tourna vers Jilly, d'un mouvement plein de détermination.) Je l'aime – plus que tout... et je crois que je compte vraiment pour lui, moi aussi.

Jilly l'observa avec attention, puis lui sourit :

– Il faut dire qu'il n'a rien de commun avec tes deux précédents maris, dit-elle d'un ton léger. Ni avec l'aristocrate anglais ni avec le savant américain. Jamais n'importe qui, remarque ! Est-ce que tu te rends bien compte, ma chère Stéphanie, que c'est la première fois que tu jettes ton dévolu sur un vrai, un authentique Australien de pure souche ? Oh, je n'avais rien contre notre digne et honoré gentleman, mais sa puissance était passagère. Quant à ton chercheur américain… avoue que tu es passée par des hauts et des bas !

Stéphanie fronça les sourcils, mal à l'aise, mais se concentra pour accrocher ses boucles d'oreilles – de gros saphirs sertis de diamants, ses préférées. Aujourd'hui, pourtant, un doute la saisit : le bleu des pierres convenait-il à celui de son tailleur ? Elle aurait voulu consulter Jilly mais celle-ci poursuivait son idée :

– Tu es drôlement mystérieuse, quand même, avec tes mariages. Regarde : tu pars pour l'Angleterre comme ça, sans crier gare, alors que tu n'as quasiment jamais mis les pieds hors d'Éden, et tu nous reviens avec un mari anglais et une petite fille. Ensuite, je ne suis pas mariée depuis un an avec Phillip que te voilà convolant pour la deuxième fois – combien de temps seras-tu restée avec le père de Dennis ?

– Jilly ! Arrête, je t'en prie ! supplia Stéphanie, contrariée, et qui se débattait avec le fermoir de son collier de perles. Je prends un nouveau départ, tu comprends ?

Non sans regret, Jilly abandonna le sujet, pourtant passionnant, du passé de Stéphanie et posa son verre pour aider son amie à fermer le collier. Puis, lissant doucement le col de dentelle strict de son corsage :

– Le troisième sera le bon, alors ? dit-elle. (Elle consulta sa montre.) Enfin, s'il se décide à arriver !

– Bien entendu ! lança Stéphanie, radieuse. Tu ne crois quand même pas qu'il va me faire faux bond ! Greg est un type très bien, je t'assure. Et il te plaira, tu verras ! Je suis prête à parier que tu vas l'adorer !

Au volant de la Rolls blanche décapotable qui fonçait à tombeau ouvert le long des rues et des avenues tortueuses de Sydney en direction de Darling Point, le conducteur pestait contre lui-même.

– Quel mufle ! Se mettre en retard le jour de son mariage ! marmonna-t-il entre ses dents.

– Allons, ne me dis pas que ça te déplaît tant que ça ! fit remarquer son témoin, qui avait pris place à ses côtés. (Comme Greg l'avait fait attendre une heure et demie, il ne voyait guère de raison de ménager sa susceptibilité.) Avoue que tu n'es pas mécontent de faire une arrivée remarquée ! De les faire attendre – de la faire un tantinet enrager, même. Je me trompe ? Un peu de franchise, mon vieux : tu ne voulais pas avoir l'air du bon toutou qui vient se mettre aux pieds de Stéphanie Harper pour qu'elle daigne lui accorder sa main... ô combien précieuse !

– Ça suffit ! siffla Greg entre ses dents serrées, les mains crispées sur le volant tandis qu'il lançait le luxueux cabriolet à l'assaut d'un virage. C'est extraordinaire ! Je me marie aujourd'hui, et il faut que je supporte les remarques ironiques d'un petit joueur de tennis minable...

– Je t'ai battu la semaine dernière, ce me semble !

– Pour la première fois.

– Mais peut-être pas pour la dernière, mon pote, peut-être pas...

Greg ne répondit pas. Son partenaire disait vrai, et il ne s'en était pas encore remis. Jamais encore il n'avait eu la moindre difficulté à battre Lew Jackson, de cinq ans son cadet. C'était une chose d'être tenu en échec par un McEnroe. Mais par un gamin qu'on avait connu quand il ne savait pas encore tenir une raquette... Greg frissonna imperceptiblement dans l'air humide. Il était temps qu'il leur laisse la place – non sans panache !

Ses pensées furent interrompues par Lew, qui s'avisa soudain de son indélicatesse à vouloir triompher de son partenaire le jour de son mariage.

– Mais ce n'est pas moi qui t'ai battu ce jour-là, dit-il d'un ton désinvolte. C'est ta jambe qui t'a joué un sale tour. Tu n'as vraiment pas eu de chance, avec ton genou, Greg.

J'ai peut-être de la chance, au contraire, songea Greg, secrètement amusé, de pouvoir lui imputer toutes mes défaites, et les victoires n'en paraissent que plus méritoires, quand le dernier smash vous arrache une grimace de douleur ostentatoire.

– Pas de fausse modestie, mon vieux, dit-il, magnanime. Laissons ça aux Anglais. Pourquoi minimiser ? Tu es l'étoile qui monte, voilà tout. Pourquoi crois-tu que je t'aie choisi pour être mon témoin ? On n'invite pas des ringards au mariage de l'année, pas vrai ? On en aura bien assez du côté de Stéphanie... à commencer par le conseil d'administration de la Harper au grand complet !

Lew éclata de rire et assena une tape amicale sur l'épaule de Greg. On ne pouvait pas s'empêcher de l'aimer, celui-là, il avait toujours quelque chose d'original à dire en toutes circonstances, pas le genre à se contenter d'une plaisanterie facile. Du coin de l'œil, il étudia le profil régulier, les cheveux blonds, épais, vigoureux, les mains musclées et bronzées sur le volant. Pas étonnant que les filles en pincent pour Greg Marsden, se dit-il, ni qu'il soit l'idole des fans de tennis. Cette petite Française, tout récemment, n'avait-elle pas remué ciel et terre pour parvenir à le mettre dans son lit ? Une affaire, en plus, à ce qu'il paraît... toute la nuit, et presque toute la journée suivante, elle l'a gardé. Évidemment, il a perdu la coupe le lendemain... mais il a bien fait d'en profiter. Lew sourit intérieurement. Parce que, avec Stéphanie Harper, il risque de ne pas être tous les jours à la fête, de ce point de vue-là. Oh, elle n'est pas si mal, ce n'est pas ça, mais pour un type à qui on donnerait la médaille d'or aux Jeux olympiques du sexe...

Grâce à la virtuosité de sa conduite et à une connaissance parfaite de la ville, Greg avait rattrapé une partie de son retard. Sa bonne humeur revenait à mesure qu'il approchait et il s'engagea à grande allure dans l'avenue bordée d'arbres qui conduisait à la demeure des Harper. Dominant le port de Sydney, sur un site remarquable, elle avait symbolisé la puissance et la réussite de Max Harper. Il avait fait construire la grande maison blanche pour en faire son domicile à Sydney, au moment où ses affaires, s'étendant du nord à l'est du pays, attiraient de plus en plus les capitaux australiens.

La magnifique demeure au bord de l'eau était désormais l'une des principales propriétés privées de Sydney. Avec ses grands arbres qui prodiguaient une ombre bienfaisante, ses pelouses parfaitement tondues qui descendaient jusqu'au bord de l'eau et ses vastes pièces décorées avec goût, elle représentait une sorte d'idéal de vie. Greg imaginait le jardin inondé de soleil, les perrons abrités et les pièces fraîches, le champagne frappé et l'accueil respectueux qui l'attendaient. C'était ça, la vie. Ça et un tas d'autres agréments du même ordre. Il n'avait qu'à tendre la main... Sa bonne humeur revint tout à fait.

Mais il déchanta en apercevant, au détour de la route, agglutinés devant la grille du domaine, entre les Mercedes et les Ferrari des invités, encombrant le trottoir et lui barrant le chemin, une horde de journalistes et de photographes rassemblés là pour l'événement du jour. Tous ceux qu'il avait eu l'occasion de rencontrer au cours de sa carrière de champion étaient là, plus une nuée de jeunes commères de magazines féminins friandes de potins mondains, plus quelques inconnus, envoyés sans doute par des agences de presse ou des journaux étrangers – auxquels s'ajoutaient, comme de bien entendu, les petites groupies bronzées et charmantes venues faire leurs adieux à l'idole des courts... et parmi elles...

– Bon sang !

C'était bien la petite Française, là-bas derrière, avec la robe rouge ! De nouveau, la rage le saisit.

– Du calme, mon vieux, fit Lew, en voyant changer l'expression de son voisin. Pas d'affolement. Tu les mets tous dans ta poche quand tu veux !

Greg ravala sa salive et acquiesça du chef. Le temps d'arriver jusqu'à eux, il s'était ressaisi et, un sourire décontracté aux lèvres, il arrêta la Rolls, qui fut aussitôt assaillie par la nuée de vautours.

– Le voilà ! s'écria un jeune reporter, magnétophone en bandoulière, en jouant des coudes à travers la foule, micro brandi. Alors, Greg, quel effet ça fait d'épouser la femme la plus riche d'Australie ?

Ce dernier la gratifia d'un sourire charmeur :

– C'est mer-veil-leux, roucoula-t-il.

– On commençait à se dire que vous alliez nous poser un lapin !

– C'est à cause des embouteillages. Et de mon témoin ici présent – il m'a fait poireauter des heures.

– Pourquoi a-t-on refusé aux journalistes d'assister au mariage ?

La question venait d'une représentante d'une agence de presse internationale, manifestement fort mécontente. Greg haussa les épaules en un geste d'impuissance.

– Navré, madame. J'apprécie votre déception à vous tous. C'est Stéphanie, elle voulait quelque chose d'intime, seulement les parents et les amis proches. Elle n'a pas comme moi l'habitude des journalistes. Et j'espère que c'est avec moi qu'elle se marie, pas avec mes fans !

Il eut un sourire désolé. C'est cela, se dit-il, traite-les en douceur, ménage-les, c'est tout simple avec un peu d'entraînement.

Un photographe était occupé à prendre des clichés de la Rolls rutilante sur la plaque d'immatriculation de laquelle on pouvait lire : TENNIS.

– Bel engin, dit-il. Un cadeau de mariage ?

– Ouais, fit Greg, désinvolte. C'est cela même.

Du coin de l'œil, il voyait approcher une des commères qu'il avait repérées en arrivant. Pour la première fois, il regretta que la voiture fût décapotable, le rendant totalement vulnérable au monde extérieur. Si seulement il avait pu abaisser un écran vitré entre cette fille et lui !

Mais elle était déjà là :

– Pour les lecteurs du monde entier, demanda-t-elle tout de go, que répondez-vous à ceux qui prétendent que vous épousez Stéphanie Harper pour sa fortune ?

Il l'attendait, celle-là. Il répondit sans hésiter :

– Cela ne nous gêne pas. On peut raconter ce qu'on veut. Du moment que je peux rendre Stéphanie heureuse !

– C'est un vrai mariage d'amour, alors ?

– Eh bien, oui ! J'en souhaite autant à tout le monde, je vous assure.

Chapeau, Greg ! se dit Lew, admiratif. Il savait vraiment y faire ! C'était gagné, maintenant.

– Et votre carrière, Greg ?

La question émanait cette fois d'un des principaux journalistes sportifs du pays. L'un de ceux qui avaient suivi Greg depuis ses débuts, quand il n'était encore qu'un jeune loup sorti du néant, caractérisé par un étonnant mélange de force et de grâce et déterminé à gagner coûte que coûte.

– Est-ce que ça veut dire que le tennis est fini pour vous ?

Greg eut l'air peiné :

– Mais pas du tout, voyons. Pas du tout.

– Vous reconnaissez tout de même que votre niveau a baissé, par rapport à ce que vous nous aviez donné l'habitude de voir ? Peut-être avez-vous un peu trop... fait la vie, ces temps-ci, vous voyez ce que je veux dire ?

Sur le volant, les doigts de Greg brûlaient de s'envoler pour aller écraser la bouche de l'insolent. Mais il se reprit et dut combattre l'envie de se retourner pour voir si c'était bien la petite Française, qu'il avait reconnue parmi la foule de groupies. Il sourit nonchalamment :

– Il ne faut pas croire tout ce qu'on lit dans les journaux. Vous êtes pourtant bien placé pour le savoir, pas vrai ?

– Vous nous préparez un retour, alors ?

Greg ouvrit de grands yeux, feignant l'étonnement :

– Mais je ne suis jamais parti !

– On peut donc compter vous revoir en compétition internationale l'an prochain ? Wimbledon, peut-être ?

– Cela dépendra de Stéphanie, répliqua Greg.

Si elle a envie de me suivre en tournée, ou pas. C'est à elle que je pense en premier désormais.

– C'est la première fois que vous vous mariez, Greg ?

Encore celle de tout à l'heure ! Greg la jaugea au passage.

– Exact, dit-il vivement. Et je ne vais pas y arriver si vous me gardez ici trop longtemps. Il faut que j'y aille. À plus tard. (Il mit le contact, mais, comme la voiture démarrait, il ne put s'empêcher de draguer la jeune femme occupée à enregistrer chacune des paroles qu'il prononçait.) Vous avez un corps splendide, mademoiselle, dit-il avec un petit sourire. Attention à ce que vous en faites ! Pas de folies, hein ?

Elle rougit du compliment et, satisfait de l'effet produit, Greg lança la Rolls sur l'allée sinueuse.

Là-haut, devant la maison, un garçon de treize ans filmait à l'aide d'une caméra fort coûteuse l'arrivée des invités qui affluaient dans la propriété depuis plus d'une heure. Du balcon de la chambre à coucher, Jilly l'observait qui allait et venait, affairé à filmer tout ce qui se présentait, avec plus d'enthousiasme que de savoir-faire. Elle se détourna pour rentrer dans la pièce où Stéphanie finissait de se préparer. Il est en retard, se dit-elle. Stéphanie est-elle anxieuse ?

– Et les enfants ? demanda-t-elle. Comment réagissent-ils ?

Stéphanie plissa le front.

– Dennis, très bien, dit-elle pensivement. Il est tout excité d'avoir un champion de tennis pour beau-père. Et Greg lui a offert une magnifique caméra – il est très attentionné, pour ça, Jilly, tu sais –, si bien qu'aujourd'hui il ne pense qu'à filmer tout ce qu'il voit.

– Et Sarah... ?

Stéphanie soupira.

– Bah, tu sais, elle est à l'âge difficile. Ça doit être dur à quinze ans de voir sa mère tomber follement amoureuse. (Stéphanie rougit légèrement.) Surtout de quelqu'un de plus jeune.

Jilly leva des sourcils interrogateurs.

– Je crois qu'elle ne me pardonne pas la différence d'âge entre Greg et moi.

– Elle n'est pas si grande, dit Jilly, réconfortante. Ça n'a plus tellement d'importance de nos jours.

– Mais ça en a énormément pour une fille de son âge, apparemment. Et puis je n'ai peut-être pas fait tout ce qu'il fallait. J'ai complètement perdu la tête quand je l'ai rencontré. J'étais si absorbée par Greg que j'en ai oublié le concert que donnait Sarah à son école, elle qui devait jouer en solo. Je n'ai pas joué de piano avec elle depuis un temps fou, et je ne l'ai pas écoutée non plus... le résultat, c'est qu'elle est jalouse comme une tigresse, qu'elle lui en veut et qu'elle me déteste.

Stéphanie cacha son visage dans ses mains et Jilly sentit que le chagrin allait la submerger. Elle s'empressa d'intervenir :

– Écoute, tu vas gâter ton maquillage si tu fais ça, mon chou. Regarde les choses du bon côté. Tu as mis la main sur l'un des célibataires les plus remarquables de l'hémisphère Sud maintenant que le prince Charles n'est plus dans la course, alors profites-en. Prends du bon temps et arrête de te mettre martel en tête. Tu ne te maries pas pour eux après tout, pense un peu à toi, pour une fois. Pense un peu à toi, Stéphanie Harper !

Stéphanie prit une profonde inspiration, releva le menton, redressa les épaules et se leva. Elle se détourna pour sourire à son amie.

– Tu as raison. Je suis idiote. J'irai très bien

dès que Greg sera arrivé. Je sais qu'il est un peu en retard. Mais il ne me laissera pas tomber.

– Bravo ! C'est comme ça que je veux te voir, ma chérie !

Jilly s'approcha de son amie, lui prit la main et la conduisit jusqu'au grand miroir qui occupait presque tout le mur du fond. Les deux femmes se regardèrent en silence. Stéphanie, grande et timide, peu sûre d'elle et pas très à l'aise, avait pourtant une grâce enfantine qui la faisait paraître plus jeune que son âge. À vrai dire, elle semblait plus proche de vingt ans que de quarante. Et dans son ravissant deux-pièces vaporeux qui donnait à ses yeux la nuance des clochettes des sous-bois, elle était plus jolie qu'elle ne l'avait jamais été de sa vie.

Mais pourquoi ne va-t-elle pas jusqu'au bout ? songea Jilly, vaguement irritée. Elle a des yeux pour voir. Elle devrait savoir que le bleu de ses saphirs ne va pas du tout avec le reste. Et le fait qu'elle soit grande n'aurait pas dû l'empêcher de porter des talons, même petits, un jour comme aujourd'hui. Et pourquoi ne se trouve-t-elle pas une vraie coiffure, au lieu de relever ses cheveux en rouleaux ridicules, avec ces barrettes... Quand je pense... si j'avais autant d'argent...

Jilly rencontra soudain les yeux de Stéphanie dans le miroir. Le sourire affectueux de son amie était joyeux.

– Tu es magnifique, Jilly ! J'adore ton tailleur ! Cinquième Avenue ?

Jilly se sentit honteuse. Pourquoi suis-je aussi mesquine ? se demanda-t-elle. Qu'est-ce qui me prend d'avoir des sentiments pareils ? Et, un peu trop vite, elle répondit :

– Toi aussi, tu sais ! Tu es magnifique ! Vraiment très jolie.

– C'est vrai ?

– Oui, je t'assure.

Peu convaincue, Stéphanie se détourna avec une petite grimace et se laissa tomber sur le lit.

– Ce qu'il y a, c'est que ce ne sont pas seulement les enfants... moi non plus, je ne tourne pas rond, j'ai tellement peur de ne pas savoir le garder. C'est une vedette, une star, et je suis si quelconque... Il est champion de tennis et je suis le contraire d'une sportive, c'est tout juste si je sais nager...

– Fais-le monter à cheval, et tu verras lequel des deux sera le plus impressionné. Il sera dans tous ses états, c'est sûr... sans compter que ça fait partie des objectifs en vue, si j'ai bien compris...

Stéphanie rougit violemment, sans paraître mécontente du tour que prenait la conversation. Elle eut un petit sourire qui creusa deux fossettes dans ses joues, regarda le bout de ses souliers puis, d'un bond, s'élança vers la penderie qui jouxtait sa chambre. Elle réapparut porteuse d'un élégant carton volumineux, l'ouvrit, révélant aux yeux de Jilly émerveillée, sous le fin papier de soie argenté, un trousseau complet de satin noir, orné de ruchés de dentelles et de rubans de soie. Jilly se pencha pour examiner le contenu de plus près. Chaque pièce du trousseau était des plus ravissantes et portait la marque d'un grand couturier français.

Avec des petits gloussements émoustillés, Stéphanie tira du carton un négligé qu'elle plaça devant elle. Le tissu en était extraordinairement soyeux et le décolleté profond et provocant. Elle fit le tour de la pièce en tournoyant comme une petite fille, fredonnant sur un rythme endiablé :

– Jilly-O-Jilly-O-Coooomme-je-l'ai-me...

– C'est lui qui te l'a offert ?

– Oui, oui, fit Stéphanie, toujours chantonnant.

Jamais je n'ai porté un truc pareil avant, tu penses. Ça me rend toute chose rien que d'y penser !

Jilly acquiesça et, au toucher sensuel du satin, éprouva un tressaillement d'excitation au fond d'elle-même.

– Eh bien, vous avez été rapides en besogne tous les deux, on dirait ? Comment t'y es-tu prise pour l'engager sur cette voie... enfin, je veux dire, celle des relations intimes...

– Non, je n'ai pas... commença Stéphanie, méfiante.

– Quoi, vous n'avez pas encore... ?

– Non, répéta Stéphanie, le rouge aux joues mais d'un ton ferme. On n'a pas eu beaucoup de temps à nous, d'une part, et jamais la certitude qu'on n'était pas épiés par un photographe. On ne pouvait être tranquilles ni chez lui ni chez moi et je ne suis pas tellement du genre à faire ça à l'arrière d'une voiture, même si c'est la limousine de la Harper Mining Company. Mais surtout, je veux faire les choses dans l'ordre. Je ne veux pas risquer de faire tout rater, cette fois, tu comprends ? Je suis adulte maintenant, la jeune fille innocente n'existe plus, et je sais que j'ai trouvé l'homme qui convient à la femme que je sens en moi.

Stéphanie se tut et les deux femmes se regardèrent en toute franchise. Jilly comprenait parfaitement ce que voulait dire son amie. Celle-ci était le type même, plutôt courant, de la femme plusieurs fois mariée mais qui n'a pas encore trouvé le chemin de sa propre sexualité. Elle avait grandi, solitaire, entre les murs de la propriété d'Éden et le seul homme qu'elle eût jamais approché était son père. Mais ce dernier était presque toujours en voyage aux quatre coins du monde et elle se sentait souvent esseulée, en mal d'affection. En même temps, sa forte personnalité rendait les autres hommes faibles et insignifiants aux yeux de sa fille unique. Rien d'étonnant à ce qu'elle se fût éprise du premier qui parût lui manifester tant soit peu d'intérêt, en l'occurrence le rejeton dégénéré d'une famille de la petite aristocratie britannique rencontré lors d'un séjour à Londres. Or son jeune époux ne s'était jusque-là intéressé qu'aux garçons et leur union, du point de vue de la sexualité, s'était révélée tout à fait désastreuse. Heureusement pour elle, la jeune fille inexpérimentée n'avait rien compris aux choses bizarres que lui demandait son époux et, protégée par sa naïveté et son ignorance, elle avait conservé aussi longtemps que possible son estime à son bel éphèbe aux manières de gentleman. Leur union dura assez longtemps pour qu'il en naquît une petite fille. Mais la déception de sa belle-famille, qui attendait un héritier, ajoutée à la découverte par la même belle-famille que la fortune des Harper ne serait pas consacrée à la construction d'un manoir anglais, contribua à mettre un terme au mariage de l'homme de loi britannique et de la sauvageonne australienne. Stéphanie, pour sa part, avait le mal du pays dans les brumes d'Angleterre. Elle regrettait l'air pur et vivifiant, l'immensité et, par-dessus tout, Éden, le domaine de son enfance. Leur brève union fut donc dissoute sans douleur et Stéphanie rentra chez elle, plus mûre, certes, mais pas dans le domaine de la sexualité.

Sans perdre de temps, elle s'était aussitôt engagée dans une deuxième union malheureuse, trop candide encore pour suivre le conseil de Jilly et prendre le temps de faire son choix. Trois mois plus tard, elle était l'épouse d'un savant américain chargé d'organiser un programme international de recherches sur les ressources minérières et attaché à la Harper Company le temps des travaux. C'était un homme d'âge mûr, aux manières affables, sans surprise – Max, en somme, mais sans la puissance, l'énergie ni le mordant –, pour qui la sexualité se résumait à un rapport mensuel guère plus important pour lui que le bain qu'il prenait en rentrant de plusieurs semaines d'isolement sur un site retiré, où la plus infime trace de minerai retenait davantage son attention que sa jeune épouse. Jilly l'avait toujours jugé repoussant en se demandant intérieurement comment Stéphanie supportait qu'il la touchât. Mais comme, à l'instar de son père, il était presque toujours absent, la question ne se posait pas trop souvent. Dans un moment de distraction, il lui avait donné le petit garçon qu'elle n'avait pu avoir en Angleterre avec son premier époux. Mais une fois ses recherches achevées, il était tout simplement rentré aux États-Unis, laissant derrière lui une Stéphanie plus âgée mais, ainsi qu'elle l'avait confié à son amie, guère plus expérimentée.

Depuis, Stéphanie menait une vie paisible, partageant son temps entre ses enfants et la Harper Mining. Elle semblait se passer très bien des hommes, ce qui pour Jilly était absolument impensable, elle qui, bien que mariée, n'en cherchait pas moins ailleurs, et dans maintes directions, la satisfaction de ses besoins de femme. À trente ans, Jilly savait que ses besoins sexuels étaient plus forts, plus pressants que jamais et elle pouvait reconnaître son désir et le satisfaire. Stéphanie commençait-elle enfin à entendre la musique de la danse nuptiale ? Était-elle enfin prête à s'y mêler avant qu'il ne fût trop tard ? Jilly regarda celle à qui, petite fille, ses camarades donnaient le surnom de « Sainte Nitouche ». Une manière d'audace dans son regard direct et son port de tête, le sourire épanoui qu'elle lui adressait lui fournirent la réponse.

– Je suis contente, Steph. Et bienvenue à bord !

– Souhaite-moi bonne chance, Jilly, dit Stéphanie. Je sais que je vais en avoir besoin, Greg est... enfin, il a beaucoup d'avance sur moi.

– À voir le trousseau, il a l'air tout prêt à donner des leçons, dit Jilly en riant. J'ai comme l'impression qu'il y a un message dans son cadeau, vois-tu...

– Je suis prête, en tout cas, conclut Stéphanie, pleine d'impatience. Oh, mais où peut-il bien être ?

Le ronflement de la Rolls qui s'arrêtait devant l'entrée de la maison leur parvint au même moment, puis se tut.

– Quand on parle du loup... fit Jilly. On dirait que le marié est arrivé.

2

Dans la fraîche entrée aux murs blancs de la demeure des Harper, Bill McMaster attendait avec la patience d'un homme qui a connu dans sa vie des événements autrement plus marquants. Mais il n'avait pas l'habitude qu'on le fît attendre et il n'appréciait guère. Directeur de la Harper Mining Company et tuteur légal de Stéphanie depuis le décès de Max, il était présent à titre à la fois privé et professionnel. L'un des premiers arrivés afin de veiller à ce que tout se déroulât parfaitement pour Stéphanie, il avait tout prévu, sauf le retard du futur époux. Son visage profondément ridé, aux traits rudes marqués par les années de travail acharné aux côtés de Max, arborait une expression cordiale et animée tandis qu'il bavardait avec les invités de la noce et les membres du personnel de la Harper. Mais intérieurement, il se maudissait et se traitait de tous les noms pour n'avoir pas songé à envoyer la limousine de la Compagnie et deux coursiers parmi les plus costauds de la Harper aux fins de ramener le jeune écervelé en temps voulu.

Jusque-là, tout s'était passé sans accroc. En arrivant, Bill avait découvert les préparatifs du repas, les invités et leurs cadeaux, l'organisation du personnel qui œuvrait à la perfection sous la baguette du chef d'orchestre Matey, le majordome de la maison Harper depuis des temps immémoriaux. On racontait que Max l'avait enlevé à une famille d'aristocrates dont le yacht avait mouillé quelque temps dans le port de Sydney. On racontait aussi qu'il avait été majordome dans une famille de la haute société en Europe car il n'était pas australien d'origine. Mais son nom et son passé s'étaient perdus dans la nuit des temps depuis que Max l'avait pris à son service et baptisé Matey, lui donnant carte blanche pour diriger sa maison sur un grand pied. Comme à l'accoutumée, Max avait eu l'œil, et Matey avait joué un rôle essentiel dans la création de la légende de la famille Harper dont lui-même était devenu une pierre angulaire.

– Bonjour, Matey.

Bill serra la main du vieux serviteur avec une sincère affection. Avec son énorme nœud papillon et son gros œillet cramoisi à la boutonnière, Matey aurait pu friser le ridicule, mais il se tenait droit comme un *i* et son port noble, son regard fier l'en mettaient définitivement à l'abri.

– Tiens, M. McMaster. Bonjour, monsieur. Comment allez-vous ? Comment ça va… là-bas ?

Matey désignait toujours l'autre propriété des Harper par ce terme, n'y ayant jamais été lui-même, et n'ayant d'ailleurs nul désir d'y aller jamais.

– Très bien, merci, Matey... la dernière fois que je m'y trouvais en tout cas. Aujourd'hui est un grand jour.

– Oh ! oui, monsieur, un grand jour. Nous avons suivi toutes vos instructions, monsieur, et celles de mademoiselle Stéphanie, et si je puis me permettre, je me suis aussi autorisé quelques initiatives personnelles. J'ai pris la précaution de commander deux fois la quantité de champagne prévue par les traiteurs – nous ne voulons pas passer pour mesquins – et j'ai fait repousser le lieu de la cérémonie vers le fond du parc pour que nous ayons plus d'ombre quand le soleil tapera à midi. Pour le reste, tout est en ordre.

– Comme toujours quand vous êtes là, Matey. Vous êtes un oiseau rare, vraiment.

– Merci, monsieur. Il y a longtemps que nous n'avons eu pareille réception, mais la tradition de la maison Harper sera respectée, j'en ai l'impression. Si vous voulez bien m'excuser, monsieur...

Et, tandis que le vieux Matey courait à ses occupations, Bill se prit à songer à la dernière cérémonie chez les Harper. Pas aux mariages de Stéphanie – le premier avait eu lieu en Angleterre et le second n'avait été qu'un rapide et discret mariage civil à Alice Springs, ville où le chercheur se trouvait par hasard à ce moment-là. Non, c'était à l'enterrement de Max qu'il songeait – quand toute la population du Nord s'était rassemblée pour la veillée mortuaire.

Dix-sept ans... Pour Bill, ç'aurait pu être hier. Les heures d'attente anxieuse dans la bibliothèque, à Éden, les chuchotements et l'apparition de Stéphanie, tel un spectre, dans l'encadrement de la porte. Son courage, quand elle avait levé son verre pour porter un toast à son père d'une voix tremblante, puis sa crise de nerfs, le cri qu'elle avait poussé avant de s'enfuir en courant. Des heures et des heures s'étaient écoulées sans qu'on la vît revenir. Jim Gully, le chef de la police du secteur, venu rendre un dernier hommage à Max, avait proposé de la faire rechercher. En interrogeant les aborigènes employés au poste de police, il avait appris qu'au lieu de prendre son cheval habituel, un hongre parfaitement dressé, la jeune fille avait choisi un gigantesque étalon au tempérament fougueux et presque indompté. S'il avait désarçonné sa cavalière en pleine brousse, il y avait peu de chances qu'on la retrouvât vivante.

Mais Katie, la gouvernante, leur avait ri au nez :

– King ? Faire tomber Effie ? On voit que vous les connaissez pas comme moi. Effie est la seule créature, homme, femme ou enfant, qu'a jamais pu faire obéir cette brute. Il est encore tout jeune et il a jamais connu personne d'aut'. Il vient lui manger dans la main mais il vous ferait passer de vie à trépas si vous vous approchiez de trop près, avait-elle ajouté en considérant non sans dédain le gros homme transpirant.

Au fil de la journée, Bill avait senti lui aussi la peur le gagner. Mais il connaissait bien Katie, et c'était elle qui avait élevé Stéphanie, ou Effie comme elle l'avait toujours appelée, l'accouchement tragique ayant emporté la seule personne que Max eût jamais vraiment aimée. Le nourrisson, d'abord rejeté par son père, avait été confié à Katie qui avait reporté sur lui toute l'affection possessive dont elle avait été privée, étant restée vieille fille. Katie connaissait mieux Stéphanie que personne au monde. Bill espérait seulement qu'elle ne se trompait pas.

Et elle ne s'était pas trompée. Quand le crépuscule s'abattit sur Éden avec la soudaineté terrifiante propre aux Tropiques, Stéphanie fit son entrée, aussi calme que si elle était simplement sortie chercher un mouchoir. Jamais elle n'avait tenté d'expliquer ce qui l'avait incitée à s'enfuir en hurlant et Bill ne lui avait jamais rien demandé. Elle avait pénétré dans la bibliothèque bondée la tête haute, le menton dressé, digne fille de son père. Bill n'était pas particulièrement sensible, pourtant il en aurait pleuré de soulagement – pas seulement parce qu'elle était saine et sauve, mais de pouvoir se dire qu'un Harper poursuivrait la tradition à la tête de la compagnie – un mini-Max.

Tout n'avait pas été pour le mieux au début, bien sûr : Stéphanie manquait d'expérience, et surtout d'assurance. Tant de responsabilités la terrifiaient. Car si Max l'avait désignée pour lui succéder, il avait négligé de la mettre au courant de ses affaires et de lui enseigner son métier. Il avait fallu tout lui apprendre : la comptabilité, le calcul des profits et pertes, les problèmes de rentabilité, la recherche des capitaux, la gestion d'une grosse entreprise, tout était nouveau pour elle et bien souvent, les traits tirés par la fatigue, elle avait ouvert de grands yeux effrayés devant l'énormité de la tâche qui l'attendait. Mais il était fier de sa protégée – elle l'avait récompensé des heures, des jours, des semaines et des mois d'efforts qu'il lui avait consacrés. Elle avait hérité du flair de son père pour les affaires, en mille fois plus aigu encore.

Elle avait aussi quelque chose de plus, une manière de sixième sens que Bill avait eu du mal à accepter, et qu'il aurait été incapable d'expliquer. Elle possédait un don de prémonition qui lui permettait de deviner une chute de la Bourse ou une mauvaise affaire et quand Bill la pressait de justifier son impression elle était seulement capable de dire qu'elle le « sentait ». Pourquoi, elle l'ignorait. Bill avait fini par attribuer cette sensibilité à son « intuition féminine » mais il était persuadé intérieurement que le fait d'avoir grandi à Éden n'y était pas étranger. Là, au cœur des espaces infinis, Stéphanie avait connu la solitude absolue. La solitude qui, seule, permet d'entendre la petite voix silencieuse murmurant les secrets de la vie. Elle avait grandi près des aborigènes, partagé leur communion mystique avec la nature et toutes les créatures vivantes. Elle savait parler aux animaux et se sentait en osmose avec la création et l'air qu'elle respirait. Or elle avait emporté tous ces dons avec elle en ville, cachés derrière son apparence quelconque, plutôt ingrate même, timide et mal assurée.

Il était un domaine, pourtant, dans lequel elle manquait de perspicacité. Bill poussa un soupir en y songeant car c'était une grave faiblesse : Stéphanie n'était pas bon juge quand il s'agissait des hommes. Il frissonna en se rappelant ses deux mariages ratés et passa un doigt dans le col de sa chemise en imaginant les dégâts qu'ils auraient pu entraîner pour la Harper Mining. Mais celle-ci s'en était tirée sans dommages. La famille du petit duc anglais s'était montrée si satisfaite de se débarrasser d'elle, si reconnaissante – avec quelle indécence ! – qu'elle n'exigeât pas de pension alimentaire, qu'il ne leur était pas venu à l'idée d'exiger quoi que ce fût de leur côté. Le professeur américain, malgré tous ses défauts, était quant à lui sincèrement détaché des choses de ce monde, et il avait été horrifié de découvrir que son épouse était à la tête de l'une des plus grosses fortunes d'Australie. Quoi qu'il en soit, l'un comme l'autre auraient parfaitement pu rançonner la Harper Mining s'ils l'avaient voulu et celle-ci l'avait en quelque sorte échappé belle.

Mais qu'en serait-il cette fois ? Bill avait été profondément choqué et s'était montré non moins soupçonneux en apprenant la décision de Stéphanie de se remarier après une liaison aussi fulgurante. Comme pour tout le monde dans son entourage, Stéphanie était pour lui une femme approchant la quarantaine, plutôt empâtée, qui prenait peu d'intérêt aux choses du sexe et était incroyablement peu sûre d'elle avec les hommes en dehors du contexte des affaires. Qu'est-ce que ce play-boy pouvait bien lui trouver ? Il confia ses inquiétudes à sa propre épouse, Rina, une femme maternelle et compréhensive, qui tenta en vain de le rassurer :

– Tu le mésestimes peut-être, mon chéri, remarqua-t-elle. Laisse-lui une chance, au moins. Tu sais qu'elle est forte, honnête et fidèle – qu'est-ce qui te dit qu'il ne voit pas cela chez elle lui aussi ?

Peut-être avait-elle raison. Il n'empêche, Bill avait un mauvais pressentiment…

En entendant le moteur de la Rolls-Royce engagée dans l'allée, il ne savait plus s'il était soulagé ou irrité. Matey se rua sur la porte pour accueillir celui qui allait devenir son nouveau maître et le conduisit au fond du parc, où le prêtre attendait pour célébrer la cérémonie. Bill franchit le vaste hall au bas de l'escalier où Kaiser, le berger allemand de Stéphanie, montait la garde pour sa maîtresse.

– Salut, Kaiser ! lança Bill. Elle arrive, hein ?

Kaiser émit un petit son et dressa les oreilles. Il bondit au bruit de pas qui lui parvint du premier étage. Stéphanie et Jilly descendirent ensemble. Bill les attendait :

– Stéphanie, ma chérie, vous êtes ravissante.

– Merci, Bill.

Pour une fois, elle accepta le compliment sans embarras.

– Et vous aussi, Jilly. Bienvenue parmi nous. Vous avez fait bon voyage ?

– Très bon, merci.

Passant son bras sous celui de Bill, Stéphanie l'emmena un peu à l'écart de Jilly :

– Avez-vous apporté les papiers que je dois signer, Bill ?

– Oui, je les ai. (Bill marqua un instant d'hésitation.) Mais il faut que je vous dise que le conseil d'administration a manifesté quelques réticences.

– Je m'y attendais. (Dans les moments comme celui-là, Stéphanie était une vraie Harper, ferme et inflexible.) Ce qui compte, c'est que vous les convainquiez.

– Bien sûr. Vous pouvez me faire confiance, Stéphanie.

Il hésita de nouveau et elle ajouta calmement :

– Parlez-moi franchement, Bill. Vous croyez que je suis complètement inconsciente ?

Ils se tenaient devant un portrait de Max, une reproduction de celui-ci qui le conservait présent à Éden. Bill sentait presque son regard perçant sur sa nuque. Il eut un sourire triste.

– Aucun des Harper que j'ai connus ne l'était. Vous êtes capable de faire marcher la Harper Mining et toutes ses succursales à vous seule, Stéphanie. Je n'ai plus rien à vous apprendre. Et vous possédez énormément de capacités personnelles, même si vous ne vous en apercevez pas. Vous n'avez pas besoin de moi.

– Mais bien sûr que si ! s'écria Stéphanie d'un ton vibrant, plein de véhémence. Je ne m'en serais jamais sortie sans vous. J'ai besoin d'une épaule masculine sur laquelle me reposer, conclut-elle plus timidement.

– C'est compréhensible, j'imagine. Mais je pense toutefois que vous auriez mieux fait de mettre à la disposition de votre époux des fonds personnels plutôt que des capitaux de la compagnie. Là, il en devient un membre à part entière. C'est la révolution au conseil !

– Bill ! (Stéphanie poussa un profond soupir.) Je ne veux pas lui donner l'impression que je l'entretiens. Est-ce que vous vous rendez compte que je peux faire fuir un homme à cause de ma fortune ?

Pas celui-là, songea Bill. Pas celui-là, Stéphanie. Comme vous êtes confiante et naïve, ma chère petite.

– Cela a été une telle source de complications pour moi par le passé, poursuivit-elle. Je ne veux pas refaire la même erreur. Je veux que mon mari soit indépendant, qu'il possède ses propres capitaux, que ses revenus soient bien distincts. Et je ne veux pas que cela ressemble à une aumône !

Un éclair dangereux passa dans ses yeux et elle redressa la tête, le menton volontaire. Bill enregistra le message.

– Ne vous faites pas de souci, dit-il d'un ton apaisant. Pas de problème. À partir de maintenant, Greg est membre de la Harper Mining.

Stéphanie se détendit.

– Merci, Bill.

– La seule chose qui compte pour moi, Steph, c'est que vous soyez heureuse. Et si je peux y contribuer, vous savez que vous n'avez qu'à demander.

– Je sais.

Bill se pencha pour l'embrasser, mais se figea soudain quand elle lui dit :

– Une dernière chose, Bill. À la réflexion, je souhaite que Greg fasse partie du conseil d'administration, qu'il ait une véritable fonction, assortie de responsabilités, pas seulement un paquet d'actions et des titres inutiles. Je vous charge de vous en occuper ?

Bill la regarda, en s'efforçant de dissimuler sa surprise et sa colère. Stéphanie soutint son regard sans broncher et Bill se rendit soudain compte que c'était bien la fille de Max et qu'il s'agissait d'un ultimatum. On ne lui demandait pas son avis. Il se contraignit à sourire, acquiesça du chef et l'embrassa légèrement sur la joue.

– C'est entendu. Je m'en occupe. Tous mes vœux, Stéphanie, et bonne chance.

Il se redressa et jeta un regard circulaire autour de lui. Au-delà du hall, il apercevait la salle à manger, avec ses tables dressées pour le lunch qui suivrait la cérémonie. Dans le hall lui-même, s'entassaient les cadeaux enrubannés et de l'autre côté du salon, dans le jardin, le futur époux et les invités attendaient la mariée. Jilly s'avança, portant un petit bouquet pour elle-même et un énorme pour Stéphanie. L'air était imprégné du parfum des fleurs.

La cérémonie pouvait commencer. Bill sentait les événements lui échapper, comme si le destin s'accomplissait inexorablement, sans qu'aucune intervention humaine eût le pouvoir de l'infléchir en rien. Il se résigna donc et, passant le bras de Stéphanie sous le sien, déclara :

– Et maintenant, ma chérie, allons vous marier !

Dehors, l'air était chaud et immobile. Un peu plus tôt, une averse tropicale, torrentielle était tombée sur le jardin, risquant de compromettre la cérémonie en obligeant tout le monde à se réfugier à l'intérieur. Mais la pluie s'était arrêtée aussi brusquement qu'elle était venue, et les arbres en fleurs, les pelouses parfaitement tondues brillaient désormais d'un nouvel éclat, donnant au jardin un aspect plein de fraîcheur. Le soleil au zénith tapait dur, mais les arbres tamisaient ses rayons, les rendant moins féroces aux invités qui bavardaient à l'ombre des feuillages.

Au cœur du temple de verdure, Greg s'était

placé devant la table qui tenait lieu d'autel, son témoin à ses côtés. À sa droite, au-delà du jardin, il voyait le port, vers lequel les pelouses descendaient en pente douce. La baie était sillonnée de yachts magnifiques s'éloignant vers le large ou s'approchant du port de plaisance. Encore plus loin, l'arche du Sydney Harbour Bridge enjambait majestueusement la large baie, unissant les deux parties de la ville. Quel panorama ! songea Greg avec contentement. Inestimable ! Il aimait Sydney et, bien qu'il eût voyagé dans le monde entier pour les championnats de tennis, de toutes les villes qu'il avait connues, Sydney demeurait sa préférée. Son regard s'attarda sur les eaux miroitantes et la colère froide tapie au fond de lui, sa compagne de chaque instant depuis son enfance, s'en trouva calmée. En cet instant, l'âme de Greg Marsden était presque en paix.

Le petit prêtre qui bavardait avec le témoin observait Greg du coin de l'œil. Dans tous les mariages qu'il avait célébrés, la mariée était souvent arrivée en retard, mais jamais le futur époux. Il avait attendu avec résignation, sa foi l'aidant à penser que tout irait bien; il avait bien fait puisqu'il était là et que, d'un instant à l'autre, le reste des invités allaient quitter la maison pour les rejoindre sous les arbres. Il aurait bien voulu croire que le beau jeune homme insolent, élégant et décontracté qui se tenait devant lui non sans désinvolture était spirituellement prêt à contracter les liens du mariage. Mon Dieu, pria-t-il en silence, accorde-lui ton aide, sois avec lui aujourd'hui, montre-lui le chemin. Rouvrant les yeux, le prêtre examina Greg plus attentivement. Ce dernier était manifestement perdu dans ses pensées. Le cœur du prêtre se souleva dans sa poitrine. Dieu, dans son infinie bonté, l'aurait-il lui aussi touché de sa grâce ? Aurait-il ramené à ses devoirs une brebis égarée, comme il l'avait déjà vu se produire, ne fût-ce qu'au pied de l'autel ?

Venise, songeait Greg. Venise. Le seul endroit au monde qui pût concurrencer Sydney. Et encore, les canaux sont puants, nauséabonds. N'empêche, Venise et lune de miel sont synonymes. C'est à Venise qu'il faut aller. Et à Paris, et peut-être la Provence, et la Dordogne... Une ombre passa sur son visage aux traits réguliers. Stéphanie avait sans le savoir contrarié son idée de l'emmener en Europe pour leur lune de miel lors d'une de leurs premières conversations concernant l'organisation de leur mariage.

– J'ai une merveilleuse surprise pour toi, lui avait-elle annoncé d'un ton joyeux. Éden ! Dès que nous pourrons nous enfuir, après la cérémonie, c'est là que nous irons passer notre lune de miel. Rien que nous deux ! Aussi longtemps qu'il nous plaira. Oh, Greg ! Quel bonheur !

Éden ? Greg connut un instant de véritable panique. Ce domaine perdu en pleine brousse, coupé de tous les plaisirs de l'existence que l'on ne trouve qu'en ville : l'animation, les lumières, le bruit, les distractions ? Mais il refoula son sentiment de terreur. Du calme, se dit-il, du calme. J'ai tout mon temps. Je suis déjà allé en Europe et j'y retournerai. Il se savait capable de supporter Éden. Il monterait à cheval, et, à vrai dire, plus l'animal était fougueux, plus il s'amusait, et il savait tenir un fusil – tout cela datait de son enfance, avant qu'il ne s'installât à Sydney, sa raquette à la main, débordant d'ambition. Il était orphelin à présent et en Australie, songea-t-il avec une ironie amère, on n'a pas de mal à devenir orphelin. Il n'y aurait personne de sa famille à son mariage, il y avait veillé. Il était un homme de nulle part. Il s'était fabriqué ce personnage et il lui convenait. Il ne comptait pas en changer. Mais il se dit qu'un mois à Éden ne le tuerait pas. Il se replongerait dans un mode de vie oublié. Et Stéphanie serait contente.

Stéphanie. Un nuage assombrit de nouveau le visage de Greg. Il souhaitait sincèrement la rendre heureuse et c'était dit, il partirait du bon pied. Il sentait aussi, par une manière d'intuition masculine, que son bonheur à elle serait de le voir heureux. Ne lui avait-elle pas répété à satiété qu'il lui faisait une faveur en l'épousant ? Au fond de lui-même, et bien qu'elle fût si riche, il avait l'impression qu'elle disait vrai. C'était une femme plutôt quelconque. Elle était gauche, guère sophistiquée et si mal dans sa peau qu'elle finissait par lui porter sur les nerfs à force de s'excuser d'exister. Tout le contraire de son type de femme : félines, sûres d'elles-mêmes, audacieuses et provocantes.

Il revit par la pensée la Française, la nuit où il avait enterré sa vie de garçon. À l'insu de ses compagnons, il l'avait retrouvée après les avoir quittés un peu avant l'aube. Elle l'attendait chez lui, dans sa chambre. Il revoyait son regard aguichant, ses petites dents blanches, ses formes séduisantes. Par la pensée, il fit de nouveau glisser la robe fluide de ses épaules, découvrant ses seins délicats, aux larges aréoles sombres. Il caressa de nouveau sa peau du bout des doigts, sentit le goût de ses lèvres et sa langue. Il frémit de plaisir. Stéphanie n'était pas ce genre de femme, soit, mais elle était passionnée, dotée d'un corps superbe, et elle ne demandait qu'à apprendre. Greg sourit. Il était impatient de tout lui enseigner. Il serait le meilleur des époux dans ce domaine, elle n'aurait pas à se plaindre. Il se sentait bien. Tout marcherait à merveille.

De la maison s'échappèrent les premiers accents d'une mélodie de Bach, grave et presque plaintive, pour orchestre à cordes, et aussitôt après, Stéphanie apparut au bras de Bill McMaster. Derrière elle, Jilly, sa demoiselle d'honneur, s'avançait aux côtés de Sarah, la fille du premier mariage de Stéphanie. Elles étaient suivies par Dennis, le fils de Stéphanie, que l'on était parvenu à convaincre d'abandonner sa caméra le temps de la cérémonie religieuse. Aux côtés de Dennis, se tenait Matey, sans qui nulle cérémonie n'aurait été parfaite chez les Harper, et, fermant la marche avec dignité, venait enfin Kaiser, le berger allemand de la mariée.

Stéphanie se dirigea vers Greg, plus belle que jamais. La lueur qui brillait dans ses yeux faisait plaisir à voir. Son cœur chantait, s'envolait comme un oiseau par-dessus la cime des arbres. Une pensée unique occupait son esprit : Greg, Greg, Greg ! Il était là devant elle, qui lui souriait. Elle songea, sans tristesse pourtant : Je pourrais mourir maintenant, en cette seconde, car j'ai atteint le bonheur suprême...

Le prêtre accueillit Stéphanie d'un sourire ravi. Il aimait les mariages, où la joie des hommes et la bénédiction divine se conjuguaient. La mariée tremblait de joie et le futur époux avait pris le temps de méditer et de se recueillir un moment avant l'instant solennel. Tout était en place. La cérémonie pouvait commencer.

– Mes chers frères, nous sommes rassemblés aujourd'hui, par la grâce de Dieu, afin de bénir l'union de cet homme et de cette femme par les liens sacrés du mariage...

Debout derrière Stéphanie, Jilly baissa la tête pour cacher son visage en feu sous le large bord de sa capeline. Quelques instants auparavant, elle avait traversé le jardin dans le sillage de Stéphanie sans prêter beaucoup d'attention à ce qui se passait autour d'elle. Mais la vue de celui qui se tenait près de l'autel l'avait brusquement tirée de sa légère torpeur. Grand, mince et musclé, des yeux gris au regard provocant, un visage aux traits réguliers, des cheveux blonds décolorés par le soleil : c'était tout simplement le plus bel homme que Jilly eût jamais vu. Un magnifique animal. Il était sauvage, comme un fauve, et d'une certaine manière dangereux... Jilly sentait le danger, le flairait presque. Sa présence physique lui fit l'effet d'un coup de poing. Elle en avait la respiration coupée. Le sang lui monta au visage et l'enfiévra tout entière. Son corps frémit et, à sa grande horreur, elle se rendit compte que c'était de désir. Elle devint cramoisie, baissa la tête et feignit de prier. Mais elle se sentait perdue. Cet homme recelait en lui une folie sourde dans laquelle se reconnaissait quelque chose d'enfoui en elle, prêt à exploser. Elle savait qu'elle ne saurait pas résister. Mais pourquoi ? Pourquoi fallait-il que ce soit l'époux de Stéphanie ?

Aux côtés de Jilly, Sarah livrait elle aussi un combat contre ses sentiments dévastateurs. Les yeux baissés, la fille de Stéphanie se sentait aussi misérable que sa mère était heureuse. À quinze ans, la femme en elle haïssait le couple qui se tenait devant l'autel, d'une haine féroce et quasi sacrée. Mais la fillette qu'elle était encore se trouvait à deux doigts d'éclater en sanglots et de s'enfuir en pleurant. Comment ose-t-elle ? Elle n'a pas le droit de faire une chose pareille ! Et avec ce type-là ? Quand il ne sourit pas, il a des yeux de lézard, et il est bien trop jeune pour elle. Je le déteste. Je le déteste. Avec une sensibilité surprenante chez un garçon de treize ans, Dennis sentit la tension irradier ses épaules et sa nuque rigide. Il se pencha légèrement et, prenant la main de Sarah dans la sienne, la pressa avec délicatesse. Furibonde, Sarah se dégagea et raidit encore les épaules, devant lui, d'un mouvement agressif. Mais, très loin des sentiments menaçants qui s'exprimaient derrière lui, Stéphanie devint Mme Greg Marsden.

Puis l'air s'emplit de musique, le champagne coula à flots, la réception commença. Sans perdre un instant, Jilly partit à la recherche de son époux dont la présence rassurante la réconforterait. Elle trouva Phillip occupé à servir Dennis et Sarah qui avaient du mal à approcher du buffet pris d'assaut.

– Alors, Dennis, disait-il en disposant du poulet froid sur l'assiette du jeune garçon. Que penses-tu du nouveau mari de ta maman ?

– Je ne le connais presque pas, répondit Dennis. Je l'ai vu une fois ou deux, c'est tout.

– C'est le cas d'à peu près tout le monde ici, pas vrai ? lança Jilly, se mêlant à la conversation, désinvolte mais décidée à la détourner d'une zone aussi minée. Dites donc, les enfants, vous n'avez pas eu trop de mal à manquer un jour d'école ?

Ils fréquentaient tous deux l'un des établissements les plus anciens de Sydney où ils étaient en pension quand Stéphanie partait en voyage d'affaires.

– Cela n'a vraiment posé aucun problème, tante Jilly, dit Sarah d'un petit ton méprisant. Maman nous en donne toujours le droit quand ça l'arrange. J'imagine qu'on devrait être contents de sécher les cours pour pouvoir assister à ses mariages !

– Sarah ! s'écria Phillip, scandalisé.

Sans un mot, Sarah fit volte-face et s'éloigna.

– On a le droit de manquer quand on a de bonnes notes de conduite, intervint Dennis pour détendre l'atmosphère. (Puis, s'excusant gentiment, il s'élança à la poursuite de sa sœur en criant :) Eh, Sarah ! Attends-moi !

– Les pauvres, dit Phillip, peiné. C'est peut-être le grand amour pour Stéphanie, mais ça ne leur rapporte pas grand-chose, à ces deux gosses. Enfin, j'espère que ça ira mieux quand ils reviendront de leur lune de miel.

Jilly ne répondit pas et Phillip remarqua son air inquiet.

– Tu es bien silencieuse. Tu as faim ? Tu dois avoir faim, non ? Attends, je vais te servir quelque chose. Mais tu n'as rien à boire ! Je vais te chercher une coupe de champagne, d'accord ?

– Oh ! n'exagère pas, Phil, dit-elle, les nerfs tendus comme des cordes de violon. C'est le décalage horaire, rien de plus.

– Mmmm.

Phil ne croyait qu'à moitié à son explication mais il n'en montra rien. Grand et mince, fort élégant dans son costume sombre parfaitement coupé, Phillip était encore très séduisant en dépit de sa cinquantaine bien avancée. Mais des années de vie conjugale avec une femme beaucoup plus jeune, qui avait peu à peu cessé d'être amoureuse de lui quand l'amour qu'il lui vouait n'avait pas faibli, lui avaient appris à se montrer prudent. Il observa sa femme avec perplexité et changea de tactique.

– La fête est réussie, pas vrai ? Un beau mariage, on ne peut pas le nier.

– Et comment ! Mais il faut dire que Stéphanie n'en est pas à son coup d'essai en la matière.

Jilly se mit à fouiller fébrilement dans son sac à la recherche d'une cigarette. Phillip lui prit le briquet des mains et la lui alluma.

– J'ai cru déceler quelque agressivité. Je me trompe, ma chérie ?

– Je suis désolée. C'est la fatigue. (Jilly lui caressa la joue pour le remercier.) Nous ne resterons pas longtemps.

– Non.

Il y eut un silence. Jilly tentait désespérément de ne pas penser à...

– Qu'est-ce que tu penses de Greg Marsden ? demanda Phillip.

Jilly aspira une longue bouffée et réfléchit quelques instants avant de répondre :

– Lui ? Je ne lui confierais pas mon portefeuille !

Au bout de la propriété, là où le jardin surplombait la baie, Dennis finit par retrouver Sarah sous un arbre dont les branches tombaient presque jusqu'à terre, formant un abri naturel. Gauchement, il tenta de la réconforter.

– Sarah... ne t'en fais pas, dis. Ce n'est pas la fin du monde. Et je suis encore là, moi.

Sa sœur lui jeta un regard hargneux en guise de réponse. Dennis fit une nouvelle tentative.

– Ce qui compte, c'est que maman soit contente. Elle le mérite, quand même.

– Mmmm, fit Sarah, les yeux toujours perdus vers l'horizon. Mais pourquoi faut-il que ce soit lui ?

– Pourquoi pas lui ? s'étonna son frère. Il est sympa, je trouve. Vraiment !

– Il t'a acheté, voilà tout ! s'écria Sarah d'un ton plein de rage. Avec cette caméra pourrie ! Il t'a acheté corps et âme.

– Pas du tout. Enfin, peut-être un peu. Mais qu'est-ce que tu as contre lui ?

– Je ne sais pas. Je sais seulement... (Sarah se débattait avec des idées qui dépassaient son expérience et son vocabulaire. Elle avait du mal à s'exprimer.) Je sais seulement qu'il y a quelque chose, chez lui...

Il y a quand même quelque chose, chez lui, concéda Bill à la réflexion. Il s'était très bien tiré de cette journée, il fallait en convenir. Il avait présenté de charmantes excuses à chacun pour son retard, s'était montré parfaitement poli avec les dames et à la hauteur avec les hommes, s'était gentiment occupé de Stéphanie et avait eu un sourire pour chacun.

– Je t'avais dit de lui laisser sa chance, fit remarquer Rina avec satisfaction et Bill fut heureux de pouvoir remettre son jugement à plus tard, son humeur radoucie par la joie débordante de sa protégée, la belle journée et l'excellent champagne.

Les invités s'étaient éparpillés parmi les arbres, les femmes comme autant de fleurs dans leurs robes aux couleurs pimpantes tandis que le soleil de la fin d'après-midi ravivait le parfum lourd des gardénias et des frangipaniers. Les nouveaux époux allaient bientôt quitter la noce. Abandonnant Rina pour quelques instants, Bill traversa la pelouse qui descendait jusqu'au mouillage où le yacht de Stéphanie était prêt pour la traversée vers la lune de miel.

– Bill ! (C'était Greg, qui venait à sa rencontre.) Alors, qu'en pensez-vous ? Ça s'est bien passé, non ?

– Très bien. Stéphanie m'a dit qu'au lieu de l'Europe vous préfériez passer votre lune de miel à Éden ?

– Ou-i, mais pas tout de suite. Nous allons d'abord rester quelque temps à bord du yacht pour nous reposer. Le mois dernier a été très fatigant, avec l'organisation du mariage, les journalistes à tenir en respect... (Greg rit.) Après quoi, en route pour le cher Éden de Steph, où je serai initié aux joies de l'existence simple et naturelle.

Une idée se forma dans l'esprit de Bill.

– Si vous ne partez pas tout de suite... vous aurez peut-être le temps de passer à mon bureau ces jours-ci.

Greg, l'attention en éveil, répondit sans hésiter.

– Bien sûr, avec plaisir. Dites-moi ce qui vous convient.

– Disons vers 13 h 30, un jour ou l'autre. Prévenez ma secrétaire et nous déjeunerons ensemble. Ce sera une occasion de faire connaissance.

– J'en serai vraiment ravi, Bill. Merci.

Ils échangèrent une poignée de main.

– À bientôt, alors, fit Bill, hochant la tête.

Greg le gratifia d'un sourire de reconnaissance mais intérieurement il exultait. Bien joué, mon pote, se dit-il, se félicitant de son attitude. C'est si facile, il suffit de savoir y faire…

Le sourire s'attardant sur ses lèvres, il se détourna pour gravir les marches du perron quand son attention fut attirée par une jeune femme accoudée à la balustrade qui, la tête rejetée en arrière, prenait une profonde inspiration, comme si elle manquait d'air. Égal à lui-même, Greg la jaugea rapidement – bien moulée, jolis seins, environ trente-cinq ans… Mais ce n'était pas un obstacle… Sentant son regard, la jeune femme baissa les yeux – des yeux de chat, clairs, presque jaunes, et, tournées vers lui, les deux petites fentes noires de ses pupilles, farouches et provocantes. Un tressaillement d'excitation le parcourut. L'instant d'après, elle avait disparu à l'intérieur. Les nerfs vibrants, il commença à monter.

En voyant Jilly, sortie prendre l'air sur le perron, rentrer en trombe, comme poursuivie par le diable en personne, Phillip, inquiet, lui emboîta le pas mais ne parvint pas à la rejoindre avant qu'elle refermât sur elle le loquet de la salle de bains. Il frappa, l'implora, mais elle refusa d'ouvrir :

– Ça va, ce n'est rien, dit-elle. La chaleur, c'est tout. Je me passe un peu d'eau sur le visage et j'arrive. Retourne dans le jardin. Je te rejoins dans cinq minutes.

Il lui fallut bien s'exécuter.

Dans la salle de bains, Jilly entendit décroître les pas de son mari. Gagnant le miroir, elle eut du mal à se reconnaître dans la personne qu'elle y découvrit – les yeux fous, le visage en feu, le souffle court. Tout l'après-midi, elle avait su qu'elle ne parviendrait pas à l'éviter. Mais elle ne s'attendait pas à se retrouver nez à nez avec lui à ce moment-là ! De nouveau, elle se sentit frémir au souvenir de sa présence physique – ses seins se tendirent et elle les saisit doucement de ses mains en coupe, sans cesser de se regarder dans le miroir. Les mains qu'elle désirait voir là n'étaient pas les siennes, petites, blanches, aux ongles vernis, mais les puissantes mains brunes – de nouveau, elle sentit la pulsation de plaisir, la moiteur familière.

Errant à travers le jardin, Phillip se retrouva devant Stéphanie et Dennis, qui brandit sa caméra pour la lui montrer, tout en s'efforçant de ne pas renverser la coupe de champagne qu'il tenait dans l'autre main.

– Si tu nous prenais tous les deux, mon fils et moi ? demanda Stéphanie.

– Avec plaisir, dit Phillip. Mais si on allait chercher Sarah pour avoir la mère et ses deux enfants ?

Stéphanie fit la grimace.

– Bah, je n'ai pas tellement la cote avec ma fille, ces temps-ci, tu sais. Il va d'ailleurs falloir que j'arrange ça dès mon retour.

– Ne t'en fais pas, maman, fit Dennis, conciliant. Elle s'en remettra.

– J'espère. Mais, et toi ?

– Moi, ça va. Allez, tonton Phillip, vas-y. Prends-nous.

Phillip s'exécuta.
– Souriez ! Le petit oiseau va sortir !
Stéphanie passa son bras autour de l'épaule de Dennis et, rieuse, l'attira contre elle et lui ébouriffa les cheveux.
– Je t'aime, dit-elle.
Dennis leva sur elle des yeux brillants. La caméra ronronna.
– Dis quelque chose, Dennis, sinon on aura l'air de poupées de cire, à rester là sans rien faire.
Dennis leva sa coupe, d'un air de connaisseur :
– Excellente année, ce champagne !
– Tu vas vraiment boire du champagne ? Dis donc, je croyais que c'était pour rire ! Que va dire ton directeur si je te renvoie à l'école pompette ?
– Il s'en fichera. Tous les élèves sont des ivrognes, de toute manière !
Stéphanie rit aux éclats et posa un baiser sur les cheveux du gamin.
– Parfait, commenta Phillip.
– Merci, Phil, ça ira.
Au moment où il rendait l'appareil à Stéphanie, Phillip vit Jilly se diriger vers eux, l'air reposée, détendue, toute nervosité apparemment envolée. Elle alla droit vers Stéphanie, le sourire aux lèvres :
– Alors, madame Marsden, comment ça va ? Ça se passe bien ?
– Merveilleusement, Jilly. Je suis aux anges. C'est comme si rien n'avait existé avant !
Dennis sursauta, se raidit, partagé entre la colère et le chagrin. Sans un regard pour sa mère, il fila en direction de la maison. Jilly pressa le bras de son amie.
– Il sait que ce n'est pas ce que tu voulais dire.
– Mais si, dit Stéphanie en la regardant dans les yeux, c'est exactement ce que je voulais dire.

(Soudain son visage s'éclaira.) Mais tout ira bien, j'en suis sûre. Regarde qui est là.

Greg traversait la pelouse, scrutant les petits groupes qui devisaient alentour. Après avoir parcouru toute la maison à la recherche de la mystérieuse apparition aux yeux félins, il s'était rendu compte qu'il avait quelque peu abandonné Stéphanie et tâchait de la retrouver pour aller jouer auprès d'elle les époux attentifs. Il l'aperçut au loin, qui bavardait avec une femme coiffée d'un immense chapeau. Après une journée comme celle-là, se dit-il, il n'aurait plus jamais la force de faire des ronds de jambe à autant d'inconnus. Esquissant un radieux sourire, il s'approcha du trio.

– Mon chéri, dit Stéphanie, exultant de bonheur. Je ne t'ai pas encore présenté Phillip Stewart.

– Enchanté...

Greg serra la main qu'on lui tendait.

– Et voici... voici ma chère Jilly.

Greg tourna la tête et le sourire de circonstance se figea sur ses lèvres quand il croisa le regard de l'inconnue du perron. Elle ne broncha pas.

– Bonjour, Greg. Tous mes vœux de bonheur.

– Merci.

Totalement étrangère à ce qui était en train de se passer, Stéphanie babillait :

– Vous m'êtes si précieux, tous les deux. Avec mes deux enfants, vous êtes les personnes que j'aime le plus au monde. J'étais si impatiente de vous présenter l'un à l'autre ! Je veux que vous soyez amis. Vous le deviendrez, c'est promis ? Ne serait-ce que pour moi ?

L'ironie de ces paroles toucha Jilly au plus profond d'elle-même. Elle aurait voulu hurler. Elle n'osait plus regarder Greg bien qu'elle sentît son regard posé sur elle.

– Viens là, Jilly, et toi, Greg, je veux vous filmer tous les deux.

– Oh, non, Steph, je dois avoir une mine impossible... avec le décalage horaire, le voyage...

– Tu es très belle, comme toujours, répliqua Stéphanie.

– Je n'en ai pas l'impression.

– Mais si, Jilly. Tu es magnifique.

Celle-ci avait senti Greg s'approcher d'elle, mais elle se contraignit à fixer Stéphanie du regard.

– Un peu plus près, Greg, insista son épouse.

D'un geste désinvolte, celui-ci entoura la taille de Jilly pour l'attirer plus près de lui. Le restant de ses jours, Jilly se souviendrait de ce premier contact, de leurs deux corps, hanche contre hanche, dans le jardin aux mille senteurs. Le désir la parcourut avec une telle violence qu'elle se mit à trembler. Enveloppée du parfum lourd et entêtant des arbres, tous les sens alanguis, elle entendait au loin les petits cris ravis de Stéphanie – « Bravo, magnifique ! vous êtes les plus beaux ! » – mais tout son être se réduisait au bras passé autour de sa taille, à la chaleur de sa cuisse contre la sienne à lui. Elle tourna la tête pour le regarder et lut dans ses yeux qu'il savait.

– Dites quelque chose, Jilly, fit Greg. Souriez.

– Ouistiti-sexe ? dit faiblement Jilly.

La nuit tomba enfin. L'heureux couple avait quitté la noce pour se retirer sur le yacht de grand luxe mouillé dans le port privé des Harper, après avoir pris congé des invités qui avaient regagné les uns après les autres leurs foyers. Dans leur maison de Hunter's Hill, Jilly avait repoussé les avances de Phillip sous le prétexte qu'elle était trop fatiguée pour faire l'amour et, incapable de trouver le sommeil, elle se représentait Stéphanie transportée au septième ciel dans les bras de son mari, rassasiée de caresses, épuisée, comblée. Pendant ce temps, Stéphanie non plus ne trouvait pas le sommeil. Étendue, raide et désespérée, dans la luxueuse cabine, elle se torturait l'esprit. Pardon, pardon, pardon, répétait-elle en vain dans sa tête à l'adresse de celui qui dormait auprès d'elle. Comment était-il possible d'être aussi éprise d'un homme et d'être incapable de l'aimer convenablement ? « Ne t'inquiète pas, lui avait-il dit avant de s'endormir. Ça s'arrangera, tu verras, je t'aime et nous avons toute la vie devant nous. » Mais dans sa détresse, dans sa terreur, elle n'était même pas sûre que le temps pût y faire quelque chose.

3

Phillip quitta son bureau de Macquarie Street en fin de matinée ce vendredi-là. Il s'engagea dans la rue qui grimpait la colline, laissant derrière lui Circular Quay et ses vieux appontements de bois où venaient accoster les ferries, et Bennelong Point avec le magnifique édifice de l'Opéra. D'ordinaire sensible à ce qui l'entourait, Phillip n'y prêta pas attention. Il avait eu une semaine difficile. Depuis le mariage, qui remontait au week-end précédent, Jilly semblait si mal en point qu'il commençait à se faire vraiment du souci. Il n'avait pas été contrarié d'interrompre leur voyage en Amérique pour regagner l'Australie à cette occasion. Ses affaires étaient conclues et Jilly, après avoir fait à New York toutes les courses qu'elle souhaitait et vu tout ce qu'elle voulait voir, était prête à partir. L'annonce du mariage de Stéphanie, où elle serait de nouveau demoiselle d'honneur, avait servi de prétexte à l'achat d'une garde-robe entière, dont un chapeau si grand qu'elle avait dû le faire enregistrer à part à l'aéroport. Et elle n'avait manifesté que de l'enthousiasme à la nouvelle de l'événement, qui marquait un tournant dans l'existence de sa meilleure amie.

Mais il s'était passé quelque chose au cours de cette journée-là, Phillip en était de plus en plus persuadé. Il prit brusquement le chemin du jardin botanique qui s'étendait de Sydney Cove à Macquarie Street. Il était en avance pour son déjeuner d'affaires et allait profiter du temps dont il disposait pour tenter de mettre ses idées au clair. Quelqu'un lui avait-il fait une remarque contrariante, s'était-elle querellée pour une raison ou une autre ? Cela paraissait impossible dans la mesure où Phillip ne l'avait pour ainsi dire pas quittée des yeux. Il savait à qui elle avait parlé et qui lui avait adressé la parole, et d'après ce qu'il avait vu, elle n'avait reçu que des compliments et des mots aimables. À vrai dire, elle avait même fait sensation, comme à l'ordinaire, séduisante comme elle était, élégante et habillée avec un goût raffiné.

Pourtant, il s'était bel et bien passé quelque chose, songeait tristement Phillip en longeant pensivement les allées bordées d'hibiscus flamboyants et de lauriers-roses. Depuis lors, Jilly n'avait cessé d'osciller entre l'abattement et une espèce d'impatience fébrile. Il savait qu'elle restait éveillée, la nuit, et passait toute la matinée au lit, qu'elle avait annulé son cours de gymnastique et un pot avec des amis cette semaine. Elle fumait beaucoup trop et ne mangeait presque plus. Aucun doute, quelque chose s'était produit qui avait mis en danger son équilibre.

Arrivé au bout de l'allée, il s'arrêta pour contempler le paysage qui s'étendait à ses pieds. Au-delà de l'anse et de la mer de Tasmanie, l'implacable océan Pacifique étalait son immensité. Il s'engagea sur la promenade qui longeait la baie, toujours plongé dans les mêmes réflexions. Une seule chose s'était produite pendant le mariage de Stéphanie, une seule chose imprévisible – le changement de Stéphanie. Et Phillip en vint à songer que c'était peut-être la cause de l'humeur étrange de son épouse.

Il y a toujours une certaine dose de jalousie féminine entre deux « meilleures amies ». Jilly et Stéphanie n'échappaient pas à la règle, Phillip le savait bien, du côté de Jilly en tout cas. Cela remontait au début de leur amitié, bien avant qu'il ne rencontre Jilly, et Stéphanie n'y était vraiment pour rien – elle aimait Jilly sans détour, sans arrière-pensée. Mais cette dernière ne lui pardonnait pas la fortune des Harper, sans qu'il sût très bien d'ailleurs pourquoi.

Quand Phillip l'avait épousée, à quarante ans, il était célibataire et gagnait largement sa vie. Depuis, son cabinet de conseiller juridique avait prospéré, et particulièrement ces derniers temps, puisqu'il avait signé de nouveaux contrats avec les Américains. Jilly pouvait s'offrir toutes les extravagances dont elle avait envie et, comme ils n'avaient pas d'enfants, ses gains leur permettaient de mener un train de vie tout à fait luxueux.

Pas d'enfants. Cette pensée ranima une vieille douleur et son visage s'assombrit. Il s'était résigné voilà longtemps à cette idée puisque Jilly ne pouvait pas en avoir. Mais elle, en revanche, en souffrait toujours. Au fond, Phillip n'était pas certain qu'elle eût fait une bonne mère – elle était peut-être un peu trop égoïste. Quant à lui, ayant passé les quarante premières années de sa vie sans y songer, en dehors du regret fulgurant qui le saisissait régulièrement, cela ne lui manquait pas dans sa vie quotidienne. Mais Jilly ne s'était jamais remise de la découverte de sa stérilité. Or, Stéphanie avait déjà deux enfants et s'apprêtait vraisemblablement à fonder une nouvelle famille. Elle n'avait pas quarante ans et rien ne l'empêchait d'avoir encore plusieurs enfants si elle le décidait. En avait-elle parlé à Jilly ? Était-ce là la raison de la détresse de son amie ?

Ou s'agissait-il de quelque chose de plus simple, se demanda Phillip, rebroussant chemin. Jilly était une femme remarquable, avec son visage en forme de cœur aux yeux de chat largement espacés, son épaisse chevelure de miel et son corps ravissant doré par le soleil. La séduction qu'elle exerçait sur les hommes comptait énormément pour elle – son cœur se serra au souvenir des occasions récentes où il avait dû faire semblant d'ignorer l'attitude de sa femme dans l'espoir de sauvegarder ce qui pouvait encore l'être entre Jilly et lui. Pourtant, ce jour-là, en dépit d'une nouvelle tenue qui lui allait à ravir, elle n'avait pas éclipsé Stéphanie. Pour une fois, la situation s'était inversée. Et pas uniquement à cause de l'élégant tailleur bleu lavande de la mariée, non, mais de la joie radieuse qui l'animait. Stéphanie était plus que jolie ou séduisante, ce jour-là : elle était belle. Devant cette transfiguration, on ne s'étonnait pas qu'elle eût séduit non seulement un champion de tennis, mais un homme d'une rare beauté, Phillip lui-même s'en rendait compte. Jilly était-elle simplement jalouse du succès de Stéphanie, même le jour de son mariage ? Avait-elle pris comme un affront personnel la métamorphose du vilain petit canard ?

Ma pauvre chérie, songea-t-il, que puis-je faire pour t'aider, cette fois-ci ? C'était typique de Phillip – il pensait toujours à elle avant de penser à lui. Qu'elle fût heureuse comptait plus que tout. Il connaissait ses défauts mais, au lieu de les lui reprocher et de lui en vouloir, ils l'émouvaient profondément. Sa faiblesse lui donnait envie de la protéger et il se montrait d'une indulgence à toute épreuve avec elle. Il avait beau voir parfaitement clair en elle, il ne l'en aimait pas moins. Il avait compris très tôt ses difficultés et n'avait jamais vu depuis de bonnes raisons de l'abandonner.

Phillip changea brusquement de direction, comme traversé par une idée soudaine. Si ce n'est pas cela, se dit-il, je peux facilement lui venir en aide. Je vais lui proposer un voyage en Californie, puisque le séjour à New York n'était pas très réussi cette fois. Ou des vacances en Thaïlande ? À Bali ? Absorbé toute la semaine par le piètre état de sa femme, il n'avait pas prêté attention au retour inopiné des Marsden qui avaient écourté leur croisière à bord du yacht. Il se souvint alors qu'ils les avaient invités à venir jouer au tennis pendant le week-end. Bonne idée, songea-t-il, Jilly adore ça – elle aimait le tennis, et une journée au soleil, à bavarder, s'amuser et boire entre amis, voilà ce qu'il lui fallait. Elle serait contrainte de sortir un peu d'elle-même et, si son état avait pour origine ses sentiments à l'égard de Stéphanie, plus vite elle s'habituerait à la nouvelle situation de son amie, plus vite elle s'y ferait.

Sur ce, ayant l'impression d'être arrivé au bout de ses réflexions, il pressa le pas vers son rendez-vous.

Tandis que Phillip Stewart arpentait le jardin botanique en proie à ses pensées, au siège social de la Harper Mining situé non loin de là, Greg Marsden nageait en pleine euphorie. Dès avant son mariage, il avait compris que Stéphanie comptait faire en sorte de lui assurer une indépendance financière grâce à un contrat généreux en sa faveur. Mais il avait appris plus tard, par sa bouche, qu'elle lui assurerait en outre une véritable responsabilité dans la compagnie. « Tu seras membre du conseil d'administration, mon chéri, lui avait-elle annoncé. Il est grand temps qu'on rajeunisse un peu tout ça. » La nouvelle l'avait prodigieusement réjoui. Finies, les confrontations humiliantes avec tous ces vieillards gâteux. Il se souvenait avec colère des discussions pénibles qu'il avait dû supporter, avant son mariage, avec le directeur financier de la Harper Mining qui désapprouvait si ostensiblement les dispositions prises par Stéphanie. Désormais, il faudrait qu'ils se résignent à le considérer comme l'un des leurs.

Il s'était donc rendu avec optimisme au rendez-vous que lui avait fixé Bill McMaster, confiant et sûr de lui. Il était arrivé à l'heure, légèrement en avance, même. Il n'avait pas eu trop de mal à trouver une place pour garer sa Rolls et avait gagné le centre nerveux de la Harper Mining, en haut de l'immeuble imposant qui abritait le siège de la compagnie. Il attendait à présent dans l'antichambre, jetant autour de lui des regards approbateurs. L'élégance et le luxe du cadre avaient une grande importance pour Greg, qui nota la nuance gris-bleu subtile de l'épais tapis auquel les luxueux fauteuils, d'un rouge corail, étaient parfaitement assortis, le corail plus clair de la soie sur les murs, les bureaux d'acajou massif et la fine moulure dorée ornant les portes. Il se contraignit à ne pas regarder la secrétaire fort séduisante qui montait la garde devant le bureau de Bill McMaster, bien qu'il sentît son regard posé sur lui. Au moindre encouragement, elle aurait engagé la conversation. Mais il essaya de se concentrer sur un article du *Financial Times,* histoire de s'entraîner à devenir un grand homme d'affaires.

– Ah, Greg ! Vous êtes là. Entrez donc. (C'était Bill, qui venait d'ouvrir la porte de son bureau, préférant venir lui-même chercher ses visiteurs.) Comment allez-vous, Greg ?

– Très bien, merci. Et vous-même ?

– Fort bien.

Bill s'effaça pour laisser passer Greg et savoura, comme à son habitude, l'impression que produisait sur ceux qui n'étaient jamais venus le panorama que l'on découvrait de son sanctuaire, à peine franchi le seuil de la porte.

Au quarantième étage d'un gratte-ciel, la Harper Mining jouissait d'une des vues les plus remarquables de toute l'Australie. On découvrait en effet la baie de Sydney avec le Harbour Bridge au loin et l'Opéra au centre de la carte postale. À droite, les drapeaux américain et australien flottaient mollement dans l'air chargé d'humidité, au sommet de la Livestock and Grain Producers' Association de la Nouvelle-Galles du Sud. En bas, les voitures miroitaient comme autant de jouets miniatures et un remorqueur solitaire traversait la baie.

Les reflets du soleil sur les vaguelettes étaient à l'image de l'humeur de Bill.

– Le panorama vous plaît ? demanda-t-il avec un petit rire.

– C'est fantastique !

– Un des principaux privilèges de ma fonction. Le bureau va de pair. Je ne sais pas ce que je vais devenir quand je prendrai ma retraite.

– Il faudra qu'on vous laisse emporter le pont avec vous, voilà tout, rétorqua Greg du même ton enjoué.

– Quoi ? le vieux portemanteau ? Certainement pas. Il est beaucoup mieux là où il est. Il faudra que j'apprenne à m'en passer, voilà tout.

– Qui parle de retraite ? J'ai l'impression que la Harper Mining a encore besoin de vous à sa tête pour fort longtemps.

– Sans aucun doute. Mais asseyez-vous, Greg. (Bill s'approcha d'un petit meuble d'acajou et ouvrit une porte qui dissimulait un réfrigérateur.) Je vous offre quelque chose ?

– Une bière si vous en avez. Merci.

Les deux hommes savourèrent quelques instants leurs boissons en silence, puis Bill prit la parole.

– Parlons un peu de vous, Greg. Voyons comment nous allons vous intégrer à la compagnie maintenant que vous faites partie de la famille. Avez-vous déjà... (Bill voulut dire « occupé un véritable emploi » qu'il remplaça par :) fait autre chose que du tennis ?

– Pas depuis l'âge de douze ans, répondit Greg avec un sourire juvénile. Mais aujourd'hui le tennis, c'est aussi un business comme un autre, vous savez. Un champion doit gérer sa propre personne comme une entreprise, à cette différence près que son capital, les intérêts du capital et l'investissement sont entièrement dépendants de lui-même, de sa forme, d'un tendon ou d'un ligament : un point faible et il n'a plus qu'à se retirer des affaires.

– Mais vous avez gagné de l'argent, fit remarquer Bill.

– Oh oui, bien sûr. Cela dit, Wimbledon, du point de vue pécuniaire, ça ne va pas chercher très loin. La gloire n'a jamais fait vivre personne. C'est la même chose avec les championnats français. En Amérique, c'est différent, mais ce n'est pas non plus le pactole.

Bill écouta un moment en silence et se rendit compte peu à peu que les sommes que Greg avait touchées pendant sa carrière de tennisman étaient loin d'être dérisoires et que, si ce n'était pas « le pactole », les différents prix et coupes qu'il avait gagnés, ajoutés aux divers soutiens financiers dont il avait bénéficié comme champion, lui avaient permis de mener un train de vie plutôt élevé et lui avaient certainement donné le goût du luxe. À l'entendre disserter longuement sur les vins australiens qui n'avaient rien à envier à leurs concurrents étrangers, on devinait où étaient passés les revenus fort consistants du jeune homme. Car il n'en restait effectivement rien, pas même la leçon de l'expérience.

Mais il était encore assez jeune pour pouvoir apprendre et changer. Pour le moment, son seul nom représentait un atout intéressant pour la compagnie – le service des relations publiques attendait impatiemment de publier la nouvelle : LE CHAMPION DE WIMBLEDON ENTRE À LA HARPER MINING, et d'exhiber Greg lors des manifestations publiques qu'elle parrainait, ce qui serait d'ailleurs sûrement bénéfique du point de vue des investissements. Quant à la bonne volonté, il n'en manquait sûrement pas. Mais tout cela ne durerait qu'un temps. Il fallait lui trouver un rôle plus consistant. Sans compter que Wimbledon était déjà loin.

– Avez-vous une idée de la place que vous pourriez occuper parmi nous, Greg ? demanda Bill pour finir. Il y a un assez large éventail de possibilités – à l'intérieur de la Harper Mining proprement dite ou au sein des multiples activités financières qu'elle a engendrées, ou encore dans le cadre des succursales. Avez-vous une idée particulière ?

– Si vous vouliez bien m'exposer en détail toutes ces possibilités afin que je me fasse une idée plus précise, Bill.

Au cours du déjeuner qui suivit, les deux hommes passèrent en revue l'histoire de la compagnie et la totalité de ses entreprises, de ses objectifs et de ses projets à travers le monde. Il était plus de 4 heures de l'après-midi lorsque Greg quitta le bureau de Bill McMaster, avec en tête la description détaillée de tous les domaines dans lesquels il aurait la possibilité d'exercer ses talents. À lui désormais de choisir celui qui l'intéressait le plus. Et quand il regagna sa voiture pour se mêler à la circulation de Pitt Street, sa bonne humeur avait encore grimpé d'un cran. Le monde des affaires ? Il ferait un malheur, là aussi, sans aucun doute !

Quant aux difficultés domestiques, il en viendrait également à bout. Il n'y avait rien de bien dramatique, après tout. Il fit la grimace au souvenir du fiasco de la nuit de noces, tout espoir de plaisir sexuel entre eux deux s'étant vu détruit par l'inexpérience, la nervosité et le frénétique désir de plaire de Stéphanie. Puis elle ne l'avait plus laissé l'approcher, prétextant des règles douloureuses, et depuis sa gêne et son embarras n'avaient fait qu'empirer. Voilà bientôt une semaine que je suis marié et je n'ai même pas trouvé le moyen de faire l'amour avec ma propre femme, songea Greg sans sourire. La vie conjugale n'est pas ce qu'on imagine – je finirai par mourir de frustration. Mais la situation a quand même toutes chances de s'arranger à la longue. Pas d'impatience, mon vieux, inutile de te précipiter au filet. En attendant, le week-end s'annonçait divertissant. Stéphanie avait eu la bonne idée d'inviter ces deux-là à venir jouer au tennis – et il aurait l'occasion de faire plus ample connaissance avec Jilly. Le souvenir de la jeune femme éveilla en lui un désir presque familier désormais. Elle exerçait sur lui une attraction violente, et ce n'était pas uniquement de la curiosité. Seulement voilà, il était marié, et décidé à respecter le contrat par-dessus le marché. Aussi prit-il la peine de s'arrêter en chemin pour acheter un bouquet de superbes œillets roses et blancs et le restant de la soirée il consacra toute son attention à une Stéphanie pathétique à force de reconnaissance.

Dans la chaleur cuisante de l'après-midi, le match de tennis battait son plein. Greg et Jilly jouaient en double contre les Rutherford, qui habitaient non loin de là, à Darling Point, et Stéphanie était assise en compagnie de Phillip, Kaiser somnolant à leurs pieds. Les courts occupaient une situation parfaite dans la propriété, à l'abri de rangées de cyprès qui les protégeaient du vent. Les joueurs ou les spectateurs qui voulaient échapper à la chaleur brûlante pouvaient aller plonger dans la vaste piscine qui se trouvait à proximité. Les quatre joueurs, pour le moment, débordaient d'énergie. Les spectateurs, en revanche, étaient manifestement gagnés par une douce torpeur. Stéphanie fit un effort pour réagir :

– Comment ça se passe, Phil, quand deux personnes sont mariées ensemble depuis seize ans ?

– Cela dépend des moments, dit Phil, sur la réserve. Il y a des hauts et des bas. Avec Jilly, je n'ai jamais connu l'ennui, en tout cas... Tout aurait peut-être été différent si elle avait pu avoir des enfants. Comment vont les tiens, au fait ?

– Pas mal. Ils sont retournés en pension pour notre lune de miel. Je voulais passer deux ou trois semaines en tête à tête avec mon mari. Pour en revenir à Jilly, je me souviens du coup que ça lui a fait, au début, quand elle l'a appris. Mais elle n'en parle plus depuis des années.

– C'est possible. Mais elle n'a pas oublié. Elle se ronge toujours à cause de ça. Et, à vrai dire, je me fais du souci pour elle. Elle a d'étranges sautes d'humeur, ces temps-ci.

Stéphanie se mit à observer son amie. Jilly courait à travers le court à la poursuite de chaque balle, riant avec animation, manifestement ravie.

– Elle a l'air d'aller bien, dit-elle enfin. Elle semble même s'amuser comme une folle, non ? Je suis contente qu'elle s'entende à ce point avec Greg. J'avoue que j'avais un peu peur qu'elle ne l'aime pas.

– Il n'y avait vraiment pas de quoi, dit Phillip qui, de l'œil de l'époux négligé, n'avait pas manqué de remarquer le soin qu'avait apporté Jilly à ses préparatifs et son air joyeux depuis qu'ils étaient arrivés.

Il savait que ce n'était pas pour lui qu'elle se mettait ainsi en frais ni, bien sûr, pour Stéphanie. Pourtant, de la part de Greg, il n'avait noté que des gestes parfaitement courtois et galants; la partie terminée, tandis que les Rutherford quittaient le court, masquant l'autre couple aux deux spectateurs, il ne l'avait pas vu attirer Jilly à lui pour lui donner le baiser de la victoire – qui, dès que leurs lèvres se touchèrent, devint violent, avide. Jilly s'écarta, craignant d'être vue.

– Félicitations, dit Greg, vous avez été fan-tas-tique.

– C'est à moi de vous féliciter, murmura-t-elle dans un souffle, secouée par ce qui venait de se passer. C'était formidable de jouer avec un vrai pro. Mais je ne vous ai pas aidé. Je manque d'entraînement.

– Je vais être contraint de vous donner des leçons particulières, à ce que je vois, Jilly.

C'était une insinuation à peine voilée, une provocation pure et simple. Jilly se sentit attirée, irrésistiblement... Elle s'efforçait de ne pas le regarder. Mais elle voyait son bras hâlé, couvert de poils dorés, posé sur le filet, elle sentait son odeur tout près d'elle et elle devait combattre le désir de le toucher, et de se faire toucher par lui. Elle prit sa décision sans réfléchir.

– Volontiers, dit-elle d'un ton égal. Vous prenez cher ?

– Très cher. (Il eut un sourire arrogant.) Mais c'est que je suis très fort, vous verrez. (D'un geste possessif, il posa le bras sur ses épaules avec désinvolture et l'accompagna hors du court.) Alors ma chérie, lança-t-il à Stéphanie, que penses-tu de la nouvelle équipe Marsden-Stewart ?

En voyant Greg et Jilly qui venaient vers elle, Stéphanie sentit son cœur bondir dans sa poitrine. Quel bonheur que Greg s'amuse ! Quand elle avait eu l'idée d'organiser cette journée, Stéphanie s'était demandé si elle faisait bien ou si, au contraire, Greg jugerait ennuyeux de jouer contre des amateurs. Elle avait tout de même pris le risque car elle redoutait par-dessus tout que Greg s'ennuyât avec elle. Elle ignorait ce qui l'amusait et n'avait aucune confiance en elle, ne se croyant pas capable de le retenir par sa seule présence. Surtout après l'échec de leur nuit de noces...

Stéphanie sentit un picotement gagner sa nuque et ses joues et devina qu'elle rougissait. Elle se pencha pour caresser Kaiser afin de dissimuler sa confusion. C'est humiliant, songea-t-elle, j'ai presque quarante ans et je suis moins expérimentée qu'une fille de vingt-cinq. Comment avait-elle pu être aussi mal à l'aise avec Greg alors qu'elle l'aimait tant ? Peut-être l'aimait-elle trop, justement. Elle revoyait, sa colère contre elle-même allant croissant, lui brûlant les joues, ses gestes gauches, ses baisers impatients, auxquels Greg n'avait manifestement pris aucun plaisir. Elle était trop honnête pour se raconter des histoires ou accuser les autres de sa propre incapacité. Non, tu es minable, voilà ce qu'elle ne cessait de se répéter depuis, la chaleur et les crampes douloureuses ajoutant encore à sa détresse.

Sa seule consolation était la gentillesse de Greg.

La tolérance dont il avait fait preuve avec elle ressemblait davantage à celle d'un époux de dix ans qu'à celle d'un jeune marié. Il l'avait réconfortée, était immédiatement tombé d'accord avec elle lorsqu'elle avait suggéré d'interrompre leur croisière pour regagner la sécurité de la demeure de Sydney, s'était rendu à son rendez-vous d'affaires tout comme le faisait son père, et lui avait rapporté un bouquet de fleurs, ce que Max n'avait pas fait une seule fois dans sa vie entière. Stéphanie regarda Greg qui bavardait avec Jilly et les Rutherford et l'amour la submergea. J'y arriverai, mon chéri, décida-t-elle férocement. Des leçons d'amour, voilà ce dont j'ai besoin. J'apprendrai avec toi et pour toi. C'est trop important pour moi – je ferai en sorte que ça marche et ça marchera. Tout finira par s'arranger. Greg sentit son regard et lui sourit affectueusement. Son cœur bondit.

– Allez, à la douche tout le monde ! lança-t-elle d'un ton joyeux. Je vais faire servir des rafraîchissements dans la maison. Après quoi, on songera sérieusement au dîner.

Plus tard dans la soirée, les invités et leurs hôtes, bien installés dans des chaises longues sur le perron, face au port, regardaient le soleil se coucher dans une explosion flamboyante. La stéréo jouait doucement *La Petite Musique de nuit* à l'intérieur de la maison et Stéphanie fredonnait quelques notes de-ci, de-là. Elle était ravie de la manière dont la journée s'était déroulée. Jilly était dans une forme éblouissante, Reg et Estelle Rutherford s'étaient montrés diserts et amusants. Seul Phillip demeurait taciturne, mais tel était son caractère.

– Qui veut quelque chose à boire ? demanda Greg, rompant le silence dans lequel les avait plongés le spectacle du couchant.

Il se leva et gagna la porte-fenêtre ouvrant sur le salon où se trouvait la table avec les boissons, immédiatement à l'entrée.

– Moi, volontiers, répondit Estelle.

– Avec plaisir, fit en écho son époux.

– Et vous, Phillip ?

Greg est un hôte parfait, songea Stéphanie joyeusement. Quelle prévenance ! Il parut lire dans ses pensées et se tourna vers elle avec un sourire qui semblait lui être à elle seule destiné.

– Et toi, ma chérie ?

– Un Perrier nature, merci.

Greg passa dans le salon pour servir les boissons.

– Quelle journée merveilleuse, fit remarquer Estelle. C'est la première fois que je joue un match pro, figurez-vous.

– Hmmmm... fit son époux, l'air d'en douter, gentiment sarcastique comme tout bon mari à l'égard de sa femme. Tu n'exagères pas un tout petit peu, ma chérie ?

– Reg ! s'exclama Stéphanie. Ne soyez pas méchant. Elle s'est très bien défendue.

– Et comment ! lança Greg depuis le salon.

– Bon, bon, j'ai fait ce que j'ai pu, en tout cas, reprit Estelle, pas vexée le moins du monde. Il faut dire que je n'ai pas souvent l'occasion de jouer contre un ex-champion. (La consternation que produisit sa remarque la fit sursauter.) Mais qu'est-ce que j'ai dit ? demanda-t-elle. Oh, non, je ne voulais pas dire ça... je voulais dire... Mais qu'est-ce que je voulais dire... Enfin, je retire ce que j'ai dit.

Personne ne vola à son secours. Greg réapparut, le verre d'Estelle à la main. Il souriait, mais son visage s'était durci.

– Tenez, Estelle. Vous vouliez dire que Wimbledon remonte déjà à trois ans, c'est ça ?

– Je suis vraiment désolée, Greg, murmura Estelle.

– Mais non, je vous en prie.

Et il repartit vers le salon.

– Je viens vous aider, Greg ! lança Jilly en se levant. Quelle fieffée imbécile, cette Estelle !

Elle ressentait le besoin de se mettre du côté de Greg et, cédant à son impulsion, elle franchit le perron en direction de la porte-fenêtre.

– Greg n'est pas un ex, dit Stéphanie un peu trop fort. Il n'a pas du tout l'intention de prendre sa retraite, pas vrai, chéri ?

– Sûrement pas, rétorqua Greg de l'intérieur. Je ne peux pas me le permettre. J'ai une femme et des enfants à nourrir.

Et la gaffe d'Estelle fut diluée dans l'éclat de rire général qui suivit.

Jilly pénétra dans la pièce plongée dans la pénombre. Greg leva les sourcils et sourit intérieurement en la voyant. S'il était naturellement coureur et même prédateur, il pouvait se vanter de n'avoir jamais couché avec une femme contre sa volonté. Elles étaient toujours venues vers lui. Il savait que Jilly viendrait, elle aussi – il l'avait su dès le premier instant. Il continua de verser le whisky dans le verre de Reg et refoula le désir de conquête, de domination que l'apparence physique de Jilly lui donnait.

Elle se tenait devant lui et, de tous ses sens, brûlait du désir de l'attirer à elle. Greg sentait son parfum, la fraîcheur de ses cheveux, il devinait ses formes sous la robe légère. L'air pensif, il tendit la main et frotta doucement ses phalanges contre les pointes de ses seins. Déjà érigées, celles-ci se tendirent encore, durcissant violemment à son contact. Il fut aussitôt excité et elle, le souffle coupé, se mit à haleter légèrement.

– Steph !

C'était la voix d'Estelle, vaguement nasillarde.

Jilly et Greg se regardèrent, n'osant plus faire un geste, tant la tension montait entre eux.

– Vous n'êtes jamais jalouse de toutes ces femmes qui se désintéressent du tennis et viennent voir les matchs uniquement pour lui ?

– Bien sûr que si, je le suis !

– Vous êtes honnête, c'est bien, fit Reg, approbateur. Aucun secret, n'est-ce pas ?

– Une femme honnête ! C'est rare de nos jours.

Dans le salon, Jilly entendit la petite remarque sarcastique de Phillip, sachant qu'elle lui était destinée, mais elle n'avait pas la force de résister à l'attraction qui s'exerçait sur elle en cet instant – elle se sentait plus vivante qu'elle ne l'avait été depuis des années, tout son corps tendu vers Greg, frémissant d'excitation. Greg saisit tranquillement une bouteille de Perrier d'une main, l'ouvrit et la choqua contre le verre en versant, produisant un son clair. En même temps, de sa main libre, il fit glisser la bretelle de sa robe sur son épaule et tira sur l'étoffe, dénudant presque entièrement ses seins. La respiration de la jeune femme s'accéléra et ses yeux s'assombrirent. Levant les mains, elle tira un peu plus.

Danger. Greg sentit qu'il bandait violemment, et que sur ses bras, sur tout son corps, ses poils se dressaient. Il remonta vivement la bretelle sur l'épaule de Jilly, se détourna et tenta de se concentrer sur la formule qu'il avait mise au point, adolescent, pour faire disparaître les pensées scabreuses et leurs conséquences compromettantes. Puis, sans un regard en arrière, il saisit les verres destinés à Stéphanie et à Reg et regagna le perron. Un instant plus tard, Jilly rejoignit le petit groupe, et si Phillip remarqua une flamme inquiétante dans ses yeux, il garda son impression pour lui.

– C'est demain que vous partez à Éden, alors ?

La journée tirait à sa fin. Les Rutherford avaient déjà pris congé depuis une heure et Phillip avait fait plusieurs tentatives inutiles pour entraîner Jilly à suivre leur exemple. Mais celle-ci, feignant de ne pas s'en apercevoir, poursuivait son idée.

– Combien de temps comptez-vous rester là-bas, tous les deux ?

– Un mois, dit Stéphanie, radieuse. Un mois seuls en pleine brousse. En dehors de Katie, bien sûr, de Chris, Sam et tous les autres, mais en fait on sera seuls, face aux grands espaces...

– Vous allez adorer Éden, Greg, j'en suis certaine, dit Jilly.

– Mmmm, j'espère qu'il l'aimera autant que moi, fit Stéphanie. C'est le seul endroit où j'aie toujours été heureuse.

– J'ai une idée, chérie ! lança soudain Greg, qui, se sentant coincé, donnait soudain libre cours à une impulsion irrépressible. (Et, incapable de s'arrêter, il ajouta, conscient du danger :) Si on proposait à Phillip et à Jilly de nous y rejoindre ?

Stéphanie le regarda fixement, blessée, contrariée.

– Pour les deux dernières semaines, par exemple ? précisa-t-il pour se rattraper.

– Phillip ne sera pas là, dit Jilly d'un ton neutre. Il faut qu'il retourne à New York.

– Pourquoi pas Jilly toute seule alors ? Ça te ferait plaisir, non ? Et ça te distraira – quand tu en auras par-dessus la tête d'être seule avec moi.

Greg usait de tout son pouvoir de persuasion pour convaincre Stéphanie. Jilly sentait le sol se dérober sous ses pieds. Souhaitait-elle vraiment cela ?

– Ne soyez pas ridicule, voyons ! C'est votre lune de miel, bon sang !

Stéphanie esquissa un sourire. Greg lui prit la main pour la porter à ses lèvres.

– Notre vie côte à côte, dit-il d'un ton bas, aux accents de sincérité, sera une longue lune de miel. Pas vrai ma chérie ?

– Je te le rappellerai, dit nerveusement sa femme.

– Je pensais que ça t'aurait fait plaisir d'avoir près de toi les deux personnes que tu aimes – c'est tout.

Stéphanie s'en voulut d'être aussi égoïste et idiote. Greg ne pensait qu'à elle. Elle fit une timide tentative.

– Voilà combien de temps que nous étions là-bas ensemble, Jilly... Ça fait au moins...

– Des années-lumière, fit Jilly, mal à l'aise.

– Qu'en dites-vous, Phillip ?

– C'est à elle de décider, dit-il. (Il se rendait compte non sans tristesse que les événements lui échappaient désormais.) Mais il faut que je rentre me coucher, ajouta-t-il. Tu peux prendre un taxi plus tard, si tu veux rester encore un peu, Jilly.

– Oh, elle prendra bien un dernier verre, proposa Greg bruyamment. Je vais les laisser bavarder toutes les deux pendant que j'emmènerai Kaiser faire un tour. Je la raccompagnerai, ne vous en faites pas pour elle.

Il se leva pour reconduire Phillip jusqu'à la porte.

– Allez, Jilly, dis oui.

La décision de Stéphanie était prise. Si Greg souhaitait la venue de Jilly, c'était une raison suffisante. Il l'aimait bien, cela se voyait, et ce serait une bonne chose qu'elle fût là au cas où il s'ennuierait. Sans compter qu'elle pourrait jouer au tennis avec lui, alors qu'elle-même ne jouait vraiment pas assez bien.

– Je ne sais pas trop.

Jilly était en proie à un violent combat intérieur. Greg revint dans la pièce et, debout derrière Stéphanie, il planta ses yeux dans les siens, un sourire de défi aux lèvres.

– Mais, enfin… peut-être. Oui.

La décision de Jilly aussi était prise.

4

Un nuage de poussière rouge s'élevait au-dessus du paysage desséché par la chaleur. Au volant de la Land Rover, Greg conduisait, Stéphanie à ses côtés. Derrière, Katie Basklain était assise, toute raide, au bord de son siège, le regard fixé droit devant elle. La gouvernante qui depuis plus de quarante ans s'occupait du domaine d'Éden était une indomptable campagnarde qui, à soixante-dix ans, tenait une carabine 22 long rifle d'une manière qui laissait à penser qu'elle savait s'en servir. À ses pieds, plusieurs cadavres de lapins attachés ensemble venaient confirmer cette impression.

Au milieu de la plaine aride, brûlée par le soleil, qui s'étendait aux quatre coins de l'horizon, s'élevait un gommier solitaire. Greg scrutait le paysage avec bonne humeur. De fait, il se plaisait mieux à Éden qu'il ne l'aurait cru. Attentive à ne pas le contrarier, Stéphanie l'observait du coin de l'œil. Elle avait déjà appris qu'il était sujet à de brusques et imprévisibles sautes d'humeur et elle s'efforçait de ne pas le provoquer. Quelque chose avait dû lui arriver autrefois, dans son enfance. Il se confierait un jour à elle et, par la force de son amour, elle parviendrait à l'en débarrasser.

Soudain le moteur toussota et la Land Rover s'arrêta net au milieu de la piste déserte.

– Quand avez-vous fait le plein pour la dernière fois, Katie ? demanda Stéphanie. On est en panne d'essence ?

– Non, la jauge indique le contraire, dit Greg. C'est peut-être le filtre à air. À moins qu'il n'y ait une poussière dans le carburateur. Il va falloir que je le démonte pour le nettoyer.

Il bondit hors de la voiture, jurant entre ses dents.

Sous son vieux chapeau cabossé, Katie l'observait d'un air méprisant. Puis elle prononça son verdict :

– La soupape.

– Qu'est-ce que c'est que ça, Katie ?

– La soupape.

– Ne vous en faites pas, lança Greg, la tête sous le capot. Je crois que c'est le carburateur.

Katie roula de gros yeux à l'adresse de Stéphanie et, avec une agilité surprenante, sauta à terre, gagna l'avant de la voiture et poussa Greg du coude pour prendre sa place.

– C'est la soupape qui ne fonctionne plus. Vous avez traînassé, c'est pour ça. Je vais m'en occuper.

– Katie s'y connaît en moteurs, chéri, dit nerveusement Stéphanie, qui vénérait tant son mari qu'elle ne supportait pas que quiconque lui manquât de respect.

Mais voilà plus de quinze ans que Katie n'avait plus traité personne avec respect et elle n'allait certainement pas s'y mettre avec M. Marsden.

La tête enfouie sous le capot, elle tripota à l'intérieur.

– J'avais raison, annonça-t-elle. Pas la peine de s'en faire. Il suffit d'attendre que le moteur refroidisse.

– Vous auriez dû tenir un garage, fit Greg, sarcastique.

Dès son arrivée il avait senti l'antipathie de la vieille femme à son endroit et tous ses efforts pour l'amener à de meilleures dispositions s'étaient révélés inutiles. Mais elle ne se démonta pas et répondit en toute simplicité :

– J'aurais pu si j'avais voulu. Mais on ne gagne plus sa vie avec ça par les temps qui courent. Les jeunes ne savent plus travailler comme nous. Tout ce qui les intéresse, c'est les congés et les tickets-restaurant.

Les craintes de Stéphanie s'amplifiaient. L'argent était un sujet délicat, sur lequel Greg était tellement susceptible...

– Tu viens, chéri, lança-t-elle. Profitons-en pour faire une balade !

– Si tu y tiens, mais tu es sûre qu'elle sait vraiment ce qu'elle fait ? demanda Greg, assez fort pour que Katie pût l'entendre.

– On peut faire confiance à Katie, oui.

– Oh ! bon, d'accord, d'accord.

Greg sourit et fit une grimace comique, à l'insu de la vieille femme. Stéphanie faillit éclater de rire et se mit à courir.

– Effie ! (La voix perçante de Katie les poursuivit :) Allez vous asseoir sous cet arbre en attendant. Tu vas t'abîmer la peau au soleil. Tu m'entends ?

Le couple prit la direction du gommier solitaire, gloussant comme des gamins. À bout de souffle, Stéphanie s'adossa à l'écorce tiède et Greg, face à elle, appuya les mains de chaque côté de son visage, sur le tronc. Ce qu'il peut être beau, songeait Stéphanie, en adoration. Lisant l'expression de son visage, Greg s'approcha tout contre elle pour embrasser ses lèvres retroussées. Au même instant, on entendit le claquement d'un fusil et la balle vint frôler la tête du jeune homme.

– Bon sang ! (Il était presque comique, dans son effarement.) La vieille... elle nous assassinerait !

– On a intérêt à bien se tenir, chéri, dit Stéphanie, faussement pudique. Je n'ai pas l'impression que Katie soit d'accord.

Stéphanie se réjouissait d'avoir suivi son instinct et écourté la croisière pour venir se réfugier à Éden. Elle y avait toujours trouvé la paix et cette fois encore, la vieille demeure de pierre, avec son porche et ses tonnelles aux rosiers grimpants, ses jardins ombragés et les hectares de terre qui s'étendaient au-delà, ne l'avait pas déçue. En fait, les distractions ne manquaient pas pour Greg. Il passait des heures à s'entraîner sur le court de tennis tandis que les gosses des tribus aborigènes vivant sur le site le regardaient et ramassaient ses balles. Il avait été particulièrement ravi de découvrir la magnifique piscine, mais très surpris de constater que Stéphanie ne savait pas nager, une terreur enfantine l'ayant empêchée d'apprendre. Nous avons tant à découvrir l'un de l'autre, se disait-elle. Et c'est vraiment l'endroit rêvé pour prendre le temps de le faire, tranquillement, sans nous hâter.

Il lui avait pourtant fallu se faire à l'idée que certains aspects d'Éden, qui comptaient énormément pour elle, ne pouvaient avoir la même signification pour lui. Ainsi s'étonnait-elle non sans tristesse de voir qu'il n'adressait jamais la parole aux aborigènes, sinon pour donner un ordre. Pour elle, ils faisaient partie de sa vie depuis sa naissance. Leurs légendes avaient imprégné toute son enfance, comme celle de la création du monde à l'époque du Grand Songe, quand l'esprit des ancêtres errait à travers la brousse, créant les hommes, les plantes, les animaux, les collines et les fleuves à mesure. Depuis la mort de son père, elle s'était encore rapprochée de certains d'entre eux, les deux frères Chris et Sam. Chris, l'aîné, était largement pourvu des dons mystiques de son peuple et elle communiquait avec lui sans avoir besoin de parler. À part elle, Chris était la seule personne au monde capable de se faire obéir de King, son étalon. Le cheval avait plus de vingt ans. Il était fort et puissant. Il faisait partie des choses qui la ramenaient toujours à Éden, quoi qu'il arrivât. Toute son enfance, elle avait reporté sur lui son affection et Chris savait toujours à quel moment le préparer pour elle, sans qu'elle eût besoin de le demander.

Toutes ces pensées traversaient l'esprit de Stéphanie tandis qu'elle faisait le tour de la maison, à la nuit tombée. Après les événements de la journée, Katie avait cédé à son penchant pour le kirsch et était allée se coucher, laissant à Stéphanie le soin de faire le tour de la maison pour voir si tout allaït bien. Satisfaite, celle-ci rebroussa chemin, s'engagea le long du corridor et pénétra dans la chambre. Greg était étendu sur le lit de Max Harper, les mains derrière la nuque, nu. Il l'attendait. Elle le regarda amoureusement.

– J'ai peur qu'on ne doive s'en contenter, dit-elle en indiquant la lampe-tempête qu'elle tenait à la main. Katie n'est pas très bien et elle est la seule à avoir jamais compris le fonctionnement du générateur.

– Ce doit être la soupape, dit Greg d'un ton nonchalant. Si le générateur marchait au kirsch comme elle, on ne serait pas dans le noir ce soir.

– Greg ! Un peu de cœur tout de même… Elle a presque soixante-dix ans, fit remarquer Stéphanie en riant.

Elle se saisit de la chemise de nuit et du négligé

de satin du trousseau et s'apprêta à gagner la salle de bains.

– Steph...

Elle se retourna pour le regarder.

– Viens là.

Le cœur plein d'appréhension, elle s'approcha du lit et s'assit sur le bord, de son côté. Elle posa la lampe-tempête sur la table de chevet et se pencha en avant pour souffler la flamme. La main de Greg agrippant son épaule retint son geste.

– Je veux te voir, murmura-t-il.

Se redressant sur le lit, il défit la fermeture à glissière dans son dos et fit tomber sa robe en avant, le long des bras. Il entreprit alors de lui embrasser doucement la nuque et les épaules, soulevant d'une main légère la masse de cheveux dans son cou, effleurant son oreille du bout de la langue, s'attardant sur le lobe et plongeant profondément à l'intérieur. Des deux mains, il fit lentement glisser les bretelles de son soutien-gorge par-dessus ses épaules et avec une infinie tendresse libéra ses seins.

– Regarde-les, murmura-t-il. Regarde comme ils sont beaux.

Ses mains caressantes palpèrent leur rondeur soyeuse. Ses doigts trouvèrent les mamelons qu'il pressa et tirailla doucement pour les contraindre à se tendre de toute leur longueur sur l'aréole rose sombre. Baissant la tête, il en prit un dans sa bouche et passa sa langue tout autour. Il sentit alors que Stéphanie se raidissait encore plus, comme changée en statue de pierre par la peur et la tension.

La rage éclata en lui, tel un incendie. Mais qu'est-ce qui n'allait pas chez elle, à la fin ? Jamais auparavant, Greg n'avait fait l'amour avec une femme qui ne gémissait pas sous ses caresses, sur le point de jouir rien qu'en pensant à lui dès le premier baiser. Il avait appris à tromper le premier orgasme fugitif chez une femme pour mieux l'amener à jouir ensuite, plusieurs fois, encore et encore, parce qu'il adorait le pouvoir qu'il avait sur les corps souples et déliés. Il adorait les petits cris qu'elles poussaient, les gémissements de plaisir : « Oh, non, je t'en prie, encore !... » Il ne pouvait supporter de sentir ses muscles rigides sous ses doigts, de voir ses yeux écarquillés par la peur. Il la haïssait de lui faire ça.

Mais la haine peut aussi être un stimulant pour l'acte d'amour, et Greg était un homme déterminé. Avec patience, il aida Stéphanie à ôter ses vêtements, la fit étendre sur le lit pour la rassurer, éteignit la lampe. Utilisant toutes les ressources de ses talents et de son expérience, il explora son corps, jouant de ses doigts experts. Il sentit qu'elle était prête à l'accepter et, concluant dans un faible frémissement, il jouit en elle. C'était mieux que rien. Mais il avait le cœur froid.

Étendue à ses côtés sur le lit, Stéphanie, frustrée, malheureuse, se tourmentait. Non seulement sa sexualité éveillée mais non satisfaite ne la laissait pas en paix, mais, pire, sa vieille peur remontait à la surface – Je ne suis pas une vraie femme ! Les yeux fixés au plafond, elle tentait de dominer ses sentiments. Pour finir, elle parvint à dire :

– Je suis désolée, désolée.

– Puisque je te répète...

– Je sais.

– Dors, maintenant.

– Je t'aime, Greg.

– Moi aussi je t'aime. D'accord ?

S'accrochant désespérément à ses dernières paroles, Stéphanie se prépara à une nouvelle nuit sans sommeil.

En survolant de pareilles étendues désertiques, on risquait facilement de manquer Éden, seul endroit habité à des centaines de kilomètres à la ronde. Mais le pilote du bimoteur n'en était pas à son premier voyage. Le petit avion progressait rapidement dans l'air immobile, gorgé de chaleur.

– La voilà ! (Avertie par Chris, Stéphanie avait su quand l'avion avait atterri et elle s'était élancée à la rencontre de son amie.) Comment vas-tu ma chérie ? Quelle joie de te voir ici ! Ça va être merveilleux !

Jilly sauta de l'avion dans les bras accueillants de Stéphanie. Par-dessus l'épaule de son amie, elle aperçut Greg qui sortait de la maison et s'engageait dans leur direction. Elle sourit.

– Oui, merveilleux.

Quelques heures plus tard, face au couchant aux mille couleurs, Stéphanie et Jilly étaient assises sous les tonnelles. Stéphanie jouait distraitement avec une rose écarlate qu'elle avait cueillie, et qui imprégnait l'air de son parfum.

– Tu sais, Jilly, commença-t-elle d'un ton nonchalant, si j'ai pu avoir des doutes sur les raisons qu'a eues Greg de m'épouser, c'est terminé.

Jilly se raidit :

– Comment cela ?

– Il est merveilleux avec moi. Il rend chaque instant passionnant, il est gentil et attentionné. Il fait vraiment tout ce qu'il peut pour me faire plaisir. Tu ne devineras jamais ce qu'il a organisé pour ton séjour ici.

– Qu'est-ce que c'est ?

– Une chasse au crocodile.

– Quoi ? C'est formidable ! Mais je croyais...

– Que je ne supportais pas de voir tuer des animaux ? termina Stéphanie avec un sourire désabusé. C'est vrai. Mais Greg l'ignorait quand il a fait ce projet. Et il était tellement enthousiaste que je n'ai pas eu le cœur de lui gâcher ça.

Des crocodiles. Jilly réprima un frisson d'excitation mêlée de peur.

– Où est-il en ce moment ? demanda-t-elle, s'efforçant de maîtriser sa voix.

– Il essaie de joindre Darwin par radio pour trouver un guide. Les bons guides se font rares, apparemment, et ils sont difficiles à trouver.

– Par radio ? Vous n'avez toujours pas le téléphone ?

– Non, on est trop loin. Toujours le bon vieux poste émetteur à pédales... rien n'a changé.

– C'est pour quand, alors, la chasse au crocodile ?

– Dès que Greg aura tout mis au point. Il ne se doutait pas que nous étions si près de la réserve de crocodiles. Il est si enthousiaste qu'il va faire le plus vite possible, si tu veux mon avis.

– Et toi, Steph, ça te fait plaisir ?

– Oh, moi... (Stéphanie soupira.) Je trouve ces bêtes monstrueuses et elles me terrorisent. Mais une femme amoureuse est prête à tout pour celui qu'elle aime, non ?

– Sans doute. Prête à tout. Oui.

La nuit tomba sur Éden et ses habitants regagnèrent la quiétude de leurs chambres, ouvrant chacune sur la véranda qui ceinturait la demeure sur trois côtés. Par la porte-fenêtre de celle de Jilly, une ombre furtive apparut et s'évanouit. Plus rien ne bougeait, pas même l'air tiède, parfaitement immobile. La maison dormait.

Dans son box, au bout de l'enclos, King, l'étalon, percevant dans l'air nocturne une odeur qui le dérangeait, se mit à s'agiter et à piaffer. L'homme qui se tenait à ses côtés lui parla doucement en aborigène.

– *Gwandalan, yarraman, bana nato, barra.* Doucement, cheval, je l'entends moi aussi.

Il y eut des bruits de pas presque inaudibles, et une silhouette masculine se découpa dans l'encadrement de la porte. L'homme se glissa à l'intérieur de l'écurie, gagna le fond du bâtiment, là où le fourrage était entassé contre un mur, et se fondit dans l'obscurité. Presque aussitôt après, un autre bruit de pas, et une silhouette, féminine cette fois, s'arrêta sur le seuil un instant, puis s'avança dans l'obscurité. La femme se retourna alors vers la porte comme si elle attendait quelqu'un. L'homme s'approcha par-derrière sans un bruit et, l'entourant de ses bras avec rudesse, l'attira violemment contre lui.

– Aaaah ! Greg... gémit-elle, le souffle court.

L'obscurité était totale à l'intérieur de l'écurie mais Chris, par-dessus le muret du box où il se tenait, voyait distinctement Greg serrant Jilly contre lui. Sans se presser, il sortit du box, sachant que le bruit qu'il risquait de faire serait couvert par les piaffements de King ou des autres chevaux – sachant aussi que les yeux non entraînés des Blancs ne perçaient pas les ténèbres comme les siens. Une ombre se fondit dans une autre, et Chris était parti. Les animaux seraient les seuls témoins de la scène passionnée qui allait se dérouler parmi eux.

Greg saisit les seins de Jilly de ses mains en coupe et sentit les tétons déjà durcis par le désir. Puis, descendant le long de son ventre, il les plaqua entre ses cuisses, formant un V avec ses doigts. Elle se mit à trembler, se dégagea pour se retourner et l'étreignit fougueusement pour leur premier baiser. Greg sentit la petite langue fouiller sa bouche et il tressaillit violemment. Ses doigts, sur son jean tendu, tracèrent un dessin délicat et il sentit le sang affluer dans sa verge. Elle agrippa le bouton du jean, à la taille.

– Sûrement pas, siffla-t-il avec délices.

Il la prit dans ses bras pour la porter, dans le noir, jusqu'au fond de l'écurie, où il la fit étendre sur le foin d'où montait un doux parfum. Elle l'attira à ses côtés et, prenant son visage à deux mains, se remit à l'embrasser sans pouvoir s'arrêter, explorant sa bouche de sa langue. Il résista, enfonça sa langue si profondément que l'excitation l'étourdit. Elle le repoussa pour déboutonner sa chemise et glissa sa main à l'intérieur afin de toucher ce corps qu'elle désirait si violemment. Étendu sur le dos, Greg riait à voix haute sous les petites caresses qu'elle lui prodiguait, titillant ses mamelons du bout de ses doigts agiles et couvrant sa poitrine de baisers légers comme des ailes de papillon, puis le mordillant de-ci, de-là de ses dents blanches. Quelle différence avec la pauvre Stéphanie !

Son appétit grandissant, Greg fit glisser le négligé soyeux par-dessus ses épaules et au contact des doigts rugueux sur ses seins nus elle eut un sursaut d'excitation. Laissant tomber le haut du vêtement, elle bondit sur lui pour l'enfourcher. Il saisit ses seins des deux mains et, sentant entre ses jambes sa verge tendue, elle se mit à trembler de nouveau. Il dessina du bout des doigts le contour de l'aréole plus douce que du satin, caressant rapidement les mamelons puis s'interrompant, jusqu'à ce que, n'en pouvant plus, elle agrippât ses mains pour les plaquer durement contre elle, tout en faisant aller et venir ses hanches pour se frotter contre la protubérance tumescente qui tendait le jean. Elle accélérait ses mouvements au rythme de sa propre excitation et comprit soudain qu'il était sur le point de jouir.

– Satanée petite sorcière !

Greg n'en revenait pas. Se redressant, il la prit par les hanches et la fit basculer sur le dos dans le foin. Il dénoua la ceinture qui retenait encore son négligé à la taille, la débarrassa du vêtement vaporeux pour dénuder entièrement son corps. Il rapprocha ses seins l'un contre l'autre et entreprit d'en mordiller les bouts, lâchant celui qu'il serrait entre ses lèvres avec un petit bruit de succion pour passer tranquillement à l'autre. Puis il tourna son attention vers la touffe soyeuse mouillée de rosée et découvrit les lèvres crémeuses sous ses doigts satisfaits. Il la caressa très lentement, retardant cruellement l'explosion de son plaisir, et quand il sentit qu'elle allait jouir il s'arrêta, riant tout bas.

– Espèce de... salaud !

Interrompue au bord de l'orgasme, frémissante, Jilly se redressa pour tirer sur la chemise ouverte et ouvrit la fermeture à glissière de son jean. Puis, baissant le pantalon sur ses hanches elle libéra la verge frémissante et la prit entre ses deux mains. Quel bonheur ! Elle qui en avait tant rêvé, voilà que la réalité dépassait encore tout ce qu'elle avait imaginé. Il avait un corps splendide, merveilleux, parfait. Portée par un élan irrésistible, elle se pencha en avant et effleura de ses lèvres le pénis dressé vers elle, les promenant d'un bout à l'autre, et s'enivrant de son odeur virile. Elle prit dans ses mains les bourses pleines, tendues, les couvrit de baisers et de petites morsures amoureuses. Puis, revenant à sa verge, elle la fourra dans sa bouche, excitée par les caresses rythmées de Greg et l'anticipation de l'orgasme. Alors il se redressa, la rejeta en arrière et, la saisissant par les hanches, pénétra en elle, jusqu'au centre de son être. Ils jouirent ensemble en un premier long et frémissant orgasme, qui les emporta si haut et si loin qu'il semblait ne jamais vouloir s'apaiser, puis, enfin rassasiés, ils demeurèrent étendus ensemble, perdus l'un dans l'autre.

Plus tard, beaucoup plus tard, enfin revenus à eux, ils bavardèrent en chuchotant tandis que les chevaux s'agitaient autour d'eux, perturbés par la présence de ces créatures.

– Tu es drôlement excitante, tu le sais ?

– Oh, Greg, je n'aurais pas pu attendre un jour de plus.

– Toi aussi, tu m'as manqué.

– J'ai cru mourir, Greg... à l'idée que tu la touchais, ça m'est insupportable.

Et à moi donc, songea Greg.

– Cela ne durera pas très longtemps, dit-il.

– Je t'aime tant. Qu'allons-nous faire maintenant ?

– Fais-moi confiance, d'accord ? Contente-toi de me faire confiance.

Près du feu de camp où il montait la garde à l'autre bout de la réserve, Chris sentit le mystère du mal germer et s'épanouir dans l'air moite.

– Bon, alors comment allons-nous nous y prendre pour te trouver des distractions, Jilly ?

Stéphanie avait posé la question dans une tentative anxieuse d'égayer l'atmosphère qu'elle sentait particulièrement pénible ce matin-là. En face d'elle, à la table du petit déjeuner, Greg semblait perdu dans ses pensées et Jilly, nerveuse et distraite, versait le café sans sembler remarquer toutes les choses exquises que Stéphanie avait disposées sur la table à leur intention. C'était au cours du dîner de la veille que Stéphanie avait remarqué une certaine gêne entre Greg et Jilly. Non seulement ils ne s'étaient quasiment pas adressé la parole mais, rendue plus perspicace par les sentiments qu'elle leur portait et par son manque d'assurance, elle avait noté qu'ils ne se regardaient même pas ou que, si cela leur arrivait par hasard, ils détournaient les yeux et changeaient de sujet. Elle, qui n'avait pas l'habitude de recevoir, faisait des efforts surhumains pour tenter de détendre l'atmosphère et toutes ses vieilles angoisses remontaient à la surface. Je me doutais qu'ils risquaient de ne pas s'entendre, tous les deux, se disait-elle. Je vois bien qu'ils font ce qu'ils peuvent, histoire de me faire plaisir, mais ça ne marche pas. Toutes ses craintes furent confirmées quand Jilly prétexta une migraine pour aller se coucher tôt. De son côté, Greg avait mis si longtemps à faire la tournée d'inspection de la maison qu'il devait être incapable de trouver le sommeil. Le pauvre ! Est-ce que Jilly lui tape déjà tellement sur les nerfs alors qu'elle vient tout juste d'arriver ?

– Des distractions ? s'étonna Jilly, revenant un peu trop brusquement à la réalité. Ne te casse pas la tête pour moi, Steph. Il y a bien assez de choses à faire à Éden pour que je ne risque pas de m'ennuyer. Je... trouverai de quoi me distraire !

Et, regardant droit devant elle, elle se mit à rire sans raison.

– Bon, il y a la piscine... des tas de promenades... et tous les livres de la bibliothèque, poursuivit Stéphanie d'un ton faussement joyeux. (Mais la tristesse l'envahit, car si elle aimait tant Éden à cause de sa solitude et du repos qu'il prodiguait, elle savait bien que tout cela n'était d'aucun charme pour quelqu'un d'aussi sophistiqué que Jilly. Une meilleure idée la traversa soudain :) Et il y a le tennis. Je joue bien trop mal moi-même. Il était temps que notre champion ait un partenaire digne de ce nom.

– Arrête un peu, Stéphanie, je t'en prie ! (La vue de l'expression amoureuse se changeant en surprise peinée sur le visage de sa femme ne fit qu'encourager Greg à poursuivre.) Tu ne cesses pas de caqueter depuis ce matin, qu'est-ce qui te prend ? Jilly est assez grande… (Jilly vit sa bouche se crisper) …elle doit savoir ce qu'elle veut faire. D'accord ?

– Oh, mais oui, Greg. Je sais bien. Je voulais seulement…

Sa voix s'éteignit.

Greg la regarda avec consternation. Bon sang, on aurait dit une écolière, les yeux baissés sur ses mains qu'elle tordait nerveusement entre ses genoux. À Éden, où il avait appris à mieux la connaître, il avait découvert à quel point elle était simple et naturelle, pas le moins du monde sophistiquée. Et ça ne lui plaisait pas. Il avait eu tant de mal à se faire une place dans le monde fermé des gens fortunés qu'il ressentait comme une manière d'affront l'indifférence qu'elle manifestait à l'égard des privilèges qui lui étaient offerts sur un plateau. Elle aurait pu devenir une grande figure mondaine. La jeune propriétaire d'une énorme firme internationale, au milieu des princesses et des actrices en vogue. Il avait abandonné à regret le rêve de la transformer en l'épouse élégante, charmante et distinguée de Greg Marsden, la photo de leur couple s'étalant à la une des magazines, à travers le monde. Il avait dû renoncer à ce petit rêve mais il avait du mal à lui pardonner ce qu'il ressentait de la part de sa femme comme un affront personnel.

Furieux, il regarda Jilly. En elle, il voyait une femme telle qu'il les aimait : sûre d'elle, spirituelle, sexy. Avec une grande maîtrise de soi, Greg retint le sourire qui se dessinait sur ses lèvres et conserva son expression irritée. Même ainsi au naturel, dans sa robe de chambre, sans maquillage et sous le soleil éclatant, elle était très belle. Il l'observa de plus près tandis qu'elle brisait un petit pain entre ses doigts et portait des morceaux à sa bouche. Ses doigts fébriles, l'éclair furtif de ses dents blanches suffirent à l'exciter. Levant les yeux, Jilly surprit son regard. Un flux passa entre eux mais Greg tourna aussitôt la tête vers Stéphanie pour plus de prudence. Celle-ci contemplait toujours fixement ses mains et Greg fut saisi de colère; contre lui-même, qui se conduisait comme un écolier craignant d'être pris en faute; et contre elle, qui détenait désormais le pouvoir de le punir, si elle apprenait. Mais Stéphanie semblait avoir décidé de mettre de côté ses sentiments immédiats pour ne manifester que ce que lui dictait son amour.

– Je suis désolée de vous avoir ennuyés tous les deux, dit-elle avec un sourire généreux. Mais je continue de penser qu'une partie de tennis vous ferait du bien... et que vous vous amuserez plus qu'à jouer avec moi, l'un comme l'autre. Pourquoi pas ce matin, avant qu'il ne fasse trop chaud ?

À mesure que les jours passaient, Greg et Jilly semblaient trouver un moyen de s'entendre, au grand soulagement de Stéphanie. C'était encore loin d'être parfait, certes, et il aurait fallu être aveugle pour ne pas voir la gêne qui s'installait lorsqu'ils se retrouvaient tous les trois, les silences embarrassés, les regards voilés, la tension inexplicable. Elle s'accusait de ne pas être capable de faire ce qu'il fallait pour les rapprocher l'un de l'autre et elle les abandonnait fréquemment l'un à l'autre, dans l'espoir de voir leurs relations s'améliorer. Elle constata vite avec bonheur qu'ils semblaient effectivement plus joyeux lorsqu'ils rentraient d'une partie de tennis, d'une promenade dans la réserve, ou ailleurs. Ce n'était plus qu'en sa présence qu'ils semblaient gênés désormais, et, avec son manque de confiance habituel, elle se persuadait qu'il n'y avait rien là d'étonnant. Face à deux personnes aussi brillantes, séduisantes et intéressantes que Greg et Jilly, il était normal qu'elle fût la laissée-pour-compte.

Elle se posait pourtant des questions, la nuit, dans le noir, des questions auxquelles elle ne trouvait pas de réponses. Elle voyait bien par exemple que Greg n'appréciait pas les aborigènes, contrairement à elle. Il lui avait fallu se résigner, non sans une profonde tristesse, à ce qu'il ne cherchât pas à les rencontrer ni à les connaître, indifférent à leur mode de vie, à leurs croyances, à ce qu'ils pouvaient lui apporter. Mais voilà qu'elle avait l'impression qu'il se mettait soudain à les prendre en grippe, sans aucune raison apparente. Un jour, Stéphanie et Greg étaient partis se promener à cheval – à l'instigation de Jilly qui avait annoncé qu'elle ne voulait pas avoir l'impression d'être un obstacle à ce que les nouveaux époux fussent de temps en temps seuls. Stéphanie avait demandé à Chris de préparer les chevaux et, à l'heure dite, quand Greg et elle avaient gagné les écuries, ils avaient trouvé un King d'une douceur trompeuse puisque Chris le tenait par la bride en lui parlant, tandis qu'un peu plus loin, Sam tenait l'alezan que Greg avait choisi de monter. La matinée s'annonçait splendide et Stéphanie était au septième ciel à l'idée d'avoir Greg pour elle toute seule pendant quelques heures. Mais à l'instant où elle prenait la bride des mains de Chris, la voix forte de son mari lui gâcha sa joie.

– Qu'est-ce que tu regardes comme ça ?

Stéphanie jeta un coup d'œil par-dessus son épaule pour voir de quoi il s'agissait. Chris, derrière elle, regardait tranquillement Greg sans expression particulière.

– Et toi, petit salopard, qu'est-ce que tu regardes, hein ?

Sans savoir pourquoi, Sam se trouvait à son

tour inclus dans la colère de Greg, alors qu'il se tenait tout bonnement à côté du cheval, sans rien faire.

– Allez, retournez travailler, petits paresseux, au lieu de traîner toute la journée à bayer aux corneilles...

– Greg !

Jamais Stéphanie n'aurait osé défier son mari pour son propre compte tant un simple froncement de sourcils de sa part la plongeait dans l'anxiété. Mais elle aurait été incapable de voir les deux frères se faire traiter d'une telle manière sans réagir. Penchée en avant sur la nuque de King, elle se mit à parler doucement à Chris en aborigène, s'excusant pour l'incident et lui promettant que cela ne se reproduirait plus. Mais bien qu'elle lût comme toujours de l'amitié dans ses yeux, elle crut y déceler aussi quelque chose d'autre. Quoi ? De la pitié ? Sam, d'ordinaire beaucoup plus communicatif que son frère, demeura lui aussi silencieux et distant.

– Tu es prête, Steph ?

L'appel de Greg, un ordre, en réalité, lui parvint de l'extrémité de la cour, où il s'était retiré avec mépris pendant qu'elle parlait avec Chris et Sam. Elle prit rapidement congé d'eux pour le rejoindre et ils partirent côte à côte. Greg rageait intérieurement, l'esprit en pleine tourmente. À l'instant où il enfourchait sa monture, il avait vu le visage de Chris par-dessus le garrot du cheval et, rencontrant son regard, il avait reçu une manière de message. Il est au courant ! Telle était la pensée qui venait de lui traverser l'esprit. *Le salopard est au courant, pour Jilly et moi.* Peu importait comment il l'avait appris. Sans être de la région, Greg n'ignorait pas, à l'instar de tout Australien, que les aborigènes possèdent d'étranges pouvoirs métaphysiques, une connaissance non verbale, intuitive du monde qui les entoure. Mais la question qui le contrariait énormément était la suivante : parlerait-il à Stéphanie ?

Ce n'était pas encore fait, en tout cas, il en avait la certitude. Pas d'affolement, se dit-il en tâchant de reprendre le contrôle de lui-même, elle ne sait rien pour le moment. Et celle qu'il avait appris à connaître à Éden était tout à fait incapable de jouer le double jeu que pratiquent certaines épouses plus rouées, en s'arrangeant pour que le mari ignore qu'elles sont au courant de ses infidélités afin qu'il leur revienne un jour. Non, Stéphanie était plus amoureuse que jamais et rien n'avait changé de ce côté-là. Encore que, pour la première fois, il s'avisa que même cela pouvait changer. En bon opportuniste, il avait seulement saisi l'occasion qui se présentait sans songer un instant que ce qui n'était pour lui qu'une passade – aussi gratifiante fût-elle – risquait de constituer une menace pour sa situation. Mais il comprit brusquement que ce qui restait insignifiant pour lui serait précisément le contraire pour Stéphanie. C'était sans doute la seule chose qu'elle ne lui pardonnerait pas. Son amour inconditionnel lui permettrait de tout tolérer, qu'il démolît la Rolls blanche qu'elle lui avait offerte ou mît la Harper Mining en faillite. Elle lui passerait même toute autre infidélité – il en était certain. Mais briser les vœux du mariage sitôt après les avoir prononcés et la tromper – trahison suprême et tellement classique – avec sa meilleure amie, non, comment une femme pourrait-elle pardonner pareil manquement ?

Greg sentit une sueur froide sur sa nuque. Dire que quelques instants plus tôt seulement, il cultivait un faux sentiment de sécurité. Il était désormais en face de l'échec qui l'attendait, la ruine de toutes ses espérances. Si Steph découvrait... Le risque qui n'avait fait jusque-là qu'ajouter à l'attrait excitant de ses escapades avec Jilly devenait soudain franchement terrifiant. Perdre tout cela... Quelques semaines seulement auparavant, Greg avait rencontré Stéphanie, et il s'était tout naturellement glissé dans le luxe de son mode de vie, où il se sentait comme un poisson dans l'eau. S'il fallait abandonner tout cela maintenant... Transpirant davantage encore, il tenta d'écarter la peur pour réfléchir aux moyens de s'extirper du piège dans lequel il s'était précipité. Tout en trottant à ses côtés, Stéphanie lui glissait des regards amoureux dans l'espoir de le voir sortir de ses réflexions moroses, mais Greg était beaucoup trop préoccupé pour s'en défaire aussi aisément, et il lui adressa à peine la parole pendant toute leur promenade. Qu'est-ce qui se passe ? se demandait-elle, au désespoir. Si seulement je savais...

Comme elle sentait que Greg n'avait pas l'esprit en paix, Éden ayant donc failli à lui apporter ce qu'il recelait d'essentiel, Stéphanie se montrait de plus en plus conciliante pour compenser. Elle avait toujours craint de le contredire de peur de susciter sa colère, mais elle n'osait plus jamais le faire même lorsqu'elle savait pertinemment qu'il avait tort. Peu de temps après leur chevauchée désastreuse, le monde extérieur vint se rappeler à leur souvenir au moment où la radio, dans la cuisine, se mit soudain à crachoter et, enfin, à livrer le passage à la voix de Bill McMaster qui appelait de Sydney pour parler à Stéphanie. Celle-ci quitta le bord de la piscine d'où elle regardait Jilly et Greg qui s'y ébattaient joyeusement.

– Steph ? C'est Bill. Écoutez, je suis vraiment navré de vous déranger en pleine lune de miel...

– Ça ne fait rien, Bill. Qu'y a-t-il ?

– Rien encore mais quelque chose se prépare

et je voudrais vous mettre au courant, pour avoir votre accord sur l'attitude à adopter. Un de mes informateurs chez un gros agent de change me signale qu'un tas d'actions Harper vont bientôt être mises en vente.

– Nos actions sur le marché ? Mais pourquoi ?

Du coin de l'œil, Stéphanie vit que Greg était sorti de l'eau et s'approchait du poste, encore ruisselant. Il saisit un autre écouteur pour suivre la conversation.

– Oh, des fluctuations sans importance, rien de bien consistant, aucune conséquence sur les valeurs boursières, la rassura Bill. Mais on ne tient pas tellement à ce que nos actions se baladent sur les marchés internationaux en ce moment.

– Vous avez absolument raison. (Le visage de Stéphanie devint pensif tandis qu'elle envisageait la question sous tous les angles.) Avec les nouveaux projets encore à l'essai, il est essentiel que la compagnie reste une valeur sûre.

– Oui. Rien n'est encore sorti de ces nouveaux champs d'exploration pour l'instant, d'ailleurs.

Entrecoupée de parasites, la voix de Bill poursuivit son exposé pendant que Stéphanie réfléchissait avant de prendre sa décision.

– Vous voulez les racheter, si j'ai bien compris ?

– C'est cela. Ça va nous coûter cher, sans doute, car les actions sont très bien cotées – je peux vous donner les derniers chiffres si vous voulez –, mais on a les moyens s'il le faut.

– Et on pourra toujours les remettre en vente petit à petit pour réévaluer le capital sans entraîner une trop forte demande. Vous avez raison, Bill. Il faut acheter.

– Steph ! (Devant Stéphanie, médusée, Greg appuya sur le bouton « récepteur » du poste. Ses yeux brillaient et il semblait plus animé qu'il ne l'avait été depuis des jours.) Laisse, Steph, dit-il. Je me charge de ça, si tu veux.

– Comment ça, Greg ?

– Tu m'as bien dit que tu voulais me voir jouer un rôle actif dans la compagnie, non ? rétorqua gaiement son époux. Pas seulement un rôle représentatif. J'en ai pour la première fois l'occasion ! Laisse-moi prendre cette décision pour toi – pour nous, ma chérie.

Stéphanie n'en revenait pas. Son cœur fondit de gratitude. Il avait donc foi en leur avenir commun ! Et il la regardait si amoureusement... Mais c'était une décision cruciale et il manquait d'expérience. Comme elle restait sans voix, celle de Bill rompit le silence, impatiente :

– Allô, Steph ? Steph ? Vous êtes là ?

Greg pressa le bouton « émetteur » et dit calmement :

– Allô, Bill. Greg à l'appareil. J'ai décidé de ne pas acheter – nous bloquerions les fonds nécessaires aux nouveaux développements –, j'ai quelques idées personnelles sur la question. Laissons plutôt la loi de l'offre et de la demande jouer librement. On peut se le permettre. Les actions sont trop fortes pour qu'il y ait une ruée. Et si la demande augmente un peu, elles n'en seront que renforcées.

Il y eut un long silence dans le récepteur. Puis Bill reprit la parole :

– Repassez-moi Stéphanie un instant, voulez-vous ?

– Il veut te parler, annonça Greg, coupant momentanément la communication. Tu vas me soutenir, n'est-ce pas, ma chérie ?

Il lui souriait amoureusement.

– Greg, je... (Il avait tort. C'était de la folie, et Stéphanie comprenait qu'il s'agissait seulement pour lui de prendre le contre-pied de sa propre décision et de celle de Bill pour s'imposer.) Ce n'est pas si simple que ça... parvint-elle enfin à articuler. Si nos actions...

– Je te demande de me soutenir, Steph, l'interrompit-il. (Son ton était encore badin mais ses traits s'étaient durcis et ses yeux menaçaient.) Parce que sinon...

– Oh, Greg...

C'était presque un sanglot et il sut qu'il avait obtenu gain de cause.

Il rebrancha la ligne et Bill entendit, incrédule, les instructions de Stéphanie l'enjoignant qu'il soit fait ainsi qu'en avait décidé Greg. Il eut beau vociférer, il ne parvint pas à la faire changer d'avis et, à son grand dam, il dut supporter le discours de Greg lui expliquant le fonctionnement du marché des changes et l'intérêt de savoir garder son calme dans les affaires. Bill n'avait pas le choix. Car, si Stéphanie comptait énormément sur lui, il n'était que le directeur et elle était propriétaire et président-directeur général de la compagnie. Si sa décision était prise – mais était-ce bien sa décision à elle ? –, il n'avait qu'à s'exécuter.

Ce qu'il fit, mais ce fut le moment le plus difficile de toute sa carrière dans la compagnie. Car si en théorie Greg n'avait pas forcément tort, au fond de lui-même, instinctivement, comme Stéphanie, Bill sentait qu'il faisait fausse route et que la ligne la plus conservatrice était en l'occurrence la meilleure. Vingt-quatre heures suffirent à en apporter confirmation. Quand les actions furent mises en vente, leur nombre inattendu, allié aux fluctuations naturelles des cours, produisit presque aussitôt une crise de confiance. Un vent de panique parcourut les investisseurs en puissance et les actions de la Harper connurent une période difficile. De courte durée heureusement et, en fin de compte, la solidité de la Harper

Mining ainsi que quelques placements judicieux constitués à l'initiative de Bill remirent les choses en ordre. Mais ce dernier se serait volontiers passé de cet épisode contrariant qui lui avait fait perdre du temps, de l'argent et, qui sait, la confiance ébranlée ne serait pas entièrement renouvelée de sitôt. Bill aurait préféré s'être trompé, à un tel prix.

Quand les nouvelles arrivèrent à Éden, Bill n'eut pas besoin de longues explications. Forte de ses années d'expérience, Stéphanie comprit parfaitement ce qui se passait. La perte des capitaux l'ennuyait profondément mais la baisse de réputation de la compagnie plus encore. Depuis le temps qu'elle en avait pris la tête, la compagnie lui tenait énormément à cœur et elle ressentait ce qui lui arrivait comme un dommage personnel. Pire encore, elle souffrait pour l'orgueil de Greg, qui avait surestimé son propre jugement pour le plaisir de les contredire, Bill et elle. Et elle le plaignait tant qu'elle était incapable d'éprouver de la colère à son encontre. En revanche, Greg n'avait pas honte de s'en prendre à elle, à Bill, à tout le monde.

– Tu ne m'as absolument pas tenu au courant, lui reprocha-t-il quand les mauvaises nouvelles parvinrent à Éden. Tu t'es recroquevillée comme une souris affolée au lieu de m'expliquer quoi que ce soit. Et McMaster, il a dû se débrouiller comme un manche à Sydney pour qu'on en soit arrivés là. Bon sang, Stéphanie, je ne peux pas continuer à être ligoté ainsi. J'ai l'impression d'être un boxeur à qui on aurait attaché un bras derrière le dos. Quand on rentrera, il faudra bien qu'ils apprennent que je m'y connais autant qu'eux en affaires. Et il faudra que tu le leur fasses comprendre !

Abandonnant Stéphanie à son triste sort, Greg

partit en trombe à la recherche de Jilly qui le recevrait avec enthousiasme : cela le changerait des reproches muets de Stéphanie. Ils prirent la Land Rover pour aller faire un tour dans la brousse, ce qui n'était qu'un bon prétexte pour reprendre la discussion qui revenait sans cesse entre eux désormais et dont le thème était : « Qu'allons-nous faire maintenant ? » Le sentiment qui attachait Jilly à Greg était plus profond et instinctif qu'elle ne l'avait jamais éprouvé pour aucun homme. Si elle n'avait pas été aussi aveugle, elle se serait peut-être rendu compte que Greg ne prêtait qu'une attention distraite à l'idée d'un avenir commun. Et des souffrances plus grandes qu'elle n'aurait pu l'imaginer auraient sans doute été évitées si elle avait compris que la panique qui avait saisi Greg se résumait pour lui à : « Que vais-je faire, moi, maintenant ? », ou qu'il approchait rapidement du point où des hommes plus équilibrés que lui en étaient arrivés à des actes dangereux et effrayants.

– Le voilà !

Le rayon lumineux perça l'obscurité de la nuit tropicale. Un crocodile monstrueux se figea une seconde dans la lumière puis, avec un énorme sursaut, plongea et s'enfonça sous l'eau. La lourde lance le manqua.

– Raté ! Le salopard !

La chasse au crocodile battait son plein. Dans la grande pirogue encombrée de munitions avaient pris place Reeder, le guide, son fils Malc et Denny, l'aborigène qui l'accompagnait toujours dans ses courses. Au dernier moment, Stéphanie avait préféré renoncer mais, derrière les trois chasseurs, Greg et Jilly étaient assis côte à côte.

– Encore un ! Là ! Vas-y, Malc, à toi !

La lumière avait révélé un autre crocodile glissant à la surface de l'eau boueuse. La lance partit, blessant le monstre au flanc. Mortellement atteint, agité de soubresauts convulsifs, il ouvrait ses mâchoires aux terribles crocs pour les refermer sur le vide.

L'éclair des dents blanches et pointues fit naître en Greg un tressaillement d'excitation en repensant à Jilly, lorsqu'ils avaient fait l'amour dans l'écurie. Déjà stimulé par les dangers de la chasse, il était comme galvanisé par la puissance incroyable de ces bêtes préhistoriques, et leur instinct meurtrier l'excitait secrètement. Penché en avant, il regardait, captivé, les deux assistants de Reeder passer une corde autour des mâchoires géantes, obéissant à ses ordres brefs. Mais le combat n'en était pas terminé pour autant. Se redressant sur la queue, l'animal blessé allait attaquer Malc quand Denny le repoussa à l'aide d'un bâton, le sauvant de justesse.

– Bon Dieu !

Greg était sous le choc. Reeder rit doucement :

– Ben oui. Ces bestioles mangeraient vraiment n'importe quoi, hein ? Même lui ! dit-il avec un coup d'œil affectueux à son fils, occupé à hisser le crocodile pour l'attacher sur une longue planche. Surtout du poisson, en fait. Mais aussi des crabes, des wallabies, du bétail, des buffles, quelquefois. Et des gens. Quand ils ont faim, ils ne laissent rien passer. Et ils ont faim en cette saison. Le nombre de blessures dues aux crocodiles était si grand l'an dernier que c'est à se demander si ce n'est pas nous, qui les dérangeons, l'espèce dangereuse, et non pas eux.

Greg hocha la tête, l'air pensif.

– C'est fini, papa. On continue ?

Reeder se tourna vers Greg, interrogateur.

– Vous en avez assez vu, ou vous en voulez encore ?

Greg regarda Jilly. Ses yeux brillaient et il sentit son corps tendu par l'excitation.

– Pourquoi pas ? dit-elle gaiement. Pourquoi pas ?

Pendant ce temps-là, Stéphanie s'agitait sur son lit pliant. Dans combien de temps allaient-ils revenir ? Elle ne regrettait certes pas leur décision soudaine de quitter Éden et de s'embarquer pour un safari sur le fleuve qui traversait la réserve des crocodiles. Greg et Jilly étaient si contents que leur enthousiasme avait fini par être contagieux. Elle espérait aussi, du fond du cœur, que l'aventure ferait oublier à Greg son premier échec au sein de la Harper Mining, et qu'il lui sourirait et la traiterait de nouveau gentiment – elle désirait tellement lui plaire. Malgré toutes ses inquiétudes, elle s'était amusée pendant le trajet et l'installation du camp à proximité du lac salé, dans un endroit bien protégé par d'épais buissons. Elle aimait cette vie de camp – dormir à la dure et se laver dans le fleuve le matin, mettre ses vêtements à sécher sur une corde à linge de fortune, recréer l'existence quotidienne en pleine nature sauvage. Au-delà de la brousse qui s'étendait autour d'Éden, la réserve de Kadaku formait un étonnant contraste avec ses marécages d'eau salée, ses forêts d'eucalyptus, ses escarpements de grès et ses lagons vierges explorés seulement par leurs habitants, les crocodiles, depuis que la terre existait.

Mais la chasse, la tuerie – tout son être se révoltait contre un tel passe-temps. Son instinct profond de femme, qui la pousserait toujours à ramasser la créature vulnérable abandonnée par sa mère et à lui redonner vie, s'insurgeait contre le fait de tuer. Et dans la fascination de Greg pour l'assassinat des grands reptiles, elle entrevoyait une noirceur d'âme qu'elle refusait de toutes ses forces d'envisager. Que dois-je faire, mon Dieu ? se demandait-elle, en proie à un immense désarroi.

Elle les entendit enfin revenir. Comme elle se précipitait à leur rencontre, elle vit Chris émerger furtivement de l'ombre et gagner la rive pour aider les autres à ramener la pirogue et à décharger les prises. Reeder la héla, jovial :

– Madame Marsden ! Venez voir la marque que l'un d'eux a laissée sur le bateau ! Il en a carrément enlevé un morceau ! Et mon héritier a bien failli y passer aussi.

Sous les yeux de Stéphanie horrifiée, les hommes déchargèrent les cadavres monstrueux.

– Vous les trouvez grands ? J'en connais un vieux du nom de Gindu Baru. Attendez de vous trouver face à face avec lui à la nuit noire ! Soixante-dix ans, dix mètres de long... des années qu'on se connaît, tous les deux. Il a mangé sept hommes, à ce qu'il paraît !

– Joe... protesta faiblement Stéphanie. Vous me donnez la chair de poule.

– Tout ira bien, ma chérie, intervint Greg, que l'aventure avait rendu euphorique. Je veillerai sur toi.

– Mais faites quand même attention, dit Reeder, l'enjoignant à la prudence, si vous ne voulez pas finir entre leurs dents.

– Greg chéri (Steph prit une profonde inspiration), arrêtons le massacre... je t'en prie.

Greg sourit.

– Ne t'en fais pas, Steph, j'ai des tas d'autres idées de distractions...

À marée basse, ce soir-là, Stéphanie, assise à l'avant de la pirogue qui progressait à travers les marécages, tâchait d'immobiliser son appareil-photo entre ses mains. Elle était aux anges. Greg l'aimait, finalement. Il avait organisé cette sortie-là pour lui montrer le coucher du soleil au lieu de tuer des alligators. Et il s'était même heurté à Reeder pour parvenir à ses fins, car celui-ci s'était d'abord opposé à ce qu'il prît le bateau sans guide, à la tombée de la nuit. Chris aussi s'était montré réticent au point de tenter de passer outre à l'ordre de Greg qui l'enjoignait de préparer l'embarcation. Il avait attendu le dernier moment pour s'exécuter. Mais Greg avait fini par l'emporter.

Le soleil s'enfonçait dans un flamboiement, striant le ciel de jaune, d'orange et de brun. De toutes parts, les arbres se découpaient dans la lumière rouge et or, formant d'étranges silhouettes tordues, lugubres, menaçantes. Derrière Stéphanie, Jilly frissonna. Les sentiments que lui inspirait Greg étaient si violents qu'elle vivait dans la terreur que son amie ne s'en aperçoive. On ne peut pas continuer ainsi, songea-t-elle. Elle glissa un regard vers Greg, mais ce dernier demeurait impassible, perdu dans ses pensées.

L'étroit passage où ils progressaient rejoignit un vaste lagon. Sur la surface de l'eau, sombre et huileuse, de petites rides se formaient à leur passage. Çà et là, des formes noueuses, parfaitement immobiles, indiquaient la présence des hôtes démoniaques des estuaires. Parfois une paupière se soulevait, révélant la vie qui s'y cachait. Mais Stéphanie n'y prenait pas garde, captivée par la beauté du couchant qui transformait le ciel en un véritable kaléidoscope de couleurs.

– Oh, regarde ! Regarde, Greg ! On peut s'arrêter quelques minutes ? (Surexcitée, Stéphanie éleva son appareil-photo devant ses yeux. La pirogue s'arrêta et elle mit rapidement au point tout en poussant des cris d'émerveillement. Elle se leva pour prendre la photo.) C'est à couper le souffle… (Elle n'entendit pas Greg s'approcher d'elle dans son dos, mais son regard fut soudain attiré par un mouvement imperceptible à la surface de l'eau.) Greg ! Ô mon Dieu ! Un crocodile ! Il est gigantesque ! C'est sûrement Dingu Baru, dont parlait Reeder.

La hideuse créature filait droit sur le canot, ses yeux noirs et luisants fixés sur elle.

– Greg…

Un coup violent s'abattit entre ses omoplates, la poussant brutalement par-dessus bord. Dans un grand jaillissement d'eau, elle coula comme une pierre.

Horrifiée, elle agitait les bras et les jambes en tous sens et, dans sa panique, au lieu d'une goulée d'air, elle avala une grande gorgée d'eau et suffoqua. Elle parvint à remonter à la surface et à pousser un cri.

– Greg !

Elle entendait la voix affolée d'une autre femme, tel un écho cruel de la sienne.

– Steph ! Steph ! Steph !

Elle tenta désespérément de s'approcher du bateau, les bras tendus hors de l'eau, frénétique. Et elle vit Greg, immobile, comme exalté, les yeux brillant d'une flamme étrange qu'elle ne lui avait jamais vue. À cet instant, elle vit les profondeurs de son âme et lut sa condamnation sur son visage.

– Jilly ! hurla-t-elle. Aide-moi ! Jilly !

Mais celle-ci, pétrifiée, ne bougea pas.

Le crocodile en arrivant à sa hauteur referma ses mâchoires monstrueuses sur son épaule et sur son bras. Ses dents éraflèrent son visage et son cou, le sang jaillit des plaies béantes.

– Aaaargh !

Avec un cri dément, les yeux exorbités d'horreur, Stéphanie disparut sous l'eau où l'entraînait le monstre.

Se libérant soudain de l'étau de terreur qui la paralysait, Jilly se dressa et agrippa le bras de Greg.

– Greg ! Vite ! Bon sang, elle ne sait même pas nager !

Il ne fit pas un geste. Jilly attrapa la rame et, penchée en avant, en assena des coups désespérés à l'abominable reptile. Pleurant et sanglotant, elle tapa de toutes ses forces jusqu'à ce que Greg la saisît aux épaules, la rejetant en arrière. Elle tomba au fond de la pirogue et il lui arracha la rame des mains pour l'expédier par-dessus bord. Greg tenait un fusil à la main. Calmement, il visa.

Les mâchoires fermement refermées sur sa victime, le crocodile agitait sa proie en tous sens. Les jambes nues flottaient comme des algues et le visage ensanglanté apparaissait par instants, les yeux éperdus, hallucinés de terreur. Les cris s'affaiblirent et les mouvements frénétiques ralentirent. Enfin, obéissant à l'instinct de sa race, le crocodile l'entraîna à la mort. La lumière du jour s'éteignit dans un dernier rougeoiement, et Stéphanie disparut, happée par un tourbillon de vase et de sang.

– Espèce de salopard ! (Reeder laissa exploser sa rage.) Incapable et irresponsable ! Je vous avais pourtant prévenu !

– Reeder, j'ai perdu ma femme ! (Greg n'avait pas été long à donner l'alarme.) Le temps est précieux. Elle est peut-être encore vivante. Il faut faire quelque chose, vite !

– Appelez Darwin par radio. Mais ils n'ont aucune chance d'arriver ici avant demain matin. Et vivante ? Si vous aimez vraiment votre femme... (Reeder s'interrompit puis conclut :)... priez pour qu'elle ne le soit pas.

Et dans l'air immobile de la longue nuit, rien

ne bougeait, sinon, au plus profond de la brousse, les flammes du feu sacré que Chris avait allumé pour charmer l'esprit de Stéphanie dans son errance et lui préserver sa chaleur.

5

Le soleil du lendemain se leva lentement, baigné de sang, perçant à grand-peine à travers les épais rubans de brouillard suspendus au-dessus des marais. Reeder et ses hommes n'avaient pas cessé de s'affairer pour préparer les bateaux et le matériel dont ils auraient besoin pour leurs recherches. Un autre genre de sortie, dépourvue cette fois de tout plaisir. Un sens aigu du devoir aiguillonnait les habitants du camp, à l'exception de deux d'entre eux : Jilly, enfermée dans sa tente, prostrée, sanglotant, hurlant ou marmonnant entre ses dents comme elle n'avait cessé de le faire depuis que Greg l'avait ramenée, n'aurait pas été d'une grande utilité de toute manière. Quant à Chris, Reeder et Greg eurent beau invectiver et menacer, rien ne pouvait le faire bouger de son poste près du feu qu'il avait allumé la veille. Indifférent à tout le reste, il prenait soin de conserver sa chaleur et sa lumière.

Greg était parti devant avec un petit groupe d'hommes dès que les premières lueurs de l'aube avaient pâli le ciel anthracite. Impatient de quitter les lieux, rien n'aurait pu l'arrêter.

– Mieux vaudrait que vous soyez là quand ils arriveront, lui avait dit Reeder, pour leur montrer l'endroit exact de l'accident afin qu'ils puissent localiser les recherches.

– Je veux être le premier à la retrouver,

répondit-il avec une telle conviction que Reeder ne put mettre sa sincérité en doute. Expliquez-leur le chemin, je tirerai des coups de fusil à intervalles réguliers pour leur indiquer ma position. Je ne veux pas rester assis comme ça à ne rien faire. Je deviendrais fou.

Reeder fut contraint de le laisser agir à sa guise. Il éprouvait pour Greg une manière de rude sympathie malgré la faute impardonnable qu'il avait commise en refusant de suivre ses conseils de prudence. Et il devait bien convenir que d'attendre au camp les équipes de secours serait extrêmement angoissant pour lui. Sans compter que les gémissements de la femme sous sa tente et la garde vigilante et silencieuse de l'aborigène auraient rendu à quiconque l'attente insupportable. Lui-même était à bout, sur les nerfs, et il regrettait de n'avoir pas fait comme Greg.

La journée était déjà fort avancée quand les autorités de Darwin parvinrent à entrer en contact avec les lointaines zones marécageuses pour mobiliser des hommes. Vers midi, Greg revint au camp après avoir passé le lagon au peigne fin. Il était dans un état lamentable, sale et épuisé, et si le chef des renforts n'était guère enclin à plaindre celui dont l'irresponsabilité, ainsi que l'avait rapporté Reeder, avait causé la mort horrible d'une femme, il ne voyait pas de raison non plus de tirer sur un homme blessé, et il se contenta de lui poser des questions sur le lieu de l'accident. Puis Greg tenta d'obtenir une communication par l'intermédiaire du poste émetteur.

– Bill ? Bill ? Que se passe-t-il ?

Le dimanche était un jour sacré chez les McMaster. Il était entendu que la Harper Mining occupait l'ensemble des journées de Bill, la plupart de ses soirées et une grande partie du samedi, mais le dimanche avait toujours été réservé à sa famille et protégé comme tel contre toute atteinte. D'autant plus farouchement qu'il s'agissait d'une petite famille, constituée par sa femme Rina et son fils Tom.

Rina se rendit compte qu'un événement grave s'était produit quand Tom revint tout seul à la cuisine. Le déjeuner était prêt et Tom était doté d'un jeune et vigoureux appétit mais d'ordinaire, rien ne pouvait le séparer de son père, qu'il idolâtrait, et qu'il ne voyait à son gré que ce jour-là. Abandonnant ses fourneaux, Rina partit en quête d'une réponse.

Elle trouva Bill assis, immobile, sur le divan du salon, le combiné du téléphone à la main. Elle se précipita pour le saisir avant qu'il le lâche et le replaça sur le récepteur. Le visage de son époux était gris et des larmes jaillissaient de ses yeux. Jamais Rina ne l'avait vu dans un tel état et, malgré la présence des deux êtres qui lui étaient le plus chers au monde, elle éprouva une terreur affreuse.

– Qu'y... a-t-il ? demanda-t-elle dans un souffle, lui prenant la main.

Lentement, Bill sembla revenir à lui. Levant les yeux sur elle, il la regarda comme s'il la voyait pour la première fois.

– Tu ne vas pas le croire, dit-il, les yeux vagues. (Il leva péniblement la main pour frotter sa joue ruisselante de larmes.) Tu ne vas pas...

– Bill, je t'en prie, dis-moi... quoi ?

Mais Bill, comme s'il était devenu sourd, secouait la tête, répétant les mêmes paroles d'un air stupide :

– Tu ne vas pas le croire... Tu ne vas pas...

Voilà deux jours que les hydrofoils étaient arrivés. En dehors des pirogues à fond plat, très lentes, c'étaient les seuls bateaux capables d'avancer sur les eaux boueuses des marécages et Reeder regardait non sans fierté les petits galions du XXe siècle partir à l'assaut. À la vue des hommes solides qui les conduisaient, les oreilles protégées du bruit assourdissant des moteurs par des casques, il sentait l'espoir revenir en lui – si on devait la retrouver, ceux-là la retrouveraient, cela ne faisait aucun doute. D'autre part, des renforts envoyés par la Harper Mining étaient sur le point d'arriver. Tout n'est pas perdu, se dit-il, reprenant courage.

Il était soulagé aussi depuis que Greg était parvenu à calmer « cette femme », ainsi qu'il la nommait en lui-même. Il ignorait ce qui s'était passé mais la veille, après le coucher du soleil, quand toute recherche était devenue impossible, Greg était entré dans la tente porteur d'une bouteille et, pour la première fois depuis vingt-quatre heures, les gémissements s'étaient interrompus. « Merci, mon vieux », avait dit Reeder à Greg qui l'avait repoussé d'un geste avant de poursuivre son chemin. C'est normal, se dit Reeder avec philosophie. Plus tard, Greg était quand même venu lui annoncer qu'il avait pris des dispositions pour faire évacuer Jilly en avion dès qu'il serait parvenu à joindre son époux à Sydney pour qu'il vînt la chercher à l'aéroport.

– Sûr qu'elle aura du mal à mettre un pied devant l'autre toute seule, fit remarquer Reeder à son fils Malc. Mais plus vite il la fera partir, mieux cela vaudra pour nous.

La longue journée se poursuivit donc, les hydrofoils sillonnant incessamment les eaux autour de l'endroit fatidique, mais en vain. Las de rester coincé au camp, Reeder confia à son fils le rôle de coordinateur des secours et partit avec une des équipes qui avait fait une brève halte au camp. Des heures durant, progressant pas à pas, ils fouillèrent chaque fossé au pied de chaque arbre, sondèrent les trous d'eau à l'aide de longues perches, pataugèrent dans les eaux peu profondes, retournèrent chaque tronc d'arbre déraciné, chaque branche feuillue. Rien. L'espoir de Reeder diminuait à mesure que le temps passait et, lorsque le soleil plongea dans une explosion de couleurs, semblable à celle que Stéphanie avait voulu imprimer sur sa pellicule, il marqua la fin du reste d'optimisme de Reeder. De retour au camp, il rencontra Greg qui revenait en compagnie d'une autre équipe. Personne ne posa de questions, elles n'étaient plus de mise.

– C'est la fin, alors ? demanda Malc à son père qui venait de lui confier ses sentiments.

– Pour la pauvre femme, en tout cas, dit Reeder. Pour les recherches, non, mais c'est son cadavre en pièces qu'ils vont chercher désormais, ou quelques os.

La brume de l'aube s'effilochait au-dessus du fleuve et s'accrochait aux branches des arbres. Un oiseau solitaire poussa un cri, étrange et rauque. À demi dissimulée par la brume, une silhouette propulsait à la perche une barque à fond plat sur la vase peu profonde. Dave Welles, prospecteur solitaire, vivait en reclus depuis bien des années. Les touristes ne le dérangeaient pas, il attendait simplement leur départ sans se montrer. Il était de sortie aujourd'hui, son matériel jeté au fond du bateau.

Sur une rive éloignée, une tache rouge attira son attention. Changeant de direction pour aller voir de quoi il s'agissait, il entendit un bruit de plongeon devant lui. Un crocodile, apparemment attiré par la même chose, prit le même chemin. En s'approchant, Dave distingua un monticule vaseux maculé d'écarlate, une forme à demi enfouie dans la boue et, tout près, devant ses yeux horrifiés, il reconnut quelque chose qui ressemblait à une main. Progressant à la même vitesse que lui, le crocodile arrivait. Redoublant d'efforts, le vieil homme s'arrêta enfin près de la forme inerte. Le corps d'une femme, qui n'avait presque plus rien d'humain, gisait le visage dans la vase, le bras tendu, la main enfoncée dans la boue où elle s'était agrippée pour se hisser jusqu'à la rive avant de perdre connaissance.

Avec la force du désespoir, Dave tira pour l'extirper de la boue qui l'engluait, tendant ses muscles à l'extrême pour libérer le corps alourdi.

– Pas de petit déjeuner pour toi aujourd'hui ! lança-t-il au crocodile qui émergeait de l'eau et se dirigeait vers eux de sa démarche épouvantable. (Soufflant et peinant, le vieillard fit basculer le corps de la femme dans sa barque et, sautant à l'intérieur, s'éloigna de la rive d'une poussée.) T'en fais pas, ma p'tite, dit-il à la forme inerte, le vieux Dave est un ange. Il te guérira. Allez, hop... en route...

Tout le long du chemin qui menait à sa cabane, au cœur secret de la brousse, Dave continua de lui parler ainsi d'un ton joyeux, sans savoir si son fardeau était encore en vie. Ce ne fut qu'après l'avoir déposé à l'intérieur de sa hutte, après avoir précautionneusement détaché les lambeaux de tissu encore accrochés à son pauvre corps, après l'avoir lavée et enveloppée dans des couvertures tièdes, qu'il commença à espérer qu'elle vivrait. À mesure que le jour se levait, le soleil réchauffant peu à peu sa cabane, le froid de la mort la quittait et il sentit un battement faible à son poignet. Dave repoussa son vieux chapeau en arrière sur sa tête. Elle était vivante. Au travail.

Il alla chercher la lampe-tempête au fond de

la cabane et la suspendit au plafond, au-dessus du lit où elle reposait. Grâce à sa lueur dorée, il trouva une vieille boîte en fer-blanc, l'ouvrit et en tira une bonne longueur de boyau de chat et une grande aiguille. Debout au-dessus d'elle, il l'observa quelques instants, ses yeux bleus perçants inondés de pitié. Puis il se mit au travail. Mieux valait en finir tout de suite avant qu'elle reprenne conscience. Il se pencha en avant et avec un soin infini entreprit de recoudre les lambeaux de peau déchirée et ravagée.

– Aaaaargh !

Elle sursauta, gémit, et ses mains s'élevèrent pour agripper son épaule. Dave poursuivit son travail sans broncher.

– Courage, ma p'tite, courage. Le vieux Dave va te tirer de là. Doucement, voilà.

Quand il eut enfin terminé, il s'assit et frotta ses yeux douloureux. Puis, plongeant la main dans un pot près de lui, il en tira une épaisse pâte jaune qu'il appliqua sur les blessures. Elle avait resombré dans l'inconscience bien avant qu'il eût terminé. Il la redressa légèrement sur le lit et, le temps que l'emplâtre sèche, resta assis à ses côtés, éveillé un long moment avant de s'endormir à son tour.

Stéphanie ne sut jamais combien de temps elle avait oscillé entre la vie et la mort, s'éveillant dans des brumes douloureuses pour sombrer de nouveau dans le noir. Puis elle commença à percevoir peu à peu la main usée qui lui soutenait la tête ou lui tendait un verre, et la présence rassurante qui veillait sur elle nuit et jour. Quand ses yeux s'ouvrirent, elle distingua un intérieur primitif, au toit bas, et un homme assis auprès d'elle, qui la regardait avec compassion.

– Comment ça va, ma p'tite ? demandait-il paisiblement. Contente de voir que tu reviens parmi nous. J'étais pas bien sûr qu't'y arriverais. J'm'appelle Dave Welles. T'as pas besoin d'en savoir tellement plus pour le moment, j'ai l'impression. Essaie de goûter ça, et rendors-toi, va.

À mesure que les jours passaient, il lui racontait, par bribes, ce qui lui était arrivé, mais la plupart du temps elle ne comprenait pas de quoi il parlait car des pans entiers de sa mémoire lui faisaient défaut et elle ne savait plus qui elle était.

– Une semaine que j't'ai tirée du fleuve. Un miracle que tu sois encore vivante. Les vieux crocos, les gros, y z'ont l'habitude de mettre leur proie de côté, avant de revenir la manger, et si j'avais pas été plus rapide que lui, tu serais plus là pour m'entendre raconter l'histoire... Faut pas essayer de parler, t'as les mâchoires cassées. Reste tranquille et tu guériras. J'ai appris ça dans les mines d'opale à Cooper Pedy dans le temps... Allez, avale encore une petite gorgée, pour le vieux Dave...

Peu à peu, son corps recouvra des forces mais son esprit divaguait encore. Un jour, elle se sentit assez forte pour explorer son corps et découvrit qu'elle portait une chemise d'homme et un pantalon.

– C'est les miens, expliqua Dave. Toi, t'avais plus rien que des haillons. Je les ai gardés pour t'aider à te rappeler.

Mais les lambeaux séchés par le sang et la boue ne signifiaient rien pour elle.

– Une petite promenade, maintenant ?

La douleur était sa compagne de chaque instant. Lentement, grâce au support du bras noueux de Dave, elle réapprit à marcher. La nuit, dans son lit, elle suivait du bout des doigts les traces rugueuses de ses blessures – la profonde cicatrice qui descendait le long de son visage, de son cou et de sa gorge, d'un seul côté, l'affreuse marque sur son épaule et sa poitrine, les énormes zébrures sur sa cuisse. Dave la réconfortait.

– Ça se referme bien, disait-il. C'est de la bonne qualité, ça. Avec mon baume spécial que je tiens de mon copain aborigène et qu'a jamais failli, pas d'histoires. Y font ça avec des fleurs et de l'argile. T'as pas eu d'infection, tu vois bien ?

Un jour, Dave se montra à son chevet, l'air faraud.

– J'vais en ville, aujourd'hui, dit-il. Au moins jusqu'aux boutiques sur la route, j'te ramène quèqu'chose à t'mettre sur le dos. Plus vite tu seras sur pied, plus vite tu pourras aller voir ta famille, tes amis. J'en ai pour quèqu's'heures, pas plus. Je serai là avant la nuit.

Après son départ, elle demeura quelque temps étendue à réfléchir. Famille ? Amis ? Qu'est-ce qui la faisait frissonner de terreur à ces mots ? Pourquoi le seul endroit où elle se sentait en sécurité était-il cette cabane ? D'où venait-elle ? Qui était-elle ? Je ne sais même pas à quoi je ressemble, se demandait-elle, en proie au désespoir. Dave n'avait pas de miroir dans sa cabane. Qui suis-je ? Qui suis-je ? se répétait-elle en silence.

Pour finir, lassée de ses pensées morbides, elle décida de se lever. Dave serait bientôt de retour. Elle irait chercher de l'eau pour la bouilloire dans le réservoir ainsi qu'elle l'avait vu faire si souvent et lui préparerait une tasse de thé. Non sans peine, elle saisit la bouilloire et gagna lentement la porte. Elle s'arrêta sur le seuil et son âme meurtrie se ranima un peu sous l'influence d'une journée aussi belle. Dehors, le soleil était haut dans un ciel sans nuages, les oiseaux s'interpellaient de branche en branche. Le refuge de Dave semblait un véritable paradis. Le premier aiguillon d'espoir perçant son cœur, elle sortit de la cabane et se dirigea à petits pas vers le baril situé sous la gouttière de fortune. Elle se pencha pour y plonger la bouilloire, provoquant des remous à la surface de l'eau.

Ce faisant, déformé par les rides circulaires qu'elle venait d'engendrer, elle vit bouger un reflet. Un visage horriblement tordu la regardait dans l'eau et une terreur abominable s'empara d'elle. Ce n'était pas son image ! C'était impossible, elle ne pouvait pas ressembler à ça ! Elle fit un effort surhumain pour se maîtriser, serrant de toutes ses forces le baril jusqu'à ce que ses phalanges blanchissent. La surface redevint plane et lisse. Pas d'erreur possible. C'était son visage qu'elle voyait dans l'eau, hideux et couturé. Les dents acérées du crocodile avaient arraché un côté de son visage, déchiré la chair en lambeaux séparés désormais par de longues boursouflures rouges. Par un cruel coup du sort, l'autre côté était quasi intact, de telle sorte que le profil défiguré semblait être la caricature de l'autre. Sur le côté déformé, la paupière et la commissure de ses lèvres étaient tirées vers le bas comme si elle avait reçu un coup. C'était le visage d'une vieillarde, d'une sorcière, d'une inconnue...

– Non !

Le cri de Stéphanie résonna à travers la brousse. Les oiseaux s'envolèrent en piaillant, affolés, et de petits animaux détalèrent pour se mettre à l'abri en entendant son cri sauvage.

– Non ! non ! non !

Un désespoir proche de la démence la submergea.

Bien des heures plus tard, Dave la découvrit, affaissée contre le baril au coin de la cabane, marmonnant des paroles sans suite. Gentiment mais fermement, il la redressa et la conduisit jusqu'à son lit, dans la cabane. Puis il s'assit à son chevet.

– C'est pas drôle, ma fille. Je sais bien. Mais il faut regarder la chose en face. Car si tu regardes une chose en face, c'est jamais aussi mauvais que si t'es là pétrifiée par la peur. Ce vieux croco t'a bien amochée, pour sûr. Mais tu voulais lui ôter le pain de la bouche. T'es vivante et tu pourrais être dans le ventre de la bête à c't'heure. Ça veut dire quèqu'chose. T'as eu la vie sauve pour quèqu'chose. Ou quelqu'un. Maintenant faut qu'tu trouves c'que c'est.

La voix de Dave l'atteignit à travers la brume du désespoir. Quelque chose ? Quelqu'un ? Un son rauque sortit de ses lèvres.

– Je ne sais même plus comment je m'appelle.

– Mais tu portes une alliance. T'étais peut-être mariée. J'ai vu la police partout en ville. Des rangers qui cherchent quelqu'un et m'est avis que c'est toi.

– Oh, Dave, j'ai tellement peur de partir d'ici. Je ne sais pas où aller. Par où commencer.

Dave marqua un temps avant de répondre et sa voix avait des accents pleins de tristesse :

– Prends ton temps, ma fille. Prends ton temps. J'te donnerai un nom si tu veux. V'là ben longtemps, avant que je perde le goût de la compagnie de mes pareils, j'ai été amoureux d'une petite de Mount Isa. C'était la fille d'un patron de bistrot. Sa mère, tu vois, elle avait vu qu'un seul film dans sa vie et c'était *Autant en emporte le vent*. Bah, ça me plaisait bien. Faut dire qu'ça lui allait pas mal. Bon, on s'est fréquentés jusqu'à... jusqu'à ce maudit jour où elle a été à Townsville pour marier un boucher ! (Dave fit une grimace comique pour masquer son émotion.) Alors, ma foi, si ça te va, j't'appellerai Tara.

Elle sourit avec gratitude et pressa la main de Dave.

– Et va falloir bouger d'ici, Tara, r'tourner à la vraie vie. Tu serais en sécurité ici tant que tu voudrais mais c'est d'là-bas que tu viens (il indiqua la porte du menton) et c'est là que tu trouveras les réponses aux questions qu'tu t'poses. J'ai fait une bonne expédition aujourd'hui. J'ai là de quoi remplacer mes vieilles loques.

Il gagna la table où un paquet était posé et, l'ouvrant, en tira une robe rose, des dessous féminins, un chapeau de paille, un foulard et même des souliers.

– Dave ! Mais où as-tu trouvé tout ça ?

– Les ai trouvés, dit-il avec un clin d'œil, sur des fils à linge, sur le dos d'une chaise sur un perron, pour les tailles, faut pas en d'mander trop, mais ça t'fait quelque chose à t'mettre pour aller en ville.

Une semaine plus tard, elle se tenait au bord d'une piste en compagnie de Dave, pour attendre le passage du transport routier qui traversait les vastes étendues désertiques. Après des heures de discussion avec son sauveur, ils avaient formé un projet. Une terreur mystérieuse, inexplicable l'empêchait de se rendre simplement dans la ville la plus proche pour aller se présenter à la police ou aux rangers. Tout ce qu'elle savait, c'était qu'il fallait s'en aller. Et loin. Et ensuite ? Elle l'ignorait. Mais elle savait déjà quoi faire pour commencer. Après, elle aviserait. Le soleil tapait dur et elle se réjouissait de porter le chapeau de paille qui, lorsqu'elle ramenait sa lourde chevelure en avant, dissimulait en partie son visage ravagé. Elle lissa d'un geste gauche la robe rose trop grande pour elle et frissonna dans les dessous inconfortables.

– Il arrive ! lança Dave. (Ses yeux perçants de chasseur avaient aperçu le très petit nuage de poussière rouge à l'horizon.) Il t'emporte à Darwin et après c'est à toi de voir. (Il tourna vers elle son visage buriné plissé d'affection, plongea la main à l'intérieur de sa chemise et en tira une vieille boîte en fer-blanc qui avait dû contenir jadis du thé.) Tiens, dit-il d'un ton brusque, en la lui tendant. Elle contient des vieux rêves dont j'n'ai plus que faire. Regarde.

Elle ouvrit la boîte. Dedans, dans un nid de coton crasseux, elle découvrit un petit tas d'opales magnifiques. La plus petite avait la taille d'un pouce, la plus grosse celle d'un poing de bébé. Toutes étaient extrêmement précieuses.

– Regarde la couleur, dit Dave non sans fierté. Comme du feu dans la nuit. Avec elles, tu vas pouvoir prendre un nouveau départ.

– Oh, Dave... je ne peux pas...

– Et comment qu'tu peux ! Que veux-tu que j'en fasse, moi ? Bah, je pensais les garder pour mes vieux jours quand je les ai sorties de la mine. Je vendais les autres et je gardais les plus belles. Mais maintenant... (Il sourit avec satisfaction.) J'en ai pas besoin fillette, j'ai tout ce que je veux. J'compte aller nulle part. Tu peux leur redonner vie pour moi.

Les larmes jaillirent des yeux de Stéphanie. Incapable de parler, elle acquiesça de la tête.

– Et, Tara... tâche de pas te faire rouler quand tu les vendras à Darwin. Te laisse pas faire, hein ?

Le camion approchait, sa masse énorme soulevant autour d'elle des nuages de poussière. Dave souleva son chapeau cabossé d'un geste galant.

– Alors, adieu, Tara. Et rends-moi un service, tu veux ? Si tu croises quelqu'un qui me cherche, tu sais pas où je suis. Et ne ramène pas la famille non plus. Tu t'en vas pour de bon. Pas de regards en arrière ni rien. D'accord ?

– D'accord.

Elle lui sourit à travers ses larmes.

Le camion s'arrêta, les couvrant d'une fine couche de poussière.

– Adieu, Dave. (Elle luttait pour retenir ses larmes.) Et merci.

– Rappelle-toi, Tara, lança-t-il dans son dos. Quelque chose. Ou quelqu'un. Tu trouveras.

Le chauffeur était joyeux à la perspective de transporter une femme pour rompre la monotonie du trajet solitaire. La conduite de son mastodonte dans les virages serrés lui avait demandé presque toute sa concentration mais les coups d'œil qu'il avait jetés de son côté l'avaient satisfait. Elle avait pris bien soin de cacher son profil abîmé en grimpant tête baissée dans le camion, le visage presque entièrement dissimulé par son chapeau de paille. Elle lui présentait à présent son profil intact aux traits marqués par une profonde tristesse, qu'il n'était évidemment pas en mesure de comprendre.

– Qu'est-ce que vous faites là comme ça toute seule ? demanda-t-il. Vous êtes en panne ?

Elle approuva de la tête.

– Vous en faites donc pas pour ça, poursuivit-il, jovial. Je peux vous conduire jusqu'à Darwin. Je suis content d'avoir de la compagnie. Surtout de la compagnie féminine.

Pas de réponse. Le chauffeur, à qui réussissait en général la méthode d'approche directe, comme il la dénommait, poursuivit dans la même veine.

– On pourrait bavarder gentiment, tous les deux. C'est loin, Darwin. Ça me fera passer le temps. (Il se tut. Puis, tendant la main, il la posa sur la cuisse de sa passagère et la pressa violemment.) On pourrait s'amuser tous les deux. Pas vrai ?

À sa grande surprise il sentit les muscles se contracter sous ses doigts et devenir aussi durs que du bois. Lentement, d'un mouvement parfaitement délibéré, elle tourna vers lui son visage. Le sourire grivois se figea sur les lèvres du chauffeur lorsqu'il constata l'ampleur des dégâts. La honte, la fureur et la déception se livraient bataille en lui.

– À Darwin, donc, dit-il pour finir.

À l'autre bout de l'Australie, à Sydney, Bill McMaster faisait ses adieux à Stéphanie Harper, le cœur en proie à une profonde douleur. Dès qu'il avait appris la nouvelle de l'accident, il avait prévenu tous les membres du personnel de la Harper à mille cinq cents kilomètres à la ronde afin de les faire participer aux recherches avant de sauter dans un avion à destination du Territoire du Nord pour prendre lui-même les choses en main. Chaque cours d'eau, chaque lagon avait été exploré sur plusieurs kilomètres par des hommes en barque ou en hydrofoil et l'on avait poussé les recherches à l'intérieur de la brousse aussi loin qu'une femme blessée aurait pu se traîner. Mais en vain.

Patients et disciplinés, les hommes avaient poursuivi leur travail jusqu'à ce que toute la région eût été passée au peigne fin, mais Bill avait encore exigé que l'on explorât une deuxième fois l'estuaire, là où la marée montait et se retirait. Il n'était pas du genre à se résigner aisément à la défaite. Pour finir, il avait dû rentrer à Sydney où la compagnie ne pouvait se passer de lui plus longtemps. Mais là, il avait continué à recevoir les messages négatifs des équipes de secours. Le dernier se trouvait sur son bureau à l'instant même. Continuer les recherches eût été de la démence.

Il songeait à Greg Marsden avec amertume en se rappelant son arrivée au camp dans la réserve d'alligators. On ne pouvait s'attendre à grand-chose d'autre de la part d'une femme – il n'en voulait pas à Jilly de son irresponsabilité, ni des cris et des gémissements qui réveillaient le camp en pleine nuit, suivis de silences non moins pénibles – mais Marsden, parfois arrogant et agressif, parfois pleurnichard et sentimental... Bill lui vouait une telle haine qu'il était déjà content de ne pas lui avoir cassé la figure pendant cette horrible période. Quel sale individu, marmonna-t-il en lui-même, et son poing se referma instinctivement. Oh, Steph, pourquoi l'avoir choisi, lui ?

Il avait ensuite fallu prévenir Sarah et Dennis, Greg ayant le sentiment, à juste titre, que Bill était la personne la mieux placée pour cette tâche. Le chagrin le submergea au souvenir de la scène douloureuse. Les deux enfants savaient qu'on allait leur apprendre quelque chose d'effrayant, sinon on ne leur aurait pas fait quitter ainsi l'école, mais jamais ils n'auraient pu imaginer une chose aussi affreuse. Bill priait de ne jamais plus avoir à accomplir une tâche aussi pénible. Il renouvela pour lui-même le vœu d'être le père des deux enfants, à la place de Greg qui ne le serait jamais, et il se promit de leur souhaiter leur anniversaire, de célébrer avec eux Noël et toutes les fêtes ainsi que l'avait toujours fait Stéphanie.

Stéphanie... Bill poussa un profond soupir. Pendant les semaines qui avaient suivi sa disparition, il l'avait pleurée comme il n'avait jamais pleuré Max, qu'il admirait et respectait énormément mais pour qui il n'avait jamais éprouvé de réelle affection. À sa surprise, Bill découvrit que la grande femme un peu gauche aux grands yeux tristes et au sourire franc lui manquait terriblement. La femme d'affaires aussi lui manquait, elle dont le jugement semblait si juste, l'intuition infaillible. Mais c'était surtout la personne affectueuse, sensible, fidèle et confiante qui lui manquait. Elle avait disparu et il fallait qu'il s'y résignât, qu'il apprît à supporter cette idée comme une douleur physique. Adieu, ma chère petite, dit-il en lui-même, le cœur débordant d'amour – mais jamais je n'oublierai. Jamais.

À l'aéroport de Darwin, l'employé du guichet fut intrigué par la femme élégamment vêtue qui pénétra dans la pièce d'un pas tranquille en lançant des regards autour d'elle comme pour vérifier sa destination. Contrairement à la plupart des Australiennes, elle portait un chapeau auquel était fixée une voilette qui lui couvrait presque entièrement le visage. Elle s'approcha d'un pas raide, avec précaution, comme si elle avait eu un accident. Peut-être était-ce à cause de la voilette, songea-t-il distraitement, mais elle était d'une certaine manière séduisante.

Elle s'arrêta au milieu du hall pour étudier le tableau des départs puis gagna le guichet.

– Un billet pour Townsville, je vous prie.

Elle avait une voix basse et comme enrouée.

– Aller simple ou aller et retour ?

La femme hésita.

– Aller simple.

L'employé consulta l'ordinateur placé devant lui et annonça le prix du billet.

– Votre nom, s'il vous plaît ?

Il y eut un silence. La femme ouvrit son sac pour payer et, à sa grande stupéfaction, l'employé vit qu'il était bourré de dollars jetés en vrac. Sans prendre garde à son indiscrétion, la voyageuse leva la tête.

– Tara Welles, dit-elle.

6

Dans l'avion, Tara Welles poussa un soupir de soulagement, ôta ses souliers et se laissa aller en arrière, les yeux clos. Elle ne se sentait pas particulièrement bien dans le rôle de la mystérieuse inconnue à la voilette, mais rien ne pouvait être pire que les regards insistants, dans lesquels se lisaient la pitié ou l'horreur, voire la curiosité morbide, qu'elle rencontrait lorsqu'elle s'avisait de se promener à visage découvert. Mais bientôt... bientôt... Son menton se redressa avec détermination en songeant à l'existence qui l'attendait.

Depuis qu'elle avait quitté Dave, Tara s'était trouvée plongée dans un tourbillon de sentiments qui l'avait laissée tout étourdie, mais elle en sortait en fin de compte plus forte. Le trajet jusqu'à Darwin s'était transformé en un cauchemar étrange lorsque, sans qu'elle s'y attendît, les épisodes refoulés de sa vie récente lui revinrent brusquement par éclairs douloureux et terrifiants. Le premier se produisit lorsque le camion passa à gué un cours d'eau qui traversait la piste non loin de l'endroit où elle était montée. Quand les gerbes d'eau projetées par les roues éclaboussèrent le pare-brise, Tara projeta instinctivement les bras en avant pour se protéger et poussa un cri de frayeur, persuadée que l'eau allait la frapper, l'aveugler, lui remplir la bouche et l'engloutir.

Elle lutta pour se maîtriser, reprenant péniblement son souffle sous les yeux étonnés du chauffeur auquel elle était incapable d'expliquer ce qui lui arrivait.

Sa mémoire s'étant ainsi rappelée à elle, les

autres souvenirs s'imposèrent implacablement, perçant la nuit qui s'était faite dans son esprit. Elle revit le coucher du soleil sur le marécage, sentit le fond du bateau sous ses pieds et son appareil-photo entre ses mains. À travers ses sanglots et sa panique, elle vit les yeux de son meurtrier – Greg ! mon mari, ô mon Dieu ! – et derrière lui l'autre femme, assise comme hypnotisée, quand elle lui criait : « À l'aide, Jilly ! » Et puis l'atroce douleur des dents effilées déchirant son bras, le sang ruisselant sur son visage, la descente au fond de l'eau, toujours plus profond, jusqu'à ce qu'elle sombrât enfin dans l'inconscience. Tandis que le camion s'élançait dans un bruit de tonnerre à travers les étendues désertiques du Nord, les pièces du puzzle se mettaient peu à peu en place. Lorsqu'ils arrivèrent à Darwin, elle se souvenait qu'elle avait été Stéphanie Harper.

Mais Stéphanie Harper n'existait plus. Son mari avait souhaité sa mort et il l'avait tuée. Tremblant de tout son être, sanglotant sans pouvoir s'arrêter, elle se rendit compte qu'elle avait perdu son visage, son nom et sa vie antérieure. On lui avait enlevé tout ce qui lui donnait une existence. Elle n'était plus rien.

Au milieu de l'afflux des souvenirs, les paroles de Dave lui revinrent, revêtues d'une ironie cruelle : « Tu as eu la vie sauve pour quelque chose. Ou quelqu'un. » Sauve ? Pour un mari qui était à l'origine de ses souffrances ? Elle eut un sourire mauvais, son visage ravagé se tordant de détresse. Il avait renoncé pour de bon à venir à bout de sa frigidité ! La vie sauve ? Mais pour quoi faire ? Pourquoi le destin l'avait-il arrachée à la mort qui en cet instant eût été préférable à une telle souffrance ? D'un geste haineux, elle ôta rageusement l'alliance de son doigt et la jeta par la fenêtre…

Pourquoi… pourquoi… pourquoi… La question revenait, obsédante, comme un douloureux refrain, sans qu'aucune réponse vînt soulager tant soit peu sa détresse et sa colère. Greg, pourquoi ? Je t'aimais tant, plus qu'aucune femme ne t'aimera jamais. Pourquoi ai-je perdu un tel amour ? Pourquoi as-tu souhaité ma mort ? Pourquoi me haïssais-tu tellement ? Elle tournait en rond, au fond de la misère et du désespoir, quand, dans sa souffrance et sa rage impuissante, lui apparut l'ouverture grâce à laquelle elle pourrait peut-être se hisser de nouveau jusqu'au jour. Il faut que tout ce gâchis ait un sens, se dit-elle soudain, qu'il serve à quelque chose. Dave me l'a dit. C'est ce qu'il entendait par *trouver pourquoi*. Et que fallait-il faire après ? La réponse vint toute seule, irrémédiable : *la vengeance* ! Je me vengerai. Les formes que prendrait sa revanche se précipitaient dans sa tête. Mais sa décision était prise, froide et sans passion. Elle avait le temps de songer à la forme. Elle aurait pu le dénoncer à la police. Mais cela n'était pas suffisant. Si elle agissait ainsi, jamais elle ne connaîtrait ses raisons. Il fallait qu'elle sache. Et elle saurait.

La femme qui descendit du camion à Darwin était faible et courbatue, comme au sortir d'une longue maladie, les nerfs tendus à l'extrême. Mais au fond d'elle-même un noyau dur s'était formé, plus dur que l'acier, où elle puiserait désormais la force de surmonter toutes les épreuves qui l'attendaient. Elle avait désespérément besoin de cette force car elle n'avait rien d'autre. Mais elle s'en contenterait, elle le sentait. La première épreuve avait été de vendre les opales. Elle s'était forcée à entrer dans chacune des officines des marchands de pierres précieuses et des tailleurs de gemmes de Darwin pour se faire une idée précise du prix qu'elle pouvait en tirer. Elle avait supporté les marchandages, les questions gênantes et les tentatives des uns et des autres pour l'escroquer. À la fin de la journée, quand elle entra chez celui sur lequel elle avait porté son choix, elle fut soudain saisie de nausées et dut sortir précipitamment prendre l'air. Le marchand la rattrapa avec inquiétude.

– Eh, ma petite dame ! Ne partez pas sans votre argent ! C'est de la bonne marchandise que vous avez là. Ça va aller ?

Repoussant ses offres secourables, elle avait ramassé l'argent et s'était enfuie, à bout de forces.

Le résultat dépassa cependant toutes ses espérances. Elle qui était arrivée dans le quartier des marchands de pierres sans un sou en poche, elle le quittait assez riche pour faire tout ce qu'elle voulait. Me voilà de nouveau dans les affaires, se dit-elle. Une affaire se résumant à une seule et unique personne : Mme Tara Welles.

Elle se rendit sur-le-champ au meilleur hôtel de la ville où la première impression produite par son aspect physique et sa robe démodée fut instantanément contredite lorsqu'elle paya d'avance la plus belle suite de l'établissement et distribua des pourboires généreux à la ronde. Du fond de ses appartements privés, Tara fit demander aux boutiques de mode qu'on lui expédiât des vêtements à essayer et, la rumeur s'étant déjà répandue qu'une riche excentrique était arrivée en ville, chacun s'empressa de répondre à sa demande. Elle ne prit pourtant aucun plaisir à essayer et à choisir une nouvelle garde-robe. Là, devant un miroir en pied où elle avait tout loisir de s'examiner, elle avait découvert l'ampleur du désastre et, pour la première fois depuis qu'elle avait aperçu son image dans le baril de Dave, elle avait pleuré des heures durant, étendue sur son lit. Se laissant aller à sa douleur, elle n'avait pas seulement pleuré sur son visage et son corps ravagés mais sur sa propre perte, sur la fin de Stéphanie Harper.

Puis au sein de son agonie elle avait aperçu la perle à l'éclat dur de la colère et, armée d'une volonté nouvelle, elle avait décidé, désormais, de s'y accrocher. De son lit elle avait téléphoné aux hôpitaux, aux médecins, aux cliniques du pays à la recherche d'un chirurgien esthétique qui lui permettrait de faire le premier pas vers une vie nouvelle. Un nom était revenu sur toutes les lèvres. Et c'était ce nom qui l'avait décidée à se rendre à Townsville, en face des récifs de la Grande Barrière. Là, sur l'île d'Orphée, se trouvait celui qui lui redonnerait apparence humaine.

La vie de célibataire a du bon, se disait Greg Marsden, confortablement étendu sur le grand lit de Max Harper dans la demeure des Harper à Sydney. Rien ne l'obligeait à se lever encore – personne à contenter, en dehors de lui-même. Quand il le déciderait, il prendrait une douche, et Matey lui apporterait son petit déjeuner. Pas si mal, se dit-il.

La situation était loin d'être parfaite, pourtant. Car il n'était pas vraiment célibataire, mais veuf depuis peu, ce qui impliquait qu'il lui faudrait encore jouer pendant un bon moment le rôle de l'époux éploré. Comme il s'y était attendu, la nouvelle de l'horrible accident de Stéphanie Harper avait fait la une des journaux et l'objet d'un reportage télévisé et, dès l'instant où ils avaient quitté l'abri du camp pour retrouver la civilisation, ils avaient été assaillis par les journalistes, les cameramen et les équipes des chaînes de télévision. Il avait prétexté son chagrin inconsolable pour échapper aux interviews. De plus, il avait réussi à convaincre un Phillip hostile que

Jilly devait être mise à l'abri de toute pression de la part des médias et il la savait en sécurité dans la grande maison de Hunter's Hill. Cependant, comme il savait d'expérience qu'il fallait toujours donner aux journalistes un os à ronger, il avait vendu à une agence de presse l'album de photos de Stéphanie contenant tous les clichés du mariage. Ils avaient payé le prix fort et, ma foi, c'était toujours bon à prendre.

Mais il devait se garder de toute imprudence, car sa nature s'irritait de la moindre contrainte. Personne d'autre que peut-être cet aborigène n'était au courant de ses relations avec Jilly, il en était certain, et il ne voyait aucune raison pour qu'on les découvrît maintenant. Jilly avait passé des moments difficiles immédiatement après l'accident mais il était parvenu à la faire remonter à la surface. À vrai dire, le choc qu'elle avait subi avait stimulé d'une manière étrange et perverse le désir qu'elle éprouvait pour lui et il avait volontairement pris le risque d'aller lui rendre visite dans sa tente tous les soirs, même une fois Bill McMaster arrivé au camp, afin de goûter de nouveau l'intensité de sa passion. Son audace la scandalisait et l'excitait tout à la fois. Il la possédait, corps et âme.

À cette idée, un délicieux frisson de désir le parcourut. Il n'aurait vu nul inconvénient à l'avoir près de lui à l'instant. Il laissa son esprit divaguer... sur son corps, ses mains, sa langue... Il se ressaisit brusquement. Hé là ! mon vieux, tu ne vas pas risquer de perdre tout ça pour si peu. Même pour Jilly, qui est pourtant une sacrée affaire. Il revit son retour à la demeure des Harper, le lent et sourd combat qu'il avait dû mener contre Matey et les autres membres du personnel dont le dévouement à Stéphanie était si grand qu'il voyait flotter leurs reproches muets jusque dans l'air qu'il respirait. Mais il avait gagné. Même ses enfants le toléraient désormais.

Et il y avait aussi ce que les hommes de loi appelaient discrètement les « biens des Harper ». Aucune décision ne pouvait être prise tant qu'on n'aurait pas retrouvé le corps de Stéphanie. Greg fronça les sourcils. Elle était morte, comment pouvait-on en douter ? Il revoyait le tourbillon de boue et de sang à l'endroit où le crocodile avait plongé en l'entraînant vers le fond. Il revoyait le blanc de ses yeux révulsés et les bulles sanglantes de son dernier souffle. Il était demeuré un long moment à son poste mais ni la bête ni sa victime n'étaient réapparues à la surface. Son corps devait être accroché dans les racines d'un des arbres tordus du lagon. Si seulement il était remonté, on l'aurait ramenée chez elle pour des funérailles grandioses et la situation du veuf aurait pu être réglée rapidement. Mais l'essentiel, c'était que l'argent de Stéphanie lui revînt. Il y avait directement accès, étant donné les dispositions prises par Stéphanie. Et il avait ses propres fonds dans la Harper Mining. Il avait la maison, le yacht, les domestiques. Et sa liberté. Pour commencer, un petit déjeuner. Pour le sexe, il pouvait attendre, décida-t-il. Cela valait la peine et il trouverait un moyen de s'en passer quelque temps. En jouant au tennis par exemple, songea-t-il joyeusement.

Le petit bateau se frayait un chemin à travers le port animé de Townsville. Debout sur le pont, Tara, seule avec ses pensées, ne prêtait guère attention à la beauté environnante. De même, dans l'avion qui survolait le Queensland, elle n'avait pas même jeté un regard par le hublot tant elle était absorbée dans ses réflexions et ses projets. De tous les États d'Australie, dont chacun possède une beauté et un charme propres, le Queensland est le seul à pouvoir concurrencer les plus extraordinaires merveilles du monde. D'autres venaient de très loin pour admirer les récifs de la Grande Barrière, mais Tara Welles était trop repliée sur elle-même.

Pourtant, à l'approche de l'île d'Orphée, son intérêt fut éveillé malgré elle quand celle-ci lui apparut, flottant sur l'eau turquoise, avec ses bouquets de palmiers au flanc des collines en pente douce, ses plages de sable blanc et les petites maisons blotties les unes contre les autres, inondées de la lumière éclatante du soleil tropical. Sortant d'un bâtiment assez important au milieu d'un groupe d'habitations plus petites, une grosse femme vêtue de couleurs vives prit la direction de la jetée, porteuse d'un parasol voyant destiné à protéger la nouvelle arrivante contre le soleil. Quand le bateau accosta, elle était là pour accueillir Tara.

– Bienvenue à la clinique du Dr Marshall.

Celle qui se tenait devant elle avait une cinquantaine d'années, des manières chaleureuses et maternelles et un sourire qui lui fendait tout le visage, rond et jovial. Sans se laisser troubler par le silence de Tara, elle se mit à babiller :

– Quelle belle journée, pas vrai ? La vie vaut la peine d'être vécue par une journée pareille. Mon nom est Elizabeth Mason mais tout le monde m'appelle Lizzie. Vous êtes Tara, n'est-ce pas ?

– Oui.

– Ce sont vos bagages ? Attendez, je vais vous porter ça.

Lizzie saisit la valise de Tara sans effort et elles longèrent la jetée en direction du bâtiment principal.

– Le Dr Marshall est en salle d'opération, dit Lizzie, sinon il serait venu vous accueillir lui-même. Mais je fais partie du personnel médical. Comment avez-vous eu l'idée de venir ici ? Vous aviez entendu parler de la clinique ?

– Bah, fit Tara, quelque part dans un magazine. (Elle prit une profonde inspiration.) Je suis venue parce que j'ai compris que vous étiez spécialisés dans la chirurgie de reconstitution.

– C'est cela même, dit Lizzie. Le Dr Marshall est le meilleur chirurgien plastique du pays. Il était interne à l'hôpital, il s'est payé ses études en travaillant la nuit, et voilà qu'une vieille tante à lui ou je ne sais trop qui lui a légué toute sa fortune. Il aurait pu prendre sa retraite mais il a ouvert cette clinique à la place. Il soigne les aborigènes gratuitement quand ils n'ont pas de quoi payer. Il n'en parle jamais, bien entendu, mais c'est pour vous situer le personnage.

La vitalité de Lizzie et le plaisir qu'elle prenait à son travail firent vibrer quelque chose en Tara, secouèrent sa torpeur et l'éveillèrent à la réalité.

– Voici votre logement, annonça Lizzie en s'arrêtant devant un petit bungalow dont elle ouvrit la porte.

Elles entrèrent dans un joli petit salon, simple mais décoré avec goût dans une nuance bleu-vert, avec des meubles de bambou qui rappelaient les palmiers de l'île. Deux portes ouvraient sur la salle de bains et la chambre. C'était un lieu d'habitation idéal. Tara en éprouva un soulagement qu'elle n'aurait pu expliquer.

– Vous serez bien, là, vous verrez, lui annonça Lizzie d'un ton confiant. Les lits sont très confortables, c'est très calme et vous pourrez y vivre à votre gré.

Elles sortirent et Lizzie indiqua du doigt, au bout de la pelouse, une piscine ombragée de grandes palmes légèrement agitées par la brise, qui miroitait au soleil. Des patients se reposaient autour dans des chaises longues, d'autres allaient et venaient, comme s'ils faisaient de l'exercice ou bavardaient par petits groupes, tandis que d'autres encore s'ébattaient dans l'eau ou nageaient avec plus ou moins d'assurance. Certains portaient des bandages et ceux qui avaient subi des interventions récentes se protégeaient à l'ombre de grands chapeaux de paille. Tous présentaient des cicatrices mais certains avaient perdu des doigts ou des membres ou souffraient de diverses difformités. On dirait une foire aux monstres, songea amèrement Tara, un lieu de vacances pour handicapés. Mon Dieu, si je m'en sors un jour...

– Ne vous faites pas de souci, dit soudain Lizzie qui l'observait attentivement. Ne vous apitoyez pas sur eux, ils ne s'apitoient pas sur eux-mêmes. Et ils s'en vont le sourire aux lèvres. Le Dr Marshall fait ce qu'il faut pour ça.

Le Dr Marshall ne faisait pas attendre ses nouveaux patients très longtemps avant de les recevoir. Tara se sentit gagnée par une inhabituelle nervosité quand Lizzie vint la chercher pour son premier examen. Mais son anxiété disparut en partie à la vue de celui qui la reçut dans la salle de consultation de la clinique principale. Percevant sa terreur, il s'abstint d'engager avec elle une conversation anodine mais examina rapidement son visage et son corps de très près, notant chacune des cicatrices.

Pour finir il retourna s'asseoir et la regarda de ses yeux bruns empreints de bonté.

– Quel genre d'accident a occasionné de telles blessures ? demanda-t-il.

Tara hésita.

– Je sais que cela doit vous faire mal de parler, madame, dit-il, avec vos cordes vocales abîmées... mais je suis contraint de vous poser ces questions.

– Un accident de voiture... une collision.
– Il y a longtemps ?
– Six semaines.
Aucune de ses réponses n'était vraie, le médecin n'était pas dupe. C'était tout simplement impossible. Il se pencha sur la patiente étendue sur la table d'examen.
– Pouvez-vous m'en dire un peu plus à propos de votre... accident ?
– Un vieillard... un ami... il connaissait certains remèdes aborigènes... une pâte, que l'on fait avec des fleurs et de l'argile...
– Ah oui. On s'en sert aussi parfois. Votre ami savait ce qu'il faisait, en tout cas. Vous avez eu la mâchoire brisée mais il l'a réparée à la perfection.
Tara sentit l'impatience la gagner.
– Docteur Marshall, dit-elle. Je veux ressembler de nouveau à un être humain. Pouvez-vous quelque chose pour moi ?
Marshall prit son temps avant de répondre.
– Vos blessures sont nombreuses, graves et... inhabituelles. Il faudrait envisager plusieurs interventions importantes. Qui vous feront souffrir, gravement, vous comprenez. Et par la suite, un malaise subsistera pendant assez longtemps.
– Je n'ai pas peur de souffrir !
Le médecin ne broncha pas.
– Autre chose. On ne peut pas intervenir avant que les tissus cicatriciels se soient attendris. Cela pourrait prendre plusieurs semaines.
– C'est d'accord, dit Tara. J'ai de l'argent et nulle part ailleurs où aller.
– L'argent n'est pas le plus important, ici.
Tara ignora le reproche gentiment énoncé et la voix poursuivit de son ton tranquille :
– Mais le repos ne peut que vous faire du bien. Après un accident, l'organisme qui a subi un grave

traumatisme a besoin de récupérer. Mais, plus important, avez-vous une photo récente de vous ? Une photo prise peu de temps avant votre accident ?

Les larmes jaillirent de ses yeux au souvenir de son mariage. Serrant les dents, elle se ressaisit aussitôt :

– Non. Je n'en ai pas. Et de toute manière (tremblant de nouveau elle énonça la décision qu'elle avait prise à Townsville, dans sa chambre d'hôtel), je ne veux pas seulement être débarrassée de mes cicatrices. Je veux changer de visage. Je ne veux pas ressembler à la personne que j'étais. *Quand je partirai d'ici, je veux être quelqu'un d'autre, sans rapport avec la femme que j'ai été.*

À mesure que les jours passaient sur l'île d'Orphée, la détermination de Tara s'affermissait un peu plus; en revanche, son corps meurtri se détendait et ses terreurs lui accordaient pour la première fois quelque répit. Dans cette île protégée depuis toujours du bruit et de l'agitation des villes, les jours se déployaient dans une splendeur inégalée qui remontait à l'aube des temps et les nuits étaient comme un dôme de velours protecteur où scintillaient des myriades d'étoiles. L'air était pur et empli de senteurs exquises et elle avait le sentiment d'être Ève au paradis terrestre, où elle ressuscitait, sans ignorer, cette fois, l'existence du serpent.

L'atmosphère paisible de cette île enchanteresse était due en partie à la personnalité de l'homme de génie qui avait fondé ce lieu, le Dr Marshall. À mesure qu'elle apprenait à le connaître, Tara comprenait que la manière dont il traitait ses patients, la considération qu'il manifestait à chacun, loin d'être superficielle, exprimait la profonde compassion qu'il éprouvait pour ceux qui venaient lui demander son aide. Il se consacrait tout entier non seulement à l'exercice de la médecine, mais à tout ce dont un être souffrant pouvait avoir besoin, et il était toujours disponible pour qui recherchait une véritable relation humaine. Tara le rencontra un jour qu'il était occupé à remonter son petit bateau sur la plage en pente douce au retour d'une partie de pêche.

– Pouvez-vous attraper la corde ? lui cria-t-il. Et l'attacher autour de cette bûche, là ? Merci, parfait. (Tara allait poursuivre son chemin quand il la héla de nouveau, toujours occupé à arrimer son bateau.) Ne partez pas ! lança-t-il. Venez par ici.

Elle le rejoignit à contrecœur. Plongeant la main au fond du dinghy il exhiba deux gros poissons.

– Qu'est-ce que vous en dites ? Pas mal pour deux petites heures. Ça vous arrive de pêcher ?

– Non.

– Ici, ce n'est pas superflu pour arrondir les fins de mois ! poursuivit-il, jovial. (Il fit un grand geste du bras.) Alors, que pensez-vous d'Orphée ?

Tara regarda autour d'elle, l'esprit vide. Voilà si longtemps qu'elle n'avait pas eu une conversation anodine avec qui que ce soit.

– C'est... joli.

– Elle possède un pouvoir de guérison naturel, vous savez. Je suis très fier de mon petit paradis. C'est l'endroit idéal pour exercer la médecine – surtout ma spécialité.

Tara ne répondit pas.

– Êtes-vous attirée par le bord de la mer ? demanda-t-il. Où êtes-vous née ?

– Dans les terres – à la campagne.

– Ah ! je vous envie. Je suis un homme des villes. Et votre famille ?

– Je n'en ai pas.

Il rit.
– Vous n'aimez pas trop parler de vous, si je comprends bien ?
L'indignation la fit sortir de ses gonds et, malgré sa gorge meurtrie, elle parla avec véhémence :
– Je croyais que vous respectiez la vie privée de vos patients, docteur !
Il sourit.
– Bon, bon, d'accord. Mais si je vous promets de ne plus vous poser aucune question, cesserez-vous de m'appeler docteur ? Je m'appelle Dan, d'accord ?
Dan. Elle prononça son nom dans sa tête. Il allait bien à celui qui se tenait devant elle, souriant et détendu dans son short, son tee-shirt et son chapeau de paille usé, son grand corps hâlé imprégné d'odeurs marines. Elle remua les orteils dans le sable fin et doux à ses pieds et se détendit un peu.
– D'accord, Dan, dit-elle.
Plus tard ce soir-là, Dan s'était surpris à songer à la manière dont elle l'avait dit, au combat intérieur qu'il avait perçu en elle au moment de relâcher ses défenses bien gardées. Qu'avait-il pu lui arriver qui la rendît aussi méfiante ? se demanda-t-il. Lui qui avait connu et tenté de comprendre tant d'êtres souffrants, jamais il n'avait pressenti chez quelqu'un l'existence d'une blessure aussi profonde que celle qu'il percevait chez Tara. Quelle était son histoire ? La première chose pourtant était de redonner force et vigueur à son corps grâce à un régime, à de l'exercice et à des bains de mer, un programme qui commencerait bientôt, avant de lui remodeler un visage. Le moment de la première intervention chirurgicale approchait. Elle avait intérêt à être réussie. Tant de choses en dépendaient – son équilibre mental, sans doute, avant tout. Dan reporta son

attention sur les radios du crâne de Tara qu'il était occupé à examiner. Autour de lui, sur la table, il avait disposé des dessins de trois ou quatre visages éventuels destinés à sa mystérieuse patiente, autour d'un masque de plâtre représentant son visage actuel. Peu importait en réalité lequel de ces visages il choisirait, ce qui comptait, c'était que celui-ci disparût.

Non loin de là, dans son petit bungalow enfoui dans les senteurs embaumées, Tara elle aussi travaillait en cette heure tardive. Elle découpait soigneusement des articles et des photos dans les journaux et les magazines empilés devant elle et les collait dans un cahier. Son expression était de marbre.

Les coupures de presse étalées sur la table avaient un thème commun : LA LUNE DE MIEL DE LA RICHE HÉRITIÈRE SE TRANSFORME EN TRAGÉDIE, proclamaient les manchettes. UNE FEMME DE SYDNEY EST DÉVORÉE PAR UN CROCODILE. « Sitôt après le mariage de l'année, lisait-on ensuite, Stéphanie Harper, la femme la plus riche d'Australie... » Tous les articles étaient illustrés de photographies du mariage, de Greg, de la chasse au crocodile dans la réserve marécageuse. Mais il y en avait d'autres, des photos d'elle quand elle était petite, montant King à Éden, de l'adolescente ingrate qu'elle avait été. Greg avait donc vendu ses photos de famille...

Elle avait commencé son cahier quand, dans une revue achetée par hasard à Townsville, elle était tombée pour la première fois sur un reportage concernant l'accident. C'était sa façon de chercher une signification à ce qui lui était arrivé, de se préparer à ce qui l'attendait. Son cahier était aussi un lien avec une vie précédente. Changeant d'expression, elle tourna les pages jusqu'aux photos de Dennis et de Sarah et les contempla longuement. Ses enfants comprendraient-ils que leur mère était malade et qu'elle devait rester loin d'eux jusqu'à sa guérison ? Et plus encore, que leur mère ne pourrait pas revenir dans leur vie tant qu'elle ne se serait pas totalement libérée de la femme trop faible et naïve qui avait permis qu'on lui fît une chose pareille ? En silence, désespérément, elle envoya vers eux des messages, leur parla comme elle le faisait souvent en pensée : Il faut que j'apprenne à exister par moi-même, mes chéris, à devenir une personne à part entière – ni la fille de Max ni l'épouse de quelqu'un, pas même votre mère, mais moi-même. Pour la première fois de ma vie je ne m'appuie pas sur un homme. J'apprends à avancer seule. Vous méritez mieux qu'une mère sentimentale et puérile. Tant que je ne serai pas capable de marcher toute seule, je ne pourrai pas rentrer à la maison. Vous comprenez ?

Des larmes brillaient dans ses yeux et elle les laissa rouler sur ses joues, autorisant son cœur trop lourd à se soulager dans les pleurs. Ils lui manquaient tant. Elle posa la tête sur ses bras et pleura un long moment. Alors, calmée et comme purgée, elle rangea ses affaires et se mit au lit. Elle dormit paisiblement d'un sommeil où, pour la première fois depuis l'accident, elle ne revit pas Greg en rêve mais un visage régulier aux doux yeux bruns où errait un sourire et qui, penché au-dessus d'elle, lui demandait si elle voulait venir à la pêche.

Hunter's Hill a la réputation d'être l'un des quartiers résidentiels les plus agréables de Sydney et ses jolies demeures de pierre aux balcons de fer forgé, ses avenues bordées d'arbres, ses courts de tennis privés et ses piscines forcent l'admiration et l'envie. Mais pour Jilly Stewart, enfermée dans la grande maison où elle vivait seule avec Phillip, c'était une prison. Oh ! elle n'était pas recluse contre son gré, non. Personne ne l'obligeait à rester enfermée ainsi, elle était son propre maître. Depuis son retour d'Éden, Phillip, qui avait toujours été un homme très occupé, l'était devenu de plus en plus, comme s'il souhaitait la laisser seule avec elle-même. Aucune parole n'avait été prononcée entre eux au sujet de la mort de Stéphanie. Mais elle avait le sentiment qu'il savait. Et elle ne pouvait lui en vouloir de s'éloigner d'elle. Elle aurait tout donné pour être capable de s'éloigner d'elle-même.

Depuis la nuit du fleuve aux crocodiles, Jilly avait le sentiment de vivre dans un univers dément où d'énormes explosions de terreur hideuse alternaient avec des sensations de joie sauvage et d'exultation. Elle n'avait pas voulu la mort de Stéphanie. Jusqu'au jour de sa propre mort, elle reverrait le regard épouvanté de son amie avant que le crocodile ne l'entraînât vers le fond, elle entendrait ses cris de détresse : « Jilly ! Aide-moi ! » Elle le savait car elle les entendait chaque nuit dans ses cauchemars en technicolor, quand elle se laissait aller à dormir.

Mais elle avait souhaité la mort de Stéphanie. Car elle était demeurée pétrifiée dans le bateau, incapable de bouger pour lui venir en aide jusqu'à ce qu'il soit trop tard. Elle avait souhaité – et cela remontait à longtemps, en réalité – ne plus rencontrer Stéphanie Harper sur son chemin. À cause de Greg d'abord – la passion qui la portait vers lui, sa dépendance à son égard à cause de la manière qu'il avait de lui faire l'amour étaient aussi fortes que l'accoutumance à une drogue. Jusqu'à l'arrivée de Greg, elle pouvait plaindre Stéphanie pour ses mariages ratés – pauvre Stéphanie qui malgré l'immensité de sa fortune s'était arrangée pour épouser deux piètres amants quand elle-même avait en Phillip non seulement un époux distingué et séduisant, mais un amant sensible et satisfaisant et qui, par-dessus le marché, ne s'attacherait qu'à une seule femme pour la vie. « La pauvre, disait-elle à leurs amies communes, elle ne sait vraiment pas choisir un homme. » Mais tout avait changé brusquement car Stéphanie avait enfin trouvé l'homme de sa vie et Jilly avait senti que cet homme était fait pour elle, pas pour Stéphanie. Ce n'est pas juste, pleurnichait la petite fille gâtée en elle. Ce n'est pas juste !

Ce sentiment d'injustice n'était pas nouveau pour elle. Les Harper avaient toujours mené leur propre barque comme ils l'entendaient. Fouillant jusqu'aux racines de son amertume, Jilly se rappela son père, qui s'était suicidé après qu'un marché avec Max Harper se fut mal passé. Mal passé pour lui du moins, car Max Harper en avait largement bénéficié de son côté. Les raisons du suicide étaient restées dans l'ombre mais à là remontait l'amitié de Stéphanie et de Jilly. Un peu plus âgée qu'elle, la fille de Max, affectueuse et gentille alors que son père était brusque et froid, avait pris l'orpheline sous son aile et l'affection qu'elle lui avait manifestée alors ne s'était plus jamais démentie. Pour Jilly, c'était une relation plus complexe – elle avait de l'affection pour elle, certes, mais son cœur renfermait un morceau de glace à l'encontre de Stéphanie et, affleurant à la surface, il y avait la jalousie. Elle avait été jalouse de sa fortune, de sa liberté et, enfin, de son mari.

Greg. Jilly frissonna. Comme une enfant, elle répéta mécaniquement les mots que Greg lui avait martelés au cours de la longue nuit qui avait suivi l'accident :

– C'était un accident, n'est-ce pas ? *N'est-ce pas ?*

– C'était un accident.

– Souviens-t'en au moment de l'enquête, ma petite. Et aussi d'autre chose.

– Oui ?

– Il n'y a plus que toi et moi désormais. C'est ce que nous voulions. D'accord ?

– Oh, Greg...

– Chuuuut... Souviens-t'en simplement. Tout est résolu. Rien que nous deux. Allez, bois un coup.

Et, sanglotant, tempêtant et jurant, Jilly, seule et en manque, se servit un verre.

7

– Le moment de l'opération approche. Vous vous sentez prête ?

Tara était entre les mains de Lizzie qui lui faisait son massage hebdomadaire. Sous les doigts fermes mais non moins empreints de douceur de la grosse femme, elle sentait se dissoudre les nœuds et les tensions dans ses muscles. Et la grande femme silencieuse était devenue l'une des patientes préférées de Lizzie car, en dépit de l'ampleur de ses mutilations et de la douleur qu'elle devait endurer, jamais elle ne l'avait entendue se plaindre.

– Presque... mais pas tout à fait, non, répondit-elle en toute sincérité.

– Qu'est-ce qui se passe ? caqueta Lizzie. On ne fait pas confiance au Dr Marshall ?

– C'est un excellent chirurgien.

– Bien plus que ça. Il fait des miracles. La preuve, regardez-moi. J'étais une vraie ivrognesse quand je l'ai rencontré. Mariage raté, pas d'emploi fixe. Je me faisais virer de partout. Ben il m'a donné du travail, et voilà. Oui, Dan Marshall est vraiment un bon bougre. (Poursuivant ses pensées, Lizzie s'attaqua à l'épaule abîmée de Tara.) Un jour je lui ai demandé pourquoi il n'était pas marié. Il m'a dit qu'il y avait eu des femmes dans sa vie, et ça n'a rien d'étonnant vu qu'il est si gentil, si beau garçon et tout. Mais elles ne pouvaient pas s'habituer au genre de vie qu'il mène. Même si l'île ressemble à un endroit à la mode, il n'y a ici que des gens très gravement atteints et ça prend tout son temps. Et Dan leur est entièrement dévoué. Pour se marier avec lui, faut une femme qui soit prête à s'adapter à sa vie à lui.

Comme n'importe quelle bonne épouse, songea Tara. Comme j'ai fait, moi. Elle s'agita sur la table.

– Je vous fais mal ? demanda Lizzie.

– Non non, ça va, dit Tara.

À vrai dire Tara n'était pas tout à fait prête à subir l'intervention si être prête signifiait être totalement préparée et résignée à ses conséquences. Mais elle était aussi prête qu'elle pouvait l'être. Elle avait suivi le programme de Dan à la lettre, entraînant son corps autant que sa jambe et son bras blessés le lui permettaient, se nourrissant de fruits, de légumes et de poisson, et elle commençait même à surmonter sa phobie de la piscine. Sa crainte irraisonnée de l'eau avait apporté un indice supplémentaire au Dr Marshall au sujet de la patiente pour laquelle son intérêt grandissait un peu plus chaque jour. Une fois, Lizzie avait persuadé Tara de quitter la solitude de son bungalow, dans lequel elle passait le plus clair de son temps, pour l'accompagner à la piscine où l'un des patients allait tenter un exploit. C'était un jeune homme du nom de Ben qui avait perdu son père dans un terrible accident de voiture, lequel lui avait coûté aussi un bras et une jambe jusqu'au genou. Sa vaillante tentative pour nager sur toute la longueur de la piscine avait été vigoureusement applaudie par la petite communauté. Mais Dan avait remarqué qu'en arrivant triomphalement au bord de la piscine, Ben avait projeté une gerbe d'eau dans la direction de Tara qui s'était rejetée instinctivement en arrière avec une expression horrifiée.

– Ça va ? s'enquit-il.

Elle se reprit aussitôt.

– Très bien. C'est seulement que l'eau me rend... un peu nerveuse.

– Il va falloir remédier à ça, lança-t-il d'un ton joyeux. La natation est incomparable pour remettre quelqu'un en forme. On vous aidera, d'accord ?

Grâce à leur aide attentive, elle avait commencé à surmonter sa frayeur, en laissant d'abord simplement pendre ses pieds dans l'eau bleue transparente, du côté peu profond de la piscine, et elle était désormais capable de plonger entièrement son corps dans l'eau sans succomber à la panique. Après les opérations, promit Dan, elle apprendrait à nager.

D'autres formes de préparation avaient aussi leur importance. Après avoir consulté les catalogues spécialisés de la clinique, Tara avait commandé des perruques, des fards et des cosmétiques et, avec l'aide d'une esthéticienne qui venait chaque semaine à Orphée pour conseiller les patients, elle avait cherché à quoi elle voulait ressembler. Avant tout, elle voulait avoir le moins de points communs possible avec Stéphanie. Mais celle-ci revenait sans cesse la hanter malgré elle. L'une des perruques en faisait sa réplique exacte et, quand elle s'en aperçut dans le miroir, Tara l'arracha violemment. Mais elle l'avait mise de côté par la suite. De crainte d'oublier, se dit-elle. De crainte d'oublier.

La veille de la première intervention, Tara s'était glissée hors du refuge de son bungalow et avait gagné l'autre partie de l'île pour se promener seule et réfléchir. En arrivant au bord de l'eau, elle s'assit sur un rocher afin de contempler les récifs de la Grande Barrière et la mer de Corail qui s'étendait au-delà. Au-dessus d'elle, le soleil faisait miroiter les eaux bleues. Derrière elle, des chèvres sauvages broutaient à flanc de rocher et une brise légère gonflait les touffes d'herbe qui s'y accrochaient. Un oiseau minuscule rouge et jaune voletait à ses pieds, pas farouche. Tout était paisible.

– Je ne vous dérange pas ? (C'était la voix de Dan.) Lizzie m'a dit que je vous trouverais ici.

Il s'assit à côté d'elle et l'observa avec l'attention sérieuse et bienveillante qui lui était propre. Les yeux bruns chaleureux et le visage hâlé exprimaient l'inquiétude. Le vent léger ébouriffait ses cheveux.

– C'est le grand jour, demain, commença-t-il. Je voulais simplement vous dire une dernière fois – j'ai toujours été franc avec mes patients et... j'ai l'impression que c'est encore plus important avec vous – qu'une fois que nous aurons commencé, nous ne pourrons plus revenir en arrière. Et je ne peux pas non plus vous garantir totalement le résultat. Je ne fais pas de miracles, contrairement à ce que Lizzie raconte à tout le monde.

Il se tut.

– Je comprends, Dan.

Il lui prit doucement la main et la garda quelques instants dans la sienne. La pression de cette main musclée, qui connaissait son travail, la rassura et elle se sentit plus forte.

– Ça ira, Dan, vraiment. Je suis prête.

Le lendemain, dans la salle d'opération, l'équipe de Dan, habituée à l'assister dans les cas particulièrement graves, et toujours sous pression, remarqua qu'il était plus tendu qu'à l'ordinaire. Il avait tendance à répéter des instructions qu'il avait déjà données et à cuisiner son assistant sans raison :

– Lui a-t-on rasé la tête ? Bon. Très bien. Vous savez que si la blessure à la bouche vient seulement du muscle, c'est réparable. En revanche, si le nerf a été touché, que fait-on ?

– C'est bien ça, monsieur, s'empressa d'acquiescer le jeune assistant, sans répondre à la question.

– De même, ce ne sont peut-être que les lésions de la gorge qui empêchent le bon fonctionnement des cordes vocales. Mais si elles sont elles-mêmes endommagées…

– C'est bien ça, monsieur !

– Cessez de dire « c'est bien ça » tout le temps, dit Dan avec agacement.

– Oui, monsieur.

– Oh, et puis allons-y. Mieux vaut savoir au plus vite ce qu'il en est.

Mais les craintes pessimistes de Dan n'étaient pas justifiées. À son grand soulagement, il découvrit que les déformations du visage de Tara étaient dues aux profondes cicatrices. Désormais optimiste, il pratiqua d'un geste précis les incisions, secondé par l'équipe silencieuse de ses assistants en blouse verte qui s'affairaient autour de lui. La paupière et la bouche tombantes demandèrent la concentration de chaque parcelle de son être. Vers la fin de l'après-midi, lorsqu'il ôta enfin ses gants, ses mains commençaient à trembler de fatigue.

Pareille chose ne lui était jamais arrivée de toutes ses années d'exercice de la chirurgie. Quelques heures plus tard, de nouveau frais et dispos, il tenta d'y réfléchir encore et n'eut pas besoin de chercher très loin. Cette patiente comptait énormément pour lui. Pourtant il ignorait tout d'elle ! Saisi d'une impulsion soudaine, il décrocha le téléphone.

– Allô ? Ici le Dr Marshall, de la clinique d'Orphée. Puis-je parler à l'inspecteur Johnson, je vous prie ? (Dans le silence qui suivit, Dan entendit son cœur battre la chamade.) Allô, Sam ? Marshall à l'appareil, Dan Marshall. Je me demandais si vous pourriez vous mettre sur les traces d'une personne disparue pour mon compte ? Non, pas une amie, pas exactement. C'est une de mes patientes. Elle souffre d'amnésie passagère... Oui, bien sûr. Un mètre soixante-dix, soixante kilos environ, cheveux noirs, yeux bleus...

Plus tard, quand il passa devant son lit lors de sa tournée, il s'arrêta devant la forme enveloppée de bandages. Savez-vous vous-même qui vous êtes, Tara ? demanda-t-il en silence.

Greg Marsden ne nourrissait aucun doute de ce genre lorsqu'il s'engagea sur l'autoroute qui menait à Hunter's Hill en dehors de la ville. Il était convaincu d'avoir été parfaitement habile et prudent. Après tout ce temps, rien de plus normal qu'il passât prendre des nouvelles de la meilleure amie de feu son épouse. Quel dommage que Phillip soit reparti pour New York ! Il allait lui manquer ! Greg sourit. Il conduisait vite pour traverser les banlieues de Sydney et arriver face au Gladesville Bridge qui enjambait élégamment la Parramatta River. À partir de là, la route devenait plus agréable. Il tourna à gauche sur l'autoroute, puis à droite après le pont, c'était là.

– Greg ! Ô mon Dieu !

Jilly sortit en trombe de la maison à l'instant où la Rolls s'engageait dans l'allée.

– Eh ! chérie, laisse-moi au moins couper le contact.

– Greg, tu m'as tellement manqué. J'ai cru devenir folle, ici toute seule...

Greg la regarda. Il y avait effectivement une lueur de démence dans ses yeux de chat écarquillés, aux pupilles dilatées, et son visage était en feu. Mais cet air vaguement halluciné qui la faisait paraître au bord de la folie la rendait incroyablement attirante. Il frissonna d'excitation. Jetant un regard alentour, il constata que la vieille demeure était enfouie dans les arbres et qu'on ne pouvait les voir de nulle part. Tendant le bras, il passa brusquement le dos de la main sur ses seins puis, la saisissant par la taille, il l'attira à lui, ses pouces labourant la chair tendre, au-dessus des hanches. Elle sentit la force du désir qu'il avait d'elle et un sanglot se forma dans sa gorge.

– Content de te revoir, chérie, dit-il. Allez, entrons.

La première série d'interventions chirurgicales sur Tara Welles était une indiscutable réussite. Dan s'autorisait même à en éprouver de l'orgueil professionnel. Mais elles appartenaient encore au stade de l'exploration, il s'était agi de « déblayer le terrain », comme il le disait lui-même. Le vrai travail, le remodelage de son visage, restait à faire. Mais la première phase était la plus pénible pour le patient, qui avait le sentiment de souffrir pour rien, puisque les résultats ne seraient visibles qu'après la deuxième intervention. Les blessures guérissaient aisément dans le climat magique de l'île d'Orphée, mais la chaleur ajoutait à l'inconfort des lourds bandages. Il avait déjà vu des hommes et des femmes souffrir le martyre sans flancher; pourtant, le stoïcisme de Tara le stupéfiait.

– La douleur n'est pas trop forte ? demanda-t-il un jour après l'avoir examinée.

Incapable de parler, elle fit un geste de la main pour dire : « Ça peut aller. »

– Non, ça vous fait sûrement très mal.

Elle ne bougea pas.

– Je vais vous faire porter quelque chose pour l'atténuer un peu. Il faut bien dormir, c'est important. Lizzie va vous apporter des sédatifs.

Derrière ses bandages, Tara perçut l'inquiétude affectueuse dans sa voix. Il se fait vraiment du souci pour moi, se dit-elle, et un germe de bonheur prit racine dans son cœur. Une telle pensée valait mille fois n'importe quel calmant. Les sédatifs arrivèrent, mais elle ne les prit pas.

Puis ce fut la deuxième série d'interventions. Des jours et des nuits passèrent entre douleur et inconscience. Elle rêvait parfois qu'elle était de retour dans la cabane de Dave et elle marmonnait et pleurait dans son sommeil. Quand elle s'éveillait, elle trouvait souvent Dan à son chevet, lui prenant le pouls ou occupé à consulter sa feuille de température, et sa présence était réconfortante comme un roc au sortir de ses cauchemars. Il avait l'habitude de passer voir ceux qu'il avait opérés quand la nuit noire des Tropiques enveloppait la clinique, une petite lampe de poche à la main pour ne pas éveiller les patients endormis. Il s'aperçut qu'il allait toujours voir Tara en dernier, pour pouvoir rester auprès d'elle aussi longtemps qu'il voulait. Et quand il était là, elle sentait que sa douleur présente était le prix à payer pour sa métamorphose. Sans la souffrance, jamais elle ne pourrait émerger de la chrysalide grisâtre de Stéphanie Harper qui lui collait à la peau. *Je me refais telle que je veux être,* se répétait-elle férocement, et chaque fois son cœur s'enflait de fierté. Telle que je veux être. Un nouveau visage pour une autre femme et une autre vie. Il faut tenir le coup. Tenir le coup.

Au moment d'ôter les bandages, Dan était aussi nerveux que Tara elle-même. Il n'avait nulle inquiétude à propos de son travail. Tout s'était passé admirablement et la cicatrisation s'était déroulée à la perfection, il y avait veillé avec un soin méticuleux. Non, ce qu'il redoutait, c'était la réaction de Tara. Il se rendait compte qu'il tenait énormément à ce que son visage lui plût. Elle n'avait pas encore eu le moindre aperçu d'elle-même puisqu'elle conservait des bandages depuis la première intervention. La veille du jour J, il l'emmena se promener sur la plage. La mer indigo dont les reflets n'étaient pas encore éteints s'étalait devant eux, et des vaguelettes venaient doucement mourir à leurs pieds. Dan demeura un long moment silencieux.

– Nous allons ôter les bandages demain, Tara, dit-il enfin. Je voulais vous dire de vous attendre à... un choc. Un sacré choc, même, vous comprenez ?

Elle retint sa respiration.

– Quand vous vous regarderez dans le miroir pour la première fois demain matin, vous verrez vos yeux, qui vous renverront votre regard. Mais ce sera la seule chose que vous reconnaîtrez. Ils vous regarderont dans le visage d'une inconnue.

Le visage d'une inconnue... Toute la nuit ces mots lui flottèrent dans la tête. À l'aube, le lendemain, elle alla de nouveau marcher sur la plage. Dan arriva peu après à son bungalow.

– Vous avez bien dormi ? demanda-t-il.

– Pas très bien, non.

– Moi non plus. (Son ton était brusque.) Ne prolongeons pas le suspense plus longtemps, d'accord ?

Ils pénétrèrent dans le salon et Tara s'assit dans un fauteuil de bambou, les mains crispées sur les accoudoirs. Dan approcha la desserte devant le fauteuil, sortit sa paire de ciseaux et s'accroupit près de la table pour se mettre au travail. Il découpa les bandages externes, révélant les couches de coton hydrophyle et de pansements. Tara gardait les yeux étroitement fermés mais le souffle léger de Dan sur ses joues lui apprit que son visage était à l'air libre. La voix de Dan lui parvint de très loin.

– Souvenez-vous, je n'ai jamais su à quoi vous ressembliez avant votre accident, ni quelle voix vous aviez. J'ai fait du mieux que j'ai pu pour parvenir à l'idée que vous vous faisiez de votre nouvelle apparence.

Tara l'entendit soupirer.

– Vous pouvez regarder maintenant.

Elle ouvrit les yeux. Dan tenait un miroir à la hauteur de son visage, devant elle. Avec une profonde surprise qui se transforma en incrédulité puis en bonheur, elle découvrit son visage dans la glace. Il était ravissant. Disparues pour toujours la paupière et la bouche tombantes, les boursouflures des cicatrices. Mais disparues pour toujours aussi, les dernières traces de Stéphanie Harper qui, elle s'en rendait compte à présent, avait une expression triste et soucieuse, qui ne la quittait presque jamais. Tout signe d'anxiété ou de tension était envolé. Une femme beaucoup plus jeune, beaucoup plus enjouée, lui renvoyait son regard.

Elle leva les mains pour explorer du bout des doigts la peau fine, autour des yeux, là où les minuscules pattes-d'oie avaient commencé à témoigner de son âge. Elle avait l'air d'avoir dix ans de moins que son âge réel.

– Que diriez-vous de... (la voix de Dan était hésitante, mal assurée) ... que diriez-vous de faire oui de la tête si vous vous plaisez ?

Tara leva vers lui des yeux brillants. Elle secoua vigoureusement la tête de haut en bas. Dan éclata d'un rire joyeux et fendit l'air de son poing comme un gamin triomphant. Le cœur gonflé de reconnaissance, Tara sourit pour la première fois. Puis des larmes de joie jaillirent de ses yeux et elle se jeta dans les bras de Dan. Heureux au-delà de toute expression, ils s'étreignirent longuement.

Le véritable programme de rééducation de Tara pouvait enfin vraiment commencer. Son assurance ne cessant de s'affermir, elle passa les semaines qui suivirent à faire de la gymnastique et de la danse et même à nager. Presque à sa porte, la piscine l'attirait à présent et, juste derrière, la mer étale. Elle apprit d'abord à se détendre dans l'eau, puis elle prit confiance et la sensation de liberté physique et de plaisir parfait qu'elle éprouvait désormais à nager lui rappelait ce qu'elle avait jusque-là seulement ressenti à cheval. Elle aimait sentir la douce caresse des vagues sur son corps. Elle se sentait revivre et, avec la nage, la danse, alliées au régime sain de l'île qui amincissait sa silhouette et déliait ses muscles, tout vestige de la gauche Stéphanie se dissipait.

Tara travaillait également seule dans le secret de son bungalow. Elle tenait toujours le cahier de son « accident », car les journaux ne semblaient pas se résoudre à abandonner le sujet et titraient encore : CENDRILLON L'HÉRITIÈRE – SA MORT RESTE UN MYSTÈRE. Sa décision de vengeance n'avait pas faibli. Au contraire, à mesure qu'elle recouvrait la santé, le but qu'elle s'était donné devenait clair et pur comme le diamant. Mais désormais, elle feuilletait aussi les revues et les magazines qu'elle avait achetés jour après jour pour y trouver des idées de mode et de garde-robe. « Une femme nouvelle a besoin d'un style nouveau », fit-elle remarquer à Lizzie d'un ton joyeux. Aussi, prenant modèle dans les journaux de mode, elle dessinait sa propre silhouette dans les robes et les tenues qui lui plaisaient, notant les couleurs et les formes pour le moment où elle les achèterait. Pour la première fois de sa vie, songea-t-elle, elle avait tout loisir de se consacrer à elle-même et avait suffisamment confiance en elle pour le faire. Elle en avait, du temps à rattraper !

La réunion du conseil d'administration se passait mal à la Harper Mining. Les profits annuels n'avaient pas subi de baisse significative. La sûreté de l'instinct de Stéphanie avait manqué, mais, une fois les pertes dues à son absence réparties sur toutes les opérations effectuées dans le monde entier par le puissant trust fondé par Max Harper, elles furent absorbées sans trop de difficultés par la compagnie. Non, les problèmes venaient d'ailleurs.

Bill McMaster, de puis son fauteuil de président dans la salle lambrissée d'acajou, regarda la personne qui était à l'origine du conflit, se contraignit au calme et fit une dernière tentative :

– C'est bon, Greg. Peut-être n'avons-nous pas bien entendu votre proposition. Pouvez-vous nous l'énoncer de nouveau ?

Greg lui lança un regard glacial et embrassa d'un coup d'œil méprisant les autres membres du conseil. Bande de séniles ! se dit-il. La rage lui fit monter le sang au visage. Quand Stéphanie l'avait fait directeur de la Harper Mining, il avait décidé de jouer sérieusement son rôle au lieu d'y voir une simple sinécure. La vie lui offrait une chance de devenir autre chose dans les années à venir qu'un joueur de tennis vieillissant, et il avait l'intention de saisir cette chance à deux mains. Il avait accompli ce qu'il considérait comme un véritable effort pour se mettre au courant du vaste éventail d'activités de la Harper Mining et, s'il n'avait guère accroché côté finances, il ne s'était pas découragé pour autant. Les comptables étaient là pour ça, avait-il constaté. Son fort, à lui, c'étaient les idées. Il en avait tout un tas et chacune d'elles avait été examinée et discutée par les hommes en complet strict qui dirigeaient la compagnie selon une ligne immuable – puis, avec le même sérieux et la même courtoisie, rejetée. Le même sort venait d'être réservé à sa toute dernière proposition.

– Vous avez très bien entendu ! Il n'y a rien d'autre à savoir ! explosa-t-il. Nous avons de l'argent en dépôt qui ne demande qu'à être investi. Personne ne le réclame. On n'a qu'à le prendre et vous restez là sans rien faire !

– Et vous êtes-vous seulement avisé de vous demander pourquoi nos concurrents nous laissent justement le champ absolument libre dans ce domaine ?

La question sarcastique lancée du bout de la table exprimait manifestement l'opinion générale.

– Hmmmm, les études de marché... ?

– Rien à voir avec ça, ignorant ! (Un autre membre du conseil, hors de lui, venait d'intervenir.) Expliquez-lui, Bill.

– Vous pensez bien que nous avons déjà envisagé cette éventualité, Greg, commença Bill, s'efforçant à l'amabilité. Les problèmes ne viennent ni de l'ingénierie, ni du transport, ni du coût, ni de la main-d'œuvre. Le terrain est miné sur le plan politique et les multinationales ont appris la prudence. Si ça explose et qu'un gouvernement marxiste prend le pouvoir, on aura travaillé pour lui. Vous nous demandez de risquer notre capital, du matériel et, pire encore, la vie de nos hommes pour une entreprise plus qu'aventureuse...

– Ah ! et puis allez vous faire voir ! (Greg bondit sur ses pieds, le regard plein de haine.) Voilà ce qui ne va pas chez vous. Vous êtes déjà morts. Vous ne valez plus rien !

Et, sans se retourner, il sortit de la pièce en trombe.

– Inutile de noter ces dernières observations, Mary, indiqua Bill à la secrétaire d'un ton imperturbable. Fort bien, messieurs. Nous pouvons poursuivre ?

La magie des îles des Récifs de la Grande Barrière et de la mer de Corail est universellement reconnue, et plus tard, Tara songea qu'elle avait fait des réserves de bonheur pour toute une existence au cours des quelques semaines qu'elle avait passées sur l'île d'Orphée après son opération, à fortifier son corps et son esprit avant de retourner affronter le monde extérieur. Pour la première fois depuis son arrivée dans l'île, elle pouvait enfin profiter totalement de la beauté du lieu, des palmiers immenses, des plages de sable blanc et du bon soleil du Queensland, toujours au rendez-vous. Chaque journée était un don merveilleux et elle la passait avec un sentiment de liberté que seul le bonheur peut procurer.

Elle comprit bientôt que l'une des raisons majeures de son nouveau goût pour l'existence tournait autour d'un certain Dan Marshall. Sans s'en apercevoir, elle avait commencé à attendre ses visites quotidiennes, entendant son pas approcher de loin, prévoyant le sourire qu'il lui adresserait en arrivant. Mais l'ayant compris, elle n'en éprouva nulle anxiété car son amitié avec Dan ressemblait à l'homme lui-même – détendue et tranquille, sans complications. C'était un merveilleux compagnon et, sa journée de travail terminée ou lorsqu'il s'accordait une pause, un guide merveilleux à travers le paradis d'Orphée.

Marchant tous deux côte à côte, plongés dans leur conversation, ils exploraient chaque recoin de l'île, crique après crique. De la rive ombragée par les immenses palmes, ils partaient vers l'intérieur jusqu'à l'épine dorsale d'Orphée, un affleurement rocheux couvert de frênes et d'eucalyptus. Des fougères arborescentes, des mousses vieilles de mille ans et des fleurs vibrantes jaillissaient du sol couleur chocolat, des petits animaux aux grands yeux écarquillés les regardaient passer, des abeilles emplissaient l'air de leur bourdonnement paresseux et la nature tout entière semblait s'offrir à eux pour leur plus grand bonheur.

Ils avaient le sentiment d'être Adam et Ève avant la chute. Dans la paix et la pureté de cette île verdoyante et propre, Tara redécouvrait son innocence perdue, sa confiance et sa foi en ses semblables. C'était un monde dépourvu de corruption. Dan était un compagnon attentif, responsable et profond. Pourtant, avec elle, il semblait capable de mettre de côté le fardeau de ses responsabilités quant à la vie et au bien-être d'autrui, qui lui incombaient en tant que médecin, et d'apprécier l'existence comme tout être humain. Mais l'enthousiasme gamin qu'il éprouvait à être avec elle n'entraînait aucune pression, aucune sollicitation. Elle sentait que Dan était l'un de ces êtres rares qui ont réprimé depuis bien longtemps le serpent tapi en eux. Il ne s'apprêtait pas à la mordre à tout instant. Elle était donc libre de s'abandonner sans peur ni arrière-pensées aux sensations que lui procurait ce jardin merveilleux, et elle en profitait sans restriction.

Au nombre de leurs délicieux passe-temps, il y avait la plongée sous-marine, à laquelle Dan l'avait vivement encouragée en la voyant devenir de plus en plus audacieuse au sein de cet élément aquatique si attirant. Peut-on imaginer, lorsque l'on vit dans un pays froid, combien la mer peut être tiède sous les rayons du soleil ? Pour Tara, les expéditions sous-marines en compagnie de Dan étaient beaucoup plus qu'un simple plaisir physique – elles étaient la source d'extraordinaires sensations et un passeport pour un nouveau monde. Sous la surface de l'eau se révélaient à ses yeux émerveillés tous les hôtes d'un univers encore inconnu d'elle : manifestations infiniment fragiles de la vie marine, éclats de lumière fugitifs qui s'enroulent ou se détendent, jaillissent et disparaissent, étincelles de couleurs vives ou micro-organismes translucides, presque aussi limpides que l'eau, dont les nageurs ne perçoivent la présence qu'aux ombres se déplaçant sous eux sur le fond sablonneux. Des êtres vivants pourtant, vifs et pleins de témérité, comme l'essence même de la vie. À peine Dan avait-il le temps d'attirer son attention sur telle ou telle de ces étincelles qu'elle avait disparu, remplacée par une autre, et une autre encore. Dans leur univers silencieux, ces animalcules allaient et venaient, indifférents aux gigantesques créatures humaines qui évoluaient lentement au-dessus d'eux.

Une journée de repos passée ainsi dans l'eau se terminait généralement par un dîner de poisson grillé en plein air.

– Vous dînez avec moi, ce soir ? demandait-il joyeusement en exhibant un poisson accroché à l'hameçon.

– Je ne manquerais ça pour rien au monde, répondait-elle.

Et il gagnait la plage où il construisait un gril

de fortune pour cuire le poisson tandis qu'elle allait chercher des fruits, des ustensiles de cuisine et des canettes de bière glacée avant de le rejoindre au bord de l'eau. Dan était expert en matière de poisson grillé et, après un dîner particulièrement réussi, elle s'étonna :

– Tous les chirurgiens font-ils aussi bien la cuisine ?

Dan éclata de rire.

– À vrai dire, non. C'est inné, ça ne s'apprend pas !

– Il faut absolument que j'apprenne !

– Je croyais que toutes les femmes savaient. Comment avez-vous fait pour en être dispensée ?

Tara se raidit. Comment lui expliquer sa situation de « pauvre petite fille riche » qui n'avait jamais rien appris car quelqu'un avait toujours été là pour tout faire à sa place ? Percevant son malaise, Dan changea de sujet.

– En tout cas, dit-il, si vous vous décidez un jour et que vous avez besoin d'un cobaye, faites-moi signe. J'aimerais bien être là pour goûter vos premiers… œufs sur le plat.

C'était la première fois qu'il exprimait un sentiment qui signifiait plus qu'une simple relation amicale. Elle était à la fois furieuse et ravie, et surtout perplexe. Jamais elle n'avait été vraiment courtisée. Ne sachant que dire, elle demeura muette, pestant intérieurement contre elle-même.

– Ben mon vieux, dit Dan, pas mécontent de la réaction produite, je ne savais pas que les femmes de quarante ans étaient capables de rougir ! À moins que ce ne soit le feu !

Tara ne put s'empêcher de rire.

De son matériel de pêche, Dan tira un coquillage, un croissant de nacre irisée, un vrai joyau.

– C'est un cadeau, fit-il timidement.

– Un cadeau souvenir…

Un silence mélancolique s'installa entre eux à l'idée de leur inévitable et prochaine séparation.

– Je me souviendrai toujours d'Orphée, dit-elle enfin. Et de vous, Dan.

– Vous êtes si belle, dit-il dans un souffle.

– Vous devriez être fier de vous, alors, repartit-elle d'un ton léger. C'est votre coup de patte !

– Eh ! s'exclama-t-il, comme effaré, votre visage n'est que le reflet de votre personnalité. Vous êtes la même que celle que j'ai rencontrée voilà des mois, n'oubliez jamais ça.

– Merci, Dan. Je ne l'oublierai pas. Mais le moment est venu pour moi de partir.

– J'aimerais seulement que vous me fassiez assez confiance pour me dire ce que vous cherchez à fuir.

– Dan…

– Au moins, dites-moi que vous savez où vous allez et que vous aurez suffisamment d'argent pour vivre quand vous arriverez à… Où ? À Sydney ?

Il était soudain en colère, et elle aussi.

– Je me débrouillerai. Je suis une grande fille maintenant. On me laisse même sortir toute seule.

Sentant un reproche dans sa voix, Dan changea de tactique.

– Vous allez me manquer, dit-il gravement. Il faut que vous sachiez que vous m'êtes… très chère.

Tara prit une profonde inspiration pour calmer la douleur qui s'éveillait au fond de son cœur.

– Dan, il y a des choses… qu'il faut que je fasse, que j'accomplisse toute seule. Je suis désolée, mais je ne peux pas en parler. Pas même à vous. Je vous en prie, ne m'interrogez pas davantage.

Ils n'allèrent pas plus loin et Dan tint sa promesse, bien qu'au fond de lui-même il ne cessât d'être tourmenté par des questions sans réponses à propos de la femme dont il s'éprenait chaque jour davantage. Mais avec l'humilité de celui pour qui le bonheur de la personne aimée est infiniment plus précieux que le sien propre, il fit en sorte que la fin du séjour de Tara à Orphée fût parfaite afin qu'elle retournât au monde extérieur tout à fait guérie physiquement et moralement.

De son côté, Tara s'efforçait de durcir son cœur contre lui. Depuis qu'il avait manifesté ses sentiments à son égard, elle craignait de voir sa résolution faiblir, et que ses projets de recherche de la vérité et de vengeance ne se dissolvent devant l'existence merveilleuse que lui offrait l'île. Elle retourna à son cahier pour se raffermir et, de fait, sa dureté lui revint. Les images cruelles de Greg consumèrent dans sa tête l'amour qu'elle commençait à éprouver pour Dan. Le moment vint où elle fut non seulement prête à partir, mais où elle alluma la longue traînée de poudre qui la conduirait enfin à sa vengeance.

Dan remarqua le changement qui s'opérait en elle et il en ressentit une profonde tristesse. Le dernier jour, ils se retrouvèrent face à face sur la jetée d'où Tara allait s'embarquer pour Townsville. Elle avait eu beaucoup de mal à faire ses adieux à Lizzie, souriant courageusement à travers ses larmes.

– Je vous avais bien dit qu'ils partaient tous avec le sourire ? avait dit celle-ci, sur le point de pleurer elle aussi.

Mais là, sur la jetée, Tara et Dan avaient tous deux les yeux secs.

– Le grand jour est arrivé, Tara, dit-il. Vous avez peur ?

– Un peu.

– Vous n'êtes pas obligée de partir...

Ce fut sa seule tentative, qui resta suspendue entre eux dans les airs.

– Promettez-moi une chose…
Tara leva les sourcils.
– Si vous avez besoin de quoi que ce soit – de quoi que ce soit, vous m'entendez –, téléphonez.
– Tout ira bien.
Et je ne téléphonerai pas, songea-t-elle. Je prouverai que je suis capable de m'en tirer toute seule. Toute seule, Dan, vous ne comprenez pas ? Toute ma vie je me suis reposée sur les hommes. Il faut que je grandisse. Il le faut.
Mais elle dit simplement :
– Alors, au revoir.
– Bonne chance, Tara.
Il leva gentiment le menton de la jeune femme, pour leur premier et dernier baiser. Les lèvres de Tara étaient froides. Sans un mot elle se détourna pour descendre sur l'appontement. Elle ne leva pas la main pour répondre à son dernier signe d'adieu. Mais, impassible, immobile, elle garda les yeux fixés sur l'endroit qu'avait occupé sur la jetée la haute silhouette solitaire bien longtemps après que celle-ci eut disparu à sa vue.

8

À Sydney, la nature a créé l'une de ses rades les plus réussies. Et depuis deux cents ans, l'homme y dépose ses détritus, songeait Bill McMaster, dont l'humeur était fort sombre. De la fenêtre de son bureau au sommet de l'immeuble de la Harper Mining, il contemplait Harbour Bridge et le panorama qui s'étendait à ses pieds. Il était venu suffisamment tôt à son travail pour voir les bateaux-bennes sillonner les eaux du port afin de ramasser les ordures que les habitants de

Sydney y jetaient tous les jours. Ils feraient aussi bien de monter ici, se dit-il, le problème que j'ai est de même nature.

Le téléphone intérieur ronronna sur son bureau. Bill décrocha avec exaspération.

– Oui ?

– Excusez-moi, monsieur... je voulais simplement vous signaler que Greg Marsden est toujours là. Ça fait plus d'une demi-heure...

– Je sais, je sais. Bon, d'accord, faites-le entrer.

Tiré à quatre épingles dans son costume léger et sa chemise blanche immaculée sur laquelle contrastait une cravate jaune citron, Greg ne perdit pas de temps en civilités.

– Je ne m'attendais pas à votre visite, dit tranquillement Bill. Que puis-je pour votre service ?

Mais Greg eut un geste d'impatience.

– J'ai cherché à vous joindre toute la semaine au téléphone.

– Oui, je sais. Je me suis beaucoup absenté. C'est la période de l'année la plus occupée, vous savez. Mais asseyez-vous, je vous en prie.

Greg s'exécuta sans modifier pour autant son attitude d'agressivité maîtrisée. Il fixa Bill d'un regard neutre.

– Stéphanie est morte depuis des mois, Bill. On ne parlait plus que de ça dans la presse. On aurait dit que c'était la fin du monde. Et puis c'est fini, ils sont passés à autre chose. On dirait que Stéphanie Harper n'a jamais existé.

Où veut-il en venir ? se demanda Bill avec agacement. Mais il dit :

– On ne l'a pas oubliée.

– Moi non, comment le pourrais-je ?

Bill eut du mal à avaler cette réponse vertueuse, mais il garda ses réflexions pour lui et attendit.

– Le fait est que j'ai beaucoup de mal à croire qu'après les trois séries de recherches entreprises, dont deux supervisées par la compagnie du début à la fin, on n'ait pas réussi à retrouver son corps.

Nous y voilà ! songea Bill, sentant la colère monter en lui.

– Quelque chose, un squelette, je ne sais pas, doit bien rester quelque part.

– Je puis vous assurer, dit Bill sans changer de ton, que tout ce qui était possible a été entrepris.

– Cela ne me satisfait pas.

– Ah vraiment !

– Cherchez-vous à me faire croire que toute cette énorme organisation, avec les moyens dont elle dispose, qui est capable de trouver de l'uranium, de l'or, du fer, du pétrole et je ne sais quoi encore, n'est même pas capable de retrouver une poignée d'os ?

Bill laissa enfin libre cours à sa colère.

– Quel sale hypocrite vous faites ! s'écria-t-il. La seule raison qui vous pousse à vouloir faire établir officiellement la mort de Stéphanie, c'est son argent, je le sais bien. Mais j'aimais Stéphanie Harper, figurez-vous ! Je la considérais comme ma fille ! (Il marqua un temps avant de poursuivre plus calmement.) Dommage que vous n'ayez jamais pris la peine de chercher à la connaître. Elle aurait pu vous apprendre beaucoup de choses. Elle n'était pas parfaite, sans doute, mais elle avait bon cœur, et les gens comptaient pour elle. Elle savait donner et la seule chose qu'elle demandait en retour, c'était qu'on l'aime pour elle-même, et non pour ce qu'elle était. Elle a essayé de toutes ses forces, et c'est déjà plus que la plupart des gens.

– Je n'ai jamais dit...

– Taisez-vous et écoutez-moi. Oui, j'aimerais pouvoir offrir à Stéphanie des funérailles convenables. Mais je suis content qu'on n'ait pas retrouvé son corps ! (Du regard, il fixait Greg qui semblait déjà moins sûr de lui.) Et savez-vous pourquoi ? Parce que je veux vous voir suer sang et eau pendant les sept années à venir. Après quoi, vous aurez effectivement droit à une part de l'une des plus grosses fortunes de l'histoire de l'Australie. Mais – car il y a un mais auquel vous n'avez jamais pensé, fiston, parce que personne n'aurait imaginé qu'une chose pareille pût arriver…

Greg fut instantanément sur le qui-vive. Qu'est-ce que cela pouvait être ? Il combattit la peur qui lui étreignait l'estomac. Il avait tout prévu… tout ?…

– Je dois vous signaler (Bill commençait à prendre un certain plaisir à la conversation) qu'avant qu'elle ne vous épouse, j'avais persuadé Stéphanie d'ajouter une clause à son testament. Au cas où elle décéderait avant vous et qu'il vous prenne la fantaisie de vous remarier… Vous avez donc tout perdu !

Il y avait de l'électricité dans l'air. Greg était sous le choc, incapable de dire un mot. Bill se rejeta en arrière sur son fauteuil, sa colère était retombée.

– Voilà ce qu'il en est. Entre-temps, je vous conseille de partir en quête d'un emploi. Je ne pense pas que votre… utilité à la Harper Mining soit un obstacle à ce que nous acceptions votre démission du conseil d'administration si l'occasion se présente. Vous trouverez peut-être extrêmement profitable de travailler pour gagner votre vie, en fin de compte.

En redressant la tête, Greg fixa sur Bill des yeux pleins de haine et son vis-à-vis comprit qu'il l'aurait tué sur-le-champ s'il en avait eu les moyens. Brusquement, Greg bondit de son siège et pour la première fois de son existence Bill connut une véritable terreur physique. Mais, sans un mot, Greg sortit en trombe.

Bill était inexplicablement secoué par la scène qui venait de se dérouler. Mais il avait aussi le sentiment d'être soulagé d'un lourd fardeau. Je sais que je n'en ai pas fini avec vous, monsieur Marsden, se dit-il. Mais plus pour très longtemps.

De jour comme de nuit, l'aéroport Mascot, à Sydney, ne connaît pas de répit. Mais en semaine le matin est sans doute le moment le plus chargé. Pour celle qui était restée plusieurs mois éloignée de la civilisation, c'était un retour plutôt brutal à la réalité. Hésitante, vaguement effrayée par l'extraordinaire animation du lieu, elle se fraya un chemin à travers la foule en direction de la sortie.

– Taxi, madame ?

Sans réfléchir, Tara se laissa tomber avec soulagement à l'arrière du vieux tacot.

– Où je vous emmène ?

Ils arrivaient déjà dans la banlieue de Sydney et elle n'avait pas encore indiqué sa destination.

– Euh... (Elle n'avait rien décidé, préférant se laisser porter par les événements.) Il faut que je trouve un hôtel. Pas trop cher, si possible. Je ne sais pas... Vous en connaissez ?

Quand le taxi la déposa dans le quartier connu sous le nom de The Rocks, Tara se rendit compte pour la première fois de l'existence que mènent ceux qui n'ont pas d'argent. Gris, bruyant et animé, dans l'ombre de Harbour Bridge, le quartier possédait un grand nombre d'hôtels meublés et de pensions bon marché, avec tout ce que cela implique. Pourtant, sans trop savoir pourquoi, Tara avait le sentiment qu'elle avait bien fait. Elle arrivait au bout de ses fonds après le séjour prolongé à l'île d'Orphée, mais, eût-elle possédé une bourse pleine d'or, elle ne serait pas descendue au Sydney Regent. C'était un palace pour Stéphanie Harper. Tara Welles agissait autrement.

Traînant sa lourde valise dans la chaleur moite de l'après-midi, déjà fatiguée, elle s'arrêta devant un hôtel en bord de route. Par les vitres sales du bar, elle voyait le patron occupé à servir une clientèle uniquement masculine, des hommes en maillots de corps, aux bedaines de buveurs de bière, qui commençaient à se détourner pour la regarder. Elle sentit son cœur flancher. Mais le patron la remarqua et lui fit signe d'entrer par une porte latérale.

– Vous voulez une chambre, ma fille ? demanda-t-il sans préambule.

– Oui.

– C'est cinquante dollars la semaine.

– Très bien.

– Payable un mois à l'avance, et il y a cent dollars de caution...

– De caution ?

Jamais Tara n'avait entendu parler d'une chose pareille.

– Ben, faut se protéger quand on est propriétaire !

Elle l'observa un peu mieux. C'était un petit bonhomme d'une cinquantaine d'années, aux cheveux roux clairsemés, qui semblait en effet avoir besoin de toute la protection qu'il pouvait soutirer.

– J'ai trop fait confiance aux gens – je faisais pas payer d'avance et les salauds déménageaient à la cloche de bois.

– C'est que... je ne m'attendais pas à devoir débourser une somme aussi importante.

– C'est comme ça. À prendre ou à laisser.

– Je vais être obligée de refuser. J'arrive à Sydney et j'ai quatre cents dollars. J'ai des courses à faire, je n'ai pas mangé de la journée et je n'ai pas encore d'emploi. Excusez-moi de vous avoir fait perdre votre temps.

Elle tourna les talons.

– Attendez. Laissons tomber la caution.

– Cela irait si je payais deux semaines d'avance ?

Le patron hésita.

– Entendu. Deux semaines d'avance. Mais vous me payez tout de suite.

Tara sourit. Bon sang, elle savait se débrouiller quand elle voulait. Et elle avait fait son petit effet. C'était un bon début.

– Vous voulez voir la chambre ? Suivez-moi. (Il saisit sa valise et la précéda à l'intérieur, la langue déliée.) C'est un pub ancien, vous savez. Un monument historique, quasiment. Ouvert en 1915. On a des vieilles photos au-dessus du bar, si ça vous intéresse.

Ils gravirent un escalier obscur menant à un palier étroit. Il ouvrit une porte. La fenêtre était traversée par l'ombre gigantesque de Harbour Bridge. La chambre était sale, affreusement triste et pauvrement meublée. Le coin-cuisine, minuscule et crasseux, était séparé du reste de la pièce par un rideau déchiré. Tara tenta de cacher sa consternation.

Le patron vit son mouvement de recul.

– Je dois vous dire pour être honnête qu'elle est restée plusieurs mois inoccupée et j'ai tout laissé se dégrader. Je comptais la louer à un type, voyez, le genre pas difficile mais réglo. Seulement, avec les voyous et les drogués, par les temps qui courent, je me méfie. Je peux pas me permettre d'avoir des ennuis avec les flics. (Il s'interrompit pour l'observer.) Vous m'avez l'air très convenable, ma petite dame… Je vous donnerai un coup de main pour l'arranger, si vous voulez. J'm'appelle Sandy, au fait. J'habite au-dessus et j'ai pas grand-chose à faire en dehors du boulot. Je suis tout seul, maintenant. Mon amie est morte l'année dernière – d'un cancer –, ça faisait vingt-sept ans qu'on vivait ensemble...

Il se tut brusquement. Cédant à une impulsion, Tara lui pressa la main, puis elle gagna la fenêtre.

– Bah, après tout, il y a une vue sur le port ! dit-elle.

Dans le hall de la maison de Hunter's Hill, Phillip Stewart vérifia qu'il avait bien son passeport, son billet d'avion et ses devises dans son portefeuille. Ses bagages élégants et assortis étaient prêts à la porte, son pardessus plié sur le dos d'une chaise. Il consulta sa montre et pénétra dans le salon.

L'air étrangement abandonnée dans la vaste pièce claire, Jilly regardait la télévision, un verre de whisky à la main. Mais le téléphone était posé à ses pieds et Phillip nota qu'elle devait attendre un coup de fil – qui ne se produirait qu'après son départ pour l'aéroport. Jilly ne manifesta aucun intérêt particulier à son départ imminent – mais elle ne regardait pas non plus vraiment la télévision. Oh, Jilly, songea-t-il, qu'est-il advenu de nous ?

Il ne joua pas moins son rôle d'époux.

– Tu n'oublieras pas, Jilly ? Mardi ?

– Mardi ? Quoi ?

– Quelqu'un viendra réparer la pompe de la piscine. Et il faudra aussi s'occuper de l'assurance... tu n'oublieras pas ?

– Non, non.

Ils ne se donnaient même plus la peine de faire semblant. Avant, quand il partait au travail, Phillip demandait : « Qu'est-ce que tu vas faire aujourd'hui ? » Mais il n'osait plus désormais, car il connaissait la réponse. Un millier de petits détails lui avaient appris que Jilly avait une liaison. Parce qu'elle semblait n'avoir qu'une obsession, parce qu'elle était nerveuse et misérable. Et comme il savait avec qui elle le trompait, il ne s'étonnait pas qu'elle fût si malheureuse. Mais il se sentait incapable de l'aider.

Autrefois, parce qu'il aimait sa femme, Phillip ne se contentait pas de tolérer ses infidélités. Il l'aimait assez pour la soutenir lorsque cela se passait mal et la sauver du désespoir lorsqu'elles se terminaient. Cela n'était pas arrivé assez souvent ni de telle manière qu'il en eût été humilié et il tirait une sorte de satisfaction triste à être celui vers qui, en fin de compte, Jilly revenait toujours. Mais tout avait changé quand Jilly était rentrée d'Éden avec la nouvelle de la mort de Stéphanie. Il ignorait ce qui s'était vraiment passé et ne désirait pas le savoir. Mais il avait compris que cette fois-ci, elle s'était écartée de lui. Tout semblait définitivement terminé entre eux.

Il se trouvait donc dans la situation inconfortable d'un homme qui a perdu sa femme tout en continuant à vivre avec elle sous le même toit. Il souffrait sincèrement et sa présence était là, chaque jour, pour lui rappeler ce qu'il avait perdu. Mais sa douleur s'anesthésiait peu à peu, et bientôt il en aurait fait son deuil. Il prenait déjà des mesures pour s'absenter le plus souvent possible. Il allait fréquemment à New York et, même à Sydney, il avait mis une telle distance entre Jilly et lui qu'un retour en arrière était devenu impossible. Quand le moment de la séparation serait venu, leur union n'aurait déjà plus d'existence.

Phillip était resté suffisamment lui-même pour ne pas faire le premier pas vers cette séparation. Il n'y avait plus rien entre eux, certes, mais leur union continuait de jouer une fonction sociale sans laquelle Jilly n'aurait plus d'abri. Où irait-elle une fois divorcée ? Comment vivrait-elle ? Elle qui n'avait jamais travaillé de sa vie. La quitter équivaudrait à ôter son fauteuil roulant à un paralytique. Jilly était incapable d'assumer une vie réelle. Peut-être est-ce pour cela qu'elle est aussi dépendante de Marsden, songea-t-il. Bah ! je n'y peux vraiment rien malheureusement.

Le klaxon du taxi leur parvint depuis la rue.

– Alors, au revoir, Jilly, lança-t-il, franchissant le hall pour prendre ses bagages.

Sans attendre de réponse, il partit. Ce fut à peine si Jilly l'entendit s'éloigner, elle qui, avec l'acuité d'une chauve-souris, aurait entendu de beaucoup plus loin le son d'un autre pas. Mais elle n'en eut pas l'occasion, car elle attendit toute la nuit auprès d'un téléphone qui refusa de sonner.

Pendant ce temps-là, dans son hôtel des bas quartiers, Tara, assise au bord de son lit, tentait désespérément de retenir ses larmes. Sa journée avait été plutôt mauvaise. Le retour à Sydney, qui avait été « sa » ville, sous une autre identité et au seuil d'un avenir incertain, n'était pas chose aisée. Trop de souvenirs venaient se rappeler à elle par les rues familières. Elle s'était sentie attirée par les endroits qu'elle aimait mais avait résisté à la tentation; voilà pourquoi elle avait choisi ce quartier, elle s'en rendait compte : c'est qu'il n'avait rien à voir avec ce qu'elle connaissait. Mais cela avait été un rude combat intérieur.

Sans compter que les tâches les plus anodines de la vie quotidienne lui demandaient un effort énorme. À la tête de deux maisons dans lesquelles tous les détails de l'existence matérielle étaient pris en charge par d'autres, elle n'avait jamais eu l'occasion d'entrer dans un supermarché. Aussi l'achat de quelques provisions pour les deux ou trois jours à venir avait-il été une épreuve, rendue plus pénible par une caissière irascible.

Mais elle n'avait pas encore connu le pire. En

entrant dans la petite cuisine, elle remarqua quelque chose qui bougeait sur la table et découvrit à sa grande horreur qu'elle allait déposer ses provisions sur une famille entière de cafards. Elle recula, mais sa colère vint à son secours et elle les chassa, tout en notant mentalement d'acheter de la poudre anti-cafards. Quand pour conclure la journée elle renversa par inadvertance un carton de lait tout juste ouvert et qu'il s'écrasa par terre avec force éclaboussures, ce fut la goutte d'eau qui fit déborder le vase. En proie à un profond sentiment de défaite, elle s'assit sur le lit et dut prendre énormément sur elle pour ne pas se laisser aller à pleurer.

Ce fut alors que son regard tomba sur une panoplie d'ustensiles ménagers que Sandy avait dû apporter en son absence – une serpillière, une éponge, une brosse et une bassine, de la lessive et du détergent. Elle se jeta dessus avec un regain d'énergie. Passer la serpillière et faire le ménage appartenaient à une sphère d'activités que Stéphanie Harper n'avait jamais exercées de sa vie, mais Tara Welles s'y mit avec vigueur et elle s'endormit ce soir-là du sommeil de ceux qui ont bien travaillé et sont satisfaits de leurs efforts.

À mesure que les jours passaient, la situation de Tara à l'hôtel s'améliora. Une fois nettoyée à fond, la pièce était déjà nettement plus agréable. Sandy apporta des rideaux neufs pour la fenêtre et l'alcôve de la cuisine ainsi que des bibelots et des objets destinés à la rendre plus confortable. Et surtout, Tara avait trouvé un compagnon pour partager son toit, un compagnon qui l'attendait à son retour.

Il avait attiré son attention le lendemain de son arrivée, lorsqu'elle était allée jeter ses détritus dans les grandes poubelles à l'arrière de l'hôtel. Elle avait entendu un faible miaou et, baissant les yeux, découvert un chat minuscule blotti derrière une poubelle. Elle l'avait ramassé et il tremblait dans sa main.

– Pauvre petite bête, lui dit-elle. Tu es perdu ? Tu n'as pas l'air d'appartenir à qui que ce soit ni de manger à ta faim, pauvre minet.

Le chat ne bougea pas, se contentant de la regarder.

– Tu mangerais bien quelque chose, alors ? poursuivit-elle. Allez, viens avec moi.

Elle emporta l'animal dans sa chambre et son appétit dévorant allié à son aspect hirsute lui confirmèrent que c'était bien un chat errant.

– Mais c'est fini, tu es à moi désormais et tu t'appelles... Max !

Elle gloussa devant l'absurdité de son choix. Aller appeler cette petite chose efflanquée du nom du puissant industriel qu'avait été son père ! Mais en même temps elle s'aperçut que c'était la première fois qu'elle osait rire en songeant à lui. C'est que je vais mieux, conclut-elle. Elle découpa des journaux en lanières pour lui confectionner une litière et, quand il eut mangé plus qu'à sa suffisance, rassasié, il s'endormit sur ses genoux, ronronnant doucement dans son sommeil. Pour elle, ce n'était pas seulement un chat mais un heureux présage. C'était une créature qui avait besoin d'elle, sur qui elle allait pouvoir reporter son affection. C'était l'affirmation et la confirmation d'une vie nouvelle.

– Oh, Maxie ! soupira-t-elle. Quelle chance qu'on se soit trouvés tous les deux ! Tu ne peux pas savoir comme j'avais besoin de quelqu'un à qui parler.

Greg ne s'était jamais particulièrement intéressé au billard. Pour un homme habitué aux smashes, aux services et aux lobs du tennis de compétition, ce jeu semblait manquer singulièrement d'action. Mais la demeure des Harper possédait une table de billard professionnelle en bel acajou et, si le partenaire lui convenait, il arrivait à Greg de se laisser tenter.

Il avait besoin de se distraire, de toute manière, et de se détendre. Rien n'était aussi facile qu'il l'avait cru. Greg en était encore, des mois après la catastrophe, à tenter d'organiser sa vie. Mais de tous côtés il se heurtait au fait qu'il n'était ni célibataire ni marié, ni l'époux de Stéphanie ni son héritier. De sorte qu'il avait beau toucher des revenus plus que corrects grâce aux dispositions qu'elle avait prises en sa faveur, il ne pouvait dépenser un sou sans en référer à la Harper et encore moins toucher aux biens de Stéphanie. Il se sentait ligoté.

D'autre part, tout en pestant contre les frustrations que lui imposait son existence solitaire, il ne souhaitait pas non plus s'engager trop avant dans ses relations avec Jilly. Il n'avait pas échappé à la vie conjugale pour foncer tout droit dans le même piège. Jilly lui plaisait beaucoup. Il aimait faire l'amour avec elle – cette seule idée le faisait frissonner d'excitation. Il se serait parfaitement contenté d'une aventure stable mais clandestine. Seulement, Jilly faisait pression sur lui depuis leur retour d'Éden. « Quand se reverra-t-on ? Pourquoi ne m'as-tu pas appelée ? Oh, Greg, on ne peut pas se contenter de ça ! » Elle n'avait pas l'air de se rendre compte que c'était lui qui donnait le ton, pas elle, et qu'il n'avait pas l'intention d'inverser les rôles. Il avait donc pris ses distances, se montrait froid avec elle, de moins en moins disponible. Sans prendre le risque de trop la monter contre lui toutefois. Il lui fallait conserver son emprise sur elle, s'assurer qu'elle n'irait pas divulguer leur secret pour se venger. Il la voyait donc suffisamment pour la conserver à sa botte, sans jamais lui accorder tout ce qu'elle demandait ni la satisfaire.

Greg racontait à Jilly que la Harper Mining le tenait très occupé, qu'il y avait la fortune de Stéphanie à gérer, la maison à faire marcher, au milieu d'un million d'autres choses. En réalité, il n'avait quasiment rien à faire de toute la journée. Il n'était pas question de retourner à son ancienne vie de célibataire – le rôle de veuf éploré qu'il avait choisi de jouer étant totalement incompatible avec l'existence dissolue qu'il menait avant son mariage. Il n'avait plus aucun contact avec les affaires de la Harper Mining – il avait compris le message : il était *persona non grata* au sein de la direction. Et Matey, pour sa part, eût pris pour une grave insulte toute intrusion du maître de céans dans ses responsabilités de majordome. Il avait consacré sa vie entière à faire marcher cette maison avec un zèle d'une telle efficacité qu'on eût dit que tout se faisait tout seul.

Cet après-midi-là, par pur désœuvrement, Greg s'était rendu à son ancien club de tennis. Il manquait d'entraînement mais il se trouvait toujours des gens ravis d'échanger quelques balles avec un champion. Il avait regardé Lew Jackson, son témoin au mariage, qu'il n'avait pas revu depuis, remporter une victoire de justesse, et senti le démon de la compétition venir le provoquer. Mais au moins en avait-il fini avec ce sentiment infernal. Après la partie, il offrit un verre à Lew.

– Comment vas-tu, Greg ? demanda son ex-partenaire, compatissant à sa manière.

– Ça peut aller.

– C'est chouette de te revoir ici.

– Ouais, bah. Il y a de quoi devenir dingue à rester tout seul trop longtemps.

– On va te revoir sur les courts, alors ?

– Ah ça non, mon vieux ! Je ne fais plus le poids avec vous, les jeunes !

Lew songea à des tas de plaisanteries sur la fondation d'une coupe gériatrique créée spécialement pour Greg mais décida de les garder pour lui. Il resta diplomatiquement neutre.

– Qu'est-ce que tu comptes faire maintenant ?

Greg s'efforça à la désinvolture :

– Il va falloir que je trouve d'autres distractions, voilà tout.

– À propos de distractions…

Lew n'était pas à ce point diplomate. Levant les sourcils d'un air suggestif, il indiqua la porte du menton.

Greg suivit son regard et, dans l'encadrement de la porte, il aperçut la Française qui avait enterré avec lui sa vie de garçon. Groupie des champions de tennis, elle les suivait partout; leur triomphe l'excitait. Elle avait désiré Greg mais elle désirait aussi apparemment tous les gagnants. À voir le sourire de Lew, il semblait évident qu'il l'avait eue, lui aussi. Cette idée amusa et excita Greg qui en éprouva un intérêt renouvelé pour la fille. Sans compter que sa dernière visite à Hunter's Hill remontait à plusieurs jours.

Pourtant, feignant l'indifférence, il se tourna vers le bar. Il ne tenait pas à ce que Lew partageât ses pensées. Elle ferait les premiers pas vers lui sans aucun doute, il n'avait qu'à attendre. Comment s'y prendrait-il pour l'amener chez lui ce soir ? Il quitterait le club ostensiblement seul et elle le rejoindrait à la maison en taxi plus tard, quand le personnel serait au lit. Pas de problème. Ça marcherait comme sur des roulettes.

C'est ainsi que, plus tard ce soir-là, Greg se retrouva dans la salle de billard en compagnie de son invitée. En arrivant, elle avait trouvé une bouteille de vin français débouchée et les lumières du salon étaient tamisées sur un fond de musique douce. Greg était romantique quand il le voulait. Mais sa visiteuse avait d'autres idées en tête. Quand elle proposa un jeu de société un peu scabreux, il s'étonna :

– Je connaissais le strip-poker mais pas le strip-billard.

Elle découvrit ses petites dents régulières :

– Je te montrerai.

– Je ne connais pas les règles.

– Je te les apprendrai.

Amusé par ses petites manières autoritaires, Greg lui montra le chemin jusqu'à la salle de billard et, sous sa direction, disposa les boules sur la table.

– C'est on ne peut plus simple. Chaque fois que tu réussis un coup, j'ôte quelque chose. Et réciproquement.

Greg n'avait nul besoin d'explications. Il avait compris tout seul. Et il commençait à se dire que ça allait lui plaire. Il la regarda attentivement. Elle portait une chemise blanche et un petit foulard rouge, un pantalon rouge très serré, des boucles d'oreilles et des sandales blanches. Il vit qu'elle ne portait pas de soutien-gorge. Il sourit. Il posa délicatement la balle sur la table, tira deux queues de leur casier, en frotta l'extrémité à la craie et lui en tendit une.

– Parfait, dit-il. On commence ?

Son talent, ou sa chance, le surprit. Elle lui avait fait ôter ses souliers, sa montre et sa chemise avant qu'il ait eu l'occasion de lui enlever ses boucles d'oreilles et son foulard. Bien décidé à lui ôter son pantalon avant qu'elle pût faire de même avec lui, Greg se concentra et réussit le coup suivant :

– À mon tour ! dit-il. La chemise !

Lentement, elle déboutonna sa chemise sous

ses yeux attentifs. Il avait bien vu pour le soutien-gorge. Elle laissa tomber la chemise par terre et demeura debout devant Greg. Elle avait de jolis seins, petits et fermes, dont il se rappelait la douceur soyeuse. Les mamelons, grands et sombres, étaient légèrement dressés, tendus vers lui. Il avança la main pour les toucher mais elle le repoussa, déclarant non sans impudence :

– Pas touche ! Ça ne fait pas partie des règles.

Elle se pencha pour viser, et ses seins se balancèrent au-dessus de la table comme des fruits mûrs. L'unique source de lumière qui baignait la table jouait sur sa peau nue. Le reste de la pièce était plongé dans l'obscurité. La tension montait en lui. Impatient, il la vit manquer son coup. En proie à une espèce de frénésie, il expédia toutes les boules qui restaient dans les trous et, le souffle court, se tourna vers elle. Elle le regardait d'un air moqueur.

– Tu n'es qu'un tricheur.

Sans un mot, il la souleva de terre et l'allongea sur la table pour lui ôter son pantalon rouge vif.

Puis il bondit sur elle et, d'un seul mouvement, la pénétra et jouit en elle. Plus tard, il fit ce qu'il fallait pour se faire pardonner cet enfantillage. Mais il lui fit aussi expier ce qu'il considérait comme une attitude irrespectueuse à son endroit. Toutes ces activités leur prirent très longtemps et aucune d'elles n'avait plus rien à voir avec les règles du billard.

Dès que Tara eut terminé les aménagements de sa chambre, à l'hôtel, elle entreprit de faire ses premiers pas vers le but qu'elle s'était fixé. Elle ne savait pas encore très bien comment elle s'y prendrait mais ses deux objectifs demeuraient aussi précis et distincts que lorsqu'elle les avait conçus pour la première fois dans son esprit :

découvrir la vérité – et se venger ! Elle se sentait soudain assez forte et sûre d'elle-même pour commencer à agir. Il lui restait pourtant une chose extrêmement importante, vitale même, à faire.

Les parents ne sont pas tellement les bienvenus aux matchs de foot de leurs enfants, surtout quand ceux-ci sont pensionnaires. Au plus ancien et plus huppé pensionnat de garçons de Sydney le samedi suivant, Dennis ne fut donc pas le seul à remarquer la femme grande et mince qui assistait au match derrière les grilles de l'école en prenant des photos. Mais ce fut lui qui la vit le mieux quand le ballon roula bien au-delà de la ligne, quasiment jusqu'à ses pieds. Elle parut hypnotisée à son approche et pour finir se détourna comme en proie à une sorte de... de quoi ? De confusion, oui. Dennis remarqua qu'elle avait l'air gentille, mais guère plus. Il faut dire qu'il était en pleine action. Aussi ramassa-t-il le ballon, courut-il reprendre sa place et l'oublia-t-il.

Le lendemain dimanche, pourtant, il voulut en parler à Sarah, mais celle-ci ne manifesta pas le moindre intérêt, de telle sorte que Dennis oublia définitivement ce détail insolite. Contrairement à son frère, Sarah n'avait pas vu la femme au troisième rang pendant le concert scolaire, qui prenait des photos d'elle au piano dans la salle obscure. Elle était beaucoup trop absorbée par le difficile morceau qu'elle jouait pour prêter attention à ce qui se passait dans l'assistance. Elle n'entendit pas non plus les applaudissements frénétiques provenant du troisième rang ni ne vit la femme fixant sur elle des yeux brillants quand elle vint saluer.

Ce soir-là, joyeuse et triste à la fois, Tara, accoudée à la fenêtre, Maxie dans les bras, se remémorait les événements de la journée.

– Oh, Maxie, murmurait-elle doucement, ça ne fait que quelques mois et ils ont déjà tellement grandi ! Si tu voyais Dennis, comme il a poussé ! Et ma petite princesse était si exquise. C'était un morceau drôlement ardu, tu sais, et elle n'a manqué que trois notes !

9

– Harper Mining bonjour ! Que puis-je pour vous ?

– Je voudrais parler à M. Bill McMaster, je vous prie.

– Ne quittez pas.

La main crispée sur le combiné, Matey jeta un coup d'œil par la fenêtre. La Rolls-Royce blanche disparaissait au bout de l'allée. Matey n'avait pas perdu une seconde. Une deuxième voix féminine se fit entendre au bout du fil.

– Ici le bureau de M. McMaster.

– Pourrais-je parler à M. McMaster ?

Il y eut un silence.

– M. McMaster est très occupé pour le moment. Je suis sa secrétaire. Puis-je prendre un message ?

– Non, il faut que je lui parle en personne. Écoutez, c'est assez urgent. Pouvez-vous lui dire que Matey voudrait lui parler ?

Nouveau silence. Matey s'efforçait de maîtriser le tourbillon d'émotions qui l'envahissait. Enfin, à son grand soulagement, Bill prit le téléphone.

– Matey ? Que puis-je pour vous ?

– C'est une affaire assez compliquée, voyez-vous. Je ne sais pas trop par où commencer.

La voix du vieil homme tremblait.

– Prenez votre temps, Matey. Prenez votre temps.

– Bien, monsieur, vous savez que le personnel

des Harper et moi-même avons fait tout ce que nous pouvions pour nous adapter aux nouvelles circonstances. La disparition de Mlle Stéphanie…

– Je sais, Matey.

– … et tout ce qu'il était possible de faire pour le mari de Mlle Stéphanie, nous l'avons fait pour M. Marsden. Tout !

– J'en suis sûr, Matey.

Bill était perplexe.

– Mais il y a des limites, monsieur – des limites de décence qu'un gentleman n'a pas le droit d'outrepasser. Comme ce qui s'est passé… (Se rendant compte de la confusion de ses paroles, Matey s'interrompit, puis reprit plus posément :) Hier soir, une fois le personnel retiré, M. Marsden a reçu de la visite. La visite d'une dame.

Il a osé, le mufle ! songea Bill. Bah, ça devait arriver un jour ou l'autre.

– On ne peut pas grand-chose contre cela, vous savez. Il est… (Bill chercha le mot juste)… il est libre, au fond.

– Ce n'est pas cela, monsieur ! (Matey s'offensa que Bill pût le prendre pour le genre d'individu à venir le déranger pour un oui ou pour un non.) C'est ce qu'ils ont fait. Nous ne connaissons pas toute l'histoire car la « dame » était partie ce matin quand nous nous sommes levés. Mais la bonne a vu qu'il s'était passé quelque chose dans la salle de billard. Elle l'a dit à la gouvernante qui est venue m'en parler après être allée vérifier. Quelqu'un avait renversé un fond de bouteille de vin sur la table de billard, il y avait aussi des verres.

Bill attendit, armé de son calme habituel. Ce ne devait pas être tout.

– Mais ce n'est pas tout. Il y avait des traces sur la table, des traînées…

– Quel genre de traces ?

– Des entailles, des stries, et des taches… le reps, monsieur, toute la surface est détruite.

– Je ne vous suis pas, Matey.

– Monsieur McMaster, j'ai toutes raisons de croire que certaines activités ont eu lieu hier soir dans la salle de billard – sur la table elle-même – auxquelles nulle personne décente ne se livrerait en aucun lieu.

L'image de la salle de billard, chez les Harper, se forma distinctement devant les yeux de Bill. Il voyait la table élégante, le décor conçu par Max, l'assortiment des queues de poids et de longueurs divers. Quand Max et lui étaient jeunes, les réunions directoriales n'avaient lieu entre eux deux qu'autour de la table de billard. C'était là qu'ils avaient pris leurs plus importantes décisions, là qu'ils échangeaient des idées, concevaient des projets, sans tension ni effort. Et ce salopard…

Bill s'aperçut qu'il tremblait. La voix de Matey sonnait creux à son oreille.

– M. Marsden est sorti pour le moment, c'est pourquoi je viens vous consulter, monsieur. Quelles seraient vos instructions ?

– Voyons, Matey… (Bill était bien en peine, d'autant que les instructions auxquelles il songeait n'étaient pas juridiquement applicables, la castration ayant été retirée du code pénal depuis quelque temps.) Réfléchissons, dit-il enfin. La première chose à faire est de voir si les dégâts peuvent être réparés. Faites venir des spécialistes et demandez-leur des devis. Et envoyez-les-moi. (Il s'interrompit avant de reprendre :) Quant à M. Marsden…

– Oui, monsieur ?

– Je m'en charge. On fera en sorte de lui couper les ailes, ne vous inquiétez pas. J'ai déjà un plan en vue.

Il y a quelque chose d'effrayant à constater à quel point un lieu peut sembler différent selon la présence ou l'absence de l'un de ses occupants. Dan Marshall avait été parfaitement heureux sur l'île d'Orphée, en partie grâce à la clinique qu'il y avait créée et en partie à cause de l'extraordinaire beauté du lieu. Mais son paradis en technicolor n'était plus à ses yeux qu'un cliché monochrome. Le soleil était toujours aussi brillant mais plus rien n'avait le même éclat pour lui. Rien ne l'incitait plus vraiment à se lever le matin et à la fin de la journée, il n'avait pas le courage de rejoindre son lit solitaire et inventait quantité de prétextes pour ne pas aller se coucher, jusqu'à ce que la fatigue finît par l'assommer.

Dans un effort démesuré pour oublier Tara, ou du moins pour laisser derrière lui cet épisode de sa vie, dans la rubrique des bons souvenirs, il travaillait de plus en plus, prenant un surcroît de patients à charge pour ne pas avoir le temps de se morfondre. Pendant cette période, il accomplit ses plus grands exploits en matière de chirurgie plastique. Il eut l'immense satisfaction de voir une jeune fille dont la jambe avait été brisée en mille morceaux par une moissonneuse-batteuse repartir de l'île en songeant à son prochain bal. Mais n'ayant personne avec qui partager sa joie, tout lui semblait gris et dépourvu de charme. La fidèle Lizzie, qui voyait son abattement, impuissante à lui venir en aide malgré son inquiétude, s'efforçait de lui redonner le sourire :

– La patiente du bungalow 10 va de mieux en mieux. Je l'ai trouvée en train de faire sa gymnastique quand je lui ai apporté son petit déjeuner ce matin ! Elle m'a dit qu'elle allait vous ôter le pain de la bouche en guérissant deux fois plus vite que prévu. Et c'est ce qui vous attend, j'ai l'impression.

Dan souriait gentiment à ce badinage mais la tristesse ne quittait pas ses yeux. Car si dur qu'il travaillât, si vaillamment qu'il s'efforçât de se concentrer sur un sujet quelconque, il ne parvenait pas à extirper Tara de ses pensées. Son image s'imposait à lui à tout instant et il la revoyait au cours de leurs promenades ou de leurs parties de pêche, de leurs pique-niques sur la grève, il revoyait son sourire... et repoussait de toutes ses forces ces souvenirs dévastateurs. Il n'était plus retourné à la pêche et rien de ce qui l'amusait autrefois ne lui donnait plus aucun plaisir; il errait tel un bernard-l'ermite dans sa coquille.

Combien de temps cela durera-t-il ? se demandait-il. Combien de temps met-on pour « se remettre » d'un amour ? Cela avait été si facile de tomber amoureux d'elle – son calme, sa force intérieure avaient gagné son respect, puis sa gaieté et son goût profond de la vie avaient gagné son cœur. Il se remémorait amoureusement sa longue silhouette qui se déliait et se détendait peu à peu dans l'île dorée, son regard franc et la bouche vulnérable qu'il avait si fugitivement baisée et dont il rêvait si souvent. Son amour ne faiblirait jamais, il le savait. Il lui faudrait lentement le mettre de côté, voilà tout. Cela prendrait du temps, beaucoup de temps. Avec un soupir, il retourna à ses dossiers, le cœur lourd.

Haut dans le ciel, le soleil tapait dur. Au bord de la piscine à l'eau translucide, un corps bronzé s'étira paresseusement, comme un chat, puis se retourna sur le lit de plage. Greg Marsden entretenait son hâle. À l'époque où il se démenait toute la journée sur les courts, cela se faisait tout seul. Mais il devait s'en occuper désormais. Il s'assit pour attraper d'une main nonchalante la bière qu'il gardait au frais dans un sac rempli de glace à ses côtés, et en sirota une gorgée. Puis il se rallongea consciencieusement pour travailler encore un peu, les yeux clos, prostré sur l'autel du dieu Soleil.

Plus bas, dans le jardin, les jardiniers tondaient les pelouses et il entendait le ronronnement des motoculteurs. Il ne lui déplaisait pas de savoir que d'autres travaillaient à son bien-être tandis qu'il s'alanguissait ainsi. La position de maître de maison lui convenait à merveille et il y avait pris plus de plaisir en quelques mois que Stéphanie dans toute sa vie. Il avait le sentiment qu'il était de mieux en mieux installé dans cette position. Les domestiques lui obéissaient avec discipline.

Il lui fallait, bien sûr, se résigner à la prudence. Et il en avait manqué l'autre soir, se dit-il. Il n'aurait pas dû détruire la table de billard, ça ne valait pas le coup. Enfin, si, songea-t-il au souvenir de leurs exploits. On était en train de la réparer, de toute manière. Il avait vu le défilé des artisans et savait que, en dehors d'une rubrique discrète ajoutée au budget à la fin du mois, rien n'y paraîtrait plus. C'est ce qui fait le charme d'une maison bien tenue, on prend en charge tous vos soucis. Mais cela ne se reproduirait plus. Encore qu'il eût le sentiment de ne pas en avoir fini avec elle. Soudain, il éclata de rire. Il ne connaissait même pas son nom ! Rien que de penser à elle, pourtant, il sentit le frémissement d'excitation familier. Il posa la main entre ses jambes puis se ravisa. Plus tard, peut-être, se dit-il. Faisons plutôt un petit somme.

La sonnerie du téléphone retentit désagréablement à ses oreilles malgré le réglage à « minimum ». Il décrocha sans enthousiasme.

– Allô !

– Greg ! J'ai essayé de te joindre...

– Jilly ! Comment vas-tu ?

– Tu me manques horriblement.

– Toi aussi, ma chérie. J'ai eu une semaine chargée…

– Greg. Il faut que je te voie.

Aussitôt sur la défensive, il acquiesça :

– Bien sûr, mon chou.

– Et ne me dis pas d'être prudente. J'en ai marre d'être prudente. Autant être morte !

Greg reconnut des accents hystériques dans sa voix.

– Je veux pouvoir sortir avec toi, faire ce que font les gens normaux. (Elle parlait trop vite, les mots se bousculaient :) Je ne te vois jamais et toujours ici, quand tu le décides, jamais à mon initiative. Je veux te voir maintenant, tu entends ? Tout de suite !

– Moi aussi, j'ai envie de te voir, tu sais bien.

Elle a bu, songea-t-il. Attention, ça la rend impossible.

– Alors j'arrive.

– Maintenant ?

– Pourquoi pas ?

– Je m'apprêtais à me rendre à une réunion d'affaires, improvisa-t-il. Un magnat brésilien de passage à Sydney. Je l'invite à déjeuner au Hilton.

– Greg (le ton de Jilly devenait mauvais), je veux te voir, et je veux te voir aujourd'hui.

Une manière de menace flottait sur la ligne.

– Attends… (Greg réfléchissait à toute vitesse)… c'est le soir de sortie de Matey, la gouvernante se couche tôt… Viens ce soir, d'accord ? Vers les…

– Compte sur moi, l'interrompit-elle. Oh ! Greg, je t'aime tant. Je te montrerai à quel point tout à l'heure.

– D'accord, mon chou. À ce soir.

Il reposa le combiné. Jilly était un élément instable de sa situation qu'il fallait tenir en respect.

Mais il savait comment s'y prendre. Il faisait ce qu'il voulait d'elle. Tout ce qu'il voulait, littéralement. Il s'aperçut qu'il avait hâte de voir venir le soir.

Dans ses bureaux de la jolie petite rue en lacet du nom de Liverpool Lane qui donnait un peu plus loin dans Crown Street, à Darlinghurst, Joanna Randall dirigeait l'agence de mannequins la plus en vogue de Sydney depuis près de vingt ans. Ex-mannequin elle-même, elle n'avait rien perdu de la beauté et du charme qui lui avaient valu d'occuper la couverture des plus grands magazines de mode du monde entier dans sa jeunesse. Sa magnifique chevelure rousse était peut-être plus brillante encore et ses yeux foncés, presque noirs, avaient gardé tout de leur éclat. Quand elle entrait dans un studio de photo, grande et mince, naturellement élégante et le port altier, chacun tendait le cou pour mieux la voir et la plaisanterie en vigueur parmi les photographes était que la vieille Jo pourrait éclipser n'importe lequel de ses mannequins vedettes.

Mais conserver la première place n'était pas si facile. Directrice, c'était à elle qu'incombait la tâche d'inventer sans cesse de nouvelles idées commerciales – et comme il s'agissait de la première agence de mannequins vedettes, c'était elle qui dictait pour ainsi dire la mode de la saison, la tendance de l'année suivante. Mais elle faisait aussi tourner la maison et elle songeait que le fait de jongler avec les impôts, les salaires de ses employés, les investissements, les profits et les pertes ne devenait pas tellement plus facile en vieillissant. Et de par sa nature même, le monde de la mode est en perpétuelle évolution. Il n'est jamais question de s'y endormir sur ses lauriers.

De fait, Joanna Randall – la femme et son

agence – était au sommet de sa réussite. Mais exigeante comme le sont ceux qui se remettent continuellement en cause pour ne pas risquer de se faire distancer, elle n'était jamais totalement contente d'elle et s'interrogeait en son for intérieur : Souviens-toi que tu t'adresses aux jeunes, se répétait-elle inlassablement. Aussi soumettait-elle son travail et ses idées à un examen rigoureux, guettant le moindre signe de défraîchissement ou « l'impression de lassitude », les scrutant du même œil perçant qu'elle posait sur ses propres signes de vieillissement, les pattes minuscules autour des yeux, les petites lignes implacables du souci sur le front, les rides d'expression autour de la bouche. Elle renouvelait ses concepts touchant la mode avec la même intelligence judicieuse qu'elle mettait à appliquer sur son visage les crèmes adéquates. Mais elle ignorait combien de temps elle tiendrait encore le coup. Et elle faisait remonter secrètement le début de l'âge mûr au jour où elle avait commencé à avoir du mal à supporter ceux qu'elle appelait les JCB, les Jeunes Crétins Brillants.

L'un d'eux se trouvait justement devant elle, occupé à critiquer les mannequins que Joanna avait sélectionnés pour une importante série de photos.

– Le client a dépensé des sommes considérables, pour cette campagne, miss Randall. Et nous y avons consacré beaucoup de temps.

– Venez-en au fait, voulez-vous ?

Joanna n'appréciait pas du tout le ton condescendant que ce gamin en costume rayé et lunettes à monture d'écaille employait avec elle.

– Ces jeunes filles...

Il feuilletait avec mépris une liasse de photos posées sur le bureau entre eux deux et qui représentaient une fille blonde, une brune et une rousse.

– Oui, il s'agit de mes trois meilleurs mannequins. Les vedettes.

– Sauf que…
– Que quoi ?
– Sauf qu'elles ne vont pas du tout pour le genre de campagne de mon client telle que nous l'envisageons.
– Qu'est-ce que vous me chantez là ?
Joanna éclata d'un rire jaune. C'était incroyable ! Mais le Jeune Crétin reprit :
– Mademoiselle Randall, un nouveau marché est en train de se développer, en particulier aux États-Unis et en Angleterre. Nous voulons la nouvelle femme de la fin des années 80 et il s'agit d'une femme active, ambitieuse, au sommet de sa carrière. Nombre de nos clients se sont soudain rendu compte que les femmes étaient de plus en plus nombreuses dans la vie professionnelle, aux postes les plus éminents, et elles ont de l'argent. Elles ont beaucoup d'argent et elles le dépensent entre autres pour s'habiller. Tout un nouveau marché, je vous assure.
Joanna remarqua pour elle-même que ce genre de femme n'était pas tellement nouveau – et celle à laquelle elle pensait se sentait très lasse –, mais quoi qu'il en soit…
– Soit, dit-elle. Où est le problème ?
Avec un soupir calculé, le JCB saisit une des photos et la lui tendit sans un mot. Elle sentait sa colère monter, assortie à sa chevelure enflammée.
– Et que suis-je censée voir ?
– Ça, dit-il. C'est un visage de petite fille. Oh, elle est charmante, je ne dis pas. Et c'est un excellent mannequin, merveilleux, vraiment.
N'en rajoute pas, veux-tu ? songea-t-elle, de plus en plus agacée.
– Mais elle est trop jeune. Dix-neuf, vingt ans, c'est ça ? Les femmes que nous visons par cette campagne ont entre vingt-cinq et quarante-cinq

ans. Il nous faut un mannequin plus mûr. Et n'oubliez pas que ce sont des femmes d'affaires, des cadres supérieurs. Il ne s'agit pas seulement de présenter un vêtement. Il nous faut un mannequin à l'air intelligent, capable...

– ...de se faire passer pour la patronne de la General Motors, c'est ça ?

– Quelque chose comme ça, oui, répondit son vis-à-vis sans relever le sarcasme. Il ne faut donc pas seulement un mannequin plus vieux, vous voyez, mais d'un style complètement différent.

Joanna sentit son cœur flancher. Complètement différent ? Je te les présenterai demain matin, d'accord. Pour masquer son découragement, elle prit les photos et les regarda sans les voir. Trop jeunes ? Bon sang ! Dire qu'il n'y avait pas si longtemps, avec l'apparition du look bébé à la Brooke Shields, on était venu lui raconter que ses mannequins étaient trop vieux ! Elle avait même perdu une affaire importante contre une autre agence qui, moins scrupuleuse qu'elle-même, n'hésitait pas à présenter des jeunes filles de treize ans ! Et voilà qu'on redécouvrait la femme accomplie ? Parfait, je vais pouvoir m'engager moi-même, songea-t-elle avec une terrible envie de hurler.

– Bien, nous restons en contact ? conclut le JCB, sachant qu'il s'était fait comprendre et qu'il était temps de prendre congé. Bien entendu, vous concevez que nous allions nous adresser aussi à d'autres agences, pour élargir notre champ. D'autant que vous risquez d'avoir quelque difficulté à trouver ce que nous cherchons. Mais on se téléphone ? D'accord ?

– Je vous appellerai, dit Joanna.

L'interphone sonna sur son bureau.

– C'est Jason... il veut vous voir, dit la secrétaire.

– Je vous laisse, fit le JCB en gagnant la porte.

– Faites attendre Jason quelques minutes avant de le faire entrer.

Elle avait simplement besoin d'une oasis de calme, aussi courte fût-elle, entre deux rendez-vous, même si ce qu'elle venait d'entendre eût nécessité beaucoup plus que cinq minutes de réflexion. Car une pensée dominait toutes les autres dans son esprit. Il n'était pas question de perdre cette affaire. Et ce n'était pas seulement une question d'argent – encore que les studios d'avant-garde du quartier le plus à la mode de Sydney fussent un véritable gouffre. Non, c'était une question de crédibilité. Si elle voulait rester l'agence la plus cotée de la ville, il fallait en passer par là. Alors, en avant : un nouveau modèle de femme s'imposait ? Soit. Joanna Randall la trouverait. Ou la fabriquerait. Et en vitesse. Pas besoin de réfléchir longtemps. Avec un soupir, Joanna pressa sur un bouton pour introduire Jason. S'il pouvait la faire rire !

Dans sa chambre, Matey se préparait pour sa soirée de liberté. Du jour où il avait choisi un emploi impliquant qu'il habitât sur place, il avait pris en son for intérieur la décision de passer toutes ses soirées de liberté en dehors de la maison. C'était selon lui le seul moyen de couper vraiment avec le travail afin d'y revenir reposé et dans de bonnes dispositions, et de montrer que l'on avait sa vie personnelle, quelque plaisir que l'on prît à sa fonction. De sorte que, hiver comme été, qu'il pleuve ou qu'il vente, Matey sortait. Il se rendait parfois au théâtre, ou au concert – il aimait par-dessus tout l'opéra, qu'il considérait à juste titre comme la huitième merveille du monde. Ou bien il allait au cinéma, ou dîner au restaurant – observant alors attentivement maîtres d'hôtel et garçons d'un œil professionnel. Il partait parfois en quête de ces aventures qui ont fait la renommée de Sydney dans la communauté homosexuelle internationale – une autre raison, s'était-il toujours dit, pour garder sa vie privée secrète.

Un dernier regard au miroir et il partit d'un pas pressé. Le temps passait et le taxi qu'il avait appelé voilà près de vingt minutes n'arrivait pas. Il n'attendait pas devant la porte d'entrée quand il en franchit le seuil. Peut-être s'était-il arrêté devant la grille, bien que Matey la crût ouverte. Il s'avança dans l'allée pour aller vérifier. Voyant qu'elle était fermée, il se hâta d'aller actionner l'ouverture électronique.

C'est alors qu'il vit la jeune femme sur le trottoir, devant la propriété. Personne ne marchait jamais dans ce quartier résidentiel où la Porsche était une voiture ordinaire, sauf pour promener le bichon ou le loulou de Poméranie de Madame. Or elle n'était manifestement pas venue en voiture et il n'y avait aucun toutou alentour. Et elle ne venait apparemment pas non plus en visite – elle ne se dirigeait pas vers les grilles et n'avait pas sonné. Non, elle était là, debout, à regarder.

Matey l'observa avec attention. Elle était jolie. La connaissait-il ? Il retrouvait quelque chose de familier en elle. Mais ce n'était pas facile à déterminer, d'autant qu'en l'apercevant, elle se détourna et, chaussant des lunettes noires, s'éloigna à pas pressés. Peut-être admirait-elle simplement le paysage. Matey, pourtant, n'était pas tranquille.

– Excusez-moi ! cria-t-il dans sa direction.

Elle s'arrêta net.

– Oui ?

Sa voix était basse et rauque.

– Pouvez-vous me renseigner ? J'attends un taxi. Je ne sais pas depuis combien de temps vous êtes là mais vous ne l'auriez pas vu repartir, par hasard ?

Elle parut soulagée par sa question et secoua la tête.

– Non, je n'ai rien vu. Je suis là depuis un petit moment.

– Bah, ils m'ont dit dans vingt minutes mais on ne peut jamais savoir. Avant je prenais l'autobus. Ça me revenait moins cher. Mais j'avoue que le taxi est une meilleure idée par les temps qui courent.

Il se tut et observa de nouveau l'inconnue. Elle avait un comportement étrange, baissant la tête comme si elle ne voulait pas qu'il rencontrât ses yeux. Peut-être ne se sentait-elle pas très bien. Soudain le taxi, une vieille berline bleue, s'engagea dans l'avenue en vrombissant. Quand il s'arrêta, Matey ouvrit la portière puis se ravisa :

– Mademoiselle ?

Elle se tenait toujours devant la propriété, là où il l'avait vue en sortant.

– Je peux vous accompagner quelque part ?

Elle secoua la tête avec un sourire.

– Non, merci.

Il hésita avant de demander :

– Vous vous sentez bien ?

La femme leva enfin la tête, le regarda droit dans les yeux et sourit de nouveau.

– Oui, oui, merci. Ça va très bien, je vous assure.

Debout sur le trottoir, Tara regarda s'éloigner le taxi qui emportait Matey vers le centre-ville. Il ne l'avait pas reconnue ! Son apparition l'avait prise totalement au dépourvu car c'était lui qui quittait le moins souvent la maison. Mais elle avait eu tort de s'inquiéter : si Matey ne l'avait pas reconnue, personne ne la reconnaîtrait.

Elle s'appuya au mur, laissant divaguer ses pensées. Elle ignorait ce qui l'avait poussée à venir errer par ici, aux alentours de la propriété, elle savait seulement qu'en s'éveillant ce matin-là, elle avait éprouvé un besoin urgent, irrésistible d'aller voir la maison qui avait été la sienne. C'était fait, elle l'avait vue. Elle avait par la même occasion fait l'essai de sa nouvelle apparence sur l'une des personnes qui la connaissaient le mieux et cela avait marché à la perfection. Aucune trace de Stéphanie Harper ne lui collait plus à la peau. Elle était Tara. Et Tara s'était même attiré les regards admiratifs d'un homosexuel vieillissant comme Matey; cela faisait plaisir. Ce bon vieux Matey, s'attendrit-elle.

Elle frissonna. Le soir tombait, accompagné de la fraîcheur typique des antipodes. Il avait fait chaud mais la nuit pouvait être très froide, quelquefois. Il était temps de partir. Elle s'attarda encore quelques instants pour regarder, le dos contre le mur rugueux, les étoiles s'allumer brillamment dans le ciel nocturne. Allez, rentrons. Elle fit un pas et s'arrêta net, car les phares d'une voiture arrivant du haut de la colline balayèrent soudain l'avenue. Instinctivement, elle se rejeta en arrière pour se cacher sous le feuillage qui tombait par-dessus le mur et la dissimulait aux regards. La voiture se rangea devant les grilles de fer forgé que Matey avait refermées derrière lui. Elle voyait distinctement la silhouette assise derrière le volant. C'était Jilly ! Celle-ci sortit de la voiture pour aller presser le bouton de l'interphone qui permettait de communiquer avec les occupants de la maison.

– Oui ?

Tara sursauta en reconnaissant la voix de Greg malgré le crachotis de l'appareil.

– C'est moi, chéri. Je suis là. Ouvre-moi.

Le ton de Jilly était impatient, aguichant. Tara entendit la vibration indiquant le déverrouillage des grilles. Jilly les ouvrit, regagna sa voiture et s'engagea dans l'allée dans un vrombissement. Les grilles se refermèrent dans son dos.

Jilly ? Pourquoi était-elle... ? Comment... ? Tara s'interrogeait en vain. Elle s'appuya de nouveau au mur, derrière l'écran rassurant des frondaisons, les sens chavirés. Très lentement, comme si elle se noyait, Tara vit défiler sous ses yeux les images des événements récents – Jilly au mariage, le bras de Greg passé autour d'elle, souriant faiblement, Jilly jouant au tennis avec Greg et le baiser de la victoire, Jilly buvant les paroles de Greg le même soir, quand ils s'étaient tous attardés à bavarder sur la terrasse. Bouleversée, déchirée par ce qu'elle entrevoyait, Tara se contraignit à regarder en face les nouvelles pensées qui se formaient dans son esprit – Jilly n'était pas partie avec Phillip à la fin de la soirée, rien d'extraordinaire à cela, mais quand Greg l'avait raccompagnée, plus tard, il s'était absenté longtemps, très longtemps...

Et à Éden... C'était Jilly qui jouait au tennis avec Greg, qui nageait avec Greg et partait chasser avec Greg tandis qu'elle, elle qui était sa femme, se morfondait toute seule. C'était Jilly qui avait exprimé le désir d'aller chasser le crocodile tandis qu'elle... *La chasse au crocodile !* Et dans un éclair, le dernier élément de preuve lui sauta aux yeux, la pensée que son esprit avait refoulée si profondément pour l'empêcher de trop souffrir : Jilly, assise à l'arrière de la pirogue, immobile, comme pétrifiée, le visage pareil à un masque terrifié mais une lueur mauvaise dans les yeux – Jilly voulait sa mort !

Tara rejeta la tête en arrière et poussa un cri. Sa longue souffrance rentrée s'échappa dans un hurlement viscéral, animal, la lamentation vieille comme le monde d'une créature en détresse. Tremblant de tous ses membres, elle se mit à courir en trébuchant, sans savoir où, mais n'importe où pourvu qu'elle s'éloignât de ce lieu maudit. Au bout de quelques mètres elle s'arrêta, en proie à une incoercible nausée. Elle s'appuya au mur et, pliée en deux, les mains crispées sur son ventre, vomit violemment, par spasmes successifs, très longtemps. Puis, vidée, exténuée, elle se remit à courir jusqu'à ce que ses jambes ne puissent plus la porter. Elle trébucha et tomba de tout son poids.

Le genou meurtri, assommée, elle se traîna sur le trottoir jusqu'au mur contre lequel elle s'assit, la douleur la ramenant à la réalité. Tirant de son sac un mouchoir en papier, elle tenta faiblement d'essuyer sa bouche, ses vêtements souillés et de nettoyer son genou écorché. Combien de temps demeura-t-elle ainsi recroquevillée, elle ne le sut jamais. Mais elle se releva enfin, malade, tremblante et glacée jusqu'aux os et, incapable de prendre un autobus dans lequel il lui aurait fallu affronter le regard curieux des passagers, elle fit tout le chemin à pied jusqu'aux Rocks, pour se réfugier dans le sanctuaire de sa petite chambre.

Toute la nuit elle demeura éveillée, recroquevillée dans son petit lit, tandis que son esprit absorbait ce nouveau choc. Elle n'aurait pas cru pouvoir souffrir plus qu'elle ne l'avait déjà fait en découvrant que son mari qu'elle adorait la détestait au point qu'il avait voulu la tuer. Mais cette nouvelle trahison, une autre sorte d'assassinat, n'était pas moins douloureuse. Je t'aimais, Jilly, se répétait-elle en vain. Pourquoi me haïssais-tu tellement ? Jilly était sa seule amie, un point d'ancrage essentiel dans sa vie, dans son cœur, et d'arracher cette partie d'elle-même lui était presque intolérable. Elle croyait avoir atteint le fond du désespoir et commencer à remonter la pente, par la force de sa volonté et grâce à sa longue convalescence à l'île d'Orphée. Mais elle comprenait soudain que de nouveaux abîmes s'ouvraient devant elle et qu'il lui faudrait chaque fois repartir de plus bas. Au fond de son lit étroit, blessée, humiliée, dégradée au-delà de ses pires terreurs, elle ne se demandait pas seulement si elle en serait capable, mais si même elle aurait la force de le vouloir.

Où se cache-t-elle, cette femme d'un nouveau style ? Assise à son bureau dans son agence luxueuse, Joanna Randall continuait de la chercher avec l'énergie du désespoir, mais elle n'était pas loin de craquer. J'ai passé en revue la totalité des femmes de Sydney entre vingt et soixante ans, songea-t-elle. Par le truchement de l'immense réseau de relations qu'elle avait tissé au long de ses carrières de mannequin, de styliste et, pour finir, de directrice d'agence, elle avait fait passer le mot qu'elle cherchait un nouveau talent. Aussitôt submergée de coups de téléphone, de lettres, de visites à l'agence, et même à son domicile personnel à toute heure du jour et de la nuit, elle avait donné l'ordre strict d'annoncer qu'elle ne recevrait plus personne sans rendez-vous. Aucune des femmes qu'elle avait vues jusqu'à présent n'avait fait l'affaire.

Pas une seule, ruminait-elle. Certaines étaient en route vers le succès. Mais rien à faire, il leur manquait ce « quelque chose de plus » dont avait parlé ce JCB de l'agence de publicité, qu'elle avait parfaitement compris quand il se fut donné la peine de s'expliquer correctement. Il fallait pourtant qu'elle se décidât à en choisir une si elle ne voulait pas voir le contrat lui passer sous le nez. Avec un soupir, elle se remit à examiner les photos qui jonchaient son bureau. Peut-être qu'en relevant les cheveux de celle-ci...

Au milieu de ses pensées moroses, la porte s'ouvrit et Jason Peebles entra en coup de vent. Seule, la présence d'un agent de publicité pouvait faire attendre Jason, car il respectait les hommes d'argent. Mais, photographe de mode le plus en vogue de Sydney, il se réservait de pénétrer dans le bureau de Joanna quand bon lui semblait. « Elle n'a aucun secret pour moi, disait-il à la réceptionniste qui tentait timidement de l'intercepter. Elle et moi, on est comme ça ! » et, croisant les doigts d'un geste théâtral, il passait.

Joanna se réjouit de le voir. Ils travaillaient ensemble depuis longtemps et elle se fiait à ses dons subtils, à son œil infaillible à deviner la qualité photogénique dans le visage le plus banal en apparence, et à son exigence rigoureuse de critères qui se révélaient toujours les meilleurs. Mais elle l'aimait aussi pour lui-même, pour son intelligence, son humour malicieux et son goût du jeu. Sa personnalité était le reflet exact de son aspect physique. Car c'était une espèce de Riquet à la Houppe avec son corps de lutin, ses cheveux fins dressés sur la tête et ses petits yeux pétillants toujours sur le qui-vive.

– Salut, maman ! lança-t-il comme à l'accoutumée, en posant un baiser sur sa joue.

Joanna grogna.

– Un jour, quelqu'un va vraiment croire que je suis ta mère, Jason ! Franchement !

– Tout le monde le croit déjà, dit-il tout de go en s'installant dans le profond sofa rose et brun.

– Quoi de neuf, alors ?

– Un contrat géant. Je te signale tout de suite, ça va être du boulot – on en a encore pour un bout de temps à être à la colle toi et moi.

– Exactement ce que j'avais envie d'entendre ! dit Joanna, le visage illuminé.

– Ouais, c'est un gros coup. Avec du travail pour plein de nanas, et pour nous aussi par la même occasion. C'est la chaîne d'hôtels Grenadier. Ils font une campagne de promotion pour convaincre les gens de séjourner à l'hôtel plus souvent, à n'importe quelle époque de l'année. Ils veulent donc qu'on leur expédie des belles dans tous les hôtels du pays.

– Ça a l'air intéressant, dit Joanna en passant en revue mentalement les photos qui remplissaient ses dossiers.

– Sûr, dit-il. Mais il y a deux hic.

– Comment ça ?

– Le premier c'est qu'ils ont l'intention de rajeunir leur image et qu'il leur faut des filles super-classe, pas seulement le genre chic, mais de la classe, carrément, tu vois ce que je veux dire ?

– Mais oui, je vois, fit Joanna, agacée. Tu ne veux quand même pas m'apprendre mon métier !

– Et le deuxième, poursuivit Jason sans se démonter, c'est qu'on va bosser sur le thème des saisons. Des saisons. Tu piges ? Printemps, été, automne, hiver. Alors pour l'automne et l'hiver, il va me falloir des visages plus mûrs – pas tes petites frimousses juvéniles, hein ?

– Ah, non, tu ne vas pas t'y mettre toi aussi !

Jason la regarda avec étonnement.

– Qu'est-ce qu'il y a, maman ?

Avant que Joanna eût répondu, la voix de la secrétaire résonna dans l'interphone.

– J'ai un mannequin, là, qui demande à vous voir.

La réponse de Joanna retentit distinctement dans le bureau adjacent.

– Tu peux lui dire de décamper en vitesse. Même si c'est Bo Derek soi-même !

Une heure plus tard, Jason avait le sentiment d'avoir fait tout ce qu'il était humainement possible pour redonner le sourire à Joanna Randall. Il lui avait raconté des histoires drôles, il avait plaisanté, l'avait aidée à envisager les différents aspects du contrat en perspective et lui avait rappelé pour finir que ce n'était pas la première crise dont elle sortirait triomphante. Mais il n'avait pas pu résoudre son problème à sa place. C'était un moment difficile, certes. Il quittait son bureau en proie à ces réflexions quand une voix vive, autoritaire lui parvint :

– J'aimerais quand même voir Joanna Randall, je vous prie.

La secrétaire était sur le point de craquer. Elle remonta ses lunettes sur son nez d'un geste las et levant le bras d'un air excédé répéta d'un ton mécanique des paroles qu'elle avait manifestement déjà prononcées plusieurs fois.

– Écoutez, je vous ai déjà dit qu'elle était occupée pour le moment. Vous n'avez pas de rendez-vous ?

– Non, je n'en ai pas.

– Mlle Randall ne reçoit personne sans rendez-vous.

Jason leva les yeux et, prenant tout son temps, examina d'un œil professionnel la femme qui se tenait devant le bureau. Puis il entra dans l'action :

– Les rendez-vous, mon coco, dit-il à la secrétaire, sont pour le menu fretin. Je suis sûr que la reine des abeilles voudra bien voir cette dame. (Il se tourna vers le mannequin.) Je me présente : Jason Peebles, et ceci est mon sourire irrésistible. (Il sourit largement.) Il vous plaît ? Je suis l'éminence grise de la souveraine de cette place. Vous dînez avec moi ce soir ? (Sans attendre de réponse, il saisit la femme au poignet pour l'entraîner vers le sanctuaire, poussa la porte sans cérémonie et annonça :) Joanna ! Qu'est-ce que tu dis de celle-là ? (Et, plantant la femme effarée, il referma la porte derrière lui.) Géniale ! lança-t-il à la réceptionniste atterrée. La mâchoire un peu carrée mais ça peut s'arranger. La bouche bien trop grande mais splendide, des yeux comme Bambi... Bon sang ! Je l'adore ! (Comme il s'en allait, une idée lui traversa l'esprit :) Elle a laissé son nom ?

10

– Je cherche un agent. Quelqu'un capable de me garantir la couverture de *Vogue* dans six mois.

Joanna Randall n'oublierait jamais l'instant où la réponse à ses questions se matérialisa devant elle. Grande, élégante, de l'éducation – oui, ce furent les trois choses qu'elle remarqua d'abord. Pas jeune, mais, bizarrement, pas vieille non plus, un visage ravissant, superbement proportionné, avec quelque chose de plus. Quelque chose venant des yeux – immenses et brillants, tristes et énigmatiques – et de la bouche à la fois généreuse et prudente comme si elle se retenait d'exprimer des sentiments que sa propriétaire souhaitait garder pour elle. Par-dessus tout, pourtant, il émanait d'elle une manière de détermination, évoquant le triomphe de la volonté sur tout le reste, et c'était cela, songea Joanna, qui la classait au rang de ce « nouveau style de femme » qu'elle avait eu tant de mal à trouver.

Joanna n'était pas le genre de personne à jouer la comédie. Elle avait suffisamment confiance en elle et en son propre jugement pour craindre de paraître froide et n'hésitait pas non plus à manifester son plaisir ou son admiration. Aussi leva-t-elle un sourcil sincèrement approbateur et dit simplement :

– Asseyez-vous. (Joanna nota, non sans une petite satisfaction bien humaine, le léger embarras avec lequel la jolie dame regarda autour d'elle à la recherche d'un siège. C'est une femme comme une autre, se dit-elle. Mais lorsqu'elles se furent installées, Joanna, en vraie pro, entreprit aussitôt de l'interviewer.) D'où venez-vous ?

– Du Queensland. Une petite île du nom d'Orphée, près des Récifs de la Grande Barrière.

– Où avez-vous déjà travaillé ?

– J'ai vécu en Angleterre pendant quelques années – puis dans les Territoires du Nord.

– Et vous vous êtes dit qu'il était temps de conquérir l'Australie, c'est ça ?

– En quelque sorte...

L'entrevue se déroula sans trop d'anicroches. Tara s'émerveillait d'entendre sa propre voix, qui répondait aux questions professionnelles de Joanna avec assurance, voire avec métier, étoffant certaines réponses, évitant habilement certaines questions, comme si elle avait fait cela toute sa vie. Elle avait pris soin d'échafauder son histoire dans ses moindres détails – elle avait été mannequin ici et là et elle était venue à Sydney pour se lancer une fois pour toutes. Elle avait énormément misé sur la première impression qu'elle produirait, ce qu'elle n'avait cessé de se répéter sur le chemin qui la menait à Liverpool Lane, pour se donner du cœur au ventre. Elle comptait aussi sur un fait que les Australiens eux-mêmes oublient le plus souvent : l'immensité de leur île. Elle savait que, si elle prétendait avoir fait des photos de mode dans le Queensland ou dans les Territoires du Nord, Joanna n'aurait aucun moyen d'aller vérifier.

L'essentiel avait été d'inventer le style qui convenait, de telle sorte que la première réaction de Joanna fût « oui » et non pas « non ». Semaine après semaine, Tara avait consulté avec le plus grand sérieux tous les magazines de mode qu'elle pouvait trouver afin de se mettre au courant des dernières nouveautés, puis elle avait fait la tournée des boutiques à la recherche de ce qui lui irait, alliant le goût du jour à l'élégance, un style jeune sans être juvénile, frappant sans être voyant, et, pour ajouter à la difficulté, elle ne pouvait se permettre d'acheter des vêtements aux prix indiqués dans les magazines.

Puis elle était passée au maquillage et à la coiffure. De nouveau, elle avait compulsé les revues de mode pour se faire une idée du style de la saison, puis, à partir d'un prototype, elle avait inventé le maquillage correspondant à sa propre personnalité. Ses derniers sous étaient passés dans les fards et les cosmétiques et dans une coupe de cheveux particulièrement coûteuse mais très réussie chez un des plus grands coiffeurs de Sydney. Elle avait d'abord été saisie d'horreur en voyant tomber les mèches épaisses au pied du fauteuil, où elles seraient foulées par des talons indifférents. Mais à mesure que les ciseaux experts accomplissaient leur tâche, elle voyait ses cheveux noirs écourtés prendre une vitalité qu'elle ne leur avait jamais connue auparavant. Elle ressentit la même chose lorsque, sur les conseils gratuits des spécialistes des rayons de beauté, dans les grands magasins, elle apprit à souligner ses pommettes pour dessiner son visage en forme de cœur, à rehausser le caractère piquant de ses traits et, surtout, à ombrer ses paupières de toutes les nuances de bleu, de l'indigo au bleu pervenche, afin de mettre ses yeux en valeur.

Elle s'était absorbée dans cette tâche d'exploration d'elle-même comme dans un travail important, y consacrant plusieurs heures chaque jour, et parfois même ses soirées. Mais elle était portée, aussi, par une manière d'euphorie émerveillée. Elle allait donc y arriver ! Et elle songeait avec une immense pitié à celle qui avait été Stéphanie. Comment cette femme si mal dans sa peau, si timide qu'elle n'osait pas acheter les vêtements qui lui plaisaient de peur de ne pas savoir les porter, comment une telle femme avait-elle pu se métamorphoser en une Tara déterminée non seulement à devenir le plus belle possible, mais aussi à entrer en lice au plus haut niveau professionnel ?

Le moment vint enfin où elle sut qu'elle était prête à se lancer. Après mûre réflexion, elle décida qu'elle mènerait l'assaut de front. Elle ne téléphonerait même pas pour prendre rendez-vous – ses nerfs risquaient de lâcher et elle gâcherait sa chance. Non, elle jouerait le tout pour le tout. Il fallait que Joanna Randall ait le coup de foudre pour elle. Et comme pour toute offensive militaire, chaque détail, aussi minime fût-il, avait été prévu. Son premier achat important, et l'un des plus coûteux, avait été un bon soutien-gorge, qui lui ferait de jolis seins même sous le vêtement le plus épais. Puis son choix s'était porté sur une paire de collants – il n'était pas question de prendre une paire bon marché qui risquait de filer au mauvais moment. Elle passa fièrement la main sur son ventre plat et ses cuisses minces et longues. Il faut avoir été trop grosse pour pouvoir réellement apprécier le plaisir d'être mince, songea-t-elle joyeusement.

Tendant le bras vers l'armoire, elle en tira un chemisier blanc en lourde soie brillante. De fait, elle l'avait acheté très bon marché sur un étal de Chinatown mais il avait l'air très précieux grâce à la fine broderie qui ornait le buste et les poignets, aux minuscules boutons de perle et au petit col droit qui seyait à son cou gracile. La jupe aussi était une trouvaille, une de ces grandes jupes amples imprimées de couleurs vives, à la dernière mode. Celle-ci avait des petits plis à la taille, de grandes poches plaquées. Très facile à porter, elle n'en avait pas moins un charme fou, dû en particulier aux impressions : des chrysanthèmes, des pivoines et du chèvrefeuille, enchevêtrés en un dégradé subtil de rouge vermeil, de rose et de pêche sur fond blanc, qui frappait l'œil sans être le moins du monde criard. La dernière touche était donnée par une petite veste courte de style Chanel assortie avec bonheur au rose le plus chaud de la jupe, de telle sorte que les trois pièces semblaient appartenir à un seul et même ensemble et non résulter de longues recherches laborieuses.

En partant du rose comme teinte de base, Tara entreprit de se maquiller. Elle appliqua d'abord sur tout son visage un fond de teint hâlé vaguement rosé puis entreprit de le resculpter en soulignant les aspects qu'elle souhaitait mettre en valeur. À l'aide d'un gros pinceau, elle dessina ses pommettes dans une nuance rose un peu plus soutenue, puis rehaussa le bleu de ses yeux grâce à un eye-liner bleu nuit. Elle choisit ensuite une ombre à paupières prune, qui s'estompait peu à peu vers le haut jusqu'à se fondre dans le rose lumineux des arcades sourcilières. Un mascara bleu foncé et un rouge à lèvres deux tons plus sombre que le rose de la jupe, et le tour fut joué. Pas de bijoux – l'effet devait être saisissant mais frappant de simplicité. Un coup de brosse dans ses cheveux touffus et brillants. Tara était prête.

Avant de partir, elle vérifia son allure dans le miroir de l'armoire. Elle passa chaque détail en revue d'un œil critique et s'estima satisfaite. Satisfaite, mais pas si confiante que ça. En quittant sa chambre, elle songea que l'épreuve qui l'attendait serait sans doute la plus difficile depuis son retour à Sydney. Aller solliciter ainsi à son âge un emploi pour la première fois, répondre aux questions qu'on lui poserait, se soumettre au jugement d'une personne qu'elle ne connaissait pas... Cela semblait soudain beaucoup plus terrible qu'elle ne l'avait imaginé. Tout en marchant le long des rues, bousculée par des passants préoccupés, craignant à chaque instant de froisser sa jupe ou de filer ses collants, Tara était bien près de tout laisser tomber, d'abandonner tous ses projets et de démissionner. Mais quand elle s'engagea dans Liverpool Lane et entra enfin dans le hall attrayant de l'agence, elle se contraignit à oublier la crispation de son estomac. Elle regarda sans ciller les photos des mannequins vedettes de Joanna qui tapissaient les murs. Devant le bureau de la réceptionniste, elle fit le vœu secret de ne pas repartir – il faudrait la traîner dehors – tant qu'elle n'aurait pas obtenu quelque chose de la grande Joanna. Et ça avait marché. Ça avait marché !

Quand elle songeait au passé, Tara se voyait toujours sous les traits du Phœnix ressuscité des flammes ayant consumé les derniers restes de Stéphanie. Allongée sur son lit sans bouger, sans boire ni manger après la révélation de la trahison de Jilly, elle avait eu l'impression d'être vouée à une mort lente. Elle était consumée d'angoisse, de rage et d'humiliation, brûlée à petit feu par sa souffrance intérieure. Pour finir, vaincue par l'épuisement, elle s'était endormie. Les flammes n'avaient rien laissé, Tara était vide. Elle se réveilla une autre femme. Le tout dernier lien qui la rattachait à Stéphanie, à cette part de la vie de Stéphanie qui avait tant d'importance, avait été emporté par les flammes, s'était détaché d'elle. Et bien que son corps lui fît mal comme une plaie que l'on vient de cautériser, elle sentait naître en elle les premiers germes de force qui viennent avec l'assurance que l'infection est enrayée pour toujours.

Je suis sortie de l'enfer, réfléchit-elle, et pour de bon. Car l'explosion provoquée par son ultime découverte avait rassemblé toutes les autres pièces du puzzle. De débrouiller ainsi les différents facteurs qui avaient précédé son cruel « accident » l'avait aidée à comprendre la forme que revêtirait sa vengeance. Et ces nouveaux éléments se rattachèrent à sa détermination farouche de vivre désormais par elle-même et de tirer le maximum de la nouvelle existence que le destin lui offrait et du nouveau physique qu'elle avait obtenu à l'île d'Orphée à force de courage et de volonté.

Aux petites heures du matin, elle s'avisa tout simplement que la meilleure façon de se venger de Greg serait de lui infliger les souffrances qu'il lui avait fait subir à elle, de faire en sorte qu'il s'éprenne éperdument de quelqu'un qui ne l'aime pas pour qu'il soit à son tour humilié, méprisé et rejeté, son amour réduit en cendres et foulé aux pieds. Cette personne-là, qui ne risquerait jamais de s'éprendre de lui, ce serait elle. Elle le prendrait au piège comme il l'avait prise au piège, et n'aurait pas plus de pitié à son égard que les chasseurs pour les lapins qu'ils attrapent dans leurs pièges cruels. Puis elle le rejetterait avec mépris et lui écraserait le cœur comme il avait tenté de l'écraser en l'éliminant physiquement. Ce serait une forme de justice poétique et sans faille, le triomphe le plus parfait, et elle prendrait plaisir à sa vengeance, elle jouirait de chaque instant.

Pour ce faire, il lui fallait ressembler aux femmes qui plaisaient à Greg, se montrer brillante et prestigieuse. J'aurais dû me méfier, songea-t-elle amèrement, de ce qu'il veuille épouser une femme aussi peu séduisante que Stéphanie Harper, tout le contraire de son type. Il faut d'abord ressembler à une gravure de mode. Ce fut à ce moment-là que l'idée lui vint de devenir mannequin. Elle y avait déjà pensé quand elle avait commencé à se plonger dans les revues et les magazines pour s'inventer un nouveau visage, à l'île d'Orphée. Elle avait le style, l'allure, la taille – et maintenant, surtout, elle avait une bonne raison et la volonté de le devenir.

L'ironie de la situation serait à son comble car en emprisonnant Greg, elle se délivrerait. Elle deviendrait la femme très belle qu'elle avait gardée enfermée en elle, en brisant la carapace qui l'avait toujours maintenue prisonnière de son corps, l'empêchant de l'arborer avec fierté. Seuls ceux qui se sont sentis laids et rejetés connaissent l'aspiration à la beauté de la nature brimée. Tara avait éprouvé ce désir qui l'avait harcelée comme la faim. Désormais sa faim allait enfin être assouvie.

– ...faites deux ou trois clichés d'essai avant tout.

La voix de Joanna, dure et vaguement nasillarde, la ramena à la réalité. Intérieurement, Joanna formait bien des réserves à propos de l'inconnue. Elle prétend avoir vingt et un ans mais elle ne me dira pas son âge réel, se disait-elle. Quant à son métier, elle donne bien le change mais elle n'en connaît pas plus long que la première débutante venue. Et puis elle a l'air bizarre. Je suis folle de l'engager. Je devrais la mettre dehors sur-le-champ. Mais Joanna songea à JCB et prit sa résolution. Je n'ai personne d'autre et qu'est-ce que j'ai à perdre, après tout ? Elle se pencha en avant pour dire :

– J'ai le photographe qu'il vous faut. Ce n'est

pas pour vous offusquer mais il ferait de Dracula un prince charmant. Vous avez un numéro de téléphone ? Je vous contacterai. (Elle pressa le bouton de l'interphone.) Passez-moi Jason, dit-elle à sa secrétaire.

– Ne me cherchez pas, répondit la voix désincarnée de Jason. Je suis encore là !

Nul paradis occupé par l'homme n'échappe entièrement au mal : le jardin d'Éden dissimulait un serpent. L'inspecteur Johnson, de la police de Townsville, n'était pas particulièrement porté sur la réflexion philosophique mais il se demandait pourtant fréquemment comment un être humain pouvait donner libre cours à ses plus bas instincts dans l'un des plus beaux endroits du monde. Il souhaitait aussi, comme tout bon policier, que son secteur connût le taux le plus faible possible de criminalité. Il était fier de Townsville, la cité du soleil, ainsi qu'on la nommait. Il aimait son mélange d'ancien et de moderne, les pubs historiques donnant dans une allée piétonne conçue par un architecte d'avant-garde, le boulevard de la plage et le front de mer qui remontaient au temps jadis. La plus belle ville du Queensland, c'est sûr, se disait-il, pour ne pas dire du continent entier. Qu'est-ce que les gens veulent de plus, bon Dieu ?

Pourtant les habitants de Townsville, ou du moins une certaine proportion d'entre eux, voulaient quelque chose de plus et cherchaient à se le procurer par des moyens illégaux. De sorte que, même dans son paradis tropical, l'inspecteur Johnson était un homme très occupé, ce qui expliquait qu'il n'eût pas encore mené à bien l'enquête que Dan Marshall lui avait demandée voilà plusieurs mois – ce dont il se rendit compte quand il reçut un petit rappel à l'ordre au téléphone.

– Allô, Sam ? Dan Marshall à l'appareil, de l'île d'Orphée. Je me demandais si vous aviez retrouvé des traces de cette personne disparue dont je vous avais parlé.

Dan avait pourtant décidé que son seul espoir de retrouver un jour la paix était d'oublier Tara Welles. Consacrant tous ses efforts à cet objectif, il avait donc volontairement repris ses anciennes activités, son masque et son tuba. Il avait invité des patients à manger du poisson grillé sur la plage. Il avait mis ses papiers à jour et réorganisé entièrement son système d'archives. « Un bon nettoyage de printemps ! » disait Lizzie qui l'estimait enfin sur la bonne voie. Il s'était même accordé des vacances, pour la première fois depuis de nombreuses années. Il avait pris l'avion pour gagner la côte Ouest, survolant l'île énorme dans presque toute sa longueur. Et pour la première fois, il vit les grands symboles sacrés du rêve aborigène, les gigantesques rochers rouges sculptés en minarets, en dômes et en coupoles, restés debout par miracle au cœur du désert depuis des millénaires, avant que l'homme ne se fût mis en tête de mesurer le temps. Il se rendit jusqu'à Perth, la capitale de l'Australie occidentale, où il loua une voiture pour descendre jusqu'au cap Leeuwin à travers le magnifique parc national qui borde toute la côte. Là, à l'extrémité sud-ouest de l'Australie, le plus loin possible de son île du Nord-Est, il arpenta des plages différentes au bord d'une autre mer et ramassa d'autres coquillages, déposés sur la grève par l'océan Indien. Et là, ses pensées étaient les mêmes, qui ne l'avaient pas quitté de tout le voyage – il pensait à Tara.

C'était sans espoir. Il n'arrivait pas à l'oublier. Il l'aimait tant que sa perte lui était une souffrance quotidienne. Chaque matin en s'éveillant, toutes ses pensées étaient pour elle. Du moins pouvait-il être certain à présent que ses sentiments étaient forts et durables et n'avaient rien à voir avec une aventure estivale. Mais y avait-il là de quoi se réjouir, se demanda-t-il amèrement, puisqu'elle n'était plus là ? Il ignorait tout d'elle – il ignorait même où elle se trouvait à Sydney – mais il ne parvenait pas à la chasser de son esprit, ni à l'arracher de son cœur. Il ne lui restait plus qu'à poursuivre sa route solitaire et à espérer, contre tout espoir, qu'il retrouverait un jour Tara au bout du chemin. Aussi décrocha-t-il son téléphone, moins dans l'attente de nouvelles que pour faire quelque chose, n'importe quoi.

– Je n'ai pas beaucoup d'éléments, dit Sam, pour ne pas faire naître trop d'espoirs chez son interlocuteur. C'est sacrément grand, l'Australie, hein ? On pourrait y mettre tout un bataillon sans jamais le retrouver. Et vous ne m'avez pas surchargé d'indices non plus !

– C'est vrai. Mais j'ai un renseignement supplémentaire, qui pourrait vous être utile. (Dan avait réfléchi. Grâce à ses croquis, à ses séries de photos et à son souvenir des blessures de Tara, il était arrivé à une estimation approximative de la date de l'accident. Approximative, soit, mais à quelques jours près, étant donné la précision de ses observations.) Il faut donc que vous cherchiez, dit-il à Sam, une femme qui a été victime d'un très grave accident – pas un accident de voiture, pas la peine de chercher de ce côté-là – entre ces deux dates. Il n'y en a sûrement pas tant que ça, vous ne croyez pas ?

Fortement impressionné par la détermination du médecin, Sam Johnson décida qu'il était temps de lancer une enquête. Pendant ce temps-là, à Orphée, en feuilletant distraitement une revue médicale qui venait d'arriver, Dan tomba sur l'annonce d'une série de conférences. « La médecine aujourd'hui » n'était pas le titre le plus attirant qui fût pour arracher un médecin à ses devoirs envahissants pendant tout un week-end. Mais le symposium se tiendrait à Sydney. Il faut vivre avec son temps, songea Dan. « La médecine aujourd'hui »... pourquoi pas ?

Jason était peut-être un photographe de génie, mais il n'en était pas pour autant pédagogue. Il n'avait pas la moindre patience et ne connaissait d'autre moyen d'obtenir ce qu'il voulait qu'en imposant sa volonté en hurlant. Tyrannique au possible, il réduisait ses modèles au désespoir, les conduisant souvent au bord de la crise de nerfs. Mais, bizarrement, ses méthodes fonctionnaient sur Tara. C'était la troisième séance de photos et elle y prenait un plaisir fou.

– Laisse-toi aller, maintenant ! hurla Jason derrière son appareil-photo. Abandonne-toi. Sans retenue, voilà, comme si tu faisais l'amour. Oui, la lueur dans le regard, j'aime ça. Allez, continue, tu fais l'amour avec l'objectif, tu fais l'amour avec moi !

Tara perdit sa concentration et se mit à glousser. Jason bondit en l'air de rage, sa bonne humeur transformée en méchanceté pure.

– Tu te voûtes ! NE TE VOÛTE PAS ! On dirait un chameau. Concentre-toi maintenant, travaille, réfléchis, oui, c'est mieux. Pense à quelque chose qui te ferait plaisir, quelque chose qui te réjouirait au plus haut point. Tu viens de gagner à la loterie – qu'est-ce que tu vas faire de tout cet argent ?

L'argent. Tara faillit éclater de rire. C'était bien la dernière chose dont elle avait besoin.

– Tu devrais savoir, dit-elle, ironique, que l'argent est la cause de tous les maux.

– Bon, bon, reste comme ça, poursuivit-il sans prêter attention à sa remarque. Garde cet air coquin, ça te va bien. Bouge un peu maintenant, tourne sur toi-même. Bon sang, mais elle n'a qu'une jambe ou quoi ? Tu peux essayer de te déplacer comme un être humain normal pour Jason, maintenant, oui ou non ?

De l'autre côté de la ville, dans le quartier des affaires, Bill McMaster était occupé à régler ce qu'il espérait bien être les derniers rapports qu'il aurait avec Greg Marsden. Au sommet de l'immeuble, Bill examinait attentivement le dos de celui qui, apparemment absorbé dans la contemplation de la superbe vue, tentait en réalité d'avaler une sacrée couleuvre. Il fit brusquement volte-face, les yeux noirs de rage, mais sa voix était maîtrisée.

– Rayé du conseil d'administration, comme ça, et plus aucun revenu ! Je ne suis même pas sûr que ce soit en votre pouvoir. Stéphanie avait donné des instructions précises... et je suis toujours son époux.

Son attitude était pleine de défi mais il savait bien, au fond, que Bill et ses collègues avaient minutieusement étudié la question sur le plan légal avant d'abattre un tel atout.

– La décision a été prise lors de la dernière réunion du conseil. À l'unanimité. (Bill parlait d'un ton calme et dépourvu de passion, mais voilà longtemps qu'il n'avait pas éprouvé une telle satisfaction.) Je puis vous assurer que le droit, les dispositions de Stéphanie et les clauses de son testament ont été rigoureusement respectés. Mais rien ne vous empêche de prendre un autre avis. (Il marqua une pause et ajouta :) Pourquoi n'allez-vous pas consulter Phillip Stewart. C'est un excellent avocat.

Greg choisit d'ignorer l'insinuation et revint au cœur du sujet :

– Comment se fait-il que je n'aie pas été mis au courant de cette réunion ?

– Ce n'était pas une réunion exceptionnelle mais la réunion ordinaire prévue lors du conseil précédent. Voilà des mois que vous n'y assistez plus. Quoi qu'il en soit, votre présence n'aurait pas changé grand-chose.

Greg demeura silencieux, en proie à une furieuse colère puis, comme pour lui-même, il marmonna :

– Il y a des notes à payer, bon sang !

Son adversaire conservait une attitude urbaine, civilisée :

– La compagnie continuera de payer les frais domestiques et les salaires des employés. Sauf, bien entendu, vos frais personnels. À partir de maintenant, ils vous incombent en propre.

Greg écarquilla les yeux sous le choc.

– Mais vous pourrez continuer à habiter la maison... (un nouveau silence pour accroître l'effet produit par la fin de la phrase :) ...pour quelque temps, du moins.

Greg se mit à marcher de long en large.

– Vous n'avez jamais approuvé ma décision de l'épouser, n'est-ce pas ?

Bill ne répondit pas, mais garda son regard posé sur Greg.

– Répondez, espèce de salopard !

D'un geste plein de dignité mais jubilant intérieurement, Bill se leva pour aller ouvrir la porte et fit signe à son visiteur de sortir.

– Je crois que notre entretien est terminé, dit-il.

– Encore, encore ! C'est ça. Reviens vers moi, oui, mais tu glisses, tu flottes – ne boitille pas comme ça, détends-toi et viens vers moi d'un pas glissé.

Tara faisait de rapides progrès entre les mains

du bouillant Jason. Comme l'avait escompté Joanna, elle avait un visage très photogénique, et, dès que les clichés de ses premières séances furent développés, ils plurent à tout le monde. En bon agent, Joanna ne lança pas trop vite sa nouvelle découverte sur le marché, prenant soin de ne pas sauter immédiatement sur toutes les demandes afin de lui faire prendre un bon départ. À la manière dont elle s'était déplacée, le premier jour, dans son bureau, Joanna avait tout de suite vu qu'elle manquait d'expérience. Elle ne se faisait pas de souci à ce propos, ça s'arrangerait. Mais il ne fallait pas aller trop vite en besogne si on ne voulait pas gaspiller une carrière qui s'annonçait prometteuse. Il fallait surtout qu'elle apprît à marcher comme un mannequin et Joanna lui conseilla de s'inscrire à des cours de danse moderne – jazz et disco. Tara s'exécuta donc, à la plus grande satisfaction de Jason qui finit par l'appeler « ma petite championne du pas glissé ».

Ce jour-là, Tara effectuait son premier travail important – toute une journée à poser dans une garde-robe entière pour le jour et pour le soir. C'était une perspective suffisamment fatigante en soi, mais Jason avait choisi de prendre les photos à l'extérieur, dans le centre à la mode de Sydney, « pour donner aux photos la patine urbaine », comme il disait. Ils se dirigeaient donc vers Elizabeth Street, la grande artère qui traverse du nord au sud le cœur de Sydney. Jason était rigoureux, précis, et très exigeant dans son travail. Tara avait beaucoup appris avec lui en très peu de temps, mais il lui arrivait par moments de flancher, de perdre confiance en elle. Jason sentait toujours venir ces instants de découragement et il se précipitait à son secours, pour la faire rire, la rassurer ou la cajoler au lieu de la harceler comme à l'accoutumée.

– Appuie-toi contre le mur, Welles, respire, repose-toi, ne fais pas attention à la robe, lui dit-il gentiment en sentant la lassitude passer dans ses yeux en même temps que son assurance fléchissait.

En face d'eux, s'étendait Hyde Park. Jason leur accorda une pause et, imitant le ton d'un guide touristique, déclara :

– Observez, à votre droite, l'étonnant Mirvac Trust Building. À votre gauche, une petite merveille de pierre brune dont on remarquera les jolies colonnes corinthiennes. À côté, vous pouvez admirer la réplique exacte de Notre-Dame de Paris, étayée pour le moment par Mlle Tara Welles, jouant ici le rôle d'arc-boutant...

Incrédule, Tara se redressa et fit quelques pas avant de se retourner pour regarder le bâtiment contre lequel elle s'était appuyée. Jason disait vrai – la petite église avec son vitrail en rosace avait effectivement quelque chose de Notre-Dame de Paris. C'était tellement ridicule qu'elle eut un petit rire :

– J'aime mieux ça, dit Jason d'un ton approbateur. Comment te sens-tu ?

– Dans les vapes.

– Parfait. Vite au travail avant que tu ne tombes par terre. Si tant est que les chameaux tombent par terre. Qu'est-ce qu'ils font ? Ils règlent leurs longues jambes sur « maintien » et ils meurent debout.

– Tu es un négrier, Jason.

– Moi ? s'écria-t-il, feignant l'étonnement. Moi qui suis la gentillesse même ? Regarde comme je me suis montré empressé, à te demander si ça allait et tout et tout. Allez, au boulot, Welles, et pas de catastrophe, hein ?

– Comme tu es prévenant, mon petit Jason...

Ils remontèrent l'avenue, s'arrêtant ici et là

devant un bâtiment choisi par le photographe pour un détail original ou un contraste. Il était dans son élément, en pleine action, réfléchissant tout haut ou se parlant à voix basse, l'esprit en effervescence. En face de St. James' Center, il découvrit une petite cour entourée de murs ocre avec un escalier doté d'une rampe en fer forgé qu'il décréta être « une véritable bénédiction ». Nullement impressionné à l'idée qu'il s'agissait de l'arrière du palais de justice de la Nouvelle-Galles du Sud, il lui fit gravir et redescendre les marches un bon millier de fois, se pencher à droite, se pencher à gauche et prendre à peu près toutes les poses imaginables sauf marcher sur la tête. À la fin, même le sens de la discipline de son métier, qui la faisait obéir sans rechigner à chacune des exigences du petit gnome sautillant autour d'elle, commença à faiblir.

– J'en ai assez, Jason !

– Attends, encore un peu. Tu ne peux pas t'arrêter maintenant. Tu te fatigues un peu vite... (Il continuait de la mitrailler, songeant que sa moue renfrognée lui donnait l'air merveilleusement rétif.) Je veux dire, tu es jeune, en forme... enfin, pour ton âge... (Jason avait appris voilà bien longtemps le pouvoir stimulant d'une insulte glissée au bon moment) ...et de toute manière, je t'ai payée d'avance, jusqu'à minuit. Allez, redresse-moi ce menton !

– Tu es sans pitié ! grogna Tara tout en s'exécutant.

– Parfaitement. Et pire encore. Bon, on remet ça.

Cet échange, assorti de multiples variations, se répéta tout au long de l'interminable journée. Tara s'accrocha et maintint l'allure jusqu'à ce qu'elle sentît qu'elle n'avait plus rien à donner.

– Jason ! J'ai froid, je n'en peux plus et je veux rentrer chez moi !

Elle s'appuya contre un réverbère et ferma les yeux.

– Quelle princesse ! (Feignant le mépris, Jason s'approcha.) D'accord, va pour la dame au réverbère ! C'est le cliché idéal, d'un classicisme... Garde les yeux fermés, c'est bien. Re-lax, les yeux fermés, le corps se détend, s'alanguit... Pense... Pense que tu es avec ton amant, pense à lui, à l'homme qui te met vraiment dans tous tes états, devant lequel tu fonds littéralement. Tu sens la chaleur qui s'écoule en toi, tu t'abandonnes entre ses bras. Oh, je le déteste...

Malgré elle, bien qu'elle s'efforçât désespérément de se boucher les oreilles, Tara sentit une vague de souvenirs affreux la submerger en songeant à son corps insatisfait, lorsqu'elle faisait l'amour avec Greg.

– Mais, mais, mais... tu rougis, ma parole ! Dis donc, mais c'est ravissant, charmant. Est-ce de passion, ou de timidité ?

La sagacité du photographe ajouta encore à sa gêne.

– Je suis désolée, murmura-t-elle.

– Mais arrête un peu de t'excuser ! la rabroua Jason. C'était fantastique ! Fantastique, je te dis. Tu es une étrange bonne femme, tu sais. Chaque fois que je parle de sexe, soit tu rosis, soit tu deviens toute pâle. Tu as besoin qu'on te prenne en main et Peebles est celui qu'il te faut, qu'en penses-tu ? Maintenant tu vas penser à quelque chose de triste. De vraiment triste, j'entends. Sens ton pauvre petit cœur qui se brise en mille morceaux, je veux un gros chagrin...

À travers l'objectif, Jason vit Tara s'exécuter, comme hypnotisée. Des larmes jaillirent de ses yeux, restèrent un instant en équilibre au bord de ses paupières puis roulèrent le long de ses joues. Jason était au septième ciel.

– Formidable ! Génial ! Grandiose ! Tu es une merveille vivante. On va vraiment faire quelque chose de toi, Tara Welles. Le plus intéressant parti du monde serait-il en train de perdre la tête ? Je me demande si ce cher Pr Higgins ressentait la même chose avec Eliza Doolittle ? Voilà qui nous donne matière à réflexion, hein, *my fair lady* ? (Le rouleau était fini et Jason s'autorisa à regarder en face l'épuisement réel de Tara.) Mais assez bavardé, dit-il brusquement. Tu parles trop… te voilà en train de philosopher sur la vie et l'amour au lieu de me raccompagner jusqu'à mon lit. Allez, en route. Demain, il fera jour.

La maison des Stewart à Hunter's Hill était à l'abri des regards indiscrets, mais les voisins n'étaient pas sourds. Depuis un certain temps, ils commençaient à prendre l'habitude d'entendre des éclats de voix et des hurlements auxquels le quartier n'était pas accoutumé. La querelle, ce soir-là, prenait un tour prévisible.

– Greg ! Greg ! Où vas-tu ? Ne pars pas !

– Lâche-moi ! Laisse-moi tranquille ! Tu pensais que j'allais rester ?

– Greg ! Oh, mon chéri… Greg !

Jilly Stewart s'agrippait au bras de son amant pour l'empêcher d'ouvrir la portière de sa voiture. Derrière eux, la porte grande ouverte témoignait de la sortie précipitée de Jilly pour tenter d'empêcher Greg de partir.

– Rentre à la maison ! Je t'en supplie.

– Tu vas lâcher mon bras !

Intimidée par sa rage, Jilly relâcha son étreinte. Même si elle semblait poussée ces derniers temps par le désir de provoquer Greg, elle avait une peur horrible de ses accès de rage froide – sachant de quoi il était capable dans un tel état.

– Greg, je t'en supplie, insista-t-elle humblement. Je ne veux pas t'ennuyer. Mais c'est que…

– Tu es soûle !

Il se détourna avec dégoût.

Elle se remit à hurler, de nouveau incapable de se maîtriser.

– Oui, je suis soûle, et alors ? À qui la faute ? Ce n'est pas toi qui m'y as poussée, peut-être ! (Et d'un ton hystérique elle imita la proposition de Greg lorsqu'il était entré sous la tente le soir de la mort de Stéphanie :) Allez, bois un coup !

Comme toujours, lorsque Jilly atteignait un certain niveau d'hystérie, Greg percevait le signal du danger. La saisissant par le bras, il la poussa brutalement dans la maison, claquant la porte derrière lui. Il la plaqua contre le mur, la maintenant prisonnière de ses bras, et fit un effort pour ne pas avoir l'air trop sérieux.

– Mieux vaut oublier ça, mon chou, hein ? Tu ne crois pas qu'on a intérêt à oublier ça ?

Sentant son avantage, Jilly en profita :

– Ça ne peut plus durer ainsi ! (Elle martelait de ses poings serrés la poitrine de Greg.) Je ne suis pas ta putain !

Une lueur de mépris dans les yeux, Greg, en guise de réponse, lui glissa la main entre les jambes, saisit les plis de chair tendre entre ses doigts à travers le fin tissu soyeux et la pinça le plus fort qu'il put. Puis il se détourna pour gagner la porte.

Hoquetant de douleur, Jilly se jeta contre la porte pour lui barrer le passage.

– Ne me laisse pas, Greg ! Ne me laisse pas !

Il s'arrêta, parfaitement calme. Au bord de la folie, elle supplia à travers ses sanglots :

– Reste avec moi, Greg, je te donnerai tout ce que tu voudras, mon argent, tout ce que j'ai. J'irai en chercher demain quand les banques seront ouvertes, mais je t'en supplie, ne me laisse pas toute seule ce soir. Je te donnerai tout mais reste. Chéri, s'il te plaît...

Greg céda. Mais il ne montra pas à Jilly à quel point ses paroles l'avaient radouci, ni la satisfaction intérieure qu'il en ressentait. Il hocha la tête, simplement, d'un petit geste brusque. Le soulagement de Jilly était pitoyable :

– Allez, viens. On va au salon, oui, c'est ça, je vais nous servir à boire.

Jason Peebles était très sourcilleux sur ce qu'il buvait. Jamais d'alcool, seulement du vin et du champagne quand il en avait l'occasion, et si ce délicieux breuvage pétillant pouvait couler à flots, ma foi, tant mieux. En l'occurrence, on ne lésinait ni sur la qualité ni sur la quantité, car Tara Welles faisait la couverture de *Vogue* ! Un cliché de la mémorable séance d'Elizabeth Street avait été sélectionné pour le lancement de la mode d'automne et Joanna avait relevé le défi que Tara lui avait lancé tout de go, en préambule à leur premier entretien.

La petite fête battait son plein dans le studio de Jason où Joanna et Tara s'absorbaient dans la contemplation des exemplaires de *Vogue,* se délectant de leur triomphe. Joanna leva sa coupe pour porter un toast :

– Mesdames et messieurs, information de dernière minute – voici Tara, le visage qui a séduit le monde de la mode, et que l'on va bientôt s'arracher !

– Ouah, c'est qu'elle me séduit, moi ! dit Jason en s'approchant derrière Tara pour la saisir par la taille. Tu sais que tu me plais, hein ? Grrr !

– Nous ne voulons pas le savoir, n'est-ce pas, Tara ?

– Oh, bon, d'accord, fit Jason en jouant les

petits garçons. À moi de porter un toast alors : À la coqueluche du mois !

– Et à nous ! fit Joanna qui avait l'air de beaucoup s'amuser.

– À nous ! répéta Tara en choquant son verre d'un geste enthousiaste contre celui de Joanna.

– À nous ? demanda Jason d'un ton incrédule. Vous n'incluez pas dans ce nous Jason Peebles, le génial fabricant de stars !

– Merci infiniment, affreux petit bonhomme !

– À vous deux, intervint Tara. Merci à vous deux. Pour tout.

Joanna regarda de nouveau la couverture.

– Six mois, presque jour pour jour. Pas mal tout de même !

– Pas mal ? la reprit de nouveau Jason.

– Bon, extraordinaire, génial, dément, ça va ?

Jason se tourna vers Tara.

– Alors mon coco, quel effet ça fait d'entrer dans la confrérie de l'élite avant-gardiste ? De la part des membres honoraires, j'aimerais te souhaiter la bienvenue.

Tara éclata de rire.

– Grands dieux !

– Tut tut tut. (Jason fit une grimace réprobatrice.) L'avant-garde ne dit pas « grands dieux », mon petit. Beaucoup trop provincial. Il va falloir rafraîchir notre vocabulaire, l'enrichir de quelques jurons bien juteux...

– Jason ! Je ne te laisserai pas corrompre mon mannequin vedette !

– Pardon, maman. J'avais oublié que de ton temps on couvrait les pieds des pianos pour préserver l'innocence des jeunes filles.

Joanna brandit sa coupe de champagne d'un geste menaçant.

– Où veux-tu que je la renverse, sur ta tête ? Sur tes genoux ? Tu as l'embarras du choix !

Jason secoua la tête d'un air chagrin.

– Elle serait capable de le faire, tu sais.

Tara se pencha vers eux, amusée de leur petit jeu de provocation mutuelle, reconnaissante de ce sentiment de profonde camaraderie qu'ils lui avaient fait découvrir.

– Je vous dois tant à tous les deux, dit-elle sincèrement. Vous m'avez tout appris.

Joanna la regarda d'un air affectueux.

– Le jour où tu es entrée dans mon bureau la première fois, j'ai vu que tu avais quelque chose de spécial – quelque chose de mystérieux, d'indéfinissable. Je ne sais ce que c'est, mais c'est absolument unique, ma chérie !

– J'ai trouvé ! s'écria Jason, comme pris d'une inspiration soudaine. C'est le Sphinx ! Sans âge... l'image de la maturité et de la sagesse, contredite par un visage de jeune fille. Ça fait un mélange d'une sacrée force. Ne regarde pas tout de suite, mais tous les hommes te boivent des yeux.

– J'ai lu tes annotations sur le contrat proposé par la télé, poursuivit Joanna. C'est drôlement impressionnant. Je veux dire, tu as soulevé tous les points que je voulais discuter. Où as-tu appris le droit des contrats ?

Tara sourit évasivement.

– Pure intuition, j'imagine.

– En tout cas, si tu décides d'abandonner ton métier, tu auras toujours du travail en coulisse !

– En coulisse ! (Jason était horrifié.) Laisse tomber, maman, alors qu'elle se hisse tout juste à l'avant-scène ! Et dire que c'est censé être le premier agent de Sydney ! (Il vint se coller contre Tara et la serra contre lui.) Ne t'occupe plus de la vieille et viens dans ma casbah, petit cœur, je serai ton Pygmalion, ton agent, ton amant fougueux et plein d'autres choses encore... Qu'est-ce que tu voudrais ?

11

Une longue journée harassante tirait à sa fin. Devant le miroir du salon d'habillage, Tara examinait d'un œil critique les marques de lassitude de son visage. Au lit de bonne heure, ce soir, se dit-elle. Tout de suite en rentrant – un dîner léger, un bon bouquin et hop ! au lit ! Elle ramassa son sac, jeta un coup d'œil autour d'elle pour s'assurer qu'elle n'avait rien oublié, éteignit les lumières et entra dans le studio de Jason déserté.

Tara était fatiguée mais contente. Elle s'était remise au travail après la petite célébration. Jason, de son côté, avait continué à sabler le champagne. Il n'était pas vraiment soûl, mais nageait en pleine euphorie. Debout sur le seuil, elle le regarda affectueusement qui, sans se savoir observé, faisait le tour de son studio pour éteindre les spots. Arrivant près d'une moto qui avait servi d'accessoire lors d'une séance de photos, il l'enfourcha nonchalamment, sa coupe de champagne à la main.

Tara s'approcha de lui.

– Salut, Sphinx ! lança-t-il d'un ton joyeux. Tu sais, je connais ton visage à peu près aussi bien que je connais le mien – et je ne sais absolument rien de toi. Dans une lumière douce, diffuse… je pourrais te faire paraître vingt et un ans, pas plus. Mais en plein soleil – combien ? Trente-cinq ? Trente-neuf ?

Tara garda le silence.

– Tu ne veux rien dire, hein ? Comme le Sphinx. L'éternelle beauté féminine qui emporte son secret dans l'immortalité. Elle a bien gardé le secret…

tout comme toi. (Il la regardait droit dans les yeux et l'étrange profondeur de son regard troubla Tara.) Qu'est-ce que je sais de toi ? Rien. J'ai l'impression de te connaître depuis toujours et la seule chose que je connaisse en réalité, ce sont tes yeux, et ton merveilleux sourire. Vous êtes une énigme pour moi, Tara Welles, et je me casse la tête un peu plus chaque jour sur cette énigme.

Comprenant ce qu'il cherchait à dire, Tara retint un soupir. Elle avait senti que cela arriverait peut-être un jour, mais sans certitude. Elle n'avait jamais rencontré personne comme Jason auparavant et il plaisantait tellement à tout propos qu'elle ignorait s'il était sérieux ou pas. Elle réfléchit à la manière dont elle allait s'y prendre.

– Et pourquoi est-ce que je pense sans arrêt à toi ? poursuivit Jason. Pour la même raison que tous les garçons du monde ont toujours pensé aux filles, depuis Adam et Ève... Roméo et Juliette...

Il était temps d'intervenir.

– Daphnis et Chloé, dit doucement Tara. (Elle sentait instinctivement qu'il fallait l'arrêter maintenant, ne pas le laisser aller plus loin, afin de leur éviter à tous deux la tristesse et la gêne.) Tu sais ce que tu es, Jason ? continua-t-elle gentiment. Tu es trop romanesque. Tu vois quelque chose qui n'existe pas dans une pauvre fille ordinaire.

– Ça, c'est mon secret.

Jason eut un sourire et Tara songea que c'était le plus sérieux qu'elle lui eût jamais vu. Mais il avait reçu son message tacite. Il s'en tiendrait là. Il leva sa coupe dans un geste chevaleresque :

– À nous, alors ! Et aux secrets bien gardés !

Tara lui sourit avec tendresse et gagna la porte.

– Bonne nuit, Jason.

– Eh !

Elle s'arrêta net et pivota sur les talons pour le regarder.

– Tu es bien sûre que tu ne veux pas faire un tour sur ma moto ?

Elle secoua la tête.

– Je rentre me coucher.

Seul dans le studio, Jason leva son verre bien au-dessus de son épaule et, dans un geste d'adieu vieux comme le monde, le retourna lentement et le laissa tomber par terre, où il se brisa en mille morceaux.

Tara traversa la ville illuminée, animée à l'heure où ses habitants étaient nombreux à rentrer du travail. Dès qu'elle avait commencé à avoir un certain succès dans son nouveau métier, assorti de cachets élevés, elle avait quitté son hôtel des Rocks pour un appartement dans l'un des immeubles résidentiels d'Elizabeth Bay, d'où elle jouissait d'une vue magnifique sur le port de Sydney. Le corps las et le cœur lourd en songeant à Jason et aux hasards de l'amour, elle emprunta l'ascenseur pour monter jusque chez elle.

À l'instant où elle introduisait la clé dans la serrure, elle entendit un miaou familier et le pauvre minet efflanqué, désormais métamorphosé en gros chat fourré, vint se frotter à ses jambes quand elle entra.

– Mon petit Maxie... (Elle se pencha pour le prendre dans ses bras.) Comment vas-tu mon chat ? Tu as passé une bonne journée ? (Elle ôta ses souliers et, pieds nus sur la moquette, se rendit au salon.) Tu veux que je te confie un secret, Max ? J'ai peut-être l'air d'avoir vingt-huit ans, mais je t'assure que mes jambes en ont quarante, ce soir !

Elle reposa le chat pour s'approcher de la chaîne stéréo. Depuis son nouvel emménagement, elle avait pu retrouver l'un des plaisirs de son existence : la musique. Ses cours de disco et de jazz avaient élargi ses goûts et elle n'écoutait plus seulement ses classiques préférés. Elle pressa un bouton et la poignante lamentation de Barbra Streisand et Neil Diamond emplit l'air : *You don't bring me flowers anymore.* Avec un soupir, elle se laissa tomber sur le profond canapé et laissa errer son regard autour d'elle.

Elle dut convenir qu'elle n'était pas mécontente de ce qu'elle voyait. Dans la pièce élégante, la seule couleur vive était le rouge corail de la moquette, mis en valeur par les murs blancs. Le style moderne des meubles design italiens en verre et en chrome était adouci par de lourdes tentures qui tombaient du plafond jusqu'au sol de chaque côté de la « merveilleuse fenêtre », ainsi que l'avait baptisée Tara en la voyant pour la première fois. Car en fait de fenêtre, c'était une baie vitrée, ou plus précisément un mur de verre, qui donnait sur le port. Les eaux de la baie reflétaient les humeurs du ciel, tel un amant fidèle celles de sa bien-aimée, et toutes avaient leur charme particulier. Tara prenait autant de plaisir à l'averse rayant la baie qu'au soleil implacable. Elle ne connaissait pas de meilleure détente que de s'asseoir devant sa fenêtre merveilleuse et de poser les yeux sur le monde qui s'offrait à elle.

– J'ai travaillé dur, aujourd'hui, Maxie, dit-elle. Un travail de chien. C'est une plaisanterie, mon minet. Tu pourrais rire !

Maxie ne rit pas, ayant soudain porté toute son attention au mouvement que sa maîtresse venait de faire en direction de la cuisine, ce qui était l'annonce d'un souper imminent.

– Alors, qu'est-ce que tu penses de nos nouveaux pénates ? poursuivit-elle en fouillant à la recherche d'un ouvre-boîtes. Un peu cher, peut-être, mais on l'a bien gagné, pas vrai ? Gagné, Maxie, tu m'entends ? C'est la première fois de ma vie qu'il m'est donné d'éprouver ça et tu veux savoir quelque chose ? C'est drôlement agréable ! Tu devrais essayer une fois, pour voir.

Elle posa l'assiette remplie de pâtée sur le carrelage où le chat s'enroulait autour de ses jambes en ronronnant de plaisir.

– On va te chercher du travail, d'accord ? Qu'est-ce que tu sais faire ? Mannequin, ça te plairait ? Ou bien on va te trouver une jolie chatte pour te tenir compagnie en mon absence. Je ne te demande qu'une seule chose, Maxie : tu ne t'enfuiras pas en me laissant toute seule, promis ? Je me sentirais horriblement esseulée, si je ne t'avais plus, tu sais.

Tout en parlant, elle allait et venait dans l'appartement luxueux en palliant le léger désordre. Stéphanie ne s'était jamais non plus occupée d'une maison, mais Tara s'en tirait très bien. Elle gagna sa chambre pour troquer ses vêtements de travail contre une vieille robe de chambre qui, si tant est qu'elle eût été un jour à la mode, ne l'était en tout cas plus depuis longtemps. Elle s'étira, bâilla :

– Le problème, c'est que je suis trop vieille pour ça, mon minou, dit-elle à l'adresse de Maxie. Mais si ça sert la cause...

Elle laissa sa phrase, lourde d'implications, en suspens dans les airs. J'y penserai demain, se dit-elle.

Enfin bien à son aise, elle retourna jusqu'à la porte près de laquelle elle avait laissé tomber ses sacs en entrant. Elle tira de l'un d'eux un paquet qu'elle était allée chercher dans une boutique en chemin et l'emporta dans sa chambre pour l'ouvrir. Tirant sur le ruban adhésif, elle défit le paquet révélant deux photos encadrées. Tara les regarda attentivement. La première représentait une adolescente assise devant un piano, la tête rejetée en arrière comme à la recherche de l'inspiration, les mains suspendues au-dessus des touches. Sur l'autre, un jeune garçon en plein effort s'apprêtait à donner un coup de pied dans un ballon. Sarah et Dennis. Tara demeura longtemps à les regarder l'un et l'autre comme pour se rassasier de leur image. Maxie vint se blottir sur ses genoux mais ne le resta pas longtemps, dérangé par les gouttes salées qui lui tombaient sur le nez.

– Bientôt, mes chéris, chuchotait-elle, couvrant de baisers le verre froid des cadres. (Et pour elle-même, ~~elle prononça la~~ formule bien rodée à laquelle elle s'était si souvent accrochée :) Il faut tenir le coup. Tenir le coup !

Plus tard, Tara se prépara du thé, sur un plateau qu'elle transporta jusqu'à la petite table qui lui tenait lieu de bureau. Elle alluma la lampe dont le halo lumineux vint éclairer un cahier qui avait beaucoup épaissi. Tara avait continué inlassablement la compilation entreprise à Orphée. Aujourd'hui, se dit-elle, elle avait atteint son premier objectif : devenir la femme prestigieuse qu'il fallait qu'elle fût. Elle était prête, désormais, à s'embarquer pour la vengeance. La phase active, songea-t-elle. C'est le moment où jamais. À côté du cahier, était posé un exemplaire d'un journal sportif, *The Sports Review,* qui titrait : TENNIS : MATCH DE CHARITÉ. « Greg Marsden, lisait-on ensuite, l'ex-champion de Wimbledon, jouera pour les vieux sportifs démunis. Le Tout-Sydney est attendu sur les gradins pour applaudir un événement qui promet de compter parmi les plus marquants de la saison. Le champion recevra ses invités au cours d'une réception qui suivra la compétition sportive. Marsden, qui porte encore le deuil de sa femme, la riche héritière Stéphanie Harper, disparue dans des circonstances tragiques et mystérieuses... »

Tara saisit la paire de ciseaux posée à portée de sa main. D'un geste méthodique, elle entreprit de découper l'article et la photo qui l'illustrait, puis détacha le bon d'inscription que les lecteurs intéressés devaient remplir et envoyer. Ensuite elle colla le tout dans son cahier. Greg la regardait, beau, séduisant, le mal incarné. Rien n'avait changé. Tout son être criait vengeance. Vengeance ! Vengeance !

Sur le court central, Greg Marsden donnait une démonstration du talent mondialement reconnu qui l'avait mené jusqu'à Wimbledon voilà quelques années. Son service puissant envoya une balle précise par-dessus le filet et si son adversaire parvint à la rattraper, il faillit bien en lâcher sa raquette tant elle arrivait avec force. Le coup droit expédia une balle rasante qui tomba à un cheveu de la ligne, mais à l'intérieur plutôt qu'à l'extérieur comme d'habitude. La même chose était vraie du lob qu'il expédiait très haut au-dessus de la tête du joueur trop naïf, qui s'y laissait prendre et se précipitait au filet pendant qu'elle retombait en douceur à l'autre bout du court. Quant à son revers, il avait plus de mordant que le coup droit de la plupart des joueurs. Chacun de ses coups était précis et infaillible, et les points s'accumulaient en sa faveur, set après set, tandis que les gradins tremblaient sous les ovations de ses fans.

Hélas ! cette partie magnifique ne se déroulait que dans l'imagination de Greg. Car les services époustouflants qu'il se préparait à assener se transformaient sous sa raquette en balles trop molles que son adversaire n'avait aucun mal à intercepter et, s'il élaborait mentalement le smash fulgurant qui pulvériserait son adversaire, il ne parvenait pas à lui insuffler la puissance d'autrefois. Il savait qu'il n'était pas en bonne condition physique, mais il n'aurait pas cru qu'il jouerait si mal. Il s'était entraîné assez régulièrement à son ancien club et il avait même battu Lew Jackson. Il avait accepté l'invitation de l'œuvre de charité car, sollicité en tant que vedette, il était convaincu qu'il tiendrait effectivement la vedette. Il pensait éliminer rapidement le jeune joueur qu'on lui avait choisi pour adversaire, persuadé que les organisateurs auraient judicieusement sélectionné quelqu'un capable de maintenir le jeu à un niveau compétitif sans risquer pour autant de surpasser le champion. Il pensait aussi que ce genre de manifestation servirait sa réputation et qu'il y rencontrerait la crème de la haute société de Sydney, ce qui pouvait toujours être utile. Avec un peu de chance, il dégoterait même, qui sait, une autre Stéphanie Harper – mais du genre sexy cette fois.

Dès l'instant où il avait aperçu son adversaire, dans les vestiaires, il avait senti que quelque chose clochait. Le gamin était très nerveux, inquiet, les mains crispées sur sa raquette et marmonnant pour lui-même. Sur le court, on aurait dit un tigre hors de sa cage. Il avait dominé Greg en cinq minutes. Et ce dernier n'avait plus songé qu'à sauver la face, se concentrant pour ne pas subir une défaite trop humiliante.

– Quarante-quinze.

La voix du speaker résonna par-dessus la foule silencieuse. Tous les yeux étaient rivés sur les joueurs qui se démenaient comme de beaux diables sur le court, mais surtout sur la grande silhouette échevelée, arrogante de Greg Marsden. Contrairement à son cadet, Greg était extrêmement attentif à la galerie de ses admiratrices, des femmes de tous âges qui observaient chacun de ses gestes dans un état proche de la transe et poussaient des cris chaque fois qu'il touchait la balle. Elles étaient toutes venues pour lui, pour assister à sa victoire. Il adressait un sourire ici et là dès qu'il en avait l'occasion. Il savait comment s'en tirer vis-à-vis d'elles en gardant la tête haute. Il était battu, certes, mais ce qui comptait, c'était de ne pas en avoir l'air.

Au milieu de ses adoratrices battait le cœur qui le haïssait avec une passion plus grande encore que celle qui transportait les autres d'amour. Assise à côté de Joanna Randall, Tara assistait au match, en proie à un tourbillon d'émotions conflictuelles. L'apparition de Greg, qu'elle redoutait tant, n'avait pas été trop pénible. Il était loin et la silhouette qui disparaissait sous les raquettes et les serviettes ne lui rappelait que très vaguement celui qui avait tenté de lui ôter la vie et avait failli parvenir à ses fins en la condamnant à une mort abominable. Mais quand il se rapprocha, elle fut assaillie par des sentiments douloureux et, à mesure que la partie avançait, son agitation allait croissant. Elle se contraignit à l'immobilité et au calme.

– Il avait une carrière magnifique devant lui. (C'était la voix de Joanna, près de son oreille.) C'était un jeune talent prometteur à ses débuts. Mais il s'est arrêté en chemin. (Elle eut un petit rire.) À mon avis, il avait du mal à se tirer du lit le matin, si tu vois ce que je veux dire.

Une douleur fulgurante comme un coup de poignard déchira le cœur de Tara.

– Toujours est-il qu'il a gâché un bel avenir. (Joanna bâilla et consulta sa montre.) Et il est en train de gâcher cette partie-là aussi, regarde-moi ça. Quand je pense que je me suis laissé traîner ici au beau milieu d'une journée de travail.

Je suis une femme très occupée, bon sang ! Si encore c'était du football…

– Whiteman mène par deux à zéro !

Tara prit une profonde inspiration.

– Tu l'as déjà rencontré, d'après ce que tu m'as dit, Jo ?

– Oui, comme la moitié de la population féminine d'Australie, ma chérie. Il y a un an ou deux, dans le même genre de manifestation, je ne sais plus très bien. Pourquoi ?

– À quoi ressemble-t-il ?

– Greg Marsden est un chat de gouttière avec un soupçon de distinction. Il s'est retiré en beauté, en épousant une riche héritière, Stéphanie Harper. Tu as dû entendre parler de cette histoire, à l'époque. Elle a été tuée pendant leur lune de miel. Un accident affreux… un crocodile, horrible, vraiment.

Joanna frissonna.

Horrible, oui, on peut le dire, songea Tara.

– Tout le monde disait qu'il l'avait épousée pour son argent, évidemment, ajouta Joanna. Je ne l'ai jamais rencontrée, elle. Ce n'était pas le genre mondain, apparemment, pourtant, elle aurait facilement pu fréquenter l'élite si elle l'avait voulu, avec une fortune pareille. Mais ça m'a fait un choc, je me souviens, quand j'ai lu ça. Si ça se trouve, c'est lui qui l'aura poussée par-dessus bord ! (Elle regarda distraitement autour d'elle.) Non mais, regarde-les, je suis sûre qu'il n'y en a pas une ici qui ne se jetterait pas sous un train si Greg Marsden le lui demandait. C'est dingue ! Elles sont toutes là à tirer la langue…

– Chhhut ! siffla une spectatrice en colère.

Tara avait rosi. Joanna la regardait du coin de l'œil.

– Je n'en crois pas mes yeux ! Toi aussi ! C'est

pour Greg Marsden que tu m'as entraînée ici ?
Tara se mit en colère.

– Mais non ! Bien sûr que non ! J'aime le tennis, voilà tout.

– Au fait ! dit Joanna, une idée venant de lui passer par la tête. Il faudra dire à Jason de prendre des photos de toi sur un court de tennis – tu m'y feras penser ?

– Toujours pro, hein ? fit Tara, souriant faiblement, avant de s'absorber tout entière dans le drame qui se jouait devant elle.

Tournoyant, courant en tous sens après les dernières balles de match, Greg était en train de perdre. Les applaudissements qui saluèrent le vainqueur furent plus que tièdes mais ce dernier ne sembla pas y prendre garde. Quant à Greg, soignant son personnage, il monta au filet pour féliciter chaleureusement son adversaire, distribuant son fameux sourire à la ronde. Puis les deux joueurs quittèrent le court.

Pendant la réception qui suivit, Tara se rendit compte qu'elle était d'un calme olympien. La fièvre qu'elle avait ressentie l'avait quittée et elle se sentait capable d'affronter froidement les événements qui l'attendaient. Ignorant le rôle qu'elle jouait en réalité, Joanna arrivait, portant deux coupes de champagne.

– Vu le prix des billets, autant profiter des consommations gratuites. (Elle trempa les lèvres dans la sienne et son expression changea.) Ce n'est pas précisément ce que j'appellerais un bon cépage, pouah ! (Elle jeta un regard circulaire.) Tout cela est d'un ringard !

Soudain, une rumeur parcourut l'assemblée, signalant l'arrivée de quelqu'un d'important. Greg Marsden franchissait la porte des vestiaires. Il ne s'était pas donné la peine de se changer ni de se doucher pour que l'effet produit sur ses fans soit à son comble. Après un silence, les groupies se précipitèrent vers lui en poussant des cris.

– Non mais, regarde-moi ces femelles en folie ! Il aurait aussi bien fait de sortir à poil !

Tara le regardait avec attention. Il signait des autographes, jouant les jolis cœurs, souriant et décontracté. Comme s'il avait senti son regard posé sur lui, il leva les yeux. Il croisa les siens et elle se détourna avec une nonchalance étudiée. Mais il l'avait remarquée et chaque fibre de son être se concentrait pour l'attirer jusqu'à elle.

– On dit que Marsden a une prédilection pour les nouvelles têtes, surtout les têtes connues. Et qu'il adore relever les défis. Tu ne diras pas que je ne t'ai pas prévenue. Ne regarde pas... (Elle jeta un coup d'œil par-dessus l'épaule de Tara.) Le voilà, telle une abeille sur un pot de miel.

– Mesdames...

Ce ton enjôleur... qui dissimulait un cœur dur comme la pierre. Tara se tourna vers lui. Elle regarda dans les yeux mêmes qu'elle avait suppliés quand le crocodile l'avait entraînée vers le fond.

– Greg Marsden, dit-il. (Il eut un sourire gamin :) Je ne crois pas que nous ayons été présentés.

C'est lui qui a voulu me tuer. C'est lui qui s'est emparé de mon existence innocente et l'a gâchée, détruite. C'est le mari que j'aimais tant, que j'aimais plus que moi-même. C'est lui qui...

– Non, dit-elle, tendant la main avec un sourire charmant. Je n'ai pas encore eu ce plaisir.

Le travail de secrétaire n'est vraiment pas drôle, songeait Suzie, le bras droit de Joanna. Elle était toute seule à l'agence pour assurer la permanence : le téléphone sonnait sans interruption, le ménage n'avait pas été fait depuis la veille et, pour couronner le tout, on apportait des bouquets de fleurs toutes les cinq minutes, si bien qu'elle devait descendre du premier étage en courant pour les recevoir et remonter aussi vite. Son soulagement fut immense quand elle vit revenir Joanna, à l'instant où elle signait un énième reçu pour une énième corbeille de fleurs.

– Grands dieux ! s'écria Joanna en découvrant toutes ces fleurs dans son bureau. (Elle avait l'habitude d'en recevoir après un défilé de mode réussi, mais cela n'avait jamais atteint de telles proportions. Elle était encore occupée à les contempler quand Tara entra. Savourant l'effarement de la jeune femme, elle lâcha la bombe :) Elles te sont adressées.

– Quoi ? Tout ça ?

– Presque tout. On a eu un succès fou hier soir et il y a quelques bouquets de nos publicitaires, mais tout le reste, pour ainsi dire… (d'un geste large, Joanna désigna les œillets, les chrysanthèmes, les roses et les glaïeuls) …c'est pour toi. Devine de la part de qui ?

Tara s'avança vers la corbeille la plus proche et lut la carte qui y était épinglée : « Dînons ensemble, ce soir, demain soir, tous les soirs. » Le message était signé d'un simple « G ».

Tara sentit son cœur se soulever, triomphant. Très calme en apparence, elle se tourna vers Joanna dont la curiosité ne connaissait plus de bornes.

– Qu'est-ce que vous êtes devenus, hier soir, tous les deux ? Je t'ai vue partir avec lui…

– Il m'a accompagnée à ma voiture.

– Ta voiture ! Depuis quand as-tu une voiture ?

– Depuis hier. Je me suis dit qu'un mannequin qui s'apprêtait à tenir la vedette dans l'un des défilés de haute couture les plus prestigieux de l'année se devait d'avoir une voiture. Si c'était un succès, je l'aurais bien méritée, et si ce n'était pas terrible, j'en aurais bien besoin pour me consoler !

– C'est fantastique ! Un nouvel appartement, maintenant une voiture ! Tu dois avoir un bon agent, dis donc !

– Le meilleur, fit Tara en lui pressant le bras.

– Que veux-tu que j'en fasse, alors ? Ton amoureux va nous empêcher de travailler en nous encombrant comme ça !

– Tu n'as qu'à les donner, dit Tara, l'air indifférent. Débarrasse-t'en. Distribue-les aux filles qui en auront envie. Et ce n'est pas mon amoureux. Je suis rentrée seule... après avoir refusé son invitation à dîner.

– Hou là là ! attention au rhume des foins ! (Jason venait de faire son entrée, spectaculaire comme à l'accoutumée, feignant de suffoquer comme s'il avait respiré des gaz asphyxiants.) Enlevez-moi ça tout de suite ! Qui est ton fervent admirateur, maman ? (Détachant les cartes, il entreprit de les lire, son visage s'assombrissant à mesure. Puis il tourna les talons. Il s'arrêta avant de franchir le seuil.) Si j'avais su que tu t'intéressais tant au tennis, je me serais acheté une raquette ! lança-t-il, et il s'en fut.

– Il est complètement fou ! dit Joanna, étonnée. Mais parle-moi plutôt de Greg Marsden et de toi.

– Comment ça, Greg Marsden et moi ? demanda Tara, toujours aussi calme.

Joanna n'y allait généralement pas par quatre chemins.

– Il te plaît ? demanda-t-elle tout de go.

Tara détourna les yeux, ne sachant trop que répondre.

– Tu dois bien avoir une vie sexuelle, tout de même. Non ?

Tara la regarda et, lentement, ses lèvres formèrent le mot « non ».

Joanna parut effarée.

– Je n'ai pas le temps, expliqua Tara. Ou, pour être franche, ça ne m'intéresse pas tellement.

Joanna émit un long « pfeeeeeuh ! » d'ahurissement.

– Tu ne cesseras jamais de m'effarer, toi alors ! Les filles d'aujourd'hui tombent de sommeil au boulot à force de passer des nuits blanches et mon mannequin vedette a une attitude désuète, et même franchement rétro ! Je n'arrive pas à le croire ! (Elle s'interrompit, pensive.) Mais lui non plus ne le croira pas. Greg Marsden n'est pas le genre de type à ça, tu sais. Fais attention, hein ! (Son visage à l'expression franche et ouverte laissait paraître une inquiétude sincère.) Prends garde à toi. Ces gens-là n'ont pas de scrupules. Et tiens ta vieille patronne au courant, d'accord ? Dis-moi si tu décides de revoir Greg Marsden.

Tara eut un sourire énigmatique.

– C'est promis… dès que je le saurai moi-même.

12

Lorsque Tara quitta l'agence au volant de sa voiture, elle exultait. Je l'ai fait. Je l'ai eu, hurlait-elle à part elle, en proie à un violent sentiment de triomphe. Elle revit en pensée les événements de la veille.

Joanna avait tenu à préserver le caractère confidentiel de ce défilé réservé aux plus grands noms de la couture. On n'entrait que sur invitation, et celles-ci, distribuées avec parcimonie, étaient précieuses comme de l'or. Greg Marsden, qui craignait malgré tout d'être une étoile sur le déclin, avait donc été ravi, en recevant la sienne, de pouvoir se dire qu'il comptait encore parmi l'élite. Ce qu'il ignorait, c'était que la plus belle d'entre toutes, le top model que toute la haute couture de Sydney s'arrachait, avait fait ajouter son nom à la liste.

Tara avait d'excellentes raisons de vouloir que Greg fût présent. Dernière découverte dans le monde de la mode, elle présenterait les modèles les plus époustouflants, les plus originales créations des couturiers en renom et Joanna, qui, elle la connaissait, réglerait tout jusqu'au plus petit détail, ferait en sorte qu'elle fût toujours à son avantage. Tara n'aurait pu rêver occasion plus magnifique de produire sur Greg une impression dévastatrice.

L'idée de le faire inviter lui était venue en bavardant avec lui autour d'une coupe de champagne, lors de la réception qui avait suivi le match de tennis. Il était si manifestement séduit et intrigué qu'elle avait poussé son avantage en jouant les Mona Lisa impénétrables et énigmatiques. Certaine d'avoir éveillé son intérêt, elle avait soudain pressé Joanna de rentrer.

– Maintenant que je l'ai vu d'un peu plus près, je comprends mieux pourquoi toutes les femmes viennent lui manger dans la main, dit pensivement Joanna tandis qu'elles regagnaient sa voiture. Il a un charme ensorceleur. (Elle eut pour Tara un regard lourd de signification et ajouta en souriant :) Prends garde de ne pas te faire ensorceler. À la manière dont tu viens de le planter là, je suis prête à parier que tu vas entendre parler de lui avant longtemps.

Tara ne répondit pas.

– D'accord. D'accord, j'ai compris, dit Joanna. Mais je te préviens quand même : tu ne peux pas déjà te permettre de te lancer dans l'aventure périlleuse où ce genre de type ne manquera pas de t'entraîner. Dans six mois, à la rigueur. Et, je t'en supplie, ne va pas me gâcher le défilé de ce soir, ou je t'écorche vive.

Tara espérait de toutes ses forces que Joanna

avait raison et qu'elle ne tarderait pas à entendre de nouveau parler de Greg, bien qu'elle ne l'eût en aucun cas avoué ouvertement à celle-ci. Elle comptait fermement que la grande carte incrustée de lettres d'or des mots magiques : « UN ÉVÉNEMENT DE LA HAUTE COUTURE » et : « MADEMOISELLE TARA WELLES » ferait sortir le renard de sa tanière. Mais, perdant confiance à mesure que l'heure approchait, le trac ajoutant à son anxiété, elle ne fut pas surprise de voir qu'elle s'était trompée. Au moment de s'engager sur la piste, ayant vérifié les places réservées aux invités, elle savait précisément de quel endroit il la regarderait évoluer. Mais dès qu'elle quitta les coulisses pour pénétrer dans la lumière, elle vit que sa table était inoccupée.

Peut-être est-ce mieux ainsi, se dit-elle quand elle regagna l'abri des coulisses pour se préparer à sa prochaine apparition. Il faut absolument que je me concentre sur ce que je suis en train de faire. Les autres mannequins couraient en tous sens, les stylistes, les habilleuses, les maquilleurs et les coiffeurs s'affairant frénétiquement sur l'une ou l'autre pour donner la dernière touche avant le passage en piste. Au milieu de ce chaos, Joanna était dans son élément : mi-harpie, mi-mère poule, tantôt tyrannique, tantôt cajoleuse, véritable dynamo regorgeant d'énergie.

– Assez ri, mesdemoiselles, on se concentre. Ce n'est pas un jeu mais du travail. Cleo, tu vois bien que ce n'est pas ton casier. Regarde plutôt là, voilà... Kim, tu n'étais pas en rythme avec la musique, compte, bon sang, tu sais compter ! Tu recommences et ça ira mal pour toi, je te préviens, ma cocotte... Jennie, les yeux en l'air, souviens-toi – mais ce n'est pas le bon chapeau, change-moi ça tout de suite ! Allez, c'est à vous, et pas de têtes contrites, hein ? On s'amuse, on s'éclate !

Tara constituait le bouquet final de trois défilés

distincts, évoluant sur un pas de danse compliqué pour donner aux vêtements qu'elle présentait tout leur éclat. Deux fois elle revint dans les coulisses après son passage, un sourire radieux aux lèvres mais désemparée intérieurement par l'absence de Greg. La troisième fois, elle ne s'attendait plus à le voir. Mais il était là, qui la regardait d'un œil médusé s'avancer sur la passerelle, flanquée de deux jeunes gens en tenue de baigneurs 1930, et moulée dans un fourreau d'argent qui brillait sous les spots comme du métal, attirant sur elle les regards fascinés de l'assistance.

Dans les coulisses, Joanna se déchaînait.

– Mais remuez-vous, bon sang, remuez-vous ! Qui est-ce qui fume ? ÉTEINS-MOI ÇA IMMÉDIATEMENT ! Si tu m'as brûlé ta robe, c'est toi que je vais brûler vive pour te faire ressembler à Jeanne d'Arc ! Bon, je vous ai à l'œil, tout le monde est prêt pour le bouquet final ? C'est à vous. La tête haute, écoutez la musique…

Elle avait beau être dans tous ses états, Joanna remarqua aussitôt le changement qui s'était opéré en Tara quand elle rentra dans les coulisses, cette fois-ci, avec un regain de vitalité et un air de triomphe difficilement réprimé qu'elle attribua à l'excitation qu'elle devait éprouver après un tel succès. Le cocktail qui suivit fournit une occasion supplémentaire de dérouter, de vexer et d'ensorceler M. Marsden. Surgi brusquement de nulle part pendant qu'elle dansait dans les bras de Jason, il l'enleva non sans goujaterie au petit photographe furibond mais impuissant. Mais Tara avait vengé Jason. Murmurant à l'oreille de Greg : « Je vous prie de m'excuser un instant », elle s'était éclipsée de la piste de danse, de la pièce et de l'immeuble où avait lieu la réception, le plantant là avant qu'il eût le temps de remarquer sa disparition.

C'était un risque calculé. Il pouvait avoir été

assez blessé dans sa vanité pour ne plus jamais vouloir lui adresser la parole. Mais vraisemblablement, plus intrigué que contrarié, son goût de la conquête en serait aiguillonné. Et les fleurs, par leur extravagance, étaient là pour prouver qu'elle avait vu juste. Profondément satisfaite, elle formula dans sa tête la réponse qu'elle comptait lui faire. « Vendredi, 21 h 30, chez Solange, Rowena Place. » Avec des fleurs, bien entendu.

Le téléphone sonnait impatiemment mais la silhouette pleine de dignité qui s'en approchait pour décrocher ne s'en hâtait pas pour autant.

– Vous êtes bien au domicile des Harper, bonjour.

Matey s'enorgueillissait de la manière dont il répondait au téléphone, certain de toujours se montrer à la hauteur, quelle que soit la situation ou l'interlocuteur. Pourtant, même lui ne pouvait espérer pouvoir contenter la jeune femme qui tentait en vain de joindre Greg Marsden depuis quinze jours. Jilly était convaincue que Greg devait être là même lorsqu'il n'y était pas et elle demandait à lui parler avec une telle insistance que Matey avait bien du mal à conserver son sang-froid.

– Non, je suis navré mais il n'est pas là pour le moment. Voulez-vous lui laisser un message ? Je vous assure, madame, que M. Marsden est tenu au courant de tous les messages qui lui sont destinés. Non, je crains de ne pas être en mesure de vous préciser pourquoi il n'a pas cherché à vous joindre. Peut-être voudriez-vous laisser un autre message… Non, je suis désolé, mais je ne peux pas vous dire quand il sera là. Il ne rentre pas à heure fixe. Dois-je lui demander de vous rappeler ?

Et cela pouvait durer ainsi très longtemps, Jilly se libérant sur l'imperturbable Matey de toutes les frustrations que lui imposait Greg. Elle finit par abandonner, après avoir submergé le vieux serviteur d'instructions angoissées, puis elle raccrocha. Seigneur, songeait Matey, quelle déchéance pour notre maison d'avoir un maître qui se conduit d'une telle manière si peu de temps après la mort de Mlle Stéphanie... Il demeura quelques instants immobile, perdu dans ses pensées, et, quand il retourna à ses occupations, son pas était plus pesant.

– Savez-vous que vous êtes très belle ?
Greg et Tara dînaient en tête à tête dans l'un des restaurants les plus sélects de Sydney. Tara en éprouvait un sentiment de triomphe quasi palpable, au point qu'elle se demandait comment il ne le percevait pas. C'est la première fois qu'il me dit une chose pareille, songea-t-elle, son cœur bondissant dans sa poitrine, et, un instant, une lueur tranchante passa dans ses yeux, semblable à celle qu'elle avait vue à l'instant maudit. Mais baissant pudiquement les paupières elle murmura :
– Merci.
– Tous les hommes doivent vous le dire, poursuivit-il dans le même registre.
– Un certain nombre, oui.
– Ah oui ? Et combien ?
Elle feignit de s'absorber dans des calculs compliqués.
– Attendez, que je réfléchisse. Lui... et... et, ah oui, lui...
– Mmmm, fit Greg, mimant l'incrédulité.
– Et, j'oubliais...
– Comment ? Lui aussi ?
– Et... et... et...
– Eh là ! Du calme. Je suis jaloux de chacun d'eux, sans exception.
– Jaloux ? (Les lèvres de Tara esquissèrent un

sourire modeste.) Mais nous nous connaissons à peine, monsieur Marsden.

Greg l'observa attentivement par-dessus la table. Sa robe du soir d'un bleu profond seyait merveilleusement à ses yeux et à la nuance de sa peau. Sa silhouette mince et gracieuse exprimait toute la vitalité de sa personnalité et sa conversation aurait soutenu son intérêt des heures durant. Tara lui rendit son regard sans crainte. Depuis la rencontre inopinée de Matey, elle n'avait plus peur d'être percée à jour. Sans compter qu'elle ne risquait rien du côté de Greg. Un autre que lui eût reconnu sa femme à un millier de petits détails inchangés – mais pas Greg Marsden.

Et puis, elle avait préparé avec un soin infini leur première soirée en tête à tête et n'était pas surprise de constater l'effet produit. Elle avait choisi une tenue réellement assassine. Elle connaissait son homme et, forte de cet avantage, avait jeté son dévolu sur une toilette incroyablement sexy mais d'une élégance et d'un raffinement extrêmes – rien de tant soit peu vulgaire n'aurait séduit Greg. La robe était signée d'un des plus grands couturiers de Sydney, dont les mannequins de Joanna imposaient les créations dans les cercles à la mode. Le tissu délicatement irisé changeait de ton en captant la lumière, de sorte qu'il n'était pas simplement bleu mais de toutes les nuances de bleu, du bleu vif au saphir. Dans la lumière tamisée des bougies, elle semblait rayonner elle-même d'une douce lumière, à la manière des vers luisants.

Croisant le regard de Greg, elle détourna les yeux, jouant l'indifférence. Greg songeait qu'il aurait dû faire de même, remplir son verre, lancer une conversation sur un ton badin. Mais il ne parvenait pas à détacher ses yeux de Tara Welles et celle-ci comprenait qu'il était prêt à mordre à l'hameçon. Subjugué, il s'absorbait dans la contemplation de la robe dont le profond décolleté en V plongeait jusqu'à la taille, moulant ses seins délicats. Un lourd collier d'argent lui ceignait le cou, créant un contraste affolant avec la chair douce sur laquelle il languissait de poser les lèvres. À chacun de ses mouvements, ses longs pendants d'oreilles, du même métal précieux, dansaient près de son visage – il aurait voulu les lui arracher et lui faire l'amour par terre, là, sur-le-champ. Elle croisa lentement les jambes et ses sens en émoi entendirent le frottement léger des bas l'un contre l'autre et le frou-frou presque silencieux des dessous soyeux autour de ses jambes. Pour un homme aussi sensuel que Greg, ces bruits émouvants étaient l'appel de la chair que lui lançait Tara, torture d'autant plus exquise qu'il ne pouvait y répondre. Il aurait voulu la déshabiller et la garder dans un lit avec lui une semaine, un mois, indéfiniment. Il avait le sentiment que toutes les femmes auxquelles il avait fait l'amour avant elle n'avaient été qu'un préambule, une préparation pour elle. Il imaginait ses lèvres carmin se promenant sur son corps, ses yeux d'un bleu profond noyés de désir pour lui. Oh, il la lui fallait ! Il ne la laisserait pas lui échapper.

Séducteur, il la reprit :

– Nous nous connaissons à peine, dites-vous ? Mais j'ai l'impression de vous connaître depuis très, très longtemps. Comme si je vous avais déjà vue… dans une vie antérieure ?

– Oh, qui sait, dit doucement Tara, se gardant de toute ironie. Peut-être étions-nous faits pour nous rencontrer.

– Répondez-moi franchement. (Il prit la main que Tara avait posée sur la table et la caressa légèrement.) Y a-t-il un mari, ou un petit ami dans votre vie ?

Tara prit son temps avant de répondre, et choisit ses mots avec soin :

– Il y a eu quelqu'un. Quelqu'un que j'aimais plus que tout, le prince charmant que j'attendais depuis toujours.

Elle se tut.

– Vous deviez l'aimer énormément en effet, dit Greg. Qu'est-il arrivé ?

La voix de Tara était froide et neutre.

– Le rêve s'est transformé en cauchemar. Je me suis réveillée.

Elle chercha son regard.

– Et vous ?

– Moi ? (Sa question l'avait surpris.) Ah, non ! Ce n'est pas du jeu !

– Pourquoi ? Mais si, je vous ai bien répondu.

– Bon, comme vous voudrez... Vous devez savoir que j'ai été marié et que j'ai perdu ma femme... mais rien, vraiment, rien de bien sérieux.

Rien de bien sérieux. Tara dut faire un effort pour garder son sang-froid. Pas sérieux du tout, sans doute, pour un homme tel que toi, songea-t-elle. Elle avait du mal à conserver son expression compatissante mais lui, occupé à jouer son rôle, ne remarqua rien. Avec un sourire qui était la sincérité même il conclut :

– Je suis seulement à la recherche de la seule, l'unique... et quand je l'aurai trouvée, je le saurai, et je serai tout à elle... comme je suis à vous, en ce moment même...

Tara ne broncha pas.

– De quoi s'agit-il, en fin de compte ? L'amour n'est pas un si grand mystère. Je ne parle pas de la sexualité – qui n'est pas grand-chose. Mais l'affection, le respect mutuel, le sentiment d'être vraiment proche de l'autre, l'amitié... Tara, j'aimerais que nous soyons amis, plus que tout au monde à cet instant.

Pour la première fois de sa vie, Tara savourait le plaisir de se jouer d'un homme, de l'attirer jusqu'à ce qu'il morde à l'hameçon...

– Seulement… amis ? murmura-t-elle.

– Ce que vous voudrez.

Greg leva sa main jusqu'à ses lèvres pour y déposer un baiser aussi léger qu'un papillon. Il était satisfait. Si on peut les amener à jouer le jeu, c'est gagné, pensait-il. Et celle-là, je l'aurai. Ce ne sera pas très facile – il sentait quelque chose, sur quoi son esprit s'arrêta, mais qu'il n'aurait pas su nommer. Cependant, avec son manque de sensibilité habituel, il passa outre. Tu n'as jamais échoué, se dit-il. Cette fois encore, tu seras gagnant.

Leur intimité fut soudain interrompue.

– Greg !

– Phil ! rétorqua Greg, stupéfait.

– Je n'étais pas certain de vous avoir reconnu, dans la pénombre.

Phillip avait bien failli passer sans faire mine de le voir, mais il avait surmonté son premier mouvement, le jugeant lâche et malvenu. Greg le gratifia de son sourire le plus mielleux. C'était l'occasion rêvée de lui ôter tout soupçon, à propos de Jilly et de lui. Il se tourna vers Tara avec une expression possessive et tendre que Phillip, il s'en assura, ne fut pas sans remarquer.

– Tara, je vous présente Phillip Stewart, un vieil ami de ma femme. Phillip, Tara Welles.

Voici donc sa dernière conquête, songea Phillip. Pas étonnant que Jilly soit en si piètre état depuis quelque temps. Elle est délaissée. Pour le mannequin en vogue du moment. La pitié lui serra le cœur. Il salua Tara poliment, sans plus.

Tara réagit d'une manière désormais naturelle chez elle : en restant parfaitement impassible. L'apparition de Phillip l'avait prise totalement au dépourvu alors qu'elle était concentrée sur son tête-à-tête avec Greg. Elle avait encore du mal à supporter l'irruption subite d'une personne ayant appartenu à son ancienne vie. Et Phil avait incroyablement changé. Sa haute silhouette s'était voûtée, son visage dont les rides étaient auparavant un attrait supplémentaire semblait à présent seulement fatigué et il avait l'air d'avoir oublié comment sourire. Pauvre Phillip ! Encore une victime de l'égoïsme forcené de Greg. Elle eut un élan de compassion qu'elle réprima, sans rien changer à son expression figée, et lui adressa un sourire vide.

– Comment va Jilly, Phil ? demanda Greg, l'air dégagé.

– Elle va... pas mal... La dernière fois que je l'ai vue en tout cas. (Il regarda Greg droit dans les yeux.) Je m'absente souvent ces derniers temps. Nous ne nous voyons plus tellement.

– Oh ! quel dommage !

L'expression contrite et étonnée de Greg était totalement convaincante.

– Je trouve, oui, dit Phillip d'un ton neutre. Bon, je dois y aller. Je vous souhaite une bonne soirée. Enchanté d'avoir fait votre connaissance, mademoiselle.

Phillip a toujours eu beaucoup de dignité, songea Tara. Et il en a plus que jamais besoin. Elle le regarda s'éloigner, le cœur plein d'affection.

– Sympa, ce Phillip, constata Greg. Les Stewart étaient les meilleurs amis de ma femme.

Comme aiguillonnée par sa remarque, Tara le poussa dans ce sens.

– Parlez-moi de votre femme, Greg. Comment était-elle ?

Elle vibrait de curiosité.

Greg prit son temps avant de répondre, en termes chaleureux et touchants :

– C'était quelqu'un de bien – altruiste et honnête. C'était la personne la plus généreuse qu'il m'ait été donné de rencontrer. Elle me manque encore... tellement...

Des larmes apparurent au bord de ses paupières. Des larmes ! *Des larmes de crocodile,* songea Tara dans un sursaut de fureur scandalisée. Elle aurait voulu enfoncer un couteau dans ce cœur dépourvu de tout scrupule. Mais elle attendit.

– Mais elle était son pire ennemi, poursuivit-il.

Il n'aurait pas été de bon ton de donner l'impression que son épouse disparue était trop admirable. Les femmes redoutent d'avoir pour concurrente une sainte dont le souvenir ne sera jamais terni.

– Il faut être fou pour se préoccuper comme le faisait Stéphanie de ce que pensent les autres. (Il s'interrompit, suivant manifestement une idée qui ne lui était pas encore venue à l'esprit.) C'est bizarre, la première chose qui m'a frappée chez vous, c'est que vous me rappeliez Stéphanie, physiquement. Mais elle... La comparaison est absurde. C'était un vilain petit canard. Vous êtes le cygne qu'elle avait toujours rêvé d'être. (Il se tut quand le serveur vint remplir leurs verres puis leva le sien d'un geste galant.) À vous, Tara. À votre beauté. À l'avenir, et à tout ce qu'il nous apportera.

– À nous, répéta Tara, d'un ton appuyé.

À nous, songea-t-elle, à la vengeance qui nous unira.

Le serveur revint, porteur des entrées qu'il disposa sur la table devant eux. Souriante, Tara saisit son couteau et sa fourchette et décapita sa truite avec un regain de détermination.

La Rolls-Royce blanche les ramena en douceur jusque chez Tara. Le simple fait d'avoir à monter dans la voiture qu'elle avait amoureusement choisie pour Greg fut une épreuve supplémentaire pour Tara, venant s'ajouter aux blessures et aux coups d'épingle qui avaient ponctué la soirée. Greg se rangea devant l'un des grands immeubles d'Elizabeth Bay, sortit et fit le tour de la voiture pour aller ouvrir la portière à sa passagère.

Face à face sur le trottoir dans la brise légère qui montait du port, ils se regardèrent; l'air, entre eux, vibrait de questions muettes, de tensions, de désirs inexprimés.

– Merci... pour cette charmante soirée, dit-elle en baissant les yeux.

– Eh... (Il lui prit le menton pour lever son visage vers lui.) J'ai un long chemin à faire pour rentrer chez moi... Je n'ai pas droit à un café ?

Ses yeux, insistants, contenaient une invite, une promesse.

Elle recula.

– Je ne pense pas... non, pas ce soir. Je dois me lever tôt.

Suivit un silence. Mais Greg, beau joueur, se rendit de bonne grâce. Il eut un petit sourire déçu mais opina du chef :

– Bon, la prochaine fois, peut-être ?

– Peut-être. Bonne nuit, Greg.

Debout sur le trottoir, elle regarda la Rolls-Royce s'éloigner jusqu'à ce que ses feux arrière eussent disparu à sa vue. Puis elle prit la direction de son propre immeuble, à quelques rues de là. Elle ne s'était pas sentie prête à lui donner sa véritable adresse. C'était encore trop tôt. Elle pénétra dans son appartement comme dans un sanctuaire. Entre ses murs familiers elle put enfin ôter son masque et, au grand désarroi de Maxie, sa maîtresse se mit à pleurer et à rire à la fois, secouée de tremblements convulsifs, lâchant un flot de paroles menaçantes entrecoupées de promesses et de malédictions. Mais, fort de la patience propre à sa race, il attendit que la crise passe.

Tous les membres de l'orchestre avaient tendance à la nervosité lorsque le maestro était dans les affres de la création. Les demandes les plus extravagantes étaient suivies de refus frénétiques et le studio était plongé dans la tourmente jusqu'à ce que le nouveau thème imaginé par Jason finît par prendre la forme souhaitée par le petit despote. Pour le lancement des modèles ultra-sophistiqués du tout dernier cri, il avait eu l'idée de transformer les mannequins en créatures de la nuit, celles qui apparaissent quand les gens ordinaires ont regagné leurs lits innocents. À l'intérieur de cet univers fantastique, Tara et ses compagnes faisaient de leur mieux pour suivre les ordres de Jason afin de mettre en scène sa vision.

– Tu es un vampire, grinçait Jason, ses cheveux fins dressés sur sa tête. Tu es une merveilleuse jeune femme assoiffée de sang et il ne peut pas te résister. Maintenant, plante-lui tes dents dans le cou. Allez, vas-y, vas-y !

Allongée sur sa proie sans défense, Tara mordilla la pomme d'Adam bronzée qui s'offrait à elle.

– Non, non, non ! hurla Jason. Mords-le, bon sang ! Fais ce que je te dis. Plante tes crocs dans sa chair, n'aie pas peur. Et ne t'en fais pas pour lui, il est payé pour ça. Et je veux qu'on voie qu'il a mal... C'est mieux ! Recommence. Et garde les yeux levés, redresse le menton, je ne vois pas tes yeux. Qu'est-ce qu'il y a encore ? Regarde-moi, regarde le petit oiseau, allez, concentre-toi, concentre-toi, c'est raté...

De fait, Tara avait perdu tout intérêt pour le cou masculin qu'elle avait mordu non sans quelque satisfaction un instant auparavant. Derrière Jason qui ne pouvait la voir, Jilly Stewart venait de pénétrer dans le studio. Tara se sépara du mannequin qui lui tenait lieu de victime et quitta le petit plateau.

– J'ai besoin de me repoudrer, improvisa-t-elle, portant la main à son front comme pour y détecter des traces de transpiration.

– D'accord. Cinq minutes pour tout le monde, accorda Jason. Une maquilleuse, ici, tout de suite ! Plus vite que ça ! Et puisqu'on s'arrête, je veux du sang sur celui-là. Un filet de sang qui coule des adorables morsures de Tara, tout le long du cou. Vous pouvez me faire ça à la Dracula ? Et mettez-moi quelque chose sur son nez, il brille comme un lumignon, c'est pas possible ! (Il allait et venait à travers le studio en beuglant des ordres à la ronde comme une mitrailleuse.) C'est bon, changeons les gels. Ôtez-moi le rose. Le bleu convient mieux sans aucun doute, avec un peu de vert, peut-être, pour accentuer l'aspect lugubre.

Au milieu du tohu-bohu général, Jilly semblait lointaine et désemparée. Tara l'examina qui jetait autour d'elle des regards affolés sans savoir à qui s'adresser. À l'instar de Phillip, songea-t-elle, le temps sur elle aussi avait laissé des traces.

De son allure féline, l'un de ses traits les plus remarquables, il ne restait plus qu'un air de chat perdu qui rappela à Tara son pauvre chaton égaré le jour où elle l'avait recueilli. Elle qui était toujours d'une élégance raffinée donnait aujourd'hui l'impression d'avoir oublié de se coiffer et d'avoir mis son rouge à lèvres dans le noir. Mais ce fut l'ancienne Jilly qui renvoya en arrière la mèche qui lui tombait sur l'œil et redressa la tête en frémissant, tel un cheval à l'instant du départ. Après tout, songea Tara, tu es sortie entière de tes relations avec Greg Marsden, ce qui n'est certes pas mon cas. Elle s'avança vers elle d'un pas décidé.

– Vous désiriez me voir ?

– Vous êtes Tara Welles ? Je suis Jilly Stewart. Pouvons-nous parler un moment ?

À son agitation et à ses yeux brillants, Tara devina qu'elle avait dû prendre quelque chose pour se donner du courage avant de venir la voir. Mais elle n'avait nulle intention de lui faciliter la tâche.

– Vous êtes journaliste ?

– Non, non, dit-elle de plus en plus agitée. Je suis... une amie de Greg Marsden.

– Je vois.

– Une amie très proche.

Tara ne répondit pas. Très proche, se dit-elle, en effet...

– Euh... (Jilly tordait un mouchoir de papier entre ses doigts) ...vous avez rencontré mon mari l'autre soir, Phillip Stewart.

Tara fit mine de se souvenir brusquement.

– Ah oui, c'est vrai. Greg nous a présentés au restaurant.

Le silence retomba. Jilly s'enferrait. Pour finir, elle éclata :

– Avez-vous une liaison avec Greg ?

– Pardon ?

Tara, scandalisée par l'impudeur de Jilly, ne put s'empêcher de la mépriser.

– Je sais que vous vous êtes vus ! poursuivit celle-ci au bord de l'hystérie.

– Oh... fit Tara, optant pour une attitude glaciale, distante. Nous nous sommes rencontrés à l'occasion d'un tournoi de tennis. Nous avons dîné ensemble une fois. Voilà tout.

Jilly perdit alors tout sang-froid.

– Vous mentez ! accusa-t-elle, blême de rage. Je connais Greg Marsden, vous semblez l'oublier. Il est totalement incapable d'approcher une jolie femme sans obtenir tout ce qu'il veut d'elle. S'il se heurtait à un refus catégorique, il ne perdrait pas son temps. Et ça ne lui arrive jamais, de toute manière. Vous êtes sa maîtresse !

Même au milieu du vacarme général, dans le studio, on commençait à les regarder. Tara fit un mouvement vers la porte pour détourner l'attention des curieux et dit :

– Écoutez, voulez-vous que nous en parlions tranquillement ? Plus sérieusement ? Il y a un café au coin de la rue, retrouvons-nous là-bas tout à l'heure.

Jilly la regardait avec des yeux de chien battu.

– J'ai presque fini. Deux ou trois photos et je vous rejoins.

– D'accord, fit Jilly, comme si Tara venait de lui jeter une bouée de sauvetage.

La voix de Jason coupa net les bavardages.

– Est-ce que l'un d'entre vous va se décider à travailler, bon sang de bordel ? Vous croyez que je vous paye pour le plaisir que me procure votre compagnie, c'est ça ? Allez, on se remue un peu les fesses ! Plus vite que ça ! Non, mon coco, je n'ai pas le temps de parler à Joanna, et je me fous complètement qu'elle soit d'une humeur noire. Non, ça ne va pas du tout, changez-moi cet éclairage. Il n'apporte rien du tout ! Tara ! Tara ! Où es-tu ?

Tara sourit et tourna les talons.

– À tout de suite, alors, dit-elle.

Si Jilly avait jeté un regard en arrière avant de partir, elle aurait pu voir une expression très proche de celle d'un vampire se former sur les traits du mannequin qui regagnait le plateau.

La fureur créatrice de Jason se donna longuement libre cours cet après-midi-là et Tara parvint à se libérer beaucoup plus tard qu'elle ne l'avait prévu. Pestant intérieurement, elle se précipita jusqu'au coin de la rue, persuadée que Jilly ne l'avait pas attendue. Mais elle n'avait aucune raison de s'en faire. Jilly avait trouvé de quoi se désaltérer et elle était encore plus ivre qu'en quittant le studio. Tara s'en rendit compte immédiatement.

– Je suis vraiment désolée, dit-elle en s'asseyant à la table de Jilly. Ça a duré beaucoup plus longtemps que je ne pensais. Je suis contente que vous ne soyez pas partie. Je n'étais pas certaine que vous ayez eu la patience de m'attendre.

– Ça n'a aucune importance, dit Jilly avec un geste large. (Elle parlait d'une voix traînante.) Qu'est-ce que vous prenez ?

Du signe de tête d'un pilier de bar, elle capta l'attention du serveur.

– Je prendrais volontiers une bière. Oui, une bière bien fraîche.

– Un demi, et un autre scotch, annonça Jilly, puis, remarquant les verres vides sur la table, elle entreprit de se justifier :) Je ne bois que quand j'ai le cafard, vous savez. Quand Phillip n'est pas là, la maison me semble vide...

– Sûrement, dit Tara, qui décida de se lancer sans attendre : Mais vous avez Greg.

– Ah oui ? (Elle lui jeta un regard que l'alcool rendait vague, puis choisit de ne pas se laisser aller à se plaindre.) Oui, oui, c'est vrai. Il a besoin de moi. Mais... (changeant de nouveau de parti pris)... j'ai besoin de lui, moi aussi. Je suis accro, intoxiquée à Greg Marsden... comme à cette saloperie.

Elle avala une bonne goulée de whisky en faisant la grimace. Tara revint à l'attaque :

– Il... Il m'a un peu parlé de sa femme. J'ai cru comprendre que vous étiez sa meilleure amie.

– Amies d'enfance, oui. Nos pères se connaissaient. Ils faisaient des affaires ensemble.

L'ombre d'un mauvais souvenir passa sur le visage de Jilly. Mais bien sûr ! La lumière se fit soudain en Tara, éclairant sous un jour nouveau un épisode de leur passé commun. Le père de Jilly s'est suicidé après l'échec d'une affaire avec mon père ! N'avait-elle jamais cessé d'y penser pendant toutes ces années ? En avait-elle toujours voulu à Stéphanie à cause de ça ? Oh, Jilly !

Elle n'en continua pas moins d'avancer à pas prudents :

– C'est la mort de sa femme qui vous a rapprochés, tous les deux, c'est ça ?

Jilly considéra cette hypothèse et, la jugeant pratique, acquiesça :

– Oui, oui, précisément, dit-elle d'un ton indifférent. Mais, écoutez, je n'ai vraiment pas envie de parler d'elle. J'en ai par-dessus la tête de tout ça.

– Oh, je comprends, fit Tara d'un ton glacial.

Jilly l'observait non sans perplexité.

– Figurez-vous que Stéphanie était une buveuse de bière. Elle préférait la bière au bon vin, et même au champagne.

Une idée suivait son cours quelque part dans l'esprit confus de Jilly. Mais Tara remit la conversation sur les rails :

– Mais, que disiez-vous ?

– Ce que je disais... ? Ah oui, je voulais dire que Greg n'a jamais aimé Stéphanie, de toute manière.

Le visage de Tara reflétait ses sentiments :

– Jamais ? Il ne l'aimait pas du tout ?

– Non, dit Jilly, l'air absorbé. C'est lui qui me l'a dit. Je n'ai donc trahi personne en tombant amoureuse de lui. C'est comme s'il avait été libre.

– Mais Stéphanie, elle ?

– Comment cela, elle ?

– Elle était amoureuse de Greg ?

La question déconcerta manifestement Jilly qui parut la juger parfaitement déplacée.

– Elle ? Était-elle... ? Oui, sans doute. Mais qu'est-ce que...

– ... cela peut faire ?

– Bah... (Malgré son état, Jilly se rendit compte de l'effet épouvantable que ses paroles ne pouvaient manquer de produire.) Puisqu'elle est morte. C'est vrai, qu'est-ce que cela peut bien faire puisqu'elle est morte ?

Oh, tu serais bien étonnée, songea Tara.

Jilly se pencha soudain pour jeter un coup d'œil à la montre de Tara.

– Quelle heure est-il ?

– Presque 19 heures.

Jilly laissa échapper un cri d'anxiété.

– Ô mon Dieu, je suis en retard ! Il faut que j'y aille.

– Ah ?

– Oui. (Une lueur de triomphe dans ses yeux de chat, Jilly annonça :) Greg m'attend... à la maison. Il faut que je fonce.

Tara réfléchit posément et dit :

– Voulez-vous que je vous conduise ?

– Non, je vais prendre un taxi. Je passe mon temps en taxi, on dirait, ces temps-ci.

– Je vous raccompagne, déclara Tara sans oublier de demander : Où habitez-vous ?

– Vous feriez ça ? À Hunter's Hill. Greg pique des rages infernales quand je le fais attendre.

Elle gloussa, telle une adolescente amoureuse.

– Avec plaisir, dit Tara sans mentir.

Devant la maison des Stewart à Hunter's Hill, Greg sentait monter en lui la colère. Il était bien près d'exploser. Sale connasse, jurait-il intérieurement. Elle n'arrête pas de me les casser pour me voir et quand je viens elle s'arrange pour ne pas être là. Il ne tolérait pas de trouver porte close quand il arrivait quelque part, de constater que nul ne venait l'accueillir. Il avait l'habitude du contraire et avait un besoin maladif de se sentir admiré, désiré, choyé. Réprimant la rage glaciale qu'il éprouvait dans ce genre de situations, il mit ses griefs et sa rancœur en réserve et attendit.

Le trajet jusqu'à Hunter's Hill fournit à Tara l'occasion d'amener Jilly à lui faire des confidences et elle lui arracha sans mal des tas de détails sur ses relations avec Greg. De sorte qu'en arrivant à Hunter's Hill, elles étaient les meilleures amies du monde, dans l'esprit troublé de Jilly du moins. Lorsqu'elle sortit de la voiture, luttant contre l'ivresse qui la faisait légèrement tituber, elle se répandit en remerciements et en protestations d'amitié.

– On se retéléphone, d'accord ? Mon numéro est dans l'annuaire. Appelez-moi.

Oh, je n'y manquerai pas, songea Tara, car à travers les arbres, en haut de l'allée, elle venait d'apercevoir la Rolls blanche et la haute silhouette de Greg, appuyé contre la porte d'entrée.

– Dépêchez-vous, Jilly, on vous attend, dit-elle d'un ton enjoué. À très bientôt, ne vous en faites pas.

Puis elle mit le contact et démarra en trombe, sans jeter un regard en arrière pour voir Jilly courir à toutes jambes vers un autre rendez-vous avec le malheur.

13

Dire qu'elle n'avait pas bien dormi eût été encore trop loin de la réalité. Tara était demeurée étendue des heures durant sans pouvoir fermer l'œil, passant mentalement en revue sa rencontre avec Jilly, pour tâcher de placer les nouvelles informations qu'elle avait réussi à glaner à l'intérieur du puzzle sur lequel elle s'acharnait depuis si longtemps. Elle avait fini par s'endormir quelques minutes avant de se réveiller en sursaut, et il en fut de même jusqu'au matin, où elle s'éveilla plus fatiguée que lorsqu'elle s'était couchée. Dans des moments comme celui-ci, elle regrettait ses vingt ans, l'âge où l'on peut se passer de dormir et paraître néanmoins fraîche et rose le lendemain. Le visage qu'elle découvrit dans son miroir l'horrifia tellement qu'elle faillit annuler les séances de la matinée. Mais elle n'osa pas encourir les foudres de Jason et se rendit au studio.

Elle arriva très en avance pour donner le temps aux maquilleuses de réparer du mieux qu'elles le pouvaient les ravages de la nuit. Elle n'était quand même pas prête lorsque Jason arriva, ce qui le mettait toujours dans tous ses états. Jason n'avait plus jamais fait la moindre allusion aux sentiments qu'elle lui inspirait depuis le jour où elle l'avait empêché de se déclarer, quelque temps auparavant. Mais il ne cachait pas qu'elle comptait toujours pour lui, ne manquait jamais une occasion de manifester sa jalousie à l'égard de Greg et avait de toute évidence décidé – comme d'autres avant lui – de laisser agir le temps. Tout cela créait entre eux une tension qui n'existait pas au début, du temps de leur affectueuse camaraderie. Et Tara regrettait une amitié qui avait disparu sans que rien vienne la remplacer.

Jason entra sans frapper, ouvrant à la volée la porte de la pièce minuscule qui servait de vestiaire dans son studio surpeuplé.

– Tu en as encore pour combien de temps, Nicole ? demanda-t-il.

– Cinq minutes, répondit machinalement la maquilleuse.

– Mais qu'est-ce que vous foutez là-dedans depuis tout ce temps ? fulmina-t-il, cherchant quelqu'un sur qui épancher sa rage. Vous inventez une façon de baiser encore inconnue, pour faire mumuse les jours de pluie ?

– J'en ai pour cinq minutes, Jason. Ça va ? répéta Nicole du ton de la mise en garde : À moins que tu n'aies envie de voir les cernes, les poches sous les yeux...

– Cinq minutes, hein ? Et pas une seconde de plus, dit Jason en se retirant. Non, ça ne va pas, mais j'imagine que tu ne peux pas faire mieux. On est prêts et on vous attend, alors tu te magnes le train, hein ? Merci infiniment, Votre Altesse.

– Je souhaite que ton appareil-photo... explose ! hurla-t-elle dans son dos avant de se remettre au travail. Mmmm... il n'y a pas grand-chose à faire contre les nuits blanches, malheureusement. Et la vôtre a été mouvementée, apparemment !

– Je suis désolée, murmura Tara.

Elle se maudissait de ne pas avoir avalé une bonne dose des somnifères que Dan lui avait prescrits après les interventions chirurgicales qu'elle avait subies à l'île d'Orphée. Elle en avait encore, au fond de son armoire à pharmacie. Mais elle avait hésité à en prendre de peur d'être mal réveillée pendant la journée. Les phrases de Joanna résonnaient dans sa tête : « Aucune défaillance ! Tu dois rester la première ! » Elle avait envie de pleurer. Mais son maquillage serait fichu. Elle ferma les yeux.

On frappa fermement à la porte.

– Ça va, Jason, ça va ! Ça ne fait même pas cinq minutes. Fous-nous la paix !

La porte s'ouvrit.

– Ai-je entendu : « Entrez » ?

La voix était douce, familière aux oreilles de Tara.

– Bonjour, Tara.

Elle ouvrit les yeux et regarda bien en face celui qu'elle s'était efforcée d'oublier.

– Bonjour, Dan, dit-elle faiblement.

Il était magnifique, vêtu d'un costume élégant, d'une chemise et d'une cravate parfaitement choisies. Il avait glissé un œillet rouge à sa boutonnière et ce fragile symbole d'amour et d'espoir toucha Tara à un point presque intolérable. Debout dans la pièce exiguë qu'il remplissait tout entière de sa présence, il fixait sur elle ses yeux bruns comme s'il voulait se rassasier de sa vue, après une aussi longue absence.

Soudain, la tête de Jason apparut à côté du bras de Dan. Ignorant totalement celui-ci et Tara, il s'adressa à Nicole :

– Quand le mannequin aura fini de recevoir ses amants et de transformer mon studio en bordel, dit-il méchamment, pourriez-vous avoir l'amabilité de lui rappeler que nous avons du travail.

Il exprimait manifestement sa jalousie féroce. Il tourna les talons. Tara se jeta sur son sac d'où elle tira précipitamment une carte de visite.

– Excusez-moi, Dan, chuchota-t-elle en la lui tendant. Ce soir, à 20 heures ? D'accord ?

Peu avant 20 heures, ce soir-là, au terme d'une journée de travail rendue particulièrement pénible et longue par l'humeur massacrante de Jason, Tara fit à la hâte des provisions pour un dîner exquis à deux et s'arrangea même pour avoir le temps de faire un peu de ménage et de se préparer avant l'arrivée de Dan. À 20 heures tapantes, il sonna à la porte, fatigué de parcourir les rues en tous sens depuis trois quarts d'heure. Le besoin qu'il avait de la voir lui faisait mal, comme une douleur physique. Et la journée qu'il venait de passer avait été plus dure encore que celles qui s'étaient écoulées depuis que Tara l'avait quitté.

Les longs mois d'attente, d'espoir sans cesse déçu et enfin de désespoir n'avaient pas seulement eu raison de ses nerfs mais aussi de sa résolution d'oublier Tara. Au point qu'il avait décidé un jour qu'il irait à Sydney, qu'il la trouverait pour lui offrir de nouveau son amour et la convaincre de l'accepter. Arrivé la veille, il était passé au cours de la nuit par des phases d'espoir et de terreur comme un écolier avant un examen. Quand elle ouvrit la porte, son cœur fondit. Elle était ravissante. Il fut incapable de prononcer un mot.

– Entrez, Dan. Entrez.

Percevant son trouble, elle prit les choses en main avec une aisance plus étudiée qu'avant, nota-t-il. Elle se montrait chaleureuse mais on sentait chez elle une tension intérieure. Du calme, mon vieux, se dit-il, tu trembles comme une feuille.

Elle prit son manteau et le conduisit jusqu'au

salon où, comme elle s'y attendait, il fut enthousiasmé par l'immense baie vitrée.

– Quelle vue ! s'écria-t-il, et elle rougit de bonheur.

Elle s'affaira pour leur servir à boire et il commença à se détendre dans l'ambiance agréable de la pièce. En s'asseyant près du bureau de Tara, il remarqua avec une joie profonde le coquillage qu'il lui avait donné à Orphée, trônant au milieu de quelques autres.

– Je vois que vous avez gardé votre collection de coquillages, dit-il d'un ton qu'il voulait désinvolte.

– Oui. Je ne m'en lasse pas.

Dan fouilla dans sa poche.

– Ça me fait plaisir, car je vous ai apporté un petit quelque chose.

Il lui tendit une nacre minuscule, d'une forme parfaite, qui reflétait doucement la lumière en teintes irisées.

– Oh, Dan, quelle petite merveille ! Comme c'est gentil !

Et il vit qu'elle était sincère.

– Des échos d'Orphée, dit-il d'un ton léger, mais ses traits exprimaient bien davantage.

Tara s'empressa de s'excuser :

– J'en ai pour une seconde... je vais jeter un coup d'œil à mes fourneaux !

Dans la cuisine, elle s'appuya au mur et soupira profondément. L'apparition impromptue de Dan, dans une existence pourtant pleine d'inattendus, l'avait prise au dépourvu et elle était terriblement secouée. C'était merveilleux de revoir son beau visage expressif, ses yeux qui ne semblaient voir qu'elle, sa silhouette aux larges épaules, plus mince cependant qu'auparavant. Avait-il maigri ? Elle devait se souvenir de lui poser la question. Avait-il été souffrant ? Elle tressaillit à cette idée. Comptait-il donc tant pour elle ? Non, pas ça.

Tout commence à prendre la tournure que j'ai voulue, je ne veux pas revenir en arrière maintenant. Si je me laisse aller à mes sentiments, je vais tout démolir...

Elle sursauta en voyant qu'il était entré dans la cuisine et la regardait de l'air amusé dont elle se souvenait si bien. Il fit un pas en avant et jeta un coup d'œil appréciateur autour de la petite pièce, organisée comme la cuisine d'un bateau, avec des bocaux d'épices et d'herbes aromatiques joliment disposés sur les étagères.

– Je peux donner un coup de main ? demanda-t-il.

– Oui ! (Tara saisit un bocal au hasard.) Je n'arrive pas à ouvrir ça.

Elle ouvrit la porte du four pour vérifier la cuisson du plat qu'elle avait préparé.

– On dirait que vous vous êtes mise à la cuisine depuis que vous avez quitté Orphée !

– C'est vrai, dit-elle en riant. Mais pour ne rien vous cacher, les épices sont plutôt là pour la décoration. Vous aurez quand même un bon dîner, soyez sans inquiétude !

– Je croyais, dit-il posément, que vous deviez me faire des œufs sur le plat ?

– Des œufs sur le plat comme dîner ? fit Tara, refusant toute complicité. Vous n'êtes pas un fin palais, mon cher docteur.

– En tout cas, ça sent drôlement bon.

– Espérons que ça vous plaira.

Elle disposa les légumes sur un plat, porta le pain et le beurre sur la table, allant et venant entre la cuisine et le coin-salle à manger, devant la baie vitrée. Dan la regardait, heureux de pouvoir la contempler ainsi à loisir, se rassasiant de ses moindres gestes, de sa démarche, de l'avoir enfin retrouvée.

– Vous savez que vous êtes en passe de devenir très célèbre ? dit-il enfin. C'est Lizzie qui m'a annoncé vos débuts. Je dois être le seul médecin de tout le Queensland à acheter *Vogue* !

– Vous ! Lire *Vogue* ! C'est difficile à imaginer.

– Jamais vous n'avez été aussi belle, Tara.

– Je vous avais bien dit que vous ne m'aviez pas pris assez cher !

– Non, non... je ne veux pas seulement dire physiquement. Vous êtes... C'est toute une façon d'être. Vous donnez l'impression d'avoir plus confiance en vous, désormais, une nouvelle assurance. Et ça, c'est votre travail à vous.

– Je n'en suis pas si sûre. Vous et vos talents y êtes pour bien plus que ça.

Tara se sentait bien. Dan n'allait pas tenter de faire pression sur elle. Au contraire, sa présence lui apportait un merveilleux sentiment de calme et de paix. Elle se souvint alors du pouvoir apaisant qu'il avait sur elle à Orphée – apaisant sans jamais être ennuyeux, du simple fait qu'il était entièrement avec elle, entièrement engagé dans l'instant. Elle commença à se détendre, comme elle sentait qu'il le faisait lui-même, peu à peu, sans se forcer.

– Vous êtes heureuse ? demanda-t-il au bout d'un moment.

Elle réfléchit avant de répondre, se contraignant à regarder la vérité en face, comme elle l'avait toujours fait : l'une des raisons pour lesquelles Dan l'admirait.

– Oui. Oui, je crois. J'aime mon travail.

– Ça se voit sur les photos. Mais je ne parlais pas seulement de votre carrière, de votre métier...

– Non, je sais. C'est beaucoup et j'ai une chance inouïe. Mais ce n'est pas tout.

Dan ne parvenait pas à trouver une manière anodine de poser la question qui le tracassait.

– Combien d'hommes avez-vous dans votre vie ? demanda-t-il tout de go.

Il fallait qu'il sût, même s'il sentait qu'il n'avait aucun droit de l'exiger.

Tara se figea devant le réfrigérateur, le bras tendu vers la bouteille de vin qu'elle allait saisir. Elle songea un instant à mentir – un talent qui avait terriblement manqué à Stéphanie Harper, mais que Tara Welles commençait à savoir maîtriser avec un certain succès –, mais elle le regarda en face et renonça. Pourquoi mentirait-elle à un homme qui n'avait que de bonnes intentions à son égard et ne songeait nullement à lui lancer un quelconque défi ?

– Pas un seul.

Dan rit. De soulagement, ou d'incrédulité ? se demanda-t-elle.

– Je serais... Je vous crois, Tara, bien que ce soit difficile à imaginer. J'ai... j'ai pensé à vous... énormément.

Tara jugea l'instant propice pour enfiler des poignées et plonger dans les profondeurs du four, d'où elle émergea le rose aux joues, une réponse dilatoire aux lèvres :

– Vous ne m'avez toujours pas dit ce que vous veniez faire à Sydney.

– Bah... un symposium médical.

Malgré elle, Tara ne put s'empêcher de laisser paraître son étonnement. Elle eut un regard inquisiteur. Il n'en fallait pas plus à Dan :

– En fait, je suis venu vous voir, Tara. (Il parlait à voix très basse.) Je ne pouvais pas vous laisser... disparaître comme ça. J'ai essayé. Dieu sait que j'ai essayé. Mais ça n'a pas marché. Il fallait que je vous retrouve, c'est tout. Oh, ça n'a pas été bien compliqué, maintenant que vous êtes devenue une célébrité... (Il marqua une pause, puis, du fond du cœur, demanda :) Il y a eu quelque chose, entre nous, à Orphée... n'est-ce pas ?

Sa question demeura en suspens. Tara se taisait.

Pour rien au monde elle ne voulait risquer de faire ou de dire quelque chose qui eût gâché la qualité de cet instant, si fragile et si poignant. Mais comment dire la vérité à Dan – comment pouvait-elle exprimer tous ses sentiments, les anciens comme les nouveaux, sans parler de ses desseins secrets ? Le silence fut brusquement rompu par la minuterie du four, dont l'insistance effaça d'un seul coup toute autre considération.

– On dirait que c'est prêt ! lança Tara d'un ton enjoué.

Dan frissonna. La magie était brisée.

– Où sont les toilettes ? demanda-t-il.

– Au fond de la chambre, à droite.

Dan posa son verre sur la paillasse et quitta la pièce. Se précipitant sur le four, Tara s'épancha dans une activité frénétique. Elle sortit le plat, disposa la viande et les légumes sur un plat qu'elle s'apprêta à emporter à côté quand une idée lui traversa soudain l'esprit – les photos de Sarah et de Dennis ! Si Dan traversait sa chambre, il les verrait forcément, posées en évidence sur la table de nuit. Pétrifiée d'horreur, elle réfléchit à toute vitesse, se débarrassa du plateau et s'élança dans la chambre, où elle entra sur la pointe des pieds. Dan était encore dans la salle de bains. Gagnant la tête du lit, elle prit les photos et les glissa prestement avec leur présentoir dans le tiroir de la table de chevet. Puis elle se précipita de nouveau vers la cuisine où elle se plongea dans des tâches de dernière minute. Dan l'y retrouva, chantonnant avec insouciance comme si elle n'avait pas eu le moindre petit souci au monde. Mais il connaissait désormais deux graves pôles de préoccupation que Tara désirait garder secrets et son cœur était lourd comme du plomb. Car un sujet aussi important, une partie de sa vie qui devait compter pour elle plus que toute autre, ses enfants... Bon Dieu ! Il n'avait pas même le droit de demander leurs noms !

Dès lors, et d'un commun accord, ils limitèrent la conversation à des sujets neutres et sans danger.

– Vous servez ? dit Tara en s'asseyant devant la table.

– Bien sûr.

– Mon appartement vous plaît ?

– Il est très agréable – et la vue est splendide.

– Oui, c'est vrai, vous trouvez ?

– Vous avez eu de la chance.

– J'ai toujours aimé le port de Sydney et je savais qu'il fallait que j'habite un endroit d'où je pourrais le voir, ou même l'apercevoir.

Vous êtes donc d'ici, songea Dan. Peut-être Sam Johnson devrait-il orienter ses recherches vers Sydney ? Mais son visage ne trahit pas ses pensées.

– Moi aussi, dit-il. Remarquez, j'ai dû me contenter de cartes postales ces dernières années. Ça fait du bien de le revoir en chair et en os, si l'on peut dire.

– Parce que vous êtes né à Sydney ?

– Mais oui. J'y ai même habité toute ma vie avant d'ouvrir la clinique d'Orphée. Mais je vais vous faire une confidence.

Il rit.

– Quoi donc ?

Des fossettes se creusèrent dans les joues de Tara.

– Je ne suis jamais allé à l'intérieur de l'Opéra.

– Jamais... à l'intérieur de... ? (Tara fit mine d'être horrifiée.) Mais c'est épouvantable ! N'empêche, sérieusement, vous devriez profiter de votre passage pour y aller une fois. Il y a un programme merveilleux en ce moment – certains de mes opéras préférés.

Une expression rêveuse passa sur ses traits.

– Vous aimez beaucoup la musique ? demanda Dan, manifestement touché.

– Je crois qu'il y a des fois... où c'est grâce à elle que je ne suis pas devenue folle.

– J'ai une idée. Si j'arrive à obtenir des places... vous viendriez avec moi ?

Il avait posé la question d'un ton hésitant, craignant la réponse.

Tara lui sourit, le visage rayonnant.

– Ça me ferait très plaisir.

– Parfait. C'est entendu, alors. (Il tendit la main vers son verre.) Je bois à l'Opéra, à la musique et... à une très bonne soirée, conclut-il légèrement.

– À tout cela, reprit Tara.

Et à nous, aurait-elle voulu ajouter. Et Dan aussi, désespérément. Mais ni l'un ni l'autre n'osèrent et le toast jamais prononcé, désir tremblant jamais réalisé, ne franchit pas la barrière de leurs lèvres.

Joanna redoutait les séances de photos en extérieurs. Il était impossible de tout prévoir, et en particulier le temps.

– On se demande bien pourquoi on appelle ce pays le pays du soleil, se plaignait-elle quand, au lieu des heures et des heures d'ensoleillement prévues la veille, elle voyait de gros nuages se former à l'horizon ou découvrait en s'éveillant un ciel de plomb.

Il y avait pire encore : les averses brutales, que nul signe avant-coureur ne précédait pour vous mettre en garde, mais qui tombaient dru, d'un seul coup, au risque de transformer la robe la plus coûteuse en haillons détrempés avant que le mannequin ait eu le temps de courir se mettre à l'abri.

Elle était pourtant obligée de reconnaître que les photos prises en extérieurs avaient quelque chose de plus et que la soie ou la mousseline contre un mur de ciment ou de brique donnaient des résultats incomparables. Parfois, c'était l'expression d'un passant pris sur le vif, placide, étonné ou scandalisé. Jason usait même à l'occasion de son charme machiavélique ou de son autorité féroce pour amener les badauds à participer aux séances – comme cet épisode mémorable où il avait entraîné toute une équipe de cantonniers à poser avec des mannequins présentant de la lingerie féminine et où l'on avait vu les jeunes femmes en négligé, soutien-gorge et culotte de dentelle s'appuyer nonchalamment contre les torses bronzés des beaux jeunes gens musclés.

Elle se préparait donc à une journée chargée mais gratifiante en conduisant ses modèles à travers la banlieue résidentielle de Paddington en direction d'une rue bordée de demeures élégantes que Jason avait choisie pour ses photos. Sydney est un vrai puzzle, songea-t-elle, pleine d'affection pour sa bonne vieille ville. Tout en conduisant, elle regardait du coin de l'œil les belles maisons dont chaque grille de fer forgé était unique. Quel quartier merveilleux, pensa-t-elle, si près du centre et à dix minutes de la plage. Elle se surprit à chercher des yeux des panneaux À VENDRE.

Joanna reconnut de très loin l'endroit sur lequel Jason avait jeté son dévolu en apercevant tous les accessoires que lui seul aurait pu choisir, et surtout une vieille Bugatti décapotable dans laquelle ses assistants s'étaient installés quelques instants avant d'en redescendre, sous les objurgations de Jason qui prenait des clichés au Polaroïd pour préparer le terrain. Quant au photographe lui-même, on ne risquait évidemment pas de le manquer, vu qu'il était perché au sommet d'une échelle double, les plus longues du genre, celles qu'utilisent les colleurs d'affiches, et aboyait ses instructions avec force gesticulations comme s'il avait été sur la terre ferme. De là-haut, il vit arriver Joanna avant les autres.

– Salut, m'man ! Un quartier splendide, pas vrai ? Magnifiquement préservé. Tu devrais te sentir à ton aise parmi tous ces monuments en voie de restauration, hein ?

– Va te faire foutre, Jason ! lança-t-elle, et après l'échange de politesses qui leur était coutumier, ils se mirent au travail.

Quand Tara entra en scène à 11 heures, Joanna était repartie et les « jurons bien juteux » fusaient des lèvres de Jason qui, ayant pris plusieurs « scènes de groupe », comme il les appelait, avec les autres mannequins de Joanna, attendait Tara en sautillant d'impatience. Elle avait donc passé sa première tenue à la hâte et sauté dans la Bugatti, déjà occupée par deux modèles masculins, afin de ne pas troubler le maître en pleine inspiration créatrice. Ce dernier distribuait conseils et instructions sans prendre le temps de respirer, afin d'obtenir du trio des poses évoquant le charme et la séduction.

– Bon, toi, le blondinet, appuie-toi contre le dossier. Et Tara, appuie-toi contre lui... je n'ai pas dit vautrée, chérie, mais appuyée, c'est une photo de famille... Johnny, devant, une main sur le volant et l'autre bras derrière toi, pour regarder tes deux passagers, c'est bien. Maintenant l'ambiance. Vous aurez une coupe de champagne, mais sans champagne, alors trouvez l'humeur par vous-mêmes. Imaginez quelque chose qui soit doré comme le champagne et vous rende euphoriques... L'argent ! C'est ça. Vous venez de commettre le braquage du siècle, ça a été dur mais vous pouvez enfin respirer et profiter sans crainte des fruits de votre larcin.

Comme à l'ordinaire, les idées loufoques de Jason avaient un effet bénéfique sur les mannequins qui se mirent à glousser. Jason poursuivit imperturbablement :

– C'est bon, vous commencez à sentir ce qu'on

attend de vous. Tara, redresse-toi un peu, vous n'êtes pas dans un lit. Toi aussi, le petit blond, le dos plus droit, oui. Dis-toi que tu es un officier allemand. Tara, regarde l'appareil, et vous, les mecs, regardez-la. C'est ça, on y est presque. Une seconde ! On ne bouge plus !

Tenant la pose avec le métier qui lui était devenu comme une seconde nature pendant ces derniers mois, Tara regardait distraitement la rue qui formait une courbe derrière Jason avant de virer abruptement. Et soudain, glacée d'horreur, elle vit une Rolls-Royce blanche décapotable apparaître lentement au détour du virage, et accélérer quand le conducteur les aperçut. Quelques secondes plus tard, Greg se garait de l'autre côté de la rue, le visage impénétrable derrière ses lunettes noires. Placide en apparence, Tara était en proie à la panique. Elle n'avait pas revu Greg depuis leur dîner en tête à tête, en partie pour le faire languir, mais surtout parce que cette soirée l'avait tellement secouée qu'elle voulait prendre le temps de se remettre avant de l'affronter à nouveau. Il ne risquait pas de la trouver chez elle puisqu'il ignorait où elle habitait et qu'elle n'était pas à Sydney depuis assez longtemps pour que son nom figurât dans l'annuaire. Elle faisait confiance au personnel de l'agence pour ne pas révéler son adresse personnelle et elle avait raison car nul n'avait eu l'indiscrétion de le faire. Mais elle ne s'était pas doutée qu'il la traquerait sur son lieu de travail dont un tas de gens pouvaient lui avoir donné l'emplacement exact.

À la grande surprise des deux autres mannequins, le centre du tableau péniblement composé s'en détacha brusquement. Tara se leva, bondit hors de la voiture et alla se placer au bas de l'échelle du photographe.

– Jason, le temps que tu recharges !

– Hein ? Qu'est-ce que tu me chantes ? Je n'ai pas encore pris une seule photo !

– Tu m'accordes cinq minutes ! lança-t-elle en s'éloignant.

– Qu'est-ce qui se passe ? On vient à peine de commencer ! (Ébahi, il regarda autour de lui et son visage s'assombrit lorsqu'il vit la Rolls blanche et son occupant immobile, vers lesquels Tara se précipitait comme si sa vie était en jeu.) Un tennis, ça vous dit ? fit-il amèrement. Dites, l'officier allemand, vous ne connaissez pas quelques tortures nazies, par hasard ?

Dans la Rolls, Greg n'esquissa pas le moindre geste de bienvenue à l'adresse de Tara qui s'approchait. Gardant les yeux fixés droit devant lui, il demeura froid et impassible. C'était le dernier stade. Il adorait la chasse – plus que quiconque –, mais lorsque le gibier se terre et refuse obstinément de se débusquer, le chasseur le plus passionné risque de se lasser de la traque. Il ne pouvait s'y tromper – il savait que Tara lui avait d'une certaine façon fait des avances, le soir du dîner. D'abord intrigué par sa disparition, il en avait été agacé, puis franchement irrité. Un dernier essai, se promit-il, et puis basta ! L'ennui était qu'il ne pouvait supporter qu'une femme refusât de lui céder tout en méprisant au-delà de tout celles qui lui cédaient.

Tara arriva en courant, un peu dans l'esprit de ces combattants du passé qui préféraient se jeter sur les glaives de l'ennemi plutôt que d'attendre d'être taillés en pièces. Elle s'arrêta à côté de la voiture, hors d'haleine.

– Pourquoi n'avez-vous jamais répondu ?

Une fois encore, elle ne répondit pas, baissant les yeux sur ses mains.

– J'ai laissé des messages pour vous un peu partout en ville. Qu'est-ce qui vous a pris de me jouer *Une femme disparaît* ? Quand je suis allé à votre appartement, j'ai découvert que vous n'y habitiez pas !

– Jamais je ne vous ai dit que j'y habitais. C'est le hasard qui m'a fait vous demander de me déposer là un soir parce que j'avais envie de marcher un peu.

Il adopta un ton froid et décidé :

– Si vous cherchez à vous débarrasser de moi, dites-le. Je ne suis pas complètement idiot. Un signe me suffira.

– Mais ça n'a rien à voir, je vous assure. (Il est temps d'être un peu gentille, si je ne veux pas le perdre, se dit-elle prudemment.) Je ne sais plus où j'en suis, c'est tout. Une série de photos pour une couverture, une pub à la télé, d'autres choses encore – je mène une vie de chien. J'étais complètement crevée... mais j'ai pensé à vous...

Dans son dos résonna la voix perçante de Jason qui estimait manifestement que les pauses de Tara ne pouvaient absolument pas excéder deux minutes.

– Avec un artiste, un créateur tel que moi, qui me suis crevé la paillasse pour devenir le plus merveilleux photographe du monde, voilà que mon mannequin vedette le plus cher payé donne des conférences de presse au premier venu ! (Sa voix se mua en un puissant vagissement.) Tara, chérie de mon cœur, reviens au plus vite. Ton absence a brri-sé, ma vie-eue !

Greg lui jeta un regard noir.

– Qui c'est, celui-là ?

– Un ami.

Un instinct lui disait de ne pas en livrer trop trop vite à cet homme.

– Intime ?

– Pas tant que ça. Nous avons des rapports professionnels.

– Dans deux minutes le soleil va disparaître derrière ce nuage ! hurla Jason.

Tara gloussa.
– Mais je dois dire qu'il m'est très sympathique. Il est complètement dingue.
Greg se radoucit. Ce n'était pas un rival. Et elle semblait contente de le voir.
– Vous prenez un café avec moi ?
– Tara ! Tara !
Jason en était au point culminant de son numéro de damné de l'enfer.
– Non, il faut que je retourne travailler – mais j'en suis navrée.
– Et ce week-end ?
– Je n'ai rien de prévu.
Elle gardait une expression neutre mais ressentait une espèce de picotement – ça mordait à l'hameçon...
– Venez le passer avec moi. Chez moi.
Tara en eut le souffle coupé. Elle eut du mal à articuler :
– Mais comment ça, chez... Dans la maison de votre femme ?
– Oui.
Ça n'était manifestement pas comme ça qu'il avait envie d'entendre parler de la maison, elle le vit bien.
– Je ne sais pas... je n'aurais pas cru...
– Si c'est pour votre réputation que vous craignez, rassurez-vous, vous aurez votre appartement personnel. Il y a des dizaines de domestiques, et même un majordome, alors... C'est un vieux couillon, mais je suis sûr qu'il vous sera sympathique.
Elle sentit sa résolution s'affermir.
– Alors c'est entendu.
– Génial ! (Il était de toute évidence enchanté.) Je viendrai vous prendre samedi à 10 heures – si vous me confiez le grand secret de votre lieu d'habitation.
– Je téléphonerai pour arranger les détails.
– N'allez pas changer d'avis, surtout.

Il lui adressa un merveilleux sourire. Greg, Greg, tu restes le plus bel homme du monde, songea-t-elle. Qu'est-ce que je suis en train de faire ? Est-ce que je suis de taille à m'en tirer ?

– Je ne changerai pas d'avis, dit-elle.

– Alors à samedi.

Il lui envoya un baiser, passa en première, et s'éloigna. Tara regarda derrière elle. La Bugatti était à l'endroit où elle l'avait laissée. Les modèles masculins, à l'intérieur, tenaient la pose. Mais plus de Jason, ni sur son échelle ni ailleurs. Elle lança des regards dans toutes les directions. Dans le lointain, une petite silhouette maigrichonne s'éloignait à grands pas décidés. Jason avait quitté le plateau, dégoûté.

– Oh, Jason, Jason ! Je t'en prie ! Reviens !

Malgré ses talons hauts et sa robe de haute couture, Tara s'engagea sur la route aussi vite que possible pour tenter de rattraper le petit photographe.

14

Attendre la personne que l'on aime, lorsqu'elle est en retard, procure parfois une sorte de plaisir mélancolique d'une douceur exquise. C'est à quoi songeait Dan en arpentant la cour d'entrée de l'Opéra où Tara n'apparaissait toujours pas. Plus que ponctuel comme à son habitude, il était arrivé très en avance pour retirer les billets, commander à boire en prévision de l'entracte et s'apprêter à l'accueillir. Le premier quart d'heure avait passé très vite dans l'anticipation de la soirée; il avait simplement pensé à Tara et aux changements qui s'étaient produits en elle depuis Orphée – le nouveau balancement gracieux qui entrait dans sa démarche, la coiffure bouclée, les ongles délicieusement vernis : comme tous les amants, Dan découvrait qu'il lui était loisible de songer à chacune de ces dix coquilles nacrées l'une après l'autre en s'offrant le plaisir de rêver d'y déposer dix baisers successifs.

Puis lui vint un sentiment plus désagréable : si elle n'arrivait pas bientôt elle allait être en retard. Puis elle fut bel et bien en retard. La peur s'insinua en lui : et si elle ne venait pas ? La foule des représentants prestigieux du Tout-Sydney déferla vers l'auditorium dans une joyeuse rumeur et Dan resta seul, telle une épave abandonnée sur le sable à marée basse. Quoi de plus triste au monde que de se retrouver tout seul dans le foyer d'un théâtre ? Dan tint le coup trente secondes puis sortit.

Rôdant autour de l'Opéra dressé à l'extrémité de Bennelong Point comme un gros oiseau venu s'y poser, Dan pensait à Tara. Car à quoi d'autre aurait-il pu songer ces temps-ci ? Elle occupait toutes ses pensées. Et pourtant, il ne savait presque rien d'elle. Appuyé à la balustrade de la cour d'entrée, son regard dériva, au-dessus de l'eau, vers Campbell's Cove, où un paquebot à quai brillait de tous ses feux. Plus loin, vers la droite, dominant le port, c'étaient les lumières de Luna Park, l'immense parc d'attractions, qui demeurait animé tard dans la nuit. Mais toutes ces splendeurs laissaient Dan indifférent ce soir-là, lui pourtant si sensible à la beauté sous toutes ses formes. Car rien n'aurait pu apaiser la douleur de son amour malheureux. Mais fallait-il qu'il fût stupide, aussi, se dit-il avec colère, pour s'éprendre chaque jour plus profondément d'une femme qui ne lui avait même pas dit son vrai nom !

Au même instant il entendit des pas précipités dans son dos et, se détournant, vit Tara, anxieuse et cramoisie, qui arrivait en courant sans se préoccuper de son port ni de son maintien.

– J'avais tellement peur que vous ne soyez parti ! dit-elle, et Dan ne put plus douter qu'il comptait quand même un peu pour elle. J'aurais étranglé Jason ! C'est entièrement sa faute si je suis en retard. Je ne sais pas quelle mouche l'a piqué mais il me faisait recommencer sans arrêt. Ce n'était jamais à son goût. (Elle se tut, à bout de souffle, lui prit la main et dit :) Je vous demande pardon.

La main de Dan était grande et musclée dans les siennes et elle eut brusquement envie de la porter à sa poitrine et de la garder là. Mais, comme si elle revenait soudain à la réalité, elle la lâcha brusquement et se contraignit à sourire.

– Ce n'est pas grave, vraiment. Ne vous inquiétez pas.

– J'arrive trop tard ? Quelle est l'heure exacte ? Je n'en ai aucune idée, en fait.

Dan consulta sa montre.

– Ça doit déjà être commencé malheureusement – j'ai eu beau insister, ils n'ont pas voulu vous attendre pour lever le rideau. (Il lui sourit tendrement.) On ne nous laissera plus entrer avant l'entracte maintenant. Mais je peux vous offrir un verre au bar en attendant.

– Oh, zut ! C'est trop bête... (La déception se lisait sur le visage de Tara.) J'aime vraiment trop cet opéra. Cela m'embête de manquer le premier acte.

Sa lèvre inférieure tremblait.

– Écoutez, fit Dan qui venait de prendre une décision. Allons-nous-en et nous reviendrons le voir dans de bonnes conditions une autre fois. Nous allons faire autre chose. Qu'en dites-vous ?

– C'est une très bonne idée.

– Qu'est-ce qui vous ferait plaisir ?

– Qu'est-ce qui vous ferait plaisir à vous ? rétorqua-t-elle, non sans malice.

– J'aimerais vous emmener quelque part... un endroit que je connais. Si ça vous va, bien sûr...

Tara grogna :

– Du moment que je peux m'asseoir et me reposer un peu les jambes, tout me va.

– Alors c'est décidé ! fit Dan, ravi de la tournure que prenait la soirée. Je vais échanger nos billets pour un autre jour – où vous n'aurez pas travaillé pour ce petit démon !

Ils repartirent en riant vers la ville.

La destination que proposait Dan n'était pas si lointaine, mais c'était un voyage dans un autre monde. Quelque chemin que l'on prenne à Sydney, Pyrmont est situé une fois pour toutes à l'opposé. À l'extrême pointe de l'anse de Darling Harbour, c'est là que les énormes cargos viennent décharger les marchandises qui seront acheminées à travers le pays par route ou par chemin de fer. Tout le quartier donne l'impression d'être à l'abandon, avec ses grues monumentales qui semblent dormir en équilibre au clair de lune et ses petites maisons de pierre tapies sous les toboggans de ciment comme si elles n'avaient pas le droit d'être là. Le charme du quartier n'est guère accru non plus par la présence de l'énorme centrale électrique désaffectée ni par les halles aux poissons, où même ceux qui iront régaler les plus fins palais de la ville n'en emplissent pas moins l'air d'une odeur persistante. Stéphanie Harper n'était jamais allée à Pyrmont.

Dan indiqua la route au chauffeur de taxi avec une précision d'habitué à travers un dédale de ruelles et lui demanda de s'arrêter devant un pub d'aspect plutôt délabré. Tara était de plus en plus intriguée.

– J'ai pensé qu'il était temps que je vous en apprenne un peu sur mon passé, expliqua Dan en surprenant l'interrogation muette sur les traits de la jeune femme.

Puis, sans en dire davantage, il la prit par le bras pour la faire entrer.

À l'intérieur, une rangée de vieillards noueux accoudés au bar examinèrent les intrus d'un œil hostile. Aux murs carrelés d'un vert presque insoutenable, étaient accrochées des bouées de sauvetage, et le sol était nu. L'atmosphère enfumée était imprégnée d'une forte odeur de bière.

– Un vrai plongeon dans les docks, constata Dan. Et un morceau de mon passé.

– Racontez-moi.

– Je suis un gosse de Pyrmont, dit-il simplement. C'était le pub où venait mon père. Les heures que j'ai passées assis sur ces marches à l'attendre... pour une enfance gaspillée...

Ils s'approchèrent du bar où un vieillard ratatiné leur fit de la place en grommelant. Tara, fascinée, ne pipait mot. C'était donc là que Dan avait passé son enfance ! Quelle différence avec sa propre existence à Éden ! Son cœur se gonfla de pitié pour l'enfant qu'il avait été.

– C'est drôle, dit-il, étonné, il y avait toujours tellement de monde...

– Les temps changent, répondit-elle gentiment.

Pour rien au monde elle n'aurait voulu gâcher un moment d'une qualité aussi rare.

– C'était la place de mon père, là-bas. Il venait tous les soirs, après sa journée de travail, tous les soirs sauf le dimanche. J'allais le chercher pour le ramener à la maison mais je n'arrivais pas à le décider à partir. Maman finissait toujours par venir à son tour et elle l'entraînait de force.

– Eh là ! lança une voix rauque, interrompant le récit de Dan. Mais je vous connais !

C'était la serveuse du bar, qui venait vers Dan en souriant jusqu'aux oreilles.

– Bonjour, Dot ! fit Dan, aussitôt submergé par l'accueil volubile de celle-ci.

– Danny Marshall ! En chair et en os ! Et je ne rêve pas ! Ben ça alors, ça doit faire dans les trente ans, pas vrai ?

– Eh oui !
– Est-ce que tu ne voulais pas faire… attends… docteur ?
– Mais si.
– Si je m'en souviens ! Tu étais tout le temps en train de mettre des bandages à mon pauvre chat !
Le rire de Dot était si contagieux que Tara ne put s'empêcher de se joindre à elle. Dan souriait tranquillement, l'air heureux. Il est merveilleux, songea-t-elle, il est partout chez lui.
– J'ai eu de l'avancement, depuis, tu sais, dit Dan d'un ton joyeux. On m'autorise même à soigner les gens maintenant.
– T'es en train d'me dire… (Dot ouvrait de grands yeux)… que t'as vraiment fini par devenir docteur ?
– Mais oui.
– Ben dis donc ! C'est pas souvent qu'j'entends une chose pareille de ce côté-ci de mon bar. Y a plus de bonnes intentions que de résultats, par les temps qui courent. Va falloir que je te fasse voir mes oignons !
Ils éclatèrent de rire.
– Mais Dot, je ne t'ai pas présenté Tara.
– Bonjour, Tara. Et maintenant qu'est-ce que je vous offre à boire ?
– Une bière, pour moi, dit Tara.
– Deux, alors, Dot.
Leur conversation fut brusquement interrompue par un client mécontent de l'attention que Dot manifestait aux nouveaux arrivants.
– Eh, Dot ! Tu nous remets un demi par ici !
– Minute, papillon ! rugit Dot. Tu ne vois pas que je parle ! Alors tu la fermes un peu et t'attends bouche cousue, vu ? (Puis, se tournant vers le couple en roulant les yeux d'un air comique, elle dit :) Aucune éducation, je vous jure !
– Vous devez connaître Dan depuis plus long-

temps que tous les autres, dit Tara, qui se sentait bien avec cette grosse femme maternelle dans sa robe rayée.

Elle aurait voulu lui faire raconter tout ce qu'elle savait de lui.

– Danny Marshall ? (De nouveau, Dot partit d'un grand rire qui découvrit toute une rangée de dents en or. Les énormes perles d'ambre de son collier s'entrechoquèrent sur sa poitrine énorme.) Je l'ai connu qu'il n'était pas plus haut que trois pommes. Un drôle de galopin, le petit bougre : qu'allait chiper l'argent que les gens laissaient devant le pas de leur porte pour le laitier !

Tara regarda Dan, ébahie.

– C'est vrai, convint-il humblement. Jusqu'au jour où on m'a pris sur le fait. J'ai eu tellement peur que je n'ai plus jamais recommencé.

– Quand même, fit Tara, amusée, j'ai du mal à vous imaginer en délinquant juvénile.

Mais Dot était déjà partie sur un autre sujet :

– Tu n'habitais pas très loin d'ici, hein ? Wetherill Street ?

– Oui... une petite maison de bois à deux pas d'ici...

– Dot ! appela le client mécontent. J'ai soif, moi ! Je vais crever si tu me donnes rien à boire ! J'ai la peau comme du bois sec !

– Je reviens tout de suite, dit-elle à l'intention de Dan et de Tara. Mais lui, m'est avis qu'il a assez bu comme ça ! Allez vous asseoir là-bas, dit-elle en indiquant une table, je vous apporte vos bières.

Ils allèrent s'asseoir, dociles. Entre eux, un climat nouveau s'installait, une entente, une confiance mutuelle. Tara se sentait parfaitement détendue et, sans se préoccuper des apparences, elle ôta ses souliers sous la table, et soupira d'aise. Au diable les convenances ! Dan était justement la seule personne au monde qui connaissait et son âge et celui de ses pieds ! Quand Dot les rejoignit, apportant leurs bières, elle remarqua les escarpins élégants poussés sur le côté, formant un étonnant contraste avec le sol nu jonché de mégots.

– Ooooh, ça fait du bien, pas vrai ? dit-elle à Tara.

– À la tienne, Dot ! lança Dan en levant sa chope à l'adresse de la grosse dame qui s'en retournait vers ses ouailles. (Puis il se mit à parler doucement :) La cour était si petite à la maison que je pouvais cracher d'un bout à l'autre, les jours de grand vent ! Chaque week-end pendant l'été, on allait en bande jusqu'au grand port et on plongeait pour aller chercher les pièces que les touristes lançaient au fond de l'eau. Les requins devaient avoir trop pitié de nous pour venir nous croquer.

Tara l'écoutait sans bouger, comme hypnotisée.

– Ou alors ils n'avaient pas faim. Mon vieux père disait qu'avec toutes les ordures que les bennes n'enlevaient pas, dans le port, les requins ne risquaient pas de venir nous chercher alors qu'ils avaient tellement mieux à se mettre sous la dent. « Mon Danny, disait-il, t'es un brave gamin… » Il faut dire que je lui fournissais ses cigarettes.

– J'aurais voulu vous connaître à cette époque, chuchota-t-elle. J'aurais voulu aller à la pêche aux piécettes avec vous.

– Quand même… dit-il, prenant sa main, car il comprenait ce qu'elle éprouvait. Ce sont de bons souvenirs.

Ils demeurèrent silencieux, très proches, l'esprit en paix l'un avec l'autre. Jamais auparavant Tara n'avait eu l'impression d'être tout à fait elle-même avec un homme, ouverte, sans crainte, et poussée vers lui pour l'amour qu'il donnait et pour son courage. Écoutant ce que son cœur lui dictait, elle voulut exprimer le plus honnêtement possible ce qu'elle ressentait :

– Dan, chuchota-t-elle, quand nous partirons d'ici... allons à votre hôtel.

Il la regarda avec une stupéfaction qui se transforma en joie profonde lorsqu'il comprit qu'elle était sincère. Il se pencha pour l'embrasser. Et ils demeurèrent longtemps assis la main dans la main, avant de s'en aller.

La merveilleuse entente qui les avait unis dans le pub dura tout le temps du trajet vers l'hôtel. Ils montèrent côte à côte jusqu'à la chambre de Dan. Il ouvrit la porte. La fenêtre de la chambre était grande ouverte sur un balcon. Le ciel scintillait d'étoiles.

– N'allumez pas, dit Tara.

Elle gagna le balcon pour jouir de la beauté de la nuit. Dan la rejoignit et ils demeurèrent un moment accoudés à la balustrade. Puis, posant la main sur l'épaule de Tara, il la fit tourner afin qu'elle lui fît face. Elle le sentait tout proche tout à coup. Avec un soupir il l'entoura de ses bras pour l'attirer contre lui. Son corps musclé, la chaleur de ses bras autour de sa taille... Il la serra doucement et, penchant la tête, l'embrassa sur les lèvres.

Sa bouche était merveilleuse – elle se rendit compte alors qu'elle en avait envie depuis longtemps. Mais elle se mit à trembler et les vieilles terreurs resurgirent brusquement, sans prévenir. Elle le repoussa.

– Dan, je... je ne crois pas que...

Elle détourna les yeux vers la ville endormie, pour ne pas voir le chagrin dans ses yeux. Quelques instants passèrent, puis Dan s'approcha dans son dos et la prit amoureusement entre ses bras. Une immense tristesse vibrait entre eux. Au bout d'un moment, il dit tout doucement, contre son oreille :

– Tara, ma douce, tu n'as rien à prouver. Sois toi-même. Ce n'est pas du mannequin prestigieux dont je suis amoureux, mais de la jeune femme généreuse et intelligente que j'ai rencontrée à Orphée – et qui avait du temps, alors, pour un médecin plutôt plouc –, celle qui adore la musique, le poisson grillé… et les coquillages.

Il posa un baiser sur ses boucles, s'attardant pour en respirer l'exquis parfum. Elle l'écoutait, subjuguée :

– Et je parie que la petite fille qu'elle a été était une brave gamine, elle aussi. Je suis venu pour prendre soin d'elle – parce qu'elle compte plus que tout au monde pour moi.

Tara était au bord des larmes. Mais dans sa tristesse elle éprouvait aussi une joie intense et d'une extrême douceur. Émerveillée, elle sentit que son corps s'abandonnait comme jamais il ne l'avait fait auparavant. Se tournant entre ses bras, elle se dressa sur la pointe des pieds et l'embrassa avec passion, possédée par sa bouche, et comprit encore une fois combien elle l'avait désiré sans le savoir. Puis elle prit son visage entre ses mains et promena ses doigts sur son front, sur ses paupières soyeuses, dans ses cheveux bouclés contre ses oreilles, et sur ses joues. D'un geste ému, elle dessina le contour de ses lèvres d'un index léger et de nouveau lui donna les siennes, pour un long baiser fiévreux.

Dan caressa tendrement sa nuque frêle et ses épaules et le satin de sa peau nue semblait lui brûler les doigts tant son désir était violent, mais, refrénant l'élan ravageur qui le portait vers elle, il donnait à chacun de ses gestes une lenteur attentive. Sans se presser, ses mains touchèrent ses seins sous l'étoffe légère de sa robe du soir et, touché au plus profond de lui-même, il découvrit les mamelons durcis de désir. Avec un profond soupir, Tara posa ses mains sur les siennes. Puis elle les plaça sur les hanches de Dan, afin de mieux s'abandonner à ses caresses et aux sensations merveilleuses qu'elles faisaient naître en elle.

Elle se laissa entraîner jusqu'au lit où il la fit asseoir, ôtant sa chemise avant de la rejoindre. Avec une infinie tendresse il couvrit de baisers son visage, ses yeux, son cou, ses épaules, sans jamais la forcer ni la presser. Et son corps à elle frémissait légèrement dans l'attente de chacune de ses caresses, et elle aurait voulu que cela durât toujours. Car elle se sentait parfaitement en paix, aussi confiante avec Dan que Maxie l'avait été avec elle la première fois qu'elle l'avait vu, petite âme égarée et esseulée. Lentement – et non sans quelque difficulté – il commença à dégrafer sa robe, sa main rendue malhabile par la force de son amour. Elle l'aida à faire glisser la robe et attendit qu'il ôtât son soutien-gorge.

Jamais Dan n'oublierait l'instant où il vit pour la première fois les seins parfaits de Tara, d'une blancheur satinée dans le clair de lune, et dont les pointes dressées étaient comme une invite. Penchant la tête, il caressa de ses lèvres la peau douce, s'émerveillant de la trouver si délicieusement onctueuse et veloutée, puis il baisa les mamelons délicats. Elle posa ses mains sur ses épaules et, lentement, les laissa redescendre le long de son dos. J'aime chacune des vertèbres de ce dos, songea-t-elle rêveusement. Il leva la tête pour chercher de nouveau la bouche qui s'offrait et la poussa en arrière sur le lit. Une pensée se forma dans l'esprit de Tara, irrésistiblement : Viens sur moi, Dan, viens en moi, je t'aime...

Elle se ressaisit brusquement, et en un instant l'amour fut remplacé par la peur. Quoi ? L'aimer, le désirer si passionnément que mon corps tout entier s'abandonne et frémit ? Oh non ! En un éclair elle sentit pour la première fois la violence de la passion dont elle serait capable pour celui qu'elle aimerait et qui l'aimerait en retour, la puissance de son amour et de ses désirs. Mais pas maintenant, hurlait une voix intérieure, pas lui. Je ne dois pas me laisser aller, je vais tout gâcher... Elle se raidit, terrifiée, et à son grand désarroi, Dan la sentit qui devenait rigide, son corps comme du bois contre le sien.

– Dan ! se mit-elle à crier. Dan !

– Ma chérie, ma douce ? demanda-t-il, comme frappé d'horreur. Qu'y a-t-il ?

Elle se redressa fiévreusement, bondit hors du lit et commença à se rhabiller frénétiquement, de nouveau dans la peau de la femme laide et mal assurée qu'elle avait cru enterrée dans la réserve des crocodiles.

– Je suis... désolée, Dan, marmonna-t-elle, riant presque de l'incongruité de ces mots, que Stéphanie Harper prononçait si souvent. Je suis désolée...

Dan n'avait pas bougé.

– Qu'est-ce qui se passe ? demanda-t-il d'une voix très basse. Je t'en prie... – si tu peux comprendre ce que cela veut dire –, je t'en prie, fais-moi confiance.

– Je te fais confiance, dit Tara d'un ton mécanique. Mais c'est une erreur, un malentendu, voilà tout.

Elle était habillée et fonçait vers la porte. Galvanisé, Dan bondit pour l'arrêter avant qu'elle l'eût atteinte. Elle percevait les ondes de douleur et de colère qui émanaient de lui.

– Une erreur ? cria-t-il. Je ne comprends pas ce que ça veut dire. Je ne comprends rien du tout. Fais-moi au moins assez confiance pour me dire ce qui se passe, bon Dieu !

C'était la première fois qu'elle l'entendait proférer un juron, au contraire de Greg qui jurait à tout propos. Effrayée comme elle l'avait toujours été par un homme en colère, elle tenta de rassembler ses esprits.

– Nous ne pouvons plus nous revoir. Je suis désolée. C'est ma faute. Je n'aurais pas dû.

Et des larmes amères jaillirent de ses yeux, la souffrance et la peur de le perdre, la douleur d'avoir à l'arracher de son cœur qui la déchirait déjà. Les yeux brouillés de larmes, elle se dégagea de la main qui tentait de la retenir, saisit la poignée de la porte et franchit le seuil.

– Tara !

Son cri de désespoir la poursuivit jusque dans le vestibule.

– Pardonne-moi, Dan, pardonne… adieu ! dit-elle tout en s'éloignant sans savoir s'il l'avait entendue.

Et rien, rien ne vint insuffler quelque apaisement, espoir ou compréhension à celui qui demeura étendu toute la nuit dans le lit d'où s'était enfuie celle sans qui désormais il ne pourrait plus vivre, il en avait la certitude, alors même que tout lui donnait à penser qu'il aurait dû se résigner.

– C'est trop lent ! Beaucoup trop lent ! Et la neige ne tombe absolument pas comme il faut. On ne dirait même pas de la neige, on dirait de la merde d'oiseau !

Jason était d'une humeur exécrable – c'était devenu une habitude ces derniers temps. Les secrets possèdent une vie qui leur est propre, et une manière à eux de s'exprimer, même lorsque les deux personnes qui le partagent gardent le silence et n'en parlent jamais. Ainsi les autres mannequins avaient-ils fini par remarquer que le photographe était beaucoup plus irascible les jours où Tara était là, alors qu'il lui arrivait par ailleurs de travailler dans des conditions pénibles et sur des sujets ennuyeux sans se départir de l'entrain qui était d'ordinaire le sien.

Mais il fallait reconnaître que la séance, ce jour-là, était particulièrement éprouvante. Les impératifs de la mode exigeaient que l'on présentât des modèles d'hiver en plein été tropical australien. Et Jason était mécontent de la neige, et plus mécontent encore de son mannequin vedette.

Plusieurs jours s'étaient écoulés depuis le soir où Tara avait quitté Dan, mais le temps ne rendait pas sa perte plus légère. Tara avait le sentiment d'être en deuil. Toute joie l'avait quittée et elle avait beau se raccrocher à son dessein secret, c'était un piètre réconfort à côté de la destruction de l'amour que lui offrait Dan, du refoulement délibéré de sa propre renaissance. Mais elle n'avait pas le droit de se laisser détourner de la voie sur laquelle elle s'était engagée, pas tant que Greg, pareil à un tigre assoiffé de sang, chassait en liberté, à la recherche de nouvelles proies. Car il lui était apparu, ce soir-là, dans la chambre de Dan, qu'elle ne serait pas libre tant qu'elle ne se serait pas libérée de lui – qu'elle ne pourrait pas se donner à un autre tant que l'ombre sinistre de celui qui en dépit de tout était toujours son époux hanterait ses heures de veille et lui parlerait, tel un amant démoniaque, dans ses cauchemars. La vengeance devait être sa seule, son unique passion. Et elle s'en acquitterait. Mais c'était dur et son cœur blessé saignait, inconsolable. Et Jason la harcelait, lui refusant tout répit.

– Vous ! la dame en fourrures. Tara Welles, c'est bien ça ?

Les piques de Jason faisaient mal elles aussi, mais comme des égratignures, comparées à tout le reste.

– Tu avances trop lentement ! Je veux te voir danser, tourbillonner comme la fée des neiges ! Tu m'entends ? Alors fais ce que je te dis, bon sang !

– Je suis désolée, Jason, murmura-t-elle machinalement en ôtant de sa bouche une poignée de flocons.

– Tu es désolée ! Elle est désolée ! lança-t-il à travers le studio. Allez, on remet ça !

Il y eut une trêve de courte durée tandis que Jason mitraillait frénétiquement Tara qui tournoyait et virevoltait docilement sous la neige. Mais, de nouveau, à bout de patience, il se remit à hurler et Tara sentit qu'elle n'aurait pas la force de lui faire face.

– Redresse la tête ! Et regarde là-haut si j'y suis ! Bon sang de bordel, on ne voit même pas tes yeux ! Ça suffit ! On arrête ! Stop, coupez-moi cette foutue neige !

Tara s'immobilisa. Jason se mit à lui parler d'un ton glacial :

– Tu ne pouvais pas y mettre un peu plus du tien ? Je veux dire, c'est tout ce que tu peux faire ? Je ne sais pas ce que tu as aujourd'hui, ni où tu as la tête – mais en tout cas pas à ton travail, c'est certain. Tu n'as pas pour deux sous de spontanéité, on dirait un cadavre ambulant. Tu coupes la neige, oui ou merde ? hurla-t-il à son assistant. Sinon c'est moi qui vais vous couper en morceaux ! Il faut éteindre le ventilateur, bougre d'imbécile – dire que je travaille avec des connards pareils ! Éteins-le, voilà ! (Quand il se retourna vers Tara, elle vit qu'il fulminait de rage.) Écoute-moi bien, maintenant, et tâche de te mettre ça dans la tête : je fais mon métier, je le connais mieux que personne et je n'ai vraiment pas de temps à perdre avec des amateurs. (Avec un geste de découragement, il s'adressa à tous ceux qui se trouvaient là.) Et ne restez pas plantés là comme des crétins ! Rentrez chez vous. La séance est terminée. Allez, FILEZ !

Il fit volte-face et fonça tête baissée vers la petite pièce qui lui servait de bureau, claquant violemment la porte derrière lui.

Plusieurs minutes passèrent. Personne ne faisait mine de bouger. Tara était trop épuisée pour faire un geste. Je suis à bout, songea-t-elle. Il ne me reste plus rien. Alors, tout doucement, Jason ouvrit la porte. Sa rage était retombée et il avait l'air d'un bon petit garçon. Il vint vers Tara et lui prit la main.

– Nous allons prendre un long week-end, d'accord ? Repose-toi encore lundi et reviens en pleine forme mardi matin. Ça arrive à tout le monde d'être fatigué. Et n'oublie pas – je t'aime. Soyons copains, hein ?

La plupart des gens qui se retrouvent un jour au poste sont plus à plaindre qu'on ne pourrait le croire. Et même dans les grandes villes, ce sont surtout des faibles, dont les intentions ne sont pas forcément mauvaises. Ce que la société qualifie de crime n'est pas toujours si grave et chacun d'entre nous n'y passe pas souvent si loin. Ainsi songeait Ted Druitt, agent de police au commissariat de police de Circular Quay. C'était cette manière de voir les choses qui lui permettait d'affronter les situations difficiles et le laissait assez disponible pour offrir une cigarette à un paumé ou prévenir sa famille qui risquait de s'inquiéter.

Mais il est des gens auxquels on ne peut être d'aucun secours, et qu'on ne souhaite d'ailleurs pas aider. La jeune femme bien habillée qu'on avait amenée, ivre et vociférante, faisait partie du lot. C'était le genre à faire des ennuis. D'ordinaire, le simple fait de se retrouver au poste les dessoûlait, mais pas celle-ci. Il avait fallu deux types costauds pour la maintenir et il n'avait pas été question de la laisser seule avec la femme policier qui aurait dû la prendre en charge – elle lui aurait cassé la mâchoire, en admettant qu'elle eût été capable de viser juste. Pour finir, on l'avait enfermée toute seule en attendant qu'elle se calmât.

– Vous avez de la chance d'être sorti de là vivant, on dirait, dit Ted aux deux types qui l'avaient bouclée.

– Qui c'est ? demanda Barry, l'un des deux inspecteurs, en indiquant d'un regard méprisant la direction d'où il venait. Elle est tellement bourrée qu'elle ne sait sans doute même plus qui elle est. Tu l'entendrais. « On ne peut pas m'arrêter ! qu'elle hurle, mon mari est avocat ! »

Il avait imité la voix perçante d'une femme hystérique.

– Mais d'où la sortez-vous ?

– Elle se jetait sur une femme qui était soi-disant en train de lui piquer son taxi. Encore heureux que l'autre n'ait pas envie de faire d'histoires. Elle ne porte pas plainte.

– Mais si elle s'en prend encore à une collègue, c'est nous qui porterons plainte.

– Elle est bien roulée, à part ça, dit Barry. Pas mal du tout, la poulette. Quand elle aura dessoûlé, ça pourrait bien être une affaire, mon vieux.

Ted soupira.

– On dirait vraiment que t'es né de la dernière pluie, toi, par moments. Est-ce qu'il faut que je te rappelle que ça ne fait pas partie du code du policier ? Et qui te dit que son mari n'est pas vraiment avocat, hein ?

Après la séance de photos sous la « neige », Tara rentra chez elle dans un état d'épuisement presque total, physiquement et émotionnellement. Le lendemain, commençait le week-end qu'elle devait passer avec Greg, et qui, elle se l'était promis, devait la rapprocher au plus près de son but. Ce serait une terrible épreuve de se retrouver avec lui pendant aussi longtemps, sans compter la proximité du personnel de la maison, et de Matey en particulier, même si elle n'avait pas directement affaire à lui. Heureusement, Dennis et Sarah ne seraient pas là ! De toute manière, elle n'aurait pas pu y aller s'ils avaient été présents. Ç'aurait été tout simplement impossible. Mais ils étaient au pensionnat à cette époque de l'année. Il n'y avait aucun risque. Elle se ferait connaître d'eux un jour… mais il n'était pas encore temps. Pour l'instant il lui fallait se mettre dans l'état d'esprit adéquat en prévision de ce qui l'attendait. Elle devait avant tout se secouer, se débarrasser des angoisses des jours précédents et se préparer à devenir celle que Greg allait retrouver à 10 heures le lendemain matin.

Elle s'offrit donc une soirée de pure détente, sans penser à rien. D'abord, un bain chaud et parfumé dans lequel elle demeura longtemps sans bouger, laissant toutes les tensions s'écouler de ses membres fatigués. Puis un dîner de gourmande : du pain croustillant et du fromage blanc, des concombres, des tomates et des poivrons en salade, un verre de vin blanc sec, et pour dessert, une tranche d'exquis gâteau au chocolat, gâterie qu'elle ne s'accordait que fort rarement. Elle s'installa confortablement dans son lit avec son plateau, un magazine de mode et Maxie roulé en boule à ses pieds qui ronronnait tout en dormant. Puis, sentant venir le sommeil, elle se prépara pour la nuit et se glissa sous les draps, où elle s'endormit aussitôt.

Reposée, mais avec le sentiment pourtant d'une nuit trop courte, elle fut réveillée en sursaut par la sonnerie du téléphone, résonnant désagréablement contre son oreille à 6 heures du matin. Luttant pour émerger en se demandant avec anxiété qui pouvait bien l'appeler à une heure pareille, elle décrocha.

– Allô ?

– Tara ? C'est moi.

– Qui ? Qui est-ce ?

– C'est Jilly.

– Jilly... ?

– Oh, Tara, je sais que c'est terrible, je suis vraiment désolée de vous réveiller si tôt... mais j'ai affreusement besoin d'un service.

Tara rassembla ses esprits.

– Où êtes-vous ?

– Au commissariat de police de Circular Quay. Pouvez-vous venir me chercher ?

– Oui... oui. Écoutez, je serai là dans... disons une demi-heure.

– Oh ! merci. Comment vous remercier ? Tara, vous êtes une véritable amie...

– À tout de suite, Jilly.

Elle raccrocha. Oh, Jilly, qu'est-ce que tu me réserves encore ?

Mais la jeune femme que Tara récupéra une demi-heure plus tard au poste de police n'était pas le moins du monde contrite ou mortifiée de ce qui lui était arrivé. Elle avait froid, elle était épuisée, certes, mais elle avait toujours cet air de défi qui venait pourtant de lui attirer des ennuis.

– Ce n'est pas bien grave, dit-elle, sur la défensive, tandis que Tara l'aidait à descendre les marches du commissariat. J'étais soûle, voilà tout, j'ai fait un vague esclandre – ce n'est pas un crime !

Tara garda le silence. Jilly n'était pas encore très assurée sur ses jambes et elle avait bien besoin de toutes ses forces pour la faire tenir debout. Jilly titubait et s'appuyait de tout son poids sur la mince Tara, de sorte qu'elles avaient du mal à marcher droit.

– Je suis désolée, Tara... je m'excuse de vous faire ça.

– Ce n'est pas grave.

– Je vous remercie, vraiment. Mais je n'avais plus personne à qui téléphoner. Phillip n'est pas là – et je n'ai vu personne d'autre depuis des siècles. J'avais des amis, avant, pourtant... ajouta-t-elle plaintivement. Mais... je n'en ai plus.

Alors Tara demanda :
– Pourquoi n'avez-vous pas appelé Greg ?
– Oh non, je ne pouvais pas, rétorqua Jilly dont la voix devint suraiguë. Ce... Ce n'est pas la première fois en fait et... il devient violent quand il est en colère.
Sa main s'éleva vers son visage, comme au souvenir d'un coup.
Tara aida Jilly à s'installer à la place du passager avant d'aller s'asseoir au volant. Une fois dans la voiture, Jilly commença à parler avec éloquence, traitant sa voisine tour à tour en confidente et en rivale, larmoyant sur son propre sort comme à son habitude.
– Je devrais quand même pouvoir compter sur Greg Marsden ! Mais c'est de plus en plus affreux avec lui. Il est de pire en pire. Il n'a plus fait l'amour avec moi depuis... Je ne m'en souviens même plus. Je ne sais plus quoi faire. Je ne sais plus quoi faire. (Elle se tourna vers Tara, soudain surexcitée :) Depuis la mort de Stéphanie, je lui donne de l'argent, figurez-vous. C'est moi qui ai payé toutes ses factures le mois dernier. Et voyez comme il me traite ! (Des larmes jaillirent de ses yeux et elle se mit à sangloter sur elle-même à grand bruit, puis de nouveau changea d'humeur :) J'en aurais des choses à raconter sur Greg Marsden, si je voulais ! lança-t-elle, vindicative. Seulement je ne le fais pas ! Mais, Tara, il n'y a rien entre lui et vous, n'est-ce pas ? J'ai tellement peur de le perdre. C'est la pire des choses – perdre quelqu'un qu'on aime...
Sa voix s'éteignit dans un gémissement. Elle renifla.
Tara, pleine de mépris, ne bougeait pas. La faiblesse pathétique de Jilly était une assez grande punition, songeait-elle. Elle regarda l'épave assise à ses côtés, les cheveux en bataille, la robe tachée et déchirée, un genou nu et égratigné à l'endroit

où son bas s'était déchiré quand elle était tombée. Dans la lumière blafarde du petit matin, elle semblait avoir été rejetée par la mer, le teint verdâtre et les yeux glauques. Avec un sentiment qui ressemblait fort à de la pitié, elle revit Jilly le jour de son mariage, tirée à quatre épingles dans son tailleur de la Cinquième Avenue. Mais elle s'empressa de retrouver sa froideur, devenue experte en la matière.

– Allez, Jilly, dit-elle d'un ton égal. Je vous ramène chez vous.

Et elle mit le contact.

15

– 10 heures tapantes ! Quelle ponctualité, Greg !

– La Rolls-Royce de Mlle Welles est avancée. Si vous permettez que je prenne votre sac.

Tara se laissa conduire par son chauffeur stylé jusqu'à la voiture rutilante, dont il lui ouvrit galamment la portière. Greg était de belle humeur, fredonnant une petite chanson tout en conduisant. Elle sentait qu'il se comportait déjà en conquérant, sûr de la victoire imminente, même si l'acte lui-même n'était pas encore accompli. Je pourrais encore vous surprendre, monsieur Marsden, songea-t-elle, glacée intérieurement bien que son visage n'en reflétât rien.

Tara avait eu bien du mal à retrouver la disposition d'esprit dans laquelle elle souhaitait aborder le week-end après l'épisode Jilly. Heureusement, elle était rentrée assez tôt pour avoir le temps de consacrer une demi-heure à la gymnastique qu'elle n'avait jamais abandonnée depuis Orphée, au point qu'elle était devenue une seconde nature pour elle. Puis elle avait pris un bain tonifiant, s'était vigoureusement frotté le corps avec son gant de crin et avait terminé sa mise en forme par un masque destiné à détendre ses traits. À 10 heures, elle était fin prête et même plutôt surexcitée à l'idée du duel qui l'attendait.

Greg prit le chemin de Darling Point à une allure de croisière – rien ne le pressait. Tara eut donc tout loisir de redécouvrir calmement les endroits familiers qui jalonnaient la route sans risquer de se trahir. Ils arrivèrent devant les grilles de la maison et Greg actionna l'ouverture automatique à l'intérieur de la voiture. Un instant plus tard, la grande maison blanche se dressait devant elle.

– Nous y sommes presque, fit Greg non sans fierté. Qu'en pensez-vous ?

– D'après ce que je peux en voir, dit-elle, choisissant ses mots avec soin, c'est une maison superbe.

– La maison est très belle, dit Greg en s'en rapprochant, mais j'ai l'intention de modifier la décoration intérieure, qui témoigne encore du goût de ma femme. Elle l'avait entièrement fait refaire après la mort de son père pour se libérer de l'emprise de celui-ci, je crois. Mais ses goûts étaient plutôt fades; à force de vivre dans l'ombre du vieillard, sans doute. (Greg était fier de lui, persuadé qu'il était d'avoir montré juste ce qu'il fallait de sollicitude à l'égard de la disparue tout en manifestant une certaine distance par rapport au souvenir.) La maison me plaît bien, poursuivit-il. Mais j'ai hâte de me débarrasser de tous ces meubles. Vous allez voir.

Et comment ! songea Tara. Si je vais voir !

– Avant tout, je dois vous dire que je vous ai ménagé une surprise. Vous allez faire la connaissance des enfants de Stéphanie.

Tara se figea.

– J'ai demandé à leur directeur l'autorisation de les faire sortir pour le week-end. Oh, ils sortent assez souvent. Bill MacMaster les emmène chez lui en fin de semaine.

Elle ne put articuler un mot. Greg remarqua son air préoccupé.

– J'espère que cela ne vous ennuie pas, s'empressa-t-il d'ajouter. Je pensais vous montrer que j'aimais bien la vie de famille, au fond.

Ils arrivaient devant la maison. Greg arrêta la voiture et la regarda droit dans les yeux.

– Voyez-vous, Tara, dit-il avec un soupir, vous êtes la première femme que j'amène ici depuis la mort de Stéphanie. Aussi... attendez-vous à un accueil plutôt froid de la part des enfants. Ne vous laissez pas impressionner, avant midi ils viendront vous manger dans la main.

Il eut un sourire rassurant et lui pressa la main, puis sauta hors de la voiture dont il fit le tour pour aller lui ouvrir la portière. En posant le pied sur l'allée, Tara perçut un mouvement au balcon du premier étage, au-dessus de la porte d'entrée. Levant les yeux, elle vit une forme reculer à l'intérieur de la chambre. Sarah ! Tara demeura immobile, cherchant désespérément à calmer les battements affolés de son cœur.

Entre-temps, Matey était sorti pour aider à décharger les bagages. Il jeta un coup d'œil sur Tara quand Greg les présenta puis la regarda plus attentivement. C'était bel et bien la jeune femme qu'il avait rencontrée devant les grilles de la maison plusieurs mois auparavant ! Mais l'explication devait être fort simple : séduite par Greg Marsden, elle était venue explorer son territoire. Et elle était parvenue à ses fins depuis, semblait-il. Tara poussa un profond soupir. Elle avait rangé dans un coin de son esprit sa rencontre fortuite avec Matey lorsqu'elle était venue traîner devant la propriété peu après son arrivée à Sydney. Heureusement ce dernier ne semblait pas particulièrement surpris de la revoir. Avait-elle ainsi oublié d'autres détails essentiels ?

Comme pour répondre à sa question, un chien aboya à l'intérieur de la maison et, peu après, un énorme berger allemand franchissait le seuil de la porte. En deux bonds il fut sur elle, la renversant presque, et lui fit fête de toutes les manières dont il était capable pour exprimer sa joie. Greg observait la scène avec ébahissement.

– Vous avez quelque chose de spécial, vous, dites donc, déclara-t-il, incrédule. C'est Kaiser, le chien de Stéphanie. En principe, il n'est pas commode avec les inconnus.

– Je sais m'y prendre, avec les animaux, dit Tara d'un ton léger.

Mais, se penchant au-dessus du chien pour le caresser, elle eut bien du mal à calmer Kaiser, devenu comme fou, et à lui intimer de la laisser... Et si quelques larmes tombèrent sur le pelage brillant, qui les remarqua, sinon Kaiser lui-même ?

– Entrons, dit Greg en lui prenant le bras lorsqu'elle se redressa.

Ils franchirent le seuil, Kaiser toujours sur les talons de Tara ou gambadant joyeusement autour d'elle. Dès qu'ils furent entrés, Greg se tourna vers le chien et, insensible aux gémissements déchirants de la pauvre bête, le fit sortir à coups de pied avant de claquer la porte.

– Ouf ! Il ne vous importunera plus, Tara, dit-il. Je vais vous montrer votre chambre.

Tara regarda autour d'elle. Rien n'avait changé depuis son départ. Son cœur se serra en songeant aux moments de bonheur qu'elle avait connus dans cette maison avant... avant Greg. Tout était pareil, sauf elle. Elle avait le sentiment d'être devenue étrangère à ce qui avait pourtant été son foyer, sa maison.

– Je vais vous montrer la pièce que je vous ai

réservée, poursuivit-il, ignorant tout du déchirement que Tara s'infligeait. J'irai ensuite m'occuper du déjeuner. La plupart de mes gens sont de sortie aujourd'hui. Je n'ai pu garder que Matey, et je me méfie toujours des extra : surtout à la cuisine !

Pas mal ! Il se débrouillait bien, dans le rôle du maître de maison qui a fort à faire avec ses domestiques !

– Mais si vous êtes contente, c'est le principal... je veux que tout soit parfait pour vous... absolument tout...

Il la précéda au premier étage, le long du vestibule dans lequel donnait la chambre principale, qui avait été celle de Stéphanie Harper, et ils parvinrent à l'appartement réservé aux invités. Tara réprima un soupir de soulagement. Greg posa son sac et gagna la porte.

– Je ne suis pas loin... (Il s'interrompit comme pour lui donner le temps de comprendre ce qu'il voulait dire.) Si vous avez besoin de quelque chose, le jour ou la nuit, n'hésitez pas...

– Très bien, dit-elle, en se rendant compte que c'était la première fois qu'elle se trouvait seule avec lui dans une chambre à coucher depuis le drame.

– Je suis très content que vous soyez là, dit-il.

Au plus petit signe d'encouragement, il s'approcherait d'elle, elle le savait. Tendue à l'extrême, elle dit, se contraignant à sourire :

– Moi aussi, Greg. Mais donnez-moi quelques instants pour m'installer...

– Bien sûr. À tout à l'heure.

Et il sortit.

Tara gagna la fenêtre et l'ouvrit en grand, aspirant l'air à grandes goulées et soupirant pour se détendre. Elle sentit qu'elle se ressaisissait peu à peu. Le week-end va être long, se dit-elle. Il faut tenir le coup, ma vieille. Allez, courage ! Elle était toujours debout devant la fenêtre quand elle entendit des coups légers contre la porte.

– Entrez ! lança-t-elle.

La porte s'ouvrit et Dennis apparut dans l'encadrement. Un tourbillon de sentiments envahit Tara, la joie, le bonheur, l'amour cédant bientôt la place à la terreur d'être reconnue. Elle aurait voulu se précipiter pour le prendre dans ses bras, mais c'était impossible. Elle pouvait cependant le dévorer des yeux, se rassasier ne fût-ce que de la vue de celui qui lui avait tant manqué.

– Vous êtes Tara Welles, n'est-ce pas ? demanda-t-il d'un ton enjoué.

– Et vous devez être Dennis.

Sa voix sonna bizarrement, même à ses propres oreilles.

– Je sais qui vous êtes, poursuivit-il, mystérieux, à la manière des enfants. Je sais absolument tout sur vous. Ma sœur découpe toutes vos photos dans les magazines. Elle aime bien la mode, les chiffons, tout ça, comme les filles, quoi. Vous voulez que je vous fasse visiter ?

Tara l'observa. Il était plus grand que dans son souvenir, mais à part ça toujours le même : les yeux pétillants qui semblaient tout regarder – les choses et les gens – avec un profond intérêt, les cheveux bouclés, les taches de son, et jusqu'à son appareil dentaire, qu'il portait toujours. On sentait une tristesse nouvelle en lui mais il n'avait pas l'air d'un enfant qui a terriblement souffert. Très bientôt mon chéri, lui promit-elle du fond du cœur comme elle l'avait fait si souvent dans sa chambre solitaire, s'adressant aux photographies et les couvrant de baisers. En attendant, je fais de mon mieux.

– Une visite guidée ? dit-elle. Très volontiers.

Ils passèrent ensemble devant la chambre de Stéphanie, d'où s'échappait une mélodie.

– D'où vient la musique ? demanda Tara.

– C'est ma sœur, Sarah, elle aime la grande musique. Ma mère aussi en écoutait souvent.

– Et toi ?

– Bah, je suis un peu comme un protestant qui aurait des goûts catholiques !

Tara sourit. Il était si naturel. C'était comme si elle n'était jamais partie.

– Tu préfères peut-être le rock'n roll ?

– Il sourit.

– En quelque sorte.

Au bas du grand escalier, ils s'arrêtèrent devant l'immense portrait de Max Harper.

– C'est mon grand-père, expliqua Dennis. Il y a des gens qui disent que je lui ressemble, mais je ne trouve pas. Je ne suis pas aussi ambitieux en tout cas. Je me fiche un peu de l'argent et du pouvoir... J'ai envie de faire ce qui me fait plaisir.

– Il était peut-être comme toi à ton âge ! remarqua Tara, amusée. Attends de voir !

Ils franchirent le salon jusqu'au balcon donnant sur le parc.

– Vous voulez voir le jardin ? dit l'adolescent.

– Pourquoi pas ? (Comme ils traversaient la pelouse, Tara demanda gentiment :) Dennis... cela vous ennuie que je sois là ?

Il réfléchit.

– Non. Ça ne me dérange pas. Mais Sarah, ma sœur – c'est ma demi-sœur, en fait –, elle le prend très mal.

– Ta sœur et toi, vous n'aimez pas beaucoup Greg, c'est ça ?

– Pas beaucoup, non. (Il marqua un temps d'hésitation puis, se jetant soudain à l'eau comme s'il avait décidé qu'on pouvait lui faire confiance :) Pour nous, à vrai dire, il faisait partie des erreurs de maman. Elle n'arrivait pas à trouver ce qu'elle voulait dans la vie. Maman aimait les choses simples, en fait. Mais c'était comme si elle se laissait trop influencer par les gens, qui lui faisaient croire qu'elle devait faire ce qu'ils voulaient, eux, au lieu d'être elle-même. Sarah est tout le contraire. Comme mon grand-père Max, plutôt têtue...

– Et toi, à qui ressembles-tu ? (Le cœur de Tara était gonflé d'amour pour ce jeune garçon si clairvoyant, si généreux.) Tu ressembles à ton père ?

Dennis éclata de rire.

– Oh non, je ne crois pas. C'était le deuxième mari de maman. Un savant américain. Il habite aux États-Unis.

– Tu as de ses nouvelles ?

Tara n'était pas sûre de vouloir l'entendre dire oui ou non.

– Bien sûr. Il nous a envoyé une carte de condoléances après l'accident.

Ils rirent à l'unisson et, dans une entente parfaite, poursuivirent leur promenade à travers les jardins.

Quand ils revinrent sur leurs pas, Tara sentit qu'elle avait franchi le premier obstacle. Vis-à-vis de Dennis, du moins, elle n'était déjà plus seulement la petite amie de Greg. Une relation personnelle avait déjà commencé de se forger entre eux.

Ils gravirent l'escalier et lorsqu'ils repassèrent devant la chambre de Stéphanie, elle demanda :

– C'était la chambre de votre mère ?

– Comment l'avez-vous deviné ?

Elle lui sourit.

– Oh, rien qu'à la façon dont tu as regardé la porte en passant.

– J'aimerais bien vous la montrer mais Sarah en fait son refuge quand elle vient à la maison, pour écouter de la musique sur la chaîne stéréo de maman, et elle est de mauvaise humeur aujourd'hui, en plus. Elle ne s'est pas encore montrée depuis son arrivée. Mais elle sortira de sa tanière quand elle aura faim ! (Il eut pour Tara un sourire complice.) Vous voulez que je vous montre ma chambre ?

– Je pensais que tu ne me le proposerais jamais !

– C'est vrai qu'en principe quand on fait visiter la maison on évite de passer par là – vu que c'est une de ces pagailles !

Il lui fit franchir le palier et ouvrit une porte d'un geste grandiloquent, révélant une chambre de garçon typique, aux murs couverts d'affiches multicolores et plongée, comme prévu, dans un désordre chaotique qu'il s'affaira à réparer, ramassant des objets épars. Du plafond, pendaient des maquettes d'avions de toutes les tailles et de toutes les marques. Il avait travaillé dur au cours des mois précédents, car sa collection s'était beaucoup agrandie. Elle s'appliqua à manifester de la surprise :

– Seigneur ! C'est toi qui as construit tout ça ?

– Ouais, fit-il, flatté. Ce sont des modèles à monter soi-même. (Il indiqua un chasseur allemand de la Seconde Guerre mondiale :) Celui-là m'a donné du fil à retordre.

– Je veux bien le croire ! Mais il est drôlement réussi.

Dennis rayonnait.

– Je veux devenir pilote d'essai quand j'aurai fini l'école, dit-il.

– Ce n'est pas un peu trop dangereux ?

– Non... c'est pas un problème.

– Ah bon... (Mais son instinct de protection maternel la poussa quand même à ajouter :) Tu as encore tout le temps de songer à l'avenir, pas vrai ?

– C'est ce que disait ma mère. Mais je ne veux pas gaspiller ma vie, pas une seule minute !

Il y avait de la détermination dans sa voix, et Tara songea : Oh, si j'avais pu être comme ça ! Moi qui ai gaspillé tant de temps à ne rien faire de mon adolescence et des années qui suivirent, pour attendre le prince charmant...

Elle se reprit, effrayée par la violence de ses pensées. Mais j'ai changé, se dit-elle. Et je m'y prends mieux. Je suis maîtresse de ma propre vie et je saurai vivre mieux une fois que je serai parvenue... à mes fins. Je vivrai avec toi mon fils... bientôt, très bientôt.

Comme s'il avait pu lire dans ses pensées, Dennis gagna le chevet de son lit et saisit une photo qu'il lui tendit :

– C'est ma mère, dit-il.

Tara regarda le visage soucieux mais affable de Stéphanie, son moi défunt. Elle l'examina scrupuleusement. Ç'aurait pu être l'image d'une autre femme, qui n'aurait rien eu à voir avec elle. Tara parvint à poser la question qui la tourmentait tant depuis l'accident :

– Comment avez-vous fait pour vous passer d'elle ?

– Oh, ça n'a pas été trop difficile, en fait... Je ne sais pas comment dire, mais elle n'était pas très souvent là, avant, à cause des affaires. Quelquefois elle nous emmenait avec elle et, une fois, elle nous a emmenés faire du ski, c'était génial ! (L'enthousiasme rosissait ses joues.) Enfin, génial dans un sens – parce que je me suis cassé la jambe et il a fallu que je reste au lit jusqu'à la fin des vacances ! C'était affreux, parce que je voyais les autres partir sur les pistes de bonne heure le matin et rentrer quand il faisait déjà noir. Mais maman ne m'a jamais laissé... elle restait avec moi toute la journée à me lire des histoires... et à jouer à des jeux. Elle avait même fait transporter son lit dans ma chambre au cas où j'aurais eu besoin de quelque chose pendant la nuit, ou simplement envie qu'elle soit là parce que j'avais mal... (Il semblait en transe soudain, revivant ces moments comme s'ils étaient présents.) Avant, je croyais qu'elle ne m'aimait pas... Idiot... (Il se retourna brusquement pour faire face à Tara.) Je me fiche pas mal de ce qu'on peut dire ! Je suis sûr que ma mère n'est pas morte ! Je sais ce que tout le monde pense, mais un jour, je sais qu'elle va revenir et j'en connais – oui, j'en connais – qui vont avoir un choc !

Rentrant les épaules, il se détourna pour gagner la fenêtre, afin qu'elle ne vît pas qu'il pleurait.

Pétrifiée, pâle comme un linge, Tara n'osait pas prononcer un mot. Elle enfonça ses ongles dans ses paumes pour que la douleur la détournât de l'envie de pleurer avec Dennis, de tout lui avouer. Lentement, péniblement, elle reprit le contrôle d'elle-même. Franchissant les quelques mètres qui la séparaient du garçon, elle s'approcha de lui et entoura de son bras ses épaules osseuses, le serrant très fort en silence. Ils demeurèrent ainsi longtemps, très longtemps.

À l'instar de Tara, Phillip Stewart savait ce que c'était de se sentir étranger dans sa propre maison. Quand il avait entendu la voix de Jilly au téléphone dans son bureau new-yorkais, il n'avait pu empêcher son cœur de bondir de joie, ni l'espoir de s'insinuer en lui lorsqu'elle lui avait dit qu'elle souhaitait le voir. Ils avaient décidé qu'en rentrant des États-Unis, au lieu d'aller s'installer à son club comme il le faisait les mois précédents, il irait directement à la maison afin « d'avoir une véritable explication », selon ses propres paroles. Dans l'avion, il s'était surpris à imaginer qu'elle viendrait le chercher à l'aéroport… ou qu'elle l'attendrait chez eux avec une bouteille de champagne au frais et un dîner de retrouvailles…

Mais à l'arrivée, il ne trouva qu'une nuit humide et froide, des passagers irritables, des taxis trop rares, et pas de Jilly. Mais il ne s'attendait tout de même pas, en rentrant chez lui, à la trouver déjà au lit, toutes lumières éteintes et le réfrigérateur vide. Il entra sur la pointe des pieds dans la chambre mais c'était trop de précautions, Jilly avait sombré dans un sommeil profond – dont les vapeurs de whisky qui empestaient la pièce indiquaient la raison. En proie au dégoût, le cœur comme de la glace, il partit se coucher dans une des chambres d'amis.

Le lendemain dès l'aube, il se rasa, prit une douche et s'habilla en un temps record, bien décidé à quitter la maison hantée par l'échec de sa vie conjugale. Mais, à son grand étonnement, des bruits lui parvinrent du rez-de-chaussée lorsqu'il ouvrit la porte de sa chambre et il trouva Jilly dans la cuisine occupée à préparer des toasts et du café. Livide, les yeux bouffis, elle s'était pourtant coiffée et avait passé une jolie robe de chambre sur sa chemise de nuit. Phillip s'assit.

– Café ?

– Je veux bien. (Il attendit qu'elle dise quelque chose mais elle demeurait silencieuse.) Qu'as-tu derrière la tête, Jilly ? demanda-t-il pour finir, s'attristant de constater où ils en étaient arrivés. (Jamais il ne lui aurait parlé aussi brusquement quand ils s'aimaient encore. Là fut peut-être mon erreur, se dit-il.) Conviens que ça fait un bout de temps qu'on ne s'est pas trouvés tous les deux attablés comme ça, aussi regrettable que ce soit. À mon avis, il y a une raison. (Et comme elle ne répondait toujours pas, irrité au plus haut point il demanda d'un ton sec :) Qu'est-ce que tu me veux ?

Jilly saisit une cigarette d'une main tremblante mais déclara d'une voix posée :

– Je veux divorcer.

Phillip répondit comme par réflexe, du tac au tac :

– Très bien. (Qu'éprouvait-il ? Il l'ignorait.) Pourquoi as-tu attendu si longtemps avant d'en arriver là ? (Jilly sursauta.) Je t'en prie, Jilly, pas de faux-semblants. Crois bien que je m'y attendais.

– Tu ne vas pas t'y opposer ?

C'était absurde, mais Jilly était déçue. Phillip eut un sourire blasé.

– Ma pauvre chérie, dit-il. J'en ai vraiment par-dessus la tête de tout ça, crois-moi. J'ai fait ce que j'ai pu pour supporter cette situation jusqu'à maintenant en espérant que tu te réveillerais un jour et que tu te rendrais compte du genre d'individu qu'est Greg Marsden. Mais franchement, je n'ai plus très envie d'entretenir l'amant de ma femme.

– Si tu savais... (la voix de Jilly n'était plus qu'un murmure)... pourquoi n'as-tu... jamais rien dit ?

– Les autres n'étaient que des passades. Et je t'aimais toujours. J'espérais que tu finirais par quitter Marsden, comme les autres.

– Tu... m'aimais ?

– Je t'aimais, Jilly, oui. Au passé. C'est fini pour moi depuis... Je ne sais pas depuis quand.

La colère gagnait Jilly.

– Alors, si je comprends bien, tu m'as complaisamment laissée faire pendant tout ce temps ?

Phillip réfléchit.

– Sans doute, oui. On peut voir les choses comme ça. Tu as eu tellement de mal à accepter l'idée de ne pas avoir d'enfants. Je savais ce que cela représentait pour toi. Combien tu en as souffert. Alors si tu pouvais trouver quelque consolation de-ci, de-là... Je savais bien que je ne t'en apportais pas suffisamment.

Jilly éclata d'un rire sauvage, douloureux.

– Tu as peut-être de bonnes raisons de m'en vouloir, Jilly. J'ai peut-être eu tort d'épouser une femme beaucoup plus jeune que moi pour la condamner ensuite à une existence oisive, à tourner en rond dans une grande maison comme celle-ci – je ne l'aurais sans doute pas supporté moi-même. Mais enfin, Jilly, je ne suis pas ton père. Tu es adulte et si tu choisis de te rouler dans la boue, ce n'est pas à moi de t'en empêcher.

– Depuis combien de temps es-tu au courant ? fulmina Jilly.

– Je pourrais sans doute deviner le jour même où cela a commencé. (Il réfléchit, en proie à une profonde lassitude.) Le jour où nous sommes allés chez Stéphanie pour jouer au tennis avec les Rutherford ?

Sa perspicacité la mit encore plus en rage.

– Eh bien ! tu te trompes, figure-toi ! Ça remonte à bien avant.

Phillip ne releva pas.

– Est-ce que Stéphanie savait ? demanda-t-il.

La mention de Stéphanie la calma instantanément.

– Non, bien sûr que non, murmura-t-elle.

– Mais inutile de s'étendre. Tu vas avoir besoin d'un avocat, et moi, je pense pouvoir me représenter moi-même. Ça risque d'être assez délicat. Je n'étais déjà pas particulièrement enchanté d'entretenir Greg Marsden lorsqu'il était l'amant de ma femme, mais je le serai encore moins quand il ne fera plus – ni toi non plus – partie de la famille.

Jilly le regarda d'un air candide. Elle n'avait pas songé aux aspects financiers du divorce, pas même à sa propre sécurité, songea-t-il, désarmé. Puis, se rendant compte qu'ils n'auraient peut-être jamais plus l'occasion de discuter tous les deux, il lui parla du fond du cœur :

– Jilly, je t'en prie, écoute-moi attentivement. Je ne sais pas ce qui s'est passé quand tu étais à Éden au moment de la mort de Stéphanie... mais prends garde à toi, je crois Greg Marsden capable de n'importe quoi.

Jilly prit simplement l'air buté.

– Arrête de me faire la leçon, Phillip. Je ne

suis pas un de tes clients ! Et d'ailleurs, j'ai l'intention de me marier avec Greg Marsden, figure-toi. Et ni toi ni personne au monde ne pourra m'en empêcher !

Bien loin de se douter qu'il était fiancé, Greg Marsden concentrait toute son énergie sur un objectif tout à fait différent. Il était plutôt satisfait de la manière dont il avait mené sa barque ce matin-là avec Tara et s'attendait à une victoire imminente. Il avait eu une idée magnifique en faisant venir les enfants, montrant par là qu'il avait le sens du devoir et qu'il ne cherchait pas purement et simplement à se l'envoyer. Encore que cela fît également partie de ses projets, bien entendu. Il voulait bien lui pardonner de l'avoir éconduit le soir de leur premier dîner – à la rigueur –, bien que cela ne lui fût encore jamais arrivé auparavant. Soit, ça la rendait même respectable à ses yeux. Mais, après avoir passé plusieurs heures à proximité de ce corps merveilleusement délié, de cette chute de reins sublime, de ces seins... Bon Dieu, il allait avoir du mal à se retenir ! Et ils n'en étaient qu'à l'heure du déjeuner... Reprenant son sang-froid, il regarda vers le bout de la table.

Tara était en grande conversation avec Dennis, ce que Matey ne manqua pas d'approuver lorsqu'il s'en rendit compte tandis qu'il servait – avec grand style comme toujours – les plats et le vin qui les accompagnait.

– Tu as un bon coup de fourchette, pas vrai ? lui demanda Tara.

Et Greg, inattentionné comme à l'accoutumée, répondit à la place du garçon.

– Et comment. Il ne faut pas lui en promettre. Mais si on décidait du programme de l'après-midi ? À vous la parole, Tara.

– Bah... je suis ouverte à toutes les suggestions.

– Parfait, on peut se baigner, faire du bateau, pêcher et... (il eut un rire malicieux)... jouer au tennis !

– Pas pêcher, dit Dennis dont l'intervention déplut à Greg.

– Je t'ai demandé quelque chose, à toi ?

Tara se tourna vers Dennis.

– Tu n'aimes pas la pêche ?

Greg était mécontent, cherchant manifestement ce qu'il pourrait dire pour empêcher Dennis de s'exprimer. Oh ! Greg, songea Tara, comment ai-je pu penser que tu ferais un bon père ? Soudain furieuse, Tara songea au bébé que Stéphanie avait rêvé d'avoir avec Greg, pestant intérieurement contre tant de naïveté, et sa fureur ne fit que croître lorsque Greg s'adressa à son propre fils d'un ton supérieur et sarcastique.

– L'homme est contraint de tuer pour survivre, Dennis, pérora-t-il. C'est la loi de la nature. On ne t'apprend donc rien dans cette école coûteuse que tu fréquentes ?

Tara ne put s'empêcher d'intervenir.

– L'homme – ou du moins certains hommes – tue aussi pour d'autres raisons, Greg. (Elle le regardait droit dans les yeux.) Certains hommes sont seulement... des assassins.

Elle soutint son regard pendant ce qui lui parut une éternité. Mais il ne cilla pas. Sans relever, il continua comme si de rien n'était :

– C'est la nature humaine, voilà tout. Et il en a toujours été ainsi. Ça ne va pas changer pour ton bon plaisir, fiston.

Il n'a pas entendu, se dit-elle, il n'a pas dû entendre, tout simplement. Et à cet instant elle le prit pour ce qu'il était – un inconscient et un individu dépourvu de tout scrupule. Les autres sont des assassins, les autres font le mal. Mais lui se contente de faire ce qu'il peut quand les autres... les autres se mettent en travers de son chemin. Il faut te ligoter, Greg Marsden, car rien ne pourra t'arrêter. Tu es comme un train emballé. Tu as perdu le contrôle.

Greg harcelait toujours Dennis.

– ...Regarde ce que tu as dans ton assiette, hein ? Tu crois vraiment que ce bœuf est mort de sa belle mort ?

L'air écœuré, Dennis repoussa son assiette loin de lui. Greg sourit.

– Allons ! ordonna-t-il. Si on parlait de choses plus gaies !

Il fut interrompu par l'entrée de Sarah qui, les yeux baissés, alla se glisser discrètement à sa place à table.

– Je vous avais dit que la faim la ferait sortir de sa tanière, chuchota Dennis à Tara.

Tara regarda sa fille. Elle aussi avait grandi, et grossi. Mangeait-elle par tristesse ? songea Tara pleine de compassion. Elle était exactement comme elle au même âge. Sa lourde chevelure tombait devant ses yeux, cachant son visage dont on devinait l'expression amère. L'image même de l'adolescence difficile.

– Bonjour, fit Tara très doucement.

– Sarah, je te présente Mlle Welles, dit Greg du même ton supérieur que celui dont il usait avec Dennis. Elle est mannequin. Tu l'as vue à la télévision. Dis bonjour.

– Je sais qui c'est, fit Sarah à l'adresse de Greg, puis, se tournant vers Tara, elle déclara : Mon frère et moi avons été autorisés à sortir pour le week-end en votre honneur. Pour servir de... chaperons, sans doute ?

Tara regarda Greg qui semblait avoir quelque difficulté à garder son calme.

– Matey ? dit-il. Je crois que Sarah va déjeuner.

– Bien, monsieur.

Tara ressentait un désir compulsif de communiquer avec sa fille.

– Tu es très jolie, dit-elle à voix basse.
– Non, je ne le suis pas ! lança-t-elle d'une voix cristalline. Je ressemble à ma mère.
C'était plus que Greg n'en pouvait supporter.
– Tara Welles, commença-t-il d'un ton menaçant, est mon invitée, et tu devrais savoir depuis le temps que je ne souhaite pas qu'on parle de ta mère. Maintenant, si tu as l'intention de te conduire comme une enfant gâtée, tu peux quitter la table immédiatement.
Sarah ne se le fit pas dire deux fois. Elle se dressa d'un bond et, d'une voix tremblante mais un regard de défi dans les yeux, elle lança :
– Je n'ai pas d'ordres à recevoir de vous ! Vous n'êtes pas chez vous, ici ! Et vous ne me faites pas peur !
Elle fit volte-face et s'enfuit en courant.
Bravo ma chérie, songea Tara, pleine de fierté pour sa fille. Il l'a cherché. Elle éprouvait une joie enfantine d'avoir vu Greg ainsi remis à sa place. À la lueur qui brillait dans les yeux de Dennis, elle sut qu'il ressentait la même chose. Quant à Greg, il voyait rouge.
– Nous allons prendre le bateau, annonça-t-il brusquement.
– C'est une bonne idée, dit Tara.
– Oui, pas mal, fit Dennis.
Greg le fusilla du regard. Il les avait assez vus pour aujourd'hui, sa sœur et lui.
– Je voulais dire, Tara et moi, précisa-t-il.
Dennis était manifestement vexé.
– Mais Greg, commença Tara de son ton le plus innocent, j'avais cru comprendre que vous aimiez la vie de famille et... je ne veux pas que vous sacrifiiez une sortie avec Dennis à cause de moi. Emmenons-le avec nous, vraiment, j'insiste. Ou alors je vous laisse y aller tous les deux, entre hommes !
Elle regardait Greg avec de grands yeux naïfs,

mais du coin de l'œil n'en voyait pas moins le visage illuminé de Dennis. Ce dernier était ravi d'avoir trouvé une alliée mais son cerveau juvénile ne parvenait pas à comprendre comment cela était possible. Sur le bateau, l'après-midi, il chercha à en savoir plus :

– Pourquoi aimez-vous Greg, Tara ?

Bonne question, songea-t-elle. Mais que dire ?

– J'aime des tas de gens différents. Toi, je t'aime beaucoup, par exemple.

Tendant la main, elle lui ébouriffa gentiment les cheveux.

– Eh ! vous, là-bas, lança Greg. Vous ne vous baignez pas ?

Souriant, Tara disparut à l'intérieur de la cabine pour se changer. Là elle rit à voix haute au souvenir de son dernier passage – pendant sa lune de miel avec Greg ! Ou plutôt, se corrigea-t-elle, pendant la lune de miel de Stéphanie. Le sentiment de la distance inouïe qui la séparait de la pauvre femme lui donna un brusque regain de courage. Elle possédait un grand pouvoir sur Greg et elle était sur le point de le mettre en œuvre. J'en suis capable, se dit-elle. Je suis en train d'y arriver. Elle se changea prestement et remonta sur le pont. Le soleil faisait miroiter les eaux du port. Au large, s'étendait l'océan Pacifique.

– Je suis prête ! cria-t-elle. Tout le monde devrait l'être !

– Le dernier à l'eau a perdu ! s'écria Dennis en plongeant par-dessus bord.

Les yeux de Greg se promenèrent sur le corps de Tara que moulait son maillot de bain et semblèrent apprécier ce qu'ils virent. Quel corps splendide ! se dit-il. Une affaire ! Elle soutint son regard sans crainte, comme une femme sûre de sa beauté et de sa séduction.

– Vous venez ?

Elle avait parlé d'un ton léger, mais il y avait

dans ses paroles une invite que les oreilles expertes de Greg ne manquèrent pas de recevoir. Il tira sur son tee-shirt qu'il jeta sur le pont et, avec des gestes ostensiblement provocateurs, entreprit de déboutonner son jean, puis, lentement, de baisser la fermeture à glissière. À son étonnement, Tara ne rougit pas, ne détourna pas les yeux, comme les autres femmes le faisaient d'ordinaire. Au contraire, elle le regarda faire, sans perdre un seul détail. Jamais une femme ne l'avait vraiment regardé se livrer ainsi à son numéro de paon faisant la roue. Il sentit le sang affluer brusquement à son sexe tandis qu'il se glissait hors du jean pour apparaître dans un maillot noir réduit au minimum.

Tara examinait attentivement son vis-à-vis, les larges épaules, les muscles apparents de son torse et de ses bras, les hanches étroites, le ventre plat et la protubérance au niveau de l'aine. Elle n'éprouvait nulle gêne car elle n'éprouvait nul sentiment en dehors d'une froideur glaciale, pire que la mort, tout au fond d'elle-même. Pourtant la femme en elle sentait le pouvoir qu'elle exerçait sur lui et y prenait du plaisir. Elle voyait le corps de l'homme frémir sous son regard et son corps à elle, comme en écho à son appel, répondait en dépit de tout, à un niveau qui n'avait rien à voir avec le cœur ou la raison. Une flamme minuscule mais brûlante s'alluma en elle, le bout de ses seins durcit et elle sentit une chaleur humide entre ses jambes. Ce qu'il était incapable de faire pour Stéphanie lorsqu'elle l'aimait, voilà qu'il y parvenait pour Tara qui le haïssait, songea-t-elle, fascinée par l'ironie de tout cela.

Elle comprit qu'en un instant il serait près d'elle, arrogant comme un homme habitué à user des femmes pour son propre plaisir et non pour le leur.

– Si vous m'attendez, n'en faites rien ! dit-elle non sans impudence et, vive comme l'éclair, elle se détourna et plongea dans le port.

Le froid de l'eau sur son corps envahi d'une tiédeur animale lui fit un choc mais eut en même temps un effet vivifiant, qui l'aida à se remettre les idées en place. Elle revint à la surface avec un cri de joie, exultant de se sentir libre et en pleine possession de ses moyens.

– On fait la course, Dennis ? lança-t-elle au garçon qui s'ébattait autour du bateau, et ils s'élancèrent en riant dans un crawl effréné.

Sur le pont, Greg ne vit qu'une manière de venir à bout de la situation. Il plongea à son tour. Une fois encore, il avait la désagréable impression qu'on se jouait de lui et qu'il était – sentiment tout à fait inhabituel pour lui – en position de faiblesse. Il se lança à leur poursuite tout en vitupérant intérieurement. Il savait qu'elle le désirait. Il avait vu ses yeux s'assombrir et ses pupilles se dilater. Il avait presque senti la chaleur qui l'envahissait quand elle le regardait se déshabiller pour elle – il ne pouvait pas se tromper. Et pourtant, quelque chose la retenait. Oh, pas pour longtemps. Il la voulait, il l'aurait, et il lui ferait payer alors chaque instant où elle s'était permis de se moquer de lui. Oui, ce serait ainsi que les choses se passeraient. Tara, qui le regardait venir, remarqua son crawl parfait mais aussi l'expression de son visage. Elle faillit pousser un cri de triomphe. Elle le tenait ! Il était en son pouvoir et elle ne le laisserait plus s'échapper !

16

Parfois, lorsqu'on souhaite être seul, on n'est quand même pas mécontent que quelqu'un s'intéresse à notre sort. C'est du moins ce que Dennis espérait en traversant le parc pour aller rejoindre

Sarah dans son refuge préféré, sous le vieux saule pleureur. Il ne l'avait pas trouvée dans la maison en rentrant de la balade en bateau et s'attendait tout naturellement à la découvrir là-bas, à l'abri des longues branches souples qui ployaient jusqu'au sol, au bord de l'eau. Il écarta les frondaisons vert pâle comme un rideau et pénétra dans l'ombre fraîche. Sarah était juchée au sommet d'un rocher, telle une naïade, Kaiser couché à ses côtés. Elle fit mine de ne pas remarquer Dennis, mais ce dernier savait à quoi s'en tenir. Il s'assit près d'elle sans mot dire, se contentant d'être là pour elle.

De fait, Sarah fut extrêmement touchée en le voyant, si touchée même qu'elle se raidit pour ne montrer nul signe de faiblesse. Mais la solitude lui pesait tant qu'elle avait bien du mal à se supporter elle-même, et si elle reprochait à Dennis sa puérilité et son manque de maturité, l'amour et la fidélité qu'il lui avait toujours manifestés demeuraient sa seule bouée de sauvetage. Mais elle était trop fière et trop écorchée vive pour le lui faire savoir, aussi garda-t-elle le silence en attendant qu'il entamât la conversation, ce qu'il ne manquerait pas de faire.

– Tu l'aimes bien en fait, non ? commença-t-il à brûle-pourpoint. Tu fais semblant du contraire mais tu l'aimes bien ?

– Qu'est-ce que tu racontes ?

– Elle a été sympa avec toi au déjeuner…

– Que veux-tu que ça me fasse ? Et en plus elle ne m'a pour ainsi dire pas adressé la parole !

– Ce n'est pas parce que c'est une amie à lui, poursuivit Dennis sans se démonter, qu'elle doit forcément être comme lui.

– Dennis, je t'en prie, fit Sarah avec un long soupir, tu es trop jeune pour comprendre.

Dennis décida de faire preuve de tolérance et

ne releva pas, s'engageant au contraire sur une nouvelle piste.

– Écoute, dit-il, les sourcils froncés, elle ne te rappelle pas quelqu'un ?

– Comment ça ?

– J'en sais rien, mais j'ai l'impression de l'avoir déjà vue. Tu te souviens de la femme dont je t'avais parlée, qui avait pris des photos de moi en train de jouer au foot à l'école ? Ben c'était elle ! Je lui ai demandé sur le bateau et elle m'a dit que je devais me tromper. Mais j'en suis sûr et certain.

– Franchement, Dennis ! s'écria Sarah, songeant qu'il était temps de mettre un terme à de pareils enfantillages. Tu es tombé sur la tête ou quoi ? Qu'est-ce que tu veux que Tara Welles ait été faire à ton école ! C'est complètement ridicule !

– Je sais que je l'ai déjà vue quelque part, répéta Dennis avec entêtement.

– Bien sûr que tu l'as déjà vue, bougre d'idiot ! Tu l'as vue dans toutes les revues de mode qui envahissent la maison depuis je ne sais pas combien de temps !

Sarah poussa un soupir d'exaspération.

– N'empêche... Sarah, reconnais que c'est quelqu'un de... pas banal.

– Non, je ne suis pas du tout d'accord, répliqua Sarah avec emphase, elle est ni plus ni moins que toutes les femmes qu'il a ramenées ici. J'ai bien vu comme elle le regarde quand ils sont ensemble. Elle a envie qu'il fasse l'amour avec elle.

La fragile image romantique que Dennis avait de Tara fut ébranlée. Mais il continua pourtant de la défendre :

– Je n'en crois pas un mot. Tu ne penses qu'à ça parce que tu es dans ta période de puberté.

– Pas du tout ! explosa-t-elle. Et de toute façon il n'a pas le droit de l'amener chez nous, dans notre maison à nous. Je le hais ! (Des larmes jaillirent de ses yeux et, secouée de sanglots convulsifs, elle continua :) Et je la déteste, elle aussi. Tous les deux, je les déteste. Ils sont détestables…

Résigné, Dennis passa son bras autour des épaules de sa sœur. Son autre main rencontra la tête de Kaiser, à ses côtés, et il la caressa, provoquant un grognement de satisfaction chez l'animal. Pensif, Dennis le tapota doucement.

– Mais toi, tu ne la détestes pas, hein ? demanda-t-il, perplexe. Tu n'as pas mis longtemps à l'adopter, mon bon chien ?

Kaiser se mit à lécher son petit maître puis haleta dans la chaleur. Mais il garda son secret et ne répondit pas à la question de Dennis.

À l'intérieur de la maison, les deux adultes s'étaient retirés dans leurs chambres pour se doucher et se reposer après le bain. Greg n'avait guère changé d'humeur, toujours partagé entre le désir et la colère. Sur le bateau, Tara avait repoussé une deuxième fois ses avances.

– Greg ! Pas devant Dennis !

Il s'était senti traité comme un adolescent trop entreprenant, qui se fait rabrouer par sa petite amie au dernier rang de la salle de cinéma.

– Vous croyez que ça le gênerait ? demanda-t-il, refusant de la prendre au sérieux.

– Je l'ignore, mais moi, oui !

Contrarié, il avait dû se rabattre sur un échange de propos anodins.

– Vous vous intéressez beaucoup à lui, on dirait ? Que s'est-il passé entre vous ? Vous vous êtes bien entendus ?

– Je ne sais pas trop, à vrai dire.

– Hmmm, ce sont des gamins difficiles, dit-il d'un ton maussade. Je n'aurais pas dû les faire venir, en fin de compte.

– Mais si ! au contraire ! répliqua Tara un peu trop vivement. Je suis ravie d'avoir eu l'occasion de faire leur connaissance, ajouta-t-elle plus posément. Je ne peux pas m'empêcher d'avoir pitié d'eux. Ces derniers mois ont dû être affreux.

– Ils sont jeunes. Ils s'en remettront.

Greg était si absorbé par son propre sort qu'il ne remarqua pas le ton sérieux de Tara lorsqu'elle répondit :

– C'est vraiment ce que j'espère.

Tandis que Greg ruminait son erreur, Tara partit à la recherche de Sarah. Elle l'avait si peu vue pendant le déjeuner qu'elle ne pouvait pas attendre plus longtemps, il fallait qu'elle la revoie. La musique qui s'échappait de la chambre de Stéphanie lui apprit qu'elle y était de retour. Tara frappa à la porte et entra. Aussitôt sur le qui-vive, Sarah éteignit la chaîne et entreprit de rassembler les disques éparpillés sur le plancher. Le silence obstiné de l'adolescente, qui s'absorbait ostensiblement dans son activité, lui apprit que la carapace dans laquelle celle-ci se murait pour se protéger ne serait pas facile à briser. Elle se lança pourtant :

– Il ne fallait pas arrêter la musique, dit-elle. Mozart est mon compositeur préféré – si joyeux, même lorsqu'on est triste.

– Que voulez-vous ? demanda Sarah avec une agressivité à peine dissimulée.

– Je suis venue voir comment tu allais. J'ai regretté que tu ne sois pas venue en bateau avec nous.

Elle avait mis le doigt sur un point sensible.

– Personne n'aurait dû y aller ! C'est le bateau de maman ! Les avocats ont bien dit qu'il n'a aucun droit sur rien...

Oh, mon bébé, songea Tara, qui essaies de le combattre avec les moyens des grandes personnes.

– C'était seulement pour me faire plaisir, dit-elle.

Un éclair de mépris passa dans les yeux de Sarah.

– Pour vous impressionner, oui ! Oh, tout ça me dégoûte ! Vous amener ici, dans la maison de ma mère, pour faire l'amour...

– Sarah !

Tara sentit la tête lui tourner. Elle n'était pas de taille. Quant à Sarah, elle était hors d'elle, comme possédée.

– Vous êtes sa maîtresse, pas vrai ?

– Non je ne le suis pas ! (Elle avait parlé avec une violence dont elle ne se serait pas crue capable. Elle vit que Sarah était ébranlée et profita de son avantage.) Je ne suis pas la maîtresse de Greg, et il ne se passera rien dans cette maison que votre mère n'aurait pas approuvé, je te le promets.

– Je ne comprends pas. Comment une femme comme vous peut-elle être avec Greg Marsden ?

Tara lui prit les mains et, plongeant ses yeux dans les siens :

– Ne juge pas sur les apparences, dit-elle doucement, les choses ne sont pas toujours comme elles en ont l'air. (Elle voyait sur son visage que la jeune fille luttait pour assimiler ses paroles et elle se sentit fondre de tendresse :) Sarah... j'aimerais... j'aimerais être ton amie, si seulement tu voulais bien.

– Mais pourquoi vous intéressez-vous tellement à moi ? demanda l'intéressée, avec un étonnement sincère, tant elle était persuadée qu'elle n'avait rien, mais rien, qui pût susciter l'attention de quiconque. Vous êtes si belle... alors que moi...

Tara croyait entendre l'écho de ses propres regrets d'adolescente, lorsqu'elle se prenait elle-même pour le vilain petit canard. Et elle aurait voulu faire partager à sa petite chérie, à sa fille bien-aimée qui la prenait pour une inconnue, l'importante découverte qui allait transformer sa propre existence – qu'en chaque petit canard il y a un cygne qui attend d'être délivré, et que, si une femme ose enfin être belle, elle opère elle-même la métamorphose. Gardant les mains de Sarah dans les siennes, Tara la conduisit jusqu'au lit, au bord duquel elles s'assirent côte à côte. Tara prit une profonde inspiration et se lança :

– Quand j'avais ton âge... j'avais peur de tout, j'étais horriblement mal dans ma peau, et je portais un appareil dentaire. J'étais trop grosse et je me détestais. Je me trouvais franchement laide. Et par-dessus tout, j'étais convaincue que personne ne pourrait jamais m'aimer pour moi-même, en dehors de tout autre motif. De sorte que... (Elle marqua un temps mais Sarah écoutait de toutes ses oreilles, les yeux fixés sur le tapis.) ...De sorte que je faisais semblant de n'y accorder aucune attention. Dès que quelqu'un faisait attention à moi, j'étais si contente que je ne cherchais pas à savoir pour quelle raison. On rencontre des tas de gens abominables, en s'y prenant comme ça. Et j'en ai beaucoup souffert. Beaucoup. Il m'a fallu très longtemps pour me libérer de mes peurs et surmonter mon insécurité.

Sarah réfléchissait intensément.

– Mais maintenant... vous savez que vous êtes belle, maintenant ?

Tara sourit.

– Ça dépend des fois. Je crois que je le suis surtout quand je n'ai pas à m'occuper de moi mais que je me consacre à quelqu'un d'autre.

– Ma mère était ainsi, dit Sarah comme une simple constatation qui prit Tara au dépourvu. Comme elle n'était pas belle, elle pensait que les gens l'aimaient seulement parce qu'elle était Stéphanie Harper... la riche héritière.

– Mais tu sais, si tu as de la chance – et si tu es prête à écouter... (Tara hésita devant l'importance de ce qu'elle allait dire. Il fallait absolument qu'elle trouve les mots justes.) Quelqu'un viendra qui te montrera que la vraie beauté est en toi. Qu'elle a toujours été là. Et tout ce qu'il faut que tu fasses, c'est de le croire. (Fais-moi confiance, ma chérie, ajouta-t-elle intérieurement, crois-moi, je sais de quoi je parle.) Ce qui ne veut pas dire que l'apparence ne compte pas, ajouta-t-elle. (Elle savait instinctivement qu'elle s'était fait comprendre et ramenait la conversation à un ton plus léger.) Si tu coiffais tes cheveux en arrière, par exemple, tout le monde verrait que tu es jolie. Et ça peut être amusant quelquefois de s'habiller avec des robes de couleurs vives ou des pantalons originaux, au lieu de porter tout le temps un jean et un pull comme un uniforme.

Sarah était manifestement à l'écoute, mais de nouveau Tara sentit instinctivement qu'elle en avait assez dit. Elle devait respecter la réserve de l'adolescente. Et nous aurons tout le temps, bientôt, se dit-elle.

– En tout cas, Sarah... on peut être amies ?

La jeune fille réfléchit.

– Peut-être, dit-elle enfin avec un petit sourire.

Tara referma doucement la porte de la chambre et descendit l'escalier, l'esprit plus léger. Elle ne minimisait pas du tout les difficultés de Sarah – au contraire, d'être passée par la même chose lui permettait de comprendre ce qu'elle pouvait ressentir. Mais elle savait qu'elle avait franchi la première étape – la plus importante – qui lui permettrait de construire une relation de confiance avec sa fille, et enfin de l'aider.

Elle se demandait où pouvait bien être passé Dennis. Elle ne l'avait pas revu depuis leur retour et se rendit compte qu'il lui manquait déjà. Comme elle traversait le hall d'entrée, elle remarqua que la porte du bureau était entrouverte et passa la tête à l'intérieur. C'était une de ses pièces préférées lorsqu'elle habitait la maison.

Petite, confortable, elle était plus accueillante que le vaste salon élégant, et plus dans le goût de Stéphanie. Elle promena son regard sur les divans moelleux, les gravures qui ornaient les murs, les fauteuils qui portaient la trace du passage de Kaiser et savoura le sentiment de paix que tout cela lui donnait. Je suis en train de gagner, songea-t-elle. J'arrive au but !

Blotti au creux d'un sofa, Dennis était occupé à passer des films sur un petit écran portatif. Il fit signe à Tara de venir prendre place à ses côtés. Sur l'écran, défilaient en noir et blanc, images sautillantes et plus ou moins bien cadrées, des fantômes d'un passé révolu – Stéphanie et Max à cheval à Éden, Stéphanie sur un petit poney court sur pattes et, plus tard, Stéphanie montant King, le grand étalon noir galopant à travers l'écran, Stéphanie en bateau, avec Kaiser, avec Sarah et, sur la dernière image, avec Dennis. Il n'y avait pas de bande sonore mais Tara n'en éprouva pas moins le besoin de chuchoter.

– Je ne te dérange pas ?

– Non, asseyez-vous.

Ensemble, ils regardèrent Stéphanie surveillant les deux enfants au bord de la piscine à Éden, l'air anxieuse de les voir s'ébattre comme des poissons dans l'eau.

– Ma mère avait peur de l'eau, commenta Dennis. C'est pour ça qu'elle nous a appris à nager très tôt, pour qu'on ne devienne pas comme elle. (Puis, soudain, il dit :) La voilà avec grand-père Max.

Tara sentit son cœur se serrer à la vue de la silhouette familière. Grand, musclé, le geste vif malgré sa cinquantaine, Max traversa l'écran et se retourna brusquement vers la caméra. De nouveau, elle ressentit la force de ce visage taillé à la serpe, au regard d'aigle qui se posait sur elle comme si elle n'en valait vraiment pas la peine, à la bouche presque cruelle. Un instant, elle se sentit dans la peau de la fillette effrayée, peu sûre d'elle, qu'elle avait été. Elle se sentait gauche, mal à l'aise, certaine d'être incapable de plaire. Quand s'était-elle sentie ainsi il n'y avait pas si longtemps ? Mais bien sûr, avec Greg ! Elle s'était toujours sentie ainsi avec lui. Une idée lui traversa soudain l'esprit. Max et Greg étaient si différents, et pourtant, en épousant Greg, était-ce possible... avait-elle épousé son père ? Son mépris, son profond égocentrisme, sa totale froideur à l'égard d'autrui ?

Comme elle tentait de comprendre ce que cela pouvait vouloir dire, le tableau changea.

– C'est un bon passage, vous allez voir. Je suis dedans.

Le film montrait Jilly et Phillip Stewart, en des temps plus heureux, jouant au tennis avec Sarah et Dennis dans le parc de la maison de Sydney. Tara se souvenait bien de cette séquence. Stéphanie avait toujours aimé recevoir des amis pour mettre le court de tennis à leur disposition. Mais en voyant Jilly rire de bon cœur avec les enfants, l'air si jeune et pleine de vie, sa gorge se noua. Phillip aussi riait, courant et sautant, manifestement en pleine forme physique. Tara songea alors à la partie de tennis qui avait marqué le début des relations de Greg et de Jilly. L'amertume et la rancœur tapies au fond de son cœur s'éveillèrent de nouveau.

– Matey !

À sa stupéfaction, Tara entendit la voix qu'elle s'attendait le moins à entendre en cet instant. La voix de Jilly ! Elle fusa de nouveau, pressante, provenant du hall d'entrée.

– Matey ! Mais où êtes-vous, bon sang ?

– Oh, madame Stewart !

Le ton du vieux domestique marquait le mécontentement, la réprobation. Quant à Jilly, elle ne semblait pas dans son état normal.

– Je suis vraiment désolée d'arriver à l'improviste, mais il faut que je parle à Greg. Où est-il ? (Elle se mit à rire, puis cria trop fort :) Où se cache le maître de maison ?

Elle est ivre, songea Tara.

– Il est à l'étage, dit Matey, qui faisait de son mieux pour garder à la situation un semblant de dignité. J'ai bien peur qu'il ne m'ait pas prévenu de votre visite.

– Oh, Matey, je vous en prie ! siffla Jilly. Allez le prévenir. D'accord ?

– Très bien, j'y vais de ce pas.

– Et dites-lui que j'ai des nouvelles pour lui, lança Jilly dans le dos de Matey, des nouvelles merveilleuses.

Tara sortit du bureau au moment où Matey s'engageait dans l'escalier, son allure exprimant sa réprobation. Jilly avait tiré de son sac à main un petit miroir et, pas très solide sur ses jambes, tentait de se repoudrer le visage et de remettre un peu d'ordre dans ses cheveux en bataille.

Tara s'approcha dans son dos, Dennis sur les talons.

– Bonjour, Jilly, dit-elle doucement.

– Salut, tante Jilly ! lança Dennis.

Jilly agrippa son miroir de ses doigts crispés, comme si elle avait une vision d'horreur. Ses yeux parurent vouloir sortir de leurs orbites et son teint devint gris.

– Tiens, Jilly ! (Greg descendait l'escalier à la hâte. Dérangé dans sa sieste et dans son programme, il voulait à tout prix éviter une confrontation entre Tara et Jilly.) Quelle surprise ! lança-t-il gaiement. Vous auriez dû téléphoner pour nous prévenir de votre arrivée. Tara Welles, je vous présente Jilly Stewart. Jilly est... (il eut un sourire chaleureux)... une vieille amie de la famille.

L'atmosphère était électrique, chargée de menaces.

– Si vous voulez bien nous excuser, Tara, il faut que nous ayons un entretien important. Dennis va s'occuper de vous. Pas vrai, mon petit gars ?

Et sans autre préambule il saisit Jilly par le bras pour l'entraîner vers la salle à manger.

– C'est tante Jilly, fit Dennis. Elle boit, ajouta-t-il comme une simple constatation, à la manière des enfants. Venez, j'ai encore des films à vous montrer. Il y en a un sur les vacances à la montagne dont je vous ai parlé.

Dans la salle à manger, Greg laissa tomber le masque affable qui fit place à une colère noire.

– Qu'est-ce que tu viens fabriquer ici ?

– Ce que je viens fabriquer ? rétorqua Jilly, décidée à combattre malgré sa panique. Espèce de salopard ! Espèce de salaud ! Qu'est-ce qu'elle vient fabriquer, elle, plutôt ?

Greg lui jeta un regard méprisant.

– Tu es soûle !

– Et alors ? Réponds à ma question. Tu as une aventure avec elle, hein ?

Bizarrement, l'accusation imméritée blessa Greg.

– Je te préviens, Jilly... commença-t-il.

– Je te pose une question ! hurla-t-elle.

– Non ! Je n'ai pas d'aventure avec elle, non ! hurla-t-il en retour, furieux contre lui-même de se laisser aller à la violence à son exemple. (Luttant pour se ressaisir, il expliqua :) Je suis sorti avec elle une fois ou deux, c'est tout. (Ne la pousse pas à bout, se disait-il. C'est une poudrière qui ne demande qu'une étincelle pour exploser. Essaie de la calmer.) Oh, ma chérie, soupira-t-il. Allez, viens ici. (Il vit ses épaules s'affaisser, toute velléité de combat s'écoulant d'elle.) Viens...

Doucement, comme une enfant perdue, elle s'approcha. Il la prit dans ses bras, la serrant contre lui, lui caressant doucement les cheveux.

– Écoute, essaie de comprendre. Il faut qu'on me voie de temps en temps avec d'autres femmes. Tu sais que j'ai toujours fait attention de garder notre histoire secrète. Et toi qui fais tout le contraire ! Je voulais mettre un terme aux soupçons.

– C'est la vérité ?

– Bien sûr, rien que la vérité.

Jilly se taisait, souhaitant de toutes ses forces pouvoir le croire et craignant pourtant d'être trompée. Il posa un baiser dans la broussaille de ses cheveux et caressa doucement son dos vers le creux des reins jusqu'à ce qu'il la sentît apaisée.

– Sois raisonnable, tu crois vraiment que je pourrais amener une inconnue sous le toit de Stéphanie avec des arrière-pensées en présence des enfants de ma femme ? Et, à propos de femme, tu as oublié ce dont on était convenus ? Que tu ne débarquerais jamais comme ça à l'improviste ? Tu as encore un mari, Jilly.

– Oh Greg ! fit Jilly, soudain surexcitée et joyeuse. Mon chéri, c'est pour ça que je voulais te voir ! Nous n'aurons plus besoin de nous cacher et de vivre comme des coupables ! Phillip est d'accord pour divorcer. (Elle le serra très fort.) On va pouvoir se marier. C'est merveilleux, mon chéri ! (Et elle se mit à entonner une marche nuptiale pleine de fausses notes. Elle s'avisa soudain de regarder le visage de Greg.) Eh bien souris ! Qu'est-ce qui t'arrive ? Fais-moi un sourire, s'il te plaît !

Au premier étage, dans la chambre d'ami, Tara bouclait son sac. Ses bagages avaient été vite faits. Elle n'avait presque rien emporté avec elle. Elle n'était pas bien sûre de ce qui se passait entre Jilly et Greg dans la salle à manger, mais jugeait l'occasion idéale pour s'extirper de la situation dans laquelle elle s'était mise. Greg comptait sans nul doute faire l'amour avec elle le soir même et elle n'avait pas encore trouvé un moyen convaincant d'y échapper. Entre adultes, on ne pouvait pas jouer très longtemps au chat et à la souris et Greg n'était pas un adepte de la philosophie chinoise qui consiste à faire durer le plaisir le plus longtemps possible avant de parvenir à l'apothéose finale. L'arrivée de Jilly dans un tel état lui fournissait un prétexte parfait.

Il semblait juste, par ailleurs, de les laisser tous deux à leurs petits jeux. Elle était de plus en plus convaincue en effet de la participation de Jilly, volontaire ou non, à « l'accident » de Stéphanie, ne fût-ce qu'à titre de prétexte. Ils étaient moralement complices du crime. Ils s'étaient choisis et ils se méritaient. Plus ils se sentaient coincés dans les mailles du filet qu'ils avaient tissé eux-mêmes et plus ils s'entre-déchiraient, tout comme ils l'avaient auparavant cruellement déchirée. En se retirant pour les laisser à leur entreprise de destruction mutuelle, Tara se servait d'eux comme instruments de sa propre revanche. Elle se réjouissait à cette idée. Ce n'était pas seulement une revanche, c'était une manière de justice.

Au moment où elle arrivait au rez-de-chaussée, son sac de voyage à la main et Dennis sur les talons, Greg fit irruption dans le hall. Il se dirigea droit sur elle, provocant :

– Qu'est-ce que cela signifie ?

– Je crois qu'il vaut mieux que je m'en aille.

– Vous n'êtes pas obligée.

– J'ai l'impression que si ! (Elle le défia :) Même si je restais, cela reviendrait au même.

– Je vous raccompagne, fit Greg, mais elle lisait la colère dans ses yeux.

– Non, non. Merci mais ce n'est pas la peine. Dennis m'a appelé un taxi.

– Ah oui ? fit Greg en fusillant le garçon du regard.

– C'est moi qui lui ai demandé, expliqua tranquillement Tara.

– Écoutez... (Greg se passa les mains dans les cheveux en les ébouriffant.) Jilly était une amie intime de ma femme. C'est aussi la marraine de Sarah. Elle fait partie de la famille, vous comprenez ?

– Je vois.

Tara avait pris un ton glacial.

Le taxi klaxonna et elle saisit son sac.

– Laissez, fit Greg.

– Bon, alors, au revoir, Dennis. (Elle se risqua à l'embrasser et essuya le rouge à lèvres qui avait laissé une trace sur sa joue.) À bientôt. Et n'oublie pas de dire au revoir à Sarah pour moi, promis ?

Greg emboîta le pas de Tara. Elle s'installa à l'arrière du taxi et il fit une dernière tentative.

– Vous êtes sûre que vous ne préférez pas que je vous accompagne ? Ce n'est vraiment pas agréable... que vous repartiez comme ça. Tara, je suis franchement désolé...

– Ne vous inquiétez pas.

Elle évitait volontairement de croiser son regard.

– Elle... Elle avait bu..

– Je m'en étais rendu compte.

Greg savait quand la partie était perdue.

– Je... Je vous appellerai plus tard.

– Entendu. Chauffeur, Elizabeth Bay, je vous prie.

Et, retirant sa main que Greg tentait de saisir pour l'embrasser, elle le quitta sans un regard.

Quand Greg rentra dans la maison, il éprouvait comme une envie de meurtre. Habitué à voir les femmes se soumettre à ses désirs, Greg devait, il le sentait de façon de plus en plus impérieuse, conquérir Tara Welles. Sans cesse frustré, l'enjeu devenait pour lui une obsession. Et là, il ne pouvait guère lui en vouloir d'avoir fui cette furie éméchée. Quelle piètre opinion elle devait avoir de lui désormais ! Un froid glacial l'envahit et il sentit monter une tension qu'il lui fallait absolument soulager.

Dans la salle à manger, Jilly éprouva un sentiment de triomphe en entendant le taxi démarrer et s'éloigner. Elle exultait. Gagnant le bar, elle se servit un whisky. Au moment où elle le portait à ses lèvres, Greg entra dans la pièce et referma la porte derrière lui. Elle se détourna pour l'accueillir, un sourire aguichant dans son visage en feu. Son regard noir ne la prévint pas assez vite de son humeur et elle n'eut pas le temps d'éviter la gifle brutale qu'il lui assena à la volée. Elle tituba et lâcha le verre qui se brisa en mille morceaux.

– Ne t'avise plus jamais de venir ici sans prévenir ! Et soûle, par-dessus le marché ! Tu m'entends ? Plus jamais ! Tu m'entends ?

Étourdie par la violence du coup, les larmes aux yeux, Jilly resta sans voix. Greg la remit en équilibre sur ses jambes et, la maintenant fermement, la frappa une deuxième fois. Les doigts de l'homme marquaient sa joue comme au fer rouge. Sa tête s'affaissa sur le côté et elle ne manifesta nulle résistance. Mais il n'en fut pas calmé pour autant, il voulait la punir, l'humilier. Greg saisit l'encolure de sa robe à deux mains et tira pour l'ouvrir, déchirant l'étoffe légère. Elle ne portait pas grand-chose en dessous. Prête à se faire baiser, songea-t-il. Elle est venue pour ça. Il baissa le corsage de la robe et arracha le dessous de soie.

Elle fut bientôt nue devant lui, entourée de ses vêtements en lambeaux. Il haletait. Elle semblait comme en transe, de terreur, d'ivresse, il n'aurait pu le dire. Tu vas avoir ce que tu voulais, se dit-il en plongeant les doigts dans la fente humide, entre ses cuisses. Mais attends un peu. Et, n'ayant pas encore suffisamment exorcisé sa rage, il lui tordit violemment le poignet et leva le bras pour la frapper de toutes ses forces au bas des reins. Elle gémit sous le coup, dégagea son bras de son étreinte et se jeta sur lui, le criblant de coups de poing, le griffant, le mordant comme une chatte enragée. Elle enfonça ses ongles le long de son cou, faisant jaillir le sang, et mordit de ses dents pointues la main qui l'avait frappée. Greg continuait d'abattre sa main sur le corps vulnérable, le marquant d'empreintes rouges, mais elle semblait insensible et se battait, lui rendant ses coups, s'abandonnant à la lutte comme elle s'abandonnait quand elle faisait l'amour. On aurait dit une déesse guerrière qui se donnait entièrement au combat comme à un jeu cruel et passionné. Lorsqu'il s'en rendit compte, Greg s'y abandonna à son tour, cherchant à se protéger au lieu de continuer à cogner, puisant plus de plaisir à ces débordements d'agressivité qu'à n'importe quel jeu sexuel. Elle le fit tomber et roula sur lui, ouvrit la fermeture à glissière de son jean et délivra son membre viril. Elle en approcha son visage mais il la repoussa vivement, craignant qu'elle n'y plantât ses jolies petites dents. Il la fit basculer sur le dos et pénétra en elle. Ils jouirent ensemble, presque tout de suite, en un long et violent orgasme. Puis tous deux demeurèrent étendus l'un près de l'autre, meurtris, sanglants et satisfaits, comme deux animaux sur le plancher. Sur le mur, au-dessus d'eux, le portrait de Stéphanie Harper contemplait une scène que les yeux innocents de la jeune femme n'avaient certes jamais vue auparavant.

17

Dans le taxi qui la ramenait à Darling Point, Tara s'efforça de ne penser ni à Greg ni à Jilly. Elle concentra sa réflexion sur ses enfants, passant et repassant dans son esprit les conversations qu'elle avait eues avec eux. Puis elle songea à la soirée qui l'attendait. Elle la passerait tranquillement, à se reposer et à lire. Elle parlerait à Maxie, lui raconterait sa journée et lui dirait surtout tout le bien qu'elle pensait de Dennis et de Sarah. Et avant tout, elle débrancherait son téléphone.

Quand la voiture s'arrêta devant son immeuble, elle paya le chauffeur et resta quelques instants dans la rue à humer l'air du soir. La nuit était tombée d'un seul coup et le ciel brillait de milliers d'étoiles. Comme elle allait pénétrer dans l'immeuble, une silhouette sortit de l'obscurité pour s'approcher d'elle.

– Dan !

– Bonsoir.

– Je croyais que vous... que tu avais quitté Sydney ?

– Ma foi... (il lui sourit gentiment)... il arrive qu'on change d'avis.

Tara ne savait que dire.

– Tu attends depuis longtemps ?

Dan ne vit pas de raisons de lui mentir.

– Oui. Presque toute la journée, à vrai dire. Je commençais à croire que tu étais partie pour le week-end. Mais puisque tu es là, c'est le principal.

– Euh... tu veux monter prendre un café ?

– Non, dit-il d'un ton brusque. Enfin, peut-être. Mais je voudrais d'abord te poser une question.

Cela n'augurait rien de bon. Elle ne voulait pas entendre ce qu'il allait dire.

– Tu n'auras qu'à répondre oui ou non.

Derrière eux, les lumières du port brillaient dans la nuit. L'air était doux et tout était silencieux. Elle avait le sentiment d'avoir su depuis toujours qu'un tel moment arriverait et qu'il n'était pas en son pouvoir de changer le cours du destin.

– Tara... oh, ma chérie... veux-tu devenir ma femme ?

Elle garda les yeux baissés si fixement sur le sol que, bien des années plus tard, les lézardes d'un trottoir seraient synonymes pour elle de souffrance. La voix de Dan se fit très basse :

– C'est là ta réponse ?

– Oh, Dan... je... C'est impossible.

– Mais pourquoi ?

– Je t'en prie, Dan...

Il lui prit les bras et la força à lui faire face.

– Tara, ma question n'a rien de déraisonnable. Je t'aime, te l'ai-je déjà dit ? Je veux être avec toi, passer ma vie avec toi, je veux qu'on se marie. Bon sang, c'est donc si ridicule ?

Tara tremblait. Il la serrait trop fort, lui faisait mal.

– Écoute-moi bien, Tara, j'ai appris à obtenir ce que je voulais dans la vie. Et je te préviens, je suis têtu. Je n'abandonnerai pas comme ça.

Tara ferma les yeux. Oh, pouvoir se laisser aller contre lui maintenant, poser la tête contre sa poitrine, passer les bras autour de lui et se blottir là sous sa protection, cesser de se battre, de lutter et... Elle redressa les épaules et Dan sut ce qu'elle allait dire avant qu'elle ne parlât.

– J'avais cru, à Orphée, que nous étions parvenus à une sorte de... compréhension mutuelle... (Malgré toutes ses résolutions, elle sentit ses yeux s'emplir de larmes.) Oh, je suis si fatiguée...

– Qu'est-ce que tu crois que je ressens ?

– Je t'ai déjà expliqué, Dan… je t'ai dit que…

– Tu ne m'as rien dit du tout ! (Dan était vraiment en colère à présent, une lueur ambrée brillait dans ses yeux qu'il plongeait dans ceux de Tara.) Et je commence à en avoir par-dessus la tête de tous ces mystères. Qu'est-ce que ça te fait ? Ça te donne un délicieux frisson ? Tu désirais être là, l'autre soir dans ce lit – et je n'ai pas besoin d'être médecin pour le savoir. Et tout à coup, paf ! plus rien. Sans crier gare et sans dire pourquoi. (Il eut un petit sourire triste.) Si tu étais médecin, tu saurais qu'on doit traiter le corps humain avec plus de respect. (La tenant toujours par les bras il la secoua pour donner plus d'impact à ses paroles.) Écoute, je sais qu'il se passe quelque chose. Je sais que tu es engagée dans une sorte d'affaire qui dépasse mon expérience, et la tienne. J'ai de mauvais pressentiments à propos de tout ça.

– Dan…

– Ne me raconte pas d'histoires, Tara. Tout cela m'inquiète. Et toi aussi, tu m'inquiètes.

– Dan ! Laisse-moi parler, tu veux ? (Elle tenait à se montrer le plus brutale possible.) Ça ne te regarde pas. Et je n'ai aucun compte à te rendre.

– Ah bon ? Et si je savais mieux que toi ce qui me regarde ou pas ?

En colère, elle se dégagea brusquement de son étreinte mais le ton de sa voix la retint.

– Tara, écoute, je ne suis pas du genre à jouer avec les sentiments des gens et toi non plus. À quoi es-tu mêlée ? Quelle est cette chose qui se dresse entre nous ? Je n'ai aucun secret. Tu connais ma vie. Tu as pu t'en rendre compte pendant les mois que tu as passés à Orphée avec moi. C'est ca ? Tu ne te vois pas en femme de médecin ? Tu pourrais vivre sur une île sans être prisonnière pour autant, tu sais. Tu pourrais aller et venir à ta guise.

Jamais Tara ne s'était sentie aussi malheureuse.

– Ce n'est pas ça.

– Je sais bien que ce n'est pas ça. Tout le monde t'aimait là-bas : les patients, les infirmières – même les dindes sauvages !

La souffrance de Tara devenait intolérable.

– Tu ne sais rien de moi, Dan.

– Oh, ma douce… (Il soupira.) Je connais chaque grain de ta peau, chaque fibre de tes os. Je sais que tu es la moitié de mon âme. Et je sais que je veux passer avec toi le reste de mes jours.

Sa tendresse était presque insoutenable. Tara éclata :

– Dan ! Tu n'es pas le seul à avoir des responsabilités !

Il fut si surpris qu'il se mit à rire.

– Des responsabilités ? Bien sûr que je ne suis pas le seul. Je n'ai jamais dit ça. Alors c'est donc ça ? Je les partagerai avec toi. Nous nous aiderons. C'est pour ça que le mariage est fait, non ?

Dieu, l'amour qu'il lui offrait ! Nul homme, nul autre avant lui ne lui avait offert ce partage. Elle avait l'impression que le sol se dérobait sous ses pieds. Il fallait fuir.

Elle se dirigea comme une aveugle jusqu'à la porte, mais Dan l'atteignit avant elle. Il la saisit par l'épaule et la força à relever le menton pour le regarder. Son expression était sardonique.

– Pardon de poser une question d'adolescent, mais tu te conduis comme une adolescente. Y a-t-il quelqu'un d'autre ?

Comment répondre à cela ?

– En un sens.

– Dieu du ciel ! (Il luttait pour maîtriser sa colère. Ses doigts se resserrèrent sur son menton et, approchant son visage tout près de celui de la jeune femme, il siffla :) Tu appelles ça une réponse ? Grandis, Tara !

Affolée, elle tenta de lui échapper.
– Tu n'en auras pas d'autre, pourtant !
– Est-ce que tu l'aimes ?
C'était le moment. Tara lança, grandiloquente :
– Dan, veux-tu bien me laisser tranquille ! Retourne à Orphée. Et oublie-moi !
– Et comment ! Rien de plus facile ! rétorqua-t-il sur le même ton qu'elle. Si tu peux me regarder dans les yeux et me dire que tu ne m'aimes pas.
Tara faillit pousser un cri. Mon Dieu !...
– Je ne t'aime pas.
Et elle vit toute lueur d'espoir quitter ses yeux.
– Je ne te crois pas !
– Qu'est-ce que je dois faire pour que tu me croies ?
– Tara... murmura-t-il dans un souffle.
Elle eut l'impression qu'elle devenait soudain de pierre – son visage, sa langue dans sa bouche, son cœur. Retenant sa respiration, elle vit la souffrance s'insinuer en lui, son visage crispé quand il se retourna brusquement pour s'en aller. Il fit quelques pas dans l'obscurité. S'il se retournait maintenant... Mais, les épaules voûtées, il pressa le pas et la nuit l'engloutit. Il était parti. Comme une automate, Tara saisit son sac et gagna son appartement. Sans prendre la peine de se dévêtir, elle se traîna jusqu'à son lit où, parcourue de frissons, elle se blottit comme une boule de souffrance, sans bouger, pendant des heures et des heures. Une seule pensée, obsédante, occupait son esprit : J'ai perdu le seul véritable amour de ma vie stupide, totalement gaspillée.

Chez les Harper, Greg s'éveilla pour découvrir le corps menu mais étonnamment pesant de Jilly étendue sur lui. Son premier soin fut de se débarrasser d'elle le plus vite possible – rares étaient celles avec qui Greg souhaitait s'attarder après avoir fait l'amour. Elle remballe ses affaires et elle se tire, fut sa première pensée. Mais un coup d'œil sur Jilly lui apprit que ce ne serait pas si simple. L'excès de boisson, combiné aux effets du combat et du coït, l'avait plongée dans un sommeil très profond. Elle respirait bruyamment, la bouche ouverte, et Greg eut une moue de dégoût. Si les femmes pouvaient être enfermées au harem et libérées brièvement pour le plaisir des hommes ! En tout cas, il était temps de renvoyer celle-là.

– Allez Jilly ! dit-il en la soulevant.

Elle glissa sur le tapis.

– Jilly ! Debout ! C'est l'heure.

Jilly émit un vague grognement. Greg se tenait au-dessus d'elle, occupé à rentrer sa chemise dans son jean. Il regarda les lambeaux de vêtements éparpillés, non sans une satisfaction sadique. Elle l'avait cherché ! Ça lui servirait de leçon. Elle mériterait qu'il la fiche dehors à coups de pied aux fesses et l'oblige à rentrer chez elle telle qu'elle était. Ça donnerait aux snobinards qui créchaient là-haut une bonne raison de jaser ! Ah ! elle ferait sensation ! Il rit à cette idée. Non, il ne pouvait quand même pas lui faire ça. Mais elle avait intérêt à se tirer au plus vite car il risquait d'être tenté.

– Allez, debout, mon chou ! dit-il en lui donnant des petits coups de pied dépourvus de gentillesse.

Elle grogna, remua, un bras sur les yeux pour les protéger de la lumière qu'il venait d'allumer. Elle roula sur elle-même et aperçut sa robe déchirée. Ses yeux s'écarquillèrent au souvenir de ce qui s'était passé.

– Greg ! Mes vêtements ! Qu'est-ce que je vais me mettre sur le dos ? (Elle se détendit et bâilla.) Il va falloir que je reste ici jusqu'à ce que tu me fasses apporter quelque chose.

Ah non, certainement pas, songea-t-il. Je sais comment me débarrasser de toi, mon chou. Il quitta la pièce et gagna le premier étage. Dans sa propre garde-robe, il choisit le tee-shirt le plus étriqué qu'il put trouver et un jean coupé qu'il ne portait qu'à la plage. Il attrapa aussi une ceinture et redescendit. Il ne risquait pas de rencontrer un domestique car ils avaient tous regagné leurs quartiers à l'arrière de la maison – mais il ne voulait plus la voir ici une minute de plus. Il s'arrêta dans le hall pour appeler un taxi.

Dans la salle à manger, Jilly était toujours par terre. Greg la mit debout sans ménagement et l'assit sur une chaise. Il lui enfila patiemment le tee-shirt, faisant passer l'un après l'autre ses bras désarticulés dans les manches sans prendre garde à ses balbutiements de protestation. Puis il la mit debout.

– Mais qu'est-ce qui se passe ?

Jilly, tout à fait réveillée désormais, le fusillait du regard.

– Il faut que tu t'en ailles, mon chou, dit-il en posant un rapide baiser sur sa joue. J'ai un dîner important ce soir – des industriels. Allez, dépêche-toi.

– Je ne peux pas venir ? demanda-t-elle d'un ton geignard.

Greg réprima une grimace ironique à l'idée d'emmener où que ce fût avec lui l'ivrogne hystérique qui se tenait devant lui.

– Ce n'est pas une réunion mondaine, tu sais, mais un dîner d'affaires.

Il saisit le jean et l'aida à l'enfiler, non sans mal, puis tira violemment pour le faire monter jusqu'à ses hanches.

– Aïe ! Tu me fais mal, se plaignit-elle.

– C'est parce que je sais que tu aimes ça.

– Je ne peux pas rentrer chez moi sans culotte ni soutien-gorge.

– Vu ce que tu portais en arrivant, ne me raconte pas d'histoires, hein ? (D'une main experte, il glissa la ceinture dans les passants du jean et la serra étroitement autour de sa taille.) Et voilà ! La dernière mode ! Le look bermuda masculin spécialement créé pour toi.

Du hall, lui parvint le ronronnement de l'interphone. Il sortit précipitamment pour aller presser le bouton qui ouvrait les grilles afin que le taxi pût remonter l'allée jusqu'à la maison. Puis il retourna chercher Jilly. Elle était toujours à la même place, comme étourdie, et l'air morose. Il se baissa pour ramasser les lambeaux de vêtements qui jonchaient le sol et les fourra dans le sac de la jeune femme abandonné par terre – il n'était pas question de les mettre à la poubelle pour que les domestiques y découvrent les traces de ses distractions de l'après-midi.

Le taxi klaxonna. Prenant Jilly par le bras, il l'entraîna jusqu'à la porte d'entrée. Ce ne fut qu'une fois sur le perron, en voyant le taxi qui attendait au pied des marches, que Jilly parut se rendre compte de la situation.

Elle jeta les bras autour du cou de Greg.

– Oh, mon chéri, je ne veux pas partir... je t'aime...

Par-dessus sa tête, Greg vit que le chauffeur les observait avec curiosité.

– Je t'appellerai, ne t'inquiète pas. (Levant les bras derrière sa nuque il détacha les bras de Jilly et la fit pivoter face au taxi. Alors, avançant la main, il lui pinça méchamment le bout du sein puis lui fit descendre les marches en lui flattant la croupe comme à une génisse.) Hunter's Hill, je vous prie, dit-il au chauffeur en lui glissant un billet dans la main. Et prenez soin de la dame. D'accord ?

Quelque temps plus tard, Greg était encore occupé à tenter de réparer les dégâts provoqués par l'arrivée intempestive de Jilly. Depuis des heures il essayait de joindre Tara au téléphone. Après le départ de Jilly, l'esprit enfin libre, il avait eu tout le loisir de songer à Tara et s'était rendu compte qu'il n'avait jamais pensé à une femme de cette façon-là. Il désirait terriblement faire l'amour avec elle, certes. Mais c'était plus que ça. Il voulait l'avoir près de lui, jouir de sa présence silencieuse. Il sourit. Il ne voulait pas seulement son corps, il voulait qu'elle l'aime. Il voulait qu'elle l'estime, qu'elle pense du bien de lui. Bon sang, est-ce que je serais en train de tomber amoureux? se demanda-t-il, stupéfait. Il l'ignorait car, s'il avait prononcé des mots d'amour bien souvent, il savait très bien qu'il n'avait jamais éprouvé ces sentiments que chantent les poètes et pour lesquels des hommes et des femmes sont prêts à donner leur vie. Mais il mit ces réflexions de côté pour plus tard. En attendant, tout ce qu'il désirait, c'était parvenir à entrer en contact avec Tara. Il n'avait pas désiré quelque chose avec une telle force depuis longtemps, et justement : impossible de la joindre !

Il composait le numéro et laissait sonner interminablement, puis raccrochait et recommençait, mais personne ne décrochait. Il avait appelé les réclamations, on lui avait dit que tout fonctionnait parfaitement. Il avait failli plusieurs fois sauter dans sa voiture pour se rendre directement à Elizabeth Bay, mais rien ne prouvait qu'il l'y trouverait. Elle pouvait très bien être sortie, histoire de se remettre de son week-end raté, et il sillonnerait les rues de Sydney à sa recherche tandis qu'elle tenterait peut-être de l'appeler ici. Aussi restait-il près du téléphone, sur le sofa du bureau, en compagnie d'une bouteille de whisky.

Le téléphone sonna à 1h30 du matin, au moment où il avait renoncé à tout espoir de l'entendre ou de lui parler ce jour-là. Il sut que c'était elle en entendant la première note de la sonnerie et son cœur bondit.

– Greg ?
– Oui.
– Comment allez-vous ?
– Je pense à vous. Je ne fais que penser à vous ces temps-ci, on dirait.
– C'est… gentil.
– Écoutez, Tara, je suis vraiment désolé pour ce qui s'est passé. C'était ridicule, une vraie farce !
– Ne vous inquiétez pas pour ça.
– Quand nous reverrons-nous ?
Il y eut une pause, remplie de quelque chose d'indéfinissable…
– J'ai réfléchi, Greg… Je voudrais aller quelque part sans personne, où il n'y aurait aucun risque d'être… interrompus. Je me demandais ce que vous penseriez… (Elle se tut et il retint son souffle.)… de m'emmener à Éden ?
Éden. Le dernier endroit auquel il aurait songé. Il tenta fiévreusement d'envisager sa proposition.
– D'après ce que vous m'avez dit, poursuivit Tara, c'est l'endroit idéal pour deux personnes qui désirent être seules.
Ou même trois, songea-t-il non sans cynisme au souvenir du séjour passé là-bas en compagnie de Jilly et de Stéphanie.
– Éden ?… je préférerais ne pas…
À la façon dont elle répondit, il comprit qu'elle avait envisagé une réticence de sa part.
– Je me rends bien compte que vous devez en avoir de mauvais souvenirs.
– Oui. Écoutez, pourquoi n'irions-nous pas passer une semaine dans les Blue Mountains ? Ça serait…
Tara l'interrompit avec un soupir.
– On est beaucoup trop connus tous les deux. Vos admirateurs ne nous lâcheraient pas.
– Ou les vôtres, beauté, dit-il doucement.
– Greg… (À son exemple, elle parlait d'une voix très douce.) Je veux seulement être seule avec vous…

– C'est vrai ?
– C'est vrai. À Éden.
Il réfléchit. Pour être seuls, ils seraient seuls, sans aucun doute. Elle ne risquerait pas de jouer les filles de l'air et de disparaître. Pas question d'appeler un taxi pour rentrer. Il ne fut pas long à se décider.
– C'est entendu. Partons. Demain. Je vais envoyer un message radio à Katie, la gouvernante, pour la prévenir de notre arrivée.
– Oh, Greg ! C'est merveilleux.
– Prenez votre maillot de bain. Mais c'est à peu près tout ce dont vous aurez besoin. (Il marqua un temps pour qu'elle assimilât ses paroles.) On n'a pas tellement de raisons de s'habiller à Éden.
– Un bikini, un tee-shirt et un jean, c'est promis. Comment fait-on pour aller là-bas ?
– Rien de plus simple. On prend un avion jusqu'à Darwin et, de là, un petit appareil que je pourrais même conduire moi-même si on veut.
– Vous pilotez ?
– J'ai ma licence depuis plusieurs années. Je pourrais vous emmener faire un tour au-dessus d'Éden – on garde un appareil dans la propriété en cas d'urgence. Faites vos bagages. Je m'occupe du reste. On part demain. Je vous téléphone pour vous dire à quelle heure.
– D'accord. Parfait.
– Et là... que faites-vous ?
– Je... (Tara prit un ton aguichant.) Je suis au lit avec mon chat.
– J'arrive.
– Oh non ! Sûrement pas.
Il rit. Cela faisait partie du jeu de la séduction. Avance-retrait... comme aux échecs. Le roi noir va prendre la dame blanche. Sans discussion.
– Je peux être là... où vous voulez... dans cinq minutes, dit-il nonchalamment.

– Oh, j'en suis sûre. Mais j'ai besoin de dormir pour rester belle... Je vous appelle demain matin.

– D'accord. Donnez un petit baiser au chat pour moi.

– Promis. Bonne nuit, Greg.

– Dormez bien, Tara.

Il reposa le combiné et se laissa aller en arrière sur le sofa. Il touchait au but. Il se sentait bien. Qu'avait donc cette femme de particulier ? Quelque chose en tout cas, car il se sentait mieux qu'il ne l'avait jamais été.

Si Greg avait su que son sentiment de triomphe était partagé par Tara à l'autre bout de la ville, à Elizabeth Bay, il aurait peut-être déchanté. Car celle-ci devait se retenir pour ne pas sauter en l'air, tant elle exultait. Elle touchait au but. Et comme cela s'était fait facilement, en fin de compte ! Après tant de plans échafaudés dans sa tête, tant de calculs, tant de peurs et d'appréhensions péniblement surmontées, elle avait trouvé l'instrument parfait de sa vengeance. En ramenant Greg au point de départ, là où tout avait commencé. À Éden, où il n'y aurait pour lui aucune échappatoire.

Mais si l'exécution du plan s'était révélée on ne peut plus simple, elle n'avait pas été sans souffrances. Tara avait dû repousser Dan. Elle ne pouvait pas se permettre, après tant d'efforts et de temps, de laisser tomber ses projets de vengeance. Mais elle ne pouvait pas non plus tout avouer à Dan pour qu'il prît les choses en main comme il n'aurait pas manqué de le faire, en confiant l'affaire aux autorités compétentes. Car, dans ce cas, elle eût mieux fait de dénoncer Greg à la police dès le départ. Non, il lui fallait – et c'était une profonde nécessité intérieure – agir seule. Le même sentiment d'indépendance passionnée qui l'avait empêchée de décrocher son téléphone pour réclamer son identité et son héritage lorsqu'elle était arrivée à Sydney la retenait encore maintenant. Et au long de cette nuit atroce qui avait suivi le départ de Dan, elle avait tout mis en place. Elle n'avait pas le droit d'échouer car elle avait sacrifié à son projet tout ce qu'elle avait de plus cher au monde. Et la certitude de sa réussite était désormais ancrée en elle. À Éden, elle serait sur son territoire. Cette fois, c'est elle qui aurait l'avantage... et elle en profiterait.

L'aube se leva au-dessus d'Éden dans une explosion de feu, chassant l'obscurité et la remplaçant par une lumière dorée, qui inonda la réserve de sa chaleur. Près d'un feu qui brûlait depuis des mois, dans la brousse, une silhouette remua, comme si elle s'éveillait d'un profond sommeil hypnotique. Le rêve de Chris s'achevait. Il émergea de cette activité spirituelle et mystique qui intègre la conscience de toute chose depuis l'aube des temps, reflet d'une façon immémoriale d'appréhender le monde, où le présent et le passé sont si étroitement liés qu'ils deviennent le noyau même de la conscience. Et lorsqu'il en sortit, il était devenu un autre homme. Chris savait qu'il ne pouvait perdre son pouvoir de rêver et de vivre, car c'était grâce au rêve qu'il connaissait la nature, la guerre, et les ruses de l'ennemi. C'est seulement à travers lui qu'un aborigène sait comment il doit agir et connaît les devoirs qui l'attachent à ceux dont il est responsable. Dans le rêve, les esprits ancestraux lui chuchotent à l'oreille, guident ses pas et, à certains individus privilégiés, font pressentir les événements futurs, de telle sorte qu'ils ont la capacité de connaître l'avenir aussi clairement que les autres le passé.

Chris était de ceux-là, et ce depuis l'enfance. Aussi, lorsqu'il lui arrivait de disparaître pour allumer un feu dans la nuit ou passer une journée seul dans la brousse, son frère Sam le remplaçait dans ses tâches à la réserve. Mais il n'eut pas à le faire ce jour-là car il apparut très tôt pour commencer sa journée de travail, le visage rayonnant et comme métamorphosé, mais nul n'aurait pu deviner le contenu des murmures que lui apportait le vent, en dehors de ses frères de race.

Les aborigènes ne furent donc pas surpris lorsque Katie leur annonça les nouvelles qu'elle venait de recevoir de Sydney par radio.

– Greg Marsden va venir – avec une femme.

Malgré tous ses efforts, la vieille femme ne put empêcher sa voix d'exprimer sa réprobation. Elle fut déçue en conséquence de n'obtenir aucune réaction de surprise ni de mécontentement de la part des deux frères. On aurait dit qu'ils étaient déjà au courant. Et Katie avait vécu assez longtemps à Éden pour savoir que cela était vraisemblable; bien qu'elle n'en connût pas le détail, elle savait que les événements futurs étaient déjà par avance inscrits dans leurs esprits. La voix du Grand Tout se révélait en toutes choses et leur parlait. Ils écoutaient et acceptaient avec résignation ses décisions.

– Nous l'attendons de pied ferme – et qu'il n'aille pas croire qu'il nous fait peur.

Les petits yeux noirs de Katie étaient rétrécis par la haine. Elle n'avait jamais pardonné à Greg l'accident de Stéphanie – elle avait élevé la fillette orpheline comme sa fille, elle qui n'en avait pas. Elle s'était d'abord accrochée à l'espoir insensé qu'en vertu de quelque miracle, Stéphanie reviendrait un jour à Éden. Quand elle n'avait plus été capable de garder cet espoir vivant, un morceau de son cœur était mort avec lui. Et voilà qu'il revenait, lui, pour jouer les maîtres de maison chez Stéphanie, chez le vieux Max ! C'était une situation si intolérable que Katie aurait volontiers sorti son fusil. Elle tua un bon nombre de lapins cet après-midi-là, imaginant chaque fois qu'il s'agissait de Greg – encore que, si on lui avait donné le choix de la mort de cet homme, elle l'eût jeté en pitance aux crocodiles.

Mais pourtant, il était en route, et il faudrait le nourrir.

– Sam, il faudra peut-être tondre les pelouses. Oh, elles n'en ont pas tellement besoin, mais elles seront plus belles. Et Chris, vérifie que les chevaux sont en état d'être montés au cas où ces messieurs dames voudraient faire un tour... Je m'occupe de la maison, ce ne sera pas grand-chose. Après tout, il ne sera pas là bien longtemps et dans quèqu'jours tout sera redevenu comme avant.

À la lumière des événements récents, Sam se demandait parfois si Katie avait fait un rêve, entendu une voix spirituelle bien à elle, pour qu'elle pût prononcer des paroles aussi justes.

Nul esprit, nul rêve ni sommeil n'était venu réconforter celui qui achetait son billet d'avion – un aller simple – à destination du Queensland au guichet de l'aéroport de Sydney. Dan était fatigué et misérable. Il avait joué sa dernière carte et il avait perdu. Il avait tenté de toute son âme de gagner le cœur de Tara Welles et n'avait rien obtenu. Il se consumait de colère en songeant qu'il l'avait tenue dans ses bras, nue et épanouie comme une fleur pour lui – le souvenir de ses seins magnifiques aurait suffi à lui ôter pour toujours le sommeil – et qu'il l'avait laissée s'échapper, sans savoir pourquoi. Qu'avait-il fait qui ne lui avait pas plu ? Pourquoi avait-il échoué ? Pourquoi ? Pourquoi ?

Il avait beau s'accuser lui-même et chercher la faute qu'il avait commise envers elle, il savait bien que là n'était pas la question. Tara n'avait pas échappé à son étreinte parce qu'elle avait peur de lui ni parce qu'il n'était pas à la hauteur, non, c'était cette ombre, cette chose mystérieuse qui se dressait entre eux depuis le début. Il avait fait quelques progrès lors de leur dernière rencontre, du moins avait-il appris qu'il y avait un autre homme. Mais le peu qu'il avait glané, au lieu de l'aider à y voir plus clair, n'avait fait qu'augmenter ses tourments. Il ne supportait pas qu'elle refusât de partager son secret avec lui, de le faire entrer dans sa vie.

Il abandonnait donc la partie. Il détestait cette idée et il détestait Tara de l'y avoir contraint. Mais il n'avait guère le choix. La conversation de la veille, devant l'immeuble d'Elizabeth Bay, l'avait convaincu en effet que Tara et lui n'avaient aucun avenir. Il n'avait plus qu'à laisser tomber pendant qu'il en était encore temps. Il avait assez souffert. Tu n'as qu'à penser à elle, se dit-il, comme à une voiture fantastique mais à laquelle il manquerait une pièce essentielle. Merveilleuse mais défectueuse. Fort de cette résolution, il acheta son billet, passa son sac en bandoulière et fit enregistrer sa valise. À midi, il serait de retour à Orphée, où il s'embarquerait pour une existence consacrée à se convaincre que Tara avait dit vrai, même si cela était atrocement douloureux.

À l'instar de tous les grands aéroports, celui de Sydney était souvent le lieu de scènes bizarres et étonnantes, d'adieux pénibles ou de retrouvailles exaltantes, de coups de téléphone frénétiques de dernière minute. De sorte que celui que donnait Tara n'avait rien de bien extraordinaire en l'occurrence.

– Allô, Jilly ?

– Oui, qui est à l'appareil ?

– C'est Tara.

– Que voulez-vous ?

– Je voulais seulement vous prévenir... Je voulais vous dire... Je pense préférable que vous sachiez la vérité...

– Quelle vérité ? demanda Jilly, le souffle coupé par la peur.

– Je vous appelle de l'aéroport. Je suis avec Greg.

– Non !

– Nous partons pour Éden ensemble.

– Vous ne pouvez pas...

– Nous sommes à l'aéroport. L'avion part dans cinq minutes.

– Quelle heure est-il ? Quand...

– J'ai pensé qu'il valait mieux que vous le sachiez.

La voix de Tara avait des accents de sincérité indiscutables.

– J'avais cru entendre qu'il n'y avait rien entre Greg et vous !

La fin de sa phrase se perdit dans des notes suraiguës.

– Je vous ai menti. J'avais peur de votre réaction. Mais c'est plus clair maintenant. Au revoir, Jilly.

– Ne partez...

Il y eut un cliquetis. Tara avait raccroché.

18

Le petit avion descendait en spirale dans le ciel sans nuages vers un point minuscule : Éden.

– C'est là, dit Greg. (Il se tourna et lui prit la main.) J'espère que vous ne serez pas déçue. C'est un trou perdu en pleine cambrousse, comme vous pouvez voir. (Il lui sourit.) Il faudra que nous trouvions à nous distraire tout seuls.

Tara lui rendit machinalement son sourire.

– Oh, je suis sûre que nous saurons nous occuper, dit-elle, tout en songeant : Comme c'est drôle d'apprendre l'art de la séduction… d'apprendre à aguicher mon propre… mari.

Elle baissa les yeux sur la main de Greg posée sur son genou. Forte et nerveuse, les muscles développés par des années passées à jouer au tennis, elle était aussi attirante que le reste de sa personne. Elle promena doucement ses doigts sur le fin duvet doré qui la couvrait et soudain le souvenir des mains de Dan lui revint – un hâle plus foncé, des doigts plus longs et plus minces que ceux de Greg, des ongles courts et parfaitement entretenus, des poils brun foncé… Ses doigts se crispèrent.

– Eh là ! fit-il, ravi de cette brusque marque d'intérêt à son égard, et, sans la présence du pilote à l'intérieur de l'étroit habitacle, il l'aurait immédiatement embrassée, caressée avec fougue.

Éden était peut-être une bonne idée, finalement.

On apercevait désormais nettement la propriété et ses environs, telle une maison de poupée enfouie dans une végétation luxuriante. Devant la demeure, la piscine brillait d'un éclat artificiel, comme un petit miroir circulaire. Et autour, rouge, desséchée par le soleil implacable, s'étendait, immense et aride jusqu'aux quatre coins de l'horizon, la brousse de son enfance. Le cœur de Tara s'enfla d'amour. Comment Greg pouvait-il ne voir là qu'un trou perdu ? C'était un univers en soi, qui, pendant presque toute son existence, lui avait apporté tout ce qu'elle désirait. Et c'est grâce à Éden qu'elle allait accomplir l'acte final de la mission qu'elle s'était donnée, à Éden que Stéphanie Harper, délivrée, trouverait enfin le repos. Elle coula un regard discret en direction de Greg qui regardait par la fenêtre au moment où l'appareil terminait sa descente. Elle observa le profil parfait, le front et le nez droits, la bouche bien dessinée, et son cœur se serra. Qu'il était beau ! Et il serait anéanti. Il le fallait.

Greg, qui savait que Tara le regardait, en éprouvait une intense satisfaction. Il avait cessé de se demander pourquoi cette femme devenait si importante pour lui. Il n'était guère enclin à l'introspection et ne se posait jamais beaucoup de questions sur ses attirances et ses désirs. Il avait toujours fait passer ses propres besoins égoïstes avant toute chose, sans y réfléchir et sans remords. Il en serait de même avec les sentiments qu'il éprouvait pour Tara. Il la désirait et ses désirs étaient sur le point de se réaliser. C'était tout ce qui comptait. Il savait pourtant qu'il était plus « accroché » qu'il ne l'avait jamais été auparavant. Et ça n'était pas désagréable, au contraire. L'impression de bien-être qu'il avait ressentie lorsqu'elle lui avait téléphoné pour lui suggérer un séjour à Éden durait toujours. Et ne faisait que croître, d'ailleurs. Si c'est ça l'amour, parfait, je suis à sa merci, se dit-il non sans satisfaction. Et je l'ai bien mérité.

– Nous allons bientôt atterrir, annonça le pilote.

Nous y sommes, chanta le cœur de Greg. À nous deux !

À terre, les habitants d'Éden s'étaient rassemblés pour accueillir les passagers du petit avion. Du haut du vieux château d'eau, Chris vit le point minuscule dans le ciel et suivit son approche sans ciller jusqu'à ce qu'il arrive au-dessus de sa tête. Il avait pris son poste à l'aube, non qu'il attendît l'avion si tôt, mais il avait besoin de solitude pour communier avec la nature et se préparer aux événements désormais imminents. Et là, accroupi au sommet de la vieille tour en bois, il demeurait parfaitement immobile, au cœur de forces qu'il ne maîtrisait pas mais dont il savait qu'elles allaient mettre face à face les protagonistes du drame pour la confrontation finale.

Dans l'ombre d'un bosquet de gommiers, Katie était occupée à jeter du grain aux poules quand elle entendit le ronronnement lointain des moteurs. Elle termina sa tâche à la hâte pour se préparer à aller accueillir les visiteurs. Elle remisa les récipients près de la porte de la cuisine, s'essuya les mains à son tablier et se mit en route en direction de la piste d'atterrissage aménagée derrière la maison. Elle avait décidé de ne pas se changer et de ne rien faire qui pût donner l'illusion à ce salopard que sa venue lui faisait le moindre plaisir. Petite silhouette ratatinée, la vieille femme indomptable s'éloigna d'une démarche décidée, comme si, à chaque pas, c'était le visage de Greg Marsden qu'elle écrasait au lieu de la poussière rouge du chemin. Derrière elle, Sam quitta furtivement l'écurie où il avait fait manger et boire les chevaux aux premières heures du jour, remplaçant son frère Chris dans cette tâche matinale. Sautant la barrière qui séparait l'aire réservée au bétail du reste de la propriété, il emboîta le pas à Katie, non sans laisser entre eux une distance respectable. Sur sa gauche, il aperçut son frère qui descendait de son perchoir du château d'eau au moment où l'avion amorçait la dernière phase de sa descente.

L'appareil se posa en douceur, ses roues soulevant des nuages de poussière au-dessus de la piste de terre battue. Les spectateurs le virent ralentir et s'arrêter. La silhouette de Greg Marsden apparut à la portière. D'un bond, il fut à terre, puis il se détourna pour offrir son aide à une femme grande et mince, au visage dissimulé par l'ombre d'un chapeau de paille, qui sauta gracieusement à terre sans le secours du bras qu'on lui tendait. Les trois spectateurs s'avancèrent en silence.

– Bonjour, Katie, dit Greg poliment.

Il savait ce qu'elle devait penser de lui et était bien déterminé à ne rien faire qui pût la monter davantage encore contre sa personne.

– Vous n'avez pas du tout changé. Puis-je vous présenter Mlle Tara Welles ? Chris, Sam, comment allez-vous ?

– Bonjour, fit Katie, en lui jetant un regard glacé.

Elle n'eut qu'un bref coup d'œil pour Tara, qui fut terriblement soulagée de ne pas être soumise à une inspection en règle par la vieille gouvernante. Par celle qui l'avait connue toute petite et l'avait quotidiennement côtoyée pendant les vingt premières années de sa vie. Ce serait l'épreuve la plus sévère que sa nouvelle identité subirait. Mais elle n'avait nulle inquiétude à avoir. Katie Basklain ne ferait pas à l'intruse l'honneur de lui accorder un instant d'attention.

– Elle nous vient de Sydney, dit Greg, tentant de créer à lui tout seul la chaleur qui manquait à l'accueil.

Mais le renseignement ne fit ni chaud ni froid à Katie. Sydney aurait aussi bien pu se trouver sur la lune, c'était tellement loin de son propre univers.

– J'ai reçu votre message, dit-elle à Greg d'un ton plat. Je vais vous montrer vos chambres.

Et elle tourna les talons pour les conduire jusqu'à la maison, tandis que Chris et Sam prenaient les bagages que déchargeait le pilote. La petite procession se mit en marche, et l'avion décolla pour regagner Darwin.

Après la chaleur implacable du dehors, la fraîcheur qui régnait à l'intérieur de la maison de pierre fut comme une bénédiction. Le cœur de Tara bondit de joie quand elle pénétra dans le hall familier. Je suis chez moi ! se dit-elle avec fierté. Tout cela m'appartient ! Elle était sur son territoire désormais. Sa confiance en fut raffermie et s'épanouit comme une fleur dans la nuit.

Katie les conduisit à travers le long vestibule sans faire mine de vouloir s'engager dans l'escalier.

– Nous n'utilisons plus le premier étage, lança-t-elle sèchement. Depuis l'accident.

Elle parut avoir du mal à prononcer le dernier mot.

– Cela a dû être une période difficile, pour vous, dit gentiment Tara. J'ai cru comprendre que vous étiez très proches, Mme Marsden et vous.

– Stéphanie Harper, rétorqua Katie, insistant sur le nom de famille pour bien exprimer son ressentiment, était comme ma propre fille.

Elle tourna brusquement dans une pièce sur sa gauche, ce qui l'empêcha de voir l'expression qui s'était peinte sur le visage de Tara.

– Voici votre chambre, dit Katie avec un vague geste circulaire.

Greg fronça les sourcils. L'instant qu'il redoutait était arrivé. Il était temps qu'il imposât sa volonté. C'était lui le maître de maison, tout de même !

– Katie, dit-il d'un ton désinvolte mais néanmoins empreint d'un accent menaçant. Je vous avais demandé de préparer la chambre de Stéphanie. Je tiens à offrir la meilleure pièce à mon invitée.

– Celle-ci a une jolie vue, insista Katie, têtue. (Mais elle savait que la partie était perdue d'avance. Elle ne parviendrait pas à protéger le sanctuaire. Elle fit quelques pas dans le couloir et ouvrit une autre porte à la volée.) Voilà, dit-elle. Il n'y a rien à y faire. Je la garde toujours prête. Telle qu'elle était. (Elle ressortit pour ouvrir la porte voisine.) Vous serez chez Max, comme vous me l'avez demandé. Le repas sera servi dans une heure.

Elle fit volte-face et s'éloigna.

Elle serait trop drôle si elle n'était pas si pénible, songea Greg. Quand j'aurai pris les rênes, ma vieille, tu seras la première à ficher le camp ! Même dans ce trou oublié des dieux, le service pourrait tout de même être mieux fait. Il se tourna vers Tara avec inquiétude :

– Ne faites pas attention à elle, Tara, dit-il. C'est elle qui a élevé Stéphanie. La mère de ma femme est morte en la mettant au monde, vous comprenez. Il n'y avait pas encore d'avion, ici, pour les cas d'urgence. J'imagine que Max se croyait invulnérable. Toujours est-il que quand sa femme est morte, Max en a voulu au bébé – qui n'y était évidemment pour rien. Et si Katie ne s'était pas occupée d'elle, Stéphanie n'aurait sans doute pas survécu. (Il s'interrompit pour reprendre son souffle. Il voulait tout dire à Tara.) Et je suis sûr qu'elle m'en veut, à sa manière, de la mort de Stéphanie. Elle ne s'en remettra jamais. Aussi... si vous voulez avoir la paix avec elle, mieux vaudrait ne plus parler de Mme Marsden pour désigner Stéphanie, si jamais l'occasion se présente. D'accord ?

– Je m'en souviendrai, dit Tara en s'efforçant de prendre un ton normal.

– Je suis dans la chambre du vieux Max. Celle d'à côté, précisa-t-il en l'indiquant des yeux. Si vous avez besoin de moi... (Il résista à la tentation de lui flatter les seins ou de prendre sa croupe à pleines mains. Tara n'était pas comme ça. Pas encore du moins. Patience, se dit-il, chaque chose en son temps. Avec ce principe, tu peux te faire toutes les oies blanches du monde. Puis, à voix haute, il dit tendrement :) Je suis heureux que vous soyez là, Tara.

Il lui prit la main pour la porter à ses lèvres. Tara le regarda. L'expression de Greg était courtoise et chaleureuse, mais ses yeux brillaient de désir. Derrière lui, par la porte ouverte, elle voyait la chambre de son père, le grand lit de chêne où il était mort trônant au milieu de la pièce. C'est là que le cauchemar a commencé pour moi, songea-t-elle, la rage au ventre. Oh, pourquoi ne m'as-tu pas appris à me défendre ? accusa-t-elle au fond de son cœur. Pourquoi m'avoir rendue si faible que j'ai dû chercher chez un homme la force que j'aurais dû avoir en moi ? De ses lèvres, Greg caressait sa main, y déposant des petits baisers doux comme des papillons. Elle éprouvait une excitation inexplicable. Soudain, elle sentit un regard posé sur eux. Chris approchait avec les bagages, à pas silencieux. Elle dégagea sa main. Greg leva les yeux et l'irritation se peignit sur ses traits.

– Je vous laisse défaire vos bagages, je vais m'occuper du déjeuner, dit-il lourdement.

Il croisa Chris en s'éloignant dans le vestibule. Ce n'est qu'un homme à tout faire, rien de plus, se dit-il avec colère. Je ne vais pas le laisser m'en imposer. Et pourtant, très profondément, ils étaient égaux dans leur rivalité – deux ennemis naturels, qui se défiaient l'un l'autre. Greg chassa Chris de son esprit et s'en fut.

Debout devant la porte de sa chambre, Tara se détourna, s'effaçant pour lui laisser le passage. Elle n'aurait pas pu croiser son regard et continuer à jouer la comédie.

– Posez-les où vous voudrez, dit-elle d'un ton neutre.

Elle attendit qu'il se retire, mais, en franchissant le seuil, Chris s'arrêta net et, sans pour autant la regarder véritablement, il s'imprégna de sa présence, de son être plus que de son apparence. Tara demeura parfaitement immobile, retenant son souffle. L'illusion qu'elle avait créée parut soudain fragile : un mot, un regard de cet homme et elle volerait en éclats. Mais Chris ne fit rien de tel. Il poursuivit son chemin et disparut.

Tara poussa un soupir, referma la porte et s'y appuya un instant pour se ressaisir. Puis elle se redressa et jeta un regard autour d'elle. La pièce aux lambris crème, avec sa salle de bains au fond, semblait l'accueillir comme si elle n'était jamais partie. Elle s'approcha de la coiffeuse sur laquelle les brosses, les pots et les flacons de son adolescence étaient disposés avec soin, la photographie de Max dans son cadre d'argent dominant le tout comme il avait lui-même dominé toute sa vie durant. Obéissant à une impulsion qu'elle ne tenta pas de s'expliquer, elle porta le cadre à ses lèvres, posa un baiser sur le verre froid qui protégeait le visage froid, puis, se baissant, glissa le cadre dans un tiroir. Adieu, Max, songea-t-elle, je me débrouille toute seule, désormais, je suis adulte, enfin. Adieu, papa.

Couvrant tout un mur de la pièce, l'immense penderie attira Tara qui ouvrit la porte, découvrant la garde-robe de Stéphanie, rangée à la perfection. Promenant son regard sur les robes et les tailleurs, les blouses et les jupes, elle se demanda, pleine de pitié pour celle qu'elle avait été, comment elle avait pu posséder tant de vêtements qui ne lui avaient procuré aucun plaisir, qu'elle avait portés simplement pour se vêtir ou parce que les vendeuses lui avaient affirmé qu'ils lui allaient à ravir – ce qu'elle n'avait d'ailleurs jamais cru. Elle avisa le tailleur que Stéphanie portait le jour de son mariage – elle se souvenait l'avoir apporté à Éden pour sa lune de miel. Comment avait-elle pu porter ça ? La couleur était jolie, certes, mais la coupe banale, dépourvue de style. L'ôtant du portemanteau, elle le tint devant elle et se regarda dans le miroir. Je portais ça le jour de mon mariage avec Greg, se dit-elle, incrédule. Le tailleur était beaucoup trop grand pour elle et semblait informe. Pauvre Stéphanie ! Tara replaça le vêtement dans la garde-robe d'un geste décidé.

Stéphanie n'avait jamais goûté au plaisir des chiffons ou des fards. Elle ne s'était jamais intéressée à la mode. Tara traversa la pièce pour s'approcher de son deuxième trésor après King – une magnifique chaîne stéréo que Max, toujours désireux d'avoir ce que l'on faisait de mieux en tout, avait reliée à chacune des pièces de la maison afin qu'elle pût écouter de la musique partout où elle se trouvait. Elle ouvrit la porte du meuble et, pleine de tendresse, retrouva tous les disques et cassettes préférés de Stéphanie, les *Concertos brandebourgeois*, la *Cinquième* de Beethoven. Mais Tara aurait préféré quelque chose de plus simple, en cet instant, ou de plus prenant, comme la voix de Billy Holliday peut-être. Tu reviens de loin, ma fille, se dit-elle, non sans fierté.

L'esprit calme malgré son exaltation, Tara ouvrit la porte-fenêtre et passa sur le perron qui faisait le tour de la maison. À droite, c'était la porte de la chambre de Max, où Greg dormirait la nuit prochaine. Elle demeura un moment dans l'ombre fraîche procurée par l'auvent et les murs de pierre, transition délicieuse entre les pièces fermées et le jardin brûlant à cette heure du jour. Son regard traversa les pelouses, la roseraie et la piscine, dépassa l'alignement des dépendances pour se perdre au-delà, dans la vaste plaine grillée par le soleil, qui recelait tant de souvenirs. C'est bien là, se dit-elle, c'est à cette terre que mon cœur appartient. C'est une partie de moi-même.

De nouveau, elle eut le sentiment qu'on l'observait. Elle scruta attentivement le paysage alentour. Vers la gauche, à l'abri d'un bouquet de gommiers qui jouxtait la cuisine, Christopher avait les yeux fixés sur elle. Eût-il été plus près, elle n'aurait pas pu lire dans ces profondeurs liquides. Il la regardait avec une concentration qu'elle n'avait jamais rencontrée chez personne. Que pensait-il ? Qui aurait pu le dire ? Mais sa présence n'était pas menaçante. Au contraire, Tara en tirait un réconfort et une force qu'elle n'aurait su expliquer. Elle regarda fixement à son tour la minuscule silhouette au pied des grands arbres. Puis elle rentra dans la chambre et, choisissant une cassette de Mozart, l'introduisit dans l'appareil, baissa le son et s'étendit sur le lit. La musique emplit la pièce de ses accents joyeux comme le chant d'un oiseau. Tara se sentait en paix. Elle était de retour chez elle.

Au milieu du sympathique chaos qui régnait dans l'agence de Liverpool Lane, Joanna Randall passait une journée exécrable. Il y avait d'abord eu l'entrevue rituelle avec le JCB du jour – à peine en avait-elle fini avec l'un d'eux qu'un autre venait aussitôt prendre sa place, songea-t-elle –, qui avait entièrement bouleversé le programme en décidant qu'il n'avait que faire du mannequin proposé par l'agence et qu'il fallait tout miser sur l'image du produit lui-même. Il y avait ensuite eu l'attitude on ne peut plus bizarre et insouciante de Tara qui avait annoncé sans autre explication qu'elle quittait la ville pour quelques jours et avait fait annuler toutes les séances de photos prévues. Et pour finir – c'est du moins ce qu'elle espérait car la journée n'était pas encore très avancée –, Jason était absolument insupportable. Il ne cessait de la bombarder de coups de téléphone récriminatoires à propos des photos du JCB. Joanna lui avait fait remarquer d'un ton ferme qu'elle ne voyait pas quelle différence cela faisait pour lui de photographier la voiture avec ou sans passagère. Mais cela ne lui avait pas suffi. Pauvre Jason, songea-t-elle, il est vraiment amoureux de Tara. Comme tous ceux de son entourage, elle n'avait pas manqué de s'apercevoir du changement d'attitude de Jason à l'égard de Tara et de son échec auprès d'elle. Il cherche seulement quelqu'un pour le réconforter un peu, le pauvre garçon. Mais pauvre de moi, que tout le monde prend pour une mère alors que je suis incapable d'être du moindre réconfort pour moi-même !

Jason venait d'arriver à la rescousse pour participer à la « guerre d'usure » contre le publicitaire, selon ses propres termes. Il arriva au cœur de la bataille.

– Écoutez, jeune homme, disait Joanna, je faisais déjà ce métier quand vous usiez encore vos fonds de culotte sur les bancs de l'école.

Vieille bique, songeait le jeune homme en question. Elle n'est plus dans le coup.

– C'est une nouvelle façon de voir les choses, fit-il.

– Et qu'est-ce qui vous a empêché de me prévenir, dites-moi. Mon mannequin est venu spécialement pour…

– On n'a pas besoin de fille ! Ce qui nous intéresse, c'est la voiture ! fit-il, à bout de patience.

– Pas besoin de fille ? Mais on t'a pas demandé de nous raconter ta vie privée, mon p'tit gars ! (Jason ne pouvait résister à la tentation de le mettre en boîte.) Pas besoin de fille ! Parle pour toi, hein ? Les gens normaux, tu vois, ceux qui aiment les voitures et qui regardent la pub, ils aiment aussi les nanas, mon gars, et ils ne voient pas pourquoi ils n'auraient pas les deux – la voiture *et* la nana !

– Jason a raison, dit Joanna, la fille a son importance, pour attirer l'œil.

– Surtout si c'est votre mannequin, n'est-ce pas ?

De l'autre côté de la porte, s'élevait une autre altercation.

– Je voudrais voir Joanna Randall. Je n'ai pas de rendez-vous mais je dois absolument lui parler.

– C'est qu'elle est extrêmement occupée en ce moment. Puis-je vous demander de quoi il s'agit ?

– Écoutez, c'est terriblement urgent. Il faut que je la voie…

À l'intérieur, Joanna frémissait de colère. Ce gringalet ne venait-il pas d'insinuer que la seule chose qui l'intéressait, c'était de placer ses propres mannequins ?

– Espèce de petit morveux ! explosa-t-elle. Pour qui vous prenez-vous ? Venir m'insulter dans mon propre bureau !

– Ne te mets pas dans cet état, maman, voyons, intervint Jason. Tu vas avoir une attaque si tu continues. Bon, je les fais, ces photos, oui ou non ?

– Oui !

– Non !

La porte s'ouvrit et un homme fit irruption dans la pièce, suivi d'une réceptionniste à bout de nerfs.

– Joanna Randall ? Il faut que je vous voie. C'est très important.

Le publicitaire sauta sur l'occasion.

– Je vous rappellerai, annonça-t-il avant de disparaître sans que quiconque pût le rattraper.

Jason et Joanna regardaient l'intrus, bouche bée. Jason fut le premier à se ressaisir, en reconnaissant soudain celui qui était déjà venu les déranger, au studio, à la poursuite de Tara. Ressentant un désagréable pincement de jalousie au moment où il pensait commencer à se résigner, il décida de se retirer à son tour.

– À tout à l'heure, maman, grommela-t-il en s'éclipsant.

Les joues de Joanna, sans être du rouge flamboyant et inimitable de sa crinière, étaient franchement écarlates. Elle s'apprêtait à accueillir l'énergumène qui osait venir la déranger en plein travail comme il le méritait :

– Écoutez, monsieur… commença-t-elle d'un ton lourd de menaces.

– Avant de vous laisser poursuivre, dit-il d'une voix égale en soutenant son regard, je suis un ami de Tara et c'est très important.

Joanna fut impressionnée par l'autorité qui émanait de sa personne. Il parlait d'un ton net, ses traits étaient sévères.

– Mon nom est Dan Marshall. Puis-je m'asseoir ? (Sans attendre la réponse il prit place devant le bureau et se mit à parler rapidement.) Voilà, j'étais venu rendre visite à Tara à Sydney pour quelques jours, et en rentrant chez moi, dans le Queensland, j'ai trouvé les résultats d'une enquête que j'avais demandée depuis plusieurs mois.

– Attendez, comment avez-vous dit vous appeler ?

Joanna était manifestement ailleurs. Où ce type voulait-il en venir ?

– Marshall. Dan Marshall. Ce que j'ai appris est si grave que j'ai immédiatement repris l'avion en sens inverse. C'est au sujet de Tara.

– Comment l'avez-vous connue ?

– Là-bas, dans le Queensland… Ça fait un bout de temps déjà. (Il hésita.) Écoutez, je sais que Tara a confiance en vous.

– Hmmm… (C'était au tour de Joanna d'hésiter.) Dans la mesure où elle peut faire confiance à quelqu'un.

– Vous a-t-elle parlé d'elle ?

– Pourquoi ?

Dan rougit mais soutint son regard.

– J'aime Tara, dit-il. Je lui ai demandé de devenir ma femme.

– Ah bon ? fit Joanna, méfiante.

Et si c'était un de ces types dérangés qui pourchassent les célébrités ? se dit-elle.

– Elle fréquente quelqu'un d'autre et je veux savoir qui.

C'en était trop. Elle n'allait pas perdre son temps avec tous les cinglés qui en pinçaient pour ses mannequins. Elle prit une inspiration.

– Si c'est tout ce que vous avez d'important à me raconter…

Il l'interrompit.
– C'est Greg Marsden ?
– Écoutez... vous avez l'air de quelqu'un de bien. Vraiment. Vous devez comprendre que je ne me mêle jamais de la vie privée de mes collaboratrices. Je suis sûre que si...
– Et si je vous disais que Tara Welles n'existe pas ?
– Quoi ?
– Absolument.
– Vous voulez dire que... Tara Welles ne serait pas son vrai nom ? Elle ne serait pas la seule à...
– Ce n'est pas seulement ça.
Qu'est-ce que ce type venait lui chanter ?
– Si ce n'est pas Tara Welles, qui est-ce, alors ?
La réponse mit du temps à venir. Mais quand elle arriva, elle lui parut encore plus absurde.
– Stéphanie Harper.
Les secondes pendant lesquelles Joanna tenta d'assimiler ces derniers mots semblèrent des heures. Dan poursuivit :
– Stéphanie Harper n'est pas morte de son accident dans la réserve des alligators. Elle ne s'est pas noyée et n'a pas non plus été mangée par le crocodile qui l'a attaquée, comme tout le monde l'a cru à l'époque. Elle a été grièvement blessée, certes. Mais elle a survécu et, sans que je sache comment, a réussi à entrer dans une clinique du Queensland où elle a subi plusieurs interventions qui ont entièrement modifié son apparence. Puis elle est retournée à Sydney, sous l'identité de Tara Welles.
– Et vous pensez me faire avaler une chose pareille ? Je n'ai jamais rien entendu d'aussi ridicule.
– Je puis vous assurer que c'est la vérité. Et en dehors de moi-même et de l'ami dont le travail consiste à rechercher la trace des personnes disparues pour la police du Queensland, vous êtes la seule à être au courant.

– Mais… Stéphanie Harper avait presque quarante ans.

– C'est effectivement son âge… si elle est encore en vie à l'heure qu'il est !

Joanna était troublée et elle se demandait bien pourquoi. Cela dépassait ses forces et ses capacités. Elle prit une décision :

– Je suis une femme très occupée, monsieur Marshall, aussi, si vous vouliez bien…

– Dr Marshall, rectifia-t-il avec colère. C'est moi, le chirurgien qui l'a opérée. Vous pouvez vérifier auprès du Conseil de l'ordre. Je suis spécialisé dans la chirurgie esthétique. J'ai participé à la création de Tara Welles !

– Vous êtes… médecin ?

– Oui, je suis médecin. Et je n'avais encore jamais enfreint le secret médical avant aujourd'hui. (Il fulminait, maintenant toutefois une distance polie à l'égard de son interlocutrice, et il ajouta :) Mais je n'avais encore jamais été amoureux d'une de mes patientes. Et je pense qu'elle est sérieusement en danger.

– En danger ?

– Oui. Comment n'y ai-je pas songé plus tôt, même sans savoir qui elle était vraiment ?

Dan se remémora l'arrivée de Tara, son désir de métamorphose, puis son départ, son refus de laisser une quelconque adresse, le projet crucial que pour rien au monde elle ne pouvait abandonner et enfin l'aveu qu'il lui avait arraché de l'existence d'un autre homme dans sa vie, d'un autre dont il savait – chaque fibre de son être le lui disait – qu'elle n'en était pas éprise. Tout cela allait dans le même sens.

– J'en suis venu à croire qu'elle a décidé de se faire justice elle-même et de se venger des torts qu'on lui a faits au lieu de s'en remettre à la société. Où a-t-elle trouvé le courage de retourner affronter celui qui a déjà tenté de la tuer une fois et qui cette fois aura intérêt à réussir son coup si elle le rattrape ? Madame... (Dan se tut puis, rassemblant ses forces, murmura :) Me direz-vous maintenant de qui il s'agit ? Qui a-t-elle vu ces derniers temps ? Qui est-ce ?

Joanna eut du mal à articuler.

– Greg Marsden.

Le visage de Dan s'enfiévra.

– Où puis-je trouver Tara ?

– Je ne sais pas.

– Ah non ! Faites un effort, bon sang !

– Je pense que Greg Marsden habite toujours chez les Harper, à Darling Point. Tara est peut-être là-bas.

– Merci. Merci mille fois.

Il s'élança vers la porte, non sans la gratifier d'un grand sourire qui illumina son visage hâlé. Eh bien ! songea Joanna, comment ai-je fait pour ne pas remarquer qu'il était si beau ?

Tout va bien, se disait Tara en se dirigeant vers la cuisine de la grande maison. Le déjeuner s'était déroulé à merveille, et Greg s'était montré aussi galant, aussi charmant que lorsqu'elle l'avait rencontré la première fois et qu'il lui avait fait la cour – mais d'une manière subtilement différente pourtant. Ses attentions, ses manifestations de tendresse semblaient plus sincères, plus vraies, elle s'en rendait compte à présent. Mais il n'avait pas eu beaucoup de mal à tromper la pauvre Stéphanie. Elle qui n'avait jamais été véritablement aimée pour elle-même, comment aurait-elle pu reconnaître le vrai du faux ?

En entrant dans la cuisine, elle surprit Katie qui rangeait à la hâte une bouteille de kirsch dans le placard, l'air coupable. Tara posa les plats qu'elle rapportait de la salle à manger, ayant pris le prétexte de desservir la table pour pouvoir se rendre à la cuisine.

– J'allais y aller, fit remarquer Katie. Laissez tout ça.

Tara s'approcha d'elle.

– Je voulais vous remercier pour le délicieux déjeuner. Katie...

Elles furent interrompues par Greg.

– Ah, vous étiez là ! Je voulais vous demander ce que vous désiriez faire cet après-midi. Vous avez le goût du risque ?

– Tout dépend pour quoi.

– Un tour à cheval, cela vous plairait ?

Tara rit.

– Pour ça, pas de problème. Je monte depuis que je suis toute petite.

– Pff ! fit Katie, et, bougonnant comme pour elle-même : J'aurais voulu que vous voyiez Stéphanie monter King ! Elle galopait comme le vent. À cinq ou six ans déjà. Je n'ai jamais rien vu de pareil !

– Personne ne montera King, Katie, fit Greg, agacé. Ce ne sont pas les chevaux qui manquent. Rendez-vous devant la maison dès que vous serez prête, Tara.

Greg quitta la pièce pour aller donner l'ordre de seller les chevaux. Mais Chris et Sam avaient disparu. Jamais là quand on a besoin d'eux, ces deux-là ! Et toujours dans vos pattes le reste du temps. Il finit par les retrouver, distribua ses ordres et rejoignit Tara sous la véranda en attendant qu'on leur amenât leurs montures.

– J'ai demandé à Sam de vous seller un cheval très doux, dit Greg. Je n'ai pas envie que vous ayez un accident.

Tara sourit intérieurement.

– Les voilà.

Sam arrivait, tenant par la bride un solide alezan pour Greg et un joli petit cheval à la robe claire pour elle. Elle saisit les rênes et lui flatta l'encolure.

– Sam ! lança Greg d'un ton agacé, aidez la dame à monter.

– Ce n'est pas la peine, dit Tara, arrêtant Sam d'un sourire.

Et, d'un bond gracieux, elle fut en selle.

– Ouah ! fit Greg, admiratif. Y a-t-il quelque chose que vous ne sachiez pas faire ?

Tara se contraignit à le regarder dans les yeux, provocante.

– C'est ce que nous allons bientôt découvrir, n'est-ce pas ?

Puis, d'un petit coup de talons, elle fit trotter sa monture, et s'élança au grand galop avant que Greg fût à cheval. Elle entendit dans son dos son rire de jubilation, puis ses cris :

– Hé là ! Attendez-moi !

Il avait bien du mal à mettre en route sa propre monture qui renâclait dans la chaleur de l'après-midi.

Mais ce que Tara ne vit pas, ce fut Katie qui, incapable de résister à sa curiosité, sortit sur le seuil de la cuisine pour voir comment la dame élégante de Sydney allait bien pouvoir se débrouiller sur un cheval. Elle eut juste le temps d'apercevoir Tara s'envolant, talons baissés, épaules rentrées, dans une position parfaite, la tête penchée sur l'encolure du cheval pour lui chuchoter à l'oreille. D'abord incrédule, Katie vacilla sous le choc. Le sang quitta son visage et un son étranglé s'échappa de sa gorge. Elle s'appuya contre un des piliers de la véranda et glissa doucement jusqu'à terre, où elle s'affaissa :

– Effie ! murmura-t-elle. Effie ! Tu es revenue !

19

Aux yeux de ceux qui ne les connaissent pas, les vastes contrées de l'intérieur ne sont qu'une morne étendue souvent dangereuse. Les immenses plaines désertiques semblent n'offrir que tristesse et monotonie – l'homme y est condamné à devenir fou, ou à mourir de soif sous la brûlure du soleil. Ce sont des lieux magiques, pourtant, où le rêve abolit le temps. Et celui qui entend leur musique, qui perçoit la beauté surnaturelle de ces paysages austères, dans la parfaite simplicité des espaces infinis, celui-là est libre. Car il a su redécouvrir la paix spirituelle dont ces régions ont fait don, jadis, à ceux qui l'ont mérité.

Depuis que Chris lui avait appris à s'en montrer digne, Stéphanie Harper comptait parmi les élus, et jamais elle n'avait failli. Ces espaces étaient sa cathédrale, son sanctuaire, c'est là qu'elle exprimait ses joies et ses tristesses, là qu'elle se sentait vivante et libre. Cette fois encore, elle redécouvrait ce sentiment grisant que l'on éprouve bien rarement au cœur des villes et, galopant dans le vent, elle se sentit renaître, pure et triomphante.

Les deux chevaux fonçaient, ventre à terre, à travers la plaine grillée par le soleil, sautant agilement les obstacles, courant après des troupeaux de kangourous ou dispersant sur leur passage des groupes de perroquets qui s'envolaient vers le ciel en jacassant. En dépit de tous ses efforts, Greg, bon cavalier pourtant, ne parvenait pas à rejoindre le petit cheval de Tara et lorsque celui-ci s'arrêta sous le bouquet d'arbres au bord de la rivière qu'ils s'étaient fixé comme but, il dut se rendre à l'évidence : il avait perdu la course.

Le sang battant à ses veines, heureuse et à

bout de souffle, Tara mit pied à terre puis mena son cheval jusqu'à la rive. Elle défit le mors et la sangle pour qu'il se désaltère. Elle s'aspergea le visage et le cou avant de conduire le bel animal à l'ombre des arbres.

– C'était formidable, dit-elle. Ça m'a fait un bien fou. (Elle se tourna vers Greg. Son visage était sombre.) Ne me dites pas que vous êtes de ceux qui ne supportent pas d'être battus par une femme !

C'était si manifestement la raison de sa contrariété qu'il nia avec véhémence.

– Bien sûr que non !

– On aurait bien dit pourtant, à voir votre tête !

– Puisque je vous dis que non. (Il se contraignit à sourire. Ce n'était plus si grave, d'ailleurs, maintenant qu'elle était là devant lui, rieuse et pleine de vie après la course. Une grande tendresse le submergea.) Vous allez parfaitement avec le paysage, dit-il. Aussi à l'aise que dans les salons de haute couture. Mais où avez-vous appris à monter ainsi ? Vous êtes décidément surprenante !

Tara éclata de rire.

– Vous croyez tout savoir, vous, les hommes. Alors il faut bien que nous gardions quelques atouts dans nos manches…

– J'aime quand vous riez, dit Greg, comme hypnotisé. Vous ne le faites pas assez souvent. Vous êtes adorable.

Sans réfléchir il l'attira contre lui et l'embrassa. Quand leurs lèvres se touchèrent, Tara s'abandonna sans réserve au baiser, répondant avec une passion féroce qui le fit tressaillir de plaisir. C'était la première fois qu'il l'embrassait, qu'il prenait dans ses bras ce corps souple qui n'avait pas quitté ses pensées depuis le jour de leur rencontre, et c'était encore meilleur que ce qu'il avait rêvé. Dans ses bras musclés, le corps de Tara frémissait, le visage levé comme pour boire son amour, comme si sa vie en dépendait. Ses lèvres s'entrouvrirent pour accueillir sa langue, elle pressa son corps contre le sien et, avec un sentiment de triomphe, sentit contre son ventre la tension virile. Elle le désirait. Oh, comme elle le désirait !

Soudain, au grand étonnement de Greg, elle le repoussa sans douceur de ses poings fermés.

– Qu'y a-t-il ?

Elle ne répondit pas, se contentant de le fixer de ses yeux mutins. Il la saisit aux épaules et l'attira de nouveau contre lui. Son visage tout près du sien, il chuchota, menaçant :

– Les femmes qui se moquent de moi me mettent en rage. (Il resserra son étreinte pour renforcer ses paroles.) C'est vous qui avez eu l'idée d'Éden. Ne venez pas me raconter que vous êtes venue ici uniquement pour faire des petites balades à cheval. Et si telle était votre intention, autant vous dire tout de suite que je n'ai pas fait tout ces kilomètres dans le seul but de respirer le grand air !

– Vous me faites mal, Greg !

Il la lâcha avec un geste de colère et se passa la main dans les cheveux.

– Je vous désire et vous me rendez fou !

– Greg… vous devez savoir ce que j'éprouve pour vous. Mais…

– Mais quoi ?

– Chaque fois que vous me touchez… je me mets à penser à votre femme. Quand vous me prenez dans vos bras… c'est comme si vous la trahissiez.

– C'était donc ça !

– Je vous demande pardon, Greg. Mais je n'arrive pas à faire autrement.

Il réfléchit intensément. Comment convaincre Tara qu'elle se trompait tout à fait, que Stéphanie n'était vraiment pas une rivale à craindre ? Il n'avait jamais confié à quiconque ses véritables sentiments à son égard, s'appliquant à jouer les époux éplorés, à qui la mort avait enlevé trop vite sa femme bien-aimée. Mais Tara était désormais celle qui comptait le plus au monde pour lui. Il devait prendre le risque de lui révéler ses véritables sentiments – même s'il devait la perdre lorsqu'elle découvrirait qu'il n'était pas la personne respectable qu'il prétendait être. Il lui devait bien ça, si elle l'aimait.

– Bon, je vais vous dire la vérité, Tara, commença-t-il. La vérité, c'est que j'ai épousé Stéphanie Harper pour son argent. Ça ne marchait pas très bien pour moi. Je m'essoufflais un peu, au tennis. Je m'étais blessé au genou et, pendant ce temps-là, des types comme McEnroe montaient en flèche. Je n'avais plus le même punch qu'avant.

Il se tut. Tara était transformée en statue de pierre. Elle l'écoutait, fascinée.

– J'ai rencontré Stéphanie lors d'un match de charité qu'elle avait organisé chez elle et je me suis rendu compte que je lui plaisais. Je me suis dis : Pourquoi pas ? Trois mois plus tard, nous étions mariés. Mais, je peux vous le dire, en dépit de toute sa fortune, Stéphanie Harper n'avait aucune classe. Elle était grosse et moche, ennuyeuse comme la pluie, et frigide ! Il fallait que je me soûle pour arriver à faire l'amour avec elle – et encore, il lui fallait quinze jours de préliminaires et pas de lumière ! Quel calvaire, quand j'y pense. Je la détestais.

Une véritable tempête se déchaînait en Tara. Il ne voyait pas son visage. Changeant brusquement de ton, Greg dit doucement, lui prenant la main :

– Vous êtes tout ce que ma femme n'était pas, Tara. Je vous aime.

Sans un mot elle le repoussa, courut jusqu'à son cheval, bondit en selle et s'envola au grand galop. Réprimant son désir de s'élancer à sa poursuite, Greg la laissa partir. Elle avait dû avoir un choc en découvrant son aspect le plus noir. Mais il avait la certitude, malgré les apparences, d'avoir abattu sa meilleure carte. Elle lui avait avoué ses sentiments pour lui. Et il savait qu'elle le désirait physiquement, qu'elle avait envie qu'il lui fasse l'amour. Son expérience des femmes ne pouvait le tromper là-dessus. Elle reviendrait lui manger dans la main. Il l'aimait. Comment pourrait-il échouer ? Lentement, pour la laisser rentrer seule, mais exultant toujours, il reprit le chemin de la propriété.

Déjà loin devant lui, comme si le diable en personne était à ses trousses, Tara galopait. Le visage ruisselant de larmes amères, elle sanglotait et hurlait, maudissant la noirceur de son âme. Cette fois il avait avoué et le doute n'était plus permis. Il l'avait ignoblement trahie et sa vengeance ne serait que justice. Elle avait été étonnée, d'abord, puis effrayée, quand il l'avait embrassée, de sentir son corps s'abandonner avec une telle violence. Son corps le désirait – et son corps l'aurait. Puis elle se ferait une joie de se servir de lui comme il s'était servi d'elle, puis de le faire souffrir comme elle avait souffert, en ne manifestant que mépris et indifférence à celui pour qui elle serait devenue le don le plus précieux. Elle ferait un petit peu durer le suspense – puis lâcherait le couperet !

Quand elle revint à elle, sous l'auvent du perron, Katie sut immédiatement ce qu'elle allait faire. Elle rentra à l'intérieur d'un pas encore mal assuré et gagna la cuisine pour y boire en secret – comme elle continuait d'en être persuadée – un petit verre de « remontant ». Le liquide fort et sirupeux coula dans sa gorge et elle se sentit plus calme. Elle se resservit et, le verre à la main, prit la direction de la chambre de Stéphanie. C'est là qu'elle trouverait confirmation de l'espoir insensé auquel elle s'accrochait depuis qu'elle avait vu Tara Welles franchir comme un éclair les grilles de la propriété, pour s'élancer au grand galop en direction de la brousse. Car il y avait des choses que la chirurgie ne pouvait pas changer. C'est Katie qui avait appris à la petite Stéphanie à monter à cheval. Et la façon qu'a chacun de se tenir en selle est aussi personnelle que son écriture, tout aussi inimitable. Tara était bel et bien Stéphanie dans l'esprit de Katie. Restait maintenant à le prouver.

Refermant la porte derrière elle, Katie posa son verre de kirsch sur la table de nuit et se mit au travail. Elle commença par la commode, dont elle fouilla méthodiquement chaque tiroir l'un après l'autre, pour ne trouver que des slips, des soutiens-gorge et des tee-shirts anonymes. Puis, dans le deuxième tiroir, un blue-jean, plusieurs shorts, un bikini et un élégant maillot de bain une pièce. Elle s'arrêta net. Stéphanie ne savait pas nager et évitait de s'approcher de l'eau sauf en cas de nécessité absolue, et ce depuis le jour où Skipper, un colley plein de fougue – le chien de chasse de Katie à l'époque – avait précipité la fillette dans la piscine dans un accès de joie un peu trop exubérant. Elle avait bien failli se noyer et ne s'était jamais remise de sa terreur. Les tailles aussi posaient problème. Katie chercha les étiquettes. Jamais Stéphanie n'avait eu les hanches aussi minces depuis ses douze ans.

Perplexe, elle reprit ses investigations. Le tiroir suivant était rempli de lingerie à fanfreluches noire ou blanche. De la soie et des dentelles ! Scandalisée dans son âme puritaine, Katie plongea les mains tout au fond pour s'assurer qu'il ne recelait pas d'autres secrets et le referma d'un coup sec. Cela n'appartenait certainement pas à Stéphanie, qui, du plus loin qu'elle se souvenait, n'avait jamais porté que de la bonne lingerie de coton toute simple. Elle s'assit sur le lit pour réfléchir.

Pouvait-elle s'être trompée ? Son profond désir de revoir sa chère petite lui avait-il donné des hallucinations ? Elle secoua la tête. Il ne restait plus que la valise. Katie l'ouvrit. Elle contenait plusieurs paires de souliers, plats et fonctionnels, des sandales, un bon chandail pour les soirées fraîches et des revues de mode. Tout cela aussi était trop frivole pour Stéphanie. Quand elle n'était pas plongée dans les paperasses de la Harper Mining, elle lisait un bon livre ou écoutait de la musique – et ne s'intéressait sûrement pas à des bêtises pareilles, ajouta Katie dans son for intérieur. Ses doigts fureteurs touchèrent quelque chose de mou dans une pochette de tissu, dont elle tira... une perruque ! Les cheveux artificiels ressemblaient tellement à ceux de Stéphanie qu'un regain d'espoir emplit le cœur de la vieille dame. Mais si l'inconnue était bel et bien Stéphanie, quelle drôle d'idée de s'acheter une perruque quand elle pouvait tout simplement laisser pousser ses cheveux ? C'était absurde. Décontenancée, Katie replaça l'objet dans la valise qu'elle referma.

Et voilà. Elle avait regardé partout et n'était guère plus avancée. Vaincue, elle s'apprêtait à quitter la pièce quand elle avisa, par la porte ouverte de la salle de bains, la trousse de toilette de Tara posée sur la tablette au-dessus du lavabo. Elle en ouvrit la fermeture à glissière et découvrit des crèmes, des lotions et des fards. La saisissant d'une main, elle plongea l'autre à l'intérieur et, tout au fond, sentit quelque chose de dur. C'était un petit paquet plat enveloppé dans un carré de soie. À l'intérieur, il y avait deux photographies : Sarah et Dennis !

– Mon Dieu, les enfants ! dit Katie à voix haute et, s'asseyant au bord de la baignoire, elle laissa tomber sa tête en arrière et pleura.

Là, entre ses mains, elle avait la preuve qu'elle

était venue chercher. Ô mon Dieu ! Soyez béni ! Effie est revenue ! Des mots d'amour et de joie lui emplissaient l'esprit. Mais un martèlement de sabots, venant de l'allée, la ramena brusquement à la réalité. Les promeneurs étaient de retour. Elle replaça fiévreusement les photos dans la soie et les fourra dans la trousse qu'elle referma à la hâte. Elle la remit en place et s'élança, s'arrêtant un instant seulement pour retaper le lit à l'endroit où elle s'était assise. Elle sortit de la pièce en courant, sans remarquer le petit verre de kirsch oublié sur la table de nuit.

À l'aéroport de Sydney, la personne qui dirigeait le service des vols intérieurs était une femme, ce qui expliquait peut-être qu'elle fût occupée à résoudre un problème que des hommes moins expérimentés qu'elle dans la profession auraient jugé tout bonnement insoluble. Une autre femme venait en effet d'arriver à l'aéroport en proie à une grande surexcitation. Elle voulait qu'on lui affrète sur-le-champ un avion à destination d'une réserve située dans les Territoires du Nord et dont nul n'avait jamais entendu parler. Au comptoir des réservations, on lui avait poliment suggéré de prendre un avion régulier qui la déposerait à l'aéroport le plus proche de la réserve en question. Elle avait failli faire un esclandre et s'était vue renvoyer de comptoir en comptoir avant de finir dans le bureau de la responsable. Celle-ci n'était pas arrivée au poste qu'elle occupait par hasard. Aussi avait-elle passé deux ou trois coups de fil à la suite desquels, comme par magie, Jilly Stewart s'était embarquée à destination des Territoires du Nord et d'Éden.

La nuit, dans ces contrées, embaume de mille senteurs et bruisse de sons étranges et infimes. Greg et Tara se promenaient dans la roseraie, ensemble et pourtant séparés. Greg l'observait avec attention – il attendait qu'elle fît le premier pas. Quand il était rentré de leur randonnée équestre, il avait appris qu'elle était allée directement dans sa chambre pour se doucher et s'étendre. Elle ne souhaitait pas être dérangée. Il avait dû se résoudre à attendre plusieurs heures durant, et il en avait profité pour s'occuper de lui, ayant décidé de s'habiller pour le dîner. Voilà bien longtemps qu'il n'avait pas autant pris soin de sa personne à seule fin de plaire à une femme ! Champion de tennis, plus il était débraillé et échevelé, plus il semblait séduire ses admiratrices. Cette idée le fit sourire tandis qu'il se rasait, se douchait puis s'habillait avec une attention méticuleuse. Mais Tara était quelqu'un d'extraordinaire, et il n'en ferait jamais trop pour elle. En se rendant à la salle à manger, il n'était pas du tout certain qu'elle descendrait le rejoindre, sans parler de ses projets pour les prochains jours. Aussi fut-il terriblement soulagé lorsqu'elle fit son apparition, reposée et détendue, adorable dans une robe du soir chatoyante qu'il lui fut reconnaissant d'avoir apportée alors qu'il avait insisté pour qu'elle ne prît que le strict minimum... Le dîner fut très agréable et les mets succulents – Katie avait manifestement fait un effort louable. Mais la conversation s'était limitée à des sujets anodins et il avait parfaitement senti qu'elle ne lui aurait pas permis autre chose. Aussi fut-il touché et heureux lorsqu'elle accepta de se rendre au jardin en sa compagnie. Il avait peut-être encore ses chances.

Au pied du perron, ils prirent le chemin de la piscine. Passant près de la fontaine discrètement illuminée, ils gagnèrent la roseraie. Toujours sans mot dire, ils finirent par s'asseoir sur un banc. Tout était calme et serein. Les fleurs exhalaient un parfum enivrant.

Tara fut la première à rompre le silence.

– Éden, dit-elle, rêveuse. Le bien-nommé...

– Que voulez-vous faire maintenant ? (Greg prenait garde de ne pas faire pression sur elle après les révélations de l'après-midi. Il voulait lui faire sentir que ses désirs à elle étaient ce qui lui importait avant tout.) Les veillées ne sont pas riches en distractions, ici, dit-il. J'imagine qu'Adam et Eve avaient le même problème.

– Greg... (Elle interrompit son badinage.) Je vous remercie d'avoir été franc avec moi cet après-midi.

– Vous êtes la première femme à qui je suis incapable de mentir. (Et c'est la pure vérité, songea-t-il, vaguement désemparé.) Je voulais que vous sachiez quel genre d'homme je suis. Quitte à prendre le risque de vous perdre.

– Vous ne m'avez pas perdue, dit-elle d'une voix ferme. Je respecte l'honnêteté. Même si la vérité n'est pas toujours facile à encaisser.

Ses paroles le rassurèrent. Il avait bien joué en lui parlant comme il l'avait fait à propos de Stéphanie. Tout irait bien désormais.

Dans leur dos, Katie sortit sur le perron et lança dans la nuit :

– Aura-t-on encore besoin de moi ?

– Non, Katie, merci.

– Merci pour le délicieux dîner, ajouta Tara.

Et Katie partit se coucher.

– Elle fait encore la cuisine à l'intention de Stéphanie, figurez-vous.

– Comment cela ?

– Elle nous a confectionné tous les plats préférés de Stéphanie ce soir.

– C'est vrai ?

– Oui. (Greg rit.) Il faut lui reconnaître ça. Elle est têtue comme une mule. Rien ne pourra jamais la convaincre que Stéphanie est bel et bien morte.

– On voit bien qu'elle lui manque encore énormément. Elle est très seule, non ?

– Oui. Et elle est trop vieille pour s'occuper d'une maison comme celle-ci. Il serait temps de la remplacer par quelqu'un de plus jeune. Elle serait mieux chez une famille de Darwin.

– Mais ça fait quarante ans qu'elle est ici, Greg !

– Oui, c'est bien triste, évidemment, et je ne le ferai pas de gaieté de cœur. Mais le temps n'épargne personne.

Tara ne dit rien. La dureté de Greg à l'égard de Katie venait lui rappeler que nul n'existait vraiment pour lui en dehors de lui-même. Très lasse, brusquement, elle eut envie de rentrer.

– Vous voudrez bien m'excuser, Greg, mais je crois que je vais aller me coucher. Je me sens très fatiguée. Je ne sais pas si c'est la course à cheval ou l'air trop pur !

Une lueur de colère passa dans les yeux de Greg. Combien de temps allait-elle encore se défiler ? Elle lut ses sentiments sur son visage.

– Cela vous ennuie ?

– Oui ! dit-il franchement. Et... non.

N'avait-il pas décidé de lui laisser le temps ? Ce n'était que leur première soirée et Tara n'était pas du genre que l'on bouscule. Pourtant, songeait-il en la raccompagnant jusqu'à sa chambre, il va bien falloir qu'elle se décide.

Dans la solitude de sa chambre, Tara se détendit. Le dîner avait été une épreuve difficile. Comment celui qui la dévorait des yeux, qui se montrait si gentil et attentionné avec elle pouvait-il être le même que celui qui l'avait trompée, humiliée, et qui avait tenté de la faire disparaître ? La contradiction semblait insoluble. Peut-être y a-t-il deux Greg Marsden, se dit-elle, tout comme il y a deux Stéphanie Harper. Peut-être exprime-t-il avec Tara Welles tout ce qu'il y a de bon en lui, peut-être se montre-t-il avec elle tel qu'il souhaiterait pouvoir être, au fond ? Jamais je ne l'aurais cru capable d'une telle franchise, songea-t-elle, cela n'a pas dû être facile de se confesser ainsi, en exposant les raisons de son mariage. Mais c'est trop peu. Et trop tard. Et jamais cela n'effacera le mal qu'il a fait.

Non, elle ne flancherait pas. Il pouvait lui sourire autant qu'il voulait, l'adorer et la respecter – être aussi extraordinairement beau qu'elle l'avait vu, au cours du dîner, les yeux brillants d'amour à la lueur des bougies, aussi détendu que dans la roseraie, sous le ciel piqueté d'étoiles... il était beau, il se croyait heureux, mais il était damné. Mais elle devait agir vite. Elle ne pourrait pas jouer longtemps encore la comédie et prétendre n'avoir jamais mis les pieds à Éden ou, pire encore, faire semblant d'aimer celui pour qui elle éprouvait une haine féroce. Une seule pièce manquait au puzzle et bientôt tout serait dit. Demain, songea-t-elle, Jilly arriverait. Tous les personnages du drame seraient réunis et le rideau se lèverait enfin.

Avant de se mettre au lit, il lui restait une chose importante à faire. Elle passa furtivement sur le perron et fit le tour de la maison pour gagner le quartier des domestiques. Elle frappa à la porte de Katie.

– Entrez !

Le vieille gouvernante ne devait pas avoir beaucoup de visites, à en juger par l'étonnement qui transparut dans sa voix.

Tara ouvrit la porte. Katie était assise devant une table, occupée à regarder des photos qu'elle tirait d'une vieille boîte en fer-blanc. Elle en tenait trois à la main. Il y eut un silence chargé d'électricité entre les deux femmes.

– Je... Je regardais des vieilles photos.

Tara l'avait manifestement prise au dépourvu. D'un geste brusque, Katie lui tendit les photos qu'elle avait à la main. L'une d'elles représentait Stéphanie montant King, une autre Stéphanie et

Katie après la mort de Max. Katie soupçonnait-elle quelque chose ? Et jusqu'à quel point ?

– Vous êtes venue dans ma chambre cet après-midi.

Elle posa les clichés sur la table et regarda la vieille femme droit dans les yeux.

– Non ! Certainement pas ! s'écria celle-ci. Jamais je ne me serais permis...

– Vous avez oublié un verre de kirsch sur ma table de nuit.

Katie rougit.

– Ah oui, c'est vrai ! dit-elle, gênée, comme si elle s'en souvenait tout à coup. Je suis juste allée jeter un coup d'œil pour voir si tout était comme il faut, si je vous avais bien mis des serviettes de toilette, c'est tout. Qu'on n'aille pas croire que je suis une menteuse.

– Mais non, bien sûr que non. (Tara sourit.) Je vais vous laisser à vos photographies.

Elle se dirigea vers la porte. Ni l'une ni l'autre ne prononça les mots qui auraient déchiré le voile si mince qui les séparait.

– Merci encore, Katie, le dîner était parfait, dit Tara.

Elle avait légèrement appuyé sur le qualificatif, décochant un sourire à la vieille femme.

– Oh, ce n'est rien du tout, dit-elle. Bonne nuit.

– Bonne nuit, Katie.

Telle une créature des ténèbres, Tara longea la maison en sens inverse, par le perron. Derrière la porte vitrée qui ouvrait sur la bibliothèque, elle perçut un mouvement et se figea, dissimulée dans les ombres du mur. Greg entrait dans la pièce pour se diriger vers le bar. Il se servit un verre et, debout devant la cheminée, sirota le breuvage aux reflets ambrés à petites gorgées, l'air pensif. Au-dessus de sa tête, sur le mur, le portrait de Max, auquel ses amis et collègues avaient porté un toast le jour où Stéphanie lui avait succédé à la tête de la Harper Mining, était toujours à la même place. Dans la faible lumière d'une seule lampe, sur une table, Tara vit Greg s'installer confortablement, son verre à la main, – c'était lui le roi à Éden, désormais. Tel qu'elle l'apercevait, ainsi, à travers la vitre, aussi incroyable que cela pût paraître, il ressemblait à son père – d'une manière frappante, même en dépit de la différence d'âge –, et ce n'était pas une similarité physique mais une attitude, une expression identique, le même regard du prédateur prêt à foncer sur la créature sans défense, plus vulnérable ou moins rusée que lui. Ainsi détendu, un vague sourire aux lèvres, il possédait un charme inquiétant. De quelles profondeurs sournoises venait donc l'attraction qu'il exerçait sur elle ?

Elle l'ignorait. Elle l'observait avec la fascination que l'on provoque toujours lorsqu'on ne se doute pas qu'on est espionné. Il termina son verre, le posa et quitta la pièce. Tara regagna sa chambre à pas de loup. Dans le jardin, quelqu'un craqua une allumette. Elle s'arrêta. À la lueur de la flamme minuscule, apparut le visage de Chris, qu'il venait manifestement d'éclairer à son intention. Tara sourit, ce simple geste ravivant soudain en elle les récits aborigènes qui avaient bercé son enfance. La capture du feu par le grand sorcier et son partage avec le monde entier par l'embrasement sacré de la fourmilière où chacun pouvait venir allumer sa torche. Le feu était le don le plus précieux que les esprits du temps rêvé avaient fait à l'homme, le Grand Tout ayant souhaité protéger ses créatures des ténèbres et du froid. C'est grâce au feu que l'espèce humaine survit et se perpétue. Et dans le froid de son cœur solitaire, Tara reçut la chaleur de la protection divine que Chris invoquait pour elle et s'en sentit consolée et raffermie. Elle n'était pas seule.

20

Le soleil levant baignait les plates étendues qui entouraient Éden d'une splendeur écarlate. Une aube chaude et féroce se glissait par-dessus les déserts et les vastes plaines, emplissant les gorges, les failles et les chaînes rocheuses déchiquetées de lumière et de chaleur. Seules les lugubres lamentations d'un oiseau obstiné troublaient le calme de l'immensité. Le rude paysage boudait dans l'attente des événements du jour.

Le cri funèbre du brolga résonna de nouveau. Tara sortit de sa chambre aussi silencieusement que possible et avec de grandes précautions passa devant la porte de Greg pour quitter la maison. À l'extérieur, la fraîcheur du jour nouveau l'enveloppa comme une bénédiction bien que les rayons du soleil sur ses bras nus fussent déjà le signe de l'impitoyable chaleur qui allait suivre. Elle prit une profonde inspiration, s'emplissant à pleins poumons de l'air sec et poudreux qui symbolisait encore pour elle son pays, puis elle traversa la cour en direction des écuries et des dépendances.

Avec l'extrême finesse d'ouïe qui les caractérise, les chevaux l'avaient déjà entendue approcher et, lorsqu'elle entra, toutes les oreilles étaient déjà dressées vers l'avant, et toutes les grosses têtes aux yeux fous se penchaient par les lucarnes pour voir la nouvelle arrivante. Tara alla dire bonjour à chacun des chevaux comme à de vieux amis. Les bêtes reniflèrent et hennirent doucement pour dire qu'elles la reconnaissaient et se réjouissaient de la voir. La douce odeur du foin imprégnait l'atmosphère. En présence de cet amour honnête et véritable des grands animaux, Tara sentait son âme desséchée revenir à la vie.

Elle arriva enfin au grand box qui terminait la rangée. À l'origine c'était un enclos d'élevage assez grand pour accueillir une jument et son petit, mais on l'avait attribué à King dès qu'il avait paru évident que l'étalon serait de grande taille. Tara gagna la demi-porte et regarda par-dessus. King se tenait calmement au fond de son box mais ses oreilles étaient dressées; tout son corps noir, lisse et luisant vibrait d'impatience attentive. Tara se glissa à l'intérieur et referma le verrou derrière elle. Elle s'approcha prudemment de lui en lui parlant d'une voix basse et apaisante.

– Bonjour, King. Bonjour, mon joli garçon. Sais-tu qui je suis ? Es-tu encore capable de me reconnaître ?

Debout près de son flanc, elle tendit la main pour caresser sa grande encolure tiède. Un frisson le parcourut tout entier comme un courant électrique et elle sentit la dureté de pierre des gros muscles sous sa main.

– Est-ce que je t'ai manqué, mon chéri ? Dieu sait combien tu m'as manqué. Tu me reconnais, pas vrai ?

Le gigantesque animal baissa la tête et lui fourra le mufle dans la main pour toute réponse. Elle sentit la douceur satinée de ses grandes narines et la chaude haleine qu'il lui souffla entre les doigts, puis sa grosse langue râpeuse vint lui explorer la paume. Elle rit de joie au plaisir dc retrouver cette sensation qui avait toujours fait partie du rituel des salutations qu'ils échangeaient tous les deux. King releva sa grande tête et, venant du museau lui caresser les lèvres, souffla doucement par les narines sur le visage de Tara. Celle-ci reçut en silence mais avec délices cette salutation qui est généralement celle des chevaux entre eux et qui constitue le plus beau compliment qu'un être humain puisse espérer en recevoir.

Ils demeurèrent ainsi quelques instants, la femme et le cheval, aspirant l'odeur l'un de l'autre dans une parfaite communion. Puis Tara leva de nouveau la main et caressa les longues oreilles noires couvertes de fourrure soyeuse, connaissant depuis longtemps les caresses qu'appréciait King, ses doigts retrouvant facilement les points du plaisir chez le grand animal : à la base des oreilles et sur le méplat osseux qui les sépare. Tandis qu'elle le caressait ainsi avec amour, lui-même frottait doucement son museau contre le visage et la nuque de la jeune femme tout en hennissant faiblement. Alors, emportée par l'émotion, Tara se nicha contre sa large poitrine et referma les bras autour de son encolure. Réagissant aussitôt au souvenir de ce vieux rite, King leva la tête, la soulevant du sol et la balançant légèrement de gauche à droite, la secouant comme une poupée de chiffon tandis qu'elle s'accrochait à lui en roucoulant de joie, sentant la puissance du vigoureux étalon entre ses bras puis à travers tout son corps.

Pour Katie, qui pénétrait dans l'écurie, ce petit échange constituait la preuve définitive que Tara était bien Stéphanie. De tout le personnel, Chris était le seul à pouvoir pénétrer dans le box de King et le conduire au paddock pour l'exercice. Nul autre que Stéphanie n'avait jamais été en mesure de le toucher – sans même parler de cette caresse intime et audacieuse. Sous les yeux de Katie, l'étalon reposa doucement Tara sur le sol, se raidissant pour supporter son poids sans aller de l'avant afin d'éviter de lui marcher sur les pieds. Katie fut incapable de se contenir plus longtemps.

– Effie !

Tara se figea sur place. Elle aurait voulu se

donner des coups de pied pour n'avoir pas pensé qu'un regard aiguisé pouvait l'avoir repérée quand elle avait traversé la cour si tôt le matin depuis le quartier des domestiques. Elle n'était pas encore prête à des révélations. Elle se contraignit à arborer un large sourire.

– Katie ! Bonjour ! Comment allez-vous ce matin ?

Katie la dévisageait comme si elle avait vu un spectre.

– Je me lève tôt à la campagne, poursuivit Tara avec détermination.

– J'en sais quelque chose.

Ce que Katie voulait dire n'était pas mystérieux.

– C'est un si beau cheval, n'est-ce pas ? Je n'ai pas pu m'empêcher d'essayer de faire ami-ami avec lui.

Katie se mit à parler lentement et distinctement, comme si elle s'adressait à une simple d'esprit.

– King appartenait à Effie. Jamais à personne d'autre. C'était un cadeau que lui avait fait son père. Il nous est arrivé encore poulain et c'est elle qui l'a dressé et entraîné. Personne d'autre n'a jamais pu l'approcher, sauf Chris. C'est le cheval d'une seule femme. Il l'a toujours été – et il le restera toujours !

– J'ai toujours su m'entendre avec les chevaux, contra Tara. Je m'entends avec la plupart d'entre eux.

Katie explosa de colère.

– Tu as cru que tu pouvais me tromper, moi ! Je savais bien que tu n'étais pas morte ! Je savais que tu reviendrais. J'ai prié Dieu tous les soirs depuis ton départ. Je savais qu'il m'entendrait. (Tara voulut parler, mais Katie poursuivit impétueusement.) Écoute, tu ne peux pas me la faire à moi. Je ne connais personne d'autre que Stéphanie Harper pour monter à cheval comme ça. Elle avait un style tout à fait personnel. Un égoïste comme Greg Marsden ne remarquerait jamais une chose pareille, bien sûr, il ne s'intéresse qu'à lui-même. Mais moi, faudrait que je sois aveugle pour pas le remarquer.

– Vous vous trompez.

– C'est toi qui te trompes en ne me faisant pas confiance. Je ne comprends rien à tout ça – rien du tout –, ton changement, ou comment ça s'est passé. Comment as-tu fait pour survivre ? Où vivais-tu ? Et qu'est-ce qui se passe maintenant ? Dis-le-moi, Effie. Tu me disais toujours tout.

« Dis-le-moi, Effie. » Tara entendait l'écho de ces paroles se répercuter le long des interminables corridors du temps. Par la pensée elle se reporta à son enfance à Éden. Katie était toujours là, Katie avait toujours l'œil sur elle – mais toujours elle avait été trop protectrice, trop anxieuse. Son amour était bien réel, mais il affaiblissait, au lieu de fortifier. « Laisse faire Katie, Katie va faire ça pour toi. » Avec ce genre d'expressions et un bon millier d'autres, Katie l'avait rendue dépendante, incapable de faire les choses par elle-même, toujours en quête de la personne qui les ferait pour elle. Tu m'as élevée dans du coton, Katie, l'accusa-t-elle dans son cœur. Regarde ce que cela a fait de moi. Au lieu de me renforcer dans ma peur de l'eau, après cet accident avec ton maudit chien, tu aurais mieux fait de m'aider à la surmonter. Parce que le jour où j'ai rencontré un homme qui m'a jetée à l'eau, je ne savais pas nager.

– Dis-le-moi, Effie.

L'appel de Katie s'éleva de nouveau. Tara la regarda avec les yeux d'une inconnue.

– Je ne comprends pas ce que vous voulez dire.

– Ne me parle pas comme ça ! Tu peux bien te faire appeler comme tu veux, tu ne peux me cacher qui tu es et tu ne peux te le cacher à toi-même.

Tara, ébranlée, ressentit de nouveau les sentiments de culpabilité et de médiocrité qui avaient été ses compagnons d'infortune, lorsqu'elle était encore Stéphanie. Le précepte paralysant des gens bornés : « On ne se change pas », avait empoisonné son enfance et l'avait empêchée de s'épanouir. Mais elle avait prouvé qu'il était faux. Elle ne reviendrait pas en arrière.

Elle était forte, et sûre d'elle-même désormais.

– Je suis Tara Welles.

Un éclat vif passa dans les yeux de Katie. Elle avait tenté de restaurer la vieille relation, de rétablir son emprise, mais elle avait eu le dessous. Pourtant, dotée elle-même d'un caractère férocement indépendant, elle en perçut l'écho dans la femme qui se tenait devant elle et, comme elle n'aimait personne davantage en ce bas monde, elle fit l'effort de s'en réjouir.

– C'est bon, c'est bon, dit-elle, émue. Vous avez sûrement vos raisons. Je garderai donc mes sentiments pour moi. Mais si vous avez besoin de moi, je suis là.

Après le départ de Katie, Tara se tourna vers King et posa la tête contre son col. Elle était vidée, découragée. Un bruit métallique la fit tressaillir. Chris venait d'entrer, portant la selle et le harnais de King sur le bras. Il se dirigeait vers son box. Il ouvrit la demi-porte en murmurant à l'étalon des paroles en aborigène.

– *Umbacoora, pichi malla, marrawee.* Allez, bon garçon, allez, en route !

Soulevant la selle au bout de son bras mince et nerveux, il tendit la bride à Tara.

Percevant le lien qui se reformait entre eux sans qu'ils eussent besoin de parler, Tara sourit et dit, taquine :

– Comment avez-vous deviné que j'avais envie de le monter ?

Ses grands yeux expressifs scintillèrent, tels deux lacs profonds renfermant la connaissance et la compréhension des anciens, ses ancêtres. Elle avait l'impression qu'il l'enveloppait dans sa chaleur. Espiègle, elle poursuivit :

– Peut-être ferais-je mieux de monter le petit que j'avais hier ? Celui-ci est l'étalon de Mlle Stéphanie, n'est-ce pas ? On m'a dit que personne ne l'avait jamais monté en dehors d'elle.

Impassible comme toujours, Chris passa devant elle pour aller sangler la selle aux flancs de l'animal avec des gestes doux, mais précis et méthodiques. Prenant la bride des mains de Tara, il se plaça un peu en arrière de la tête du cheval pour passer les montants le long du mufle soyeux et, prenant le mors à pleine paume, le posa contre les grandes dents jaunes. King accepta le frein. Il était prêt. Chris passa l'étalon en revue, promenant sa main d'un noir profond sur la fourrure plus noire encore de l'animal qui frémissait maintenant d'impatience. Le corps mince de l'homme se tendit pour soulever tour à tour chaque patte du cheval et vérifier les fers de ses sabots – Tara nota que King avait conservé l'habitude de s'appuyer de tout son poids sur la main qui tenait son pied, mais Chris le savait. Tous ces préparatifs achevés, il mena King dans la cour, où il manifesta aussitôt sa fougue en sautant et en caracolant, refusant de rester tranquille. Chris maintint fermement l'étrier entre ses doigts osseux d'un côté de l'animal tandis qu'elle montait de l'autre, se cramponnant de toutes ses forces à la tête de l'étalon pour l'empêcher de s'emballer, répondant à l'appel des grands espaces qui s'ouvraient à lui.

– Ça y est, Chris, je l'ai en main.

Tara serrait étroitement les rênes dans ses petites mains fermes. Chris lâcha la bride et le cheval partit, foulant le sol à longues enjambées régulières qu'il était capable, Tara le savait d'expérience, de tenir un jour entier si on le lui demandait.

– Oh mon bel ami, mon roi très cher, va aussi vite que tu veux ! chuchota-t-elle à son oreille.

Mais King n'avait nul besoin d'encouragements. Sa cavalière lui revenait, par une aube fraîche comme au premier jour, et devant lui s'ouvrait le vaste monde où gambader. King s'élança au grand galop, de toute son âme.

Jamais randonnée à cheval n'avait eu tant d'importance pour Tara. D'abord, et avant tout, il lui fallait relâcher la tension presque intolérable qu'elle avait éprouvée depuis son arrivée à Éden, lieu où elle retrouvait les joies d'une existence simple et saine, où elle avait appris les vraies valeurs de la vie, mais lieu infecté par la présence de Greg, comme la rose par le chancre. Ensuite, elle avait besoin d'espace et de solitude pour réfléchir – les événements allaient se précipiter jusqu'au point de rupture ces prochaines vingt-quatre heures et il lui faudrait être calme, en pleine possession de ses moyens et surtout, la situation ne devait pas lui échapper, en aucun cas. Il fallait aussi qu'elle fût absente de la maison; Greg devrait se demander où elle était passée, ainsi serait-il en position de faiblesse. Il avait cru, naïf, qu'elle serait en son pouvoir à Éden quand, au cœur des espaces infinis, elle aurait pu semer une armée entière si elle l'avait voulu ! Sans compter qu'elle avait King ! Jamais il ne la retrouverait. Elle était libre !

S'abandonnant au galop de sa monture, elle ne perdait cependant pas de vue l'autre partie de son plan. Elle avait l'absolue certitude que Jilly allait arriver d'un moment à l'autre – l'amour dément qui la liait à Greg ne lui permettrait pas d'attendre tranquillement à Sydney pendant que Greg s'offrait une lune de miel avec sa rivale. Tara ne serait pas là quand Jilly arriverait, ainsi Greg et elle, non plus amants mais ennemis mortels, pourraient s'entre-déchirer à loisir, sans rien pour les interrompre. Mais elle avait besoin de savoir quand cela se produirait, aussi, lorsqu'elle fut assez loin, fit-elle décrire à son cheval de grandes boucles autour de la maison, s'en éloignant puis s'en rapprochant régulièrement, comme pour dessiner les pétales d'une fleur.

La matinée était déjà fort avancée lorsqu'elle entendit le vrombissement de l'avion. L'or du paysage s'était mué en un éclat dur et aveuglant sous le soleil de midi. L'avion aurait pu être un gros insecte parmi les autres. Sous les gommiers au sommet d'une colline, Tara prit son poste d'observation, telle une divinité de l'Olympe contemplant de ses hauteurs les actes insensés des hommes. À l'instant où l'appareil s'arrêta sur la piste, la portière s'ouvrit et Jilly faillit tomber dans sa précipitation à sauter à terre. Le pilote apparut dans l'encadrement, lui tendit son sac et referma sur lui la portière. Jilly demeura un instant immobile, comme désemparée, puis elle prit le chemin de la maison.

Greg accourait à sa rencontre. La rejoignant, il la saisit brutalement par le bras et, la contraignant à faire demi-tour, l'entraîna vers l'avion. Des cris aigus parvinrent jusqu'à Tara à travers l'air limpide.

– Qu'est-ce que tu viens faire ici, connasse ?

– Espèce de salopard, tu n'as pas le droit de me parler sur ce ton !

La serrant d'une poigne de fer comme une prisonnière, Greg courait le long de la carlingue pour tenter d'atteindre la portière. Il la poussa sauvagement, la soulevant pour l'obliger à monter, mais l'avion avait démarré et le pilote, qui ne les voyait pas, s'apprêtait à décoller. À l'instant où Greg réussit à attraper la poignée, l'appareil se mit en route, les projetant tous deux en arrière. Ils perdirent l'équilibre et tombèrent l'un sur l'autre, échappant de justesse aux ailes et aux roues du puissant petit engin qui prit de la vitesse et décolla, les enveloppant dans un nuage de poussière. Immobiles, jambes et bras mêlés, ils semblaient deux cadavres pétrifiés par la lave dans l'acte de fornication.

Greg fut le premier à réagir. Il s'écarta brusquement de Jilly comme d'une bête venimeuse. Les moteurs de l'avion couvraient leurs voix et la poussière rouge et orange qui tourbillonnait toujours brouillait leurs gestes. Aux yeux de Tara, c'étaient deux pantins désarticulés qui gesticulaient, éclaboussés de sang, hurlant l'un contre l'autre, toutes griffes dehors, tandis qu'ils repartaient vers la maison. Alors, tirant sur la bride, elle fit demi-tour et s'élança à travers la plaine brûlante.

– On y va, King, chuchota-t-elle près de l'oreille dressée, à l'écoute. Allez, fonce, le plus vite que tu peux !

– Salaud ! Salaud ! Tu me fais mal !

Les doigts enfoncés dans la chair de son bras, il la poussait dans la maison, lui faisant heurter au passage le chambranle et les murs. Il ne répondit pas, mais, à son souffle court et à ses lèvres serrées, elle comprit la violence de sa colère. Elle avait peur mais, quand ils furent dans le salon, elle ne s'en mit pas moins à vociférer :

– Maintenant tu vas me dire où elle se cache, hein ? Et n'essaie pas de me faire croire qu'elle n'est pas là, parce que je sais qu'elle y est !

Greg ne pouvait supporter de parler de Tara avec Jilly.

– Je ne sais pas de quoi tu parles.

– Espèce de sale menteur !

Greg se maîtrisait à grand-peine.

– Qui t'a dit où j'étais ?

– Qu'est-ce que ça peut te faire ?

La peur empêchait Jilly d'avouer qu'elle avait

été voir Tara quelques semaines plus tôt pour l'accuser d'avoir une liaison avec lui et qu'elle avait fait d'elle sa confidente. Elle savait qu'il la maudirait pour ça. De nouveau elle demanda :

– Où est Tara ? J'ai deux ou trois choses à lui dire, figure-toi. Je vais lui apprendre un peu ma façon de penser !

– Jilly... (Pour la première fois de sa vie, Greg éprouva un sentiment de peur véritable. En un éclair, il entrevit le pouvoir de destruction de Jilly : si elle voulait, elle pouvait tuer toutes ses chances auprès de Tara, fouler aux pieds la chose qui comptait le plus pour lui. Mais il ne la laisserait pas faire.) Jilly, pour l'amour du ciel...

– Le ciel ! C'est toi qui invoques le ciel ! Pourquoi pas Dieu pendant que tu y es, toi qui...

– Ça suffit !

Jilly revint à sa principale préoccupation.

– Combien y en a-t-il eu d'autres, tu peux me le dire ?

– D'autres ?

– D'autres femmes, cracha-t-elle. Partenaires, putains, est-ce que je sais !

Greg ne tolérait pas d'entendre associer Tara à toutes ces épithètes. Mais il ne savait pas comment s'y prendre pour dompter Jilly sans la provoquer encore plus. Et il voulait à tout prix s'en débarrasser avant le retour de Tara.

– Aucune, Jilly, dit-il, le plus calmement possible. Écoute...

– Tu n'es qu'un sale menteur ! hurla-t-elle.

Il s'approcha.

– Baisse le ton, Jilly, l'enjoignit-il.

– Et pourquoi ça ? Aurais-tu peur qu'on ne découvre qui est le vrai Greg Marsden ? (Elle éclata de rire, puis se détourna pour se servir un whisky. Elle leva son verre comme pour trinquer puis le porta à sa bouche et en avala le contenu d'un trait. Elle jeta un regard circulaire, l'œil mauvais.) Où est Tara ? Je veux voir Tara !

Greg eut du mal à se maîtriser en entendant ainsi répéter son nom.

– Elle n'est pas là. Et je ne te laisserais pas la voir de toute manière. Et maintenant, écoute, Jilly, et rentre-toi bien ça dans la tête. J'en ai marre des engueulades, des scènes d'hystérie, du whisky et de ton haleine puante. Plus que marre, tu m'entends ? Alors c'est fini entre nous, terminé. Je ne veux plus te voir. (Il s'interrompit, méprisant.) Tu me dégoûtes !

Jilly poussa un cri étouffé, comme si elle avait reçu un coup dans l'estomac.

– Tu es amoureux d'elle ?

– Oui.

– Non ! (La voix de Jilly n'était plus qu'un faible cri de désespoir.) Je ne te crois pas !

– Il va bien falloir que tu t'y fasses, pourtant. Et maintenant, tu vas te tirer d'ici, Jilly – hors de chez moi, hors de ma vie ! Un avion décolle de Pine Creek demain matin, je vais te faire conduire là-bas. Et je ne veux plus jamais te voir, c'est compris – plus jamais entendre parler de toi ! Si tu meurs je n'enverrai pas de condoléances. Je ne veux plus rien savoir de toi ! C'est clair, cette fois ?

Il se tut pour voir l'effet produit. Au premier coup d'œil, il vit qu'elle n'avait pas accepté une seule de ses paroles. Le visage en feu, la tête rejetée en arrière, elle ne s'avouait pas vaincue, au contraire.

– Ce n'est pas de moi que tu parles, Greg, mais d'elle. Emmène-la donc à Pine Creek et hors de ces murs !

La bête sauvage en Greg perçut le danger.

– Et si je ne le fais pas ?

– Si tu ne le fais pas... (Elle rit, montrant ses petites dents pointues.) Alors, je crois que j'irai voir la police. Je crois que je déciderai que j'en ai trop lourd sur la conscience. (Elle avait l'air de prendre plaisir à sa tirade.) Il faudra bien que je leur raconte toute l'histoire de la promenade romantique sur le fleuve aux alligators. Je me demande comment ils réagiront – sans parler de toutes tes admiratrices – en apprenant que leur idole a poussé sa riche héritière d'épouse dans les mâchoires d'un crocodile pour pouvoir baiser en paix la meilleure amie de la pauvre femme.

– Ah… !

Greg n'avait plus de mots pour exprimer la profondeur de sa rage. Triomphante, Jilly se servit un deuxième whisky.

– Pauvre petite conne, dit-il calmement, tu ne vois donc pas que tu es impliquée jusqu'au cou ?

– Oh mais non ! Ne crois pas ça ! (Une lueur démente brilla dans ses yeux.) Tu es tout seul, mon chéri. Oh ! si tu voyais ta tête ! Je ne regrette pas d'être venue jusqu'ici, rien que pour voir ta tête. Ça vaut la peine, je t'assure ! (Elle tendit la main vers le bar en vacillant et remplit son verre. Elle le tenait. Se perchant au bord de la table elle reprit :) Nous ne sommes pas les deux seules personnes à savoir ce qui s'est passé, figure-toi. J'en ai parlé à Phillip.

– Phillip ? Pourquoi…

– Parce qu'il m'aime encore ! Tu as sans doute du mal à comprendre ça mais c'est pourtant vrai. Et toi il ne t'aime pas tellement, en revanche, aussi bizarre que ça puisse paraître. Et c'est aussi le meilleur avocat de Sydney. Il m'en sortira en t'incriminant, toi, si tu vois ce que je veux dire. (Elle le regardait avec insolence, droit dans les yeux.) Je dirai que tu avais menacé de me tuer si je parlais. Oui. Ce sera ta parole contre la mienne, mon chou. Et si tu regardes les choses en face, le mobile, c'est toi qui l'avais, pas moi.

Greg ne bougeait pas, tous les muscles tendus.

Sans y prendre garde Jilly continuait, du même ton provocant, de proférer ses menaces, trouvant un soulagement pervers à le tourmenter.

– Un jour, j'ai vu un étalon se faire châtrer. J'ai été malade, après. Mais si tu me laisses tomber – tu seras en plus mauvaise posture encore que cette pauvre bête. Alors si quelqu'un doit partir d'ici, c'est Tara. C'est toi qui lui annonces ou c'est moi ?

Elle ne vit pas le coup partir mais le reçut en plein visage et le choc l'envoya rouler au pied de la table. Elle sentait Greg au-dessus d'elle, brûlant de haine, mais ne leva pas les yeux vers lui. Elle s'assit avec précaution au milieu des débris de verre et du whisky répandu, en s'aidant de son bras.

– Je ne pense pas qu'un mariage à l'église nous conviendrait, à tous les deux, qu'en penses-tu, Greg ? (Elle passa doucement la langue autour de ses lèvres, goûtant le sang rouge vif qui coulait le long de son menton.) Mmmm. Évidemment, Phillip m'a fait savoir que si nous divorcions, et que je t'épouse, je ne pourrais plus compter sur ses revenus. (Elle se releva avec peine et se tourna pour regarder Greg.) Mais avec l'argent de Stéphanie, nous devrions pouvoir nous en sortir, pas vrai, chéri ? Quelle belle vie nous aurons, tous les deux.

Greg, debout devant le râtelier, tenait un fusil à la main. Avec des gestes précautionneux il l'ouvrit, inséra une cartouche dans le chargeur, le referma et le garda à la main, le canon vers le sol. Tel un scorpion, il avait décidé de piquer, pas d'attaquer en face. Il lui sourit.

– Ingénieux, ton petit plan, Jilly. Mais j'ai bien peur que tu n'aies négligé deux ou trois détails essentiels, chérie, dit-il, imitant son ton mielleux. J'ai vu Billy McMaster il y a quelque temps, et, apparemment, il avait demandé à Stéphanie d'ajouter une clause à son testament – peut-être qu'il pensait à toi, qui sait ? une simple idée. Si je me remarie, je n'aurai plus droit à rien. Pas un centime, rien. Alors, ne viens plus me parler mariage. D'accord ? (Il sourit. Il avait marqué un point.) J'ai pensé qu'il valait mieux que tu le saches.

Le visage de Jilly était l'image même de la désolation. Elle tenta de déglutir, mais sa bouche semblait remplie de cendres. Riant doucement, Greg quitta la pièce.

Mais quand il franchit le seuil, ses sens en alerte perçurent un mouvement furtif, comme si quelqu'un s'empressait de disparaître derrière une porte entrouverte donnant sur le hall. Qui écoutait aux portes ? Greg repassa la conversation dans sa tête à toute vitesse – il en avait été assez dit pour les condamner à la potence l'un et l'autre, songea-t-il dans sa fureur. Il se mit en chasse. La maison était déserte. Seule une voix s'échappait de la cuisine. Il entra et découvrit Katie qui tentait désespérément d'émettre un message radio.

– Éden appelle Pine Creek, Éden appelle Pine Creek. Pine Creek, vous m'entendez ? Ici Éden...

Greg s'approcha dans son dos à pas feutrés, le fusil toujours à la main.

– Où est Tara ?

Katie ouvrit la bouche et le regarda, manifestement effrayée. Elle sait quelque chose, se dit-il. Mais faisons comme si de rien n'était en attendant de tirer cela au clair.

– Elle n'est pas dans sa chambre. Je l'ai cherchée un peu partout.

– Elle... Elle est partie à cheval de bonne heure ce matin. Elle a dit qu'elle avait besoin de réfléchir.

À côté d'elle, la radio grésilla. Une voix s'en échappa :

– Ici Pine Creek. J'écoute. Ici Pine Creek.

Ni l'un ni l'autre ne firent un geste. Greg défiait Katie d'oser avancer la main.

– Dites à Chris et à Sam d'amener la Land Rover. Et demandez-leur s'ils savent où elle est partie.

De nouveau, la voix anonyme s'éleva du poste de radio.

– Éden ? Ici Pine Creek. À vous, Éden. Ici Pine Creek, Katie, à toi.

Katie ne bougeait pas, hypnotisée, tel un lapin fasciné par un serpent.

– Allez ! aboya Greg, soudain violent. Faites ce que je vous ai demandé, la vieille ! Vous comptez rester plantée là combien de temps ?

Comme le lapin terrifié, Katie se détourna pour s'exécuter.

– Éden ? Éden ? Il y a quelqu'un ? Ici Pine Creek...

Greg saisit le micro et l'arracha d'un coup sec. Puis, ouvrant l'appareil, il en retira une pièce. Il ne les dérangerait plus. Fourrant la pièce dans sa poche, il sortit à son tour.

Devant la maison, Katie, Chris et Sam se tenaient à côté de la Land Rover. Une tension presque palpable émanait de l'étrange trio.

– L'un de vous deux a-t-il vu partir Mlle Tara ce matin ? demanda Greg aux deux hommes.

Ils se regardèrent et firent non de la tête.

– Mais qu'est-ce qui vous arrive ? Vous dormez ou quoi ? (Prends l'air naturel, se dit-il. Inutile de les monter contre toi.) Bon, on part à sa recherche. Elle ne s'est pas volatilisée. On va la trouver, c'est sûr. On en profitera pour tirer quelques lapins. Je vous en rapporte deux ou trois, Katie, d'accord ?

Katie paraissait encore effrayée. Souriant le plus aimablement qu'il pût, il monta dans le véhicule et donna le signal du départ.

Dans le salon, Jilly n'avait pas bougé. Son esprit

refusait de croire ce qu'il avait dit. Une clause spéciale dans le testament de Stéphanie ? Même après sa mort, Stéphanie intervenait dans son existence, pour la punir et l'empêcher de vivre, tout comme Max l'avait fait avec son père quelque vingt ans plus tôt. Mais elle avait perdu Greg de toute manière – cela, elle l'avait compris. Il lui avait avoué qu'il aimait Tara, et en dépit des relations passionnées qu'il avait eues avec elle, Jilly, jamais il ne lui avait soufflé ces mots-là à l'oreille, elle qui s'était donnée à lui, qui avait fait tout ce qu'elle pouvait pour lui plaire, qui avait tout perdu pour lui. Qu'allait-elle devenir, maintenant ?

Elle gagna le bar en titubant et se servit encore un whisky. Pressant le verre contre son cœur, elle tenta de réfléchir à ce qu'elle allait faire, désormais. Mais où qu'elle portât ses regards vers l'avenir, tout n'était que ténèbres, sans la moindre petite lueur d'espoir à laquelle se raccrocher. Elle avait perdu Greg; et elle avait certainement perdu Phillip – Phillip, son seul soutien moral et financier désormais, revêtait soudain à ses yeux un prestige qu'elle n'avait pas pris en compte depuis des années. La panique montait en elle. Il ne lui restait plus qu'un moyen de trouver quelque répit, ainsi qu'elle l'avait appris récemment – elle noya dans l'alcool son chagrin, ses peurs et ses incertitudes et, pour un moment du moins, trouva le soulagement dans l'oubli.

21

Dans l'avion qui le ramenait des États-Unis, Phillip Stewart était incapable de s'expliquer la raison de son voyage. Pourquoi diable retournait-il là-bas ? Pas pour son travail – ses affaires étaient désormais centrées sur le marché américain et le téléphone – ou le télex – était largement suffisant pour le mettre en rapport avec Sydney si besoin était sans qu'il fût contraint de s'y rendre en personne. L'existence qu'il menait à New York commençait à lui plaire – il s'était fait de nouveaux amis et sortait fréquemment – au point qu'il avait formé l'idée de s'y installer pour de bon une fois qu'ils auraient divorcé, Jilly et lui.

Jilly. Voilà le hic, songea-t-il, ça n'est pas si simple. Quand il l'avait quittée après leur dernière conversation, il avait sincèrement espéré que son esprit trouverait enfin une certaine paix après tant de mois de détresse mentale, de torture, même. Il avait le sentiment qu'ils étaient arrivés au bout de quelque chose sans aucune pression de son côté, qu'il aurait été bien incapable d'exercer d'ailleurs. Et sans qu'il pût, certes, se réjouir de la rupture finale de leurs relations conjugales, il en était arrivé au point où une décision, même regrettable, valait mieux que de continuer à vivre dans l'incertitude et la peur. Aussi était-il retourné aux États-Unis non pas joyeux, mais l'esprit plus libre.

Seulement, que voulait dire être libre, dans son cas ? Comment un homme peut-il, du jour au lendemain, déposer le fardeau qu'il a volontairement porté sur ses épaules dix-sept années durant ? Dans ses débuts d'avocat, avant de se spécialiser dans les affaires commerciales, il avait appris que, si l'on ouvrait les portes des prisons toute une nuit, on avait de fortes chances de retrouver les trois quarts des détenus dans leur cellule le lendemain matin. Phillip eut tôt fait de se rendre compte qu'il avait du mal à rompre avec l'habitude de se faire du souci à propos de Jilly, de se sentir responsable d'elle. De fait, c'était peut-être pire d'ignorer où elle était et ce qu'elle faisait, de la savoir livrée à elle-même – ou plutôt entre les pattes de cet individu redoutable, Greg Marsden... Phillip préférait ne rien imaginer. Nul homme n'est enclin à juger sympathique celui qui trompe la confiance de sa femme, mais Phillip était assez malin et sensible pour savoir que, dans le cas de Greg, son aversion avait des racines plus profondes. Marsden était une crapule et Phillip tremblait pour Jilly.

Là était la principale raison de son voyage et Phillip avait en réalité obéi à un besoin impulsif, en dépit de toute logique et en dépit d'un emploi du temps surchargé. Il voulait s'assurer que Jilly s'en tirait toute seule avant de pouvoir réellement se détacher d'elle et s'occuper de sa propre vie. Il avait tenté de la joindre à plusieurs reprises par téléphone, sans obtenir de réponse, ce qui n'était pas extraordinaire en soi, Jilly ayant toujours préféré sortir et aller n'importe où plutôt que de rester seule dans une maison vide. Mais, son inquiétude grandissant, il avait dépêché un de ses confrères du cabinet de Macquarie Street à Hunter's Hill pour y déposer un mot demandant à Mme Stewart d'appeler son mari à New York, avec le numéro de téléphone au cas où elle l'aurait égaré. Et toujours rien.

Phillip avait donc pris l'avion pour aller voir ce qui pouvait bien se passer, tout en se maudissant d'agir de la sorte. Après tout, c'est sans doute un processus nécessaire, se disait-il – une manière de cour à l'envers, tous les pas que l'on fait pour se rapprocher de quelqu'un doivent être refaits en sens inverse lorsqu'on finit par se séparer. Il faudra que je me détache complètement, et je le ferai, se promit-il. Mais pour le moment... c'est trop dur. Il en était encore à tourner et retourner dans sa tête toutes ces questions sans réponse quand l'avion atterrit. Lorsqu'il arriva devant chez lui, il était en proie à la plus grande confusion.

Quoi de plus triste qu'une maison désertée ?

Dès que le taxi prit le dernier virage, Phillip sut que Jilly n'était pas seulement sortie, mais qu'elle n'habitait plus là. En colère contre lui-même pour avoir entrepris cette démarche absurde, il entra, frissonnant légèrement dans le hall du foyer devenu inutile. Il n'eut pas à chercher longtemps pour découvrir le mot d'adieu sur une console, dans l'entrée, où l'on posait d'ordinaire le courrier à expédier. Mais là, c'est lui qu'elle expédiait hors de sa vie, se dit-il en ouvrant l'enveloppe.

Cher Phillip,

Je ne sais pas quand tu repasseras ici et je ne sais donc pas quand tu trouveras cette lettre mais cela n'a guère d'importance. C'est seulement pour te dire que je m'en vais vivre avec Greg et que nous allons nous marier, ce dont tu semblais douter lorsque je t'en ai parlé. N'essaie pas de me retrouver, je ne serai pas chez les Harper et je ferai chercher mes affaires dès que je saurai où nous allons nous installer. Je regrette les choses que j'ai faites et j'espère qu'avec le temps tu seras capable de ne pas penser trop de mal de moi.

Tendresses,

Jilly.

P.-S. Souhaite-moi bonne chance !

Phillip se laissa tomber dans un fauteuil, le cœur lourd.

Il était venu ici pour tenter de prendre ses distances vis-à-vis de Jilly mais elle l'avait devancé, et avec quelle brutalité ! Elle ne voulait même pas qu'il sût où elle était ! Cette fois, elle avait bel et bien brûlé tous ses vaisseaux. Et pour se marier avec Greg Marsden ? Il poussa un soupir. Phillip était l'avocat de la Harper Mining depuis qu'il avait commencé à exercer sa profession. Le cabinet d'associés où il était entré, situé à quelques pas de l'immeuble de Bent Street qui abritait le siège de la Harper, s'occupait des affaires de Max depuis la première visite de ce dernier, près d'un demi-siècle plutôt. Il ne pouvait donc pas ignorer la raison fondamentale pour laquelle Greg Marsden n'épouserait pas Jilly, ni personne d'autre d'ailleurs : la clause que Bill McMaster avait demandé à Stéphanie d'insérer dans son testament, et que n'importe quel conseil juridique avisé aurait approuvée. C'était irrémédiable. Phillip décida qu'il enverrait quelqu'un pour emballer tout ce qui appartenait à Jilly. Lui-même ferait enlever ses affaires, puis il mettrait la maison en vente, telle quelle, meublée si possible. Il jeta un regard circulaire. Il n'imaginait pas comment il pourrait avoir envie de revoir jamais tous ces objets. L'esprit engourdi, il décrocha le téléphone pour tâcher d'obtenir une place de retour sur-le-champ. Il y aurait un mauvais moment à passer avec le décalage horaire, mais rien ne pouvait être pire que de rester là une minute de plus.

– Allô ? British Airways ?...

C'était dit, il allait s'installer aux États-Unis.

Bon sang que c'est lourd ! pestait Katie en emportant la selle encombrante vers les écuries. Dès que la Land Rover avait disparu dans un nuage de poussière, elle s'était empressée d'aller seller son cheval pour se joindre aux recherches, bien décidée à ne pas laisser Tara à la merci de Greg. Tenter de retrouver Effie, ainsi qu'elle continuait de l'appeler dans sa tête, en pleine brousse et lancée au grand galop sur King, était une entreprise quasi impossible, mais Katie était la mieux placée – n'était-elle pas la seule à connaître les endroits préférés de la jeune femme ? Sans compter que tout valait mieux que d'attendre sans rien faire à tourner en rond dans la maison.

– On y va, ma fille, dit-elle en installant la selle sur le dos de son cheval, une jument déjà âgée, on ne peut plus calme et docile. (Elle qui connaissait les chevaux depuis son enfance aurait certes pu monter un animal plus fringant, mais, pour rassurer Chris qui gardait sur elle un œil protecteur, à la manière dont ceux de son peuple se sentent responsables des anciens, elle se contentait ces temps-ci de la bonne vieille jument, qui ne risquait nullement de ruer, de s'emballer ou de jeter à terre sa cavalière.) Mais tu n'es pas assez rapide pour moi non plus, ma pauvre Peggie ! dit Katie en bouclant la sous-ventrière, s'aidant de son genou osseux. Va falloir que tu t'excites un peu aujourd'hui pourtant, la belle ! Faut qu'on retrouve Effie, comprends-tu ça ?

Katie saisit la bride pour la conduire dans la cour, où elle bondit en selle avec une agilité surprenante et se mit en route. Au-dessus de sa tête, le ciel de l'après-midi prenait une teinte inquiétante. L'air d'ordinaire éclatant s'épaississait, assombri, l'or pur cédant la place à un jaune sulfureux. La jument, sensible au changement d'atmosphère, baissait les oreilles en arrière et avançait comme à contrecœur, inquiète.

– Tu sens la tempête, hein, c'est ça ? demanda Katie. L'orage ne va peut-être pas venir jusqu'à nous. Il est encore loin, on dirait. Mais dépêchons-nous tout de même. Allez, plus vite !

Et sans se préoccuper de sa propre sécurité, la petite bonne femme s'élança à travers l'immensité.

Au loin, le temps se faisait de plus en plus menaçant. D'énormes nuages noirs s'amoncelaient dans le ciel, assombrissant le paysage désormais jaune moutarde. Le vent se levait, secouant par rafales les bouquets de gommiers et soulevant des tourbillons de poussière rouge. Le soleil couchant lançait des lueurs étranges et surnaturelles dans les barrières de nuages noirs, si bas sur l'horizon qu'on aurait dit que les cieux allaient se refermer comme un couvercle sur les habitants de la terre. Venant du nord-ouest, les roulements du tonnerre se rapprochaient peu à peu, en direction d'Éden.

À des lieues de là dans la brousse, Tara, qui ne s'était jamais aventurée si loin auparavant, galopait toujours, demandant à sa brave monture un dernier effort pour les ramener toutes deux à l'abri avant que l'orage n'éclate pour de bon, ou que la nuit, tombée plus vite, ne lui dissimule les points de repère dont elle avait besoin pour retrouver sa route. L'obscurité s'installait rapidement, engendrant dans le ciel ocre des changements spectaculaires, l'horizon passant tour à tour de l'or au cuivre puis au rouge sang et au noir d'encre enfin, les nuages chargés de pluie masquant tout brusquement. L'étalon galopait, ventre à terre, foulant sans une hésitation le sol irrégulier et rocailleux parsemé de buissons épineux, tous ses muscles tendus dans la course, l'animal et sa cavalière s'élançant au cœur de la tempête. Tara, éperdue, tel un ange noir fonçant vers sa vengeance, appelait à la rescousse les éléments pour l'assister dans ses desseins.

Dans le salon d'Éden, Jilly avait bu et sangloté puis s'était endormie. S'éveillant de nouveau, elle avait recommencé à boire et à pleurer, s'apitoyant sur les ecchymoses de son visage et l'échec de sa vie. Seule, au fond du désespoir. Son verre de whisky à la main, bien près de sombrer de nouveau dans un sommeil d'ivrogne, elle allait et venait dans la pièce en parlant à voix haute, éclatant par instants d'un rire hystérique, lorsqu'un aspect particulièrement cocasse de sa situation la frappa soudain. Elle s'arrêta devant un portrait de Stéphanie encadré sur la cheminée. Avec la concentration féroce que donne l'ivresse, elle en approcha son visage pour le regarder, le nez collé contre le verre.

– Alors Stéphanie ! dit-elle. Encore sur mon dos, hein ? J'avais juré de rendre la pareille aux Harper après ce qu'ils avaient fait à mon père. Mais ça m'arrive à moi, maintenant. Et je n'ai pas voulu te faire ça, Steph… Je n'aurais jamais pensé à une chose aussi atroce. (Elle se mit à pleurer comme cela lui arrivait si souvent en songeant au visage de Stéphanie ensanglanté dans les eaux du fleuve.) J'ai si peur, maintenant, balbutia-t-elle, affolée, aide-moi Steph, je t'en prie, je ne sais plus quoi faire…

La nuit était tombée et la solitude l'enveloppait. Soudain, un martèlement de sabots résonna dans le silence. King n'avait pas ralenti un instant son allure et trouva encore l'énergie de sauter la barrière du paddock plutôt que d'entrer par la grille. Suant et écumant, il s'arrêta après la plus belle course de sa vie et Tara se coucha sur son col, pleine d'amour et de gratitude. Puis elle sauta à terre, le débarrassa de la selle, du harnais, et le frotta avec soin. Elle le couvrit d'une couverture pour l'empêcher de se refroidir, puis lui donna à boire et à manger, lui octroyant une ration supplémentaire d'avoine en signe de reconnaissance.

Traversant la cour pour regagner la maison, Tara comprit qu'ils étaient arrivés juste à temps. L'orage se rapprochait à grande allure, menaçant d'éclater d'un instant à l'autre. Mais le déchaînement des éléments la terrifiait moins que celui des êtres que renfermait cette maison, songea-t-elle en rassemblant son courage.

– Espèce de… putain !

Tremblant et vacillant sur ses jambes, Jilly se tenait dans l'encadrement de la porte, serrant un verre dans sa main.

– Bonjour, Jilly.

– Vous saviez que j'allais venir, hein, salope ? balbutia Jilly, aiguillonnée par le calme salut de Tara.

– Naturellement.

Elle passa près de Jilly, tirant sur ses gants sans lui prêter attention.

Jilly la rattrapa en courant et l'agrippa par le bras.

– Mais pour qui elle se prend, celle-là ? cracha-t-elle. À faire semblant d'être mon amie alors qu'elle se paye ma tête avec Greg dans mon dos ! Pourquoi ? Vous pouvez m'expliquer ça ?

Tara ignora ses insultes.

– Où est Greg ?

– Parti vous chercher. Il a pris un fusil pour aller à la chasse – c'est ce qu'il fait quand il se sent coincé.

– Je vais faire du thé, dit Tara en prenant la direction de la cuisine. (Jetant un regard par-dessus son épaule elle ajouta :) Vous en voulez ?

– Écoutez-moi ! Venez ici ! hurla Jilly en vain. J'ai deux mots à vous dire, Tara...

Dans la cuisine, Tara se débarrassa des gants et de sa cravache et saisit la bouilloire, le visage et le cœur durs comme de la pierre. Manifestement, l'idée de laisser Greg et Jilly régler leurs comptes tous les deux avait donné les résultats escomptés. Elle avait remarqué avec indifférence les bleus que Jilly portait sur la joue et le menton ainsi que sa lèvre enflée. Elle savait aussi l'état de frustration meurtrière qui avait dû pousser Greg à prendre son fusil pour aller tuer de pauvres bêtes innocentes qui ne lui avaient jamais fait le moindre mal. Mais elle n'éprouvait nulle pitié à leur endroit. C'étaient deux êtres sans scrupules, préoccupés seulement d'eux-mêmes. Tout était en place à présent, il était trop tard pour revenir en arrière.

Jilly pénétra dans la cuisine en titubant, renversant son whisky au passage.

– N'essayez pas de vous défiler, Tara. J'ai une ou deux questions à vous poser ! dit-elle. Pourquoi m'avez-vous annoncé que vous alliez venir ici avec Greg... pourquoi ?

Tu le sauras sous peu, ma cocotte, songea Tara, au lieu de quoi elle dit :

– J'ai estimé que vous aviez le droit de connaître la vérité, Jilly. Vous pensiez que j'étais votre amie et je ne voulais pas vous faire un sale coup par-derrière. Vous croyiez avoir Greg tout à vous et il me faisait une cour assidue. Je vous l'ai dit parce que Greg vous aurait menti si vous lui aviez posé la question.

– Alors... c'est vrai... il y a quelque chose entre vous ? Depuis combien de temps ?

– Un bon moment.

Tara gardait ses distances, simplement occupée à préparer le thé en apparence mais surveillant Jilly avec attention.

– C'est-à-dire ?

– Je n'ai pas tenu un compte exact. Ce n'est pas tellement important pour moi.

– Ah, je vois !

Comme Tara l'avait prévu, le coup avait porté.

– Pour vous c'est une simple passade, un jeu comme un autre ? Et vous vous êtes sentie libre de suivre un simple caprice au risque de détruire ma vie ?

– *Stéphanie n'aurait-elle pu vous dire la même chose, Jilly ?*

La voix de Tara était coupante comme le scalpel incisant à même la chair. Jilly poussa un cri étouffé.

– Quoi ? Stéphanie ? Que voulez-vous dire ? Je ne comprends pas. Vous ne m'avez toujours pas dit pourquoi vous vouliez m'enlever Greg. Qu'est-ce que je vous ai fait ?

La question demeura en suspens. Tara fixait Jilly d'un regard perçant et accusateur. Effrayée comme si elle avait vu un fantôme, Jilly sortit ses griffes.

– C'est vous ! C'est votre faute si ça ne va plus entre Greg et moi. Tout allait bien avant votre arrivée, il m'aimait... (La rage l'étouffait.) Vous allez partir ! Et sur-le-champ !

Elle leva la main pour gifler Tara mais la manqua.

– Je ne crois pas que Greg apprécierait, si je lui racontais, dit Tara, une lueur de dégoût dans les yeux.

– Greg ! s'écria Jilly. Le salaud ! Il devrait être rentré ! Oh, mais où est-il ?

– Si vous vous en faites tellement pour lui, dit Tara d'un ton de plus en plus glacial, pourquoi n'allez-vous pas seller un des chevaux pour partir à sa recherche ?

Cette proposition sarcastique fit monter en Jilly une vague de terreur et d'impuissance. Dehors, le hurlement du vent annonçait l'explosion imminente de l'orage.

– Il va vous falloir faire très attention, cependant, Jilly, poursuivit la voix lointaine, glaciale. On dirait que l'orage est sur le point d'éclater. Attention de ne pas vous laisser surprendre.

À grand-peine, Jilly se concentra pour regarder celle qui était la cause de sa détresse. Devant elle, Tara souriait innocemment.

– Je vous sers une tasse de thé ?

Avec un hurlement de rage et de désespoir, Jilly jeta au visage de Tara le contenu de son verre de whisky.

– Je n'en veux pas, de ton thé ! Je n'en veux pas ! Va te faire foutre, avec ton thé !

Dehors, l'ouragan se déchaînait sur Éden, arrachant les branches des arbres et remplissant l'obscurité de tourbillons de feuilles et de poussière. Le mugissement du vent, les claquements secs et stridents des coups de tonnerre suivis des roulements répercutés au loin faisaient vibrer la maison de part en part, comme si les démons de l'air étaient pris de furie. Le tonnerre suivait d'une fraction de seconde l'éclair et une pluie torrentielle s'abattait sur les toits comme pour les faire tomber.

Fonçant à travers la tempête, Katie rentrait à Éden, sauvée par son instinct de campagnarde qui lui disait comment prendre la fuite devant un ouragan à la manière des bateaux, pour l'avoir toujours dans son dos sans entrer à l'intérieur. Elle n'avait pas trouvé Effie, mais elle s'en était donné à cœur joie. Elle était à bout de forces mais du moins la tension en elle s'était relâchée et elle pouvait être fière de la vieille Peggie, et d'elle-même, ma foi, pour avoir bravé les éléments, à son âge !

Fuyant la pluie à ses trousses, Katie arriva à temps pour mettre la petite jument à l'abri, la bouchonna et, s'assurant qu'elle n'avait besoin de rien, elle demeura un instant pour jouir de la paix de l'écurie. En rentrant dans la maison, elle aperçut l'objet de sa recherche qui sortait d'une des chambres d'amis.

– Effie ! J'ai cru que tu t'étais perdue ! Je suis sortie te chercher.

Tara fut touchée du dévouement de la vieille femme.

– Oh, Katie, tu me connais pourtant mieux que ça, dit-elle d'une voix pleine de douceur. Où pourrais-je me perdre par ici. M'y suis-je déjà perdue une seule fois ?

Katie émit un petit rire gloussant, enchantée de cette allusion au secret qu'elles partageaient toutes les deux.

– Bon, écoute-moi maintenant, savais-tu que nous avions une visite inattendue, Jilly Stewart ?

– Et comment, je l'ai vue arriver. Je l'ai entendue se disputer avec – enfin, avec lui.

– Eh bien, elle est là-dedans, dit Tara en ouvrant la porte de la chambre à l'intérieur de laquelle Katie aperçut Jilly vautrée sur le lit sur le dos, la tête renversée en arrière, le souffle court et épais. J'ai dû la mettre au lit – apparemment elle a passé l'après-midi à boire et elle a été prise d'un accès d'hystérie dans la cuisine avant de s'évanouir. Laisse-la cuver ici. D'accord ?

– Oui, bien sûr.

– Et puis encore autre chose, Katie, tu es bien au courant désormais de ce qui se passe ici. Je te demande seulement de me faire confiance. J'ai la situation en main. Je sais ce que je fais et il faut que je le fasse.

Le visage de Katie s'illumina.

– Oh ! mais, Effie, tout ce que tu voudras ! Puisque tu es bien Effie et que tu ne repartiras plus jamais !

– Je ne repartirai plus jamais mais je veux que tu me laisses agir à ma guise. Inutile de préparer le dîner ce soir – tu n'as qu'à regagner ta chambre et te coucher tôt. Moi, c'est ce que je vais faire de mon côté.

– Très bien !

– Alors bonne nuit, Katie.

– Bonne nuit, Effie.

Pleine de joie, Katie s'en fut rejoindre ses quartiers, bien décidée à passer une nouvelle soirée en compagnie de ses photographies. Mais dès qu'elle se fut glissée entre les draps, sa boîte à portée de la main, les effets de sa randonnée à cheval se firent sentir et elle s'endormit comme un bébé.

Tara aussi éprouvait dans son corps les effets bienfaisants de sa chevauchée. En proie à une délicieuse lassitude, chacun de ses muscles étiré après l'effort, elle sentait tout son être s'alanguir au souvenir des flancs tièdes et nerveux du cheval contre ses cuisses. Elle se sentait profondément bien dans sa peau ce soir. Et maintenant, passons à l'étape suivante, se dit-elle.

Elle alla d'abord vérifier, sur la pointe des pieds, que Jilly était toujours endormie, puis elle gagna sa propre chambre, passa immédiatement dans la salle d'eau et se fit couler un bain. De sa trousse de toilette, elle tira un flacon d'huile parfumée dont elle fit tomber quelques gouttes dans l'eau chaude. Fredonnant doucement, elle prit ensuite un savon, une éponge, ses baumes et ses crèmes pour le corps ainsi que ses lotions. Le parfum de musc et de rose qui s'échappait de l'eau imprégnait l'air. Tara se débarrassa de son tee-shirt et de ses jodhpurs sur lesquels s'attardait l'odeur de l'étalon, puis ôta ses sous-vêtements.

Le bain était presque chaud. Tara traversa la chambre pour aller mettre une cassette. Sans hésiter, sa main se porta vers de vieilles ballades françaises sur le plaisir et les chagrins d'amour. « *Ô la joie d'aimer* », entonna-t-elle. La musique se répandait jusqu'à la salle de bains. Elle ferma les robinets, enveloppa ses cheveux dans une serviette et entra dans l'eau, où elle se laissa glisser, parfaitement en paix avec elle-même. Les accents d'une autre mélodie lui parvinrent. « *Sous le lilas* », modulait la voix sensuelle de la chanteuse, « *vin d'lilas...* »

Je me suis perdue par une nuit froide et sombre
Je me suis donnée dans cette lumière brune
Comme hypnotisée, dans une étrange extase
Sous un lilas.
J'ai fait du vin de ce lilas
Et dans la recette, j'ai perdu mon cœur
Le vin m'a montré ce que je voulais voir,
Fait être qui je voulais être...

La Land Rover bondissait sur le sol rocailleux vers la lumière qui brillait au loin : Éden. Agrippé au volant, à demi aveuglé par la pluie torrentielle, Greg se concentrait pour maintenir le cap, partagé entre la peur et la colère. Sa fureur meurtrière à l'égard de Jilly était loin d'être apaisée et maintenant s'y ajoutait la terreur que Tara n'ait pas eu le temps de regagner la maison avant l'orage. Il conduisait comme un fou, fonçant à travers la plaine sans prendre garde aux cailloux ni aux fondrières, sans se préoccuper de Chris et de Sam ballottés à l'arrière en tous sens comme le gibier – dingos et lapins – par terre à leurs pieds. Il n'avait pas peur du tonnerre qui rugissait au-dessus de leur tête ni des éclairs qui déchiraient le ciel comme s'ils étaient lancés à leur poursuite, il n'avait qu'une seule pensée : Tara.

Enfin arrivé dans la cour, il donna un violent coup de frein et bondit hors de la voiture.

– Allez la ranger, lança-t-il à ses deux passagers, et suspendez-moi ces carcasses quelque part !

Il courut jusqu'à la maison et entra, prêt à tout, sauf à ce qu'il trouva : le silence et l'obscurité. Personne dans la cuisine – ce qui n'était pas plus mal, il n'avait pas faim et se passerait volontiers de Katie ce soir. Personne au salon ni dans la bibliothèque. Il découvrit Jilly dans la chambre d'ami, où ses ronflements avinés le rassurèrent : elle ne viendrait pas le déranger avant le lendemain. Mais Tara ? Il se hâta en direction de sa chambre. Un rai de lumière filtrait sous la porte et les accents d'une mélodie étrangement sensuelle s'en échappaient.

Le vin d'lilas
Est doux et entêtant,
Où est mon amour ?
Le vin d'lilas
M'a enivrée,
Où est mon amour ?
Écoute-moi,
Serait-ce lui,
Qui vient vers moi ?
Vin d'lilas
Je suis prête
Pour mon amour...

Bercée par la musique, s'abandonnant au plaisir délassant du bain tiède, Tara s'adonnait pour la première fois de sa vie aux préparatifs de l'amour, les ablutions rituelles... Son corps désirait Greg Marsden et son corps l'aurait. Mais il devait être parfait, car la perfection de l'acte d'amour serait la perfection de sa vengeance.

Consciencieusement, amoureusement, elle savonnait son corps et ses membres, s'attardant aux jointures et au moindre petit pli. Car Tara était heureuse et fière de son corps ferme, le séchant avec soin, l'hydratant, le massant et l'oignant de la tête aux pieds jusqu'à ce que chaque centimètre de sa peau fût lisse, doux et délicatement parfumé. D'avoir frôlé la mort de si près lui avait montré la valeur de la chair et des os, aussi avait-elle appris à profiter de son corps comme de l'un des plaisirs essentiels de la vie. Mais le plaisir d'amour était d'une autre nature encore. Et elle y était prête, désormais.

Dans la chambre voisine, Greg se consacrait aux étapes successives d'un rituel comparable. Il commença par mettre de l'ordre, rangeant les preuves trop marquantes de sa présence, tapant les coussins et les oreillers sur le lit. Puis il se rendit à la cuisine où il trouva une bouteille de champagne avec deux coupes. Enfin, il se dévêtit entièrement et passa sous la douche. Il fit couler l'eau tiède sur son visage et son corps, sensuellement, s'aspergeant partout comme un enfant pour faire disparaître les tensions de la journée, tout à la joie du plaisir à venir. Les vers de l'étrange mélodie qu'il avait entendue en s'approchant de la chambre qu'occupait Tara lui revenaient par bribes. *« Vin d'lilas... Où est mon amour ? »* L'excitation montant en lui, il frottait son corps qui bientôt la prendrait. Je suis prêt, songeait-il, prêt pour toi, mon amour.

Au-dessus d'Éden, l'orage atteignait son paroxysme, le vent et la tempête multipliant leurs assauts dévastateurs, de tous côtés, contre la demeure isolée. Mais pour Chris, qui avait trouvé refuge dans les écuries, le vacarme et le chaos de cette nuit d'épouvante n'étaient source d'aucune terreur. Car ce n'était pour lui que l'ancêtre de l'homme-tonnerre, Jambuwul, qui voyageait dans les nuages d'orage pour répandre la pluie bienfaisante sur la terre desséchée. Sans l'homme-tonnerre, toute vie dépérirait et finirait par disparaître. Car ses nuages abritent aussi les esprits des enfants qui voyagent vers la terre dans les gouttes de pluie pour trouver une mère parmi les humains. Accroupi dans le box de King, le cheval gigantesque veillant sur sa méditation, Chris se mit à psalmodier doucement pour communier avec ces voix sacrées, participant à sa manière au rituel que la nuit allait engendrer.

– *Bano nato banjeeri, kulpernatoma Baiame* – J'entends la voix de l'esprit ancestral, je t'appelle, ô Grand Tout, que les grands esprits charment et bénissent la femme dans l'œuvre qu'elle va accomplir cette nuit. Tu nous as appris à reconnaître la merveille et la beauté de la femme et son pouvoir d'amour quand tu as créé Kunnawarra, le Cygne Noir, et créé pour lui une compagne, car la femme n'est pas complète sans l'homme, ni l'homme sans la femme, et sans le feu de la vie allumé au cours de la danse primale quand l'homme et la femme s'embrassent, toutes les jolies choses disparaîtraient et le froid et les ténèbres reprendraient possession du monde. Ô Julunggul, ô Grand Serpent Arc-en-Ciel, quand la première vie apparut parmi les chants et les danses des esprits ancestraux, tu t'élanças à l'assaut du ciel pour les bénir. Ô Serpent, mère et père de toutes les créatures vivantes, toi en qui se trouvent réunis le phallus et la matrice et la vie en attente dans l'un et l'autre, protège cette femme, et puisque tu guides les lunes et les marées, puissent tes eaux couler en ses fleuves et ses fleuves triomphants se jeter dans la mer !

Tara était prête. Merveilleusement délassée par le bain, les sens alanguis par la chanson d'amour et le parfum de musc et de rose dont son corps était imprégné, la peau douce et frémissant déjà dans l'attente des caresses, elle sortit d'un tiroir un négligé blanc à plastron de dentelle orné d'une large bande de satin rose à la taille, qu'elle enfila devant son miroir, où elle vit une jeune femme aux yeux brillants, aux joues roses et indiscutablement ravissante. Je suis prête – enfin, songeat-elle.

Elle passa sur le perron. Le spectacle de l'orage était magnifique – un ciel en feu et des trombes d'eau qui n'avaient pas le pouvoir de l'éteindre. Son pouls s'accéléra comme pour s'accorder aux rythmes de la nature déchaînée et elle rit tout haut, transportée d'allégresse. Puis elle se dirigea vers la chambre de Greg.

La taille ceinte d'une serviette de bain, Greg venait de sortir de la douche et passait une dernière fois la chambre en revue quand, par la porte vitrée, il aperçut une forme blanche qui s'avançait sur le perron. Il retint son souffle. Elle était si belle qu'elle aurait pu avoir été créée pour symboliser l'idée originelle de la femme. Fasciné, il la regarda ouvrir la porte et entrer. Sans mot dire, il alla la prendre par la main pour la mener jusqu'à un fauteuil. Et pour lui, le simple contact de ses doigts graciles était électrique, et de nature sexuelle. Il s'écarta pour aller déboucher la bouteille de champagne mais s'aperçut qu'il avait du mal à se détourner d'elle, ne fût-ce qu'un seul instant. Rayonnante, fraîche et parfumée, elle était aussi d'une sensualité subtile qu'il ne lui avait jamais vue. Un frémissement lui parcourut l'aine. Eh là, pas si vite, se dit-il, tu as quel âge, quatorze ans ?

Tara observait Greg occupé à déboucher le champagne avec une attention non dissimulée – pour la première fois, elle s'abandonnait au plaisir de contempler sans retenue le corps d'un homme. Et le sien, de la tête aux pieds, était parfait. Les épaules larges et osseuses, les muscles développés, le torse couvert de poils blonds comme les blés. Il avait le ventre plat, la taille souple et la serviette blanche qui ceignait ses hanches étroites soulignait le hâle de sa peau. Ravi d'être soumis à une telle inspection, il sourit et, versant dans les coupes le breuvage pétillant, il s'approcha pour lui tendre la sienne.

– À vous, dit-il dans un souffle. À votre beauté.

Ils burent en silence, levèrent de nouveau leurs coupes et burent encore. Greg se serait presque contenté de rester ainsi à la contempler toute la nuit, mais le désir de la toucher le submergeait. Posant son verre sur la table de nuit, il lui prit le sien des mains et la fit mettre debout. Il l'attira à lui et, levant son visage vers le sien du bout des doigts, lui embrassa la bouche.

Elle avait les lèvres douces et tièdes comme un fruit mûr. Il les écarta doucement et sa langue explora sa bouche, s'enfonçant profondément tandis qu'elle, avide, la goûtait puis l'aspirait – comme si elle avait voulu l'attirer en elle tout entier. Elle la prit entre ses dents puis la relâcha et couvrit ses lèvres, son menton et sa gorge de petits baisers, debout sur la pointe des pieds, jusqu'à ce qu'il prît de nouveau sa bouche.

Ses mains à lui, posées sur ses hanches à elle, pressaient son corps contre le sien et elle sentait la force de son désir, le pouvoir qu'elle avait sur lui. Elle caressa doucement son dos, dessinant des doigts ses omoplates, ravie de la douceur de sa peau. Relâchant son étreinte il recula d'un pas et regarda ses seins, qu'elle voulait qu'il libérât maintenant de l'étoffe légère. Il la mena jusqu'au lit où il la fit asseoir tendrement et, d'un geste très doux, toucha un sein, puis l'autre. Les tétons épanouis tendaient la soie du négligé. Il délaça le plastron et écarta les deux pans pour les dénuder. Jamais auparavant Tara n'avait connu la vénération dont un homme est capable envers le corps de celle qu'il aime. Avec savoir-faire et dévotion, il adora ses seins d'une manière qui la troubla au plus haut point. S'agenouillant devant elle il en prit tour à tour le bout dans ses lèvres, les tétant en rythme. La joie de Tara était intense. Elle sentait l'excitation monter du centre de son être. Puis, les mains en coupe autour de ses seins, il enfouit son visage entre eux et le contact de son menton rêche contre sa peau la fit tressaillir.

Il la poussa en arrière sur le lit et ouvrit le négligé tout le long de son corps. Il caressa son ventre et ses hanches, ses doigts et ses lèvres découvrant des points sensibles dont elle avait jusque-là ignoré l'existence. Son désir grandissant, elle saisit la main de Greg et la porta au triangle touffu entre ses jambes, humide de rosée. Il glissa ses longs doigts entre les lèvres gonflées, revint au clitoris qui frémit sous sa caresse. Il y posa sa bouche et le couvrit de petits coups de langue quand soudain, emportée dans une vague de sensations inconnues, sans savoir ce qu'elle faisait ni pourquoi elle le faisait, elle l'agrippa par les cheveux pour se presser contre son menton rude et, dans un bref soubresaut, elle jouit.

Après quoi, jetant son bras en travers de son visage comme pour se cacher de lui, elle murmura :

– Je suis désolée.

Greg eut un petit rire.

– Mais de quoi ? Si vous pouvez jouir aussi

facilement, vous pouvez jouir encore, plusieurs fois. Je vais vous montrer. (Il glissa ses doigts entre ses cuisses et en un instant elle se sentit de nouveau frémir pour lui. Il éprouva lui aussi le nouveau surgissement de son désir et rit :) Alors, vous voyez ?

Ses yeux se moquaient gentiment.

Galvanisée, elle se ressaisit pour briser le pouvoir qu'il prenait sur elle. Elle se redressa et, le prenant aux épaules, le poussa en arrière sur le lit et dénoua la serviette qui lui ceignait toujours la taille. Ravi d'être ainsi exposé à ses regards, il se laissait faire, tandis qu'elle, fascinée, prenait entre ses mains sa verge tendue. Elle se pencha sur lui pour l'embrasser doucement et enfouit son visage dans la touffe d'or sombre. Greg, sentant l'orgasme arriver, lui montra comment le caresser pour lui donner du plaisir sans qu'il jouît trop vite, touché par son innocence et sa bonne volonté.

Tara avait le sentiment de revivre toute son existence dans ces quelques instants, mais en faisant ce qu'il fallait cette fois-ci. Elle se sentait plus forte, plus sûre d'elle à chaque seconde. Et son excitation grandissait à mesure. Son premier bref orgasme n'avait fait qu'augmenter son désir de le renouveler et elle avait envie de sentir les mains de Greg sur ses seins, ses reins, ses cuisses. Mais, par-dessus tout, elle désirait l'avoir en elle, enfin. Lasse de ses « non, pas déjà », elle l'enfourcha et le prit de force, serrant ses muscles pour l'empêcher de s'en aller d'elle. Surpris, et incapable de maîtriser plus longtemps l'orgasme qu'il retenait depuis un long moment, il poussa un cri de ravissement et se rua en elle comme un train emballé.

Puis vinrent les délices de l'exploration mutuelle, plus lente, quand le désir immédiat est satisfait et que demeure la faim de l'autre, inassouvie. Ce fut le tour de Tara de le ramener à la vie et, de la main et des lèvres, de partir à la découverte de son corps à lui, caressant du bout des doigts la clavicule et de ses lèvres le bord d'une hanche. Elle apprit que le bout de ses seins était aussi sensible que les siens et qu'il aimait comme elle les caresses légères, au creux des reins. L'intérieur de ses cuisses était doux et velouté, terriblement attendrissant. À chaque nouvelle découverte, elle sentait monter son désir. Elle se sentait si humide qu'elle avait le sentiment que son corps fondait et, terminant son voyage d'exploration, elle vit que sa verge se dressait de nouveau, pleine de vie.

Il la fit basculer sur le dos pour pénétrer en elle et, allant et venant en de longs mouvements rythmiques, lui arracha bientôt des gémissements d'extase et elle jouit de nouveau, longuement, furieusement, merveilleusement. Alors, l'ayant satisfaite, il se laissa aller à son tour, chevauchant les vagues de son plaisir à elle, qui lentement s'apaisait.

Ils demeurèrent étendus comme deux amants noyés rejetés par la mer sur les grèves de l'éternité, baignant désormais dans la lumineuse clarté tombant du ciel sans nuages. L'orage s'était éloigné, et déchaînait en d'autres lieux sa passion rageuse et dévastatrice. Les esprits des cieux, les esprits ancestraux et le Grand Serpent Arc-en-Ciel lui-même avaient accompli leur œuvre. Elle était devenue femme, enfin.

22

Dan s'approchait avec précaution de la demeure des Harper. N'ayant pas de voiture à Sydney, il avait dû prendre un taxi pour se rendre à Darling Point, mais il l'avait fait arrêter au bas de l'avenue, avait payé le chauffeur et franchi les derniers deux cents mètres à pied. Il eut tôt fait de se rendre compte que toutes ses précautions étaient inutiles car il n'y avait apparemment personne. La grande maison blanche semblait endormie – pas le moindre signe d'activité, ni à l'intérieur ni dans le jardin, pas d'automobiles rangées dans l'allée. L'anxiété commençait à le gagner. C'était la seule piste susceptible de le remettre sur la trace de Tara. Que ferait-il si elle ne le menait nulle part ?

Avec la patience que lui avait apprise son métier, Dan se mit à attendre. Mais rien ne se produisit. Rien ne bougea. Personne ne sortit ni n'entra. Dissimulé sous les frondaisons qui retombaient par-dessus le mur près des grilles, il réfléchit. À quel moment avait-il remarqué quelque chose de bizarre chez Tara ? Il l'ignorait. Mais il avait l'impression, en y repensant, que cela remontait au tout début – il la revoyait telle qu'elle s'était montrée à lui lors de sa première consultation, le visage et le corps ravagés mais, dans ses yeux brillants au regard intense, le reflet de sa forte et unique personnalité. Il avait tout de suite compris qu'elle lui mentait sur la vraie nature de son accident – ses blessures n'avaient pu en aucun cas être occasionnées par un accident de voiture. Oui, elle avait toujours été mystérieuse et énigmatique, son âme, meurtrie autant que son corps, gardant jalousement son secret, son esprit farouche refusant de se livrer à quiconque.

Il savait d'expérience que le temps finit par guérir tous les maux. Mais c'est un remède de longue haleine, et, de ses récentes visites à Tara, il avait conclu que la souffrance était toujours là. Elle n'avait pas encore surmonté ce qui lui était arrivé, quoi que ce fût. Il s'était rendu compte qu'elle avait un projet, qu'elle comptait affronter ce qui continuait de la troubler et il l'admirait pour son courage et son énergie. Mais l'inspecteur Sam Johnson était venu le voir à l'île d'Orphée, grave et préoccupé, et il craignait désormais que Tara n'eût affaire à un ennemi trop cruel, trop fort pour elle, en dépit de sa détermination. Oh ! Tara, ma chère Tara, pourquoi ne m'as-tu pas fait confiance ? Et comment pourrais-je venir à ton secours si je ne sais même pas où tu es ?

Une camionnette de livraison s'engagea dans l'avenue. Il entendit le ronronnement du moteur de l'autre côté du virage. Interrompant ses méditations, il décida d'agir. Il tenta d'ouvrir les grilles qu'il trouva verrouillées comme il s'y attendait. Mais les murs qui entouraient la propriété n'étaient pas très hauts et jouaient plus un rôle décoratif que défensif. N'importe quel homme tant soit peu athlétique pouvait sauter par-dessus. Sans prendre garde à ses vêtements, il bondit pour saisir une prise sur le mur irrégulier, se hissa d'un coup et, sans s'arrêter au sommet pour ne pas risquer d'être aperçu, sauta de l'autre côté, où il atterrit en douceur sur la terre meuble. Brossant la poussière de ses mains et de ses genoux, il jeta un coup d'œil circulaire.

Devant lui s'étendait une pelouse en pente douce qui montait jusqu'à la maison. Les arbres touffus le cachaient aux regards. Il avança prudemment, d'arbre en arbre, de buisson en buisson, sans réfléchir aux conséquences de ce qu'il était en train de faire, repoussant résolument de son esprit les manchettes qui se présentaient à son imagination : UN MÉDECIN DU QUEENSLAND ARRÊTÉ DANS LA PROPRIÉTÉ OÙ IL S'ÉTAIT INTRODUIT PAR EFFRACTION. Il contourna la maison sans apercevoir âme qui vive. Arrivé derrière la bâtisse, il s'arrêta à l'abri des derniers buissons protecteurs et observa les alentours.

L'arrière de la maison donnait sur de vastes pelouses bien entretenues qui descendaient en douces ondulations jusqu'au bord de l'eau, où le yacht des Harper mouillait dans une anse profonde. La maison, carrée, se dressait sur une petite éminence. Tous les volets étaient fermés de ce côté-là face au soleil déjà chaud. Sur le perron, des chaises longues et des transatlantiques attendaient que quelqu'un vînt s'y reposer. Seule la piscine, à côté du patio, était animée : un jeune garçon la parcourait de long en large, d'un crawl régulier. Au bord, étendu de tout son long, un berger allemand sommeillait, la langue pendante.

Tout à coup, le chien remua et dressa la tête pour humer l'air. En un éclair il bondit sur ses pattes et s'élança en direction du buisson où se cachait Dan. Ce dernier quitta son abri et se mit à marcher à sa rencontre. Quand le chien arriva à sa hauteur, il mit un genou à terre.

– Bon chien ! dit-il d'un ton amical, s'efforçant de ne pas montrer le moindre signe de crainte. Tu es gentil, hein ? (À son grand soulagement le chien s'arrêta devant lui, attentif mais pas menaçant.) Tout va bien, mon chien, dit Dan d'un ton calme.

– Qui êtes-vous ?

La petite voix stridente venait de la piscine où un adolescent s'enveloppait d'une serviette de bain comme pour se protéger.

– Un ami, je vous promets, lança Dan pour le rassurer. J'ai sonné à la porte mais personne n'a répondu.

– C'est une propriété privée. Les gens ne doivent pas rentrer comme ça.

Il était sur la défensive mais ne semblait plus avoir peur.

– Je vous dois des excuses. Ce n'est pas dans mes habitudes mais c'était un cas d'urgence.

Le gamin venait vers lui à travers la pelouse. Dan n'osait pas bouger de peur que le chien ne se jette sur lui. Il regarda ses yeux brillants, ses crocs pointus, son corps tendu prêt à bondir et attendit aussi calmement qu'il put l'arrivée du jeune garçon.

– Qu'est-ce que vous voulez ? Qu'est-ce que vous faites ici ?

– Je m'appelle Dan Marshall et je cherche Greg Marsden.

– Il n'est pas là. Vous êtes un ami à lui ?

On ne peut pas dire, songea Dan.

– Non, pas du tout, dit-il fermement, aussitôt récompensé par le soulagement qui se peignit sur le visage de son vis-à-vis. Je suis un ami de Tara Welles.

Et vous, vous devez être son fils, se dit-il, avec ces yeux !

– Tara ! Vous la connaissez ?

On ne pouvait se méprendre sur l'intonation du gamin.

– Elle a une certaine importance pour moi, et je me suis dit que je trouverais peut-être quelqu'un ici qui pourrait me dire où elle est. Vous le savez ?

Dans son impatience, Dan fit un geste vers le garçon et le chien grogna. Son maître sourit.

– Tout va bien, mon chien. (Le chien s'apaisa.) Il s'appelle Kaiser, c'est un vrai tueur, vous savez.

– Oui, j'ai cru deviner.

– Il ne permet à personne de nous approcher, en principe.

Le gamin observait Dan avec curiosité.

– Il a dû comprendre que j'étais un ami.

D'un accord tacite, ils prirent la direction de la maison.

– Depuis combien de temps connaissez-vous Tara ? demanda le garçon, manifestement heureux de parler d'elle.

– Un an, à peu près.

Qu'est-ce que tu sais, en fait ? songea Dan. Rien du tout ?

– Où l'avez-vous rencontrée ?

– À ma clinique, dans le Queensland du Nord.
– Le Queensland du Nord ? (Il parut réfléchir.) Mais alors, vous êtes médecin !
– Oui.
Dan eut soudain l'impression qu'on les observait. Levant la tête, il aperçut une jeune fille dont il reconnut le visage, comme celui du garçon, pour l'avoir vu sur la photo que Tara avait sur sa table de nuit, dans son appartement d'Elizabeth Bay. Elle avait l'air maussade.
– C'est ma sœur, Sarah. Moi, c'est Dennis, au fait.
Ils contournèrent la piscine et gravirent les marches du perron. L'adolescente ne bougea pas.
– Sarah, je te présente le Dr Marshall.
– Bonjour.
Dennis tenta de donner un peu plus de chaleur à son accueil.
– C'est un ami de Tara, ajouta-t-il.
Sarah lui jeta un regard soupçonneux mais il vit qu'elle s'adoucissait.
Quelque chose poussa Dan à déclarer :
– Je ne suis pas un ami de Greg Marsden, Sarah. Je voudrais simplement trouver Tara pour l'instant.
Elle le fixa attentivement et décida qu'on pouvait lui faire confiance.
– Vous voulez entrer ? dit-elle.
À l'intérieur, le salon était frais et accueillant, décoré avec goût. Sur une table, il remarqua une photo.
– C'est notre mère, dit Dennis. On dit qu'elle est morte mais je...
– Tais-toi, Dennis ! s'écria Sarah, les traits douloureux. Tu avais promis de ne pas t'entêter avec ça.
– Dennis... commença Dan sans ʟenter de dissimuler son inquiétude. Tara et Greg, où sont-ils ?
– Ils sont à Éden.

– Éden ?

– C'est notre maison de campagne. Dans les Territoires du Nord.

Dan sentit son cœur lui manquer. C'était à l'autre bout du pays, deux fois plus loin que la distance qu'il avait parcourue pour venir à Sydney. Il réfléchit à toute vitesse : il fallait trouver un moyen, quelque chose à faire.

– Docteur Marshall... (Dennis, à ses côtés, levait vers lui un visage plein d'espoir.) Je crois que j'avais déjà vu Tara avant.

– Avant ?

– Avant qu'elle vienne passer le week-end avec Greg.

– Elle a passé le week-end ici avec Greg ?

La jalousie perça le cœur de Dan comme un coup de poignard.

– Non, elle est repartie après déjeuner. Mais je l'avais vue avant. À l'école. Elle est venue prendre des photos un jour pendant qu'on jouait au foot. Je l'ai vue de près. Elle m'a pris en photo. Je ne sais pas pourquoi mais ça m'est toujours resté dans la tête.

Non loin de là, Sarah avait l'air furibond, mais elle ne perdait pas une seule de ses paroles.

– Quand elle est venue ici, j'ai tout de suite su que c'était elle. Je lui ai demandé mais elle m'a dit que non. Seulement je ne suis pas le seul à la connaître. Kaiser aussi la connaît bien. Et toute la journée, plus j'étais avec elle, plus j'avais l'impression...

Un profond silence régnait dans la pièce.

– Quel genre d'impression ? demanda Dan d'une voix très basse.

– Que c'était notre mère !

Dan vit des larmes jaillir des yeux du gamin quand il osa exprimer son espoir contre tout espoir. Sarah se détourna, excédée, comme si c'était plus qu'elle n'en pouvait supporter.

– Pourquoi était-elle venue vous voir dans votre clinique, docteur Marshall ? Qu'est-ce qu'elle avait ?

Dan hésita, craignant l'effet que produirait sur eux une aussi grave révélation. Mais Dennis le devança.

– Vous l'avez rencontrée il y a un an ? C'est ce que vous m'avez dit ?

– C'est vrai.

– C'est juste le moment où ma mère a eu son... accident. (Il s'interrompit, le feu aux joues.) Je ne veux pas que vous me croyiez fou...

– Non, tu n'es pas fou.

Dennis était devenu tout pâle, la bouche crispée d'une manière qui faisait pitié chez un enfant de son âge.

– *Tara Welles est-elle notre mère ?*

– Oui.

Dennis s'effondra sur une chaise et fondit en larmes. Sarah, immobile, dans un état de rigidité effrayant, semblait transformée en statue de pierre. Puis, poussant un gémissement, elle éclata en sanglots et se jeta dans les bras de Dan, agitée de hoquets convulsifs.

– Là, là, dit-il d'un ton apaisant en lui caressant doucement les cheveux. Tout va bien, désormais. Tout va bien. Elle est vivante, souviens-toi.

Toute la rancœur et la souffrance accumulées par Sarah s'exprimaient dans un torrent de larmes trop longtemps contenues. Et Dan, par son attitude apaisante, les encourageait à exprimer leurs sentiments contradictoires de douleur et de joie mêlées. Ce ne fut qu'une fois les larmes taries et les deux enfants calmés qu'il souleva de nouveau le sujet qui le tracassait.

– Quel est le moyen le plus rapide de se rendre à Éden, vous le savez ?

Sarah réfléchit.

– Il n'y a pas le téléphone.

– Éden est complètement isolé, précisa Dennis.
– Par avion ?
– Il y a une petite piste d'atterrissage pour un petit avion.
Dan calculait frénétiquement : aller d'abord de Sydney à Darwin en avion, puis louer un avion-taxi là-bas.
Il se leva pour s'en aller.
– Docteur Marshall…
Sarah s'était complètement ressaisie et, dans l'adolescente, il vit soudain la femme, et non plus la fillette.
– Nous allons avec vous, déclara-t-elle.
– Oh, oui, s'il vous plaît ! supplia Dennis.
Le regard de Dan alla de l'un à l'autre. Deux paires d'yeux pareils à ceux de Tara le regardaient.
– D'accord. (Il sourit.) Alors en route.

– Bon, très bien. Merci d'avoir appelé. Et… bonne chance !
Joanna reposa pensivement le combiné. Perché sur l'accoudoir du sofa, en face d'elle, Jason leva ses sourcils blonds.
– Le vaillant médecin ? demanda-t-il, sarcastique.
– Oui. Apparemment, Tara se trouve quelque part dans le Nord, une réserve lointaine – Éden – avec Greg Marsden.
Jason semblait s'attendre à quelque chose dans ce goût-là. Il dit d'un ton léger :
– On ne demande pas ce qu'ils font là-bas, hein, maman ?
– Je n'en sais rien.
Joanna n'était pas tout à fait remise de la visite de Dan et se demandait encore jusqu'à quel point elle croyait à son récit, qu'elle avait raconté à Jason dès que l'occasion s'était présentée.
– En admettant que la moitié de ce qu'il m'a raconté soit vrai…

Jason rit.

– La voilà qui recommence. Je t'ai pourtant déjà dit que tu ne devrais pas perdre ton temps en vaines spéculations, à ton âge. Je vais te donner un sujet de réflexion nettement supérieur, moi, tu vas voir.

Joanna n'était pas d'humeur.

– Accouche, Jason.

– Écoute-moi bien : c'est absolument sans importance.

– Qu'est-ce qui est sans importance ?

– À la fin de la journée – et même dès maintenant, dans la mouise où on est tous les deux jusqu'au cou, maman –, que Tara soit ou non Stéphanie Harper ne devrait nous faire ni chaud ni froid.

– Qu'est-ce qui te prend, Jason ? (Joanna était soudain en colère.) Tu es tombé sur la tête ?

– Écoute-moi plutôt. Prête un peu attention à ton photographe préféré. Oh, certes, c'est d'une grande importance si on se place du point de vue mystique, métaphysique et platonique de la vérité éternelle. Et en ce moment précis, ce n'est pas la même chose si notre brave médecin parvient à sauver la belle dame en danger ou si, au contraire, aussi bienvenu que le serpent dans le jardin d'Éden, il débarque seulement pour troubler une lune de miel en plein désert. Mais pour toi, Joanna, et pour moi, Jason, c'est du pareil au même.

– Je ne comprends toujours pas !

– Parce que nous sommes les dindons de la farce, toi et moi. Qui que soit Tara Welles, qu'elle jette son dévolu sur l'un ou l'autre de ses deux chevaliers servants, elle n'exercera plus la profession de mannequin, tu piges ?

Joanna ouvrit de grands yeux. Cette idée ne l'avait pas effleurée.

– Et moi ? poursuivit le photographe. De toute

manière, je ne suis pas dans la course. J'étais là avant les deux gaillards mais c'est comme si je n'existais pas, hein ? Je n'ai pas trouvé la bonne manette. (Il eut un sourire amer.) Alors, les paris sont lancés. Qui va gagner la main de la belle ? Sur ma droite, Greg Marsden, le champion, le joli cœur, le coureur de jupon réputé sur toute la côte, et là-bas dans le coin, le Dr Dan, silencieux mais ô combien séduisant, la coqueluche des femmes qui ont quelque chose dans la tête. Allez, sur lequel misez-vous ?

Joanna tentait désespérément d'assimiler les paroles de Jason. Instinctivement, elle sentait qu'il avait raison. Elle avait rarement vu Jason avoir tort. Intelligent et intuitif, il l'avait souvent ramenée sur la bonne voie. Elle le regarda dans les yeux.

– Et toi, dans les deux cas, qu'est-ce que ça te ferait ?

Il haussa les épaules.

– Ça fait un moment que je m'arrange pour que ça ne me fasse plus grand-chose dans tous les cas – et on dirait que je commence un tout petit peu à y arriver, figure-toi. Je peux pas les avoir toutes, hein, ma vieille ? On survivra, allez, moi et mon ego. (Il la gratifia d'un de ses sourires éblouissants.) Et on ira encore mieux quand notre vieille maman nous aura déniché une autre belle pour les collections d'automne !

– Tu dois avoir raison, dit lentement Joanna.

– J'ai toujours raison ! s'écria Jason, feignant d'être vexé. N'essaie pas de discuter avec moi et farfouillons plutôt dans tes tiroirs pour découvrir le nouveau visage des siècles à venir – enfin, de la saison à venir, si tu préfères. C'est quoi, déjà, le slogan de cette baraque ? On répète après moi…

– Aller de l'avant, murmura machinalement Joanna.

– Voilà une bonne élève ! (Il contourna le

bureau pour aller lui donner une petite tape affectueuse sur l'épaule.) Et ne te bile pas pour moi, va. Songe plutôt que Sydney compte au moins trois cent mille filles de plus que de gars et qu'ils sont presque tous pédés. J'en trouverai bien une qui voudra de moi, t'inquiète pas; avec un peu de chance, elle aura peut-être même un peu de reconnaissance !

L'aube se leva au-dessus d'Éden, chassant les étoiles dans un ciel pur et sans nuages. Les portes du paradis s'ouvrirent sur un jour translucide. Toute trace de la tourmente avait disparu. Les énormes nuages blafards déchirés en lambeaux par la violence de l'orage, les zigzags de feu et la pluie diluvienne n'étaient plus qu'un mauvais souvenir. Le monde était propre et resplendissant comme s'il venait de naître, les feuilles et les plantes brillaient aux premiers rayons du soleil matinal. Seul un arc-en-ciel parfait qui enjambait le ciel était là pour rappeler les événements de la nuit précédente.

Par-dessus la plaine, le kookaberra riait, adressant ses signaux aux habitants des cieux pour leur rappeler d'allumer la première étoile du matin et d'ajouter du bois au feu qui réchauffe la terre, pour aviver la flamme et donner toute sa force à la lumière du jour. Quittant la pénombre tiède des écuries, Chris salua respectueusement le messager au cœur léger qui annonçait le jour nouveau mais il n'émit pas un son. Il savait que si quiconque offensait le kookaberra ou s'amusait à imiter son chant joyeux, l'oiseau ne parlerait plus aux grands esprits du feu et que les ténèbres enseveliraient de nouveau le monde, comme jadis, avant que le Grand Tout eût créé la lumière.

Levant les yeux, Chris vit l'arche multicolore dans le ciel clair. Il se concentra pour écouter ce que les esprits ancestraux lui soufflaient à l'oreille.

Julunggul, le Serpent Arc-en-Ciel, avait voyagé à travers les cieux pendant la nuit pour mettre ces lieux sous sa protection. Sous les yeux de Chris, l'arc-en-ciel pâlit et disparut presque, puis brilla de nouveau, plus net et plus vif qu'auparavant. Chris put lire alors sa deuxième signification, plus inquiétante à présent. Voilà bien longtemps, quand le monde était encore très jeune, avant que les tribus guerrières eussent appris à vivre en paix, un chasseur enragé avait lancé une pierre pour tuer un ami. Il l'avait lancée si fort qu'elle était allée droit au ciel, où elle avait éclaté, révélant toutes les couleurs d'une opale pleurant le crime qui venait d'être commis. Ce fut le premier arc-en-ciel. Depuis ce jour, à ceux qui savent lire de tels signes, l'arc-en-ciel annonce qu'un acte cruel va être commis et l'opale verse des larmes de douleur. Mais le Serpent Arc-en-Ciel était venu, lui en qui naissent et meurent toutes les créatures vivantes, lui qui dispense la vie et la mort et guide le flux et le reflux du sang en chaque être humain. Chris reçut en silence le message des cieux et prépara son âme aux événements qu'il pressentait.

Quand les premières lueurs de l'aube s'infiltrèrent dans la chambre de Max, Tara s'éveilla aussitôt. Elle se glissa doucement hors du grand lit de chêne et, abandonnant l'homme encore endormi, sans un regard en arrière, elle regagna sa chambre. Elle passa rapidement ses jodhpurs et un chemisier et se rendit à pas feutrés jusqu'à la cuisine, serrant entre ses doigts un petit flacon qu'elle était allée chercher au fond de sa trousse de toilette. Elle ouvrit un placard, saisit la bouteille de kirsch et y versa le contenu du flacon. Elle reboucha la bouteille de kirsch, la secoua vigoureusement et la rouvrit pour en renifler le nouveau contenu. Comme elle l'avait espéré, l'odeur forte du kirsch effaçait toute trace du sédatif qu'elle y avait mélangé. Elle avait enfin trouvé l'usage du sédatif que Dan lui avait remis à Orphée et qu'elle n'avait jamais pris. Katie ne manquerait pas de boire un petit remontant avant la fin de la matinée, elle le savait. Et lorsque les événements du jour atteindraient leur paroxysme, Katie dormirait profondément, hors de danger.

Elle jeta le flacon dans la poubelle et, saisissant le plus grand plateau qu'elle put trouver dans la cuisine, gagna le salon où elle le chargea des bouteilles de whisky, de cognac et de porto posées sur la desserte, prenant bien soin de ne pas les entrechoquer. Puis, ployant un peu sous le poids, elle repartit en sens inverse, traversa la cuisine et sortit dans la cour. Là, une petite porte ouvrait sur une sorte de réserve dans laquelle elle entra. Elle posa le plateau à même le sol, referma la porte et empocha la clef. Personne n'irait plus là sans son autorisation, songea-t-elle, satisfaite. Et quand Jilly, en s'éveillant, tendrait la main pour attraper une quelconque bouteille d'alcool, elles auraient toutes disparu.

Pour finir, elle prit un carnet et un stylo et écrivit :

Il fait si beau ce matin que je vais chercher King pour aller au Rocher du Diable. Ne réveille pas les dormeurs. Je serai de retour ce soir, pour l'heure du dîner. À tout à l'heure.

Attrapant ses gants et sa cravache, elle sortit par-derrière et se rendit aux quartiers des domestiques. Elle glissa le mot sous la porte de Katie et gagna rapidement les écuries. Elle ne fut pas surprise en découvrant Chris, qui l'attendait dans le box de King, le harnais et la selle posés par terre devant la porte. Ils sanglèrent l'animal ensemble, et quand il fut prêt ils sortirent, Tara devant, Chris tenant King par la bride. Katie avait dormi d'un sommeil profond après la longue chevauchée du jour précédent et elle ne s'éveilla pas vraiment en entendant les sabots d'un cheval sur le sol de la cour. Effie va voir le soleil se lever sur la plaine, se dit-elle – chaque matin à l'aube, elle entendait ce martèlement familier quand Stéphanie vivait encore à Éden. Rien ne l'obligeait à se lever tout de suite. Elle écouta avec une joie profonde le bruit des sabots qui s'éloignaient et referma les yeux.

Comme toujours au réveil, la première pensée de Greg Marsden fut pour lui-même. Tu l'as eue, cette fois ! songea-t-il, son orgueil de mâle ronronnant comme un gros chat, tu te l'es faite, mon vieux ! Et il repassa mentalement le film de la veille. Lentement, sans se presser, il se remémora son corps souple, ses seins aux fiers mamelons dressés, ses cuisses blanches et le triangle de petites boucles sombres. Il la retourna dans ses pensées pour la prendre en levrette et son sexe se dressa – c'était toujours un problème le matin. Il aimait faire l'amour le matin, plus, peut-être, qu'à n'importe quel autre moment de la journée. Il tendit le bras pour attirer Tara vers lui. Et cette fois-ci, songea-t-il, je lui apprendrai les mots qui vont avec.

Dès que son bras rencontra l'espace vide et froid au lieu du corps tiède, Greg sut qu'il s'était fait berner. Comment pouvait-elle – comment osait-elle – le quitter ainsi ? Il savait bien, il le sentait, qu'elle n'était pas sous la douche, qu'elle n'était pas non plus partie lui préparer une délicieuse surprise et qu'elle n'allait pas entrer dans son adorable négligé porteuse d'un plateau chargé de jus d'orange, de café fumant, de croissants et de champagne pour célébrer les rites amoureux qu'ils avaient accomplis ensemble, la nuit précédente. Un noir pressentiment l'envahit et il bondit hors du lit, tel un tigre à l'aube d'un jour de chasse.

Dehors, le soleil était haut dans le ciel. Sam, occupé à scier un arbre mort, se faisait du souci au sujet de Katie. Elle avait insisté pour l'aider dans sa tâche et, tandis qu'il cassait les branches supérieures au faîte du grand arbre, elle avait entrepris de les ramasser à mesure et de les débiter en bûches. C'était un travail dur, surtout en plein soleil, et Sam appartenait à une race qui faisait un devoir sacré d'honorer les anciens. Il tenta une fois encore, gentiment, de la dissuader.

– Laisse-moi donc, Sam, dit-elle, le souffle court. Bien sûr que je peux le faire. Je suis bien trop vieille et bien trop coriace pour avoir une crise cardiaque, t'inquiète pas... et y a bien trop de choses à faire pour... que je reste là à m'tourner... les pouces. Allez, arrête de t'occuper de moi, hein ?

En fait, à mesure que la matinée avançait, Katie était en proie à une anxiété qu'elle ne pouvait calmer qu'en se dépensant physiquement. Le plaisir qu'elle avait ressenti en entendant les sabots du cheval dans la cour s'était brusquement dissipé quand elle avait lu le mot glissé sous sa porte. Pourquoi Effie avait-elle décidé d'aller jusqu'au Rocher du Diable ? Il fallait une journée pour aller là-bas et en revenir, une journée au cœur même du désert. Et Stéphanie avait beau connaître la région sur le bout des doigts et être capable de repérer la trace du plus petit animal dans la brousse, retrouverait-elle aussi bien son chemin après une aussi longue absence ? Si elle – ou sa monture – s'égarait par là-bas, on ne retrouverait pas même ses os.

Katie s'était avisée d'autre part que dans sa fatigue, la veille au soir, elle avait oublié de parler à Effie de la conversation qu'elle avait surprise entre Greg et Jilly. Elle avait été si heureuse, quand Tara avait accepté de reconnaître qu'elle était bel et bien Effie et l'avait mise dans la confidence, qu'elle avait complètement oublié de lui révéler ce qu'elle avait entendu en passant par hasard dans le hall – les voix échangeant entre elles d'horribles insultes. C'est impardonnable, se répétait-elle, impardonnable. Elle en aurait pleuré de contrariété. Mais que faire sinon attendre le retour d'Effie désormais ? Elle n'avait plus qu'à s'occuper jusqu'au soir en tâchant de ne pas trop penser, et en s'arrangeant pour rester avec Sam autant que possible – tant que Greg serait dans les parages en tout cas. Elle n'avait pas oublié son visage quand il était entré dans la cuisine où elle essayait d'établir la liaison avec Pine Creek. Sans compter qu'il avait débranché la radio, ce qui les coupait totalement du reste du monde. « Fais-moi confiance », avait dit Effie. Elle avait sûrement un plan. Elle va te régler ton compte, annonça-t-elle à un Greg imaginaire dans sa tête – et faudra te lever tôt si tu veux attraper Katie Basklain, mon pauvre petit bonhomme…

– Katie !

La voix de Greg, l'interrompant brutalement dans ses pensées, la fit sursauter de peur en dépit de ses courageuses résolutions.

– Où étiez-vous ? Bon sang, je vous ai cherchée partout !

Même en plein soleil il était blême de fureur réprimée et Katie évita de regarder ses yeux.

– Où est Mlle Welles ? Répondez ! Où est-elle ?

– Elle est partie avant le petit déjeuner. Elle m'a demandé de ne pas vous réveiller.

– Où est-elle allée ?

– Au Rocher du Diable, à cheval.

– Au Rocher du Diable ? (Sa voix tremblait de colère.) Mais comment connaît-elle le Rocher du Diable ?

– Je… Je lui en ai parlé, improvisa Katie.

– C'était complètement ridicule de votre part ! Il faut au moins quatre heures rien que pour y aller. Elle risque de se perdre, elle risque de… (La peur l'empêcha d'en dire plus. Il regarda Katie :) Si jamais il lui arrive quelque chose…

Il laissa la menace en suspens puis fit volte-face et repartit en direction des dépendances.

Katie se sentait soudain très vieille et très fatiguée. Sam, qui l'observait du haut de son arbre, la vit vaciller comme si elle allait tomber. Il descendit en un éclair et lui prit le bras. Elle s'y appuya avec reconnaissance puis leva vers lui son petit visage profondément ridé :

– Vous voulez bien m'accompagner à la maison, Sam ? Je ne me sens vraiment pas bien, tout d'un coup.

Ils gagnèrent à pas lents la cuisine où Sam fit asseoir la petite bonne femme. Dans la fraîcheur de la pièce elle se sentit un peu mieux. Mais elle avait malgré tout besoin de donner un coup de pouce à la nature.

– Je crois que j'ai besoin d'un petit remontant, dit-elle à Sam. Pour me remettre d'aplomb. Dans le placard, là… il y a une bouteille. Tu peux aussi me donner un verre… ?

Et, une fois de plus dans la matinée, Katie s'administra une petite dose de son remède personnel.

23

– Chris ! Où es-tu ? Chris ! (Hors de lui, Greg se dirigeait vers les écuries d'un pas rapide, hurlant après Chris pour lui demander de lui seller un cheval. L'idée que Tara lui avait échappé une fois de plus lui était intolérable et son corps de prédateur frémissait, prêt à bondir sur ses traces. Il allait la traquer.) Chris !

Il entra en trombe dans l'écurie, mais Chris n'était nulle part. Poussant des jurons obscènes, Greg choisit l'un des chevaux les plus rapides, trouva la selle et la bride et les ajusta, frénétiquement. Puis il mena le cheval dans la cour et l'enfourcha.

Au même instant, il vit Chris, impassible et serein, comme à son habitude, qui se dirigeait vers le paddock.

– CHRISTOPHER ! Viens ici !

Changeant de direction, Chris s'approcha sans se presser et s'arrêta à hauteur de l'étrier.

– Tu sais où est partie Tara ? Quelle direction a-t-elle prise ?

Chris haussa les épaules.

– Bon, elle ne doit pas encore être bien loin de toute manière. Quel cheval a-t-elle fait seller ?

Sans répondre, Chris fixait sur Greg ses grands yeux lumineux.

– Tu ne veux pas dire que… ? Non, allons…

Son expression changea du tout au tout. Sautant à terre, il plaça la bride entre les mains de Chris et fonça vers l'écurie. Tout au fond, mais il ne l'avait pas remarqué dans sa précipitation, la porte du compartiment de King était grande ouverte et le grand étalon n'était plus là. Avec un rugissement, Greg se détourna et se rua dans la cour.

Chris n'avait pas bougé. Greg marcha droit sur lui à foulées meurtrières.

– Bougre d'imbécile ! Personne ne monte King !

Arrivé devant lui, il leva sa cravache pour en frapper le visage et le corps de Chris, mais celui-ci arrêta le bras qui s'abattait et le maintint à distance, fermement et sans peur. La main de Chris s'était refermée comme un étau sur le bras de Greg. Celui-ci se dégagea avec un hurlement de rage, saisit les rênes et bondit à cheval. Il enfonça ses talons dans les flancs de l'animal et s'élança droit devant lui. Il sauta la barrière du paddock pour ne pas perdre une seconde et, contournant par la droite le vaste hangar de l'avion d'Éden, il partit au galop, longeant la maison avant de s'engager dans l'allée. C'est alors qu'il aperçut Jilly qui courait vers lui avec l'intention évidente de lui barrer le passage.

– Je veux te parler ! hurlait-elle. Je t'ai cherché partout !

Elle courait vers lui aveuglément, prête à se jeter dans les jambes du cheval au galop. Il poussa un juron et tira sur les rênes.

– Qu'est-ce que tu me veux encore, connasse ?

– Je t'ai vu hier soir !

Sur son visage tuméfié, passa une lueur de triomphe. Il aurait voulu l'écraser.

– Tu ne te doutais pas de ça, hein ? Tu n'as pas eu l'idée de tirer les rideaux dans les transports de ta passion – tu ne pensais pas que quelqu'un aurait pu avoir envie de prendre l'air sur le perron ! J'ai tout vu ! Je t'ai regardé faire l'amour avec elle.

– Tu es dérangée, Jilly, dit-il d'un ton calme alors qu'il bouillait intérieurement.

– Ah je suis dérangée ! C'est toi qui vas être dérangé bientôt, quand je t'aurai dénoncé à la police ! Je me fiche de tout maintenant. Et ça me fera plaisir de te voir garrotter, à moins que ce ne soit la chaise électrique ? Je veux que tu souffres autant que tu m'as fait souffrir, tu m'entends ? Et s'ils ne te condamnent pas à mort, ils t'enfermeront pour le restant de tes jours et tu ne la reverras plus jamais !

Ne plus jamais revoir Tara… Une peur horrible s'insinua en lui et, d'une voix qu'il ne reconnut pas, il hurla :

– Fous le camp d'ici !

Jilly vit la folie meurtrière dans ses yeux. Elle

s'enfuit en courant. Mais lui, tel un chasseur traquant le renard, s'élança à sa poursuite. Elle longea le hangar, les sabots résonnant comme le tonnerre à ses oreilles et, avisant un passage trop étroit pour un cheval entre deux corps de bâtiment, elle s'y glissa et se retrouva à l'abri dans la cour fermée. Mais comme elle s'arrêtait pour reprendre haleine, l'animal et son cavalier franchirent la barrière de l'autre côté, l'ombre gigantesque semblable à un centaure monstrueux masquant le soleil. Hurlant de terreur, Jilly détala pour se mettre à l'abri, les poumons en feu, le claquement métallique des sabots ferrés sonnant à ses oreilles.

Greg émit un long gémissement rauque, les narines flairant déjà l'odeur du sang. Comme un chien de chasse, il la poursuivit en tous sens jusqu'à ce que, sanglotant et poussant de petits cris, elle se laissât tomber dans la poussière. En un éclair, elle imagina le cheval arrivant sur elle pour la piétiner, le fer des sabots pénétrant dans sa chair, déchirant ses muscles et brisant ses os. Elle se recroquevilla sur elle-même et Greg, avec un hurlement de triomphe, fonça droit sur elle.

Ce n'était plus Jilly pour lui. Depuis qu'elle avait proféré ses menaces, il ne la considérait plus comme un être humain. Il ne la haïssait même plus d'une haine humaine. Elle était devenue un simple ver à ses yeux, une vermine à exterminer, un obstacle dressé entre Tara et lui qu'il fallait éliminer sur-le-champ. Il lança son cheval et, l'encourageant des talons et des cuisses, bondit en avant vers le corps tassé dans la poussière et vers le désert qui l'appelait au-delà.

Mais à l'instant où les sabots cruels allaient piétiner l'obstacle, un fait que tout cavalier connaît bien revint brusquement à l'esprit de Greg : un cheval essaie toujours d'éviter un être humain sur son passage. Il sentit l'animal rassembler son énergie, prendre son élan et sut immédiatement ce qu'il allait faire et qu'il n'avait aucun moyen d'empêcher. À la dernière seconde, le cheval bondit comme un chat par-dessus Jilly sans la toucher. Puis il s'envola au-dessus de la barrière et vers les grands espaces, joyeux de laisser derrière lui l'hallali. Greg ne chercha pas à le retenir, car son esprit se concentrait désormais sur un seul but : retrouver Tara.

Penchée en avant sur le col de sa monture lancée au grand galop, la silhouette de Greg s'évanouit dans le lointain. À la porte de la grange, Chris le regarda sans ciller se fondre dans un nuage de poussière au milieu de la plaine. Puis il rentra. Là, silencieux et immobiles, se tenaient Tara et King. Les heures d'attente patiente étaient récompensées. Greg s'était laissé attirer par l'appeau et il battait la campagne à la recherche d'une proie inexistante. Elle était libre de mettre son plan à exécution, ici, à Éden.

– Merci, Chris, dit-elle en lui tendant les rênes. (Elle lissa l'encolure soyeuse de King qui baissa la tête pour présenter ses oreilles à la caresse.) Pardon de te priver de promenade, aujourd'hui, chuchota-t-elle. Demain, peut-être.

Il renâcla et, levant une patte avant, l'abattit impérieusement sur le sol.

– Nous aurons d'autres occasions, mon chéri, dit-elle. Allez, sois gentil. S'il te plaît, sois gentil.

Et il lui souffla doucement au visage son haleine parfumée de foin.

– Allons-y, Chris, dit-elle, mettant un terme au moment paisible qu'ils venaient de passer. (Mais il était temps de se secouer.) Tu veux bien ramener King dans son box, maintenant ?

Elle regarda Chris, dont la tête arrivait tout juste à la hauteur des épaules luisantes, toucher doucement le menton de l'étalon pour lui donner le signal du départ. Ils franchirent côte à côte la porte de la grange.

– *Hetra akamarei, alidgea guy pichi* – Allons, vite, maintenant.

Au son du simple murmure de Chris, King disparut dans l'écurie, de l'autre côté de la cour.

Là-bas, dans la plaine, même le nuage de poussière avait disparu. Tara, tournant le dos aux écuries, prit le chemin de la maison et entra par-derrière dans la cuisine. Sam montait la garde derrière la porte. Assise à la table, Katie se versait les dernières gouttes de kirsch de la bouteille tout en expliquant à l'adresse de Sam, ainsi qu'elle l'avait fait durant la dernière demi-heure :

– Ça me calme les nerfs, tu comprends... c'est la raison pour laquelle j'en prends. C'est un remède. Mon médecin me l'a recommandé une fois que j'avais fait une mauvaise chute de cheval et ça a marché. Mais on ne peut pas dire... (Katie savoura consciencieusement une gorgée de liqueur.) On ne peut pas dire que le goût me plaise vraiment. (Elle avala une autre gorgée pour s'en assurer.) C'est seulement que... si on ne se sent pas très bien, si quelque chose ne va pas, ça donne un coup de fouet...

Depuis la porte, Tara la regardait, le cœur gonflé de tendresse et de compassion.

– On peut pas se permettre d'être faible par ici, hein Sam ? Tu le sais mieux que n'importe qui, pas vrai... ? Faut bien faire le travail... (Katie mangeait ses mots et ses yeux devenaient vitreux.) Y m'faut un lapin pour faire un civet... faut qu'j'en tire quèqu's'uns... ça je sais viser, pour sûr...

Elle redressa la tête avec fierté, puis commença à s'affaisser sur la table.

– Tu me donnes un coup de main, Sam ? demanda Tara. (Elle passa derrière Katie et la prit sous les bras.) Si tu pouvais la prendre par les pieds...

Ils soulevèrent la petite forme frêle.

– Qu'est-ce que vous faites ? demanda Katie d'une voix pâteuse.

Elle ne va pas tarder à sombrer, pensa Tara. Sa tête roulait d'une épaule à l'autre. Sam et Tara la transportèrent jusqu'à sa chambre. Fidèle à elle-même, Katie ne cessait de protester.

– Tu peux me poser par terre, Sam, j'te dis. J'peux très bien marcher toute seule... j'n'ai pas besoin qu'on m'porte, enfin... lâchez-moi !

Sam souriait gravement à l'adresse de Tara en portant la petite bonne femme légère comme un oiseau. Ils la déposèrent sur son lit. Tara lui défit sa ceinture et Sam disposa sur elle une fine couverture.

– Tu peux dormir, Katie, chuchota Tara en se penchant pour embrasser le visage buriné. Tout se passera bien. Je te le promets. Quand tu t'éveilleras, ce sera fini. Fais de beaux rêves ! (Tara referma sans bruit la porte derrière eux, laissant Katie profondément endormie.) Elle ira bien, dit-elle. Tu veux bien venir avec moi, Sam ? Je voudrais te demander quelque chose. (De retour dans le bâtiment principal, Tara griffonna quelques mots sur une feuille de papier qu'elle tendit à Sam.) C'est extrêmement important, Sam. Il faut que tu prennes la Land Rover et que tu ailles à Darwin. Directement, sans t'arrêter une seule fois en route, d'accord ? En arrivant là-bas, tu iras au commissariat central et tu remettras ceci au commissaire de police Jim Gully. À lui seul, en personne. Jim, Jim Gully. (Elle se tut. Elle n'avait pas peur que Sam ne fît pas ce qu'elle demandait ni qu'il ne comprît pas. Elle voulait seulement ne rien laisser au hasard.) Je compte sur toi, Sam. Rien ni personne ne doit t'empêcher de lui remettre ce mot en main propre.

Il acquiesça d'un sourire et s'en fut. Chris se matérialisa aussitôt dans l'encadrement de la porte de la cuisine. Tara sentit le calme que sa présence lui procurait toujours.

– Chris... tout est engagé... ça va bien se passer ?

Il ne répondit pas. Elle le regarda dans les yeux.

– Tu es avec moi, n'est-ce pas ? Je vais avoir besoin de ton aide ce soir. Quand... (elle avait du mal à prononcer son nom à présent)... quand il va revenir...

Elle lut dans les yeux de Chris qu'il savait, qu'il avait toujours su, et qu'il savait aussi comment tout cela finirait. Mais il ne pouvait partager cette connaissance qui lui appartenait en propre. Avec un soupir, elle partit, sûre d'elle, vers son destin.

Recroquevillée sur elle-même dans l'étroit passage où elle avait rampé après que le cheval l'eut enjambée, Jilly frissonnait de terreur, claquant des dents sans pouvoir s'arrêter. Puis son corps n'en put tolérer davantage et, secouée de spasmes violents, elle se mit à rendre. Quand elle n'eut plus à rendre que de la bile, les hoquets s'espacèrent et elle s'adossa au mur, épuisée, vidée. La violence de Greg n'était pas nouvelle pour elle. Poussée par une force intérieure, il lui arrivait même de la provoquer tout en sachant qu'elle en serait la cible. À mesure que leurs relations se détérioraient, les coups, les insultes et les humiliations étaient devenus une habitude, et après s'être battus et déchirés sans retenue, ils faisaient parfois l'amour avec une intensité renouvelée qui ne faisait ensuite qu'accroître la haine.

Mais là, c'était différent. Pour la première fois, elle s'était rendu compte que Greg n'aurait pas assouvi sa rage en prenant son corps mais en l'éliminant, en lui prenant la vie.

– Je ne veux pas mourir, grogna-t-elle.

Il fallait qu'elle trouve un moyen de se protéger pour le retour de Greg car la seule chose qui l'avait sauvée jusque-là, c'était l'obsession qu'il avait de retrouver Tara. Il avait renoncé à revenir sur ses pas pour écraser Jilly à seule fin de ne pas perdre un temps précieux. Mais il n'hésiterait pas à la tuer si elle se retrouvait sur son chemin.

Elle se hissa péniblement sur ses pieds. Elle s'était fait mal aux genoux et aux jambes en tombant et avait de la peine à marcher. Elle s'était égratigné les coudes, son visage était maculé de sang et de poussière, sa bouche amère, sa robe souillée. Il faut que je parte d'ici, se répétait-elle en se traînant lamentablement à travers la cour en direction de la maison. Dans sa chambre, elle attrapa le sac de voyage qu'elle n'avait pas encore défait, étant donné la façon dont elle s'était endormie la veille, et elle ressortit en courant. Elle pouvait emprunter la Land Rover jusqu'à Pine Creek. Une fois partie d'ici, elle ne risquait plus de le retrouver sur son chemin. Oh, si seulement elle avait agi ainsi plus tôt, si seulement elle avait fui la première fois qu'elle avait senti le danger, la noirceur de son âme...

Elle atteignit le hangar du véhicule, épuisée tant il lui était pénible de se déplacer sous cette chaleur. À l'intérieur du hangar ouvert, le petit avion était tranquillement rangé mais pas de Land Rover ! Jilly poussa un cri de déception.

– Oh non !

Elle était coincée ici, sans aucun espoir de pouvoir s'échapper.

C'était impossible. Elle se contraignit à réfléchir pour trouver une autre idée. À qui pouvait-elle demander de l'aide ? Katie ! Katie, ou Chris, ou Sam, elle les trouverait et ne les quitterait plus d'une semelle. Greg ne s'en prendrait pas à elle devant les autres. En rebroussant chemin, Jilly avait le sentiment d'être un rat pris au piège qui courait en tous sens.

– Katie ! s'époumona-t-elle. Katie ! Venez ! J'ai besoin de vous !

Aucune réponse. Rien ne troublait le silence de la maison endormie en dehors de ses cris perçants. Elle semblait étrangement vide et pourtant hantée de présences menaçantes.

– Katie ! Katie !

En proie à une panique proche de l'hystérie, Jilly fouilla les pièces du rez-de-chaussée. Nulle trace de Katie. Elle entra dans le salon, un peu calmée à l'idée du whisky – deux ou trois verres, coup sur coup, et elle se sentirait mieux. Elle emporterait la bouteille avec elle pour soulager la douleur de sa jambe. Elle s'arrêta net, horrifiée – plus une seule bouteille sur la desserte ! Incrédule, elle ouvrit la porte du buffet – vide, lui aussi ! Seigneur, qu'allait-elle devenir ? Elle s'engagea dans le corridor menant à la cuisine et marcha droit sur le placard où Katie rangeait ses réserves secrètes. Il ne restait qu'une bouteille vide. De rage, Jilly la jeta violemment par terre.

Mais elle ne pleura pas. Elle ne s'avouait pas vaincue. Elle retraversa la maison jusqu'à la porte d'entrée et prit machinalement la direction de la piscine, franchit la roseraie et gagna le potager où Katie était peut-être occupée à jardiner. Puis, en boitillant, elle contourna la maison et se rendit au quartier des domestiques, où elle ne s'était pas encore avisée qu'une femme aussi vaillante que Katie aurait pu se retirer pour faire la sieste. En la voyant étendue sur son lit, loin d'être émue, elle entreprit de la secouer pour la réveiller. Ce ne fut qu'en comprenant qu'elle n'y parviendrait pas et qu'elle dormait d'un sommeil anormal que Jilly se laissa aller au désespoir. Il ne lui restait plus qu'à retourner vers la maison. Comme elle traversait à grand-peine la cour en traînant la jambe, elle ne vit pas la silhouette qui l'observait d'une fenêtre du premier étage, le regard glacial qui constatait son état et calculait le moment de porter le coup final.

Il lui restait un dernier espoir. Jilly avait assez souvent vécu à Éden pour savoir se servir d'une radio. Elle s'installa devant le poste, dans la cuisine, et commença à toucher les boutons. Elle comprit tout de suite qu'il ne marchait plus. Se contraignant au calme, elle l'examina soigneusement. Quand elle vit qu'une pièce manquait, ses dernières forces l'abandonnèrent. Elle se mit à gémir comme un animal blessé, à pousser des petits cris de douleur et d'effroi.

– Où sont-ils ? psalmodiait-elle. Il doit tout de même bien y avoir quelqu'un ici... Au secours... s'il vous plaît... ! Il y a quelqu'un... ?

Soudain, comme venu des profondeurs de sa conscience, elle entendit une voix accusatrice :

– Cela en valait-il la peine, Jilly ?

Les yeux écarquillés, elle se dressa pour regarder autour d'elle. Il n'y avait personne.

– Qui est-ce ? Qui est là ? cria-t-elle.

– Ô mon Dieu, ne me dis pas que tu as déjà oublié ma voix ?

C'était un chuchotement caressant. Des vrilles de terreur s'enfonçaient doucement dans le cœur de Jilly. Elle connaissait cette voix... mais c'était...

– Tu dois bien te souvenir de moi, n'étions-nous pas amies, toutes petites déjà ?

– Non !

– Comment as-tu pu agir ainsi, Jilly ?

– NON !

– Je t'ai toujours aimée. Tu étais la moitié de ma vie.

– Stéphanie !

Jilly s'élança aveuglément hors de la cuisine pour échapper à la voix. Mais celle-ci la poursuivit dans le vestibule, elle semblait venir de toutes les directions à la fois.

– Nous étions comme deux sœurs, toutes les deux. J'avais confiance en toi...

– Arrêtez ! Arrêtez !

Jilly se boucha les oreilles de ses mains mais la voix continua de lui parvenir.

– Greg en valait-il vraiment la peine ? Valait-il tant de souffrances ?

– Mon Dieu !

– Avoir fait tant de mal... !

– Je vous en prie... je vous en prie...

En sanglots, Jilly se traîna jusqu'à la salle de séjour. La voix d'outre-tombe était là, devant elle.

– Pauvre Jilly ! Il nous a trahies toutes les deux, hein ? (Elle poussa un soupir désincarné.) Moi, pour commencer... et maintenant toi...

C'était plus que Jilly n'en pouvait supporter. Sa jambe l'élançait douloureusement et son âme angoissée était à l'agonie. Elle se laissa tomber dans un fauteuil où elle se tassa sur elle-même, vaincue.

– Écoute, écoute-moi, supplia-t-elle à l'adresse de la voix accusatrice. Je t'en prie, écoute-moi.

Dans la chambre de Stéphanie, tout près de là, Tara entendait parfaitement. Elle tenait à la main le micro qui lui avait permis de faire entendre sa voix à travers toute la maison, par les haut-parleurs de la stéréo. Jilly balbutiait :

– C'était... C'est Greg qui avait tout manigancé. Je ne savais pas... Je ne savais pas dans le bateau... sur le fleuve... qu'il avait décidé de te tuer. Jamais je n'aurais imaginé...

Tara voulait bien la croire, Jilly n'était pas une criminelle.

– Et après... après, il m'a forcée à mentir à la police... j'avais tellement peur...

– Peur de le perdre ?

– Oui, de le perdre. Je l'aimais tant.

– Depuis le premier jour.

De nouveau, Jilly s'empala sur la lance de celle qui l'accusait.

– Depuis la première seconde... le jour du mariage, dit-elle sans se rendre compte du piège.

– Et lui...

– Le jour du tennis. Il m'a regardée. Il m'a touchée. Je l'ai désiré.

– Pour toi toute seule ?

– Oui ! hurla Jilly, prête à se défendre de nouveau. Oui, pour moi toute seule. Tu avais tout, Steph, la fortune, le rang, et voilà que tu avais en plus le seul homme que je voulais. Ce n'était pas juste. Et j'ai toujours voulu te faire du mal pour venger mon père, toujours ! (La haine et la rancœur de la fillette blessée éclataient au grand jour. Mais son ton changea brusquement.) Mais je ne voulais pas ça, Steph. Je ne voulais pas une chose aussi... horrible... Je n'ai plus cessé de revoir ton visage, l'expression de tes yeux... (La fillette, en Jilly, réapparut, totalement vulnérable désormais.) Oh, Steph, j'ai peur. J'ai si peur. Je t'en supplie, aide-moi... je ne sais plus quoi faire... je ne veux pas mourir. Au secours... au secours !

Greg galopait sans répit sous le soleil ardent à travers l'étendue désertique et le Rocher du Diable semblait s'éloigner à mesure qu'il avançait. Il n'était plus monté à cheval depuis sa lune de miel avec Stéphanie, voilà bien des mois, et son corps tremblait de fatigue. Mais la torture mentale à laquelle il était soumis depuis qu'il avait tendu le bras pour toucher Tara dans le lit était bien pire encore – c'était une obsession qui ne laissait place à rien d'autre. Pourquoi l'avait-elle quitté ainsi ? Pourquoi se dérobait-elle à nouveau ? Qu'est-ce qu'une femme pouvait désirer de plus que l'amour qu'il lui avait donné ? Surtout, quel était le mystère qu'il percevait au cœur de tout cela et qui, il le devinait intuitivement, le menaçait aux racines mêmes de son être ? À quoi jouait-elle ? Et pourquoi se moquait-elle de lui ?

Cette impression d'être à la merci d'un événement qui le dépassait était une menace pour sa sécurité, certes, mais, pire, c'était son identité qu'il sentait mise en question. Il avait toujours été celui qui menait le jeu, qui prenait et rejetait à sa guise, au gré de ses caprices. Il ne s'était jamais demandé l'effet que cela faisait d'être le jouet délaissé d'un amant sans scrupules. Et voilà que la même chose était en passe de lui arriver. Ce qui s'était passé avec Tara n'avait fait qu'approfondir les sentiments qu'il éprouvait pour elle – il l'aimait plus qu'il n'avait jamais aimé aucune femme avant elle. Mais chez Greg, au lieu d'être un sentiment noble, ce n'était que la quintessence de son égoïsme forcené, de sorte qu'il pensait que l'amour qu'il portait à Tara lui donnait le droit de la posséder, voire de se l'approprier. Et personne – pas même elle, Tara – ne la lui enlèverait, il y veillerait.

Il éperonnait sauvagement les flancs de sa monture, menant la pauvre bête aussi impitoyablement qu'il se contraignait à pousser jusqu'au bout ces raisonnements inhabituels dans lesquels il s'empêtrait. Pourtant, quand il aperçut le Rocher du Diable dans le lointain, il sut qu'il ne l'y trouverait pas, et qu'il l'avait manquée. Comment, il ne parvenait pas à l'imaginer. Il n'y avait, à des lieues à la ronde, que des arbres chétifs et des buissons rabougris. Impossible, pour un cheval et sa cavalière, de s'y dissimuler. Si elle était quelque part, ce ne pouvait être que de l'autre côté du rocher, à l'abri du soleil implacable.

Avec un sentiment d'échec insupportable, il s'approcha de l'énorme masse de grès dont le sommet érodé par le vent représentait des formes démoniaques, d'où l'origine de son nom. C'était la demeure de Kulpunya, le puissant esprit Dingo, l'esprit du Mal qui, même les jours les plus chauds, engendrait un courant d'air froid autour du rocher. Malgré lui, Greg frissonna en pénétrant dans l'ombre pourpre, et il s'abstint de regarder les démons penchés au-dessus de lui. Le cheval aussi était inquiet. Il baissait la tête, les oreilles en arrière et les yeux affolés.

Lentement, à présent, puisque la folle chevauchée à la poursuite de Tara était terminée et qu'il avait perdu, Greg fit le tour du monolithe massif dont les parois changeaient de couleur avec l'orientation des rayons du soleil, passant du rouge sang à l'orange flamboyant, du jaune safran au brun et au noir. Elle n'était nulle part. Il restait une dernière possibilité, mais Greg n'osait rien espérer tandis qu'il pénétrait dans la grotte s'enfonçant au cœur du rocher. C'était un lieu sacré des aborigènes, pour qui les héros du temps rêvé dormaient encore dans les replis du grès. Ils avaient enduit les parois de leur sang lors des premiers sacrifices rituels et, de génération en génération, les anciens avaient ravivé les taches en s'ouvrant les veines à leur tour en sacrifice. Et là, dans ces entrailles sanglantes, Greg crut que son cœur allait éclater, car Tara n'y était pas. La grotte était vide.

– Tara ! Tara ! TARA !

Les cris de désespoir jaillirent du rocher pour emplir l'air immobile et s'élevèrent encore quand le cheval écumant et son cavalier vaincu repartirent dans le crépuscule. Mais il cherchait encore, perdu, solitaire, dans le paysage désolé, tandis qu'autour de lui, tous les démons du lieu lançaient leur rire sardonique et le proclamaient l'un des leurs.

24

Nul ne saurait nier que Darwin, la capitale des Territoires du Nord, est une ville magnifique. Dévastée en 1974 par le cyclone Tracy, elle a été entièrement reconstruite, pour la plus grande joie de ses habitants et des touristes. Mais Dan Marshall, dans les affres de l'angoisse, n'était guère en mesure de l'apprécier.

Et il paraît que l'avion est le moyen de transport le plus rapide ! songeait-il amèrement tandis qu'il longeait Smith Street en compagnie de Sarah et de Dennis. Le vol jusqu'à Éden se révélait incroyablement compliqué, et tout, du nombre de passagers ayant décidé de voyager justement à ce moment-là aux heures de correspondances possibles en passant par les considérations logistiques, tout semblait s'être ligué contre eux. En ajoutant les retards inévitables de certains vols qui se répercutaient automatiquement sur les suivants, Dan avait vu ses espoirs de rejoindre Tara au plus vite plusieurs fois déçus. Et maintenant, l'après-midi tirant à sa fin, ils étaient arrivés à Darwin pour apprendre qu'aucun avion-taxi ne serait disponible avant deux ou trois heures. Plutôt que d'attendre dans l'aéroport, Dan avait donc emmené les deux enfants en ville.

Mieux valait marcher dans les rues que de tourner en rond à l'aéroport, songeait-il. Dans l'avenue bordée d'arbres, les lumières de la ville clignotaient déjà dans le couchant rose et or qui s'obscurcissait à chaque seconde. Il jeta un coup d'œil aux enfants. Sarah regardait autour d'elle avec animation malgré la fatigue du long trajet qu'ils venaient d'accomplir, le visage aussi lumineux qu'à l'instant où il avait confirmé que Tara était sa mère. Dennis était tout aussi joyeux, le nez plongé dans un prospectus qu'il avait pris à l'aéroport.

– « Darwin, lisait-il, la métropole scintillante des Territoires du Nord, abrite aujourd'hui une population composée de quarante-cinq nationalités différentes. La ville a dépassé au cours des dernières années son isolement historique et les richesses minières de la région font d'elle une cité prospère et attirante. »

– La preuve, c'est que nous y sommes, constata Dan d'un ton badin.

Il n'avait pas confié aux enfants son inquiétude au sujet des dangers que courait Tara. Mais il n'en songeait pas moins à l'effet que cela leur ferait si, après leur avoir offert un cadeau aussi précieux, ils apprenaient la mort, réelle cette fois, de leur mère. Il s'efforçait de repousser cette angoisse affreuse comme sa profession de chirurgien lui avait appris à le faire, mais ses craintes réprimées restaient ancrées en lui, funestes compagnes dont il ne parvenait pas à se débarrasser.

– C'est un endroit formidable, vous saviez ça ? reprit Dennis d'un ton enthousiaste. Écoutez : « Les bars et les restaurants de Darwin offrent quantité de distractions diverses, et son casino ultramoderne au bord de l'eau a acquis une renommée mondiale. C'est aussi la ville d'accès au Parc national de Kadaku, célèbre pour sa réserve d'alligators, que l'on peut voir dans leur habitat naturel... »

Sa voix s'éteignit.

– Allez, les enfants ! lança Dan en les prenant par l'épaule. Il est temps de chercher un taxi pour retourner à l'aéroport.

Mais ils n'avaient pas besoin de se presser. Lorsqu'ils se présentèrent au guichet d'embarquement, ce fut pour apprendre qu'un ennui mécanique allait empêcher le seul avion disponible de décoller et qu'ils n'avaient plus aucune chance d'atteindre Éden avant le lendemain matin.

Tout à fait à l'insu de Dan, une autre personne arrivait à Darwin en se souciant fort peu de ses attraits touristiques. Sam avait accompli le long trajet sans encombre et trouvé sans mal le commissariat principal. Mais quand il avait demandé à voir le commissaire en personne, il s'était vu opposer une fin de non-recevoir, pour la bonne raison que ce dernier était absent.

– Il ne reprendra son service qu'à 10 heures ce soir, annonça l'inspecteur qui, sans être de mauvaise volonté, s'ennuyait ferme et attendait ce moment avec impatience. (Remarquant l'anxiété qui se peignait sur les traits de son vis-à-vis, il tenta de se montrer obligeant :) Mais je peux peut-être faire quelque chose pour vous ?

Sam montra le mot qu'il serrait entre ses doigts. Puis les paroles de Tara lui montèrent aux lèvres :

« À remettre au commissaire de police Jim Gully. À lui seul, en main propre. »

Il savait qu'il devait y avoir une raison à cela. Il remit donc le mot dans la poche de sa chemise, referma le bouton pour plus de sécurité et s'installa pour attendre le retour de Jim.

À bien des lieues de la ville illuminée, dans les contrées du Nord où la terre est rouge et où rien ne pousse, le soleil qui se couchait, éclaboussant le ciel de sang au-dessus d'Éden, semblait exprimer toutes les passions de l'univers. Les derniers rayons lançaient un appel dans le ciel empourpré pour être aussitôt absorbés par le noir velouté. L'air moite, imprégné de mille senteurs, était immobile. Tout semblait suspendu, comme la nature avant l'orage, dans un silence inquiétant.

Du sommet de la colline aux gommiers, derrière

la maison, Chris vit le soleil sombrer de l'autre côté de la terre. Il attendit que le dernier éclat d'or eût disparu dans un noir d'encre, et alors seulement il changea de position. Il s'accroupit dans la clairière au centre du bouquet d'arbres et entreprit d'allumer un feu. Ce faisant, il entonna une litanie à la gloire de Goodah le sorcier, le sage parmi les anciens qui effectua le dangereux voyage jusqu'à la montagne lointaine où les tribus avaient aperçu une lumière inconnue dans l'obscurité. Là-bas, il avait capturé un morceau de feu tombé du ciel avec la foudre et l'avait caché sous du bois mort où il n'a cessé de couver depuis, afin que les habitants de la terre puissent le rallumer au besoin. Le feu pétilla et ronronna, des flammes vives s'élevèrent et Chris sut qu'une fois encore, l'esprit ancestral tenait sa promesse.

Sans cesser d'activer le feu, l'indigène entreprit de se dépouiller de ses vêtements d'homme blanc et, libre et fier, pareil à ses ancêtres, il prépara son corps pour la danse rituelle. À l'aide d'argile crayeuse d'une consistance épaisse, il traça un trait en travers de son front et le long du nez, puis dessina deux larges scarifications sur ses joues. À deux mains il relia d'une large bande son nombril à sa poitrine en traçant un cercle autour des seins. Ensuite, il raya de la même manière ses bras, ses poignets, ses cuisses et ses genoux. Chaque nouveau trait le délivrait du joug de la vie moderne qui le maintenait prisonnier, pour rejoindre le rituel, si ancien que le Temps lui-même, le vieux magicien de l'éternité, en avait oublié l'origine. Pour finir, il enfouit ses boucles noires dans un couvre-chef composé de plumes de cacatoès et de petits éclats d'os enfilés comme des perles et il ceignit le pagne, symbole de virilité. Il était prêt.

Au centre de la clairière se dressait un gigantesque gommier d'allure fantomatique, vieux comme le monde. Sa silhouette lugubre dans la lumière dansante des flammes le faisait ressembler à un revenant du monde des morts. Dans le cercle sacré tracé à ses pieds, Chris se mit à danser, et sa litanie s'éleva vers le ciel à travers la nuit silencieuse.

– *Kulpertanoma, Baiame, kungur gar wunalaminju, windana wungiana* – Je t'appelle, ô Grand Tout, et je m'adresse à toi, entends ma voix et dansons, quel chemin prenons-nous et où nous conduis-tu ? Montre-nous la voie dans ce monde sauvage, conduis nos pas là où ils doivent aller, et ne permets pas à nos faiblesses et à nos pleurs de nous faire échouer. Ce soir, plus que jamais, ô Grand Esprit, sois avec la femme dans sa tâche difficile et fais pleuvoir tes malédictions sur ce double démon, cet homme qui menace tes créatures dans sa rage de tuer.

» *Yowi panelgoramata, nurrumbunguttia gunmarl, pornurumi ngende paiale, gwandalan thoomi yant taldumande* – Yowi, ton messager, celui qui annonce un sort funeste, me chuchote quelque chose à présent, et les anciens esprits des tourments et du mal planent sur ces lieux où la mort veille. Je sens les ténèbres glacées – je les sens approcher. Tu choisiras ce soir laquelle de tes créatures tu reprendras pour la faire figurer au nombre des étoiles – mais, Grand Tout, notre Père à tous, apporte enfin la paix sur cette maison !

Tel un démon vengeur, Greg fonçait dans la nuit, éperonnant sans pitié son cheval épuisé pour l'obliger à avancer. Où se trouvait Tara ? Mais il se demandait aussi où était Éden. D'ordinaire brillamment illuminée, à l'intérieur comme à l'extérieur, la grande maison se voyait à des kilomètres à la ronde, offrant au voyageur surpris par la nuit un point de repère infaillible. Tout était plongé dans les ténèbres ce soir-là. Nulle lumière ne brillait dans la plaine, pas la moindre petite lueur. Ce n'était pas qu'il en eût besoin, son cheval connaissait tous les sentiers alentour et le ramènerait aisément, mais qu'était-il arrivé à Éden en son absence pour que l'on eût éteint tous les feux ?

Comme il approchait, Greg ne vit qu'une forme vague, une forme plus sombre se détachant du ciel. Une peur inconnue l'envahit. Tremblant, il mit pied à terre et ses jambes aux muscles fatigués faillirent se dérober sous lui. Par un violent effort de volonté, il contraignit son corps à lui obéir et il se précipita vers la maison. Personne dans la cuisine; quand il voulut allumer, l'électricité ne fonctionnait plus. Il poussa un juron et fouilla dans un tiroir où il savait trouver une lampe de poche. Il s'en saisit et partit explorer les autres pièces.

Dans le salon, rien ne bougeait, mais ses sens aiguisés perçurent une présence et il promena le faisceau de sa lampe en un geste circulaire. Le visage de Jilly apparut, les yeux écarquillés, les pupilles dilatées comme un lapin hypnotisé par un serpent. Elle était recroquevillée au fond d'un fauteuil, les jambes repliées sous le menton, l'image même de la terreur et de la désolation.

– Où est Tara ? demanda-t-il brutalement.

Jilly se taisait.

– J'ai dit : où est Tara ?

En deux bonds il fut sur elle, la cravache brandie pour frapper.

– Ne me fais pas mal ! cria Jilly, sortant brusquement de sa torpeur et levant le bras devant son visage pour se protéger. Greg ! Greg ! Non ! balbutia-t-elle.

– Qu'est-ce que tu lui as dit ?

Il ne pensait qu'à Tara – où était-elle et que pouvait-il encore faire pour la retenir ?

– Rien, rien, je te jure ! Je ne l'ai pas vue. Elle n'est pas rentrée de la journée. Mais, Greg...

(Elle tendit la main pour agripper sa veste.) Greg, écoute-moi…

Il l'entendait à peine, comme de très loin.

– Quoi ?

– Stéphanie est là !

– Stéphanie ?

– Je l'ai entendue. C'est son fantôme, il est là, dans la maison !

Stéphanie ? Qu'est-ce qu'elle racontait ? Comment… ?

– Tu es soûle, dit-il, mais sans conviction.

Dans les yeux de Jilly passa une lueur combative, vestige d'autrefois.

– Tu sais très bien que ce n'est pas vrai, espèce de salaud ! Tu les as toutes cachées ! Je n'ai pas bu une seule goutte de la journée !

Mais Greg ne l'écoutait pas.

– Où est Tara ? OÙ EST-ELLE ?

– Je ne sais pas – et je m'en balance.

– Ne t'approche pas d'elle ou je te tuerai !

Pour toute réponse elle agrippa son bras.

– Greg… je… J'ai vraiment entendu la voix de Stéphanie. Elle était là. Ce n'est pas mon imagination, je t'assure. Tout est fini. On ne pourra plus cacher qu'on l'a tuée.

Malgré son obsession de retrouver Tara, l'instinct d'autoprotection se réveilla brusquement en Greg. Il regarda attentivement Jilly pour la première fois depuis qu'il était entré dans la pièce, épinglée dans le faisceau de la lampe comme un lapin sur une planche. Il prit une décision.

– Qui sait que tu es ici, à part le pilote ?

– Personne !

– As-tu dit à quelqu'un d'autre que tu comptais venir ici avant de partir ?

– Non ! À personne, je te le jure, Greg !

Jilly bégayait de terreur devant la forme sombre qu'elle percevait sans la voir derrière le faisceau lumineux, devenue brusquement menaçante. Dès qu'elle eut prononcé ces paroles elle sut qu'elle n'aurait pas dû, qu'elle s'était jetée dans la gueule du loup. Le faisceau s'éloigna quand Greg posa la lampe par terre. Puis son ombre noire, semblable au messager de la mort, marcha sur elle.

– NON ! NON ! hurla-t-elle. NE ME TUE PAS, GREG !

Soudain, toutes les lumières de la maison s'allumèrent en même temps. Figé comme sur un instantané, Jilly vit Greg devant elle, les mains levées vers sa gorge. Pétrifiés, ils gardèrent la pose grotesque de l'assassin et de la victime plusieurs secondes qui parurent aussi longues que des minutes. Puis, avec un rugissement hideux, Greg réagit et continua d'avancer les mains. Jilly les voyait approcher au ralenti, comme s'ils étaient tous deux sous l'eau. Incapable de bouger, trop terrorisée pour crier, elle se résigna à la mort, qu'elle reconnut dans les yeux noirs aveugles qui venaient vers elle.

Alors, aussi soudainement qu'elles s'étaient allumées, toutes les lumières s'éteignirent de nouveau, plongeant la pièce dans une obscurité plus profonde encore. Les muscles de Jilly se relâchant sous le choc, elle glissa du fauteuil et s'affaissa sans bruit sur le plancher. La chute la fit émerger de sa transe et, sans bien se rendre compte de ce qu'elle faisait, elle rampa jusqu'au mur. Greg bondit pour l'attraper à la gorge mais ses doigts se refermèrent sur le vide et ses bras balayèrent l'air en vain.

Mais c'était un chasseur trop adroit pour fondre sur une proie invisible. Il s'immobilisa pour flairer, tout son être de prédateur se fiant à son instinct qui n'avait jamais failli. Humant l'air, concentré, attentif, sachant qu'il sentirait bientôt les effluves de sa peur à elle dans ses narines, il traquait sa présence dans l'obscurité. La peur maintenait Jilly parfaitement immobile – mais, dans cet ultime acte réflexe, elle avait épuisé son instinct de conservation. Blottie dans sa cachette inutile sous la table, elle éprouvait la résignation de tous les petits animaux vulnérables et sentait déjà dans sa chair les serres cruelles et les dents acérées.

– Jilly ! (La voix de Greg se faisait caressante, avec des intonations douces et tendres.) Je ne veux pas te faire de mal, Jilly. Tu n'as pas besoin de te cacher. (Il se tut, à l'écoute du moindre souffle.) Allons, ma chérie. (Il se faisait séducteur à présent.) Tu sais bien que c'est toi que j'aime – j'ai tué Stéphanie pour être débarrassé d'elle et pouvoir enfin être avec toi. Et je t'ai aimée, pas vrai, Jilly ? Je te désire, Jilly, j'ai envie de faire l'amour avec toi, tout de suite, allez, viens, ma douce, viens…

Jilly sentait sa voix lui caresser le corps. Même en cet instant où il venait vers elle avec la mort au bout des doigts, il avait encore le pouvoir de l'attirer. Un frisson la parcourut et elle sentit ses seins se dresser à son appel. Une douce rosée jaillit entre ses jambes et dans l'air confiné de la pièce elle sut qu'à l'odeur de la peur se mêlait désormais celle du sexe, qu'il reconnaîtrait aussitôt. Elle poussa un gémissement strident d'animal aux abois et s'abandonna à ses griffes.

Mais l'instant précédent, Greg avait perçu un son, venant de l'extérieur. Tous ses sens aiguisés tournés vers la porte vitrée donnant sur le perron, il se tendit. Qu'est-ce que c'était ? Un bruissement continu, très lent, inexorable, comme une âme tourmentée traînant avec elle sa chaîne d'accusations – Greg sentit ses cheveux se dresser sur sa nuque et un goût de sang lui emplit la bouche quand il se mordit la langue pour ne pas crier. Ses yeux ne pouvaient se détacher de la porte vitrée. Cela approchait… approchait…

Une faible lueur brilla comme une braise dans l'obscurité. Elle avançait le long du perron vers la porte, vacillant doucement. Les muscles de

Greg semblaient devenus de pierre; incapable de bouger, il hurlait intérieurement. La flamme minuscule approchait en dansant. Elle s'arrêta enfin derrière la porte vitrée et attendit pendant ce qui sembla une éternité à ceux qui se tenaient à l'intérieur. De là où elle se trouvait sur le plancher, Jilly voyait maintenant ce qui avait arrêté Greg et sa terreur changea soudain de cause. Ils étaient tous deux paralysés. Le silence de la pièce les recouvrait comme une tombe.

Lentement, les battants de la porte s'entrebâillèrent. Centimètre par centimètre, ils révélaient la présence effrayante. Fasciné, Greg voyait apparaître, derrière la petite lueur dansante, une silhouette mal définie dans la nuit sombre. Immobile, silencieuse, elle dominait par la puissance de son accusation la scène pitoyable. Jilly fut la première à rompre le silence :

– Au secours ! hurla-t-elle en sortant de son refuge. Il veut me tuer. Je t'en prie, je t'en prie…

Elle se mit à ramper en sanglotant vers la petite lumière qui s'éleva et s'agrandit. La forme leva la lampe et ouvrit les volets de la lanterne sourde pour éclairer la pièce. Le faisceau capta Greg, immobile, tendu, tel un tigre prêt à bondir. Sur le plancher, Jilly qui se redressait retomba en arrière comme si elle avait reçu un coup dans l'estomac.

– Steph ! Steph ! STEPH ! (Comme une enfant affolée, Jilly se tourna vers celui qui avait voulu la tuer, cherchant désespérément un contact humain.) Greg, je te l'avais dit… Greg ! c'est son fantôme…

La voix qui s'éleva alors était forte, dure, on ne peut plus vivante.

– Ne t'y trompe pas, Jilly. Je t'assure que je ne suis pas un spectre.

C'était Stéphanie, non pas la timide, mais la farouche Stéphanie. La lumière de la lampe se balança et s'arrêta sur Greg.

– Tu es bien silencieux, Greg, tu n'as rien à dire ? Oh, tu croyais nous avoir bien eus, pas vrai ? L'argent de Stéphanie, l'héritage des Harper. (Sa voix claquait, méprisante :) Et ta putain, ici présente. Qu'est-ce qu'un joueur de tennis sans le sou pouvait rêver de plus ? (La forme balança de nouveau la lanterne, révélant à leurs yeux horrifiés...) Oui ! Stéphanie ! Je suis vivante, Greg. Je suis revenue !

– Comment... comment...

– Tu ne m'as pas tuée ! Et le crocodile non plus ! On m'a tirée de ce marécage. Oh, à demi morte, certes ! Mais tu as voulu m'éliminer. Tu es l'assassin de Stéphanie, et qu'elle ne soit pas morte n'y change rien. (La voix rauque se fit soudain plus basse :) Un vieil ermite m'a sauvé la vie. Certains hommes sont généreux en ce monde – ils savent ce qu'est l'amour. Tout le monde n'a pas l'âme noire comme toi ! J'étais défigurée, difforme, hideuse ! Mais il aimait la vie ! Et il m'a sauvée !

Jilly, hagarde, jeta un coup d'œil à Greg. Il avait gardé la même posture qu'à l'instant où la lumière avait attiré son attention derrière la vitre. Ramassé sur lui-même, prêt à bondir, il semblait lutter pour comprendre une réalité qui le dépassait, à laquelle il ne parvenait pas à faire face.

Mais le réquisitoire impitoyable n'était pas terminé :

– Tu voulais ma mort et il m'a ramenée à la vie ! Mais il m'a donné bien davantage – il m'a remis ses économies de toute une vie pour me permettre de prendre un nouveau départ. Il m'a fallu six mois pour devenir quelqu'un d'autre. L'épreuve a été dure et j'ai énormément souffert. Que sais-tu de la souffrance, Greg. La SOUFFRANCE ?

Rien ne bougea.

– Ça a été atroce. Mais cela valait la peine,

oh oui ! (La voix de la femme s'éleva comme une litanie.) J'ai souffert et j'ai surmonté la souffrance, j'ai lutté contre moi-même – et contre mon fantôme – et j'ai nourri ma haine et ma rage. Si tu savais comme je t'ai haï !

L'âme de Greg fut ébranlée par tant de passion. La petite question de Jilly fut posée d'un ton geignard.

– Mais pourquoi, Steph... pourquoi ?

– Ah ! Pourquoi ? Ç'aurait été tellement plus facile d'aller tout raconter à la police, de leur dire qui j'étais et de vous accuser tous les deux de meurtre ! Mais je... je voulais vous DÉTRUIRE, tous les deux... comme vous m'aviez détruite !

La haine dans l'air était presque palpable. La voix sinistre reprit :

– Je t'aimais, Greg, comme personne ne t'aimera jamais. Comment as-tu pu me faire ça ? (La lanterne se balança de nouveau pour éclairer Jilly.) Et toi, ma meilleure amie – qu'est-ce que notre amitié valait donc pour toi ? Rien ? Tout ce que nous avions partagé toi et moi... Rien du tout ? (Elle poussa un soupir si profond qu'on eût dit que son cœur se brisait.) Les deux personnes que j'aimais le plus au monde... Oh, je me suis réjouie de vous voir vous entre-déchirer, vous faire mal, mais il faut que je vous remercie... car vous m'avez aidée. (Sa voix s'éteignit, mais reprit, plus fort qu'auparavant.) Oui, vous m'avez aidée ! Aussi bizarre que cela puisse paraître. Car vous, mes plus dangereux ennemis, m'avez permis de découvrir enfin qui je suis vraiment ! (Elle leva la lanterne pour éclairer son propre visage, le visage de Stéphanie, pour la première fois.) Et pour ça, au moins, je dois vous remercier.

Elle arracha violemment la perruque de cheveux longs dont elle était coiffée et la jeta à terre, non sans férocité.

– TARA !

– Tara ! Tara ! imita-t-elle. Oui, Tara, la femme que tu désirais quand elle ne voulait pas de toi... la femme que tu méprisais quand elle était Stéphanie, à qui ton amour aurait suffi pour s'épanouir et découvrir qu'elle était belle.

– Vous... vous êtes un faux ! aboya Greg. Un simulacre !

– NON ! Ce serait trop facile ! Tara Welles est une partie de moi-même – cette partie de moi-même qui a toujours été là mais n'a jamais eu l'occasion de s'exprimer au grand jour avec toi. Qu'as-tu jamais fait pour m'aider ? Rien !

Sa rage était terrible. Il ne répondit pas.

– Et qu'as-tu à me reprocher ? De quoi peux-tu m'accuser, toi ? (Elle ricana amèrement.) Je suis une femme qui a fait l'amour avec son propre époux !

Son rire sonna aux oreilles de Greg comme celui d'un démon.

– Tara ! Tara !

– C'est fini, Greg, dit-elle d'une voix soudain lasse. La police est au courant. J'ai envoyé Sam porter un message à Jim Gully, à Darwin. Ils sont en route.

Ses épaules s'affaissèrent et elle se détendit. C'était fini. Elle vacilla de fatigue. La sentant affaiblie, Greg sortit de sa rigidité de pierre. Ses jambes se détendirent et, comme un ressort, il bondit, l'écume aux lèvres.

– Greg, non ! NON !

Jilly se pencha pour l'arrêter mais elle ne faisait pas le poids. La balayant sur le côté il se jeta sur Stéphanie. La lanterne tomba et se brisa sur le tapis, roula jusqu'au mur et prit feu. Des flammes atteignirent les rideaux; le tapis brûlait déjà, propageant le feu aux meubles. Mais Greg n'y prit pas garde. La revenante était à sa merci. Celle-ci le regardait sans terreur apparente. Stéphanie ? Mais alors où était Tara ? Son esprit confus était sur le point d'éclater. Enjambant l'anneau de feu, il la plaqua contre le mur et saisit son visage d'une main de fer. Maintenant, de près, il allait voir qui elle était vraiment.

– Stéphanie ! siffla-t-il. Où est Tara ? OÙ EST TARA ? QU'AS-TU FAIT DE TARA ? (La vérité lui apparut brusquement, lumineuse.) Tu l'as tuée ! parvint-il à articuler. Tu... tu...

À demi fou de douleur, sa raison le quittant, il frappa la jeune femme en plein visage. Puis ses mains trouvèrent sa gorge et des deux pouces il pressa, pressa, à la base du cou, de toutes ses forces...

De très loin, elle entendit les cris de Jilly qui tentait en vain de l'arrêter.

– *Akkai !*

Les yeux clos, près de défaillir, Tara sentit l'étreinte des doigts de Greg se relâcher brusquement. Elle ouvrit les yeux en hoquetant, reprenant péniblement son souffle. Greg était aux prises avec une créature surnaturelle, au corps nu et peint, en transe et comme possédée, qui le poussait à travers l'anneau de feu jusqu'au centre de la pièce. Les deux hommes s'affrontèrent au corps à corps. Mais le mince aborigène n'était pas de taille face à un adversaire plus grand et plus athlétique. Greg réussit à le repousser en arrière jusqu'au râtelier où Max exposait l'armurerie d'Éden. D'un coup d'épaule, il projeta Chris contre le meuble vitré puis le jeta à terre et saisit un fusil en passant le bras par la vitre brisée. Chris se releva. Il n'avait pas peur. Le double démon était armé désormais, soit. Il poussa un dernier cri qui le mettait en paix avec le monde des esprits.

– *Allinger yerra ballama, Bajame, wuna wunaia wuni ingu* – Le soleil se couche, ô Grand Tout, et pourtant l'âme ne mourra pas !

La balle le saisit en plein bond et le corps frêle

et sombre tomba comme une pierre. Chris demeura étendu là, le sang jaillissant de sa poitrine.

– Non, Chris, non !

Tara s'élança vers le corps immobile, la rage au cœur, les larmes lui brouillant la vue, submergée de douleur. Mais elle se heurta à Greg, le fusil fumant entre les mains, une lueur meurtrière au fond de ses yeux pâles.

– Stéphanie ? susurra-t-il, séducteur. Stéphanie ? C'est bien toi ? (Il tendit la main pour l'agripper.) Tu viens me dire bonjour ? Tu viens m'embrasser ?

Tara détala, quittant la pièce à toutes jambes avant que Greg l'eût touchée. Il se précipita à sa poursuite et Jilly, restée seule, courut jusqu'au sofa, saisit deux coussins et entreprit d'étouffer le feu qui gagnait de plus en plus vite. Elle tapait le tapis et les meubles avec frénésie mais, à mesure qu'elle éteignait les flammes, une fumée épaisse envahissait la pièce. Quand Jilly s'en rendit compte, il était trop tard. Il faut que je sorte d'ici, se dit-elle en suffoquant, il faut que je sorte d'ici... Comme elle gagnait la porte, elle aspira dans sa panique une énorme bouffée de fumée et tomba, asphyxiée.

25

Greg avançait sans bruit à travers la pelouse. Le félin, la bête fauve qui sommeillait en lui avait pris entièrement possession de son être désormais, et il obéissait à ses instincts féroces. Il n'avait aucun mal à suivre la femme dont il flairait la trace à chaque pas.

Son pied heurta un objet dans l'herbe. Il se

baissa et ses doigts reconnurent à tâtons l'un des souliers de Tara. Il le ramassa et le fourra dans sa poche comme un trophée, un sourire étrange aux lèvres. Puis il repartit à longues foulées silencieuses, bientôt happé par les ombres, en direction des dépendances.

Au coin d'un mur, Tara surveillait son approche, non loin du passage étroit qui avait déjà abrité Jilly. Sa gorge lui faisait mal, là où Greg avait appuyé les pouces, et son cœur battait si fort qu'elle avait l'impression de l'entendre tinter comme une cloche dans la nuit. Elle se contraignit au calme, les nerfs tendus, à l'écoute du pas souple de son assassin. Elle avait un léger avantage sur lui. Avant de quitter le salon, Greg s'était emparé de la lampe de poche et elle avait pu le suivre de loin qui fouillait tous les recoins de la maison et du jardin. Si elle parvenait à lui échapper de cette manière jusqu'à l'arrivée des policiers, elle serait sauvée.

Mais que fabriquait Jim Gully ? Il aurait dû être là. Tara ne pouvait pas imaginer que Sam eût manqué à son devoir envers elle. Comme Chris, elle savait qu'il lui serait fidèle jusqu'à la mort. Mais il pouvait lui être arrivé quelque chose, songea-t-elle douloureusement en revoyant Chris étendu sur le sol, lâchement abattu par celui qui la traquait, elle, à présent, son ennemi mortel. Et si des renforts n'arrivaient pas rapidement, elle subirait le même sort. Il ne fallait pas compter sur Jilly pour quoi que ce fût. Et Katie serait bientôt en danger elle aussi. Elle n'allait pas tarder à se réveiller et Greg n'aurait aucun scrupule envers la vieille femme, pas plus que le loup envers l'agneau…

Greg contournait le groupe de bâtiments, fouillant méthodiquement toutes les cachettes éventuelles, tous les sens en alerte. Il se servait le moins possible de la lampe pour ne pas se faire repérer de celle qu'il poursuivait et, tournant furtivement au coin d'un mur, il heurta de la tête les carcasses des animaux qu'il avait tués la veille dans sa folie meurtrière. Il fit un bond en arrière, dégoûté, puis les chassa de son esprit. Mais son visage était maculé de sang et l'odeur fade lui emplissait les narines, lui montant à la tête et l'enivrant.

Il entendit soudain un léger bruissement sur sa droite. Il promena le faisceau lumineux vers le sol, la lampe à la hanche, mais rien ne bougea. Un animal ? Un être humain aurait fait plus de bruit en sautant à terre. Il remarqua alors l'abri du générateur qui commandait l'éclairage de la propriété et comprit le mystère de la nuit qui s'était abattue sur Éden. Avec une grimace de triomphe, il entra et rétablit le courant.

Accroupie entre deux bâtisses, Tara s'enfonça les ongles dans la paume de ses mains pour s'empêcher de hurler son désespoir. Elle avait espéré contre tout espoir qu'il ne découvrirait pas son subterfuge. Tout, alentour, était désormais éclairé comme en plein jour. Elle n'attendit pas de voir Greg ressortir et prit ses jambes à son cou.

Mais elle ne fut pas assez rapide. Greg perçut un mouvement du coin de l'œil et bondit à ses trousses. Elle entendit son pas précipité dans son dos et, débouchant dans le jardin, elle se jeta à terre et roula jusqu'à un buisson de roses derrière lequel elle se recroquevilla. Les fleurs largement épanouies n'étaient guère suffisantes pour la dissimuler mais les grosses tiges et les feuilles touffues la camoufleraient un moment. S'arrachant la peau aux épines, les dents serrées, elle pénétra à l'intérieur du buisson.

– Stéphanie !

Tara sentit son sang se figer dans ses veines.

– Stéphanie !

Il était tout près. Elle enfonça son visage dans

le sol, comme pour se fondre dans la terre protectrice.

– Où es-tu, petite idiote ? (Le ton était cajoleur, presque raisonnable.) Il va falloir que je te tue, tu comprends ?

Elle demeura parfaitement immobile. Il l'appela encore, toujours sur le même ton, mais ses paroles se durcissaient à mesure.

– Ne sois pas ridicule, Steph. Je sais que tu es là. Et tu sais très bien que je vais finir par t'attraper. Pourquoi te caches-tu ? Ça ne sert à rien, voyons. Tu t'es très mal conduite avec moi, Stéphanie, et tu vas me le payer. Tu m'as mis hors de moi, Steph… hors de moi…

C'était la voix d'un dément. Pour la première fois depuis que tout avait commencé, le courage lui manqua. Elle n'avait aucun moyen de s'échapper et il allait forcément la trouver. Greg s'arrêta dans l'allée, tout près d'elle. Sa voix se faisait provocante :

– Je n'ai jamais aimé Tara, il faut que tu le saches. Je ne lui ai jamais fait confiance. Il n'y avait que toi, Stéphanie, rien que toi. (Il s'interrompit pour flairer l'air alentour.) Rappelle-toi, Stéphanie… reprit-il d'une voix tendre, affectueuse. Rappelle-toi quand nous faisions l'amour, toi et moi ? Tu te souviens comme c'était bon ? Je t'aimais comme aucun homme ne t'avait jamais aimée. Ne te cache pas. Tu peux faire confiance à ton mari, Steph… Allons, sors de ta cachette et viens vers moi… viens, mon petit cœur, viens… J'ai une surprise pour toi… tu ne te feras plus prier…

Dans le silence mortel elle l'entendit charger son fusil. Peut-être l'avait-il déjà mise en joue ! Mais elle ne pouvait se risquer à lever la tête pour vérifier. N'était-ce pas plutôt un vieux truc de chasseur pour faire sortir sa proie ?

Soudain, Greg perdit patience.

– Tu vas sortir, oui ou non ? Tu ne peux pas m'échapper, tu m'entends ? Tu es à ma merci, cette fois.

Il pivota sur ses talons et elle entendit son pas s'éloigner sur les gravillons de l'allée. Craignant toujours le piège, elle leva la tête avec d'infinies précautions mais, le voyant partir, ne put attendre davantage et s'extirpa du buisson épineux pour gagner en courant le fond du jardin dans la direction opposée aux bâtiments illuminés.

Les paroles de Greg lui revinrent soudain en mémoire : « tu ne te feras plus prier… » Quelles étaient ses intentions ? Au même moment, elle entendit crier son nom. Et comme la voix se rapprochait, elle reconnut un bruit familier, un bruit de sabots… ! Il tenait un cheval par la bride…

– M'entends-tu, Stéphanie ? Je te tiens cette fois, lança-t-il, arrogant. J'ai ton cheval favori, là, à côté de moi. Je vais compter jusqu'à dix et si tu refuses toujours de te montrer, je l'abats ! M'entends-tu, mon cœur ? Je vais descendre ce foutu salopard ! (Son ricanement de dément s'éleva et il apparut en pleine lumière, venant du côté de la maison, tenant le cheval par la bride. Il se plaça bien en vue devant l'escalier du perron et se mit à compter :) UN... DEUX... TROIS...

Des profondeurs du jardin, derrière la roseraie, Tara sentit le goût amer de la défaite. Il était plus rusé et plus cruel qu'elle ne le serait jamais. Elle entendit le cheval hennir doucement. Personne ne l'avait jamais sorti en dehors de Chris et d'elle-même et il ne devait pas apprécier ce qu'on lui faisait faire. En se redressant pour aller se rendre, elle vit King qui se cabrait et ruait, sa robe luisante parcourue de frémissements.

– QUATRE... CINQ... SIX... SEPT...

Elle commença à marcher dans leur direction, résignée. Elle avait perdu la partie. Quand Greg l'aperçut, un sourire triomphant se peignit sur son visage. Un sourire abominable.

Quittant l'allée de la roseraie, elle gravit les marches menant au bord de la piscine.

– Viens ici ! appela-t-il doucement. Je te veux ici.

Elle avait du mal à faire avancer ses jambes tant elles étaient raides. Il la regardait approcher. Quand elle fut devant lui, plongeant le regard dans ses yeux pâles de dément où brillait une flamme hideuse, il dit doucement :

– C'est bien. Tu dois toujours obéir à ton mari, pas vrai ?

Elle était si près qu'elle avait l'impression de lire dans son âme perfide et cruelle. L'étalon tremblait à ses côtés. Mais bizarrement elle n'avait pas peur. Pour la première fois depuis l'accident elle le voyait tel qu'il était, inexistant, une force du mal mais creux, vide. Il lut le mépris dans ses yeux et dit :

– Je vais te tuer, Steph. Tu es prête à mourir ? Tu as fait ton testament ? Tiens ! De la part de ton mari bien-aimé qui te regrettera toujours.

Avec une lenteur sadique, il leva le fusil et le pointa sur son visage en ricanant.

Mais à l'instant où il pressa la détente le fusil lui fut arraché brutalement. Le déclic du chargeur avait fait tressaillir l'étalon qui s'était cabré, faisant jaillir l'arme des mains de Greg avec ses pattes avant. La balle partit au loin quelque part dans le jardin. King se cabra à nouveau, jetant Greg à terre et, avec l'instinct de sa race, il se redressa pour piétiner son ennemi.

– Steph ! Appelle-le ! Fais-le arrêter ! Steph !

Mais ses cris ne pouvaient qu'exciter davantage le cheval. Elle le savait.

– KING !

Suspendu dans les airs, l'animal entendit l'ordre.

Il pivota imperceptiblement et retomba à côté de l'homme étendu à ses pieds. Puis, encore méfiant, il lança une ruade, hennit et repartit en direction des écuries.

Vide de tout sentiment, Tara regarda Greg se mettre à genoux et se redresser lentement, étourdi par la chute. Il se remit sur ses pieds, le souffle court, sans cesser de la regarder :

– Pourquoi es-tu revenue, Steph ? Pourquoi m'as-tu enlevé Tara ? (Il eut un sourire grimaçant :) Il va falloir que je te tue, Steph, il faut que tu comprennes ça.

– Greg, je t'en prie, commença Tara, luttant pour garder son calme, pour surmonter l'immense fatigue qui la submergeait. Écoute-moi. La police est en route. Ils seront là d'un instant à l'autre. Tu ne pourras pas t'enfuir. Il n'y a pas de cachette possible. Ça ne te servira à rien de me tuer. Ni moi ni personne. La police est au courant de tout. Même si tu essaies de t'enfuir, ils te retrouveront. C'est fini, Greg.

Mais, à la lueur sombre qui brillait dans ses yeux, elle comprit qu'il ne l'entendait pas, que ses paroles ne l'atteignaient pas.

– Il faut finir la partie, dit-il comme pour lui-même.

Avec un regain de terreur, elle le vit s'avancer vers elle, tendre les bras pour la saisir. Elle fit volte-face et se mit à courir. Mais elle n'avait pas fait trois pas qu'il la poussa violemment par-derrière, l'envoyant plonger dans la piscine. Tara s'enfonça et vit comme un cauchemar se dérouler pour la deuxième fois la scène du fleuve aux crocodiles. On la tirait vers le fond… une forme hideuse… de plus en plus profond… la panique l'envahit, ses poumons la brûlaient, et, quand elle ouvrit la bouche pour crier, elle suffoqua…

Soudain, comme par miracle, les gestes qu'elle avait appris avec Lizzie à Orphée lui revinrent, et les parties de pêche sous-marine avec Dan. Je sais nager ! hurla-t-elle en silence pour elle-même. Elle se retourna dans l'eau et détendit les jambes pour envoyer un coup de pied à son adversaire. Bien que le mouvement fût ralenti par l'eau, elle sentit qu'elle l'avait touché à l'estomac. La main qui la tirait vers le fond relâcha son étreinte et elle s'élança en un crawl frénétique vers le bord de la piscine. Plus que deux mètres... plus qu'un... À l'instant où elle s'accrochait au bord pour remonter, on l'agrippa de nouveau par-derrière pour l'attirer dans l'eau. Greg lui enfonça la tête sous l'eau mais elle se défendit et parvint à glisser entre ses bras pour lui faire face. C'est alors qu'un terrible changement se produisit sur les traits de son agresseur et, à son horreur, elle vit la haine meurtrière se transformer en une lueur d'amour.

– Tara ! s'écria-t-il. Tara ! Oh, ma chérie, j'ai cru que je t'avais perdue !

Il la plaqua contre le bord de la piscine et se mit à l'embrasser avidement, désespérément. Elle tourna la tête pour échapper à sa bouche, à ses yeux déments possédés d'une passion différente désormais. Mais elle n'était pas de taille à se dégager du poids de son corps qui la maintenait prisonnière. Ses mains étaient sur ses seins. Il s'acharnait sur les boutons de son chemisier.

– Tu m'aimes, Tara ? Dis-moi que tu m'aimes, ma chérie. Je vais t'aimer, tu vas voir, te faire l'amour comme tu aimes...

Le coup de feu et le cri que poussa Greg jaillirent presque en même temps. La balle en lui touchant le dos le poussa contre Tara, lui coupant le souffle. Il poussa un hurlement de douleur et se cambra en arrière. Ses bras battirent l'air et il tomba dans l'eau, disparaissant sous la surface en se débattant comme un poisson pris à l'hameçon. Tara, fascinée, regardait l'eau limpide s'emplir de sang. Elle leva les yeux et vit, à quelques mètres de là, Jilly qui tenait à la main un fusil encore fumant. Les yeux vides, immobile, elle semblait ne pas se rendre compte de ce qu'elle avait fait.

De l'autre côté de la piscine, Greg réapparut. Nageant d'un bras, laissant l'autre flotter à son côté, il tentait de rejoindre le bord. Quand il parvint à s'y hisser, Tara vit que le sang coulait de son épaule, par une large blessure. Il eut du mal à se relever et, presque complètement plié en deux, s'enfuit vers l'arrière de la maison.

Tara se hissa à son tour hors de l'eau, le corps meurtri, luttant pour reprendre son souffle. Quand sa respiration fut redevenue régulière, elle regarda autour d'elle et vit que Jilly se tenait toujours à l'endroit d'où elle avait tiré. Tara avança péniblement jusqu'à elle, lui prit doucement le fusil des mains et le jeta à l'eau pour plus de sûreté. Puis elle fit asseoir Jilly sur le gazon comme elle aurait fait avec une petite fille.

– Attends-moi là, dit-elle. Ne t'en va pas, je reviens te chercher.

Et elle partit à la poursuite de Greg.

Elle n'eut aucun mal à le suivre car son corps blessé dégouttait d'eau et de sang. Les traces contournaient la maison et conduisaient vers les dépendances. Elle comprit tout de suite ce qu'il comptait faire. Le hangar se dressait devant elle dans le clair de lune. De là où elle se tenait, elle entendit les moteurs de l'avion qui se mettaient en marche, les hélices commencèrent à tourner. Lentement, comme dans un cauchemar, elle vit le petit avion sortir du hangar et emprunter la piste pour décoller.

– NON ! (Poussée par des sentiments dont elle ignorait le sens, Tara s'élança. Elle apercevait Greg par la vitre de l'habitacle, l'air hagard, saignant abondamment.) GREG ! GREG ! Tu n'y arriveras pas !

Le petit avion avançait sur la piste en zigzaguant. Tara courut à côté, suppliant celui qui se tenait aux commandes et qui ne pouvait l'entendre. Le bruit des moteurs couvrait sûrement sa voix. À l'instant où l'avion prit de la vitesse, il se tourna vers elle comme s'il la voyait pour la première fois. Une expression de reproche infini et de désespoir se peignit sur ses traits.

– Tara ! proféra-t-il, et l'avion bondit en avant.

Mais elle continua de courir derrière lui, suffoquant dans la poussière soulevée par les roues, espérant contre tout espoir que quelque chose se produirait pour empêcher un décollage auquel Greg ne pourrait pas faire face, mais elle le vit pourtant, impuissante, se soulever du sol et pointer le nez vers le ciel.

– GREG ! Tu n'es pas obligé de mourir ! GREG !

Tara mit toute son âme dans ce dernier adieu. L'avion minuscule s'éleva dans le ciel étoilé. Il ne fut bientôt plus qu'un point parmi les étoiles, mais le son des moteurs parvenait encore distinctement aux oreilles de Tara. Alors, elle entendit le son qu'elle redoutait, le halètement des moteurs qui lâchaient. L'avion commença à perdre de l'altitude, à plonger vers la terre. Là-haut, dans le ciel, Greg avait perdu la bataille, car, en perdant Tara, il avait perdu la volonté de vivre. Elle entendit le bruit affreux de l'avion qui s'écrasait et vit les flammes jaillir quand les moteurs prirent feu. Mais elle n'entendit pas le cri du condamné qui, tel Icare, avait défié les lois de la pesanteur.

– TARA !

Jamais Jim Gully ne se pardonnerait de n'avoir pas été de service ce jour-là. Pour une fois que quelqu'un avait besoin d'une intervention rapide ! Il n'avait rien à se reprocher depuis qu'il avait reçu le message de Tara et il savait qu'elle avait eu raison d'exiger qu'il lui fût remis en mains propres. Ses cadets se seraient montrés incrédules ou ils auraient eu besoin de son aval pour monter une opération de sauvetage, de toute manière. Quoi qu'il en soit, il regretterait toujours de n'être arrivé qu'à l'aube, quand tout était terminé. Sans compter qu'il aurait préféré arrêter l'individu plutôt que d'être contraint de s'occuper de ses restes calcinés.

Mais le policier avait encore du travail, bien qu'il détestât arrêter une femme. Il regarda, mal à l'aise, son collègue faire monter Jilly dans le fourgon. Avant de monter, Jilly se détourna pour embrasser du regard la maison où elle avait passé ses moments d'innocence et ses heures les plus noires. Puis son regard se posa sur Tara, qui se tenait aux côtés de Jim Gully. Leurs regards se croisèrent mais rien ne passa entre elles. Jilly était toujours dans un état voisin de la transe qui ne l'avait pas quitté depuis l'instant où elle avait tiré sur Greg. Et qu'aurait bien pu dire Tara ?

– Je n'arrive pas à y croire, dit Jim Gully. Quand j'ai reçu votre mot, j'ai d'abord cru que quelqu'un me menait en bateau. Je suis vraiment navré pour le retard.

– Ne vous en faites pas, Jim, dit Tara doucement. C'est… Tout est fini, maintenant… enfin.

À ce moment deux policiers sortirent de la maison, portant une civière sur laquelle était étendu Chris, affaibli mais vivant. Sam marchait à ses côtés.

– Attendez.

Du geste, Tara fit arrêter la petite procession et, s'approchant de la civière, elle prit la main de Chris dans la sienne. Elle était froide et inanimée.

– Il va s'en tirer, dit le policier d'un ton rassurant.

Tara plongea ses yeux dans ceux de Chris et sut que c'était vrai. Elle se pencha pour poser un baiser sur son front et regarda les hommes le porter prudemment à l'intérieur du fourgon.

– Mieux vaut que je les accompagne, dit Jim Gully. Vous savez où me trouver si vous avez besoin de moi.

– C'est peut-être un peu tard, Jim Gully ! lança Katie depuis la porte d'entrée. Où étiez-vous quand elle avait besoin de vous, hein ?

Gully savait quel genre de contribution avait apportée Katie, tranquillement installée au fond de son lit pendant la bataille. Il fut tenté de répliquer vertement mais c'était une bonne nature et il n'en fit rien.

– Bienvenue à Éden, mademoiselle Harper, dit-il simplement.

– Ben on va être sacrément tranquilles, maintenant, grommela Katie quand les véhicules eurent disparu en cahotant sur les cailloux de la piste. On va être comme des âmes en peine après toute cette excitation.

Tara sourit, pour la première fois, lui sembla-t-il, depuis des jours et des jours.

– Bah, je ne sais pas, dit-elle. (Elle se tourna vers les écuries où King piaffait, rechignant à être enfermé.) Je crois que mon cher King a besoin de prendre l'air après toute cette excitation. Sam, tu veux bien ?

Mais Sam était déjà en route.

Tara chevauchait sans se presser à travers la brousse. Après tant de combats et tant de souffrances, son âme était en paix, enfin. Elle n'éprouvait nulle rancœur, mais un sentiment de sérénité et de soulagement très profond. C'était comme après une terrible maladie – elle était affaiblie, certes, mais sur la voie de la guérison. Où l'âme de Greg allait-elle errer, désormais, elle l'ignorait; cependant, sa rage froide, sa folie et son désespoir étaient morts avec lui et elle était délivrée, libre, enfin.

Mais la victoire ne va jamais sans sacrifices, songea-t-elle, et celui qu'elle avait fait de l'amour que lui offrait Dan dépassait ce qu'elle aurait imaginé lorsqu'elle avait mis son projet au point. Y avait-il un moyen d'amener ses plans à exécution sans avoir à le perdre ? Un moyen que dans son désespoir elle n'avait pas su voir ? Comme le destin était cruel de lui amener un tel homme, prêt à lui donner toute sa confiance, à un moment où elle devait le rejeter ! Obsédée par le souvenir de Dan, elle galopait sans but, aveugle à la beauté du paysage qui l'entourait, jusqu'au moment où elle se contraignit à mettre de côté ses pensées tristes pour songer à l'avenir. C'est là dorénavant qu'elle vivrait avec ses enfants. Ils allaient être enfin réunis tous les trois. Elle sentit des larmes de joie lui monter aux yeux. Comment allait-elle organiser leur rencontre ? Elle l'imaginait dans sa tête, cette rencontre, faisait des plans, les changeait, recommençait – tout devait être parfait.

Une chose était sûre. Rien ne l'empêchait plus désormais de reprendre les rênes de sa vie sous l'identité de Stéphanie Harper. Le moment était venu. Les épreuves qu'elle avait traversées l'avaient rendue plus sage et plus forte et plus jamais elle ne redeviendrait la Stéphanie d'autrefois, anxieuse et mal dans sa peau, qui avait besoin de se reposer sur quelqu'un pour vivre. Jamais plus elle ne serait la proie d'un homme. Elle ne dépendrait plus que d'elle-même, de ses propres qualités, de ses propres forces. Elle envisageait l'avenir sans peur et sans incertitudes. Le passé était derrière elle. L'avenir m'appartient !

Lentement, très lentement, un son lointain perça sa rêverie. Elle tendit l'oreille : un avion approchait. Et si c'était... ? Non... ? Non, elle n'avait pas le droit d'espérer, même l'espace d'un instant, que celui qu'elle avait blessé gravement, qui avait vu son amour rejeté, méprisé, serait capable de lui pardonner. Comment aurait-il retrouvé sa trace jusqu'ici ? Non, ce ne pouvait pas être déjà la presse ? Elle se rendait certes compte du récit sensationnel que son histoire offrirait aux journaux, mais elle n'aurait pas imaginé que ces vautours viendraient jusqu'ici. Le front plissé, elle fit faire demi-tour à sa monture et partit au galop pour devancer l'avion qui approchait. En arrivant, elle aperçut Sam qui venait à sa rencontre. Il pourrait s'occuper de King, songea-t-elle, pendant qu'elle irait accueillir les intrus et leur montrer qu'ils n'avaient rien à faire ici.

En haut, dans les airs, Dan aperçut la petite silhouette à cheval lancée au galop mais il ne distinguait pas s'il s'agissait d'un homme ou d'une femme. Son anxiété et son impatience devinrent soudain intolérables et il se demanda comment il n'était pas déjà devenu fou. Quand il la vit et la reconnut, Tara sans aucun doute, et vivante, il en ressentit un tel soulagement qu'il crut défaillir en se levant pour ouvrir la porte. Oh ! elle serait folle de joie en voyant ses enfants, en les serrant dans ses bras après si longtemps. Mais lui ? Pouvait-elle répondre enfin à l'amour qu'il lui offrait ? Partagé entre l'espoir et le désespoir, il entendait à peine les cris de joie des enfants à ses côtés.

Tara attendait avec appréhension l'ouverture de la porte, qui tardait inexplicablement. Alors, comme dans un rêve, elle entendit un cri aigu :

– Maman !

La porte s'ouvrit d'un coup; Sarah et Dennis apparurent, se bousculant pour passer ensemble. Je rêve, je rêve, se répétait-elle, incrédule, puis; galvanisée par la joie, elle bondit vers eux, les bras ouverts.

– Oh, maman! Je savais que tu n'étais pas morte...

– C'est bien toi, maman ? C'est bien toi ?

– Mes chéris... oh, mes chéris !

Et ils se serrèrent très fort tous les trois, en larmes.

Profondément troublé, Dan songea qu'il n'avait pas sa place parmi eux. Ils n'ont pas besoin de moi, se dit-il. Je ne vais pas me mettre entre une mère et ses enfants ! Il restait près de l'avion, sans savoir que faire, répétant pour la deuxième fois ses paroles d'adieu. Puisque tu es vivante... dirait-il. Maintenant que je sais que tout va bien pour toi...

Mais Tara leva les yeux et, par-dessus la tête de ses deux enfants, montra son visage radieux, mouillé de larmes. Viens, lui disait son regard, viens, maintenant. Transportée de joie, elle se rappelait, comme si elle redécouvrait un bien très précieux, combien elle aimait cet homme. L'aimait ? Oh, c'était peu dire. C'est avec Dan qu'elle trouverait la seconde moitié de son âme – ce serait lui l'ami véritable qui l'accompagnerait au long de sa vie et dont elle serait l'amie en partage – sa sœur, sa maîtresse, son égale. Elle pouvait se donner à lui désormais sans barrières, sans secrets, sans inhibitions. Ses bras lui faisaient mal tant ils auraient voulu le serrer contre son corps pour lui dire...

– Oh, Dan !...

C'était presque un sanglot. Ses larmes jaillirent de nouveau.

– Chhhut ! ma chérie, mon amour, tu me diras tout ça plus tard.

Submergé de bonheur, Dan ne songeait qu'à apaiser, qu'à soutenir celle qu'il aimait. Car dans le regard d'adoration qu'il avait vu dans ses yeux brillants, tandis qu'elle serrait ses enfants contre son cœur, il avait lu, enfin, la réponse tant attendue.

1

La grande maison blanche surplombait l'océan Pacifique, majestueuse comme un navire à l'ancre. Vue de la mer, elle semblait assoupie au soleil, paisible et sereine sur ses vertes pelouses, adossée à l'abri d'un mur d'arbres géants. Pourtant, la route de la côte avait été encombrée toute la matinée et la réception battait son plein.

– Heureuse, ma chérie ?

– Merveilleusement. Tu en veux la preuve ?

– Oh, crois-moi... s'il n'y avait pas tant de monde dans les parages... (Dan Marshall embrassa la foule des invités d'un regard dépité.) Qu'est-ce qui nous a pris d'organiser quelque chose d'aussi grandiose ? On aurait plutôt dû partir quelque part tous les deux...

– Insinuerais-tu, commença d'un ton faussement sévère celle qui se tenait à ses côtés, que tu rechignes à passer quelques heures avec notre famille et nos amis alors que tu m'as toute à toi pendant le reste de l'année ? Vous me faites honte, Dr Marshall !

Et, devant l'expression consternée de son mari, Stéphanie éclata de rire.

– Ce n'est pas ça, protesta Dan. Enfin, pas tout à fait. C'est plutôt que le prochain qui vient me dire que je suis un homme heureux reçoit mon poing dans la figure ! Je sais que j'ai de la chance, s'empressa-t-il d'ajouter en voyant que

Stéphanie faisait mine de se renfrogner, je n'ai vraiment pas besoin de me l'entendre répéter à longueur de journée !

– Si cela peut te rassurer, mon chéri, déclara Stéphanie soudain sérieuse, je trouve que c'est moi qui ai beaucoup de chance, tu sais. Je n'imagine plus la vie sans toi et les sept années que nous venons de passer ensemble ont été les plus heureuses de toute mon existence.

Dan plongea son regard dans les yeux bleus qui la fixaient intensément.

– Bon anniversaire, Mme Marshall, dit-il doucement. Et puisses-tu dire de même des sept années à venir – et des soixante-dix-sept suivantes... (Il lui effleura l'épaule du bout des doigts et sentit la chaleur de son corps à travers l'étoffe légère de sa robe d'été. Son parfum, une essence de muguet qu'il connaissait bien, monta jusqu'à lui et, cédant à une impulsion, il demanda :) Si nous allions... ?

– Je vous dérange ? J'y compte bien, je ne voudrais pas perdre ma réputation de jaloux et de trouble-fête !

– Dennis ! soupira Stéphanie en s'écartant de Dan, tu as encore beaucoup à apprendre en ce qui concerne le sens de l'à-propos en effet !

– Au contraire, ma chère maman, fit Dennis avec un sourire malicieux, est-ce que je ne me suis pas toujours arrangé pour interrompre à point nommé vos tendres apartés ?

Dan et Stéphanie se regardèrent en riant.

– Je ne te le fais pas dire ! renchérit Stéphanie. Mais si tu faisais une exception, aujourd'hui, pour une fois ? Je donne la réception la plus éclatante de tout l'hémisphère Sud pour mon anniversaire de mariage et c'est la première fois de la journée que j'arrive à échanger deux mots avec mon mari ! Où est Sarah ? Si tu allais la chercher, plutôt ?

– Serais-je chargé de veiller sur ma sœur ? demanda Dennis.

Mais il ne se le fit pas dire deux fois et disparut.

– Mes enfants sont difficiles ! remarqua Stéphanie avec un sourire d'excuse à l'adresse de Dan.

– Ce ne sont plus vraiment des enfants, dit sérieusement celui-ci, mais de jeunes adultes.

Et plus vite tu cesseras de traiter Dennis comme un petit garçon, plus vite il cessera de se comporter comme tel, aurait-il voulu ajouter. Mais de fines rides d'anxiété plissaient déjà le front de Stéphanie et Dan n'aurait pas supporté d'assombrir son bonheur. Il lui prit la main et la porta à ses lèvres.

– Si un homme voulait faire l'amour ici même avec son épouse, commença-t-il, il ne pourrait souhaiter cadre plus merveilleux – un véritable paradis terrestre.

Stéphanie regarda autour d'elle. C'était vrai. Le jardin les enveloppait comme un monde secret et mystérieux. De tous côtés des groupes d'arbres majestueux projetaient des ombres changeantes sur l'herbe rase en étendant leurs branches aux feuilles persistantes sous le soleil ardent. Les cèdres, les tulipiers et les caroubiers élancés, Stéphanie les connaissait et les aimait tous également. À partir de ce cadre naturel, elle avait créé une véritable œuvre d'art, un lieu magique où de jolis sentiers menaient à des pergolas croulant sous les roses et des charmilles qui exhalaient, le soir, des parfums envoûtants, dans un silence troublé seulement par le gazouillis des fontaines ou le rugissement lointain de la mer, dont les vagues se brisaient sur les rochers en contrebas. Des arbres jusqu'à la maison s'étendaient de vastes pelouses. En dehors des invités eparpillés çà et là, ils auraient pu se prendre pour les deux premiers amants du jardin d'Éden.

– On a du mal à croire qu'on n'est pas au Paradis, fit remarquer Stéphanie.

Elle se dressa sur la pointe des pieds et, passant les bras autour du cou de Dan, l'embrassa. Soudain celui-ci se raidit et poussa un grognement.

– Attention, ma chérie, chuchota-t-il. Prépare-toi à repousser les envahisseurs.

– Bill ! s'écria Stéphanie, sincèrement ravie. Rina ! Comme je suis contente ! Je commençais à me demander si vous alliez venir.

– Pour rien au monde je n'aurais voulu manquer cet événement, Stéphanie, dit Bill d'un ton chaleureux. Seulement on ne peut plus se lever à l'aube et courir comme à vingt ans, à nos âges !

– Ne l'écoutez pas, intervint Rina. Il s'est tellement démené pour arriver de bonne heure qu'on a fini par se mettre en retard ! Mais quand on est mariés depuis aussi longtemps que nous, on sait se résigner aux manies de son cher et tendre. Tous mes vœux de bonheur, à tous les deux !

– Merci, Rina, fit Dan en riant. Et quelle joie de vous voir, Bill. (Il serra affectueusement la main du vieux monsieur.) Vous vous êtes résolus à abandonner la Compagnie pour une journée entière, alors ? Que va-t-elle devenir ?

Bill se tourna vers Stéphanie.

– Où veut-il en venir ? Il veut me mettre au chômage ? (Il agita un index sévère sous le nez de Dan :) Écoutez-moi bien, il coulera encore beaucoup d'eau sous les ponts avant que la Harper Mining puisse se dispenser de mes services. Et la seule personne qui aurait le toupet de me ficher dehors et de continuer sans moi, c'est le P-DG de la boîte – votre épouse, cher docteur.

– Mais Bill, s'empressa d'intervenir Stéphanie, vous savez bien que je n'ai nullement l'intention de me passer de vous. Et si on laissait la Harper Mining de côté, pour une fois ? Elle nous tient suffisamment occupés la semaine pour qu'on l'oublie un peu pendant le week-end ! Surtout un jour comme aujourd'hui, pas vrai ?

Radouci, Bill l'attira à lui et l'embrassa sur le front.

– Vous faites tout ce que vous voulez de moi, Steph, vous le savez bien. Depuis qu'elle est toute petite, elle me mène par le bout du nez, précisa-t-il à l'adresse de Dan en signe de réconciliation. Vous êtes ravissante, ajouta-t-il affectueusement. Et on a du mal à croire que vous êtes la mère des deux grands dadais que nous avons croisés en arrivant.

– Bill ! protesta Rina. Ce n'est pas très gentil ! Ils seraient fâchés s'ils t'entendaient.

– Et comment ! fit Dan. Dennis s'agite beaucoup en ville ces temps-ci. On ne sait jamais à quelle heure il va rentrer et à l'en croire il est en affaires avec la moitié des représentants des plus grosses firmes new-yorkaises, londoniennes et romaines !

– Et Sarah ? demanda Rina. Comment va-t-elle ?

Un sourire éclaira le visage de Stéphanie.

– Toujours la même, dit-elle. Elle prend toujours la vie trop au sérieux et se demande ce qu'elle va bien pouvoir faire d'elle-même.

– Oh, elle finira par trouver, je lui fais confiance, dit gentiment Bill. Quel âge a-t-elle ? Vingt et un, vingt-deux ans ? Elle suivra probablement les traces de sa maman et mettra le temps qu'il faudra – mais pour mieux nous surprendre !

Un serveur traversait la pelouse, portant un plateau chargé de coupes de champagne. Dan lui fit signe d'approcher et en tendit une à chacun de ses invités d'un geste solennel. Levant la sienne, il prit la main de Stéphanie.

– À tous les bourgeons tardivement éclos, dit-il d'une voix étranglée d'amour, couvant son épouse du regard. Et si c'est là notre été indien, que notre hiver n'arrive jamais !

– À Dan et Stéphanie ! Tous nos vœux de bonheur.

Les voix de Bill et de Rina parvinrent comme de très loin aux oreilles de Stéphanie. La chance m'aurait-elle donc enfin souri ? se demanda-t-elle, émerveillée. Après sept années, vais-je oser faire confiance à l'avenir, à celui que j'aime ? Une peur violente l'étreignit brusquement, sans crier gare. Elle se retint à la main de Dan et sentit aussitôt ses bras autour d'elle, l'empêchant de perdre pied.

– Ce n'est rien, dit-elle pour répondre aux questions qu'elle lisait dans ses yeux. La chaleur, sans doute.

Et, se reprenant, elle glissa son bras sous celui de Rina et l'entraîna en devisant gaiement vers le sommet de la colline où l'on avait installé le barbecue et dressé la table.

Les deux hommes leur emboîtèrent le pas. Bill fut le premier à rompre le silence.

– Vous savez quel jour nous sommes ?

– Oui, fit Dan avec un soupir.

– Des mauvaises nouvelles me sont tombées dessus juste avant mon départ. C'est ce qui m'a mis en retard, à vrai dire. Mais cela peut attendre lundi, quand je verrai Stéphanie au bureau. Le reste, en revanche... le sait-elle ? Se souvient-elle de la date ?

Il y eut un silence.

– Je l'ignore.

Bill s'immobilisa brusquement sous un arbre en fleur. Son visage traduisait l'incrédulité.

– Vous l'ignorez ?

– Voyons, Bill, réfléchissez ! fit Dan d'un ton coupant. Je ne voulais pas soulever le sujet... réveiller les fantômes du passé. J'ai attendu de voir si Stéphanie m'en parlerait. Et elle ne l'a pas fait, voilà tout.

– Vous croyez qu'elle pourrait avoir oublié ? demanda Bill avec une note d'espoir dans la voix.

Dan secoua la tête.

– Comment serait-ce possible ? dit-il simplement.

La question demeura en suspens dans l'air chargé du lourd parfum des fleurs de frangipanier.

– Quoi qu'il en soit, reprit Bill d'un ton volontairement neutre, cette fois, rien ne dit que cela va attirer des ennuis à Steph. Ce n'est pas obligatoire...

Sa voix s'éteignit et ils demeurèrent silencieux, reliés l'un à l'autre par cette appréhension commune.

– Dan ! Bill ! (C'était la voix joyeuse de Stéphanie les hélant à travers la pelouse.) Dépêchez-vous ! Vous allez manquer le plus amusant !

Drôle d'engeance que les prisonnières, tout de même, constatait pour elle-même la fonctionnaire de l'administration pénitentiaire qui répondait au nom de Hughes. Vingt ans de service et j'en suis encore à me demander de quoi elles sont faites. Comment la détenue n°1013, qui est une si bonne pâte, a-t-elle pu faire son amie d'une criminelle comme la n°498 ? Surtout au moment où celle-ci allait justement sortir. C'était une liaison sans espoir, sans avenir, et qui ne pouvait que lui attirer des ennuis. Mais la n°1013 se conduisait comme il faut, ce qui était plutôt rare, et lui valait d'ailleurs quelques privilèges mérités, et il aurait fallu être plus venimeux qu'un serpent pour lui refuser d'aller faire ses adieux à celle qu'elle tenait pour son amie. Même si la n°498 était pire qu'un serpent – une malédiction, celle-là, le mal en personne !

La journée avait été longue. La gardienne longeait le couloir d'un pas pesant, suivie de la détenue n° 1013 portant le repas de l'autre prisonnière sur un plateau. Au bout du couloir, une autre gardienne avait entrouvert la porte d'une cellule. Elle s'effaça pour laisser entrer la visiteuse et claqua sur elle la lourde porte, laissant les deux prisonnières en tête à tête.

– Ma chérie !

Les yeux de celle qui venait d'entrer s'emplirent de larmes. L'autre s'empara du plateau qu'elle posa sur la table et dit d'un ton dépourvu de tout sentiment :

– Reprends-toi, je t'en prie. Tu veux te donner en spectacle à ces deux-là, dehors ?

L'arrivante se laissa tomber sur l'étroite couchette en sanglotant.

– Oh, Jilly, parvint-elle à articuler, tu vas tellement me manquer !

– Toi aussi, tu vas me manquer, dit Jilly. Mais je ne peux pas faire semblant de regretter de sortir – pas même pour toi, Olive. Tu sais que j'ai des choses importantes à faire – des gens à voir. Et une personne en particulier. (Une lueur étrange passa dans ses yeux.) Oh oui, une personne avec qui je n'ai pas fini de régler mes comptes. Et je t'assure qu'elle ne sera pas ravie de me revoir, avec ce que je lui réserve.

Elle s'était gardée d'élever la voix mais les gardiennes, de l'autre côté de la porte, entendaient le ton sifflant où perçait sa rage contenue. Elle s'exprime même comme un serpent, constata Hughes. Qu'est-ce qu'Olive peut bien lui trouver ?

À l'intérieur de la cellule, cette dernière tentait désespérément de se ressaisir.

– Je ne veux pas te perdre, Jilly, dit-elle entre deux sanglots. Où vas-tu aller ? Que vas-tu faire ?

– Bah, je n'en sais rien, répondit Jilly avec indifférence. L'Australie est un vaste pays – je pourrais devenir une vraie vagabonde.

– C'est bien ce qui m'inquiète.

Olive se remit à pleurer, pelotonnée sur le lit, les épaules secouées de sanglots convulsifs. Jilly la regarda sans tendresse et, s'approchant d'elle, lui administra une petite tape sur la tête.

– Tu vas me faire le plaisir de te calmer, ordonna-t-elle, puis, plus désinvolte, elle ajouta : Tu ne veux quand même pas gâcher les dernières minutes qui nous restent ?

Saisissant le visage d'Olive à deux mains, elle l'embrassa sur la bouche.

– Oh, chuchota sa compagne dans un souffle. Tes lèvres sont si douces…

Jilly l'entoura de ses bras et l'embrassa encore, longuement. Au bruit de la lourde clé dans la serrure, elle la repoussa brusquement. L'idée des deux gardiennes qui les espionnaient derrière la porte la révulsait.

– Allez, en route, fit celle qui pénétra dans la cellule. Je ramène Olive. Tu t'occupes de la nº 498, Hughes ?

Hébétée de douleur, Olive se laissa mettre debout et conduire jusqu'à la porte. Elle allait franchir le seuil, comme droguée, mais, reprenant brusquement ses esprits, elle se retourna :

– Jilly ! s'écria-t-elle d'un ton suppliant.

La gardienne n'était pas une mauvaise femme. Elle attendit patiemment.

– Je t'ai déjà dit qu'on mettait le point final. Je suis libre, Olive ! Après sept ans ! (Une lueur étrange passa dans les yeux de Jilly.) Et tu n'as fait que sept mois ! Cesse de ramper à mes pieds, je ne peux rien te promettre. J'ai ma vie et des projets bien précis. Et pour le moment, je suis au regret, mais tu n'en fais pas partie !

La gardienne entraîna Olive dont les cris résonnèrent longtemps dans les corridors. Quand ils s'éteignirent, Hughes poussa un soupir.

– Quel chameau vous faites, Jilly Stewart, dit-elle. Vous n'auriez pas pu lui dire un mot gentil ?

– Allez vous faire voir ! répliqua Jilly, et laissez-moi manger mon dîner tranquille !

Et elle s'assit à table.

– Votre dîner tranquille, hein ?

La gardienne tendit la main pour soulever le couvercle du plateau, découvrant une part de poulet garnie de petits pois et de pommes de terre arrosées de sauce ma foi plutôt appétissante, même si l'ensemble avait eu le temps de refroidir. Jilly saisit la fourchette et le couteau mais, mue par une intuition soudaine, elle releva la tête avant de les planter dans la chair du poulet. La gardienne se pencha au-dessus de son assiette et d'un mouvement bien calculé expédia un long jet de salive sur toute la nourriture. Puis elle se redressa et gagna la porte sans se presser. Folle de rage, Jilly allait bondir tel un chat sauvage, mais trop tard. L'autre claqua violemment la porte et, tirant le lourd verrou, lança :

– Bon appétit, nº498 !

2

Lundi, lundi. Une nouvelle semaine de travail qui commence. Il est grand temps que je me lève pour aller au bureau, songea Stéphanie. Mais s'abandonnant à la délicieuse chaleur du soleil, elle ajouta mentalement : Bientôt... pas tout de suite. Les premières heures du jour étaient le seul moment de son existence de femme d'affaires très occupée où elle pouvait profiter tranquillement de la piscine magnifique et du soleil. Aussi, tout au long des étés torrides que connaissait l'Australie, se levait-elle à l'aube pour nager avant de prendre son petit déjeuner au bord de la piscine, ou dans quelque recoin secret du jardin qu'elle avait elle-même créé.

Le jardin... d'Éden. Une fois encore les pensées de Stéphanie s'engagèrent sur une voie qu'elles avaient bien souvent empruntée naguère. Avait-elle bien fait de donner à sa nouvelle maison le nom du domaine familial, là-bas, dans les vastes contrées de son enfance ? À demi assoupie au soleil, les yeux fermés, Stéphanie revoyait la vieille demeure comme si elle s'y trouvait encore. La grande maison de pierre entourée de perrons et de galeries couvertes, fraîches au cœur même de l'été, qui avait compté parmi les merveilles des Territoires du Nord. L'intérieur évoquait celui d'un manoir anglais, avec les dalles de marbre de l'entrée et la bibliothèque aux lambris de chêne, unique en cette région du globe. À l'extérieur, par contraste, c'était l'exubérance des espèces végétales des tropiques. Des palmiers géants, d'énormes gommiers, des frênes et des eucalyptus fermaient le jardin, formant une oasis verdoyante au cœur des plaines arides qui s'étendaient jusqu'aux confins de l'horizon. Autour de la maison, des fougères arborescentes, des mousses et des fleurs jaillissaient à profusion de la terre rouge et fertile. La roseraie avait fait l'orgueil de toutes les générations de propriétaires du domaine – et certes, la propriété tout entière méritait qu'on en tirât fierté.

Mais ce n'était pas la maison du bonheur. Et Stéphanie y avait grandi solitaire, orpheline de mère et négligée par son père, Max, PD-G d'un énorme consortium minier, dont l'unique intérêt dans la vie était d'agrandir son empire. Car sa fille, une grande bringue timide et farouche, lui rappelait trop le souvenir de son épouse, la seule personne au monde qu'il eût jamais aimée, lui qui n'aimait que l'argent. La fille de Max Harper possédait tout, tout sauf ce que l'argent ne peut acheter – l'amour, la sécurité et la confiance en soi.

Toute son enfance, et même lorsqu'elle fut parvenue à l'âge adulte, Stéphanie s'était accrochée à Éden comme au seul point d'ancrage de son existence précaire. Éden ne changeait pas, Éden ne pouvait la trahir. Chaque fois qu'elle s'en allait, en pension d'abord, puis en voyage, puis, plus tard, pour participer aux affaires de la Compagnie, car Max Harper l'avait peu à peu impliquée dans son travail, lui qui aurait aimé qu'un fils lui succédât un jour, chaque fois Stéphanie revenait vers Éden, son refuge, sa maison. Même lorsque la Compagnie transféra son siège à Sydney afin de se trouver au centre des affaires d'Australie pour diriger ses opérations vers l'Asie du Sud-Est puis à travers le monde entier, elle ne cessa de considérer qu'elle appartenait aux Territoires du Nord, et à nulle autre région du pays. La nouvelle création de Max, qui deviendrait le domicile des Harper à Sydney, forçait l'admiration – Stéphanie avait dû en convenir. Le site lui-même, surplombant le port de Sydney, un peu en dehors de la ville, était exceptionnel. Et en dehors de deux aventures conjugales éphémères dont la première avait donné Sarah et la seconde Dennis, Stéphanie avait vécu dans cette maison sans rechigner lorsqu'elle était retenue dans la capitale. Mais elle regagnait Éden chaque fois qu'elle en avait l'occasion. C'était le seul endroit au monde où elle se sentait en sécurité.

Du moins jusqu'à... Stéphanie s'agita sur son lit. N'y pense pas, n'y pense pas, s'enjoignit-elle. Ainsi qu'elle l'avait fait si souvent. Un nouveau départ. Pense à ça plutôt, et à Dan. À travers ses cils, elle glissa un regard en direction de la forme étendue non loin d'elle. Lui aussi lézardait au soleil avant de commencer sa journée de travail. Il était arrivé dans sa vie au moment le plus inattendu et l'avait aidée à surmonter la plus grave crise de son existence. Il lui avait offert la promesse d'un avenir ! Et à l'âge où bien des femmes commencent à craindre que tout ne soit fini pour elles, songea-t-elle avec bonheur. Mais ne dit-on pas que la vie débute à quarante ans ? Ses lèvres esquissèrent un sourire de satisfaction quand elle passa la main sur son corps qui semblait loin de la quarantaine, songeant au plaisir qu'il lui avait donné au cours de ces sept années qui venaient de s'écouler, et auquel elle avait appris à s'abandonner. Ici, dans leur demi-paradis, à Éden.

La nouvelle existence qu'elle avait connue aux côtés de Dan lui avait donné l'assurance d'effectuer des changements qu'elle aurait dû envisager depuis longtemps. Bien qu'elle fût devenue le maître de la Harper Mining à la mort de son père, il lui avait fallu connaître le bonheur d'un mariage réussi pour grandir professionnellement et prendre l'initiative de diriger les choses à sa manière. Et elle avait enfin pu mettre en pratique les leçons que Bill McMaster, le fidèle directeur, lui avait patiemment données au fil des années. Elle avait pris les rênes de la Compagnie dans les faits et s'était lancée dans une grande entreprise de rénovation.

Pour commencer, elle avait vendu la demeure de Sydney et, pour sortir enfin de l'ombre de Max Harper, Stéphanie avait fait construire avec Dan une nouvelle maison sur la côte, en dehors de la ville, sur un beau site boisé. Stéphanie avait elle-même dessiné les plans d'une demeure élégante, de style colonial, aux formes pures, aux balcons ouvragés, dont la blancheur scintillante faisait un point de repère, une manière de phare, à travers toute la mer de Tasmanie et le Pacifique Sud. La construction de la maison et la conception du jardin avaient pris du temps et pas une fois, durant cette période, Stéphanie n'était retournée dans ses anciens foyers, dont elle s'efforçait d'oublier jusqu'à l'existence. Pourtant, quand vint le moment de donner un nom à sa nouvelle demeure, Éden fut le seul qui lui parut convenir.

Tôt ou tard, elle en était tout à fait consciente, elle devrait prendre une décision au sujet de la vieille maison. Mais comme c'était facile de la reporter sans cesse ! Sa nouvelle existence aux côtés de Dan avait tout de suite été très remplie. Tout en découvrant le bonheur de partager sa vie, elle avait pris une part plus active aux affaires de la Compagnie et consacré le plus de temps possible à ses deux enfants, qui passaient de l'adolescence à l'âge adulte. Bref, les mois, puis les années avaient passé sans que la question fût jamais résolue. Oh, elle faisait confiance à la vieille gouvernante qui s'occupait depuis quarante ans de la propriété avec l'aide des fidèles tribus aborigènes fixées dans la réserve. Mais elle savait au fond d'elle-même que jamais elle ne retournerait habiter là-bas. Un jour ou l'autre elle devrait se décider à transformer la maison à d'autres fins ou à la vendre. Mais avant, il fallait déjà réparer les dégâts occasionnés par le feu.

Le feu... De nouveau, Stéphanie repoussa de toutes ses forces les mauvais souvenirs, mais les images s'imposaient à son esprit – la lampe-tempête qui s'écrasait sur le sol, les flammes se propageant à une vitesse terrifiante, les boiseries et les poutres qui projetaient des étincelles à travers la pièce et, dominant la scène, le visage dément de l'assassin. Il y avait seulement un mois qu'elle était parvenue à exorciser suffisamment les fantômes du passé et à surmonter sa terreur mortelle pour donner l'ordre de restaurer et de reconstruire. Mais quand les travaux seraient terminés, que se passerait-il ? On verra bien, se dit-elle fermement.

Se levant d'un bond, elle traversa la terrasse en direction de Dan.

– Tu viens ?

Dan souleva le vieux chapeau de paille posé sur son visage et ouvrit un œil.

– Du calme, Mme Marshall, dit-il d'un ton enjoué.

Stéphanie gloussa et, s'agenouillant près de lui, se mit à caresser le grand corps bronzé, enroulant autour de ses doigts les poils dorés de son torse pour le taquiner, promenant la main sur son ventre plat et ferme. Dan se redressa brusquement et lui saisit le poignet.

– Eh là, doucement ! lança-t-il en riant. Il faudrait voir à calmer ces ardeurs matinales, ma chère âme ! Tout cela est bel et bon pour celles qui vont aller faire joujou avec les marchés internationaux, mais pas pour ceux qu'une dure journée de labeur attend dans une salle d'opération ! (Et, se levant tout à fait, il la poussa vers la piscine.) Ça ne te dit rien de piquer une tête, à la place ? dit-il, non sans malice.

Ils luttèrent quelques instants mais elle eut le dessous et tomba à l'eau dans une grande gerbe d'éclaboussures.

L'eau lui parut glacée après le bain de soleil. Suffoquant, elle refit surface et s'élança en un crawl rapide vers l'autre extrémité de la piscine. Elle effectua plusieurs longueurs jusqu'à ce que, le souffle court, le corps parcouru de picotements, elle sortît la tête hors de l'eau pour regagner le bord. Elle vit alors une silhouette familière qui traversait la pelouse. Matey, le vieux maître d'hôtel aux manières de majordome anglais, au service des Harper depuis des temps immémoriaux, apportait le petit déjeuner. Nul n'avait jamais vraiment su qui il était ni d'où il venait. Stéphanie se souvenait de ce qu'on racontait quand elle était petite – que Max l'avait enlevé à une famille d'aristocrates et qu'il avait servi chez des châtelains en Europe. Mais quelles que fussent ses origines, l'heure de sa bonne fortune avait sonné quand Max l'avait pris à son service pour lui confier la direction de sa maison qu'il avait menée avec style. Car, comme toujours, Max avait fait preuve de perspicacité et, à soixante-dix ans passés, Matey tenait la maison selon des critères immuables et se félicitait en secret d'avoir su conserver à la famille Harper un niveau convenable malgré les goûts plus simples des maîtres de la nouvelle génération, et en particulier du Dr Marshall. En dépit des protestations de ce dernier, Matey s'obstinait donc à apporter le petit déjeuner sur une table roulante de bois précieux, chargée d'un service d'argent massif disposé sur des serviettes de table damassées.

– Bonjour, Matey, lança Stéphanie en se hissant

au bord de la piscine. Avez-vous pensé à apporter le téléphone ?

Cela aussi faisait partie du rituel matinal, Matey réprouvait farouchement la présence du téléphone pendant les repas et l'argument selon lequel les urgences médicales n'attendaient pas ne l'impressionnait guère plus que l'idée de faire patienter des financiers internationaux. Mais son dos raidi manifestant à quel point il lui en coûtait, il regagna la maison pour aller le chercher, ainsi qu'il le faisait chaque matin.

Attrapant un drap de bain au passage, Stéphanie s'approcha de Dan par-derrière pour lui jeter autour du cou ses bras mouillés, puis elle se mit à lui taquiner l'oreille, l'empêchant de lire son journal.

– Encore toi ? grogna-t-il.

– Mais non, c'est Matey. Tu as quelque chose à redire ?

– Tu mets plein d'eau sur mon journal. Viens par ici.

Il lui prit des mains la serviette et entreprit de lui sécher le dos. Elle soupira d'aise :

– Hmmm... c'est comme ça que tu gagnais ta vie avant d'entrer dans la carrière médicale ?

– Précisément, oui. J'étais aussi monte-en-l'air, détrousseur de diligences et pirate dans les mers du Sud.

– Espèce d'idiot, dit-elle en riant.

– Mais ce n'est pas une blague, protesta Dan. Je me suis converti au bistouri quand j'ai dû renoncer à l'espoir de devenir un jour Arsène Lupin.

– Vous avez grand besoin d'un petit déjeuner, docteur, dit fermement Stéphanie. Vous avez le cerveau qui fume !

Quand ils furent installés face à face à siroter leur café, Dan demanda doucement :

– Comment te sens-tu aujourd'hui, Steph ?

– Pourquoi me demandes-tu ça ?

– À cause de ton malaise d'hier. Quelque chose te préoccupe ?

– Pas du tout, répondit-elle trop vite.

– Tu ne regrettes pas d'avoir entrepris les travaux à Éden ?

Une ombre passa sur le visage de Stéphanie mais elle éluda la question :

– C'est chez moi, quand même.

Dan prit l'air dubitatif.

– Mais si, insista Stéphanie. En dépit de tout ce qui s'est passé. C'était chez moi et ça reste ma maison. J'y suis encore attachée, tu sais.

Il lui prit la main et lui caressa gentiment les doigts.

– Je sais le mal que tu as eu à te dégager du passé, dit-il lentement. Mais j'ai besoin de penser que chez toi, c'est ici désormais – dans notre nouvel Éden.

Elle leva vers lui son visage et, tendant la main, lui caressa la joue.

– La réponse est là, sous tes yeux, Dan, dit-elle. Toi et moi, en tête à tête devant notre petit déjeuner, ici même, comme tous les couples du monde. Et pourtant...

Elle s'interrompit, parcourue d'un frisson.

– Pourtant ?

– Ces jours-ci, j'ai parfois l'impression... j'ai comme un pressentiment. Comme si quelque chose allait arriver... qui risque de nous faire du mal. Oh, mon chéri...

Son visage exprimait un grand désarroi et Dan vit ses yeux s'emplir de larmes.

– Nous étions si heureux... Ça doit être la peur que cela ne prenne fin. Qu'il ne se passe quelque chose qui viendrait interrompre... (Elle se ressaisit brusquement et secoua les épaules.) Ce sont sûrement des angoisses sans fondement, dit-elle avec un faible sourire.

– Écoute-moi, Steph... (Dan hésita avant de poursuivre.) Ça ne va pas te plaire, mais tu as besoin de vacances. De prendre le temps de penser un peu à toi. Et à moi. Te rends-tu compte que cette réception nous a donné pour la première fois l'occasion de passer quelques heures ensemble depuis des mois ? Et encore il a fallu les partager avec je ne sais combien de gens !

– Mais Dan... tu sais bien que je ne peux pas quitter mon travail comme ça. Je suis responsable...

– La Compagnie peut très bien se passer de toi pendant une journée, voyons. Aujourd'hui par exemple.

Stéphanie acquiesça d'un sourire.

– Qu'est-ce que tu as derrière la tête ?

– Dis ce dont tu as envie. Tout ce qui compte, c'est qu'on le fasse ensemble. (Il lui sourit du sourire qui l'avait toujours fait fondre.) La femme la plus riche d'Australie ne peut-elle pas s'offrir une journée de repos de temps en temps ?

– Marché conclu, docteur.

Elle se penchait pour l'embrasser quand le téléphone sonna.

– Ne réponds pas !

– Dan...

– Que la Harper Mining nous fiche un peu la paix, pour une fois !

– C'est peut-être Dennis, ou Sarah.

Elle décrocha.

– Stéphanie ?

Le cœur lui manqua. Elle avait aussitôt reconnu la voix.

– Bill McMaster à l'appareil. Désolé de vous appeler si tôt mais on a un tas de problèmes compliqués ici. Je peux vous demander de venir le plus vite possible ?

– Oh, Bill... (Elle se rendait compte que sa voix était faible et indécise.) Vous êtes sûr que vous ne pouvez pas traiter ça tout seul ? J'allais justement vous appeler pour... Je m'apprêtais à prendre ma journée... Dan et moi...

– Steph ! Il s'agit de choses sérieuses !

Bill était en colère. Stéphanie glissa un regard vers Dan qui avait manifestement deviné la teneur de la conversation.

– Je vous en prie, Bill... ne gâchez pas ma journée.

– Sauf que ce n'est pas de votre journée dont il est question ! explosa Bill, mais de votre vie ! Alors je vous attends !

Ébranlée, Stéphanie reposa le combiné.

– Ce vieux Bill, constata Dan d'un ton sarcastique. On peut dire en tout cas qu'il prend les intérêts de la Compagnie à cœur !

Pendant le trajet jusqu'à son bureau, au siège de la Compagnie qui occupait un immeuble au cœur du quartier des affaires de Sydney, Stéphanie avait eu le temps de se reprendre. À peine était-elle entrée que sa secrétaire se jeta sur elle :

– On nous demande une réunion urgente pour les opérations européennes, Mme Harper.

Celle-ci balaya du geste la requête pour demander :

– Préparez-moi les cours de Wall Street, Hilary.

Par la porte légèrement entrebâillée, elle apercevait Bill, dans son bureau de directeur, en communication téléphonique. Son humeur ne semblait pas s'être améliorée.

– Débrouillez-vous comme vous voulez, mais je veux connaître leurs noms ! hurlait-il. Je veux savoir qui et pourquoi, et je me fiche des excuses !

Il raccrocha et entra dans le bureau de Stéphanie, brandissant un télex. Stéphanie comprit aussitôt la situation.

– Quelqu'un joue avec nos actions ?

– Et ils se cachent bougrement bien, gronda Bill.

– Des agitateurs ?

– Ça se pourrait bien.

– Qui est derrière ?

– C'est ce que je cherche à savoir. J'ai mis tout le monde dessus. Mais on n'a aucun indice précis.

Stéphanie se mit à réfléchir profondément, le front plissé.

– Bon, tant qu'on n'aura rien découvert – tant qu'on ne saura pas à qui profite la tractation – on ne pourra pas faire grand-chose. En attendant, mettons-nous au travail sur les cours.

Elle gagna son bureau et fit signe à Bill d'approcher un fauteuil.

Mais bizarrement, contrairement à ses habitudes d'homme déterminé et efficace, Bill parut hésiter. Puis, se tournant vers la baie vitrée, il sembla s'absorber dans la contemplation du panorama. Pour finir il dit :

– Avez-vous... avez-vous lu les journaux, ce matin ?

– Les journaux ? Non.

Tirant de sa poche un quotidien soigneusement plié, il le tendit à Stéphanie par-dessus son bureau. Stéphanie comprit immédiatement :

– Non, Bill, non, murmura-t-elle.

– Il faut regarder les choses en face, ma chérie. Je vous assure... c'est la seule façon.

Au prix d'un gigantesque effort, Stéphanie ouvrit le journal et trouva l'article. Sous le titre TOUTE LA VILLE EN PARLE elle se contraignit à lire ce qui suit :

La dernière page d'un des épisodes les plus mystérieux de ces dernières années est tournée aujourd'hui avec la sortie de prison de Jilly Stewart. Les habitants de Sydney se souviendront qu'elle avait été condamnée voilà sept ans pour complicité de tentative d'assassinat et homicide volontaire. Sa libération ne va pas manquer de relancer la controverse soulevée par le procès. La Cour l'avait reconnue coupable de complicité dans la tentative d'assassinat de sa meilleure amie, l'héritière de la Harper Mining Company, Stéphanie Harper, mais aussi du meurtre de l'époux de cette dernière, le champion de tennis Greg Marsden, dont elle était la maîtresse présumée. Or, les circonstances étranges apparues lors du procès avaient mis la presse internationale en effervescence plusieurs semaines durant. On avait appris entre autres que l'accusée avait été invitée chez les Harper au moment de leur lune de miel. L'« arme » du crime était un crocodile de plus de quatre mètres de long et la victime, qui a survécu par miracle à ses blessures, a repris depuis la tête de la Harper Mining et domine désormais le monde des affaires et la vie mondaine de la capitale. Remariée à celui qui a remodelé son visage et son corps, le chirurgien Dan Marshall, Stéphanie Harper…

Le cœur soulevé de dégoût, Stéphanie laissa tomber le journal et se tourna vers Bill.

– Je… je ne m'attendais pas à ça, parvint-elle à articuler.

– Mais vous deviez savoir… pourtant ?

La voix de Bill était apaisante.

– Je savais qu'elle serait libérée ces jours-ci. Je ne souhaitais pas en savoir davantage. (Son visage exprimait le désarroi, ses yeux écarquillés une profonde détresse.) Je croyais que c'était fini, Bill ! Pourquoi faut-il qu'ils ressortent tout ça ?

Bill s'éclaircit la gorge.

– J'ai encore quelque chose à vous dire, Stéphanie… Je suis vraiment désolé, mais j'ai le sentiment que ça ne fait que commencer.

3

– Dimanche, dimanche, chantait Jake sous la douche, bonne nouvelle pour moi…

De la chambre lui parvenait la voix du présentateur, à la radio.

– Et maintenant, le bulletin météorologique.

Aujourd'hui lundi, le taux de pollution à Sydney est particulièrement élevé...

– Lundi, lundi, gazouilla gaiement Jake.

Il chantait faux mais c'était bien le dernier de ses soucis. La semaine serait bonne, décida-t-il.

Jake n'entamait jamais une journée sans prendre une douche. Il était d'une propreté méticuleuse, pas par narcissisme mais par instinct, comme les grands félins, les léopards, les pumas et les tigres. Cela faisait partie des raisons qui lui donnaient un grand pouvoir de séduction auprès des femmes – elles sentaient d'emblée qu'il serait bon à lécher, à mordiller, à embrasser partout en confiance. Pour l'heure, tandis qu'il s'étirait et s'ébrouait sous le jet bienfaisant, il se débarrassait en fait des traces d'une nuit échevelée.

– Je suis célibataire et je vis seul, tout seul... reprit Jake en entamant une chanson qu'il connaissait mieux.

Mais il avait la tête ailleurs. Il savonnait pensivement son corps ferme et bien proportionné, vérifiant comme chaque matin le galbe des muscles sous la peau, la fermeté du ventre et l'étroitesse des hanches – c'était l'exercice physique et non le régime qui gardait à son corps – plutôt enclin à la lourdeur – sa vigueur fringante, car l'autodiscipline n'était pas son fort, et encore moins l'esprit de sacrifice. Satisfait comme à l'accoutumée de son inspection, il ne put réprimer un gloussement de plaisir au souvenir de la nuit.

Au sortir de la douche il s'épongea soigneusement, puis, s'enveloppant dans un épais et moelleux peignoir de bain, gagna la chambre à coucher. En dehors de quelques objets – montre, boutons de manchettes – déposés sur la table de nuit, la pièce avait un aspect curieusement impersonnel, quoique bien meublée et respirant l'opulence. Les prix sont exorbitants pour une suite au Regent, songea Jake, mais il faut reconnaître qu'on en a pour son argent. Ses pieds nus s'enfonçaient dans l'épaisse moquette bleu pastel assortie aux lourds rideaux de soie chamarrés. Les murs aussi étaient tendus de soie, d'un magnolia mis en valeur par une frise d'iris bleu foncé et de nénuphars. Les tons dominants, crème, coquille d'œuf et bleu, étaient avivés par les touches corail irisé des abat-jour et des coussins. Jake songea que l'ensemble allait merveilleusement avec son teint d'ivoire, ses cheveux de jais et ses yeux bleus.

Il choisit avec soin la tenue qu'il revêtirait ce jour-là. Il était aussi difficile pour ses vêtements que pour l'entretien de son corps. Ses costumes venaient de chez les meilleurs tailleurs anglais et ses chemises de la Cinquième Avenue. Le résultat était coûteux mais discret, presque classique. Jake détestait tout ce qui était clinquant, ou tape-à-l'œil. Il avait la passion de l'authentique et de la qualité. Sans compter que son travail exigeait qu'on lui fît confiance – les gens ne confient pas leur argent à n'importe qui ! Un détail trahissait pourtant chez lui le séducteur invétéré : la pochette de couleur vive qui s'échappait de la poche de poitrine. Et sous le costume strict il portait, comme à son habitude, des caleçons italiens de coupe raffinée. Jake savait d'expérience qu'on ne peut jamais prévoir ce qui se passera avant l'heure du coucher.

Le téléphone sonna sur la table de chevet. Il décrocha.

– Les premiers listages sont arrivés, M. Sanders. Et nous avons les cours des actions de la Harper Mining, la dernière mise à jour.

Jake sourit.

– Parfait. Anton est arrivé ?

– Il sera là dans dix minutes.

– C'est bon. J'arrive. Et ne gaspillez pas une seule de ces précieuses actions avant que je sois là, d'accord ?

Jake reposa le combiné et s'accorda quelques

instants pour se congratuler, ses dents blanches étincelant dans un sourire carnassier. Puis il se mit en route, en sifflotant un petit air : « Il était un farouche mercenaire… »

– Est-ce que je peux savoir pourquoi on m'a traîné ici, à la fin ?

Sarah leva les yeux de son livre pour lancer à Dennis un regard réprobateur.

– Calme-toi, frérot, dit-elle. Ce n'est pas la peine de te mettre dans cet état.

– Mais on m'a déjà fait venir samedi dernier pour la réception. J'avais eu assez de mal à quitter Perth à temps ! Et je viens à peine de rentrer qu'il faut que je revienne en catastrophe. Qui est-ce qui joue au boomerang avec moi, Sarah, je peux savoir ? Qu'est-ce que j'ai encore fait qui mérite la réunion du conseil de guerre ?

– Oh, tu n'as rien fait, rassure-toi, dit Sarah avec un sourire mitigé. Tu n'es plus le seul tenant du titre d'agitateur chez les Harper, figure-toi. Tu te souviens de tante Jilly ? Jilly Stewart ?

Le fin visage de Dennis se durcit.

– Cette vipère ! lança-t-il avec colère. Quel rapport avec ma venue ?

– Oh, Dennis…

Celui-ci la regarda pour de bon, ce qu'il n'avait pas fait depuis son arrivée, et il lut des signes de détresse sur son visage.

– Que se passe-t-il, Sarah ?

Elle soupira.

– Je ne sais pas par où commencer, Dennis, dit-elle. Attends. Sers-nous quelque chose à boire, veux-tu ? J'ai l'impression qu'on va en avoir besoin.

Dans sa chambre, au-dessus du salon, Stéphanie écoutait d'une oreille distraite le murmure des voix de ses enfants qui montait jusqu'à elle. Assise devant sa coiffeuse, elle était occupée à se maquiller. Fond de teint, ombre à paupières, poudre de riz, mascara, blush, elle appliquait les fards d'un geste quasi mécanique, l'esprit ailleurs. Dans un fauteuil voisin, Dan l'observait attentivement. Comme toujours, le résultat était admirable. De ses mains habiles, elle sculptait véritablement son visage à l'aide des poudres et des pinceaux et choisissait pour ses yeux la nuance qui seyait à merveille à leur bleu jacinthe, évoquant pour lui les frêles clochettes sous la pluie printanière. Mais elle accomplissait ces gestes machinalement : ses pensées étaient à des lieues de là et le miroir reflétait des pupilles sans vie.

– Steph, commença-t-il d'un ton hésitant, rompant à contrecœur le silence oppressant. Je te demande pardon mais... il n'est pas trop tard pour annuler.

– Annuler ? (Elle semblait sortir d'un songe.) Mais comment ?

– C'est très simple, fit Dan d'un ton neutre. Il suffit de décrocher le téléphone. Je peux le faire si tu veux.

– Oh, Dan, dit-elle d'une voix très lasse.

– Ma chérie... (Il était partagé entre le désir d'être gentil avec elle et celui de faire ce qu'il croyait juste.) Il faut que je te dise... Je sens profondément... Tout me dit que tu fais là une grave erreur.

– Tu peux te tromper.

– Prends au moins le temps d'y réfléchir. Tu as décidé tout ça trop vite. Tu n'as pas entièrement pesé le pour et le contre. Tu n'as pas envisagé toutes les conséquences.

Stéphanie posa son mascara et se tourna pour lui faire face. Elle avait les traits tirés mais sa voix était ferme :

– Je n'ai pas le choix.

– Mais si, tu as le choix ! s'écria Dan. Seulement, sans que j'arrive à comprendre pourquoi, tu refuses d'exercer ta liberté de choix. Tu donnes l'impression d'avoir capitulé sans te battre.

– Ça ne me ressemble pas, Dan, et tu le sais parfaitement. Mais on ne se bat pas contre une situation de fait.

Elle lui tendit la main et Dan, la prenant dans les siennes, tressaillit de la sentir si froide, par une soirée aussi torride. Il fit une dernière tentative :

– Rien ne t'oblige à t'engager dans cette voie; si seulement tu pouvais t'en rendre compte !

– Dan ! (Stéphanie se raidit, la main crispée dans les siennes.) Souviens-toi, avant que tu arrives dans ma vie, je vivais dans la peur et la dissimulation. Mais je n'ai plus besoin de me cacher, Dan, et je ne le ferai pas. J'affronterai les choses en face.

– Je ne te crois pas ! Ce n'est pas vrai !

Tremblant de colère, Dennis gagna le bar pour se servir un deuxième whisky.

– Ne le prends pas comme ça, je t'en prie, fit Sarah. Tu vas te rendre malade si tu continues.

Mais Dennis ne l'écoutait pas, préférant se laisser aller à sa fureur.

– Je ne crois pas un mot de ce que tu me racontes, un point c'est tout.

– C'est pourtant la vérité.

– Tu te trompes. Tu te trompes forcément. C'est... lamentable.

– Dennis...

– Je ne suis pas prêt à accepter ça, tu m'entends. (Il avala son whisky d'un trait.) Et personne ne m'y obligera !

– Écoute, ne complique pas encore les choses, intervint Sarah d'un ton ferme. Tu ne rendras pas service à maman, au contraire, en t'entêtant dans cette attitude. Essaie de penser à autre chose qu'à toi-même, pour une fois. Si c'est possible ! (Puis, pour atténuer le reproche, elle ajouta plus légèrement :) Tu pourrais décider de voir l'aspect cocasse de la situation, par exemple.

Mais Dennis était incapable de maîtriser sa rage.

– Bon sang, quel sens de l'humour, Sarah ! Tu délires ou quoi ? Tu as l'esprit dérangé, ma parole !

Le visage de Sarah se durcit mais elle garda son calme.

– C'est peut-être de famille, dit-elle sur un ton plat.

La porte s'ouvrit, livrant passage à Stéphanie et à Dan. Stéphanie était extrêmement élégante dans un tailleur noir et blanc de grande classe, parfaitement maquillée et coiffée. Si elle s'était préparée avec tant de soin pour se donner de l'assurance, rien dans son attitude ne le laissait soupçonner, en dehors, peut-être, de la pâleur inhabituelle de son visage. Elle entra d'une démarche posée, souriant affectueusement à ses enfants qu'elle embrassa l'un après l'autre.

– Tu es magnifique, maman, dit gentiment Sarah.

Mais Dennis interrompit brusquement les retrouvailles.

– Tu comptes vraiment prendre ces saletés au sérieux ? demanda-t-il d'un ton agressif.

– Ne parle pas à ta mère sur ce ton, Dennis, intervint Dan aussitôt.

Dennis se tourna vers lui, un peu moins arrogant mais toujours vindicatif :

– C'est une affaire qui concerne notre famille, Dan, la famille Harper.

Dan contint sa colère :

– Cela nous concerne tous, au contraire, j'en ai peur. Et tes remarques ne sont pas faites pour nous faciliter la tâche.

– Je vous en prie, je vous en prie… arrêtez !

L'intervention angoissée de sa mère calma Dennis sur-le-champ.

– J'ai bu trop de whisky, murmura-t-il pour s'excuser. Mais, maman… (Son ton devenait suppliant.) Dis-moi que ce n'est pas vrai, que Sarah se trompe.

– Si seulement je le pouvais, Dennis ! Mais je ne peux pas te mentir rien que pour te faire plaisir. Sarah t'a dit ce qu'il en était et il faut que nous décidions de ce que nous allons faire. Pour commencer...

La sonnette retentit à la porte d'entrée. Tous se turent pour écouter. Du fond de la maison, les pas de Matey leur parvinrent, qui se dirigeaient vers le hall.

– Ah, M. McMaster. Entrez donc, monsieur. Vous êtes attendu. Si vous voulez bien me suivre.

Dans le salon, la tension était presque tangible. Les pas des deux hommes approchaient. La porte s'ouvrit et Bill McMaster apparut sur le seuil, une mallette à la main.

– Bonsoir, dit-il, mal à l'aise. J'ai amené quelqu'un... que vous connaissez tous...

Sa voix s'éteignit. Il s'écarta et Jilly Stewart apparut dans l'encadrement de la porte. Elle portait une robe informe froissée, d'une couleur délavée, et serrait contre elle un sac à main éculé. Elle souriait avec méfiance. Elle fit quelques pas en silence. Personne ne disait mot. Pour finir, elle demanda :

– Eh bien quoi ? On ne me dit pas bonjour ?

Dennis fut le premier à se ressaisir.

– S'il ne tenait qu'à moi, je vous ficherais à la porte, lança-t-il. Mais je ne suis pas chez moi.

– Dennis ! siffla Dan entre ses dents.

Sarah s'avança alors vers Jilly, les yeux pleins de compassion.

– Bonjour, dit-elle, et bienvenue.

Jilly accepta le baiser de la jeune fille mais sans se radoucir pour autant.

– Stéphanie ? dit-elle d'un ton provocateur.

Mais Stéphanie, pétrifiée, était incapable de réagir.

– C'est quand même incroyable ! explosa Jilly.

Vous pourriez au moins me dire ce que je fais ici !

Alors, d'un ton détaché et professionnel, Dan déclara :

– Je suggère que nous commencions par nous asseoir. Dennis, peux-tu préparer à boire ? Que prendrez-vous, Jilly ? Mais je me présente, Dan Marshall, le mari de Stéphanie.

Prenant Jilly par le bras, il la conduisit jusqu'à un fauteuil puis alla faire asseoir Stéphanie. Suivant leur exemple, les autres prirent place à leur tour et attendirent.

– Bill, commença Dan, si j'ai bien compris, c'est vous qui nous avez tous convoqués aujourd'hui.

Bill attendit que Dennis eût servi tout le monde puis, dans un silence quasi palpable, ouvrit sa mallette et en sortit une vieille boîte en fer-blanc, qu'il plaça sur la table devant lui. Il s'éclaircit la gorge et prit la parole :

– Après la mort de Max Harper, le père de Stéphanie, on n'avait trouvé aucun testament. Tous ses biens revinrent donc de droit à sa fille. Mais Stéphanie a entrepris voilà quelque temps de faire restaurer la propriété d'Éden, la vieille demeure de Max, la maison où il est mort. La semaine dernière, les ouvriers ont commencé à travailler dans la bibliothèque, la pièce favorite de Max, où il se tenait le plus souvent, et en réparant les lambris endommagés par le feu ils ont découvert un coffre-fort mural dont tout le monde ignorait l'existence. Voici ce qu'il contenait. (Il ouvrit la boîte, révélant une liasse de feuilles de papier jaunies réunies par un ruban fané.) Un seul de ces feuillets nous concerne ici, poursuivit Bill. Il s'agit d'un testament contenant les dernières volontés de Max et c'est la raison pour laquelle je vous ai convoquée aujourd'hui, Jilly. Je ne vous ai pas fait venir le jour de votre libération pour le plaisir de vous ennuyer. Vous êtes partie prenante et nous avons pensé d'un commun accord – plus ou moins – que vous aviez le droit de savoir.

Une lueur d'intérêt brilla dans les yeux de Jilly qui se pencha en avant pour écouter. Bill prit le testament :

– J'ai lu et relu ce document avec la plus vive attention, comme vous pouvez l'imaginer, dit-il. J'ai fait expertiser la signature et son authenticité est indiscutablement établie. Sans contestation possible désormais. Je vais donc vous en faire lecture...

Vite, Bill, vite ! aurait voulu hurler Stéphanie. Ne nous rendez pas fous. Dites-lui !

– « Je, soussigné Max Harper, commença lentement Bill, sain de corps et d'esprit, lègue la totalité de mes biens et de mes propriétés à ma fille, Stéphanie, et à son seul usage... avec l'espoir et la certitude que Stéphanie subviendra aux besoins de sa sœur Jilly, que je reconnais ici pour ma fille. »

Le silence de mort qui suivit sembla durer une éternité. Il ne fut interrompu que par le cri perçant que poussa Jilly en bondissant de son siège pour s'enfuir hors de la pièce.

– Non, non, non, non, NON !

Les minutes s'égrenaient, et Jilly ne réapparaissait pas. Pourtant, nul ne songea sur le moment à partir à sa recherche dans le jardin où elle était allée se réfugier. Pour finir, l'inquiétude saisit Stéphanie qui, s'enveloppant d'un châle, partit dans la nuit.

Elle la trouva au sommet de la colline, immobile, perdue dans la contemplation du petit port naturel en contrebas. Ses yeux pâles luisaient dans le noir comme ceux d'un chat et ses lèvres remuaient par instants, comme si elle se parlait à elle-même. Elle ne semblait pas voir Stéphanie approcher et, quand celle-ci lui plaça son châle sur les épaules pour la protéger de la brise marine, elle tressaillit comme un animal sauvage.

– Jilly… il faut que nous parlions.
Silence.
– Cela m'a fait un choc terrible à moi aussi. Mais je me suis dit que nous trouverions un moyen d'y faire face… ensemble.
– Cesse de te raconter des histoires ! dit Jilly d'une voix qui trahissait son trouble. Je ne peux pas… parler avec toi. Et le fait que nous soyons sœurs ne change rien. Sauf… sauf que j'ai une raison de plus de me sentir flouée.
– Cela pourrait changer quelque chose, insista Stéphanie. Si tu voulais bien.
– Je voudrais seulement ne jamais l'avoir su. Pourquoi a-t-il éprouvé le besoin de nous faire cette révélation ? Ou alors pourquoi ne nous l'a-t-il pas dit avant ?
– Je ne sais pas. (Stéphanie avançait prudemment.) Mais il était trop orgueilleux pour reconnaître ses torts. Jamais il n'aurait pu avouer qu'il avait séduit ta mère… surtout que ton père et lui…
– Mon prétendu père, corrigea Jilly d'un ton sarcastique.
– …étaient de vieux amis, associés dans le travail…
– Mais nous avoir vues grandir ensemble et devenir amies et n'avoir jamais rien dit ?
– Ne pensons plus à Max, fit fermement Stéphanie. Essaie de te souvenir de notre amitié, nous étions comme deux sœurs, rappelle-toi.
– Et qu'est-ce que ça nous a rapporté, s'écria Jilly, quand nous sommes tombées amoureuses du même homme ?
Stéphanie pâlit.
– Greg Marsden, se contraignit-elle à dire, était un homme exceptionnel, rien d'étonnant si nous…
– Toujours la même, hein ? ironisa Jilly. Tu dis n'importe quoi ! Cet « homme exceptionnel » ne t'avait pas épousée depuis une semaine qu'il me draguait déjà. Oh, il était merveilleux, c'est

sûr ! Il baisait bien en tout cas, il faut lui reconnaître ça !

Stéphanie était livide. Mais Jilly, qui savait où frapper pour faire mal, poursuivit de plus belle :

– Mais il a voulu te tuer. Comment justifies-tu ça, hein ? Et quand il nous a emmenées sur le fleuve et qu'il t'a poussée dans la gueule du crocodile, je n'ai pas levé le petit doigt pour te sauver. Parce que moi aussi je voulais que tu sois morte !

Elle haletait, en proie à l'hystérie, ses mains s'ouvrant et se refermant en cadence.

– Jilly... commença Stéphanie. (Très doucement mais grâce à un effort surhumain elle était parvenue à se maîtriser.) Crois-tu m'apprendre quelque chose que je ne sache déjà ? Toutes ces années, j'ai essayé de te pardonner. Je crois que j'en suis capable à présent.

– Tu ne devrais pas ! hurla Jilly, laissant libre cours à ses sentiments. Je te détestais quand nous étions petites parce que tu étais riche et que je ne l'étais pas. Et je t'ai détestée encore plus quand tu as épousé Greg Marsden. Pas seulement parce que je le désirais plus que tout – mais parce qu'une fois encore Mlle Stéphanie Harper, la pauvre petite fille riche, avait décroché le gros lot.

– Jilly, tu ne vois donc pas que nous avons une chance de réparer le passé ?

Stéphanie avait mis toute son âme dans ce cri.

– C'est trop tard ! hurla Jilly. Je ne veux pas être ta sœur ! Je ne veux pas que tu me fasses la charité ! Tu ne vois donc pas que c'est encore retourner le couteau dans la plaie ? Toutes ces années j'ai été jalouse de toi – de ton argent, de ton nom, de ton mari. Et maintenant j'apprends que tout cela aurait pu être à moi ! À moi, tu entends ? À MOI !

– Mais regarde-nous ! Regarde ce qu'elle a fait de nous ! Et elle vient tout juste d'arriver ! Maman, je t'en prie, écoute-moi. Si tu ne mets pas un terme à ça rien ne sera plus jamais pareil.

Le petit groupe épuisé qui se retrouvait au salon ressentait la même chose que Dennis mais n'avait pas la force de renchérir. Avec l'aide de Dan, Stéphanie avait enfin réussi à mettre Jilly au lit dans l'une des chambres d'ami. Bill était parti, ayant offert le réconfort dont il était capable, à sa manière bourrue, non sans oublier de rappeler à Stéphanie de se rendre de bonne heure à son bureau le lendemain matin pour tenter de régler le problème des achats d'actions indélicats. Ils se retrouvaient donc en famille, malheureux et fatigués, mais ne trouvant pas l'énergie de se séparer pour aller se coucher, et craignant par-dessus tout la solitude.

– Maman... commença Sarah d'un ton hésitant, tu te souviens de ce cours de l'école d'Adélaïde ? La préparation aux études supérieures de musique ? Je pense que je vais m'inscrire.

Dan la regarda :

– Tu vas t'en aller ?

– Euh... oui.

– Tu ne crois pas que ta mère risque d'avoir besoin de toi, ces temps-ci ? Je pense que tu lui dois d'attendre un peu.

Sarah acquiesça, résignée.

– Mais vous ne m'aurez pas comme ça ! lança Dennis, toujours agressif. Allons, maman ! Jette-la dehors ! C'est la seule chose à faire.

– Non, Dennis, répliqua fermement Stéphanie. Quoi qu'il arrive désormais – et que cela te plaise ou non –, il est un fait que tu ne changeras pas : elle appartient à notre famille.

– Maman ! s'écria Dennis, et c'était presque un sanglot. Je me méfie d'elle ! Pas toi ?

Le silence de Stéphanie était une réponse en soi.

– C'est bon, maman, reprit Dennis d'une voix

étranglée. Agis comme tu l'entends. Mais ne t'inquiète pas. Je ne laisserai personne te faire du mal.

Il se tourna vers Dan pour l'affronter, mais ce dernier ne lui manifesta nulle agressivité, se contentant de soutenir son regard.

– Je vais me coucher ! annonça le jeune homme. J'en ai par-dessus la tête de tout ça !

Il fit volte-face et quitta la pièce.

– Toi aussi, Sarah, dit Stéphanie avec un sourire las. Et je vais en faire autant. Allez, au lit. La nuit porte conseil...

4

Quand Stéphanie s'éveilla, le lendemain matin, le temps était gris et couvert, elle avait la migraine et nulle envie d'aller piquer une tête dans la piscine ni de prendre son petit déjeuner au jardin. Elle s'habilla à la hâte et quitta la maison endormie pour se rendre au bureau.

Il était encore très tôt quand elle arriva. Bill était déjà là. Lui non plus n'avait pas l'air d'avoir passé une bonne nuit. Mais son accueil fut chaleureux :

– Ça a été dur, hier soir. Comment allez-vous, Steph ?

– Ça va, répliqua-t-elle d'un ton brusque. Qu'est-ce qui se passe sur le marché des changes ?

– Il est de plus en plus manifeste que c'est du sérieux. Nos actions sont la cible... (Il réfléchit et, choisissant ses mots avec soin, poursuivit :) ... d'une attaque parfaitement calculée dans un objectif précis.

– Vous avez les chiffres ?

– J'ai demandé qu'on m'apporte les télex dès qu'ils arriveront.

– Une attaque ? (Stéphanie sentait l'inquiétude monter en elle.) Mais qui est derrière ?

Bill fit la grimace.

– J'ai attendu d'en être sûr pour en parler. Mais j'ai la quasi-certitude qu'il s'agit de Jake Sanders.

Le nom frappa Stéphanie comme un coup de massue.

– Vous êtes... sûr ?

– Pour ainsi dire. Je ne vois pas qui d'autre. Il est le seul à posséder les renseignements, le toupet et le capital nécessaires pour ce genre d'opération.

– Oh ! (Stéphanie prit une profonde inspiration.) On le connaît de réputation. Mais que savons-nous de lui précisément ?

– Nous savons qu'il est anglais et qu'il a débarqué ici dans la bonne tradition de ses colons de compatriotes. (L'indignation perçait dans sa voix.) C'est un pirate plein d'ambition, voilà ce que c'est. Un type qui fait son beurre avec l'argent des autres. Et si ça peut vous consoler, nous ne sommes pas ses premières victimes, ici, en Australie. Mais en dehors de ça, il reste une énigme.

– Tout ce que vous venez de dire le rend plutôt séduisant, non ?

– Si on est séduit par le danger, certes. Et j'aurais cru que vous aviez eu votre dose pour le moment. Voulez-vous que je m'en occupe ?

– Non. (Stéphanie avait redressé le menton dans une attitude que Bill ne connaissait que trop bien.) Je n'ai encore jamais rencontré de boucanier de la finance. C'est le moment ou jamais et ça me changera les idées.

On frappa à la porte et une jeune femme entra.

– M. McMaster ? Vous m'avez demandé les derniers cours de la Bourse ?

Stéphanie observa la nouvelle venue, notant sa silhouette gracieuse et nette, la robe stricte et pourtant seyante et les cheveux souples et brillants. Bill fit les présentations :

– Je vous présente Cassie Jones, Stéphanie, ma »nouvelle assistante. Nous l'avons engagée voilà une dizaine de jours pour s'occuper de l'analyse des sociétés. Cassie, voici Mme Stéphanie Harper, notre présidente.

– Enchantée, madame, dit Cassie. M. McMaster, l'analyse montre que la razzia continue. Jake Sanders achète toujours malgré la hausse du coût de nos actions.

– Et quand les prix lui conviendront il revendra tout et empochera les bénéfices, déclara Stéphanie. On a déjà vu ça, Bill.

À sa grande surprise, Cassie lui tendit un autre document.

– J'ai aussi jeté un coup d'œil à notre cash-flow. La situation est un peu serrée, du côté des liquidités.

Stéphanie parcourut les chiffres des yeux, impressionnée par le travail et la perspicacité de la jeune femme.

– On dirait, dit-elle pensivement, que M. Sanders n'aurait pas pu choisir pire moment pour son offensive.

– Je vous remercie, Cassie, dit Bill. Continuez vos recherches dans ce sens, voulez-vous ? Épluchez tous les aspects de la question. Je vous autorise à consulter toutes les pièces dont vous pourriez avoir besoin.

Avec un petit signe de tête énergique, Cassie prit congé. Stéphanie la regarda franchir le seuil d'une démarche souple et quasi animale – dans son sillage, elle flaira même une vague senteur féline, une trace de musc.

– Un choix intéressant, Bill, fit-elle non sans malice. Pour votre assistante...

– Elle est qualifiée, dit le vieux directeur, sur la défensive. Diplôme supérieur de gestion, le haut de l'échelle. À vrai dire, j'ai l'impression qu'elle va pouvoir nous renseigner sur la façon dont opère Sanders. Elle navigue depuis quelque temps dans le monde des affaires et elle pourrait bien avoir croisé son chemin.

– Et nous avons besoin de tout mettre en œuvre pour le débusquer, c'est sûr.

– Steph…

Stéphanie sentit que Bill allait aborder un sujet délicat.

– Qu'est-ce que je vais décider pour Jilly ? dit-elle doucement. C'est ce que vous voulez me demander ?

– Oui… en quelque sorte.

– Oh, Bill, je n'en sais rien. Mais peut-être, pour commencer, quelques parts de la Compagnie…

– Hors de question !

La violence de sa réaction la prit au dépourvu.

– Mais réfléchissez un peu, bon sang ! Quelle est la première chose que je vous ai apprise ? Part égale pouvoir et il vous faut en conserver le plus possible entre vos mains. Le testament ne vous oblige pas à lui donner quoi que ce soit. La dernière volonté de Max n'a pas force de loi.

– Mais c'est ma sœur, Bill !

– Mon Dieu, Steph ! Quelle sorte de sœur a-t-elle été – et sera-t-elle jamais – pour vous ? Je vais être franc, Steph : si le testament était parvenu entre mes mains sans que quiconque fût au courant, c'est au feu que je l'aurais jeté. Il n'aurait jamais été divulgué !

– Jamais je n'aurais accepté ça ! répliqua Stéphanie, dont la colère égalait celle de Bill. Malgré tout ce qui s'est passé, jamais je ne l'aurais permis !

Bill fit aussitôt marche arrière.

– Je sais, dit-il d'un ton navré. Oh, je sais bien.

Phillip Stewart venait le moins souvent possible à Sydney depuis un certain temps. Sa carrière d'avocat avait pris de l'ampleur aux États-Unis et ne lui laissait guère l'occasion de revenir en Australie et, après le fiasco de son mariage avec Jilly et le lamentable étalage de sa vie privée dans la presse à scandale, il avait trouvé à New York le refuge dont il avait besoin. Mais il ne pouvait pas laisser tomber totalement son cabinet de Sydney, et l'appartement élégant près du port, aux larges baies donnant sur le merveilleux panorama d'Elizabeth Bay, présentait entre autres avantages celui de n'avoir pas la moindre connexion avec Jilly Stewart.

Jilly... Phillip avait l'esprit en émoi. Il s'était reconstruit, non sans mal, une existence supportable après le désastre de sa vie conjugale. Il s'était jeté à corps perdu dans son travail pour vaincre la douleur. Il avait pris de nouveaux associés, exploré de nouveaux horizons. Il y avait eu d'autres femmes, aussi, ce qui n'avait rien d'étonnant car il était encore fort séduisant. Il s'en était toujours voulu de la différence d'âge entre lui et Jilly. Aurait-elle été si avide de nouvelles expériences sexuelles si elle avait épousé quelqu'un de son âge ? Très tôt après son mariage, Phillip s'était rendu compte qu'il ne pourrait jamais satisfaire complètement une femme aussi sensuelle que Jilly et il s'était résigné à accepter le rôle de mari trompé et à tourner la tête quand elle allait assouvir ses désirs dans les bras d'autres hommes. Mais il lui était resté fidèle. Ce ne fut qu'après leur divorce, et quand sa femme se retrouva en prison pour dix ans, qu'il se décida à prendre les rênes de sa propre existence. Il avait eu deux ou trois aventures amusantes qui avaient compté pour lui mais qui hélas lui avaient montré en fin de compte qu'il était encore amoureux de celle qui l'avait tant fait souffrir, son ex-épouse, Jilly.

Depuis un mois, Phillip se tourmentait de nouveau. Il savait bien, en tant qu'avocat, que Jilly n'accomplirait pas ses dix ans mais serait probablement libérée avant pour bonne conduite. La date de sa sortie approchant, il devenait de moins en moins capable de travailler, de manger et de dormir. Il craignait que Jilly ne cherche à reprendre contact avec lui. Et il craignait encore plus qu'elle ne le fasse pas.

Quand le téléphone sonna, le lendemain du jour de sa libération, il décrocha avec soulagement. Il entendit la voix qu'il n'avait pas oubliée, et son cœur bondit.

– Phillip ?

– Oui.

– Je suis chez Stéphanie. J'imagine que je suis la dernière personne que tu as envie d'entendre. Mais... j'ai besoin d'un avocat. Et puis, surtout, Phil, si tu as encore un peu d'amitié pour moi, j'ai besoin d'un ami. J'ai besoin d'aide, s'il te plaît.

Phillip demeura sans voix. Il se mit à trembler sans pouvoir se maîtriser. Il fit un effort surhumain et raccrocha. Puis, s'appuyant au mur, trempé de sueur, il regarda de nouveau sa vie partir à vau-l'eau, sans qu'il pût rien faire pour l'en empêcher.

– Phillip ?

Jilly comprit tout de suite qu'il n'était plus au bout du fil. Mais elle ne se laissa pas abattre. Elle connaissait le pouvoir qu'elle exerçait sur lui, en dépit de tout. Il viendrait. Elle reposa le combiné, frissonnant soudain dans le salon d'Éden. La chemise de nuit que lui avait prêtée Stéphanie était trop légère pour l'air conditionné. Je ferais mieux de retourner me coucher, de toute manière. La grasse matinée... La première depuis sept ans !

– Toutes mes félicitations !

L'apparition de Dennis fit sursauter Jilly.

– Très réussi, votre petit numéro ! poursuivit-il en frappant dans ses mains pour l'applaudir, sarcastique.

– Ce n'était pas un numéro.

– Quelle riche idée de téléphoner à Phillip ! Ça ne vous suffit pas de lui avoir détruit sa vie une fois ? Ça vous amuserait de recommencer ? Bon sang, les requins eux-mêmes auraient des leçons à prendre de vous !

– Pourquoi êtes-vous si sévère avec moi, Dennis ? demanda doucement Jilly.

– Parce que je sais ce dont vous êtes capable, c'est tout.

– Ah oui ?

Elle le fixa bien en face. Dennis regarda au fond de ses yeux de chat, très clairs, presque jaunes. C'était ce qu'elle voulait, qu'il la regarde. Dans la vive lumière qui entrait par la fenêtre, son corps se dessinait en transparence sous la fine mousseline. Il distinguait la rondeur de ses seins et vit, fasciné, les pointes prendre forme et se dresser sous son regard. C'était la première fois qu'il percevait ainsi le pouvoir qu'il était susceptible d'exercer sur une femme et il en éprouva malgré lui une fierté virile. À sa grande horreur, il sentit le sang affluer à son aine. Pourtant, il était incapable de détacher ses yeux.

Jilly ronronnait presque, les yeux mi-clos. Rêveusement, elle murmura :

– Sept ans en prison. Crois-tu que j'aie perdu le goût du plaisir ?

Elle passa, languide, la main sur sa taille et ses hanches, plaquant contre sa peau la fine étoffe, les doigts descendant le long de son ventre jusqu'au triangle plus sombre, entre ses cuisses…

– Je ne… Ça ne m'intéresse pas, dit Dennis d'une voix rauque.

– Vraiment ? fit-elle, provocante, un rire montant du fond de sa gorge.

Le visage du jeune homme s'enflamma.

Alors Jilly s'approcha lentement de lui, sûre de son pouvoir, sachant qu'il ne bougerait pas, partagé qu'il était entre la peur et la fascination.

– Sept ans sans qu'un homme m'ait désirée,

chuchota-t-elle. Comprends-tu ce que je veux dire ? (D'un geste très lent, elle tendit les bras pour desserrer sa cravate et, passant ses doigts fins sous son col, promena ses ongles à la base de son cou. Elle le sentait trembler.) Bien sûr que tu comprends, poursuivit-elle comme pour l'hypnotiser. Tu connais les femmes, Dennis. Mais tu veux bien en apprendre un peu plus, pas vrai ? Que puis-je faire pour gagner ta confiance ? Nous pourrions être amis, toi et moi.

Des deux mains elle caressait le torse du jeune homme, son corps anguleux. Je n'ai encore jamais eu de gamin, songea-t-elle avec une curiosité amusée. Il a déjà dû baiser deux ou trois minettes, mais je serai sa première femme. L'idée l'excitait. Elle sentait son odeur virile, le parfum de son après-rasage mêlé à la sueur du mâle en rut, l'odeur la plus merveilleuse au monde. Elle l'aspira goulûment – baiser, enfin, songea-t-elle, enivrée.

– Dennis…

Elle descendit rapidement la main jusqu'à son ventre, cherchant à tâtons sa braguette.

– Arrêtez ! (La voix de Dennis fusa, suraiguë. Il fit un bond en arrière.) Vous… Vous… (La rage et la panique le faisaient balbutier.) Dehors ! Partez d'ici ! Je vous donnerai de l'argent ! Je vous trouverai une chambre d'hôtel !

– Cher Dennis, roucoula Jilly, une lueur pâle brillant au fond de ses yeux, comment dois-je interpréter ça ?

Et avec la détermination d'une femelle en chaleur elle s'approcha de nouveau de lui.

– Putain ! (Dennis la saisit par les poignets et la repoussa violemment.) Je vous apprendrai, je vous apprendrai…

– Qu'est-ce qui se passe, ici ?

Debout dans l'encadrement de la porte, Dan observait la scène : il vit Jilly, apparemment sans défense, terrifiée et misérable, maintenue immobile contre un fauteuil par la poigne féroce de Dennis dont le visage flambait de rage. Sous les yeux de Dan stupéfait, Jilly se mit à gémir doucement.

– Dennis ! Ça suffit comme ça ! Qu'est-ce qui te prend, malheureux ? Violenter une femme ! (Il y avait du mépris dans sa voix.) Comment peux-tu t'abaisser à agir de la sorte ?

Frappé de stupeur, Dennis lâcha Jilly qui se laissa tomber dans le fauteuil.

– Je n'arrive pas à y croire, murmura-t-il pour lui-même.

– Maintenant parlons raisonnablement, reprit Dan. Que se passe-t-il, Dennis ?

– À quoi bon ? s'écria celui-ci. Vous ne me croirez pas, de toute manière.

Et il s'élança hors de la pièce.

Ébahi, Dan se tourna vers Jilly, blottie au fond du fauteuil telle une petite fille perdue.

– Que s'est-il passé, Jilly ?

Elle secoua la tête.

– Il ne me faisait pas de mal. Il essayait seulement de me faire peur. Il voulait m'acheter mon... départ stratégique. Et me payer une chambre d'hôtel. Il aurait pu garder son argent. Si je savais où aller, je ne serais sûrement pas ici.

– Jilly !

– C'est la vérité, Dan. Jamais je ne me suis sentie aussi seule et déprimée. Même quand j'étais à l'intérieur.

– Allez, venez maintenant. (Comme s'il se fût agi d'une patiente, Dan fit mettre Jilly debout et la conduisit jusqu'à la porte.) Vous devriez retourner au lit. Vous avez besoin de repos. Nous parlerons de ça plus tard.

Comme une enfant, elle se laissa conduire jusqu'à sa chambre. Toute combativité l'avait quittée et, à Dan qui la soutenait, elle sembla petite et fragile.

– J'étais descendue pour téléphoner à Phillip,

dit-elle amèrement. Il faut que je sois folle. Phillip ! Il ne sera certainement pas plus disposé à me voir que vous tous.

– Ce n'est pas vrai, Jilly.

– Qu'est-ce que je vais devenir ? Pas de passé, pas d'avenir. Rien d'autre ne m'attend que le vide. À quoi ça sert de vivre, Dan ? Vous connaissez le secret ? Pouvez-vous me le dire ?

C'est quelqu'un, cette Mme Harper, songeait Cassie tout en rangeant son bureau à la fin d'une longue journée. M. McMaster est intelligent, certes, mais Mme Harper le dépasse d'une tête. La vitesse à laquelle elle a pigé les analyses de la Bourse et tout ce que je lui ai montré après ! Et sans avoir jamais fait d'études de gestion ! Une femme étonnante, il n'y a pas à dire.

Pensivement, Cassie remit en place les documents confidentiels dans le coffre-fort et composa la combinaison. Puis elle éteignit son ordinateur personnel et, décrochant sa veste du portemanteau, l'enfila, non sans vérifier son allure dans le miroir, derrière la porte. La parfaite femme d'affaires, nota-t-elle avec ironie, d'une élégance stricte dans un tailleur de toile vert jade égayé de quelques accessoires assortis qui mettait sa silhouette en valeur. Cassie ne doutait ni de son élégance ni de son charme. Elle était jolie, certes, mais Stéphanie Harper... sortait de l'ordinaire. Elle portait ce matin-là un chemisier rose vif rentré dans une jupe d'un rose plus soutenu, à la dernière mode, et tout, les chaussures, le maquillage, parfaitement assorti. Cassie avait suffisamment les pieds sur terre pour savoir que l'argent ne suffit pas et que sentir en toutes circonstances ce qui vous sied le mieux et le porter avec classe est un don que bien des femmes richissimes ne possèdent pas. Mais Stéphanie Harper était une femme de grande classe, incontestablement. Elle n'était pas surhumaine pourtant

– elle avait des ombres violettes sous les yeux et une expression vaguement tourmentée… oh, à peine perceptible, comme si elle cachait au fond d'elle-même un chagrin secret. Et, à vrai dire, cela ajoutait à son charme et à sa distinction. À vingt-quatre ans, Cassie était pressée d'avoir l'air d'une femme qui a beaucoup vécu.

Elle saisit son sac à main et, quittant son bureau, se dirigea vers l'ascenseur; les bureaux directoriaux de la Harper Company occupaient le dernier étage de l'immeuble. Au rez-de-chaussée, elle sortit dans Bent Street et tourna dans Spring Street pour gagner le centre-ville. Elle était si profondément plongée dans ses pensées qu'elle arriva avant de s'en être rendu compte. Elle pénétra dans l'immeuble sans ralentir l'allure, grimpa jusqu'au quatrième étage et ouvrit la porte située au fond du couloir. Elle déposa son sac sur la table de l'entrée, ôta sa veste qu'elle accrocha à un portemanteau et prit la direction du salon.

Brusquement, un bras la ceintura par-derrière et la main d'un homme se plaqua sur sa bouche. Elle sentait le corps de son agresseur contre le sien et son souffle dans ses cheveux. Il lui faisait mal. Elle ouvrit grande la bouche et lui mordit un doigt. Lentement et méchamment, elle enfonça ses dents le plus profondément possible.

– Petite sorcière !

Avec un petit cri de douleur il la lâcha, et Cassie fit volte-face pour le regarder :

– Ma foi, M. Sanders, dit-elle d'un air insolent, si quelque chose vient se fourrer dans ma bouche, je mords !

– Je m'en souviendrai, dit-il avec un sourire ironique. On ne sait jamais. On n'est jamais trop prudent.

– Tu sais, répliqua Cassie en lui entourant la taille de ses bras, si tu ne peux pas être gentil…

– Oh, mais je peux l'être, dit Jake doucement.

(Il plongea ses yeux dans les siens.) Personne n'est encore venu se plaindre de moi.

Il la prit dans ses bras.

– Vous allez me montrer vos références ? murmura Cassie, le nez contre son torse.

Il sentait bon, merveilleusement bon.

Mais sa remarque déclencha chez Jake une crise d'hilarité.

– C'est ce que j'adore chez les Australiennes, elles sont tellement directes !

– Qu'est-ce que tu racontes ? fit Cassie en se dégageant, vexée. Espèce de salopard de rosbif impérialiste !

– Messieurs les jurés, je vous laisse juges, croassa Jake.

Il bondit en avant, lui maintint les bras dans le dos et conclut la querelle d'un baiser. Cassie tressaillit. Elle entrouvrit les lèvres, sa colère laissant place au désir. Il explora nonchalamment la bouche offerte tandis qu'elle se débattait pour échapper à l'étreinte qui maintenait ses poignets prisonniers. Il la lâcha enfin et, prenant son visage entre ses mains, elle l'embrassa librement, goulûment. Sentant le désir jaillir en lui, il descendit les mains le long de son dos jusqu'au creux des reins. Sous les caresses légères la peau douce frémit. C'était si facile ! Il suffisait de presser le bouton adéquat et la machine se mettait en route.

Comme si elle percevait ses pensées, Cassie détacha ses lèvres de sa bouche et recula un peu.

– Je ne t'ai pas encore pardonné, dit-elle.

Mais sa voix s'étranglait de désir. Il la regarda au fond des yeux et, voyant ses pupilles dilatées, comprit qu'elle ne pouvait déjà plus s'interrompre.

– Ne t'en fais pas, dit-il d'un ton enjoué où perçait pourtant une menace, je ne t'ai pas pardonné non plus. Il est grand temps que je te punisse pour m'avoir non seulement insulté, moi, mais une nation qui était déjà une grande puissance quand vous en étiez encore à l'âge des cavernes.

Elle était trop excitée pour s'insurger. Elle referma ses bras autour de son cou et chercha de nouveau sa bouche. Jake la souleva pour l'emporter dans le salon où il la fit étendre sur la peau de chèvre, devant la cheminée de marbre. Il la fit rouler sur le ventre et défit la fermeture à glissière de sa robe. Sa peau hâlée contre le vert pâle de l'étoffe était d'un érotisme indéniable et les globes rebondis avaient la perfection d'un fruit mûr, la rondeur tendue d'une nectarine. Il caressa légèrement la peau satinée et s'agenouilla derrière elle.

Submergé de désir, il tira sa robe par-dessus sa tête et la jeta de côté. À genoux sur ses cuisses, il entreprit de lui masser vigoureusement le dos, de la chute des reins jusqu'à la nuque, s'attardant aux épaules pour libérer la tension de ses muscles. Elle s'abandonna avec un long soupir à ses mains puissantes. Il la fit rouler sur le dos et contempla le corps étendu à sa merci – celui d'une odalisque offerte à son plaisir.

Elle ouvrit paresseusement les yeux.

– Fais-moi l'amour, dit-elle dans un souffle.

À petits gestes méthodiques, Jake la caressa jusqu'à ce que le rythme des gémissements qui s'échappaient du fond de sa gorge s'accélérât, annonçant l'orgasme. Il s'arrêta brusquement.

– Jake ? demanda Cassie faiblement. Qu'y a-t-il ?

– Je suis prêt. Je te rejoins, dit-il. (Il la redressa sans douceur et la fit agenouiller devant lui, arrogant, encore entièrement vêtu.) Déshabille-moi, ordonna-t-il. À nous deux !

5

Quand Jilly s'éveilla de nouveau, ce matin-là, elle sentit aussitôt – ses années d'incarcération avec des centaines d'autres femmes lui en avaient fait perdre l'habitude – qu'elle était presque seule. Seules les notes plaintives d'un piano quelque part dans la grande maison suggéraient une présence. Curieuse, elle suivit la mélodie jusqu'au fond de la maison et s'arrêta devant une porte fermée. Elle l'ouvrit doucement et regarda à l'intérieur.

Assise devant un piano à queue, Sarah jouait, sa mince silhouette paraissant minuscule devant le grand instrument. Concentrée sur son jeu, elle commençait un phrasé et s'interrompait, non sans une espèce de fureur contenue, puis recommençait. Enfin satisfaite, elle reprit au début et les notes liquides de la *Pathétique* de Beethoven s'élevèrent dans les airs.

La musique la plus belle est celle qui exprime les tourments de l'âme humaine. La rage au cœur, Jilly sentit les larmes perler à ses paupières, toute la détresse de son âme prête à déborder. Pas de mollesse ! s'intima-t-elle. Seuls les faibles peuvent se permettre ce luxe. Absorbée dans son jeu, Sarah poursuivait, ignorant qu'elle n'était plus seule dans la pièce. Jilly la regarda sans bouger jusqu'à ce qu'elle fût de nouveau maîtresse d'elle-même, puis elle fit un petit mouvement pour attirer l'attention de la jeune virtuose. La musique s'arrêta aussitôt.

– Oh, ne t'arrête pas !

– Mais non… je ne la connais pas assez bien, de toute manière.

Le visage de Sarah avait perdu ses couleurs et

l'enthousiasme qu'il exprimait pendant qu'elle jouait. Elle semblait brusquement épuisée et maussade, comme une adolescente rétive. On ne croirait pas voir l'héritière de la femme la plus riche d'Australie, songea Jilly non sans un certain amusement. Mais on dirait sa mère à son âge, en revanche. Jilly se souvenait très précisément de Stéphanie quand celle-ci n'était qu'une jeune fille mal dans sa peau et désespérément maladroite, trop grande pour passer inaperçue mais trop ronde pour ne pas avoir l'air ridicule. Même en parvenant à l'âge adulte, l'âge où les femmes commencent à assumer leur féminité et à s'épanouir, Stéphanie manquait toujours de grâce et d'assurance. Sarah était manifestement en train de suivre le même chemin.

– C'était vraiment très bien, selon moi.

Sarah prit l'air buté.

– Tout ça, dit-elle en indiquant du menton le piano et la pièce tout entière, c'est l'idée de maman. C'est son rêve à elle, pas le mien. Pour jouer vraiment bien, il faut en avoir envie. Et je n'en ai plus envie, voilà.

Jilly fit quelques pas.

– Hier, tu as été la seule à me dire bonjour gentiment. C'était sincère ? Ou seulement pour embêter Dennis ?

Sarah eut un petit rire.

– Un peu les deux, convint-elle.

– Mais pourquoi Dennis est-il comme ça, de toute façon ?

– Bonne question. Il ne s'est jamais vraiment remis du mariage de maman avec Dan.

– Il est jaloux ?

– Sans doute, oui. Et il ne sait pas ce qu'il veut. Ça ne marchait pas bien à l'école. Il a annoncé à grand fracas qu'il voulait s'en sortir tout seul et pas parce qu'il était le fils de Stéphanie Harper et en fin de compte maman a quand même dû le faire engager dans la Compagnie.

– En tant que quoi ? s'étonna Jilly, curieuse, mais appliquant aussi la première règle du combattant : apprendre à connaître l'ennemi.

– Il est dans les relations publiques, dit Sarah. On vient juste de lui confier un travail important à Perth. Et il n'arrête pas de dire que grâce à... tout ça, on lui a fichu son travail en l'air.

– J'espère que ce n'est pas vrai.

Jilly semblait sincèrement préoccupée.

– Je ne crois pas, dit Sarah. Dennis a beaucoup de problèmes, de toute manière. Et c'est lui qui les fabrique pour la plupart. Il préfère dépenser l'argent que le gagner et ça lui crée des ennuis. En ce moment, par exemple...

Elle s'interrompit, mal à l'aise.

– Tu peux me le dire, fit Jilly gentiment.

– Eh bien... (Sarah hésitait, se demandant si elle avait raison. Mais craignant de blesser Jilly elle se lança.) Dennis aime bien jouer de l'argent. Seulement il est allé trop loin et il a des dettes jusqu'au cou. Il doit plusieurs millions aux bookmakers. Mais surtout il a peur que maman ne l'apprenne un jour ou l'autre. Vous ne lui direz rien, n'est-ce pas ?

– Non, dit fermement Jilly. Bien sûr que non.

Cela me sera sûrement plus utile d'une autre manière, ajouta-t-elle pour elle-même.

– Et vous... comment... ? demanda Sarah d'un ton hésitant.

– Comment c'était, en prison ? (Jilly avait parlé d'un ton cassant, le visage dur.) Atroce. À cause de la manière dont l'esprit se met à fonctionner. Et quand on y reste aussi longtemps que moi... c'est comme d'être enterré vivant. Dans la fange.

Sarah frissonna.

– Et maintenant il paraît que j'ai payé ma dette à la société... C'est bien ce qu'on dit ? Je suis libre. Mais les vieux taulards disent que lorsqu'on est resté enfermé trop longtemps, on n'est plus capable d'appréhender le monde réel.

– Le monde réel ? remarqua Sarah d'un ton maussade. Vous appelez ça le monde réel ?

– Allons, viens.

Le brusque changement d'humeur de Jilly surprit Sarah.

– Aller où ?

– N'importe où ! Il doit bien y avoir un endroit où on pourrait se changer les idées, non ?

– Certainement ! fit soudain Sarah, le visage brillant, l'animation la rendant étonnamment attrayante. Je sais exactement ce qu'il nous faut. Venez !

De toutes les multiples activités de l'Agence de mannequins Tara dont elle était non seulement la directrice mais la force vitale, la source d'inspiration et la raison d'être, Joanna Randall préférait pardessus tout les séances de photos. Pour l'heure, elle était justement au beau milieu de la bataille, confrontant le photographe de mode le plus prisé de tout Sydney avec l'un de ses modèles les plus anciens.

– On ne peut pas, répète après moi, ON NE PEUT PAS laisser ce mannequin en violet, ma chère maman, disait Jason en colère. On dirait une prune en train de pourrir.

– Jason ! Si tu ne cesses pas de m'appeler maman, tout le monde va croire ici que je suis vraiment ta mère ! Et ça, je ne le supporterais pas, horrible petit monstre !

Le caractère de Joanna était aussi sauvage que sa légendaire chevelure rousse, plus flamboyante que jamais, même si son coiffeur y était désormais pour quelque chose. Et toute une vie passée dans l'univers versatile des mannequins et de la haute couture lui avait appris à ne pas se laisser marcher sur les pieds. Revigorée, elle repartit à l'attaque.

– Il faut que je vous dise, M. Peebles, que je concevais déjà les nuances de la saison quand vous étiez encore au jardin d'enfants !

– Mère-grand, comme vous avez de grandes dents ! ironisa Jason.

– Et je vous dis et je vous répète que violet et orange vont parfaitement ensemble.

– Mais pas ce violet-là ni cet orange-là, gémit Jason. Écoute, je vais la mettre hors champ pendant un millième de seconde et tu verras que j'ai raison. Eh, toi, la belle en violet ! tu peux t'en aller une minute, te rendre invisible, je ne sais pas... ? (Il adressa un grand sourire à Joanna.) Je vais juste les replacer un tout petit peu autrement. Donne-moi cinq minutes, d'accord ? Je te préviendrai.

Et il se précipita à la tâche.

Tout en riant, Joanna quitta le studio pour se diriger vers la boutique de luxe occupant le devant de l'immeuble, qui contribuait largement au succès de leur affaire. La boutique, l'agence de mannequins, le studio... Ça fait beaucoup pour une seule femme, songea-t-elle. Mais tu adores ça, hein, ma vieille ? Pas si vieille d'ailleurs ! ajouta-t-elle intérieurement, s'interrogeant tout de même. Toujours en pleine forme, pour un mannequin des années trente... Encore bonne pour quatre-vingt mille kilomètres, facilement, la carrosserie impeccable, et le moteur, n'en parlons pas ! Jason la regarda s'éloigner de sa démarche gracieuse. Elle ne paraît pas plus de vingt-six ans de dos, nota-t-il. Et sur les autres faces, elle peut en remontrer à tous ses modèles sans exception.

Dans la boutique, Joanna interrogea la gérante.

– La cabine d'essayage est occupée ? demanda-t-elle en remarquant les rideaux tirés au fond de la pièce.

Avant que l'autre femme ait répondu, le téléphone sonna à portée de sa main.

– Joanna ? Bill McMaster à l'appareil. Écoutez, je ne vais pas y aller par quatre chemins. Je crains que nous ne devions reporter le lancement de la nouvelle chaîne de boutiques que vous projetiez.

– Oh, Bill ? Quel dommage ! Je croyais que le conseil d'administration de la Harper avait accepté ?

– C'est juste. Il s'agit seulement d'un délai. Nous sommes contraints de conserver toutes nos liquidités pour le moment.

Joanna devina la situation :

– Ne me dites pas que c'est en rapport avec Jake Sanders ? Cette jolie petite brute… (Pendant qu'elle parlait, elle remarqua soudain la jeune femme qui venait de sortir de la cabine et déambulait devant les miroirs. Elle se figea.) Merci, Bill, je vous rappellerai, conclut-elle. (Et, tendant le combiné à la gérante, elle s'approcha de la cliente.) Jilly Stewart, n'est-ce pas ?

Jilly eut un charmant sourire.

– Joanna ! Quel plaisir de vous voir ! Je ne m'y attendais pas. Je vous croyais devenue beaucoup trop importante pour venir vous occuper de la boutique.

– Vous existez donc toujours, Jilly ? persifla Joanna. Eh bien, allez exister ailleurs, je vous prie – hors d'ici !

– Salut, Jo !

Joanna n'avait pas vu Sarah s'approcher dans son dos. Elle avait le feu aux joues, manifestement embarrassée.

– J'ai amené Jilly. Rien de tel que de nouvelles robes pour se remonter le moral.

– On se passerait volontiers d'elle, Sarah !

– Si vous le prenez comme ça, mettez tout ce qu'elle achète sur mon compte. Je pense que j'ai un crédit suffisant ici – dans la mesure où tout ça est à ma mère !

La menace maladroite de Sarah n'impressionna pas Joanna. Mais elle l'aimait bien et se trouvait soudain face à un dilemme.

– Tu en es bien sûre, Sarah ? demanda-t-elle gentiment.

– C'est bon, intervint Jilly. Ne t'en fais pas, Sarah. Je n'aurais pas dû accepter. Allons-nous-en.

– Non ! décréta Joanna. Prenez tout ce que

vous voulez. Mais à l'avenir, j'aime autant que vous alliez vous fournir ailleurs.

L'arrivée intempestive de Dennis les interrompit. Il marcha droit sur Jilly, vaguement gêné mais résolu :

– On m'a dit que je vous trouverais ici, éclata-t-il sans prêter attention aux autres. Voici dix mille dollars et une chambre dans l'hôtel de votre choix payée d'avance pour deux mois. (Il lui tendit une liasse.) À condition que vous fassiez vos bagages et quittiez Éden aujourd'hui même !

– Je quitterai Éden, répliqua Jilly, le venin à la bouche, quand Stéphanie me le demandera personnellement. Tout ce que vous pourrez dire ou faire en attendant sera inutile, jeune homme. Je me fais bien comprendre ? (Elle tourna les talons.) Au revoir, Joanna, dit-elle en gagnant la porte d'un pas décidé.

Joanna n'en croyait pas ses oreilles.

– Stéphanie a vraiment offert l'hospitalité à cette harpie ?

– Plus pour très longtemps, croyez-moi, fit Dennis d'un ton grandiloquent.

Seule dans le silence de son bureau, Stéphanie était parvenue à une décision. Elle griffonna rapidement quelques mots sur le document qui se trouvait devant elle, apposa son paraphe et, traversant la pièce, pénétra dans le bureau de Bill.

– Soyez gentil d'établir un chèque et de le faire porter à Éden cet après-midi, Bill. Envoyez un coursier ou, mieux, allez-y vous-même.

Bill regarda le papier qu'elle lui tendait, non sans étonnement

– Qu'est-ce... que c'est... que ça ?

– C'est pour Jilly, annonça Stéphanie d'un ton sans appel.

– Mais... cinq millions de dollars ?

– Je ne veux pas en discuter, Bill. Ma décision est prise.

– Maman ? Tu es là ? (Dennis pénétra en coup de vent dans le bureau, négligeant de frapper.) Écoute, je viens juste de... (Il s'interrompit en devinant ce qui se passait et, avant que Bill ou Stéphanie aient eu le temps de l'en empêcher, arracha le papier des mains de Bill et se mit à lire.) Maman ! Tu ne peux pas faire ça !

Il était pâle de colère. Stéphanie le regarda d'un air détaché.

– Je suis désolée, Dennis, mais cela ne te regarde pas.

– Alors écoutez-moi, Stéphanie, supplia Bill, désespéré. La Compagnie n'en a pas les moyens ! Nous devons garder tout l'argent disponible pour mener le combat financier contre Jake Sanders.

– Nous nous débrouillerons. (La carapace de Stéphanie était impénétrable.) Faites ce que je vous demande, Bill, dit-elle avant de sortir.

Dennis fit une dernière tentative.

– Bill, vous n'allez rien faire pour empêcher ça ?

– Stéphanie est la présidente de la Compagnie, dit gravement le vieux directeur. Et au cas où tu ne l'aurais pas remarqué, mon petit, ta mère n'est pas une femme à s'en laisser imposer.

Une résolution démente se forma brusquement dans l'esprit de Dennis. Ils en étaient tous réduits à l'impuissance ! Jilly les avait décervelés ! Comme si des extra-terrestres s'étaient emparés de leurs corps et qu'il était le seul à résister. Mais il savait quoi faire et il irait jusqu'au bout.

Il prit congé à la hâte et s'élança à la recherche de la secrétaire de Stéphanie.

– Trouvez ma mère et dites-lui de me rejoindre à Éden dans une heure. C'est urgent !

– Mais elle...

– Je compte sur vous.

Et il s'en fut sans plus d'explications.

Pendant le trajet qui le ramenait à Éden, toutes sortes de pensées confuses s'agitaient dans l'esprit du jeune homme. Il fallait qu'il montre à Stéphanie qui était réellement Jilly – un être retors et malveillant. Il n'avait pas oublié l'humiliation qu'elle lui avait fait subir le matin même et la rage l'étouffait, quand il y songeait. Mais quel tocard il avait fait ! Il faut dire que le moment et le lieu étaient particulièrement déplacés et qu'elle l'avait pris par surprise. Tout de même, avoir devant soi une femme d'âge mur, sexy ô combien ! qui vient vous roucouler sous le nez et être seulement capable de s'enfuir en hurlant... Dennis se mit à jurer à voix haute, frappant du poing contre le volant à se faire mal. Soit, en avant pour le deuxième round. Il allait lui faire voir. À elle et aux autres par la même occasion !

En arrivant à Éden, il n'eut pas à chercher bien longtemps. Jilly était confortablement installée au salon dans une pose alanguie. Elle avait revêtu l'une des robes que Sarah lui avait offertes chez Joanna et qui lui allait à ravir. Dennis l'observa attentivement. Elle a à peu près l'âge de maman, constata-t-il, et, malgré toutes les épreuves qu'elle a traversées, elle ne porte vraiment pas ses quarante-cinq ans. La robe de haute couture n'était pas le seul changement qu'elle avait apporté à son apparence. Elle avait manifestement consacré pas mal de temps à sa personne depuis le matin. Sa coiffure n'était plus la même et elle s'était maquillée avec soin. Elle leva la tête à son entrée.

– Ouah ! s'écria-t-elle d'un ton taquin. Qu'est-ce qui ramène notre jeune homme d'affaires si tôt à la maison ?

– J'ai beaucoup réfléchi depuis ce matin.

– Tu dois être drôlement fatigué alors !

Dennis ne releva pas. Il franchit les quelques mètres qui le séparaient du sofa où Jilly était assise et alla se placer à ses côtés.

– Je me suis peut-être trompé à votre égard, commença-t-il avec de tendres intonations dans la voix. Et sur beaucoup de choses.

Jilly se tendit comme un chat prêt à bondir.

– Alors ne faites pas d'autres erreurs, d'accord ?

Il se pencha vers elle pour la prendre dans ses bras mais elle résista violemment.

– Dennis !

– Vous m'avez dit ce matin que je devais vous faire confiance – que vous vouliez que nous soyons amis. Je veux bien, Jilly...

Il tenta maladroitement de l'embrasser. Mais son rire persifleur le déconcerta.

– Nous avons un véritable problème de communication, j'ai l'impression ! Tu as cru que je te désirais ce matin ? Tu ne comprends vraiment rien, mon pauvre petit ! (Elle se glissa résolument hors de ses bras et gagna la porte.) Je vais prendre une douche. Je ne supporte pas qu'on pose les pattes sur moi – et quand je voudrai prendre un amant, je choisirai un homme, pas un freluquet !

Assis sur le sofa, Dennis ne répondit pas. Jamais il n'avait subi pareille humiliation. Il entendit les pas de Jilly monter l'escalier et la porte de la salle de bains qui s'ouvrait. La garce ! Elle m'a eu encore une fois ! Il n'avait pas douté qu'elle le prendrait au sérieux. Ce qu'il pouvait être naïf, décidément. Pas un instant il ne s'était avisé qu'elle chercherait à le ridiculiser. Rouge de honte, il revoyait son expression méprisante, entendait ses paroles cinglantes et il se maudissait.

Combien de temps demeura-t-il ainsi sans bouger, il n'aurait su le dire. Mais il entendit soudain à sa grande horreur les roues de la Rolls crisser sur le gravier de l'allée. Stéphanie ! Un instant il fut comme pétrifié. Puis, se dressant d'un bond, il se précipita quatre à quatre au premier étage, se débarrassant de sa veste, de sa chemise et de sa cravate tout en courant. Un bonnet de bain sur la tête, Jilly n'entendit pas Dennis arriver et le vit seulement quand il entra sous la douche avec elle. Il était nu, un étrange sourire aux lèvres. Il frissonna quand le jet tiède frappa sa peau, passa la main dans ses cheveux mouillés et demanda, tendant la main vers la savonnette :

– Voulez-vous que je vous savonne le dos ?

– Dennis ! Qu'est-ce qui te prend ? s'étonna sincèrement Jilly. J'ignore ce que tu as derrière la tête mais tu ferais mieux de laisser tomber. On apprend à prendre soin de sa personne, quand on a passé sept ans en prison.

– J'imagine, dit-il simplement.

– Parfait, alors tu ferais aussi bien...

– J'imagine aussi la tête que ferait ma mère si elle nous trouvait ici tous les deux.

– Elle te couperait les vivres ? railla Jilly.

– Peut-être. Mais d'abord, elle vous ficherait dehors.

– Alors c'est tant mieux pour nous deux qu'elle ne soit pas ici.

– C'est là que vous faites erreur, Jilly, dit Dennis, incapable de se contenir davantage. Elle vient justement d'arriver et elle doit être en train de monter l'escalier à l'instant même. (Triomphant, il appuya deux doigts sur sa tempe.) Bang, vous êtes morte !

Jilly se figea.

– Dommage pour vous, Jilly, poursuivit Dennis. Jetée dehors à coups de pied aux fesses ! Pauvre petite ! Ça va lui faire mal !

D'un geste effronté, il passa les mains derrière son dos et commença à lui caresser les reins.

Elle réagit prestement, avec la rapidité silencieuse d'un cobra. Sa main jaillit et se referma sur ses testicules. Elle serra de toutes ses forces. Il poussa un cri de douleur et, l'agrippant aux épaules, tenta de la repousser. Elle enfonça ses ongles plus fort – dix pointes d'aiguille dans la chair tendre. Des larmes jaillirent aux yeux du jeune homme. Il aurait tout donné, tout accepté, pour que cesse la torture. Mais Jilly voulait que sa victoire fût totale.

– Toi aussi, Dennis, tu as beaucoup à perdre, siffla-t-elle.

– Que... Quoi ?

Lentement, Jilly tordit ses testicules pour s'assurer qu'elle se faisait bien comprendre.

– Que se passerait-il à ton avis si je glissais à Stéphanie que tu as des dettes de jeu ?

– Vous... Salope !

– Combien de milliers de dollars, déjà ? Tu as parié sur des chevaux estropiés, ce n'est pas possible ! Tu as terriblement manqué de jugement, mon cher petit. Ce n'est pas bon signe pour quelqu'un qui prétend gérer les millions de la Harper. Tu saisis ?

Elle le lâcha. Dennis sortit de la douche en titubant, grimaçant de douleur.

– Je lui ai fait mal ? demanda Jilly, feignant la sollicitude. Mais Stéphanie va arriver. Réfléchissons un peu...

Stéphanie gravissait les marches, en proie à une profonde irritation. Où pouvait bien être passé son fils ? Et pourquoi l'avait-il fait revenir de son bureau en catastrophe sans la moindre explication ? Elle entendait l'eau couler dans la salle de bains. C'était peut-être lui ? Elle frappa à la porte.

– Dennis ?

La porte s'ouvrit sur Jilly, enveloppée dans un peignoir de bain.

– Bonsoir, Steph, dit-elle sans enthousiasme. Tu rentres tôt.

– Sais-tu où est Dennis ?

– Je prenais une douche. Il est rentré aussi ?

– Sa voiture est là, il doit bien être quelque part. Écoute, peux-tu t'habiller et descendre au salon ? Bill va arriver d'un instant à l'autre. Il faut que nous discutions de quelque chose.

Elle tourna les talons et s'éloigna dans le couloir.

Accroupi derrière la porte, ses vêtements serrés contre lui, Dennis poussa un soupir de soulagement. Mais ce n'était qu'une flamme minuscule dans un horizon on ne peut plus sombre et, quand Jilly lui demanda de sortir, il regagna précipitamment sa chambre comme un malotru. Les petites dents blanches de Jilly étincelèrent quand elle le regarda s'enfuir. Elle n'avait plus rien à craindre de ce côté-là, en tout cas !

En bas, Stéphanie attendait l'arrivée de Bill et de Jilly avec le même détachement glacé qui ne l'avait pas quittée de la journée. Malgré son flegme apparent, elle n'était pas certaine d'agir comme il fallait. Elle savait seulement qu'elle devait faire quelque chose. Montrer à Jilly qu'elle ne comptait pas pour du beurre et faire valoir ses droits. Et quant à elle, il fallait qu'elle se libère du sentiment de culpabilité qui l'étreignait et du sinistre pressentiment qui la hantait depuis que Jilly avait franchi le seuil d'Éden. Si cela servait au moins à apaiser ses angoisses et à la rapprocher de Dan qu'elle sentait s'éloigner d'elle, comment cela pouvait-il être trop cher ?

Ils furent bientôt réunis au salon comme s'ils s'apprêtaient à rejouer dans un mauvais rêve la scène du retour de Jilly. Une fois encore ce fut Bill qui ouvrit la séance.

– Jilly, en accord avec l'esprit de feu votre père, Stéphanie a décidé de mettre à votre disposition un certain capital – une somme tout à fait généreuse – et je suis sûr que vous allez l'accepter. J'ai ici un chèque d'un montant de cinq millions de dollars.

Bill s'attendait à une réaction – de la surprise, de la joie, quelque chose. Jilly se contenta de baisser les yeux pour murmurer :

– C'est beaucoup trop.

– Bien sûr que non ! s'écria Stéphanie, cédant à son impulsion. Assez d'hésitations – prends l'argent. Ce n'est que justice.

Elle se pencha en avant pour presser la main de Jilly. C'est alors qu'elle vit entrer Dennis. Bill se mit à parler à Jilly. Elle en profita pour demander à son fils d'un ton mécontent :

– Où étais-tu passé ? Qu'y avait-il de si urgent pour me faire rentrer ici précipitamment ?

– Fausse alerte, toutes mes excuses. J'avais cru avoir découvert une piste du côté de Jake Sanders. Mais je me suis trompé. Désolé.

– Entendu, Jilly, disait Bill qui désapprouvait ce qui était en train de se passer. Si vous voulez bien signer ici...

Il lui présenta le document et un stylo. Jilly entreprit de lire attentivement.

– Oh, je vois ! dit-elle soudain d'une voix pleine de colère. Vous me faites confiance mais jusqu'à un certain point !

– C'est une simple formalité, Jilly !

– Une formalité qui m'interdit de demander quoi que ce soit d'autre à Stéphanie et m'ôte tout droit sur la Compagnie. Dennis au moins était honnête en me proposant sa poignée de dollars et sa chambre d'hôtel !

– Bill... fit Stéphanie soudain découragée.

– Ce sont les clauses standard, Jilly, expliqua Bill qui perdait patience. Selon les termes de la loi...

– Les termes de la loi ! Vous m'insultez !

– Elle a raison, Bill, dit alors Stéphanie qui avait honte, brusquement, de ce qu'elle avait voulu faire. N'en parlons plus.

– C'est sans importance de toute manière, je ne peux pas accepter ce chèque pour le moment. (Jilly se mit à pleurer.) Pas si on me le donne de cette façon.

– Mais que veux-tu, Jilly ? implora Stéphanie.

– Je veux être ta sœur ! Je ne veux pas de ton argent quand c'est de confiance et d'amour que j'ai besoin. Je veux compter un tant soit peu pour toi, comme ceux de ta famille.

– Oh, Jilly... fit Stéphanie, émue.

– Et tu vas voir ce que je pense de tes cinq millions de dollars. (Elle saisit le chèque entre ses doigts et, avant que quiconque ait eu le temps de réagir, le déchira en mille morceaux qu'elle lança en l'air comme des confettis.) Voilà, s'écria-t-elle triomphalement.

Stéphanie la prit dans ses bras. Par-dessus leurs têtes, les deux hommes se regardèrent avec une expression qui passa de la colère au désespoir.

La nuit tombait sur le cimetière quand la limousine noire s'arrêta devant la grille. Le gardien ne fut pas étonné de la voir. Il venait invariablement au crépuscule. Il s'approcha du gardien, drapé dans la cape sombre qu'il portait invariablement, même au cœur de l'été. Le gardien vint à sa rencontre, le visage empreint de respect.

– Bonsoir, monsieur. J'ai pris un soin extrême de...

– Vous pouvez aller.

La voix était basse, contenue. Sans le regarder, l'inconnu tendit au gardien un billet de cent dollars. Celui-ci remercia obséquieusement et se retira. La silhouette sombre s'engagea dans un sentier qui lui était manifestement familier en direction d'une tombe située un peu à l'écart des autres. Un coin paisible et isolé, une sépulture parfaitement entretenue où l'on avait disposé quelques fleurs mélancoliques. Il demeura là un long moment, perdu dans ses pensées ou absorbé dans ses prières, ou encore laissant simplement parler sa douleur en songeant au cher défunt. Il regagna enfin sa limousine et quitta le cimetière. Mais pendant le voyage du retour, comme tous les jours et toutes les nuits depuis sept ans, il vit dans sa tête la pierre tombale et l'inscription toute simple qui y était gravée :

À la mémoire de notre très cher
GREG MARSDEN
décédé le 12 juillet 1978

6

Le petit déjeuner fut une réussite, même selon les critères les plus exigeants de la maison. Matey examina d'un œil satisfait les tranches de pain bis grillé, les croissants moelleux, le bacon croustillant et les œufs sur le plat, pochés ou à la coque, suivant les goûts des convives. Il ne manquerait pas de féliciter le cuisinier. Pourtant les invités n'en profitaient pas comme ils l'auraient dû. Avec la discrétion du serviteur stylé qu'il était, Matey s'éclipsa, les laissant à eux-mêmes.

Stéphanie tentait encore de comprendre le sens de l'attitude étrange de Dennis.

– Je sais que le retour de Jilly t'a contrarié, dit-elle, mais...

– Ne défends pas cette vipère, maman !

– Dennis ! s'exclama Dan pour le faire taire.

Mais celui-ci poursuivit comme si de rien n'était.

– Si je lui rends la vie difficile, c'est tant mieux, dit-il, tu...

– Non, c'est toi qui vas m'écouter maintenant, coupa Stéphanie, le visage sévère. Tu vas me faire le plaisir d'être un minimum poli et civilisé. Tu es ici chez moi et ce n'est pas un champ de bataille !

– Il faut bien que quelqu'un te défende contre elle !

Dennis jeta à Dan un regard accusateur.

– Je suis capable de me défendre toute seule, Dennis. Tes interventions sont inutiles et malvenues. Je n'ai nulle intention de m'attaquer à quelqu'un qui est passé par où elle est passée.

– Elle le sait très bien et elle en profite ! Sinon, pourquoi se serait-elle amusée à déchirer un chèque de cinq millions de dollars ? Je suis prêt à parier, maman, qu'elle se fiche royalement de toi.

– Dennis, veux-tu entendre mon opinion ou souhaites-tu seulement t'écouter parler ?

Dennis se tut à contrecœur.

– Je sais ce qu'a fait Jilly – mieux que toi, j'imagine. Mais cela remonte à si loin. Cela tenait de la folie... et nous en étions atteintes toutes les deux, à notre manière. (Une folie nommée Greg, songea-t-elle. Comment voudraient-ils que je ne pardonne pas à Jilly alors que j'étais victime de la même maladie qu'elle ?) Jilly a fait sept ans de prison. Réfléchis à ce que cela représente. Je juge qu'elle a payé sa dette envers la société. Et envers moi. Tout le monde a le droit de repartir de zéro.

– Tu es trop gentille, maman. Tu ne vois même pas les faits !

– Parlons des faits, soit, fit Stéphanie qui s'échauffait. Donne-moi des faits. En dehors de son passé, qu'est-ce que tu as de précis à lui reprocher ? Qu'a-t-elle fait depuis son arrivée ici qui mérite ta haine et ton mépris ?

Dennis poussa un grognement. S'il pouvait seulement lui dire ! En deux petites phrases, il montrerait Jilly sous son vrai jour et Stéphanie la jetterait dehors sur-le-champ. Mais il ne pouvait dire la vérité sans se ridiculiser, et bien pire. Un frisson d'humiliation lui parcourut l'échine. Il détourna les yeux.

– Tu vois bien ! triompha Stéphanie. Tu n'as rien à reprocher à Jilly en dehors du passé. Et c'est ce qu'il faut nous efforcer d'oublier. Je compte sur toi pour faire des efforts, Dennis !

Un silence embarrassé suivit son injonction.

– Si nous changions de sujet ? proposa Dan dont le visage d'ordinaire souriant était sévère. (Se forçant à sourire, il se tourna vers Sarah.) Quelle est la date de ton prochain concert ? s'enquit-il. Il ne faut pas que nous rations ça.

– Le mois prochain, paraît-il, fit Sarah, de mauvaise grâce.
– Paraît-il ? s'étonna Stéphanie. Ce n'est pas encore fixé ?
– La date est fixée, si... c'est moi qui ne le suis pas.
Stéphanie n'en revenait pas.
– Mais pourquoi ?
– Oh, maman... je ne suis pas assez douée pour faire une carrière dans la musique, c'est tout. Après toutes les leçons que tu m'as payées... Tu aurais aussi bien fait d'économiser l'argent.
– Tu... tu ne m'avais jamais dit ça, Sarah.
– Je l'ai dit des dizaines de fois au contraire, mais tu préférais ne pas entendre.
– Fin d'une carrière internationale prometteuse, alors ? lança Dennis.
– La ferme, Dennis ! intima Sarah.
– Mais qu'est-ce qui vous arrive, à tous ? ironisa Dennis.
– C'est toi qui le demande ? fit Dan.
– Ça y est, c'est encore ma faute ! Vous ne vous demandez pas en revanche si la grande amitié entre Sarah et Jilly n'y serait pas plutôt pour quelque chose ?
– Dennis ! s'écrièrent Sarah et Stéphanie en chœur.
– La maison s'est transformée en asile de fous depuis que Jilly est sortie de prison, dit Sarah d'un ton désespéré.
– Précisément ! renchérit Dennis. Et elle ne compte pas s'en aller de sitôt, ne serait-ce que par esprit de contradiction.
– Écoutez, fit Stéphanie avec lassitude, si nous nous accordions une trêve ?
Elle se passa la main sur le front et Dan se maudit de se sentir impuissant à lui venir en aide.
– N'en parlons plus, maman ! lança encore Dennis – et Dan aurait voulu l'étrangler de ses propres

mains. J'ai l'impression de me heurter à un mur, de toute manière, quand je discute avec toi !

Il fit le geste de repousser sa chaise en arrière mais, avant qu'il pût quitter la table, Jilly fit son apparition.

– Excusez-moi, dit-elle, l'air gêné, je ne voulais pas être indiscrète.

– Dieu nous garde !

Stéphanie se tourna vers Dennis pour le faire taire mais ce dernier s'était déjà élancé hors de la pièce.

– Ne te mets pas en colère contre lui, Stéphanie, murmura Jilly. C'est ma faute, pas la sienne. Je ne suis qu'une intruse parmi vous, et je n'avais pas le droit d'imaginer qu'il pourrait en aller autrement.

– Jilly... je suis sûre qu'il peut en être autrement.

– Non, Steph. Je ne peux pas continuer à semer la zizanie parmi vous.

– Cela prendra du temps, Jilly, intervint Dan, volant au secours de Stéphanie. Pour chacun d'entre nous.

Jilly eut un bref sourire.

– Nous n'en avons pas assez, dit-elle. Je ferais mieux de partir.

– Où... où irais-tu ? dit Stéphanie sincèrement peinée.

– Quelle importance ?

– Jilly...

– Peut-être un jour nous rapprocherons-nous... puisque c'est ce que nous souhaitons toutes les deux. Mais pour le moment, mieux vaut que nous allions chacune notre chemin.

– Pas comme ça, Jilly. Je t'en prie !

Jilly tourna vers Stéphanie des yeux rêveurs.

– Mais comment, alors ? demanda-t-elle avec un accent de sincérité.

Elle partit tristement. Sarah hésita un instant puis lui emboîta le pas.

– Oh, Dan... (Le visage de son épouse demeurait calme en apparence mais il voyait bien qu'elle était au bord des larmes.) Sarah abandonne le piano, Dennis se conduit comme un gosse insupportable... qu'est-ce qui nous arrive ?

– Ils en sont donc là ?

Jake tenait le combiné, perdu dans ses réflexions.

– Je ne vois pas en quoi cela renflouera la Harper Mining de retirer leurs actions du marché, fit remarquer Cassie, décontenancée.

Jake rit.

– En effet, dit-il. Mais avec cette menace au-dessus de la tête, je n'ai plus qu'à dévoiler mes intentions dans les quarante-huit heures. Ils m'obligent à étaler mes cartes. J'avoue que c'est judicieux.

– Elle en a dans la tête, pas vrai ?

– Sans aucun doute. (Il marqua un temps d'arrêt.) Et toi donc ! On peut dire que tu m'auras rendu service !

– Écoute... je commence à me sentir mal de devoir faire tout ça pour toi. Mme Harper et Bill McMaster ont été très corrects avec moi...

– Alors arrête, c'est tout simple, fit sèchement Jake qui n'appréciait pas de s'en faire conter par une femme. Je crois me souvenir que c'est toi qui as eu l'idée d'entrer chez eux. Nous étions censés travailler ensemble dans cette affaire, non ? Mais je ne t'ai jamais forcée et ce n'est pas maintenant que je vais commencer.

– Si j'arrêtais... tu m'aimerais toujours ?

Une impulsion maligne poussa Jake à ajouter à l'inquiétude de la jeune femme.

– Je ne t'aime déjà pas, dit-il cruellement.

Silence.

– Mais Jake... (Sa voix n'était plus qu'un murmure.) On se voit quand même ce soir ?

Il attendit volontairement avant de répondre.
– Je ne sais pas encore ce que je vais faire.
On sonna à la porte de sa suite.
– Il faut que je m'en aille. Appelle-moi plus tard.
Il feignit de ne pas avoir entendu le cri étouffé à l'autre bout du fil et raccrocha.
– Entre, Anton, dit-il en ouvrant la porte.
Mais la femme qui se tenait devant lui n'était pas son avocat. Jake l'embrassa rapidement du regard. La robe élégante à l'encolure profonde la faisait paraître plus grande qu'elle n'était – un port gracieux et des yeux de félin, elle bougeait avec aisance et désinvolture, sûre de son charme et bien dans sa peau, et les plis de sa robe cuivrée dansaient autour de ses mollets. Quel âge avait-elle ? Mais quelle importance ? Jake croisa le regard énigmatique de ses drôles d'yeux en amande et leur éclat pâle l'embrasa. Une bouffée de son parfum suave et langoureux lui parvint. Inexorablement, le sang se mit à battre à son aine. Grâce à un effort de volonté il se ressaisit aussitôt.
– Ne me dites pas... fit-il, et, comprenant soudain : Jilly Stewart ? J'imagine que je dois vous féliciter. Cinq millions de fois ?
Jilly acquiesça du chef, stupéfaite.
– Stéphanie a raison de se méfier de vous, M. Sanders. Vous êtes bien informé !
Il sourit.
– Disons que j'ai de l'intuition. Et vous pouvez m'appeler Jake. D'accord ? Que voulez-vous de moi ?
– Un marché.
Jake suivait les mouvements de ses lèvres pleines, complètement fasciné.
– Si nous nous associons vous et moi, nous avons toutes les chances d'obtenir ce que nous voulons, la reddition de Stéphanie Harper.
Jake se garda de manifester l'intérêt qu'elle venait d'éveiller en lui.

– Je n'ai pas besoin de vos cinq millions. Vous avez autre chose à me proposer ?

– Je croyais que c'était évident, dans la mesure où il s'agit de ma sœur : des renseignements.

– Et qu'avez-vous à gagner à notre… alliance ?

Jilly passa sa langue sur ses lèvres pulpeuses.

– J'ai tout à y gagner ! s'écria-t-elle, les yeux brillants. Parce que tout ce qu'elle possède m'appartient de droit ! J'aurais du mal à m'emparer seule de la Compagnie. Mais, avec ou sans vous, j'ai l'intention de me l'approprier en entier.

– Je me réjouis que nous soyons du même bord, vous et moi, fit Jake non sans ironie. Mais peut-être serait-il sage de nous lier par contrat ?

– Un pacte scellé dans le sang ? (Jilly le regardait, une lueur provocante au fond des yeux.) À moins que vous n'ayez quelque chose de moins douloureux en tête.

Pas si vite, madame, répliqua Jake pour lui-même. Il restait sur ses gardes, pressentant qu'il avait affaire à un prédateur prêt à fondre sur sa proie. On y réfléchit à deux fois avant d'entrer dans la cage d'une tigresse.

– Je ne suis pas sûr d'avoir décidé moi-même, poursuivit-il, impassible. Je n'ai pas encore décidé de vouloir faire mainmise sur la Harper Mining. Pour l'heure, j'ai les moyens de la couler financièrement. Je peux décider de prendre l'argent et de disparaître. Et dans ce cas, je n'ai que faire de votre petite vendetta familiale.

– Je vois. (Jilly parvint à donner à ces simples mots une note sarcastique.) Êtes-vous… hésitant pour une raison spéciale ?

– Pour la meilleure de toutes, ma chère Mme Stewart, dit-il en riant. Financière. D'après ce que j'ai entrevu, la bataille pour la mainmise me coûtera très cher. Mme Stéphanie Harper est une femme astucieuse, pleine de courage et de ténacité. Et elle mène la Compagnie avec une main de fer, en dépit de ses gants de velours.

– Et si… (Jilly réfléchissait à toute vitesse.) Si l'étau se relâchait ? Que décideriez-vous, alors ?

– Dans ce cas, il faudrait que je sois stupide, pour ne pas dire un bien piètre homme d'affaires, pour ne pas saisir l'occasion. Au moindre signe de faiblesse. Mais qu'entendez-vous par « relâcher » ?

– Bah, je ne sais pas, dit Jilly avec un rire caressant. Je pensais que je pourrais peut-être me débrouiller pour que Stéphanie prenne un peu de repos… une année sabbatique, par exemple…

Jake ne put s'empêcher d'éprouver pour elle une certaine admiration.

– Vous ne surestimez pas quelque peu votre pouvoir ?

– Je ne dirais pas ça, non. (Elle marcha droit sur lui.) Mais il faudra bien sûr vous rendre compte par vous-même.

Je sais ce qu'il me faut, songeait Dennis, lancé à tombeau ouvert sur la route surplombant la côte au volant de sa Porsche rouge. Tout le monde a besoin d'un endroit neutre où se réfugier quand tout va mal. Où se terrer comme un lapin ou un péramèle[1]. Pour sa propre tranquillité d'esprit, il repoussa l'idée que son existence était entièrement constituée de terriers. Il n'était pas suffisamment remis de ses blessures récentes pour s'amuser à retourner le couteau dans la plaie. Au contraire, il allait se changer les idées dans son repaire préféré. Il allait oublier un moment toute l'affaire Jilly en compagnie d'Angelo. Car une des choses qu'il appréciait surtout chez celui-ci, c'était qu'il n'avait que faire de la famille Harper, si renommée fût-elle. Il a des choses plus intéressantes à faire dans la vie, songea Dennis, et tant mieux pour lui.

1. Mammifère de l'ordre des marsupiaux, à museau allongé, de la taille d'un lapin. (*N.d.T.*)

Dennis avait rencontré Angelo un soir dans un petit restaurant à deux pas des bureaux de la Harper, après une réunion particulièrement longue et ennuyeuse. Il avait immédiatement sympathisé avec le jeune Italien qui l'avait servi avec zèle et discrétion puis avait engagé la conversation quand il avait senti que Dennis ne demandait que ça. Depuis, ils s'étaient liés d'amitié et Angelo avait confié à Dennis son ambition de devenir boxeur professionnel et la guerre que lui faisait son père.

« Quand t'auras fini de boxer, tu pourras peut-être songer à venir nous donner un coup de main. Qu'on te nourrisse pas à rien faire ! » ne cessait de répéter Vittorio, le patron du bistro, à son fils.

Dennis comprenait. Les prises de bec entre Vittorio et Angelo lui rappelaient ses propres difficultés avec Dan. Et il avait pris l'habitude de passer chez Gus, le gymnase où son ami s'entraînait, pour le soutenir et l'encourager. Mais ce jour-là, en s'engageant dans la ruelle étroite du gymnase, il eut la mauvaise surprise d'y voir la Ferrari blanche qui contrastait avec le style du quartier. Zut ! Taylor est là ! se dit-il, décidément contrarié.

En pénétrant dans la salle de combat, Dennis fut assailli par l'inévitable odeur de résine, de cuir et de sueur des boxeurs en pleine action et par la violence qui imprégnait l'atmosphère. Il aperçut Angelo à l'entraînement sur un ring au fond de la salle. Son sparring-partner, même aux yeux profanes de Dennis, était manifestement plus âgé, plus lourd et plus ancien dans le métier. Angelo était en train de prendre une raclée.

Non loin de là se tenait Tony Taylor, tout de blanc vêtu, et flanqué comme toujours de ses deux « assistants », ainsi qu'il les nommait, Chicka et Jacko. Gus, le propriétaire du gymnase, qui était aussi l'entraîneur d'Angelo, regardait non sans mécontentement le traitement que l'autre lui infligeait.

– Vas-y Angie, relève ta garde ! lançait-il régulièrement.

Les coups continuaient de pleuvoir sur le corps d'Angelo, qui allait être mis K-O d'un instant à l'autre. Sa tête s'affaissait et il n'avait plus la force de lever les poings pour se protéger.

– Eh ! s'écria Dennis, n'y tenant plus. Ça suffit comme ça, non, Gus ?

– Tiens… fit Taylor feignant la surprise. Vous étiez là ?

– Qu'est-ce que vous fabriquez avec Angelo, Taylor ? demanda Dennis en s'approchant de lui. Il va lui mettre la cervelle en compote. Il va le blesser sérieusement.

– Pas s'il écoute Gus et qu'il ne baisse pas tout le temps sa garde, répondit Taylor faussement cordial. Il prépare un combat important. Je ne peux pas me permettre de soutenir un perdant. S'il n'apprend pas à se défendre maintenant, il prendra une raclée le jour du match. (Il attendit quelques instants puis ordonna :) C'est bon. Accorde-lui cinq minutes.

Reconnaissant, Angelo alla s'appuyer aux cordes. Dennis s'approcha du ring pour l'encourager mais le boxeur ne regardait pas dans sa direction. Dennis suivit son regard ébahi.

– Maman ! (À sa grande horreur, Dennis vit Stéphanie qui traversait la salle dans sa direction, son élégance et sa distinction constituant en elles-mêmes un reproche vivant dans cet environnement sordide.) Qu'est-ce que tu viens faire ici ? bégaya-t-il.

– Je viens te chercher ! dit-elle sans prêter attention à ceux qui l'entouraient et sans baisser le ton. Je t'ai attendu ce matin à mon bureau pour la réunion. Nous traversons une crise extrêmement grave. Tu n'es pas au courant ?

– Et si je n'avais pas envie d'y aller ?

– Tu n'as sans doute pas envie non plus de toucher ton salaire, c'est ça ?

Sa colère eut raison de l'aplomb de Dennis.

– D'accord, d'accord, concéda-t-il. Je suis désolé d'avoir manqué ta réunion. Mais j'avais comme l'impression que tu n'avais pas grand-chose à faire de mon avis.

– C'est un tort, Dennis, je tiens compte de tes opinions. J'aimerais seulement que tu sois un peu plus responsable, voilà tout. (Elle ne put s'empêcher de sourire devant l'embarras de son fils.) Nous en reparlerons plus tard, d'accord ? (Et au grand soulagement du jeune homme elle regagna la porte pour s'en aller. Sur le seuil, elle se retourna.) Encore un point, toutefois. Il faut que tu décides une fois pour toutes si tu veux ou non faire partie de la Harper Mining. Sarah et toi en hériterez un jour. Mais si tu préfères gaspiller ton existence à je ne sais quelles gamineries, c'est ton droit le plus strict. Ne compte pas sur moi pour t'en empêcher. Tâche d'y réfléchir.

Et elle referma la porte sur elle.

– Ta maman est rudement gentille de s'occuper si bien de toi, mon gars, fit soudain une voix mielleuse dans le dos de Dennis. Tu avais oublié ton argent de poche ?

Il fit volte-face. C'était Taylor.

– Je veux participer ! lança-t-il.

– Participer ?

– Je veux être le comanager d'Angelo. Avec vous.

– Il faut beaucoup d'argent pour s'associer avec moi, mon petit gars, fit Taylor en réfléchissant à tous les aspects de la question, faisant marcher à toute vitesse la caisse enregistreuse qui lui servait de cerveau. Beaucoup d'argent.

– Combien ?

– Pour un môme plein d'avenir comme lui... vingt-cinq mille dollars !

– T'es dingue !

Angelo le tirait par la manche.

– Où est-ce que tu vas trouver tout cet argent ?

– Ne t'en fais pas pour ça, Angie, fit Dennis non sans grandiloquence. Pense seulement à la boxe. À partir de maintenant, je m'occupe de toi.

En quittant l'hôtel Regent, Jilly n'était pas mécontente de la première manche de la partie qu'elle avait entrepris de jouer. Jake était un client certes redoutable, qui lui avait même manifesté une certaine froideur – laquelle ne tenait pas à la simple réserve, elle avait senti quelque chose de bizarre, comme s'il en savait plus long qu'elle ne croyait sur elle et qu'il la jaugeait. Mais Jilly ne s'était jamais trompée sur l'impression qu'elle faisait aux hommes et elle savait qu'elle avait éveillé son intérêt. Elle pressait maintenant le pas en direction des Rocks, l'un des bas quartiers de la capitale, une zone pouilleuse située à l'ombre du Sydney Harbour Bridge, connue pour ses hôtels bon marché et tout ce qui va avec. Plus tôt dans la matinée, elle avait pris une chambre dans l'un d'eux, immédiatement après avoir quitté Stéphanie. Il fallait qu'elle se prépare à présent pour la visite d'un autre homme qui tenait à sa manière une place importante dans ses projets – Phillip, son ex-époux.

Pauvre Phillip ! songea-t-elle en souriant. Son premier coup de téléphone avait eu raison de ses défenses. Ensuite, elle avait fait en sorte de le tenir à distance pour aiguiser le désir qu'il avait de la revoir. Et, jugeant enfin le moment venu, elle l'avait appelé en chemin pour fixer l'heure du rendez-vous.

L'heure. Et le lieu. Jilly était douée pour la mise en scène. Éden n'était pas le décor adéquat pour le petit drame qu'elle avait imaginé. Elle avait toujours manipulé son mari en faisant appel à la compassion que lui inspirait le genre humain. Un hôtel miteux et délabré infesté de fourmis rouges, de rats et de cafards le mettrait en condition et il n'éprouverait que pitié pour la pauvre femme seule et abandonnée.

Elle avait vu juste. Quand il pénétra dans la pièce sordide après avoir grimpé l'escalier de bois usé, il était pâle et défait.

– Je n'étais pas sûr de venir, parvint-il enfin à articuler avec peine.

Il avait maigri, remarqua-t-elle. Et vieilli. Elle attendit, prenant un certain plaisir à voir que le temps avait été plus clément avec elle.

– J'avais peur que tu ne viennes pas. (Jilly parlait d'une voix très basse, les yeux baissés.) Je n'aurais pas pu t'en vouloir.

– Je n'ai pas eu la force de te laisser comme ça. J'ai eu l'impression que tu avais besoin que quelqu'un te vienne en aide.

– Oh oui, si tu savais ! (Elle leva timidement les yeux vers lui et Phillip fut touché au plus profond de lui-même.) Mais de te voir ici... reprit-elle. Je ne m'attendais pas, en te demandant de venir, à me sentir aussi coupable.

– Oh, Jilly..., que fais-tu dans un endroit comme celui-là ?

– Je n'ai pas de quoi m'offrir autre chose.

Elle baissa de nouveau la tête.

– Je vais t'emmener...

– Non, Phillip. Jamais je n'aurais dû t'appeler. Comment pourrais-tu oublier...

Elle se tordait les mains dans un geste de désespoir.

Phillip luttait en vain contre les sentiments qui l'assaillaient.

– Du temps a passé depuis, dit-il enfin.

Ça y est, songea Jilly, transportée. Je l'ai eu. Mais elle dit d'une voix étranglée :

– Tu ne me détestes pas ?

Une immense lassitude passa sur le visage de Phillip.

– Oh, j'ai essayé. Mais il ne s'est pas passé un seul jour sans que je pense à toi.

Elle soutint son regard un long moment. Poussé par un élan irrésistible, il fit un pas en avant et la prit dans ses bras. D'un geste empreint de vénération, comme s'il ne parvenait pas à croire que c'était bien elle, il lui caressa les épaules et posa sur sa joue un doigt léger. Puis il la serra contre sa poitrine et enfouit son visage dans sa chevelure. Quand il prit sa tête entre ses mains pour l'embrasser, elle sentit sur ses lèvres les larmes qu'il n'avait plus la force de réprimer.

Lui prenant la main, elle le conduisit doucement jusqu'au lit étroit où ils s'étendirent côte à côte. Elle déboutonna sa robe et il vit qu'elle ne portait pas de soutien-gorge. Comme hypnotisé, il la regardait avec émerveillement, incapable de faire un geste. Puis il l'attira contre lui, la serrant très fort dans ses bras et pleurant.

– Je suis désolé, disait-il. Je suis trop ému. Je t'aime tant, ma chérie.

La rage et la frustration brûlaient Jilly mais, jouant à la perfection les femmes patientes et compréhensives, elle lui murmura des paroles apaisantes : cela n'était pas grave, ce qui comptait c'était qu'ils soient ensemble, car jamais, jamais, elle ne s'était sentie aussi proche de quiconque. Et quand elle s'arracha à son étreinte après s'être emparée de son âme, il aurait tout donné, tout au monde, pour un seul sourire de la succube qui se cachait sous les traits de son amour.

7

– Bon débarras !

Dans les bureaux de la Harper Mining, Bill McMaster n'accueillait pas la nouvelle du départ de Jilly comme Stéphanie l'avait espéré.

– Mais, Bill, je ne peux quand même pas m'en

laver les mains. Il faut que je lui repropose l'argent. Mais sans conditions cette fois.

Le plaisir qu'avait éprouvé Bill n'avait duré qu'un instant.

– Non, Stéphanie… grogna-t-il.

– Je cautionnerai le chèque moi-même, si c'est pour la Compagnie que vous vous faites du souci.

Bill prit une profonde inspiration.

– Ça n'est pas possible, dit-il résolument. Sauf si c'est ma démission que vous avez en tête.

– Voyons, Bill. Vous savez bien que je ne peux pas me passer de vous.

– Où voulez-vous en venir, Stéphanie ?

Celle-ci ne répondit pas tout de suite.

– Il faut que j'agisse d'une manière ou d'une autre, Bill, dit-elle enfin. Que je prenne une nouvelle initiative. Je n'ai jamais été dans une situation aussi difficile. Face à un tel dilemme. Je pourrais tuer mon père pour m'avoir laissé une responsabilité pareille. À moi de réparer ses torts !

Bill opina du chef, l'air morose.

– La famille Harper doit quelque chose à Jilly, vous ne pouvez pas nier ça, reprit-elle.

Il acquiesça de nouveau.

– Vous n'avez pas réfléchi à ce que cela signifierait si Jilly allait réclamer en justice la part qui lui revient ?

Bill poussa un cri étouffé.

– Cinquante-cinquante ?…

– … de la totalité, termina Stéphanie. Si elle veut nous faire des difficultés, elle peut parfaitement nous traîner en justice et mettre la société en faillite. Je préfère dans tous les cas lui proposer son dû en toute liberté. À moins que vous n'ayez une autre idée ?

– A priori, non, dit-il à contrecœur. N'empêche, je continue de penser… Vous ne pouvez pas juger les autres en fonction de vous, Steph. Vous êtes si honnête. Vous refusez de voir le mal chez les autres…

– Vous avez peut-être raison. Mais je veux seulement donner à Jilly une chance de nous montrer si elle a changé.

– Et moi je voudrais bien qu'on abandonne un peu le sujet de Jilly Stewart pour nous occuper de nos propres affaires.

Il se contraignit à sourire et son visage ridé se plissa encore davantage.

– Bien, monsieur !

Quel merveilleux bonhomme, songea Stéphanie, le cœur plein d'affection. Tant que je l'aurai à mes côtés...

L'interphone ronronna sur le bureau de Bill.

– Oui ? beugla-t-il.

– J'ai quelqu'un ici pour Mme Harper. Un certain M. Sanders.

Bill et Stéphanie échangèrent un regard ébahi.

– Jetez-le dehors ! vociféra Bill.

– Attendez voir ! fit Stéphanie, amusée et intriguée. (Elle s'approcha de l'interphone.) Faites-le entrer dans mon bureau, Hilary. J'arrive.

Mais Bill était hors de lui.

– Le salopard ! Que vient-il faire ici ?

– Je me le demande, dit Stéphanie en vérifiant sa mine et son maquillage devant son miroir de poche. Mais cela ne fait jamais de mal de connaître son adversaire.

Elle franchit d'un pas décidé la porte de communication pour pénétrer dans son bureau. Son visiteur se leva à son entrée. Stéphanie contourna le grand bureau d'acajou tout en l'observant. Il portait un costume parfaitement coupé d'un gris soutenu avec une chemise blanche manifestement de grande marque elle aussi. L'ensemble était d'un luxe discret, en dehors de la cravate rouge et de la pochette de soie vive qui flamboyaient. Il était d'une élégance classique et son teint de marbre contrastait avec des cheveux noirs, épais et bouclés, coupés court et plantés en V sur le front. Ses yeux étaient d'un bleu inattendu et on comprenait, en le voyant sourire, qu'il savait l'effet qu'il produisait.

– Asseyez-vous, je vous prie. J'ai cinq minutes à vous accorder.

– Merci, c'est plus que je n'étais en droit d'espérer.

Le ton était coupant mais la voix pourtant pénétrante.

– Puis-je vous demander ce qui vous amène ?

– La curiosité, pas davantage.

Il rit, désinvolte, et Stéphanie s'agaça de le voir si décontracté.

– J'ai acheté deux ou trois actions de votre Compagnie. Je voulais me faire une idée de l'intérieur.

– Deux ou trois...

Tant d'impudence la laissait sans voix.

– Un petit investissement pour mes vieux jours.

Il haussa les épaules d'un geste gracieux.

– Peut-on en finir avec ces inepties et parler de choses sérieuses, dit Stéphanie d'un ton sec. Un, vous mettez la main sur un nombre considérable d'actions de ma Compagnie. J'ignore encore si vous cherchez seulement à nous affaiblir ou si vous comptez nous engloutir, mais je m'y opposerai. Deux, vous n'avez aucune chance d'y parvenir.

Jake était fasciné.

– Comment pouvez-vous en être si sûre ?

– Ne vous flattez pas, vous n'êtes pas le premier à avoir essayé. Vous n'êtes qu'un petit escroc et vous ne faites pas le poids.

Jake étudiait attentivement celle qui lui faisait face. Quelle femme ! se disait-il, estomaqué. Elle est fantastique ! Avec les femmes comme en affaires, c'étaient les rapports de forces qui le stimulaient. Il fallait qu'une femme ait une forte personnalité pour l'intéresser – une conquête facile n'était d'aucun mérite. Il se voyait parfois comme un chevalier ayant fait vœu de rechercher sa vie entière la reine d'une tribu guerrière, une amazone. Il poursuivait celle dont le cœur aurait comme le sien le tranchant de l'acier, mais jamais il n'avait trouvé une femme à la hauteur de ses désirs. Elles finissaient toujours par s'accrocher à lui et par s'abaisser. Était-il possible – Jake frissonna, de plaisir ou de terreur, il n'aurait su le dire – qu'il eût enfin rencontré celle qui saurait le défier ?

– Dites-moi… reprit-il. (Dans un effort invisible pour se maîtriser, Jake tenta de reprendre l'initiative qu'il avait perdue à la femme sensuelle aux grands yeux émouvants et à la bouche troublante qui le regardait sans ciller.) Dans l'hypothèse improbable d'une mainmise, envisageriez-vous la possibilité d'une association ?

– Certainement pas !

La passion avec laquelle elle avait répondu le secoua de nouveau.

– Comme dans toutes les batailles, c'est le vainqueur qui prend tout.

– Et le perdant, Mme Harper ?

Elle se leva et contourna le bureau pour venir se placer devant lui. Il s'empressa de se lever à son tour – il ne supportait pas qu'une femme le regarde de haut et la taille élancée de l'ex-mannequin qu'était Stéphanie n'était pas si éloignée de son propre mètre quatre-vingt-dix pour qu'il eût véritablement le sentiment de la dominer. Il devinait la forme de ses seins sous l'étoffe légère de son chemisier et ses doigts auraient voulu se poser sur la peau douce…

– Le perdant, M. Sanders ? Cela m'indiffère. Car ce ne sera pas moi. Au revoir, M. Sanders !

Et, le plantant là, elle franchit la porte à double battant qui ouvrait sur le bureau de Bill. Ce dernier leva les yeux à son entrée, notant avec inquiétude ses joues rosies et son air surexcité.

– J'espère qu'il ne vous a pas importunée, Steph, s'enquit-il.

– Pas du tout. Au contraire, il m'a donné une idée ! (Se perchant sur le bureau de Bill, elle composa un numéro de téléphone.) Nous allons faire monter les enchères, Bill, lança-t-elle gaiement.

– Comment ?

– Chuuut ! La Bourse ? Sir Henry ? Stéphanie Harper à l'appareil. Très bien, merci. Je me demandais si vous seriez libre pour déjeuner la semaine prochaine ? Jake Sanders, des investissements Sanders, nous fait quelques difficultés. Il fait joujou avec nos actions et je pensais que les agents de change, chez vous, dans l'intérêt des actionnaires, pourraient le contraindre à déclarer ses intentions au grand jour... Je vous remercie infiniment. À la semaine prochaine, donc. (Elle raccrocha, les yeux pétillants.) Voilà qui mettra M. Sanders au pied du mur, déclara-t-elle, triomphante. Nous allons voir ce que nous allons voir !

– Tant que vous êtes d'humeur à résoudre des problèmes, fit Bill d'un ton haché, voici le dernier en date : Dennis est passé. Il veut que la Compagnie lui prête vingt-cinq mille dollars. Que dites-vous de ça ?

Au parloir de la prison des femmes de Sydney, à Nulawa, plusieurs détenues attendaient derrière la paroi de verre. Certaines tentaient de masquer leur impatience sous un cynisme apparent, mais les autres ne cherchaient nullement à dissimuler leurs sentiments. Derrière elles, une gardienne les surveillait. Elle observait l'une d'entre elles en particulier, une grande jeune femme au visage émacié assise à l'extrême bord de sa chaise, les yeux fixés sur la porte qui livrerait le passage aux visiteurs. Pauvre Olive, songeait la gardienne. Pourquoi se mettait-elle dans un état pareil ? À ses traits défaits, on pouvait deviner qu'elle n'avait pas fermé l'œil de la nuit et elle ne cessait de se ronger les ongles jusqu'au sang. Tout cela parce que celle qu'elle considérait comme son amie, cette femme venimeuse comme un serpent, allait venir la voir. Ne voyait-elle donc pas qu'elle avait affaire à un démon ? Si seulement Olive se rendait compte qu'elle n'obtiendrait jamais d'elle qu'un baiser de Judas !

Olive s'agitait sur sa chaise. Et si elle n'allait pas venir ? Mais la porte s'ouvrit brusquement devant une autre gardienne, qui s'effaça pour faire entrer un petit groupe de gens dont chacun s'efforçait de faire bonne figure en approchant de la paroi de verre. Toutes les détenues furent bientôt lancées dans des conversations animées. Toutes sauf elle. Déçue et humiliée, Olive était au bord des larmes. Elle avait dit qu'elle viendrait !

Une bonne moitié du temps imparti pour la visite s'était déjà écoulée quand Jilly apparut enfin, franchissant le parloir d'un pas désinvolte. Malgré elle, la gardienne reçut un choc. Jilly était parfaitement soignée, vêtue avec recherche et élégance – une vraie gravure de mode.

– Tiens ! Mais c'est Jilly Stewart ! Vous êtes très élégante.

Jilly lui décocha un coup d'œil méprisant.

– J'aimerais pouvoir vous en dire autant !

– On n'a pas changé, hein ? Votre amie vous attend. Vous avez un quart d'heure – mais vous n'avez sûrement pas oublié !

Jilly ne répondit pas et alla s'asseoir devant Olive. À travers la vitre, elle observa avec mécontentement le visage ravagé et les yeux affolés.

– Comment vas-tu ? demanda-t-elle.

– À ton avis ?

– Ne me regarde pas comme ça, dit méchamment Jilly, ou je m'en vais tout de suite.

– Non, Jilly, je t'en prie ! Je ne le supporterais pas.

– Bon, alors, écoute. Je ne suis pas venue seulement pour te faire passer un moment. Combien de temps te reste-t-il à tirer ?

– Trois mois. Pourquoi ?

– Et la liberté surveillée ? À partir de quand peux-tu la demander ?

– Je peux déjà. Mais à quoi bon ? Je n'ai pas de quoi m'offrir un avocat, de toute manière.

– Je connais quelqu'un qui pourrait te défendre pour rien, fit Jilly d'un air entendu.

Olive se tendit.

– Qui ?

– Mon ex-mari. Phillip Stewart.

La jalousie étreignit le cœur d'Olive.

– Pourquoi le mêles-tu à ça ?

– Parce qu'il peut t'aider à sortir d'ici, voilà pourquoi.

– Je ferais n'importe quoi pour ça !

– Il est bien entendu qu'il s'agit d'un échange de services.

Olive scruta le visage dépourvu d'expression de l'autre côté de la vitre.

– Stéphanie Harper ?

– Qui veux-tu que ce soit ?

– Je le ferai.

– Parfait. (Jilly eut un sourire glacial.) Alors tâche de profiter du temps qui te reste pour mettre ça au point. Je compte sur toi, hein ? En attendant, je penserai à toi, ne t'en fais pas.

– Je suis désolé, Angelo.

Accoudé au bar dans le bistro de Vittorio, Dennis présentait l'image même du découragement. Angelo lui sourit avec chaleur.

– Y a pas de quoi, mon vieux, dit-il. Tu peux toujours lui reposer la question dans quelques jours.

Dennis n'eut pas le cœur d'avouer à son ami qu'il avait passé la semaine précédente à tenter de convaincre Stéphanie de lui prêter les vingt-cinq mille dollars qu'il avait promis à Tony Taylor avec tant d'arrogance en échange de sa participation à la future carrière d'Angelo. Pour finir, elle avait explosé et lui avait interdit d'évoquer de nouveau devant elle l'éventualité d'un tel « investissement ».

– Le problème, fit Dennis d'un air contrit, c'est que je connais ma mère. Et vu son humeur du moment, je n'ai aucune chance de la faire changer d'avis.

– Tu ne peux pas les emprunter à quelqu'un d'autre ?

– Quel pigeon, croyez-vous, prêterait des sommes pareilles à deux gamins comme vous pour un petit escroc de manager ? (Le père d'Angelo, Vittorio, n'avait pas pu s'empêcher d'intervenir.) Vaut mieux que vous trouviez pas l'argent plutôt que de le perdre !

– Écoutez, répondit Dennis, vous savez bien qu'Angelo est trop fort pour ça.

– C'est vrai, p'pa, et M. Taylor n'est pas un escroc. C'est un homme d'affaires. Il ne m'aurait pas choisi au gymnase pour me soutenir s'il croyait pas en moi.

– Tu rêves, Angelo ! éclata son père, rouge de colère, et tu vas gâcher ta vie ! J'ai qu'un seul fils, moi. Tu prends le café, tu le fais marcher après moi et t'as une bonne affaire en main. Seulement voilà, tu préfères te faire démolir sur un ring ! Mais quand vas-tu te décider à oublier la boxe et à travailler un peu, bon sang ?

Il frappa le comptoir du torchon mouillé qu'il tenait à la main.

– Mais il n'y a encore personne, protesta Angelo qui n'en saisit pas moins le torchon pour aller essuyer les tables.

– La boxe, toujours la boxe, maugréa Vittorio. Et ce Taylor ! Il croit que tu es à lui. Mais tu es encore mon fils, tu m'entends ?

Angelo sourit.

– Bon, bon, t'as raison, d'accord.

La colère de Vittorio retomba.

– Ce serait peut-être autrement si c'était Dennis

ton manager. C'est ton ami, au moins. Mais Taylor ! Il se fiche complètement de toi et tu le sais très bien !

Il frappa du poing dans sa paume et, ayant dit ce qu'il avait à dire, se mit à ranger des bouteilles en cessant ostensiblement de s'intéresser aux deux jeunes gens. Dennis fit mine de partir.

– Eh ! lança Angelo, tu ne vas pas t'en aller simplement parce que p'pa est de mauvaise humeur !

Dennis hésita :

– Il n'a peut-être pas tort à propos de Taylor, Angie, tu sais. Il se fiche pas mal de ce qui peut t'arriver en dehors de la boxe.

– Il faut pourtant bien que j'aie un manager.

– Je n'ai pas renoncé à mon projet, Angelo, dit Dennis d'un ton définitif. Je t'ai dit que j'allais trouver l'argent – je te l'ai promis –, et je le trouverai.

Angelo ouvrit de grands yeux, étonné par la conviction de son ami.

– Mais comment ?

– Je vais faire travailler mon imagination. (Cela dit, il prit le torchon des mains d'Angelo et le posa sur le bar.) Et maintenant, laisse tomber tout ça.

– Si je ne le fais pas maintenant, il faudra que je le fasse plus tard.

– Alors fais-le plus tard.

– Impossible. Je dois aller au gymnase.

– Tu parles d'un copain ! lança Dennis avec mauvaise humeur. J'ai besoin de quelqu'un pour me changer les idées, pour sortir avec moi !

Angelo fit la grimace.

– Oui, ben, ta mère se fiche peut-être pas mal que tu ailles travailler ou pas. Mais j't'assure que si je m'y risquais... (Il glissa un coup d'œil affectueux en direction de son père.)...j'aurais droit à une sacrée dérouillée en quinze rounds. Et je crains plus mon père que Cassius Clay, mon vieux !

Une heure plus tard, Dennis pressait le pas au long de Bent Street, l'esprit en ébullition. Tandis qu'il attendait les clients au café en compagnie d'Angelo, il avait eu une idée. Une idée géniale. La solution à tous ses problèmes. Il savait qu'il ne se trompait pas au sujet d'Angelo. Il ne lui restait plus qu'à le prouver. Il savait désormais comment et ne se tenait plus d'impatience.

Les bureaux de la Harper Mining étaient quasiment déserts à cette heure tardive. Même celui de Bill McMaster était plongé dans l'obscurité, bien qu'il fût réputé pour arriver plus tôt que tout le monde le matin et repartir le dernier avant Stéphanie. Dennis appela le gardien qui le fit entrer. L'ascenseur le fit monter en douceur jusqu'au vingt-quatrième étage.

En quittant l'ascenseur, il vit qu'une porte était restée entrouverte. Il s'en approcha dans la pénombre et entra. À la lumière d'une lampe de bureau, Cassie Jones était occupée à consulter des piles de dossiers et de documents. Levant la tête, elle poussa un cri de surprise.

– Désolé, fit Dennis. Je ne voulais pas vous faire peur.

– Oh, ce n'est rien.

La couleur revenait lentement aux joues de Cassie. Elle rassembla fébrilement plusieurs feuilles de papier qu'elle glissa dans un dossier au hasard.

– Je ne veux pas vous déranger. Surtout ne vous interrompez pas pour moi.

– Je ne m'attendais pas à voir entrer qui que ce soit ici à cette heure-ci. Je cherchais... des trucs que je n'ai pas le temps d'étudier pendant la journée.

Elle était rose, encore, et évitait les yeux de Dennis. Elle doit être très timide, songea-t-il.

– Toujours la guerre contre Jake Sanders ? demanda-t-il.

– En quelque sorte, répliqua Cassie qui ne

souhaitait manifestement pas en dire plus. J'imagine que ça vous occupe beaucoup, vous aussi.

– Et comment ! Et tout le personnel de la Compagnie aussi.

Il ne put s'empêcher de remarquer combien elle était séduisante – grande et mince, les cheveux brillants, fraîche et pimpante, même en cette fin de journée. Il aurait bien voulu continuer de bavarder avec elle mais ce n'était visiblement pas son intention.

– Bon, eh bien je vous laisse, fit-elle.

Et, emportant ses dossiers, elle gagna la porte. Ce faisant, elle le regarda vraiment pour la première fois. Sans l'avoir voulu, Dennis se sentit happé par ses yeux profonds.

– Je vous invite à dîner demain soir ? balbutia-t-il.

Cassie sourit comme s'il avait voulu plaisanter.

– Bonsoir, dit-elle.

Il la regarda s'éloigner dans le couloir. Quelle déveine ! songea-t-elle. Qu'avait-il donc de si urgent à faire pour revenir au bureau à une heure pareille ? Mais elle aurait été encore plus étonnée si elle avait pu voir le jeune homme assis à son bureau, s'appliquant obstinément à contrefaire la signature de Joanna Randall.

La nuit tomba sur la côte occidentale du continent australien avec la soudaineté des crépuscules tropicaux. Le ciel prit feu à l'horizon puis s'assombrit d'un coup et les ténèbres s'installèrent jusqu'au lendemain. Les arbres en fleurs exhalèrent leur lourd parfum entêtant, les oiseaux se turent et la ville s'endormit.

À Éden, tout le monde dormait. Mais d'un sommeil agité. Dans la grande chambre, Dan fut éveillé en sursaut par un gémissement à ses côtés. Il se dressa dans le lit et alluma la lampe de chevet.

– Tu vas bien, ma chérie ? demanda-t-il.

Stéphanie cligna des yeux. Elle venait justement

de se réveiller et agrippa nerveusement les draps.
– Tu as fait un mauvais rêve ? Un cauchemar ?
Elle fit oui de la tête.
– Ce n'est pas la première fois. C'est depuis que Jilly est sortie de prison, n'est-ce pas ? Toujours le même ?
Stéphanie ne répondit pas, secouée d'un frisson. Pour finir, elle dit d'une voix enrouée de tristesse :
– Pourquoi faut-il qu'au moment même où tout semble aller merveilleusement dans ma vie, cela recommence tout à coup ? Tout se détraque...
– Tout ? Même nous deux ?
– Non... mais Sarah abandonne le piano et refuse d'en parler. Voilà dix jours qu'elle ne m'adresse plus du tout la parole. Et Dennis n'a pas cessé de me harceler avec ces vingt-cinq mille dollars dont il aurait mystérieusement besoin...
– Allez, Steph, fit Dan doucement mais fermement, depuis six mois Sarah hésite sur ce qu'elle va faire. Quant à Dennis... ma foi, c'est Dennis.
Ils éclatèrent de rire. Stéphanie se détendit et se rallongea près de Dan. D'un geste tendre, il écarta une mèche de cheveux du visage adoré.
– Mais Jilly ne s'est pas toujours conduite comme une sœur. C'est ça qui te fait mal, ma chérie ?
Elle acquiesça d'un air malheureux.
– Quand on était petites, on faisait semblant d'être sœurs. Nous n'imaginions rien de plus merveilleux à l'époque. Et maintenant que c'est vrai... ça n'est pas merveilleux du tout.
Dan réfléchit.
– Ne sois pas si sévère avec toi-même, Steph. Jilly n'est pas non plus la personne idéale à avoir pour sœur. Franchement, ma chérie, je ne sais pas si tu as réfléchi à... (Il s'interrompit, hésitant à poursuivre.) Tu as dû remarquer...
– Remarquer quoi ?
– C'est quelqu'un de très perturbé. Elle donne l'impression d'avoir traversé des périodes de grave dépression. Et ce ne sont pas les sept ans de

prison qui ont dû arranger ça. De fait... (sa voix devint sinistre)...c'est exactement le contraire. Cela rendrait n'importe qui maniaco-dépressif.

– Ce n'est pas sûr, Dan. Il faut seulement lui donner le temps de se réadapter à la vie normale. Et elle n'a pas entièrement tort de se sentir flouée. Elle avait même raison à propos de l'argent de la Compagnie. Je n'aurais pas dû laisser Bill poser des conditions.

– Tu lui fais donc vraiment confiance ?

Stéphanie réfléchit le plus honnêtement possible.

– Non, je ne peux pas dire ça. Je ne pourrai sans doute jamais en arriver là. Mais je comprends qu'elle m'en veuille justement à cause de ça. Je ne sais pas comment résoudre le problème. Je me retrouve avec une sœur et je suis totalement incapable d'assumer la situation.

Dan ne pouvait supporter de la voir si perdue. Il la prit dans ses bras et la serra très fort contre lui. Au bout d'un moment il demanda :

– Cela te rendrait service si je lui parlais ? Tu sais où on peut la joindre ?

– D'après Sarah elle est au Palisades, un hôtel minable quelque part aux Rocks. Je devrais aller la voir... lui reproposer l'argent, mais sans conditions cette fois.

– Attends un peu ! Elle te l'a déjà jeté au visage une fois. Qu'est-ce qui arrive à la femme pleine de bon sens que j'aime tant ? Arrête de penser à Jilly.

Il posa un baiser sur sa tempe.

– Je ne peux pas. Il faut que je fasse ce que je t'ai dit.

Ses lèvres s'étaient crispées.

– Tu te sentirais mieux si tu le faisais ? questionna gentiment Dan.

– Moins coupable, en tout cas.

– Alors... c'est une bonne idée. Comment savoir ? Jilly nous donnera peut-être tort à tous, en fin de compte.

S'appuyant sur un coude, Stéphanie regarda son mari. Quel compagnon merveilleux, songea-t-elle. Il est vraiment le seul qui me comprenne. Elle lui caressa doucement la joue, dessinant du doigt les rides soucieuses, et sourit à ses yeux bruns où la perplexité se lisait encore.

– Tu veux savoir ? fit-elle. Je suis drôlement contente de t'avoir, même si je ne te mérite pas.

– Ne t'inquiète pas pour ça, l'avertit Dan. Aucune femme ne pourrait me mériter, de toute manière.

Mais Stéphanie ne réagit pas à sa plaisanterie.

– C'est la vérité, Dan, tu sais. Je t'ai négligé ces derniers temps. J'ai fait comme si c'était normal de t'avoir.

– Tu peux m'avoir autant que tu voudras mon amour. Et le plus souvent sera le mieux.

– Cela figure dans l'ordonnance, docteur ? fit Stéphanie dont l'humeur s'arrangeait. Trois fois par jour ?

Elle lui embrassa le bout du nez.

– Il y a aussi, j'en ai peur, un remède pour la nuit. Un traitement tout spécial.

Il la repoussa doucement pour la faire étendre et entreprit de dénouer les rubans de sa chemise de nuit.

– Je suis tout ouïe, fit Stéphanie.

– Oh, mais ça ne sera pas suffisant, dit-il dans un souffle en glissant la main sous la mousseline légère. Pas du tout suffisant !

8

Dennis n'était pas du genre à se résigner facilement. Et il s'en vantait d'ailleurs, bien que son entêtement à refuser d'entendre raison l'eût plus d'une fois plongé dans des situations inextricables.

Il avait aussi beaucoup de mal à accepter qu'on s'opposât à ses désirs. Sans doute était-ce la faute de Stéphanie qui, par culpabilité à son endroit après son divorce, avait eu tendance à céder à ses moindres caprices. Le refus catégorique de sa mère de lui prêter l'argent dont il avait besoin l'avait mis en rogne et il n'avait plus qu'une idée en tête : trouver un moyen de parvenir à ses fins. Il l'aurait à l'usure, se disait-il. Il fit tout son possible pour se rendre irréprochable, au bureau comme à la maison, plusieurs jours d'affilée. Quand il sentit que sa conduite avait ramené sa mère à de meilleurs sentiments à son égard, il décida de réitérer sa demande. Choisissant un moment on ne peut plus favorable, alors que Stéphanie venait de le féliciter pour son travail, dans les bureaux de la Harper, il repartit donc à l'assaut :

– Alors, il m'arrive parfois d'être autre chose qu'un bon à rien, maman ? dit-il pour la taquiner.

– Bien entendu, Dennis, répondit-elle sérieusement. Quand tu te donnes la peine d'agir avec discernement.

– J'essaie, dit-il, plein de bonne volonté. Et j'en ai justement l'occasion. Je voudrais faire un investissement.

– Un investissement ?

– C'est un placement sûr, maman, je t'assure. C'est...

Stéphanie l'interrompit sèchement.

– Tu m'as déjà dit tout ça et je t'ai répondu, Dennis, déclara-t-elle d'un ton tranchant. C'est à se demander par moments si tu comprends bien l'anglais ! Tu me déçois, décidément, Dennis. La discussion est close ! Tu finiras ça demain, maintenant rentre à la maison, je ne veux plus te voir ici ! Et inutile de m'adresser la parole avant de m'avoir fait des excuses, c'est bien entendu ?

Ébahi par l'explosion qu'il venait de déclencher, Dennis perdit son sang-froid :

– Tu as tellement d'argent que tu ne sais même plus quoi en faire ! hurla-t-il. Pourquoi faut-il que je demande l'aumône chaque fois que j'en ai besoin ? Il suffit que Jilly Stewart rapplique pour que tu lui donnes cinq millions de dollars, mais pour ton propre fils, tu n'es pas prête à en débourser vingt-cinq mille ! La seule façon de te soutirer quelques sous, si je comprends bien, c'est d'essayer de te tuer ou de descendre ton play-boy de mari !

– DENNIS ! (La voix de Stéphanie claqua comme un fouet.) Chaque mot que tu prononces me confirme dans la piètre opinion qu'il m'arrive d'avoir de toi. Je n'ai nulle intention de discuter car je ne tiens pas à t'entendre débiter des insultes que tu regretteras de t'être laissé aller à proférer. Tu…

On frappa à la porte qui faisait communiquer le bureau de Stéphanie avec celui de Bill et celui-ci passa la tête.

– Il est 15 heures, Steph ! lança-t-il, le visage rayonnant.

Il a l'air bien réjoui, le vieux, se dit Dennis, on se demande bien pourquoi. Bill sentit alors l'atmosphère électrique.

– Oh, je vous dérange ? demanda-t-il maladroitement.

– Pas le moins du monde, Bill, dit Stéphanie, et son fils ne put s'empêcher d'admirer son sang-froid. C'est un grand jour et je suis contente que nous puissions nous en réjouir tous ensemble. Je viens.

– Un jour à marquer d'une pierre blanche, pour sûr, fit Bill, incapable de cacher sa joie tandis qu'il faisait entrer Stéphanie dans son bureau. Je vous présente le fils prodigue !

Debout près du bureau à côté de Rina, l'épouse de Bill, se tenait…

– Tom ? s'écria Stéphanie.

Le jeune homme de haute taille aux cheveux

bouclés qui bavardait avec Rina se mit à rire et acquiesça.

– Je n'en crois pas mes yeux ! Tu faisais bien quarante centimètres de moins la dernière fois que je t'ai vu. Et d'où vient ce magnifique costume trois-pièces ?

– Voilà le hic, renchérit Bill qui jubilait devant la surprise émerveillée de Stéphanie et l'embarras de Tom. On les envoie faire leurs études en Amérique et ils reviennent nippés comme des Yankees !

– Mais je ne vous ai même pas dit bonjour, Rina, s'excusa Stéphanie, votre fils m'a fait une telle impression ! (Elle embrassa affectueusement le visage avenant et maternel.) Vous devez être très heureuse de l'avoir de nouveau à la maison.

– C'est vrai, reconnut Rina. Et j'espère que nous le garderons, cette fois.

– Tu peux être sans inquiétude, dit Tom en lui prenant la main. Je suis un Australien de pure souche, pas vrai, et ce ne sont pas quelques années à Harvard qui risquent de me transformer en Yankee !

– Salut !

Dennis venait d'apparaître dans l'encadrement de la porte, l'air franchement hostile. Stéphanie rassembla toutes ses forces pour décocher à son fils récalcitrant un regard acéré qui signifiait : « Tu vas me faire le plaisir de te conduire comme un être civilisé et d'être aimable. » Dennis s'exécuta à contrecœur.

– Je suis content de te voir, dit-il en tendant la main.

– Parle-moi de Harvard, Tom, s'empressa de demander Stéphanie. Tu te plaisais ?

– C'était bien – formidable. Mais il faut que je me mette au travail maintenant, au lieu de me contenter d'en parler.

Stéphanie sourit.

– Où comptes-tu exercer tes talents ?

– Bah, j'ai deux ou trois propositions.
– Ça ne m'étonne pas. Mais je suis sûre que nous pouvons t'offrir mieux.
Tom la regarda attentivement.
– Je ne suis pas certain de comprendre.
Le sourire de Stéphanie s'élargit et Bill était au comble de l'excitation.
– Que dirais-tu de travailler pour nous, Tom ? J'ai vraiment besoin d'être épaulée ces temps-ci.
Tom semblait perplexe.
– C'est vrai ? Papa ne m'a rien dit. Et je ne voudrais pas prendre une décision derrière son dos.
– Avec les notes que tu as obtenues, tu ne devrais pas te faire de soucis de ce genre. Sans compter que ce n'est pas une sinécure. Il va falloir que tu commences par nous mettre à la page, ton père et moi.
Sensible au ton chaleureux de Stéphanie, Tom se détendit et se mit à rire, visiblement heureux.
– Je serais... ravi n'est pas assez fort !
– Oh, félicitations, Tom ! dit Rina, émue, tandis que Bill assenait des claques affectueuses sur l'épaule de son fils.
Stéphanie scella le marché par un baiser affectueux. Seul Dennis se sentait à l'écart de ces démonstrations d'amitié.
– Bravo, Tom, dit-il d'un ton faussement courtois. Nous serons heureux de t'accueillir à la Harper Mining.
Stéphanie se sentit encore une fois gênée par les manières déplaisantes de son fils. Mais si Tom entendit la menace du mâle défendant son territoire dans la façon dont il prononça « Harper Mining », il eut la délicatesse de n'en rien laisser paraître sur son visage.

Le conservatoire de musique de Sydney est un endroit tout à fait charmant. Semblable à un château fort en miniature, doté de tourelles, de meurtrières et d'un pont-levis, c'est un vestige des premiers pénitenciers construits par les Anglais. Seuls les deux palmiers qui flanquent la porte d'entrée sont là pour rappeler que nous sommes dans l'hémisphère Sud. Mais cela faisait déjà longtemps que Sarah n'était plus capable d'apprécier la magie des lieux. Ses années d'études musicales, destinées à l'élever au rang de virtuose au sein de l'un des meilleurs orchestres australiens, loin d'accroître son goût pour la musique, l'avaient en réalité beaucoup diminué. Car Sarah était trop honnête avec elle-même pour se bercer de l'illusion qu'elle possédait un talent égal à celui de ses condisciples. Contrairement à Dennis, qui vivait encore dans le monde imaginaire de l'enfance, Sarah avait toujours eu la tête sur les épaules. Et à mesure qu'elle grandissait, son esprit critique s'aiguisait et elle avait dû se faire une raison : elle n'était pas faite pour une telle carrière.

Cela n'avait pas été chose aisée et elle avait longtemps gardé sa décision pour elle. Elle aurait tellement aimé en être capable ! C'étaient tous ses rêves d'enfance qui s'effondraient. Qu'est-ce que je vais bien pouvoir faire ? se demandait-elle non sans angoisse, je ne suis bonne à rien d'autre ! Semblable à bien des adolescentes, Sarah ne se croyait ni jolie ni bien faite. Elle manquait d'assurance et, au lieu de mettre en valeur ses yeux noisette si expressifs et sa taille élancée, elle cachait les premiers derrière une lourde mèche de cheveux en bataille et semblait prendre un malin plaisir à se tenir le plus mal possible, se dandinant d'une jambe sur l'autre ou creusant la poitrine dans une attitude voûtée et disgracieuse. Stéphanie l'avait pourtant inscrite à des cours de maintien et envoyée en vacances en Europe, dans une famille française, mais Sarah n'en restait pas moins engluée dans son complexe d'infériorité et apparemment incapable – ou peu désireuse – de s'en débarrasser. Elle ne se sentait vraiment elle-même – à l'aise, libre, naturelle – que sur un plateau de concert. Et elle avait même perdu cela désormais, en perdant confiance en ses propres capacités.

Elle s'était persuadée peu à peu que mieux valait abandonner volontairement ses études musicales plutôt que d'y être contrainte, à force de végéter. Et ce malgré la peine qu'elle risquait de faire à sa mère. Car Stéphanie était passionnée de musique. Elle en jouait et en écoutait des heures durant chaque jour de son enfance esseulée à Éden – le premier Éden, dans les terres lointaines du Nord. Sarah pressentait que si Stéphanie n'avait pas été élevée dans un lieu aussi isolé, si elle n'avait pas été aussi farouche et timide dans ses jeunes années, elle aurait certainement aspiré à une carrière de pianiste. Faute de quoi elle s'était attachée à cultiver le talent de Sarah, passant des heures à jouer devant la petite fille et choisissant pour elle par la suite les meilleurs professeurs. Sarah craignait donc que sa mère ne prît son abandon pour un affront personnel.

Mais elle ne pouvait pas faire autrement. L'humeur chagrine, elle quitta le conservatoire d'un pas pressé à la fin d'une semaine gaspillée en pure perte. Mordillant sa lèvre inférieure, elle était si absorbée dans ses pensées qu'elle faillit heurter Jilly en la croisant sur le trottoir.

– Sarah ! Quelle bonne surprise ! s'écria Jilly qui faisait les cent pas depuis un moment dans les parages, un coup de téléphone à Éden lui ayant appris où elle la trouverait.

– Bonjour, Jilly. Qu'est-ce que vous faites là ?

– Je viens du cabinet de Phillip, dit Jilly d'un ton dégagé en indiquant vaguement du geste la direction de Macquarie Street.

Comme elle s'y attendait, au nom de Phillip, Sarah dressa l'oreille avec étonnement.

– Phillip ? Comment… comment va-t-il ?

Sarah ignorait tout des étranges retrouvailles entre Jilly et son ex-époux.

– Il va bien. Écoute, tu as le temps de boire un café ? On se racontera les nouvelles.

Et, prenant Sarah par le bras, elle l'entraîna jusqu'au café le plus proche. Jilly n'eut aucun mal à soutirer à Sarah tous les détails de ce qui avait pu se passer à Éden depuis son départ. La jeune fille était trop candide pour se douter que Jilly l'utilisait comme espionne dans la maison de Stéphanie. Et qu'elle se servait d'elle pour faire parvenir à Stéphanie des réflexions destinées à aggraver son sentiment de culpabilité. Ces rencontres avec Sarah constituaient une part non négligeable du plan de Jilly et elle était résolue à maintenir son emprise sur la jeune fille, même au prix de nombreux efforts.

– … et maintenant qu'elle a pris Tom McMaster pour associé, maman va vraiment pouvoir se battre contre Jake Sanders sur son propre terrain. Elle dit que c'est son arme secrète et qu'il est très fort. Je ne l'ai pas encore revu mais, si tout cela est vrai, Jake Sanders n'a qu'à bien se tenir ! Vous ne croyez pas ?

– Oh, sûrement ! fit Jilly pensivement.

Voilà une nouvelle qui ne manquerait pas de réjouir Jake. Elle allait lui révéler ça sur-le-champ. Un bon prétexte pour reprendre contact avec lui, de surcroît. Jilly était déçue au fond d'elle-même que ce dernier ne l'eût jamais rappelée.

Maintenant qu'elle avait obtenu ce qu'elle cherchait, Jilly pouvait s'intéresser, pleine de sollicitude, au sort de sa nièce.

– Et toi, ma chérie, demanda-t-elle. Comment va le piano ?

Le visage de Sarah perdit aussitôt tout éclat.

– Ça va très mal, dit-elle, soudain maussade. Le problème, c'est que je reste seulement moyenne. Maman a toujours refusé de le voir, mais c'est comme ça. Sous prétexte que je ne m'en tire pas trop mal, elle s'imagine que je peux devenir pianiste de concert. Mais ce n'est pas vrai, je ne me fais aucune illusion.

– Stéphanie serait très malheureuse si tu décidais de laisser tomber ?

Une autre idée géniale venait de germer dans l'esprit fertile de Jilly.

– Oh oui, très, j'en suis sûre, répondit tristement la jeune fille.

– Mais tu ne peux pas continuer comme ça ! Ça te coûte trop ! (Jilly prit la main de Sarah dans la sienne.) Tu lui en as déjà parlé ?

– J'ai essayé.

– Et si quelqu'un d'autre tentait de lui expliquer à ta place ?

– Je ne connais personne.

– J'ai du mal à te croire. Tu n'as pas d'amis, pas de... personne ?

– Oh, je m'entends assez bien avec les autres étudiants. Mais le fait d'être la fille de Stéphanie Harper ne facilite pas les choses. Quand on sort des cours ensemble et que la limousine m'attend avec un chauffeur pour me ramener à la maison, ça me place forcément à l'écart des autres.

– Et les garçons ?

Sarah fit la grimace.

– C'est encore pareil. Ils se méfient de Mlle la milliardaire, comme ils me surnomment. Et quand on a passé les dix-neuf premières années de sa vie dans un pensionnat de jeunes filles, on ne sait pas trop quoi faire avec eux, de toute manière.

Elle est encore vierge ! Jilly faillit éclater de rire quand l'idée lui traversa l'esprit. À notre époque et à son âge ! C'est ridicule ! Sentant le regard de Sarah posé sur elle, elle changea d'expression et lui sourit gentiment.

– Stéphanie accepterait peut-être plus facilement que tu abandonnes la carrière de pianiste si tu avais quelque chose à lui proposer à la place.

Tu as une idée de ce que tu aimerais faire d'autre ? (À la roseur qui colora ses joues, Jilly comprit que la réponse serait affirmative.) Que ferais-tu, insista-t-elle, si tu avais le choix ?

– Bah... (Sarah contemplait ses mains.) Ça va vous sembler grotesque – j'en ai honte, en un sens, d'ailleurs, et à côté de la musique, c'est plutôt superficiel –, mais j'aurais toujours aimé avoir un métier dans la mode.

– La mode ? s'étonna Jilly, les yeux brillants.

– C'est frivole, je sais, mais je n'ai fait que des choses tellement sérieuses jusqu'ici. Je suis vieille avant l'âge ! Je ne peux pas m'empêcher de penser que ça doit être amusant de se consacrer à quelque chose qui n'a d'autre raison d'être que le luxe et la beauté.

– Alors... pourquoi pas ?

Sarah eut un petit rire désabusé.

– Maman ne l'envisagerait pas une seconde ! Elle jugerait l'idée ridicule. Ça ne vaut même pas le coup de lui en parler.

– Ça vaut le coup si tu en as vraiment envie, dit Jilly avec prudence. La vie ne m'a peut-être pas assez appris, mais je sais que cela vaut toujours la peine de se battre pour obtenir ce que l'on souhaite vraiment. Tu as vingt-quatre ans, Sarah. Tu n'es plus une petite fille. Il est temps que tu cesses d'essayer de contenter tout le monde et que tu commences à songer à ce que toi, Sarah, tu veux faire de ta vie.

Jilly se tut. Elle en avait dit suffisamment pour mettre la machine en marche. Sarah semblait réfléchir intensément, soupesant attentivement chacune des paroles de Jilly. Instinctivement, Jilly avait compris qu'elle devait s'arrêter là.

– Il faut que j'y aille, ma chérie, dit-elle d'un ton léger. Mais tu vas réfléchir à tout ça, d'accord ? Et si tu as besoin d'une oreille amicale, n'hésite surtout pas à m'appeler.

Comme la plupart des hommes préoccupés de leur forme physique, Jake était un habitué des séances de massage. Il en sortait toujours débordant d'énergie, les muscles détendus et tonifiés, le corps frémissant, prêt à repartir sur les chapeaux de roues. Une de ses premières initiatives en arrivant à Sydney avait donc été de trouver un institut spécialisé, car rien ne valait le doigté et la précision d'une masseuse professionnelle, dont la dextérité n'avait d'égale que la discrétion... et « topless », bien entendu.

Allongé sur le ventre, les yeux fermés, Jake s'abandonnait aux sensations provoquées par les doigts fins de Pik San Wu qui lui malaxaient le dos. Il n'avait nul besoin de la regarder. Il la connaissait bien. En général, Jake aimait les femmes sportives et déliées, qui se donnaient en se maquillant des airs de tigresse. Piksy, ainsi qu'il la surnommait, était petite et menue, réservée en apparence, avec des cheveux de jais, de grands yeux profonds et lumineux et une peau dorée qui semblait illuminée de l'intérieur. Un vrai petit bijou, songeait Jake. Et quels seins ! Rien qu'à les regarder, à découvrir du bout des doigts leur contour satiné et l'infinie sensibilité des tendres mamelons, il éprouvait un plaisir supérieur à bien des rapports sexuels accomplis.

– Tournez-vous, Mistah Sandah.

Jake s'exécuta, réprimant un sourire. Il savait que Piksy parlait parfaitement l'anglais. Il l'avait entendue un jour vociférer contre un chauffeur de taxi qui avait voulu lui faire payer trop cher la course entre Chinatown et le Regent Palace.

– Espèce de salopard ! hurlait-elle. Vous croyez que je suis tombée de la dernière pluie, que je ne vois pas que vous êtes en train de m'arnaquer ?

Mais, avec ses clients, Piksy jouait le rôle de la geisha soumise et douce, ce qui donnait à la situation une saveur amusante.

Il garda les yeux ouverts, cette fois. Le soleil matinal jouait délicieusement sur la peau soyeuse de Piksy. Le front plissé par la concentration, elle s'agenouilla au-dessus de lui pour lui pétrir les épaules à deux mains. Il leva la tête vers ses seins.

Au même instant, il entendit la porte de la suite s'ouvrir et Cassie entra. Il faut que je lui reprenne la clé, nota mentalement Jake. Cassie embrassa la scène d'un seul coup d'œil. Stupéfaite et consternée, elle demeura figée sur le seuil, incapable de dire un mot.

– Bonjour Cassie, lança Jake comme si de rien n'était. Bon, ça ira pour aujourd'hui, Piksy. Merci infiniment.

Baissant les yeux avec un petit air modeste, pas impressionnée le moins du monde, Piksy descendit du lit, enfila tranquillement son T-shirt et rassembla ses affaires.

– Au revoir Mistah Sandah, dit-elle de sa petite voix haut perchée avec un profond salut à l'orientale.

Et, sans prêter la moindre attention à Cassie, elle quitta la pièce avec toute la dignité que lui permettait sa taille minuscule. Cassie la regarda sans mot dire. Et soudain, toute velléité de discussion la quitta. De quoi irait-elle se plaindre ? Elle n'avait aucun droit sur Jake. Celui-ci ne lui avait fait aucune promesse, aucune déclaration d'amour ou de fidélité. Elle laissa retomber ses épaules.

Jake l'observait d'un œil amusé.

– Tu n'es pas vieux jeu au point de faire une histoire pour une simple séance de massage ? demanda-t-il.

– Je... je suis désolée d'être arrivée à ce moment-là.

– Ma chérie, cela ne m'empêche pas d'être content de te voir.

Il se leva et, nouant une serviette autour de sa

taille, s'approcha d'elle pour l'embrasser. Mais elle était raide et crispée.

– J'espère que tu ne t'es pas trop détendu grâce au péril jaune, dit-elle, agressive malgré elle. Tu vas avoir besoin de toute ton énergie pour affronter la Harper Mining.

– Ou sa présidente.

Il n'avait cessé de penser à Stéphanie depuis leur première rencontre et elle avait troublé sa tranquillité d'esprit.

Cassie rougit.

– Occupe-toi de la Compagnie, Jake, dit-elle. Elle aime son mari.

– Elles disent toutes ça. Jusqu'au jour où...

– Tu as envie de coucher avec elle ?

Jake poussa un soupir.

– Cassie, peux-tu me faire le plaisir de tempérer un peu ta brutale franchise australienne ?

– Qu'est-ce qui te pousse, Jake ? Tu te prends pour Casanova ?

Jake la moucha en répondant à sa question avec le plus grand sérieux.

– Je suis ambitieux, sans doute, dit-il pensivement. Mais c'est un désir dévorant qui me pousse, tu comprends ? Je veux... je veux tout !

– Eh bien moi, je ne veux pas... je ne veux plus jouer ce jeu-là. (Elle était rouge et semblait sur le point de se mettre à pleurer.) J'en ai assez de fouiller dans les affaires des autres comme une voleuse.

Jake ouvrit de grands yeux faussement candides :

– Mais ce rôle te va pourtant à ravir. Une vraie Mata-Hari. Et je n'aurais pas pu me passer de toi.

Jugeant l'instant opportun, il s'approcha de nouveau d'elle et l'enlaça. Malgré elle, Cassie s'abandonna à la douceur de son étreinte.

– Voyons, Cassie, murmura-t-il, tu me plais, tu sais. Nous avons passé de bons moments, tous les deux...

Il l'entraîna doucement vers le lit et s'assit à côté d'elle. Cassie posa la tête sur son épaule.

– Oh, Jake... si j'étais découverte... qu'est-ce que je risque ?

– Le pire.

Jake avait pour principe de ne jamais mentir aux femmes sous prétexte de les séduire. Il les aimait lucides, intrépides et crânes et ne les berçait jamais d'illusions.

– Oh, non ! fit Cassie d'une voix si lasse qu'il dut tendre le cou pour l'entendre. Le pire est déjà arrivé quand je suis tombée amoureuse de toi.

– Cassie... tu peux passer cette porte pour la dernière fois et ne plus jamais me revoir. C'est ce que tu veux ?

– Non.

– Alors ne gâche pas tout. Bon, de combien de temps disposes-tu avant de te rendre là-bas ?

Il l'embrassa dans le cou et du bout de la langue lui lécha l'oreille.

– Une heure, à peu près.

Si seulement il ne lui faisait pas cet effet-là !

– On en profite, alors ? Tu ne peux pas me laisser comme ça, de toute manière. Après ton arrivée intempestive au milieu d'une séance particulièrement bénéfique pour mon système nerveux, tu me dois bien ça, hein ?

Tous les chevaux adorent sortir aux premières heures du jour, par un matin clair, quand l'air est encore frais et pur et l'herbe humide de rosée. Le cheval de Stéphanie allongea le pas sur le chemin de terre qui faisait le tour du petit lac. Depuis qu'elle passait la plupart de son temps en ville, elle n'avait plus le loisir de monter, comme autrefois à Éden. Là-bas, chaque jour, elle galopait des heures durant à travers les étendues sauvages et désertiques dont elle connaissait chaque piste, chaque arbre fantomatique, chaque troupeau de kangourous à des lieues à la ronde

– seule en pleine nature, avec pour unique compagnon son puissant étalon noir, King. Jamais je ne trouverai un autre cheval comme lui, songea Stéphanie. King, le seul véritable ami de mon enfance, le seul mâle à qui je pouvais faire confiance avant l'arrivée de Dan. Il avait plus de trente ans, désormais, et, n'ayant rien perdu de son orgueil luciférien, connaissait une retraite heureuse, entouré d'égards et de considération. Mais pour le galop effréné qui faisait oublier à Stéphanie toutes ses préoccupations et redonnait vie à son corps crispé et tendu, elle jugeait plus gentil de choisir une monture plus jeune.

Elle se pencha en avant pour tapoter le col satiné de sa jument Tosca – robe gris clair immaculée, crinière et queue blanches et touffues. L'animal réagit en faisant pivoter ses oreilles mobiles et tourna la tête pour venir flairer les bottes de la cavalière, puis, piquant des deux, elle s'élança au galop.

– Pas encore, ma chérie, lui souffla Stéphanie. Excuse-moi, mais il faut que je réfléchisse. On reste au trot, d'accord ?

Les sujets de réflexion se bousculaient dans sa tête. Des jours et des semaines avaient passé depuis que la libération de Jilly et la révélation du testament de Max avaient semé la panique dans son existence – dans l'univers protégé qu'elle avait mis tant de soin à fabriquer. Ce n'était peut-être qu'un château de cartes, pour s'être effondré aussi facilement au premier coup de vent. Pour la première fois elle s'était querellée avec Sarah, Sarah qui avait enfin osé annoncer à sa mère qu'elle comptait abandonner ses études de piano mais qui refusait d'envisager autre chose à la place. Dennis passait quant à lui du silence obstiné à la guerre ouverte et elle l'avait surpris à plusieurs reprises qui l'observait d'un regard entendu, ce qui ne présageait rien de bon. Et Jilly... Stéphanie sentit le cœur lui manquer.

Jamais elle ne s'était sentie plus éloignée d'une solution, de ce côté-là. Elle revit par la pensée le jour où elle avait pris sur elle d'aller voir Jilly à son hôtel des Rocks.

– Rien ne t'oblige à rester ici, lui avait-elle dit le plus gentiment possible, horrifiée par l'aspect misérable de l'endroit. J'ai de nouveau réfléchi à la question de l'argent. J'ai eu tort de faire ce que j'ai fait. Je n'avais pas à poser de conditions. Cet argent t'appartient, un point c'est tout. Je voudrais que tu sois heureuse.

– Comment cela pourrait-il suffire à assurer mon bonheur – même une somme pareille ? Quelle que soit la façon dont tu me l'offres, ce ne sera jamais vraiment mon argent, mais un geste charitable. Tu ne comprends pas ce que je veux dire, n'est-ce pas ?

Stéphanie avait perdu pied.

– Est-ce que... Veux-tu revenir à Éden ? Il y a une chambre pour toi, quand tu veux.

– C'est trop tard. Je ne pourrais plus m'y sentir chez moi, quoi que tu fasses. Va retrouver ton mari et ta famille. Tu ne peux rien pour moi.

Quand Stéphanie s'était détournée pour s'en aller, Jilly l'avait achevée avec des mots d'adieu qui n'avaient pas cessé de la tourmenter depuis.

– Tu cherches seulement à te sentir mieux, mais ne compte pas sur moi pour t'aider à soulager ta conscience, Stéphanie Harper !

Stéphanie frissonna au souvenir de l'expression hideuse qui s'était peinte sur le visage de Jilly quand elle avait prononcé ces paroles venimeuses. Elle était si haineuse ! Mais Stéphanie ne parvenait pas à croire qu'elle désirât au fond être comme ça. N'importe quelle femme dans sa situation, malheureuse, rejetée, éprouverait la même chose. Il faut que je m'accroche, se dit-elle, que je trouve un moyen de la sortir de là.

La sortir de quoi ? fut la question qui s'insinua aussitôt dans l'esprit de Stéphanie. Jilly avait-elle raison de dire qu'elle cherchait à soulager sa conscience ? Malgré sa perplexité, elle ne fit rien pour chasser le flot des réflexions, des souvenirs et des sentiments qui l'assaillaient brusquement. Au contraire, cherchant les rapports qui existaient entre eux, elle remonta méthodiquement dans le temps, suivant leurs traces. Elle avait toujours été favorisée par rapport à Jilly. Pas seulement à cause de l'argent, bien qu'il eût contribué à la rendre généreuse et désintéressée. Mais dans tous les domaines. Orpheline de mère, avec un père qui n'était jamais là, Stéphanie n'avait pas l'habitude de considérer que le sort l'avait favorisée. Mais, comparant pour la première fois sa vie à celle de Jilly, elle se rendait compte qu'elle avait toujours eu la première place en tout.

Et maintenant, elle possédait tout ce que la vie peut apporter – deux enfants, l'amour d'un homme merveilleux et le respect et l'affection de tous ceux qui la connaissaient. Jilly ne possédait rien de tout cela et où qu'elle allât désormais elle ne serait plus qu'une ex-criminelle, marquée pour toujours au sceau de l'infamie. Bien sûr que je me sens coupable ! comprit-elle brusquement. Et qu'est-ce que je cherche à faire ? À l'acheter pour exorciser une crainte superstitieuse, la peur que tout ne me soit enlevé si je ne me montre pas assez généreuse, que tout ne disparaisse en fumée comme dans les contes de fées ? Ou pour la récompenser du service qu'elle m'a rendu ? Car, en prenant le fusil pour tuer Greg Marsden, ne m'a-t-elle pas sauvé la vie et libérée des liens d'un mariage funeste ?

Oublie le passé, s'intima-t-elle férocement. Et recommence de zéro si tu veux aider Jilly à faire de même. Il faut que j'arrive à croire que c'est ce qu'elle veut elle aussi. Il le faut ! Elle poussa un soupir.

Mais comment s'y prendrait-elle ? Y avait-il un moyen d'effacer les blessures du passé, d'oublier les mensonges, la haine et la mort entre elles deux ? Si ce moyen existait, son cerveau fatigué était impuissant à l'imaginer. Elle y avait réfléchi jusqu'à se sentir vidée, l'esprit comme paralysé. Et rien n'en était sorti. Rien qu'un marasme général. Ses enfants mécontents se rendaient détestables, et tout partait à vau-l'eau. Seul Dan gardait son sang-froid. C'était le roc auquel elle pouvait s'appuyer en toutes circonstances, la stabilité. Même lui pourtant... Elle s'était tellement donnée à son travail, ces derniers temps, à cause de la crise que traversait la Compagnie, et aux discussions avec Sarah et Dennis, qu'elle l'avait beaucoup négligé. Se détachait-il imperceptiblement d'elle ?

Stéphanie frissonna. Perdre l'amour de Dan... elle ne pourrait le supporter. D'un geste brusque et décidé, elle enfonça ses talons dans les flancs de la jument.

– Allez, ma belle, en route ! dit-elle. Il est temps de chasser tout ça au loin.

Aussitôt, l'animal obéit et s'envola dans un petit galop léger. S'adaptant à son rythme, sa cavalière jeta ses préoccupations à tous vents.

Au sommet d'un petit tertre à l'horizon, un autre cavalier observait Stéphanie qui franchissait la prairie comme l'éclair sur le dos de l'élégante jument. Au bout de cinq jours, la patience de Jake était enfin récompensée.

– Allez, fonce, sale bête ! dit-il en frappant de ses mollets longilignes les flancs de sa monture.

Le hongre démarra sans enthousiasme. Jake supportait mal de monter une bête de manège, lui qui avait toujours eu à sa disposition les plus fringants chevaux de race. Mais il n'avait pas le choix en l'occurrence – s'il voulait rencontrer Stéphanie Harper « par hasard » en dehors des heures de bureau.

En apercevant le cavalier qui venait dans sa direction, celle-ci ralentit l'allure pour éviter d'effrayer l'autre cheval en fonçant droit sur lui. Mais ses bonnes dispositions firent place à la colère quand elle reconnut Jake Sanders.

– Mme Harper ! Quelle surprise !

Les dents blanches étincelèrent.

– Ne jouez pas au plus fin avec moi, M. Sanders ! Je suis venue ici pour être tranquille !

– Vous vous méprenez, je vous assure, protesta-t-il. C'est pure coïncidence.

– Enchantée, et je m'appelle Mae West !

– Je ne me serais jamais permis de venir troubler votre tranquillité.

– Pourquoi êtes-vous là, alors ?

Cette exquise façon qu'elle avait de relever le menton pour le défier…

– Pour prendre la mesure de… comment dois-je vous appeler ? L'adversaire.

Son accent traînant, qui se voulait intime, emplit Stéphanie de rage. Il lui adressa un sourire charmeur. Il est impossible ! se dit-elle en détachant son regard des yeux bleus perçants pour se concentrer sur les longs doigts fins qui tenaient les rênes. Mais ils étaient aussi troublants à leur manière.

– Il fait un temps délicieux, murmura-t-il. Si nous mettions nos différends de côté pour en profiter ensemble ?

– Ensemble ? Écoutez-moi bien, M. Sanders, déclara Stéphanie d'un ton sarcastique, votre optimisme n'a d'égal que votre effronterie ! Bien le bonjour !

Elle fit pivoter la jument et la lança sur-le-champ au galop, avec une technique parfaite.

Jake n'hésita pas un instant. Il n'était pas dans sa nature de ne pas relever un défi. Il donna un coup de talon brutal à sa monture rétive et s'élança à sa poursuite. Mais son cheval n'était pas de taille et malgré tous ses efforts, il se laissa aisément distancer par la petite jument, qui se donna même le luxe de ralentir à l'approche de l'écurie. Au même moment, un coup de fusil claqua à travers les airs avec une violence épouvantable. Impuissant, pétrifié d'horreur, Jake ne put que regarder la jument s'arrêter dans sa course en hennissant et rouler à terre, comme au ralenti, entraînant sa cavalière dans sa chute.

9

Si Joanna Randall fermait la porte de l'agence Tara à un moment quelconque pour rentrer tranquillement chez elle comme n'importe quelle femme d'affaires, aucun de ses voisins du quartier à la mode de Sydney où était située Liverpool Lane n'aurait pu en témoigner. Elle était assise à son bureau ou occupée à vérifier la marchandise dans sa boutique bien avant le passage des éboueurs ou du facteur. Et quand elle partait enfin, le soir, les dernières prostituées de King's Cross considéraient leur journée comme terminée depuis longtemps. Joanna était le moteur de l'entreprise et elle en était tout à fait consciente. Concevant, dirigeant, distribuant des ordres et des instructions, hurlant chaque fois qu'il était nécessaire, Joanna était partout à la fois, sa voix résonnant dans tous les coins de l'agence qui tirait sa vie de son énergie débordante.

Debout sur le trottoir devant la porte, Sarah percevait le bourdonnement qui en émanait et frissonnait dans la chaleur cuisante de la mi-journée. La peau parcourue de picotements, l'estomac noué, elle était sur le point de s'enfuir en courant. Mais, prenant son courage à deux mains, elle redressa la tête et poussa la porte.

– Bonjour, mademoiselle, fit l'hôtesse en la reconnaissant. Mme Randall est là-haut, au studio.

En grimpant l'escalier aux murs tapissés de photos des mannequins vedettes de l'agence, Sarah sentait toute assurance lui échapper. Comment s'était-elle mis dans la tête qu'elle pourrait faire de cet univers le sien ?

Du studio de photo au dernier étage, s'échappait une rumeur confuse qui traduisait une agitation frénétique. Quelqu'un chantait le tube de Michael Jackson, *Thriller*, d'une voix de fausset, sans se soucier du rythme et en accumulant les fausses notes. *« It's close to midnight and something evil's lurking in the dark... »* Un cri d'exaspération imposa le silence au chanteur.

– Jason ! ordonna Joanna. Tu veux la boucler et venir par ici !

Sarah glissa un coup d'œil à l'intérieur. Sous le feu des projecteurs, la pièce vibrait de couleurs et d'animation. À une extrémité, des ouvriers étaient occupés à monter une longue passerelle qui s'étirait jusqu'au centre de la pièce. Autour, des électriciens s'affairaient avec des spots rouges, bleus ou verts qu'ils essayaient sous l'œil attentif d'un régisseur. Un peu partout, des mannequins bizarrement accoutrés ou presque entièrement dévêtus prenaient des poses, la lippe boudeuse, ainsi qu'il sied à leur profession. Et, au milieu du chaos, Joanna était plongée dans une discussion animée avec un gnome bardé d'appareils-photo.

Figée sur le seuil, Sarah maudit sa malchance, ou plutôt sa mémoire déficiente. Comment avait-elle pu oublier que l'agence Tara préparait l'événement de l'année, le défilé de mode que le Tout-Sydney attendait, et qui lui donnerait encore une fois l'occasion de se pâmer devant la beauté et la grâce des mannequins maison, les nouvelles créations de la boutique et le talent de Joanna ? Elle avait bien mal choisi son moment ! Déconfite, elle tourna les talons pour s'en aller.

– Sarah !

La voix perçante de Joanna aurait abattu un dingo à cent mètres.

Elle s'approcha à grandes enjambées pour aller embrasser la jeune fille et la fit entrer.

– Quelle bonne surprise ! Qu'est-ce que tu viens faire par ici ?

Sarah prit une profonde inspiration.

– Je suis venue vous demander du travail, articula-t-elle lentement.

Joanna écarquilla les yeux.

– Du travail ? Mais je croyais...

– Si c'est à ma brillante carrière de pianiste que vous pensez, ce n'est plus d'actualité. (Sarah parlait d'une voix hachée mais résolue.) Je me suis rendu compte que je n'avais pas l'étoffe et... et je n'ai plus envie. Et si vous voulez savoir ce qu'en pense maman, je trouve qu'il est grand temps que je prenne ma vie en main et que j'arrête d'être tout simplement la fille de Stéphanie Harper. Vous ne croyez pas ?

Le menton dressé, elle s'efforçait de paraître plus sûre d'elle qu'elle ne l'était.

Joanna n'était pas dupe. Mais quelque chose dans la détermination de Sarah toucha une corde sensible dans son cœur.

– Je comprends, ma chérie, dit-elle. Mais pourquoi avoir choisi la haute couture ? Quelles connaissances as-tu dans ce domaine ?

– Les mêmes que maman quand elle a commencé ! répondit Sarah d'un ton de défi.

– C'est juste... mais elle voulait devenir mannequin. Elle s'est présentée au bon moment, elle a eu de la chance, elle a travaillé très dur, et elle est partie avant qu'on ait eu le temps de se lasser d'elle. Mais si tu songes à une carrière dans la haute couture – c'est une grosse entreprise de nos jours, tu sais. Il faut du flair et de l'imagination, certes, mais il faut aussi savoir manier les chiffres.

– Et comment savoir si je suis capable de faire tout ça ? demanda Sarah qui ne se laissait pas abattre. La réponse est simple : pour l'instant, je n'y connais rien. Mais je peux m'y mettre.

Joanna éclata de rire.

– Une chose est sûre, fit-elle, pour arriver à apprendre les morceaux de musique que je t'ai entendue jouer, il ne faut pas être fainéant, je dois l'admettre.

– Si je n'essaie pas, je ne saurai jamais si j'en suis capable, en tout cas.

Joanna prit une décision.

– La force de ta logique m'a convaincue, dit-elle. Il va me falloir un peu de temps pour voir comment je vais t'intégrer à notre puissante organisation, mais tu peux commencer lundi. D'accord ? 8 h 30. Et attention, pas de bourdon dans ma ruche, je t'avertis !

Sarah dut se retenir pour ne pas se jeter au cou de Joanna.

– Merci, dit-elle avec ferveur. Je serai à la hauteur !

Joanna changea brusquement de sujet.

– Comment va ta mère, dis-moi ?

– Un peu anxieuse, je crois.

– Tu m'étonnes ! fit Joanna sans chercher à dissimuler ses sentiments. Ça doit faire un choc d'apprendre qu'on a pour sœur une tarentule !

Sarah fut contrariée.

– Vous ne pensez pas que les gens ont pu se tromper au sujet de Jilly ?

– Oh, tu veux dire qu'elle serait plutôt de la famille des mygales ?

– Je veux dire qu'on devrait lui laisser une chance de repartir de zéro.

– Tu ferais mieux d'y réfléchir à deux fois, dit Joanna d'un ton sévère. Je ne m'y risquerais certainement pas. Mais je ne suis pas Stéphanie. C'est décidément la personne la moins rancunière que j'aie connue.

– C'est un si grave défaut ?

– En principe non. Mais je suis bien sûre que Jilly Stewart va s'arranger pour en tirer profit à l'encontre de Stéphanie.

– Vous savez qu'elle a déchiré le chèque de cinq millions de dollars que maman lui offrait ?

– Ce qui peut vouloir dire deux choses : soit elle est complètement folle, soit très maligne au contraire.

Sarah se sentit tout à coup mal à l'aise.

– Vous devriez peut-être en parler avec maman.

– Inutile, ma chérie, répondit Joanna de nouveau chaleureuse. Ta mère prend ses décisions toute seule... c'est dans son caractère.

– Son caractère ? Le caractère de qui ?

Le petit bonhomme bardé de caméras s'était approché à leur insu, exécutant un pas de danse de son cru au rythme de la musique. Joanna se mit à rire.

– Tu connais Jason Peebles, notre charmant photographe ?

– Mais tout le monde me connaît, voyons, maman ! Bon, on se met au boulot ou tu as déjà décidé de me mettre à la retraite ?

– J'arrive.

Jason s'éloigna en sautillant, fredonnant sur la musique : « *Thriller, killer...* »

– À lundi, Sarah.

Joanna plongea dans la mêlée et disparut aux yeux de la jeune fille, qui redescendit lentement les escaliers, les paroles de la chanson de Jason s'égrenant dans sa tête et la troublant étrangement : « *This is thriller, killer night, there ain't no second chance, you're fighting to survive – this in the end of your life...* »

C'est alors qu'elle aperçut, au pied des marches, l'hôtesse de la réception qui levait vers elle un visage défait :

– Mademoiselle, lui dit-elle, on vient d'appeler pour vous. Pouvez-vous téléphoner au Dr Marshall – immédiatement ?

Le corps raidi par une tension presque insoutenable, Dan se tenait près de l'étroite table blanche dans la salle d'opération. Autour de lui des silhouettes masquées en blouse verte accomplissaient les gestes nets et précis de leur profession et lui seul se sentait inutile, exclu de l'activité féroce et parfaitement maîtrisée qui régnait dans la pièce et pourtant plus intimement touché par ce qu'ils faisaient qu'eux-mêmes. L'appel caverneux du haut-parleur résonnait encore à ses oreilles : « On demande le Dr Marshall aux urgences immédiatement... le Dr Marshall aux urgences... »

Il avait su immédiatement ce que cela ne pouvait manquer de signifier. Mais jamais il ne se serait attendu à l'horrible vision de Stéphanie inanimée, le teint grisâtre et le côté du visage affreusement tuméfié et enflé. Derrière elle se tenait un grand gaillard en culotte de cheval, dont la présence semblait tout à fait incongrue au milieu du personnel hospitalier. Il posa sur Dan un regard curieux. Est-ce que je le connais ? se demanda le chirurgien. Mais il était trop anxieux pour s'attarder sur la question.

– Elle est encore en vie, docteur.

Dan avait assez souvent prononcé cette phrase lui-même pour savoir que « tout juste » aurait été plus près de la vérité. Comme dans un rêve, il avait emboîté le pas au chirurgien et à l'anesthésiste jusqu'à la salle d'opération. Bouleversé de douleur, il tentait de communiquer en silence avec Stéphanie, étendue, inconsciente, sur la table d'opération : « Ne m'abandonne pas, Steph, tiens bon, je t'en supplie, ne lâche pas prise, ce n'est pas possible, tu m'entends, mon amour... ? »

Il était si absorbé qu'il se rendit compte que l'intervention était terminée seulement lorsque l'infirmière lui toucha le bras.

– Docteur ? Ça s'est passé pour le mieux, n'est-ce pas ? Ce n'est plus qu'une question de temps, désormais.

Une question de temps... elle était vivante. Dans un brouillard il quitta le bloc opératoire, et dans le couloir, se trouva de nouveau nez à nez avec l'inconnu des urgences.

– Comment va-t-elle ? s'enquit-il.

Dan tombait des nues.

– Qui… ?

– C'est moi qui l'ai amenée ici. Elle se promenait à cheval dans le parc et j'en faisais autant. J'ai entendu une détonation – comme un coup de feu ou un pot d'échappement de voiture. Son cheval s'est cabré avant de tomber en l'entraînant dans sa chute.

Dan fit un effort pour comprendre.

– Je vous remercie de lui être venu en aide, dit-il enfin.

– C'était vraiment la moindre des choses ! fit l'homme avec agacement. Mais vous ne m'avez pas encore dit comment elle va ?

– L'opération s'est bien passée, articula machinalement Dan, luttant contre l'envie de s'en aller pour se retrouver seul.

– Dieu soit loué ! fit l'inconnu, manifestant son soulagement par un grand sourire. Au fait, je ne me suis pas présenté, reprit-il d'un ton suave. Jake Sanders. Votre femme vous a peut-être parlé de moi.

– Vous êtes un ami de Stéphanie ?

– Pas exactement, fit Jake d'un air entendu.

Dan éprouva soudain un profond désagrément, très proche de la colère.

– Disons que… nos intérêts en affaires s'entremêlent. Stéphanie est une femme remarquable.

Dan fixa son regard sur les dents blanches qui étincelaient au milieu du visage de son vis-à-vis, réprimant son désir de les lui briser sauvagement d'un coup de poing.

– Oui, bon… si vous voulez bien m'excuser…

– Mais bien sûr.

Dan s'éloigna à la hâte. Mais il ne put éviter d'entendre la voix dans son dos qui disait, avalant les syllabes à la manière des Anglais :

– Vous ne m'en voudrez pas si je fais envoyer quelque chose à Stéphanie pour accélérer sa guérison… ?

– Jilly ! Jilly ! Ouvre-moi !

Comme un plongeur descendu au fond, Jilly émergea péniblement d'un profond sommeil pour faire surface dans ce qui lui sembla un cauchemar éveillé. Les coups frappés à la porte résonnaient horriblement dans la petite chambre sordide et la voix sifflante qui les accompagnait ne présageait rien de bon. Elle s'extirpa du lit pour aller ouvrir. La visiteuse entra furtivement pour aller s'appuyer au mur.

– Olive ! Pourquoi ne m'as-tu pas annoncé que tu allais sortir ?

– Pour te faire la surprise ! (Elle avait les yeux brillants et des taches rouges maculaient ses joues au teint maladif.) Et parce que je voulais régler ma dette envers toi. Qu'on recommence de zéro, sur un pied d'égalité. Et je l'ai fait ! Ça y est !

– Qu'est-ce que tu racontes ?

– Stéphanie Harper !

D'un grand geste théâtral, Olive tira de derrière son dos un pistolet dont le long canon d'acier bleuté étincela dans la lumière matinale.

– Quoi ? fit Jilly effarée. Où as-tu trouvé ça ?

– Si on te le demande… (Olive exultait.) Oh, ma chérie ! C'est pour toi que j'ai fait ça. (Et, enlaçant sauvagement Jilly, elle pressa ses lèvres glacées sur son visage. Puis elle s'écarta brusquement.) Je vais revenir et je te ferai l'amour comme il faut – comme tu aimes –, mieux qu'il ne le fera jamais. (Ses traits s'assombrirent.) Il faut que je me taille, je ne peux pas traîner ici plus longtemps. (Elle jeta son arme sur le lit étroit.) Je te laisse le soin de te débarrasser de ça – au cas où je me ferais arrêter. À bientôt.

Jilly retrouva enfin la parole.

– Olive ! Tu ne peux pas…

Mais elle n'était déjà plus là.

Tremblant d'appréhension, Jilly couvrit le pistolet d'une serviette-éponge et, prenant bien garde de n'y pas toucher, l'en enveloppa et fourra le paquet dans un sac plastique qu'elle alla cacher au fond de la penderie. Puis elle attrapa ses vêtements à la hâte, maudissant Olive et la traitant de tous les noms. Quelle imbécile ! Elle ne savait donc pas que Jilly serait la première personne que les flics viendraient interroger ? Ils allaient arriver d'un instant à l'autre. Elle enfila à toute vitesse son soutien-gorge, une culotte et une robe et glissa ses pieds dans des souliers. Elle était prête ! Elle avait peut-être le temps de foncer jusqu'au pont pour aller balancer à l'eau la pièce à conviction. Elle ouvrit la porte à la volée pour s'assurer que la voie était libre et se trouva nez à nez avec un policier qui lui mit aussitôt sa carte devant les yeux.

– Jilly Stewart ?

Elle fit oui de la tête, luttant pour garder son sang-froid.

– Inspecteur Jennings, et voici mon collègue, le brigadier Adams. Nous voudrions seulement vous poser deux ou trois questions, si vous permettez.

Sans attendre la réponse, il pénétra dans la chambre, jetant des regards alentour. Jilly tenta désespérément de détourner son attention.

– J'aurais dû m'en douter ! déclara-t-elle.

– Vous douter de quoi ?

– Que vous ne me ficheriez pas la paix ! Voilà combien de jours que je suis sortie de prison ? J'imagine que je dois m'estimer heureuse qu'on m'ait laissée tranquille pendant une semaine ou deux !

L'inspecteur ne répondit pas, se contentant de la fixer d'un air perplexe.

– Écoutez, madame, intervint l'autre, nous ne sommes pas chargés de persécuter les gens qui sortent de prison.

– Ah bon ? Alors vous venez seulement vérifier que je me conduis comme il faut, que je ne fais rien de mal ! Quelle prévenance !

L'air furibond, elle alla se placer devant la penderie. L'inspecteur Jennings ne cessait de l'observer avec une expression ironique.

– Ne vous en faites pas, dit-il pour finir. Deux ou trois petites questions et nous repartons.

– Par exemple ? demanda Jilly avec truculence.

– Par exemple, où étiez-vous entre 7 et 8 heures ce matin ?

– Ici.

– Quelqu'un pourrait le confirmer ?

Jilly réfléchit frénétiquement.

– Vous étiez seule, c'est ça ?

Merci, crapule, songea Jilly. Tu viens de me donner une idée. À voix haute elle dit, feignant la gêne :

– Heu… en fait, non.

Adams intervint de nouveau :

– Vous voulez dire que vous avez passé la nuit avec quelqu'un ?

– Dois-je répondre à ça ? fit Jilly en s'adressant à son supérieur.

– Dans votre propre intérêt, certainement, oui, répondit doucement Jennings.

Jilly baissa les yeux sur ses mains qu'elle tordait pathétiquement devant elle.

– Nous comprenons, madame, poursuivit Jennings du ton de la sincérité. Au bout de sept ans…

– J'étais avec… mon mari. Mon ex-mari. Phillip Stewart.

– Vraiment ? s'exclama l'inspecteur avec étonnement. Nous le vérifierons. Maintenant, si vous le permettez, nous allons jeter un petit coup d'œil…

– Vous avez un mandat de perquisition ?

– Voyons, ma fille. (Le masque courtois de l'inspecteur laissa la place à une expression de pur mépris.) Vous ne croyez quand même pas qu'on a besoin d'un mandat pour perquisitionner chez quelqu'un comme vous !

D'un geste il lui fit signe de s'écarter de la penderie et Jilly n'eut pas l'aplomb de refuser. Pendant un moment qui lui parut une éternité, il en examina le contenu.

– Il y a un tas de choses intéressantes là-dedans, observa-t-il. Si je vous demandais d'ouvrir ce sac en plastique ?

Il tendit la main pour le saisir et Jilly joua le tout pour le tout.

– Allez-y inspecteur. Ne vous gênez pas. Il est plein de serviettes hygiéniques usagées !

Jennings recula comme si un serpent l'avait piqué. Avec une grimace de dégoût il gagna la porte et disparut sans un mot.

Le brigadier se sentit obligé d'atténuer la retraite brutale de son supérieur.

– Merci beaucoup, madame, vous avez été... très coopérative.

Décidément ce n'était pas son jour, songeait le brigadier Adams. Quand ils arrivèrent au cabinet de Phillip Stewart celui-ci était au téléphone et on les fit attendre interminablement. Et quand ils finirent par être introduits auprès de lui, ce dernier avait l'air malheureux comme les pierres – il y avait de quoi, avec une femme comme la sienne – mais n'en confirma pas moins dans le détail l'alibi de la Stewart, et comme ils n'avaient que cette piste à se mettre sous la dent, l'enquête tournait court. L'inspecteur Jennings commençait à envisager la pire des possibilités : celle du crime gratuit, dépourvu de motif, d'un forcené. Adams résolut de son côté de penser à autre chose, ne fût-ce que le temps du déjeuner, pour ne pas gâcher sa digestion. Mais c'est un ulcère à l'estomac qu'il aurait eu s'il avait pu voir Jilly se promener d'un air dégagé sur le grand pont de

Sydney puis, s'arrêtant pour contempler le panorama, lâcher distraitement le contenu d'un sac en plastique, un objet qui tomba immédiatement au fond de l'eau et que l'on ne retrouverait que le jour improbable où le port serait à sec.

10

– Mme Harper ! Quelle bonne surprise ! Nos chemins se croisent de nouveau !

– Cessez de finasser avec moi, M. Sanders !

Le cheval de Jake était près du sien et, tendant la main, Sanders s'empara des rênes de la jument, l'empêchant de s'écarter.

– Trop tard, jolie madame – j'y ai pris goût...

D'un mouvement très lent, il se pencha pour l'embrasser. Elle était incapable de bouger ou de prononcer une parole. Un cri terrible s'éleva alors et elle n'aurait su dire si c'était elle ou Tosca, puis elles tombèrent ensemble, interminablement...

Au prix d'un effort convulsif, Stéphanie parvint à se dégager du cauchemar qui la poursuivait depuis ce qui lui semblait une éternité, à intervalles réguliers. Elle ouvrit les yeux. Elle était dans sa chambre, à la maison, dans son lit, et la silhouette tassée dans un fauteuil, sous la lampe... c'était Dan. Elle en éprouva un soulagement si intense que des larmes jaillirent de ses yeux; elle ne pleurait pas, non, mais son cœur débordait.

Aussitôt éveillé, tous les sens aux aguets malgré la fatigue des nuits de veille, Dan la regarda. Un long moment, ils demeurèrent ainsi sans parler, puis Stéphanie rompit la première le silence.

– Qu'est-il arrivé, Dan ? demanda-t-elle d'une voix enrouée.

– De quoi te souviens-tu ?

Il avait parlé très doucement, évitant de la brusquer.

– Oh... je tombais... et avant... comme une pétarade... Comment... ?

Elle s'interrompit, s'efforçant de comprendre.

– Ne te fatigue pas, ma chérie, dit gentiment son mari. Tu as fait une chute, une mauvaise chute. Tu n'as rien de cassé mais c'est ta tête qui a porté. Tu es restée dans le coma un bon moment. Nous aurons tout le temps d'en reparler quand tu auras repris des forces.

Mais il savait qu'elle était déjà repartie à la dérive, apaisée par son amour et l'aura de calme qu'il tissait autour d'elle.

Dan ne mentait jamais à ses patients ni à sa femme. Mais il savait aussi qu'on ne pouvait sans risques assener de graves nouvelles à quelqu'un en état de faiblesse. Stéphanie n'apprit donc que progressivement que sa chute n'était pas le résultat d'un accident. Comme il s'y attendait, sa première question, dès qu'elle fut capable de réfléchir, fut pour Tosca. Il lui révéla avec le plus de ménagements possible que la brave petite jument avait été abattue et elle pleura comme une enfant. Après quoi ce fut presque avec indifférence qu'elle écouta Dan expliquer qu'elle n'avait pas été achevée par le vétérinaire comme elle l'avait d'abord logiquement supposé, mais tuée sur le coup par un assassin inconnu. Elle finit pourtant par rassembler les pièces du puzzle et, s'agrippant en tremblant à la main de Dan, murmura soudain :

– Ce n'était pas un bruit de voiture, Dan ! On a essayé de me tuer !

Au grand soulagement de Dan, Stéphanie ne posa aucune question sur les progrès de l'enquête. Il craignait d'avoir à lui dire que l'on n'avait rien trouvé et que celui ou celle qui avait voulu la tuer courait toujours. Cela lui fut épargné et il la vit bientôt – en dépit des épreuves qu'elle venait de traverser – revenir à la vie et reprendre des forces, physiquement et moralement.

Sarah et Dennis erraient à travers la maison comme des âmes en peine, ne s'en éloignant que pour se rendre à leur travail et rentrant le soir le plus tôt possible. Joanna venait souvent elle aussi, les bras chargés de fleurs. Ses premiers mots, lors de sa visite initiale, avaient été pour maudire l'individu crapuleux qui était responsable de l'état de Stéphanie.

– Si je l'attrapais, celui-là ! avait-elle lancé à Matey qui lui ouvrait la porte.

– Et moi, donc, madame ! avait renchéri le vieux domestique profondément remué.

Éden tout entier sembla exposé à une longue éclipse tant que demeura dans l'ombre celle qui l'ensoleillait et lui donnait son âme.

Le jour vint enfin où Dan décida qu'il était temps que la convalescente quittât sa chambre. Quand elle pénétra dans le hall au bras de son époux, Sarah à ses côtés, on sonna à la porte. Matey se hâta d'aller répondre. Sur le seuil, se tenait un jeune livreur presque entièrement dissimulé derrière un énorme bouquet de fleurs. Des glaïeuls, des œillets et des roses à profusion, exhalant un parfum entêtant.

– Oh, qu'elles sont belles ! s'exclama Stéphanie. Qui les envoie ?

Matey les apporta, désagrafant la carte de visite.

– Quel bouquet magnifique, maman ! dit Sarah, taquine. Comment s'appelle ton admirateur ?

Dan fronça les sourcils.

– C'est un certain Jake. Il en envoie tous les jours.

Stéphanie le regarda avec de grands yeux.

– Je pensais que tu ne souhaitais pas être envahie, reprit Dan d'un ton coupant, évitant de la regarder dans les yeux. (Il prit la carte des mains de Matey et la lui tendit.) Mettez les fleurs dans l'eau, Matey, je vous prie.

– Voyons un peu, fit Sarah tout excitée : « Je n'aurais aucun mérite à vous battre tant que vous ne serez pas de nouveau en pleine forme. Tous mes vœux de prompt rétablissement, Jake. »

Stéphanie fit la moue.

– Qui c'est, maman ? demanda Sarah, de plus en plus curieuse.

– C'est un homme plein de charme et d'aplomb qui sévit en ville ces temps-ci. C'est aussi l'adversaire.

– L'adversaire ?

– De la Harper Mining. C'est lui qui a décidé de faire main basse sur nos actions.

– Mais c'est lui qui t'a transportée à l'hôpital !

– Il faisait du cheval dans le parc en même temps que moi. C'est un très bon cavalier.

– Heureusement qu'il était là à ce moment-là, maman. Sinon tu n'aurais pas été soignée aussi vite ! dit Sarah d'un ton solennel.

– Hmmm, grogna Dan. Je ne peux pas dire que je l'aie trouvé très sympathique. Et j'avoue ne pas bien comprendre ce qui le pousse à dévaliser tous les fleuristes de Sydney pour t'importuner.

Stéphanie le regarda. Pour la première fois depuis qu'ils étaient mariés, elle se demanda : Dan serait-il jaloux ? Non, c'était ridicule. Son accident l'avait mis à rude épreuve, voilà tout. Plus vite elle serait rétablie, mieux tout le monde se porterait.

– Allez, vous deux, vous comptez m'emmener au salon ou me laisser languir ici toute la journée, moi, une pauvre invalide ?

– Encore un peu ?

Jilly tenait fermement sa coupe tandis que le champagne coulait, la mousse s'arrêtant juste à temps, à ras bord.

– Vous buvez toujours du champagne ? demanda-t-elle.

– Chaque fois que j'en ai la possibilité, répondit

celui qui la servait. C'est-à-dire chaque fois que j'en ai envie. Mais je vous ai interrompue. Poursuivez. Comment va... la malade ?

– Elle se rétablit promptement, comme on dit.

Jilly se mordit la lèvre. L'acte dément d'Olive l'avait horrifiée. Surtout dans la mesure où il avait risqué de faire tomber à l'eau tous ses projets. Si Stéphanie avait été tuée, la Harper Mining, Éden et tout le reste seraient passés directement entre les mains de Dan qui, lui, ne serait pas venu lui offrir cinq millions de dollars ni quoi que ce soit. Son idée consistait au départ à se servir d'Olive afin de mettre en péril l'équilibre de Stéphanie par des moyens subtils, pour ajouter encore aux ennuis que lui causait Jake et la mettre à bout de nerfs. Les yeux de Jilly brillèrent de rage et, pour la millième fois, elle imagina ce qu'elle ferait subir à Olive si elle mettait la main sur elle. En fin de compte, les choses n'avaient pas trop mal tourné. Après la courte panique qui avait suivi la visite des policiers, Jilly respirait de nouveau librement depuis qu'elle avait jeté le pistolet au fond du port. L'« accident » lui avait également donné l'occasion de jouer les sœurs éplorées au chevet de Stéphanie qui avait délicieusement mordu à l'hameçon, la réconciliation lui faisant verser des larmes de joie. Et puisqu'elle était de nouveau persona grata à Éden, elle en profitait pour glaner subrepticement tous les détails de la stratégie de défense que l'on mettait au point contre les malversations de Sanders. Elle y apprenait des lèvres du Dr Dan le déroulement de la convalescence de Stéphanie. Et un beau jour, elle décida qu'il était temps d'aller rendre visite à Jake pour la deuxième fois.

Celui-ci n'avait pas été mécontent du tout en revoyant Jillv Stewart. Après sa première visite, il s'était dit qu'elle pourrait lui être fort utile le moment venu. C'est pourquoi il avait résisté à la tentation de succomber à l'attirance sexuelle qu'il avait éprouvée dès l'instant où elle avait passé la porte – vision chatoyante, dans sa robe couleur de flamme qui mettait si bien en valeur un corps plein de promesses...

Il avait donc fait son possible pour la reléguer hors de ses pensées. Mais voilà qu'elle était devant lui et il y avait des limites à ce qu'un homme pouvait supporter. Jake l'examina attentivement. Sa robe de couleur vive, à motifs verts et or, lui moulait la poitrine, et l'étoffe soyeuse était en elle-même une invite aux caresses. Des chaînes d'or lui ceignaient le cou et les poignets et leur éclat rappelait celui de ses cheveux et, plus encore, étrangement, les pépites d'or dans ses yeux. Elle portait aussi, comble de la vulgarité, une autre chaîne autour d'une cheville – détail terriblement provocant.

Fort bien, songea-t-il. Si c'est ce que tu veux...

Lisant dans ses pensées, Jilly adressa à Jake un sourire de miel. Tu n'es pas mal non plus, nota-t-elle in petto. Un corps superbe, des mains puissantes, un visage parfait, surtout la bouche. Si le reste est à l'avenant... Sirotant son champagne, elle le regardait par-dessus le bord de sa coupe. Mi-amusé, mi-agacé par ses œillades provocantes – il n'avait pas l'habitude qu'une femme le déshabille ainsi du regard –, Jake demanda :

– Votre sœur va mieux, alors ?

– Oh, ce n'est pas encore tout à fait ça, répondit Jilly d'un ton coupant. Et j'espère que vous avez profité de votre avantage. Nous avons conclu un marché, si je me souviens bien.

– Ah oui ? Mais je dois vous dire... L'indisposition passagère de la présidente a fortement ralenti leurs réactions face à notre entreprise. Et la moindre faiblesse dans les hautes sphères de la Harper Mining nous est évidemment favorable : les actionnaires sont remarquablement oublieux quand ce genre de chose se produit. Nous avons racheté des paquets d'actions aux plus paniqués, ces derniers temps.

– Tout va bien pour vous, alors ?

Le sourire de Jilly révéla des petites dents pointues. Comme celles d'un chat, pensa-t-il.

– Il nous faut seulement vingt pour cent.

– Pour quoi faire ?

– Pour avoir une place au conseil d'administration. Et une fois que j'y serai entré...

Soudain, il se rendit compte que Jilly ne l'écoutait plus. Au lieu de quoi elle l'observait de nouveau avec un intérêt incongru. Jake ne bougea pas. Du dehors lui parvenaient le bourdonnement continu de la circulation sur la voie express et, plus loin, le hurlement d'une sirène dans le port. Mais, au dernier étage de l'hôtel, ils étaient comme dans un cocon de luxe et de silence feutré, un cocon de soie, de satin et de velours. La seule réalité, c'était cette femme assise en face de lui qui l'observait de ses yeux d'or pâle aux reflets sauvages, ses colliers et ses bracelets, le galbe de son corps...

D'un geste très lent, Jilly posa son verre et se leva pour le rejoindre. Elle se planta devant lui et, tendant les mains, le poussa en arrière dans son fauteuil. Jake poussa un grognement. C'était impossible... stupide...

Telle une épouse infiniment dévouée, elle entreprit de dénouer la cravate de Jake et la fit glisser autour de son col. Un par un elle défit les boutons de sa chemise et en écarta les pans, révélant son torse bronzé. Comme un chat elle y posa ses ongles et le griffa doucement, en mouvements descendants, jusqu'à la taille.

Jake résistait au plaisir qu'il sentait monter en lui. Pas question de lui laisser le pouvoir !

– Vous êtes une rapide, madame Stewart, dit-il. Mais je ne suis pas pressé. Je veux d'abord savoir à qui j'ai affaire. Alors ôtez cette robe. Et prenez votre temps...

11

La Ferrari blanche était garée dans la rue près du gymnase. Taylor était là – parfait. Dennis avait ce qu'il lui fallait. Il pressa le pas jusqu'à l'entrée tout en vérifiant qu'il avait bien dans sa poche tous les papiers dont il avait besoin. Il hésita un instant sur le seuil puis fonça en avant.

La plus grande animation régnait dans la salle où les boxeurs, seuls ou par deux, s'entraînaient dans tous les coins. Il aperçut Angelo qui cognait comme un furieux dans un punching-ball, les poings allant et venant comme des pistons. Derrière lui, son entraîneur, Barney, était en grande conversation avec Taylor. Les deux poids lourds, Chicka et Jacko, les assistants de Taylor, étaient nonchalamment appuyés aux escaliers non loin de là. Taylor fut le premier à voir Dennis approcher.

– Tiens ! Qui donc s'amène à une heure aussi matinale un lundi matin ? La Harper Mining t'a mis à la porte, ça y est ?

– Je suis ici pour affaires, comme vous, Taylor, répliqua sèchement Dennis.

Et, tirant une feuille de papier de sa poche, il la lui tendit d'un geste théâtral.

– Qu'est-ce que c'est ? demanda Taylor, aussitôt sur le qui-vive, rétrécissant encore ses petits yeux de fouine.

– Un contrat, par lequel vous et moi devenons managers associés d'Angelo.

– Tu nous ménages encore d'autres surprises, mon gars ? demanda ironiquement Taylor.

En entendant son nom, Angelo s'était interrompu et il se tenait aux côtés de Dennis, haletant pour reprendre son souffle. Barney s'empressa d'intervenir en voyant que Taylor venait de le remarquer.

– C'est bon, Angie, cinq minutes de corde à sauter et ça ira comme ça – tu as bien travaillé.

– Et comment, persifla Taylor. Tant qu'il n'a pas devant lui un type qui rend les coups, il est au poil !

Angelo rougit et s'éloigna. Taylor reporta son attention sur Dennis.

– Un contrat, hein ? Mais ça coûte de l'argent, un contrat, fiston. Je ne me suis peut-être pas bien fait comprendre. J'avais cru dire que c'était vingt-cinq mille si tu voulais une part.

– J'ai très bien compris. (Dennis tendit une autre feuille de papier.) Voici une traite sur l'entreprise Tara – qui fait partie de la Harper Mining – pour vingt-cinq mille dollars.

Taylor s'en saisit avidement, examinant les petits caractères d'imprimerie.

– Je ne peux pas l'encaisser avant la fin du mois !

– C'est dans quelques jours !

– Et qu'est-ce que c'est que ce nom – Randall ? Si c'était Stéphanie Harper, je ne dis pas...

Sentant le rouge lui monter aux joues, Dennis serra les dents.

– Joanna Randall est la directrice de l'entreprise Tara. Sa signature a la même valeur que celle de ma mère, de toute façon.

Il y a drôlement intérêt à ce que ça marche, songea-t-il, je me suis suffisamment exercé. Il chassa à la hâte ses derniers scrupules. C'était un bon investissement pour la Compagnie, il en était absolument sûr. Sa mère serait venue se rendre compte par elle-même si elle n'avait pas eu d'accident. Sans compter que, s'il n'avait pas pris cette initiative, Angelo serait resté entre de mauvaises mains et il aurait perdu la chance qui s'offrait à lui. Quand l'argent d'Angelo coulerait à flots, il faudrait bien qu'ils se rendent tous à l'évidence – ils conviendraient alors qu'il était de la trempe des Harper et que ses intuitions étaient toujours les bonnes.

– Il va peut-être falloir que je reconsidère mon opinion à ton sujet, fiston, dit Taylor en suçant ses dents d'un air pensif. Alors voyons... Nous sommes lundi, vendredi j'encaisse le pognon. (Tout en parlant, il empocha tranquillement le contrat et la traite.) Tu te ramènes quand je l'ai touché. On pourra signer le contrat et célébrer notre association.

Dennis savourait l'instant.

– Eh oui, on va être associés.

Avec un bref salut, Taylor prit congé. Dennis se retourna. Angelo se tenait à ses côtés, les yeux brillants d'enthousiasme.

– Ça y est, Dennis ! Tu l'as vraiment fait !

Au grand embarras de Dennis, les yeux bruns d'Angelo s'emplirent de larmes.

– Du calme, mon vieux, dit-il. Je deviens ton manager, pas ta maman !

Angelo sourit, essuyant ses larmes du revers de la main.

– J'y arriverai, Dennis, tu verras. Je le ferai pour toi – et pour mon père – et pour moi-même !

– Si t'as la pêche, c'est gagné ! (Dennis lui administra une tape amicale dans le dos.) Et maintenant, vas-y. Je veux te voir voler comme un papillon et piquer comme une abeille. C'est ce que dit ton entraîneur, non ? Tu me coûtes assez cher, pas vrai ?

Les deux hommes gagnèrent en riant un coin du gymnase inoccupé. Barney les regarda s'éloigner avec amertume.

– Vingt-cinq mille ! marmonna-t-il entre ses dents. Quel crétin ! Il aurait pu acheter dix boxeurs avec ça.

Quand Dennis quitta enfin le gymnase pour commencer sa journée à la Harper Mining, les autres émergeaient d'une séance de travail épuisante qui se tenait depuis plusieurs heures déjà. Renfrogné, le teint grisâtre, Bill était effondré dans un fauteuil tandis que Tom examinait les chiffres qui se déroulaient sur l'écran d'un petit ordinateur. Il laissa soudain échapper un cri de victoire.

– Ça tient ! lança-t-il. Le chiffre tient ! Papa, je crois qu'on l'a eu !

– Doucement, petit, dit Bill, prudent, tu devrais peut-être demander à notre spécialiste.

Assise devant un autre ordinateur, Cassie leva la tête en souriant.

– C'est la vérité, M. McMaster, dit-elle. Les achats sont stabilisés à dix-huit pour cent.

Les yeux fatigués de Bill retrouvèrent un peu de vie.

– On l'a mis en défaut, alors ?

– Pour le moment, oui, dit Cassie. Vous l'avez arrêté net – mais pour combien de temps ?

– De toute façon, il n'a pas ses vingt pour cent ! s'écria Bill qui n'était pas prêt à laisser ternir son triomphe. Je ne serai pas obligé de supporter sa présence au conseil !

– Pas cette semaine, en tout cas, remarqua Tom.

– Inutile de vous dire que je suis bigrement soulagé. (Bill se leva en s'étirant.) Les actionnaires sont une race curieuse, tout de même. On se met en quatre pour la Compagnie et il suffit qu'un pirate comme Sanders pointe le bout de son nez pour qu'ils se précipitent pour vendre comme des vrais moutons.

– Tout bien considéré, dit pensivement Tom, ils ne se sont pas si mal comportés. Et s'ils continuent comme ça, Jake Sanders n'a aucune chance d'entrer en participation dans la Compagnie. Sans parler de mainmise ! Mais il faut que nous restions vigilants. Car il y a un « mais ».

Bill parut inquiet.

– Qu'en dites-vous, Cassie ?

– Tom a parfaitement raison, M. McMaster.

– Voilà ce que je propose, dit Tom. Pour l'instant, les actions restent en place. Et à moins qu'une nouvelle masse d'actions Harper ne soit de nouveau mise en vente – ce que nous saurions assez tôt pour arriver les premiers –, Sanders n'obtiendra pas ce qu'il veut. Par conséquent, tant qu'on maîtrise la situation, c'est le moment de passer à l'attaque.

– À l'attaque ?

– Il faut le réduire à l'impuissance en frappant vite et juste, comme il a fait avec nous. (Tom se tourna vers Cassie.) Et je suis sûr que notre spécialiste sera de cet avis. Les stratégies ne manquent pas pour ce genre de chose. On en apprend un certain nombre à Harvard.

Cassie fit un effort désespéré pour adopter le même ton optimiste.

– Absolument, M. McMaster. Vous avez parfaitement raison, Tom.

– Voilà comment nous allons procéder, papa. Quand tu appelleras Stéphanie pour lui annoncer la bonne nouvelle, demande-lui si nous pouvons nous rendre à Éden pour une petite réunion. En attendant, Cassie et moi allons réfléchir aux divers moyens de prendre notre homme au piège. Nous allons le coincer, ne t'en fais pas. Et Mme la présidente n'aura qu'à s'en féliciter – une bonne manière d'accélérer sa guérison, crois-moi. (Il sourit pour lui-même, anticipant la victoire.) Il va avoir une mauvaise surprise, pas vrai, Cassie ? Il l'aura mérité, le salopard !

Le soleil de midi était haut dans le ciel au-dessus du port et ses rayons réfractés par la surface de l'eau y faisaient jouer des reflets dansants. Les restaurants de la rive résidentielle comptaient parmi les hauts lieux de la capitale australienne. Mais Phillip Stewart, attablé devant le panorama qui lui était toujours apparu comme l'un des plus beaux du monde, n'était guère d'humeur à l'apprécier ce jour-là. Pâle et défait, il mangeait du bout des dents, cherchant sans les trouver les mots susceptibles d'exprimer ce qu'il ressentait.

– Phillip, tu ne manges rien, finit par dire Jilly en se tapotant les lèvres de sa serviette de table, rassasiée. Tu n'as pas touché à tes crevettes, regarde.

Elle s'était régalée quant à elle, et si Phillip pouvait cesser de faire une tête longue comme un jour sans pain, tout serait parfait. Il la regarda d'un air désespéré.

– Oh, Phillip, je t'en prie, arrête, tu vas m'empêcher de digérer ! (Mais, devant sa mine contrite, elle se radoucit et lui toucha le bras.) C'est ce ridicule épisode avec les flics qui te tracasse ?

– Ridicule épisode ? Tu m'as obligé à faire une déclaration totalement fictive – à fabriquer un faux alibi...

– Je ne croyais vraiment pas que tu...

– Tu aurais dû me le faire savoir dans ce cas-là ! éclata Phillip sans chercher davantage à cacher ses sentiments. J'y aurais réfléchi à deux fois avant de faire un faux témoignage !

Fronçant le nez, Jilly décida qu'il était temps de jouer les petites filles.

– Tu y vas un peu fort, Phillip – tu parles vraiment comme un avocat.

– Tu aimerais mieux quelque chose de plus terre à terre – mensonge te convient mieux ?

– Je suis désolée, Phillip ! (Baissant les yeux, elle était l'image même du repentir.) Je n'avais pas l'intention de te mêler à ça, je t'assure... mais je ne savais plus quoi faire. Ils me harcelaient, me menaçaient. J'ai pris peur et... tu as toujours été si bon avec moi... autrefois...

Phillip regarda le visage baissé, les mains qui se tordaient pathétiquement sur les genoux et son cœur fondit. Car si les autres ne voyaient chez Jilly que ses défauts apparents, c'est de la petite fille solitaire, effrayée, qui se défendait comme elle pouvait en se tenant toujours sur ses gardes qu'il s'était épris voilà bien longtemps. Et bien qu'il fût trop intelligent pour ne pas voir que Jilly en jouait avec lui pour le manipuler, sa générosité l'empêchait d'abandonner le fardeau qu'il avait délibérément choisi tant d'années auparavant. Avec un soupir, il se pencha au-dessus de la table et lui prit la main, caressant tendrement les doigts fins...

– Et de toute manière, reprit Jilly à qui le geste de Phillip avait redonné confiance, ce n'était pas vraiment un mensonge. Tu aurais très bien pu être avec moi.

– C'est vrai ?

– Tu le sais bien, répondit-elle à voix basse.

– Oh, ma chérie ! (Sous le coup de l'émotion, il se mit à trembler.) Tu pourrais... te remettre en ménage avec moi, après tout ce temps ? Je ne sais pas ce qui m'arrive, Jilly, mais depuis que tu es de retour dans ma vie, je ne mange plus, je ne dors plus, je suis incapable de travailler... je suis comme une âme en peine. Et toi... il ne faut pas que tu restes là-bas, dans cet endroit sordide. Si seulement je pouvais t'en arracher. Mais assez de discours. Tout cela pour dire : Jilly, pourrions-nous recommencer tous les deux, et oublier tout ça ? Tu veux bien essayer ?

Il y eut un long silence. Quand Jilly prit enfin la parole, ce fut d'une voix si douce et tendre que Phillip eut du mal à l'entendre :

– Phillip, mon cher Phillip... on peut essayer.

Sur la terrasse derrière la maison, à Éden, Stéphanie se dorait tranquillement au soleil. Il faut avoir été au fond du tunnel, songeait-elle, pour pouvoir se réjouir aussi totalement de revenir à la lumière, à la chaleur et à la vie. Dan disait que c'était grâce à sa forte constitution qu'elle avait si vite repris le dessus. Mais elle n'était pas de cet avis. Stéphanie savait que, par-dessus tout, c'était parce qu'elle l'avait voulu. Elle s'étira avec délice sur son lit de repos.

Non loin de là, Dan ouvrit les yeux, percevant qu'elle avait bougé, et la regarda.

– Comment va la malade ?

Stéphanie rit.

– Et comment va le médecin ?

– Tu dois aller mieux, fit Dan d'un ton grognon, si tu redeviens insolente !

Mais il ne dit rien de l'inquiétude qui croissait en lui depuis quelques jours. Pendant sa maladie et sa convalescence, ils étaient redevenus très proches l'un de l'autre, comme aux premiers jours de leur amour. Mais en retrouvant ses forces et toute son énergie vitale, reprenant déjà même les rênes de la Compagnie – Dan aurait pu étrangler Bill de ses propres mains pour ça –, allait-elle s'éloigner de lui, allait-elle cesser d'avoir besoin de son amour ?

Pour la centième fois, Dan chassa son anxiété. Il savait, lorsqu'il avait épousé Stéphanie, que la Harper Mining n'était pas seulement un travail, pour elle, mais un héritage précieux, auquel elle se donnait presque comme s'il se fût agi d'une mission. Et le surcroît d'activité et de stress de ces derniers temps était tout de même exceptionnel – dû à la menace de mainmise intervenant en même temps que l'incroyable révélation à propos de Jilly. Tout cela finirait par se calmer. Bientôt ils retrouveraient leur existence côte à côte et leur sérénité des années précédentes. Et pourquoi ne profites-tu pas plutôt des derniers moments de répit au lieu de te ronger ? se dit-il. Depuis quelques jours, ils ne prenaient pas seulement leur petit déjeuner au bord de la piscine, mais aussi leur déjeuner, servi par Matey dans les règles de l'art. D'un instant à l'autre ce dernier allait arriver, leur apportant une bouteille de champagne frappé dans un seau à glace, et prononcerait la phrase rituelle : « Un apéritif, madame ? »

Avec une ponctualité parfaite, Matey apparut sur le seuil de la porte-fenêtre donnant sur la pelouse en pente douce qui séparait la maison de la terrasse au bord de la piscine. Mais il ne portait pas de seau à champagne. Et si sa démarche était comme à l'accoutumée lente et mesurée, il émanait un air d'excitation de toute sa personne.

– Désolé de vous déranger, madame, lança-t-il dès qu'il fut à portée de voix, mais il y a... une livraison. Je n'ai pas cru devoir prendre la responsabilité d'accepter.

– Une livraison ?

Stéphanie évita volontairement de regarder Dan pour ne pas éclater de rire. Matey était si drôle, quand il se sentait atteint dans sa dignité !

– Très bien, allons voir de quoi il s'agit !

Elle passa une robe de bain et gagna avec Dan l'entrée de la maison. D'un geste théâtral, Matey ouvrit la lourde porte de chêne et ils découvrirent dans l'allée un camion de transport de chevaux. Un homme se tenait à côté.

– Mme Stéphanie Harper ?

– Heu... oui.

Sans ajouter un mot, le livreur gagna l'arrière du fourgon et en rabattit la portière pivotante. Disparaissant à l'intérieur, il réapparut tenant par la bride un magnifique cheval blanc dont la crinière et la queue étaient soigneusement tressées comme pour un concours de beauté. L'animal s'immobilisa un instant, flairant l'air, puis, avec l'élégance d'un pur-sang s'avança vers le petit groupe fasciné devant la porte.

Stéphanie fut la première à reprendre ses esprits.

– Oh, la merveilleuse créature ! s'exclama-t-elle en se précipitant pour la flatter. D'où viens-tu, dis-moi ?

Le cheval baissa la tête comme pour répondre par un salut à l'accueil de Stéphanie et vint renifler doucement sa main tendue.

– Bonjour, ma belle, chuchota celle-ci, comment t'appelles-tu ?
– Si vous voulez bien signer ici, dit le livreur en fourrant un morceau de papier et un stylo sous le nez de Dan.
– Signer ? Pour quoi faire ? demanda Dan d'un ton agacé.
– Pour la jument. Elle est à vous. C'est un cadeau pour Mme Harper de la part de... (il jeta un coup d'œil au papier)...Jake Sanders, Entreprises Sanders.
– C'est incroyable ! éclata Dan. À quoi joue cet individu, à la fin ?
– Dan ! Ne crie pas ! Tu vas lui faire peur, dit Stéphanie d'un ton réprobateur.
– Elle est plutôt nerveuse, c'est juste, remarqua le livreur, mais racée, je peux vous le dire. J'ai vu un certain nombre de chevaux de course dans ma vie et je peux vous dire que celle-ci est épatante dans son genre !
– Elle pourrait être la plus rapide de l'hémisphère que je n'en voudrais pas davantage. Vous pouvez la ramener d'où elle vient. (Dan était hors de lui.) Et vous pouvez dire à Sanders qu'on ne veut plus entendre parler de lui ! Mais je lui ferai savoir moi-même de toute manière !
– Dan ! Chéri ! supplia son épouse. Tu ne parles pas sérieusement ! Elle est si belle !
La jument baissa la tête comme pour confirmer les paroles de Stéphanie.
– On ne peut pas la renvoyer. (Elle s'interrompit puis fit une nouvelle tentative.) Oh, Dan ! tu ne vois pas qu'elle a besoin d'un foyer ? Je m'en occuperai si bien...
Dan secoua la tête en signe de mécontentement mais s'avoua vaincu. Stéphanie s'illumina.
– Et puis, tu ne voudrais pas que Jake Sanders apprenne que tu t'es mis hors de toi à cause de lui !
Dan ne répondit pas. Il regarda le cheval, qui le regarda à son tour – royal.

– Fais comme tu voudras, marmonna-t-il avant de s'en aller à grandes enjambées.

Stéphanie en ressentit un soulagement mêlé d'anxiété. Elle se tourna vers le livreur.

– Les écuries sont derrière la maison. Pouvez-vous l'y conduire pour moi ? Et remerciez M. Sanders. Son cadeau me ravit... et je sais qu'elle sera une grande source de plaisir pour moi...

20 heures. Une fois encore, Jilly consulta la petite montre sertie de diamants que Phillip lui avait offerte après avoir quitté le restaurant, l'après-midi même, et, fredonnant joyeusement, elle se mit à aller et venir à travers la pièce exiguë. Dans quelques minutes, il viendrait la chercher. Et en arrivant chez lui, la première chose qu'elle ferait serait de s'octroyer le bain le plus long, le plus chaud qu'elle eût jamais pris, afin de se laver de toutes les semaines où elle avait dû se contenter d'un évier et d'eau froide.

Tu es maligne, ma fille, se dit-elle non sans fierté. Quand tu penses qu'à ton premier coup de téléphone il t'avait quasiment raccroché au nez ! Et voilà qu'il était de nouveau à ses pieds, disposé à accéder à ses moindres désirs... c'était fantastique, inespéré ! Riche idée, d'avoir quitté Éden ! Jamais il n'aurait songé à vouloir l'en arracher. Tandis que maintenant...

Jilly fut soudain interrompue dans ses pensées par des coups frappés à la porte.

– Entre, dit-elle. Je suis quasiment prête. (Elle jeta ses derniers effets dans sa valise et se détourna pour accueillir Phillip d'un sourire avenant. Mais son expression soigneusement composée fut aussitôt remplacée par un masque de haine et de terreur.) Bon sang ! s'exclama-t-elle. Toi !

– Oui, moi, qui veux-tu que ce soit ? (L'air méfiant, Olive pénétra dans la chambre. L'accueil de Jilly l'avait mise sur ses gardes. Ses yeux se posèrent sur la valise, la pièce vide.) Qui attends-tu ? Où vas-tu comme ça ?

– Ce ne sont pas tes oignons ! Et tu vas me faire le plaisir de te tirer aussi vite que tu es venue parce que j'attends quelqu'un à l'instant même !

– Jilly ! Je ne veux pas te perdre ! s'écria Olive d'une voix déchirante. Je m'étais planquée en pensant que tu devais être surveillée – ou que j'étais filée – et j'apprends maintenant que tu t'apprêtais à partir et que je n'aurais jamais su où te retrouver.

– Espèce d'idiote ! Comment est-ce que je pouvais te prévenir puisque j'ignorais où tu étais ? Écoute, il ne faut pas qu'on nous voie ensemble. On peut se retrouver demain dans ce quartier – derrière l'entrepôt, il y a un pub. Tu prends par Argyle Street... (Fouillant frénétiquement au fond de son sac à la recherche de l'argent que Phillip lui avait remis la veille, elle en tira une liasse de billets.) Tiens, prends ça. Demain, à midi. Et maintenant, tire-toi !

Sans se presser, Olive prit l'argent.

– Très bien, Jilly, dit-elle enfin. C'est comme tu voudras. Mais écoute-moi bien... (Elle hésita.) N'essaie pas de me faire faux bond. Je ne suis pas d'humeur à le supporter après tout ce que nous avons traversé ensemble. Tout ce que j'ai fait pour toi ! Stéphanie Harper, souviens-toi ! Serais-tu capable d'oublier ?

Il y avait un accent indéniablement menaçant dans sa voix. Jilly déglutit, tâchant de maîtriser l'hystérie qu'elle sentait monter en elle.

– Je ne l'oublie pas, Olive, dit-elle le plus sincèrement possible. Je te suis reconnaissante. Tu verras. Je ne te laisserai jamais tomber... ma chérie.

Et au prix d'un effort surhumain, se penchant en avant, elle posa un baiser sur les lèvres fines, violacées, de l'autre femme. Olive frissonna et jeta ses bras autour du cou de Jilly, puis d'un mouvement tout aussi convulsif elle s'arracha à elle.

– Tiens parole, Jilly, c'est tout ce que je te demande, chuchota-t-elle en s'en allant. Tu as intérêt à tenir parole !

12

– C'est comme ça que tu as acquis ta réputation d'enfant prodige ?

Depuis dix jours, chaque matin, Cassie arrivait exceptionnellement tôt au bureau pour tenter de découvrir des renseignements à fournir à Jake. Quelque chose qui lui permettrait de prendre la Harper de vitesse et qui, par la même occasion, raviverait son intérêt pour elle... Il avait une autre liaison, Cassie en était convaincue, et si elle voulait regagner ses faveurs, elle n'avait pas le choix. Seulement voilà, à quelque moment qu'elle arrivât, Tom était déjà là, collé devant son écran comme en transe, occupé à étudier tous les aspects de la Harper Mining depuis la nuit des temps.

– Moi ? Un enfant prodige ? s'étonna sincèrement Tom. J'essaie simplement de me familiariser avec la façon dont tout cela fonctionne, voilà tout.

– Il y en a qui lisent Harold Robbins et toi tu lis des bilans, c'est ça ?

Du calme, se dit-elle, il va te trouver bien agressive ! Mais Tom ne parut pas remarquer son persiflage.

– C'est cela même, dit-il d'un ton joyeux. C'est absolument fascinant.

– Alors amusez-vous bien ! lança Cassie sarcastique malgré elle.

Mais comme elle tournait les talons, Tom laissa

échapper une exclamation étouffée qui la fit s'arrêter net.

– Tiens, qu'est-ce que c'est que ça ?

– Quoi ? demanda la jeune femme.

– Une anomalie dans la comptabilité de l'agence Tara. Une traite qui ne colle pas du tout avec leurs dépenses normales.

Cassie jeta un coup d'œil à l'écran.

– Vingt-cinq mille dollars ! C'est bizarre, effectivement ! (Elle réfléchit quelques instants.) Il faut que vous montriez ça à Joanna Randall, la patronne de l'agence. Il serait temps que vous fassiez sa connaissance, d'ailleurs. C'est sûrement une erreur. Mais elle mettra ça au clair en vitesse.

Sur la rive opposée, dans les locaux de l'agence Tara, on préparait la réception annuelle. Après des mois de travail acharné, le jour du grand défilé de mode était arrivé et il aurait lieu le soir même. Joanna était dans son élément – elle courait en tous sens, vociférant des ordres pour les contredire l'instant d'après, et jubilait littéralement dans cette atmosphère de panique maîtrisée, au milieu d'une agitation frénétique et d'une tension quasi palpable. Elle était si absorbée dans sa tâche qu'elle ne remarqua pas tout de suite la grande femme élégante qui entrait en silence et venait se placer à ses côtés.

– Jo ?

– Stéphanie ! Mon Dieu, Stéphanie ! Depuis quand laisse-t-on les grands malades se promener en liberté ?

Stéphanie l'embrassa en riant.

– Oh, j'ai ma permission de sortie, va ! Et j'ai repris le collier. Pour rien au monde je n'aurais voulu manquer le grand jour. Alors je suis venue me mêler un peu à la panique.

– Et tu ne vas pas être déçue, grogna Joanna. Les tables sont en place et je peux te dire qu'on attend un monde fou. (Du geste, elle indiqua la salle tout entière.) On a déjà de quoi faire asseoir deux cents personnes...

Stéphanie jeta un coup d'œil circulaire.

– Il y a encore de quoi coincer une bonne dizaine de tables, Jo. Et je veux voir un seau à champagne sur chacune, du meilleur cru.

Joanna en resta bouche bée.

– Ce n'est pas un peu exagéré ? dit-elle enfin. Compte tenu de la crise... ?

Stéphanie sourit.

– C'est le moment ou jamais de montrer qu'on peut nous faire confiance.

– Bien mon capitaine ! Je m'en occupe. Je sens que ça va être le plus magnifique défilé qu'on aura jamais eu ! Vous êtes un as, Stéphanie Harper, et quel plus beau cadeau que de t'avoir avec nous aujourd'hui ? Tu es rayonnante et, à tes yeux brillants, on dirait que tu es en route pour le sentier de la guerre !

– Précisément, figure-toi ! Jake Sanders n'a qu'à bien se tenir s'il s'avise de repartir à l'attaque !

– Et un bon affrontement n'est pas pour te déplaire, dit Joanna avec tendresse. J'avoue que ça te va bien !

– Jo... (Stéphanie marqua un temps d'hésitation.) Il y a autre chose...

– Vas-y.

– C'est à propos de Sarah. Comment se débrouille-t-elle ?

– Bah... (Joanna prit un air embêté.) Je pourrais te dire qu'elle ne se débrouille pas trop mal mais je mentirais.

L'anxiété assombrit le visage de Stéphanie.

– Alors il faut bien que je te dise qu'elle se débrouille à merveille ! (Elle éclata de rire devant le soulagement visible de son amie.) Mais au lieu de m'écouter, viens plutôt voir par toi-même ta délicieuse enfant en pleine action !

Dans les coulisses, le chaos et la confusion dépassaient encore ceux qui régnaient dans la salle. La rumeur des conversations s'élevait sur un fond de musique disco qui s'échappait des haut-parleurs. La directrice des mannequins tentait de discuter tranquillement avec son assistante tandis que ses modèles venaient la déranger à chaque instant comme des enfants crampon.

– Jenny, je ne sais toujours pas quelles chaussures je dois porter avec le tailleur de cocktail.

– Jenny, je n'aurai jamais le temps de me changer après le maillot de bain.

– Jenny, Jenny, tu m'avais dit que je pouvais présenter la robe du soir !

Juchée en équilibre au sommet d'une échelle, Sarah essayait un spot, en faisant tourner un kaléidoscope diffractant la lumière en rayons bleus, verts et dorés.

Quelque chose vint heurter brusquement son perchoir et elle s'agrippa à la barre des projecteurs pour ne pas tomber. L'échelle tangua dangereusement puis se stabilisa. Jetant un coup d'œil en bas, elle vit un jeune homme qui retenait l'escabeau à deux mains, rouge de confusion.

– Excusez-moi... Je ne regardais pas où j'allais. J'ai fait un pas en arrière et...

– Parce que vous marchez toujours à reculons ? demanda-t-elle, furieuse.

– Non, seulement quand je suis pris dans un tourbillon de jolies filles – la plupart à moitié nues.

Il indiquait du menton les mannequins virevoltant autour d'eux.

Quelque chose dans sa voix... en dépit des inflexions américaines... Sarah le regarda de nouveau.

– Au point de ne même pas te souvenir de moi, Tom ? dit-elle d'un ton taquin.

– Ça alors ! (Tom leva la tête vers elle.) Sarah !

Brusquement intimidée, Sarah dégringola l'échelle. Ils se tinrent quelques instants l'un en face de l'autre, trop loin de l'enfance déjà pour se jeter dans les bras l'un de l'autre en bons camarades, et embarrassés de se retrouver comme s'ils venaient de se rencontrer puisque ce n'était pas vrai non plus. Pourtant, ni l'un ni l'autre ne se réjouirent d'être interrompus par Joanna fonçant à travers le chaos comme un navire et remorquant Stéphanie.

– Salut, Sarah... et qui est ton ami ? Présente-moi immédiatement !

– Joanna, Tom McMaster, le fils de Bill et Rina. Tom, Joanna Randall.

– La seule et unique ! observa galamment Tom.

– C'est cela même ! fit Joanna, aux anges. J'ai entendu dire que vous faisiez partie de la Harper, désormais. Je serais ravie que vous veniez bavarder avec moi chaque fois qu'il vous en prendra l'envie !

– Tu me cherchais, Tom ? intervint Stéphanie.

– Pas spécialement, non, mais c'est très bien que vous soyez là toutes les deux.

– Il y a un problème ?

– Ce n'est pas vraiment un problème, commença Tom. Plutôt quelque chose que je ne m'explique pas. J'ai revu de près toute la comptabilité comme vous le savez...

– Oui, on bat le rappel de toutes les liquidités en vue du massacre des Entreprises Sanders, c'est cela ?

Comme chaque fois qu'elle voyait pointer une difficulté, Stéphanie sentit son pouls s'accélérer.

– Oui, et ce matin, en vérifiant les bilans de l'agence Tara, je suis tombé sur quelque chose qui m'a paru bizarre.

– Bizarre ? demanda Joanna, aussitôt sur la défensive.

– Une traite de vingt-cinq mille dollars, avec votre paraphe, Mme Randall, poursuivit Tom sans se laisser intimider. Et j'ai retrouvé l'original.

Il tira de son porte-documents le papier en question.

Le visage aussi flamboyant que sa chevelure,

Joanna le lui arracha des mains, puis s'écria avec colère :

– Jamais je n'ai signé ça !

– C'est votre signature, dit Tom d'un ton tranquille.

– Seulement ça n'est pas mon écriture !

Sans un mot, Stéphanie prit le document à son tour. Ses traits se durcirent.

– Je suis sûre qu'il y a une explication, dit Tom, mais il fallait que je vérifie auprès de vous pour commencer. C'est une somme énorme et le titre de paiement comporte votre signature, Mme Randall.

– Ce n'est pas la signature de Joanna, déclara fermement Stéphanie. Et à vrai dire, ce n'est même pas une très bonne imitation. Je vais m'en charger, Tom, si tu veux bien.

Dennis a le diable au corps, ce n'est pas possible ! songeait Dan en s'habillant pour la soirée. S'arranger pour gâcher la première sortie officielle de Stéphanie après son « accident » ! Elle aurait dû être le clou de la soirée, faire un retour remarqué, sereine, éblouissante et combative, à la tête de l'entreprise de haute couture – une apparition qui n'aurait pas manqué d'être extraordinairement bénéfique à la Harper autant qu'à elle-même. Et son propre fils qui venait tout gâcher !

Il glissa un regard vers son épouse qui, déjà maquillée, passait une magnifique robe du soir rose fuchsia qui rehaussait l'éclat de son teint et mettait en valeur ses yeux bleus. Dan s'approcha d'elle pour l'aider à remonter sa fermeture à glissière et, penchant la tête, l'embrassa tendrement sur la nuque.

– Tu es ravissante, chuchota-t-il.

Stéphanie esquissa un sourire, mais la tristesse demeurait inscrite sur ses traits.

– Steph... (Lui prenant les mains, Dan la conduisit jusqu'au sofa.) Il faut que je te dise ce que je pense de tout ça, sinon cela va peser entre nous. (Elle fit oui de la tête. Dan prit son courage à deux mains.) Pour commencer, au risque de passer pour un père dénaturé, je pense que Dennis n'aura jamais les qualités nécessaires pour diriger l'empire Harper. Il ne se conduit pas comme si cela devait arriver un jour – et je pense qu'il faut que tu regardes les choses en face.

Stéphanie était en proie à ses réflexions. Dan attendit.

– As-tu entendu ce que j'ai dit ? demanda-t-il enfin.

– Oh oui, dit-elle d'un air sinistre. Mais je ne connais pas la réponse. Je ne sais pas quoi faire. Dois-je mettre mon propre fils à la porte ?

– C'est ce que je ferais... si j'étais à ta place.

– Oh, Dan...

Stéphanie enfouit sa tête dans ses mains.

– Écoute, Steph, tu ne lui rends pas service en le laissant agir impunément de cette manière. Ce n'est plus un petit garçon. C'est un homme, un adulte, et il est temps qu'il commence à se conduire comme tel ! (Dan serra les poings dans sa colère.) Bon sang, je ne sais vraiment plus comment faire pour communiquer avec toi !

– Je t'en prie, mon chéri...

Stéphanie était pâle et défaite, et Dan se souvint brusquement qu'elle sortait tout juste d'une grave maladie.

– Je sais que tu es en colère contre moi... et nous n'avons pas discuté... Tu veux que je renvoie la jument à Jake Sanders ?

– Non. Plus maintenant. C'est trop tard. (Dan sourit.) Quand je t'ai vue la bichonner comme une princesse, la baptiser Mimi en souvenir de ta chère Tosca, et la monter comme tu l'as fait – pas pour ton plaisir, bien sûr, mais pour la garder en forme –, je me suis résigné à l'idée que tu comptais la garder.

Au fond de lui-même, Dan avait l'impression

que l'arrivée de Mimi avait joué un rôle important dans la rapidité de la guérison de Stéphanie mais il n'était pas prêt à le lui confier.

Stéphanie soupira de nouveau.

– Nous aurions dû en discuter sur le moment, dit-elle. Mais sans trop savoir pourquoi, je suis incapable de résister à ce genre de geste spectaculaire. Je me disais que c'était un peu mesquin de la renvoyer.

– C'est peut-être aussi pour ça que je t'aime. (Dan l'attira à lui et l'embrassa tendrement. Puis il la garda contre lui.) Tu n'as pas à t'inquiéter pour moi, ma chérie. Si nous arrivons à sauvegarder ce que nous avons, cela suffit à mon bonheur. Mais ton fils va arriver à la maison d'un instant à l'autre. As-tu décidé de ce que tu vas lui dire ?

Avant qu'elle ait eu le temps de répondre, les pas de Dennis retentirent dans l'escalier et il fit irruption dans la chambre à coucher.

– Salut, m'man, commença-t-il. Sarah m'a dit que tu voulais me voir.

– C'est juste. (Stéphanie se leva pour gagner sa coiffeuse. Elle y prit une feuille de papier.) As-tu quelque chose à dire à ce propos ?

Sa voix cingla l'air comme un fouet.

Dennis reconnut instantanément la traite et comprit que la seule forme de défense possible était l'attaque.

– Qu'est-ce que tu veux entendre ? demanda-t-il d'un ton agressif.

– Tu reconnais avoir contrefait la signature de Joanna au bas de ce document ? Avoir essayé de voler l'argent de la Harper Mining ?

– Je n'ai rien volé du tout ! s'écria Dennis avec indignation. C'est un investissement ! La Harper sera remboursée de dix fois cette somme !

– Dennis ! C'est moi qui décide des investissements de la Harper, pas toi ! Tu as détourné des fonds de la Compagnie. C'est un acte passible de sanctions judiciaires.

– Appelle ça du nom que tu voudras ! J'avais besoin de cet argent.
– Pour quoi faire ?
– Cela me regarde !
– Cela me regarde au premier chef dès l'instant où tu abuses de ta situation à l'intérieur de ma Compagnie.
– Oh, *ta* Compagnie, c'est bien ça ? Je croyais que c'était une affaire de famille ! Je n'en fais plus partie, tout à un coup ?
– Dennis... (Stéphanie prit une profonde inspiration, tentant de maîtriser sa colère grandissante.) Jamais tu n'en feras partie si tu n'es pas digne de confiance. Comment veux-tu qu'on te confie la moindre responsabilité si tu te conduis de cette façon ?
– Ah ! on cherche à me virer, c'est ça ? Je comprends mieux pourquoi tu as fait entrer le merveilleux Tom McMaster dans *ta* Compagnie; pour prendre la place de ton fils, évidemment !
– Dennis ! intervint Dan, incapable de se retenir plus longtemps. Tu vas te taire et écouter ce que te dit ta mère !
Dennis rougit et obéit.
– Ce que tu as fait est non seulement illégal mais idiot. Tellement idiot que c'en est à hurler. Te rends-tu compte de ce qui aurait pu se passer si la traite avait été encaissée...
– Quoi ? coupa Dennis.
– J'ai fait opposition.
– Oh non !
Stéphanie n'en revenait pas.
– Tu n'imaginais tout de même pas que j'allais laisser passer...
– Oh non, je n'imagine pas que tu pourrais faire quoi que ce soit pour aider ton fils, ma chère maman ! Tu as toujours été beaucoup trop occupée avec tes maris et tes amants – et tu viens de détruire ce que j'avais fait de mieux dans toute ma vie...

Tremblant de rage, Stéphanie leva la main et gifla Dennis de toutes ses forces. Un instant, ils demeurèrent figés face à face dans une attitude hostile, puis Dennis tourna les talons et quitta la pièce. Dan s'approcha de Stéphanie pour la prendre dans ses bras mais elle se raidit, refusant son étreinte.

– Ça va, dit-elle très calmement. Je suis de taille à supporter ça, ne t'inquiète pas. Mais préparons-nous plutôt à nous rendre au défilé, d'accord ?

La rumeur émanant de la salle où près de deux cents personnes avaient pris place s'entendait depuis la rue. Sur le trottoir devant la porte, Stéphanie prit la main de Dan pour se donner du courage puis, rejetant les épaules en arrière, s'engagea dans le grand escalier. Conformément aux instructions rigoureuses de Joanna, elle avait planifié son arrivée à la perfection.

– La patronne doit faire une entrée remarquée ! avait dit Joanna. Plus personne ne doit arriver après toi.

Quand Stéphanie apparut à la porte en compagnie de Dan, accueillie par Joanna, Sarah et le sommet de la hiérarchie de chez Tara, le silence se fit aussitôt dans la salle. Tous les regards braqués sur elle, Stéphanie se dirigea gracieusement vers la table qui lui était réservée au premier rang. Chaque personne devant laquelle elle passa eut pour elle une parole affectueuse.

– Quelle joie de vous voir de retour, Stéphanie !

– Vous êtes resplendissante, ma chérie.

– Vous avez un secret, n'est-ce pas ?

Et Dan vit encore une fois combien Stéphanie était aimée de tous. Elle se frayait un chemin entre les tables, la tête haute et souriant à chacun. Merci au vivifiant pouvoir de la colère, se disait-elle. Si je n'étais pas aussi montée contre Dennis, je n'aurais jamais trouvé la force de venir jusqu'ici.

Au lieu de quoi je sens que je vais réussir mon numéro comme jamais. En arrivant à sa place elle se détourna pour adresser un signe de la main à ceux qui, de loin, lui lançaient encore des paroles de bienvenue et son sourire crâne qui semblait dire sa joie d'être de retour fut accueilli par un concert d'applaudissements.

À son poste d'observation près de la porte, Joanna murmura pour elle-même :

– Bravo, ma chérie ! Ça s'appelle l'élégance naturelle ou je ne m'y connais pas ! Et maintenant, que la fête commence !

S'étant assurée que Stéphanie était installée, Joanna se détourna pour donner le signal de la première séquence, un extravagant bouquet composé de tous les mannequins arborant les modèles qu'elles viendraient ensuite présenter un par un. La scène s'éclaira à mesure que l'assistance était progressivement plongée dans la pénombre, donnant aux spectateurs un aperçu saisissant des toilettes vives et chatoyantes qu'ils auraient le loisir d'admirer en détail un peu plus tard. C'est du moins l'effet que souhaitait obtenir le régisseur, qui devait avoir du mal à mettre tout cela au point. Il sursauta en entendant la voix sifflante de Joanna :

– Arrête tout ! Noir. Et lance la séquence disco.

Ébahi, l'éclairagiste hésita une seconde. Mais une seconde seulement, car ceux qui travaillaient avec Joanna lui obéissaient toujours. Le studio tout entier fut soudain plongé dans l'obscurité totale, puis la lumière stroboscopique, rouge, rouge, bleu, bleu, vert, vert, se mit à pulser au rythme de la musique. Soulagée, Joanna reporta son attention sur la personne qui venait de passer la porte du studio transformé en salle de spectacle pour la circonstance.

– Personne – personne, vous m'entendez ! – n'entre ici après Stéphanie Harper ! siffla-t-elle.

Que devient le défilé si on commence à entrer et sortir au milieu de la première séquence ?

– Oh, je suis en retard ? s'étonna poliment l'inconnu. Je vous assure que je n'avais nullement l'intention de voler à Mme Harper la place d'honneur.

Joanna l'examina de plus près dans l'alternance d'ombre et de lumière. Grand, une belle carrure, un teint d'ivoire et des cheveux splendides, noirs et bouclés, bigrement séduisant !

– Vous êtes Jake Sanders ! J'ai entendu parler de vous !

– Ah oui ? fit Jake, impassible. Alors vous devez avoir aussi entendu dire que j'ai réservé une table pour ce défilé de mode... Auriez-vous l'obligeance de me trouver un siège, si on ne m'autorise pas à gagner ma place ?

À cet instant, Stéphanie, cherchant des yeux Joanna qui aurait dû les rejoindre au début du spectacle, se détourna et l'aperçut. Elle se figea en le reconnaissant et il lui adressa de loin un petit salut ironique. Joanna grinça des dents.

– Si vous voulez bien me suivre, M. Sanders, dit-elle. Je regrette seulement de ne pas trouver un pilier pour vous coincer derrière !

Jake ici ! Dans son territoire à elle ! C'était la dernière chose que Stéphanie aurait imaginée. Il ne manquait plus que ça ! Comme si ses relations avec Dan n'étaient pas déjà assez tendues ! Sans parler de ce qu'elle venait de traverser avec Dennis ! L'insupportable individu ! Nul doute qu'il était là uniquement pour la provoquer personnellement. Essaie de ne pas y penser, s'enjoignit-elle. Concentre-toi sur le défilé. Ne t'en occupe pas.

Mais c'était apparemment plus facile à dire qu'à faire. Elle sentait sa présence dans son dos au fond de la salle comme un souffle tiède sur sa nuque. Des images incongrues s'insinuaient dans son esprit en dépit de sa volonté – ses longues mains tenant la bride de son cheval, la mèche bouclée qui tombait sur son front, le dessin de sa lèvre supérieure... et sa manière de s'imposer sans cesse à elle en lui manifestant un intérêt insistant... À sa grande horreur, Stéphanie ressentit un tressaillement de désir au fond d'elle-même et une vague tiède l'envahit. Confuse, elle jeta un coup d'œil discret vers Dan qui regardait droit devant lui, n'ayant apparemment pas remarqué l'arrivée de Jake. Si elle parvenait à éviter celui-ci pendant toute la soirée, tout irait bien, se dit-elle.

Elle savait pourtant au fond de son cœur que ce n'était pas ce qu'elle voulait non plus... et que les intentions de Jake étaient certainement tout autres. Aussi ne fut-elle pas surprise de sentir son regard posé sur elle pendant toute la présentation et même après, tandis qu'elle évoluait parmi les mannequins et les invités, distribuant et recevant des compliments au milieu de l'animation grandissante d'une soirée parfaitement réussie. Pour clore l'événement, on enleva bientôt les petites tables dorées pour ménager dans la salle une piste de danse. À l'instant où Stéphanie s'y dirigeait au bras de Dan, elle sut que ce qu'elle attendait n'allait pas tarder à se produire.

Elle était si sensible à la présence de Jake qu'elle le sentit à proximité avant qu'il effleurât son coude en passant. Contournant le couple, il assena une claque sur l'épaule de Dan. Celui-ci se figea sur place, regarda autour de lui et, reconnaissant l'ennemi, le toisa, resserrant son étreinte autour de la taille de son épouse.

– Excusez-moi, mon vieux, dit Jake, parodiant à la perfection les manières d'un gentleman anglais. Mais là d'où je viens, une claque sur l'épaule signifie tout simplement excusez-moi.

Dan hésita un instant entre la réplique du mâle offensé dans sa dignité et le sang-froid de l'homme civilisé puis, les yeux lançant des éclairs, il s'arracha à Stéphanie et, sans un regard en arrière, céda la place à Jake.

Celui-ci fit un pas en avant.

– Puis-je me permettre ? demanda-t-il, non sans ironie, tendant les bras mais résistant au désir de l'enlacer d'emblée.

Il n'avait jamais touché une femme non consentante de sa vie et celle-ci entre toutes devrait venir à lui d'elle-même. Stéphanie le regarda au fond des yeux et sentit se raviver la flamme qu'elle avait tenté d'éteindre tout au long de la soirée. Elle se glissa entre ses bras. La musique battait au rythme de son cœur et il sentait bon, très bon.

– Mais oui, M. Sanders, dit-elle, mais oui...

13

Pour la première fois depuis ses années d'étudiant, Dan s'éveilla avec une gueule de bois épouvantable. Il avait la bouche pâteuse et la nausée, et la douleur lancinante tapie derrière ses yeux explosait en milliers d'étincelles quand il tentait de soulever ses paupières. Bon sang, c'était trop bête ! Aller se coller un mal de crâne pareil pour la simple raison que sa femme danse avec un autre, il était bon à enfermer !

Avec un grognement, Dan se traîna hors du lit, non sans remarquer que Stéphanie, encore endormie, avait l'air tout à fait ravie dans son sommeil, le visage rose et détendu. Évidemment, nota-t-il, elle n'a presque pas touché au champagne qui coulait à flots. Elle ne risquait pas, elle n'avait pour ainsi dire pas quitté les bras de Sanders de toute la soirée. Tandis qu'il se rasait, se douchait et tentait de rétablir son équilibre physiologique en avalant des litres de jus d'orange et d'eau minérale, Dan menait un combat obstiné contre la jalousie qui revenait sans cesse l'aiguillonner en dépit de tous ses efforts. Rien ne l'obligeait à danser aussi longtemps avec Sanders – rien ne l'obligeait tout court à danser avec Sanders – et rien ne l'obligeait, de toute manière, à avoir l'air d'y prendre tellement de plaisir, enfin tout de même ! Mais Dan était assez intelligent pour savoir combien la jalousie – ce monstre aux yeux verts – passe pour un sentiment méprisable. Aussi s'était-il juré, en allant dire au revoir à Stéphanie avant de partir pour l'hôpital, de ne rien montrer de sa contrariété.

Il la trouva au lit, en train de prendre son petit déjeuner, une faveur qu'elle s'accordait rarement, lorsqu'elle avait veillé tard. Il fut aussitôt affecté de constater qu'elle était d'humeur charmante et pleine d'entrain, et se rendit compte qu'il avait secrètement espéré la trouver contrite et désolée. Sa résolution de ne point jouer les maris jaloux tint bon jusqu'au moment où, la bouche pleine et l'œil pétillant, elle l'accusa d'être « vraiment grincheux ce matin ».

– Il se trouve que je n'aime pas Jake Sanders, figure-toi !

– Quel rapport ? s'enquit-elle, taquine.

– Aucun, marmonna Dan qui aurait tout donné pour avoir les idées plus claires.

– Pourquoi ? Parce qu'il danse merveilleusement bien ?

– Parce que la seule personne avec laquelle il a dansé de toute la soirée, c'est toi !

– Oh, je vois ! Tu veux dire que tu aurais bien aimé danser avec lui, toi aussi ?

Stéphanie gloussa comme une petite fille de sa propre plaisanterie.

– Steph, je suis sérieux !

– Sérieusement alors, je ne cache pas que j'ai adoré danser avec les deux plus beaux hommes de la soirée. Et je me suis amusée avec Jake Sanders, c'est vrai. C'est un crime ?

Décontenancé, Dan chercha un nouvel angle d'attaque.

– Tu ne t'es même pas dit qu'il cherchait peut-être à te soutirer des renseignements ?

Stéphanie le regarda bien en face par-dessus sa tasse de café.

– Ça marche dans les deux sens, tu sais. J'ai appris deux ou trois choses moi-même.

Dan s'accrocha à un faible espoir.

– À propos de la mainmise ? Vous avez parlé affaires ?

– Non.

– À propos de lui ?

La jalousie de Dan était désormais palpable.

– Non.

– Je ne comprends pas.

Stéphanie saisit son couteau et, prenant ostensiblement tout son temps, beurra une autre tartine avant d'y laisser tomber quelques gouttes de son miel préféré – un miel de Tasmanie aux fleurs sauvages. Oh, Dan, songea-t-elle, si je pouvais te le dire – la personne à propos de laquelle j'ai découvert deux ou trois choses, c'est moi. Levant les yeux, elle se rendit compte de sa mine déconfite et ne put le supporter.

– Ne sois pas bête, mon chéri, dit-elle gentiment. C'est de toi que je parlais. J'ai découvert que tu dansais mieux que lui.

Le visage de Dan s'éclaira.

– Alors pourquoi... ?

– Bah, je ne sais pas trop, dit-elle en haussant les épaules. Tu t'es mis à jouer les maris jaloux et je n'ai pas pu résister au désir de m'amuser un peu.

– Merci pour moi, merci beaucoup.

– Allez, mon chéri, s'écria Stéphanie, risquant de renverser le plateau du petit déjeuner en tentant d'attraper la main de Dan, ça ne mérite pas qu'on en fasse une histoire. Jake Sanders ne m'intéresse que d'un point de vue professionnel.

– C'est vrai ?

– Oui, c'est vrai. Tu n'as aucune raison d'être

jaloux, je t'assure. C'est toi qui comptes – toi avant tout. (Elle pressa sa main contre sa joue et la couvrit de baisers collants.) Et si je puis me permettre, le rôle d'Othello ne te convient pas du tout, ça te rend vraiment trop grincheux !

Il existe des choses plus douloureuses que de terminer une liaison, mais pas tant que ça. Et si l'on est contraint de s'apercevoir que celui que l'on adorait ne nous a jamais aimée, tout juste même appréciée, et nous a séduite seulement pour obtenir de nous ce qu'il voulait, cela fait encore plus mal. Cassie avait avalé tant de couleuvres dans ses relations avec Jake qu'elle avait le sentiment d'avoir été battue et humiliée. Elle ne cessait de se répéter que le quitter ne pourrait pas être pire que ce qu'elle subissait et, un beau jour, elle décida que c'était une question de survie : il fallait en finir.

Des jours durant, dans la solitude de sa chambre à coucher, elle répéta les phrases qu'elle prononcerait, les explications concernant son égoïsme et sa misogynie. Mais en fin de compte, elle dépensa toute son énergie pour trouver le courage d'aller lui annoncer la rupture et n'eut plus la force de faire des discours.

– C'est fini, Jake, s'entendit-elle articuler d'un ton sinistre. Cette fois ça y est. Je ne te verrai plus.

Ça fait des semaines que je ne t'ai pas vu, ou si peu, de toute manière, aurait-elle voulu hurler. Elle aurait voulu vociférer, briser en mille morceaux tout ce qui lui tomberait sous la main. Mais elle était là, dans le couloir, à débiter des clichés qu'elle s'était juré de ne pas prononcer.

Et il ne semblait même pas surpris.

– Allons, entre, ma chérie, dit-il. On va en parler tranquillement. (Il l'attira à lui.) Dans un endroit plus confortable, peut-être... ?

– Non ! (Étonnée par la violence de sa propre

réaction, elle fit un bond en arrière.) C'est terminé, Jake ! Pour de bon !

– Alors je dois dire que c'est dommage. Je passais de bons moments avec toi. Qu'est-ce qui nous vaut ça ?

– Rien. J'en ai assez, voilà tout. (Elle lui adressa un regard plein de rancœur.) Tu n'as manifestement plus besoin des renseignements que je pourrais t'apporter sur Stéphanie Harper. D'après ce que je vois, tu peux t'adresser à elle directement !

– Tu ne devrais pas prêter l'oreille aux ragots, ma chère petite, dit Jake. Je me suis contenté de danser avec elle. (Il fit un effort pour se radoucir.) Et j'ai encore besoin de toi.

– Oh, je n'en doute pas. Pour espionner la Harper Mining, c'est ça ?

– Ça te dérange, tout à coup ?

– Tu n'as jamais cherché à comprendre, hein ? J'ai toujours eu horreur de faire des coups en douce.

Jake commençait à s'ennuyer.

– Qu'est-ce qui t'a poussée à le faire, dans ce cas ?

– Tu m'as déjà vue te refuser quelque chose… ? (Cassie sentit des larmes lui brûler les yeux. Elle serra les dents. Elle n'allait pas se mettre à pleurer devant lui ! Il fallait qu'elle s'en aille.) C'est sans importance, désormais, balbutia-t-elle. Je m'en vais. Adieu, Jake.

Même en cet instant précis, elle aurait tout donné pour qu'il la prît dans ses bras, chuchotant que c'était trop triste, qu'elle était merveilleuse et qu'un jour ou l'autre elle rencontrerait quelqu'un qui saurait la rendre heureuse…

– Comme tu voudras, dit-il avec indifférence avant de tourner les talons.

Si seulement les femmes se rendaient compte qu'elles sont vraiment laides quand elles pleurent, les joues rougies, les yeux gonflés… Et puis ça ne tombait pas si mal, il était bien obligé d'en convenir – puisque Jilly Stewart semblait l'avoir sélectionné pour ses jeux Olympiques du sexe, même lui avait intérêt à ne pas surestimer ses possibilités.

Une-deux, une-deux – Angelo songeait qu'il aurait été capable de répéter le rythme des coups que Barney lui avait assenés sur le crâne jusque dans son sommeil. Stimulé par l'arrivée de Dennis à ses côtés dans le rôle de manager, il avait redoublé d'efforts, s'astreignant à un programme d'entraînement si féroce que Barney lui-même s'était senti obligé de lui conseiller de ralentir un peu s'il ne voulait pas aller au-delà de ses forces. Sa déception avait été grande quand Dennis était venu annoncer que ses projets étaient à l'eau et qu'Angelo se retrouvait avec Taylor comme unique manager. Mais Dennis avait prouvé malgré tout qu'il serait toujours là pour le soutenir dans la mesure de ses moyens. Et puis Taylor avait commencé à parler d'un combat auquel il pensait pour Angelo, et qu'il mettrait en place si celui-ci se conduisait comme il faut, s'il écoutait les conseils de Barney...

– Ça suffit ! lança Barney pour la quatrième fois. Tu vas te démolir, si tu continues comme ça. Va prendre une douche !

Épuisé par la longue séance d'entraînement, Angelo obéit. Abandonnant le punching-ball contre lequel il s'était acharné pendant ce qui lui avait paru des heures, il traversa le gymnase pour gagner le couloir des vestiaires. En pénétrant dans la pièce pour se changer il fut surpris de trouver Taylor, assez déplacé là, dans son costume coûteux et ses souliers italiens. Il était seul, occupé à examiner le contenu d'une grande boîte posée sous le portemanteau d'Angelo.

– Joli manteau, dis donc, observa-t-il à l'entrée du jeune homme.

– Eh, ne touchez pas à ça ! éclata Angelo, se

ruant en avant pour arracher le vêtement aux mains de l'autre et le replacer précautionneusement dans le carton.

– C'est pour mon père, pas pour vous.

– Doucement, petit, doucement, fit Taylor, amusé par la méfiance de son poulain. Tu auras des tas d'occasions de faire plaisir à ton papa, maintenant que tu vas devenir un grand champion. Ce n'est pas l'argent qui manque, là où tu vas. Surtout si tu suis bien les conseils de tes aînés. Pas vrai, Barney ? lança-t-il au vieil entraîneur qui entrait dans le vestiaire.

– Pour sûr, M. Taylor, dit-il comme un bon élève.

– Bon, alors écoute-moi bien, Angie, reprit Taylor. J'ai du nouveau pour toi. J'ai mis au point ton premier combat professionnel – je t'ai choisi Eddie King pour adversaire.

– Eddie King ! jubila Angelo. Il compte parmi les plus grands !

– Comptait, corrigea Taylor.

– ...Oh, mais je vais lui donner du fil à retordre, il va voir un peu, je vais...

– Attention à toi, intervint Barney. Eddie King se fait vieux, mais il n'est pas fini. Il a plus d'expérience que toi. Il a remporté presque tous ses combats.

– Mais je peux le battre. Je sais que j'en suis capable. Il faut absolument qu'on me laisse une chance.

Mais Barney avait croisé le regard de Taylor; il demeura silencieux.

– Écoute, Angie, dit Taylor, tu as encore énormément à apprendre du point de vue de la tactique, du...

– Bien sûr, M. Taylor. Je compte sur Barney pour me dire comment m'y prendre avec Eddie King.

Taylor ne répondit pas tout de suite et quelque chose dans la manière qu'il avait de se taire le glaça soudain.

– Seulement voilà, mon p'tit gars, tu ne prendras pas Eddie King, tu le laisseras gagner.

Angelo se figea, le souffle court.

– Vous plaisantez ! Ce n'est pas possible.

– Dis donc, fit Taylor d'un ton dégagé, tu crois vraiment qu'avec le fric que je mise sur toi, j'ai encore envie de plaisanter ?

Angelo déglutit.

– Je ne marche pas, M. Taylor. Je ne pourrai pas me battre dans ces conditions. Je ne dis pas que je suis sûr d'arriver à battre Eddie King, mais j'essaierai, c'est sûr.

– Il a pas l'air de piger, hein ? fit Taylor à l'adresse de Barney. Écoute, d'après ce que j'entends dire, les pronostics te donnent une chance. Alors tu le secoues un peu, au troisième round tu te couches et on rafle le paquet. On t'organise un autre match. Cette fois, tu gagnes contre les pronostics et on ramasse encore un maximum. Ça commence à rentrer ? Si tu veux jouer dans l'orchestre, faut qu't'apprennes la musique !

– Pas question ! (Angelo était livide mais résolu.) Si le combat est truqué, je me bats pas.

Taylor poussa un soupir.

– C'est pas un mauvais bougre, hein, Barney, seulement il manque d'expérience. Mets-le au parfum, tu veux ? Je voudrais pas être obligé de demander à Jacko et Chicka de le ramener à la raison. C'est pas les bonnes manières qui les étouffent, tu vois. Ils risqueraient de lui faire mal...

Harper Mining. Sur le trottoir devant la tour de verre et de béton, Dennis frissonna. Après l'accrochage féroce qu'il avait eu avec sa mère quelques jours plus tôt, Stéphanie lui avait accordé la fin de la semaine pour « se reprendre », selon ses propres mots, avec l'ordre strict de se présenter à son travail le lundi suivant, à 8 heures précises. En tant que membre de la famille, il se devait de montrer l'exemple. Tout le monde en avait assez de son dilettantisme. Il avait le choix entre deux solutions – filer droit ou filer tout court. Jamais Dennis n'avait vu sa mère aussi implacable. Il avait trois mois pour faire ses preuves, et s'il échouait, il ne ferait plus partie de la Compagnie. Qu'il fût ou non le fils de Stéphanie Harper n'y changerait rien. Il se retrouverait sans travail avec en tout et pour tout une semaine de salaire en poche, et dépourvu de références.

Dennis ne cessait de tourner et de retourner dans sa tête les semonces que Stéphanie lui avait assenées quand elle avait fini par le coincer dans ses retranchements et démoli une à une ses tentatives de justification, le contraignant à l'écouter. Il avait passé ses journées de congé au volant de sa voiture, conduisant à tombeau ouvert sans but précis, mettant sa vie en danger et par la même occasion celle d'inconnus innocents. Il avait quitté sa mère en proie à une fureur incontrôlée, jurant par tous les dieux qu'il n'avait pas à supporter ça, qu'il allait trouver un autre emploi et leur montrer à tous... Mais trois jours plus tard, il fulminait toujours, ressassait des idées noires et n'avait pris aucune décision.

Et il se retrouvait là, planté devant l'immeuble de la Compagnie comme un gamin qui a fait l'école buissonnière et que l'on ramène par la peau du cou. L'idée de reprendre le travail le mettait hors de lui. Tout le monde devait être au courant de sa tentative de détournement et du savon que sa mère lui avait passé. Non, décidément, c'était au-dessus de ses forces. Mieux valait prendre ses cliques et ses claques. Il partirait à New York, ou à Londres... il verrait bien.

Comme il se détournait pour s'en aller, Dennis remarqua une jeune femme qui venait dans sa direction sur le trottoir. Elle marchait d'un pas rapide mais la tête baissée, si bien qu'elle ne le voyait pas. Dennis l'avait reconnue aussitôt : l'assistante de Bill McMaster. Comment s'appelait-elle déjà ? Miss Jones ? Elle arrivait presque à sa hauteur. Même s'il s'en allait en courant, elle le remarquerait forcément. Pour qui passerait-il si l'on apprenait qu'il s'était amené à 8 heures moins cinq pour se présenter à son travail et qu'il était reparti sans raison ! Rouge de colère et d'humiliation et désireux avant tout d'éviter la jeune femme, il se rua dans le vaste hall d'entrée et gagna précipitamment les ascenseurs.

Mais ils étaient tous entre le vingtième et le trentième étage et, malgré la frénésie avec laquelle Dennis pressait tous les boutons, ne semblaient pas pressés de redescendre. Il poussa un juron. Brusquement, la chose la plus importante au monde à ce moment-là était de ne pas rencontrer miss Jones. Mais les ascenseurs n'avaient pas encore bougé qu'elle apparut à son tour dans le hall et, franchissant posément les quelques mètres qui les séparaient, elle vint se planter à ses côtés.

Dennis se rendit compte aussitôt qu'il n'avait guère de raisons de s'inquiéter. Aucun risque qu'elle le salue avec un sourire plein de sous-entendus ou lui adresse un « bonjour » un peu trop jovial – perdue dans ses pensées, elle ne semblait pas savoir où elle était et ses propres soucis n'empêchèrent pas Dennis de remarquer son air absent. Quelque chose en elle lui rappela sa propre détresse, et, mû par une impulsion subite – lui qui l'instant d'avant aurait voulu disparaître plutôt que d'avoir à lui parler –, il se surprit à engager la conversation :

– Bonjour.

Elle le regarda d'un air morne.

– Oh... bonjour. Vous êtes... Dennis Harper, n'est-ce pas ?

– Soi-même. Parcelle insignifiante de la grande firme familiale.

– Je pensais que vous étiez peut-être parti. Je ne vous ai pas vu beaucoup ces temps-ci.

– Je ne suis pas beaucoup venu pendant la maladie de maman.
– Ah... C'est formidable qu'elle soit de retour, n'est-ce pas ?
La première étincelle de vie depuis son arrivée s'alluma dans ses yeux.
– Ouais. Formidable, fit Dennis en s'efforçant de masquer son manque d'enthousiasme.
Elle le regarda plus attentivement.
– Ça ne doit pas être toujours facile.
– Pas facile ? Comment ça ? se récria Dennis aussitôt sur la défensive.
Elle comprit immédiatement les raisons de son attitude. Il se tourmentait pour cette histoire de traite. Elle aurait voulu pouvoir le rassurer en lui affirmant qu'en dehors de Stéphanie et Joanna, Tom et elle-même étaient les seuls au courant, mais elle craignit de lui faire savoir qu'on l'avait mêlée à l'affaire.
– Oh, rien de particulier, dit-elle simplement, je voulais dire que ça doit être difficile quelquefois d'avoir une mère dotée d'une telle personnalité.
L'ascenseur arriva et ils pénétrèrent dans la cabine. Et de se retrouver si près l'un de l'autre dans l'espace exigu renforça chez les deux jeunes gens l'impression qu'un courant était passé entre eux. La présence de la jeune femme apaisait Dennis sans qu'il sût trop pourquoi et il se demandait quelle était la cause de la tristesse qu'il lisait sur ses traits. Il fallait que quelqu'un la fasse sourire, lui change les idées. Pourquoi pas lui ?
L'ascenseur ralentit à l'approche du dernier étage. Juste avant l'ouverture des portes, il dit :
– Excusez-moi, mais je ne suis pas bien sûr de me souvenir de votre nom.
Elle eut un petit sourire.
– Cassie.
– Alors, Cassie, vous allez trouver ça bizarre – je vous assure qu'il m'arrive d'avoir de meilleures idées, et je suis sûr que vous avez des

tas de choses plus passionnantes à faire –, mais bon, en tout cas, ça vous plairait d'aller voir un match de boxe ce soir ?

Dans les vestiaires situés au plus profond des entrailles du stade, Barney s'efforçait comme à l'accoutumée de calmer la frénésie d'Angelo. Un peignoir voyant passé sur un short flambant neuf, Angelo sautillait, mimant le combat, courant et revenant et lançant les poings dans le vide, jusqu'à ce que Barney annonce pour la vingtième fois :

– C'est bon p'tit gars, c'est bon. T'es prêt, t'en fais pas.

Mais Angelo était trop surexcité pour lui accorder la moindre attention. Si bien qu'en dépit des instructions strictes n'autorisant personne à venir déranger ses garçons avant un combat, il fut plutôt soulagé quand on frappa à la porte. Pourvu que ce ne soit pas Taylor, pria-t-il pourtant. Tout mais pas ça.

– Angelo ! Comment ça va, mon vieux ?

– Dennis !

Angelo s'élança pour le serrer dans ses bras.

– Eh là ! Je ne suis pas ton adversaire, dis donc ! Garde un peu de tes forces pour Eddie King !

Angelo sourit et saisit maladroitement les poignets de son ami entre ses énormes gants. Dennis lui donna une claque amicale dans le dos puis se retourna vers la porte.

– Angie, laisse-moi te présenter…

– Cassie Jones, dit celle-ci comme Dennis la faisait entrer.

– C'est une de tes supporters, figure-toi, dit Dennis d'un ton enthousiaste. Elle vient de parier cinq dollars sur toi.

Angelo rougit.

– Vous auriez peut-être dû garder votre argent, dit-il gravement.

– Tais-toi ! Tu vas le mettre au tapis au premier round, je suis tranquille !

On devrait partir, se disait Cassie. Dennis était si occupé à prodiguer ses encouragements qu'il ne s'apercevait pas de l'effet que sa bonne humeur et son optimisme produisaient sur Angelo. Et Barney n'avait pas prononcé un seul mot depuis qu'ils étaient arrivés.

– Bonne chance, Angelo, dit-elle en touchant le bras de Dennis.

– Oh, ce n'est pas une question de chance ! s'écria celui-ci au bord de l'indignation, il a déjà tout ce qu'il faut pour gagner.

Il désignait du geste les énormes gants de boxe.

– Allez, Dennis, il faut y aller, intervint enfin Barney.

Dennis parut surpris mais acquiesça.

– On te lâche les baskets, alors, dit-il. En avant mon vieux !

Et, agitant la main, il entraîna Cassie hors de la pièce.

Là, dans l'étroit vestibule, une petite foule s'était rassemblée. Au milieu on remarquait Taylor dans un costume criard, s'apprêtant manifestement à jouer les grands promoteurs du monde de la boxe et flanqué de ses deux brutes.

– Dennis ! héla Taylor, incapable de résister au plaisir de faire payer le jeune homme pour les vingt-cinq mille dollars qui lui étaient passés sous le nez.

Mais il se vengerait – d'une manière ou d'une autre. Figé sur place, Dennis voyait Taylor fondre sur lui. L'idée qu'il allait le ridiculiser aux yeux de Cassie le mettait à la torture mais il était comme pétrifié. Cassie comprit la situation en un clin d'œil et, instinctivement, chercha à protéger Dennis.

– On s'en va, Dennis, dit-elle d'une voix forte en le prenant par le bras. Il faut absolument que je sorte d'ici. Il y a une odeur insupportable !

Et elle l'entraîna vers la sortie.

Furibond, Taylor les regarda s'éloigner et

nota mentalement une raison de plus de se venger de Dennis Harper. Puis Jacko lui glissa à l'oreille :

– Patron ! il y a un gars, là-bas, qui veut savoir si vous avez de la marchandise. Si vous vendez ce soir.

– Ça pourrait bien être son jour de chance à celui-là, fit Taylor d'un ton appréciateur.

Ses doigts se refermèrent sur une petite boîte au fond de sa poche.

– Dis-lui de m'attendre. J'ai encore une petite visite à faire – pour m'assurer que le meilleur soit le gagnant. Et s'il m'en reste encore, alors il pourra acheter. Chicka, lança-t-il à travers le vestibule, va frapper chez M. Eddie King pour moi et demande-lui s'il est prêt à recevoir de la visite.

– Qui est cet horrible petit homme à tête de fouine ? demanda Cassie, curieuse, dès qu'ils furent installés à leurs places.

– Vous seriez toute prête à en faire deux bouchées en tout cas, si j'ai bien vu, dit joyeusement Dennis. Vous êtes vraiment fantastique ! Vous pouvez prendre votre service sur-le-champ.

– Mon service ?

– Je vous engage comme garde du corps. Quand pouvez-vous commencer ?

– Je croyais que c'était déjà fait.

Ils se mirent à glousser comme des enfants. Je n'arrive pas à y croire, se dit Cassie. Je m'amuse ! À quand remonte la dernière fois ? Dennis lut dans son regard et lui sourit. Je t'avais bien dit qu'elle a un charme fou quand elle sourit, se félicita-t-il. Et on vient seulement d'arriver ! Il s'appuya sur son dossier et s'apprêta à profiter pleinement de ce qui allait suivre.

Soudain la rumeur qui montait de l'assistance s'enfla démesurément et une immense clameur accueillit l'arrivée des deux boxeurs se frayant un chemin à travers la foule.

– Voilà son adversaire ! s'écria Dennis tout excité en indiquant du doigt le petit homme trapu entouré de ses entraîneurs et de nombreux supporters.

Visiblement plus âgé qu'Angelo, King semblait posséder une belle vitalité. Ses yeux lançaient des éclairs et, avant même d'avoir atteint le ring, il s'était mis à danser en lançant le poing en direction d'un adversaire invisible. Par comparaison, Angelo avait l'air tout jeune et presque timide. Pour la première fois, depuis que le combat avait été projeté, Dennis sentit son estomac se serrer.

– ...Un grand favori de retour sur le ring. EDDIE KING ! annonçait le présentateur dans les haut-parleurs. En face de lui, un nouveau venu dans le monde de la boxe, la fine fleur de la communauté italienne de Sydney, ANGELO VITALE !

L'arbitre énonça rapidement les règles du jeu :

– Pas de coups en dessous de la ceinture. Aucun coup n'est permis quand la sonnerie a retenti. Pas de corps à corps.

Et avant que Cassie se fût rendu compte de ce qui se passait, le combat avait commencé.

La violence du premier assaut de King fut accueillie par des acclamations enthousiastes. Au bout de quelques secondes, Cassie n'osait déjà plus regarder. Mais elle ne pouvait faire taire la voix perçante du commentateur qui appelait au massacre à l'unisson des autres bêtes fauves autour du ring.

– Un combat qui s'annonce bien, aboyait-il. Une attaque étonnamment féroce de King, mais Vitale saigne, Vitale est blessé, une lèvre coupée. King repart à l'attaque, il roue de coups son adversaire... on dirait que le combat ne va pas durer longtemps !

– Vas-y, Angelo ! hurla Dennis stupéfait.

– Le jeune Vitale n'a pas encore montré ce

qu'il sait faire à ce stade du combat. Mais il vient de commencer et il a encore le temps...

Cassie entrouvrit un œil. Angelo tournait autour du ring à un rythme qui semblait deux fois moins vif que celui de son adversaire, lequel frappait et esquivait tous les coups. Ses bras et ses jambes allaient et venaient comme des pistons.

– Vous m'aviez dit qu'il était fini, souffla Cassie à Dennis.

– C'est vrai, fit Dennis, troublé, mais je me trompais... je me trompais gravement.

De nouveau, la voix résonna dans les haut-parleurs.

– Il est à terre ! hurla le commentateur en extase. Eddie King l'a envoyé au tapis d'un direct dans la mâchoire.

Pour Cassie, qui n'avait jamais assisté à un match de boxe, c'était un spectacle épouvantable, un véritable carnage, qui lui faisait penser à une corrida. Eddie King était le matador et Angelo l'animal souffrant. Elle n'avait plus le courage de regarder et, dès la fin du deuxième round, Dennis non plus. Cassie cachait son visage dans ses mains et Dennis fixait ses genoux, tous deux en proie à la même détresse. Si bien que ni l'un ni l'autre ne virent King brusquement vidé de toute son énergie, tel un moteur en panne d'essence. Ils ne virent pas non plus Angelo rassembler ses dernières forces pour un violent direct qui atteignit King à la mâchoire. Mais alertés par les hurlements de joie de l'assistance, ils levèrent les yeux à temps pour voir King chanceler et s'abattre lentement sur le dos comme un arbre scié à la base. Sa tête heurta le tapis avec un bruit mat et il ne se releva pas.

Dennis et Cassie se ruèrent jusqu'au ring, se mêlant à la foule qui venait féliciter le vainqueur quand on eut emporté King. La première coupe de champagne célébrant la victoire marqua le début d'une soirée qui se prolongea tard dans la nuit dans la grande salle du gymnase. L'absence de Taylor ne passa pas inaperçue mais ne suscita guère de regrets. De fait, rien n'aurait pu assombrir la victoire bien gagnée d'Angelo – jusqu'au moment où les premiers boxeurs arrivant pour s'entraîner au petit jour apprirent à ceux qui venaient de passer une nuit blanche qu'Eddie King était décédé sur la table d'opération, victime du premier coup réussi d'Angelo.

14

Situé au cœur du quartier des affaires de Sydney, le café de Vittorio s'était fabriqué une réputation grâce à ses petits déjeuners servis dès l'aube, composés d'œufs préparés au goût de chacun et de café bien chaud à volonté, le tout pour quelques dollars. Quelle ne fut pas la contrariété des habitués lorsqu'ils découvrirent ce matin-là que cette première halte importante de la journée leur était supprimée à l'improviste. Au lendemain du combat, le café était fermé et les volets rabattus sans explication. À l'intérieur, Dennis, Angelo et Vittorio reprenaient pour la centième fois la même discussion pénible.

– D'un manteau, il me fait cadeau ! Un manteau à la mode !

La rage de Vittorio éclatait, sans que rien parût capable de l'apaiser, depuis que Dennis avait ramené Angelo du gymnase.

Le visage d'Angelo se crispa de chagrin.

– Je t'en prie, papa... je l'ai acheté avec mon argent – pas avec celui d'hier soir.

– De l'argent que tu as gagné en cassant la tête d'un pauvre type ! poursuivit son père.

– De l'argent que j'ai gagné en travaillant pour

toi – bien que tu ne m'aies jamais payé correctement ! rétorqua Angelo.

Les épaules de Vittorio s'affaissèrent.

– Je travaille dur pour faire tourner le café. C'est une affaire qui marche bien. Assez bien pour nous faire vivre tous les deux. Pourquoi ne veux-tu pas t'en contenter ?

Angelo soupira.

– Ça te plaît de tenir un restaurant – moi c'est la boxe qui me plaît. Et je suis bon. Très bon. Qu'y a-t-il de si mal à ça ?

– Tu ne connais rien à rien, Angelo. Tu te bats en amateur, d'accord. C'est bon pour un jeune homme, un sport qui lui plaît, ça le garde en forme, l'occupe et l'empêche de faire des bêtises. Mais tout ça... c'est mauvais. Tu te bats pour de l'argent mais c'est eux qui prennent l'argent, les profiteurs, qui s'engraissent sur ton dos. Tu ne comptes pas pour eux. T'es rien du tout. Qu'est-ce que ça peut leur faire à eux que tu sois démoli ou estropié, hein ?

– T'as plus à t'en faire pour ça, p'pa, fit Angelo, les traits tirés par l'inquiétude. Je ne boxerai plus jamais. Je vais avoir ça qui va me poursuivre toute ma vie. J'aurais toujours peur que ça se reproduise.

– Angie ! s'écria Dennis stupéfait. Tu ne peux pas en décider comme ça. Il faut que tu te donnes le temps d'y réfléchir.

Angelo ne répondit pas.

Vittorio observait son fils, déchiré entre des sentiments contradictoires.

– Tu n'es pas responsable, dit-il enfin. C'est un accident. Ce n'est pas ta faute.

– La faute à qui, alors ? demanda Angelo, non sans amertume. À Eddie King, qui n'aurait pas dû monter sur le ring avec moi ?

Un long silence suivit sa question. Les trois hommes se regardaient, misérables.

– Allez, viens, je te ramène à la maison, dit

Vittorio en se levant lourdement. On n'ouvre pas aujourd'hui. En route.

Angelo leva vers lui un visage défait.

– J'ai tué un homme, papa !

– Viens, Angelo, intervint Dennis. Ton père a raison. Ça ne sert à rien de rester assis ici.

Lentement, les trois hommes gagnèrent la sortie. Vittorio tira les verrous et ouvrit la porte en grand. La silhouette massive de Jacko bloquait la sortie. Sans un mot, il les poussa à l'intérieur du café. Derrière lui, Taylor et Chicka apparurent. Chicka referma soigneusement la porte.

– Sortez d'ici ! Tous ! vociféra Vittorio qui tremblait de colère.

– Désolé le vioc, pas question ! grogna Jacko.

Hors de lui, Vittorio se jeta sur la brute, mais c'était perdu d'avance. Jacko le saisit à bras-le-corps et le ceintura en un clin d'œil. Angelo se rua au secours de son père mais se retrouva nez à nez avec le canon du revolver de Chicka. Il s'arrêta net. Dennis avait du mal à croire à ce qu'il voyait :

– Eh, Taylor, qu'est-ce qui vous donne le droit de… ? protesta-t-il faiblement.

Taylor sourit.

– Je ne suis pas très content de ton petit macaroni, Dennis. Je lui ai donné un ordre bien précis – se coucher, aller au tapis. Des milliers de gars l'ont fait avant lui. Mais non. Il a fallu qu'il joue les Rocky Marciano et j'ai perdu un paquet de fric. (Une lueur glaciale passa dans ses yeux.) Et je n'aime pas ça, comme tu devrais le savoir, fiston.

– Mais, Taylor, vous connaissez Angelo, vous ne pouviez pas lui demander…

– Ne me dis pas ce que je dois faire !

Dennis prit peur, brusquement.

– Mes gars sont venus lui donner une petite leçon. Faudrait pas qu'il croie pouvoir nous faire le coup deux fois. Et si tu la fermes pas, t'auras ton compte aussi. C'est ce que tu veux ?

– Ne discute pas, Dennis, ça ne changera rien de toute manière.

Angelo était livide mais il redressait bravement le menton. Quelques instants plus tard, il s'effondrait et, recroquevillé sur le sol, continuait à recevoir les coups qui pleuvaient sur son corps douloureux. Fermant les yeux, Vittorio se mit à pleurer. Horrifié, Dennis se demandait comment il avait pu croire un seul instant qu'un sport consistant à cogner sur son prochain pouvait exister et être considéré comme une distraction. Il fit le vœu de ne jamais plus approcher d'un ring.

– Le conseil d'administration est au grand complet ! Je suis flatté. Merci de vous être donné la peine de me recevoir, messieurs.

– Pas exactement, M. Sanders. Notre présidente n'est pas ici aujourd'hui, corrigea Bill McMaster, les lèvres pincées. Elle m'a délégué ses pouvoirs pour une réunion qui selon elle ne sera qu'une simple formalité.

La déclaration de Bill ne recouvrait pas toute la vérité. La requête de Jake demandant l'autorisation de rencontrer les membres du conseil d'administration de la Harper Mining avait failli donner à Bill une attaque d'apoplexie.

– C'est un fou furieux, Steph ! Il n'a pas plus de cervelle qu'un kangourou, ce n'est pas possible ! Il sait parfaitement qu'il a perdu la partie et qu'il n'obtiendra pas les vingt pour cent qu'il visait. Il ne dépassera pas dix-huit pour cent. Pourquoi diable veut-il nous voir ? S'imagine-t-il que nous allons l'inviter à se joindre à nous après avoir passé des semaines à tenter de le maintenir à l'écart ?

– Ne vous tracassez pas tant, Bill, l'arrêta Stéphanie. Qui sait, il a peut-être des propositions intéressantes à faire. Et nous ne le saurons jamais si nous refusons de le rencontrer.

– Je vous abandonne ce plaisir, alors, grommela Bill.

– Oui... En fait... il faudra que ce soit vous.

– Comment ? Et pourquoi ?

Stéphanie se leva et gagna la baie vitrée. Au loin en contrebas, l'arche grandiose du Harbour Bridge enjambait le miroir de l'eau étincelant sous le soleil et les voitures roulaient dans les deux sens, comme des jouets miniature. Parce qu'il est plus facile de résister à la tentation si l'on est loin... parce que pour la première fois depuis mon mariage j'ai rencontré quelqu'un qui m'attire irrésistiblement... parce que mon mari se pose déjà des questions, qu'il est jaloux et que je ne veux pas aggraver les choses...

– Parce que, tactiquement, si je n'assiste pas à la réunion, cela montrera que je n'attache guère d'importance à sa requête.

– Hmmm, ça paraît logique, en effet, convint Bill.

Mais il n'avait nul désir de rencontrer celui qui lui avait causé tant de soucis. Je me fais trop vieux pour ce genre de comédie, se dit Bill avec lassitude. Il fut un temps où je ne détestais pas un bon affrontement. Et j'étais de taille à me mesurer avec les meilleurs d'entre eux. Il fut un temps où... Et sans s'en rendre compte, il se mit à frotter un point, sur sa poitrine, où une douleur lancinante avait commencé à le tenailler, récemment.

Et tandis qu'il regardait Jake de l'autre côté de la table d'acajou, Bill sentit la douleur se réveiller, comme une rage de dents. Il décida de limiter les préambules au strict minimum. Il présenta rapidement les membres du conseil, car Jake savait évidemment tout ce qu'il y avait à savoir à propos de chacun, il lui faisait confiance. Jake les gratifia d'un sourire poli, répétant leur nom à la manière américaine, mais le seul qui suscitât chez lui un intérêt quelconque était Dennis. Quand Cassie était encore sa maîtresse, le dernier renseignement qu'elle lui avait donné concernait l'argent qu'il avait tenté d'escroquer à sa mère en contrefaisant une traite de chez Tara. Il observa le jeune homme au visage mutin affalé sur son siège avec une désinvolture exagérée et se demanda combien de temps il faudrait pour que le prince héritier devienne un autre maillon faible dans la hiérarchie de la Harper.

– Et maintenant, puisque vous connaissez tout le monde, nous pouvons peut-être aborder le sujet.

– Mais bien sûr.

Quel accent exécrable, nota Bill. De la vraie bouillie. Puis il dit à voix haute :

– Comme vous le savez tous, un des actionnaires a présenté une motion suggérant que M. Jake Sanders soit invité à prendre part au conseil d'administration de la Harper Mining. Chacun ayant ici voix au chapitre, je propose un vote à main levée. (Puis se tournant vers Jake Sanders :) Avez-vous d'autres requêtes ou suggestions à soumettre ?

– Rien qui ait une chance de modifier le résultat final, déclara Jake d'un ton égal.

Bill eut du mal à dissimuler sa surprise. Il aurait parié que le salopard tenterait quelque chose. Était-il encore plus retors qu'il ne l'imaginait ? Quel jeu jouait-il donc ? Bill reprit précipitamment :

– Nous allons donc procéder au vote. Ceux qui sont favorables à l'admission de M. Sanders au conseil lèvent la main.

Pas un muscle ne bougea parmi les membres de l'assemblée. Pour se venger de Jake, Bill attendit un long moment, plus qu'il n'était nécessaire, avant de demander :

– Qui s'y oppose ?

Une forte majorité de mains se levèrent à l'unisson.

– Motion refusée. Les condoléances sont de rigueur… ?

Il ne put réprimer un sourire de triomphe.

– Soyez sans inquiétude, dit Jake, beau joueur. Je ne peux tout de même pas m'attendre à être toujours gagnant. Mais le conseil d'administration est-il prêt à écouter une proposition de la part du perdant ?

Bill rit.

– Allez-y.

– Vous n'êtes pas sans savoir que j'ai acheté des actions de la Harper dans l'espoir d'accéder au conseil d'administration. Et comme je ne parviens pas à dépasser les dix-huit pour cent, ce qui ne constitue pas une part suffisante pour pouvoir siéger parmi vous, messieurs, je n'ai plus aucun intérêt à conserver ces actions.

Tous les yeux étaient braqués sur lui.

– Tout cela pour vous dire que si vous voulez les racheter, je veux les vendre.

– Nous ne sommes pas preneurs !

L'exclamation provenait du bout de la table. Dennis avait presque crié.

– Du calme, Dennis ! Nous...

Mais Dennis coupa impétueusement Bill.

– Il ne faut pas acheter ! Je ne sais pas ce qu'il cherche, mais je ne le crois pas capable d'abandonner aussi facilement.

– Fort bien. (Jake se leva.) Si vous n'en voulez pas je vais les mettre en vente sur le marché.

– Dennis, ce n'est pas possible, nous ne pouvons pas laisser faire ça, annonça Bill qui se tourna ensuite vers Jake. Entendu, Combien ?

– Trois dollars quatre-vingts.

– C'est trop cher. Trois vingt me semble plus raisonnable.

– Allons. Faites un effort. Trois soixante-dix, et c'est quasiment gratuit.

– Trois soixante.

Bill sentait son sang-froid le quitter.

– Marché conclu.

Ils échangèrent une poignée de main.

– Mon avocat et mon agent de change sont là, annonça Jake. Je propose que nous scellions le marché sur-le-champ.

Dix minutes plus tard, à bord d'une limousine en compagnie de ses deux conseils, il prenait la direction de la Bourse.

– Pourquoi nous emmenez-vous là-bas ? s'enquit son avocat. Les jeux sont faits. On sait ce qui va se passer quand le bruit va commencer à courir que vous vous retirez parce que vous avez découvert un défaut quelque part et qu'ils ont dû racheter vos parts à titre de mesure de protection.

– Oui, ça va leur faire un tort énorme, n'est-ce pas ? constata Jake en souriant de son sourire carnassier. Beau travail. J'avoue que je ne suis pas mécontent de moi. Et je veux assister à la débâcle.

L'agent de change écoutait attentivement les informations qui lui parvenaient par l'intermédiaire du téléphone installé dans la voiture.

– Les actions Harper ont chuté d'un dollar dix depuis que la nouvelle a été annoncée. Et elles continuent de baisser. (Il se tourna vers Jake qui regardait droit devant lui, le visage impénétrable.) Que comptez-vous faire maintenant ? Ramasser vos bénéfices et partir ?

– Non, dit pensivement Jake. Nous pourrions faire preuve d'un peu plus d'imagination. Attendre que les actions dégringolent puis recommencer à acheter. Et cette fois, j'aurai mes vingt pour cent !

La voiture de Dennis ralentit et s'arrêta dans une ruelle étroite où des petites maisons étaient coincées entre des usines et des complexes industriels. C'était la première fois qu'il venait là, dans ce quartier déshérité de Sydney. Il regarda Angelo, assis à ses côtés, qui portait encore les traces des coups qu'il avait reçus au visage.

– Tu es bien sûr de vouloir le faire, Angie ?

demanda-t-il anxieusement. Rien ne t'y oblige, tu sais.

– Il le faut. C'est seulement que je ne sais pas encore très bien ce que je vais lui dire.

– Dis ce que tu ressens. Tu veux que je vienne avec toi ?

Angelo secoua la tête.

– J'en ai pour une minute.

Dennis réprima un soupir. C'était absurde. La seule chose à faire pour Angelo, c'était de chasser définitivement de son esprit le cauchemar qu'il avait vécu. Et voilà qu'au contraire, il s'y replongeait volontairement. Mais Dennis en avait assez de discuter. Ils étaient aussi têtus l'un que l'autre, le père et le fils, et il se rendait compte qu'il ne parviendrait pas à faire changer Angelo d'idée.

Il n'avait pas réussi non plus à ébranler Vittorio. Dès que Taylor et ses complices avaient quitté le café ce matin-là, Dennis s'était jeté sur le téléphone pour appeler la police. Mais le vieux lui avait arraché le combiné des mains en vociférant contre lui en italien. Comme Dennis ne comprenait rien, Angelo avait fini par intervenir, en parlant à grand-peine à travers ses lèvres enflées et coupées.

– Papa ne veut pas qu'on appelle les flics. Il dit qu'ils sont tous de mèche et que Taylor reviendra pour me tuer si on fait ça.

Dennis avait eu beau tenter d'expliquer au vieil Italien que la corruption n'était pas forcément la même qu'autrefois, pour Vittorio, que terrifiait le spectre de la Mafia qui avait marqué son enfance, c'était déjà une chance que son fils fût vivant. Et il souhaitait en rester là. Les deux jeunes gens furent impuissants à le faire changer d'avis.

Mais je peux au moins soutenir Angie dans sa démarche, songea Dennis. Je sais qu'il a tort – mais à quoi servent les amis ?

Je sais que j'ai raison, songeait Angelo, crispé

dans une position qui soulageait la douleur provoquée par sa côte cassée. C'est difficile à faire, voilà tout. Mais ça ne changerait rien de rester assis là plus longtemps.

– Bon, dit-il en ouvrant la portière. Je n'en ai pas pour longtemps.

Il traversa la rue pour aller frapper à la porte d'une bicoque d'aspect délabré. Au bout d'un long moment, la porte s'ouvrit. Par l'entrebâillement, une femme en robe de chambre, le visage ruisselant de larmes et les cheveux en broussaille, passa la tête. Angelo prit son courage à deux mains.

– Mme King ? demanda-t-il. Mme Eddie King ? Je vous ai apporté de l'argent. Je peux entrer ?

Les joyeuses familles. Quel était le clown qui avait inventé cette expression ? Et qu'est-ce qui avait pu lui mettre dans la tête qu'en invitant Sarah à dîner chez ses parents, il aurait l'occasion de faire connaissance avec elle ? Assis à côté de Sarah dans la confortable salle à manger de la maison, Tom jurait intérieurement. Ils arrivaient à la fin de ce que les quatre convives installés autour de la table devaient considérer comme le dîner le plus sinistre de toute leur vie.

Qu'est-ce qu'ils pouvaient bien reprocher à Sarah ? À ses yeux à lui, elle était ravissante dans sa robe pêche manifestement choisie pour l'occasion – ce qui l'avait touché quand il s'en était fait la réflexion. Elle s'était montrée absolument charmante pendant tout le repas, et plus la soirée avançait, plus il se sentait conquis. Mais qu'arrivait-il à son père et à sa mère ? Rien de ce qu'elle disait ou faisait ne semblait trouver grâce à leurs yeux.

– J'imagine que la baisse de nos actions doit inquiéter tout le monde, dit-elle alors, dans un effort désespéré pour trouver un sujet de conversation qui ne tournerait pas court au bout de deux ou trois échanges.

Bill se rebiffa aussitôt.

– J'ai réussi à maintenir la Compagnie à flot lors de crises beaucoup plus graves, dit-il d'un ton agacé. Je ne vois pas ce qui m'empêcherait d'y arriver encore cette fois-ci.

– Oui, bien sûr, balbutia Sarah, rouge de confusion. Je voulais dire... Ce que je veux dire, c'est que... Ce n'était pas pour critiquer...

Elle se tut.

– Bien, si tu en as assez, Sarah ?

Rina se pencha pour prendre son assiette.

Bon sang, ce qu'elle peut être froide ! nota Tom. Pourquoi s'y met-elle aussi ? Il bouillait intérieurement.

– C'était délicieux... merci, dit timidement Sarah. Mais je vais vous aider à débarrasser.

– Oh non, je t'en prie, fit Rina qui manquait bizarrement de simplicité. Je peux me débrouiller.

D'un geste furieux, Tom recula sa chaise et quitta la table pour lui emboîter le pas. Bill se leva alors à son tour et dit, l'air mal à l'aise :

– Excuse-moi, Sarah, mais j'ai un travail urgent qui m'attend.

Dans la cuisine, Rina mettait au point sa défense contre l'attaque imminente de son fils.

– C'est Sarah, tu te souviens ? dit-il avec colère. Une vieille amie de la famille, non ? Et vous la traitez comme une parfaite inconnue. Chaque fois qu'elle ouvre la bouche, vous la faites taire.

– Écoute-moi, Tom. Ton père et moi avons beaucoup de soucis en ce moment.

Du dos de la main, Rina écarta une mèche de cheveux de son visage et Tom remarqua soudain une expression anxieuse qui ne lui était pas coutumière.

– Qu'y a-t-il, maman ? demanda-t-il avec inquiétude. Il faut me le dire, s'il y a quelque chose qui ne va pas.

– Non, Tom, il n'y a rien. C'est seulement que, puisque tu travailles à la Harper désormais, ton père et moi pensons que ce n'est peut-être pas une bonne idée que tu sortes avec Sarah en dehors de ton travail.

– Non ! Je n'en crois pas mes oreilles ! Parce que c'est la fille de la patronne ?

Rina redressa le menton.

– C'est notre sentiment, dit Rina sur la défensive.

– Lequel des deux n'est pas assez bien pour l'autre, maman – elle ou moi ?

– Je n'ai pas dit ça, Tom, ne déforme pas mes paroles.

– Oh, n'en parlons plus ! s'écria-t-il, la rage au cœur. Je raccompagne Sarah chez elle. On reprendra cette discussion à mon retour !

Il sortit en trombe de la cuisine pour gagner la salle à manger. Mais il n'y avait plus personne. Sarah était déjà partie.

15

Le petit groupe qui se retrouva autour de la table du conseil d'administration de la Harper Mining le lendemain de la visite de Jake était morose et comme frappé de stupeur. Après avoir assisté toute une journée à la chute infernale des actions qui semblait ne jamais vouloir s'arrêter, ni Bill ni Stéphanie n'avaient dormi de la nuit et ils se tenaient à présent face à face, en proie tous les deux à la même anxiété. Tom en voulait toujours à son père de la froideur qu'il avait manifestée à Sarah la veille au soir. Mais il se sentait pourtant contraint de prendre sa défense contre Dennis qui oscillait entre des déclarations mélodramatiques sur la situation désastreuse de la Compagnie et des fanfaronnades puériles du style : « Je vous l'avais bien dit ! » qui mettaient Tom hors de lui.

Stéphanie supportait mal de voir Bill aussi catastrophé.

– Ne vous inquiétez pas, Bill, dit-elle aussi gentiment qu'elle put. Nous nous sommes sortis de situations plus graves. Et tôt ou tard nous mettrons Jake Sanders en échec, vous pouvez en être sûr !

– Si c'est le cas, ce ne sera pas grâce à moi mais en dépit de moi. Je vous ai gravement failli, Stéphanie. Sanders m'a eu et j'ai fait preuve d'une impardonnable naïveté. Tout était calculé. Il avait prévu que je me laisserais aveugler par le plaisir de voir sa requête rejetée à la majorité et qu'il pourrait me manipuler à son gré. Ce qu'il a fait. Et je n'y ai vu que du feu.

– C'est vrai ! intervint Dennis d'un ton hostile. Et je vous avais pourtant prévenu. Mais vous avez refusé de m'écouter.

Bill ne releva pas la provocation.

– C'est juste, dit-il avec lassitude. J'aurais dû deviner ! Il y a dix ans, j'aurais prévu tous les coups de Sanders à l'avance. Mais désormais...

Il appuya ses doigts à l'endroit qui lui faisait mal et se mordit la lèvre.

Dennis repartit en flèche.

– Je suis content que vous le reconnaissiez. À mon avis, il serait temps que nous posions quelques questions autour de cette table.

– Dennis...

Il y avait une mise en garde dans le ton de Stéphanie mais il ne l'entendit pas.

– Vous avez rendu des services incontestables à la Compagnie, je le sais...

– Pas de ton condescendant avec moi, jeune homme ! gronda Bill.

– ...mais c'est du passé. Il est temps de songer à renouveler...

C'était plus que Bill n'en pouvait avaler.

– Vous possédez des parts de la Compagnie et un siège au conseil d'administration, mais cela s'arrête là et vous feriez mieux de vous souvenir que je suis encore le directeur et que la seule personne qui me donne des ordres ici, c'est Stéphanie Harper, et nulle autre.

– Et je suis le fils de Stéphanie Harper ! explosa Dennis. Mais j'ai l'impression que vous l'oubliez un peu trop souvent avec les projets que vous faites pour votre propre fils ! Je dois quand même vous rappeler que toutes ses qualifications ne changent rien au fait qu'il n'y a qu'un seul Harper dans la nouvelle génération et que c'est moi.

– Dennis, essayons de ne pas agir ainsi. (Le ton était dur, mais Tom se maîtrisait. Il regarda Stéphanie qui semblait transformée en statue de sel de l'autre côté de la table.) Je croyais que nous avions décidé de former une équipe.

– Une équipe ? On n'arrive même pas à se mettre d'accord sur l'heure qu'il est, comment pourrait-on s'entendre sur la stratégie à adopter ? Je pense que la Compagnie devra bientôt se passer de vos services.

– Tu as toujours eu du mal avec tes devoirs de classe, pas vrai ? observa Tom avec mépris. J'ai signé un contrat avec Stéphanie Harper – pas avec la Harper Mining, et en tout cas pas avec toi !

Un silence pesant s'abattit, enfin interrompu par Stéphanie.

– Bon, Dennis, si tu as fini d'essayer de mettre mes deux meilleurs conseillers à la porte... (Elle marqua une pause pour donner le temps à Bill en particulier de se rasséréner.) J'aimerais parler à mon tour. Bill a fait une erreur. Cela arrive à tout le monde. J'en ai fait moi-même un bon nombre dans ma vie. Mais il en est convenu, s'est excusé et s'apprête à tout faire pour redresser la situation – toutes choses que tu aurais intérêt à apprendre ! (Elle le fusillait du regard.) L'idée ne t'a pas effleuré que si tu avais effectué ton travail comme il faut à l'intérieur de cette Compagnie tu aurais peut-être eu vent de la rumeur qui annonçait nos difficultés et permis ainsi de nous épargner la catastrophe ?

Dennis était cramoisi. Il ne s'était pas avisé qu'on pût lui imputer une quelconque responsabilité dans cette affaire.

– Une chose encore ! ajouta Stéphanie sombrement. Il faut vraiment n'avoir rien dans la tête pour déblatérer sans fin sur quelque chose qui relève du passé au lieu de prendre le taureau par les cornes pour remettre les choses en place. Mais cette attitude, la seule positive en l'occurrence, demande évidemment de l'intelligence, du courage et de la persévérance. Heureusement pour nous, nous sommes pourvus des trois en abondance autour de cette table. (Elle se tut pour regarder autour d'elle, attentive à inclure Dennis et adressant à tous un sourire d'encouragement.) Puis-je vous suggérer, messieurs, de réunir nos forces pour un conseil de guerre ? D'après ce que j'ai entendu dire, Sanders n'a nulle intention de s'en aller. Je crois que nous devons encore une fois ressortir la rubrique : comment repousser l'envahisseur ?

Quand Stéphanie quitta la salle du conseil après une réunion qui lui semblait avoir duré des heures, elle avait mal aux reins et désespérément besoin d'un remontant. Toutes ses réserves de volonté et d'énergie avaient été épuisées au cours des longues discussions, souvent serrées, qu'elle avait présidées. Mais cela avait marché. Grâce à une détermination farouche, elle était parvenue à souder son équipe si mal accordée au départ et, ensemble, ils avaient élaboré une contre-offensive pour neutraliser les manœuvres de Jake Sanders. Ils avaient fait du bon travail. Elle s'étira, bâilla à se décrocher la mâchoire et regagna son bureau.

En poussant la porte, elle fut saisie par une senteur fraîche, tout à fait incongrue dans un immeuble de bureaux. Sur sa table de travail, trônait un énorme bouquet exotique, camélias, stephanotis, fleurs de frangipanier et lis tigrés. Un frisson électrique la parcourut. Jake ? Sûrement pas. Les mains tremblantes, elle tira la carte de son enveloppe et ses yeux parcoururent le message :

« À mon unique amour – aujourd'hui et toujours – Dan. »

Stéphanie ferma les yeux, rejeta la tête en arrière et prit une profonde inspiration. Qu'éprouvait-elle ? Plaisir, soulagement ou... déception ? Elle n'osa pas pousser plus loin son analyse. Elle décrocha le téléphone et composa le numéro de l'hôpital.

– Dan ? Oh, mon chéri...

– Ne me dis pas... les fleurs sont arrivées. Elles te plaisent ?

– Elles sont magnifiques.

– C'est un bouquet d'excuses.

– Pour quoi ?

– Oh... (il s'interrompit et elle eut l'impression de l'entendre réfléchir)...pour avoir été un vrai casse-pieds !

Elle rit joyeusement.

– Steph... (il s'interrompit de nouveau)...oh, et puis non, ça ne fait rien.

– Qu'est-ce qui ne fait rien ?

– Bah... tu sais ce dont nous avons besoin tous les deux ? De passer quelque temps ensemble. À l'écart de tous les autres.

– Des vacances ?

Elle tombait totalement des nues.

– Pourquoi pas ? Ça ne pourrait nous faire que du bien.

Le cœur chancelant, elle sentit la joie qu'elle avait éprouvée l'instant précédent s'évaporer comme une brume matinale. Il fallait qu'elle le dise, et le plus vite possible.

– Je ne peux pas, Dan. Pas avec les ennuis que nous avons en ce moment à la Bourse. C'est impossible.

– Même pour quelques jours ?
– Pas même quelques heures. Je n'aurais pas dû être absente de la séance avec Jake Sanders hier. Si j'avais été là, rien de tout cela ne se serait produit. Et maintenant nous payons le prix de ma négligence. Ça ne doit pas se reproduire.
– Naturellement.
Était-il sarcastique ? Elle n'aurait su le dire.
– Je suis désolée.
– Moi aussi.
– Une autre fois.
– Oui... bien sûr.
Mais tous deux savaient que quelque chose était gâché. Oh, songea Stéphanie en reposant le combiné, les sens alanguis par l'entêtant parfum des fleurs, pourquoi faut-il que ce soit comme ça ?

Il était tard et la journée avait été longue. Tous les jours se ressemblaient désormais aux yeux d'Angelo : se tirer du lit le matin, se traîner tout au long de la journée et, au bout, ne même pas avoir la force de sombrer dans l'oubli pour les huit heures suivantes – alors qu'il attendait ce moment béni depuis le matin. Depuis le combat contre Eddie King, Angelo ne parvenait pas à secouer une léthargie que Vittorio commençait à juger inquiétante. C'est de la neurasthénie, se disait le vieil Italien. Il avait vu des gens en mourir, dans son pays, et pas seulement des jeunes filles en mal d'amour. Aussi veillait-il sur Angelo comme une mère poule, s'efforçant par mille petits détails de redonner à son fils sa joie de vivre, mais ce dernier ne remarquait rien.
– Encore une journée derrière nous. C'est l'heure de rentrer.
Vittorio jeta un regard circulaire dans le café désert. Dans un coin, Angelo était occupé à essuyer une table qu'il l'avait déjà vu polir six fois depuis le début de la soirée.
– Eh, on s'en va, je te dis ! lança-t-il.

– Je ne peux pas – je ne veux pas, commença Angelo d'un ton heurté.

– Tu ne peux pas quoi ?

– Je ne peux pas rentrer à la maison. Je ne dors plus la nuit. Autant que je trouve quelque chose à faire plutôt que de passer des heures à regarder le plafond !

Vittorio ressentit la peine que l'on éprouve à voir souffrir ceux qu'on aime sans rien pouvoir faire pour les soulager.

– Je t'aime, mon garçon, dit-il d'une voix étranglée. Tout ça s'arrangera, c'est ton papa qui te le dit.

Et, embarrassé d'avoir ainsi exprimé ses sentiments, il se précipita dans la cuisine.

Angelo ramassa le torchon et sourit pour luimême, ce qu'il n'avait pas fait depuis des jours et des jours. Quel papa il avait, tout de même ! Un roi ! Absorbé dans ses pensées, il n'entendit pas la porte s'ouvrir. Soudain, la salle fut remplie d'hommes. Angelo réprima un cri de terreur en reconnaissant Taylor, Chicka et Jacko.

– Comment ça va mon petit gars ? demanda Taylor d'un ton désinvolte. Content de voir que t'as retrouvé la forme.

– Que voulez-vous ? dit Angelo, les yeux comme deux fentes.

– Eh, petit, ne sois pas comme ça ! fit Taylor d'un ton chagrin. Sans rancune, hein ?

– Ah bon ?

Angelo mit tout le sarcasme qu'il put dans son interjection.

– Mais bien sûr. Écoute, tu avais mérité une leçon, t'as bien compris ça ? Mais tout ça c'est fini, maintenant. Tu es doué. Tu as encore une grande carrière devant toi si tu veux. Ne la gâche pas.

Angelo planta son regard dans les yeux du manager.

– Vous êtes complètement fou, dit-il lentement

et distinctement. Je ne me battrai plus jamais, ni pour vous ni pour personne !

– Angelo ! Ne me complique pas la vie, fit Taylor d'un ton paternel.

– C'est fini, vous m'entendez bien ? Fini. Je ne boxerai plus jamais. Maintenant, dehors !

Et du geste de défi méprisant de ses ancêtres italiens, Angelo expédia un long jet de salive qui atterrit exactement entre les souliers vernis de Taylor.

– Ah, si tu le prends comme ça !

Livide, Taylor glissa la main sous sa veste et Angelo vit briller le canon d'un revolver. Mais, avant qu'il pût s'en saisir, Vittorio surgit de la cuisine, chargeant comme un rhinocéros sur le sentier de la guerre.

– Écarte-toi de mon fils ! rugit-il. Tu dégages ou je te fais la peau !

Incrédule, Angelo vit que son père avait entre les mains une arme lourde, une véritable antiquité. Marchait-elle seulement ? Angelo remarqua non sans plaisir que Taylor, qui s'y connaissait certainement mieux que lui en armes à feu, semblait en être convaincu.

– Allons, le paternel, du calme ! dit-il avec une feinte jovialité.

Mais des yeux il cherchait un moyen de s'enfuir et des gouttes de sueur perlaient à son front et sur sa lèvre supérieure.

– Dehors ! Sortez d'ici, vous entendez ! Laissez mon fils tranquille ! Compris ?

À chaque phrase, Vittorio le poussait avec le canon de son tromblon. Taylor transpirait abondamment et ses deux gardes du corps souffraient comme toutes les brutes dans leur genre quand la vapeur se retourne brusquement contre eux. Avec un air de triomphe, Vittorio les poussa jusqu'à la porte et hors de son café, sans cesser de vociférer des jurons et des slogans de vendetta surgis de son passé d'Italien du Sud. Il referma la porte, tira les verrous et s'appuya contre le chambranle pour reprendre son souffle. Angelo s'élança pour le soutenir et le débarrasser de son arme.

– Oh, papa ! chuchota-t-il en l'embrassant sur les deux joues.

Vittorio rit.

– Ton vieux papa s'en est pas mal tiré, hein ? (Il tapota affectueusement le tromblon.) Je l'ai trouvé au marché aux puces. Il est comme moi – vieux mais efficace.

Angelo regarda le visage profondément ridé qui lui faisait face. Une expression malicieuse et enfantine était peinte sur ses traits. Il faillit éclater de rire. Mais on ne rit pas au nez d'un héros qui vient d'accomplir un exploit. Par contre, il n'avait nul désir de réprimer la joie qui s'infiltrait dans son cœur, que la chaleur de la vie et de l'amour commençait enfin à dégeler.

Les phares de la voiture de Stéphanie perçaient l'obscurité. Elle conduisait en virtuose sur la route en lacet qui longeait la côte en direction de Sydney. Qu'est-ce que je suis en train de faire ? se répétait-elle anxieusement. Tout se passait mal ce soir-là, décidément. D'abord, Dan avait téléphoné, très froid, seulement pour la prévenir qu'une urgence le retenait à l'hôpital. Puis Dennis et Sarah étaient sortis dîner en ville – elle se réjouissait de constater que l'amitié entre Sarah et Tom se renforçait malgré la déconvenue qu'ils avaient subie au départ. Et manifestement Dennis avait lui aussi une petite amie. Si cela pouvait le stabiliser un peu ! Quoi qu'il en soit, elle avait dîné seule et tristement.

Puis Jake avait téléphoné... et elle avait eu un choc en reconnaissant sa voix. L'espace d'un instant, elle était restée muette, comme pétrifiée. Ce qui lui avait donné le temps d'annoncer la couleur : il fallait qu'il la voie seule, en privé.

Pour une question concernant leurs affaires, la discrétion imposait qu'il la rencontre ce soir secrètement – on ne manquerait pas de jaser, en ville, s'ils se donnaient rendez-vous dans la journée au vu et au su de tous. Pouvait-elle venir tout de suite au Regent ?

Non, certainement pas. Elle avait le feu aux joues, le cœur battant et remerciait le ciel que la technique de pointe n'eût pas encore inventé le téléphone muni d'un écran télévisé. Mais son trouble ne l'empêcha pas de s'insurger contre l'idée de rencontrer l'ennemi sur son territoire à lui. Elle le verrait au siège de la Harper ou pas du tout.

En proie au vertige, elle reposa le combiné, puis le décrocha de nouveau pour donner l'ordre aux gardiens de l'immeuble de laisser entrer la personne qui se présenterait pour un rendez-vous avec la présidente. Ensuite elle grimpa à l'étage pour se changer. Pour quoi faire ? demandait une petite voix intérieure. Parce que je veux me montrer sous mon meilleur jour. Parce que je veux lui faire voir qu'il m'est parfaitement indifférent. Parce que je veux être Mme la présidente dans toute sa splendeur, absolument sûre d'elle, préoccupée uniquement des affaires de la Compagnie. Pourquoi aller choisir alors l'une des dernières créations de chez Tara, une robe de jersey souple bleu jacinthe, qui me donne l'air jeune et… sexy, oui, très sexy… pourquoi ?

Cramponnant le volant, elle se contraignit à chasser de son esprit ces questions angoissantes pour se concentrer sur la conduite. Elle devait aussi tenter d'imaginer ce qu'il avait derrière la tête cette fois encore, afin de parer tous les coups. Elle ne laisserait pas une seconde fois l'avantage à son adversaire. Elle entrerait dans l'arène en possession de tous ses moyens. Et s'il croyait pouvoir lui jeter de la poudre aux yeux sous prétexte qu'il avait dupé Bill, il se trompait lourdement. Cette fois-ci, Jake Sanders, c'est vous qui allez déchanter !

Galvanisée, Stéphanie se gara sans mal dans la rue déserte et gagna d'un pas rapide l'entrée de l'immeuble. Le chef des vigiles lui ouvrit la porte et l'informa que la personne qu'elle attendait était arrivée et qu'il l'avait installée dans le bureau de la présidente, au dernier étage. Stéphanie le remercia d'un signe de tête, prit l'ascenseur et, dans la cabine qui l'emmenait tout en haut, résista non sans mal au désir de tirer de son sac son miroir et son parfum. Qu'est-ce qui te prend ? se morigéna-t-elle.

Par la porte de son bureau restée entrouverte, Stéphanie entendait du bruit. Que faisait-il ? Elle pressa le pas, nullement préparée à la scène qui l'attendait. Sur son bureau, là où trônait peu auparavant le bouquet de Dan, était posée une gerbe de roses et de lis, à côté de deux coupes de cristal. Assis dans son fauteuil à elle, Jake était occupé à les remplir de champagne.

Quand elle pénétra dans la pièce, il se leva pour venir à sa rencontre.

– J'espère que vous ne m'en voulez pas d'avoir fait comme chez moi, dit-il suavement. Puis-je vous offrir une coupe de champagne ?

– Je… M. Sanders… balbutia Stéphanie, cherchant ses mots.

– Je vous en prie, appelez-moi Jake – j'insiste.

– M. Sanders, faites-moi grâce des mondanités et venons-en au fait.

– Pourquoi êtes-vous si pressée ? (Il but une gorgée de champagne, l'air approbateur, et lui lança un regard ironique par-dessus sa coupe.) Je n'ai pas encore eu l'occasion de vous offrir les fleurs que je vous ai apportées – ni de vous dire que ce bleu vous va si bien que vous ne devriez jamais porter d'autre couleur.

– Je vais donc devoir préciser que je suis venue à un rendez-vous de travail et à rien d'autre. Je ne suis pas particulièrement ravie de me trouver là ce soir. Seule votre insistance à vouloir discuter des affaires qui nous concernent m'a fait revenir à Sydney après une journée harassante. Si vous voulez savoir la vérité, je préférerais me trouver au lit avec un bon livre à l'heure qu'il est.

– Voilà comme on détruit les illusions de son prochain, observa Jake qui semblait s'amuser comme un fou. Moi qui m'imaginais que vous aviez envie de me voir !

Elle est vraiment merveilleuse, se disait-il. Une étrange sensation de désir satisfait, un grand calme l'envahissaient maintenant qu'elle était là, devant lui. M'aurait-elle manqué ? se demanda-t-il, non sans incrédulité.

Je lui donne une dernière chance d'entrer dans le vif du sujet, songea Stéphanie, et s'il ne la saisit pas je m'en vais.

– Je suis venue ce soir dans le seul intérêt de la Harper Mining, commença-t-elle. Je vous connais suffisamment pour…

– Vous m'en voyez charmé, l'interrompit-il d'un ton provocant.

– …pour savoir que vous n'avez sûrement pas abandonné aussi facilement vos projets initiaux. Si je dois conclure avec vous un marché secret pour sauver ma Compagnie, soit, je le ferai. Mais si ce n'est pas le cas, je vous préviens, je compte me battre à mort pour qu'elle reste entre les mains de ma famille.

Sa véhémence et sa détermination forcèrent l'admiration de Jake.

– Je suis sûr que nous n'aurons pas besoin d'en arriver là, dit-il plus gentiment.

– Fort bien. Combien voulez-vous pour vous retirer définitivement ?

– Mais, ma chère amie, je ne sais même pas où nous en sommes.

– Je ne suis pas votre « chère amie », fit sèchement Stéphanie. Et dites-moi ce que vous avez à me dire à propos de l'affaire qui nous concerne.

– Tout d'abord, permettez-moi de vous dire qu'à ma manière, je suis presque aussi passionné par la Harper Mining que vous l'êtes vous-même. Je ne souhaite pas me retirer. Au contraire, je voulais vous annoncer que je comptais me remettre à acheter.

Stéphanie grinça des dents.

– Vous n'avez pas réussi à rassembler assez de parts pour décrocher un siège au conseil la première fois et vous ne réussirez pas davantage cette fois-ci.

– J'ai le regret de vous dire que j'ai eu une chance remarquable jusqu'à présent. À vrai dire, j'ai comme l'intuition que je suis à deux doigts d'y parvenir. Et ensuite… (il jeta un regard circulaire, l'air conquérant)… ce sera une question de temps, mais cette pièce deviendra mon siège, ce bureau mon bureau et vous travaillerez soit avec moi… soit pour moi.

Stéphanie sentit son pouls s'accélérer.

– Si vous en êtes tellement persuadé, pourquoi avez-vous pris la peine de fixer ce…

– Rendez-vous ? (Jake posa sa coupe de champagne sur le bureau.) Parce qu'il est inévitable que nous soyons ennemis autour de la table de conférence, j'espérais que nous pourrions malgré tout être amis dans les coulisses.

Il s'approcha sans en avoir l'air de l'endroit où elle se tenait debout depuis le début de cette étrange rencontre.

Stéphanie se força à rire.

– Vous vous trompiez lourdement, dit-elle. (Il était tout près désormais mais elle ne fit pas mine de reculer. Elle redressa crânement la tête pour le regarder bien en face :) J'ai comme l'impression que nous sommes sur des longueurs d'onde différentes, en ce qui concerne l'objet de cette entrevue.

– Oh, je n'en suis pas si sûr, murmura-t-il. Pas vraiment.

Debout devant elle, il savourait l'instant – sa présence, son parfum, ses cheveux, son corps. Baissant les yeux, il vit la ligne arrondie de ses seins qu'un jour ou l'autre – il le fallait – il dénuderait et caresserait. Un jour, très bientôt. Il la regarda dans les yeux et y vit la preuve de ce qu'il avait déjà perçu, que le désir irrésistible qui le poussait vers elle était réciproque. S'il savait attendre…

Tout à coup, dans l'état de réceptivité exacerbée où il se trouvait, il entendit comme de très loin le bruit de l'ascenseur qui s'arrêtait à l'étage. Dans un instant, son occupant, quel qu'il fût, aurait suivi le seul rai de lumière filtrant sous une porte – la leur. Il savait que Stéphanie n'avait pas entendu, absorbée qu'elle était dans l'instant, entraînée par la force de ce qui était en train de se passer entre eux. Il n'aurait pu dire, par la suite, s'il avait été mû par le désir de la prendre dans ses bras qui ne l'avait pas quitté depuis leur dernière rencontre ou par quelque malin génie déterminé à la compromettre. Toujours est-il que sur le moment, cela lui sembla la chose la plus naturelle du monde que de l'attirer tendrement à lui et de poser un baiser sur ses lèvres, qu'elle lui offrit sans résistance. Il aurait voulu avoir toute la vie pour apprendre à connaître sa bouche. Mais comme elle reprenait brutalement conscience, Stéphanie se dégagea et fit volte-face pour s'enfuir. Ce faisant, elle faillit heurter Dan qui se tenait sur le seuil de la porte, l'horreur qu'il éprouvait devant ce qu'il venait de voir gravée sur son visage couleur de cendre.

16

– Dan ! Dan ! DAN !

Stéphanie se souviendrait le restant de ses jours de la sensation de cauchemar de cet instant où elle demeura pétrifiée – et ne revint à la réalité que pour voir Dan s'éloigner au long du couloir et disparaître dans l'ascenseur. L'esprit vide, elle était incapable de réfléchir à ce qu'elle devait faire. Dan... et Jake... le baiser... Elle avait le vertige, la nausée.

– Tenez, fit Jake en remplissant de nouveau les coupes pour en placer une dans sa main. Contre l'état de choc. Recommandé par la médecine. (Il vérifia le contenu de la bouteille.) Encore trois ou quatre coupes et ça ira mieux. (Il souriait suavement et ses yeux brillaient d'une lueur étrange. Il... Mais oui, il s'amusait bien.) Quel dommage que la presse financière manque des instants comme ceux-ci, disait-il. Je vois d'ici les manchettes : MÉNAGE À TROIS DANS LE BUREAU DIRECTORIAL : FUSION POSSIBLE ENTRE HARPER ET SANDERS.

Stéphanie contemplait les profondeurs de sa coupe. L'espace d'une seconde elle fut tentée de la porter à ses lèvres. Mais d'un geste vif, comme par réflexe, elle projeta son contenu au visage de Jake.

– Allez vous faire voir, vous et votre fusion ! dit-elle d'un ton glacial.

Puis, jetant son verre, elle quitta la pièce.

Elle savait déjà que Dan ne serait pas à la maison quand elle rentrerait. Elle eut beau veiller tard dans la nuit, incapable de se décider à aller se coucher, elle ne s'attendait pas à entendre le bruit de la voiture ni la clé dans la serrure. Et quand elle s'éveilla après quelques heures d'un sommeil agité, durant lequel elle poursuivit Dan le long de corridors obscurs sans jamais parvenir à le rattraper, elle ne fut pas surprise de constater que sa place dans le lit était vide et froide.

Dans les moments les plus difficiles, c'est en se forçant à accomplir les gestes de la vie quotidienne que l'on s'en sort. Combien de fois avait-elle entendu son père répéter ça ? Tous les muscles endoloris, elle se tira du lit à grand-peine, s'acquitta de toutes les phases du rituel matinal et se prépara à se rendre à son travail. Tout en conduisant, elle tenta de réfléchir à ce qu'elle dirait à Bill pendant la réunion qu'elle allait devoir mettre en route dès son arrivée. Car en plus du désastre de sa vie privée, la menace qui planait au-dessus de la Harper s'accentuait et Stéphanie se rendait parfaitement compte que la stratégie mise au point par sa petite équipe la veille ne ferait pas long feu, face à un ennemi d'une telle envergure.

Mais où était passé Dan ? Elle avait besoin de lui ! S'il lui donnait seulement l'occasion de s'expliquer ! Mais expliquer quoi ? Ses lèvres s'entrouvrirent en un sourire triste. Expliquer que Sanders l'avait prise totalement au dépourvu, s'était imposé en profitant de sa nature innocente ? Mensonges, inepties et mensonges ! C'était peut-être un loup qui cherchait l'aventure mais elle n'avait rien du tendre agneau. La vivante image de Jake, dans son costume anthracite, la première fois qu'elle l'avait vu installé avec désinvolture dans son bureau, lui revint à l'esprit. L'éclat de sa pochette écarlate n'était-il pas en lui-même un signal de danger pour la gent féminine ? Tout ce qui s'était passé entre eux depuis était écrit.

Mais elle aimait Dan. Alors pourquoi ce sentiment envers Jake ? Pourquoi l'herbe pousse-t-elle ? Parce que c'est ainsi. On n'a pas le choix. Nous sommes tous mus par cette force de vie qui nous habite, songea-t-elle, et nous avons beau travailler dur pour combattre nos instincts profonds, canaliser nos énergies, créer des relations durables, il suffit de presque rien pour que tout cela fonde en quelques instants comme neige au soleil. Il suffit que l'on rencontre celui – le seul, peut-être, dans le monde entier – qui vous appelle de la voix qui mena Hélène à Troie, qui poussa Juliette à se jeter du haut de son balcon et à abandonner son trône à Cléopâtre. La pulsion sexuelle ? N'est-ce vraiment que cela ? Non, mais pour une grande part, sûrement. Reconnais que tu as désiré Jake dès le premier instant. Que tu n'attendais plus que le moment où tu te laisserais aller à cette attirance comme une adolescente le jour de sa première surprise-partie !

À chaque nouveau souvenir surgissant devant ses yeux, Stéphanie frémissait comme sous un coup de fouet qu'elle s'administrait à elle-même. Mais elle devait mettre tout cela de côté pour le moment. Chaque chose en son temps. Le sort de sa Compagnie allait se jouer au cours des heures à venir. C'était là-dessus qu'elle devait concentrer toute son énergie, sur cela et sur rien d'autre.

En arrivant au bureau, elle ne perdit pas son temps en explications et convoqua aussitôt Bill et Tom pour une nouvelle séance de réflexion.

– Que se passe-t-il encore ? demanda Bill.

Mais avant que Stéphanie eût répondu, Tom fit irruption dans le bureau.

– Tu n'as pas vu les chiffres ce matin, papa. Nos actions ont subi de nouvelles fluctuations à l'échelle mondiale. Il y a anguille sous roche.

– Sanders, fit Stéphanie qui dut faire un effort pour prononcer le nom à voix haute.

– Pour l'instant, il ne peut rien contre nous. Tant que nous gardons la majorité, dit Bill.

– Pour combien de temps encore, là est la question, intervint Tom.

– Que veux-tu dire, Tom ? demanda son père.

– Sanders s'est déjà constitué une petite fortune en manipulant nos actions. Ça lui ouvre de nouvelles possibilités. Pourquoi limiterait-il ses ambitions ?
– Il peut être riche à millions, à quoi cela lui servira-t-il, si nos actions ne sont pas disponibles ? remarqua Bill. La seule question qui se pose désormais est : peut-il mettre la main sur d'autres actions, et comment ?
Tom prit son temps avant de répondre.
– Il faut nous attendre à ce qu'il regagne sans mal ses dix-huit pour cent – c'est à peu près le taux de notre fonds flottant. Mais nous savons qui possède la plus grande masse de nos actions et nous avons bloqué toute nouvelle possibilité d'achat. Si nous tenons bon, il n'atteindra pas la minorité de blocage.
– Tu vois bien ! s'écria Bill, triomphant. Et s'il n'a pas de siège à la Harper, il n'a plus intérêt à investir une part si importante de son capital dans la Compagnie. D'après moi, il va faire un dernier tour de piste et laisser tomber.
Stéphanie prit la parole pour la première fois. Sa voix avait des inflexions désespérées que les deux hommes ne furent pas sans remarquer.
– Sanders n'abandonnera pas la partie tant qu'il lui restera la moindre chance de prendre le pouvoir.
La curiosité poussa Tom à demander spontanément :
– Vous savez quelque chose que nous ignorons ?
Stéphanie se sentit rougir.
– Je sais comment il est, voilà tout.
Le téléphone intérieur vibra au moment propice, détournant leur attention.
– Hilary ! Je vous ai demandé de ne pas me déranger.
– Mais vous m'aviez dit de vous appeler si le Dr Marshall se manifestait ?
– Et alors ?

– Il est ici.

Dans l'antichambre, Dan attendait, feignant d'examiner un tableau sur le mur. Ses yeux semblèrent transpercer Stéphanie quand elle s'avança vers lui. Sans un mot, il la suivit dans le bureau de Bill où l'on ne viendrait pas les déranger. Mais, une fois là, il ne fit pas mine de vouloir prendre la parole.

D'un ton hésitant, Stéphanie commença :

– Dan...

– Savais-tu que Jake Sanders était ici hier soir ? coupa-t-il.

– Oui.

Il eut un geste de mépris désabusé comme si cela prouvait sa culpabilité.

– Écoute-moi, Dan. Si j'ai accepté de le rencontrer hier soir, c'est parce qu'il m'avait dit qu'il s'agissait de régler une question urgente, d'ordre professionnel.

– Pourquoi ne m'as-tu pas appelé pour me dire que tu venais ici ? J'aurais laissé ma voiture à l'hôpital et nous aurions pu rentrer ensemble – en fait j'étais venu te chercher parce que j'avais appelé Éden et Matey m'avait dit que tu étais retournée travailler au bureau.

– Je ne pouvais pas parce que je connais les sentiments que t'inspire Sanders.

– Et toi, quels sentiments t'inspire-t-il ? demanda Dan au prix d'un effort visible.

Stéphanie le regarda droit dans les yeux.

– Je lui dispute pied à pied chaque pouce de terrain.

Dan rougit.

– Ça n'est pas l'impression que j'ai eue hier soir.

– Tu te trompes, Dan. Il a dû entendre l'ascenseur, je ne sais pas, mais il m'a agrippée quand il t'a vu arriver. Il jouait un jeu, c'est tout.

Dan lui jeta un regard désabusé.

– Tu es sûre que vous n'en jouez pas un tous les deux ?

L'interphone vibra.
– Pouvez-vous prendre la quatre, Mme Harper ?
– Hilary ! Je suis occupée.
– C'est M. Sanders. Il dit que c'est très important. Dois-je lui dire que vous le rappellerez après votre réunion ?
– Dites-lui... ce que vous voudrez !
Stéphanie tenta désespérément de se reprendre pour poursuivre la discussion avec Dan. Mais il était déjà à la porte, l'air glacial.
– Cela ne rime pas à grand-chose de continuer, dit-il.
– Tu es injuste. Je veux au moins que tu me donnes une chance de m'expliquer.
– À quoi bon ?
Jamais elle n'avait vu dans ses yeux bruns une lueur aussi farouche.
– Pourquoi n'appelles-tu pas plutôt Sanders ? dit-il avant de franchir le seuil. Il s'agit peut-être d'une question professionnelle.

J'aime l'argent, c'est un fait, songeait Jilly en quittant Strand Arcade pour descendre Pitt Street en direction de Circular Quay. C'est grâce à lui que je peux posséder ce à quoi j'ai droit. Elle jeta un coup d'œil satisfait au carton renfermant la robe qu'elle venait d'acheter. Et cela me facilite la tâche, avec Phillip – je n'ai guère de mal à être gentille avec lui dans ces conditions. C'était effarant de le voir dépenser comme il le faisait désormais, sans compter. On avait l'impression qu'on lui faisait une faveur en dépensant à sa place. Comme si on lui rendait service.
Jilly gloussa. Tout se passait décidément à merveille. Elle s'y était si bien prise avec Phillip pour leur « nouveau départ » qu'il voulait revenir en arrière et l'épouser de nouveau. Jilly avait feint l'hésitation, juste assez pour le mettre au désespoir, puis elle avait accepté de telle sorte qu'il

s'imagine qu'elle n'y consentait que pour lui faire plaisir. Puisqu'ils vivaient déjà ensemble, le fait de se marier ne changerait pas grand-chose à leur vie quotidienne, mais l'épouse de l'un des avocats les plus renommés de la capitale serait à l'abri des tracasseries policières. La réconciliation avec Phillip avait aussi raffermi sa position auprès de Stéphanie, qui avait manifesté un plaisir touchant à voir ainsi restauré en partie l'ancien ordre des choses. Mais le plus fantastique, dans tout ça, c'était quand même que Phillip, follement épris, couvrait sa promise de cadeaux somptueux – dont quelques-uns lui seraient d'ailleurs d'une grande utilité.

Cependant tout n'est jamais parfait et il y avait une ombre au tableau. Le visage de Jilly s'assombrit au souvenir de sa dernière rencontre avec Olive. Cette idiote avait quand même fini par comprendre que Jilly ne pouvait plus venir la voir chaque fois qu'il lui en prenait l'envie ni lui téléphoner à tout bout de champ maintenant qu'elle vivait avec Phillip. Cela n'avait pas été sans mal et il y avait eu des prises de bec féroces suivies de réconciliations non moins féroces – sexuellement parlant – avant que Jilly parvienne à lui imposer la discrétion. Avec ces relations lamentables et les rapports sexuels frustrants que m'offre ce pauvre Phillip, je me demande comment je ne suis pas déjà complètement démolie, songea Jilly. Heureusement qu'il y a Jake...

Jake... Une moue sensuelle se forma sur ses lèvres. Quelle chance inimaginable que leur association fonctionnât si bien, sur le plan personnel comme professionnel. Oh, ce n'était pas un type facile, certes. Elle surprenait parfois ce regard qu'il posait sur elle – calculateur, impénétrable – et son sang se figeait dans ses veines. Mais c'était pour se protéger, se disait-elle. Il ignorait jusqu'à quel point il pouvait lui faire confiance, après tout. Et elle n'avait pas de raisons de s'inquiéter.

Il allait bientôt mettre Stéphanie en déroute – Jilly jubilait intérieurement tout en versant des larmes de crocodile au récit des déboires de la Compagnie. Prétextant un intérêt amical, elle avait soutiré à la candide Stéphanie toutes les tactiques de contre-offensive envisagées par la Harper et les avait confiées à Jake avant leur mise en application. Ce n'était plus qu'une question de temps avant qu'il parvienne à ses fins – et adieu Mme la présidente !

Quant à moi... Jilly pressa machinalement le pas pour franchir les quelques mètres qui la séparaient du Regent. Jake l'accueillit avec un sourire engageant.

– Entre, je suis à toi dans un petit instant. Je suis au téléphone.

Jilly le suivit jusqu'au salon et s'installa confortablement sur l'un des sofas.

– C'est bon. Inutile de m'assener toutes les décimales. Écoutez, dix-huit pour cent, c'est là que nous en étions restés la dernière fois. Il doit y avoir plusieurs centaines de milliers d'actions Harper dans les parages. Tâchez de les trouver ou on va se faire avoir une fois de plus. (Il coula un regard en direction de Jilly, esquissant un sourire.) Et ne me rappelez pas pendant une heure au moins. Je vais être... occupé.

– Quoi de neuf ? demanda Jilly quand il raccrocha.

Jake sourit.

– Rien que tu ne saches déjà. Et de ton côté ?

– Une bonne nouvelle. Qui va t'amuser. On dirait que ma sœur et le bon docteur ont des problèmes conjugaux.

Jake leva un sourcil, simulant la surprise.

– Non ?

– Si, figure-toi ! Je l'ai eue au téléphone juste avant de venir. Elle n'est pas entrée dans les détails mais, apparemment, Dan était si désespéré qu'il a découché une nuit. Il serait jaloux du temps que Stéphanie accorde à la Compagnie.

– Jaloux de la Compagnie ? (Jake prit un air pensif.) Je le comprends. Si j'avais épousé une femme comme elle, je la garderais enfermée à la maison, nue dans une cage, pour mon seul plaisir.

– Tu la désires, n'est-ce pas ? lança Jilly d'un ton agressif.

– Je désire toutes les femmes, répliqua Jake qui manquait rarement une occasion de provoquer Jilly – la colère lui allait bien –, et ce n'était vraiment pas difficile.

– Qu'a-t-elle que je n'ai pas ?

– Je ne peux pas le savoir, ma chère, tant que je ne l'aurai pas convaincue de me le montrer.

Piquée, elle bondit du sofa et marcha droit sur lui. Il l'attendit, aussitôt excité. Jilly n'était pas très grande mais elle était déterminée et musclée et se battait rudement bien. Cette fois, pourtant, elle avait rentré ses griffes et, si elle noua ses doigts dans ses cheveux bouclés pour attirer son visage vers le sien, ce fut seulement pour un long baiser langoureux.

D'un geste familier, Jake se mit à la caresser, ses mains explorant son dos, des épaules jusqu'aux reins. Puis, la faisant légèrement tourner pour voir son reflet, de dos, dans le miroir, il retroussa sa jupe. Ses doigts s'enfoncèrent dans la chair douce...

Perfectionniste en matière de volupté, Jake avait un style différent pour chaque femme. Avec Jilly, il se conduisait avec brutalité, pour se venger du pouvoir qu'elle avait exercé sur lui la première fois mais aussi, depuis, parce qu'il aimait ça et savait qu'elle aussi y prenait plaisir.

Dans le miroir, par-dessus son épaule, il voyait l'empreinte rouge de ses doigts sur la peau blanche.

– Oh ! s'écria Jilly en se dégageant. Je viens de me souvenir. (Elle traversa la pièce pour aller prendre la boîte en carton qu'elle avait posée en arrivant.) Je veux te montrer quelque chose. Je vais me changer dans la chambre.

Il s'approcha du bar et se servit un whisky. Quelques instants plus tard, il entendit Jilly qui l'appelait. Avalant son whisky d'un trait, il pénétra dans la chambre.

Il crut d'abord à une hallucination. À côté du lit se tenait une silhouette entièrement vêtue de blanc, le visage caché derrière un voile, une jeune mariée ! Elle était parfaitement immobile, les yeux modestement baissés et les mains croisées devant elle. Il éclata de rire.

– Je n'en crois pas mes yeux ! Ta robe de mariée !

Jilly fit oui de la tête.

– Tu es abjecte !

Il percevait son sourire à travers le voile de mousseline.

– J'ai pensé que tu serais content de me voir avant tout le monde dans toute ma gloire !

– Si Phillip pouvait te voir...

– Il me verra. Mais je voulais que tu sois le premier.

Les sens incroyablement aiguisés, Jake s'avança vers elle.

17

Tout en veillant aux préparatifs de la réception qui suivrait le mariage de Jilly, Stéphanie ne pouvait se débarrasser de l'impression qu'avoir proposé Eden pour cette occasion n'était pas une très bonne idée. Ce qui au départ était né d'un élan de générosité tout à fait spontané et du désir d'exprimer par un acte l'affection qu'elle portait à sa sœur, au lieu de se contenter de vaines paroles, devenait soudain à ses yeux l'illustration douloureuse de l'état de décomposition de son propre ménage. Sourd à toutes ses tentatives d'explication, Dan refusait de reparler de leurs problèmes. Il saisissait toutes les occasions de passer la nuit à l'hôpital et quand il rentrait, il s'arrangeait pour ne pas monter se coucher en même temps qu'elle et attendait en bas le moment où elle serait endormie.

En dehors des quelques mots qu'elle avait confiés à Jilly, Stéphanie n'avait parlé à personne de ses ennuis. La personne dont elle se sentait le plus proche après Dan était Sarah, mais on ne voyait plus beaucoup la jeune fille à Éden ces temps-ci, car elle passait le plus clair de ses loisirs avec Tom. Elle semblait si heureuse avec lui que Stéphanie n'avait pas le courage de troubler son bonheur avec ses propres soucis. Aux yeux de Sarah, touchée par la grâce, tout était merveilleux. Elle jugeait tout à fait romanesque que Jilly et Phillip se remarient, et le matin de la cérémonie, tandis qu'elle aidait sa mère dans les derniers préparatifs, elle était diserte et joyeuse.

– Je crois que je n'avais jamais vu Jilly aussi ravissante !

– Oh, elle est prête ? demanda distraitement Stéphanie. Elle doit être heureuse. C'est une chance pour une femme de pouvoir repartir de zéro et prendre un nouveau départ. J'espère qu'ils s'en tireront bien.

– Tu n'as pas l'air très convaincue. Tu penses qu'elle fait fausse route ?

– Pas vraiment. Et je suis sûre qu'ils sont persuadés de bien faire tous les deux. Mais se marier, c'est... (elle réfléchit, cherchant les mots justes)... c'est un engagement si profond... et il y a des moments très difficiles. On n'en réchappe pas toujours.

Ses dernières paroles étaient presque un appel au secours mais Sarah ne l'entendit pas.

– Tu n'as pas à t'en faire pour Jilly, tu sais. Tout s'arrange pour elle, et elle épouse celui qui l'aime et qui est prêt à s'occuper d'elle en dépit de tout ce qu'elle a fait. Non, je suis prête à parier qu'ils seront heureux ensemble, ces deux-là. Sans compter qu'ils ont un drôlement bon exemple sous les yeux.

– L'exemple de qui ? s'étonna Stéphanie.

– De Dan et toi, bien sûr ! s'écria Sarah en la serrant dans ses bras. Le couple idéal.

Le couple idéal... Tout le long de la cérémonie religieuse, les mots de Sarah hantèrent Stéphanie. Tout se déroula sans la moindre anicroche, un vrai conte de fées. Jilly, dans sa robe blanche, faisait une mariée délicieuse et Phillip était en adoration devant elle. Dan, quoique très silencieux, se montrait avec tous d'une parfaite courtoisie. Quant aux autres invités, tous des couples heureux, ainsi que Stéphanie l'observa non sans amertume – Sarah et Tom, Bill et Rina, Dennis et sa nouvelle petite amie, Cassie –, ils semblèrent apprécier la réception intime qui suivit à Éden. Seuls Dan et elle n'étaient pas au diapason et Stéphanie avait hâte de se retouver au lendemain.

Pour finir, quand on eut levé une dernière fois les verres portant un dernier toast, lancé les derniers compliments et que les mariés et leurs invités se furent retirés, Stéphanie, épuisée, monta dans sa chambre pour se changer. Puis, décidant soudain qu'elle ne passerait pas une nouvelle nuit solitaire, elle partit à la recherche de Dan.

Elle le trouva accoudé à la balustrade surplombant la mer au fond du jardin, sous le ciel piqueté d'étoiles.

– Tu viens te coucher ? fit-elle sans préambule.

– Je ne suis pas fatigué, répondit-il sans se détourner pour la regarder.

Stéphanie se plaça à ses côtés. L'air était chargé de senteurs capiteuses.

– À quoi penses-tu ? demanda-t-elle très doucement.

– Bah... depuis quelques jours, toujours à la

même chose. (Il parlait d'une voix si basse qu'elle avait du mal à l'entendre.) À la manière dont nous nous sommes rencontrés et épris l'un de l'autre.

– J'y ai pensé aussi. Surtout pendant la cérémonie.

Un silence s'abattit entre eux, chargé de non-dit. Il faut que je parle, songea Stéphanie, ou je vais devenir folle, ou mourir sur pied, cesser d'exister.

– Je t'aime encore, Dan. Et si tu penses que quelque chose a changé, tu te trompes.

Il ne broncha pas.

– Qu'est-ce que tu attends de moi ? s'écria-t-elle.

Il la mettait à la torture avec son silence lourd de reproches. Pour finir, il répondit :

– Un signe me montrant que tu es prête à te battre aussi fort pour sauver ton ménage que pour sauver ton entreprise.

– C'est ce que je fais.

– Alors viens avec moi.

Toujours la même querelle qui revenait entre eux, sans solution.

– Je ne peux pas, Dan. Tu me demandes de laisser tomber ma Compagnie.

– Au diable la Compagnie ! Je veux ma femme !

– Tu m'as, Dan, toi et personne d'autre.

– Seulement aux rares moments où tu ne présides pas des conseils d'administration. Je suis une distraction pour toi, rien de plus.

– Je ne peux pas m'empêcher d'être celle que je suis !

– Et moi de ne pas aimer être la cinquième roue du carrosse dans ta vie. Je croyais que tu étais ma femme ! À moins que Jake Sanders n'en ait décidé autrement ?

Il tourna vers elle un visage anxieux.

– Peut-être. Moi pas. Écoute-moi, Dan. Ce n'était qu'un baiser. Tu n'as jamais été attiré par une autre femme pendant ces sept dernières années ?

– Non ! (Sa sincérité était absolue.) Tu m'as toujours apporté tout ce que je souhaitais.

Stéphanie savait qu'il disait vrai.

– Toi aussi, Dan, dit-elle, le cœur si lourd qu'elle craignit d'éclater brusquement en sanglots.

– Alors prouve-le. (Dan était de nouveau froid et distant.) J'ai réservé deux places d'avion pour l'île d'Orphée. Le vol est à 10 heures demain matin. Je veux que tu viennes avec moi.

– Je... Je ne peux pas.

– Si tu n'es pas là, ce sera ton propre choix. Je partirai en tout cas. Et si je suis contraint de partir seul, je ne reviendrai pas. Réfléchis bien, Stéphanie. C'est la première fois que je te pose un ultimatum. J'ai le sentiment que ce sera aussi la dernière.

Aux yeux de Sarah, le mariage de Jilly correspondait précisément à l'idée qu'elle se faisait d'un mariage. Lorsqu'elle quitta Éden, en compagnie de Tom, elle le questionna avec excitation, impatiente d'entendre ses réactions et de partager avec lui sa joie de petite fille. Mais, égal en cela au reste de la gent masculine, celui-ci n'avait rien noté de particulièrement remarquable dans la robe de la mariée et ignorait de quelles fleurs était constitué son bouquet. Il remonta pourtant dans l'estime de Sarah en la complimentant sur son propre tailleur jaune vif. « Les chapeaux te vont bien », avait-il ajouté. Baissant les yeux, Sarah enfouit son visage dans une gerbe d'orchidées que Tom lui avait offerte le matin même, aspirant leur étrange parfum ténu. Elle se rendait compte que Tom avait l'esprit ailleurs.

– Qu'y a-t-il, Tom ?

Il se concentra quelques instants sur la conduite.

– Oh, rien, dit-il en soupirant. Toujours la même chose. Papa et maman... tu sais bien.

Sarah savait, et comment ! La première soirée qu'elle avait passée chez Tom avait bien failli être la dernière. L'accueil glacial de Bill et de Rina et la réprobation qu'il exprimait l'avaient tellement blessée qu'elle s'était enfuie de chez eux en courant, jurant ses grands dieux qu'elle n'aurait plus jamais affaire à aucun des membres de la famille McMaster.

Tom avait dû faire preuve d'une grande persévérance pour la faire changer d'avis. Il avait hanté les alentours de chez Tara le soir pour tenter de la rencontrer après qu'elle eut refusé de lui parler au téléphone. Puis plusieurs semaines s'étaient écoulées pendant lesquelles il avait dû se contenter d'un « on verra » évasif en réponse à sa proposition d'aller prendre un verre ensemble pour bavarder. Tom pouvait encore compter sur les doigts de la main les sorties qu'ils avaient faites ensemble mais il était prêt à attendre le temps qu'il faudrait si c'était ce qu'elle voulait. Car lui savait ce qu'il voulait et c'était la première fois de sa vie qu'il désirait quelque chose aussi fort.

– Il y a du nouveau ? demanda Sarah sur le qui-vive.

– Maman a recommencé ce matin quand je lui ai annoncé que nous irions finir la soirée dans une boîte de nuit, toi et moi, après la réception à Éden. Je lui ai dit que nous étions seulement amis.

– Seulement amis ?

Sarah semblait déçue.

Il chercha sa main dans l'obscurité.

– On peut être très attaché à ses amis.

– Qu'allons-nous faire ?

– Faire ? (Tom s'était longuement posé la question.) Rien de spécial, dit-il. Tout cela est grotesque. Comment quelqu'un pourrait-il avoir quelque chose contre toi ? Le mieux c'est de ne pas y faire attention, de prendre la vie comme elle vient et d'en profiter. Qu'en penses-tu ?

– Formidable !

Tom fut touché par son enthousiasme.

– On dirait que tu n'as pas eu tellement d'occasions de t'amuser jusqu'ici ?

– Pas vraiment, non.

Elle avait parlé d'un ton détaché mais ses mots étaient lourds de signification. Tom songea à sa timidité, à son manque d'expérience avec les hommes.

– Ne t'en fais pas, dit-il simplement. Je prendrai soin de toi.

– Je ne savais pas que Tom sortait avec Sarah.

La voiture de Dennis suivait celle de Tom sur l'étroite route en corniche en direction de Sydney, et Cassie voyait les deux silhouettes se détacher nettement dans la lumière intermittente des véhicules qu'ils croisaient.

– Hmm.

Le grognement de Dennis exprimait sa réprobation. Il sentait la rivalité entre eux s'accentuer tous les jours. C'était déjà assez pénible d'être dans son ombre à l'intérieur de la Compagnie, où chaque mot que prononçait Tom semblait parole d'évangile aux yeux de Stéphanie, et où on lui avait confié des opérations que Dennis n'aurait jamais été capable de mener à bien. Voilà maintenant qu'il s'incrustait insidieusement dans la famille. Dennis n'avait pas remarqué jusqu'alors l'importance que prenait Tom dans la vie de Sarah – il était trop préoccupé de sa propre existence. Il s'était donc mis à courtiser la fille de la patronne. Judicieux de sa part ! Obsédé par cette idée, Dennis avait refusé d'écouter les suggestions réitérées de Cassie qui souhaitait s'en aller, jusqu'au moment où il vit que Tom partait lui aussi. Il avait l'intention de l'avoir à l'œil, celui-là.

– Qu'y a-t-il ?

– Rien. (Dennis se rendait bien compte que ses sentiments n'étaient pas de ceux dont on se vante. Et il tenait de plus en plus à l'estime de Cassie. Il décida d'éluder la question.) Ça s'est bien passé, finalement, non ? Tu as été parfaite, dit-il.

– Tu crois ?

Cassie fut ravie du compliment. Elle s'était demandé si c'était une bonne idée pour elle de venir à Éden se mêler à une réunion familiale. Les choses se passaient bien avec Dennis. Elle n'était pas prête à s'engager dans une relation compliquée si tôt après... Elle écarta de son esprit l'image de Jake. Et il avait fallu qu'elle surmonte le gâchis de leur première sortie quand le match de boxe avait tourné à l'horreur avec la mort d'Eddie King. Risquait-elle de mettre en péril les relations qu'elle avait instaurées entre eux, en venant chez lui se placer sous l'œil de Stéphanie, de Dan et de Sarah ?

Mais ses craintes s'étaient révélées sans fondement. Stéphanie avait été tout à fait charmante, encore que préoccupée par l'organisation de la réception dont elle surveillait avec soin chaque détail. Le bonheur dans lequel nageait Sarah la rendait généreuse et amicale. Quant à Dan, s'il lui avait donné l'impression d'avoir l'esprit ailleurs, il l'avait accueillie avec une bienveillante courtoisie. La propriété d'Éden lui avait paru prodigieusement belle, à elle qui n'avait dû compter que sur ses propres forces et sur son intelligence pour se hisser jusqu'à la place qu'elle occupait désormais. La grande maison blanche décorée avec un goût parfait et remplie d'objets et de meubles précieux lui avait fait prendre conscience de la réalité des millions de la Harper bien plus que le maniement de chiffres abstraits. Rien d'étonnant à ce que Dennis se conduise comme un enfant gâté, se dit-elle. Jamais il n'a eu besoin de travailler pour obtenir quoi que ce soit dans sa vie.

– Nous avons passé une bonne journée, dit-elle.

– Et elle n'est pas terminée.

– Sais-tu l'heure qu'il est ?

– Je ne suis pas fatigué. Toi, si ?

Il y avait un délicat sous-entendu dans la question de Dennis qui ne ressemblait pas à l'impétuosité dont il faisait preuve d'ordinaire.

Pourquoi pas ? songea Cassie. Elle observa le profil du jeune homme dans la pénombre, traçant mentalement le contour de ses lèvres du bout des doigts, et elle se sentit soudain très proche de lui. C'était le bon moment.

– Si tu veux, alors, tu pourrais monter chez moi prendre un café ?

Dans la voiture qui ramenait le troisième couple vers Sydney, l'atmosphère était nettement moins détendue.

– Que pouvons-nous faire, Bill ?

– Tu aurais dû lui parler !

– Mais je lui ai parlé !

– Tu n'as manifestement pas dit ce qu'il fallait !

– Parce que tu te sens le courage de lui dire ce qu'il faut, comme tu dis ? s'insurgea Rina.

Bill fit aussitôt marche arrière.

– Non, non, sûrement pas.

– C'est un homme. Nous ne pouvons pas lui dire ce qu'il doit faire !

– À qui parler, alors ? À Stéphanie ?

– Voyons, Bill, c'est ridicule ! Elle serait dans la même position que nous de toute manière. Elle n'aurait pas plus d'autorité sur Sarah que nous sur Tom !

– Peut-être que nous nous sommes fait des idées, dit pesamment Bill. Il t'a dit qu'ils étaient seulement amis, pas vrai ?

– Oui. Mais cela veut dire quoi, de nos jours ? Je croyais que tout irait bien jusqu'à ce que je les aie vus ensemble aujourd'hui.

– Je comprends, fit Bill qui sentit se réveiller la douleur familière dans sa poitrine.

Le plaisir que Tom et Sarah éprouvaient à être ensemble ne pouvait échapper à personne.

– Mais je crois qu'on ne peut que croiser les doigts, pour le moment. (Rina se tut, puis reprit d'un ton très calme :) Il arrive que les relations ne marchent pas. C'est la seule chose que nous pouvons espérer.

Jamais la sonnerie du téléphone n'avait été aussi malvenue. Cassie s'assit dans le lit, nota non sans inquiétude qu'il était 2 heures du matin et saisit le combiné. Elle écouta un instant avant de le tendre à Dennis, l'air ébahi.

– C'est pour toi, dit-elle.

À demi endormi, Dennis prit la communication.

– Qui est à l'appareil ?

– C'est moi, Angelo. J'ai des ennuis, Dennis.

Dennis avait du mal à reconnaître la voix pleine d'anxiété qui lui parvenait comme un chuchotement à l'autre bout du fil.

– Où es-tu ? demanda Dennis, comprenant instinctivement que c'était grave.

– Au cinquième entrepôt sur le quai trois – derrière la halle aux poissons. (Angelo semblait répéter mécaniquement des phrases apprises par cœur. Puis sa voix changea.) Ne t'en mêle pas Dennis !

Il y eut un bruit sec, comme si on avait tiré Angelo en arrière et qu'il avait lâché le combiné, puis la voix de Taylor intima :

– T'as intérêt à rappliquer ici, dit-il. Et à m'aider à ramener ce gosse buté à la raison. Sans quoi je donne pas cher de sa peau.

Il raccrocha.

Pris de panique, Dennis se rua sur ses vêtements.

– Qu'est-ce qui arrive ? demanda Cassie.

– Pas le temps, dit-il, le souffle court. Je reviens le plus vite possible.

Cassie serra les dents.

– Ah non, Dennis, pas question ! Tu viens quand même de passer la nuit avec moi, bon sang ! J'ai le droit de savoir dans quel genre d'histoire tu vas te fourrer !

– Bon, bon, capitula Dennis. (Il décrivit rapidement la situation, en terminant par la visite de Taylor et de ses deux brutes au café pour convaincre Angelo de reprendre les combats.) On dirait qu'ils ont remis ça. Ça sent le roussi. Je vais aller essayer d'arranger ça.

– Mais c'est complètement ridicule ! Tu vas te jeter dans la gueule du loup !

– Je n'ai pas le choix. Impossible d'appeler la police – ce serait la faillite pour Vittorio et maman me tuerait si je faisais parler de nous de cette manière. (Il était habillé et prêt à partir. Il s'agenouilla sur le lit pour l'embrasser et la serra contre lui.) Pardon de te faire ça maintenant, dit-il. (Il gagna rapidement la porte.) Tu me promets, hein, n'appelle pas les flics !

Quand il rangea sa voiture sur le quai désert, Dennis dut lutter pour cesser de trembler. Il était malade de peur et l'odeur de poisson qui empestait l'atmosphère lui donnait la nausée. Repérant l'entrepôt que lui avait indiqué son ami, il se précipita à l'intérieur. Petite silhouette minuscule au fond de l'immense hangar vide et sombre, Taylor était assis sur une caisse de bois. Chicka et Jacko se tenaient derrière lui comme des croque-morts à un enterrement.

– Où est Angelo ? lança-t-il.

Jacko bougea.

– Attends, fit Taylor pour l'arrêter. (Du menton il indiqua l'immense chambre froide qui occupait toute la largeur du bâtiment.) Je le garde... au frais, si on peut dire. Et j'espère qu'on va trouver une solution toi et moi ou ton petit copain va se retrouver salement réfrigéré, tu piges ?

– Je peux arranger ça, Taylor, annonça Dennis avec une assurance qu'il était très loin d'éprouver. Angie est un type réglo...

– J'admire ta loyauté, fiston. Mais il me l'a pas prouvé à moi, vois-tu.

– Enfin, nous sommes des hommes d'affaires, vous et moi, il y a sûrement moyen…

– Tu n'es qu'un amateur, Harper, le coupa Taylor, ses yeux plissés et froids comme ceux d'une tortue transperçant Dennis comme une lame. Tu n'es qu'un fils de riches sans le sou qui croit pouvoir faire joujou avec le pognon de sa maman. Mais tu ne comprendras jamais rien aux affaires. Tu es si sûr de toi que tu as cru pouvoir venir ici, mais je te répète que je marche pas avec un mec qui cherche à me doubler. Je m'en sers pour faire un exemple, c'est pas pareil.

– Mais je veux négocier, Taylor !

Celui-ci eut un sourire sarcastique.

– On peut appeler ça négocier si ça t'amuse, dit-il d'un air sadique.

Avec un profond sentiment d'horreur, Dennis comprit sa folie. Comment avait-il été assez naïf pour croire qu'il pouvait se mesurer avec un type comme Taylor ?

– Que voulez-vous de moi ? s'entendit-il chuchoter.

– Oh, de quoi fournir un peu de distraction à ces deux-là pour commencer. Ça fait un bail qu'ils n'ont pas pris d'exercice, pas vrai, les gars ? Ça leur fera du bien de se défouler un peu. Ça risque d'aller très loin, c'est ça ? Bah, je n'en suis pas si sûr que ça, tu vois.

– Je paierai ce que vous voudrez, je peux vous acheter…

Dennis était mort de peur.

Taylor le regarda avec mépris.

– Tu n'as pas les moyens de m'acheter… Tout l'argent des Harper n'y suffirait pas. (Il fit signe à ses gardes du corps.) Sortez-moi cette mauviette avant qu'elle pisse dans son froc !

Chicka et Jacko agrippèrent Dennis et le poussèrent sans ménagement jusqu'à la porte. Au même instant, un faisceau lumineux troua l'obscurité, les aveuglant momentanément.

– Personne ne bouge !

Deux silhouettes se découpèrent dans l'encadrement de la porte, repoussant tout le monde vers le fond de l'entrepôt.

Taylor s'était levé d'un bond.

– M. Jennings ! M. Adams ! dit-il d'un ton plein de courtoisie. Que puis-je faire pour vous ?

– Cinq à dix ans ferme, pour commencer, fit le plus âgé des deux policiers. Sans compter ce que j'ai sous les yeux à l'instant même.

Il indiquait du menton un Dennis tremblant, au visage de cendre.

– Lui ? renâcla Taylor. Il ne risque pas de témoigner. Pas vrai fiston ?

Dennis fit non de la tête. L'idée d'entendre énoncer la liste de ses bêtises devant un tribunal et de voir s'étaler son nom en gros titres du genre : LE FILS HARPER IMPLIQUÉ DANS UN PROCÈS DE LA PÈGRE lui était insupportable.

– C'est juste, fit Jennings, impassible. Mais ç'aurait été si peu de chose à côté de ce qu'on a déjà contre toi. Tu es bon, Taylor. On a la preuve qu'Eddie King est mort d'une overdose et pas du coup que lui a porté Angelo. Je peux prouver que tu lui as donné de la dope le soir du match. Je t'inculpe pour meurtre, mon gars.

Cela faisait plutôt bizarre de retourner au bureau comme si de rien n'était après avoir passé la nuit à jouer aux gendarmes et aux voleurs, songeait Cassie. Elle avait été récompensée des heures d'angoisse passées à attendre des nouvelles en voyant revenir Dennis en personne, secoué, assagi et pas très frais, mais sain et sauf. Riant et pleurant à la fois, ils s'enlacèrent, tandis que Dennis ne cessait de la remercier d'avoir appelé la police malgré ses objurgations.

– Je n'avais nulle intention de t'obéir, lui dit-elle. C'était vraiment trop bête !

Dennis reconnut d'un ton bougon que cela résumait assez bien son attitude générale depuis quelque temps.

– Oui, tu as besoin d'être pris en main, dit Cassie gentiment en le serrant très fort. Et Mlle Jones est toujours prête à voler à ton secours, hein ?

Elle souriait encore en pénétrant dans son bureau. Elle accrochait sa veste à la patère quand le téléphone sonna.

– Bonjour, Cassie, dit une voix familière. Ne raccroche pas, s'il te plaît – je suis sûr que ce que j'ai à dire va t'intéresser.

– Jake !

– Dans le mille ! Voilà, j'ai encore besoin d'un petit service. J'ai récupéré toutes les actions dont j'avais besoin pour gagner la bataille contre Harper. Tout un stock m'est tombé entre les mains hier...

– Comment ? l'interrompit-elle, incrédule.

– Tu n'as pas à t'occuper de ça. Disons que c'était un... cadeau de mariage. (Il rit pour lui-même.) Naturellement je souhaite que la personne qui me les a fournies demeure anonyme. Je voudrais que tu recherches pour la détruire la trace du transfert.

– Je ne peux pas faire ça ! C'est illégal. Et tout est fini entre toi et moi, au cas où tu l'aurais oublié.

– Je n'en suis pas si sûr, ma chère petite, pas tout à fait. Mon petit doigt me dit que tu vois beaucoup Dennis Harper. Que ressentirait-il s'il apprenait que sa dulcinée a sauté de mon lit dans le sien, les lèvres encore humides des secrets qu'elle a divulgués ?

Un silence accueillit ses paroles. Jake raccrocha en souriant. Cassie demeura un long moment immobile après avoir entendu le déclic. Puis elle se leva et, d'une démarche raide, gagna son ordinateur. Il ne lui fallut pas longtemps pour découvrir ce que Jake cherchait, inscrit en toutes lettres sur l'écran :

Actions Harper Phillip Stewart 2 %
*/ à Mme Jilly Stewart
*/ à Jake Sanders.

Il ne lui fallut qu'une seconde pour effacer à tout jamais les trois lignes.

– Et voilà, espèce de salopard, tu es content désormais ? demanda-t-elle entre ses dents, craignant de connaître la réponse.

Dans le bureau de Stéphanie, Tom attendait, pâle comme la mort. Mais Stéphanie était si pressée qu'elle ne s'en aperçut même pas lorsqu'elle entra en trombe.

– Il faut que je m'absente quelques jours, Tom, commença-t-elle dès qu'elle le vit. Je prends des vacances avec Dan, on s'est promis d'aller se reposer...

– Aujourd'hui ? demanda Tom sans y croire.

– Mais oui. (Elle le regarda.) Ne t'inquiète pas, je ne vous laisse pas tomber. (De sa mallette elle tira une grande enveloppe de papier brun.) Il y a là-dedans toutes les instructions pour une semaine ou deux. J'ai passé la nuit entière à les coucher par écrit !

Tom ne lui rendit pas son sourire.

– Hélas ! elles doivent déjà être périmées, dit-il doucement. La nouvelle du jour, c'est que Jake Sanders est enfin parvenu à ses fins. Il va pouvoir entrer au conseil d'administration.

Stéphanie pâlit.

– C'est... C'est impossible. Il se vante !

La porte s'ouvrit à la volée et Bill entra à son tour.

– Stéphanie... dit-il d'un ton sinistre.

– Bill, c'est la vérité ?

– On est en train de vérifier mais je vous assure qu'hier soir, quand je suis rentré à la maison, on savait exactement qui détenait chacune des actions Harper. C'est forcément un mensonge.

– Bon. On n'aura aucun mal à reprendre les choses en main, alors, dit-elle en s'efforçant de recouvrer son sang-froid. (Elle consulta sa montre. Il était 9 heures. Le cœur déchiré, elle brancha l'interphone pour demander à sa secrétaire :) Appelez l'aéroport pour moi, Hilary. Faites demander le Dr Marshall. Passez-moi la communication dès que vous l'obtiendrez.

– C'est entendu. M. Sanders est à la réception. Il demande que vous le receviez.

Stéphanie redressa le menton.

– Faites-le entrer.

– Bonjour, Mme Harper. (Le parfait homme d'affaires. Seule, une petite lueur au fond de ses yeux révélait le plaisir qu'il prenait à cette démarche.) Vous savez certainement déjà que j'ai réussi à acheter presque dix-neuf pour cent de votre stock. Je viens vous apprendre que je suis désormais en possession de deux pour cent supplémentaires.

D'un grand portefeuille de cuir, il tira une liasse de documents. Les trois autres l'entouraient comme des enfants qui attendent, fascinés, que le lapin jaillisse du chapeau du prestidigitateur.

– Rien ne vous oblige à me croire sur parole. J'ai là tous les bordereaux. Si vous voulez les faire vérifier.

L'un après l'autre, Tom et Bill examinèrent les documents.

– Tout semble en ordre, convint Bill à regret. Mais j'ai demandé une vérification sur nos propres ordinateurs. Ça ne devrait pas prendre très longtemps.

– Oh, prenez tout votre temps, fit Jake d'un ton affable. Je vais attendre à la réception. Je ne voudrais pas anticiper et occuper un bureau avant d'y siéger de plein droit.

Il quitta la pièce.

– Que s'est-il passé, Bill ?

– Dieu seul le sait ! Je n'y comprends rien !

Une secrétaire entra, porteuse d'un imprimé qu'elle tendit à Bill.

– C'est exact, Stéphanie, dit-il tout en l'examinant. Il possède toutes les actions dont il a besoin. Mais on dirait que nos chiffres ne sont pas tous indiqués. On ne peut donc pas savoir qui a vendu.

Ils se regardèrent, désemparés.

– Qui va aller l'annoncer à Sanders ? demanda Tom.

– Oh, je ne crois pas qu'il ait besoin qu'on lui annonce quoi que ce soit, Tom, dit Stéphanie d'un ton amer. Il est déjà au courant !

18

10 heures. Encore incrédule à l'égard de tout ce qui s'était passé en moins d'une heure, Stéphanie quitta Bent Street au volant de sa voiture et s'engagea à droite dans Macquarie Street pour se rendre chez Tara. Avec le sentiment nauséeux de l'irrémédiable, elle nota l'heure – l'avion de Dan était parti, sans elle. Il n'avait pas répondu à ses appels fébriles à l'aéroport. Jamais il ne saurait qu'elle avait voulu le suivre et se serait trouvée à ses côtés en cet instant même, si elle n'avait été prise au piège à la dernière minute par la victoire totalement inattendue de Jake. Que se serait-il passé si elle s'était rendue directement à l'aéroport au lieu de passer d'abord par son bureau ? Je serais rentrée d'Orphée pour découvrir la perte non plus d'une bataille, mais de toute ma fichue entreprise, songea-t-elle morose. Ce qui d'ailleurs pourrait bien encore m'arriver ! Oh, et puis, qu'est-ce que j'y peux ?

Ses doigts cherchèrent en tremblant le bouton de l'autoradio dans l'espoir de faire diversion aux sombres pensées qui déferlaient dans sa tête. La voix d'un journaliste annonçait :

– ...s'y attend dans les deux semaines à venir. Nouvelles du pays maintenant, on parle d'un véritable bras de fer pour la maîtrise du géant industriel Harper Mining. Un nouveau venu, Jake Sanders, a réussi aujourd'hui un bel effet de surprise en forçant son chemin jusqu'au conseil d'administration de la grande société. Des rumeurs dans le milieu des affaires donnent à penser que Sanders va forcément essayer de s'emparer de la présidence de la Harper. Une légion d'investisseurs doivent donc se demander si la lourde machine administrative qui occupe le sommet de la Harper sera capable de gagner la course contre les chevau-légers de Sanders. Des personnes bien informées prédisent que, dans un contexte d'échecs personnels et industriels, les efforts bien calculés de Sanders pour s'emparer de la direction pourraient bien signifier la fin de la carrière de conte de fées de l'actuelle présidente, Stéphanie Harper.

Et de son ménage, songea Stéphanie.

– Et maintenant, la météorologie...

Sarah attendait Stéphanie avec impatience pour pouvoir discuter avec elle de la mode du printemps prochain. Ce lui fut un soulagement de pouvoir se plonger dans quelque chose, de travailler avec quelqu'un qui demeurait dans une ignorance bienheureuse des orages qui secouaient la société jusque dans ses fondations. Stéphanie décida de ne pas gâcher ces instants à Sarah – elle s'était manifestement donné beaucoup de mal pour rassembler motifs, couleurs et tissus en vue de cette confrontation créatrice. Il serait toujours temps de lui annoncer les mauvaises nouvelles le soir même pendant le dîner. Intensément, elle tentait d'accorder toute son attention à ce que Sarah était en train de lui dire.

– Cette partie de la gamme est ciblée sur les

jeunes citadines de dix-neuf à vingt-cinq ans du type cadre supérieur...

– J'aime beaucoup les formes choisies.

– Elles sont super, n'est-ce pas? J'ai repéré la modéliste à une présentation de mode étudiante. Son boulot était si enthousiasmant que Joanna m'a dit qu'on pouvait lui faire confiance pour un essai.

– Oui, mais les couleurs ? reprit Stéphanie, contemplant les noirs, les bruns et les gris sombres avec un profond sentiment de déprime.

– Mais ce sont des cadres, des femmes qui travaillent, maman. Elles ne vont quand même pas s'amener en valsant dans les conseils d'administration vêtues de rose et de violet ! se récria Sarah avec un rire affectueux.

– Et pourquoi pas ?

Jake était entré depuis un certain temps sans se faire remarquer des deux femmes. Stéphanie sentit son sang se geler dans ses veines.

– M. Sanders, qu'y a-t-il pour votre service ?

– En tant qu'administrateur de la Harper Mining, me faut-il une raison particulière pour rendre visite à l'une de nos principales succursales ?

– Administrateur ? fit Sarah, effarée.

– Sarah, ma fille, présenta Stéphanie.

Tais-toi, Sarah, pour l'amour du Ciel, l'implora-t-elle par la pensée.

– C'est donc là qu'a commencé votre carrière de mannequin – qu'a été lancée la belle Tara Welles ? Vous avez toujours la même intuition en matière de mode, n'est-ce pas ?

– M. Sanders, ma fille et moi sommes occupées à un travail important...

– Oh, je ne vais pas vous déranger plus longtemps, alors. J'étais juste passé pour vous inviter à dîner ce soir.

Stéphanie ne répondit pas immédiatement.

– Je ne pense pas avoir jamais assez faim – ou me sentir assez seule – pour dîner avec vous.

– Pas même pour apprendre d'où me viennent les actions qui m'ont fait entrer à la Harper ?

Stéphanie tressaillit.

– Vous... ?

– À ce soir, alors ? Au Regent... à 20 heures.

Et il s'en fut.

– Maman... tu ne vas pas aller dîner avec lui ?

Sarah semblait incrédule et scandalisée.

– Je ne sais pas, dit Stéphanie. Il a effectivement investi énormément chez nous – et je donnerais cher pour savoir qui lui a vendu les dernières actions.

Et j'aurai plaisir à lui dire ce que je pense de lui en face, à hurler et à tempêter et à l'injurier, à frapper son visage de mes poings... Elle se sentit rougir.

– Et Dan ? demanda très gentiment Sarah. Il attend que tu le rejoignes à Orphée ? Je croyais que tu prendrais le prochain avion.

– Oh, ma chérie, tout n'est pas si simple. Écoute, je préfère que nous en reparlions plus tard. Revenons à la mode de printemps, d'accord ?

À la fin d'une journée qui lui parut la plus longue et la plus sinistre de toute sa carrière de femme d'affaires, Stéphanie rentra à Éden sans avoir décidé si elle irait ou non au rendez-vous fixé par Jake. Peut-être devait-elle apprendre à le connaître s'ils étaient amenés à travailler ensemble. Peut-être avait-il, même dans la situation actuelle, des propositions à lui faire – comme de lui revendre ses actions, de démissionner du conseil d'administration, ou d'offrir son soutien afin qu'elle conserve la présidence... Et peut-être as-tu envie d'un dîner en tête à tête avec un homme qui n'a pas caché que tu l'attirais, afin de guérir la blessure subie par ton amour-propre et de te sentir admirée et désirée ?

En proie à une profonde lassitude, elle s'engagea dans l'allée de la propriété. La voiture de

Dennis était rangée sur le gravier devant la porte d'entrée.

– Dennis ? appela-t-elle en franchissant le seuil.

– Je suis là, maman.

Il était au salon, occupé à consulter les journaux. Plusieurs quotidiens étaient ouverts à la page financière. Un gros titre attira aussitôt son regard : MARIAGE CONSOMMÉ SANDERS-HARPER. Elle fit la grimace.

– Je te sers quelque chose, maman ? demanda Dennis plus gentiment qu'à l'ordinaire.

– Un whisky, dit-elle en se laissant tomber sur un sofa. Dan est parti, ajouta-t-elle tout de go.

– Où ça ?

– À la Grande Barrière. Il voulait que je l'accompagne.

– Pourquoi ne l'as-tu pas fait ? demanda Dennis en lui tendant son verre avant de s'asseoir en face d'elle.

Stéphanie avala une gorgée de whisky.

– Tout cela, dit-elle en désignant les journaux du geste, m'a explosé au nez au moment où je partais pour l'aéroport. Je n'ai pas pu me résoudre à partir dans ces conditions. Mais maintenant, je crois que je m'en moque complètement.

– Pourquoi ne vas-tu pas le rejoindre, alors ?

– C'est trop tard. Il fallait que je parte avec lui ce matin – Dan l'a dit très nettement. Et puis maintenant que j'ai relevé le défi, cela reviendrait à offrir la Harper à Jake sur un plateau.

– Tu te trompes, maman. Ce ne serait pas une fuite, il ne se passera rien pendant une semaine ou deux de toute façon – la crise est finie pour l'instant. Ce qui compte désormais, c'est Dan et toi.

– Je finirai par tout perdre – lui et la société, fit Stéphanie d'un ton désespéré.

– Tu ne perdras pas Dan si tu vas le rejoindre immédiatement. (Dennis s'interrompit.) Tu sais que nous n'avons pas toujours été copains-copains tous les deux, mais c'est un type bien. Et vous êtes faits l'un pour l'autre. Ne lâche pas prise, maman.

– Dennis, murmura-t-elle, bouleversée par la nouvelle maturité dont il faisait preuve.

– Ne dis rien, maman. Fais tes bagages. Je t'accompagne à l'aéroport.

Rina McMaster se rendait rarement au siège de la Harper Mining. C'était l'univers de Bill, pas le sien, et elle n'avait pas plus envie d'aller rôder là-bas que de voir Bill traîner dans sa cuisine. Mais, depuis le jour maudit du coup de force de Sanders, Bill s'attardait au bureau le soir jusqu'à des heures impossibles et Rina n'en pouvait plus de l'attendre. Elle allait l'arracher ce soir à son bureau de gré ou de force, le ramener à la maison et le contraindre à se reposer.

Elle le trouva à son bureau, occupé à étudier des piles d'imprimés d'ordinateur. Il était gris de fatigue et elle remarqua qu'il se frottait doucement la poitrine du côté gauche comme elle l'avait vu faire si souvent depuis quelque temps.

– Bientôt fini ? demanda-t-elle.

Bill leva la tête et ses traits s'adoucirent.

– Presque.

– Tu as l'air fatigué.

– Ça va, dit-il d'un ton sans réplique.

Elle tenta un nouvel angle d'attaque.

– Le Dr Anderson a appelé. Il voulait savoir si tu ferais un golf avec lui la semaine prochaine.

Il la regarda attentivement.

– Tu es sûre que ce n'est pas toi qui l'as appelé ?

– Je me fais du souci pour toi. Qu'y a-t-il de mal à ça ?

– Mais bon Dieu, Rina... je vais parfaitement bien !

La dureté de son ton la prit au dépourvu. Cela lui ressemblait si peu ! Il parut hésiter puis, comme s'il s'excusait, il dit :

– J'ai essayé de parler à Tom ce matin – à propos de Sarah.

Rina se tendit.

– Et alors... ?

– Alors rien. Il m'a dit de m'occuper de ce qui me regardait. Mais il a reconnu qu'ils se voyaient de plus en plus. Ils sortent ensemble ce soir, d'ailleurs. (Il s'interrompit puis reprit, non sans peine :) Il faut regarder les choses en face, Rina. Ce ne sont plus des enfants, et, de nos jours, ce n'est plus qu'une question de temps...

– Pour qu'ils couchent ensemble ? Sans doute, mais peux-tu me dire quel moyen nous avons de les en empêcher ?

Comment se fait-il que l'on ait envie de se réfugier, pour y être horriblement malheureux, dans l'endroit où l'on a vécu les jours les plus heureux de toute son existence ? se demandait Dan. Quel étrange instinct l'avait poussé à retourner à l'île d'Orphée ? Il avait du mal à se reconnaître aujourd'hui dans le jeune médecin idéaliste qui avait choisi la Grande Barrière de Corail pour y monter sa clinique, jugeant qu'il n'était pas de lieu au monde plus propice à la guérison des souffrances humaines que la minuscule et paradisiaque île d'Orphée où il avait vécu heureux, consacrant ses jours et ses nuits à son travail. Il avait trouvé là son paradis sur terre, une merveille naturelle, sous les tropiques, où des poissons arc-en-ciel évoluaient paresseusement dans des eaux translucides, et où la terre prodigue suffisait à satisfaire tous les besoins. Il avait vécu comme Adam avant la chute. Comment avait-il fini par quitter son pays de cocagne ? Ah, il avait rencontré son Ève !

Debout au bord de l'eau, là où la mer en se retirant laissait sur le sable des reflets dorés, il revoyait Stéphanie qui venait vers lui comme si c'était hier. Bien que médecin et patiente, ils s'étaient épris l'un de l'autre à la manière des enfants, naturellement, sans s'en apercevoir. Et si, avant de se retrouver, ils avaient traversé des moments de torture, s'il avait dû s'engager dans une course-poursuite semée de dangers et d'embûches pour l'arracher aux démons qui la séparaient de lui, leur amour avait toujours conservé quelque chose de l'innocence et de la confiance des premiers jours. Tout cela était-il mort ? Stéphanie l'avait-elle trahi avec Sanders ? Si elle n'était pas encore sa maîtresse, profitait-elle de son absence pour le devenir ? L'idée le tourmentait horriblement. Il aurait dû rester. Mais pour quoi faire ? Il tournait et retournait ces pensées dans sa tête, obsédé, sans trouver ni soulagement ni répit.

Le soleil s'enfonçait dans la mer, embrasant le ciel tropical de couleurs apocalyptiques. Le cœur saignant, Dan se souvenait des pique-niques qu'ils faisaient au couchant sur la plage, si épris l'un de l'autre qu'après avoir préparé des dîners somptueux, ils ne pensaient plus vraiment à manger. Jamais il ne s'était senti aussi seul de sa vie entière. Où es-tu, Steph ? Comme il se détournait du spectacle prodigieux, il la vit qui courait à sa rencontre, les bras grands ouverts.

Malgré ses talents manifestes d'homme à femmes, capable de mener de front des relations tout à fait différentes et contradictoires, Jake n'était pas toujours disponible pour Jilly. Il prenait soin de limiter le nombre de leurs rencontres et le temps qu'ils passaient ensemble à chaque rendez-vous. Il n'était pas question de la laisser se faire des idées sur l'importance de leurs relations, qui n'étaient pour lui qu'un... épisode distrayant. Il l'avait encouragée à se remarier avec Phillip afin de lui donner de l'occupation – pour qu'elle ne fût pas trop souvent sur son dos. Mais elle lui était utile, indéniablement utile. Il attendait qu'elle revînt de sa lune de miel non sans une certaine impatience. En ce moment crucial pour ses affaires, il avait besoin de renseignements.

– Je ne suis pas sûre d'avoir des nouvelles passionnantes, le prévint-elle en arrivant. C'est toi qui étais là et moi qui étais partie. Tu dois donc déjà connaître la touchante histoire du départ de Dan et de Madame s'élançant à sa poursuite pour une perfusion d'urgence à un ménage en passe de mourir d'inanition.

– Comme tout cela est joliment dit ! Mais oui, je suis au courant.

– Ça a l'air d'une plaisanterie, pas vrai ? La femme libérée, indépendante et énergique transformée en chiffe molle dès que Dan fait un pas sans elle ! Pas très solide, son autonomie, tu ne trouves pas ?

– Il a de la chance.

Mais la désinvolture de Jake cachait un sentiment plus fort. Jilly s'insurgea :

– Tout le monde la trouve tellement merveilleuse ! Je ne comprendrai jamais ce qu'ils lui trouvent, décidément !

– Seuls les hommes sont peut-être capables de le voir.

– Alors éclaire ma lanterne.

– Stéphanie Harper a du charme, de la classe, et elle est remarquablement intelligente. Et de plus, elle représente une gageure.

Jilly éclata d'un rire ironique.

– Elle ? C'est une vraie béni-oui-oui. Quand on était petites, elle était totalement incapable d'exprimer une opinion personnelle, elle acceptait n'importe quoi. À dix-sept ans, elle s'est retrouvée en cloque. Tu ignorais ça, hein ?

– En cloque ? Quelle charmante façon de s'exprimer !

– Ça va ! Elle était enceinte, tu préfères ?

– Ah oui ? s'étonna Jake en prenant soin de cacher sa stupéfaction.

– Parfaitement. Son père l'a fait envoyer en

Europe dès que l'enfant est né. Et on m'y a expédiée à mon tour pour lui tenir compagnie dans les mois qui suivirent. On est allées partout – Londres, Paris, Venise –, c'était chouette.

Son regard se perdit au loin.

– Et le bébé ? s'enquit Jake.

– Oh, il est mort.

– Ça remonte à trop loin, Jilly. Ça ne modifie en rien la manière dont les gens voient Stéphanie aujourd'hui.

– Personne n'en a jamais rien su ! Max Harper avait acheté le silence de tout le monde. Et elle n'était pas encore devenue la fameuse Stéphanie Harper, la présidente d'une des plus grosses entreprises d'Australie !

Ce qu'elle est à présent, songea Jilly, tandis qu'une idée commençait à germer dans son cerveau. Comment n'y avait-elle pas pensé plus tôt ? Si elle trouvait un moyen de ressortir cette vieille histoire, voilà qui détruirait à tout jamais la crédibilité de Stéphanie Harper.

– Quant à moi, fit Jake, le présent m'intéresse davantage que le passé. En l'absence de Stéphanie, le conseil d'administration n'arrivera à rien. J'ai l'impression que je devrais en profiter d'une manière ou d'une autre.

– Le titre de président à la fin de la semaine ? demanda Jilly, les yeux pétillants.

– J'ai déjà rencontré en privé certains membres du conseil – naturellement triés sur le volet. Je n'ai eu aucun mal à leur montrer où se trouvait leur intérêt. Ils voteront pour moi le moment venu.

– C'est-à-dire bientôt ?

Le désir de voir Stéphanie détrônée était si flagrant chez Jilly que Jake lui-même en frémit.

– Je vais faire voter le refus de confiance dans un jour ou deux.

– Ouah, quelle efficacité ! Je vois que tu as mis mon absence à profit, dis donc ! Viens par ici que je te félicite.

Elle commença à déboutonner lentement son chemisier. Elle haletait déjà; dans un soudain accès de dégoût, Jake l'arrêta :

– J'ai du pain sur la planche, tu sais. Et en plus... j'ai la migraine.

Cassie avait toujours éprouvé une certaine répugnance à jouer le rôle d'espionne au service de Jake. Mais maintenant qu'elle était amoureuse de Dennis, c'était encore bien pire. En obéissant comme elle l'avait fait à sa dernière injonction, elle avait le sentiment d'avoir franchi un pas énorme dans la trahison par rapport à tout ce qu'elle avait fait auparavant, qui ressemblait davantage à un jeu qu'elle jouait avec un homme dont elle était follement entichée. Elle se sentait si lamentable à présent qu'elle avait du mal à se traîner chaque matin au bureau. Elle s'attendait à tout instant à être découverte. Et ce fut avec cette certitude angoissante qu'elle trouva Tom en train de l'attendre dans son bureau au lendemain du jour fatidique.

– Pouvez-vous venir m'aider à vérifier toutes les opérations enregistrées par l'ordinateur ? demanda-t-il à brûle-pourpoint.

– Il y a un problème ?

– Certains transferts n'ont pas été enregistrés.

– Ça se pourrait, dit Cassie. On a eu une petite panne hier matin, ça correspond peut-être à ce moment-là.

– Putains d'ordinateurs ! jura Tom. Justement le jour où il ne fallait pas ! (Il réfléchit quelques instants.) Bon, voilà ce que nous allons faire. On va retrouver l'information manquante en reprenant les données brutes. Ce transfert d'actions a forcément laissé une trace quelque part. Je la retrouverai.

Il redressa la tête.

– C'est de la folie, Tom, dit-elle en maîtrisant le tremblement de sa voix. Ça prendra des années.

– Ça m'est égal, Cassie, dit-il sombrement. Je suis décidé à trouver d'où Sanders tient les actions qui l'ont propulsé au conseil d'administration.

Cassie aperçut une porte de sortie.

– Laissez-moi faire, Tom. Votre temps est trop précieux pour que vous le perdiez à une tâche pareille.

– Vous feriez ça ? fit Tom, trop heureux d'accepter. Je vous fais porter tous les certificats de transfert sur-le-champ. Faites-y bien attention, c'est la dernière preuve tangible qui nous reste.

Quand les documents arrivèrent, Cassie les traita avec un soin méticuleux, et l'un d'eux en particulier, lequel signalait :

« De : Stewart, Mme,

« A : Sanders, J. »

Elle le fourra dans sa poche et l'y laissa jusqu'à la fin de la journée.

De retour dans son bureau, Tom trouva une note de son père qui chassa de ses pensées le transfert d'actions. Elle disait : « Sanders a manifesté son intention de réunir un conseil extraordinaire dans les vingt-quatre heures. Il proposera un vote pour refuser quitus à notre présidente. »

L'existence à Orphée se déroulait dans un bonheur idyllique pour Dan et Stéphanie. Pendant leurs longues siestes aux heures les plus chaudes, ils faisaient l'amour sauvagement ou tendrement; ils renouaient avec les pique-niques de poisson grillé sur les plages de sable argenté devant la mer opalescente; ils se promenaient main dans la main parmi les coquillages nacrés et les coraux abandonnés par la mer à foison. Et ils parlaient : ce n'étaient entre eux qu'échanges murmurés, questions anxieuses et confessions pour tenter d'expliquer comment la jalousie, la peur et la fierté avaient contribué à les séparer.

– Dis-moi quelque chose... Jake Sanders. Tu le trouves séduisant ?

– Oui. Mais c'est tout, Dan, je t'assure. J'ai cessé de tomber amoureuse de types cruels et narcissiques il y a déjà bien longtemps.
– Ouf ! J'ai eu peur !
– Tu croyais vraiment que j'avais couché avec lui ?
– Tu n'aurais pas été la première.
– Mais je ne suis pas la première venue, s'insurgea Stéphanie. Je suis moi.
– Je n'étais pas sûr de toi.
Ils étaient étendus dans le grand lit de leur bungalow qui, parmi une dizaine d'autres semblables, semblait assoupi sous les palmiers. Troublé, Dan se redressa pour saisir le jus de citron vert glacé sur la table de chevet. Stéphanie l'interrogea d'une voix douce :
– Tu n'avais pas confiance en moi ?
– Si... mais...
– Continue.
– Il hésita.
– Ça va te paraître délirant, surtout dans la mesure où je l'ai à peine vu – et je ne sais pas pourquoi j'ai ressenti ça –, mais tout ce que je sais de Jake Sanders et le peu que j'ai vu de lui me rappellent... Greg Marsden.
Stéphanie demeura parfaitement immobile. Greg Marsden. Mon mari. Mon amant et la malédiction de mon existence. Celui qui m'a épousée pour mon argent et qui a voulu me conduire à la mort. Son image apparut devant ses yeux, aussi nette que s'il était encore en vie, mince, arrogant et si beau... C'était vrai. Dan avait raison. Il y avait quelque chose dans la façon de regarder de Jake, une lueur amusée au fond des yeux ou, au contraire, fixement, pour transpercer, comme un rapace, sa lèvre supérieure parfaitement dessinée, ses mains fines et musclées. Et Greg aussi adorait jouer avec les sentiments des femmes...
Elle frissonna.
– Dan, dit-elle, tu ne penses tout de même pas

que ça pourrait le rendre séduisant à mes yeux !

– Tu aimais Greg Marsden, au début.

– Ça remonte à si loin. Il faut penser à l'avenir. À ce que je vois, la Harper Mining représente une menace bien plus grave que n'importe quel homme pour notre ménage.

– C'est juste. Mais comment se bat-on contre une grande société internationale ?

– Ça ne devrait pas être la peine. Il faut que nous trouvions un compromis.

– C'est ce que tu voudrais ?

Dan était penché sur elle, l'interrogeant de ses yeux bruns.

– J'en suis encore à réfléchir à ce que je voudrais. Je sais qu'il faut que tu en fasses partie, d'une manière ou d'une autre. Mais quant à savoir quoi faire exactement – c'est à nous de le décider ensemble.

– Bah, du moment que je peux me situer quelque part, je crois qu'on devrait y arriver, annonça Dan avec chaleur. Et nous avons tout le temps – inutile de nous précipiter. Chaque chose en son temps. (Il écarta les pans de son peignoir de coton et caressa toute la longueur de son corps.) Tu es bien d'accord ? chuchota-t-il.

– Tout ce que le docteur dira, murmura Stéphanie. J'ai toujours l'esprit plus clair quand tu es sur moi.

Elle l'entoura de ses bras.

Au même instant la sonnerie stridente du téléphone perça le silence paisible qui régnait dans la pièce. Riant et jurant à la fois, Stéphanie tendit la main vers le récepteur.

– Allô ? Écoutez, j'avais donné l'ordre strict de ne me déranger sous aucun prétexte.

La réceptionniste parut offensée.

– Je ne vous aurais pas dérangée, Mme Marshall, mais votre fils a insisté; il s'agit d'un cas d'urgence.

– Passez-le-moi.

– Maman ? (La voix de Dennis lui parvenait faiblement.) Excuse-moi de venir t'ennuyer avec ça... (Sa voix s'éteignit puis revint.) Nouveau coup de théâtre. Sanders a réuni le conseil d'administration. Nous pensons qu'il risque d'avoir un nombre de voix suffisant. Il a mis certains membres de son côté...

Sa voix disparut de nouveau.

– Parle plus fort, Dennis ! s'écria Stéphanie. Tu veux dire pour prendre la présidence ?

– Si tu n'es pas là, oui.

– Quand le conseil va-t-il siéger ?

– Dans une heure.

– Très bien. Voilà ce que tu vas faire, dit Stéphanie d'un ton déterminé. Mets le téléphone de conférence dans la salle du conseil. Je présiderai au bout du fil.

– Fantastique. (Le soulagement de Dennis était énorme.) Attends, maman, Bill voudrait te dire un mot. Il...

La ligne fut coupée. Stéphanie appuya frénétiquement sur le reposoir du combiné puis, bondissant hors du lit, elle courut jusqu'à l'accueil du bâtiment principal. Elle trouva la réceptionniste désemparée, le téléphone à la main.

– Je suis vraiment navrée, Mme Marshall, dit-elle. J'ai l'impression que les communications ne passent plus avec le continent. Ça arrive en permanence, malheureusement. Mais ça devrait revenir dans une heure ou deux.

– Une heure ou deux ? Mais je ne dispose pas d'une heure ou deux ! Attendez, quelle est l'île la plus proche ?

Ébahie, l'autre femme se mit à réfléchir.

– À une demi-heure environ en bateau. Mais si c'est urgent, vous pouvez prendre le hors-bord de l'hôtel.

– C'est très urgent. Merci infiniment.

Quelques minutes plus tard, Dan et elle se précipitaient le long de la jetée de bois.

– Oh, Dan ! dit Stéphanie qui ne savait si elle devait rire ou pleurer.

Tous deux se tenaient à la proue de la petite vedette lancée à toute allure sur la mer turquoise. Comment les tentacules du malheur pouvaient-ils les atteindre jusqu'ici ? Elle posa la main sur le bras de Dan.

– Quoi qu'il arrive, désormais, dit-elle calmement, je veux que tu saches que je t'aime. Tu es mon seul amour – pour toujours.

– Et tu es le mien, chuchota-t-il en se penchant pour l'embrasser.

Ni l'un ni l'autre ne virent le tronc d'arbre flottant sous la surface de l'eau transparente, juste devant eux. Le hors-bord le heurta de plein fouet, bondit dans les airs et explosa en mille morceaux.

19

– Oui, oui, je vous ai bien entendue, mais vous en êtes absolument sûre ? Bon, merci madame. (Dennis raccrocha violemment le téléphone.) C'est invraisemblable ! vocіféra-t-il. L'opératrice m'affirme que la ligne d'Orphée est coupée. Les communications ne passent plus !

Bill et Tom qui se tenaient près de lui échangèrent des regards horrifiées.

– Bon Dieu, c'est bien le moment ! hurla Bill.

– Il doit y avoir plusieurs lignes pour Orphée, dit Tom, ce n'est pas possible.

– L'opératrice m'a dit que le téléphone le plus proche est sur une île voisine à plusieurs milles de là.

Un silence s'abattit dans la salle du conseil. Bill jeta un coup d'œil désemparé vers la chaise inoccupée au haut bout de la table.

– Il nous reste à espérer que Stéphanie réussira à l'atteindre d'une manière ou d'une autre.

– Mais Sanders va être là dans un quart d'heure ! fit remarquer Dennis en jetant un coup d'œil paniqué à sa montre.

– Tu n'as jamais entendu parler de la tactique de l'obstruction, mon petit ? Eh bien, tu vas en avoir une démonstration. À nous de gagner du temps et de l'empêcher de faire voter sa motion le plus longtemps possible.

Bill pressa le bouton de l'interphone.

– La ligne doit rester libre, dit-il à la standardiste, et passez-moi Mme Harper à l'instant où vous l'aurez au bout du fil.

– À condition qu'elle puisse appeler ! fit Dennis d'un ton morose.

– Je connais ta mère, Dennis, elle doit être en train de remuer ciel et terre à l'heure qu'il est pour nous joindre. Il faut seulement que nous parvenions à tenir Sanders jusqu'à ce qu'elle y arrive.

– De l'obstructionnisme ? demanda Tom, qui n'avait guère confiance dans une tactique aussi peu orthodoxe.

– Mais oui, fit Bill. On a dû négliger de t'apprendre ça, à Harvard, mais c'est notre dernière carte, nous n'avons pas le choix.

Quelques instants plus tard, quand les membres du conseil pénétrèrent un à un dans la salle de conférences, Dennis sentit s'envoler en fumée la confiance qu'il avait éprouvée au moment où Bill lui avait paru capable de sauver la situation. Jake avait fait du beau travail et ceux qui prenaient place autour de la table étaient divisés d'avance. Stéphanie s'était toujours arrangée pour avoir un conseil d'administration restreint, de sorte que ses membres travaillaient dans une ambiance amicale, en équipe. Dennis les observa avec attention : sir Donald Bruce, le membre le plus ancien, était un homme déjà âgé, aux manières de gentleman. Il était suivi, entre autres, de Sweeney, Carmichael, Johnson et Matthias. Lesquels, parmi eux, voteraient contre Stéphanie tout à l'heure ? Jake avait déjeuné avec chacun d'eux en tête à tête – tout se savait, en ville –, et que leur avait-il promis ? Combien leur avait-il offert ? Tout semblait avoir été pollué, infecté par Jake. Les séances commençaient d'ordinaire par des échanges de poignées de main et de saluts cordiaux, mais ce matin-là chacun se glissa en silence à sa place, évitant de croiser le regard des autres.

Dennis vit à l'expression de Tom que ce dernier s'était posé la même question. Après avoir échangé encore quelques mots avec son père, Tom s'éclipsa, non sans avoir fait un petit signe d'encouragement, le pouce en l'air, à l'adresse de Dennis. Pour la première fois, celui-ci oublia sa jalousie à l'encontre du jeune homme aux yeux bleus – assez pour regretter qu'il ne fît pas partie du conseil. Ils auraient besoin de toutes les forces – et de tous les votes – possibles.

Pareil à la vedette qui fait son entrée une fois que les figurants ont pris place sur la scène, Jake apparut dans l'encadrement de la porte.

– Tiens ! dit-il, feignant la surprise, Mme Harper ne nous fera pas l'honneur de sa présence ?

– Pas... en personne, dit Bill. Elle participera à la séance par téléphone.

– Comme c'est aimable à elle ! déclara Jake, vaguement sarcastique.

Tu es sûr de toi, hein, mon salopard, songea Bill avec colère. Jake fit le tour de la table comme à la recherche d'une place vacante et s'arrêta près du fauteuil présidentiel. Dennis se leva d'un bond.

– Vous ne songez pas à vous asseoir là !

Jake leva un sourcil.

– Je n'en ai nullement l'intention. J'allais proposer sir Donald Bruce.

– Approuvé, s'empressa d'annoncer Bill.

Bruce s'installa et ouvrit la séance :

– Messieurs, un seul sujet occupe aujourd'hui notre ordre du jour, si je ne me trompe. M. Sanders, puisque vous êtes à l'origine de ce conseil extraordinaire, peut-être souhaitez-vous nous en exposer le motif ?

– Je vous remercie, sir Donald. C'est tout simple. Je souhaite proposer une motion de refus de confiance à l'encontre de l'actuelle présidente, Stéphanie Harper.

Personne ne broncha. Bill poussa un petit soupir.

– Vous vous rendez compte que, si une telle motion était votée, nous nous verrions contraints de procéder immédiatement à l'élection d'un nouveau président ?

Ces paroles étaient de pure forme. Dennis, incapable de se maîtriser, lança :

– Il s'en rend parfaitement compte, soyez sans crainte. Et à votre avis, qui a-t-il en tête ?

– Dennis ! (L'expression de Bill fit taire le jeune homme.) Il s'agit d'une question fort délicate, poursuivit le vieil administrateur. Et, afin que nous n'agissions pas à la légère, j'aimerais exposer devant vous, brièvement résumés, les progrès récents de notre société, puis dire quelques mots au nom de Mme Harper. Vous n'êtes pas sans savoir…

Au bout de dix minutes, Dennis cessa de faire semblant d'écouter Bill, qui s'engageait dans un discours destiné à durer le plus longtemps possible. Au lieu de quoi, fixant intensément le téléphone silencieux, il tenta de toutes ses forces de le faire sonner, par le pouvoir de sa volonté, par télépathie ou télékinésie, et par toutes les méthodes dont il avait pu entendre parler.

Sonne, téléphone, sonne… pourquoi ne veux-tu pas sonner ? La voix de Bill lui parvenait par bribes :

– …ne doit pas monter en épingle les événements des dernières semaines… Notre présidente, en parfaite santé désormais après son accident de cheval… du mal à imaginer cette société sans Stéphanie Harper à sa tête…

Sonne, téléphone, sonne !

La voix de Jake interrompit soudain celle de Bill avec le tranchant d'un couperet.

– Je crois que nous en avons assez entendu. Je propose que nous procédions au vote.

Bill passa la main dans ses cheveux blancs, visiblement mal à l'aise.

– Il s'agit d'une très grave décision, M. Sanders, d'une démarche sans précédent dans l'histoire de la Compagnie. J'aurais de fortes réticences à procéder au vote sans avoir au préalable entendu quelques-unes des raisons qui vous ont poussé à faire votre proposition.

– Volontiers, dit Jake avec un sourire plein d'assurance. Vous m'accorderez que la Harper Mining a traversé récemment une passe difficile, et qu'elle n'avait jamais été aussi vulnérable.

– Grâce à vous ! vociféra Dennis.

– Je m'inscris en faux. La cause profonde de la crise réside dans l'attitude ambivalente de la présidente et dans ses erreurs de jugement.

– Je vous ai déjà transmis ses excuses.

– C'est pour le moins insuffisant, ne croyez-vous pas ? Je crois savoir quant à moi qu'elle est partie depuis une semaine, à un moment où la société avait un besoin impérieux de sa présence, pour aller se dorer au soleil dans une île de la Grande Barrière de Corail.

– Nous attendons sa communication, fit Bill faiblement.

– Mais tout le monde sait que l'on ne se rend pas facilement dans des endroits aussi isolés et que les communications relèvent toujours du miracle. J'ai cru comprendre que Mme Harper a emprunté l'avion de la société pour se rendre jusqu'à Townsville, d'où un hydravion l'a conduite dans l'île. Un petit voyage plutôt coûteux, vous ne trouvez pas ? Je me demande comment elle justifierait devant le conseil d'administration l'utilisation des fonds de la Compagnie pour un usage aussi extravagant.

C'était sans espoir, songea Dennis. Sanders déformait tout pour présenter Stéphanie sous un jour déplorable. Serrant les poings sous la table, il regarda le visage arrogant, l'attitude calme et détendue, les mains parfaitement manucurées de l'adversaire. Il n'y avait rien à faire. C'était perdu d'avance.

– Je demande que l'on procède au vote.

Jake avait parlé d'un ton neutre mais l'on sentait une joie maligne derrière ses mots. Le silence, dans la pièce, était total.

– Si personne ne se manifeste, je considérerai la motion comme rejetée à l'unanimité.

– Je soutiens la motion.

Sweeney ! Bill adressa un regard méprisant au petit homme onctueux assis à côté de lui. Ça ne l'étonnait pas tant que ça en fin de compte. Mais qui d'autre ?

– Pete, Gavin, Jim, dit-il dans une dernière tentative désespérée. Souvenez-vous que sans Stéphanie, la Compagnie n'existerait plus depuis longtemps. Elle s'est toujours montrée solide comme le roc en toutes circonstances et c'est grâce à elle que la Harper occupe encore une place prédominante sur le marché des valeurs. Je ne peux pas croire que vous seriez capable de lui tourner le dos de cette manière.

– Cette motion n'a rien à voir avec une quelconque attaque personnelle, fit remarquer Jake d'un ton condescendant. Mais le conseil aujourd'hui réuni ne peut laisser les sentiments l'aveugler au point de ne pas voir que Mme la présidente n'a pas su empêcher les actions Harper de descendre au-dessous de leur valeur nominale. Le vote, sir Donald ?

– Très bien, dit sir Donald comme à regret. Vote à main levée, messieurs. Ceux d'entre vous qui sont favorables à...

Huit pour, sept contre. Et voilà, nous sommes tirés d'affaire, songea Dennis avec un soupir de soulagement. Bruce était la loyauté même. C'était un inconditionnel de Stéphanie quand elle était encore en socquettes blanches. Jamais il ne soutiendrait une motion la condamnant. Ça ferait huit contre huit et la motion échouerait. Bruce vota. Dennis faillit hurler de joie.

– Si je puis me permettre, sir Donald, une réserve de pure forme. (Jake souriait comme le chat du Cheshire.) Puisque vous jouez le rôle de président, vous n'êtes autorisé à voter que pour débloquer un vote à égalité. Par conséquent, nous devons considérer la motion acceptée à huit voix contre sept.

– Dans ce cas... commença sir Donald.

– Dans ce cas, continua Jake, une lueur de triomphe au fond des yeux, le siège de président devient automatiquement vacant et je souhaite être nommé pour l'occuper.

– J'approuve, fit Sweeney le traître.

Bill, les mains croisées sur les genoux dans une attitude de défaite, les yeux baissés, gardait le silence. Pourquoi ne réagissait-il pas ?

– Je nomme ma mère, Stéphanie Harper ! lança Dennis dans un effort désespéré pour mettre des bâtons dans les roues du char triomphant de Sanders.

Bill le regarda en secouant la tête d'un air las. Jake eut un sourire cruel.

– Pour un membre du conseil, vous me semblez bizarrement ignorant du règlement. Selon la clause dix-sept, article trois, il n'est pas possible de nommer un président en son absence.

– Y a-t-il d'autres nominations ? demanda sir Donald qui souhaitait visiblement en finir le plus vite possible avec toute cette affaire. Non ? Je me vois donc contraint de ratifier l'élection de M. Sanders au siège de président de la Harper Mining.

Le vieux monsieur se leva pour libérer la chaise qu'il occupait, la désignant à Jake pour l'inviter à y prendre place. Le nouveau chef suprême de la société étendit les jambes avec nonchalance sous la table de bois massif.

– Très bien, messieurs, dit-il. Pouvons-nous commencer ?

Tout en se frottant les mains, ce matin-là, à l'idée que Jake devait être occupé à détrôner Stéphanie, Jilly ne s'étonna pas, pourtant, de ne pas se sentir entièrement satisfaite. Plus que tout, bien sûr, elle désirait voir Stéphanie jetée à bas de son piédestal et elle se réjouissait à l'avance en songeant au moment où elle retrouverait Jake, plus tard, pour célébrer la victoire à leur manière.

Mais ce n'était pas encore suffisant. L'animosité de Jilly était née dans son enfance, quand elle voyait Stéphanie posséder – et plutôt deux fois qu'une – tout ce qu'elle aurait souhaité avoir. Sa jalousie n'avait cessé de croître jusqu'au moment où il lui avait été impossible de la réprimer. Un moment et… un homme, Greg Marsden, le mari de Stéphanie et, avant Jake, le seul homme qui eût jamais été à la hauteur de ses propres désirs, avec lequel elle avait enfin exprimé librement, sauvagement, sa sexualité débordante. Par quel hasard étrange et combien ironique Stéphanie avait-elle rencontré celui qui était évidemment fait pour elle, Jilly ? Et Greg lui-même, comment avait-il osé pour finir retrouver la trace de Stéphanie et la rejeter, elle, qui s'était donnée à lui corps et âme ? En dirigeant contre lui l'arme qui allait le tuer, Jilly avait obéi à la logique froide et implacable – et non à la rage ou à la passion – du raisonnement primitif de l'amant jaloux : si je ne puis l'avoir, personne ne l'aura.

Les sept années de prison qui avaient suivi n'avaient fait que nourrir la haine et la rancœur de Jilly à l'encontre de Stéphanie. C'était devenu pour elle une obsession et pour ainsi dire sa raison d'être. C'était sa détermination démente de sortir pour se venger de celle qu'elle accusait de tous ses malheurs qui avait soutenu Jilly dans l'enfer de Nulawa. Enfermée nuit et jour avec des femmes qui hurlaient, se mutilaient ou sombraient dans d'épouvantables dépressions, Jilly s'était cramponnée à son projet secret et en avait fait l'unique but de son existence.

Aussi ne pouvait-elle se contenter de voir Stéphanie chassée de son bureau directorial. Ce n'était pas assez cher payé. C'était toujours ça, certes, mais elle ne se sentirait délivrée de son obsession que lorsqu'elle aurait vu Stéphanie souffrir comme elle avait souffert et détruite comme elle l'avait été. La Harper Mining était une part importante de la vie de Stéphanie, bien sûr, mais elle avait aussi Dan, ses enfants et le respect et l'affection de tous ceux qui la connaissaient. C'était là-dessus qu'elle devait réfléchir désormais, et concentrer ses efforts. Depuis qu'elle avait quitté Éden, Jilly avait agi sur l'aspect professionnel de la vie de Stéphanie, en aidant Jake à mener à bien ses manœuvres boursières. Il était temps de passer à autre chose et de trouver – ou de créer – une autre fissure dans son armure.

Elle consulta sa montre. Olive aurait dû être là. Où diable était-elle passée ? En proie à une soudaine agitation, Jilly se mit à faire les cent pas à travers l'appartement. D'accord, c'était un vrai palais à côté du trou où elle avait vécu sept années durant : cellule 139, aile nord. Mais l'appartement n'arrivait pas à la cheville de la belle maison de pierre de Hunter Hill où Phillip et elle habitaient avant. Elle observa non sans agacement les murs beiges, les rideaux blanc cassé et les meubles bruns – une vraie garçonnière. Phillip avait mis tout l'argent qu'elle voulait à sa disposition pour qu'elle le refasse décorer entièrement à son goût mais à quoi bon ? Combien de temps allait-elle rester là, de toute manière ? Épouser Phillip était une chose, mais finir sa vie avec lui en était une autre et les plans de Jilly ne l'incluaient pas. Elle songea avec satisfaction à la somme qu'elle soutirait de l'argent que lui donnait Phillip chaque semaine afin de la mettre de côté. Le moment venu, elle prendrait ses économies et s'en irait.

Salon, cuisine, chambre, bureau – quand elle eut fait le tour de l'appartement, on sonna à la porte.

– Tu es en retard ! lança-t-elle en ouvrant.

Le visage de la femme qui se tenait devant elle se décomposa.

– Je regrette, Jilly, ce n'était vraiment pas mon intention. Mais je ne savais pas combien de temps il fallait pour venir d'Elizabeth Bay – et il a fallu que je fasse un bon bout à pied. Ne te fâche pas !

Radoucie, Jilly la conduisit au salon et la fit asseoir dans un fauteuil face à la fenêtre pour la voir en pleine lumière. Elle eut une agréable surprise.

– Je suis contente de voir que tu as suivi mes conseils, Olive, dit-elle.

Celle-ci rougit de plaisir en portant la main à ses cheveux.

– Ça te plaît ?

– Oui, c'est bien, dit Jilly. Et le maquillage aussi.

– Je suis allée à l'institut Grace Brothers comme tu m'avais dit et ils m'ont offert une démonstration gratuite.

– Et chez toi… c'est comment ?

– Fantastique, Jilly ! s'écria Olive. Je ne sais pas comment te remercier… Si tu voulais…

– Je te devais bien ça ! dit Jilly avec un rire rauque. Cette chute de cheval a bien tourné en fin de compte.

Elle ne dit pas que l'idée de savoir Olive maraudant à travers la ville comme une grenade dégoupillée ne lui plaisait guère et qu'en lui donnant de l'argent, en lui trouvant un logement correct et en lui apprenant à ressembler davantage à une femme normale – bon sang ! – plutôt qu'à une gouine hystérique qui vient de sortir de taule, Jilly la surveillait plus facilement.

– Tu aimerais faire encore un petit travail pour moi ? demanda Jilly.

– Travail ?

Les yeux profondément enfoncés d'Olive semblèrent s'éveiller.

– Appelons-ça de la recherche. J'aurais besoin de nouveaux renseignements. Des dates, des comptes rendus d'emplois du temps. J'ai pensé t'envoyer en vacances tous frais payés pour que tu fasses ça pour moi.

– Où ça ?

– Dans les Territoires du Nord. Dans le désert.

– Et j'irai chercher quoi ?

– Quelque chose dont on a tous besoin, qu'on le veuille ou non, pour exister, dit Jilly, non sans grandiloquence. Un extrait de naissance.

20

Dennis quitta les bureaux de la Harper en fin de journée dans un état de découragement indescriptible. Il était trop reconnaissant à Cassie d'être là pour se poser des questions sur ses sentiments à elle. Ils traversèrent Bent Street côte à côte sans mot dire puis, par un accord tacite, tournèrent au bout de la rue pour prendre le chemin de chez Vittorio.

– Tiens, Dennis ! Quelle bonne idée ! dit Angelo avec un sourire ravi. Je vous offre un verre, allez – la meilleure bouteille de la maison !

– Merci, Angie, fit Dennis en se forçant à paraître content. Comment ça va ?

– Très bien ! Formidable ! La seule chose, c'est papa. Depuis le jour où il a sorti son fusil, il se prend pour Zorro !

Angelo indiqua en riant Vittorio occupé à raconter à un auditoire attentif comment il avait arraché son fils aux mains de la Mafia.

– Dis à Vittorio qu'il peut mettre son fusil de côté pour quelque temps, dit affectueusement Dennis.

Cassie corrigea :

– Jusqu'à ce que la prochaine canaille se ramène.

Angelo la regarda et toute sa gaieté s'envola.

– Je vous laisse la bouteille, dit-il en les laissant en tête à tête.

– Ça va ? demanda Dennis en lui pressant la main.

– Dure journée, si tant est que cela puisse résumer tout ce par quoi nous venons de passer.

– Quelle crapule, ce Sanders, tout de même ! (Au souvenir de l'humiliation qu'il avait subie, Dennis se sentit rougir.) Mais attends un peu que j'aie l'occasion de lui rendre la monnaie de sa pièce !

– Tu crois vraiment pouvoir en remontrer à un type comme ça ?

– Et comment !

– Il ne faut pas le mésestimer, Dennis. Il est très malin.

Dennis la regarda avec curiosité.

– Comment le sais-tu ?

– Tout le monde le sait, répondit-elle vivement.

Dennis se mordit la lèvre.

– Bon, si tu veux savoir la vérité, je n'ai aucune idée de ce qu'il faut faire. Je suis complètement paumé.

– Oh, Dennis, fondit Cassie, touchée par sa franchise. Ça ne fait rien. Tu n'as pas besoin de faire semblant d'être autrement. (Elle tendit la main pour lui caresser la joue d'une geste tendre.) Je t'aime comme tu es.

Dennis passa un bras autour de son épaule.

– Maintenant que je t'ai livré mon âme, à toi de me raser à mort avec tes problèmes, d'accord ?

– Il y a quelque chose, commença Cassie, cherchant comment lui confier ce qu'elle avait sur le cœur.

Dennis sourit pour l'encourager et lui prit la main.

– Allez... dis-moi.

– Tu sais que Tom m'a demandé de chercher d'où Jake tenait ses dernières actions...

– Il n'a pas à te donner d'ordres !

– Oh, ce n'est pas ça. Mais en réalité, je fais seulement semblant de reprendre toutes les fiches pour retrouver la trace du transfert...

– Évidemment, coupa Dennis. S'il y a eu une panne à l'introduction des données, je ne vois pas comment tu pourrais le retrouver.

– Mais cela fait partie du reste, tenta d'expliquer Cassie qui se demandait si elle devait poursuivre ou battre en retraite. (Pleine de confusion, elle tenta de présenter les choses autrement.) Dis, avant de me rencontrer, tu avais connu quelqu'un d'autre ? Des relations sérieuses, je veux dire ?

Il rougit et détourna les yeux. Puis, se forçant à sourire, il dit :

– Au cas où tu n'aurais pas encore deviné, la réponse est non. D'ailleurs le fait est... (Il se tut et l'enveloppa d'un regard attendri.) ...que je n'avais jamais rencontré quelqu'un comme toi avant. Et youpi ! Elle est assez folle pour me trouver à son goût !

– Oh non, pas pour ça, dit Cassie de plus en plus désespérée. Mais je me suis conduite comme une imbécile – avant toi –, une fois en tout cas, et...

Mais Dennis ne l'écoutait plus. Il fixait la porte du regard.

– Non mais, regarde Sarah ! éclata-t-il. Qu'est-ce qu'elle fabrique avec ce con-là !

Cassie tourna la tête. Sarah et Tom venaient

d'entrer dans le café. La main dans la main et indifférents à tout ce qui les entourait, ils gagnèrent une table un peu à l'écart. Dennis les suivit des yeux, incapable de s'intéresser à quoi que ce fût d'autre. Ça ne va pas, songeait Cassie, je ne trouve pas les mots qu'il faut.

Mais Dennis se retourna brusquement vers elle, s'efforçant de revenir au sujet de leur conversation.

– Excuse-moi. Que disais-tu ?

– Ça ne fait rien.

Dennis se leva d'un bond.

– Je ne vais pas laisser Tom me gâcher la soirée... ça fait trop pour aujourd'hui. Partons d'ici, viens, allons manger quelque chose. Tu pourras me raconter tranquillement ce qui te tracasse.

– Non, je t'assure, c'est sans importance, dit Cassie d'un ton morne. Je m'en débrouillerai bien toute seule.

– Sarah, regarde ! C'est Dennis, hein ?

– Où ça ?

– En train de s'en aller. Avec Cassie Jones.

Sarah regarda vers la porte, juste à temps pour apercevoir la silhouette élancée de son frère qui franchissait le seuil.

– Il aurait pu venir nous dire un mot, fit-elle en plissant le front.

– La journée a été dure.

– Pour nous tous ! Qu'est-ce qu'il a de si différent ?

Tom rit.

– Tu veux vraiment que je réponde à ça ?

Sarah ouvrit de grands yeux.

– Comment cela ?

– Écoute, depuis que je suis de retour, Dennis m'a donné pas mal de fil à retordre.

– Tu ne m'en avais jamais parlé.

– Bah, ce n'était peut-être pas la meilleure

façon de toucher le cœur d'une jeune fille que de casser du sucre sur le dos de son petit frère, observa honnêtement Tom. Et puis je pensais que ça passerait – que j'arriverais à me rendre sympathique à ses yeux, d'une manière ou d'une autre. Mais maintenant il suffit que j'entre quelque part pour qu'il éprouve le besoin de s'en aller. Je suis obligé de convenir que mon charme n'est pas irrésistible.

Sarah semblait troublée.

– C'est vrai que Dennis a tendance à vouloir se mettre en avant, commença-t-elle, et pas toujours poliment...

– C'est un peu plus que ça, Sarah, l'interrompit Tom. Il n'arrête pas de chercher à se faire valoir au bureau et...

– Il pense sans doute soulager maman en prenant une partie du travail sur ses épaules !

– Je ne crois pas qu'il pense soulager Stéphanie en passant son temps à harceler mon père, dit Tom d'un ton posé. Ou en faisant tout pour que je quitte la société.

– Où veut-il en venir ? demanda Sarah, ébahie.

– Si on regarde les choses en face, Dennis veut tout simplement brûler les étapes. Il veut diriger la Harper Mining sans assumer les responsabilités qui vont avec. Moi aussi j'ai de l'ambition – j'en ai toujours eu. Mais il y a la façon. Dennis manque de maturité. Il a été trop gâté.

Sarah ne répondit pas. Comme le silence s'épaississait entre eux, Tom eut le temps de songer qu'il avait eu raison d'éviter jusqu'ici de critiquer Dennis devant sa sœur – et la dispute qui l'opposa ensuite à Sarah ne fit que le confirmer dans cette opinion.

– Il faut que je sache combien de temps cela va encore durer, Jake !

– Ne te mets pas dans tous tes états, mon petit cœur. J'ai horreur qu'une femme me crie dessus, ça me rappelle ma nounou.

Cassie avait envie de pleurer.

– Arrête de te servir de moi, je t'en supplie. Je ne peux plus continuer comme ça – à mentir, à abuser de la confiance des gens –, ça me rend folle.

– Tu as tort de voir les choses ainsi. Tu t'en es très bien tirée. Ça va leur prendre des semaines avant de démêler la situation, et alors je me serai évanoui dans la nature.

– Tu ne penses donc jamais à personne d'autre qu'à toi-même ? s'écria Cassie avec passion.

– Et pourquoi le ferais-je ?

– Jilly Stewart et toi, vous allez rudement bien ensemble. Comme j'aimerais pouvoir dire à Stéphanie le rôle qu'a joué sa propre sœur dans tout ça !

Pressentant le danger, Jake changea de ton.

– Ne restons pas debout dans le hall, dit-il. Laisse-moi au moins t'offrir à boire. On a justement réapprovisionné mon bar aujourd'hui. Viens choisir quelque chose. (Quand il eut installé Cassie sur le sofa de son salon après l'avoir forcée à accepter une bière, Jake observa d'un ton dégagé :) Tu ne devrais pas t'en faire tellement à propos du passé. Prépare-toi à de grands changements. Stéphanie Harper n'est plus ton employeur. À partir de maintenant, c'est moi.

Cassie ricana.

– C'est une bonne nouvelle ?

Jake poussa un profond soupir.

– Ce que tu peux être vexante, parfois – sans même t'en apercevoir.

– Oh, laisse tomber, je t'en prie. Tu ne peux plus me raconter d'histoires, j'ai découvert qui tu étais vraiment. Si ça t'arrangeait tu me mettrais à la porte sans le moindre scrupule.

– Et moi qui pensais que nous étions amis.

– Étions, observa Cassie sans prêter attention à son sourire ironique.

– Et beaucoup plus qu'amis, même. (Sa voix

s'était radoucie.) Cela ne compte plus du tout, pour toi ?

Il posa doucement la main sur sa cuisse. Elle sursauta comme si une guêpe l'avait piquée au souvenir que ce contact éveilla en elle.

– Permets-moi de te dire que je n'ai pas regretté une seule seconde d'avoir mis un terme à nos relations – si on peut appeler ça comme ça.

Il se rapprocha d'elle et son cœur se mit à battre plus vite... son odeur, son corps tout près du sien... il lui avait terriblement manqué ! Personne ne faisait l'amour comme lui, avec son imagination, sa puissance... Elle se leva comme un ressort.

– Quel salopard tu fais, Jake ! J'ai bien envie de raconter à tout le monde ce que je sais !

– Rien ne t'en empêche. Mais c'est à tes risques et périls.

– Ah oui ?

Il se leva à son tour pour s'approcher d'elle de sa démarche féline.

– Es-tu prête à expliquer à Dennis la nature de nos relations passées... dans le détail ? Parce que si tu ouvres ta jolie bouche pour parler des actions de Jilly, c'est ce que tu seras obligée de faire.

Cassie rougit de honte. Elle se revit sur le tapis de ce même salon, couchée nue et soûle, prenant des poses avec une bouteille de champagne tandis que Jake la photographiait... Elle gagna le hall en titubant, Jake sur ses talons.

– Je me serais hissé au conseil d'administration avec ou sans ton aide, dit-il.

– Ça devrait me mettre du baume au cœur ? demanda-t-elle avant de s'enfuir.

Jake regagna pensivement le salon. Cassie devenait un facteur d'instabilité – c'était de baiser avec Dennis qui avait dû la rendre fragile – et il faudrait la surveiller de près. Il s'en occuperait dès qu'il serait bien en place chez Harper. Il trouverait bien un moyen de la radoucir à son égard. Quand il pénétra de nouveau dans le salon, il vit Jilly, nue, les traits crispés par une expression furibonde, qui l'attendait à la porte de la chambre.

– Tu ne t'en fais pas trop, hein ? dit-elle rageusement.

– On est dans un pays libre, Jilly – les femmes libérées sont nombreuses, par ici.

– Je te préviens, Jake, je n'aime pas beaucoup me savoir doublée.

Jake fronça les sourcils.

– Pour la seule chose qui m'intéresse, j'en avais fini avec elle avant même de te rencontrer. (Il traversa la pièce jusqu'à elle et, la prenant par les épaules, la fit pivoter et la poussa dans la chambre.) Maintenant il faut absolument que tu te rhabilles. J'ai deux réunions ce soir et je dois retourner au bureau.

Il ramassa prestement les sous-vêtements féminins éparpillés sur le sol et les jeta sur le lit.

– Deux autres réunions comme celle-ci ? fit Jilly avec un rire de gorge, tu vas te mettre sur les genoux mon pauvre chéri.

Elle entreprit de passer son soutien-gorge, enfermant non sans mal sa poitrine pleine dans la prison de dentelle.

– L'une des deux au moins promet d'être amusante. J'ai rendez-vous avec Bill MacMaster pour discuter de la passation de pouvoir. Il a dû avoir Stéphanie au téléphone depuis. Apparemment, les lignes sont restées coupées toute la journée.

Il regardait Jilly s'habiller avec un intérêt non dissimulé.

– Stéphanie...

– Oui ?

– Où en sommes-nous de ce point de vue-là ?

– J'attends que tu me le dises.

– Écoute, Jake, ne te fous pas de ma gueule ! fit Jilly avec impatience. J'ai un intérêt dans tout ça, souviens-toi ! (Elle enfila sa robe.) Fin du *peep-show*, cher monsieur. Et maintenant réponds à ma question.

– Tu as tes projets à propos de Stéphanie et moi j'ai les miens.

– Qui ne se limitent évidemment pas à lui piquer sa place à la Harper Mining ? (Jilly boucla sa ceinture d'un geste rageur et ramassa ses souliers.) Bon sang, mais comment peux-tu t'intéresser à une connasse pareille ! Et si ça se trouve, elle est frigide. Tu as pensé à ça ? Il va falloir te munir d'un décapsuleur !

Jake la prit fermement par le bras pour la conduire jusqu'à la sortie. Il ne voulait pas lui montrer qu'il était touché par ses réflexions agressives à l'encontre de Stéphanie. Devant la porte il s'arrêta.

– Il faut que tu comprennes quelque chose, dit-il d'un ton glacial. Ma vie me regarde, moi et personne d'autre. Alors tu gardes ta minable jalousie pour toi ou tu renonces à ma Compagnie. Mais ça te ferait peut-être passer tes mauvaises habitudes si tu réfléchissais une minute à ce qui se passerait si je racontais à Stéphanie que c'est toi qui m'as vendu les actions.

– Tu ne ferais pas ça ? siffla Jilly.

Il fit mine de réfléchir.

– Non. Je ne suis pas encore prêt à dire à Stéphanie que sa sœur est une dangereuse salope. Je n'ai pas encore gagné la partie – pas tout à fait.

– Tu comptes sur moi pour te croire ?

– Je ne te donne pas le choix.

Jilly rejeta la tête en arrière d'un air arrogant.

– La relation devient peut-être un peu trop mesquine pour nous deux.

– Peut-être. Mais j'ai l'impression que nous risquons d'avoir encore besoin l'un de l'autre pendant un petit moment. Alors restons civilisés, d'accord ?

– Et ensuite ?

Jake sourit.

– Un duel à mort ?
– Au moins j'aurai été prévenue.
Presque imperceptiblement, l'humeur de Jake changea.
– Ce qui est plus que ce que tu as fait pour Greg Marsden avant de le tuer.
– Greg ? Laisse-moi te dire une chose. (Le visage de Jilly se tordit de haine.) C'était une bête fauve ! Il méritait la mort ! On voit que tu ne le connaissais pas. Car si tu l'avais connu, tu saurais que j'ai rendu service à l'humanité en faisant ce que j'ai fait.
Jake ne répondit pas. Au bout d'un instant il dit plus légèrement :
– Tu as aussi rendu service à Stéphanie Harper – tu ne sembles pas avoir pensé à ça.
– Stéphanie ? Elle est autant responsable de sa mort que moi. Si elle n'avait pas joué cette comédie en devenant Tara Welles, le mannequin en vogue, pour m'enlever Greg, rien de tout cela ne serait arrivé.
– Je me le demande.
Un voile était tombé sur les yeux de Jake, lui donnant le regard d'un reptile. Il semblait totalement ailleurs.
– Qui pourrait le dire ?
Sûrement pas toi, putain, qui l'as assassiné, sûrement pas toi !

Certaines choses sont trop lourdes à porter pour un seul homme, songeait Rina. Une à la fois, à la rigueur. Mais tout en même temps... Le cœur lourd, elle observait Bill qui marchait de long en large, du salon à la porte d'entrée et de la porte au salon. Combien de temps tiendrait-il le coup avant de craquer ? Pour la centième fois, elle ramassa son ouvrage de dame et tâcha de se concentrer.
Si tout n'était pas arrivé à la fois, encore... Le coup de force de Jake Sanders pour prendre la

tête de la Compagnie aurait largement suffi à lui seul à mettre son mari sens dessus dessous. Stéphanie avait toujours été la fille que Rina et lui n'avaient pas eue depuis qu'il avait rencontré Max et formé avec lui l'équipe qui allait édifier l'empire Harper. La fillette qu'il aimait tendrement était devenue en grandissant une amie et une collaboratrice. Jamais Rina n'avait été jalouse de leurs relations, car elle les aimait tous les deux. Même du vivant de Max, c'était Bill qui avait manifesté à la petite fille, dont la mère était morte trop tôt, l'intérêt attentif dont elle avait besoin. Il lui offrait des cadeaux, lui avait appris à monter à bicyclette, la faisait sortir en famille. Après le décès de Max, ils s'étaient attelés ensemble à la tâche difficile de diriger sans lui la Harper Mining. Et ensemble, ils avaient chaussé les souliers de géant du vieux Max et poursuivi son œuvre. Jamais Bill ne se pardonnerait d'avoir échoué à sauver le titre et l'héritage de Stéphanie. Eût-il été japonais, il se serait fait hara-kiri, songea Rina avec un désespoir sauvage.

Et maintenant, en plus de tout cela, voilà qu'il se faisait un sang d'encre pour Stéphanie elle-même. Et c'était franchement ridicule et exagéré, décida-t-elle en piquant rageusement son aiguille dans la nappe qu'elle était occupée à broder. Tout le monde savait à quel point les communications étaient difficiles sous les tropiques – un millier de petites îles où, pour toute installation téléphonique, on avait des noix de coco et des bouts de ficelle. Il n'était rien arrivé à Steph – Bill se faisait du souci pour rien comme d'habitude.

Le téléphone sonna, à leur grande surprise. Bill décrocha.

– Dennis ? Bonjour. Tu as des nouvelles ?

Rina entendait la voix désincarnée du jeune homme, affaiblie et nasillarde, dans le combiné. En voyant les épaules voûtées de son mari, elle compris qu'il n'y avait toujours rien.

– Entendu, bon, on se rappelle ? D'accord, merci. (Bill raccrocha.) Rien de nouveau, dit-il d'un ton anxieux.

– Comment cela, rien ?

– La ligne d'Orphée n'a pas encore été rétablie.

– De toute la journée ?

– Il paraît qu'on est en train d'essayer de la réparer, expliqua Bill avec un rire incrédule.

– Écoute, Bill, ce n'est pas la peine de voir les choses en noir. Steph doit être tout simplement à la plage au soleil… enfin, pas à cette heure-ci, mais tu comprends ce que je veux dire.

Bill frotta son front soucieux.

– Mais je la connais. Je la connais mieux que personne. Elle aurait tout fait pour téléphoner ce matin si elle avait pu. Il y a des téléphones dans toutes les îles voisines. Pourquoi n'a-t-elle pas appelé ?

– Bill, tu dramatises, je t'assure. D'ailleurs nous avons d'autres sujets de préoccupation. J'ai l'impression que tu te fais plus de souci pour Stéphanie que pour ton propre fils.

– Ne dis pas ça, Rina, fit-il, visiblement peiné. Pourquoi crois-tu que je reste debout ? Je t'ai dit qu'ils étaient sortis dîner ensemble, ce soir.

– Que comptes-tu lui dire quand il rentrera ?

Au même instant ils entendirent la voiture de Tom qui tournait dans l'allée. Ils attendirent en silence, tendus. La clé tourna dans la serrure et Tom entra dans la pièce.

– Qu'est-ce que c'est ? Un comité d'accueil ?

– Nous nous faisions du mauvais sang, mon chéri.

– Maman ! J'ai vingt-sept ans ! Je suis libre de sortir comme je l'entends !

– Tu étais avec Sarah ? demanda Bill à brûle-pourpoint.

– Oui, dit Tom avec étonnement. Mais je ne vois pas ce que cela peut vous faire.

– Au contraire, Tom, crois-moi. Ton père et

moi espérions pouvoir te faire comprendre notre position plus vite.

– À quel sujet ?

– Elle n'est pas faite pour toi !

Le visage de Tom se durcit.

– Ce n'est pas à moi d'en décider ?

– Sous prétexte que c'est la première fille que tu rencontres depuis que tu es de retour ici.

– Non maman, tu te trompes. C'est vraiment une fille formidable. Quelqu'un à qui je peux parler et avec qui je me sens bien. Nous sommes devenus très proches. (Le coup d'œil que ses parents échangèrent à ce moment-là ne lui échappa pas.) Mais qu'y a-t-il, à la fin ?

– Écoute, Tom, je regrette vraiment de te demander ça mais c'est important. (Rina crispait les mains sur ses genoux.) As-tu... couché avec elle ?

Le visage de Tom s'embrasa tandis qu'il se débattait avec ses sentiments.

– Non que je considère que ce soient vos affaires, dit-il entre ses dents serrées. Mais non. Pas encore.

– Très bien ! explosa Bill. Restes-en là.

– Tu n'as pas à me dire ce que je dois faire, papa. Pas sans raison. (Naturellement patient, Tom sentait la colère le submerger.) Et comme la seule raison qui m'apparaisse, c'est un snobisme mal placé sur le fait que Sarah est la fille de la patronne, ce que je peux faire de plus aimable, c'est de n'en pas tenir compte.

– Je te dis qu'il va falloir que ça s'arrête !

– Et moi je te dis qu'il n'en est pas question ! (Tom dut faire un effort pour se maîtriser.) Écoutez, ce n'est pas la manière dont j'avais envisagé de vous en parler mais... voilà, je crois que je suis amoureux de Sarah. Il n'y a pas d'urgence, mais j'ai l'intention de lui demander de devenir ma femme quand le moment sera venu. (Il regardait ses parents et, sans se laisser troubler par leurs mines effarées, il ajouta :) Si vous êtes d'accord, tant mieux, sinon tant pis. Quoi que vous fassiez, cela n'y changera rien !

Consternés, Bill et Rina le regardèrent s'en aller. Bill poussa un cri étouffé et se laissa tomber dans un fauteuil.

– Ça va, ça va, s'empressa-t-il de dire à Rina qui se précipitait pour l'aider. C'est cette stupide douleur à la poitrine qui recommence.

Rina regardait avec terreur son visage livide et ses lèvres grises.

– Qu'allons-nous faire, Bill ?

– Que pouvons-nous faire ?

– Leur dire.

– Comment ! Comment peut-on dire une chose pareille à quelqu'un ? Comment, Rina, comment ?

21

Une aube froide et humide se leva au-dessus d'Éden. D'énormes vagues grises déferlaient contre les rochers du cap et se retiraient en grondant pour mieux repartir à l'attaque. Des lambeaux de brume s'enroulaient autour des arbres et des fleurs comme pour les prévenir que l'été prenait fin et que le froid et l'hiver s'installeraient bientôt. Très haut dans le ciel, le jacassement lugubre du loriquet semblait l'annoncer lui aussi, à sa manière.

Dans le salon de la maison, Sarah s'éveilla en sursaut, la nuque et le dos raides, la jambe endolorie pour s'être endormie dans une position inconfortable, à demi assise, à demi affalée, dans le fauteuil profond. Ses yeux se posèrent sur le plateau qui portait des traces de leur longue nuit de veille – verres à bière, restes de sandwiches. Elle avait envie de s'étirer et de masser ses membres endoloris mais elle craignait de déranger Dennis.

– Sarah ?

– Oui.

– Tu es réveillée ?

Sarah se redressa.

– Maintenant, oui, dit-elle.

Dennis était vautré tout aussi inconfortablement dans le fauteuil qui lui faisait face, les bras et les jambes étalés selon des angles bizarres, comme un pantin désarticulé. Il porta lourdement la main à son visage où la barbe faisait déjà une ombre bleue.

– Personne n'a téléphoné ?

Sarah secoua la tête.

– Je t'aurais réveillé.

Dennis s'étira et s'assit à son tour.

– On aurait aussi bien fait d'aller se coucher, en fin de compte.

– Je ne pouvais pas.

– Quant à moi, je regrette de ne pas l'avoir fait.

Il bâilla.

– J'ai essayé de t'en convaincre. Je t'ai dit qu'on n'avait pas besoin de rester debout tous les deux. Mais tu étais trop entêté.

– Parfait, ma grande sœur, puisque tu prends les choses en main, que faisons-nous maintenant ?

Il y avait une réelle détresse derrière l'ironie de Dennis. Il a peur, songea Sarah. Et moi aussi. Je ne sais pas quoi faire. Oh, maman, où es-tu ?

Au moment où Dennis et Stéphanie avaient été coupés la veille, au téléphone, il n'y avait guère de raisons de s'alarmer. Cela arrivait fréquemment sous ces latitudes.

– ...c'est bien notre veine d'avoir organisé la réunion la plus importante du conseil d'administration au moment où la tempête éclate à Orphée ! avait vociféré Dennis en tapotant fébrilement le récepteur.

Toute la journée, ils avaient attendu le coup

de téléphone de Stéphanie, certains qu'elle s'arrangerait pour trouver un autre téléphone.

– Elle savait que c'était absolument crucial, nom d'une pipe ! dit Bill. Elle doit être aux cent coups de nous avoir fait attendre et, qui plus est, de ne pas savoir comment la séance s'est terminée.

Plus le temps passait, plus le silence de Stéphanie devenait inexplicable. Tous leurs efforts pour joindre l'île avaient échoué. La ligne était toujours coupée, s'entendaient-ils répondre, et on était en train de la réparer.

– Mais je ne vois pas pourquoi les lignes seraient aussi endommagées sur toutes les autres îles voisines, déclara Bill. Et Steph a sûrement essayé d'en obtenir une, quitte à y aller à la nage !

On vérifia auprès des autres îles de la Grande Barrière et le raisonnement de Bill s'avéra. Seule Orphée était coupée du continent.

La peur s'insinua en eux sans crier gare. Personne ne voulait être le premier à le reconnaître. Quand la nuit tomba, douze heures après que Dennis eut entendu les phrases hachées de Stéphanie au bout du fil, il ne leur fut plus possible de tenir à distance l'inquiétude et le découragement. Pour une fois, on pardonna à Dennis son impétuosité quand, brisant la conspiration du silence, il déclara :

– Je crois qu'il s'est produit quelque chose d'anormal. Si on n'a pas de nouvelles cette nuit, je prendrai l'avion pour Orphée demain matin.

Ni Dennis ni Sarah n'eurent le courage d'aller se coucher.

Chez lui, à Sydney, Bill veilla lui aussi, mais, après un dernier échange entre les deux maisons, il fut décidé d'un commun accord qu'ils ne s'appelleraient plus afin de ne pas occuper les lignes. Heure après heure, tandis que la nuit avançait, ils avaient attendu près de l'appareil silencieux, silencieux eux aussi car il n'y avait rien à dire qui ne l'eût déjà été. Plein d'anxiété, Matey avait passé la nuit à aller et venir pour offrir des rafraîchissements, qui pour la plupart étaient restés intacts. Ils avaient fini par s'endormir mais d'un sommeil inquiet et agité. Et à Sarah, qui au sortir d'un cauchemar sombrait dans un autre plus atroce encore, la nuit avait semblé ne jamais vouloir finir.

– Bon, alors qu'est-ce qu'on fait ?

Sarah lui lança un regard agacé.

– La même chose qu'hier. Pour commencer en tout cas. On voit si la ligne a été rétablie avec Orphée. Et on avisera selon.

– Et si c'est toujours coupé ?

– Alors on fera ce que tu as suggéré. On prendra l'avion pour y aller.

– Pour voir par nous-mêmes ce qui a bien pu se passer, approuva Dennis. (Il jeta un coup d'œil à sa montre.) Il n'est pas trop tôt pour se renseigner sur les vols. Combien de temps crois-tu qu'il faut pour aller là-bas ?

– Bah, je n'en sais rien. Ça dépend s'il y a un vol direct jusqu'à Townsville.

Le cœur lui manqua. L'idée du voyage lui faisait horreur, soudain.

– Et après il faudra prendre un hydravion pour gagner l'île... ajouta Dennis.

– Oh, ne te réjouis pas tant, on ne va peut-être pas être obligés d'y aller, l'interrompit-elle durement. Oh, Dennis, pourquoi l'as-tu poussée à aller rejoindre Dan ? Rien de tout cela ne serait arrivé si tu ne l'avais pas fait.

– Je l'y ai poussée, comme tu dis, parce qu'elle voulait essayer de sauver son ménage, répliqua Dennis. Tu n'es peut-être pas d'accord, mais où étais-tu quand maman avait besoin de conseils... Trop occupée par ton courtisan aux yeux bleus ?

– J'étais sortie ce soir-là, et alors ? Ça ne veut pas dire que j'aie laissé tomber maman ! Et pourquoi es-tu tellement monté contre Tom ? Il ne t'a rien fait.

– Au contraire, rétorqua Dennis, et si tu n'étais pas aussi entichée de lui, tu t'apercevrais peut-être de ce qu'il est en train de magouiller.

– Eh bien vas-y, dis-le-moi.

– Bon, pour commencer, il se met dans les petits papiers de maman avec son baratin d'étudiant américain surdoué et ses références bidon – comme si on avait besoin de faire des études supérieures pour apprendre à gérer une entreprise ! Mais maman est influençable. Après quoi, il se met à faire la cour à la fille de la patronne, qui se trouve être aussi l'une des plus riches héritières d'Australie. Seulement un peu trop influençable, elle aussi. Je suis apparemment le seul membre de la famille à voir clair dans son jeu.

– Tu as terminé ? (Sarah était très pâle mais la colère mettait des marques rouges à son cou.) J'ai toujours su que tu étais un imbécile, Dennis, mais je ne savais pas que cela pouvait te rendre aussi malveillant. Et comme il a travaillé et mené des études à bien quand tu préférais traîner avec tes copains à faire semblant d'être un homme plutôt que de lire trois lignes, il est arrivé à quelque chose, et pas toi. Tu es jaloux !

Elle éclata en sanglots. Dennis se leva d'un bond et se précipita vers elle.

– Ne pleure pas comme ça, Sarah, dit-il. Je ne voulais pas te faire de peine. (Il posa son bras sur son épaule en prononçant des paroles apaisantes jusqu'à ce que ses hoquets se calment, puis il dit d'un ton mal assuré :) Je ne savais pas qu'il comptait tellement pour toi.

– Mais si, figure-toi ! s'écria-t-elle en se remettant à pleurer. En fait, Dennis... je l'aime. Et je ne sais pas s'il m'aime, ni s'il a l'intention de me revoir... On s'est disputés hier soir. C'était affreux. À propos de toi. Et maintenant on recommence toi et moi à cause de lui... c'est insupportable !

– Chhut, ma douce, chhut... (Tout en s'efforçant de la calmer, Dennis réfléchissait à ce qu'il pourrait lui dire pour la rassurer. C'est alors qu'il se rendit compte que la situation était inversée pour la première fois de sa vie – jusqu'alors il s'était toujours tourné vers sa sœur pour lui confier ses problèmes et elle l'avait toujours aidé à les résoudre. Elle avait été comme une seconde mère pour lui, d'autant que Stéphanie s'absentait souvent pour son travail, quand ils étaient petits. Et voilà que c'était à lui de jouer les grands frères. Que lui dire ?) Tout ira bien, ne t'inquiète pas pour ça, commença-t-il. Tom n'est pas idiot, il ne va pas te laisser tomber pour une petite querelle de rien du tout.

Sarah releva la tête.

– Tu crois ? demanda-t-elle, toujours dans le doute.

C'est alors que le téléphone sonna. Ils se regardèrent un instant sans bouger, comme paralysés par la sonnerie stridente. Puis Sarah se rua sur l'appareil.

– Oui ? Sarah Harper à l'appareil, oui. C'est ça, oui. (Elle écouta pendant très longtemps; toute couleur se retirait de son visage. Quand elle reposa enfin le combiné ce fut pour dire :) Maman a quitté Orphée hier matin pour gagner l'île voisine et téléphoner. Ils sont partis en hors-bord, Dan et elle. Ils ne sont jamais arrivés.

La soleil matinal inondait la petite cuisine de l'appartement de grand luxe d'Elizabeth Bay. Mais le fond de l'air était frais, songeait Phillip. L'automne était en chemin. Il s'affairait à préparer le petit déjeuner de Jilly : oranges pressées, café noir et croissants – qu'il allait acheter dans la meilleure boulangerie française de Sydney. Tout devait être parfait, sinon Jilly risquait de se lever du pied gauche.

Phillip tira une serviette de table d'un tiroir et la posa près de l'assiette de Jilly à l'instant où celle-ci apparaissait dans l'encadrement de la porte, encore toute chaude de sommeil et s'étirant comme une chatte. C'était ainsi que Phillip la préférait, ébouriffée et sans maquillage. Semblable à bien des hommes, il n'était pas très à l'aise en compagnie d'une femme tirée à quatre épingles et fardée avec soin. La Jilly du petit matin était sa Jilly à lui, la vraie Jilly, et elle était toute à lui. C'était, il s'en rendait compte, tout ce à quoi il avait toujours aspiré.

– Un café, ma chérie ?

Elle fit oui de la tête en se laissant tomber sur une chaise et tendit la main vers son verre de jus d'orange. Il la regarda prendre un croissant et le briser en petits morceaux qu'elle portait un par un à sa bouche.

– Qu'est-ce que tu comptes faire aujourd'hui ?

Elle haussa les épaules.

– Coiffeur, courses... j'irai peut-être au cinéma. Et toi ?

– Rien de bien passionnant, j'en ai peur. Une réunion tout l'après-midi pour discuter de l'affaire d'un de nos plus gros clients...

Mais elle n'écoutait déjà plus.

– Emmène-moi au restaurant, ce soir, demanda-t-elle soudain. Dans cet endroit qui vient d'ouvrir, que j'ai remarqué dans le journal l'autre jour, tu te souviens ?

– Le restaurant indonésien ?

– C'est ça.

– Mais je croyais que tu n'aimais pas la cuisine indonésienne !

– Ah bon, et depuis quand ? s'insurgea-t-elle aussitôt.

– Depuis la dernière fois que nous avons dîné dans un indonésien, il y a un mois environ.

– Oh, Phillip ! Ce que tu peux être bête, quelquefois. C'est l'endroit que je n'aimais pas, pas la nourriture ! Je ne pouvais pas supporter le décor, violet et marron, tu te souviens, c'était affreux. Mais je n'avais rien contre les plats qu'ils nous ont servis.

Phillip, qui se souvenait parfaitement de la version différente, se garda de la contredire.

– Phillip ? Tu ne fais pas la tête, hein ?

– Mais non ma chérie, bien sûr que non.

– Je pensais que tu serais peut-être... tu sais... après hier soir.

Hier soir. Phillip eut un sourire triste. C'était peut-être normal. Un homme qui a passé sept ans à tenter de se détacher d'une femme doit forcément être... rouillé, pourrait-on dire poliment. Il s'y était attendu, à vrai dire, surtout à son âge. Mais il aurait cru que cela s'arrangerait à la longue. Il n'était pas si vieux. Il aimait sa femme, il l'aimait trop, même. Et elle l'aimait. Il se sentait humilié en songeant au nombre de fois où il avait échoué à la satisfaire depuis qu'ils s'étaient remis à vivre ensemble. Mais elle semblait le lui pardonner. Elle devait l'aimer suffisamment pour pouvoir se montrer magnanime.

Jilly enfourna le dernier fragment de croissant dans sa bouche et s'essuya les mains sur sa serviette. Ce que je peux le détester ! se dit-elle avec fureur. Comment vais-je faire pour pouvoir le supporter plus longtemps ? Après Jake, devoir essayer de faire l'amour avec un mari impuissant ! Je mène une existence luxueuse, soit, mais je le paye assez cher. Les hommes savent-ils le dégoût qu'ils inspirent à une femme quand ils sont incapables d'avoir une érection ? Non, sans doute que non, puisque aucune femme ne le leur dit jamais. C'est notre rôle de les consoler et de leur redonner confiance en eux alors qu'on a le sentiment qu'on va mourir de frustration. Si je n'avais que Phillip, je ferais aussi bien d'entrer au couvent.

– Hier soir ? (Phillip rosit.) Je te dois encore des excuses, ma pauvre chérie.

– Laisse tomber, dit-elle. J'aurai vite oublié.

Dès que j'aurai revu Jake, ajouta-t-elle en son for intérieur.

Le téléphone sonna dans l'entrée. Phillip se

leva pour aller répondre. Tout en buvant son café à petites gorgées, Jilly organisa sa journée dans sa tête. Pour commencer, le coiffeur, ensuite l'institut de beauté, puis aller déjeuner...

Quand Phillip revint dans la cuisine il était pâle et défait.

– Ma chérie, ma chérie, dit-il d'une voix blanche. Il faut que tu te prépares à de mauvaises nouvelles. C'est Stéphanie. Elle a disparu... Oh, Jilly, comment vas-tu prendre ça...

22

Ce n'est pas possible. Il doit y avoir méprise. Ce n'est pas imaginable. Matey se répétait à lui-même les mots qu'il avait prononcés pour Sarah, s'accrochant à leur pouvoir de réconfort au milieu d'un monde devenu soudain inepte. Il posait machinalement sur le plateau les tasses à café, les canettes de bière et les reliefs de sandwiches éparpillés dans la pièce, tristes témoins de la longue nuit de veille du frère et de la sœur. La pièce lui faisait l'effet d'une morgue. Il gagna les fenêtres et tira les lourdes tentures de velours, puis ouvrit les portes-fenêtres donnant sur le jardin. Le soleil déjà haut réchauffait l'air, présageant une belle journée d'été tardif. Matey tapait les coussins des fauteuils, remettait de l'ordre dans la pièce. Il faudrait un bouquet de fleurs pour assainir l'atmosphère, des roses... songea-t-il distraitement.

L'esprit comme engourdi, il prit le plateau pour l'emporter à la cuisine. Debout devant la cuisinière, la gouvernante surveillait la cuisson de tranches de bacon qui commençaient à grésiller, tout en préparant des œufs brouillés.

– Ce n'est pas la peine de préparer tout ça, Mme Baxter, dit Matey.

– Pas la peine ?

– Les œufs. Le petit déjeuner. C'est inutile. Ils ne mangeront pas. Mme Stéphanie a été portée disparue !

– Quoi ? Sur cette île ?

Figée sur place, la cuiller en bois pendant au bout de ses doigts, Mme Baxter ne semblait pas vouloir y croire.

– Dessus... ailleurs – quelle importance ? Ils prennent l'avion aujourd'hui pour aller voir ce qui a pu se passer.

– Quelle chose épouvantable ! (Elle leva des yeux effarés sur Matey.) Oh, M. Godfrey, vous ne pensez pas...

– Non, dit-il d'une voix forte. Je ne pense rien. Je sais que ce n'est pas vrai, c'est tout. Ce n'est pas possible ! C'est sûrement une méprise.

Quand la nuit d'attente anxieuse fut interrompue par le coup de téléphone de Sarah, Rina se demanda avec terreur comment Bill allait réagir. Mais il se plongea dans l'action avec l'énergie d'un jeune homme. Au moins avaient-ils quelques renseignements, quelque part où lancer des recherches, et tout valait mieux que cette longue attente et cette incertitude. Il décidait, donnait des ordres, prenait les choses en main – il était de nouveau lui-même, affrontant courageusement les difficultés, comme il l'avait toujours fait.

Il commença par téléphoner au pilote de la Harper et lui demanda de faire préparer l'avion privé de la société pour un décollage immédiat à destination de Townsville. Pour deux passagers.

– Vous avez toute latitude, Bob, dit-il. Tous frais payés d'avance. Emmenez-les là-bas le plus vite possible – je compte sur vous. Voilà qui est fait, annonça-t-il à Rina. Ils seront en route avant même que Sanders soit au courant. Il viendra nous parler de dépenses extravagantes plus tard si ça l'amuse.

– Je n'arrive pas à croire qu'il est aussi noir que tu le dis…

– Parce que tu ne l'as jamais rencontré, rétorqua Bill en l'interrompant. Tu ne l'as pas entendu au conseil d'administration. Et tu oublies qu'il est anglais. Ils sont tous pareils.

Rina soupira.

– Une chose en tout cas… bien que cela paraisse affreux d'en parler comme ça… cela va nous permettre de respirer un peu.

– De respirer ? Je ne te suis pas.

– Sarah s'en va aujourd'hui, n'est-ce pas ? Avec tout autre chose en tête que notre Tom.

– Oui. Il n'y a aucun risque que…

– Que rien du tout, parce qu'à son retour, nous aurons intérêt à avoir de meilleures idées que celles que nous avons eues jusqu'ici…

– Quoi ? Encore Townsville ? s'effara le contrôleur du ciel. Tu en reviens à peine. Il faut croire que tu en raffoles.

– Ce n'est pas pour le plaisir mais pour mon travail, répliqua Bob Ramsay.

Depuis le temps qu'il était au service de la Harper Mining, il s'était pris d'affection pour Stéphanie et la nouvelle de sa disparition lui avait fait un choc.

– Tu as ton plan de vol ?

– Voilà. Il faut combien de temps pour le faire passer sur l'ordinateur ?

– Je ne sais pas trop.

Le contrôleur consulta l'écran qu'il avait devant lui comme s'il se fût agi d'une boule de cristal.

– Allez, tu dois pouvoir me donner une vague idée.

– Tu ne vas pas choisir l'heure de pointe. Ils sont tous bloqués là-haut les uns sur les autres.

Du geste il désigna le ciel au-dessus de leur

tête et dessina du doigt une spirale descendante.
– C'est urgent, dit Bob.
– C'est ce qu'ils disent tous.
– Donne-moi une heure !
– Écoute, laisse-moi le temps de me retourner, hein ? Je te préviendrai.

Bob prit congé et traversa l'aéroport pour gagner le hangar qui abritait l'avion. Comme toujours, son cœur bondit à la vue du puissant jet, dont les flancs étincelants portaient l'insigne bleu, blanc et or de la Compagnie.

Le mécanicien s'affairait déjà à vérifier les moteurs. Bob lui adressa un petit salut et gagna le téléphone mural. Il composa le numéro de la Harper Mining.

– Bill ? Bob à l'appareil. Je suis à l'aéroport.
– Et alors ?
– L'avion est quasiment prêt à décoller, il ne reste plus qu'à faire le plein de kérosène et c'est bon.
– Alors où est le problème ?
– Il n'y a pas de problème. Il faut attendre qu'il y ait un peu moins de monde, c'est tout. Les contrôleurs sont débordés, comme d'habitude.
– Remuez-les un peu, bon sang !
– C'est déjà fait. Mais vous pouvez dire aux deux gosses qu'ils n'ont pas besoin de se rompre le cou pour arriver le plus vite possible. On décollera seulement dans une heure ou deux.

Pour Sarah et Dennis, la lenteur avec laquelle les choses se mettaient en place était presque intolérable après leur nuit d'attente anxieuse. Par un accord tacite, ils faisaient attention de ne plus se quereller. Dennis avait été effaré de voir à quelle vitesse Sarah, d'ordinaire calme et réservée, avait pris la mouche quand il avait attaqué Tom, et Sarah, de son côté, avait trop peur de ce qui avait pu arriver pour risquer de s'aliéner son frère, auquel elle avait besoin de se raccrocher. Mais ils avaient les nerfs tendus comme les cordes d'un violon et leurs échanges étaient brefs, heurtés et incongrus.

Dès qu'il avait appris la nouvelle, Bill s'était immédiatement chargé d'organiser leur départ, avait annoncé à tous ceux qu'il estimait concernés la disparition de Stéphanie et pris toutes les décisions nécessaires – grandes et petites. Ils lui en étaient reconnaissants, car ils n'avaient guère envie de se préoccuper de tout ça et Bill s'en tirait de toute manière beaucoup mieux et beaucoup plus vite. Mais ils se retrouvaient dans une sorte de vide étrange. Ils n'avaient rien à faire tout en étant incapables de se reposer, de lire ou même de regarder la télévision. Sarah avait le sentiment d'être au fond du chagrin.

Pour finir, n'y tenant plus, Dennis annonça qu'il allait à Sydney dire au revoir à Cassie – et se faire réconforter, songea Sarah. Elle n'avait pas osé téléphoner à Tom après ce qu'elle avait lancé avant de le quitter : « Et si c'est ce que tu penses de mon frère, ce n'est pas la peine de chercher à me revoir, Tom McMaster ! » Mais elle n'avait cessé d'espérer, contre tout espoir, qu'il finirait par l'appeler. Chaque coup de téléphone ne faisait qu'accroître sa profonde déception.

Dennis allait donc se faire consoler dans les bras de Cassie. Puis il se rendrait directement à l'aéroport.

– Et moi ? qu'est-ce que je deviens ? demanda-t-elle comme une enfant exclue. Comment vais-je aller là-bas ?

– J'y ai réfléchi, dit Dennis. Matey te conduira. Ça lui donnera quelque chose à faire.

Sarah dut bien convenir que c'était un service à rendre au vieux domestique que de lui trouver une occupation.

– Mais il était encore debout à 6 heures du matin, protesta-t-elle sans conviction.

– Nous aussi, marmonna Dennis.
– C'est bon, va retrouver Cassie. Je te rejoindrai à l'aéroport... à quelle heure ?
– Bill dit que Ramsay ne pourra pas décoller avant au moins deux heures. Ça nous donne tout le temps. Merci, sœurette.
Il s'approcha d'elle et déposa un petit baiser sur sa joue, ce qu'il ne faisait pour ainsi dire jamais. Les yeux de Sarah s'emplirent de larmes.
– Oh, Dennis ! dit-elle.
– Ne te laisse pas aller maintenant ! conseilla-t-il en s'empressant de reculer. Je risque de ne pas recommencer avant plusieurs millénaires !
Un bref signe de la main et il était parti.
– N'oublie pas ta valise ! lança-t-elle dans son dos.
– Non, non, entendit Sarah de loin.
La voiture de Dennis vrombit dans l'allée. Posant la tête sur le bras d'un fauteuil, elle laissa couler librement ses larmes, s'abandonnant enfin à son chagrin au lieu de lutter de toutes ses forces pour se contrôler. À travers ses sanglots, elle entendit une voiture monter la côte et tourner dans l'allée avant de s'arrêter dans un crissement de pneus. Pourquoi Dennis ne veut-il pas apprendre à conduire moins vite ! Il avait dû oublier sa valise. La portière claqua et des pas précipités longèrent la maison jusqu'à la porte-fenêtre du salon. Sarah s'essuya les yeux à la hâte et prit l'air accueillant.
– Je t'avais dit de...
Tom entra dans la pièce.
– Sarah ! (La rejoignant en quelques enjambées, il s'agenouilla près d'elle.) Dieu soit loué, tu es encore là ! Papa m'a dit que tu étais partie très tôt ce matin. Et puis j'appelle Joanna Randall chez Tara et elle me dit qu'elle vient juste de t'avoir au téléphone. Je n'arrivais pas à y croire. J'ai bondi dans la voiture et j'ai foncé ici.
– Oh, Tom ! dit Sarah d'une toute petite voix.

Je me demandais pourquoi tu ne me téléphonais pas.

– Et moi comment tu avais pu partir sans me laisser une chance de pouvoir m'excuser.

– T'excuser ? Mais c'était ma faute.

– Non, entièrement la mienne au contraire, corrigea Tom avec ferveur. Je ne devrais pas en vouloir à Dennis comme ça.

– Bah, il le cherche, aussi. Mais j'ai été vraiment pénible.

– Mais non, tu as été formidable. La colère te va drôlement bien !

– Il faudra que je m'y mette plus souvent si ça te fait cet effet-là, dit-elle, souriant à travers ses larmes. Oh, comme je suis contente que tu sois là !

Elle regarda son visage. Il l'observait avec anxiété.

– Ça va, vraiment, murmura-t-elle en lui prenant la main. Mais beaucoup mieux depuis que tu es là.

Elle posa la tête sur son épaule. Il passa son bras autour d'elle. Elle sentait l'odeur mêlée de son après-rasage, de la toile de son costume et de son corps. Une joie fragile l'étreignit. Elle leva la tête pour l'embrasser.

Matey entra dans la pièce.

– J'ai cru entendre une voiture ! dit-il sans paraître remarquer la position compromettante des deux jeunes gens. Des nouvelles, M. McMaster, des nouvelles ?

Tom se leva gauchement, en essayant de ne pas s'écarter trop vite de Sarah comme un gamin surpris à jouer au docteur.

– Rien que vous ne sachiez déjà, M. Matey, dit-il cordialement. C'est dur, n'est-ce pas ?

– Pas facile, certes. Mais j'ai bon espoir. Pas de nouvelles, bonnes nouvelles, comme on dit.

– Tâchons de nous accrocher à ça.

– C'est ce que je m'efforce de faire. Mais je

néglige tous mes devoirs. Puis-je vous servir quelque chose ? Une tasse de café ? Une bière et des sandwiches ? Ou un déjeuner léger, Mlle Sarah, avant que vous ne preniez l'avion ?

– Non merci, Matey, nous ne voulons rien, dit Sarah. Nous allons faire un tour dans le jardin, pour prendre l'air.

Matey dissimula dignement sa déception et se retira.

– Pauvre Matey, dit Sarah en franchissant la porte-fenêtre. Il erre comme une âme en peine, aujourd'hui.

– Ou plutôt comme les revenants dans les pièces de théâtre d'autrefois, fit remarquer Tom d'un ton faussement hargneux. Ceux qui apparaissent toujours au moment inopportun.

– C'est bien vrai, fit Sarah en gloussant.

Ils traversèrent la pelouse qui menait de la terrasse au fond boisé du jardin. Le soleil était au zénith et ce leur fut un soulagement, après la chaleur cuisante, d'entrer à l'ombre des cèdres, des caroubiers et des tulipiers. Ils s'engagèrent dans le sentier qui serpentait jusqu'à un bosquet de jacarandas, écartant au passage les branches chargées de fleurs mauves. Ils marchaient rêveusement, sans prêter attention à l'éclair doré des lézards qu'ils faisaient fuir sur leur passage, mais s'imprégnant d'une beauté qui leur semblait le prolongement naturel de leurs sentiments.

À mesure qu'ils avançaient, le jardin s'ouvrait à eux en une succession de cabinets secrets, plus merveilleux les uns que les autres. D'un bosquet de gardénias et de camélias aux parfums envoûtants, le chemin menait à une gracieuse pergola couverte de roses dont la tête s'inclinait dans la chaleur de midi. Un autre sentier en lacet débouchait sur une clairière au centre de laquelle chantait une fontaine, dont ils percevaient le gazouillis depuis quelque temps, sous les arbres. Ils parvinrent enfin au cœur mystérieux du jardin, une minuscule tonnelle formée d'hibiscus, de frangipaniers et de lauriers-roses dont les branches en se mêlant formaient une petite maison de fleurs. Retenant leur souffle, la main dans la main, ils entrèrent.

Il y avait un vieux banc de bois sur lequel d'autres amants, jadis, avaient échangé des serments, osant peut-être même, pour les plus audacieux, voler un baiser interdit. Ils ne s'y assirent pas mais restèrent debout côte à côte sous le plafond de fleurs, à humer le parfum lourd et sucré des frangipaniers mêlé à la senteur d'amande des lauriers-roses. Tous les sens en émoi, Sarah avait l'impression de flotter hors de son corps, submergée de bonheur. Levant les bras, elle les noua autour du cou de Tom, attirant son visage vers le sien.

Il posa doucement ses lèvres sur les siennes, pour un baiser tendre et doux. Mais, contrairement aux autres fois, elle sentit son cœur s'accélérer au contact de ses lèvres et elle voulut davantage. Elle entrouvrit la bouche et s'abandonna, un peu effrayée d'abord, à son invasion, acceptant avec un plaisir émerveillé ce qu'elle avait toujours refusé jusqu'alors.

Il caressait sa nuque et ses épaules en l'embrassant et, dénouant ses mains, elle les fit descendre le long de son dos pour qu'elles en découvrent la forme, le contour encore inconnu. Tom la serra plus fort et, soudain impatiente, elle lui prit la main pour la porter au décolleté de sa robe. Il tenta de la dégager mais elle la retint.

– Tu es sûre de vouloir ? dit-il dans un souffle.

Elle fit oui de la tête. S'écartant doucement, il ôta sa veste et l'étala sur l'herbe drue. Puis, lui prenant les mains, il la fit étendre dessus à ses côtés, la tête sur son épaule. Il caressa doucement son corps à travers sa robe et, lorsque ses doigts effleurèrent ses seins, un petit grognement de plaisir s'échappa de ses lèvres entrouvertes.

En entendant, venu du fond de sa gorge, son premier cri de femme, il retint son souffle et, les doigts tremblants, chercha les boutons de sa robe.

Sarah sentit la douce chaleur de l'air sur sa peau et ouvrit les yeux. Appuyé sur un coude, Tom la regardait avec une intense concentration. Du bout du doigt, il suivait délicatement le tracé d'une veine bleutée, sous la peau diaphane.

– Que tu es belle ! dit-il d'une voix très basse.

Elle tressaillit sous la caresse légère et la sensation nouvelle. Son cœur chantait. Jamais elle ne s'était sentie aussi vivante, noyée dans la jouissance de l'instant tout en attendant avec bonheur celle qu'apporterait le suivant.

– Je t'aime ! cria-t-elle quand il fut en elle.

– Et je t'aime, oh, comme je t'aime ! chuchota-t-il en réponse.

Après, ils demeurèrent longtemps dans les bras l'un de l'autre sans parler. Toutes les angoisses qu'ils avaient chassées au cours de ces brefs instants de bonheur sans mélange revinrent les hanter, la disparition de Stéphanie, leur séparation imminente, avec la tristesse immémoriale qu'éprouvent tous les animaux du monde après l'acte sexuel. Ils se rhabillèrent à la hâte, comme deux inconnus soudain gênés de se retrouver nus en la compagnie l'un de l'autre. Même pendant le trajet jusqu'à l'aéroport, où Tom la conduisit en voiture, ils ne trouvèrent pas les mots, mais chacun, malheureux et solitaire, se demandait si les instants qu'ils avaient vécus ensemble sous la charmille avaient vraiment eu lieu ou s'ils le croyaient seulement parce qu'ils le voulaient si fort.

23

Elle ne voyait rien, mais elle avait l'impression d'être au fond d'un puits. Il faisait noir. Elle savait que si elle ne parvenait pas à sortir, elle mourrait. Elle essaya de bouger mais n'y parvint pas. Sous ses genoux elle n'avait pas de jambes, seulement des moignons. Au prix d'un effort surhumain, elle se contraignit à ramper en comptant, un mètre, deux mètres...

Son corps n'était plus qu'une masse douloureuse et elle ne sentait plus ses membres. Pourtant, elle savait qu'elle se traînait vers l'avant. Elle atteignit une ouverture. Derrière, il y avait comme une caverne. Elle avança encore : cinq mètres, sept, centimètre par centimètre. Le sol s'inclinait maintenant et les ténèbres semblaient moins impénétrables. Grimpe, grimpe, ne t'arrête pas.

La nuit qui l'enveloppait pâlissait désormais à chaque seconde grâce aux rais de lumière qui pénétraient à l'intérieur du tunnel. Là-haut, quelque part, il y avait de la lumière, de la vie, de l'espoir. Elle commençait à sentir ses mains et ses genoux – c'était comme de ramper sur des lames de couteau. Mais elle refusait de flancher : Il faut sortir, il faut sortir. La lumière se fit plus vive, l'enveloppant de sa tiédeur, l'attirant vers elle. En un dernier effort prodigieux, elle se hissa hors de la tombe.

Quand elle reprit connaissance, ce fut d'abord si atroce que Stéphanie aurait voulu retourner aux ténèbres. Elle avait mal partout, à la tête, à la poitrine, au dos et au ventre. Sa bouche était pleine de sable. Elle voulut ouvrir les yeux mais n'y parvint pas. En proie à la panique, elle tenta de s'orienter. Elle était étendue sur le ventre et, en bougeant faiblement la main au bout de son bras, elle sentit du sable humide. Elle était sur une plage... elle entendait à présent le grondement de la mer dans son dos et le clapotis des vagues qui venaient mourir sur la rive. La mer m'a rejetée, se dit-elle comme dans un rêve. La mer m'a rejetée...

S'endormit-elle, perdit-elle de nouveau connaissance ou attendit-elle simplement, elle n'aurait su le dire, mais elle entendit soudain la mer rugir plus fort et une vague vint s'écraser par-dessus ses mollets. Des souvenirs cauchemardesques l'assaillirent : l'explosion du hors-bord, le plongeon dans la mer déchaînée qui l'avait ballottée en tous sens comme une poupée de chiffon, l'eau salée qui l'étouffait, remplissant sa gorge et ses poumons. Prise de terreur, elle enfonça ses doigts dans le sable pour se propulser en avant mais elle demeura sur place, à bout de forces. Une autre vague, puis une autre – presque jusqu'à la ceinture. Frénétiquement, elle tenta encore de tirer son corps en avant, mais ses bras ne répondaient plus.

Une autre vague lui passa par-dessus la tête et la retourna sur le dos. Étendue là, aussi vulnérable qu'un nourrisson, à la merci des vagues, toute volonté l'abandonna soudain. À quoi bon lutter davantage ? Elle n'était pas de taille. Le vieil homme de la mer était venu la chercher finalement, et il n'était plus question de s'échapper. Il jouait avec elle comme un chat avec sa victime, avant le coup de dents fatal. Ses yeux et son nez pleins de sel la brûlaient. Nul ne peut vaincre la mer.

Mais tu l'as fait. Tu as vaincu la mer. Tu t'en es déjà sortie. Oui, se dit-elle dans un accès de colère si pur et si puissant qu'elle en reprit courage. Et je ne vais pas faire marche arrière. Mue par un instinct de survie primitif, elle enfonça ses talons dans le sable et poussa de toutes ses forces pour faire remonter son corps en arrière.

Quelques centimètres. Ce n'était pas assez. Encore. Vite ! Dépensant tout ce qui lui restait d'énergie précieuse, elle poussa encore sur ses jambes affaiblies pour trouver dans leurs muscles la force de bouger son corps inerte. La vague suivante lui coupa le souffle en venant cogner sa poitrine mais sa tête demeura au-dessus de l'eau. Elle poussa encore et encore sur ses talons meurtris et sentit du sable sec contre sa nuque. La mer ne monterait pas plus haut ! Un dernier effort et l'eau ne pourrait plus l'atteindre.

Étendue sur le sable brûlant, épuisée, elle laissa son esprit partir à la dérive, où et combien de temps, elle n'aurait su le dire, puis elle reprit conscience de son corps douloureux et inutile. Du temps avait dû passer – le soleil était encore plus chaud, une vive lumière blanche perçait à travers ses paupières et sa peau cuisait. Elle savait que son corps était exposé, nu, sur la grève. Elle se concentra pour tenter de rassembler ses idées confuses et dispersées, de reprendre la maîtrise d'elle-même comme un être humain, au lieu de lutter pour sa simple survie comme un animal. Ses lèvres étaient scellées l'une contre l'autre. Sans prêter attention à la douleur, elle les écarta, ouvrit la bouche et, roulant sur le côté, en fit sortir un peu de sable à l'aide de sa langue enflée. À mesure qu'elle le rejetait, elle sentait la salive revenir. Alors elle se mit à cracher le plus loin possible, à plusieurs reprises, pour se nettoyer entièrement l'intérieur de la bouche.

Puis elle tenta d'ouvrir les yeux. Elle avait l'impression que ses paupières étaient à tout jamais collées. Sa respiration s'accéléra et elle s'efforça de résister à la panique qui la submergea quand elle s'aperçut que ses muscles ne répondaient pas. Elle porta une main à son visage mais, incapable de bouger les doigts, elle écrasa son poing contre son œil fermé. Alors elle entendit, comme de très loin à l'intérieur de sa tête, un doux reproche prononcé par une voix familière : « Ne te frotte pas les yeux – tu vas les abîmer... »

DAN ! Où était Dan ? Comment... ? Orphée, le coup de téléphone de Dennis, l'embarquement d'urgence pour l'île voisine, et *Dan à ses côtés dans le bateau quand il avait bondi dans les airs et explosé*... Une image prit forme sous ses paupières, qu'elle ne pouvait supporter. S'il était perdu lui aussi, souffrant comme elle, aveugle... s'il était perdu pour toujours, noyé dans les flots glacés... Le désespoir la submergea et, s'y abandonnant, elle se mit à pleurer.

L'inspecteur Jennings ne se réjouissait guère d'avoir à interroger de nouveau Jilly Stewart. Il n'aimait pas tellement avoir le dessous – et avec elle c'était ce qui s'était passé – et il aimait encore moins s'en faire remontrer par une femme. Il mordillait avec agacement sa lèvre inférieure tandis qu'Adams, au volant de la voiture banalisée, les conduisait en direction d'Elizabeth Bay. Il avait le sentiment désagréable que cette femme allait prendre un peu trop de place dans sa vie. C'était toujours la même chose. On croyait être débarrassé de quelqu'un et la minute suivante il vous retombait entre les pattes pour vous faire regretter de ne pas avoir encore pris votre retraite.

Tout en conduisant, Adams jetait des regards discrets vers son supérieur chaque fois qu'il en avait l'occasion. Le vieux avait rencontré un adversaire à sa hauteur avec Jilly Stewart. Il ne la raterait pas, cette fois-ci. *Des serviettes hygiéniques usagées !* Adams s'arrangea pour ne pas changer d'expression mais intérieurement, il riait bien. Il aurait donné un an de salaire pour revoir la grimace de Jennings quand elle avait dit ça. Il avait raconté l'histoire si souvent à la cantine du commissariat qu'il était quasiment devenu une vedette. Y avait pas à dire, c'était une sacrée bonne femme. Il était impatient de la revoir.

Jennings lui jeta un regard furibond comme s'il avait pu deviner ses pensées.

– Brigadier !

– Oui, monsieur ?

– Vous avez le mandat ?

– Oui, monsieur ?

– Nous n'en aurons pas forcément besoin, observa Jennings. Nous allons juste prendre la température, nous faire une idée générale.

– Elle risque pas non plus de garder un paquet d'explosifs dans son réfrigérateur avec l'étiquette « hors-bord (destruction assurée de) », pas vrai ?

– Inutile de faire de l'esprit, brigadier.

– Pardon, monsieur.

– L'intérêt de posséder un mandat, c'est de pouvoir regarder partout si bon nous semble.

– C'est juste, monsieur. (Il y eut un silence puis Adams demanda :) Qu'est-ce que nous cherchons, monsieur ?

Jennings soupira.

– Vous êtes décourageant quelquefois, Adams, dit-il avec lassitude. La réponse est... tout. Tout et rien. Quelque chose.

– Mais nous ne sommes même pas sûrs qu'il y ait eu acte criminel, n'est-ce pas, monsieur ? demanda Adams, poursuivant son idée.

– Non. C'est vrai. Mais considérons un peu les faits : Stéphanie Marshall se promène à cheval dans le parc. Quelqu'un tente de la tuer. Elle en réchappe. La même Stéphanie Marshall se trouve à bord d'une vedette rapide. Elle est portée disparue. N'importe quel individu doté de bon sens se poserait des questions devant ce genre de coïncidences.

– Parce que les gens sont peut-être trop méfiants et soupçonneux, monsieur.

– Mais nous sommes payés pour ça justement, fit remarquer Jennings. Ça fait partie de l'équipement – je ne laisse jamais le mien à la maison. Et ceux qui sont sous mes ordres ont tout intérêt à en faire autant ! ajouta-t-il d'un ton sans réplique.

Ils rangèrent la voiture devant l'immeuble de grand luxe, échangèrent quelques mots avec le gardien et empruntèrent l'ascenseur pour gagner l'appartement des Stewart. Jilly entrebâilla la porte et sa surprise se transforma instantanément en hostilité.

– Mme Stewart ?

– Assez de manières, vous me connaissez très bien.

– Nous aimerions entrer si vous le permettez.

– Pour quoi faire, bon Dieu ?

– Pour vous poser deux ou trois questions.

– Allez vous faire foutre ! explosa Jilly. Comment osez-vous continuer à me harceler ! Mon mari est avocat !

– Mme Stewart. (Au ton de Jennings, Adams se rendait compte que la situation lui causait un malin plaisir.) Nous savons que votre mari est avocat. Il serait le premier à vous expliquer que nous avons légalement le droit d'interroger n'importe quel citoyen... et d'arrêter ceux qui mettraient obstacle à toute enquête menée par les représentants de la loi.

La menace demeura suspendue dans les airs. Jilly décrocha la chaîne de sûreté.

– Suivez-moi au salon, dit-elle à contrecœur.

– Nous enquêtons au sujet de la disparition de Stéphanie Harper, Mme Stewart, commença Jennings dès qu'ils furent dans la pièce. Pouvez-vous nous rendre compte de votre emploi du temps de la semaine dernière ?

– Pas de problème. Je n'ai pas bougé d'ici.

– Il va falloir que vous donniez quelques détails supplémentaires, évidemment. Voyons déjà lundi. Que...

– Je n'ai pas à supporter ça ! éclata Jilly, ses yeux étranges virant au jaune. Je viens juste d'apprendre l'accident...

– L'accident ?

– Appelez ça comme vous voudrez ! Et je n'ai rien à voir avec ce qui a pu se passer. Rien du tout !

– Mme Stewart. (Jennings parlait d'un ton patient, comme s'il s'adressait à une demeurée.) Vous avez passé sept ans en prison – corrigez-moi si je me trompe – pour avoir tenté d'assassiner Stéphanie Harper et pour le meurtre de son mari, Greg Marsden. Pas besoin d'avoir beaucoup d'imagination pour penser à une série de raisons qui pourraient vous conduire à vouloir supprimer cette dame. Et quand il s'agit d'éliminer ceux qui se mettent en travers de votre chemin, vous ne pouvez guère prétendre à l'innocence.

– Je n'ai rien à voir avec ce qui s'est passé ! grinça Jilly. Espèce de salopard, vous voulez ma peau ! Je vais téléphoner à mon mari !

– Comme vous voudrez, fit Jennings. Il nous donnera raison. (Il fit un signe à l'adresse d'Adams.) Jetez un petit coup d'œil, Adams, voulez-vous ?

– Bien monsieur, dit-il en s'exécutant.

L'air triomphant, Jilly tendit le combiné à l'inspecteur.

– Il veut vous parler.

– Inspecteur Jennings ? dit au bout du fil la voix bien timbrée, aux inflexions cordiales, de Phillip. Avez-vous des motifs d'inculpation précis à l'encontre de mon épouse ?

– Il ne s'agit pas de ça, maître.

– Tant mieux. Parce que vous feriez fausse route.

– Nous n'en sommes pas au stade de l'inculpation, maître. C'est...

– Écoutez, inspecteur, à moins que la loi n'ait changé depuis que j'ai terminé mes études, vous n'avez même pas encore la certitude qu'il s'agit d'un acte criminel.

– Pas encore, rétorqua Jennings. Mais le casier de Mme Stewart...

– Ne change rien au fait qu'elle a un alibi infaillible pour tous les jours de la semaine.

– Un alibi ? demanda faiblement Jennings.

– Que nous pourrions vérifier ensemble dans le détail quand vous voudrez.

Jennings capitula.

– Mais, maître, nous étions seulement...

– Une chose encore, inspecteur, coupa Phillip. La presse s'intéresse énormément à Stéphanie Harper et à son entourage. Je ne suis pas sûr qu'on vous y ménagerait si le bruit courait que vous vous en êtes pris à sa sœur sans vous appuyer sur la moindre présomption.

Il n'y avait rien d'intéressant dans cet appartement, décida Adams. On aurait dit que personne n'y habitait vraiment. Il ouvrit un ou deux tiroirs dans la chambre, jeta un regard circulaire dans la salle de bains et jugea son devoir accompli. Il feuilletait un exemplaire de *Vogue* sur la table de chevet quand l'inspecteur Jennings le rappela.

– Vous avez appris quelque chose, inspecteur ? demanda-t-il tandis qu'ils regagnaient la voiture.

– Pas grand-chose, fit distraitement Jennings.

– Une sacrée bonne femme, tout de même, ajouta Adams, incapable de garder son admiration pour lui.

– N'y songez même pas, Adams, dit le vieux policier d'un ton sévère. Elle vous presserait comme un citron avant de vous jeter à la poubelle.

Oh, songea pourtant Adams, si je la rencontrais en pleine nuit au coin d'un bois, on verrait lequel des deux ressortirait vivant !

La directrice du village de vacances de l'île d'Orphée avait connu nombre de contretemps et de mésaventures au cours de sa longue carrière dans l'industrie hôtelière. Un jour, c'était un caniche primé qui s'était fait la belle, une autre fois un couple princier en lune de miel et un chef de gouvernement à qui l'on avait réservé la même suite. Mais jamais rien de comparable à ce qui était en train de se passer.

Quand le médecin avait téléphoné pour réserver un bungalow au nom de Marshall, elle n'avait pas compris que la femme qui était venue le rejoindre était Stéphanie Harper. Elle n'avait pas reconnu, dans la femme discrète au sourire avenant qui semblait si attachée à son époux, la riche héritière et la présidente de l'une des plus grosses firmes du pays, dont la photo avait fait si souvent la une des journaux. Et maintenant qu'on avait annoncé sa disparition, les journalistes du monde entier venaient aux nouvelles et le téléphone sonnait sans cesse, nuit et jour, sans répit.

Et avec tout ça, il fallait continuer à s'occuper des clients et à veiller à leur confort – elle en attendait deux, en particulier, qui auraient bien besoin qu'on prenne soin d'eux, les pauvres gosses ! Perdre sa mère est l'une des choses les plus terribles qui puissent arriver, quel que soit l'âge que l'on ait, songea-t-elle... enfin, ce n'est pas encore sûr... Mais, originaire du Queensland, elle connaissait assez la Grande Barrière pour savoir que sous son aspect merveilleux elle recelait des dangers redoutables souvent invisibles aux touristes. Et si quelqu'un était porté disparu, hélas ! il le restait.

Un bruit de moteur lui parvint de l'extérieur. Quittant la réception, elle sortit sous les arbres et gagna la longue jetée de bois. Le petit hydravion était en train d'accoster. Le pilote en bondit et aida un jeune homme et une jeune femme à débarquer.

– Bonjour, puis-je vous aider ? dit la directrice du village en arrivant à leur hauteur. Vous êtes M. et Mlle Harper, j'imagine. Je m'occupe du village de vacances. Vos bungalows sont prêts.

– Merci beaucoup, dit Sarah avec reconnaissance. Madame... ?

– Appelez-moi Marge, dit-elle avec un bon sourire. Mais venez vous installer.

– Pouvez-vous déjà nous dire ce qui a été fait ? commença Sarah d'un ton anxieux tandis que le petit groupe gagnait les maisonnettes dispersées sur le gazon émeraude.

– Tout ce qui est humainement possible, dit Marge.

Elle ne tenait pas à jouer les prophètes de malheur mais, ayant perdu tout espoir, elle ne souhaitait pas non plus leur mentir ni les bercer d'illusions. Elle observa subrepticement le jeune homme silencieux qui fermait la marche, portant les sacs – à voir la tristesse empreinte sur son visage, il n'était manifestement pas optimiste.

– Nous avons été prévenus très tard de la disparition de maman, poursuivit Sarah. Nous avons attendu toute la journée sans savoir ce qui s'était passé. On se doutait qu'il y avait quelque chose d'anormal, mais comme on ne pouvait pas téléphoner, on était impuissants.

– Ne vous faites pas de souci pour ça, dit Marge. Cela n'aurait rien changé de toute manière. J'ai compris qu'il était arrivé quelque chose en ne les voyant pas revenir aussitôt. J'ai ressorti le vieux poste de radio dont on se sert pour les cas d'urgence et les sauveteurs étaient sur place moins d'une heure après.

– Où en sont les recherches ? demanda Dennis en se rapprochant des deux femmes.

– Vous pourrez parler directement au chef des équipes de secours mais il n'y a rien eu jusqu'à maintenant, je suis désolée.

Dennis plissa le front.

– Mais ils ne se sont pas volatilisés, tout de même !

Marge hésita, déchirée entre la gentillesse et la franchise. Mais tôt ou tard ils sauraient la vérité, à quoi bon les tromper ?

– Cela arrive, par ici. Je regrette d'être obligée de vous dire ça, mais on retrouve rarement trace des disparus.

Tous trois gardèrent le silence pendant le reste du trajet. Marge s'arrêta devant l'un des bungalows et ouvrit la porte.

– Je vous ai installée là, madamoiselle. Votre frère est à côté. Je vous laisse défaire vos bagages. À tout à l'heure.

– Quand verrons-nous le chef des sauveteurs ? demanda Dennis d'un ton brusque.

– Ils ne rentreront pas avant la tombée de la nuit – ils ne devraient pas tarder. Je vous mettrai en contact avec lui dès son retour, je vous le promets. Et si vous avez besoin de quoi que ce soit, demandez-moi, c'est entendu ?

Dennis alla déposer les valises, puis revint s'asseoir près de Sarah sur les larges marches de son bungalow. Devant eux, l'herbe d'un vert surnaturel s'étendait en pente douce jusqu'à la plage à une centaine de mètres de là. Au-delà, la mer calme était d'un bleu saphir pailleté de reflets dans la lumière déclinante. La mer de Corail s'étendait sous leurs yeux, étale comme un lac sous la brise tiède. Comment avait-il pu arriver malheur à Stéphanie dans cette île enchantée ?

Le soleil disparut derrière un bouquet de palmiers, et ils se trouvèrent brusquement dans l'ombre. Sarah frissonna.

– Oh, Dennis, dit-elle, ça fait plus de trente heures qu'ils ont disparu. Et si les sauveteurs ne…

– Ils vont les retrouver, Sarah ! s'écria-t-il avec véhémence. Il le faut !

24

Tout en se relaxant dans un bain brûlant avec le dernier exemplaire de *Vogue* et un gin-tonic, Jilly se demandait si elle devait se réjouir ou se plaindre de la visite des deux policiers. C'était incroyable qu'ils aient eu le culot de venir l'interroger et perquisitionner chez elle sans avoir le début d'un commencement de présomption à son encontre. Mais après tout, elle avait eu sa revanche – elle revoyait la tête de Jennings quand Phillip l'avait remis à sa place au téléphone. Oui, Phillip s'était bien comporté. Ce qui prouvait qu'il pouvait être utile à quelque chose. Ce n'est peut-être pas encore le moment de prendre mes cliques et mes claques. Je risque d'avoir encore besoin d'un mari avocat pendant quelque temps.

Le téléphone sonna et elle sortit un bras de la baignoire pour décrocher d'un geste nonchalant.

– Allô, qui est à l'appareil ?

– Jilly ? C'est Jake.

– Je ne peux pas parler longtemps. Phillip va rentrer d'un instant à l'autre.

– Ce que j'ai à dire ne prendra pas longtemps.

Sa voix était glaciale.

– Eh, qu'est-ce qui ne va pas ?

– Tu sais parfaitement ce qui ne va pas !

Jilly s'assit dans son bain pour demander avec effarement :

– Je ne vois absolument pas ce que tu veux dire !

– Il s'agit de Stéphanie. De ta sœur. J'aimerais que tu me dises ce que tu sais de ce très commode… accident de hors-bord.

– Bon sang, mais tu es aussi con que la police ou quoi ? Comment veux-tu que je sache quoi que ce soit ?

Il y eut un silence.

– Parce que ce n'est pas le premier « accident » qui arrive à Stéphanie depuis que tu es sortie de prison. Si je ne t'ai rien demandé quand son cheval a été abattu, c'est que je préférais ne pas savoir.

– Je n'étais pas au courant, figure-toi, protesta Jilly.

– Et cette fois ?

Décidément, il avait raté sa vocation. Il aurait fait un flic zélé.

– En dehors du temps que j'ai passé avec toi, je n'ai pour ainsi dire pas quitté l'appartement. Tu serais le mieux placé pour confirmer que je n'ai pas bougé de Sydney – et Dan et Stéphanie étaient à plusieurs milliers de kilomètres.

Nouveau silence. Elle savait qu'il était en train de soupeser ses mots, de les passer au crible pour découvrir la faille. C'était par trop absurde. Quand elle pensait à ce qu'elle aurait déjà pu faire à Stéphanie, à ce qu'elle aurait aimé lui faire et qu'elle ferait quand l'heure aurait sonné, il y avait quelque chose de grotesque à ce qu'on l'accusât sans cesse de crimes qu'elle n'avait pas commis. C'était désopilant. Elle aurait éclaté de rire si, la colère l'emportant soudain, elle n'avait décidé de contre-attaquer :

– Un peu de jugeote, Jake. Quelle raison aurais-je de vouloir supprimer Stéphanie ? Qu'est-ce que cela pourrait bien me rapporter, veux-tu me le dire ? Ça voudrait dire que je renonce à ma part du gâteau – tu vois Dennis remettre la moitié de son héritage à tata Jilly, peut-être ? Et aurais-tu déjà oublié (sa voix se fit coupante) que j'avais d'autres projets à son sujet ? Tout comme toi d'ailleurs. Qu'est-ce qui t'arrive, Jake ? C'est le poste de président qui t'a tourné la tête ? À moins que l'envie de la baiser ne t'obsède au point de te faire perdre ton sens des affaires ?

Tremblante de colère et de jalousie, Jilly gardait assez de lucidité pour se réjouir de ne pas l'avoir en personne devant elle. Jamais elle n'aurait osé le provoquer de cette manière si ce n'avait été au téléphone. Au rythme de sa respiration, au bout du fil, elle imaginait l'effort qu'il devait faire pour garder son sang-froid.

– C'est bon, Jilly, dit-il enfin. Tu as réponse à tout. Mais les questions n'en continuent pas moins de se poser. La police a bonne mémoire. Et moi aussi. Si je découvre un jour que tu as quoi que ce soit à voir avec ce qui s'est passé, je t'étranglerai de mes propres mains !

Il raccrocha violemment.

– Au téléphone, ma chérie ?

Dans la chaleur de la discussion, elle n'avait pas entendu Phillip entrer.

– Non, dit-elle, improvisant. Je m'apprêtais à composer un numéro... une annonce pour un emploi, que j'ai relevée dans le journal.

– Un emploi ? s'étonna Phillip. J'ignorais que tu pensais à...

– Bah. Pas vraiment, en fait.

Phillip s'agenouilla près de la baignoire et prit entre les siennes la main qu'elle avait laissée retomber après avoir raccroché.

– Tu n'as pas besoin de te compliquer la vie à chercher du travail, tu sais, dit-il tendrement. Dieu sait que j'ai largement de quoi nous faire vivre tous les deux. Tu manques d'argent ? Je peux t'en donner plus si tu veux.

Il a quand même quelques qualités, songea Jilly – il m'assure le manger et le boire, la protection contre les flics –, c'est la poule aux œufs d'or. S'il baisait bien en plus, il serait parfait et ce serait trop pour un seul homme.

– Tu es trop gentil, Phillip, roucoula-t-elle. Je ne voulais pas te le demander – tout a tellement augmenté depuis sept ans, je ne me rendais pas compte –, mais puisque tu me le proposes, je ne dis pas non.

Au quartier général des sauveteurs marins, le chef des secouristes qui venaient de rentrer à terre était aux prises avec le même dilemme que Marge plus tôt dans la soirée : comment éviter de donner de faux espoirs sans détruire pour autant tout espoir ? Il avait montré à Dennis et à Sarah les cartes maritimes détaillées de la région sur lesquelles il avait marqué avec des épingles de couleur l'île d'Orphée et celle vers laquelle Dan et Stéphanie se dirigeaient.

– Malheureusement, disait-il, c'est un peu comme de chercher une aiguille dans une meule de foin. Ils peuvent être n'importe où – il faut tenir compte de tellement de facteurs : les vents, les marées, les courants. Sans compter qu'on ne sait pas exactement à quel endroit ils ont fait naufrage.

– Mais qu'est-ce qui a bien pu se passer ? demanda Dennis.

Le type haussa les épaules.

– C'est difficile à dire. Le bateau semblait en bon état, il était bien entretenu – normalement il n'aurait pas dû tomber en panne ni exploser comme cela arrive quelquefois. Les gens font aussi des imprudences.

– Pas Dan, protesta Sarah. Ce n'est pas son genre.

Le secouriste opina du chef.

– Le Dr Marshall s'y connaissait en navigation. Et il connaissait particulièrement bien ce coin. Il n'aurait pas pris de risques comme certains touristes inconscients.

– Alors ? insista Dennis.

– Le plus vraisemblable, c'est qu'ils ont heurté quelque chose dans l'eau. Il y a un tas de débris par là-bas. Des arbres déracinés par les ouragans... Si un bateau heurte à grande vitesse un machin comme ça...

– Quelles recherches avez-vous effectuées ? s'empressa de demander Sarah pour ne pas imaginer le naufrage de la vedette.

– On a commencé par les zones côtières en s'éloignant de plus en plus. Ils ont pu être emportés à deux ou trois kilomètres comme à cinquante. On a évidemment sorti les hélicoptères dès l'aube mais ils ne sont plus d'une grande utilité quand la nuit tombe.

– Ils ont forcément aperçu quelque chose ? demanda Sarah d'un ton suppliant.

– Hélas ! non. Pas le moindre indice. J'avoue que je m'attendais à trouver des débris – un morceau de bois au moins. Mais les marées par ici... (Il bâilla et s'étira.) Bon, je crois qu'on a fait le tour pour aujourd'hui. Je vais manger un morceau et aller me coucher.

– Et demain ? s'enquit Dennis. Vous repartez à l'aube ?

– Si vous le demandez. (Il eut l'air gêné.) Mais je crains que nous n'ayons épuisé toutes les possibilités.

– Pas question d'arrêter avant d'avoir trouvé quelque chose – n'importe quoi, s'insurgea Dennis. Ça prendra le temps qu'il faudra et je paierai le prix...

– Nous avons des moyens limités, mon garçon, dit le chef des sauveteurs le plus gentiment possible. Et nous avons d'autres demandes.

– Alors je ferai venir d'autres équipes – et davantage de matériel. Il s'agit de deux vies humaines, pas de temps ni d'argent !

– Comme vous le déciderez.

– Et je pense qu'il faut chercher encore sur les rivages.

– C'est ce que nous avons prévu.

– Dennis... (Sarah toucha le bras de son frère.) Ce n'est pas à nous à leur apprendre leur métier. Ils font tout leur possible. Il faut que tu t'en rendes compte.

– Merci, mademoiselle.

Le type lui sourit.

– Je veux partir avec une de vos équipes demain matin, déclara Dennis d'un ton provocant, comme s'il s'attendait à ce qu'on lui oppose un refus.

– Pas de problème. Nous partirons dès qu'il fera jour.

– Je serai là.

– Allez, viens, Dennis. (Sarah le prit fermement par le bras.) Nous ne sommes plus d'aucune utilité ici. Allons nous coucher.

Dennis se tourna vers le secouriste.

– Désolé d'avoir été un peu... C'est de rester comme ça sans savoir. À demain.

– Bonne nuit.

Par la porte ouverte sur la nuit veloutée, il les regarda s'éloigner. La voix de Dennis lui parvint, véhémente :

– Elle est par-là, quelque part, Sarah – je le sais !

– M. McMaster ? Vous m'avez demandé de vous prévenir quand M. Sanders arriverait.

– Merci, Hilary.

Bien. Bill se redressa sur son siège et bomba le torse. Il était prêt à l'affronter. Depuis que la secrétaire de Jake avait annoncé que le nouveau président souhaitait le rencontrer à la première heure ce matin, Bill avait laissé monter en lui l'hostilité qu'il lui inspirait. À ses yeux, c'était comme si toutes les catastrophes récentes provenaient d'une source unique : Sanders. S'il n'avait pas lancé un défi à la Compagnie, Stéphanie n'aurait pas été aussi absorbée par son travail, Dan ne se serait pas senti négligé et n'aurait par conséquent pas éprouvé le besoin de partir en vacances de cette manière... Bill poussa un profond soupir.

On frappa à la porte et sa secrétaire entra pour introduire Jake.

– Bon, lança-t-il aussitôt d'un ton péremptoire. Alors, que se passe-t-il au juste ?

– Si vous voulez savoir pourquoi j'ai expédié Sarah et Dennis vers le Nord à bord du jet de la société, je suis tout prêt à justifier devant le conseil d'administration les dépenses extravagantes occasionnées, et devant le bon Dieu et ses saints si besoin est !

Jake l'observait avec étonnement.

– Je vois que vous êtes d'humeur belliqueuse ! dit-il d'un ton ironique. Mais personne ne vous a encore attaqué. Ce qui m'intéresse, c'est, au même titre que vous, de savoir si Stéphanie est vivante. Je pense que nous devrions joindre nos efforts pour accélérer les choses.

Bill s'affaissa un peu.

– Nous attendons un coup de téléphone de Sarah d'un instant à l'autre. Les recherches continuent mais les enfants ont peur que, s'ils ne trouvent rien aujourd'hui, les secouristes ne les interrompent.

– Il n'en est évidemment pas question, dit Jake d'un ton autoritaire. Appelez directement le quartier général, demandez le principal responsable et dites-lui qu'ils demandent tout ce qu'ils veulent – de l'argent, des hélicoptères, du personnel.

– Tout de suite ! (Le front plissé par la concentration, Bill pressa le bouton de l'interphone.) Passez-moi le cabinet du Premier ministre, Hilary. Le gouvernement pourra faire pression sur les autorités locales pour qu'ils mettent tout en œuvre.

– Tout de suite, monsieur – vous prendrez la communication dans le bureau de Mme Harper ?

– Non ! lança Jake en se penchant vers l'interphone. Je la prends dans mon bureau ! (Il se tourna vers Bill.) Faites-moi savoir ce que Sarah aura dit.

En quittant le bureau de Bill, Jake croisa Tom dans le vestibule.

– Ils ont téléphoné ? demanda celui-ci en entrant.

– Pas encore – je t'aurais prévenu, répliqua Bill.

Tom n'avait cessé de harceler son père depuis qu'il avait appris que Dennis et Sarah allaient téléphoner. Il mourait d'envie de parler à Sarah mais n'osait pas l'appeler lui-même.

– Retourne dans ton bureau, je t'appellerai quand je les aurai en ligne, dit Bill qui n'avait nulle intention de le faire.

Le téléphone sonna. Bill décrocha pour entendre la voix de Sarah qui se mit à raconter en détail ce qui se passait.

– Dennis est parti avec les équipes de recherches pour sillonner la côte ? C'est bien, commenta Bill.

Il lui exposa brièvement les ordres donnés par Jake pour intensifier les recherches et lui demanda ce qu'ils pouvaient faire d'autre pour eux.

– Si nous pouvons faire quoi que ce soit, Sarah, conclut-il. Tu sais dans quelle inquiétude nous sommes ici.

Il s'apprêtait à raccrocher.

– Papa ! (Furibond, Tom lui arracha le combiné des mains.) Sarah ! cria-t-il. Tu es encore là ?

– Je t'entends très bien, dit-elle. Comment vas-tu ?

– Comment vas-tu toi, plutôt ?

Tom maudissait son père en silence – comment pouvait-il dire à Sarah ce qu'il éprouvait avec son père debout à côté de lui ?

– Oh, ça va à peu près. (Elle hésita.) Je suis contente d'entendre ta voix.

– Je voudrais être là-bas avec toi... Je ne supporte pas l'idée de te savoir si loin dans cette épreuve.

– Dennis fait tout ce qu'il peut.

– On peut peut-être se rappeler plus tard, dit Tom, frustré de devoir prononcer des phrases banales qui n'exprimaient rien de ses sentiments profonds.

À ses côtés, son père commençait à lui faire signe de libérer la ligne.

– S'ils ont des nouvelles, ne t'inquiète pas, ils nous préviendront, siffla-t-il.

– Il faut que je te laisse, dit Tom.

– Ah ! (Un silence.) Au revoir, alors.

Elle avait raccroché.

Sans faire mine de remarquer l'expression défaite de son fils, Bill annonça :

– La société va fournir toute l'aide dont ils peuvent avoir besoin là-bas. Et les recherches continueront jusqu'à ce qu'ils aient trouvé quelque chose.

Stéphanie savait qu'elle avait dû dormir. Car le soleil qui lui brûlait les yeux à travers ses paupières scellées était bas dans le ciel désormais – elle sentait les derniers rayons sur une moitié de son corps tandis que l'autre avait froid, dans l'ombre. Elle sentait encore le goût du sable dans sa bouche. Elle avait l'impression que son corps entier était à vif. Elle tenta d'ouvrir les yeux et sentit, avec un soulagement inimaginable, que ses paupières se séparaient. Les larmes qu'elle avait versées en songeant à Dan avaient dû ramollir les croûtes salées qui les collaient ensemble.

Levant faiblement la tête, elle regarda autour d'elle. Elle était étendue sur le dos, les pieds à la limite du sable humide, sur une plage déserte. Derrière elle, au-delà d'un alignement de palmiers, commençait la végétation tropicale. Devant elle s'étendait la mer aux reflets d'acier sous les rayons obliques du soleil déclinant. Elle n'avait aucune idée de l'endroit où elle se trouvait.

Elle sentit soudain quelque chose qui bougeait sur sa jambe. Baissant les yeux, elle vit une colonie de crabes qui lui passaient par-dessus. Elle tressaillit de dégoût et les petites araignées de sable se dispersèrent de part et d'autre de ses jambes. Elle se mit à quatre pattes et essaya d'avancer en se traînant comme un bébé sur les genoux et sur les mains, mais ses membres meurtris ne répondaient pas aux ordres que leur donnait son cerveau. Comme dans ses cauchemars, elle avait le sentiment de n'avoir plus de jambes sous les genoux. Chaque geste lui était atrocement douloureux. C'était un combat inhumain, mais elle savait que, si elle ne quittait pas la plage, elle était perdue. Car la nuit, les rivages de la Grande Barrière étaient le théâtre de luttes sans merci. Bientôt les carnivores les plus divers prendraient possession de la plage et son corps affaibli, totalement vulnérable, serait une proie facile et une aubaine...

Un mètre, deux… La nuit tropicale tomba d'un seul coup sur la créature sans défense qui rampait pour se mettre à l'abri des ténèbres cruelles. Toutes ses autres fonctions suspendues, le corps et l'esprit entièrement concentrés sur le besoin urgent de se mettre à couvert, elle se traînait, se redressait et retombait, se tordait en rampant vers les arbres. Quand elle atteignit enfin les broussailles, elle se laissa tomber sur le côté et roula dans les profondeurs végétales, s'enfonçant de plus en plus loin avec un instinct animal.

Debout devant la fenêtre de son bungalow, Sarah voyait le ciel, semblable à un kaléidoscope, passer d'un éclat presque blanc au rouge foncé qui précédait la nuit. Il y a des gens qui viennent de l'autre bout du monde et dépensent des sommes folles pour voir ça, songea-t-elle. Pourquoi ne puis-je apprécier la beauté de ce prodigieux spectacle au lieu d'éprouver cette tristesse mortelle ? Tom aurait mieux fait de ne pas me parler, au téléphone, quand j'appelais Bill. L'entendre, avoir envie qu'il soit là et le savoir loin était encore plus douloureux. Elle avait l'impression que jamais plus elle ne connaîtrait le bonheur ou la joie.

Derrière elle, Dennis fouillait dans le réfrigérateur. Sarah le regarda se servir un autre verre.

– Fais attention, Dennis, dit-elle. Ce n'est pas en te soûlant que tu arrangeras les choses. Tu as déjà largement assez bu, tu ne crois pas ?

Dennis esquissa un sourire et avala une gorgée de whisky.

– C'est toi qui avais raison, Sarah, dit-il. Quelle idée j'ai eue de lui dire d'aller rejoindre Dan ici !

– Oh, arrête ! Si maman l'a fait, c'est que c'était ce qu'elle voulait faire !

– Elle avait peur que ça ne s'arrange pas avec Dan. J'ai cru aller dans son sens. Sinon je ne l'aurais pas fait.

– Mais c'est elle qui a pris la décision, tu le sais très bien. C'est ce qu'elle voulait faire de toute manière. Maman ne se laisse pas influencer comme ça – elle a toujours fait ce qu'elle voulait quand elle le voulait.

– C'est bien vrai ! fit Dennis avec un rire bougon.

– Ce qui s'est passé n'est la faute de personne. Ils ont eu un accident. Ce sont des choses qui arrivent.

– Sauf que là c'est à elle que c'est arrivé.

Dennis porta le verre à ses lèvres et le termina d'un trait.

Dans un sursaut de colère, Sarah s'écria :

– Écoute, si tu n'arrêtes pas de faire comme si tout était fini, je crois que je vais te tuer, Dennis !

25

Le soleil, dans un ciel rouge corail, dardait ses rayons sur l'île déserte. Sur le sable brûlant, rien ne bougeait. Les oiseaux, fuyant la chaleur torride, avaient regagné l'abri des frondaisons. Les palmiers, les figuiers et les fougères millénaires miroitaient dans la chaleur palpitante. Les lézards et les crabes avaient creusé des tunnels dans la terre contre les rayons cruels. Étendue au creux des broussailles sous un plafond de feuilles immenses et de lianes, la créature humaine remua, en proie à d'étranges hallucinations.

– Heureux, mon chéri ?

– Restons ici pour toujours.

– Qu'est-ce qui nous en empêche ?

– Mais la Compagnie ?

– Au diable la Compagnie ! Je ne remettrai plus jamais les pieds à la Harper, si c'est ce que tu veux !

– Inutile d'aller jusque-là. Du moment que je sais que tu m'aimes...
– Si je t'aime !
– ...et nous passerons plus de temps ensemble.
– Tu es tout pour moi. Tu le seras toujours. Nous avons toute la vie devant nous. Nous resterons toujours ensemble – à partir de maintenant.
– Fort bien, Mme Marshall. Par quoi veux-tu commencer ?
Au fond de son refuge de verdure la créature trembla, laissa échapper quelques borborygmes, et se mit à pleurer. Puis les voix qui la hantaient s'évanouirent et, ramenant ses jambes sous son menton comme un fœtus, elle s'endormit.

Quand Sarah avait pris l'avion pour Orphée, Bill et Rina s'étaient réjouis du répit que son absence apporterait à leurs tourments. Mais il ne leur fallut pas vingt-quatre heures pour déchanter. Car cette séparation temporaire semblait exacerber la passion de Tom. Sarah lui manquait visiblement énormément.
– Et de son côté, je parie qu'elle pense à lui tout le temps, fit observer Rina.
Le bref échange téléphonique entre les deux jeunes gens avait suffi à éclairer Bill sur la nature des sentiments qui les unissaient. Il en avait parlé à Rina le soir même, au cours du dîner.
– On ne peut plus attendre, Bill ! s'écria son épouse, affolée par son récit – et il avait pourtant pris soin de ne pas dramatiser.
– Mais on ne pourra rien faire tant que l'on sera sans nouvelles de Dan et de Stéphanie. Sarah est assez malheureuse.
– Nous le devons à Tom, avant qu'ils soient trop engagés l'un vis-à-vis de l'autre.
– Sarah est à deux mille kilomètres. Ça nous laisse le temps de voir venir.
– Bill ! Tout ce que tu fais, c'est reculer pour

mieux sauter ! As-tu songé à ce que ça lui fera s'il l'apprend par quelqu'un d'autre ?

– Quelqu'un d'autre ? s'effara Bill. C'est impossible. Personne d'autre n'est au courant, voyons !

– J'ai essayé de ne pas penser à ce que cela va lui faire, dit amèrement Rina. Si seulement nous lui avions dit la vérité plus tôt !

– Mais non, Rina, comment voulais-tu ? On ne pouvait pas dire à un gosse la moitié seulement de la vérité. Et il aurait bien fallu lui cacher l'autre moitié.

– Il va bien pourtant falloir le faire maintenant. (Au fond du découragement, Rina repoussa son assiette. Elle n'y avait pas touché.) Et je ne suis même pas sûre que ce ne sera pas déjà trop tard.

– Trop tard ? Il nous a dit qu'ils n'avaient pas couché ensemble.

– C'est vrai. Mais je ne sais pas, quelque chose...

– Ne te mets pas d'idées en tête, ma chérie. C'est assez difficile comme ça.

– Les faits sont là, Bill, et que Stéphanie soit vivante ou morte à l'heure qu'il est n'y changera rien. Il faut que tu lui parles.

– Tu as vu sa réaction la dernière fois que nous avons essayé, observa Bill avec inquiétude.

– Raison de plus pour ne pas faire traîner plus longtemps les choses. Je sais que ça va être un choc terrible pour lui.

– Ou pire que ça, Rina. (Le visage de Bill avait viré au gris.) Il ne s'en remettra peut-être pas. Il est amoureux de Sarah et, si nous ne trouvons pas les mots qu'il faut et le moment propice, c'est sa vie entière que nous risquons de détruire – et ce qu'il reste de la nôtre par la même occasion.

Elle le regarda droit dans les yeux.

– Il va pourtant bien falloir que nous en passions par là...

– Bonjour, ma chérie.

Poussant la porte du pied, Phillip entra dans la chambre. Posant sur un chaise le plateau, il gagna la fenêtre pour tirer les rideaux. Puis il alla reprendre le plateau pour le porter jusqu'au lit où Jilly s'installait confortablement dans les oreillers.

– Il fait un temps splendide ! annonça-t-il d'un ton enjoué.

Jilly était réveillée depuis un petit moment, mais elle fit mine d'avoir été tirée du sommeil par l'arrivée de son époux. Elle détestait que l'on fût de trop bonne humeur le matin.

– Qu'est-ce que c'est que tout ça ? demanda-t-elle d'un ton grincheux.

– Ton petit déjeuner. J'ai décidé de te gâter.

– Tu aurais dû me laisser dormir. Je n'ai pratiquement pas fermé l'œil de la nuit.

– Oh, je suis désolé, ma chérie. Mais bien sûr, comment aurais-tu pu dormir tranquillement après ce qui est arrivé à Stéphanie et à Dan ?

Et ce qui m'inquiète le plus, ajouta Jilly pour elle-même, c'est de savoir comment je vais pouvoir conserver mes droits sur la Harper si Stéphanie ne revient pas. Mais qu'est-ce qui t'arrive, mon pauvre Phillip ? Je ne te savais pas si naïf ! À mesure que le temps passait, elle se rendait compte que son mari avait tout misé sur leurs relations, sur leur nouveau départ symbolisé par leur remariage. Il était si décidé à ce que ça marche qu'il était prêt à céder à ses moindres caprices et à avaler toutes les couleuvres. Ma foi, si ça lui convenait…

– Je n'arrivais pas à dormir. Je n'arrêtais pas de ressasser tout ça dans ma tête.

– Mon pauvre chou.

Il posa le plateau sur ses genoux.

– J'ai l'impression que ma tête va éclater.

Il se pencha pour l'embrasser. Jilly s'écarta brusquement.

– Attention, tu vas renverser le café !
Il s'assit prudemment au bout du lit.
– J'ai décidé d'annuler mon voyage à Hong Kong, dit-il.
– Pourquoi ? s'étonna Jilly, franchement interloquée.
– Je me fais du souci, moi aussi. Je n'arrête pas de penser à ce qui a pu leur arriver. Et je ne peux pas partir en te laissant toute seule à un moment pareil.
– Mais ton travail ? fit-elle en tâchant de réfléchir.
– Bah, je vais envoyer quelqu'un à ma place. Un des jeunes avocats du cabinet. Il ne demandera pas mieux et ce sera une bonne expérience pour lui.
– Mais tu ne pourras rien faire, de toute manière, rien de plus que nous tous.
Phillip sourit.
– Je serai avec toi. Pour te tenir compagnie. Te remonter le moral. (Il se leva.) Je vais leur téléphoner tout de suite, ce sera fait.
– Phillip, mon chéri, viens par ici.
Jilly tapotait le lit, à côté d'elle. Il n'était pas question que Phillip reste ici alors qu'elle comptait absolument sur son départ pour respirer, pour se distraire un peu de l'existence ennuyeuse de femme mariée et pour voir Jake beaucoup plus souvent. Elle avait l'intention d'étouffer dans l'œuf l'inexplicable affection qu'il manifestait depuis quelque temps à l'égard de Stéphanie – au cas où elle reviendrait. Et voilà que Phillip allait faire tomber tous ses projets à l'eau. Elle lui adressa un de ses sourires charmeurs.
– Phillip...
– Ma chérie ?
– Regardons les choses en face. Je suis sûre qu'ils retrouveront Stéphanie et Dan. Mais ça peut prendre du temps. Je ne me le pardonnerais pas si ton travail devait pâtir de mes histoires de famille.

– C'est une réunion importante, c'est vrai.

– Et ça n'arrangera pas les choses de rester tous les deux ici à broyer du noir. Alors que si je suis toute seule je me forcerai à sortir, à trouver des distractions.

– Quand même, ça m'ennuie de te laisser seule.

Elle lui prit la main.

– Bien sûr. Mais il faut prendre sur nous.

Phillip fronça les sourcils, ému.

– Si seulement nous pouvions faire quelque chose !

– Tu as entendu Bill. La Compagnie va tout mettre en œuvre. Laissons agir les gens compétents. Jake Sanders a donné carte blanche.

Elle éprouva un plaisir pervers à prononcer son nom devant Phillip.

– Ça doit être vrai, dit Phillip dont le visage exprimait un profond déplaisir. Mais il y a quelque chose, chez lui... Je ne lui fais pas confiance, Jilly.

– Moi non plus, d'ailleurs, approuva-t-elle hypocritement.

– Il est allé trop vite. Il y a encore quelques semaines, personne n'avait jamais entendu parler de lui. Et le voilà président de la Harper Mining et sur le point d'avoir toute la ville à ses pieds.

Jilly lui tapota doucement la main.

– Mais Bill est toujours là. Et Tom. Et personne ne pourrait être plus fidèle à Stéphanie que ces deux-là. Ils veilleront à ce que Jake Sanders tienne parole.

– C'est vrai.

– Et il ne devrait pas faire comme si je comptais pour du beurre et mésestimer mes sentiments à l'égard de Stéphanie, ajouta-t-elle d'un ton parfaitement sincère. Va à Hong Kong, mon chéri, tout ira bien ici.

Phillip acquiesça de la tête.

– Tu as sans doute raison. Tu me préviendras dès que tu auras des nouvelles ?

– Bien sûr.

Il avisa soudain le plateau.
– Mais tu n'as pas encore touché à ton petit déjeuner. Le café va être froid. Je vais en refaire.
– C'est ça, mais je le prendrai à la cuisine avant de partir.
Elle se leva.
– De partir ?
– Oui. Je vais m'habiller pour t'accompagner à l'aéroport en voiture.
– Oh, ma chérie, c'est vraiment gentil… mais ne te crois pas obligée…
– Mais non, voyons, j'en ai envie, sincèrement.

L'équipe de secours s'arrêta à l'entrée de la plage déserte.
– La dernière plage de l'île, dit le chef. On jette un coup d'œil, mais elle a déjà été survolée par hélicoptère. (Il regarda ses hommes, quatre types taciturnes, à la peau tannée par le soleil, qui scrutaient déjà les alentours.) Paul et Charlie, vous fouillez la plage. Alan et Blue, le sous-bois.
Ils firent un petit signe de tête et s'exécutèrent.
– Vous faites l'un ou l'autre, dit-il au jeune homme qui se tenait à ses côtés.
– Je vais avec Alan et Blue, fit Dennis. Je vois qu'elle n'est pas sur la plage.
– Mais on peut trouver autre chose.
– C'est-à-dire ?
– Des morceaux de bois. Du plastique ou du métal provenant du bateau. Des lambeaux de vêtements. Une fois, j'ai retrouvé un demi-dentier sur une plage, dit-il avec un petit rire. Et un peu plus loin j'ai trouvé l'autre moitié. Incroyable, pas vrai ?
– Pas la peine de chercher un dentier aujourd'hui, fit Dennis qui sentait monter la colère. Ma mère a encore toutes ses dents !
Et, sur le point d'éclater en sanglots, il se hâta de rejoindre les autres.
En haut de la plage, les deux sauveteurs pas-

saient au peigne fin la végétation qui débordait sur le sable, sous les grands palmiers. Munis de bâtons et de sondes, ils écartaient les branches et creusaient profondément le matelas de feuilles et de lianes entremêlées. Dennis les suivait, conscient de son impuissance – car comment aurait-il pu apercevoir quelque chose là où les yeux exercés de ceux qui le précédaient n'avaient rien remarqué ? Il s'entêtait pourtant à les accompagner chaque jour depuis son arrivée. Chaque matin à l'aube, il partait avec eux, traînant dans leur sillage comme la mouche du coche. Jamais il ne s'était senti aussi inutile et impuissant de sa vie entière. Mais il savait que s'il abandonnait, s'il se contentait d'attendre leur retour à l'île d'Orphée comme Sarah, il n'aurait plus le courage de vivre quand tout serait fini – quels que soient les résultats des recherches.

Les minutes s'écoulaient lentement. Le soleil cognait dur. Même à l'ombre des palmiers, Dennis transpirait à grosses gouttes et tout son corps le brûlait. Il regarda Charlie et Paul qui avançaient comme des automates sur la plage, les yeux rivés au sol, d'un pas parfaitement régulier. On dirait une marche funèbre, songea Dennis en les observant. Oh, maman, où es-tu ?

Les deux équipes, ayant parcouru toute la longueur de la plage, allaient se rejoindre à l'autre extrémité. Le chef consulta sa montre.

– Et voilà. L'hélicoptère sera là dans vingt minutes. Vous pouvez vous reposer en attendant.

– Pourquoi s'arrête-t-on déjà ? s'étonna Dennis. On peut encore regarder dans les fourrés.

– Pour refaire le même chemin dans l'autre sens ? À quoi bon ?

– On pourrait s'enfoncer davantage.

– Écoutez, mon gars, j'apprécie votre aide, mais c'est l'armée chinoise tout entière qu'il faudrait pour ratisser l'île d'aussi près. (Il s'interrompit avant de reprendre :) Et qui plus est ça ne servirait à rien. Les rescapés savent qu'ils ont plus de chances d'être retrouvés en restant près de la rive.

– Je ne crois pas que ma mère ait su ça, insista Dennis. Elle n'est pas du coin.

Il se retourna pour scruter la végétation dense et, au-delà, la forêt tropicale. Elle pourrait être n'importe où, songea-t-il, désemparé.

Le chef vit son expression.

– Écoutez, je peux leur dire de chercher encore avant qu'on reparte – et de retour au quartier général on verra sur les cartes si on peut organiser ce genre de recherche. D'accord ?

Dennis regarda les quatre hommes aux yeux totalement dépourvus d'expression.

– D'accord, dit-il. Mais pourriez-vous leur demander d'être un peu plus enthousiastes ? J'ai l'impression qu'ils sont à la recherche d'un cadavre – pas d'un survivant.

– Écoutez, mon gars. (La voix était sévère.) C'est la routine, pour eux. Ils font ça tous les jours. Et si on s'attendrit dans ce métier, on termine à l'asile.

Dennis se tut. À quoi bon discuter ? Sans trop savoir pourquoi, il se dirigea de nouveau vers les sous-bois – au moins le soleil y tapait-il moins dur. Faussant compagnie aux autres, il marcha quelque temps droit devant lui puis, soudain submergé par le désespoir, il se laissa tomber sur le sol, fermant les yeux pour réprimer les larmes qu'il sentait de nouveau prêtes à jaillir.

Quand il les rouvrit, il vit l'ouverture d'un étroit tunnel à demi caché par un rideau de branches et qui semblait s'enfoncer à l'intérieur des broussailles. Une joie sauvage l'envahit et il fut d'abord incapable de bouger. Puis, sans réfléchir, il plongea la tête la première dans le trou qui s'ouvrait devant lui et commença à ramper.

Il avait du mal à progresser. L'espace était trop étroit pour son corps et ses vêtements se déchiraient au passage sur les épines et les cailloux pointus. La sueur lui coulait dans les yeux et il ne pouvait pas y porter la main pour l'essuyer. Mais il avançait, poussé par la conviction irraisonnée que peut-être... quelque part...

À travers les broussailles enchevêtrées il crut apercevoir quelque chose. Il ne distinguait qu'une forme, dans la demi-pénombre. Ç'aurait pu être un rocher, ou un animal. Il redoubla d'efforts pour forcer son passage. Un cri se forma dans sa gorge quand il vit un bras, une épaule, une forme humaine couchée sur le côté, lui tournant le dos. En une seconde il fut sur elle. Se redressant pour agrandir l'espace sous les branches il la retourna.

Stéphanie était dans ses bras. Ses cheveux étaient emmêlés et collés de terre, ses paupières closes, et son visage n'était qu'une masse de chair à vif, couvert d'ecchymoses et de cloques. Sa tête roula contre son épaule, sa mâchoire pendait et l'intérieur de sa bouche était grisâtre. Dennis sentit son cœur flancher : Elle est morte ! Je l'ai retrouvée et elle est morte ! La serrant contre lui de toutes ses forces, il se mit à pleurer et à hurler son désespoir.

Abandonné à sa douleur il ne prit pas garde à un léger mouvement contre sa joue. Et quand il sentit quelque chose, son cerveau n'enregistra pas immédiatement le message. L'écartant de lui il la regarda intensément. Ses lèvres ! Elle essayait de bouger ses lèvres. Elle était vivante !

Sur la plage, le chef des sauveteurs rassemblait ses hommes.

– C'est bon, les petits gars, lança-t-il. On fait encore un tour pour que le gosse de riches soit content. Mais où est-il passé, celui-là ? Manquerait plus qu'on ait deux Harper à chercher maintenant ! En tout cas, autant vous le dire, demain, pas question qu'on l'emmène avec nous. Pour ce qu'il nous rend service !

26

– Oui, Phillip, une merveilleuse nouvelle. Et apparemment elle est complètement tirée d'affaire. Il faut qu'elle se repose, c'est tout.

– Dieu soit loué ! s'écria Phillip, dont la voix était d'une clarté étonnante, pour venir de Hong Kong. Et Dan, on est toujours sans nouvelles, disais-tu ?

– Oui. Ils ont recommencé à chercher du côté où on a découvert Stéphanie, mais sans succès. On ne sait pas comment elle s'est retrouvée là. Elle n'a encore rien pu dire. Peut-être sauront-ils mieux orienter leurs recherches quand elle aura pu parler.

– Bon, merci de m'avoir appelé, ma chérie. Il faut que je te quitte. On se rappelle plus tard ?

– D'accord.

Jilly tâcha de ne pas prêter attention à la main qui glissait sous son bras, en direction de ses seins.

– Tout va bien à la maison ?

– Très bien.

Elle fit un effort pour respirer normalement malgré les caresses précises des doigts sur sa peau.

– Je t'aime, Jilly.

– Moi aussi, je t'aime, mon chéri. *(Mais pas autant que ça.)* Au revoir.

Elle raccrocha avec un soupir, roula sur le dos et, baissant les draps jusqu'à sa taille, ordonna :

– Maintenant, vas-y, pendant que je peux apprécier.

– Bah, je n'ai plus très envie, dit Jake en s'étendant sur le dos, les mains derrière la nuque, avec un air de profond ennui. C'était seulement pour voir si tu étais capable de te concentrer.

Elle eut un rire de gorge.

– Et tu m'as mis une bonne note ?

– La meilleure.

– Merci.

– Je commence à comprendre pourquoi les femmes doivent planquer leur mari quand tu rappliques !

Jilly plissa les yeux.

– Est-ce une façon de parler à une femme qui va bientôt devenir ton associée ?

Jake prit aussitôt un air furibond.

– Écoute, Jilly, tu peux placer aussi haut que tu veux mes capacités... au lit, mais je suis avant tout un homme d'affaires – et de haut niveau, au cas où tu n'aurais pas remarqué ! On ne mise pas sur un cheval sans être sûr qu'il peut gagner. Et je n'ai aucune raison de penser que tu serais capable de diriger une maison de haute couture. (Il la regarda avec curiosité.) Et d'ailleurs, pourquoi tiens-tu tellement à devenir la patronne de chez Tara ?

– Tu n'en as vraiment aucune idée ? demanda-t-elle d'un air mauvais. Tara faisait – fait – la fierté et la joie de Stéphanie. C'est son porte-bonheur. Le joyau de sa couronne. Son apport personnel à l'empire Harper. C'est Tara qui lui a redonné confiance en elle en lui offrant l'occasion de mettre en valeur sa beauté et son pouvoir de séduction qu'elle n'avait jamais su trouver en elle avant. Je veux l'en déposséder.

– Je regrette de me mettre en travers de ton chemin dans cette histoire de vengeance, mais Tara doit rapporter de l'argent. Tu n'as ni l'expérience ni le savoir qu'il faut pour diriger une entreprise.

– J'apprends vite.

Il rit.

– J'ai cru le remarquer.

– Qu'est-ce que je peux faire pour emporter ta conviction ?

Jake haussa les épaules.

– Je pense sérieusement à me séparer de cette filiale. Elle n'est pas assez rentable.

– Je la ferai marcher, je t'assure !

– Qu'est-ce qui te rend si sûre de toi ?

– C'est tout simple. (Jilly s'assit dans son lit et, ramenant ses genoux sur sa poitrine, les entoura de ses bras comme une écolière pensive.) Quand j'ai décidé de faire quelque chose, rien ni personne ne peut m'en empêcher !

Il y eut un silence.

– Tu ne devrais pas oublier que je pourrais dire la même chose, Jilly !

– Gros plan sur Stéphanie Harper, c'est ça ? aboya-t-elle. Tu crois peut-être que je ne vois pas ce qui va se passer ? Bonne aubaine pour toi, hein ? Ma sœurette ressuscitée des morts qui nous revient débarrassée de son encombrant époux ? Tu devrais tuer le veau gras !

– Laisse-moi un peu de temps. Je viens seulement d'apprendre les bonnes nouvelles !

– Tu ne vas pas me faire croire que la joie de la savoir saine et sauve te ferait aller jusqu'à lui rendre sa place ?

– Non, tu as raison. Je ne rendrai pas le trône de la Harper, tu peux être sans crainte.

– La lutte pour le pouvoir, c'est vraiment ça qui compte le plus pour toi, hein ? dit lentement Jilly. Je suis sûre que tu te réjouis surtout de la savoir en vie pour pouvoir lui annoncer ta victoire.

– Ça, c'est plutôt ton truc à toi, ma petite.

Jilly eut un rire méprisant.

– Ne me sers pas tes bobards de British hypocrite et sournois. On veut exactement la même chose, toi et moi.

– Ah oui ? (Sa voix s'était durcie.) Ne compte pas sur ce genre d'alliance plus longtemps, Jilly. Je ne pense pas avoir envie d'être mêlé à ce que tu as l'intention de faire.

– Qu'est-ce qui te prend ? On a une querelle d'amoureux ou quoi ? (Jilly se laissa rouler sensuellement sur lui.) Je vais être obligée de te forcer à te réconcilier avec moi alors ?

Étendue, immobile, sur le lit étroit d'une chambre d'hôpital, Stéphanie n'avait pas repris connaissance mais sa respiration était régulière. Les énormes bandages enroulés autour de sa tête ne laissaient voir que ses yeux aux paupières enflées et violettes et ses lèvres craquelées. Le trocard d'une perfusion était fixé au poignet de son bras droit. Au pied de son lit, un petit groupe parlementait à voix basse.

– Le problème principal est la déshydratation, dit le médecin. Et l'état de choc, bien sûr. Avec un traitement approprié et du repos, elle devrait se remettre rapidement.

– Mais pourquoi ne se réveille-t-elle pas ? demanda Dennis d'un ton anxieux.

Depuis qu'il avait tenu le corps inerte de sa mère entre ses bras, il attendait avec impatience qu'elle ouvre les yeux et le reconnaisse.

– Cela n'a rien d'anormal, le rassura le médecin. Après l'épreuve terrible qu'elle vient de traverser, c'est une façon instinctive de se protéger.

– Vous êtes sûr qu'elle n'a pas de commotion ou de fracture ? (C'était Sarah, cette fois, qui revenait à la charge.) Au moment de l'accident, sa tête a pu heurter quelque chose...

Le médecin lui sourit gentiment.

– Je vous assure que nous avons envisagé cette éventualité. Nous lui avons fait tous les examens. Elle a beaucoup de chance d'en réchapper quasiment indemne, c'est un fait.

– Merci infiniment, docteur, dit Sarah.

Avec un petit salut, il quitta la pièce.

Sarah se rassit au chevet de sa mère, Dennis debout à ses côtés. Ils fixaient en silence la forme blanche étendue sous le drap, complètement immobile. Dennis bougea, mal à l'aise.

– Je ne peux plus attendre comme ça sans rien faire, dit-il. Je vais repartir avec les sauveteurs.

On a peut-être une chance de retrouver Dan dans le même coin.

– Attends, quand elle se réveillera... Qu'est-ce qu'on va lui dire pour Dan ?

Dennis fronça les sourcils.

– Je n'en sais rien, Sarah... Je n'en sais rien.

– Elle a bougé tout à l'heure. J'avais l'impression qu'elle cherchait à dire quelque chose à son propos.

– Dan...

Ils sursautèrent, pris au dépourvu par le soupir rauque qui venait de s'échapper du visage bandé.

– Maman ! (Submergée de joie, Sarah lui prit la main et la pressa très fort.) Nous sommes là... tous les deux.

– Nous étions dans le bateau... (Elle parlait avec difficulté, au prix d'un effort visible.) Il y a eu une explosion. Où est Dan ?

– On ne l'a pas encore retrouvé, dit Sarah le plus doucement possible.

– Mais les recherches continuent, ajouta Dennis.

– Dennis ?

– Oui, maman. Je suis là. Les sauveteurs sont repartis là-bas. J'irai les rejoindre bientôt. Nous ratissons l'île où on t'a trouvée – centimètre par centimètre.

Des larmes jaillirent de ses yeux meurtris.

– Ils vont le retrouver, mes enfants ? demanda Stéphanie. Il le faut !

– Chhhhut ! l'arrêta Sarah. Il ne faut pas te faire de souci, maman. Repose-toi. Tout ira bien.

Dennis posa sur sa sœur un regard lourd de tristesse. S'ils pouvaient seulement y croire, tous les deux.

Debout devant la fenêtre de son bureau, Bill regardait sans le voir le grand pont enjambant le port. Tout ça ne lui plaisait vraiment pas. Il avait horreur d'avoir à s'en prendre ainsi à une femme. Décidément, tous les hommes de sa génération avaient des problèmes avec leurs collègues féminines. Les secrétaires, c'était différent, songeait-il. Il fallait bien des femmes pour faire ce genre de travail subalterne. Mais avec les cadres, ça se passait toujours mal. Il jeta un coup d'œil en direction de Cassie, assise dans l'un des fauteuils de l'autre côté du bureau, l'air insolent. Non, ça ne pouvait pas marcher. Il n'aurait jamais fallu qu'elles changent de rôle – celui de mère et d'épouse leur allait bien mieux.

Cassie attendait depuis si longtemps l'instant où le couperet allait tomber qu'elle en était presque soulagée. Elle avait tout de suite su que Tom n'abandonnerait pas tant qu'il n'aurait pas appris qui avait vendu les actions ayant assuré la victoire de Jake. Mais quand il l'avait, pour finir, convoquée à une réunion restreinte avec son père, elle avait découvert en elle des réserves insoupçonnées et avait décidé de se battre pied à pied. Et, considérant qu'elle se trouvait sur des sables mouvants, elle ne se débrouillait pas si mal.

– Vous êtes aussi allée à la Bourse, disait Tom. Pour consulter les listes ?

– J'y ai quasiment passé ma vie depuis quinze jours. Ça n'a rien donné du tout.

– Et vous avez vérifié deux fois le livre des actions ? insista Tom.

– Plutôt trois fois.

– Cassie… (Tom se passa la main dans les cheveux.) C'est tout simplement absurde. Jake Sanders a forcément trouvé ses deux pour cent quelque part. Et on doit pouvoir trouver où.

– Mais il ne subsiste aucune trace.

– C'est tellement commode pour lui, dit une voix sarcastique provenant de la baie vitrée.

– Vous êtes donc absolument certaine qu'on ne peut pas trouver trace du vendeur ? reprit Tom.

Cassie pressa ses mains l'une contre l'autre sur ses genoux.

– Oui. J'en suis sûre.

– Et je suis sûr que Sanders doit bigrement s'en féliciter ! intervint encore Bill.

À contrecœur, Tom repartit à l'attaque :

– Avez-vous programmé de fausses données ?

– J'ai manifestement dû faire une erreur quelque part, dit Cassie. Cela arrive à tout le monde.

– Pas à vous, fit Tom sévèrement. Je vous ai vue travailler. Vous êtes trop rigoureuse.

– Est-ce que vous vous rendez compte de ce que votre « erreur » a coûté à la Harper Mining ? Vous avez tout simplement apporté le poste de président à Sanders sur un plateau ! lança Bill avec exaspération.

Cassie ne répondit pas.

– Ne t'énerve pas, papa, dit Tom, gêné. Après tout, Cassie a peut-être effectivement commis une erreur à un moment donné.

Bill le regarda avec un profond mépris.

– Raconte ça à un cheval, il te donnera des coups de pied ! Assez de bobards, tu veux ? (Il se tourna vers Cassie.) Si vous êtes capable de commettre ce genre d'erreurs – de celles qui plongent une société dans un marasme sans précédent –, c'est que vous n'êtes pas à la hauteur de la tâche.

Cassie redressa le menton.

– C'est-à-dire ?

– Vous êtes congédiée. Je suis navré mais je n'ai pas le choix.

Cassie s'embrasa :

– Très bien. Ça ne me laisse guère le choix non plus, j'imagine !

À leur grande surprise elle se leva d'un bond, gagna la porte de communication avec le bureau directorial qu'elle ouvrit à la volée sans prendre la peine de frapper. Jake était assis devant son bureau, occupé à consulter des documents. Il leva les sourcils à son entrée.

– Je suis virée ! lança Cassie, luttant pour retrouver son calme. Qu'est-ce que tu comptes faire ?

Le visage de Jake s'éclaira d'un sourire.

– Bill est l'administrateur en chef de cette société. C'est lui qui engage le personnel – et le congédie si besoin est.

– On m'accuse d'avoir fait disparaître la trace de la vente des actions qui t'ont fourni les deux pour cent supplémentaires !

– Ça n'est pas de mon ressort.

Il se pencha sur ses papiers.

– Espèce de salopard !

Cassie tremblait d'indignation. Elle jeta un coup d'œil par-dessus son épaule. Tom et Bill avaient assisté à l'échange. Un instant, elle fut tentée de dénoncer Jake. Puis elle se ravisa. Elle avait mieux à faire. Il fallait qu'elle prenne le temps de réfléchir et c'était le moment ou jamais de garder la tête froide. Reprenant contenance, elle regarda chacun des trois hommes l'un après l'autre.

– Soyez sans crainte, dit-elle d'un ton glacial avant de s'en aller.

Tendu à l'extrême, Tom regarda Jake.

– A-t-elle fait cette « erreur » pour obéir à vos instructions ?

– Je n'emploie pas les gens qui sont capables d'erreurs.

– Il y a quelque chose de louche, dit Tom, de plus en plus perplexe.

– Un petit avertissement, Tom, dit Jake soudain ouvertement hostile. Souvenez-vous que votre nouveau patron n'a pas de fille pour vous aider à conserver votre travail.

– Vous… salopard !

Le sang au visage, Tom fit un pas en avant. Bill lui posa aussitôt la main sur l'épaule.

– C'est bon, Tom, lui chuchota-t-il à l'oreille, et il conduisit son fils jusqu'à la porte.

Jake les observait d'un œil amusé. Ils avaient donc réussi à coincer Cassie ? Elle n'aurait pas dû venir le provoquer comme ça. C'était grotesque. Mais il fallait qu'il trouve quelque chose pour la ramener à de meilleures dispositions. Comment dédommage-t-on les espions à qui on a fait perdre leur emploi ?

À force de vivre à Orphée, Sarah commençait à comprendre pourquoi Dan avait choisi cet endroit pour y monter sa clinique, autrefois. Quelque chose dans l'air semblait propice au rétablissement des malades. Dès qu'on avait ramené Stéphanie dans l'île après l'avoir découverte, le processus de guérison avait démarré malgré la gravité de son état. C'était d'autant plus surprenant, avait confié le médecin à Sarah et à Dennis, que son moral était au plus bas. Elle ne semblait pas vouloir aller mieux. Son entourage savait pourquoi. À mesure qu'elle se rétablissait, tout espoir de retrouver Dan s'estompait.

Nul n'avait osé lui annoncer qu'au quartier général des secouristes, son nom figurait désormais sur la liste des « portés disparus - présumés décédés ». Sans l'argent des Harper et les hommes fournis par la société, les recherches auraient cessé depuis longtemps. Sarah et Dennis étaient résignés désormais à la mort de Dan, mais comment l'annoncer à Stéphanie ? Chaque fois qu'ils allaient la voir, le soir avant d'aller se coucher ou le matin en se levant, elle demandait :

– Y a-t-il du nouveau ?

Quand ils la quittaient pour aller déjeuner ou boire une tasse de café, son visage se tournait vers la porte, et elle attendait leur retour avec la même question anxieuse inscrite sur ses traits. Un soir qu'ils venaient lui souhaiter une bonne nuit, elle ne posa pas la question. Elle demeura étendue sans bouger, des larmes de désespoir ruisselant en silence sur ses joues. Elle n'eut pas la force de les regarder ni de leur parler, mais ils comprirent qu'elle avait enfin admis la mort de Dan. Après avoir essayé en vain de la réconforter, ils quittèrent la chambre sur la pointe des pieds.

– Il fallait que cela arrive, Sarah, dit Dennis tandis qu'ils regagnaient leurs bungalows à travers la nuit tiède, il fallait qu'elle regarde la vérité en face.

– Je sais. Mais c'est tellement atroce pour elle. Sa seule consolation sera d'avoir passé ces quelques jours avec lui. Elle en parle si souvent. Ils s'étaient vraiment retrouvés, tous les deux.

– Mais que va-t-il se passer maintenant ?

– Il ne faut pas la précipiter. Elle n'est pas prête à rentrer à la maison.

– Je ne parlais pas de ça. Mais de la Compagnie.

Sarah poussa un petit cri étouffé.

– Tu as raison ! Elle ne sait toujours pas ce qui s'est passé – la séance du conseil, le vote du refus de confiance, et pour finir...

– Sanders nommé président, termina Dennis d'un air sinistre. De fait, elle a perdu son travail. Et personne ne l'a encore prévenue.

– Nous lui en parlerons dès qu'elle ira un peu mieux, dit Sarah, le cœur serré.

– Ça ne sera peut-être pas si dramatique, dit lentement Dennis. Je ne suis pas sûre que cela aura une quelconque importance pour elle maintenant. Elle était vraiment sincère quand elle disait, avant de partir, que Dan passait avant tout le reste et que ce qui comptait pour elle, c'était son ménage.

– Mais c'est ça le problème, justement ! Il ne faut pas qu'elle se désintéresse de tout. Il faut qu'on l'aide à se raccrocher à quelque chose. Et maintenant qu'elle n'a plus Dan, la Compagnie est tout ce qui lui reste. Qu'est-ce qu'il y a d'autre ?

– Bonne question, dit Dennis comme ils arrivaient devant le bungalow de Sarah. Et je n'ai pas de réponse. Allez, je vais me coucher. Je suis vanné. On reparlera de ça demain. Bonne nuit, sœurette.

– Bonne nuit.

En poussant la porte, Sarah songea qu'il faudrait qu'elle affronte ce problème toute seule. Dennis était plein de bonnes intentions mais elle ne pouvait pas compter sur lui pour la soutenir. Elle se sentait horriblement seule.

À l'intérieur du bungalow, la lumière était allumée. Elle avait dû oublier de l'éteindre en sortant. Soudain très lasse, elle entra dans le salon. C'est alors qu'une voix s'éleva dans la pièce :

– Ne te fâche pas contre moi, Sarah, je t'en prie. Je ne pouvais plus rester loin de toi.

Maintenant qu'elle connaissait le chemin pour se rendre chez les Stewart, Olive se débrouilla pour ne pas arriver en retard comme la première fois. Elle marchait d'un pas vif, en serrant précieusement contre son cœur une grande enveloppe de papier brun. La tête qu'allait faire Jilly en apprenant les nouvelles ! Elle verrait enfin ce dont Olive était capable, quand on lui en donnait l'occasion.

Jilly ouvrit la porte d'un air hargneux.

– Au moins tu es à l'heure, cette fois, dit-elle sur un ton désagréable. J'imagine que tu viens m'annoncer que tu es bredouille ! (Elle conduisit Olive au salon et lui désigna un fauteuil.) En admettant même que tu aies dégoté la preuve, je ne pourrais même pas m'en servir en ce moment, pleurnicha Jilly. Stéphanie est devenue l'héroïne du jour avec tout ça et personne ne s'intéressera le moins du monde à notre histoire d'enfant illégitime mort en bas âge qui remonte à un quart de siècle.

Olive demeurait impassible, attendant sans mot dire que Jilly eût fini de parler. Mais ses yeux brillaient et toute son attitude était celle du triomphe. Pour finir, Jilly parvint à s'arracher à ses propres obsessions pour demander :

– Alors, quoi de neuf ?

– Tu avais mille fois raison pour le mouflet.

– Tu le mettais en doute ? s'étonna Jilly, contrariée.

– Ça semblait tellement incroyable ! Mais j'ai la preuve que tu voulais. Ça n'a pas été facile. Son père – enfin, ton père – avait bien enterré l'affaire.

Elle tira de l'enveloppe un extrait d'acte de naissance, puis un autre document indiquant que l'enfant avait été enregistré une deuxième fois sous un autre nom.

Jilly les examina avec intérêt.

– Quels projets avait-il faits pour cet enfant ? Mais c'est sans importance puisqu'il est mort. Le pauvre. Sa courte vie n'a pas dû être bien heureuse !

– Attends !

Olive semblait bizarrement surexcitée tout à coup. Jilly l'observa plus attentivement. Ses joues étaient roses et elle souriait joyeusement. Elle avait l'air de s'amuser follement. Elle plongea de nouveau la main dans l'enveloppe.

– Tu vas être contente, Jilly ! dit-elle. Tu ne vas pas regretter un seul centime du fric que tu m'as donné pour aller dans ce bled paumé. Parce que figure-toi que le bébé n'est pas mort, comme Max l'avait dit. Le fils de Stéphanie est bien vivant !

27

Vu la tournure que prenaient les événements depuis un certain temps, Bill avait le sentiment d'avoir affronté plus de difficultés en quelques semaines que la plupart des gens dans leur vie entière. Mais rien n'aurait pu le préparer à la situation absurde dans laquelle il se trouvait. Avec un toupet purement inimaginable, Jilly Stewart, assise devant lui dans son bureau, lui demandait calmement et comme si c'était la chose la plus naturelle du monde de prendre la direction de chez Tara. Il était si effaré qu'il ne savait par où commencer.

– Qu'est-ce qui vous fait penser que vous êtes capable de faire ce travail ?

– Oh, je crois l'être, c'est tout. (Elle sourit avec assurance.) Il faut que vous me donniez l'occasion d'en faire la preuve.

– Qui vous dit que Tara a besoin d'une nouvelle patronne ? Joanna s'en tire toujours à merveille et Stéphanie sera bientôt de retour pour en reprendre la direction.

– Il va falloir du temps avant que Stéphanie soit de nouveau elle-même. Et, pendant sa convalescence, elle aura besoin d'être soutenue, entourée... Je suis sa plus vieille amie et sa sœur, et elle aura besoin de gens sur qui elle peut compter pour l'aider.

Bill la regarda avec mépris.

– Et vous pensez vraiment appartenir à cette catégorie, Jilly ?

Elle se pencha en avant, un sourire suave aux lèvres.

– Je me doutais que vous m'accueilleriez de cette manière, Bill, je sais comment vous avez pris l'arrivée de Jake Sanders.

– Mais, Jilly, la gestion d'une entreprise ne s'improvise pas comme ça ! Il faut des compétences, de la pratique...

– J'apprendrai tout ce qu'il faut savoir. Et cela devrait vous décharger d'un lourd fardeau de savoir que quelqu'un s'occupera de tout à la place de Stéphanie en gardant toujours ses intérêts à elle en tête.

– Oh, faites-moi grâce de ces simagrées ! Vous jouez très bien la comédie, mais je vous connais depuis trop longtemps !

– C'est vrai, Bill. (Son sourire se fit plus suave encore.) Et je vous ai déjà fait le moindre tort ?

– Le moindre tort ? Qu'est-ce que vous racontez ?

Elle fit mine d'hésiter.

– Jake Sanders a posé des questions… disons… indiscrètes…

– À quel sujet ?

Bill voyait bien qu'elle avait quelque chose derrière la tête, ce qui le mettait de plus en plus mal à l'aise.

– Heu… au sujet de Tom, surtout.

– Tom ? (Bill sentit la panique le gagner.) Pourquoi aurait-il posé des questions au sujet de mon fils ?

– Ne soyez pas méfiant avec moi, Bill, dit-elle gentiment. Je suis allée en Europe avec Stéphanie, vous vous souvenez ? Après son accouchement.

– Et alors ?

– Je sais que le bébé n'est pas mort.

Bill se sentit très faible, brusquement.

– Que voulez-vous au juste, Jilly ?

– Qu'on me donne l'occasion de me faire une existence valable. La direction de chez Tara serait idéale pour moi. Vous ne trouvez pas que je mérite de pouvoir prendre un nouveau départ ? (Elle se leva.) Réfléchissez-y, Bill, dit-elle d'un ton léger en s'en allant.

Le cœur de Bill se mit à battre plus fort, réveillant la vieille douleur. Il pressa le bouton de l'interphone.

– Passez-moi Tom, Hilary.

– M. McMaster n'est pas encore arrivé, M. McMaster.

Bill agrippa le téléphone pour appeler chez lui.

– Où est Tom, Rina ? Il faut que je le voie. Où a-t-il dit qu'il allait hier soir ?

– Il n'a rien dit – seulement qu'il rentrerait tard et de ne pas l'attendre.

Un affreux pressentiment envahit Bill.

– Va voir dans sa chambre.

Une attente épouvantable commença. Il avait le cœur serré comme dans un étau. Elle revint enfin.

– Il n'est pas là ! Son lit n'a pas été défait et il a laissé un mot pour dire qu'il est parti rejoindre Sarah à Orphée.

Tom était arrivé à temps pour soutenir Sarah dans un moment particulièrement difficile : celui de faire leurs bagages pour s'en aller, en sachant que, pour Stéphanie, ce serait comme de couper le dernier fil qui la reliait encore à Dan. Depuis qu'elle avait commencé à sortir, elle n'avait qu'un seul but : retourner aux endroits où elle avait pique-niqué avec Dan, où ils s'étaient promenés ou baignés ensemble au cours des journées idylliques qui avaient précédé l'accident. Rentrer chez elle, c'était reconnaître qu'elle l'abandonnait pour toujours, sans même une pierre tombale ou une gerbe de fleurs pour marquer le lieu de son dernier repos.

Stéphanie était si retirée en elle-même qu'elle n'avait pour ainsi dire pas remarqué la présence de Tom parmi eux. Dennis, au contraire, reçut un rude choc au lendemain de l'arrivée de Tom, quand il fit irruption dans la chambre de sa sœur pour la tirer du lit et l'emmener se baigner, et les trouva ensemble. D'abord incrédule à la vue d'une tête aux cheveux noirs sur l'oreiller de Sarah, de ses cheveux à elle étalés sur une poitrine masculine, il fut pris d'une rage homicide. L'envie de tuer ne diminua guère lorsqu'il reconnut Tom McMaster. Brûlant de colère et de jalousie, il s'enfuit en courant et alla se jeter dans la mer. Quand plusieurs kilomètres de crawl effréné l'eurent défoulé, il se sentit un peu mieux mais il eut du mal à se montrer un minimum poli avec lui quand ils se retrouvèrent tous autour de la table du petit déjeuner. Quant à prendre le moindre plaisir à sa compagnie, c'était hors de question.

Dennis n'avait plus qu'un seul objectif – partir de cette île et ramener Stéphanie en sécurité chez elle à Éden le plus vite possible.

Le matin du départ, Sarah trouva Stéphanie dans son bungalow occupée à finir ses bagages. Elle prenait soigneusement un à un chaque effet ayant appartenu à Dan, le gardant longuement entre ses mains, perdue dans ses pensées, avant de le placer avec un soin méticuleux dans la valise. Sarah s'approcha d'elle.

– Attends, je vais t'aider.

– Merci, ma chérie. Je me fatigue si vite, on dirait. Mais j'ai presque terminé.

– Les autres bagages attendent dehors, dit Sarah en ramassant rapidement les derniers objets dispersés dans la pièce. Dennis est parti se renseigner pour la vedette et Tom est en train de régler les dernières formalités à la réception.

– Tu es amoureuse de Tom, n'est-ce pas ? dit Stéphanie d'un air songeur.

– Oui, c'est vrai. Mais je ne pensais pas que c'était une très bonne idée de t'en parler maintenant.

– Je suis très contente – pour vous deux.

Sarah s'assit sur le lit à côté de sa mère.

– C'est quelqu'un de bien, maman... mais tu le connais. On peut compter sur lui. Et... je suis heureuse avec lui.

Stéphanie lui prit la main.

– Sois heureuse, ma chérie, profite de chaque instant de bonheur.

Elles demeurèrent un moment silencieuses. Puis on frappa à la porte et Dennis passa la tête à l'intérieur.

– Prêtes à partir ?

– Oui, dit Sarah en se levant. Tu viens, maman ?

– Une minute, fit Stéphanie. Allez devant. Je vous rejoins.

Quand elle fut seule, Stéphanie se leva et sortit du bungalow à son tour. Elle descendit en direction de la mer à travers la pelouse sans se rapprocher de la réception. De temps en temps, elle s'arrêtait pour cueillir des fleurs, allant d'un parterre à un buisson profus. Depuis la réception, Dennis, Sarah et Tom la regardaient sélectionner avec un soin extrême les fleurs blanches et rouges parmi la variété infinie de couleurs qui l'entourait, choisissant uniquement celles qui étaient parfaitement épanouies.

– Qu'est-ce qu'elle fait ? demanda Dennis avec agacement.

– Oh, Dennis, un peu d'imagination ! soupira sa sœur.

Quand elle en eut cueilli une pleine brassée, Stéphanie descendit vers la grève. La plage était déserte et plus froide qu'à l'accoutumée. Un vent coupant soufflait. Les vagues venaient lécher le sable à ses pieds, inconsolables. Prenant les fleurs une par une dans sa gerbe, elle les portait à ses lèvres avant de les jeter vers le large. La fragile flottille s'éloignait bravement au gré des flots.

– Blanche pour ta mort, rouge pour la vie que nous avons eue ensemble, chuchotait Stéphanie dans le vent. Adieu mon chéri, mon seul, mon unique amour, pour toujours et à jamais.

Triste temps, songea Jake, en buvant une tasse de café fort avant de se mettre au travail. Le décès du bon Dr Marshall allait faire de la peine à bon nombre de gens, certes. Mais pourquoi ne pas voir aussi les avantages de la situation ? Stéphanie n'était plus la femme d'affaires efficace qui gérait sa société avec zèle et assurance, mais une femme effondrée qui n'aurait ni l'envie ni le courage de se battre pour conserver la maîtrise de la Harper Mining. Et, par-dessus le marché, elle n'était plus une femme mariée et une mère de famille heureuse mais une âme solitaire qui ne demanderait certainement pas mieux que d'être consolée et même davantage – qui sait ? un arrangement à plus long terme était peut-être envisageable. Ça valait la peine d'y réfléchir.

Mais Jake fut bientôt interrompu dans ses pensées par la visite de Bill. Jake le regarda avec attention. Le visage de Bill était gris, marbré de taches bleuâtres autour du nez et de la bouche. Il semblait avoir du mal à respirer. Il avança droit vers le bureau de Jake sans accepter le siège que celui-ci lui offrait du geste.

– J'imagine que c'est ce que vous désiriez, dit-il en jetant une enveloppe sur le bureau.

– Qu'est-ce que c'est ?

– Ma démission.

– Pourquoi ?

– Pas de faux-semblants ! fit Bill, la voix tremblant de colère. Si je n'avais pas déjà su que vous vouliez me mettre dehors, le petit épisode de ce matin aurait suffi à m'en convaincre.

Ce matin… que s'est-il passé ? Jake venait juste d'arriver. Il se contenta de regarder Bill sans rien dire.

– J'ai consacré toute ma vie à la Harper Mining, dit Bill. Mais j'arrive au bout du chemin. Je ne peux plus supporter ce qui arrive à la Compagnie – ni ceux qui s'occupent désormais de la gérer.

– Je pensais que nous aurions pu mettre de côté nos différends et faire des concessions, Bill, dit Jake d'un ton désinvolte.

– Jamais ! se récria le vieil administrateur, de nouveau hors de lui. Plus maintenant que je sais jusqu'à quel niveau vous êtes capable de descendre !

– Me croirez-vous si je vous dis que je n'ai aucune idée de ce à quoi vous faites allusion ?

– Pour qui me prenez-vous ?

Il sortit du bureau en trombe.

Jake pressa pensivement le bouton de l'intercom.

– Hilary ! Qui est venu ce matin avant que j'arrive ?

– Trois membres de la délégation japonaise, le consultant pour les derniers forages, et Mme Stewart a vu M. McMaster.

– Merci.

Mme Stewart. Jake n'était pas tellement surpris. Depuis un certain temps, il se doutait que Jilly avait quelque chose en tête. Ce n'était pas si mal que Bill ait démissionné, en fin de compte. Tom ne tarderait pas à en faire autant, sinon il pourrait être mis à la porte sans difficulté, son père n'étant plus là pour le protéger. Moins Jake aurait de fidèles de Stéphanie autour de lui, mieux il se porterait. Il ne tenait pas à ce que quiconque continue à chercher d'où lui venaient les fameuses parts qui l'avaient propulsé à la présidence. Mais il ne devait pas laisser Jilly agir dans son dos de cette manière. Elle risquait de tout faire sauter. Il allait encore falloir qu'il lui montre qui était le patron ici.

On frappa à la porte et Cassie entra.

– Je veux reprendre mon travail, Jake, dit-elle sans préambule.

– Trop tard, j'en ai peur. Bill a déjà vu quelqu'un pour te remplacer.

– Impose ta volonté. C'est toi le président. Dennis rentre ce matin. Qu'est-ce que je vais lui dire ?

– Désolé, Cassie, mais il va falloir que tu résolves tes problèmes avec ton petit ami toute seule.

– D'accord, cantonnons-nous à mon travail. J'avais cru que mon silence me vaudrait au moins ton soutien. Si tu refuses, je vais aller voir Stéphanie de ce pas pour lui apprendre comment tu as obtenu tes actions – et tout ce que je sais d'autre. Tu risques de le regretter sérieusement – très sérieusement.

– Ce sont des menaces, Cassie ? (Il contourna

son bureau pour s'approcher d'elle et la saisit violemment par les poignets.) Si c'est le cas, ce n'est pas très futé de ta part, ma chère petite. Ça ne mène à rien avec moi.

Il l'attira vers lui, mi-cruel, mi-ironique.

– Jake ! Ne sois pas plus salaud encore que tu n'es ! Fais quelque chose pour moi !

– C'est ce que j'ai cru faire, dit-il avec un sourire. Sérieusement, Cassie. J'ai quelque chose en tête pour toi. Tu veux prendre la direction de Tara ?

– Tara ?

– Pourquoi pas ?

– Je n'y connais rien en matière de mode.

– Ce n'est pas le plus important – tu peux laisser cet aspect-là à Joanna Randall. Il s'agit de la gestion.

– Qu'est-ce qui a pu te faire croire que ça m'intéresserait ?

– Une autre candidate m'a montré qu'il s'agissait d'un travail passionnant et d'une grande importance. Ne sois pas trop difficile. Tu n'as pas tellement d'autres propositions, pas vrai ?

L'interphone vibra sur le bureau.

– Mme Stewart veut vous voir, monsieur.

Jake leva les sourcils.

– Ah oui ? Faites-la entrer.

Jilly entra, l'air extrêmement contente d'elle.

– J'ai vu Bill McMaster, Jake. Il pense que je serai parfaite pour Tara. (Elle s'arrêta net.) Qu'est-ce qu'elle fait là ? demanda-t-elle en montrant Cassie du doigt.

– Mlle Jones et moi envisagions divers plans de carrière, dit Jake sans s'émouvoir. Je lui ai offert la direction de chez Tara.

– Tu... s'étrangla Jilly.

– Et j'ai décidé d'accepter, dit Cassie.

Aussitôt Jilly s'en prit à la jeune femme.

– On peut dire que vous vous en tirez bien, Mlle Jones, siffla-t-elle avec haine. Évidemment, ça ne doit pas être inutile d'avoir des relations très particulières avec le patron. Je devrais dire avec les patrons. Je me demande s'il existe qui que ce soit portant pantalon avec qui vous n'ayez pas fricoté dans les parages.

Tremblante, elle sortit en trombe. Elle se heurta à Dennis dans le couloir.

– Cassie est là ? demanda-t-il tout heureux. J'ai...

– Cassie ? répéta Jilly avec un rire menaçant. Oh ! pour être là elle est là !

– Que se passe-t-il ? dit Dennis, inquiet de l'éclat cruel et de la fixité de son regard. Vous vous sentez bien ?

– Parfaitement bien. Mais pas aussi bien qu'elle, c'est vrai. Elle va prendre la direction de chez Tara. Comment s'est-elle procuré ce poste, d'après toi ?

– Je ne sais pas, répondit Dennis ébahi.

– Eh bien, je te l'apprends. (Et Jilly cracha ces paroles empoisonnées :) Ta petite sainte nitouche fricote avec le président de la Harper Mining depuis longtemps...

– Non, je ne veux pas vous écouter ! s'écria Dennis.

– ...Elle n'a pas arrêté ! Pendant qu'elle jouait à Roméo et Juliette avec toi, elle travaillait pour lui. On peut dire qu'elle a baisé la Harper Mining dans tous les sens du mot !

Dennis jetait de tous côtés des regards farouches. Cassie vint s'encadrer sur le seuil du bureau de Jake.

– Est-ce vrai ? demanda-t-il d'une voix rauque...

– Dennis, n'écoute pas un seul son de cloche...

– Est-ce vrai ? répéta-t-il en appuyant sur chaque mot.

Il lut la réponse sur le visage de Cassie. Horrifié, incrédule, il tourna les talons et partit en courant.

– Dennis, je vais t'expliquer !

La voix de Cassie résonna, creuse, dans le couloir vide.

– C'est ça, ma petite chérie, courez-lui donc après pour lui expliquer, dit Jilly, rayonnant d'un plaisir féroce. Vous aurez pas mal de choses à lui expliquer !

Par la porte restée ouverte, Cassie apercevait Jake, déjà au téléphone, poursuivant son travail, parfaitement indifférent. Elle se retrouva comme paralysée, incapable de bouger – et d'ailleurs, où serait-elle allée ?

Se retrouver à Éden semblait un rêve à Stéphanie. Elle parcourait les pièces, effleurant au passage les objets dont elle se souvenait, se remémorant son existence antérieure avec plus de plaisir que de chagrin. Mais c'était à croire que tout cela remontait à un millier d'années et était arrivé à une autre. Elle avait le sentiment que son vrai moi était resté à Orphée avec Dan, et qu'un pâle fantôme continuait de marcher avec son corps, de parler avec sa voix.

Elle savait pourtant, au fond d'elle-même, qu'il lui fallait faire l'effort de renaître au monde réel. Elle ne pouvait pas vivre le restant de son existence comme une invalide qu'on ne pouvait pas laisser seule et à qui il fallait s'adresser à voix basse, en faisant bien attention à ce qu'on disait. Elle avait déjà remarqué avec une tristesse incommensurable la joie qui s'exprimait sur le visage de Sarah dès que Tom apparaissait et les efforts de sa fille pour ne pas paraître trop joyeuse de la quitter pour aller le rejoindre. Elle ne supportait pas l'idée d'empêcher les autres d'être heureux. Il fallait qu'elle trouve une porte de sortie – qu'elle cesse de vivre ainsi comme une demi-morte.

Cela prendrait du temps; les gestes les plus simples lui semblaient insurmontables pour le moment. Depuis leur retour, le matin même, elle avait pris sur elle pour commencer à défaire ses bagages, tandis que Dennis filait à Sydney et que Tom et Sarah se promenaient dans le jardin. Mais elle venait tout juste de s'atteler à la tâche quand elle entendit le moteur de la voiture de Dennis vrombir de nouveau dans l'allée et les freins crisser sur le gravier. Quelle heure pouvait-il être ? Elle alla à la rencontre de Dennis pour voir ce qui se passait.

Elle le trouva dans le salon occupé à se servir un whisky.

– Tu veux boire quelque chose ? demanda-t-il trop fort. Allez, buvons !

– Qu'y a-t-il, Dennis ?

– Rien du tout.

– Je t'en prie, dis-le-moi.

Ses yeux lancèrent des éclairs.

– Je ne veux pas en parler !

– Cela pourrait te faire du bien.

– Pas cette fois.

– Dennis... Sarah, toi et moi avons été plus proches les uns des autres pendant les dernières semaines que jamais auparavant. On ne se rend vraiment compte de l'importance de la famille que lorsque tout le reste s'effondre tout autour. J'aimerais pouvoir t'aider comme tu m'as aidée.

Avant qu'il ait eu le temps de répondre, on frappa à la porte.

– M. McMaster voudrait vous voir, dit Matey en entrant.

– Faites-le entrer. (Elle sourit à Dennis.) Dommage que nous ayons été interrompus, mon chéri. Mais je suis prête à t'écouter quand tu veux. On pourra peut-être en reparler plus tard ?

Bill entra précipitamment. Stéphanie tenta de cacher la consternation qu'elle ressentit en le voyant. De nouvelles rides d'anxiété qu'elle ne lui avait jamais vues striaient son visage et il avait l'air d'un homme extrêmement surmené. La culpabilité la saisit. Était-ce d'avoir dirigé la Harper Mining sans elle qui l'avait rendu ainsi ?

– Il faut que nous parlions, Steph, dit-il d'un ton haché.

– Oui, nous allons avoir beaucoup de choses à discuter. Mais je ne pense pas être déjà prête à me replonger dans les affaires. Est-ce que Jake ne peut pas s'en occuper ?

– Cette canaille ! intervint Dennis d'un ton rageur.

– Il ne s'agit pas de ça. C'est encore plus sérieux.

– Qu'est-ce qui pourrait être plus sérieux que les affaires de la Compagnie ? dit encore Dennis, sarcastique.

– Steph ! Je vous en prie ! Pouvons-nous aller dans le bureau ?

– Bien sûr, Bill.

Elle se détourna pour quitter le salon. Au même instant, Sarah et Tom entraient dans la maison par l'une des portes-fenêtres, main dans la main et l'air aux anges.

– Tom ! s'écria Bill. Pourquoi n'es-tu pas rentré directement à la maison ? J'ai à te parler !

Tom regarda son père avec effarement.

– Il n'y a sûrement pas de quoi te mettre dans cet état, papa. En fait, j'avais quelque chose d'assez important à faire ici. (Il se tourna vers Sarah pour la regarder tendrement dans les yeux.) Nous avons une nouvelle à vous annoncer à vous tous. J'ai demandé à Sarah de devenir ma femme et elle a accepté. Nous sommes fiancés.

– Tom ! Oh, je suis si contente pour vous deux !

Stéphanie s'élança pour serrer sa fille dans ses bras.

– À l'heureux couple ! lança ironiquement Dennis en levant son verre de whisky.

– Non, non, vous ne pouvez pas !

Bill poussa un cri étouffé, tomba à genoux et s'affaissa sur le côté. Il y eut un instant d'horreur sans nom, puis Stéphanie courut à lui et, s'agenouillant, lui releva la tête.

– Steph ! écoutez-moi, dit-il d'une voix rauque en crispant sa main sur sa poitrine. Il ne faut pas qu'ils se marient. C'est... Tom... c'est votre fils !

28

Un sacré remède, le whisky, tout de même ! songeait Dennis, vautré sur le sofa du salon d'Éden. Depuis que l'ambulance était partie dans un hurlement de sirènes, emportant Bill, Tom et Stéphanie, et que Sarah avait disparu dans le jardin, tout était retombé dans le silence. L'ambiance idéale pour siroter tranquillement une bouteille de vieux malt. C'est vrai, ça noie le chagrin, comme on dit. Il se sentait nettement mieux que plus tôt dans la journée, pour la bonne raison qu'il ne sentait plus grand-chose. Le meilleur anesthésiant du monde. Il tendit de nouveau la main vers la bouteille.

Il entendit vaguement un bruit de voiture dans l'allée, puis des pas le long de la maison. Tom entra par la porte-fenêtre.

– Je viens de l'hôpital... commença-t-il.

– Dehors !

– Quoi ?

– Dehors, je te dis ! Sors d'ici !

Dennis se leva en titubant pour marcher sur lui. Tom comprit aussitôt la nature de son état.

– Où est Sarah ? hurla-t-il.

– Écoute, je t'ai demandé de te tirer. La dernière personne dont elle a besoin c'est toi.

Tom serra les mâchoires.

– Dennis... tout ça te fait peut-être un drôle d'effet, mais dis-toi que pour ta sœur, ça doit être encore bien pire.

– Et la faute à qui ?

Tom le regarda avec tristesse.

– Qu'est-ce que ça peut faire ? dit-il, et il tourna les talons.

– Laisse Sarah tranquille ! hurla Dennis dans son dos. Elle peut se passer de toi ! Elle comme nous tous !

Tout en traversant la pelouse à grandes enjambées, Tom songeait qu'il pouvait déjà se réjouir d'une chose : il n'avait pas cédé à son impulsion de se jeter sur Dennis à bras raccourcis. La situation était assez pénible comme ça. L'esprit de Tom refusait d'envisager toutes les implications de l'extraordinaire révélation de Bill. Il y avait eu suffisamment à s'occuper en arrivant à l'hôpital, il avait fallu prévenir Rina et penser à tous les problèmes qui allaient surgir. Mais il fallait qu'il voie Sarah. Elle devait être affreusement malheureuse.

Il la trouva sur la corniche qui surplombait la mer. Un vent violent soufflait et le soleil s'estompait à l'approche du couchant. L'air était vif – presque froid. Mais elle ne semblait pas y prendre garde. Elle était enfermée dans ses pensées et sursauta en le voyant. Avec un chagrin immense, il constata qu'elle ne le regardait déjà plus de la même manière – un mélange de gêne et de quoi ? de peur ? de dégoût ? lui voilait les yeux. Elle fit un effort pour paraître naturelle.

– Comment va ton p... – comment va Bill ?

On ne peut même plus se parler normalement, se dit-il avec terreur.

– Il est en réanimation. Ça ne servait plus à rien que je reste.

– A-t-il... dit autre chose ?

– Non. Ni lui ni Stéphanie.

Elle était très pâle.

– C'est vrai, tu crois, que nous sommes frère et sœur ?

– Je ne sais pas. Mais je sais qu'il n'a pas pu l'inventer.

– Ça doit expliquer leur attitude hostile à notre

égard depuis le début : ils savaient que nous ne pourrions jamais – ne devrions jamais…

Il aurait voulu la prendre dans ses bras mais n'osait pas la toucher.

– Sarah… je ne sais pas quoi faire.

– Il n'y a rien à faire ! s'écria-t-elle brusquement. Sauf si tu peux changer ce qui a déjà eu lieu !

– Mais nous ne pouvions pas savoir, Sarah !

Comment une chose aussi belle pouvait-elle soudain devenir une souillure et un péché ? C'était cela qui faisait le plus mal.

– Nous avons fait l'amour et je n'en ai aucun remords ! Je ne sais pas ce que cela fait de moi, mais ça m'est égal !

– Mais c'était mal !

– Non ! Pas sur le moment ! Ce qui est mal, ce sont tous les mensonges qu'on nous a racontés. Je t'aime toujours, Sarah. Rien ne pourra changer ça.

– Tom, je t'en prie, ne… gémit-elle.

– Dis-moi que tu ne m'aimes pas ! la défia-t-il.

– C'est fini ! Il le faut ! cria-t-elle. Nos sentiments n'ont rien à y voir. Nous ne pouvons pas nous aimer – nous ne le pourrons plus jamais !

Elle fit volte-face et partit en courant en direction de la maison. Stéphanie était debout dans l'entrée. Leurs regards se croisèrent. Sarah s'élança dans l'escalier pour gagner sa chambre mais la voix de Stéphanie l'arrêta dans sa course.

– Sarah ! Il faut que nous parlions.

Sarah se détourna.

– Il n'y a rien à dire !

Stéphanie s'agrippa à la balustrade.

– Je veux que tu comprennes que j'ignorais tout de ce que Bill a dit. J'ai eu un bébé… il y a longtemps, je n'avais même pas ton âge. Puis on m'a envoyée au loin et le bébé devait être adopté. Mon père m'a appris par la suite qu'il était mort. Je ne savais rien d'autre.

– Mais Bill savait, lui ! Pourquoi personne ne

nous a dit la vérité avant qu'il soit trop tard ?
– Trop tard ?
Stéphanie avait parlé d'une voix très basse.
Soudain les épaules de Sarah s'affaissèrent et, s'asseyant sur les marches, elle éclata en sanglots.
– Je me sens si sale, maman, hoqueta-t-elle. J'ai tellement honte de ce que nous avons fait.
Lentement, Stéphanie monta jusqu'à elle et la prit dans ses bras.
– Chhhut, Sarah, ma chérie, dit-elle d'une voix apaisante. Tu ne pouvais pas savoir.
Du dehors, leur parvint le bruit de la voiture de Tom qui s'éloignait dans le crépuscule. Stéphanie avait le cœur aussi lourd que du plomb. N'était-ce pas assez de me prendre celui que j'aimais, demanda-t-elle aux malins génies de la destinée. Pourquoi faut-il que vous enleviez son amant à ma petite fille ? Elle ne put rien dire de plus à Sarah, aucun mot n'aurait réussi à la consoler. Elles demeurèrent assises dans les bras l'une de l'autre, comme les survivantes d'un naufrage, sans prononcer une parole.

L'air nocturne était froid même au centre de Sydney. Le long été torride n'était plus qu'un souvenir, qui s'éloignait à mesure que les jours passaient. Jilly se réjouissait d'avoir pris son manteau et ne s'attardait pas devant les vitrines des boutiques de luxe, mais marchait d'un pas vif en direction du Regent. Tout bien pesé, décida-t-elle, elle n'était pas mécontente de la tournure qu'avaient prise les choses. Elle aurait certes préféré lâcher la bombe concernant Tom aux pieds de Stéphanie elle-même. Rien que pour voir sa tête ! Celle de Bill ne l'avait pas déçue non plus, à vrai dire. Mais le plus réjouissant, c'étaient les conséquences désastreuses de la révélation. Bill en réanimation, Sarah et Tom séparés et malheureux, et Stéphanie au bord d'une série de complications dont elle n'avait sûrement pas encore saisi toute l'ampleur. Pas mal, songea Jilly avec satisfaction, pas mal.

Le plaisir que tirait Jilly de ces derniers épisodes parvenait presque à calmer la colère qu'elle avait ressentie en apprenant que Jake allait confier à Cassie la direction de Tara. Un échange de bons procédés, évidemment, il remerciait ainsi la petite sainte nitouche pour services rendus au lit. Mais il faudrait qu'il trouve autre chose. Jilly était fermement décidée à obtenir la gestion de Tara, et elle l'obtiendrait. Mlle Jones devrait se contenter d'autre chose. Elle était en route pour la suite de Jake au Regent, afin de lui exposer son raisonnement – d'une logique incontestable, force lui serait d'en convenir.

Jake ouvrit la porte et consulta sa montre.

– Je n'ai pas beaucoup de temps à t'accorder, dit-il sèchement. Je dois sortir.

– Où vas-tu ? demanda-t-elle, jalouse.

– Ce n'est pas que cela te regarde, dit-il en riant, tandis qu'il la conduisait au salon, mais je reçois une délégation de Boliviens – des présidents de consortiums miniers qui viennent d'arriver en ville.

– Quoi ? Dans cette tenue ? fit Jilly en désignant du menton son peignoir de soie à motifs rouge et or extravagants.

– Oh, je peux enfiler tout de suite mon costume de ville et ma cravate noire si ça peut te faire plaisir, dit-il, sarcastique. Mais qu'est-ce que je peux pour toi ?

– Tara ! dit-elle simplement.

– Rien à faire.

– J'y tiens absolument.

– J'ai déjà nommé Cassie Jones.

– Eh bien, dé-nomme-la !

Jake soupira et déclara d'un ton coupant :

– Je t'ai déjà dit que j'étais avant tout un homme d'affaires et il s'agit d'une décision de travail. Je veux à la direction de chez Tara quelqu'un capable de rapporter de l'argent. Je n'ai pas l'intention d'entrer dans quelque projet délirant de vengeance personnelle !

– Délirant !

– Tu es dangereuse, Jilly. Si j'avais eu vent du petit jeu que tu comptais jouer avec Bill McMaster, sache que je n'y aurais pas pris la moindre part. J'ai les moyens d'obtenir tout ce que je veux de la Harper et de Stéphanie sans avoir besoin de ce genre de petits calculs minables. (Il consulta de nouveau sa montre.) Maintenant excuse-moi, mais il faut absolument que je m'habille.

Jilly n'en revenait pas. Elle était tellement sûre que Jake aurait apprécié son travail qu'elle s'attendait à être reçue avec des baisers et du champagne quand il aurait appris qu'elle avait délogé Bill et semé encore un peu plus la confusion dans le camp des Harper. Au lieu de quoi, on la congédiait comme une vulgaire souillon surprise avec le valet de ferme à forniquer dans la grange ! Elle dut prendre sur elle pour répliquer :

– Si tu as effectivement une telle vision de mes activités, je ne vois pas très bien pourquoi nous poursuivons notre... collaboration. Tu as encore des coupons qui m'appartiennent, concernant certaines actions. Je veux que tu me les rendes.

– Ils seront chez toi demain matin avant 9 heures.

Et ce fut tout. Quelques secondes plus tard, Jilly se retrouva dans la rue en proie à des sentiments divers et contradictoires. Mais l'impression dominante était celle de s'être conduite comme une imbécile.

Rina et Stéphanie se tenaient devant la porte de la chambre de Bill, à l'hôpital. Elles ne parlaient pas mais il n'y avait ni gêne ni froideur dans leur silence – l'heure n'était pas aux hostilités. Bill avait surmonté l'attaque et il ne restait plus qu'à attendre. Après être rentrée à Éden pour voir Sarah, Stéphanie avait refait le chemin en sens inverse pour tenir compagnie à Rina dans cette attente éprouvante pour les nerfs.

Poussant la lourde porte, le médecin sortit dans le couloir.

– Votre mari vous demande, madame, dit-il. Et vous aussi, ajouta-t-il en s'adressant à Stéphanie. Vous pouvez entrer un petit moment, mais je dois vous prier d'être très prudentes. Il ne doit pas se fatiguer ni parler trop. Il a eu beaucoup de chance, mais il est encore très faible et pourrait rechuter.

Elles hochèrent du chef avec respect.

– Par ici, je vous prie.

Étendu sur le lit, Bill, plutôt massif et carré d'allure, semblait avoir diminué de volume – comme si l'homme qu'elles avaient l'habitude de voir s'était soudain trouvé réduit de moitié. Il se mit à parler dès qu'il les vit entrer.

– Stéphanie... il faut que je vous dise...

– Chhhut, Bill, je peux attendre.

– Non, fit-il avec un reste de sa vieille autorité. On a trop joué à ça.

Les deux femmes prirent place à son chevet et il lui saisit la main. Stéphanie avait peur. Peut-être aurait-elle préféré ne pas savoir ce qu'il semblait si pressé de lui révéler.

Péniblement, il commença :

– Après la naissance du bébé – de Tom –, quand vous êtes allée en Europe, votre père a demandé qu'on vous dise qu'il était mort. Il ne voulait pas que vous pensiez à l'enfant ou que vous risquiez de vous mettre à le rechercher quand vous seriez plus âgée.

– Il voulait me faire oublier que j'avais jamais eu cet enfant ?

Stéphanie parlait d'une voix blanche. Bill n'aurait pu dire à quel point elle souffrait.

– Oui, poursuivit-il. Il m'a demandé de m'occuper de l'adoption. Il ne voulait pas savoir ce qu'il deviendrait ni avoir quoi que ce soit à y voir lui-même. Il ne m'a pas donné le choix. J'ai donc placé le bébé dans un orphelinat – où les enfants attendaient d'être adoptés.

– Ce n'était pas ce que nous voulions, intervint Rina. Mais nous avions trop peur de Max pour aller contre sa volonté.

Comme tout le monde, songea Stéphanie.

– Mais Rina et moi n'avons cessé de nous sentir coupables par la suite. Il était si mignon. L'avoir abandonné comme ça !... Des semaines durant nous en avons discuté et rediscuté. On n'arrivait plus à penser à autre chose. Pour finir, on a décidé de l'adopter nous-mêmes.

– Bien sûr, ça ne justifie en rien ce que nous avons fait, dit Rina, les yeux brillants de larmes. Mais nous savions déjà que nous ne pouvions pas avoir d'enfants. Alors Bill est retourné à l'orphelinat...

– ...La mère supérieure nous a autorisés à reprendre le bébé. De là, nous sommes allés à Perth, où une cousine de Rina venait de mourir, et en rentrant nous avons dit à tout le monde que nous avions dû recueillir son nouveau-né pour l'élever comme le nôtre. Voilà toute la vérité.

– Vous n'avez jamais songé à m'en parler ? demanda Stéphanie sans l'ombre d'un reproche dans la voix.

– Toujours, au contraire ! (Le visage de Bill était ravagé par le remords.) Mais nous trouvions sans cesse de bonnes raisons pour repousser le moment jusqu'à ce que ce soit devenu trop tard. Nous avions peur de le perdre – et de vous perdre, Steph !

– Nous vous demandons pardon, Stéphanie, dit Rina qui s'était mise à pleurer pour de bon. Nous avons cru agir pour le mieux. Et voilà comment ça a tourné. Pourrez-vous nous pardonner ?

– Oui, Rina, je vous pardonne. Mais je ne suis

pas la seule concernée. J'espère que Tom et Sarah en seront capables.

Elle n'ajouta pas que, par comparaison avec le tort qui lui était fait à elle, le fait d'avoir détruit deux jeunes vies était un crime beaucoup plus grave. Elle savait que c'était inutile. Quand elle pressa la main du vieux monsieur en signe de réconfort, elle savait que pour lui, comme pour elle, comprendre n'était pas absoudre.

29

En s'éveillant, seule dans un lit vide et froid, Stéphanie ne comprit pas tout de suite où elle était. Puis elle reconnut sa chambre, à Éden. Elle était de retour, mais Dan n'était pas rentré avec elle. Combien de temps faut-il, songea-t-elle, au fond du désespoir, pour que l'autre moitié de soi-même cesse de nous manquer ? Pour s'habituer à dormir seule, à manger seule, à être seule, quand on a connu le plaisir de vivre harmonieusement ensemble, plaisir que seul le mariage peut apporter ? Comme chaque matin depuis qu'elle avait accepté sa perte, elle commença par penser à lui et à pleurer son absence. Puis, pour ne pas sombrer dans la douleur, elle se força à se lever et à entamer sa journée.

Sous la douche, elle laissa son esprit passer en revue les événements des dernières vingt-quatre heures. D'une certaine manière, le malheur de Sarah relativisait un peu le sien propre – n'était-ce pas plus terrible encore pour elle d'être séparée de celui qu'elle aimait en le sachant vivant, de devoir continuer à vivre dans la même ville que lui, tous deux déchirés de ne pas se voir tout en évitant soigneusement de se rencontrer ? Stéphanie avait aussi de la peine pour Bill et pour Rina, dont le secret si bien gardé avait fait tant de mal au moment de sa révélation. Mais au fond d'elle-même, et bien qu'elle ne l'eût avoué à personne, elle éprouvait de la joie et du soulagement – du soulagement parce que son bébé n'était pas mort comme on le lui avait fait croire, et de la joie en constatant qu'il était devenu un jeune homme aussi magnifique. Si Dan avait été là, il aurait compris, lui.

La veille, Bill l'avait mise au courant de ce qui s'était passé à l'intérieur de la Compagnie en son absence – Dennis et Sarah n'ayant pas eu le courage de tout lui raconter à Orphée. Elle avait donc appris la victoire de Jake lors du conseil d'administration extraordinaire et la perte du poste de présidente qu'elle occupait depuis le décès de son père. Au grand soulagement de Bill, elle avait pris les choses très calmement, se contentant de faire observer que la guerre n'était pas terminée. Elle y réfléchirait à tête reposée – et ce n'était pas le temps qui lui manquait pour cela désormais.

Tout en s'habillant puis en avalant un petit déjeuner frugal, Stéphanie tournait aussi dans sa tête les dernières paroles que lui avait soufflées Bill avant de sombrer dans le sommeil.

– Méfiez-vous de Jilly, Steph, avait-il dit, déjà à demi endormi sous l'influence du sédatif que venait de lui faire avaler l'infirmière. Elle était au courant pour Tom et elle comptait s'en servir. Et regardez tous les ennuis que vous avez eus depuis qu'elle est sortie de prison. Méfiez-vous d'elle !

Et il s'était endormi. Mais ses paroles étaient revenues hanter Stéphanie à plusieurs reprises pendant la nuit. Il y avait tant de choses inexplicables dans la façon dont Jake Sanders avait fini par emporter le combat qu'il menait au sein de la Compagnie depuis un certain temps – Jilly était-elle mêlée à tout ça ? Et son accident de cheval ? L'enquête n'avait rien donné. Mais elle s'était toujours promenée dans le parc en toute sécurité; que s'était-il réellement passé ce jour-là ?

Ses questions demeuraient sans réponse. Et elle avait beau y réfléchir, elle ne parvenait pas à relier les uns aux autres les événements qui s'étaient produits au cours des brèves semaines écoulées depuis la libération de Jilly. Mais, soudain prise d'un regain d'énergie, elle décida de pousser jusqu'au bout les questions qu'elle se posait – soit elle trouverait certaines réponses, soit elle cesserait de s'interroger.

Un peu plus tard dans la matinée, elle sauta dans sa voiture pour gagner Elizabeth Bay et rendre visite à Jilly. Celle-ci la reçut avec d'immenses débordements d'amitié et se mit à parler sans pouvoir s'arrêter du miracle qui avait sauvé Stéphanie, tout en la bourrant de biscuits et de café. Pour finir, Stéphanie profita d'une interruption dans le flot de paroles de Jilly et posa la question qui motivait sa visite :

– Tu connais bien Jake Sanders ?

Aussitôt sur le qui-vive, Jilly réfléchit à toute vitesse. Que savait-elle au juste ? songea-t-elle, non sans inquiétude.

– Je ne le connais pas du tout, Steph, dit-elle d'un ton convaincant. Pourquoi ?

– Je peux être franche ?

– Bien sûr.

– Je me demandais si tu l'avais aidé.

– Aidé ?

Elle se pose des questions – elle ne voit rien.

– À prendre le contrôle de la Harper Mining.

– Mais pourquoi aurais-je fait une chose pareille ? demanda Jilly, l'air atterré.

– Parce que… tout au fond de toi-même, tu me détestes encore.

Elle avait dû faire un effort terrible pour prononcer ces mots. Mais c'était la seule de toutes les raisons qu'elle avait imaginées au cours de sa nuit sans sommeil qui lui parût avoir un minimum de sens.

– Comment peux-tu dire ça ? s'écria Jilly, feignant d'être bouleversée.

– Parce que depuis le jour où tu es sortie de prison, tout a commencé à aller mal pour moi. Dieu sait que je me suis interdit de penser que tu y étais peut-être pour quelque chose. Mais il faut que j'en aie le cœur net.

– C'est trop injuste, Stéphanie. Comme tout va mal dans ta vie, tu en rejettes la responsabilité sur moi. (Ses yeux s'emplirent de larmes.) J'ai vraiment essayé d'être une sœur pour toi, j'ai fait tout ce que j'ai pu. Et maintenant tu veux faire de moi un bouc émissaire.

– Ce n'est pas vrai, Jilly. J'essaie seulement de comprendre comment Jake Sanders a obtenu les actions qui lui manquaient pour accéder au conseil d'administration. Il faut que quelqu'un l'ait aidé d'une manière ou d'une autre.

– Je t'assure que ce n'est pas moi. Mais je crois pouvoir te suggérer quelqu'un.

– Qui ?

– La petite amie de Dennis, la petite surdouée – Cassie je-ne-sais-plus-trop-qui.

– Jones, répondit machinalement Stéphanie.

– Je vais te montrer quelque chose, fit Jilly ronronnant presque de ravissement à la tournure que prenaient les choses. (Elle alla chercher une enveloppe.) Mes coupons d'actions de la Harper Mining. J'ai reçu ce matin une question de mon agent de change. D'après les archives de la Bourse où sont allés fouiller les enquêteurs de la Harper la semaine dernière pour trouver le coupable, mes actions auraient été transférées aux Investissements Sanders voilà deux semaines. C'est du moins ce qu'indique l'ordinateur.

– Je ne comprends pas, dit Stéphanie, fronçant les sourcils. Si tu ne les as pas vendues à Jake, comment se fait-il...

– Cassie a introduit de fausses données !
– Pourquoi aurait-elle fait ça ?
– Oh, Steph..., commença Jilly, une note de pitié dans la voix. Tu es si naïve, si confiante – tu aurais pu t'apercevoir qu'elle travaillait pour Sanders depuis le début. Et qui était la personne la mieux placée pour porter le chapeau ? La brebis galeuse de la famille bien sûr – une femme qui a déjà un casier judiciaire bien rempli, dont la parole n'est pas digne de confiance quoi qu'il arrive.

Stéphanie examina les actions. Il n'y avait pas à discuter.

– C'est ce que j'étais venue chercher, tu sais, dit-elle avec un sourire triste. Une preuve tangible. Si tu les as entre les mains, Sanders n'a pas pu les avoir évidemment.

– Et tu devrais parler de Cassie à Bill, ajouta Jilly qui profitait de son avantage. Il l'a congédiée, hier. Tom est parfaitement au courant.

– Tom... dit Stéphanie, comme si elle revenait à la réalité. Oh, oui...

Oh oui, ma chère Stéphanie, songea Jilly avec une joie cruelle, encore un petit problème, pas vrai ? Et pas facile à résoudre, celui-là. À voix haute, elle dit :

– Je suis désolée. Tu as déjà tellement à supporter en ce moment. Avec tout ce que tu traverses, je devrais comprendre que tu sois méfiante. Ma pauvre Steph !

Pour Dennis, les journées s'écoulaient dans une brume éthylique à se morfondre sur son sort. La rupture avec Cassie avait été un coup très rude. Il se tordait de haine et de jalousie en l'imaginant dans les bras de Jake, s'ébattant dans le lit de Jake et faisant pour Jake les choses qu'elle avait faites pour lui. Et par-dessus tout il y avait l'humiliation de s'être fait avoir, d'avoir eu confiance en elle, d'avoir cru qu'elle l'aimait quand elle se servait de lui dans un but purement intéressé.

Et puis découvrir que maman... Malgré ses fréquents conflits avec Stéphanie, Dennis l'avait toujours idéalisée. Quand il était petit, en pension, il avait vécu dans l'attente de ses visites, impatient de voir apparaître la grande dame au parfum exquis et aux doux yeux bleus. En grandissant, il avait eu du mal à accepter l'histoire en dents de scie de sa vie sexuelle, ses nombreux mariages, son existence de femme. Et quelque part tout au fond de son cœur, il continuait de chérir et d'adorer une image de Stéphanie qui restait pure et inviolée. Or, voilà qu'il apprenait tout à coup qu'elle s'était fait cubulter à dix-sept ans... et par qui ? Un vieux dégoûtant ? Un ami de son père, homme d'affaires lui aussi ? Ou un des types souples et musclés qui travaillaient sur la réserve d'Éden... L'imagination de Dennis battait la campagne.

À voir son frère dans les affres de son enfer personnel, Sarah s'inquiétait de plus en plus. Souffrir est une chose, se disait-elle, et nous avons tous notre part de souffrance. Mais je ne te laisserai pas faire quelque chose d'irrémédiable, te détruire la santé ou te tuer, même si tu crois que c'est ce que tu aimerais faire. Ce serait un coup fatal pour maman. Aussi coupait-elle d'eau les bouteilles de whisky dans le bar du salon. Elle s'était par ailleurs entendue avec Matey pour que la provision d'alcool ne soit pas toujours renouvelée à temps. Elle cachait les clés des voitures et plus d'une fois elle avait aidé son frère à monter les escaliers, ivre et dépourvu de toute volonté, pour le conduire jusqu'à sa chambre où il se laissait tomber tout habillé sur le lit et s'endormait. Pour le distraire elle l'emmenait faire de grandes balades en voiture qui les entraînaient parfois jusqu'aux Blue Mountains ou dans la brousse, pour trouver quelque répit à leur souffrance dans la solitude des grands espaces.

Un jour qu'ils rentraient d'une de leurs expéditions, Dennis explosa brusquement :

– Quel gâchis ! Mais quel foutu gâchis ! Et tout ça grâce à maman !

C'était la première fois qu'il osait exprimer ainsi la colère qu'il nourrissait à l'encontre de Stéphanie. Sarah en fut scandalisée.

– Elle ne savait pas que Tom était vivant !

– Si elle était si innocente, comment se fait-il qu'il ait jamais existé ?

– Tu n'as pas de cœur, Dennis ! Elle était si jeune... Et si un truc comme ça vous arrive, on essaie forcément de l'oublier à tout jamais.

– Oublier, répéta Dennis d'un ton maussade. Si je pouvais en faire autant !

– Mais quel est ton problème, à la fin ? demanda Sarah agacée.

– Tu veux le livre entier ou seulement les titres ? D'abord, je ne vois pas comment je pourrais me réjouir de voir arriver un héritier de plus pour la fortune des Harper.

– Mon Dieu, Dennis ! Tu ne crois pas qu'on a des soucis plus graves ?

– Pour toi, évidemment, c'est facile à dire, commença Dennis, mais il s'interrompit.

Comment expliquer à Sarah ? Sarah était une fille, ce n'était pas sa place particulière dans la famille que Tom lui fauchait. Comme si cela n'avait pas suffi qu'il débarque à la Compagnie avec ses diplômes et ses qualifications, sans parler de ses manières de fonceur, à l'américaine ! Et maintenant qu'il se découvrait le fils de Stéphanie Harper, Dennis allait forcément être éclipsé un jour ou l'autre. Une dynastie ne pouvait avoir deux princes héritiers, songeait-il avec rancœur. Comment Stéphanie pouvait-elle lui faire une chose pareille, à lui, Dennis ?

– Si c'est tout ce qui te tracasse... commença Sarah.

– Oh, tu connais maman aussi bien que moi !

coupa Dennis, de plus en plus remonté. Elle a bien essayé d'acheter Jilly pour cinq millions de dollars – je me demande à combien elle évalue un bâtard de fils ?

– Ça suffit, Dennis ! (Si Sarah n'avait pas eu les mains sur le volant, elle lui aurait envoyé une paire de gifles.) J'en ai assez, tu m'entends ? Si c'est dur à avaler pour toi, dis-toi que c'est encore bien pire pour moi !

L'image de Sarah au lit avec Tom, ses cheveux épars sur sa poitrine virile, lui revint brusquement à l'esprit. Bon sang ! mais oui ! Il n'avait pas pensé à ça ! Elle devait se sentir... cela devait être comme... Il tenta d'imaginer ce qu'il ressentirait s'il découvrait qu'il était dans cette situation. Mais il en était incapable. Lui qui avait fantasmé sur la quasi-totalité des filles qu'il avait connues depuis qu'il avait quitté l'école, sans compter Elizabeth Taylor, Madonna et Marilyn Monroe, il ne parvenait pas à voir sa sœur de cette manière. Voilà au moins une complication qui sera évitée à la famille Harper, songea-t-il.

– Je suis désolé, dit-il.

Ils accomplirent le reste du trajet en silence. Comme elle s'engageait dans l'allée derrière la maison, Sarah eut un choc en voyant la voiture de Tom. Celui-ci faisait les cent pas près de la piscine. En l'apercevant, Dennis bondit de la voiture et se dirigea sur lui à grandes enjambées. Sarah s'élança en courant sur ses talons.

– Il faut que je te parle, Sarah, dit Tom dont le visage était pâle mais calme.

– Non...

– Ta présence est indésirable, ici ! glapit Dennis d'un ton menaçant.

– On ne peut pas laisser les choses en l'état, dit Tom en s'approchant de Sarah.

Dennis lui barra le chemin.

– Tu ne crois pas que tu ferais mieux de te casser ?

– Laisse-moi passer, Dennis ! Je ne m'en irai pas tant que je n'aurai pas parlé à Sarah.

Il écarta Dennis du bras. Avant que Tom ait eu le temps de se rendre compte de ce qui lui arrivait, Dennis détendit son poing et le cueillit au creux de l'estomac. Sarah se mit à hurler en se précipitant sur Tom.

– Laisse-le ! cria-t-elle à l'adresse de son frère.

Mais, profitant de son avantage, Dennis lança de nouveau son poing. Voyant venir le coup, Tom rassembla ses forces et cogna à son tour. Fou de rage, Dennis voulut lui rendre la pareille mais Tom lui saisit le bras. Ils luttèrent quelques instants, prenant le dessus l'un après l'autre puis reperdant l'avantage. Soudain Dennis glissa et tomba dans la piscine, entraînant Tom avec lui. En heurtant l'eau ils se lâchèrent, et le choc de l'eau froide leur fit reprendre leurs esprits. Depuis le bord de la piscine, Sarah les sermonnait tant et plus.

– Vous êtes ridicules, lamentables, tous les deux ! Arrêtez tout de suite ! Qu'est-ce que vous croyez pouvoir résoudre comme ça ?

Ils se hissèrent hors de l'eau et, tremblants, calmés mais insatisfaits, s'observèrent d'un air circonspect.

– Va-t'en ! fit Dennis.

Tom regarda Sarah :

– Tu veux que je m'en aille ? demanda-t-il, le cœur au bord des lèvres.

Elle était incapable de répondre.

– Dehors ! cria Dennis d'un ton chargé de haine. C'est ce qu'elle veut, ce que nous voulons tous. Sors de nos vies et n'y reviens pas !

Sans ajouter un mot, Tom tourna les talons et s'exécuta. Dennis poussa un soupir de soulagement. Il s'était bien débrouillé. Il lui avait montré qu'il y avait des limites à ne pas dépasser. Et il ne comprendrait jamais pourquoi Sarah courut s'enfermer dans sa chambre après cet épisode et refusa de lui adresser la parole tout le reste de la journée.

– Soulevez le pied, Mistah Sandah.

Souriant, Jake plaça son pied dans les petites mains de Pik San Wu. Avec une grande concentration elle le massa lentement, régulièrement, jusqu'au talon, ses pouces s'enfonçant dans la chair, provoquant un mélange de plaisir et de douleur. Puis elle se pencha en avant et, s'agenouillant au bord du lit, prit l'un après l'autre ses orteils dans sa bouche, les léchant et les suçant consciencieusement.

Étendu sur le dos, Jake était en paix avec le monde entier. Piksy était vraiment une fille remarquable. L'art du massage est une chose si simple mais si peu savent le pratiquer correctement. Celle-ci en connaissait tous les secrets, savait trouver le rythme de chaque corps, les points sensibles où une pression soudaine pouvait suspendre un battement de cœur... pour ne parler que de l'ouverture. Car l'opéra qui commençait ensuite faisait oublier tout le reste !

Après avoir massé le corps de Jake de bas en haut pendant l'heure écoulée, Piksy arrivait au bout du voyage de retour. En proie à une exquise langueur, Jake fit un effort pour consulter sa montre. Synchronisation parfaite. Jilly serait là d'un instant à l'autre.

Quand Jilly l'avait appelé pour dire qu'elle voulait le voir, son premier réflexe avait été la fuite, le refus, la dénégation.

– Quoi encore, Jilly ? avait-il demandé. Déjà la reprise des hostilités ? Je croyais que nos... relations professionnelles, notre collaboration, comme tu l'as si bien dit, n'avaient plus de raison de se poursuivre ?

Mais l'un des traits qu'il admirait le plus chez Jilly, c'était son refus d'obtempérer.

– Arrête ton char, Jake, tu veux ? dit-elle d'un ton serein. Je serai chez toi à 20 heures.

Bien qu'il désapprouvât les procédés récents que Jilly employait pour parvenir à ses fins, Jake devait reconnaître que les renseignements qu'elle avait pris l'habitude de lui apporter à propos de la Harper lui manquaient depuis qu'ils avaient cessé de se voir. Et bien qu'il la jugeât parfois abjecte, elle n'en continuait pas moins de l'attirer sexuellement. Il avait donc décidé d'accepter son rendez-vous. Et pour s'assurer qu'il serait à la fois détendu et débordant d'énergie quand l'heure arriverait, il avait fait venir Piksy. Et une fois de plus les petits doigts avaient accompli leur miracle : son corps rayonnait. Il avait l'impression d'être surhumain.

On sonna à la porte de la suite.

– Soyez gentille, Piksy, allez répondre, fit Jake.

Piksy se redressa, acquiesça de la tête, descendit du lit et gagna la porte. Jake la regarda s'éloigner, tout en imaginant la tête qu'allait faire Jilly. S'il ne s'était pas senti si délicieusement alangui, il se serait levé rien que pour ne pas manquer ça.

Jilly eut de fait un instant de surprise à la vue de la petite Asiatique qui portait pour tout vêtement un paréo noué autour de la taille. Mais elle ne se laissa pas impressionner outre mesure et, lui donnant son manteau comme s'il s'agissait d'une domestique, s'engagea dans le corridor en direction de la chambre.

– Où t'es-tu procuré ton personnel ? demanda-t-elle en entrant. Qu'est-ce qu'elle fait d'autre, à part ouvrir les portes ?

Jake sourit nonchalamment. Il avait une serviette autour des reins. Jamais elle ne l'avait trouvé aussi beau.

– C'est une masseuse professionnelle hautement qualifiée, dit-il. Toutes les femmes ne sont pas des amateurs enthousiastes comme toi, Jilly.

– Elles ne savent pas ce qu'elles ratent, remarqua-t-elle.

Jake s'assit sur le lit et posa les pieds par terre, rajustant la serviette autour de sa taille.

– Tu veux boire quelque chose ?

Jilly fit oui de la tête. La petite silhouette furtive disparut en direction de la cuisine. Quelques instants plus tard, Piksy réapparut, portant un plateau sur lequel étaient disposées une bouteille de champagne et trois flûtes élancées. Jilly leva son verre :

– À nous ? dit-elle, sarcastique.

– À nous, approuva Jake le plus sérieusement du monde.

Ses yeux noirs allant de l'un à l'autre, Piksy avala son champagne d'un trait.

À les voir tous deux aussi dévêtus, Jilly se sentait un peu trop habillée dans sa jupe et son chemisier. Mais en voyant le regard de Jake se poser sur elle, puis sur Piksy, elle comprit soudain ses intentions. Il resservit du champagne.

– Parlons de ce soir, murmura-t-il. Tu peux me divertir de tes charmes, Jilly...

– Ou bien ?

– Que dirais-tu d'une partie à trois ?

– Tout dépend qui sont les trois, fit Jilly, qui commençait à s'amuser.

– Voici deux d'entre eux, dit-il avec un geste de la main. Moi... je crois que tu me connais. Et permets-moi de te présenter Mlle Pik San Wu.

S'approchant de Piksy par-derrière, il la saisit aux épaules et la poussa vers Jilly. Puis ses doigts défirent le nœud du paréo qui tomba à terre.

Tendant la main, Piksy prit celle de Jilly dans la sienne et la conduisit jusqu'au lit. Jake les suivit.

30

– Comme je suis contente que vous soyez de retour, Mme Harper !

– Ça me fait plaisir de te revoir, Hilary !

En lisant l'animation sur le visage rosi de sa secrétaire, Stéphanie sut qu'elle avait eu raison de venir se rendre compte par elle-même de ce qui se passait, au lieu d'abandonner le terrain à Jake Sanders sans se battre. Oh, elle ne s'abusait pas sur l'étendue du désastre. Hilary ne put s'empêcher de rougir en annonçant :

– Mme Harper... M. Sanders occupe votre bureau... Nous n'avons rien pu faire.

– Je m'en doute bien, dit-elle en souriant gentiment.

D'un pas décidé, elle gagna la porte et entra sans frapper. L'expression agacée qui s'était peinte sur le visage de Jake changea aussitôt quand il la vit.

– Stéphanie ! s'exclama-t-il.

– Je vois, dit-elle d'un ton neutre, que vous vous êtes installé comme chez vous, M. Sanders.

– C'est le conseil d'administration qui en a décidé ainsi en votre... regrettable absence.

– On m'a mise au courant. Mais dans la mesure où vous avez falsifié les archives pour les transferts de parts, je ne crois pas avoir trop de mal à faire casser cette décision.

– Veuillez m'excuser, Mme Harper, dit-il avec un brillant sourire, mais vous portez là une accusation très grave contre moi. Et si vous ne fournissez pas de preuves à l'appui, je peux vous poursuivre en diffamation.

Stéphanie soutint son regard.

– Ma conviction est faite.

Il ouvrit les mains en signe de perplexité.

– Il ne peut s'agir que d'un malentendu, je vous assure. L'assistante de Bill, Mlle Jones, a fait une erreur en introduisant les données. Elle a été transférée à un autre poste.

– Très habile !

– Merci.

– Vous ne pouvez tout de même pas vous imaginer que je vais me contenter de ça ?

Il la regarda d'un air moqueur.

– Vous êtes très en colère ?

– Un mépris sans bornes correspondrait davantage à mon état d'esprit.

– Stéphanie...

Il se leva pour s'approcher d'elle. Quand il fut tout près, elle sentit qu'il produisait toujours le même effet sur elle. Elle fit un pas en arrière pour sortir de son aura. Mais elle avait perdu un peu de son assurance.

– ...pourquoi nous conduire en adversaires ? dit-il. Nous pourrions former une équipe formidable, vous et moi, et faire de cette société la plus grande du Pacifique !

– Quoi d'autre ?

– Je n'ai pas l'intention de vous déposséder de la Compagnie, ajouta-t-il, mais de la rendre plus puissante encore avec votre collaboration !

Quelle femme ! songeait-il. Après tout ce qu'elle vient d'endurer, elle reste plus belle que la plupart des femmes de par le monde. Il scruta attentivement son visage, un peu amaigri, certes, mais dont la profondeur d'expression lui allait à ravir. Ses yeux bleus semblaient plus pâles et comme voilés, et la trace d'une ecchymose s'estompait à son front. Il sentait son parfum.

– Et nous savons tous deux que cela vaut la peine, à tous points de vue, dit-il doucement.

– Allez vous faire voir !

– C'est bon, dit-il, déçu. Vous ne me laissez pas le choix. Si vous refusez de collaborer avec moi, je ferai en sorte que vous ne soyez pas seulement démise de votre titre de présidente, mais aussi exclue de la Compagnie.

– Essayez toujours !

– Ce n'est pas ce que je souhaite.

– Naturellement ! railla-t-elle, vous êtes si honnête, si plein de scrupules ! Très bien, je crois que nous savons à quoi nous en tenir. Au revoir, monsieur Sanders !

Redressant les épaules, elle quitta dignement la pièce. Dans l'antichambre, Hilary avait entendu des bribes de l'échange qui venait d'avoir lieu.

– Je me sens très mal, vous savez, dit-elle à Stéphanie. Je crois que je devrais donner ma démission.

– N'en faites rien, Hilary. Ce n'est qu'une escarmouche. Il n'a pas encore gagné la guerre. (Elle marqua un temps puis demanda :) Essayez de m'obtenir le royaume du Golfe. Je voudrais parler au prince Amahl en personne. Je suis dans la salle du conseil.

– Phillip ! (Feignant une joie qu'elle était bien loin d'éprouver, Jilly bondit de sa chaise dès qu'elle entendit la clé dans la serrure et s'élança à la porte pour l'accueillir.) Mon chéri ! C'était comment, Hong Kong ?

D'un geste las, Phillip ôta son manteau et le suspendit.

– Pas mal, dit-il sans enthousiasme. Mais je pensais que tu serais venue me chercher à l'aéroport. C'est un long voyage. Et j'ai dû passer au cabinet prendre mon courrier.

– Oh, je suis désolée, mon chéri. J'y ai pensé mais les avions sont si souvent en retard sur ces lignes, et j'avais tellement à faire...

– Oui, n'est-ce pas ? Tu n'étais jamais à la maison. J'ai essayé de t'appeler à plusieurs reprises, surtout le soir, mais tu étais toujours sortie. Où étais-tu ?

– Phillip, qu'est-ce que c'est que ça ? demanda-t-elle en riant. À Éden, presque tout le temps. À tenir compagnie à Stéphanie. C'est dur pour elle : Dan, le marasme de la société...

– J'imagine, dit Phillip, le regard lointain.

– Viens mon chéri, je vais te servir un verre.

Tout en babillant, Jilly le conduisit au salon où elle lui servit un whisky. Autant le faire serré, se dit-elle. Qu'est-ce qui le travaille ? Elle jeta un coup d'œil à Phillip qui semblait perdu dans des pensées moroses. Le contraste entre son attitude distante et la gentillesse qu'il lui avait manifestée en partant était trop énorme pour passer inaperçu. Il avait dû rencontrer des problèmes à Hong Kong. Et il se disait fatigué. Il devenait trop vieux pour parcourir le monde de cette manière. Mais il ne devait pas lui faire payer les effets du décalage horaire. Elle entreprit de le sortir de sa torpeur.

– Comment trouves-tu ma coiffure ? La dernière fois, c'était un peu trop rouge, tu ne trouves pas, alors j'ai insisté pour...

– Jilly... (Il la regardait en face cette fois.) Tu n'as pas passé toute la semaine chez le coiffeur. Je me suis rendu compte que je n'ai pas la moindre idée de ce que tu fais de ton temps... Où vas-tu quand tu sors des journées entières ?

Jilly sentit le danger. Elle contre-attaqua immédiatement.

– Tu voudrais que je vive enfermée comme en prison, c'est ça ?

– Bien sûr que non. Mais un mari a le droit de savoir ce que fait sa femme. Je ne vois pas ce qui t'empêche de me le dire.

– C'est ton attitude qui me déplaît ! s'écria Jilly d'un ton passionné. Tout ce que j'ai dû faire pour prouver à tout le monde que je n'étais plus la même ! Mais quoi que je fasse, on ne me fait jamais confiance ! (Attrapant un mouchoir en papier, elle éclata en sanglots bruyants et se moucha.) Je ne peux pas supporter ça ! Je vais faire un tour ! Ça te donnera le temps de réfléchir à la façon dont tu me traites. C'est trop injuste, à la fin !

Et, se félicitant intérieurement de son savoir-faire, elle sortit en trombe.

Quand il se retrouva seul, Phillip ne bougea pas tout de suite, absorbé dans la contemplation de son verre. Puis il tendit la main vers le téléphone.

– Cassie Jones ? dit-il. Phillip Stewart à l'appareil. J'ai reçu votre mot. Pouvons-nous fixer un rendez-vous ?

En dépit de tout ce qu'ils avaient enduré, Tom, Rina et Bill passaient un moment paisible dans la chambre d'hôpital. Au chevet du malade, son fils et son épouse partageaient la joie profonde de le voir se rétablir. Les marbrures bleues avaient entièrement quitté son visage et ses mains, ses yeux brillaient comme avant et il retrouvait chaque jour un peu de son ancienne vitalité. Au prix d'un effort visible, il tendit à Tom un document, que celui-ci plia soigneusement avant de le glisser dans sa poche de poitrine.

– Ne le perds pas, Tom !

– Bien sûr que non, papa ! Mais tu es bien certain que c'est ce que tu veux ? Tu seras probablement de retour à la Harper avant que cela se présente.

– Ne parle pas trop vite… Nous sommes payés pour savoir la vitesse à laquelle Sanders agit. Je sais que je me rétablis vite, mais je n'en suis pas encore à sauter des barrières. Tu es le seul en qui j'aie assez confiance pour te déléguer mes pouvoirs dans un conseil d'administration… Et j'ai comme l'impression que ce ne sera pas inutile.

– Entendu, papa.

À ces mots, qu'il avait prononcés si souvent, Tom se raidit. Puis, sentant le regard de ses parents posé sur lui, il haussa les épaules et sourit. Prenant son courage à deux mains, Rina dit :

– Je ne sais trop par où commencer, Tom... nous y avons beaucoup réfléchi depuis que tu es au courant...

Tom écoutait en silence. Il n'avait pas cherché à connaître toute l'histoire de ses origines – la nouvelle en elle-même avait été un coup si brutal qu'elle semblait largement suffisante. Et il était décidé à ne rien faire qui pût contrarier Bill et risquer d'aggraver son état. Puisant de l'assurance dans le silence de Tom, Rina poursuivit :

– Nous sommes conscients d'avoir eu tort de faire ce que nous avons fait. Et tort de ne t'avoir rien dit. Nous nous en rendons compte maintenant. Nous pensions agir pour le mieux...

Ses yeux s'emplirent de larmes.

– Ne pleure pas, maman, dit Tom en lui souriant tristement. Quoi qu'il arrive, tu es toujours ma maman. Je t'aimerai toujours, tu sais. Et toi aussi, papa.

– Je pensais que jamais tu ne pourrais nous pardonner, dit Rina entre deux sanglots.

– Hé ! fit Tom d'un ton de doux reproche. Il ne faut pas fatiguer le malade, souviens-toi. Depuis vingt ans que nous formons une famille, vous m'avez assez prouvé combien vous m'aimiez. Rien n'effacera jamais ça.

On frappa légèrement à la porte et Stéphanie entra, un énorme bouquet de fleurs dans les mains.

– Pour notre invalide ! dit-elle en souriant.

– Quelles jolies fleurs ! s'exclama Rina en se levant pour décharger la visiteuse.

Mais un malaise les saisit tous les quatre à l'improviste et Tom dit d'un ton emprunté :

– Bon, je dois y aller, maintenant.

– Tu t'en vas ? demanda Bill d'un ton encore moins naturel.

– Il le faut, papa. Mais je repasserai tout à l'heure.

Il tourna les talons.

– Tom ? (La main que Stéphanie posa sur sa manche le brûla comme du feu.) Je peux te dire un mot avant que tu t'en ailles ?

Il parut hésiter, puis fit oui de la tête et la précéda jusqu'à la porte. Dans le couloir, il refusa de croiser son regard.

– Dire qu'il faut que nous parlions semble assez dérisoire, commença Stéphanie, non sans mal. Je sais qu'il est trop tard, et que je ne pourrai jamais être réellement ta mère sinon...

– J'ai déjà une mère ! s'écria Tom en la regardant durement. Elle est là, dans cette pièce.

– Je sais... et je ne ferai jamais rien pour changer tes sentiments envers Rina.

– Encore heureux ! (Se ressaisissant, il ajouta :) Mon Dieu ! C'est épouvantable ! Je ne sais vraiment pas quoi dire.

– Alors laisse-moi essayer, dit Stéphanie d'une voix douce. En dépit de tout, tu es mon fils. Ça veut forcément dire quelque chose. Quoi que nous arrivions à construire entre nous...

– Non ! explosa-t-il. On n'y arrivera jamais. À cause de Sarah ! Vous aviez oublié ? Pas moi !

Et il s'éloigna rapidement le long du corridor.

Stéphanie s'adossa au mur, ferma les yeux et pria qu'on lui accordât quelque répit. Quand tout cela finirait-il ? Être un objet de répulsion pour son propre fils, qui la rejetait avec une telle violence qu'il préférait se dire qu'elle n'avait jamais existé – avait-elle mérité ça ? Comment feraient-ils désormais pour vivre avec ce poids sur leurs épaules ?

Brusquement, toute l'énergie qu'elle avait puisée en elle pour tenter d'aider Sarah, pour retourner au bureau affronter Jake, pour apporter tout le soutien dont elle était capable à Bill et à Rina dans leur épreuve sembla s'écouler d'elle. Son corps s'affaissa et elle eut l'impression qu'elle allait s'évanouir. Elle se laissa glisser jusqu'à terre et, indifférente à l'effet que cela produirait si on la découvrait assise dans le couloir de cette manière, elle attendit de se sentir mieux. Quand le vertige se fut dissipé, elle se releva et rentra dans la chambre de Bill.

Le vieux couple se tut en voyant Stéphanie. Ils étaient manifestement en train de parler d'elle, ou de Tom, ou de la situation. Stéphanie ne leur en voulut pas. Comment aurait-il pu en être autrement ?

– Alors, Bill, comment vous sentez-vous ? Je ne vous l'ai même pas encore demandé.

– En pleine forme.

– Ne l'écoutez pas, intervint Rina. Ils vont encore le garder un petit moment ici – même s'ils doivent l'enchaîner à son lit.

– Ne vous tracassez pas, Bill, dit Stéphanie. Nous nous débrouillons sans vous – à peu près. (Son cœur se serra. Pourquoi ne pouvait-elle prononcer que des phrases superficielles et banales ? Il fut un temps où je pouvais tout dire à Bill, songea-t-elle tristement. Et maintenant nous avons du mal à soutenir une conversation.) Je dois y aller, dit-elle. Prenez bien soin de vous. Je reviendrai bientôt.

– Au revoir, Steph.

– Au revoir.

Marcher jusqu'à la voiture lui parut un effort gigantesque. En prenant la direction d'Éden, elle se demanda pourquoi elle allait là-bas où ne l'attendaient que le chagrin de Sarah et la rancœur de Dennis, qu'elle était impuissante à adoucir. Puis un dîner solitaire et un lit désert. Et demain, la même chose, avec la menace de Jake Sanders planant au-dessus de sa tête. Il était sérieux quand il avait posé son ultimatum : soit elle acceptait de collaborer avec lui, soit il la mettait dehors. En avait-il les moyens ? Qu'est-ce que cela lui faisait ? Pour la première fois de sa vie, Stéphanie comprenait comment des gens pouvaient monter en voiture et aller se jeter du haut d'une falaise. Ce serait tellement facile. Pendant tout le trajet du retour, cette pensée revint la hanter, lancinante.

En s'engageant dans l'allée, elle fut saisie d'une horreur sans nom à la vue d'une voiture de police rangée devant la porte. Mon Dieu, je vous en supplie, non ! Pas Dennis ! Pas Sarah ! Aux cent coups, elle se rua vers la maison. Sarah ouvrit la porte à la volée. Derrière elle dans le hall elle vit la haute silhouette d'un policier.

– Maman ! Maman ! Viens vite ! criait Sarah.

Stéphanie s'agrippa au chambranle pour ne pas tomber. Sarah la prit dans ses bras; ses joues ruisselaient de larmes :

– C'est Dan, maman ! On l'a retrouvé ! Il est vivant !

31

La maison. Jamais Stéphanie n'avait ressenti avec une telle force le pouvoir de ce mot avant le jour où elle ramena Dan à Éden. Dès qu'elle eut appris qu'il avait miraculeusement survécu elle avait pris l'avion pour Orphée, partagée entre la peur et l'espoir. Elle n'osait pas croire qu'il était vivant tant qu'elle ne l'avait pas vu de ses yeux. Et puis elle l'avait vu. Pleurant, chuchotant, s'embrassant sans pouvoir se rassasier l'un de l'autre, ils s'étaient retrouvés dans la petite chambre d'hôpital – celui-là même où, si peu de temps auparavant, Stéphanie avait connu un sort identique. Ils restaient ensemble aussi pendant la nuit, la direction ayant autorisé Stéphanie à dormir sur un lit de camp dans la chambre de Dan, eu égard au traumatisme qu'elle avait elle-même subi et aux circonstances particulières de leur séparation. La nuit, dans l'obscurité, Stéphanie reconstituait le puzzle de ce qui était arrivé à Dan après l'accident, souffrant avec lui ce qu'il avait souffert : la commotion au moment de l'explosion; les journées d'errance au cœur de l'île sur laquelle la mer l'avait rejeté; la survie quotidienne en se nourrissant de fruits, de baies et de racines; l'hélicoptère qui l'avait repéré dans le cadre d'une tout autre recherche. Elle lui demandait de raconter chaque épisode de son calvaire, encore et encore, de sorte qu'elle pût remplir avec des faits le vide des jours sans lui et faire disparaître peu à peu la souffrance.

Ce fut dans l'obscurité que Stéphanie puisa le courage de parler à Dan de son fils illégitime et des malheurs occasionnés par sa découverte. Dan demeura un long moment silencieux, tandis que Stéphanie attendait humblement, sans espoir de pardon mais sachant qu'elle n'aurait pu éviter de lui parler, prête à ramasser les morceaux de ce qui resterait de leurs relations quand la vérité aurait fait son chemin dans l'esprit de Dan. Mais celui-ci, au sortir d'une épreuve épouvantable où il avait frôlé la mort, n'était guère capable de sentiments aussi dérisoires que la jalousie ou les convenances. Il ne lui en voulait pas, plaignant seulement Sarah et Tom, la main blottie dans la sienne à travers l'obscurité veloutée. Stéphanie sentit son cœur s'alléger d'un vieux secret dont elle était enfin délivrée.

Après, ce ne fut pas difficile d'apprendre à Dan les récents déboires subis par la Harper Mining. Il écouta stoïquement le récit de l'absence de Stéphanie au fameux conseil et de ses conséquences, et ne parut pas se soucier le moins du monde de la menace représentée par Jake Sanders à un autre niveau.

– J'ai eu tout le temps de réfléchir. Je me suis rendu compte de ce que je possédais d'excessivement précieux – que j'avais failli gâcher à jamais.

Je me suis promis que, si j'avais la chance de survivre et de recommencer à vivre avec toi, je m'y prendrais mieux.

Au bout de quelques jours, Stéphanie commença à entreprendre des démarches pour obtenir l'autorisation de ramener Dan à Éden. Il n'était pas blessé. Les examens avaient montré que le coup qu'il avait reçu sur le crâne était sans conséquence. Il avait seulement besoin de repos. Et Stéphanie persuada le médecin qu'il serait aussi bien pour cela dans son propre lit sous la surveillance d'une infirmière professionnelle et entouré des soins vigilants de Stéphanie. Compréhensif, celui-ci accepta. Quelques jours plus tard, un avion spécial ayant été affrété pour recevoir le patient entouré d'une équipe de soins, Dan rentra à la maison.

Depuis Orphée, Stéphanie avait donné des instructions strictes à Éden, afin que l'on accueille Dan avec le plus de ménagements possible, pour ne pas risquer de le fatiguer. Mais les habitants d'Éden avaient bien du mal à contenir leur joie. Pour Sarah, le retour de Dan était une petite étincelle dans le morne désert qu'avait été sa vie depuis que Tom n'en faisait plus partie. Dennis s'étonna lui-même de la joie qu'il éprouva à l'annonce des nouvelles : la jalousie qu'il avait toujours ressentie à l'encontre de son beau-père n'était peut-être pas si grave, après tout. Il fallut retenir Matey pour qu'il n'aille pas à Sydney acheter des fanions et des banderoles qui auraient fait ressembler Éden à une station-service. Cependant Stéphanie ne put l'empêcher de presser longuement la main de Dan, puis de courir en tous sens, proposant à chacun du café, du thé, des bières et des sandwiches. Mais la maisonnée était trop surexcitée pour toucher à sa collation.

Puis Stéphanie intervint pour ramener le calme dans la chambre et faire sortir tout le monde.

– Le médecin a donné des ordres stricts, précisa-t-elle.

– Encore une minute, fit Dan, rayonnant. Tu ne sais donc pas que les membres du corps médical ne sont pas tenus d'observer le règlement comme vous, simples mortels ?

Mais il avait du mal à garder les yeux ouverts.

– Je rédigerai un nouveau règlement demain matin, dit Stéphanie en allant tirer les rideaux.

Elle revint à son chevet pour l'installer confortablement dans le lit.

– Nous avons passé des vacances merveilleuses, Steph, avant l'accident.

– Et nous en passerons encore des tas, dit-elle en l'embrassant. Dors, maintenant.

Elle sortit sur la pointe des pieds et referma sans bruit la porte de la chambre. Sarah l'attendait sur le palier. Elle prit Stéphanie dans ses bras.

– Bienvenue à la maison, maman, dit-elle.

Une journée laborieuse tirait à sa fin et les uns après les autres, vieux ou jeunes, les habitants de Sydney se couchaient. Mais à Elizabeth Bay, un promeneur solitaire arpentait les rues d'un pas rapide et régulier, comme s'il marchait au sein d'un bataillon invisible. Ni ses confrères ni ses amis n'auraient pu reconnaître Phillip Stewart dans cet homme hagard. Tout en marchant, Phillip tournait et retournait dans sa tête les paroles échangées avec Jilly au cours de la violente querelle qui venait de les opposer.

– Où étais-tu ?

– Chez Stéphanie.

– J'ai téléphoné là-bas.

– C'est l'inquisition ?

– Ne me raconte pas de mensonges, Jilly – je veux savoir la vérité.

– Tu ne me croiras pas de toute manière.

– Écoute-moi, Jilly, ça ne peut plus marcher comme ça. J'ai vu Cassie Jones.

– Et alors ?

– Elle m'a montré un certificat de transfert. Tu as donné tes actions Harper – nos actions Harper – à Jake Sanders.

– Et même si c'était le cas ? Qu'est-ce que tu compterais faire ?

– Mais enfin, bon sang, Jilly... j'ai l'impression de devenir fou. Pourquoi ? Mais pourquoi as-tu fait une chose pareille ? Il faut que je comprenne.

– Fous-moi la paix, Phillip. Va te faire voir ! *Crève !*

L'esprit torturé, ravagé de douleur, il réfléchissait en vain, sans comprendre. Il était sans défense. Il avait tout misé sur cette dernière carte – la confiance qu'il avait décidé d'accorder à Jilly pour recommencer de zéro. Et il découvrait trop tard que le jeu était truqué. Il ne lui restait plus rien. Et, tandis que son esprit chavirait, son corps se raidissait et il poursuivait sa marche inexorable au hasard des rues, sans but et sans répit.

Le lendemain, une aube claire et lumineuse se leva, annonçant une parfaite journée d'automne, dorée et vaporeuse. La nature elle-même semblait refléter l'humeur de Stéphanie. Puisque le temps était si doux, elle emmènerait Dan se promener une heure dans le jardin – elle demanderait à Sarah de les accompagner. Se prélassant au lit, elle regardait les motifs que le soleil accrochait aux rideaux, jouissant du bonheur de s'éveiller de nouveau auprès de Dan. Elle se tourna vers lui. Il était étendu sur le dos, les mains derrière la tête, les yeux au plafond.

– Tu es réveillé ? demanda-t-elle.

– Et comment ! n'oublie pas que j'ai dormi quinze heures !

– Hmmm, je dormirais bien encore quinze heures, quant à moi ! Seulement il faut que je me lève pour aller au bureau pendant que Monsieur fait la grasse matinée !

Il y eut un bref silence.

– Il le faut ?

Stéphanie poussa un soupir.

– C'est vrai qu'à Orphée nous avions décidé que tout cela était sans importance et que ce qui comptait avant tout, c'était nous deux. Mais quand je me suis retrouvée toute seule, j'ai compris que je ne pouvais pas purement et simplement laisser tomber la Compagnie. Elle a fait partie de ma vie trop longtemps. Tu ne peux pas me demander de choisir entre elle et toi.

– Ce n'est pas ce que je demande, dit-il très gentiment. Je veux seulement qu'on trouve un équilibre – que tu reconnaisses que nous possédons quelque chose de trop important pour le sacrifier à n'importe quelle Compagnie.

– Il faut d'abord que tu me laisses mener le combat contre Jake Sanders jusqu'au bout – quelle qu'en soit l'issue.

– Que je te laisse ? Parce que tu crois que j'aurais les moyens de t'arrêter ? (Il la prit dans ses bras.) Je t'aime, Steph. Je te soutiendrai quoi que tu fasses et je serai là quand ce sera fini. Ça te va comme ça ?

Elle sourit.

– Merveilleusement.

– Mais il faut que je te demande une chose.

– Oui ?

– Le père de Tom ?

Elle se tendit.

– Tu veux savoir qui c'était ?

– Non. Ce n'est pas ça. Je veux seulement savoir si j'ai des raisons de m'inquiéter.

– Non, aucune, vraiment. Je te le dirais si cela devait arriver.

Ils se turent, infiniment proches l'un de l'autre. Mais le froid de la peur s'insinua dans le cœur de Stéphanie.

Angelo se sentit tout heureux quand la porte du café s'ouvrit et qu'il vit entrer Dennis. Il était encore tôt et il n'y avait pas beaucoup de clients – ils auraient le temps de bavarder tranquillement. Il se précipita à la rencontre de son ami.

– Dennis ! Qu'est-ce que tu deviens ? Ça fait des années que je ne t'ai pas vu !

Il se rendit compte alors que Dennis avait dû s'arrêter dans un certain nombre de débits de boisson en chemin.

– T'es un pote, Angelo, pas vrai ?

Dennis avait la voix pâteuse et il jetait des coups d'œil autour de lui, manifestement en proie à une vive agitation.

– Bien sûr, Dennis, répondit posément Angelo. Viens t'asseoir.

Il conduisit Dennis au bar pour garder un œil sur lui.

– Donne-moi un whisky. Un double, fit Dennis.

Angelo s'exécuta, mal à l'aise.

– Qu'est-ce qui se passe ? demanda-t-il enfin.

– Rien.

– Tu n'as pas l'air dans ton assiette.

– Parce que je n'ai pas encore assez bu. (Dennis avala son whisky d'un trait et cogna son verre contre le bar.) Un autre ! commanda-t-il, criant presque.

Angelo le regarda.

– Dis donc, mon vieux, c'est bon pour les affaires, mais tu ne crois pas que tu y vas un peu fort ?

– Non.

– Allez, Dennis, rien ne vaut la peine que tu te mettes dans cet état.

– Ah oui ? fit Dennis d'un ton suraigu. Et si tu apprenais que tu viens de perdre ton héritage, pour lequel tu aurais travaillé toute ta vie ? Tout ça parce que ta mère se souvient brusquement qu'elle a eu un autre fils vingt ou trente ans avant toi ? Qu'est-ce que tu ferais, toi, dans ce cas-là ? Sers-moi un autre whisky.

Bon sang, il devait avoir un sacré coup dans l'aile pour tenir un langage pareil ! Plongeant la main sous le comptoir, Angelo en tira une bouteille de whisky réservée aux clients trop soûls pour s'apercevoir qu'il était largement coupé d'eau afin de leur faire le moins de mal possible.

– Ma tournée, dit-il.

Dennis avala une rasade et poursuivit :

– Tu ne peux pas savoir, Angie, et comment t'expliquer... (Sa voix s'éteignit et il posa sa tête sur ses bras.) Et si tu découvrais que ta petite amie est une traînée et qu'au moment où tu étais en train de tomber amoureux d'elle, elle baisait avec ton pire ennemi ? Qu'est-ce que ça te ferait, hein, tu peux me dire ?

C'est alors qu'Angelo vit Cassie entrer dans le café. Elle ne reconnut pas Dennis affalé sur le bar et avança droit sur eux.

– Salut, Angie, tu peux me donner un verre d'eau minérale ? Et une table pour une personne – pour dîner ?

Au son de sa voix, Dennis se redressa vaguement.

– Tiens, tiens, quand on parle du loup...

Cassie fit un bond en arrière comme si un serpent l'avait piquée. Mais elle se ressaisit.

– Bonsoir, Dennis, dit-elle.

– Bonsoir, fit-il méchamment.

– Pourquoi refuses-tu de me parler quand j'appelle ? Pourquoi n'as-tu pas répondu à mes lettres ?

– Parce que je ne veux plus t'adresser la parole. Et que je ne crois pas que tu avais quitté Jake quand tu as commencé à sortir avec moi.

– C'est la vérité !

– Alors pourquoi continues-tu à travailler pour lui ? Comment t'es-tu arrangée pour décrocher ce boulot en or, chez Tara ?

– Je croyais avoir déjà essayé de t'expliquer tout ça, Dennis ! Je n'ai pas une mère richissime pour m'entretenir, moi, figure-toi !

– C'est vrai, rétorqua Dennis. Et tu n'as plus

non plus le fils aux poches pleines pour jouer avec ! Pour qui tu me prends, hein ? (Il se laissa glisser à bas du tabouret.) Retourne donc voir ton Sanders ! Va te faire baiser par lui ! Je suis sûr que c'est un spécialiste !

Tout en continuant à jurer et à proférer des insultes, il gagna la sortie en titubant. Angelo regarda Cassie, cherchant désespérément quelque chose à dire. Elle se mordait la lèvre avec colère mais ses yeux étaient pleins de larmes. Oh, Dennis, songeait-elle, si seulement tu me laissais m'expliquer. Je sais que j'ai mal agi en falsifiant les archives. Mais je suis en train de mettre ça au clair. J'ai demandé conseil à Phillip Stewart et il va me dire quoi faire. Si seulement tu pouvais croire que je t'aimais... que je t'aime...

– Une table pour une personne ? Suivez-moi, je vous prie, fit Angelo, qui avait enfin trouvé quelque chose à dire.

32

Au matin de la réunion mensuelle du conseil d'administration de la Harper Mining, Stéphanie se leva plus tôt que de coutume et s'habilla avec un soin tout particulier. Car cette séance marquerait le point de départ de la véritable contre-offensive dans la guerre qui l'opposait à Jake. Dès l'ouverture, elle prendrait la parole pour observer que le vote de refus de confiance qui avait eu lieu en son absence n'était pas réglementaire. Et pour mettre les indécis dans sa poche en montrant que Stéphanie Harper était de retour telle qu'en elle-même et moins que jamais décidée à lâcher prise, il fallait qu'elle fasse très bonne impression. Ce que tu vas porter contribuera largement à réparer les dégâts occasionnés à ta société, se disait-elle en passant en revue sa garde-robe. Elle fixa son choix sur un petit tailleur strict gris anthracite qui mettrait en valeur son teint clair et approfondirait le bleu de ses yeux. Afin de le rendre moins sévère, elle le porterait avec un chemisier rouge flamboyant et, autour du cou, un nœud extravagant du même ton. Rouge en signe de danger, M. Sanders, se dit-elle. Pour ne pas vous prendre totalement au dépourvu.

À l'expression qui se peignit sur les traits de Jake lorsqu'elle arriva à la réception de la Compagnie, Stéphanie comprit qu'elle avait atteint son but. Malgré la haine qu'il lui inspirait, il ne lui déplaisait pas de susciter ainsi son intérêt, de surprendre chez lui un tressaillement d'admiration involontaire.

– Stéphanie... bonjour, murmura-t-il. Venez dans mon, enfin, votre bureau. (Elle le regarda bien en face quand il prit la parole pour lui dire :) Je vous ai proposé de partager la présidence de la Harper Mining avec moi et je ne peux que réitérer aujourd'hui la même offre. Y avez-vous réfléchi ?

– Pas plus que ça n'en valait la peine.

– Stéphanie, laissez votre fierté de côté. La Harper Mining s'appelle toujours la Harper Mining. Vous êtes absolument certaine de ne pas vouloir en faire partie ?

– La seule chose dont je sois certaine, c'est que je ne pourrai jamais travailler avec quelqu'un en qui je n'ai nulle confiance. Or il se trouve que vous appartenez à cette catégorie.

Il fronça les sourcils.

– Tout ou rien, alors, si je comprends bien ?

– Précisément. Et j'étais venue vous annoncer que je comptais demander lors de cette séance l'annulation du vote de refus de confiance. Si je réussis, et autant vous dire que c'est loin d'être exclu, vous vous verrez contraint d'abandonner ce bureau avant la fin de la matinée.

– Je vois. Mais vous n'avez manifestement pas

pris connaissance de l'ordre du jour. (Il poussa vers elle une feuille de papier sur le bureau.) Voyez la première rubrique !

Incrédule, Stéphanie lut et relut les quelques phrases.

– Comme vous pouvez vous en rendre compte, dit Jake d'un ton volontairement neutre, je compte introduire une motion demandant votre démission du conseil d'administration. Si nous étions parvenus à un accord, vous et moi, je comptais la retirer.

Elle vit que ses mains tremblaient.

– Vous êtes sûr de rassembler suffisamment de voix ?

– Suffisamment sûr pour essayer.

– Et vous êtes sûr de ne rien oublier ?

– Comment cela ?

– Ma propre motion. Et si j'obtiens l'annulation du premier vote contre moi ?

Il ne répondit pas tout de suite. Puis, avec un sourire condescendant, il déclara :

– Simple petite question de forme, ma chère Mme Harper, votre motion ne figure pas à l'ordre du jour. Elle ne pourra donc être introduite qu'en fin de séance, sous la rubrique sujets divers. Seulement il se pourrait que vous ne fassiez déjà plus partie du conseil pour être en mesure de la proposer.

– J'ai également l'intention de faire autre chose, dit-elle alors, et sa propre voix résonna bizarrement à ses oreilles. De demander à la Bourse une enquête approfondie pour découvrir enfin qui vous a vendu les actions qui vous ont ouvert les portes de cette société et qui a falsifié les données pour introduire de faux renseignements à l'intérieur de nos archives.

– Eh bien, comme ça c'est clair ! Je sais exactement à quoi m'en tenir. (Mais pourquoi vous battre ainsi contre moi, belle dame, songeait-il, quand pour un sourire, un regard, un baiser, je vous abandonnerais toute la Compagnie, et bien davantage encore. Il se leva pour se rendre à la salle du conseil.) Encore un détail de procédure. J'ai horreur d'avoir l'impression de vous lier les mains, mais si vous êtes perdante au premier vote, vous découvrirez que vous ne serez plus en mesure d'ouvrir la moindre enquête à la Bourse au nom de la Harper Mining. Comme simple particulier, à la rigueur…

Stéphanie quitta le bureau comme dans un rêve. À la réception, sa secrétaire l'arrêta.

– Oh, Mme Harper !

– Qu'y a-t-il ?

– L'appel que vous avez demandé pour le royaume du Golfe, le prince Amahl, dit-elle en consultant son agenda. Je n'ai pas encore réussi à l'obtenir. Il est apparemment parti en voyage d'affaires.

– Essayez encore. C'est très important.

Hilary la regarda s'éloigner avec un pincement d'anxiété mêlée d'impatience. Qu'allait encore apporter de nouveau cette séance du conseil ? Elle n'eut pas à attendre bien longtemps la réponse. Une demi-heure plus tard, elle appelait son amie, à la comptabilité :

– Mme Harper a été exclue du conseil d'administration ! Mais tu ne devineras jamais ! Tout allait bien, le vote allait être annulé car les voix étaient à égalité, et le propre fils de Mme Harper, Dennis, a voté contre elle !

Seul dans l'appartement, les doubles fenêtres hermétiquement fermées bien que le temps fût particulièrement doux, Phillip tentait de réfléchir calmement. Ce n'était que dans le calme le plus total que les voix qui hantaient son esprit s'apaisaient. Il tendit de nouveau la main vers le document posé sur la table à ses côtés.

« … ayant surveillé les déplacements de Mme Stewart au cours de la période déterminée à l'avance… rendez-vous réguliers chez le coiffeur de King Street… achats de vêtements dans diverses boutiques de Strand Arcade, Elizabeth Street, Martin Plaza…

» …fréquentes visites à la suite du Regent Hotel occupée par le financier Jake Sanders, avec lequel elle entretient des relations sexuelles suivies depuis plusieurs mois d'après le témoignage de la femme de chambre. Témoignage supplémentaire, si nécessaire, sera fourni par Mlle Pik San Wu, masseuse professionnelle. »

Il fallait qu'il réfléchisse. Depuis plusieurs mois… Cela remontait donc à avant leur mariage… Oh, Jilly, mais pourquoi ? Fréquentes visites. Bien sûr. Jilly n'était pas du genre à faire les choses à moitié. En particulier s'il s'agissait de mentir. Et de tromper un homme… de le rendre fou… Il fallait qu'il réfléchisse. Si seulement il parvenait à réfléchir.

– Comment ça s'est passé ?

– À merveille. Stéphanie Harper est à la porte pour de bon.

– Mais c'est fantastique !

– Il y a du champagne au frais ? Je veux célébrer ma victoire en rentrant à l'hôtel.

– Notre victoire, tu veux dire ! Et ne t'inquiète pas pour le champagne, il t'attend… bien que j'aie commencé sans toi…

– Notre victoire, d'accord. Mais tu ne l'as pas mise un instant en doute, on dirait ?

– Pas plus que toi quand tu m'as demandé de venir ici préparer la célébration !

– Et tu es prête ?

Elle eut un rire de gorge.

– Tellement prête que la vapeur me sort par les oreilles ! Tu as intérêt à te dépêcher si tu veux en profiter !

– Attends-moi, ma chatte brûlante. J'arrive !

– Je ne bouge pas d'ici.

L'atmosphère était électrique dans la chambre de Dan et Stéphanie, à Éden. L'effarement et la colère de Dan ne connaissaient pas de bornes. Comme si ce n'était pas assez de faire subir à Stéphanie l'humiliation d'un vote pareil ! Une fois de plus, il avait eu le dessus. Chaque fois qu'elle organisait des représailles, il était déjà rendu plus avant. Le coup qu'il lui avait porté en prenant sa place à la présidence ne lui avait pas suffi. Il avait fallu qu'il la chasse du conseil d'administration, ce qui revenait à la couper de la Compagnie qui lui avait appartenu toute sa vie durant – il était manifestement décidé à la pousser à bout.

Mais que tout cela ait pu avoir lieu grâce à son propre fils ! C'en était trop. Dan avait beau ne pas tenir Dennis en très haute estime, jamais il ne l'aurait cru capable d'une chose pareille.

– A-t-il dit pourquoi ? demanda-t-il, désespérément à la recherche d'une explication.

Stéphanie, perchée sur le tabouret de sa coiffeuse, triturait un mouchoir en papier entre ses doigts.

– Il n'a rien dit, fit-elle. Il m'a regardée dans les yeux – et il a voté.

– La petite crapule !

Jamais Stéphanie n'avait entendu Dan insulter qui que ce fût.

– Il est très en colère, voilà tout. Il faut qu'il le soit… Il veut me punir de quelque chose.

– De quoi ?

– Bah… d'avoir eu Tom… de t'avoir épousé…

– Mais non !

– Il y a forcément une raison, pourtant. Il a rompu ses relations avec Cassie Jones – tu te souviens d'elle ? – après notre retour d'Orphée. Il est très malheureux depuis. Mais cela ne suffit quand même pas à expliquer son geste…

– Steph… je t'avais déjà dit que je ne croyais pas Dennis capable de te succéder à la présidence.

Je regrette seulement de constater à quel point j'avais raison.

– Les choses étant ce qu'elles sont, il a plus de chances d'être président un jour que moi de le redevenir, dit amèrement Stéphanie. Il fait encore partie du conseil d'administration, lui, au moins ! Et il doit être dans les petits papiers du nouveau président !

– De mon côté, en tout cas, il est brûlé. Je ne pense pas qu'il espère trouver nos sentiments inchangés à son endroit. Retiens-le loin de moi, Stéphanie. Car, invalide ou pas, je n'hésiterais pas à lui mettre mon poing dans la figure !

– Il en sortira peut-être quelque chose de bon, en fin de compte, dit pensivement Stéphanie.

– Que veux-tu dire ?

– Tu te souviens de m'avoir reproché de traiter Dennis en enfant – de toujours lui trouver des excuses, de toujours lui redonner sa chance, sans jamais le mettre vraiment face à ses responsabilités ?

– Bien sûr.

– Nous voilà enfin arrivés au bout du chemin. Dennis a montré qu'il ne me considérait plus comme sa mère. Il ne pourra plus revendiquer les privilèges que lui valait le fait d'être mon fils. Il va enfin être obligé de grandir. J'espère seulement qu'il n'est pas trop tard.

Phillip s'absorbait avec une intense concentration dans la contemplation muette de son dictaphone. Il avait utilisé cet appareil des milliers de fois – pourquoi tout devenait-il si difficile tout à coup ? Il fallait qu'il réfléchisse. Le front plissé, il saisit le micro, pressa le bouton d'enregistrement et commença :

« Stéphanie, ici Phillip Stewart. Tout ce qui va suivre serait évidemment plus facile à vous dire en face. Mais ça... ne sera pas possible, c'est pourquoi je vous adresse cette bande... »

Il s'aperçut alors que la bande ne s'imprimait pas. Presser les deux boutons en même temps : enregistrement et marche.

« ...pour vous mettre en garde. Je ne peux plus vivre après ce que Jilly m'a fait. J'ai désormais la certitude qu'elle va chercher à vous détruire vous aussi...

» Avait-elle l'intention de me détruire ? Elle m'a aimé, quelquefois. Pendant toute la période où elle était avec Sanders, je n'ai rien remarqué, rien deviné. Je me contentais des miettes tandis qu'il avait tout le gâteau. Et j'en étais heureux.

» Nous avons tous été dupes de Jilly. J'ai été le plus naïf, sans doute. Mais nous voulions tous croire à son nouveau départ dans la vie. Et nul ne souhaite la voir retourner en prison. Mais pour votre sécurité, je vous supplie de ne plus lui accorder la moindre parcelle de confiance.... »

Quel rôle avait joué Jilly dans les événements qui s'étaient produits après sa sortie de Nulawa ? L'« accident » de cheval de Stéphanie... Dire qu'il avait été assez inconscient... d'une inconscience criminelle... pour lui procurer un alibi. Elle avait réussi à corrompre une existence consacrée à servir la loi et la justice – l'unique moyen de réduire à l'impuissance les êtres malfaisants que l'égoïsme entraînait jusqu'au meurtre.

« Je vous en prie, ne mettez pas un instant en doute ce que je vous dis. Parlez-en à Dan, ou à Bill McMaster. Elle a si souvent proféré des injures contre Bill devant moi qu'il avait dû la percer à jour, ou tenter de mettre un terme à ses manigances...

» Pourquoi n'avons-nous rien voulu voir ? Avions-nous perdu la mémoire ? Quand elle s'est éprise de Greg Marsden, le fait d'être ma femme l'a-t-il arrêtée ? Cela n'était pas nouveau. Les vœux de mariage sont un engagement pour des tas de gens, mais pas pour Jilly ! Qu'il fût l'époux de sa meilleure amie – et en pleine lune de miel par-dessus le marché – n'a pas non plus constitué un obstacle pour elle. Peut-être cela ajoutait-il même du piment à la chose – le goût du risque, l'attrait du fruit défendu. Et la certitude de se retrouver en prison ne l'a pas empêchée de saisir un fusil, de le charger en toute connaissance de cause et de tirer un coup mortel.

» Quand vous aurez défait l'écheveau des mensonges et des manœuvres de Jilly, vous découvrirez que ce sont ses actions qui ont permis à Jake Sanders d'entrer chez Harper. Elle voulait qu'il vous dépossède de la Compagnie, Stéphanie. Elle la veut pour elle, désormais. Elle veut votre faillite. Jusqu'où est-elle prête à aller, je l'ignore. Faites ouvrir une nouvelle enquête au sujet de votre accident de cheval. Et Dan est-il certain que vous avez heurté un tronc dans l'eau, à bord de la vedette ? Je ne serais pas étonné que Jilly vous ait préparé une surprise pour vos vacances; elle envie tout ce que vous avez, Stéphanie, la Harper Mining, Éden, vos enfants, Dan.

» Il faut que je vous quitte. J'ai encore quelque chose à faire. Que tout cela ne soit pas inutile. Pensez à l'avenir. Soyez heureux ensemble. Dieu vous garde. Adieu. »

Il pressa le bouton pour arrêter la bande, l'enroula dans l'autre sens et la glissa dans une enveloppe renforcée sur laquelle l'adresse était déjà inscrite, qu'il referma minutieusement. En bas, dans le hall, un coursier attendait, son casque de motard à la main.

– Désolé de vous avoir fait attendre, dit Phillip. Pouvez-vous porter ça d'urgence chez Mme Stéphanie Harper ?

– Si voulez bien signer ici.

– Dans combien de temps l'aura-t-elle ?

– Dans une heure, dit le coursier d'un ton indigné. Je vous le garantis ! À moins que cette dame n'habite Melbourne !

– Non, à la sortie de Sydney. Merci beaucoup.

Le coursier s'éloigna, recoiffant son casque.
Avec un soin maniaque, Phillip rangea son bureau. Puis il saisit sa mallette, ferma la porte à clé et gagna sa voiture.
Il roula jusqu'à une falaise surplombant les vastes étendues de l'océan Pacifique et sauta.

33

– Je ne voulais pas la laisser toute seule dans un moment pareil, Dan, expliqua Stéphanie en s'effaçant pour laisser entrer Jilly dans le hall, à Éden.
Dan opina du chef.
– Je suis désolé, Jilly, dit-il.
– Merci, dit-elle faiblement. Mais c'est moi qui devrais être désolée de venir vous déranger comme ça – Stéphanie m'a dit que c'était la première fois que vous descendiez.
– Ne t'inquiète pas, Jilly, la rassura Stéphanie. Ce n'est pas très important comparé à ce qui t'arrive.
Les nouvelles de la tragédie étaient encore très récentes. Quand Phillip s'était jeté du haut de la falaise de Vaucluse, de nombreux promeneurs l'avaient aperçu de loin. Et la police eut tôt fait de découvrir l'identité du propriétaire de la voiture abandonnée grâce aux plaques minéralogiques. Jilly avait été mise au courant presque aussitôt, et Stéphanie, à sa demande, peu de temps après.
– Qu'y a-t-il encore à faire ? s'enquit Dan.
– Bah, encore quelques démarches.
– Il n'avait plus de famille apparemment, observa Stéphanie. Et ses associés sont trop contents de nous laisser tout sur les bras. Mais allons plutôt au salon discuter des derniers détails à régler.

– Oui, bonne idée, fit Jilly d'un ton machinal.

Son attention venait d'être attirée par un petit paquet posé parmi le courrier sur la desserte, dans l'entrée. C'était l'écriture de Phillip, pas d'erreur ! Qu'avait-il envoyé à Stéphanie ? Une bombe à retardement qui lui exploserait au nez après sa mort ? Pas impossible. Comme ils allaient entrer au salon, Matey apparut dans le hall.

– Le courrier de cet après-midi est arrivé tout à l'heure en votre absence – ainsi qu'un paquet apporté par coursier.

Stéphanie se détourna.

– Merci, Matey. (Elle prit la pile de lettres et la posa près du téléphone, dans le salon.) Je vous sers à boire ?

Ils gardaient le silence, leur verre à la main, mal à l'aise. Jilly se mit à pleurer.

– Pourquoi a-t-il fait ça ? demanda-t-elle. Nous étions si heureux !

Dan et Stéphanie échangèrent un regard.

– Il avait sûrement une raison, dit Stéphanie.

– Quand je suis sortie de prison... tout ce que je voulais, c'était pouvoir recommencer une vie. Je ne méritais pas Phillip. Il était trop bon. Quelle injustice qu'à peine retrouvé il me soit enlevé !

On frappa à la porte et Matey entra :

– Mme McMaster au téléphone.

– Je la prends ici, Matey.

Le visage à demi caché dans un mouchoir en papier, Jilly observa Stéphanie qui s'approchait de la table. Coinçant le combiné au creux de son épaule, Stéphanie entreprit d'ouvrir distraitement quelques lettres qu'elle prenait au fur et à mesure dans la pile. Puis la voix de Rina résonna en sourdine.

– Non, Rina, ne dites rien à Bill. Il risque d'avoir une autre attaque s'il apprend que Sanders m'a fait chasser de la Compagnie.

Elle ouvrait les enveloppes les unes après les autres, consultant rapidement leur contenu. Dans quelques instants elle arriverait au paquet mystérieux, et alors…

– C'est moi ! s'écria Jilly en se levant d'un bond pour marcher sur Stéphanie. C'est moi qui l'ai tué !

– Excusez-moi Rina. Je suis désolée, je vous rappellerai plus tard.

Horrifiée, Stéphanie raccrocha et reposa sur la table les lettres qu'elle avait à la main.

– Vous disiez que Phillip ne s'était pas suicidé sans raison ! poursuivit Jilly d'une voix suraiguë. Vous pensez que c'est à cause de moi ! C'est affreux !

Elle abaissa violemment son bras, écrasant son verre sur la table. Des éclats de verre volèrent en tous sens et du sang commença à couler sur sa main.

– Dan ! Vite ! Elle s'est coupée !

Un coup d'œil suffit à Dan pour évaluer la situation et il partit chercher sa trousse de soins d'urgence. Stéphanie prit la main de Jilly pour l'examiner. Celle-ci tituba et se retint à la table, comme si elle était sur le point de se trouver mal. De sa main libre, elle attrapa le paquet dans son dos et le fourra dans la poche de sa robe.

– Viens, dit Stéphanie, inquiète. Allons laver ça. Tu as besoin d'un pansement. Dan va s'en occuper. Il ne faut pas te mettre dans cet état, Jilly. Je suis sûre que tu n'as rien à te reprocher.

Mais sa voix sonnait faux à ses propres oreilles. Soudain agacée, Stéphanie regarda Jilly avec méfiance. À quoi jouait-elle ? Qu'est-ce qui se cachait derrière cette crise d'hystérie soudaine ? Aussitôt honteuse, elle se sermonna : comment pouvait-elle se montrer aussi dure envers une femme qui venait de perdre son mari dans des conditions aussi inexplicables ?

Mais plus tard, ce soir-là, quand elle se retrouva en tête à tête avec Dan au moment d'aller se coucher, elle découvrit que le point de vue de ce dernier était tout différent :

– Phillip était en parfaite santé. Son cabinet marchait très bien. Il n'avait pas de problèmes d'argent...

– Autrement dit ?

– Il n'avait qu'une raison de vouloir mourir.

– Jilly ?

– C'était le seul élément perturbateur dans sa vie.

– Mais regarde l'état dans lequel elle est !

– Il faut reconnaître que c'est une bonne comédienne.

– Je n'arrive pas à y croire, Dan. C'est ma sœur, quand même.

Il réfléchit un instant puis déclara d'un ton ferme :

– Ça ne te ressemble pas de te raconter des histoires. Tu m'as dit toi-même que tu commençais à avoir des doutes à son sujet, quand je n'étais pas là.

– Oui... c'est vrai. Mais des choses ont changé depuis. Écoute, mon propre fils vote pour m'exclure de ma Compagnie. Mon autre fils refuse de m'accepter. Ma fille ne le dit jamais mais elle pense sûrement que c'est moi qui lui ai définitivement gâché la vie. Même toi tu t'es écarté de moi un moment...

Il ne nia pas.

– J'ai besoin de ma famille. Je veux que tous, nous fassions l'effort de la ressouder. Je ne peux pas garder Jilly à l'écart... comme mon père l'a fait autrefois en la maintenant en dehors de notre vie.

Dan sentit qu'il avait perdu la partie.

– On dirait que tu as particulièrement besoin de ta famille depuis que tu as perdu la Harper Mining.

– Tu es injuste !

– Et si c'était Jilly qui avait contribué à t'en déposséder ?

– Comment le saurai-je jamais ?

Les obsèques de Phillip furent aussi discrètes que l'homme lui-même. En dehors de Jilly, il n'avait pas de famille. Stéphanie et Dan étaient ses amis les plus proches. Quand, dans le cercle de ses relations d'affaires, on apprit que sa femme tenait à ce que la cérémonie eût lieu dans l'intimité, seuls ses associés et un petit nombre de confrères se firent un devoir de se rendre au crématorium, puis à Éden, pour lui rendre un dernier hommage. Au milieu du petit groupe, Jilly, tout en noir, recevait les condoléances. Non loin d'elle, Stéphanie surveillait ses réactions, craignant la répétition de la crise d'hystérie qui l'avait secouée le jour de la mort de Phillip.

– Bill s'en veut beaucoup de ne pouvoir être là, dit Rina. Il connaissait Phillip depuis la création de la Compagnie, quand Max lui avait demandé d'être son avocat d'affaires. Il va beaucoup nous manquer à tous.

– Merci.

– Bill vous envoie ses amitiés.

– Comment va-t-il ?

Du coin de l'œil, Stéphanie vit une silhouette à la porte et Dennis entra. Dennis ! Elle ne l'avait pas revu depuis la séance du conseil quelques jours plus tôt. Il n'était pas rentré ce soir-là, et s'était contenté d'appeler Matey pour prévenir qu'il s'absentait un jour ou deux.

– Un mois ou deux me sembleraient plus appropriés, avait fait remarquer Dan.

Mais Stéphanie se sentait bizarrement détachée. Quelque chose était fini entre Dennis et elle et elle s'étonnait de constater que cela ne faisait pas très mal.

Dennis emboîta le pas à Matey qui circulait parmi les invités avec un plateau et saisit un verre. Stéphanie le regarda le vider d'un seul trait et tendre aussitôt la main pour en prendre un autre. Elle s'approcha de lui.

– Je crois que ça suffit.

Il la toisa.

– Les boissons sont rationnées, c'est ça ?

Elle lui prit le verre des mains et le reposa.

– Il faut que nous parlions, Dennis.

– Pour quoi faire ? Tu veux me faire le récit romanesque de la venue au monde de mon grand frère ?

– Je ne savais pas qui était vraiment Tom. Je ne t'ai pas volontairement caché quoi que ce soit. C'est la vérité.

– Le seul problème, vois-tu, maman, c'est que je ne crois pas que tu sois capable de distinguer la vérité de ce que tu as envie de croire.

C'était plus qu'elle ne souhaitait en supporter.

– Tu te conduis comme un imbécile, Dennis. Mais j'ai deux choses à te dire. Si tu es venu, comme je le présume, pour rendre un dernier hommage, essaie de montrer un peu de respect pour le souvenir d'un homme généreux, au lieu de ne penser qu'à toi-même comme d'habitude. Secundo, tu ne m'auras plus désormais avec tes caprices et tes jérémiades uniquement destinés à attirer mon attention, comme si le monde entier t'avait fait du tort. Tu peux décider soit de te réformer – tais-toi et écoute-moi jusqu'au bout –, soit de prendre la porte et de disparaître de ma vie.

Elle n'avait pas élevé la voix. Mais l'effet de ses paroles sur Dennis était indéniable. Il la regarda avec un respect nouveau et hocha du chef.

– Tu as aidé Sanders à me mettre à la porte de ma propre société. En dehors de toute autre considération, c'était une erreur si fondamentale que tu ne mérites pas d'être un Harper. Tu as pris une décision professionnelle en te laissant uniquement guider par tes sentiments. C'est la pire bêtise, Dennis.

Il ne répondit pas.

– Tu as choisi de me donner le coup de pied de l'âne, poursuivit-elle. Je peux choisir de ne pas aimer ça. Cela va aussi changer beaucoup de choses entre nous à partir de maintenant. Mais tu es encore mon fils, enfin quoi ! Je veux que ma famille se serre les coudes. Il y a suffisamment de choses qui tendent à nous séparer pour que nous ne commencions pas à nous tirer dans les pattes. Tu as ton rôle à jouer et je te préviens que je compte sur toi pour que tu y mettes de la bonne volonté. Tu restes un Harper, Dennis. Essaie de te conduire comme tel.

Elle tourna les talons, le laissant seul avec ses pensées. Mais, se dirigeant vers Sarah, elle lui chuchota à l'oreille :

– Le fils prodigue est de retour. Va lui souhaiter la bienvenue.

À l'autre bout de la pièce, Dan observait Dennis en se demandant si son retour était de bon ou de mauvais augure. Il vit alors s'écarquiller les yeux du jeune homme. Suivant son regard, il comprit sa stupéfaction. Jake Sanders franchissait le seuil de la porte.

– Je suis navré de n'avoir pu assister aux obsèques, dit celui-ci en s'approchant de Dan. Je suis venu présenter mes condoléances.

– J'ignorais que vous connaissiez Phillip, observa Dan.

– Pas... personnellement, non. Mais nos routes se sont croisées.

Il résista à la tentation de regarder Jilly.

– Je ne prétendrai pas que vous êtes le bienvenu, dit froidement Dan. Mais Mme Stewart sera peut-être touchée de votre présence.

– Si je puis apporter un éclaircissement, docteur Marshall, mes prises de position concernant la Harper sont d'ordre purement professionnel – elles n'ont rien de personnel.

Tu mens comme un arracheur de dents, ajouta Jake pour lui-même. Si ça n'est pas personnel de désirer une femme au point où tu désires celle-là – au point de venir t'imposer dans un moment pareil pour la voir quelques instants, t'introduire chez elle, déranger son époux...

– Vous vous méprenez gravement, fit Dan, car si j'ai un profond mépris pour les méthodes que vous utilisez pour parvenir à vos fins, j'ai toutes les raisons de me réjouir du résultat. La perte de la Harper Mining est une bonne nouvelle pour moi. Quant aux sentiments que vous m'inspirez, ils sont tout à fait personnels. Si vous voulez bien m'excuser.

Il s'éloigna.

Occupée à échanger des civilités avec un associé de Phillip, Stéphanie ne regardait pas Jake mais son corps enregistrait sa présence comme un sismographe les tremblements de terre. Elle l'avait aperçu un bref instant quand il était entré, et son image s'était instantanément gravée dans son esprit, nette et précise. Costume très sombre, presque noir, chemise blanche lumineuse, cravate noire – comme toujours, il semblait d'une propreté immaculée, étincelante, et ses vêtements sombres lui donnaient un air vaguement mélancolique, comme quelque prince pleurant sa belle. Elle n'avait nul besoin de le regarder pour voir ses cheveux bien plantés, ses paupières lourdes, le dessin parfait de sa lèvre supérieure. Elle savait qu'il s'approchait d'elle, dans son dos, qu'il était là.

– Veuillez me pardonner, dit-il à l'associé de Phillip, mais j'ai besoin de dire un mot à Mme Marshall, concernant nos affaires en cours.

– C'est vrai ?

– Qu'est-ce qui est vrai ?

– Que vous avez quelque chose à me dire au sujet des affaires ?

– Oh, oui, sans doute. Des affaires sans fin.

– C'est-à-dire ?

– Vous le savez parfaitement, Stéphanic, fit-il. (Il parlait d'une voix basse, presque triste, sans la moindre trace de son arrogance coutumière.)

Nous jouons un jeu, vous et moi. Corrigez-moi si je me trompe, mais je pense que nous y avons déjà joué avant – moi plus souvent que vous, je veux bien le croire, mais vous ne pouvez faire semblant de ne pas voir ce qui se passe.

Il s'interrompit pour lui donner le temps de répliquer, mais elle demeura silencieuse. Elle fixait des yeux les mains qui tenaient son verre. Elle détaillait les phalanges, la peau blanche qui semblait douce, les ongles carrés. Elle mourait d'envie de poser ses lèvres sur chacun de ses doigts.

– J'ai deux problèmes, reprit-il. Le premier, c'est comment vous persuader d'accepter la vérité de ce que vous éprouvez pour moi. Car je le vois. Je sais le lire dans vos yeux chaque fois que nous nous rencontrons.

Elle ne leva pas les yeux mais elle voulait qu'il continue.

– La deuxième difficulté est encore plus grande, je pense. Et c'est : que dois-je faire pour arrêter de jouer ce jeu, et en faire quelque chose de réel ?

Elle ne répondit pas. C'est l'homme que tu hais le plus au monde, se dit-elle. Celui qui t'a privée de ta société, qui a fait de ton fils un étranger et tourmenté ton mari. Mais l'instant viendrait où elle ne pourrait plus s'empêcher de toucher son visage, ses lèvres…

– M. Sanders ! lança Jilly, une lueur mauvaise au fond des yeux. Comme c'est gentil d'être venu !

Jake changea aussitôt d'attitude.

– Veuillez m'excuser, je… dit Stéphanie en s'éloignant.

– Qu'est-ce que tu lui racontais ? siffla Jilly entre ses dents.

– Attention, ma chère. Quelle imprudence !

– Alors ?

– Je n'ai guère confiance en Stéphanie. Elle n'est pas du genre à abandonner si vite la partie… Je… la sonde, disons.

– Tu ne chercherais pas par hasard à faire pression sur moi aussi ?

– Et comment pourrais-je m'y prendre ?

– En me faisant sentir le poids de l'adversaire, par exemple, dit-elle d'un air sombre. Tu crois que je ne vois pas l'effet qu'elle te fait, peut-être ?

– Tu te trompes, Jilly.

– Prouve-le-moi. Je vais retourner à Elizabeth Bay tout à l'heure. Entamer ma vie de veuve solitaire. C'est la première fois que j'ai l'occasion de t'inviter chez moi. Pourquoi ne viens-tu pas ce soir pour consoler la veuve affligée ?

Il faut que je sorte d'ici, songeait Stéphanie en adressant des sourires aimables à la ronde tout en tâchant de gagner la porte. Elle avait l'impression de suffoquer. Ce n'était pas sain de rester dans la même pièce que Jake.

Dehors, le soleil déclinait au-dessus de la mer. Sur la terrasse, Stéphanie prit plusieurs profondes inspirations. Le couchant mettait comme un tapis de feu à la surface de l'océan. Combien de fois, petite fille, avait-elle rêvé de partir sur un voilier, vers le couchant ! Si elle avait pu partir maintenant !

Elle mit un moment à se rendre compte qu'elle n'était pas seule. Un peu plus loin sur sa droite, quelqu'un d'autre contemplait le spectacle du crépuscule. Tournant la tête, elle vit un homme immobile, assis à une table.

– Amahl !

Il se leva pour aller vers elle. Il prit ses mains dans les siennes et les baisa avec ferveur.

– Vous aviez besoin de moi, dit-il. Je suis venu.

34

Tout en roulant en direction d'Elizabeth Bay, ce soir-là, Jake avait du mal à s'expliquer ce qu'il était en train de faire. Il n'avait aucune envie de se retrouver dans l'appartement du défunt Phillip Stewart, dont la mort ne lui inspirait qu'indifférence. Il ne tenait pas particulièrement non plus à passer un moment avec Jilly. Et, à son grand étonnement, il s'aperçut que même l'idée de faire l'amour avec elle ne l'enthousiasmait guère. Malgré tout le plaisir qu'elle lui donnait, l'idée de quelque chose de mieux venait souvent le hanter, ces derniers temps. Quelque chose qui aurait eu la forme d'une grande femme élancée aux jambes longues et merveilleusement galbées, au menton volontaire et au regard provocant. Il voulait voir sourire pour lui cette bouche contrainte – voir ces yeux bleus au regard froid se voiler dans l'amour. Il voulait... il voulait...

En arrivant, il fut contrarié que Jilly eût sorti du champagne pour l'accueillir. Il aurait préféré un gin sec. Il n'était pas d'humeur à faire la fête et n'avait nulle envie de se forcer pour faire plaisir à Jilly. Il voulait se débarrasser d'elle.

– Tu as ce que tu voulais et j'ai ce que je voulais, dit-il soudain. Notre alliance professionnelle n'a plus de raison d'être, on dirait.

– Autrement dit ?

– L'heure du baiser d'adieu est arrivée.

– Le baiser, d'accord, tant que tu voudras – mais sans adieu.

– À moi de demander : autrement dit ?

– Les affaires sont loin d'être terminées.

– Éclaire ma lanterne.

Jilly se resservit du champagne.

– Tu te méprends terriblement si tu crois que Stéphanie ne va pas revenir à la charge. Tu as raison de te méfier d'elle. Elle est encore bien assez riche pour avoir les moyens de lancer une contre-attaque.

– J'ai déjà pensé à ça. Mais sa main droite, son maître en stratégie, est à l'hôpital, son fils a rallié l'ennemi, son mari la pousse à abandonner la lutte. Son armée bat de l'aile, conviens-en.

– Sans doute. Mais Steph a tout ce qu'il faut pour constituer une armée à elle toute seule. Elle a quasiment ressuscité des morts une fois, seule et sans soutien. Et maintenant elle a des amis riches et influents. Je connais au moins dix personnes à Sydney qui seraient prêtes à faire des miracles pour elle si elle le leur demandait gentiment.

À commencer par moi, songea Jake amèrement.

– Sans oublier le prince Amahl, conclut Jilly.

Amahl. S'il n'était pas arrivé, Jake était persuadé qu'il aurait fait dans ses relations avec Stéphanie le pas décisif qu'il s'était senti sur le point d'accomplir.

– Oui, Amahl. (Il regarda Jilly, toujours vêtue de noir.) Quel dommage qu'on ne puisse t'envoyer... distraire Son Altesse royale.

– Oui, acquiesça Jilly en montrant les dents. La mort de Phillip ne présente pas que des avantages !

– N'empêche, dit-il pensivement. Gardons un œil sur cet ami mystérieux de Stéphanie.

– C'est de là qu'il faut partir. Tous les soupçons que Stéphanie a pu nourrir à mon endroit se sont dissipés dans un grand élan de compassion. Je suis particulièrement bien placée pour savoir tout ce qu'elle pourrait tenter.

Jake éprouva un sentiment proche de la nausée.

– Entendu. Notre collaboration professionnelle continue.

– Professionnelle mon œil – c'est l'heure de s'amuser. Les funérailles me mettent dans tous mes états. Que comptes-tu faire pour arranger ça, Jake, mon chéri ?

La lune était haut dans le ciel au-dessus d'Éden, inondant la grande maison d'une pâle clarté, donnant aux ombres des grands arbres des formes étranges. Amahl et Stéphanie bavardaient encore sur la terrasse.

– C'est difficile à croire, dit Amahl stupéfait.

– C'est pourtant la vérité. Je ne suis plus présidente – je ne fais même plus partie du conseil d'administration –, et pour le moment je ne vois pas très bien ce que je pourrais faire pour changer cette situation.

– On vous a tendu une embuscade ! dit Amahl d'un ton plein de colère. Comment Jake Sanders s'y est-il pris ?

Stéphanie eut un sourire résigné.

– Dennis a voté contre moi.

– Un fils qui trahit sa mère ? Dans mon pays... (Il laissa la phrase en suspens. Puis il reprit :) Et c'est la raison pour laquelle vous m'avez demandé de venir en Australie ?

– Une des raisons, oui. Vous comptiez renégocier votre contrat avec la Harper Mining le mois prochain de toute manière. J'espère que cela ne vous a pas ennuyé de venir plus tôt.

– Je mettrais une année entière à votre disposition si vous me le demandiez. Vous voulez que je vous aide à combattre le nommé Jake Sanders ?

– J'ai besoin de votre soutien, Amahl. Je ne veux pas détruire la Compagnie – je veux détrôner le nouveau président.

– Ma chère Stéphanie, dit-il en la fixant de ses grands yeux liquides, après toutes ces années, vous savez que vous pouvez compter sur moi pour ne jamais rien faire qui puisse vous nuire.

– Je sais. Et si rien de ce qui est arrivé n'est réparable, je survivrai.

Il sourit – un sourire lent mais dévastateur.

– Vous connaissant… je suis bien sûr que nous sommes capables, ensemble, de faire beaucoup mieux que de survivre.

– Oui, dit-elle fermement. Et c'est ce que je souhaite.

Il sourit de nouveau.

– Vous avez très mal pris la défaite, à ce que je vois, pour quelqu'un qui me dit que la vie professionnelle ne l'intéresse plus et que sa famille est la seule chose qui compte.

– Amahl… c'est la façon dont j'ai perdu : la duplicité et les combines mesquines, et jamais je n'aurais cru que Dennis prendrait parti pour Jake contre moi.

– Donnez-lui le temps. Il réfléchira probablement sur la stupidité de sa décision.

– Peut-être.

Il la regarda avec une curiosité perspicace.

– Il y a autre chose, n'est-ce pas ?

– Autre chose ?

Elle détourna le regard, déchirée.

– Stéphanie, nous nous connaissons depuis bien longtemps. Pas de secrets entre nous.

– Alors j'en ai un à vous confier – et vous avez plus que tout autre le droit de l'apprendre.

– Poursuivez.

– Quand j'avais dix-sept ans, votre père vous a amené ici pour votre premier voyage en Australie.

– Ah, soupira-t-il, comment pourrais-je l'oublier ?

– Réunis par hasard, nous sommes devenus très intimes. (Sa voix n'était plus qu'un murmure quand elle reprit :) Si intimes…

– Si intimes que sans mon père… nos religions différentes…

Il n'eut pas besoin d'aller plus loin.

– Amahl, après votre départ, vous n'avez jamais su que j'avais eu un bébé. On me l'a enlevé. On m'a dit qu'il était mort.

Il prit unc inspiration brusque et sifflante.

– Un fils ?

– Mon fils. Et le vôtre. Je viens de découvrir qu'il est vivant, contrairement à ce qu'on m'a raconté. Bill McMaster l'a adopté.

– Et maintenant ?

Amahl, tendu, se penchait en avant sur son siège.

– Et maintenant... que de révisions déchirantes ! Cela semble avoir tout infecté. C'est la raison pour laquelle Dennis a voté contre moi au conseil d'administration. Tant il est en colère à propos de Tom.

– Ce n'est pas une excuse ! s'écria-t-il en abattant son poing sur la table. Un fils doit se battre pour sa mère – mourir pour elle si besoin est –, et non pas lui faire la guerre ! (Il s'interrompit avant de reprendre :) Et Tom ?

– Il m'a soutenue. Il aime et respecte Bill et Rina.

– Alors c'est un bon fils.

– Un homme de valeur. Il faut que je vous demande, Amahl... souhaitez-vous qu'il sache que vous êtes son père ?

Il considéra gravement la question.

– Donnez-moi le temps d'y réfléchir, Stéphanie, dit-il enfin. Je dois me demander si cela risque de lui faire du mal, ou du bien... et à moi aussi.

– Oh, Amahl... je regrette tant.

– Ma chère petite, dit-il d'un ton pressant. Ne dites jamais cela. Le destin nous a réunis puis nous a séparés. Tout dépend de la volonté de Dieu. J'ai connu bien des nuits ténébreuses depuis que cette petite flamme a brillé dans ma vie. Mais jamais l'obscurité ne m'a fait regretter le feu.

Il lui prit tendrement la main et ils demeurèrent longuement silencieux, tandis que la nuit s'épaississait autour d'eux.

Les petits groupes de touristes qui venaient visiter l'Opéra de Sydney, considéré comme la huitième merveille du monde, déambulaient le long de Circular Quay où les vieux ferry-boats étaient au mouillage. Assis sur les marches non loin de la gare maritime, Dennis en était à se demander s'il ne devrait pas s'embarquer pour aller faire fortune à l'autre bout du monde comme au temps jadis. Trop tard, songea-t-il en se moquant de lui-même. On a déjà découvert l'Australie, et moi avec.

Depuis l'instant fatal où, mû par une impulsion de colère vengeresse, il avait voté contre Stéphanie, il était tourmenté par le remords. Il en voulait toujours à Stéphanie d'avoir gardé secrète la naissance de son frère, mais il savait que rien ne pouvait excuser son propre comportement. Être une victime était une chose, songeait-il, écœuré, mais agir comme un fieffé imbécile n'était pas obligatoire.

Ça aurait été plus facile à supporter, en fin de compte, si Stéphanie s'était mise en colère, si elle lui avait reproché de manquer d'amour filial. Au lieu de quoi elle s'était montrée ferme, logique et glaciale. Dennis frissonna au souvenir du regard froid qu'elle avait posé sur lui, si différent du regard aimant et prêt à pardonner qu'il avait toujours lu dans ses yeux pour lui. Et en un éclair, il s'était rendu compte de ce que serait sa vie sans l'amour de sa mère... et ça ne lui plaisait pas du tout.

Contraint de reconnaître qu'il n'avait pas traité Stéphanie comme il l'aurait dû, il se mit à songer à Cassie. Ils étaient si bien ensemble – pourquoi avait-il tout rejeté ? S'il s'interrogeait honnêtement sur ses sentiments, il devait bien convenir qu'il ne pouvait s'attendre à ce qu'une fille de l'âge et du milieu de Cassie fût encore vierge. Elle avait fait des études, vivait et travaillait dans la capitale – c'était franchement idiot d'imaginer qu'elle n'avait jamais connu d'hommes. Qu'est-ce qui l'avait plongé dans un tel désespoir ? L'idée qu'elle avait eu d'autres hommes avant lui, ou celui-là en particulier ? Ou bien était-il furieux parce que c'était sa première liaison importante à lui – et qu'elle ne l'était pas pour elle ?

Avec un soupir Dennis jeta les restes de son sandwich dans une poubelle. Il se leva et brossa les miettes sur ses vêtements, puis s'étira avec plaisir dans l'air encore doux. Si seulement il pouvait aller chez Vittorio prendre un verre avec Angie... faire une balade dans le jardin botanique... et foncer en direction des Blue Mountains ! Il se prit fermement par la main. Il avait rendez-vous chez Tara pour mettre au point les relations publiques de la saison prochaine avec Joanna. Sachant qu'il y croiserait forcément Cassie, il avait prolongé sa pause déjeuner pour tâcher d'y voir un peu plus clair à son sujet. Mais il n'était guère plus avancé.

Je me monte la tête, de toute manière, songeait-il en roulant vers la maison de haute couture. Je ne la verrai peut-être même pas... c'est très grand... Et Cassie était gestionnaire, elle n'avait aucune raison de se mêler de tout le reste. Elle serait enfermée dans un bureau à l'écart de l'agitation générale, occupée à faire joujou avec ses ordinateurs. Luttant contre la déception qu'il éprouvait déjà, il grimpa les marches quatre à quatre et tomba sur elle au sommet de l'escalier.

Lequel des deux fut le plus embarrassé, c'est difficile à dire. Cassie se ressaisit la première.

– Comment vas-tu ? dit-elle.

– Bah... ça va. La vie continue. Et toi ?

– Pas mal... j'aime bien travailler ici.

– Il paraît que tu fais du beau boulot.

– Merci. Merci, Dennis.

Le silence retomba. Dis quelque chose, bon sang, qu'est-ce que tu attends ? hurlait Cassie intérieurement, il est là, enfin, depuis le temps que tu espérais ce moment, et tu ne sais même pas quoi dire...

– Ça me fait plaisir de te voir, dit-elle.

– J'ai rendez-vous avec Joanna.

– Ah oui, bien sûr.
Encore un silence.
– Je vais m'occuper des relations publiques pour la saison prochaine.
– Oui.
– Vous devez avoir un travail monstre avec tout ça.
– C'est vrai. Joanna ne nous laisse pas chômer !
– Tu prends un moment, parfois, pendant la journée ? Tu as un peu de temps libre ? risqua prudemment Dennis.
– Oh oui, bien sûr ! Je...
– Dennis ! (Joanna sortit en trombe du studio, les cheveux dressés sur la tête et les yeux lançant des éclairs.) Te voilà enfin ! Tu es en retard ! Viens dans mon bureau avant que mes nerfs craquent, que mon cœur lâche ou que je déprime comme une bête !
Dennis la suivit sans ajouter un mot.
– À bientôt ? lança précipitamment Cassie.
– Peut-être. Oui. On verra.

En s'engageant sur la route de la corniche qu'il n'avait plus empruntée depuis sa rupture avec Sarah, Tom se demandait ce que Stéphanie pouvait bien avoir à lui dire. Tom avait réagi à l'extraordinaire révélation du secret de sa naissance en s'efforçant, comme il était dans son caractère, de garder les pieds sur terre. Il lui avait fallu supporter de voir son passé et son avenir entièrement remis en question, pour son malheur, et il avait assumé cette situation en faisant le gros dos, en changeant le moins de choses possible dans son existence afin de voir venir le plus lentement possible. Il avait décidé qu'une fois pour toutes Rina était sa mère et Bill son père, quoi qu'en dît Stéphanie – il ne mettait pas sa parole en doute, mais ne pouvait tout simplement pas remplacer la vérité de ses sentiments par des faits qui demeuraient extérieurs à lui.

Le rendez-vous que Stéphanie lui avait fixé ce soir-là à Éden l'avait pris totalement au dépourvu. Que voulait-elle ? En rangeant sa voiture dans l'allée puis en marchant vers la porte d'entrée, il se sentait terriblement agité. Il sonna.

– Mme Marshall vous attend dans le bureau, M. McMaster, dit Matey en lui ouvrant.

Par la porte entrebâillée de la petite pièce, Tom vit Stéphanie qui marchait de long en large.

– Tu n'étais pas obligé de venir, tu sais, fit-elle pour l'accueillir. Je ne suis plus ta patronne.

Elle est aussi nerveuse que moi, se dit-il, soudain compatissant.

– Je suis venu par curiosité. Je voulais savoir ce que vous pouviez avoir à me dire de plus que ce que vous m'aviez déjà dit.

Avec un effort visible pour maîtriser son trouble, Stéphanie commença :

– Je pense que nous avons encore énormément de chemin à faire, toi et moi, mais ce n'est pas pour ça que je t'ai demandé de venir. Tu connais la vérité, mais seulement la moitié. J'ai pensé qu'il serait normal et juste que tu apprennes aussi le reste. Le souhaites-tu ?

– Le reste ? s'étonna-t-il, tendu. Comment cela ?

– Ton père, Tom. Veux-tu le connaître ? Veux-tu le rencontrer ? Il aimerait te voir... si tu es d'accord.

L'était-il ? Il l'ignorait. Il demanda :

– Où est-il ?

– Ici même. À Éden.

– J'ai besoin d'y réfléchir.

– Je te laisse. Si tu veux me parler, je serai au salon. Prends ton temps.

Il fallut moins de dix minutes à Tom pour prendre sa décision. Le cœur et l'esprit en émoi, Stéphanie le conduisit à travers la pelouse jusqu'à la terrasse. D'un geste de la main, elle indiqua Amahl qui attendait un peu plus loin sous les grands arbres. Elle ne se sentait ni capable de parler ni même de les présenter. Mieux valait les laisser tous les deux. Tom hésita, puis se dirigea vers le prince. Stéphanie retourna se réfugier dans le bureau où elle s'étendit le plus confortablement possible sur un canapé en s'efforçant de ne penser à rien.

Quelque temps plus tard, un bruit léger lui fit ouvrir les yeux.

– Je suis juste venu vous dire merci, dit Tom.

– Oh... ça s'est bien passé ?

– Plus que bien.

– Tu... le trouves comment ?

– On a pas mal parlé... je l'aime bien. Il est... impressionnant. Il s'est montré très franc. Pas d'excuses, aucune demande, aucune offre.

Elle sourit.

– Ça lui ressemble.

– Je peux vous poser une question ?

– Oui.

– Étiez-vous... amoureuse de lui ?

– Oh oui ! Je croyais peut-être seulement que je l'étais. Mais ça m'a fait très mal de le perdre.

– Et si... ?

Elle ne le laissa pas poursuivre.

– C'est une question trop dangereuse à poser au sujet du passé, Tom. Cela ne sert à rien de chercher à rationaliser les erreurs qu'on a faites.

– Je vous demande pardon, dit-il.

– Mais pour quoi ?

– Pour la manière dont je vous ai traitée.

– Tu t'es très bien conduit, Tom. Tu n'as à t'excuser de rien.

– Je désire seulement que vous sachiez que je ne vous en veux plus.

– Merci, Tom, dit-elle d'une voix douce. Cela compte énormément pour moi.

Il consulta sa montre, troublé.

– Il faut que j'y aille. Je dois conduire maman à l'hôpital pour voir papa.

Il continuait de les appeler ainsi avec le plus grand naturel et Stéphanie en éprouva un vif soulagement. La rencontre avec Amahl n'allait rien changer entre eux. Elle se leva pour le raccompagner et ouvrit la porte.

– Tu sais quoi ? fit-elle impulsivement. Je n'ai encore jamais dit ça à personne. Quand tu es né, on m'a autorisée à te prendre dans mes bras – quelques instants seulement. Tu étais merveilleusement beau.

– Beau ? répéta-t-il en riant. Je croyais que tous les bébés avaient l'air de petits vieux ?

– Non, tu n'étais pas ridé du tout. Tu avais l'air très sérieux et tes grands yeux bruns...

– Bruns ?

– Oui, très foncés, et si grands...

– Mais j'ai les yeux bleus !

– Oh, je suis pourtant sûre... (Stéphanie réfléchit, perplexe.) Je me souviens d'avoir pensé que tu avais les mêmes yeux qu'Amahl. Ils ont peut-être changé de couleur... les yeux des bébés changent quelquefois quand ils grandissent.

– Mais pas à ce point-là...

Tom coupa court en voyant l'inquiétude qui saisissait Stéphanie. Pourquoi semer de nouveau le trouble entre eux au moment où les choses commençaient à s'apaiser ? Tu t'accrocherais à n'importe quoi, se dit-il. N'y pense plus.

Mais, tandis qu'il roulait en direction de Sydney, il se rendit compte qu'il en était tout à fait incapable. Et si Stéphanie ne se trompait pas ? Si son bébé avait effectivement eu les yeux bruns ? Une femme n'oublie pas ce genre de détail. Alors cela voudrait dire qu'il n'était pas son fils. Et dans ce cas... Il freina brusquement et, au lieu de poursuivre en direction de la Harper Mining, prit le chemin de chez Tara.

Il n'avait pas revu Sarah depuis le jour où il s'était battu avec Dennis au bord de la piscine – depuis qu'il l'avait suppliée de l'écouter. Il fulminait encore en songeant à cet épisode ridicule. Mais emporté par une détermination nouvelle, il se rua dans l'escalier qui menait à son bureau et entra sans frapper. Sarah était occupée à dessiner des modèles et, aux rides qui plissaient son front, on voyait qu'elle n'avait nulle envie d'être dérangée. Et sans doute par lui moins que par quiconque. Elle ouvrit la bouche pour dire quelque chose.

– Sarah... et si nous n'étions pas frère et sœur ?

– Quoi ?

– Je crois que je suis sur une piste... c'est une éventualité.

– Tom ! (La colère avec laquelle elle avait crié le prit au dépourvu.) Il faut arrêter ça, Tom ! Tu ne fais que te torturer... et moi avec !

– Mais si...

– On ne peut pas changer ce qui est.

Brusquement, la colère le submergea à son tour.

– Ça ne compte absolument pas pour toi, bien sûr, lança-t-il, que je sois encore amoureux de toi ?

– Ne sois pas cruel, Tom.

– Tu préfères continuer de penser que je suis ton demi-frère, c'est ça ?

– Ne redis jamais ça ! (Elle se leva d'un bond et, contournant son bureau, vint se planter devant lui. Mais elle fit un effort pour se maîtriser et dit :) Tu te racontes des histoires. Ça ne sert à rien. Il faut nous résoudre à cette situation. Et plus vite nous parviendrons à l'assumer, mieux ce sera pour nous deux. Tant que tu continueras à vouloir que nous soyons comme avant...

– Ce n'est pas vrai, Sarah ! Je sais que ce n'est pas vrai ! (L'angoisse perçait dans sa voix.) Stéphanie n'est pas ma mère !

– Tu prétends qu'elle a menti ?

– Non... mais on peut se tromper.

– Se tromper !

Elle eut un rire amer.

– Je ne suis pas ton frère ! Je le sais !

– Tu n'as aucune preuve, Tom !

– Je trouverai une preuve ! C'est la seule chance qui nous reste !

Elle tendit la main pour l'arrêter. Il se dégagea.

– Et n'essaie pas de m'en empêcher !

Sarah, désemparée, le regarda redescendre quatre à quatre les escaliers et sortir dans la rue. Puis elle referma la porte de son bureau, s'assit devant sa table de travail et essaya de pleurer. Mais les larmes ne vinrent pas et il lui fallut porter le poids de sa détresse comme une pierre tout le reste de la journée.

35

Dans le bureau directorial de la Harper Mining, Jake regardait sans les voir les papiers étalés devant lui. La tête appuyée dans ses mains, il se frottait les tempes. Il fallait qu'il essaie de se concentrer. Qu'avait donc Stéphanie de si spécial qu'il ne pût suivre une idée jusqu'au bout sans que son esprit partît à la dérive ? Bref, il était incapable de travailler. Ni d'ailleurs de faire quoi que ce soit d'autre, en dehors de penser à elle. Et que recevait-il en échange ? Pour ainsi dire rien.

Il se reporta, en rage, au jour de leur première rencontre. Elle avait exercé sur lui, dès le premier instant, une fascination qui n'avait cessé de grandir depuis – jamais il n'avait éprouvé semblable sentiment pour une femme auparavant. Il n'aimait pas avoir l'impression de perdre pied, de cesser d'avoir la maîtrise parfaite de lui-même. Et elle ? Que ressentait-elle ? Les sentiments de Stéphanie étaient une énigme pour lui et c'était sans doute ce qui le tourmentait le plus. Il savait pourtant que quelque chose s'était passé – il en était absolument certain. Jake avait dragué suffisamment de femmes et suffisamment de femmes l'avaient dragué pour reconnaître, avec son cœur, son esprit et ses entrailles, l'intérêt soudain éveillé, le surgissement secret de la sexualité, que l'on peut nier, certes, mais pas cacher. Il avait vu tout cela dans les yeux de Stéphanie, l'avait perçu dans son corps. Elle ne pouvait pas mentir là-dessus.

Il était normal qu'elle lui résiste, bien sûr – il l'acceptait tout à fait. Elle était mariée – encore que pas tellement du genre à préférer sa respectabilité à son époux. Elle semblait avoir de bonnes relations avec le chirurgien – un homme que Jake jugeait si peu digne d'intérêt qu'il aurait fait des kilomètres pour éviter de se trouver en sa présence. Qu'est-ce que Stéphanie pouvait bien trouver à un type aussi ennuyeux ? Jake était trop jaloux pour songer que le bon docteur était peut-être aussi une affaire au lit. Les hommes dans son style n'étaient pas doués pour ça en général, se dit-il afin de se rassurer. Et Stéphanie lui tomberait peut-être dans les bras le moment venu. Même les femmes les plus heureuses en ménage traversaient une crise après cinq ou dix ans et pouvaient être tentées de l'oublier grâce à des relations extraconjugales. Jake en savait long sur les femmes heureuses en ménage – il en avait connu personnellement plusieurs centaines...

Mais celle-là... Que pouvait-il encore imaginer pour elle ? Il lui avait enlevé sa société, l'avait virée du conseil d'administration – que devait-il encore faire pour qu'elle le prenne au sérieux ? En tout cas, il fallait en décider au plus vite. Il ne pouvait pas la faire attendre plus longtemps devant son bureau. Il se mit à répéter pour lui-même plusieurs préambules possibles : « Stéphanie, je vous ai convoquée ici ce matin parce que... parce que je voulais vous dire... enfin, vous demander... » C'était sans espoir. Il fallait trouver beaucoup mieux. Le niveau supérieur… Il enfouit sa tête entre ses mains. Essaie de réfléchir…

Dans l'antichambre du bureau qui avait récemment cessé d'être le sien, Stéphanie attendait en tâchant de s'armer de patience. Non loin de là, Hilary prenait l'air de plus en plus renfrogné. Son visage franc exprimait son extrême réprobation face à la tournure des événements : Mme Harper attendant comme une petite postulante que le nouveau président daigne la recevoir. Personnellement, elle avait d'emblée jugé Jake Sanders – c'était un Casanova et un tyran. Et comme elle n'était ni à la recherche d'aventures ni préoccupée de pouvoir, son seul souhait était de le voir disparaître.

Tandis qu'Hilary tentait de s'absorber dans son travail et que Stéphanie s'efforçait à la patience, Dennis passa par là, en chemin vers son bureau.

– Maman ! s'exclama-t-il avec étonnement. Qu'est-ce que tu fais là ?

– M. Sanders m'a convoquée, dit-elle d'un ton neutre.

– Pourquoi lui obéis-tu ? Tu ne devrais pas attendre ici comme ça, de toute manière !

– Et où devrais-je être, d'après toi ? (Stéphanie résista à la tentation de rappeler à Dennis que c'était lui pour la plus grande part qui l'avait placée dans cette situation.) Je serais mieux à Éden à tourner en rond, peut-être ? Jake s'est arrangé pour me prendre ma Compagnie et mon fils, je suis curieuse de voir ce qu'il veut encore de moi.

Dennis s'embrasa :

– Il ne m'a pas pris, comme tu dis ! Je ne lui appartiens pas !

– Très bien.

– Je ne veux pas que nous soyons ennemis.

– Rien ne nous y oblige.

– Mais il faut bien que je prenne mes propres décisions, maman.

– Bien sûr. Mais essaie à l'avenir d'en prendre de meilleures que par le passé.

L'interphone vibra sur le bureau d'Hilary.

– M. Sanders dit qu'il peut vous recevoir, annonça la secrétaire manifestement embarrassée.

Stéphanie se leva.

– Merci, Hilary, dit-elle gentiment. Et ne vous laissez pas abattre… faites comme moi !

– Maman… commença Dennis.

Mais il s'interrompit.

– On en reparlera une autre fois, dit Stéphanie d'un ton définitif. J'ai organisé un dîner de famille, ce soir. Viendras-tu ?

Dennis ne répondit pas immédiatement. Sans attendre sa réponse, Stéphanie se dirigea vers son ancien bureau.

Jake semblait absorbé dans la lecture de l'écran de son ordinateur.

– Asseyez-vous, fit-il. Je n'en ai plus pour longtemps.

Mais, au lieu d'obtempérer, Stéphanie gagna la fenêtre d'une démarche tranquille pour admirer le panorama. Au bout de quelques instants, Jake dit :

– J'espère que je ne vous ai pas fait attendre.

Elle se tourna vers lui. Il rangeait des papiers sur le bureau.

– Vingt minutes seulement, dit-elle posément.

– Vingt minutes ! s'écria-t-il, feignant la surprise. Je suis vraiment désolé. Vous savez ce que c'est… le téléphone qui n'arrête pas…

– Je sais ce que c'est, oui.

Il l'observa. Voyait-elle clair en lui ? Son visage était parfaitement impassible.

– Une tasse de café ? demanda-t-il.

– Non, rien du tout. Merci.

– Alors venons-en au fait, déclara Jake, furieux de se sentir gagné par la nervosité. Je souhaite… reprendre les négociations avec vous. Je veux vous faire une offre.

– Je vous écoute.

– Voilà. Une part égale à la mienne dans la Harper. Cinquante-cinquante, vous et moi.

Stéphanie ouvrit de grands yeux.

– En échange de... quoi ?

Il ne répondit pas.

– Allons, reprit Stéphanie. Qu'est-ce que je dois faire pour que cinquante pour cent de ma propre société me soient soudain rendus ?

Jake recula son siège et se leva pour aller se planter à ses côtés, devant la baie vitrée.

– La vue est magnifique, n'est-ce pas ? dit-il d'une voix rauque.

Il était tout près d'elle. Elle regardait fixement le grand pont pour ne pas penser à lui, à son profil de statue, à son corps musclé, à ses mains... En contrebas, la vie suivait son cours dans le monde extérieur, indifférente au drame qui se jouait dans l'intimité du bureau de grand luxe. Stéphanie sentit le combat qu'ils menaient l'un contre l'autre en silence, la pression de sa volonté à lui contre laquelle elle résistait de toutes ses forces. Mais plus loin au fond d'elle-même, d'autres forces contraires s'affrontaient – le désir de partir et celui de rester, de s'abandonner à l'attraction qu'il exerçait sur elle tout en cherchant à la nier. Il faut que j'arrête de penser à lui comme à un homme, dit-elle. Dis-toi que c'est un financier avec lequel tu mènes des négociations... un adversaire.

– À propos de ces cinquante pour cent, dit-elle. Où est le piège ?

– Il n'y a pas de piège, Stéphanie, murmura-t-il. Aucun artifice. (Il lui prit la main et se mit à jouer avec ses doigts.) Et, de fait, j'espérais que ça vous ferait plaisir. Je serais déçu au plus haut point si ce n'était pas le cas.

Elle leva les yeux pour le regarder. L'invite était indéniable.

– Vous me demandez sérieusement de... ?

– Oui, dit-il. Sérieusement.

Elle retira sa main.

– De coucher avec vous, Jake ? demanda-t-elle. La Compagnie est à la fois trop... et pas assez.

– Réfléchissez. Je vous en prie.

– Je n'ai pas besoin d'y réfléchir.

– Si vous le faisiez, vous seriez contrainte d'être vraiment honnête avec vous-même. Pour la première fois de votre vie, peut-être.

– Vous êtes extraordinaire ! Vous pensez que toutes les femmes vous désirent ?

– Ça m'amuse de le croire. Mais... vous n'êtes pas « toutes les femmes ».

– Jake...

– Oui ? la pressa-t-il, une note d'espoir dans la voix.

– Je vous ai observé, j'ai pensé à vous... (Elle sourit, consciente des implications cachées dans ses paroles.) Vous êtes un homme d'affaires. Pour vous, la sexualité est une distraction. Pourquoi souhaitez-vous tant édifier des relations personnelles avec moi ? Pourquoi suis-je tellement importante pour vous ?

– Je l'ignore, dit-il, pensif. Vous êtes devenue pour moi une obsession.

Elle ne réagit pas.

– C'est de famille, poursuivit-il non sans amertume. J'avais un frère à qui il est arrivé la même chose – il était obsédé par une femme. Ça ne lui a pas réussi.

– C'est de famille pour moi aussi, j'imagine, dit Stéphanie, légèrement mais fermement. C'est absolument sans issue. Il ne peut rien se passer entre nous – je suis désolée.

– Vous êtes désolée... (Il voulait autre chose de sa part – un aveu, même tacite.) Ne jouez pas sur les mots. (Elle le regarda droit dans les yeux.) Vous avez tort de refuser, dit-il avec colère. J'étais généreux.

– Si mon refus vous gâche tant soit peu la

victoire, je ne peux que m'en réjouir ! rétorqua-t-elle. (Elle s'écarta de lui.) Vous permettez que je me retire ?

– Ce sera la dernière fois...

Elle sourit et gagna la porte, qu'elle referma doucement derrière elle. Une fois seul, Jake tomba le masque d'ironie maîtrisée et s'affaissa dans son fauteuil, en proie à une violente frustration.

Et maintenant ? se demanda-t-il sombrement. Que vais-je bien pouvoir faire, maintenant ?

En quittant le siège de la Harper, Stéphanie avait pour la première fois le sentiment de ne pas sortir vaincue d'un entretien avec Jake. Elle n'avait pas cédé un pouce de terrain. Elle ne lui avait pas donné le plaisir de voir l'effet qu'il produisait sur elle. Mais il était dangereux. À tout point de vue... Heureusement, Bill était suffisamment rétabli désormais pour qu'elle puisse de nouveau compter sur lui, même s'il participait au combat en restant sur la touche. Elle était impatiente d'arriver à l'hôpital où elle savait qu'il l'attendait.

Elle lui résuma brièvement les nouvelles de la Compagnie. Bill avait appris de la bouche de Tom la manière dont Stéphanie avait été mise à la porte du conseil d'administration. Quand elle lui raconta ce qui venait de se passer avec Jake, il se montra compatissant mais pas surpris le moins du monde.

– C'était écrit depuis qu'il vous a vue pour la première fois, Steph, grommela-t-il. Je suis vraiment désolé, mon petit.

– Mais pourquoi ?

– D'être coincé ici, impuissant, au moment où vous auriez le plus besoin de moi.

– Bill, vous n'allez pas vous excuser d'être humain, tout de même ! De toute manière, je ne suis pas sûre que nous aurions pu faire quoi que ce soit, vous et moi. Nous avons vraiment fait tout notre possible. Et s'il nous a mis en échec, c'est peut-être seulement un signe du destin – une façon de nous dire que notre heure est venue !

Bill ne rit pas avec elle comme elle l'espérait.

– Steph, dit-il d'un ton anxieux. Il faut vous résoudre à regarder les choses en face, concernant Jilly. Elle a forcément aidé Sanders – d'une manière ou d'une autre.

– C'est possible, en effet. Je commence à me préparer à cette idée. Quand je l'aurai acceptée, je saurai quoi faire. Mais avant, j'ai ma famille – ma vraie famille – qu'il faut que je rassemble. Mes enfants ont trop souffert de mon mode de vie dans leur propre existence.

Bill sourit affectueusement.

– Toujours la même. Toujours à vous jeter la pierre. Demandez à Sarah et à Dennis ce qu'ils en pensent !

– Et Tom ?

– Il faut lui laisser le temps. C'est tout. (Il marqua une pause.) Mais parlons un peu affaires. Êtes-vous vraiment prête à abandonner la Compagnie ?

– Je n'ai pas le choix.

– Vous en êtes sûre ?

– J'ai perdu la partie, Bill. C'est trop tard.

– Non, Steph, rien n'est trop tard. (Il prit une profonde inspiration.) Il y a encore un moyen de récupérer la Compagnie.

– Bill…

– C'est terriblement risqué. Si ça ne marche pas, vous perdez tout. Mais c'est une possibilité.

Stéphanie eut un instant de faiblesse.

– Ai-je envie d'entendre ça, Bill ? demanda-t-elle.

Bill plongea la main sous son oreiller pour en tirer une feuille de papier couverte de chiffres.

– J'ai pris quelques notes, dit-il d'un air candide. Mais c'est vous qui décidez, naturellement.

En sortant de la douche ce soir-là, à Éden, Dan n'aurait su expliquer pourquoi il se sentait si bizarrement mal à l'aise. Il aurait dû se réjouir que Stéphanie fût enfin déchargée du poids énorme de la Compagnie, songeait-il, même dans d'aussi mauvaises conditions. Cela signifiait qu'elle serait plus disponible, qu'elle aurait du temps pour faire des tas d'autres choses. Il l'observa, assise devant sa coiffeuse, occupée à mettre la dernière touche à son maquillage. Elle n'avait pas l'air de prendre tout cela trop au tragique. Elle était merveilleusement belle dans son fourreau noir adouci d'un châle rose vaporeux avec pour seul bijou un collier et des bracelets de perles fines.

Mais à son regard lointain et à la façon machinale, presque distraite, dont elle appliquait son rouge à lèvres, il sentait qu'elle n'était pas heureuse. La perte de la Harper Mining ne l'avait manifestement pas déchargée du fardeau des responsabilités qui y étaient attachées. Elle semblait soucieuse. Dan se sécha rapidement et commença à s'habiller. Une idée troublante venait de s'insinuer dans son esprit. Et si la perte de la Harper rendait Stéphanie trop malheureuse ? Alors ses espoirs d'existence plus tranquille n'avaient aucun sens.

Et ce nouveau projet qu'elle avait de vouloir ressouder sa famille pour former une armée unie face à l'ennemi ? Qu'allait-il en sortir ? Dan se serait fait moins de souci si l'entreprise ne lui avait pas semblé illusoire. Oh, du côté de Sarah, ça allait, mais Dennis ? Comment un descendant d'une personnalité légendaire comme Max, et même de Stéphanie qui était si loyale et entière, pouvait-il être aussi velléitaire ?

– J'imagine que Dennis va se déclarer partisan d'une famille unie et cohérente ? demanda-t-il à Stéphanie.

– Je ne sais pas. Mais ce serait bien possible. Ce sont ses intentions, en tout cas.

– Et tu attaches encore la moindre valeur à ses bonnes intentions ?

– Mon chéri, je t'en prie… (Elle pivota sur son

tabouret pour lui faire face.) Ça ne va être facile pour personne. Je suis bien placée pour savoir que Dennis s'est très mal conduit...

– Une conduite impardonnable !

– Bah... il faut que nous comprenions qu'il s'est senti terriblement menacé par Tom. Il s'est laissé emporter par ses sentiments...

– Comme un gamin écervelé !

Elle rit.

– Il le sait très bien.

– Et même s'il ne le savait pas, tu finirais toujours par lui pardonner.

– Je l'espère. Mais c'est différent, désormais. Je t'ai dit que mes sentiments ont changé. Dennis a bénéficié de toute l'indulgence que j'avais en réserve mais c'est terminé. Je veux qu'il reprenne sa place dans la famille et c'est ce que j'attends du dîner de ce soir. Mais s'il revient, ce sera comme un homme, et plus comme un enfant gâté.

– Hmmm. (Malgré lui, sa fermeté l'impressionnait.) Et toi ? dit-il. As-tu pensé à ce que tu vas faire maintenant ?

– Tu veux dire, pour le restant de mes jours ? demanda-t-elle en se tapotant nerveusement le bout du nez.

– Je ne voulais pas dire...

– Des œuvres de charité. Ce n'est pas ce que font les femmes comme moi sur leurs vieux jours ?

Il s'approcha d'elle dans son dos et l'entoura de ses bras.

– Je ne t'y vois pas, à vrai dire. Et la fin de la Harper Mining ne devrait pas changer la Stéphanie que nous connaissons et aimons.

Il la serra plus fort.

– Il n'y a aucune raison.

– Quel ton décidé ! Tu as des projets précis ?

– Oui. (Elle termina son maquillage avec un nuage de poudre et se leva.) Un projet précis : nous dînons avec les enfants.

Près d'une heure plus tard, ils n'en étaient pas

encore là. Portant à ses lèvres son troisième apéritif, Dan maudit Dennis intérieurement en regardant Stéphanie et Sarah qui bavardaient en tâchant de faire comme si de rien n'était. Le petit prodige faisait encore des siennes. Combien de temps Stéphanie allait-elle supporter ça ?

Comme si elle avait lu dans ses pensées, Stéphanie se leva.

– Je propose que nous n'attendions pas Dennis, dit-elle d'un ton désinvolte. Il s'est perdu en route, on dirait.

Quand ils furent assis à table, Matey commença à s'affairer autour d'eux, servant du vin.

– À la santé des absents ! dit Sarah en levant son verre d'un air ironique.

– Je bois à ça ! fit une voix familière. (Dennis se dirigea vers Stéphanie, au bout de la table, une rose rouge à la main. Il posa la fleur près de son assiette et l'embrassa dans les cheveux.) Pardon d'être en retard, dit-il. On a dû reprendre l'annonce qui paraîtra dans la presse pour le lancement de la prochaine collection chez Tara. Je n'ai pas pu m'échapper avant.

Stéphanie réprima son envie de lancer à Dan un coup d'œil triomphant. Elle leva son verre.

– À nous ! dit-elle. À notre famille ! Et à l'avenir !

– L'avenir ? fit Sarah d'un ton dubitatif.

– Oui. (Stéphanie sourit avec tendresse à ceux qui l'entouraient.) Je trouve qu'il est temps que nous nous serrions de nouveau les coudes. Je vous en ai fait voir de toutes les couleurs depuis quelque temps. Je voulais m'excuser auprès de vous.

Dan secoua la tête.

– Tu n'as pas à t'excuser. Nous avons compris tout ce à quoi tu as dû faire face.

– Ah oui ?

Il y avait une note dangereuse dans la voix de Dennis.

Sarah leva les yeux avec inquiétude.

– Je croyais que c'était un dîner de réconciliation, observa-t-elle.

– Et ensuite ? s'enquit Dennis, nous irons chacun notre chemin et continuerons à gâcher séparément nos vies pour faire honneur à la tradition en vogue chez les Harper ?

– Rien ne nous y oblige ! protesta Dan.

– Ah bon ? ironisa Dennis. Je croyais que c'était inscrit dans nos gènes.

– Dennis... intervint Sarah, dont la voix contenait une menace voilée... tu cherches les histoires ?

Stéphanie s'empressa de calmer la situation.

– Non, je ne crois pas que ce soit son intention, dit-elle. C'est plutôt... et c'est de ça dont je tenais à m'excuser auprès de vous. De vous rendre la vie difficile. De ne pas être une mère normale, sans problèmes, tranquille et prévisible.

Sarah rit.

– Toi ! J'ai du mal à t'imaginer ainsi ! Mais t'es-tu déjà avisée qu'on te préfère peut-être comme tu es ?

– Et que nous t'aimons comme ça, ajouta Dan avec chaleur, quoi qu'il arrive.

Dennis avala d'un trait son verre de vin et tendit la main vers le carafon.

– Tout cela est sans doute vrai, ma chère maman, mais ne change rien au fait que tu as attiré sur ta tête toutes ces catastrophes.

– Pour l'amour du ciel, Dennis ! explosa Dan. Ta mère est en train d'essayer de pardonner et d'oublier le passé...

– Précisément, Dan ! C'est là que tout a commencé !

Sarah serra les poings.

– Si tu ne la fermes pas, Dennis, je t'envoie mon assiette à la tête !

– Non, non, ça va, arrêtez, tous les deux. (La voix de Stéphanie semblait venir de très loin.) Je crois comprendre ce que Dennis cherche à dire.

Et je suis prête à reconnaître qu'il avait peut-être raison dès le départ.

Un silence s'abattit autour de la table, que Dan fut le premier à rompre.

– Excuse-moi, je ne vois pas très bien. À quoi… ?

Sarah poussa un petit cri.

– Dès le départ… Jilly ?

Dennis acquiesça.

– Oui, dit Stéphanie d'un ton soudain glacial. Jilly. Mais ce n'est pas le seul point à l'ordre du jour. Je pense honnêtement que cela m'aurait été égal de perdre la Harper Mining en soi. Mais j'ai du mal à supporter la manière dont ça s'est fait. Ça fait mal. Ça fait trop mal pour pouvoir en rester là. (Elle s'interrompit pour regarder autour d'elle. Trois paires d'yeux fixés sur elle, trois personnes buvant ses paroles.) Je vous ai réunis ce soir parce que j'ai un aveu à vous faire. Bill McMaster m'a suggéré un moyen de récupérer la Compagnie.

– Lequel ? s'enquit Dan.

– Un corps expéditionnaire ? fit Dennis, sarcastique.

– C'est terriblement risqué, dit lentement Stéphanie. C'est le tout pour le tout !

– Oh, maman ! s'écria Sarah qui sentait l'enthousiasme la gagner.

– Tu vas le faire, n'est-ce pas ? demanda encore Dan sans savoir s'il s'en réjouissait ou s'il avait peur.

Mais ce fut Dennis qui eut le dernier mot :

– Vas-y, maman !

36

« Vas-y maman ! »

Les paroles de Dennis allèrent droit au cœur de Stéphanie qui y puisa plus de courage qu'elle n'aurait imaginé. Au cours des instants cruciaux, autour de la table, où toute sa famille s'était ralliée à elle comme si leurs différends n'avaient jamais existé, elle s'était sentie plus vivante qu'elle ne l'avait jamais été depuis qu'elle ne faisait plus partie du conseil. Mais elle savait que, dans une affaire d'une telle importance, elle ne pouvait se laisser guider par ses sentiments. C'était une décision financière grave – et certainement la plus sujette à caution de toute sa carrière – et elle devait garder la tête froide.

Comme si souvent, elle se souvint de ce que disait son père : « Demande conseil. » Encore que réputé pour rarement tenir compte de l'avis des autres, Max n'en prononçait pas moins fréquemment ces deux mots devant sa fille. Eh oui, elle se sentirait mieux si elle demandait le point de vue de quelqu'un d'autre. Pas de Dan, qui s'était retiré de la discussion, craignant de ne pas être assez impartial. Aussi Stéphanie appela-t-elle Amahl, qui était descendu au Hilton de Sydney. Une heure plus tard, la limousine noire se rangeait dans l'allée de la propriété et Stéphanie et Amahl s'enfoncèrent dans les profondeurs du jardin, plongés dans une discussion animée.

– Vous avez revu Bill McMaster ? lui demanda-t-il, son visage mince empreint d'une vive intelligence. Son projet est-il réalisable ?

– Oh oui, sans aucun doute.

– Quelle est donc la cause de votre hésitation ?

– Oh… ma famille. Je me demande s'ils ne seraient pas plus heureux si je vivais plus normalement.

Il eut un rire de gorge.

– Quel enfant se plaindrait d'avoir pour mère une femme extraordinaire ?

– Et je pense aussi à Dan. Je lui ai promis, à Orphée, que j'abandonnerais ma carrière de femme d'affaires.

– Il n'exigera pas que vous teniez parole ?

Le visage d'Amahl s'était brusquement assombri.

– Non, non. Mais je pense qu'il serait plus heureux si je le faisais.

– Plus heureux ? (Amahl poussa un soupir.) Pour combien de temps ? N'oubliez pas qu'il s'est épris d'une femme qui n'abandonnait pas – une vraie guerrière. Il aurait pu choisir une femme plus « normale », mais il a choisi Stéphanie Harper. L'aimera-t-il encore lorsqu'elle restera enfermée chez elle avec son tricot ?

Ce fut au tour de Stéphanie d'éclater de rire.

– Je ne sais même pas coudre un bouton ! Mais il y a autre chose...

– Ah... laissez-moi deviner. L'argent ?

– L'argent.

Pour toute réponse, Amahl plongea la main dans la poche de son galabieh et en tira un morceau de papier.

– Prenez, dit-il.

– Amahl... c'est...

– Un chèque bancaire. Achetez le départ de Sanders. Quel que soit le prix.

– Il faudrait des millions !

Il haussa les épaules.

– Empruntez-les-moi si vous ne voulez pas les accepter en cadeau.

Stéphanie eut un sourire triste.

– Mon cher, cher ami... vous me connaissez assez pour savoir que je n'accepterai jamais ni dans un cas ni dans l'autre.

Son beau visage grave se plissa dans un sourire malicieux.

– Alors je rachèterai la Harper pour vous. Vous ne pouvez pas m'en empêcher.

– Amahl ! C'est ridicule !

– Alors battez-vous pour votre Compagnie vous-même ! (Un éclair de colère passa dans ses yeux.) Je vous connais, c'est vrai. Et mieux en cet instant que vous ne semblez vous connaître vous-même. Si vous abandonnez la partie, autant que vous cessiez de respirer. Travailler, lutter, combattre et sortir victorieux – qu'y a-t-il d'autre, dans la vie ?

Stéphanie ne répondit pas. Ils s'arrêtèrent sous des arbres dont les feuilles prenaient les teintes mélancoliques de l'automne. Une brise légère venait de la mer. Amahl frissonna.

– La vie est courte, dit-il sombrement. À l'instant du Jugement dernier, oserez-vous dire que vous avez entendu le cri de guerre et que vous avez eu peur ? Que vous vous êtes cachée et que vous avez fui l'ennemi ?

Stéphanie avait froid, maintenant, elle avait l'impression d'être glacée jusqu'aux os. Mais elle avait l'esprit clair.

– Peur, peut-être, dit-elle en tremblant. Mais fuir l'ennemi : jamais !

– Brave petite lionne !

Amahl frappa dans ses mains pour l'applaudir puis, l'enveloppant tendrement dans les plis de sa cape, la reconduisit jusqu'à la maison.

Dennis et Sarah n'avaient pas douté que Stéphanie reprendrait l'offensive contre Jake dès l'instant où Bill lui avait indiqué la stratégie à utiliser. Tous deux avaient des raisons personnelles de se jeter dans la bataille à ses côtés. Pour Dennis, c'était l'occasion rêvée de faire amende honorable et d'apporter la preuve de sa loyauté à l'égard de sa mère. Sans compter qu'il se sentait mal à cause de Cassie. Elle lui manquait terriblement et il se demandait s'il n'avait pas été injuste et odieux avec elle. Chez Joanna, il avait plus d'une fois failli céder à l'impulsion de lui demander de sortir avec lui. Mais il y avait toujours résisté, préférant continuer à vivre avec une douleur sourde et lancinante comme un mal de dents plutôt que courir le risque de devoir tout recommencer de zéro en réveillant la souffrance, de se remettre à boire et de s'avilir à ses propres yeux, alors qu'il voyait à peine le bout du tunnel.

La détresse de Sarah était plus aiguë encore, peut-être, et plus immédiate. Elle avait énormément de mal à chasser de son esprit les dernières paroles que Tom lui avait lancées chez Tara – sa conviction profonde que Stéphanie se trompait, qu'il y avait une erreur quelque part. Elle savait qu'il était parti dans les Territoires du Nord, qu'il avait pris sa voiture, incapable d'attendre le prochain avion pour Darwin. Qu'espérait-il trouver dans la maison où Stéphanie avait passé son enfance, le premier Éden, perdu dans le désert à des kilomètres et des kilomètres du premier village, et dont ne s'occupaient plus que quelques fidèles domestiques ? Contrairement à Tom, naturellement confiant et optimiste, Sarah n'osait pas espérer. Elle craignait une déception plus affreuse encore quand Tom rentrerait bredouille. Il faudrait alors affronter pour de bon la réalité de leur situation, inexorablement.

Sensible à tout cela, Stéphanie ne fut pas étonnée que le premier conseil de guerre qu'elle tint à Éden pour mettre au point la nouvelle offensive se passât aussi bien, ses deux lieutenants donnant en cette occasion le meilleur d'eux-mêmes. Sarah avait classé et organisé les notes de Stéphanie et elle commença par résumer la situation telle qu'elle ressortait des premiers calculs.

– Il faut que tu récupères cinquante pour cent des actions si tu veux reprendre le contrôle de la Compagnie et mettre Jake Sanders à la porte, c'est bien ça ?

Stéphanie fit oui de la tête. Dennis émit un petit sifflement appréciateur.

– Ça fait des sommes énormes, maman !

– On a autant d'argent ? s'étonna Sarah.

– Ça doit faire à peu près ça, dit Stéphanie. Mais pas en liquide, évidemment.

– Si on veut le réaliser on se met carrément sur la paille, c'est ça ? fit Dennis.

Stéphanie acquiesça de nouveau d'un signe de tête.

– C'est pour ça que je veux en discuter avec vous avant de décider quoi que ce soit. Je vais devoir hypothéquer la totalité de ce que nous possédons, y compris Éden. Mais, au cas où les choses tourneraient mal, je veux m'assurer que vous ne manquerez de rien. Je propose donc de racheter vos actions et de mettre l'argent de côté – la part inaliénable de votre héritage – pour que vous ne soyez pas floués de ce qui vous revient.

Ils la regardèrent, réfléchissant aux implications de ce qu'elle venait de dire.

– Mais, maman... commença Sarah, cet argent, l'argent que tu veux nous donner pour nos actions... tu en auras besoin pour racheter le plus d'actions possible.

– Très probablement.

– Mais nous sommes tous partie prenante, pas vrai ? Au nom de la famille.

– C'est mon combat, ma chérie, observa Stéphanie. C'est ma décision.

– Pas question, dit Sarah. Il s'agit de la Harper Mining. Mes actions sont à toi.

– J'espère récupérer la totalité de ce que je risque, comme tu le sais. Mais je ne veux pas jouer avec tes actions.

Sarah sourit.

– Ce sont les tiennes – ou plutôt celles de la Compagnie –, un point c'est tout.

Stéphanie la remercia d'un sourire et, se tournant vers Dennis :

– Tu es bien silencieux, dit-elle.

– Tu m'as accusé de me laisser porter par mes sentiments, l'autre jour, dit-il lentement. J'essaie de ne pas faire la même chose cette fois-ci.

– Je comprends.
– Que se passera-t-il si tu perds ?
– Sanders restera maître de la Harper avec des valeurs en hausse. Éden et tout ce que nous possédons sera vendu et nous n'aurons plus qu'à trouver un autre travail pour assurer notre subsistance, dit légèrement Stéphanie.
– Tu cours le risque de perdre tout ça ?
D'un geste circulaire, Dennis désigna le salon élégamment meublé, la terrasse, les jardins au-dehors, la limousine dans l'allée.
– C'est déjà fait. J'ai signé l'hypothèque ce matin.
– Que dit Dan ? demanda doucement Sarah.
– Il est inquiet.
– Et toi ?
– Je suis morte de peur !
Elles éclatèrent de rire.
– Au moins tu es directe, dit Dennis. Et j'ai toujours été joueur. Je n'ai jamais pu m'empêcher de jouer le tout pour le tout. (Il tira de sa poche un relevé de coupons qu'il plaça devant Stéphanie sur la table.) C'est à toi. Gratuit, sans intérêts ni récriminations quel que soit le résultat. Vas-y et je compte sur toi pour lui botter les fesses !
– Merci, Dennis, dit Stéphanie, le visage rayonnant de gratitude.
– Méfie-toi, ajouta Dennis. Tous les coups sont bons pour lui.
Je sais, songea Stéphanie. Je l'ai vu à l'œuvre. Mais elle répondit simplement :
– C'est probable.
– Bonne chance, maman !
– Merci, ma chérie. Je vais en avoir besoin. Mais à partir de maintenant, dit-elle avec un sourire crâne, Jake Sanders aussi !

– Oui… entendu comme ça… au revoir, Steph. À bientôt.
Ronronnant presque de plaisir, Jilly raccrocha et retourna se glisser sous les draps.

– Des bonnes nouvelles ? demanda une petite voix à ses côtés.

– Tu parles ! lança Jilly, les yeux pétillants d'enthousiasme. Ma sœurette a décidé de creuser sa propre tombe. Je n'aurai même pas la peine de l'y pousser moi-même !

Olive gloussa et grogna. S'appuyant sur un coude, elle regarda Jilly.

– Embrasse-moi, dit-elle. Je te désire encore.

Jilly renâcla.

– Tu es insatiable, dis donc. (Elle prit Olive aux épaules et la poussa de l'autre côté du lit.) Tu as eu largement ta dose pour l'après-midi. Maintenant, debout. Tu t'es assez prélassée ! Va me faire du café ! J'ai du pain sur la planche !

Elle sortit une jambe de sous les draps et du talon poussa Olive hors du lit. Puis elle décrocha de nouveau le téléphone.

– La Harper Mining ? M. Sanders, je vous prie.

Dan n'était pas le seul, dans l'entourage de Stéphanie, à nourrir quelques doutes au sujet de la décision de celle-ci. Rina voyait avec bonheur son époux revenir à la vie grâce au nouveau tour que prenaient les événements et il maniait les chiffres avec autant d'enthousiasme que du temps de sa jeunesse. Quand il discutait avec Stéphanie au téléphone, il raccrochait les joues roses et l'œil pétillant. On aurait dit qu'il n'avait jamais été malade. Mais, naturellement anxieuse, Rina craignait qu'il ne reprît trop vite ses mauvaises habitudes et faisait de son mieux pour modérer son engouement.

– Je sais que tu te sens beaucoup mieux, Bill, disait-elle, mais ce n'est peut-être pas une raison pour disputer déjà un marathon.

– Ne t'inquiète donc pas pour moi, répliquait-il d'un ton brusque. As-tu des nouvelles des cinquante pour cent de Stéphanie ?

– Rien depuis son dernier coup de téléphone

à midi. Mais nous étions d'accord pour essayer de parler d'autre chose !

– De quoi d'autre ? Et il faut bien que je m'occupe un peu l'esprit jusqu'à ma prochaine pilule. (Voyant Rina inquiète, il demanda d'un ton radouci :) Tu penses à Tom ?

– Oh Bill, dit-elle, son visage maternel plissé par l'anxiété. Si seulement il n'était pas allé là-bas !

– Bah, tu sais que j'ai fait ce que j'ai pu pour l'en empêcher. C'est de la folie d'être parti si loin vers le nord. Et en voiture ! Il sera épuisé avant d'avoir fait la moitié de la route !

– Il se raccrocherait à n'importe quoi. Il ne supporte pas de devoir renoncer à Sarah.

– Il va bien pourtant falloir qu'il s'y habitue, fit Bill. Et plus tôt il l'acceptera, mieux cela vaudra pour lui.

La porte s'ouvrit et Jilly entra, un énorme bouquet dans les bras.

– Comment allez-vous, Bill ? fit-elle d'un ton affectueux.

Bill ne fit rien pour cacher son étonnement.

– Qu'est-ce que vous venez faire ici, bon Dieu ?

Elle fit mine d'être blessée.

– Quel drôle d'accueil, Bill. Je me faisais du souci pour vous. Je venais seulement voir comment vous alliez.

– Du souci ? Comment aurais-je pu m'en douter, Jilly ?

– Tout le monde se fait du souci pour vous – vous faites un peu partie de la famille, vous savez. Et maintenant, avec la tournure que prennent les choses... Stéphanie qui décide de repartir à l'attaque... Quelles sont les dernières nouvelles, au fait ?

Elle avait parlé d'un ton délibérément désinvolte. Mais Bill ne s'y trompa guère.

– Si vous êtes venue chercher des renseignements pour ce salopard de British de Sanders, vous vous êtes trompée de porte, déclara-t-il d'un ton belliqueux. Et vous allez me faire le plaisir de ficher le camp !

– Bill ! s'écria Jilly feignant la surprise. Qu'est-ce qui vous arrive ? Vous devez être très fatigué. Il faut vous reposer.

– Épargnez-moi vos conseils, Jilly.

– J'étais seulement venue vous apporter mes vœux de prompt rétablissement.

– J'apprécie votre effort, grommela Bill. Surtout quand on voit le chagrin que vous a fait la mort de Phillip.

– La vie continue, dit doucement Jilly.

– Mais pas pour lui !

Jilly fit volte-face avec colère pour regagner la porte près de laquelle, à l'insu des deux adversaires, Stéphanie qui venait d'entrer se tenait en silence. La saluant vaguement, Jilly sortit en trombe. Stéphanie s'approcha du lit pour aller embrasser Bill et Rina. Puis elle demanda :

– Vous avez été un peu dur avec Jilly, Bill ?

– Mais réveillez-vous, Steph ! Jilly n'a jamais changé. Elle est toujours la même et représente toujours un danger pour vous, quoi que vous pensiez !

Stéphanie sourit tristement.

– Toutes les femmes font parfois des bêtises à cause des hommes, Bill. Ça ne veut pas dire qu'elle nous ait forcément trompés. Vous n'avez pas la preuve qu'elle soit mêlée au transfert d'actions qui a permis à Sanders de l'emporter. Il m'a l'air tout à fait capable de se débrouiller tout seul.

Bill émit un grognement dubitatif.

– Cela va peut-être vous étonner, d'ailleurs. Elle m'a proposé ses actions Harper Mining pour m'aider dans mon entreprise.

– Histoire de regagner votre confiance, Steph ! explosa-t-il. Pour une femme intelligente, je vous trouve bien légère. J'espère que vous les avez acceptées.

– Bien entendu ! dit Stéphanie en riant. Je ne suis pas si légère. Et c'est un peu tard pour me changer à mon âge !

Son vieil ami lui prit la main.

– Ne changez pas, ma petite. Faites seulement en sorte d'occuper le siège de présidente quand je sortirai d'ici. Mais à propos... Rina a quelque chose pour vous.

Un sourire aux lèvres, Rina tira un document de son sac à main et le tendit à Stéphanie.

– Tenez, dit-elle.

– Non... pas vos actions, Bill !

– Pourquoi pas ? demanda-t-il, l'air offusqué. Vous considérez donc que je n'appartiens plus à la société sous prétexte que je suis cloué ici ?

– Bien sûr que non !

– Steph... j'ai laissé cette canaille prendre le pouvoir et vous chasser de votre propre Compagnie. Permettez-moi au moins de me racheter. Prenez mes actions et gagnez !

Stéphanie prit l'enveloppe et se pencha pour poser un baiser sur son front.

– Marché conclu, dit-elle. Et maintenant, soyez un malade raisonnable, ou Rina et moi allons être obligées d'appeler une infirmière.

Quand Jilly lui annonça que Stéphanie avait l'intention de s'atteler à récupérer la Harper Mining, Jake se sentit partagé entre le rire et les larmes. C'était ridicule, complètement absurde. Elle n'avait pas la moindre chance. Il n'y avait tout simplement pas assez d'actions à racheter sur le marché. Même en comptant les plus anciens actionnaires, qui seraient peut-être tentés de lui revendre leurs parts par fidélité, elle ne trouverait pas les cinquante pour cent. C'était tout simplement impossible. Et elle allait se ruiner au passage. Il imaginait des scènes ignominieuses : tous ses bijoux, ses chevaux, ses voitures vendus aux enchères. La propriété d'Éden même mise à prix pour rembourser ses dettes. Ce n'était pas ce qu'il voulait ! Il savait plus clairement chaque jour ce qu'il voulait de Stéphanie Harper, et il savait qu'il n'était pas près de l'obtenir. Et maintenant ça ! C'était pure folie !

Il tenta de chasser toute l'affaire de son esprit, comme il avait tenté d'en chasser Stéphanie elle-même. Mais ce fut peine perdue. Pour finir, il décida qu'il devait au moins à Stéphanie le service de l'avertir des conséquences de ce qu'elle était en train de faire. Qui d'autre avait-elle, après tout, pour lui donner conseil ? Le vieux Bill McMaster, du fond de son lit d'hôpital ? Sa tête de linotte de fils et un époux qui en connaissait sans doute moins long en matière de finance qu'elle-même sur la chirurgie. Ou souhaitait-il seulement entendre sa voix, quitte à essuyer une rebuffade ? Sans se donner le temps d'y réfléchir à deux fois, il décrocha le téléphone.

– Stéphanie... qu'est-ce que vous êtes en train de faire ?

Elle faillit ne pas reconnaître sa voix, dépouillée de toute arrogance.

– Je vais essayer de racheter la Harper Mining. De reprendre en main ma société.

– Vous n'y arriverez pas. Vous savez combien d'actions il vous faudra pour simplement entamer la procédure ?

– Je sais.

Troublée par la passion qu'il manifestait, elle dut faire un effort pour garder son calme.

– Et vous savez combien cela vous coûtera, même si vous réussissez ?

– Oui.

– Vous serez perdante, Stéphanie !

– Ce n'est pas mon avis.

– Vous n'êtes pas assez riche. Même vous !

– Détrompez-vous. J'ai hypothéqué tout ce que je possède.

– Alors c'est tout, que vous allez perdre.

Elle réfléchit un instant.

– Cette fois, c'est vraiment la lutte jusqu'à la mort – pour l'un de nous.

– Ce n'est pas obligatoire, dit-il d'une voix très basse. Ce n'est pas ce que je veux.

– Et je devrais vous croire !

Elle eut un rire amer.

– Écoutez-moi, Stéphanie. C'est la vérité. Je commence à penser... Vous êtes une femme merveilleuse !

– Épargnez-moi les flatteries, Jake, dit-elle d'un ton coupant.

– Vous n'aimez pas trop les compliments, n'est-ce pas ?

– Ça dépend s'ils sont sincères.

– Je suis sincère.

– Ça vous arrive ?

Le sarcasme resta suspendu entre eux dans les airs.

– Je gagnerai cette fois, Jake, conclut-elle. Attention à vous !

– Ça ne peut pas marcher.

– Regardez-moi bien.

– Oh... si vous saviez comme j'aimerais le pouvoir !

Elle hésita, remuée de nouveau. Cherchait-il seulement à la troubler ? Quand il poursuivit, sa voix semblait venir de très loin.

– Je vous l'ai déjà dit et j'étais parfaitement sincère. Nous ne sommes pas obligés de nous battre. Vous pouvez la reprendre en entier. C'est encore possible.

– Vous possédez ma Compagnie puis vous m'offrez votre lit ! s'écria-t-elle avec passion. Seriez-vous le dernier survivant sur terre, je n'accepterais pas votre proposition !

Le silence qui suivit fut rompu par le son d'une voix brisée par la souffrance.

– Vous ne comprenez toujours pas, n'est-ce pas ? Je ne vous offre pas – je n'en voudrais pas –

une aventure passagère. Je vous veux – dans les formes. Pour toujours. Maintenant vous comprenez ?

– Non, dit-elle dans un souffle. Que voulez-vous dire ?

– Soyez ma femme, Stéphanie !

37

– Je voudrais voir Stéphanie Harper, je vous prie.

– Mais certainement, mademoiselle. Si vous voulez vous donner la peine d'attendre.

Les nerfs à fleur de peau, Cassie pénétra dans le hall vaste et frais et regarda Matey qui se dirigeait vers l'une des pièces donnant dans l'entrée. Par l'entrebâillement de la porte, elle vit que ce qui avait dû être la salle à manger d'Éden était transformé en bureau volant, pourvu de téléphones, de télex et d'ordinateurs. Au bout de quelques instants, Stéphanie apparut.

– Cassie ! Quelle surprise ! Suivez-moi au salon. Que puis-je pour vous ?

Sa voix était glaciale.

Assise à l'extrême bord de sa chaise et évitant de croiser le regard de Stéphanie, Cassie commença :

– Je suis venue voir si vous aviez besoin d'aide.

Stéphanie la regarda fixement.

– Besoin d'aide ? Si Sanders apprend votre démarche, vous allez perdre votre travail chez Tara.

– Pas si c'est vous qui gagnez. Et si vous perdez, ça m'est égal... je partirai de toute manière...

– Cassie... pardonnez-moi si je vous parle franchement. Dans le dernier affrontement avec Sanders, votre... erreur à propos des transferts d'actions m'a coûté ma Compagnie. Pouvez-vous me donner une bonne raison de vous faire confiance cette fois-ci ?

– Je n'étais pas amoureuse de Dennis à l'époque ! s'écria Cassie. Et maintenant je le suis, mais c'est un tel gâchis ! J'ai essayé d'y comprendre quelque chose toute seule mais je n'y arrive pas. Ce que je sais, c'est que je ne peux plus continuer à vivre comme ça. Je...

Elle s'interrompit, au bord des larmes.

– Que vient faire Dennis dans tout ça ?

– Jilly lui a dit que j'avais eu une liaison avec Jake.

– Jilly ? Comment savait-elle... ?

– À cause de ses actions... et elle avait une liaison avec lui elle aussi...

– Avec Jake ?

– Et comme c'était insupportable, j'en ai parlé à Phillip Stewart. Je croyais qu'il pourrait me conseiller, puisqu'il était l'avocat de la Compagnie. Mais il...

– Oh, pauvre Phillip !...

Des vagues de compréhension submergeaient Stéphanie. Jilly... C'était comme si on lui arrachait le voile qui l'avait aveuglée. Pour la première fois, elle vit clairement tous les petits signes qu'elle avait refusé d'interpréter jusqu'alors. Comment avait-elle pu se cacher volontairement la vérité ? Elle resta un moment sans mot dire, atterrée. Puis elle regarda de nouveau Cassie. Pâle et anxieuse, celle-ci serrait son sac entre ses mains crispées mais semblait pourtant décidée à se débarrasser une fois pour toutes de ce qu'elle avait sur le cœur.

– Dites-moi tout, Cassie, fit-elle faiblement. Prenez votre temps. Nous avons toute la matinée.

Cassie prit une profonde inspiration :

– Bon, eh bien voilà. Je connaissais Jake avant d'entrer à la Harper. C'est lui qui m'a suggéré de présenter ma candidature quand il a eu l'idée de prendre le contrôle de la Compagnie. J'aurais fait n'importe quoi pour lui à l'époque. J'étais folle de lui. (Elle frissonna.) C'est terrible d'avoir un homme dans la peau...

– Oui, dit Stéphanie d'une voix douce. Je sais.

– Au début, c'était comme un jeu – je rentrais du bureau en courant lui apporter les renseignements que j'avais glanés dans la journée... on faisait l'amour... (Elle ferma les yeux.) Et puis j'ai commencé à me sentir mal, à avoir des scrupules. Je lui ai dit que je voulais arrêter et on a rompu. C'est après ça que j'ai rencontré Dennis et qu'on a commencé à sortir ensemble. Dennis était tellement différent de Jake.

– Le jour et la nuit, approuva Stéphanie en souriant.

– Je me sentais bien avec Dennis, en sécurité. Mais je me trompais. Jake s'était plus ou moins associé avec Jilly. Elle lui avait donné les actions dont il avait besoin pour entrer au conseil d'administration. Ils voulaient faire disparaître les traces du transfert pour que vous gardiez confiance en Jilly. Jake m'a menacée, si je ne falsifiais pas les données d'archives, de révéler notre liaison à Dennis.

– Et vous l'avez fait.

– Oui je l'ai fait ! (Son visage était écarlate mais elle gardait la tête haute.) Et je sais – je le savais sur le moment – que c'est une escroquerie passible de sanctions judiciaires, ce qui empirait encore les choses pour moi. Je n'ai pas cessé de vivre dans la panique depuis lors. Mais j'en ai assez ! Je ne veux pas être à la merci de Jake Sanders pour le restant de mes jours ! (Elle s'interrompit et fit un effort visible pour se ressaisir.) Je suis venue aujourd'hui pour tout vous dire – la date, l'heure, tous les détails – et en assumer les conséquences. Si vous voulez porter plainte contre moi, je suis prête. Et si vous voulez poursuivre Jake Sanders en justice, j'irai témoigner contre lui et j'irai en prison le cœur joyeux si je sais que je l'entraîne avec moi !

Elle s'arrêta brusquement. Stéphanie avait le regard perdu au loin. Un sentiment de triomphe faisait chanter son cœur. Je te tiens, Jake Sanders, songeait-elle. Désormais, je te tiens ! Elle sourit à Cassie :

– Bienvenue à bord, dit-elle. Vous êtes courageuse. Je suis heureuse de vous inclure dans mon équipe, même avec un peu de retard. (Elle s'interrompit avant de reprendre :) Je ne porterai pas plainte contre vous, Cassie. Mais je vous demanderai peut-être en effet de témoigner contre Jake. Je ne sais pas encore. Tout dépend de la manière dont les choses vont se passer.

– Où en êtes-vous, pour l'instant ?

– On démarre en flèche ! (Les yeux de Stéphanie pétillaient.) Ça va beaucoup plus vite que ce qu'on espérait. On arrive déjà à trente-quatre pour cent.

– Trente-quatre ?

– C'est le chiffre de ce matin.

– Il doit souffler un vent de folie à la Bourse.

– Nos ordinateurs ne vont pas tarder non plus à sauter.

– Oh, ils ont seulement besoin qu'on les tienne en main, dit Cassie, laissez-moi faire, je sais leur parler.

– Et comment ! Mais attendez-moi une petite seconde. Je reviens tout de suite.

Stéphanie disparut, laissant Cassie vaguement déroutée. Avec un grognement de soulagement, elle se laissa aller en arrière dans le fauteuil confortable et allongea ses jambes, s'autorisant à se détendre pour la première fois depuis des semaines. Elle avait le sentiment qu'un poids lui était ôté des épaules et se sentait légère. Quoi qu'il arrive désormais, elle serait en mesure de l'affronter.

Au bruit de la porte elle ouvrit les yeux. Dennis était debout devant elle, l'air perplexe.

– Qu'est-ce qui se passe ? dit-il. Maman m'a envoyé ici... sans me donner d'explication.

Cassie se leva.

– Ce qui se passe, Dennis, dit-elle en détachant bien ses mots, c'est que les choses sont claires et nettes pour la première fois depuis des semaines. J'avais effectivement des relations avec Jake Sanders...

– Tu as fait tout ce chemin uniquement pour venir me dire ça ?

– J'ai tout raconté à ta mère – et ce que je lui ai révélé lui donne les munitions dont elle avait besoin pour le combattre. Ce que je suis venue te dire à toi... (Mais, devant son regard accusateur, elle perdit toute son assurance.) ...Oh, et puis à quoi bon ? s'écria-t-elle amèrement. Tu préfères me haïr que m'aimer alors que je...

– Que quoi ?

– Que je t'aime ! Voilà ! dit-elle en éclatant en sanglots.

Dennis tressaillit.

– Tu ne m'avais jamais dit ça avant.

Sans répondre, elle ouvrit son sac et tout en fouillant à la recherche d'un mouchoir en papier se dirigea vers la porte. Elle sentit alors des mains sur ses épaules. Dennis l'obligea à se retourner pour lui faire face et la serra très fort contre sa poitrine.

– Oh, Cassie, dit-il d'une voix étranglée. Tu m'as manqué !

Il l'embrassa goulûment, sa langue s'imprégnant du goût salé de ses larmes. Comme un adolescent cédant frénétiquement à son impulsion, il commença à tirer sur son chemisier pour l'ôter de sa jupe et glissa ses mains en dessous pour toucher sa peau nue. Sentant que la soie trop fine n'allait pas résister, Cassie défit les boutons à la hâte et baissa les bretelles de son soutien-gorge. Les mains de Dennis se refermèrent sur ses seins et, de plus en plus excitée, elle enfonça ses ongles dans ses épaules.

Quand tout fut fini, étendu à ses côtés sur le plancher où ils avaient roulé ensemble, Dennis murmura dans ses cheveux :

– Pardon. Ça n'a pas dû être très amusant pour toi.

– Il y aura d'autres fois.

Il se redressa sur un coude.

– J'y compte bien, tu sais. (Puis l'air malicieux, il ajouta :) Et maman qui m'a dit qu'à la vitesse à laquelle les chiffres changeaient, elle ne pouvait nous accorder que dix minutes !

Dans le coin du bureau directorial au siège de la Harper, le télex cliquetait tranquillement. À l'instar du quartier général de Stéphanie à Éden, la pièce avait été transformée en poste d'état-major avec toute la panoplie d'instruments permettant de suivre la guerre des actions. Au milieu du chaos maîtrisé, Jake, les yeux fixés sur les chiffres qui défilaient devant lui, n'en croyait pas ses yeux. Il résolut obstinément de relire encore une fois toute la colonne.

La porte s'ouvrit brusquement et Jilly pénétra dans la pièce.

– J'avais demandé à Hilary qu'on ne me dérange pas ! dit-il avec colère.

– Et moi, je lui ai dit que ça ne s'appliquait pas à moi ! répliqua Jilly.

Refermant la porte, elle s'approcha de lui. Bien que toujours vêtue de noir, nota-t-il pour lui-même, la forme ajustée de sa robe et les boutons ostensiblement défaits près du décolleté donnaient à penser que son veuvage était le dernier de ses soucis. Elle lui adressa un regard provocateur, auquel il se garda de réagir.

– Ne me dis pas que tu te fais du mauvais sang pour Stéphanie ! railla-t-elle.

– De quel bord es-tu, Jilly ?
– Celui du gagnant mon chéri. Comme toujours.
– Et toute seule ? Comme toujours ?
Son sourire s'évanouit.
– Tu ne trouves pas que le moment est mal choisi pour nous deux de rompre ?
– Pourquoi ? C'est ce que nous faisons ?
– On ne fait pas l'amour, en tout cas !
– Tu penses que l'on peut tout résoudre par le sexe, c'est ça ?
– Avec toi, ça marchait comme ça, espèce de salopard !
– Ça marchait. C'est juste.
– Qu'est-ce que tu veux dire ?
Il vit de la peur passer dans ses yeux.
– C'est fini, Jilly. Pour de bon cette fois. Je ne veux plus te voir, ni entendre parler de toi, ni te baiser plus longtemps.
– Qu'est-ce qui nous vaut ça ? demanda-t-elle, une lueur mauvaise au fond de ses prunelles de chatte. Tu as quelqu'un d'autre en vue, c'est ça ?
Il ne répondit pas.
– Stéphanie ! lança-t-elle sauvagement au hasard, attendant de voir si elle lirait la réponse sur son visage. Tu es vraiment amoureux d'elle, alors ?
Il ne chercha pas à nier.
– Qu'est-ce qui te chiffonne au juste là-dedans, Jilly ? Le fait que Stéphanie pourrait compter pour moi ? Ou simplement que l'on puisse être amoureux et pas seulement en rut ?
– Elle, c'est la grande dame, et moi la souillon, si je comprends bien, siffla-t-elle, le visage déformé par la haine. Tu es tombé sur la tête, mon pauvre chéri ! Amoureux d'elle ! Elle n'est même pas baisable ! C'est Greg qui me l'a dit.
Jake se frotta les yeux du dos de la main.
– Je vais commencer à croire que Greg Marsden était un fieffé imbécile. Le simple fait d'avoir eu

des relations avec toi devrait suffire à le cataloguer.
– Imbécile, oui ! psalmodia-t-elle. Rien que du spontané et pas d'imagination – tout pour le sexe et rien dans le cœur –, comme toi !
– Comment Phillip ne s'est-il pas suicidé plus tôt ? demanda Jake pour lui-même. (Il se leva.) Va-t'en, Jilly. C'est fini. Tout à coup... tu me répugnes.
Elle le regardait, haletant comme si elle avait couru trop vite.
– Si je dois te jeter dehors, je le ferai avec plaisir, mais je préférerais que tu partes de toi-même.
– Va te faire foutre ! aboya-t-elle avant de sortir en trombe.
Jake alla refermer la porte derrière elle. Figée d'horreur, Hilary le regarda faire.
– Souvenez-vous, Hilary, dit-il d'un ton las en l'apercevant. Quand je demande qu'on ne me dérange pas, ça veut dire exactement ça – et tout spécialement dans le cas de Mme Stewart.

La fin de l'après-midi est le pire moment pour trouver un téléphone dans le centre de Sydney. Pestant et jurant, Olive se frayait un chemin à travers la foule qui se pressait le long des rues en quittant le travail, à la recherche d'une cabine téléphonique disponible. Elle s'arrêta enfin devant une cabine occupée, attendit en maugréant qu'elle se libère et parvint enfin à obtenir sa communication. À l'autre bout du fil, son correspondant, petite silhouette voûtée, changea de position pour décrocher.
– Olive ! Où es-tu ?
– Pas très loin de la Bourse. C'est presque l'émeute.
– Comment se portent les actions Harper ?
– De plus en plus populaires de minute en minute, d'après les derniers chiffres. Les prix grimpent en flèche.
– Jusqu'à... ?

– Presque huit dollars. Mais Stéphanie achète toujours.
– Le tout pour le tout ?
– Oui... mais elle y est presque. (Elle s'interrompit.) Je suis désolée, Jilly.
– Ne gaspille pas tes larmes pour ça. Il y a autre chose.
Olive perçut une pointe de malice dans la voix qui annonça :
– Je veux que tu surveilles quelqu'un pour moi. Ramasse tout ce que tu pourras. Tu sais ce qu'il faut faire.
– Bien sûr. Qui est-ce ?
– Quelqu'un qui vient de passer du statut d'ami à celui d'ennemi : Jake Sanders.

38

– Prenez l'autoroute Stuart. Tout droit, p't'être trois cents kilomètres, ensuite à gauche en allant vers Barkly, une bonne centaine encore jusqu'au Mount Isa, puis, avant Cloncurry... passez les tombes du Jamais-Jamais, traversez la rivière Newcastle, tournez au Stuart Memorial, jusqu'aux grottes Barry, traversez la rivière Ranken, et tout droit, tout droit, tout droit...
Tom s'éveilla en sursaut. Un immense soulagement l'envahit quand il prit conscience qu'il était seulement occupé à répéter dans sa tête les directions qu'il avait demandées tout le long de la route au cours de son interminable voyage et non qu'il s'était endormi au volant comme il l'avait craint un instant. Il était sain et sauf, encore qu'épuisé au-delà de ce qu'il aurait cru possible, sa voiture garée à l'ombre d'un bouquet de gommiers dans une allée silencieuse.
– Jeune homme !

Tournant la tête, il comprit ce qui l'avait réveillé. Une religieuse en cornette le regardait par la fenêtre du passager en donnant des petits coups sur la vitre. Il ouvrit la portière de son côté et sortit de la voiture en titubant.

– Je suis arrivé au milieu de la nuit, dit-il sans conviction. Je suis venu voir quelqu'un... au sujet d'un bébé.

Quand il arriva devant la mère supérieure du couvent de la Vierge-Marie, un peu plus tard, Tom avait suffisamment rassemblé ses esprits pour expliquer un peu mieux qui il était et le but de sa visite. Il raconta son voyage délirant à travers les trois mille kilomètres de désert pour se rendre à l'ancienne propriété des Harper au cœur des Territoires du Nord. Là, la vieille gouvernante lui avait appris que le bébé indésirable avait été emmené dans le Queensland – encore un millier de kilomètres –, dans un orphelinat dirigé par des religieuses entre Mount Isa et Cloncurry, près de la Carmella River. Et il avait roulé, roulé, roulé... pendant combien de jours ?

– Ça doit faire une semaine, dit-il, l'esprit confus. Ça dépend quel jour nous sommes aujourd'hui.

Soudain mal à l'aise, il passa la main sur sa barbe de plusieurs jours. Il n'avait mangé que des conserves qu'il achetait dans les stations-service en faisant le plein d'essence. Il roulait, s'arrêtant pour dormir seulement lorsqu'il tombait de fatigue sur le volant, se résignant alors à se ranger pour quelques heures sur le bas-côté. Et là, dans cette pièce claire, au plafond haut, animé de présences féminines, il se trouva brusquement affreusement déplacé. Et s'il sentait mauvais ?

– Je pensais que vous pourriez éventuellement consulter vos vieux dossiers pour moi, conclut-il presque timidement.

La mère supérieure sourit et se pencha en avant sur son bureau.

– Nos règlements sont très stricts – afin de protéger la vie privée des mères infortunées, et de celles qui font de ces enfants les leurs.

– Écoutez, il faut que vous compreniez... c'est un cas d'urgence. J'ai quand même le droit de savoir qui était ma mère, non, bon Dieu ?

Un profond silence s'abattit. Tom sentit les yeux au regard grave posés sur lui et pâlit.

– Pardonnez-moi... marmonna-t-il.

La mère se leva et s'approcha de lui.

– Voulez-vous prendre un petit déjeuner ? demanda-t-elle gentiment.

– Un petit déjeuner ?

C'était la dernière chose qu'il se serait attendu à entendre.

– Puis vous pourrez louer une chambre à l'hôtel de Cloncurry. Revenez me voir demain.

– Demain ? Mais je dois rentrer, je...

– M. McMaster ! Vous avez tout ignoré pendant presque trente ans. Un jour de plus ne changera pas grand-chose.

– Mais qu'est-ce que j'attends ? demanda Tom désespéré.

– Une seule d'entre nous était déjà ici à l'époque dont vous parlez. C'est sœur Agnès. Elle est très âgée aujourd'hui. Et elle n'a pas toujours toute sa tête. En se rapprochant de son Créateur, elle se détache peu à peu d'ici-bas. Mais si quelqu'un peut vous donner le renseignement que vous cherchez, c'est elle.

– Et elle n'est pas là ? Elle est en vacances ? demanda Tom avec étonnement.

À sa grande surprise, la mère supérieure éclata de rire, un grand rire chaleureux qui se répercuta contre la haute voûte de pierre.

– En vacances de Notre-Seigneur ? De notre existence vouée à la prière, au soin des enfants et de leurs parents ? Oh non !

Tom se sentit horriblement gêné.

– Soyez sans inquiétude, s'empressa-t-elle de

dire pour le rassurer. Sœur Agnès est toujours là. Mais elle s'est isolée quelque temps pour faire une retraite. Personne ne peut aller la voir durant cette période.

– Et elle prend fin demain ?

– C'est cela même. (Elle agita une clochette posée sur son bureau.) Et vous pourrez revenir lui parler en personne.

La porte s'ouvrit et une novice en robe noire entra dans la pièce.

– Sœur Bernadette ? Soyez gentille de conduire notre visiteur au réfectoire. Faites-lui préparer un petit déjeuner consistant. Et expliquez-lui comment se rendre à l'hôtel de Cloncurry.

Elle tendit la main à Tom, qui la serra avec une reconnaissance éperdue. Puis il suivit sœur Bernadette le long d'un couloir aux murs de pierre tendus de tapisseries.

– Vous venez de loin ? demanda la novice pour faire la conversation.

– Oui, dit Tom, mais il faut que j'aille encore plus loin...

– Soyez ma femme, Stéphanie.

Posant la tête dans sa main, contemplant sans le voir l'écran opaque de son ordinateur, Stéphanie pensait à Jake. Il avait une arrière-pensée. Forcément. Pour lui, les affaires d'argent et le pouvoir qu'il pouvait en tirer étaient aussi un stimulant sexuel. Il n'arrivait pas à considérer une femme comme une collègue, ou une rivale – il fallait qu'il l'attire dans son lit, l'ajoute à la liste de ses conquêtes. Et, cela fait, il s'en désintéressait. Il était semblable à la plupart des hommes, de ce point de vue-là.

Mais alors pourquoi cela la touchait-elle ? Pourquoi ses paroles revenaient-elles la hanter sans cesse ? Pourquoi avait-il dit cela ? Elle s'agita sur son siège et fit un suprême effort pour se concentrer sur sa tâche. À sa gauche, Cassie et Dennis regardaient ensemble les derniers chiffres, s'interrompant de temps à autre pour échanger des regards amoureux ou se presser subrepticement la main sous la table. Stéphanie se réjouissait intérieurement de les voir réconciliés – et Dennis semblait déjà plus stable, animé par un nouveau sens du devoir. À l'autre bout de la pièce, Sarah rassemblait les rapports de dernière minute en provenance de la Bourse – elle aussi semblait plus heureuse qu'elle ne l'avait été pendant des jours et des jours, à errer comme une âme en peine à Éden dans l'attente d'un coup de téléphone qui ne venait jamais. Je suis l'aînée, ici, se dit Stéphanie, la plus expérimentée, la responsable de l'entreprise, et c'est moi qui suis incapable de me concentrer sur mon travail – je suis là à rêvasser comme une adolescente, au sujet d'un homme qui me demande de devenir sa femme alors que je suis déjà mariée !

Elle se mit à penser à Dan. Il avait tenu parole, lui apportant son soutien inconditionnel au long des jours, sans rien demander, acceptant de bonne grâce de la voir s'absorber entièrement dans le monde des opérations boursières. Il avait bien émis quelques remarques humoristiques sur son incapacité à en sortir, ne fût-ce qu'un moment, quand ils se retrouvaient au lit, se plaignant de voir sa femme le tromper avec un ordinateur et demandant s'il fallait vraiment qu'il prît rendez-vous avec sa propre épouse pour avoir l'occasion de faire l'amour avec elle. Mais dans l'ensemble, il était toujours dans l'état d'esprit qu'il avait découvert dans l'île d'Orphée et il lui manifestait une confiance absolue. Et elle l'en aimait encore davantage.

Elle aimait Dan – cela ne faisait aucun doute. C'était le rocher sur lequel elle avait construit sa vie. Mais que venait faire Jake dans tout ça ? Une phrase qu'il avait prononcée revenait souvent la tourmenter : *Réfléchissez. Je vous en prie. Si vous le faisiez, vous seriez contrainte d'être vraiment honnête avec vous-même. Pour la première fois de votre vie, peut-être...* Être honnête avec moi-même, s'interrogea-t-elle. Qu'est-ce que cela veut dire au juste ? Reconnaître que je le trouve terriblement attirant ? Reconnaître que j'ai songé – que je songe encore – à...

L'arrivée de Matey interrompit le cours de ses réflexions. Le regard délibérément levé au-dessus des appareils complexes – qu'il avait décidé, pour sa propre tranquillité d'esprit, de ne pas voir – il annonça :

– Le prince Amahl vous demande, madame. Au jardin.

Attrapant son manteau au passage, Stéphanie se hâta de sortir.

– Vous êtes incorrigible, Amahl ! s'exclama-t-elle non sans tendresse. Ce n'est pas un temps à donner des rendez-vous au jardin ! Surtout pour quelqu'un qui vient d'où vous venez.

Il lui prit la main et la porta à ses lèvres.

– Je suis un oiseau qui ne sait pas vivre en cage, dit-il. Marchons. Nous ne sentirons pas le froid.

Ils se dirigèrent côte à côte à travers la pelouse jusqu'à la falaise donnant sur la mer. L'océan s'étendait devant eux, immense, magnifique, indompté. Stéphanie inspira une grande bouffée d'air pur.

– Est-il au monde quelque chose de plus beau ? demanda-t-elle.

– Oui. Oh oui !

Au son de sa voix, elle se retourna brusquement. Debout à côté d'elle, les yeux plantés dans les siens, Amahl la dévisageait avec une expression d'une telle mélancolie que son cœur chavira.

– Je dois m'en aller, Stéphanie, dit-il.

– Y êtes-vous contraint ?

Il soupira.

– Lors de notre première rencontre, voilà tant d'années, vous étiez d'une telle beauté que j'ai manqué à mon père, à ma religion, et par-dessus tout à vous-même... et ce n'est qu'une piètre défense de dire que je n'ai connu que tout récemment l'entièreté de mon péché. J'ai cru, après tant d'années, que l'amitié entre nous serait préservée désormais des faiblesses de la jeunesse. (Il se tut puis reprit :) Il n'en est rien. Je suis tenté de pécher de nouveau.

– Amahl...

Il haussa les épaules.

– Avant de partir, je désire toutefois m'assurer de votre situation. J'ai besoin de savoir que vous serez heureuse.

Au prix d'un grand effort elle rassembla ses pensées.

– Certains porteurs de parts en sont encore à se décider. Mais tout va bien. Ce sera de justesse dans un sens ou dans l'autre mais tout me porte à croire que ce sera dans le mien.

– Stéphanie ... il me faut encore autre chose pour pouvoir m'en aller en paix.

– Quoi donc ?

– Il faut me promettre que ce n'est pas un quelconque manque de fonds qui risque de vous faire perdre la lutte contre Sanders. Alors que je possède tout ce dont vous auriez besoin, et bien au-delà encore.

– Amahl, nous en avons déjà discuté...

– Mais comprenez qu'il faut bien me laisser quelque chose à emporter avec moi ! se récria-t-il dans sa détresse. Me refuserez-vous l'idée que j'ai quelque valeur, quelque importance dans votre existence ?

Et, se détournant à demi, il se couvrit la face d'un pli de son burnous.

– Pardon, murmura-t-elle en lui prenant la main. Pardonnez mon obstination et ma mesquinerie. Je vous promets que je ferai appel à votre aide quand j'en aurai besoin.

Tendant la main, elle écarta doucement le repli de l'épais tissu blanc pour caresser la mince joue bronzée qu'il dissimulait. Il se saisit de sa main et la porta brièvement à ses lèvres, puis s'inclina vers elle pour la prendre dans ses bras. Dans cette intimité, les narines pleines de son fort parfum exotique, elle sentit les années s'évanouir et elle redevint une jeune fille, la fille de Max, le propriétaire du vieil Éden, le cœur battant la chamade devant le fils d'un prince du pétrole, grand garçon maigre et sauvage comme un épervier d'Arabie. De tout son cœur, elle l'embrassa, pour la jeune fille qu'elle avait été et pour la femme qu'elle était devenue, et qui ne pouvait lui appartenir.

Avec un profond soupir, il la libéra de son étreinte.

– Voyez vous-même, dit-il tendrement, comme vous êtes dangereuse. Mais je ne parviens pas à regretter d'être venu.

– Tant mieux.

– Et je reviendrai s'il le faut pour répondre à votre appel. Vous n'aurez qu'à me faire signe.

– Merci.

– Pour le moment... vous avez ce qu'il vous faut. Vous allez gagner cette fois-ci, Stéphanie, je le sens.

– Oui, je le crois aussi.

– Mais n'oubliez pas votre vieil ami...

Son regard était empreint de souffrance.

– C'est une autre promesse, Amahl. Jamais je ne vous oublierai.

– Oh, je m'en souviens, bien sûr que je m'en souviens ! (La vieille religieuse regarda la mère supérieure, puis Tom, à ses côtés au pied du lit étroit dans la cellule nue.) Mais il faut me donner le temps, c'est tout !

Elle se tut et plongea dans une sorte de rêverie. Tom crut qu'elle s'endormait et se sentit de nouveau gagné par une impatience frénétique.

– Patience, mon fils, dit la mère supérieure à voix basse. Demandez à Notre-Seigneur de vous accorder la patience dont vous avez besoin en cet instant.

Patience ! Tom avait envie de hurler. Toute la nuit, il n'avait fait qu'attendre dans les transes que le jour se lève. Voilà des jours, près d'une semaine, qu'il n'avait pas dormi dans un lit, et une fois dans sa chambre d'hôtel, il n'avait pu trouver le sommeil ni même se reposer tant soit peu. Il était sorti marcher dans les rues mais avait vite fait le tour de Cloncurry, simple ville-étape au bord de l'autoroute. Il n'avait rien à lire, rien à faire. De peur d'être impur quand il retournerait au couvent, il n'avait pas osé aller prendre un verre pour passer le temps. Étendu sur son lit, il avait simplement attendu que les heures s'écoulent jusqu'au matin, en s'efforçant de ne pas songer à Sarah.

Et maintenant qu'il avait devant lui celle qui détenait la clé du mystère, les difficultés devenaient soudain insurmontables. Sœur Agnès était très vieille – elle avait plus de quatre-vingt-dix ans, au dire de la mère supérieure –, elle était donc déjà assez âgée quand on l'avait amené ici, peu après sa naissance. Elle était minuscule et rabougrie et semblait perdue dans son costume de religieuse.

– Elle ne bouge presque plus de son lit, dit la mère supérieure. Son esprit va et vient. Tenez-vous prêt.

Alors la voix haut perchée de sœur Agnès s'éleva de nouveau mais ses paupières demeuraient closes.

– Il y a eu un bébé... Il venait du désert – un endroit nommé Éden. Il était adorable. Un homme l'avait amené, un certain Mac... Mac...

– McMaster, dit Tom.

– McMaster. C'est bien cela. C'était lui. Il ne voulait pas laisser le bébé. Mais il y était contraint. Il est reparti.

Sa voix s'éteignit. Au paroxysme de l'angoisse, Tom regarda la mère supérieure qui secoua la tête, l'enjoignant d'attendre. Tom n'osa pas désobéir.

Aussi abruptement qu'elle s'était tue, la vieille religieuse reprit :

– Et puis il est revenu. Il voulait reprendre le bébé. Il le voulait si fort ! Vous pleuriez dans votre berceau. Alors on vous a donné à la place…

– À la place ? Je n'étais donc pas… ? (Tom balbutiait) …le même bébé ?

Il y eut un silence insupportable.

– L'autre était mort. Le bébé d'Éden. Mais l'homme et sa femme voulaient tellement le reprendre ! Et vous aviez besoin d'une famille. Votre mère était une jeune Irlandaise de la côte. Elle était orpheline. Elle est morte en accouchant de vous… la pauvre petite… elle était si jeune…

– Ma sœur ! la pressa brusquement la mère supérieure. Comment s'appelait-elle ?

– Callaghan !

– Merci, ma sœur. (Un sourire de triomphe plissant son bon visage, la mère supérieure entraîna Tom et referma la porte de la cellule derrière eux.) C'est tout ce que nous voulions savoir, dit-elle. Inutile de fatiguer sœur Agnès plus longtemps. Nous trouverons tous les détails dans le dossier au nom de votre mère.

– Ma mère…

Tom avait du mal à se faire à cette idée.

– Cependant, je crains que nous ne puissions vous en apprendre énormément sur elle, observa gravement la mère supérieure.

– Ça ne fait rien. J'ai déjà une mère.

Le visage affectueux de Rina lui passa devant les yeux.

Du moment que ce n'est pas Stéphanie Harper. Je n'ai vraiment besoin de rien d'autre ! se dit-il.

39

– Quarante-deux pour cent !

De rage, Dennis donna un coup de poing à l'ordinateur et se tourna vers les autres.

– Ce n'est pas mal, Dennis, dit Sarah d'un ton faussement joyeux.

– Ça ne suffit pas, Sarah, intervint Stéphanie. Voilà trois jours que ce chiffre n'a pas bougé.

– On ne gagne plus rien, observa Cassie en regardant l'écran de son propre ordinateur. On a manifestement mis la main sur tout ce qui était encore disponible...

– Plus les actions sur lesquelles on ne comptait pas des supporters de la Harper Mining, précisa Sarah.

– Mais ça ne suffit pas ! explosa Dennis. On peut toujours compter et recompter, ça ne fait pas le total dont on a besoin !

Il abattit son poing sur la table.

– Que va-t-il se passer ? demanda Sarah qui faisait des efforts pour ne pas se laisser aller à la panique. On est... ?

– Non, non, nous ne sommes pas encore battus, dit résolument Stéphanie. Je ne veux pas vous raconter d'histoires. Ça ne va pas très fort. Mais j'ai gardé un – non, deux – atouts dans ma manche. Si on doit capituler, ce sera en brûlant toutes nos munitions !

Cassie fut la seule à esquisser un sourire.

– C'est certain, dit-elle.

Stéphanie jeta un regard à la ronde.

– Je vous donne votre après-midi, dit-elle. Allez pêcher à la ligne, changez-vous les idées. Il n'y a rien à faire de plus ici. Moi, je vais à Sydney.

Le pâle soleil d'automne faisait étinceler le grand pont et les surprenantes coquilles blanches de l'Opéra de Sydney. À la fenêtre de son bureau Jake écoutait la voix sèche de son agent de change, au bout du fil.

– Elle est entre vos mains – sans aucun doute.

Entre vos mains... s'il savait.

– Elle est coincée à quarante-deux. D'après les chiffres de ce matin, ça n'a pas l'air de vouloir changer.

– Et il n'y a pas de stocks disponibles ?

– Pas le moindre.

– Entendu. Merci de m'avoir appelé.

– Vous n'avez pas l'air de vous réjouir.

– Oh si. Je saute au plafond, en fait, mais vous ne me voyez pas.

– Vous avez bénéficié d'un grand nombre d'opérations de soutien, ici, vous savez.

– Je sais. Je vous remercie. Vous avez fait du beau travail.

– Heureux de vous l'entendre dire, fit l'agent de change, vaguement radouci. À bientôt alors.

Il raccrocha.

Jake reposa le combiné. S'il était victorieux, pourquoi éprouvait-il un sentiment de défaite ? En était-il arrivé au point de ne plus faire la différence entre les deux ? L'interphone vibra sur son bureau.

– M. Sanders ?

– On ne me dérange pas, Hilary.

– Mais, M. Sanders...

Il coupa la communication et retourna à la fenêtre. Mais à sa surprise, la porte s'ouvrit dans son dos. Pivotant sur lui-même pour refouler l'intrus, il se trouva nez à nez avec celle qui troublait ses journées et hantait ses nuits. Il ouvrit la bouche mais ne dit mot.

Stéphanie avait souhaité le prendre au dépourvu, mais son cœur généreux flancha quand elle vit le sang se retirer de son visage et ses yeux fixés sur elle comme s'il avait une hallucination.

– Bonjour, Jake, dit-elle, plus gentiment qu'elle n'en avait eu l'intention. Je suis venue porter la guerre dans le camp ennemi.

– Je vous en prie, fit-il en se ressaisissant au prix d'un effort visible. Asseyez-vous.

– Non... Je n'en ai pas pour longtemps. Vous savez que je suis en train de gagner ?

Il réprima un rire nerveux.

– Bizarre, mon agent de change vient de m'annoncer précisément le contraire. Je crains que vous ne réintégriez pas si vite votre bureau.

– Vous pourriez avoir l'intelligence de me l'abandonner maintenant, dit-elle d'un ton imperturbable. Je suis venue vous faire une offre intéressante. Je vous achète au prix fort. Je vous ménage ainsi une sortie honorable. Vous prenez l'argent et vous partez en courant.

– Et mon offre à moi, dans tout ça ? demanda-t-il doucement. Y avez-vous réfléchi ?

– Laquelle ? Votre lit ou ma place au conseil ? Et je suis déjà mariée, au cas où vous l'auriez oublié.

– Il ne peut pas vous donner la Harper Mining.

– Il me donne beaucoup plus que tout ce que vous pourriez me donner ! Et je ne parle pas d'argent !

Jake se sentait gagné par le désespoir.

– Stéphanie... je vous ai dit... combien de fois ? ...que je vous donnerai la Compagnie. Il suffit que vous le demandiez. Mais je refuse de vous la vendre. Vous comprenez ?

Elle rougit et redressa le menton mais ne répondit pas.

– Et pour une femme d'affaires aussi ardente, je vous trouve bien piètre mathématicienne, poursuivit-il, cédant au désir de la blesser, de lui faire mal. Vous ne pouvez pas faire que quarante-deux deviennent soudain cinquante et un. Vous n'avez plus d'actions à acheter. Et vous ne reprendrez pas le contrôle de la Harper Mining, à moins que vous... n'acceptiez mon offre. D'une manière ou d'une autre.

Ils se tenaient côte à côte devant la baie vitrée. La tension entre eux était palpable. Elle se tourna pour lui faire face.

– C'est votre dernier mot ? lança-t-elle avec colère.

– Oui.

– Alors voici le mien. (Levant la main, elle lui souffleta le visage.) Vous croyez peut-être m'avoir battue, dit-elle en criant presque, mais jamais, vous m'entendez, jamais je ne me soumettrai à votre volonté ! Allez au diable, Jake Sanders !

Elle sortit du bureau en trombe.

Jake porta sa main à sa joue, encore sous le coup de l'étonnement. Il sentit la peau cuisante sous l'empreinte de ses doigts. Il sourit. Ce n'était pas ce qu'il avait escompté. Mais c'était quelque chose. Avec un plaisir grandissant, il frottait la meurtrissure, preuve qu'il était loin d'être indifférent à Stéphanie Harper. Il ne lui restait plus qu'à s'arranger pour convertir cette agressivité à son encontre en énergie sexuelle... Quand sa victoire serait confirmée, il trouverait un moyen, ou il n'était plus digne de s'appeler Jake Sanders !

Une à une, les feuilles d'automne tombaient des branches, pour aller recouvrir le gazon bien entretenu et les allées de gravillon du cimetière. Le gardien menait en grommelant une guerre quotidienne pour sauvegarder son territoire contre les invasions de la nature. Il était tout à fait normal, pour lui, que certains coins du cimetière soient entretenus avec un soin plus méticuleux. Et il était une tombe à laquelle il consacrait une attention toute particulière – en proportion avec la générosité dont faisait preuve l'inconnu enveloppé de noir à chacune de ses visites.

La journée de travail tirait à sa fin. Le gardien rassemblait sa pelle, son râteau et son balai quand la limousine noire se rangea sans bruit devant la grille. Il ne fut pas surpris. C'était le genre de jour que l'inconnu choisissait d'ordinaire pour venir. Il se hâta de ramasser ses outils et s'attarda ostensiblement près de la tombe en question, pour montrer que c'était la seule du cimetière qui suscitait son intérêt.

L'inconnu lui fit signe de s'éloigner et alla se placer devant la pierre tombale, perdu dans ses pensées. Au bout d'un long moment, il parut s'éveiller, alla échanger quelques mots avec le gardien, auquel il glissa un gros billet avant de prendre congé.

Quand la limousine démarra de nouveau pour aller se mêler au flot de voitures qui regagnaient le centre-ville, une jeune femme descendit du taxi qui attendait discrètement non loin de là et pénétra à son tour dans le cimetière. Le gardien fut tout heureux de soulager son ennui en bavardant avec la mystérieuse visiteuse. Il l'accompagna jusqu'à la tombe dont il prenait tant soin. Olive sursauta, incrédule, en lisant l'inscription gravée dans la pierre :

À la mémoire de notre très cher
GREG MARSDEN
décédé le 12 juillet 1978

– Qui est-ce, demanda-t-elle. Qui est cet homme pour lui, il vous l'a dit ?

– Bien sûr, dit le gardien, vexé. Il me l'a dit tout de suite. C'est son frère.

Stéphanie était étrangement de bonne humeur quand elle quitta le siège de la Harper Mining. Elle n'était pas déçue que Jake ait refusé de lui vendre ses actions – elle n'avait pas vraiment cru qu'il accepterait, mais cela valait la peine d'essayer, au point où elle en était. De fait, leur entrevue l'avait rendue euphorique – ce n'était pas la première fois, constata-t-elle. Et elle se sentait prête pour la dernière charge – d'où sortirait la victoire ou la défaite finale.

Mais il lui restait une dernière démarche à accomplir, dont elle aurait dû se préoccuper voilà longtemps, se disait-elle à présent. Elle prit donc la direction d'Elizabeth Bay. Depuis que Cassie lui avait révélé la collaboration entre Jilly et Jake, elle ne pouvait plus s'aveugler sur la véritable nature des sentiments de Jilly à son encontre. Mais l'heure de vérité avait sonné. J'ai intérêt à me munir de mes armes lourdes, songea-t-elle, non sans appréhension.

– Stéphanie ! Quelle bonne surprise ! s'écria Jilly à sa vue.

– Ce n'est pas sûr, Jilly, fit Stéphanie en la suivant au salon. Tu ne vas pas aimer ce que j'ai à te dire. Ça ne me fait pas plaisir, mais tout est fini entre nous.

Jilly se raidit. D'abord Jake, ensuite Stéphanie – qu'est-ce qui se passait ?

– J'ai eu la visite de Cassie Jones, dit Stéphanie. Elle m'a parlé de tes relations avec Jake, des actions que tu lui as données. Elle m'a tout raconté. Tu faisais semblant d'être une sœur pour moi, quand tu voulais ma perte. Tout ce qui m'arrive aujourd'hui est ta faute !

– C'est vrai ! s'écria Jilly sans plus chercher à se défendre. Je comptais te le dire de toute manière. Pour que tu apprécies mon… travail.

Elle gloussa méchamment.

– Ton quoi ?

– La réalisation de mon projet. Oh, j'avais tout prévu, et il faut dire que j'avais tout le temps… sept ans, tout de même !

Stéphanie refusait de comprendre.

– Tu veux dire que tu avais prévu tout ça en prison ?

– Je n'avais rien d'autre à faire ! lança Jilly avec un sourire désarmant. Tu ne sais pas ce que c'est que d'être enfermé vingt-trois heures sur vingt-quatre. Ça laisse le temps de réfléchir.

– Mais pourquoi moi ?

– Toi ? fit rêveusement Jilly. C'est toi qui m'as empêchée de devenir folle. J'avais des tas de raisons de te haïr – la haine pure : c'est ce qui m'a fait vivre. Cela m'a rendue très... inventive – tu ne me diras pas le contraire ?

– Mais quand nous avons découvert que nous étions sœurs ?... demanda Stéphanie.

– Je t'en ai haïe davantage encore. Pour tout ce que tu possédais qui aurait pu être à moi ! Je haïssais Max aussi. Ce monstre d'égoïsme. Concevoir un enfant, le couper de tout ce dont il aurait pu profiter de son vivant, et lâcher la nouvelle comme une bombe dans son testament pour qu'on se débrouille avec quand il serait mort !

– Il n'était pas... commença Stéphanie, mais sa voix s'éteignit.

– Il n'était pas quoi, Stéphanie ? N'essaie pas de le défendre. Qu'a-t-il fait pour toi ?

Stéphanie prit une profonde inspiration.

– Il m'a laissée toute seule et privée d'amour quand j'étais petite, au moment où j'en aurais eu le plus besoin.

– Tu vois ! triompha Jilly, les yeux brillants. La seule personne qu'il a jamais aimée, c'est lui-même. J'espère qu'il pourrit en enfer !

– Jilly... (Stéphanie fit un effort pour retrouver son calme.) Il m'a fait du mal, et il t'a fait du mal. Pourquoi n'as-tu pas voulu voir que nous étions à égalité ?

– Parce que tu as toujours eu plus que moi ! (C'était le cri de jalousie d'une enfant.) Tu avais de l'argent, tu avais tout ce que tu voulais – et puis tu as eu Greg !

Greg... Le visage hâlé au sourire arrogant, les

yeux de lynx lui revinrent en mémoire et elle frissonna malgré elle.

– Il nous a fait souffrir toutes les deux, dit-elle. Cela aurait pu nous rapprocher.

– Une petite différence, ma chère Stéphanie, chuchota Jilly. J'ai payé mon béguin de sept années de ma vie.

– Tu fais comme si tu étais une victime innocente, Jilly. Tu as tué un homme !

– Et toi tu as tué une femme – moi !

Un profond silence s'abattit dans la pièce, puis Stéphanie reprit, très doucement :

– Ce n'est pas vrai, Jilly. Mais je vois maintenant que tu ne l'accepteras jamais. J'étais naïve pour penser que tu pouvais changer, tourner la page une fois pour toutes. Mais tu resteras mon mauvais génie tant que je te laisserai faire. C'est pourquoi j'ai décidé de t'en empêcher.

Elle se tut. Jilly ne dit rien mais ses yeux jaunes, étrécis comme ceux d'un chat, étaient fixés sur Stéphanie.

– Tu n'y as peut-être pas pensé, reprit-elle, mais les aveux de Cassie m'ont donné l'arme dont j'avais besoin. Tu t'es rendue coupable de complicité d'escroquerie. Avec tes antécédents, cela suffit largement à te renvoyer tout droit derrière les barreaux.

Jilly poussa un cri étouffé et son visage vira au gris.

– Tu ne...

– Et pourquoi pas ? lança-t-elle, les traits aussi durs que la pierre. Je suis décidée à le faire. Sauf si tu quittes Sydney et disparais de ma vie – pour de bon !

– Mais... où irais-je ? gémit Jilly. Tout ce que j'ai est ici !

– Tu n'as rien ici, Jilly, déclara Stéphanie avec mépris. Des mensonges, des bassesses, l'œuvre de ton esprit malsain – et le souvenir d'un brave homme disparu. Va où tu voudras. L'Australie est assez vaste ! Bien assez grande pour nous deux. Du moment que tu ne croises plus mon chemin ! (Elle se leva et agita un doigt menaçant devant son visage.) J'espère que tu m'as bien comprise – ou il va être temps qu'ils préparent ta cellule, à Nulawa. Adieu, Jilly.

Elle était partie. Jilly se laissa tomber dans le fauteuil le plus proche comme une poupée de chiffon. Sa vie éclatait en mille morceaux. Elle qui croyait enfin avoir atteint son but – Phillip n'était plus, l'argent qu'il lui avait laissé se trouvait en sécurité entre ses mains, Stéphanie était en route vers la faillite et Jake dans sa poche. Et en un instant, tout s'envolait en fumée ! À cause de Stéphanie. Encore elle ! Mais que pouvait-elle contre elle, désormais ? Comment la rendre impuissante ?

La sonnerie du téléphone l'interrompit dans ses méditations obsessionnelles. Elle eut du mal à s'arracher à ses plans de vengeance pour décrocher.

– Allô ? Qui est à l'appareil ?

– Olive. J'ai découvert quelque chose de fantastique.

– Olive ?

– Oui, c'est moi, dit-elle avec impatience. Figure-toi que je surveillais l'immeuble Harper cet après-midi quand Jake est sorti. Je l'ai suivi en taxi jusqu'au cimetière en banlieue. Il est allé s'incliner sur une tombe.

– Une tombe ? La tombe de qui ?

– Tu ne devineras jamais. Celle de Greg Marsden.

– Greg… ?

– Greg était son frère.

Un éclair de compréhension s'alluma dans l'esprit de Jilly – des gestes et des expressions, étranges échos d'un autre homme, en un autre temps… Greg et Jake – tous deux prédateurs cruels et avides, coulés dans le même moule. Deux frères. Bien sûr. Mais pourquoi… ?

– Jilly… Tu es toujours là ?
Elle eut du mal à retrouver sa voix.
– Oui. Je suis toujours là, Olive. Retourne chez toi et attends-moi. Beaucoup de choses se sont passées – il faut que nous réfléchissions à ce que nous allons faire. Mais d'abord je vais appeler Jake Sanders au Regent. Il me doit quelques explications.

Une inactivité mortelle régnait sur Éden. Dennis et Cassie avaient profité de l'après-midi que leur avait accordé Stéphanie pour prendre la voiture en direction des Blue Mountains sans un regard en arrière. Sarah se sentait à la fois tendue et dépourvue d'énergie. Elle serait incapable de se détendre tant qu'elle ne serait pas fixée sur le sort d'Éden – et leur sort à tous par la même occasion. Même de bonnes nouvelles, pourtant, pensa-t-elle, ne parviendraient pas à fêler la carapace d'indifférence qu'elle semblait avoir élevée autour d'elle. Tout lui semblait dépourvu d'intérêt et vide de sens. Elle avait perdu toute raison de vivre.

Elle partit au hasard à travers le jardin – si différent du jour où Tom et elle avaient fait l'amour sous la charmille. Tom… Pourquoi ne téléphonait-il pas ? Il aurait dû au moins lui annoncer la mauvaise nouvelle, qu'elle soit enfin capable de passer à autre chose. Elle pourrait peut-être alors recommencer une nouvelle vie. Elle ne resterait pas ici. Elle n'en aurait pas la force. Chaque jour, ces souvenirs viendraient la tourmenter. Et le bonheur des autres lui serait insupportable – Cassie et Dennis. Maman et Dan. Non, elle partirait… Où ? Ailleurs, quelque part, n'importe où, songea-t-elle en se mordant la lèvre. Le monde est vaste. Il doit bien y avoir un endroit où je pourrais être… oh, pas heureuse, non, mais moins malheureuse qu'ici.

Ses pas la menèrent vers le cœur secret du

jardin où Tom et elle s'étaient aimés et, poussée par un masochisme inconscient, elle ne résista pas. Autour d'elle, les arbres se dénudaient, les branches des frangipaniers étaient brunes et les fleurs qui avaient formé le toit de leur refuge tapissaient tristement le sol désormais. On aurait dit une maison à l'abandon. Sarah s'assit sur le banc et se laissa aller à sa tristesse.

– Sarah !

Elle ne l'avait pas entendu approcher. Gênée d'être surprise à pleurer, elle leva la tête. Elle reconnut à peine celui qui se tenait devant elle, ébouriffé, mal rasé et les vêtements froissés. Mais ses yeux n'avaient pas changé et ils brillaient d'une lueur merveilleuse.

– Tom ?

– Tout va bien, mon amour ! Nous ne sommes pas frère et sœur...

Elle poussa un cri et se jeta dans ses bras en sanglotant. Quand il eut joyeusement apaisé la tempête, il la berça doucement.

– Sarah, dit-il. Maintenant je peux te demander non pas si, mais quand tu veux m'épouser.

40

Au-dessus de l'énorme complexe industriel, le ciel se faisait menaçant. Des nuages jaunâtres s'accumulaient à l'horizon et l'air était froid et humide. Dans sa voiture rangée devant les grilles, Stéphanie se sentait gagnée par un sentiment d'échec imminent. Dan perçut ce qu'elle ressentait et lui prit la main.

– Courage, Steph ! dit-il.

Stéphanie eut un pâle sourire.

– Ça va, dit-elle. Mais c'est un tel pari...

Elle aurait voulu ajouter : « Et ma dernière carte », mais elle préféra s'abstenir.

– Ne t'en fais pas. Ils vont marcher.
– Tu crois ?
– Donne-leur une chance ! dit-il en souriant. Et je te fais confiance !
– Bon, eh bien allons-y, dit-elle résolument. (Un dernier coup d'œil dans le rétroviseur pour vérifier son visage et elle ouvrit la portière.) Vivons au présent ! lança-t-elle.
Dan suivit d'un regard affectueux la mince silhouette qui franchit les grilles avant de disparaître à sa vue.
Comme il avait bien fait de l'appeler pour voir où les choses en étaient ! Une fois Dennis et Cassie partis en balade dans les Blue Mountains et Sarah totalement absorbée par Tom depuis son retour, Stéphanie se serait retrouvée seule, sans personne pour lui soutenir le moral au moment où tout allait se jouer. Ça lui ressemblait tellement de vouloir assumer tout toute seule et de dire aux autres d'aller se changer les idées, alors qu'elle avait au moins trois personnes autour d'elle qui ne demandaient qu'à lui donner un coup de main. Bon, il n'avait plus qu'à attendre. Il tendit la main pour tourner le bouton de la radio, sur le tableau de bord. La voix du présentateur s'éleva dans la voiture :
– Et maintenant, des nouvelles du pari désespéré de l'ex-présidente de la Harper Mining pour reprendre le contrôle de la société. Démarche sans précédent dans le monde de la finance, Stéphanie Harper, la fille du fondateur Max Harper, va s'adresser directement à ceux qui représentent la force de travail de la Compagnie. Elle compte leur demander de lui revendre personnellement leurs parts. Selon les premiers rapports, ses anciens employés seraient nombreux à vouloir lui manifester leur confiance de cette manière. Si Mme Harper réussit dans son entreprise, elle reprendra presque sûrement le contrôle de la Harper Mining...

– Presque sûrement, répéta Dan pour lui-même. Ça ne suffit pas !

– Nous tiendrons presque sûrement le coup ? demanda Jake avec inquiétude. Ça ne suffit pas.

– Nous ne pouvons pas faire mieux, dut avouer l'agent de change, qui transpirait énormément malgré la fraîcheur de l'après-midi.

– Mais ce matin encore vous me disiez que...

– C'était ce matin. Elle a tout fait basculer depuis.

Jake secoua la tête.

– Nous ne l'avons pas vue venir, hein ?

– C'est une femme très intelligente. Il faut lui reconnaître ça.

Jake fit la grimace.

– Bon sang, je n'arrive pas à y croire ! (Il arpentait son bureau de long en large, passant et repassant derrière l'agent de change qui semblait s'attendre à tout instant à sentir des crocs s'enfoncer dans sa nuque.) Fort bien, dit Jake pour finir. Une dernière chose. Quand le saurai-je ?

– D'une minute à l'autre. On va m'appeler de mon bureau.

Un silence lugubre s'abattit dans la pièce. Pourtant ni l'un ni l'autre n'entendirent la radio qui fonctionnait en sourdine dans l'antichambre. Hilary écoutait le bulletin d'information, le visage illuminé de joie.

– Et voici les dernières nouvelles du combat pour le contrôle de la Harper Mining. Stéphanie Harper a emporté le soutien quasi unanime des travailleurs de la Compagnie, ce qui lui redonne une part majoritaire...

– Vous êtes merveilleux, Matey ! (Dennis appliqua une claque enthousiaste entre les omoplates du vieux serviteur qui allait et venait, une bouteille à la main.) Vous aviez mis du champagne au frais ?

En d'autres occasions, Matey se serait peut-être froissé, mais pas ce soir. C'était une telle évidence !

– À nous ! dit Sarah en levant son verre, les yeux brillants de joie.

– À nous tous ! reprit Stéphanie avec un regard affectueux à l'adresse de Tom, qui se tenait aux côtés de Sarah comme s'il ne supportait pas l'idée de la perdre un instant de vue.

– Tu as réussi ! constata Dennis. Va donc te faire pendre, Jake Sanders !

Cassie rit.

– Cinquante et un virgule deux pour cent ! Pas mal, hein !

– Puis-je proposer un toast ? demanda Dan d'un ton joyeux. Dieu soit loué pour le soulagement ! Je dois reconnaître que je n'étais pas absolument sûr que tu pouvais y arriver.

– Merci de ne l'avoir pas dit avant, alors, dit Stéphanie. Cela aurait suffi à m'arrêter.

– Et maintenant ? s'enquit Dan en le regardant par-dessus son verre.

– Maintenant, je reprends possession de ma Compagnie.

– Besoin d'aide ?

– Non merci. Je suis impatiente de le faire toute seule.

Fredonnant un petit air, Hilary disposait dans un vase l'immense bouquet de fleurs qu'elle avait couru acheter à l'annonce des nouvelles. Pour la première fois en dix-neuf ans au service de la Harper, elle avait quitté son poste sans y être invitée et ça lui était bien égal. C'était une occasion unique, extraordinaire de se réjouir, et Hilary avait l'intention de se réjouir. Il était déjà tard – elle consulta sa montre pour vérifier. Mais elle n'était pas pressée de s'en aller. Elle savait que Mme Harper viendrait ce soir reprendre possession de son empire.

En pénétrant dans l'antichambre, Stéphanie fut touchée aux larmes en découvrant l'énorme bouquet de glaïeuls, de chrysanthèmes et d'œillets rouges, jaunes et orange.

– Bienvenue, Mme Harper, dit Hilary d'une voix chantante.

– Merci... infiniment.

Stéphanie se dirigea vers la porte.

– Il est là. Il attend.

Elle hocha la tête et entra. Jake était assis à son bureau, la tête entre les mains.

– Je suis venue reprendre mon siège, Jake, dit-elle le plus gentiment possible.

– Il est à vous. (Jake se leva et contourna le bureau pour s'approcher d'elle.) Vous avez mérité votre victoire. Je ne manque pas de générosité au point de ne pas le reconnaître.

Son visage était de marbre, triste mais posé. Elle qui avait pensé danser sur sa tombe, voilà qu'elle s'attendrissait sur son sort.

– Si j'avais pu gagner sans avoir à vous battre, dit-elle, je l'aurais fait.

– Je vous crois.

– Et maintenant ?

– Bah, dit-il en s'efforçant à la légèreté, ce n'est pas la fin du monde. Les sociétés vont et viennent. Et je n'ai pas tout perdu de mon point de vue.

– Ah bon ?

– Non, dit-il gravement. Parce que voyez-vous... maintenant que je n'ai plus rien pour faire pression sur vous... je pense peut-être pouvoir enfin vous convaincre.

– Me convaincre de quoi ?

– Que je vous aime, Stéphanie.

Elle comprit qu'il était sincère et en ressentit une douleur poignante.

– Oui, dit-elle. Je sais.

– Vous l'avez probablement su avant moi, fit-il amèrement. Je ne voulais pas le voir. Je pensais seulement avoir envie de faire l'amour avec vous. Et j'en ai toujours envie – plus qu'avec qui que ce soit au monde. Mais j'ai aussi envie de faire avec vous ce que je n'ai jamais voulu faire avec aucune autre femme – vous aimer, vous entourer de tendresse, passer du temps avec vous – vous épouser.

Elle serrait les dents, incapable de parler.

– Stéphanie, je vous en prie, la pressa-t-il soudain. Croyez-moi, je vous en prie. Je veux que ma vie vous appartienne. Voulez-vous m'épouser ?

Elle se contraignit à parler.

– Je suis mariée, Jake... j'aime Dan. Ne me demandez pas ça. Je ne veux pas vous faire de mal.

– Me faire du mal ? Un peu tard pour y penser, non ? (Il eut un de ses sourires sardoniques.) J'ai bien peur que mon état ne soit mortel. Et vous ne vous voyez pas en ange de miséricorde, n'est-ce pas ?

– Non.

– Je vais partir, dit-il abruptement. Je n'aurais jamais dû venir. Mais je veux payer mes dettes avant de m'en aller. Écoutez donc mes aveux.

Il se tut.

– Vos aveux ?

– Histoire de soulager mon âme – ou ce qu'il en reste. J'étais venu parce que je voulais votre perte, Stéphanie. Jilly n'était pas la seule à poursuivre sa vengeance. Elle pensait que vous lui deviez une vie. Et moi que vous me deviez... un frère.

Un frère. Oui. De nouveau, Stéphanie comprit qu'elle l'avait toujours su, sans en avoir vraiment conscience.

– Nous avons été élevés ensemble. Je suis parti pour l'Angleterre à dix-huit ans pour travailler dans l'industrie bancaire. J'avais du génie pour gagner de l'argent. Je pensais toujours à revenir... Greg était ma seule famille. Et puis ce fut trop tard.

– Et vous m'en avez rendue responsable, chuchota-t-elle.

– Seulement avant de vous avoir rencontrée. Après, j'ai tout oublié. Toute la haine qui m'avait fait venir. (Il eut un sourire ironique à son propre endroit.) Mais je remporte en échange l'amour d'une femme qui ne m'a pas même accordé un baiser de sa propre volonté. Ce n'est pas juste.

Elle le regarda et vit que ses yeux étaient baignés de larmes.

– Non, murmura-t-elle d'une voix rauque. Ne me torturez pas, Jake... Je ne peux pas.

Elle s'enfuit en courant hors de la pièce. Hilary vit avec effarement sa patronne sortir du bureau en pleine détresse. M. Sanders avait dû être odieux avec elle. Elle allait lui montrer ! Elle franchit d'un pas décidé le seuil de la porte demeurée entrouverte.

– Je suis venue voir si vous aviez besoin d'aide, M. Sanders, dit-elle. Pour faire vos bagages !

Une lampe était allumée sur presque tous les bureaux autour de lui mais la plupart étaient inoccupés. Adams était parmi les derniers à travailler encore au quartier général du commissariat central. Il se redressa sur sa chaise et se massa vigoureusement la nuque. Il avait horreur de travailler autant d'heures d'affilée. Il n'avait pas pris de pause depuis le matin. Mais quand le vieux n'était pas là, il y avait tellement à faire !

– Encore au travail, brigadier ?

Adams sursauta.

– Du calme, Adams. J'étais juste venu vérifier quelque chose pour demain.

L'inspecteur Jennings se laissa tomber sur la chaise vacante à ses côtés.

Adams se ressaisit.

– Ça s'est passé comment, monsieur ?

– J'ai perdu mon temps. Comme toujours dans ce genre de stages. On devrait envoyer les jeunes pour ces cours d'entraînement. Seulement on n'est pas prêt à leur offrir un mois de congé pour ça. Un cercle vicieux en somme.

– Ça n'a pas arrêté depuis votre départ, dit Adams. Je me suis occupé de la routine. Mais j'ai mis de côté les affaires que je ne pouvais pas voir sans vous.

– Par exemple ?

Adams tendit la main vers une pile d'enveloppes et de papiers divers, sur le bureau voisin. Un paquet attira l'attention de Jennings.

– Qu'est-ce que c'est que ça ?

– Je ne sais pas, monsieur.

– « Personnel – confidentiel. » (L'inspecteur l'ouvrit. À l'intérieur, il y avait une cassette, une lettre et une liasse de papiers. Il entreprit de les passer en revue distraitement. Soudain, son attitude changea du tout au tout.) Le lecteur de cassettes, Adams ! Et cherchez-moi le dossier d'Olive Delaney. (Il fit claquer les papiers sur le bureau avec jubilation.) Je crois que nous la tenons !

– La tenons ? demanda Adams.

Mais il savait qu'une seule femme était capable de mettre Jennings dans cet état.

– Elle, dit-il. Cette vipère de Jilly Stewart.

Jake ouvrit la porte de sa suite, ôta son manteau et le suspendit dans l'entrée d'un geste las. Il nota non sans sourire avec ironie la légèreté de la mallette quand il la posa derrière la porte. Plus de paperasses à remplir entre deux rendez-vous galants. Il passa au salon et résista à la tentation d'allumer la télévision. Il ne tenait pas à voir étalé le triomphe de Stéphanie au journal du soir. Il gagna le bar, se servit un gin bien serré et le porta à ses lèvres avec une sorte de soulagement.

Au même instant, on frappa violemment à la porte. Qui cela pouvait-il être ? Il alla ouvrir avec indifférence. Jilly bondit à l'intérieur comme une chatte poursuivie par un chien.

– Je savais que tu étais là. Je t'ai attendu. J'ai essayé de te voir toute la journée.

– On ne pouvait pas me joindre. Des choses... sont arrivées.

– Comme tu dis, oui ! (Ses manières étaient étrangement frénétiques.) Ta visite au cimetière, par exemple ?

Il resta parfaitement impassible.

– Et ne fais pas semblant d'ignorer de quoi je parle ! vociféra-t-elle. Greg Marsden était ton frère !

– Et si c'était vrai... ?

– À quoi joues-tu ?

– Au même jeu que toi, Jilly, à peu près.

Elle opina du chef.

– C'est ce que j'ai pensé, dit-elle doucement. Tu voulais retrouver la femme... les femmes qui l'avaient tué.

– Aussi bizarre que cela puisse paraître, je ne te jugeais pas aussi coupable que Stéphanie.

Elle ouvrit de grands yeux.

– Oh, c'est toi qui as tiré, reprit-il. Mais c'est elle qui l'a entraîné à sa perte. Quand il s'est épris d'elle. Il a été victime de sa vengeance. (Il la regarda avec mépris.) À ta manière tu l'as aimé, j'en conviens. Et quand je t'ai rencontrée, tu pouvais m'être utile. Tu m'as apporté les renseignements dont j'avais besoin. Et j'ai satisfait avec toi un certain nombre d'autres besoins... joignant ainsi l'utile à l'agréable.

– C'est tout ce que j'étais pour toi, siffla-t-elle, les yeux brillant d'une étrange flamme jaune. Tu n'en as pas fini avec moi, je te préviens ! Je te tiens, maintenant ! Tu ne voudrais pas que Stéphanie apprenne tout ça ?

– Stéphanie... (Il la regarda avec répugnance.) Tes petites combines mesquines sont bien dépassées, Jilly. Stéphanie le sait déjà. Je lui ai tout raconté. Mais ça n'a plus d'importance, de toute manière.

– Comment cela ?

– Tu devrais te tenir au courant ! Stéphanie a repris le contrôle de la Compagnie. J'ai échoué.

Jilly ouvrit la bouche, horrifiée.

– Pas toi ! chuchota-t-elle. Je n'aurais jamais cru qu'elle pourrait te battre.

– Moi non plus, dit-il sèchement. C'est là que j'ai eu tort. Mais je n'ai pas l'habitude de m'attarder sur le lieu de mes erreurs. Je m'en vais.

– Où comptes-tu aller ?

Il haussa les épaules.

– Comment le saurais-je ? Je t'enverrai une carte postale.

– Tu m'emmènes avec toi, Jake ! (Elle s'agrippa à son bras.) Je ne peux plus rester ici. Stéphanie a découvert que j'ai collaboré avec toi. Je dois quitter Sydney.

Il se mit à rire, incrédule.

– Rien à faire, Jilly. Je pars seul.

– Tu ne peux pas me laisser tomber ! Tu me le dois, dit-elle fiévreusement.

– Je ne te dois rien. Tu travaillais pour ton propre compte. Ce n'est pas ma faute si tu es tombée sur un bec ! (Il se tourna vers la porte.) Et maintenant, il faut vraiment que tu me laisses faire mes bagages.

Jilly enfonça profondément les ongles dans son bras.

– Tu ne vas pas faire ça, Jake, coassa-t-elle. Je n'aime pas que les hommes me laissent tomber, tu sais. Je n'ai pas aimé quand Greg a voulu le faire…

Elle se ramassait comme une panthère prête à bondir et une lueur démente brillait dans ses yeux. Elle est folle, se dit-il, la peur lui serrant brusquement l'estomac.

Mais des coups violents retentirent alors à la porte.

– Jilly ! Jilly ! Ouvre-moi ! hurla une voix de femme.

Jilly alla ouvrir et Olive se jeta sur elle, l'entraînant au-dehors.

– Il faut qu'on se tire ! vociféra-t-elle, le visage livide et tremblant de terreur. La police nous recherche. Phillip leur a envoyé la même cassette qu'à Stéphanie.

– Phillip ?

– Il te faisait suivre. Il leur a envoyé aussi le rapport du détective privé, balbutia Olive. Il y avait mon nom dedans, avec les gens qui venaient chez toi. Ils viennent juste de partir !

Jilly la prit par les épaules et la secoua violemment.

– Qu'est-ce que tu leur as dit ?

– Rien ! Et ils n'avaient rien contre moi ! Mais ils m'ont dit qu'ils te feraient parler. Vite, Jilly, partons !

– Vous pouvez louer une voiture à l'agence de l'hôtel, dans le hall, dit Jake. (Il ouvrit sa mallette et en tira une liasse de billets.) Tenez, prenez ça.

La main d'Olive se referma sur l'argent. Elle prit Jilly par le bras.

– Viens ! lui intima-t-elle.

Jilly tenta de sourire.

– Adieu, alors ? dit-elle d'une voix hystérique. Tu ne m'embrasses pas pour la dernière fois ?

– Je ne pense pas, Jilly, non, dit Jake, luttant contre la nausée.

– C'est bon. Mais ne crois pas que tu en as fini avec moi. J'ai comme l'impression qu'on se rencontrera encore – ne serait-ce qu'en enfer !

Les deux femmes partirent en courant le long du corridor. Jake referma la porte et retourna au salon. Il se sentait vide et bizarrement détaché. Il tendit la main vers la bouteille de gin et s'apprêta à passer la nuit en sa compagnie.

41

Il y avait étonnamment peu à faire. Hilary avait ôté tout ce qui lui appartenait du bureau de Stéphanie dès le premier soir. Des coursiers se chargèrent de porter les papiers qui restaient encore à signer ou à remplir – ainsi la douleur de revoir Stéphanie lui fut-elle épargnée. Il ne s'était pas attendu à ce qu'il en allât autrement. Il avait compris qu'il l'avait vue pour la dernière fois quand elle était venue reprendre son siège.

Puis il avait dû faire ses bagages au Regent. Oh, il n'emportait jamais grand-chose en voyage. La beauté qu'il y avait à habiter l'hôtel – ou la cruauté ? se demanda-t-il, la question s'accordant mieux avec son état d'esprit du moment –, c'était qu'on ne laissait nulle trace derrière soi.

Les deux valises rigides renfermant sa garde-robe attendaient déjà dans l'entrée. Il en passa mentalement le contenu en revue. Les vêtements qu'il comptait porter le lendemain étaient prêts dans la chambre. Sa trousse de toilette irait dans son bagage à main. Il desserra sa cravate et défit le premier bouton de sa chemise. Une douche, un verre – pas trop, tu y es allé un peu fort ces derniers temps, mon garçon –, et au lit de bonne heure ! Qu'est-ce qui t'arrive, mon vieux, tu n'as rien de mieux à faire ? Oh, et puis, pourquoi pas, après tout ?

Ôtant machinalement ses vêtements, il suspendit son costume et sa chemise avec l'attention qu'il prêtait toujours à ce genre de détails. Puis il passa sous la douche, plaçant son visage sous le jet d'eau froide puis, augmentant la pression au maximum, il entreprit de se savonner avec un regain de son ancienne énergie.

En sortant de la douche, il se frotta vigoureusement avec la serviette-éponge et se sentit revivre pour la première fois depuis sa sanglante défaite contre Stéphanie. Stéphanie… La douleur était toujours là, tapie, prête à se réveiller à la première occasion. Il enfila un kimono de soie et se demanda s'il était raisonnable de se servir un autre gin. Oh, et puis, qu'y avait-il d'autre à faire, après tout ?

Il gagna le bar. Il tendait la main vers la bouteille quand il entendit frapper doucement à la porte. La femme de chambre ? Pieds nus, il gagna l'entrée et ouvrit.

Stéphanie se tenait devant lui, les yeux immenses, la bouche entrouverte. Un instant, il eut le souffle coupé. Elle était très pâle et serrait son sac à main entre ses doigts crispés.

– Je suis désolée de venir vous déranger, dit-elle avec nervosité. Mais pouvez-vous m'accorder quelques minutes ? Je veux savoir quelque chose.

– Entrez, dit-il machinalement.

– Non, je…

Elle s'interrompit quand un petit groupe sortit de l'ascenseur pour se diriger vers eux, dans le couloir.

– Nous ne pouvons pas parler ici.

Tendant la main il lui prit le bras pour la faire entrer et referma la porte sur eux. Elle lui jeta un regard si anxieux que son cœur chavira.

– Dites-moi ce que je peux faire pour vous aider.

– Je ne sais pas si vous pourrez – ou si vous voudrez…

– Que se passe-t-il ? demanda-t-il gentiment.

– Tout devrait aller parfaitement bien pour moi maintenant que j'ai récupéré ma Compagnie, dit-elle. Mais je suis terriblement inquiète à l'idée que vous allez recommencer.

– Recommencer ?

– Repartir à l'attaque pour me la reprendre.

La première fois que nous vous avons battu, nous avons cru que c'était pour de bon, mais pour vous ce n'était qu'une bataille au sein d'une guerre plus longue. (Son visage s'assombrit.) De sorte que maintenant... je n'arrive tout simplement pas à me sentir tranquille. Tout le monde s'attend à me voir au septième ciel mais j'ai sans arrêt l'impression qu'il faut que je regarde par-dessus mon épaule pour voir si vous n'allez pas me tirer en arrière pour me faire tomber.

Il se sentit infiniment triste.

– Stéphanie...

– Je sais que je ne devrais pas vous dire tout ça, poursuivit-elle en l'interrompant. Mais je serais incapable de continuer à me battre. J'en ai assez, Jake.

– Oh, ma chère petite. (Il avait envie de pleurer.) Je vais vous dire – moi aussi. C'est terminé pour moi. Je ne suis pas venu en Australie pour ajouter la Harper Mining à mes possessions, mais parce que je voulais rendre justice à Greg – vous faire payer ce que vous lui aviez fait. La Harper et vous-même n'avez plus rien à craindre de moi.

– Rien à craindre ? répéta-t-elle incrédule.

– Et d'ailleurs, vous avez gagné dans un combat à armes égales, observa-t-il. Ne croyez pas que je sois de ces hommes qui ne supportent pas d'être battus par une femme. Je ne dis pas que ça me fait plaisir, précisa-t-il avec un sourire, mais je suis sûr qu'il va falloir que j'apprenne à vivre avec. Je vous donne ma parole. Jake Sanders ne vous causera plus d'ennuis. D'aucune sorte.

Le soulagement qu'éprouva Stéphanie fut si grand qu'elle eut un instant de faiblesse. Elle eut un étourdissement et s'appuya au mur pour ne pas tomber.

– Hé, dit-il, inquiet. Vous devriez vous asseoir une minute.

D'un geste plein de sollicitude, il lui ôta son manteau et la conduisit jusqu'au salon. Stéphanie se laissa tomber avec reconnaissance dans un profond fauteuil.

– Je vais vous servir quelque chose à boire, proposa-t-il et il disparut dans la cuisine.

Au fond du réfrigérateur, il découvrit ce qu'il cherchait, une bouteille de vin français de grand cru.

– J'espère qu'il vous plaira, dit-il en tendant son verre à Stéphanie. J'ai pensé que le champagne ne convenait pas vraiment... aux adieux. (Il leva son verre.) Amis ?

– Amis.

Ils burent dans un silence solennel.

– Comment allez-vous ? demanda doucement Stéphanie.

Il sourit franchement.

– Aussi bien que possible.

Elle le regarda. Toute son arrogance, ses manières désinvoltes avaient disparu. Une tristesse incommensurable émanait de lui – si seulement elle avait pu l'emporter sans avoir à le battre ! Elle savait d'expérience ce qu'il en coûtait d'être perdant – comme ça faisait mal. Et Jake avait perdu deux fois. Il lui avait offert son amour et elle l'avait éconduit. Et d'avoir connu la souffrance d'être rejetée lui faisait comprendre ce qu'il ressentait avec une acuité féroce. Si seulement elle pouvait faire quelque chose pour l'apaiser.

Un silence étrange tremblait entre eux. Elle tenta de faire la conversation.

– Comment ça se passe ? demanda-t-elle d'un ton peu naturel.

– C'est moins douloureux que je ne l'imaginais. J'ai signé tous les transferts de pouvoir, réservé mes billets d'avion, fait mes valises...

– Pour aller où ?

– À New York.

– C'est loin, dit-elle sans raison.

– Pas assez loin, au dire de l'inspecteur Jennings.

– La police ? (Ses yeux s'agrandirent d'horreur.) Je n'ai pas...

– Ne vous désolez pas. Je sais que ce n'est pas vous. C'est Phillip. Apparemment, il a envoyé des documents et une cassette à la police rapportant tout ce que Cassie lui avait dit et ce qu'il avait découvert par lui-même. Y compris, naturellement, l'affaire du transfert des actions de Jilly. (Il se tut puis dit :) Merci de ne pas m'avoir dénoncé.

– Je l'aurais peut-être fait, s'écria-t-elle, si je n'avais pas gagné en combat régulier !

Il sourit.

– Bizarrement, j'ai du mal à vous imaginer portant des coups bas. Cela me ressemble davantage.

– Vous n'êtes pas un si grand spécialiste non plus, en fin de compte, dit-elle. Vous saviez, à propos de Tom. Vous auriez pu me compromettre auprès de mes actionnaires les plus fidèles, en dévoilant à la presse... l'existence d'Amahl, ma... faiblesse... Je n'aurais probablement pas gagné alors...

– Je dois dire que cela m'a traversé l'esprit, convint-il. Mais je ne pouvais supporter...

– Quoi ?

– De vous traîner dans la boue, dit-il simplement.

Elle rougit.

– Vous ne m'avez pas dit ce qu'a déclaré la police, dit-elle à voix basse.

– Pas grand-chose. Ils ont été ravis quand je leur ai montré mon aller simple à destination de New York. Ils ont émis des mises en garde voilées, bien sûr – « Il y a eu fraude, monsieur... le dossier n'est pas refermé... Tant que vous restez hors d'Australie... »

– Vous vous en tirez indemne ?

– Si on peut dire...

Elle n'avait pas la force de le regarder dans les yeux.

– Jilly est partie, dit-elle. Quand partez-vous ?
– Demain.
Demain… Le mot lui fit mal. Mais pourquoi ? Avait-elle encore une chance de chercher en elle la vérité des sentiments qu'elle éprouvait pour cet homme ? Qu'avait-il dit ? « Si vous le faisiez, vous seriez contrainte d'être vraiment honnête avec vous-même, pour la première fois de votre vie peut-être. » Pouvait-elle vraiment se cacher qu'elle avait pitié de lui dans sa défaite, qu'elle appréciait le compliment rare des sentiments qu'elle lui inspirait et le plaignait sincèrement de ne pouvoir y répondre ? Etait-il plus respectable de nier tout cela ?
Terminant son verre d'un trait, Jake le reposa sur la table.
– Vous savez, dit-il, une étrange note élégiaque dans la voix, que je vous aime ? Et que je vous aimerai toujours ? Tout ce que je vous demande, c'est de me croire. Me croyez-vous ?
Elle fit oui de la tête et ferma les yeux. Et, tandis qu'il la regardait, il vit des larmes perler à ses paupières et rouler le long de ses joues pâles. En une enjambée il fut près d'elle et mit un genou à terre.
– Oh, Stéphanie, dit-il dans un souffle.
Il prit son visage entre ses mains et essuya ses larmes avec des petits baisers apaisants, tendres et volontairement dépourvus de sensualité. Confiante, elle s'appuya légèrement sur lui.
– Stéphanie, répéta-t-il encore, le cœur battant. (Elle ouvrit les yeux et il se noya dans son regard limpide.) Vous auriez pu m'aimer ? demanda-t-il d'un ton plein d'anxiété. Vous auriez pu ?
Elle baissa les yeux. Il attendit. Alors, en guise de réponse, elle leva la tête et, le prenant dans ses bras, se mit à l'embrasser. Sa bouche était telle qu'elle l'imaginait, merveilleuse et avide. Elle se perdit dans son goût enivrant. Elle le lâcha enfin et, s'écartant légèrement de lui :

– Voulez-vous accepter l'amour que je peux vous donner ? dit-elle d'une voix étranglée. Quelque chose, un souvenir, à emporter avec vous ?

Elle vit dans ses yeux le désespoir et l'espoir se heurter et exploser en une joie sauvage.

– Oh, mon amour !

À ce simple murmure, elle sentit son cœur chavirer. D'un doigt tremblant, il dessina son visage et son cou puis, l'agrippant aux épaules, il scella sa bouche contre la sienne. Ses mains descendirent le long de ses bras et se posèrent contre son dos. Elle frémit au contact électrique. Elle le désirait si fort, maintenant !

Il l'aida à se lever et la conduisit dans la chambre.

Quand ils eurent fait l'amour, qu'ils se furent aimés à n'en plus finir dans un débordement de sensations joyeuses, il n'y eut plus grand-chose à dire et leurs paroles étaient empreintes de tristesse. Mais quand elle s'échappa après un ultime adieu, tous deux savaient que l'amertume avait été transformée en compréhension, et que la souffrance et la haine s'étaient dissipées dans la simplicité de l'acte d'amour.

42

Au sommet de son perchoir surplombant la mer, Éden frissonnait. Le charme de l'automne était depuis longtemps remplacé par le froid humide de l'hiver. Le jardin dénudé était triste et morne, ses fleurs et ses parfums n'étant plus désormais qu'un lointain souvenir. L'humidité flottait dans l'air et se déposait sur les dernières feuilles, puis tombait goutte à goutte sur le sol nu. D'épaisses brumes montant de la mer s'enroulaient autour d'Éden, l'enveloppant d'une épaisse couverture blanche. Seul, le cri d'un oiseau troublait le silence.

Mais à l'intérieur de la maison, l'ambiance était gaie et chaleureuse. La salle à manger résonnait des rires affectueux qui ponctuent les récits familiaux déjà maintes fois racontés. Dan relatait son sauvetage. Stéphanie le regarda avec tendresse puis passa en revue ses invités. Assis autour de la table devant les reliefs d'un dîner de fête, se trouvaient Bill et Rina, Cassie et Dennis, et Sarah et Tom. Un repas de famille, songea-t-elle avec une profonde satisfaction. Ma famille.

– Une autre histoire, Dan, supplia Rina.

– Non, non, ne l'encouragez pas, intervint Dennis. Pour un fantaisiste, c'est un bon médecin !

– Tu l'as entendu, Steph ? dit Dan, feignant d'avoir été insulté. Ton fils est encore en train de provoquer ses aînés !

– Ne vous faites pas de souci, fit Cassie en lui prenant les mains d'un geste protecteur. Je l'ai à l'œil.

– J'en suis bien sûre, Cassie, répliqua Stéphanie en riant. Et il en a besoin.

– Il n'est pas le seul, fit remarquer Rina. Voyez Bill. Il vient tout juste de sortir de l'hôpital et il se prend déjà pour King Kong. Comment vais-je faire pour l'empêcher de s'asseoir au sommet de l'immeuble de la Harper Mining en se frappant la poitrine ?

– Ne t'inquiète pas maman, dit Tom en se penchant vers elle, Stéphanie, Cassie et moi, nous veillons à ce qu'il n'en fasse pas trop.

– N'en fasse pas trop ? Je suis plutôt en danger de ne pas en faire assez, oui, grogna Bill. J'ai failli mourir d'ennui dans cet hôpital. Le jour où ils m'ont relâché est le plus beau de ma vie !

– Un beau jour pour moi aussi, Bill, fit Stéphanie en souriant. Et pour la Harper Mining.

– Je n'ai pas perdu mon flair, alors, si je comprends bien ? demanda le vieux monsieur, l'air fort satisfait.

– Bill, vous êtes meilleur que jamais. Les opérations des dernières semaines sont des réussites !

– Attention, maman ! dit Sarah en riant. On ne devait pas parler boutique ! Dites-le-lui, Dan !

– Lui dire ? Comme si on pouvait dire à Stéphanie Harper ce qu'elle doit faire ! Quoi qu'il en soit – il lui sourit par-dessus la table –, je me suis habitué à avoir pour épouse une femme d'affaires. Comme il va falloir que tu t'accoutumes à vivre avec un homme d'affaires si tu te maries avec ce petit surdoué !

Il désignait Tom du geste. Celui-ci fit la grimace et annonça qu'il acceptait de prendre ce qualificatif pour un compliment.

Stéphanie, le cœur plein de gratitude, remerciait le ciel : Bill lui était rendu, plus vigoureux que jamais; la Compagnie bénéficiait d'un nouveau crédit après être sortie victorieuse; Dennis et Sarah étaient heureux avec Cassie et Tom, qu'elle était ravie d'inclure dans la famille; et par-dessus tout, il y avait Dan, son roc et son soutien, son amant, son époux et son ami.

Dan. Avec un soulagement immense, elle le bénit pour sa sagesse, sa force et, surtout, son amour. Quand elle était allée voir Jake, elle n'avait pas d'arrière-pensées, ignorant que leurs sentiments trouveraient à s'exprimer comme ils l'avaient fait. Plus tard, elle s'était révoltée contre l'idée qu'elle avait trompé Dan. Elle s'était débattue quelque temps dans un dilemme insoluble. Peut-être valait-il mieux ne rien lui dire, pour le ménager, puisqu'elle avait la certitude que cela ne se reproduirait jamais plus. Mais au fond d'elle-même, elle savait qu'elle lui dirait la vérité, comme elle l'avait toujours fait. Il ne pouvait y avoir d'ombres entre eux.

Un soir qu'ils étaient étendus côte à côte dans leur lit, elle lui prit la main dans l'obscurité.

– Dan, commença-t-elle en hésitant. Je voudrais te dire quelque chose.

Il y eut un silence.

– Tu es sûre, ma chérie ?

– Sûre ? Que veux-tu dire ?

– Tu n'as pas besoin de parler. (Il pressa sa main dans la sienne.) Je ne suis pas aveugle, Steph. Je vois bien que tu as exorcisé un de tes démons. Je crois pouvoir m'en arranger tout seul.

– Tu n'es pas... ?

– En colère ? Jaloux ? Orphée a consumé tous les sentiments mesquins en moi, tu te souviens ?

– Oh, mon chéri...

– Souviens-toi aussi d'autre chose. Quand tu as touché le fond pendant la guerre pour le contrôle de la Compagnie, j'ai promis de te soutenir quoi que tu fasses et d'être encore là quand tout serait fini. Je ne suis revenu sur rien de tout cela.

Stéphanie prit une profonde inspiration, submergée de joie et d'amour.

– Une seule chose, quand même : je te promets que c'est terminé.

– Je te crois. (Sa voix était douce et chaleureuse.) Bienvenue, ma chérie, ajouta-t-il en la prenant dans ses bras.

Et ce fut tout. Le bref épisode s'estompait déjà dans son esprit. Jake avait respecté sa promesse : ni lettres, ni cadeaux, ni appels téléphoniques. Il ne la poursuivrait pas. Elle aimait Dan et rien ne pouvait changer ni altérer son amour. Elle n'avait rien donné à Jake qui appartînt à Dan et ils n'avaient plus même ce secret entre eux pour les séparer. Jake serait un souvenir pour elle – de ces souvenirs qui font sourire les femmes en elles-mêmes en certaines occasions, avec une mélancolie douce-amère. Mais elle ne s'affligerait pas quand le souvenir se fanerait, quand l'image de l'homme au teint pâle, aux boucles noires et aux yeux bleus se brouillerait dans sa tête. Jake aurait été dans sa vie un épisode bien réel, riche et qui ne lui inspirait nul regret – mais éphémère.

Et la vie continuait. Il y aurait encore des moments difficiles. Lors d'une nuit agitée, elle reverrait Jilly dans ses cauchemars. Ses yeux de chat, jaunes et cruels, miroirs de son égocentrisme. Où était-elle ? La police ne les avait pas retrouvées, elle et Olive. Et ne les trouverait pas, elle en était persuadée.

Pourtant, cette idée ne l'angoissait pas autant qu'elle aurait dû. Elle avait résisté une fois, deux fois, à la folie destructrice de Jilly. Elle le ferait encore s'il le fallait. Les combats des mois passés n'avaient pas épuisé ses forces. Elle se sentait vivante, libre et pleine de ressources intérieures. Elle serait encore capable d'affronter ce que la vie mettrait sur son chemin. Et c'est le seul secret, songea-t-elle.

En face d'elle, Dan la regardait, l'amour éclaboussant son cœur. Nous revoilà ensemble, pensa-t-il, aussi proches l'un de l'autre qu'autrefois. Nous nous sommes écartés, l'un et l'autre, à notre manière, mais, Dieu soit loué, ce n'était qu'un malaise passager, pas une maladie mortelle ! Stéphanie était plongée dans ses pensées, le visage détendu, les yeux brillants, ravissante. Je suis un homme heureux, se dit-il avec ferveur. Quelle chance inouïe j'ai de l'avoir ! Jamais je ne l'oublierai.

Dennis et Sarah éclatèrent de rire, le ramenant à ses devoirs de maître de maison.

– Stéphanie ! lança-t-il, fais quelque chose pour ramener un peu de calme parmi ces enfants dissipés !

– C'est qu'il est temps d'ouvrir la séance et de passer à l'ordre du jour, dit-elle en souriant. À qui la parole ?

– Tom et moi voulons nous marier aux beaux jours. Au mois de novembre, par exemple !

– Nous aussi ! s'écrièrent Dennis et Cassie en

même temps. Et nous voulons nous marier à la maison !

– Nous aussi, dit Tom.

– Et que penseriez-vous d'un double mariage, mes chéris ?

Les deux couples s'entre-regardèrent.

– Génial ! s'écria Dennis. Ce sera encore plus amusant !

Les autres approuvèrent du chef.

– Alors, reprit Stéphanie, je vois une belle journée, un ciel sans nuages, une table croulant sous les mets les plus fins, du vin et du champagne moussant comme du…

– Comme du champagne, fit Dennis en gloussant. Le prêtre arrive, poursuivit-il, pour nous marier…

– Dans le jardin ! s'écria joyeusement Sarah en lançant un regard à Tom.

– Dans le jardin, bien entendu, dit Stéphanie. Où d'autre ? Dans le jardin d'Éden…